C. C. Bergius

Oleander Oleander

Roman

C. Bertelsmann
Verlag

Gesamtherstellung Mohndruck Reinhard Mohn OHG, Gütersloh
ISBN 3-570-00587-7 · Printed in Germany

OLEANDER, Rosenlorbeer oder Lorbeerrose *(Nerium oleander)*, zu den Hundsgiftgewächsen *(Apocynacae)* gehörender Strauch mit meist rot oder rosarot gefärbten großen wohlriechenden Blüten und bitterem, narkotisch wirkendem giftigen Milchsaft.

Neues Konversations Lexikon

I

Die Luft war schwül, als Robert Schroeder das Columbiahaus in Hamburgs Deichstraße verließ. Prüfend blickte er zum Himmel hoch. Bizarr geformte Federwolken kündeten einen Wetterumschlag an. Angesichts der hauchdünnen Schleier stellte er sich vor, über Eiskristalle dahinzujagen. Er besaß den Flugzeugführerschein für Verkehrsmaschinen, aber fast alle Fluggesellschaften hatten ihre Betriebe wegen Zahlungsunfähigkeit schließen müssen. Und bei der Deutschen Lufthansa war fünfunddreißig Prozent der Mitarbeiter gekündigt worden. Man schrieb das Jahr 1930. In Deutschland überstieg die Zahl der Arbeitslosen die Fünf-Millionen-Grenze.

Robert Schroeder, der das vierundzwanzigste Lebensjahr vollendet hatte, gehörte zu den Leidtragenden. Um nicht herumzulungern, war er als Volontär in die technische Abteilung des Exporthauses Wallheimer Gebrüder eingetreten. Er hatte sich bei dieser Firma beworben, weil er wußte, daß sie Junkers-Verkehrsflugzeuge nach Südamerika lieferte. Wenn es ihm gelang, das Vertrauen des Firmenchefs zu erringen und als flugtechnisch versierter Vertreter nach Brasilien, Argentinien oder Chile geschickt zu werden, dann konnte er Kontakt mit der ›Scadta‹ oder dem ›Condor Syndikat‹ aufnehmen. Irgendwann würde er bei einer dieser Fluggesellschaften als Pilot Anstellung finden.

Robert Schroeder zählte zu jenen Menschen, die selbst in ausweglos erscheinenden Situationen nicht aufgeben. Er nahm die größten Mühen auf sich, wenn es galt, ein gesetztes Ziel zu erreichen. Dem offenen Kampf wich er allerdings aus. Seine Waffen waren Geduld, Ausdauer und Energie.

Seine hellen Augen hatten einen nachdenklichen Ausdruck; seine Stirn zeigte eine Narbe, die er sich bei einer Notlandung zugezogen hatte. Er war schlank und bevorzugte sportliche Kleidung. Außer seinem dunkelblauen Lufthansa-Anzug besaß er jedoch nur ein englisches Jackett mit passender Hose. Es bedrückte ihn, seine Kleidung nur selten wechseln zu können, doch es gab ja viele, denen es nicht anders erging. Das machte die Sache leichter für ihn.

Nachdem er den Rathausmarkt passiert hatte, schlenderte er die Binnenalster entlang und ging durch das Ferdinandstor auf ein gelbgestrichenes Haus zu, das gleich hinter der mächtigen Front des Hotels

Atlantic lag. Ursprünglich war es ein Einfamilienhaus gewesen, nun diente es dem Fliegerbund ›Nordland‹ als Klubgebäude, in dem sich jeden Mittwoch die Motor- und Segelflieger der Stadt trafen.

Als Robert Schroeder in das Klubhaus eintrat, erkannte er gleich, daß etwas Außergewöhnliches geschehen sein mußte. Das Stimmengewirr war gedämpfter als sonst, und die Anwesenden schwiegen plötzlich, als sie ihn sahen. Unwillkürlich blieb er stehen und schaute von einem zum anderen. »Ist etwas passiert?«

»Seumler!« sagte ein ehemaliger Weltkriegsflieger.

»Abgestürzt?«

»Mit der eigenen Maschine.«

Wenn Seumler abgestürzt war, hatte die ›Hamburger Rundflug G.m.b.H.‹ ihren Piloten verloren. Und das bedeutete: er, Robert Schroeder, war an der Reihe. Damit oblag ihm das in solchen Fällen übliche Zeremoniell. »Entschuldigt mich einen Augenblick«, sagte er und verließ den Raum. Seine Gedanken schwirrten durcheinander. Er hatte Seumler, der von seiner Eigenkonstruktion nicht hatte lassen wollen, mehrfach gesagt: »Die Maschine ist zu überzüchtet!« Jetzt konnte er nichts anderes mehr tun, als ›Stoff‹ besorgen.

Er verließ das Haus und blickte zur weißen Fassade des Hotels Atlantic hinüber. Jonny mußte helfen. Seine Bar hatte er früher oft aufgesucht.

Die Abendsonne gab dem Gebäude einen rosigen Schimmer. Das Wasser der Alster lag wie Blei da. Am Ufer strömten Angestellte aus dem Stadtzentrum heraus.

Robert Schroeder rückte seine Krawatte zurecht und zupfte an den Manschetten seines Hemdes, das viel zu wünschen übrigließ. Dann stieg er die Stufen zum Hotel hinauf, als gehe er einen gewohnten Weg. Er nickte zur Reception hinüber, wandte sich nach links und ging in die Bar, die zu seiner Erleichterung völlig leer war.

»Käp'ten!« rief der Keeper überrascht. »Sie habe ich ja eine Ewigkeit nicht mehr gesehen. Waren Sie im Ausland tätig?«

»Erstens bin ich noch nicht Flugkapitän«, erwiderte Robert Schroeder. »Und zweitens fehlt mir der entsprechende Job.«

Der Barkeeper rückte einige Gläser zurecht. »Ist schon eine verfluchte Zeit. Das Hotel ist fast leer. Entlassungen über Entlassungen.« Er griff nach einer Flasche. »Heute sind Sie mein Gast.«

»Sehr liebenswürdig, aber ich bin gekommen, um Sie um einen Gefallen zu bitten. Ein Kollege von mir ist abgestürzt.«

Der Barkeeper schenkte Whisky ein.

»Vielleicht kannten Sie ihn. Jürgen Seumler.«

»Nie von ihm gehört.«

»Er flog in Fuhlsbüttel die Rundflugmaschine.«

»Um Gottes willen, ist die abgestürzt?«
»Nein, nein. Seumler ist mit einem Flugzeug verunglückt, das er selbst entworfen und gebaut hatte.«
»Ja, manche zimmern sich ihren Sarg selber. Zum Wohl!«
»Herzlichen Dank.«
»Auf daß Sie bald wieder fliegen können!«
Robert Schroeder nahm bedächtig einen Schluck. »Das kann vielleicht morgen schon der Fall sein.«
»Sie spekulieren auf die Rundflugmaschine?«
»Ich habe berechtigte Hoffnung. Und ebendeshalb bin ich zu Ihnen gekommen. Bei uns ist es üblich geworden, daß der Pilot, der die meisten Chancen hat, den Posten eines Abgestürzten zu bekommen, seinen Vorgänger mit einem Glas Sekt verabschiedet.«
»Und was ist, wenn's nicht klappt?«
»Dann wird die Zeche von dem übernommen, der mehr Glück gehabt hat.«
Der Keeper lachte. »Makabrer Einstand.«
»Das ist nun mal so. Früher bedauerte man den Toten, heute bedankt man sich bei ihm. Nebenan im Klub sind etwa zwanzig Kameraden versammelt. Können Sie mir drei Flaschen Sekt geben? Ich zahle sie so schnell wie möglich.«
»Sie kriegen sogar fünf. Sonst reicht's nicht.«
»Aber Hausmarke!«
»Sechs Mark die Flasche. Einverstanden?«
»Ich werde mich zu gegebener Zeit revanchieren.«
Robert Schroeder kehrte zufrieden ins Klubhaus zurück, wo er des Verunglückten mit einigen wohlgesetzten Worten gedachte und ihm zu Ehren mit den Kameraden ein Glas Sekt leerte. Danach nahm er Glückwünsche entgegen, die ihm als dem mutmaßlichen Nachfolger zugeraunt wurden. Er geriet darüber in eine beinahe euphorische Stimmung und sah sich bereits am Steuer der Messerschmitt sitzen, die der Hamburger Rundflug G.m.b.H. gehörte. Im Aussehen glich sie einer schwangeren Wanze, ihre fliegerischen Qualitäten waren jedoch ausgezeichnet. Sie hatte eine viersitzige Kabine und wurde von einem Sternmotor angetrieben, der 80 PS leistete. Der Pilot saß bei diesem Schulterdecker unmittelbar hinter dem Motor unter der Tragfläche. Zur Orientierung mußte er den Kopf hinausstrecken. Dies war insofern unangenehm, als ihm dann das von den Kipphebeln abspritzende Öl ins Gesicht schlug. Aber man flog ja ohnehin nicht ohne Schutzbrille, und es machte Eindruck, wenn man nach dem Flug die Brille auf die Kopfhaube schob und seine Fluggäste mit ölverschmierten Wangen verabschiedete. Das erinnerte fast an Zeiten, in denen Ritter nach verwegenem Kampf ihre Visiere hochgeklappt hatten.

Robert Schroeder war in denkbar guter Stimmung, als er sich auf den Weg nach Hause machte. Nicht weit vom Klubhaus entfernt bewohnten er und sein Jugendfreund Harald von der Heid ein möbliertes Zimmer mit einer schönen Aussicht auf die Alster. Allein hätte er sich dieses in bester Lage gelegene Quartier niemals leisten können. Sein mit einem dicken Monatswechsel ausgestatteter Freund, der Sohn des berühmten Romanciers Eberhard von der Heid, hatte das Zimmer aber unbedingt haben wollen und ihn aufgefordert, bei ihm zu wohnen.

Eigentlich wäre er lieber allein in seiner bescheidenen Unterkunft geblieben. Er hatte jedoch zugestimmt, weil er spürte, daß es für den Freund im Augenblick wichtig war, nicht sich selbst überlassen zu sein. Offenbar hatte er etwas erlebt, das ihn bedrückte und Zuflucht im Alkohol suchen ließ.

Sie waren gleich alt und kannten sich seit ihrer Kindheit. Durch einen Wohnungswechsel der Familie von der Heid hatten sie sich aus den Augen verloren und erst vor zwei Jahren auf dem Flughafen München wiedergetroffen. Seitdem waren sie in brieflicher Verbindung geblieben, und als der Sohn des Schriftstellers, der Jurisprudenz studierte, erfuhr, daß Robert Schroeder seine fliegerische Position verloren hatte und als Volontär in einem Hamburger Exporthaus tätig geworden war, erschien er in der Hansestadt, um, wie er treuherzig erklärte, ebenfalls zu volontieren. Und zwar in einer renommierten Buchhandlung.

»Natürlich nicht, um es dir gleichzutun«, hatte er hinzugefügt. »Nach Abschluß meines Studiums geht es mir darum, mich mit dem Buchhandel vertraut zu machen. Du weißt, daß mein Vater ein sehr erfolgreicher Schriftsteller ist. Da habe ich ihm mal vorgerechnet, was sein Verleger an ihm verdient. Ich kann dir sagen, dem sind die Glotzer aus dem Kopf herausgekommen!«

Offensichtlich eine Familienkrankheit, ging es Robert Schroeder durch den Sinn, da die wäßrigen Augen seines Freundes fast denen eines Schilddrüsenkranken glichen.

»Und dann habe ich dem Alten Herrn einen Floh ins Ohr gesetzt, von dem er sich nicht mehr befreien kann. ›Kaufe deine Rechte zurück und vertraue sie mir an‹, habe ich zu ihm gesagt. ›Ich gründe dann einen eigenen Verlag und zahle dir nicht zehn, sondern fünfzehn Prozent Honorar. Bleibt ja in der Familie.‹«

Das scheint mir eine Milchmädchenrechnung zu sein, hatte Robert gedacht.

»Um es kurz zu machen«, Harald war sich durch sein rotblondes Haar gefahren, »mein Alter Herr kauft die Rechte zurück und überträgt sie mir. Ich muß mich also mit dem Buchhandel vertraut machen. In einem Jahr soll es losgehen.«

Nachdem sie ihr Wiedersehen mit einem exzellenten Abendessen gefeiert hatten, waren sie im besten Einvernehmen auseinandergegangen. Als Robert aber am nächsten Tag das Hotel aufsuchte, in dem Harald abgestiegen war, lag dieser stockbetrunken im Bett. »Was ist bloß los mit dir?« hatte er ihn entsetzt gefragt.

Der Freund war allen Fragen ausgewichen und hatte nur immer wieder lallend hervorgestoßen: »Laß mich nicht im Stich. Du bist der einzige, der mir helfen kann.«

Robert dachte an Harald, als er nach Hause ging. Neun Monate wohnten sie nun schon zusammen, und nicht ein einziges Mal hatte es eine nennenswerte Störung gegeben. Wohl hatte der mit Geld viel zu reichlich versorgte Sohn des Schriftstellers gelegentlich über den Durst getrunken, doch er hatte es nie zu einem Eklat kommen lassen.

An diesem Abend konnte Robert es kaum erwarten, seinem Freund von der Chance zu berichten, die sich ihm so unverhofft bot. Die Lichter von Uhlenhorst und Rothenbaum flimmerten wie Fixsterne in schwüler Nacht.

Hastig stürmte er in die erste Etage, eilte durch eine nur spärlich erleuchtete Diele und stieß die Tür zum Wohnraum auf. »Harald!« rief er. »Wenn alles gutgeht, hab' ich morgen eine Stellung.«

Der Sohn des Schriftstellers warf die Zeitschrift fort, in der er gelesen hatte. »Als Pilot?«

»Du sagst es!«

Harald sprang auf. »Mensch, das würde mich für dich freuen! Komm, ich lade dich zu einem Bier ein.«

»Da sage ich nicht nein«, erwiderte Robert. »Zumal ich mächtigen Durst habe. Wahrscheinlich von dem Sekt, den ich trinken mußte.«

Der Freund sah ihn erstaunt an. »Du hast die neue Stellung schon begossen?«

»Ich werde mich hüten, dem Schicksal vorzugreifen. Nein, wir hatten die traurige Pflicht, einen Kameraden zu verabschieden, der heute morgen abgestürzt ist.«

Haralds wäßrige Augen weiteten sich. »Du hoffst, seine Stellung zu bekommen?«

»Ja!«

»Und das verkündest du mit freudiger Stimme?«

Robert blickte betroffen drein. »Seit wann bist du zart besaitet?«

»Gehen wir«, sagte der Freund ausweichend.

Der Weg zu ihrem Stammlokal war nicht weit, und es tat beiden gut, eine Weile durch den Abend zu bummeln. Dabei erzählte Robert, welche Stellung er zu erhalten hoffte.

»Ich möchte keinen Essig in den Wein der Freude gießen«, entgegnete Harald vorsichtig. »Ich kann mir jedoch nicht vorstellen, daß Rundflüge für dich das richtige sind.«

»Natürlich nicht. Im Moment geht es mir auch nur darum, eines Tages nicht zu denen zu zählen, die ihre fliegerische Routine eingebüßt haben. Unabhängig davon laufe ich Gefahr, meinen Flugzeugführerschein zu verlieren, wenn ich bis zum Jahresende keine fliegerische Stellung erhalten habe.«

»Wieso denn das?« fragte der Freund und steuerte auf das an der Hohenfelder Bucht gelegene Ecklokal zu.

»Weil mir dann die jährlich nachzuweisende Mindestflugzeit von zwanzig Flugstunden fehlt. Die kleinste Sportmaschine kostet schon fünfzig Mark pro Stunde!«

Sie erreichten das Lokal und nahmen an einem Tisch im Freien Platz.

Harald bestellte zwei Bier und, mit einem Seitenblick auf den Freund, ein Brot mit Holländer Käse.

»Davon war nicht die Rede«, protestierte Robert.

»Du hast bestimmt noch nicht zu Abend gegessen.«

»Doch!«

»Rede keinen Blödsinn. Ich kenne dich und weiß, daß du nicht gegessen hast. Und zu Mittag dürfte es auch nur das übliche Sommermenü gegeben haben: vier trockene Brötchen und einen Liter Buttermilch für zusammen neunzehn Pfennig.«

»Na und?«

»Mensch, laß dir doch unter die Arme greifen!«

»Wozu? Mit Unterstützung kommt man genauso beschissen aus. Unabhängig davon hat meine Methode den Vorteil, daß ich ohne Schulden neu anfangen kann, wenn ich wieder eine Anstellung erhalte.«

Der Kellner brachte das Bier.

Sie stießen an und nahmen einen kräftigen Schluck.

In diesem Augenblick trat Roberts älterer Bruder Gerd, der ebenfalls in Hamburg tätig war und in der Nähe des Lokals wohnte, an den Tisch. »Mir scheint, eine gute Nase hat mich hergeführt«, sagte er ohne jede Hemmung, obwohl er wußte, daß Robert sich über seine absichtlichen Schnorrereien aufregte.

Harald bestellte ein weiteres Glas.

»Nett von dir«, sagte Gerd und nahm Platz. Er war groß, sah gut aus und hatte dunkle, brennende Augen. Im Gegensatz zu seinem Bruder war er ein eiskalter Rechner. Er zählte zu den Menschen, für die Geldverdienen keine Plage, sondern höchster Genuß ist. »Gut, daß ich dich treffe«, sagte er zu Robert. »Ich hätte dich sonst morgen angerufen. Eine mit uns korrespondierende argentinische Firma interessiert sich für gebrauchte Flugzeuge, für Schulmaschinen, wie sie schreibt. Sie betont dabei unter anderem, daß die ›Zellen‹ keinesfalls mehr als dreihundert Flugstunden haben dürfen. Was versteht man beim Flugzeug unter ›Zelle‹?«

»Alles, was nicht Motor ist«, antwortete Robert kurz angebunden. Es ärgerte ihn, daß der Bruder sich wie selbstverständlich ein Bier spendieren ließ.

»Also Rumpf, Tragfläche und so weiter?«

»Und so weiter.«

Der Kellner brachte ein drittes Glas Bier und das Brot für Robert.

»Hm, das sieht aber lecker aus«, sagte Gerd.

Der Bruder warf ihm einen wütenden Blick zu. »Man soll es sich beim Ober bestellen können.«

Gerd grinste. »Leider habe ich im Moment keinen Hunger. Prösterchen! Und entschuldigt meine Eile. Ich muß gleich wieder weg.« Er lachte meckernd. »Ein zweites Glas wird Harald ohnehin nicht stiften, oder?«

Roberts Freund zuckte die Achseln. »Wenn du drauf bestehst . . .«

»Nein, danke«, antwortete Gerd. »Ich habe 'ne schwache Blase.« Damit trank er sein Bier und erhob sich. »Bis zum nächstenmal.«

Die Cirren hatten nicht getrogen. Das Wetter war umgeschlagen. Es nieselte, als Robert Schroeder am nächsten Morgen das Haus verließ. Aber der Regen störte ihn nicht. Zu hoffnungsvoll war die Aussicht, die sich ihm bot.

Später allerdings, als das Gebäude der Flughafenverwaltung nach einer ihm endlos scheinenden Straßenbahnfahrt ins Blickfeld rückte, spürte er sein Herz klopfen. Wer sagte ihm denn, daß er die frei gewordene Stelle erhalten würde?

Seine Nervosität verstärkte sich noch, als er die Stufen zum Verwaltungsgebäude emporstieg. In der Empfangshalle hielten sich nur wenig Menschen auf. Draußen, auf dem asphaltierten Abstellplatz vor dem Rollfeld, standen eine Focke Wulf, eine Messerschmitt und eine Junkers. Angesichts dieser respektablen Verkehrsmaschinen, die bis zu acht Personen befördern konnten, nahm sich das kleine Flugzeug der Rundfluggesellschaft wie eine lahme Ente aus, und Robert Schroeder dachte unwillkürlich an das, was sein Freund am Abend zuvor gesagt hatte. Doch er wollte zufrieden sein, wenn ihm überhaupt wieder Propellerwind um die Nase wehte.

bindlicher, als er wollte. Er hatte vorgehabt, zu kämpfen und sich durch nichts einschüchtern zu lassen. Freiwillig sollte der Bremer das Feld räumen.

Die Dinge liefen aber anders, als er es sich vorgestellt hatte. Der Flugkapitän gab ihm ein so erschütterndes Bild von seiner Lage, daß Robert Schroeder jede Lust zu kämpfen verlor. Da saß ein fünfundvierzigjähriger Pilot vor ihm, ein Torpedoflieger des Weltkrieges, der für den ›Lloyd-Ostflug‹ und die ›Danziger Luftpost‹, für den ›Aero-Lloyd‹ und die ›Deutsche Luft-Reederei‹, für den ›Lloyd-Luftdienst‹ und für die ›Südflug GmbH‹ geflogen hatte und nun schon seit zwei Jahren stellungslos war. Keine der Luftfahrtgesellschaften existierte mehr. Und daheim hockte eine fünfköpfige Familie. Sein Haus, das er mit immer neuen Hypotheken hatte belasten müssen, stand zur Versteigerung an. Die letzten tausend Mark hatte er aufgenommen, um die erforderlichen Flugstunden zur Erhaltung des Pilotenscheines zahlen zu können. Sollte er jetzt so rücksichtsvoll sein, sich in Hamburg nicht zu bewerben und gottergeben zu warten, bis in Bremen jemand vom Himmel fiel? Für ihn war Matthäi am letzten. *Ihm* hatte der Herrgott den Absturz Seumlers beschert. Ihm und keinem anderen. Im Strekkendienst würde er ohnehin nicht wieder eingestellt werden; dafür war er zu alt geworden. Für Rundflüge aber reichte es noch. Um jeden Preis mußte er die frei gewordene Stellung erhalten.

Robert Schroeder blickte vor sich hin. »Eine harte Nuß, die Sie mir zu knacken geben.«

»Ihre Zähne sind noch jung«, entgegnete der Flugkapitän.

»Auch ich habe meine Probleme. Ich verliere meinen Schein, wenn ich verzichte.«

Der alte Pilot schöpfte Hoffnung. »Sie würden eventuell verzichten?«

Robert Schroeder nagte an seinen Lippen. »Was bleibt mir anderes übrig? Ich habe ja für niemanden zu sorgen.«

Der Flugkapitän griff nach Robert Schroeders Hand. »Das werden Sie nicht bereuen. Und ich übernehme die Garantie dafür, daß Sie Ihren Flugzeugführerschein behalten. Ich weiß zwar nicht, wie ich das bewerkstelligen soll, aber irgendeine Lösung werde ich schon finden.«

»Sehen Sie erst mal zu, daß Sie die Stellung bekommen«, sagte Robert Schroeder. »Und wenn es klappt, erwarte ich von Ihnen dreißig Mark. Ich habe gestern Sekt anschreiben lassen müssen, um Jürgen Seumler verabschieden zu können. Und jetzt sage ich der hübschen Kitty Bescheid. Aber das dürfen Sie mir glauben«, fuhr er unvermittelt heftig fort, »es fällt mir verdammt schwer, hier den Helden zu spielen. Morgen werde ich Sie wahrscheinlich umbringen wollen.«

Der Flugkapitän legte ihm die Hand auf die Schulter. »Vorher sollten Sie mir noch sagen, wohin ich Ihnen das Geld bringen darf.«

Robert Schroeder mußte plötzlich lachen, da ihm seine Mutter einfiel, die unglaublich schnell mit Enttäuschungen fertig wurde und schiefgelaufenen Dingen nie lange nachtrauerte. Er freute sich, dieses glückliche Naturell von ihr geerbt zu haben.

Die veränderte Situation bedrückte Robert Schroeder mehr, als er es sich anmerken ließ. Ruhelos wanderte er durch die Straßen und überlegte, ob es nicht zweckmäßig sei, sich am Flughafen nützlich zu machen, um den Kontakt zur Luftfahrt nicht ganz zu verlieren. Was nützten ihm Kenntnisse im Überseehandel, wenn er sie aller Voraussicht nach niemals verwerten konnte. Er war schon nahe daran, einen neuen Entschluß zu fassen, als ihm der Rat seines alten Fluglehrers einfiel, der ihm eingebleut hatte, im Falle einer Notlandung grundsätzlich nur *ein* Feld ins Auge zu fassen und dieses selbst dann anzusteuern, wenn sich im letzten Moment ein besseres anbieten sollte. Denn die erforderliche Kurskorrektur führe, weil nicht früh genug eingeleitet, in der Regel zum tödlichen Absturz. Auf das Leben übertragen hieß das: Nicht wankend werden in der Verfolgung eines einmal angepeilten Zieles. Alle Anstrengungen sind sonst umsonst gewesen.

Robert Schroeder schwor sich in dieser Stunde, stärker denn je darauf hinzuarbeiten, als flugtechnisch versierter Vertreter nach Südamerika geschickt zu werden. Südamerika! Er erinnerte sich an das Gespräch mit dem Bruder, der erwähnt hatte, daß sich eine argentinische Behörde für gebrauchte Schulmaschinen interessierte. Wenn er schnell handelte, war es durchaus möglich, daß die Firma Wallheimer Gebrüder den Auftrag erhielt und er zur Abwicklung des Geschäftes nach Argentinien geschickt wurde. Vielleicht war es ein Segen, daß der Flugkapitän ihn bewogen hatte, auf den vakant gewordenen Posten zu verzichten.

Dieser Gedanke beflügelte ihn so sehr, daß er nicht schnell genug in das Columbiahaus zurückkehren konnte. Und als sollte er für seinen Sinneswandel belohnt werden, begrüßte ihn der Leiter der technischen Abteilung ungewöhnlich zuvorkommend.

»Ich habe im Rundfunk vom Absturz Ihres Kameraden gehört«, sagte er. »Wie ist das bloß passiert?«

»Wir sind auf Vermutungen angewiesen. Wahrscheinlich riß die Strömung ab. Beim Sturz brach dann wohl eine Tragfläche.«

»Kein Fallschirm?«

»Dazu fehlten die Mittel.«

»Armes Deutschland!« schnaubte der Abteilungsleiter. »Aber das wird bald anders. Die Wahlen im September werden es zeigen!«

»Stahlhelmer«, tuschelte ein Angestellter, als der Prokurist den Raum verlassen hatte.

»Quatsch, Nationalsozialist!« entgegnete ein anderer.

»Kommt doch auf das gleiche heraus.«

»Da täuschen Sie sich. Hinter den Stahlhelmern steht Hugenberg. Der und seine Deutschnationalen wollen von Sozialismus nichts wissen.«

Politik interessierte Robert Schroeder nicht, und politisches Gefasel war ihm ein Greuel. Er beteiligte sich deshalb nicht an dem Gespräch, sondern bat eine Stenotypistin in den Nebenraum und diktierte einen Brief an eine befreundete Firma in Buenos Aires, der er mitteilte, daß eine argentinische militärische Dienststelle beabsichtige, eine größere Anzahl von gebrauchten Schulflugzeugen zu kaufen. Er bat den Geschäftsfreund, unverzüglich mit den in Frage kommenden Behörden in Verbindung zu treten, und sicherte ihm die schnellste Übermittlung von entsprechenden Angeboten zu. Danach diktierte er einen zweiten Brief, der gleichlautend an die Firmen Heinkel, Junkers, Focke Wulf und Messerschmitt geschickt werden sollte, und er war überzeugt, daß seine Initiative dem Abteilungsleiter imponieren würde. Das Schicksal wollte es jedoch, daß der Prokurist am Nachmittag nicht anwesend war. Dadurch wurde die gesamte Post dem Chef des Hauses zur Unterschrift vorgelegt.

Dies konnte Robert Schroeder nur recht sein. Aber noch während er sich der angenehmen Hoffnung hingab, in Kürze zur Rücksprache in das ›Allerheiligste‹ gerufen zu werden, wurde ihm mitgeteilt, daß ein Herr ihn zu sprechen wünsche. Er ging in das Wartezimmer, wo ihn der untersetzte Flugkapitän mit strahlender Miene begrüßte.

»Es hat geklappt!« sagte er erleichtert. »Der Vertrag ist unterzeichnet und ein Vorschuß kassiert!«

»Dann ist ja alles in Ordnung«, erwiderte Robert Schroeder. »Wann sollen Sie Ihren Dienst antreten?«

»Übermorgen.« Der Flugkapitän griff in sein Jackett. »Dreißig Mark haben Sie verauslagt, nicht wahr?«

»Ja.«

»Und ich machte mich dafür stark, daß Sie Ihren Flugzeugführerschein nicht verlieren.«

»Seien Sie deshalb ohne Sorge.«

»Ich erwähne es lediglich, damit Sie es nicht mißdeuten, wenn ich Ihnen jetzt einen Hunderter in die Hand drücke. Anderthalb der Ihnen noch fehlenden Flugstunden haben wir damit im Kasten.«

Robert Schroeder wollte das Angebot schon zurückweisen, doch dann sagte er sich: Du hast ihm geholfen, also kann auch er dir helfen. »Gut«, entgegnete er. »Das akzeptiere ich. Es muß aber dabei bleiben. Einverstanden?«

Einen Moment zögerte der Flugkapitän. »In Ordnung! Und sollten Sie mal einen Rundflug machen wollen: Anruf genügt!«

Mit sich und der Welt zufrieden, kehrte Robert Schroeder an seinen Schreibtisch zurück. So bald als möglich wollte er die spendierte Zeit abfliegen. Bei dem Gedanken, fünfzig Mark für eine Flugstunde auszugeben, drehte sich ihm allerdings der Magen um. Vollkunstflugtaugliche Sportflugzeuge wie der ›Flamingo‹ und die ›Schwalbe‹ brauchten höchstens fünfundzwanzig Liter Benzin pro Stunde. Rechnete man einen Liter Öl dazu, dann machte das rund zehn Mark aus. Fünfzig Mark deckten somit die Betriebskosten von fünf Flugstunden! Wenn ein Gönner, dem ein Flugzeug gehörte ...

Die Klingel des Telefons riß ihn aus seinen Gedanken. Der Chef bat ihn zu sich.

»Sofort, Herr Wallheimer«, sagte er und eilte über den Korridor. Er rechnete mit lobenden Worten und war betroffen, als der Inhaber des Unternehmens, der hinter einem großen Schreibtisch saß, ihn anfuhr:

»Seit wann ist es üblich, Betriebsspionage zu betreiben?«

»Betriebsspionage?« Robert Schroeder verschlug es die Sprache.

»Stellen Sie sich nicht dümmer, als Sie sind! Woher wissen Sie, daß Argentinien gebrauchte Schulflugzeuge kaufen will?«

»Ich erfuhr es von meinem Bruder, der bei Samson tätig ist. Er versteht nichts von Flugzeugen und wandte sich an mich, um gewisse Begriffe zu klären. Von Spionage kann keine Rede sein. Ich habe niemanden ausgehorcht, wurde vielmehr um eine Auskunft gebeten, die mich, das gebe ich zu, über eine bei der Konkurrenz vorliegende Anfrage informierte. Wenn ich dieses legal erworbene Wissen nun ausnütze, kann das nicht anrüchig sein.«

Die Züge des Großkaufmanns glätteten sich. »Wenn die Dinge so liegen, habe ich mich bei Ihnen zu entschuldigen.« Er erhob sich und ging in der für ihn typischen Haltung, den Oberkörper vorgeneigt und den Bauch eingezogen, als quälten ihn Schmerzen, auf Robert Schroeder zu. »Ich bin sehr froh darüber, mich getäuscht zu haben.« Er reichte die Hand, wobei er, wiederum typisch für ihn, nicht viel mehr als nur die Fingerspitzen bot. »Ich werde die Briefe unterzeichnen und hoffe, daß sich Ihre Erwartungen erfüllen. Sie möchten gewiß zu gegebener Zeit mit den Flugzeugwerken persönlich verhandeln?«

»Das wäre natürlich großartig.«

Der Exporteur nickte ihm wohlwollend zu. »Wenden Sie sich an mich, wenn Sie einmal einen Wunsch haben sollten.«

Robert Schroeder entgegnete auf der Stelle: »Ist es sehr unverschämt, wenn ich gleich um einen achttägigen Urlaub bitte? Ich benötige ihn, um meine Trainingsflüge zu absolvieren.«

»Genehmigt«, antwortete David Wallheimer. »Stimmen Sie sich mit Ihrem Abteilungsleiter ab.«

2

Die Hoffnung, daß ein guter Bekannter und Besitzer eines Sportflugzeuges ihm seine Maschine zu einem günstigen Preis zur Verfügung stellen würde, hatte Robert Schroeder veranlaßt, einen Sonderurlaub zu erbitten. Gleich am nächsten Wochenende reiste er nach Münster, wo seine Eltern lebten und er versuchen wollte, seinen Plan zu realisieren. Auf der Bahnfahrt brachte ihn dann die hochsommerliche Landschaft mit ihren saftigen Weiden und goldbraunen Stoppelfeldern auf einen Gedanken, aus dem sich ein lukrativer Spaß entwickeln konnte. Voraussetzung war, daß es ihm gelang, den Weltkriegsflieger ›Papa Sulmann‹, der wie ein Eremit in einer der Holzhallen des Flughafens Loddenheide lebte, zu überreden, ihm seine ›Schwalbe‹ zur Verfügung zu stellen. Er, Robert Schroeder, wollte sein fliegerisches Können und vierundfünfzig Mark investieren, die ihm nach Tilgung der Sektschulden und dem Erwerb einer Hin- und Rückfahrkarte nach Münster von dem Geld des Bremer Piloten verblieben waren. Verglichen mit dem, was Papa Sulmann zur Verfügung stellen sollte, war seine Einlage gewiß gering. Dafür brachte er eine Idee mit, die für beide von Nutzen sein konnte.

Von seiner Mutter hatte Robert Schroeder eine rege Phantasie geerbt. Dennoch war sein Denken durchaus realistisch. Das hinderte ihn freilich nicht, seine Mutter für die schönste Frau der Welt zu halten. Zwischen ihr und seinem Vater, einem überaus korrekten, in manchen Dingen allerdings trotz hoher Intelligenz unverständlich intoleranten Fabrikanten, gab es praktisch niemals eine Auseinandersetzung. Sie gab ihm in allem recht und wußte ihre Wünsche stets so vorzutragen, daß er binnen kürzester Frist glaubte, es seien die seinen.

Mit der Ankunft in Münster wandten sich Roberts Gedanken seiner Mutter zu. Obwohl er mit jedem Pfennig rechnen mußte, kaufte er ihr für eine Mark sieben feuerrote Gladiolen.

Zu seiner Verwunderung öffnete die Mutter selber die Haustür. »Mamaaa . . .!« rief er und umarmte sie mitsamt den Gladiolen.

Da er sich nicht angemeldet hatte, war sie verwirrt.
Er küßte ihre Wangen und beschnupperte ihren Hals.
»Jetzt ist es aber genug«, protestierte sie. »Sage mir lieber, wieso du plötzlich vor mir stehst?«
Ihre glutvollen Augen waren beeindruckend, und ihr kurzgeschnittenes, blauschwarzes Haar, das wie lackiert glänzte, paßte vortrefflich zu dem modischen Kleid, das sie trug.
»Sehnsucht hat mich hierhergetrieben«, antwortete er lachend.
Sie gab ihm einen Klaps und schloß die Haustür. »Du bist schmal geworden.«
»Mit neunzig Mark im Monat wird man nicht dick.«
»Vater kann dir im Moment nicht mehr als sechzig Mark zur Verfügung stellen«, entgegnete sie vorwurfsvoll.
»Aber, Mama, so war es nicht gemeint.« Er entfernte das Papier von den Gladiolen. »Es reicht, wie du siehst, sogar noch für Blumen.«
Sie gab ihm einen Kuß. »Der Herrgott hat dich geschickt.«
»Wieso gerade der?«
Die Mutter stieg die wenigen Stufen zum Hochparterre empor. »Das Geschäft liegt praktisch brach, und Vater tut sich immer schwerer. Er rackert sich ab, anstatt sich von unangebrachten Skrupeln zu befreien. Nicht einmal mehr eine Hausangestellte können wir uns leisten. Wenn es so weitergeht, werde ich Zimmer vermieten müssen.«
»Übertreibst du jetzt nicht?«
»Keineswegs. Die Dinge lägen vielleicht anders, wenn Vater auf mich hören würde. Aber du kennst ihn ja. Als Uniformfabrikant lehnt er es ab, Herrenkonfektion herzustellen. Du mußt mit ihm reden und ihm klarmachen, daß wir alles verlieren, wenn er sich nicht umstellt. Zumindest andere Farben muß er aufnehmen.«
Robert sah seine Mutter fragend an. »Andere Farben?«
»Du weißt doch, welche Uniformen Vater herstellt. Graue! Für die Reichswehr und für den ›Stahlhelm‹. Um Polizeiaufträge bemüht er sich nicht, weil die Hüter der Ordnung von Sozialdemokraten durchsetzt sind. Und braune Uniformen stellt er nicht her, weil er glaubt, es als Stahlhelmer nicht verantworten zu können, die Kampfkraft sozialistischer Arbeiter zu stärken. Seine Sturheit macht mich noch krank. Wenn es nach mir ginge, müßte er morgen in die NSDAP eintreten und übermorgen zur Reichszeugmeisterei nach München fahren. Dann würde der Laden wieder flutschen.«
Robert konnte ein Lachen nicht unterdrücken.
»Man muß doch mit der Zeit gehen!« fuhr sie unbeirrt fort. »Sogar die schwärzesten ›Zentrums‹-Leute rechnen damit, daß die Nationalsozialisten die Wahl im September gewinnen. Jetzt ist der richtige

Zeitpunkt, um in die Partei einzutreten. Ich würde es ja tun, aber das nützt nichts. Vater würde niemals SA-Uniformen herstellen. Dabei könnten wir im Souterrain eine Zweigstelle der Reichszeugmeisterei eröffnen.«

»Ich bitte dich, Mama, bleibe auf dem Boden der Realität!«

»Du redest wie Vater«, entgegnete sie irritiert und ging durch das Eßzimmer in den Wintergarten.

»Und wo steckt der Herr Papa?«

»Er mußte nach Cottbus fahren. Zum erstenmal in seinem Leben besucht er Lieferanten, um einen Zahlungsaufschub zu erbitten. Wie ihm dabei zumute ist, wirst du dir denken können. Noch nie hat es offene Rechnungen bei ihm gegeben. Und er hackt sich eher die Hand ab, als daß er Wechsel unterschreibt. Die dritte Hypothek haben wir bereits auf dem Haus.«

Es wurde kein fröhlicher Abend, obwohl Mutter wie Sohn sich bemühten, unerfreuliche Themen zu meiden. Ohne es zu wollen, kamen sie immer wieder auf die Wirtschaftskrise zu sprechen, in die Deutschland geraten war. Am meisten bedrückte es Robert, daß sich sein Bruder Conrad mit dem Vater überworfen und das Elternhaus verlassen hatte. Der Grund war typisch für beide. Der Vater nahm Anstoß daran, daß sein jüngster Sohn, der es mit Hilfe einiger kirchlicher Würdenträger verstanden hatte, eine Wohlfahrtsorganisation ins Leben zu rufen, die abgelegte Kleidungsstücke sammelte, diese nicht kostenlos zur Verteilung brachte. Und der geschäftstüchtige Benjamin der Familie erregte sich über den Vater, weil der kein Verständnis dafür aufbringen wollte, daß die eingesammelten Kleidungsstücke gemäß den Satzungen der Organisation erst nach einer chemischen Reinigung zu den hierdurch entstandenen Kosten abgegeben wurden. Warum sollte er, Conrad Schroeder, der das Licht der Welt mit einem Riesenschädel und so extrem schwachen Augen erblickt hatte, daß er ungewöhnlich dicke Brillengläser tragen mußte, sein nachteiliges Aussehen nicht mit Gerissenheit kompensieren? Ihm gehörte bereits eine gutgehende chemische Reinigungsanstalt und ein Sportwagen, der junge Mädchen wie ein Magnet anzog.

Wir sind schon eine komische Familie, dachte Robert, als er am Abend sein Zimmer aufsuchte und an einer Nachbildung der Grotte von Lourdes vorüberging, die in der ersten Etage in einer Wandnische aufgebaut war. Vor der Mutter Gottes kniete das Mädchen Bernadette. Unter der Grotte brannte das ›Ewige Licht‹. Wie sollte man sich da wohl fühlen können?

Schon früh am nächsten Morgen machte sich Robert Schroeder auf den Weg zum Flughafen, der völlig verwahrlost war. Eine Umzäunung gab es kaum noch, und der Weg zum Hangar war von Unkraut überwuchert. Die ersten der beiden Hallen glich einer klapprigen Mähre, die sich mühsam auf den Beinen hält. Ihre Fenster waren blind oder eingeworfen. Nur ein kleiner Anbau war nicht dem Verfall preisgegeben. In ihm befand sich die Luftaufsicht, die einem namhaften Weltkriegspiloten unterstand und von einem schnauzbärtigen ehemaligen Feldwebel geführt wurde, den nichts in Erstaunen setzen konnte. Er begrüßte den Piloten, als habe der sich erst am vergangenen Abend von ihm verabschiedet.

Wie du mir, so ich dir, dachte Robert Schroeder und fragte wie nebenbei: »Ist Papa Sulmann da?«

Der Feldwebel wies zur zweiten Halle hinüber.

Robert Schroeder verneigte sich. »Ich danke Euer Gnaden.«

Die etwa hundert Meter weiter südlich gelegene Halle besaß einen Anbau mit einer kleinen Gaststätte, vor der einige Tische und Stühle standen. Papa Sulmann saß dort und blinzelte in die Sonne. Er hatte eine knollige Nase und ein von Brandverletzungen stark entstelltes Gesicht. Während eines Fluges hatte sein Motor plötzlich Feuer gefangen. Ungeachtet der ihm entgegenschlagenden Flammen hatte er eine Notlandung bewerkstelligen müssen. Und sie war ihm gelungen. Seitdem lebte er ein einsames Leben im hinteren Teil der Halle und fristete sein Dasein mit Vorführungen auf Kunstflugtagen.

»Sehe ich richtig?« rief er, als Robert Schroeder auf ihn zuging.

»Ja, Papa Sulmann. Ich bin eigens von Hamburg nach Münster gefahren, um mit Ihnen zu sprechen.«

»Au Backe, ich soll geschröpft werden.«

Robert Schroeder reichte ihm die Hand. »Sehe ich so aus?«

Papa Sulmann forderte ihn auf, Platz zu nehmen. »Woher hast du die Narbe da oben?« Er nahm sich das Recht, alle Flugzeugführer zu duzen.

»Bruchlandung in unwegsamem Gelände.«

»Daraufhin gekündigt worden?«

»Nein. Ich flog hinterher noch die Nachtstrecke Berlin–Königsberg. Aber dann kam die große Entlassungswelle.«

»Und nun möchtest du mit mir ein Geschäftchen machen?«

»Ja.«

»Was springt für mich dabei heraus?«

»Die Hälfte der Einnahme.«

»Auf blauen Dunst hin soll ich dir meine ›Schwalbe‹ zur Verfügung stellen?«

»Erraten.«

»Und was gedenkst du beizusteuern?«

»Außer meinem grandiosen fliegerischen Talent Benzin und Öl für die ersten fünf Flugstunden.«

»Du hast Geld?«

»Ja.«

»Dann bestell erst mal Kaffee und Zigaretten.«

»Mit dieser zusätzlichen Investition habe ich gerechnet«, sagte Robert Schroeder und verständigte die Wirtin.

»Nun 'raus mit der Sprache«, sagte Papa Sulmann, nachdem er sich eine Zigarette angezündet hatte und genußvoll den Rauch ausstieß. »Wie sollen wir zu Geld kommen?«

Robert Schroeder schilderte ihm, was er sich ausgedacht hatte, und er versuchte zu belegen, daß das geplante Unternehmen selbst bei geringem Erfolg noch einen kleinen Gewinn abwerfen würde. »Sollte das wider Erwarten nicht der Fall sein«, fügte er vorsorglich hinzu, »dann bin ich nach spätestens fünf Flugstunden zurück. Es entstehen Ihnen also nicht die geringsten Unkosten.«

Der Weltkriegsflieger rieb sein Kinn. »Die Sache ist verrückt gut. Mal 'ne ganz neue Masche. Es könnte klappen. Besonders wenn du beim Quasi-Probeflug einen Looping einlegst.«

»Das ist eine großartige Idee«, begeisterte sich Robert Schroeder. Er wußte, daß er gewonnen hatte.

»Komm, ich zeige dir meinen Vogel. Du wirst staunen. Er ist neu hergerichtet.«

Sie gingen zur Halle hinüber, in der außer einem Segelflugzeug nur Sulmanns Doppeldecker stand. Er war hellgrün und goldgelb gestrichen und zeigte auf beiden Seiten des Rumpfes und unter den Tragflächen ein großes Wappen mit den Buchstaben ›BP‹.

Robert Schroeder pfiff durch die Zähne. »Raffiniert! Anstrich und Überholung hat die ›British Petrol‹ bezahlt!«

Papa Sulmann schmunzelte. »Für mich heißt BP: Braver Peter.«

»Und Sie stellen ihn mir zur Verfügung?«

»Mir wird wohl nichts anderes übrigbleiben. In meiner Kasse herrscht grauenhafte Ebbe. Wann willst du starten?«

»Wenn's recht ist, gleich morgen.«

»Warum nicht schon heute? Am Sonntag sind die Chancen besonders günstig.«

Robert Schroeder stutzte. »Sie haben recht, das sollte ich ausnutzen. Zumal ich mich nicht vor vier Uhr in die Luft zu schwingen brauche. Ich habe also genügend Zeit, um meine Sachen zu holen.«

Sie sprachen noch über Details, als vor der Halle ein roter, mit gelben Ledersitzen, weißen Kotflügeln und glitzernden Speichenrädern ausgestatteter ›NAG-Protos‹ hielt, dem Conrad Schroeder mit lässigem

Gehabe entstieg. Seine Nickelbrille mit den extrem dicken Gläsern gab ihm ein unheimliches Aussehen.

»Hallo!« rief Robert überrascht und ging auf den jüngeren Bruder zu. »Willst du etwa zu mir?«

Conrad reichte die Hand. »Mama rief mich an und legte mir ans Herz, ein wenig für dein leibliches Wohl zu sorgen. Seelisch wäre alles in Ordnung bei dir.«

»Lästermaul!«

Der Bruder grinste. »Wie geht's sonst?«

»Danke, gut.«

Conrad wies auf seinen Wagen. »Ich kann auch nicht klagen. Gefällt dir die Kalesche?«

»So gut, daß ich sie mir vor lauter Neid gar nicht ansehen kann.«

»Da zeigt sich wieder einmal, wodurch wir uns unterscheiden. Du bist ehrlich – ich aber verdiene Geld. Sogar viel!« fügte er großkotzig hinzu.

»Und warum greifst du Vater nicht unter die Arme?«

Die hinter den dicken Brillengläsern übergroß wirkenden Augen des Bruders blickten spöttisch. »Gestatte, daß ich dir ein Privatissimum halte. Der Alte Herr zählt zu den Kaufleuten der vergangenen Generation. Die gründeten ein Unternehmen erst, wenn entsprechendes Kapital zur Verfügung stand. Heute ist das anders. Ich eröffnete meine Firma, ohne einen roten Heller zu besitzen. Mein Kapital steckt«, er tippte an seine Stirn, »in diesem leider zu groß geratenen Schädel. Und in meiner Fähigkeit, mit Wechseln jonglieren zu können. Nun frage ich dich: Glaubst du, daß Vater sich mit solcher Methode helfen lassen würde? Nein, mein Lieber. Ich stehe Gewehr bei Fuß und greife erst ein, wenn das Haus unter den Hammer kommen soll. Dann ersteigere ich es. Auf der Wechselbasis. In andere Hände wird es nicht geraten, darauf kannst du dich verlassen. Und das ist im Moment ja wohl das wichtigste. D'accord?«

Robert bewunderte Conrad. »Gewiß«, erwiderte er und bat den Bruder, ihn nach Hause zu fahren, da er am Nachmittag fortfliegen müsse und der Mutter zuvor noch etwas Gesellschaft leisten wolle.

»Dafür habe ich größtes Verständnis«, erwiderte Conrad gespreizt und erklärte sich bereit, ihn nicht nur nach Hause zu fahren, sondern auch wieder zum Flughafen zurückzubringen.

Robert akzeptierte das Angebot dankbar, war allerdings erstaunt, als der geschäftstüchtige Bruder ihn am Nachmittag bei der Verabschiedung ersuchte, ihm zu bestätigen, daß er ihn insgesamt zwölf Kilometer gefahren habe.

»Natürlich hast du das getan«, sagte er amüsiert. »Aber was hast du von solcher Bestätigung?«

Conrads Augen hinter den dicken Brillengläsern funkelten. »Ich möchte nur, daß du weißt, was ich für dich getan habe.«

Robert gab ihm die Hand. »Ich sage dir meinen zwölf Kilometer langen Dank. Und wenn ich zurück bin, rufe ich dich an. Du darfst mich dann wieder fahren.«

Papa Sulmann hatte seinen Doppeldecker schon aufgetankt und den Motor warm laufen lassen, als Robert Schroeder bei ihm erschien. »Alles in bester Ordnung«, erklärte er und fügte augenzwinkernd hinzu: »Seebach macht mit. Seinen Adlatus hat er bereits chloroformiert. Offiziell startest du zu einem Rundflug bis in den oldenburgischen Raum hinein. Geht dann hier eine Notlandungsmeldung ein, wird nichts unternommen, wenn der Bericht besagt, daß die Landung glatt verlaufen ist.«

Robert Schroeder bot dem alten Piloten eine Zigarette an. »Und wie machen wir es in den nächsten Tagen?«

»Weder Start- noch Landemeldung. Im Bordbuch sind die Zeiten natürlich zu erfassen. Im übrigen gilt, was wir abgemacht haben. Sollte etwas schiefgehen, ist das deine Sache. Wir wissen von nichts.«

»Klarer Fall.«

Papa Sulmann wies auf den Gepäckraum im Rumpf des Doppeldekkers, in den er einen Trichter gelegt hatte, der mit einem Wildledertuch ausgeschlagen war. »Keinesfalls ungefiltert tanken!«

»Und zum Naseputzen immer schön das Taschentuch benutzen«, konterte Robert Schroeder. »Sonst noch was?«

»Ja. Ich möchte dir raten, nicht überheblich zu werden und nie mit geschlossenem Benzinhahn zu fliegen.«

Beide flachsten sich an, bis es Zeit war, daß Robert Schroeder sich verabschiedete und an den Rand des Flugplatzes rollte, wo er behutsam Vollgas gab.

Der 45 PS leistende Sternmotor dröhnte und ließ das Herz des Piloten höher schlagen. Für ihn war es immer wieder ein Erlebnis, die Grasnarbe schneller und schneller zurückweichen zu sehen und zu spüren, wie die Stöße der Räder weicher werden und die Maschine schließlich vom Boden abhebt. Leicht wie eine Feder fühlte er sich in solchen Augenblicken, losgelöst von der Erdenschwere, befreit von den Sorgen des Alltags. Und je höher die Maschine stieg, um so mehr nahmen die unter ihr liegenden Gebäude das Aussehen von Gebilden aus einer Spielzeugschachtel an. Das Geschehen auf der Erde sank zur Bedeutungslosigkeit herab. Probleme und Zwistigkeiten schien es nicht zu geben.

Robert Schroeder drosselte den Motor und drehte eine Ehrenrunde über Papa Sulmann, bevor er Kurs auf den Teutoburger Wald nahm. Er freute sich darauf, über Ortschaften hinwegzufliegen, in denen er in seiner Jugend oft gewesen war. In der Nähe von Lengerich hatte er mit einigen Kameraden einen Sommer lang jeden Sonntag ein abschüssiges Gelände gerodet, das ihnen für den Segelflug zur Verfügung gestellt worden war. Mit dem Erfolg, daß ihr in zweijähriger Arbeit gebauter Schulgleiter beim ersten Startversuch in die Brüche ging.

Auch an Sulmanns Maschine war manches noch sehr primitiv. Außer dem Drehzahlmesser gab es kein Instrument, das ohne Übertreibung als solches hätte bezeichnet werden können. Zur Kontrolle des Benzins, das sich in einem Tank befand, der in der oberen Tragfläche eingebaut war, diente ein nach unten heraushängendes Glasrohr, in dem ein Stab steckte, der entsprechend der Abnahme der Treibstoffmenge nach unten sank.

Nach einer halben Flugstunde kam Osnabrück in Sicht, und Robert Schroeder registrierte zufrieden, daß er sich mit 90 km/h über Grund bewegte. Vergnügt folgte er den Eisenbahnschienen bis zum Dümmer See, wo er ein größeres Moorgebiet überflog, hinter dem sich einige abgelegene Ortschaften befanden, die er aufzusuchen gedachte.

Es dauerte nicht lange, da entdeckte er in der Nähe eines schmucken Dorfes mit stattlichen Bauernhöfen ein Stoppelfeld, das zur Landung wie geschaffen war. Er steuerte auf den Ort zu und ließ den Motor mit Hilfe des Zündschalters kräftig knallen. Passieren konnte dabei nichts. Die Dorfbewohner aber mußten glauben, es bahne sich eine Katastrophe an. Den Motor weiterhin unregelmäßig laufen lassend, jagte er über die Dächer dem Stoppelfeld entgegen, wo er in aller Ruhe landete. Danach rollte er in Richtung des Dorfes zurück, stellte den Motor ab und kletterte aus dem Führersitz. Und es trat ein, was er erwartet hatte. Zu Fuß und auf Fahrrädern eilte die Einwohnerschaft herbei.

»Ist etwas passiert?« rief ein Gendarm, der mit puterrotem Kopf heranradelte.

Robert Schroeder gab sich gelassen. »Was soll schon passiert sein? Dies ist ein todsicheres Flugzeug.«

»Aber der Motor hat furchtbar geknallt.«

»Ich weiß«, entgegnete er. »Darum bin ich ja gelandet. Die Schuld lag bei mir. Ich war in großer Höhe und hätte beim Abstieg mehrmals Vollgas geben müssen. Da ich es versäumte, wurden die Kerzen naß, die ich nun säubern muß. Das ist alles.«

»Sie glauben, weiterfliegen zu können?«

»Natürlich. Ich muß den Motor nur erst mal kalt werden lassen. Und dann brauche ich eine Blechbüchse mit Benzin. Eine Drahtbürste habe ich bei mir. Gibt es hier eine Tankstelle?«

»Selbstverständlich.«

Dann bin ich beruhigt, dachte Robert Schroeder und bat den Beamten, dafür zu sorgen, daß die Bevölkerung nicht zu nahe an das Flugzeug herankomme.

Das brauchte er dem Hüter der Ordnung nicht zweimal zu sagen. Im Nu erschallten Kommandos, und die Maschine wurde von jungen Männern umstellt.

Der Gemeindevorsteher kam und ging mit gewichtiger Miene auf den Piloten zu, um ihn im Namen der Einwohnerschaft ›zum wunderbaren Verlauf des Absturzes‹ zu beglückwünschen.

Von diesem Augenblick an übernahm Robert Schroeder die Rolle, die er sich zugedacht hatte. Indem er richtigstellte, daß er nicht ›wunderbar abgestürzt‹ sei, sondern nur eine notwendig gewordene Zwischenlandung vorgenommen habe, begann er den unerschrockenen Helden der Lüfte zu spielen. »Die Sache ist absolut bedeutungslos«, erklärte er so laut, daß auch entfernt Stehende ihn hören konnten. »Ich brauche lediglich einen Stuhl oder Hocker, damit ich an den oberen Zylindern arbeiten kann. Spätestens in einer Stunde führe ich einen Probeflug durch. Und wenn der zufriedenstellend verläuft, lade ich den Besitzer dieses Feldes zu einem kleinen Rundflug ein.«

Seine Worte blieben nicht ohne Wirkung. Der Eigentümer des Ackers rief ihm übermütig zu: »Ich nehme Sie beim Wort, Herr Flieger!«

Gelächter brach aus, und die neugierig herbeigeeilten Menschen diskutierten lebhaft darüber, ob das Flugzeug wirklich wieder starten könne und der Grundstücksbesitzer dann tatsächlich den Mut aufbringen würde, in die Maschine einzusteigen.

Inzwischen eilten zwei Burschen in das Dorf, um die von Robert Schroeder erbetenen Dinge zu besorgen, und dieser nutzte die Zeit, um mit der Bevölkerung in ein Gespräch zu kommen. Mit Freude stellte er dabei fest, daß mehrere junge Männer sich erboten, den Stoppelfeldeigentümer zu vertreten, falls der es sich anders überlegen sollte. Das Wichtigste war jetzt, die Neugier der Zuschauer zu intensivieren. Aus diesem Grunde erklärte Robert Schroeder, daß er erst am nächsten Morgen weiterfliegen könne, wenn er mit der Behebung der kleinen Motorstörung nicht schnellstens fertig werde.

Der Gastwirt des Dorfes sagte daraufhin: »Dann übernachten Sie eben bei mir! Selbstverständlich als mein Gast.«

Robert Schroeder lachte zu einigen Mädchen hinüber. »Merkt ihr, was er will? Einen Fliegerball möchte er veranstalten, bei dem ich als Zugpferd dienen soll.«

Sein wohlberechneter Scherz blieb nicht ohne Wirkung, und das immer lauter werdende Stimmgewirr legte sich erst wieder, als die zur

Reparatur des Motors erbetenen Dinge gebracht wurden und Robert Schroeder auf einen Hocker stieg, um die Zündkerzen aus den oberen Zylindern herauszuschrauben. Sehr umständlich ging er dabei zu Werke, immer darauf bedacht, nicht erkennen zu lassen, was er in Wirklichkeit tat. Er pinselte mit Benzin herum, wischte feucht gemachte Stellen wieder trocken und schraubte fest, was er zuvor gelokkert hatte. Über eine halbe Stunde beschäftigte er sich so, dann erklärte er seine Arbeit für beendet und ersuchte den Landgendarmen, die Bevölkerung vom Stoppelfeld fortzudirigieren. Einen Burschen unterwies er im Durchdrehen der Luftschraube und schärfte ihm ein, unmittelbar nach der dritten Umdrehung zur Seite zu laufen.

Robert Schroeder hatte Glück. Gleich beim erstenmal sprang der Motor an, und der Gendarm, der vorsorglich den Kinnriemen seines Tschakos heruntergeschnallt hatte, gab verabredungsgemäß durch Heben des rechten Armes zu verstehen, daß das Stoppelfeld frei von Menschen sei.

In den nächsten zehn Minuten tat Robert Schroeder alles, was er tun konnte, um Eindruck zu schinden. Nachdem die Maschine den Boden verlassen hatte, legte er sie in eine Steilkurve und jagte im Tiefflug auf die Dorfbewohner zu, die erschrocken ihre Köpfe einzogen. Danach ließ er das Flugzeug auf 300 Meter Höhe steigen, umkreiste das Dorf und führte einen imponierenden Looping aus. Anschließend zeigte er einen Turn und eine hochgezogene Schleife, aus der heraus er kühn zur Landung ansetzte.

Brausender Applaus belohnte seine Vorführung. Er forderte nunmehr den Grundstücksbesitzer auf einzusteigen, und als der, ohne zu zögern auf den vorderen Sitz des Flugzeuges kletterte, kannte die Begeisterung keine Grenzen mehr.

Diesmal führte er weder Steilkurven noch Kunstflugfiguren durch. Er flog vielmehr so behutsam wie möglich um das Dorf herum und landete nach fünf Minuten wohlbehalten vor der Bevölkerung, die ihn nun bestürmte, weitere Flüge durchzuführen. Als er aber kundtat, dem Eigentümer des Flugzeuges außer den Benzin- und Ölkosten pro Flugminute eine Mark zahlen zu müssen, schwand die Flugbegeisterung merklich dahin. Sie kehrte jedoch zurück, als er erläuterte, daß ein Rundflug, wie er ihn mit dem Bauern durchgeführt habe, alles in allem sieben Mark kosten würde.

»Dat is mich der Spaß wert«, erklärte ein junger Bursche und zückte sein Portemonnaie.

»Und mich auch«, rief ein anderer.

Das Eis war gebrochen, aber es blieb bei den beiden Meldungen.

Robert Schroeder entmutigte dies nicht. Mehr als zwei Flüge konnte er an diesem Abend ohnehin nicht durchführen, da die Maschine vor

Anbruch der Dämmerung verankert werden mußte. Auch rechnete er damit, daß die Flüge weitere Interessenten mobil machen würden. Und er täuschte sich nicht. Gleich nach der zweiten Landung erklärte sich ein dritter Flugwilliger bereit, den geforderten Preis zu zahlen. Robert Schroeder vereinbarte mit ihm, den Flug am nächsten Morgen durchzuführen, und er versprach ihm einen Nachlaß von einer Mark, wenn er sich an der Bewachung des Flugzeuges beteiligen würde.

Daraufhin verpflichteten sich sogleich vier weitere Interessenten, das Flugzeug für jeweils zwei Stunden zu bewachen.

Am Abend ließ sich Robert Schroeder dann verwöhnen. Vom Gastwirt, der ihm ein pieksauberes Zimmer anwies; von der Wirtin, die ihm ein üppiges Abendessen bereitete; von dem adretten Töchterlein der Wirtsleute, das im Bemühen, ihn besonders gut zu bedienen, über ihre eigenen Beine stolperte.

Der Abend wurde zu einem runden Fest mit Tanz und allem, was dazu gehört. Und als Robert Schroeder sich zu später Stunde ins Bett legte, hatte er weitere dreizehn Flüge notiert. Das war weitaus mehr, als er zu hoffen gewagt hatte. Würden die nächsten Tage ebenso lukrativ enden?

Er hatte Glück. Das Wetter blieb gut, und wo immer er im Verlauf der folgenden Woche mit knallendem und patschendem Motor landete, da eilte die Bevölkerung herbei. Und überall gelang es ihm, Vertrauen zu erwecken und Rundflüge zu verkaufen. Einmal sogar sechsundzwanzig an einem Tage. Es gab freilich auch Streitereien, weil Väter sich darüber erregten, daß ihre Söhne leichtfertig sieben Mark ausgaben. Oder weil Frauen verzweifelt darüber waren, daß ihre Männer sich in Lebensgefahr brachten. Der Erfolg aber war auf seiner Seite. Nach Ablauf der ersten Woche und Abzug der Unkosten für Benzin und Öl verblieben Robert Schroeder fast achthundertfünfzig Mark. Doch dann trat etwas ein, das ihn schleunigst nach Münster zurücktrieb.

Es begann damit, daß sich der Gendarm einer Ortschaft, die er sich für den Samstag ausgesucht hatte, bei weitem nicht so beflissen zeigte wie seine Kollegen. Er eröffnete das Gespräch mit der ruppigen Erklärung: »Wenn Sie hier denselben Zirkus aufziehen, den Sie in den vergangenen Tagen in der Nachbarschaft veranstaltet haben, werden Sie Ärger bekommen. Ich weiß zwar von meinem Schwager, einem Flugzeugmechaniker bei den Focke Wulf-Werken, daß die Gefahr zu verhungern für Piloten zur Zeit größer ist als die, auf die Schnauze zu fallen. Ich übernehme aber nicht die Rolle, die Sie meinen Amtskameraden zugemutet haben. Anders ausgedrückt: Ich biete Ihnen keine Absperrung, keine Wachaufsicht, kein gar nichts.«

Robert Schroeder begriff, daß er schnellstens Schluß machen mußte. Er fragte deshalb: »Werden Sie auch keine Absperrung vornehmen, wenn ich erkläre, gleich wieder zu starten und nicht nochmals hier zu landen?«

Der Beamte grinste. »Über Ihre Rundflüge wird höheren Orts schon geredet. Sie können von Glück sagen, daß meine Kameraden nicht auf die Nummer Ihrer Maschine geachtet haben.«

Robert Schroeder drückte dem Gendarmen die Hand. »Schade, daß ich Ihnen keinen Freiflug anbieten kann.«

Der unerwartet hohe Betrag, den Robert Schroeder mit nach Münster brachte, machte Papa Sulmann trotz der finanziellen Kalamität, in der er steckte, bei weitem nicht so froh wie die Tatsache, daß er seinen Doppeldecker wieder wohlbehalten in der Halle stehen hatte.

»Ich hab' mir manchmal doch Sorgen gemacht«, sagte er, während er das ihm übergebene Geld in einer alten Zigarrenschachtel verstaute. »Wenn Lilienthal wüßte, mit welchen Tricks wir uns über Wasser halten müssen, würde er sich im Grabe wie ein Propeller umdrehen. Aber na, dank deiner verrückten Idee kann ich jetzt wenigstens den größten Teil meiner Schulden berappen. Dadurch steigt meine Kreditwürdigkeit, und ich kann weiterhin anschreiben lassen. Ein herrliches Gefühl! Und wenn alles gutgeht, erhalte ich in der nächsten Woche einen dicken Auftrag. Ich habe den Herren von der NSDAP nämlich erzählt, daß ich für die Zentrumspartei Flugblätter abwerfen soll. Nun möchte man die schwarze Konkurrenz ausschalten.« Er rieb sich die Hände. »Komm, gehen wir einen trinken.«

An einem der im Freien stehenden Tische der kleinen Gaststätte neben der Halle wurden beide bald so vergnügt, daß sie ihre Umgebung nicht mehr beachteten und verwundert aufblickten, als ein peinlich korrekt gekleideter junger Mann hackenklappend an ihren Tisch trat, seinen Namen nannte, sich als Oberleutnant im Reichswehrministerium auswies und fragte, ob er einen Moment stören dürfe.

»Bitte«, sagte Papa Sulmann nicht gerade freundlich. Er mochte geschniegelte Männer nicht.

»Vielleicht dient es dem besseren Verständnis, wenn ich Ihnen sage, daß ich die Herren vom Sehen her kenne. Ich habe mich früher oft hier am Flughafen aufgehalten.«

»Nehmen Sie doch Platz«, forderte ihn Robert Schroeder auf.

Der Offizier setzte sich. »Als ich Sie aus dem Flugzeug klettern sah, nahm ich mir vor, Sie auf eine Chance aufmerksam zu machen, die sich Ihnen als Sportflieger bietet.«

»Ich wurde inzwischen Verkehrspilot«, bemerkte Robert Schroeder nicht ohne Stolz.

»Ach, das wußte ich nicht. Dann wird das, was ich Ihnen vorschlagen wollte, uninteressant für Sie sein. Ich hoffte, Sie mit einer Jagdflieger-Ausbildung für die ›Schwarze Reichswehr‹ ködern zu können.«

Da Robert Schroeder wußte, daß Deutschland keine Jagdflugzeuge besitzen durfte, sagte er verblüfft: »Jagdfliegerausbildung? In welchem Versteck soll die stattfinden? Etwa in einem Wald?«

»Der Platz wäre ungeeignet«, erwiderte der Oberleutnant lächelnd. »Unsere Ausbildungsstätte liegt in einem Land, in dem Franzosen und Engländer nichts zu bestellen haben. In Rußland!«

»Wo, bitte?«

»In Lipjezk an der Woronjesh, etwa dreihundert Kilometer südlich von Moskau. Wir bilden dort deutsche und sowjetische Piloten aus.«

Papa Sulmann und Robert Schroeder waren sprachlos.

Der Offizier schaute sichtlich zufrieden von einem zum anderen. »Ja, meine Herren, wir waren nicht untätig. Unser Abkommen mit der UdSSR wurde noch vor dem Freundschaftsvertrag von Rapallo abgeschlossen. Unterzeichnet hat die Vereinbarung General von Seeckt. Reichskanzler Wirth war selbstverständlich über alles informiert. Er wußte auch, daß Professor Junkers, der erfreulicherweise jeden Befehl der Alliierten mißachtet, in Rußland Flugzeuge baut und verkauft.«

»Etwa an die Sowjets?«

»An wen denn sonst? Sie dürfen mir glauben!« erklärte der Oberleutnant mit Nachdruck, als er die ungläubigen Mienen der Piloten sah. »Ich habe das Werk von Junkers persönlich besichtigt. Ebenso das Deutsche Forschungslaboratorium in Jagi bei Moskau.«

Robert Schroeder schwirrte der Schädel. »Das würde ja heißen, daß sich die Reichswehr und deutsche Industrielle mit Kommunisten verbündet haben.«

»Ich würde es nicht so nennen«, entgegnete der Oberleutnant bedächtig. »Die Verhältnisse waren es, die uns zwangen, neue Wege zu gehen. Den Franzosen genügte es nicht, das linksrheinische Gebiet zu besetzen. Sie marschierten in Düsseldorf, Duisburg, Ruhrort, Essen und schließlich in das gesamte Ruhrgebiet ein. Deutschlands Lebensnerv war durchtrennt. Die Reichswehr stand vor der Entscheidung, entweder aufzugeben oder auszuweichen.«

»Und sie hat recht daran getan, nicht aufzugeben!« erklärte Papa Sulmann lebhaft. »Schade, daß ich nicht jünger bin. Ich würde sofort nach Lipjezk gehen.«

Der Oberleutnant wandte sich an Robert Schroeder. »Und was sagen Sie dazu?«

»Verlockend ist die Sache schon.«

»Dann kommen Sie doch zu uns. In der Schwarzen Reichswehr haben Sie die gleichen Aufstiegschancen wie im ›Hunderttausend-Mann-Heer‹!«

»Heißt das, daß man Soldat werden muß, wenn man die Jagdfliegerausbildung erhalten will?«

»Daß wir kein Interesse daran haben, Zivilisten auszubilden, werden Sie sich denken können.«

»Schade. Zum Soldaten eigne ich mich nicht.«

»Ja, dann ... Ich darf um Verschwiegenheit bitten?«

»Selbstverständlich.«

Der Offizier erhob sich, schlug die Hacken zusammen und bat um Entschuldigung für die Störung.

»Eigentlich ein tolles Ding«, sagte Papa Sulmann, als der Oberleutnant außer Hörweite war.

»Weiß Gott!« Robert Schroeder blickte auf seine Armbanduhr und erhob sich. »Es wird Zeit, daß ich meinen Bruder anrufe.«

Der Weltkriegsflieger bat darum, ihm noch ein Bier zu bestellen.

Robert Schroeder sagte der Wirtin Bescheid und rief Conrad an, der sich gar nicht erst bitten ließ, zum Flughafen herauszukommen.

»Bin schon unterwegs«, rief er. »In zehn Minuten bin ich bei dir.«

Der ist ja mächtig aufgekratzt, dachte Robert Schroeder und kehrte zu Papa Sulmann zurück.

Der griff nach dem Bier, das die Wirtin ihm gerade gebracht hatte. »Das mit der Ausbildung in Rußland will mir nicht aus dem Kopf. Die Reichswehr, Garant von Neutralität, Sicherheit und Ordnung, verbündet sich mit den Kommunisten! Was für eine Partei soll man da noch wählen?« Er trank einen Schluck und fuhr nachdenklich fort: »Eine verrückte Zeit, in der wir leben. Vielleicht hat sie aber auch ihr Gutes. Wenn wir immer aus dem vollen schöpfen könnten und nie die Sorge um das tägliche Brot hätten, würden unsere Ansprüche grenzenlos werden und wir in unserer Sattheit eines Tages Quallen gleichen, die am Strand liegen und nicht merken, daß ihr Inneres zerrinnt.«

Robert Schroeder sah den um viele Jahre älteren Piloten erstaunt an. »Seit wann sind Sie unter die Philosophen gegangen?«

Papa Sulmann wies auf einen Sportwagen, der auf die Gaststätte zujagte. »Ich gehe in Deckung. Laß dich bald mal wieder sehen!«

Conrad Schroeder stoppte den Wagen genau vor seinem Bruder und rief verwundert. »Du bist ja braun, als kämst du aus der Sommerfrische.«

»Ich war auch auf dem Land.«

»Und was hast du da gemacht?«

Robert stellte sein Köfferchen in den Sportwagen. »Geld verdient.«

Die von dicken Brillengläsern stark vergrößerten Augen des Bruders wurden lebhaft. »Das höre ich gerne. Berichte!«

Robert schilderte mit wenigen Worten, was er gemacht hatte, woraufhin Conrad ihn bat, die Geschichte dem Vater in möglichst lustiger Form zu erzählen.

»Er muß aufgerappelt werden«, sagte er. »Die Gläubiger haben ihm ein Moratorium gewährt. Jetzt bangt er darum, das in ihn gesetzte Vertrauen nicht rechtfertigen zu können.«

»Dann wird er sich freuen, wenn er erfährt, daß ich in den nächsten fünf Monaten keine Unterstützung von ihm benötige. Ich habe über vierhundert Mark verdient. Hundert möchte ich für ein neues Jackett und etwas Wäsche ausgeben. Mit dem Rest komme ich fünf Monate weiter.«

»Und ich stelle dir für weitere sieben Monate jeweils sechzig Mark zur Verfügung, wenn du dem Alten Herrn erklärst, daß du für ein ganzes Jahr versorgt bist. Das wird ihm Auftrieb geben. In einem Jahr läuft nämlich der ihm gewährte Zahlungsaufschub ab.«

Robert war so überrascht, daß er nicht wußte, was er zu diesem Angebot sagen sollte.

»Natürlich nehme ich Zinsen«, fuhr Conrad sachlich fort. »Verschenken kann ich mein Geld nicht. Zehn Prozent pro anno.«

Robert grinste. »Und wann hab' ich den mir so großzügig gewährten Kredit zurückzuzahlen?«

»Wann immer du willst.«

»Das ist ein Wort«, erwiderte Robert und bat seinen Bruder, am Bahnhof vorbeizufahren, damit er der Mutter Blumen kaufen könne.

Später, als sie vor dem Elternhaus anhielten und Conrad keine Anstalten traf, den Wagen zu verlassen, fragte Robert verwundert: »Kommst du nicht mit?«

Der Bruder schüttelte den Kopf. »Meine Gegenwart würde Vater die Wiedersehensfreude trüben.«

»Dann sage ich dir herzlichen Dank.«

Conrad wies auf den Tachometer des Wagens. »Durch den Umweg zum Bahnhof waren es heute sieben Kilometer!«

Robert lachte. »Also meinen sieben Kilometer langen Dank!«

Der Vater öffnete die Haustür. Er wirkte verknittert. Beim Anblick des Sohnes erhellte sich sein Gesicht jedoch augenblicklich. »Robert!« rief er erfreut. »Wie schön, dich zu sehen!«

Die Mutter eilte herbei.

Robert breitete die Arme aus.

Sie ließ sich wie ein junges Mädchen auffangen.

Er küßte sie stürmisch.

Der Vater lächelte nachsichtig.

»Nun ist es aber genug«, protestierte die Mutter.

Der Vater wies auf die Rosen, die Robert in der Hand hielt. »Jetzt erhältst du doch noch Blumen!«

Die Mutter triumphierte: »Habe ich nicht gesagt, daß Wunder uns helfen werden!« Sie hakte sich bei Robert ein. »Du weißt, daß Vater mir jeden Samstag Blumen schenkt. Heute tat er es zum erstenmal nicht, weil ich ihn gebeten habe, auf diese Ausgabe zu verzichten.«

»Aber das ist doch . . .«

»Ich kann mir denken, was du sagen willst«, unterbrach ihn der Vater. »Du wirst uns aber verstehen, wenn du erfährst, daß meine Gläubiger mir . . .«

». . . ein Moratorium gewährt haben«, fiel nunmehr Robert ins Wort. »Conrad hat mich bereits informiert.«

Die Züge des Vaters verdunkelten sich. »Der soll sich gefälligst um seine Sachen kümmern!«

»Das tut er ja. Er war nur so freundlich, mich vom Flughafen abzuholen.«

Die Mutter trat zwischen Vater und Sohn. »Hätten die Herren etwas dagegen, im Wintergarten Platz zu nehmen?«

»Situation gerettet!« schnarrte Robert im gequetschten Offizierston. »Muß schon sagen: fabelhafte Frau.«

Sogar der Vater, ehemaliger Reserveoffizier, der sich sonst jede Verspottung des preußischen Militärs verbat, lachte diesmal. »Zur Feier des Tages werde ich meine letzte Flasche ›Piesporter Goldtröpfchen‹ aufs Eis legen. Jahrgang einundzwanzig!«

Die Mutter nutzte die Gelegenheit, ihren Sohn zu bitten, das von ihr angeregte Gespräch über die Fabrikation von Uniformen für andere Einheiten äußerst behutsam zu führen. Die geringste Aufregung genüge im Augenblick, den Vater die Nerven verlieren zu lassen. Er komme nicht darüber hinweg, daß er seine Gläubiger um einen Zahlungsaufschub habe bitten müssen.

Robert versprach, so diplomatisch wie möglich vorzugehen, und es war zweifellos eine gute Einleitung, daß er dem Vater beschwingt eröffnete, durch eine fliegerische Sonderaktion so viel Geld verdient zu haben, daß er für das nächste Jahr keinerlei Unterstützung benötige.

»Das ist ja phantastisch«, begeisterte sich der Vater. »Ich hatte mir bereits Sorge gemacht. Immer wieder habe ich mich gefragt, wie ich es vor den Gläubigern verantworten soll, dir weiterhin Unterstützung zu gewähren. Und nun diese Lösung! Aber erzähle!«

Robert schilderte nun den Verlauf der letzten Woche in möglichst lebhafter Form. Dabei begeisterte er sich so sehr an der eigenen Erzählung, daß ihm die warnenden Blicke der Mutter entgingen. Sie kannte ihren Mann und ahnte, wie er reagieren würde.

»Ja«, sagte der Vater, als Robert geendet hatte, »zu deiner Geschichte ist leider einiges zu bemerken. Ich finde es ungeheuerlich, daß du dich auf die Ebene von Schaustellern, von fahrendem Volk begeben hast. Was aber noch schlimmer ist: du dürftest gegen das Gesetz verstoßen haben; denn jegliches Unternehmen ist anmeldungs- und genehmigungspflichtig.«

»Nun werde nicht drollig«, sagte Robert lachend.

Der Vater machte eine Bewegung, als sei ihm die Hose im Schritt zu eng. »Aber erlaube mal! Das Gesetz beachten, nennst du drollig sein?«

»Er hat es nicht so gemeint«, fiel die Mutter hastig ein.

»Das möchte ich hoffen.«

»Mama hat recht«, erklärte Robert Schroeder im Bestreben, keinen Disput aufkommen zu lassen. Er dachte jedoch: Es ist wie eh und je. Wir reden dem Alten Herrn nach dem Mund. Und warum? Weil er uns von Kindheit an als eine Art höheres Wesen präsentiert wurde.

»Dann laß mich schnell noch den dritten Punkt nennen«, fuhr der Vater fort. »Steuerhinterziehung! Oder gedenkst du dem Kaiser zu geben, was des Kaisers ist?«

»Der hat bekanntlich abgedankt und sitzt in Doorn«, versuchte Robert zu scherzen.

»Keine Kalauer, wenn ich bitten darf! Und damit bin ich, was dich anbelangt, am Ende. Bezüglich des Gendarmen, der dir zu verstehen gab, das Feld zu räumen, anstatt einen Rapport zu machen, kann ich nur sagen: Armes Deutschland! Wie sollen wir aus dem Dreck herauskommen, wenn wir uns auf unsere Beamten schon nicht mehr verlassen können?«

Wir werden uns nie verstehen, dachte Robert. Es hat auch keinen Sinn, mit ihm über die Anfertigung von Uniformen für Einheiten zu reden, deren Gesinnung nicht seiner Auffassung entspricht. Die Mutter tat ihm plötzlich leid. Aber dann sagte er sich: Es gibt nichts, was sie bei Vater nicht erreicht. Früher oder später wird sie ihren Willen durchsetzen. Er entschloß sich deshalb, das von der Mutter erbetene Gespräch nicht einzuleiten. Sie drängte ihn jedoch unerbittlich dorthin, wo sie ihn haben wollte.

»Rechnet man auch in Hamburg mit einem starken Stimmengewinn der Nationalsozialisten?« fragte sie.

»Das kann ich nicht sagen«, antwortete er, um sich nicht aufs Glatteis führen zu lassen. »Politik ist meine schwache Seite.«

»Diesmal solltest du Stellung beziehen«, riet ihm die Mutter. »Wenn nicht bald klare Verhältnisse geschaffen werden, geht Deutschland zugrunde.«

»Das ist leider allzu wahr«, pflichtete ihr der Vater bei. »Der Versailler Vertrag muß für ungültig erklärt und das uns von den Fremdmächten aufgezwungene System abgeschafft werden. Unser Volk sehnt sich nach Ordnung und Sicherheit. Beides ist mit demokratischen Methoden nicht zu erreichen. Ohne nationale Größe geht es nicht!«

Die Mutter nickte lebhaft. »Eben darum wird Hitler Stimmen gewinnen. Er predigt politische Einheit und nationale Größe. Gibt es in Hamburg schon viele SA-Verbände?«

Robert wußte, daß er in die Zange genommen wurde, und antwortete gottergeben: »Wenn ich die Kolonnen sehe, denke ich oft: Schade, daß Vater ihnen keine Uniformen zu liefern hat. Nur eine Mark an jedem Stück verdient, und er wäre 'raus aus seinen Sorgen.«

»Siehst du!« rief die Mutter. »Der Junge sagt das gleiche wie ich.«

Der Vater lachte. »Wollt ihr mich etwa überreden, SA-Uniformen herzustellen?«

»Lehnst du das grundsätzlich ab?« fragte Robert.

»Selbstverständlich!«

»Und warum?«

»Weil mir das Programm der Nationalsozialisten nicht paßt. Es gibt zwar gewisse Punkte, die ich bejahe. Wer aber dem Antisemitismus das Wort redet, kann nicht erwarten, ernst genommen zu werden.«

»Da gebe ich dir recht«, pflichtete Robert dem Vater bei. »Doch was erreichst du damit, wenn du die Herstellung der braunen Uniformen anderen Fabrikanten überläßt?«

»Da antworte ich mit einer Gegenfrage. Verbündest du dich mit Mördern, wenn dir finanzieller Nutzen winkt?«

»Mit Mördern nicht, mit Andersdenkenden ohne weiteres. Das tut sogar die Führung der von dir so geschätzten Reichswehr, wie ich vorhin zufällig erfahren habe. Man wollte mich für einen Jagdfliegerkursus gewinnen, der in Lipjezk, dreihundert Kilometer südlich von Moskau, über die Bühne geht. Im Auftrag der Reichwehr werden dort deutsche und sowjetische Piloten ausgebildet.«

Der Vater wurde blaß. Drei Jahre lang hatte er in der sibirischen Gefangenschaft die Nagaika zu spüren bekommen. Und nun verbündete sich die deutsche Reichswehr mit Kommunisten? Für ihn brach eine Welt zusammen.

Mutter wie Sohn deuteten sein Schweigen als grüblerische Nachdenklichkeit und versuchten ihm klarzumachen, daß er als Fabrikant ebensogut mit Nationalsozialisten arbeiten könne wie General von Seeckt mit sowjetischen Einheiten.

»Es erwartet doch niemand von dir, daß du in die Partei eintrittst«, beschwor Roberts Mutter ihren Mann. »Du sollst lediglich versuchen, Aufträge zu bekommen, die so oder so erteilt werden. Bei der Reichszeugmeisterei in München hast du noch nie vorgesprochen.«

München, das war für Vater Schroeder Bayern. Und Bayern war für ihn ein rotes Tuch, weil das Land sich im Krieg zwischen Frankreich und Österreich auf die Seite Napoleons geschlagen hatte. »Ich bin Preuße und werde niemals einen Angehörigen dieses unglückseligen Volksstammes um einen Auftrag bitten.«

»Verrenn dich nicht«, sagte Robert unwillig.

»Diesem Volk ist nicht zu trauen!« trumpfte der Vater auf. »Erst hat es mit Napoleon gegen Österreich gekämpft, dann sich der österreichischen Sache angeschlossen und für die Mobilmachung gegen Preußen gestimmt. Bismarck ist viel zu gnädig mit ihm verfahren.«

Im Interesse des Hausfriedens verzichtete Robert auf eine Erwiderung. Wer an Preußens Glanz schabte, lief bei seinem Vater Gefahr, als Nestbeschmutzer vor die Tür gesetzt zu werden. »Ich schlage vor, das Thema fallenzulassen«, sagte er wie nebenbei.

Die Mutter warf ihm einen dankbaren Blick zu. Wenn die Nationalsozialisten bei der bevorstehenden Wahl gut abschnitten, würde es leichter für sie werden. Gewisse Dinge hatte sie schon in die Wege geleitet.

Vater Schroeder erhob sich. »Du hast recht. Wozu sich streiten. Wir wollen das Wiedersehen lieber mit einem edlen Tropfen feiern.«

Auch daraus sollte nichts werden. Der berühmte Weinjahrgang 1921 hatte die allzu lange Lagerung nicht vertragen und war oxydiert.

3

Auf Robert Schroeder wartete eine große Überraschung, als er am Sonntagnachmittag nach Hamburg zurückkehrte. Er hatte geglaubt, Harald von der Heid nicht daheim anzutreffen. Zu seinem Erstaunen vernahm er nach dem Öffnen der Dielentür jedoch die Stimme des Freundes und die einer Frau. Er schickte sich eben an, das Feld zu räumen und einen Spaziergang entlang der Alster zu machen, als er seinen Namen nennen hörte.

»Es ist doch anzunehmen, daß Robert heute zurückkehren wird«, sagte die weibliche Stimme.

»Natürlich ist das möglich«, entgegnete Harald. »Es steht aber nicht fest.«

Wie die Stimmen sich gleichen, dachte Robert verblüfft. Sollte Haralds Schwester gekommen sein? Wie hieß sie doch noch? Sie mußte mindestens sechs Jahre jünger sein als er. Früher, in Münster, hatte sie zu den Kleinen gezählt. Er ging auf die Zimmertür zu und klopfte an.

Drinnen erstarb das Gespräch. Dann rief der Freund: »Ja, bitte?«

Robert öffnete die Tür und trat in den Raum.

»Du Schuft! Gerade haben wir von dir gesprochen. Carla ist da. Kannst du dich an sie erinnern?«

»Natürlich«, sagte Robert und ging auf sie zu.

Haralds Schwester blickte ihm erwartungsvoll entgegen. Sie war wesentlich kleiner als ihr Bruder und mochte siebzehn Jahre alt sein. Ihre Kleidung war sportlich, und sie hatte gut daran getan, ihrem unvorteilhaften, rötlichblonden Haar eine tizianrote Färbung zu geben. Etwas Geheimnisvolles ging von ihr aus. Die Iris ihrer stahlblauen Augen war seltsam hell, ihre Wangen wiesen die Narben einer überstandenen Akne auf. Sie entstellten ihr Gesicht aber nicht.

»Sie sind ja eine richtige Dame geworden«, sagte Robert, da ihm nichts Besseres einfiel und er nichts an ihr entdeckte, was er überzeugend hätte loben können.

»Und Sie sehen so prächtig aus, daß man in Sie hineinbeißen möchte«, entgegnete Carla ohne jede Hemmung.

Harald schnitt eine Grimasse. »Du wirst nie eine Dame werden.«

»Das behaupte ich schon lange«, pflichtete ihm die Schwester bei. »Ich halte deshalb auch nichts davon, daß ich in ein Pariser Internat geschickt werden soll. Wozu? Ich rede ja doch, wie mir der Schnabel gewachsen ist.« Sie schaute zu Robert hinüber. »Haben wir uns früher nicht geduzt?«

»Als Kinder schon.«

»Sollten wir es nicht dabei belassen?«

»Wenn es dir recht ist.«

»Natürlich. Aber woher hast du die Narbe an der Stirn?«

»Die hab' ich bei einer Bruchlandung bekommen.«

»Hat es sehr weh getan?«

»Nur in der ersten Zeit.«

Sie küßte die Spitze ihres Zeigefingers und legte ihn auf die Narbe.

Robert war verblüfft.

»Gehen wir heute abend zusammen essen?« fragte sie.

»Das ist doch klar«, antwortete ihr Bruder und sagte an Robert gewandt: »Carla wohnt nebenan in der Pension Prem.«

»Dienstag muß ich leider wieder zurück. Könntest du mir morgen Gesellschaft leisten?«

Das wäre nicht schlecht, dachte Robert. Und möglich wäre es auch, da mein Sonderurlaub nicht begrenzt worden ist. »Gerne«, antwortete er. »Bist du schon länger in Hamburg?«

»Seit drei Tagen. Eigentlich bin ich nur deinetwegen gekommen.«

»Rede keinen Blödsinn!« erboste sich Harald und sah den Freund hilflos an. »Glaube ihr kein Wort. Sie spinnt gerne ein bißchen.«

Carla lachte. »Und wenn ich spinne, zittert die ganze Familie. Allen voran der Herr Papa, der bekanntlich ein erfolgreicher Schriftsteller ist, aber allzugern ein großer Dichter sein möchte. Sein weißes Haar läßt er neuerdings à la Gerhart Hauptmann zurechtmachen. Und wenn er in den Spiegel schaut, erschrickt er, weil er glaubt, Goethe käme ihm entgegen. Da ist es natürlich furchtbar, wenn das Töchterlein geradeheraus sagt, was es denkt.«

Ihr Bruder empörte sich. »Weißt du, was du bist?«

»Ein Biest!« antwortete sie wie aus der Pistole geschossen.

»Aber ein nettes«, fügte Robert schmunzelnd hinzu. Ihm gefiel Carlas offene Art.

Harald verdrehte die Augen und ging auf die Tür zu. »Entschuldigt mich einen Moment.«

Carla erhob sich und machte einen Knicks.

Robert lachte. »Schenk uns einen netten Abend.«

Sie ging durch den Raum. Ihr Rock wippte. »Du bist wirklich so, wie ich mir vorgestellt habe, daß du sein müßtest. Seit du Ruth Pech damals zu der Tasse Kaffee eingeladen hast, bin ich eifersüchtig auf sie.«

»Ruth Pech ...?« fragte er erstaunt. »Wer ist das? Ich kann mich beim besten Willen nicht erinnern.«

»Sie war eine meiner Spielgefährtinnen.«

»Und ich habe sie eingeladen?«

»Ja, weil wir ihr eine Fahrkarte mit dem Aufdruck ›Hin nach Palästina und nicht wieder zurück‹ geschenkt hatten. Und dann riefen wir hinter ihr her: ›Wer Pech anfaßt, besudelt sich!‹«

»Jetzt erinnere ich mich. Männer der Deutschvölkischen Freiheitspartei hatten euch dazu angestiftet.«

»Ich weiß nur noch, daß sie Windjacken mit Hakenkreuzbinden trugen und daß du uns furchtbar beschimpft und Ruth Pech zu einer Tasse Kaffee eingeladen hast. In jener Stunde hätte ich etwas darum gegeben, eine Jüdin zu sein.«

»Wegen des Kaffees?«

»Ach wo, die Einladung hatte mich eifersüchtig gemacht. Wir zählten ja noch zu den Kleinen. Ruth Pech aber stand plötzlich über uns. Und sie hat tatsächlich nie wieder mit uns gespielt.«

»Dafür spielen jetzt wir miteinander. Ich möchte mir morgen einige Kleidungsstücke kaufen. Willst du mir dabei helfen?«

»Gerne. Und heute abend benehme ich mich wie eine wohlgesittete Internatsschülerin.«

Harald kehrte aus dem Bad zurück.

Robert grinste. »Deine Schwester hat mir eben versprochen, sich in den nächsten Stunden ganz wohlgesittet zu benehmen.«

Harald schlug die Hände über dem Kopf zusammen. »Das ist das Schlimmste, was sie uns antun kann.«

Robert fiel es an diesem Abend schwer, sich von Carla zu trennen. »Wollen wir noch etwas an der Alster spazierengehen?« fragte er, als er mit ihr und Harald zu später Stunde die Pension Prem erreichte.

Sie spielte die Schüchterne. »Wenn meine Mutter noch lebte, würde sie jetzt sagen: Das gehört sich nicht, mein Herr! Und mein Vater würde in einem Roman schreiben: Die Kleine aber durchschaute den Lotterbuben und sagte züchtig: Die Müdigkeit, teuerster Freund, die Müdigkeit hat mich ergriffen.«

Harald lachte. »Schreibe eine Glosse über den Alten Herrn, und ich verlege den Erguß.«

Robert umarmte Carla zum Abschied.

»Um neun Uhr erwarte ich dich zum Frühstück.«

Die beiden hat's erwischt, dachte Harald mit gemischten Gefühlen. Er war eifersüchtig auf den Freund. Auch wünschte er nicht, daß der ihn eines Tages durchschauen könnte. Er hatte Pläne, die niemanden etwas angingen. Vorerst brauchte er sich freilich keine Gedanken zu machen. Die Gründung des Verlages war handelsgerichtlich angemeldet, und sein Vater hatte die Rechte an seinen Romanen für hunderttausend Mark zurückgekauft und ihm übertragen. Darüber hinaus hatte er im Bestreben, seine Tochter nicht zu benachteiligen, Carla den gleichen Betrag überschrieben und ihn gegen eine Verzinsung von fünf Prozent als Startkapital in den Verlag eingebracht. Aber was sind schon hunderttausend Mark, wenn man einen großen Verlag aufziehen will? Der Vater würde zu gegebener Zeit ganz andere Summen zur Verfügung stellen müssen.

»Trinken wir schnell noch ein Bierchen?« fragte Harald. Er wollte herausfinden, ob der sonst so spröde Freund Feuer gefangen hatte.

Robert war einverstanden. Er enttäuschte Harald aber, da er jedem Gespräch über Carla aus dem Wege ging. Und wo er nicht völlig ausweichen konnte, machte er lapidare Bemerkungen wie: »Doch, doch, sie ist ein nettes Mädchen.« Bis er plötzlich erklärte: »Die Müdigkeit, teuerster Freund, die Müdigkeit hat mich ergriffen. Gehen wir also schlafen.«

Am nächsten Morgen rief Robert als erstes den Abteilungsleiter der Firma Wallheimer Gebrüder an und bat ihn um einen weiteren Urlaubstag. Er hätte sich den Anruf schenken können, würde dann aber den ganzen Tag befürchtet haben, jemandem aus der Firma zu begegnen. Das ging ihm wider den Strich.

»Und solche Abhängigkeit erträgst du für dreißig Mark im Monat?« erregte sich Carla, als Robert ihr von seinem Telefongespräch berichtete.

»Neben den dreißig Mark erhalte ich hervorragende Kenntnisse«, entgegnete er gelassen. »Außerdem habe ich die Chance, nach Südamerika geschickt zu werden. Stell dir vor, du bekommst eines Tages aus Argentinien eine Postkarte, auf der es heißt: Pilot mit schicker weißer Fliegerkombination leidet an klopfendem Herzen. Würdest du da nicht gleich kommen?«

In ihren Augen blitzte der Schalk. »Im Gegenteil, ich würde alles tun, um das Herz kräftig weiterklopfen zu lassen.«

»Du bist ganz schön frech.«

Sie schenkte Kaffee nach. »Vielleicht nennt mein Vater mich deshalb ›Unser Biest‹.«

»Bist du eins?«

Sie zuckte die Achseln.

Er bot ihr eine Zigarette an. »Aber du kommst doch gut mit ihm zurecht.«

»Jedenfalls besser als Harald. Die beiden können sich nicht riechen.«

»Ich denke, dein Vater hilft ihm bei der Gründung des Verlages.«

»Das ist eine Verzweiflungstat.«

»Wieso denn das?«

Carla blies den Zigarettenqualm vor sich hin. »Reden wir offen miteinander. Wie steht's mit Haralds Sauferei?«

»Hin und wieder packt's ihn schon mal. Er trinkt dann aber in einer Art, die zu ertragen ist. Wenn der kritische Punkt kommt, zieht er sich zurück und legt sich ins Bett.«

»Keine unflätigen Brüllereien?«

»Wenn das der Fall wäre, würden sich unsere Wege längst getrennt haben. Er weiß das und richtet sich danach.«

»Das hätte ich nicht für möglich gehalten«, sagte Carla verwundert. »Wenn du einmal erlebt hättest, wie ausfallend er werden kann, wüßtest du, welche Sorgen wir uns machen. Bei ihm können Wochen vergehen, in denen er sich geradezu mustergültig verhält. Plötzlich aber packt es ihn, und er gerät außer Rand und Band. Paps hat ihn einmal in eine Trinkerheilanstalt bringen lassen.«

Robert war entsetzt. »Dann ist es kein Wunder, daß die beiden nicht miteinander auskommen. Seit wann trinkt Harald eigentlich?«

»Seit etwa zwei Jahren. Er kam eines Morgens in einem unbeschreiblichen Zustand nach Hause. Seine Kleidung war zerfetzt. Kein vernünftiges Wort brachte er über die Lippen. Er konnte nur noch lallen. Da hat Vater ihn abholen lassen.«

»Darüber kommt Harald natürlich nicht hinweg.«

»Möglich.«

»Ihr wißt nicht, warum er sich damals so betrunken hat?«

Carla drückte ihre Zigarette aus. »Wir haben nicht die geringste Ahnung.«

Robert blickte nachdenklich vor sich hin. »Dein Vater hätte ihn niemals in eine Anstalt schicken dürfen. Was Harald auch veranlaßt haben mag, sich so zu betrinken, die Einlieferung in die Anstalt wird ihm einen Knacks gegeben haben.«

»Um so glücklicher bin ich, zu hören, daß er hier nie randaliert hat.«

Carla geriet in der nächsten Stunde in eine fast ausgelassene Stimmung. Sie malte Robert aus, was er für hundertzehn Mark, die er für Kleidung ausgeben wollte, alles würde kaufen können. Richtig schick sollte er aussehen. Am besten würde ihm ein englisches Sakko stehen. Dazu Knickerbocker, modische Strümpfe, Schuhe mit Kreppsohlen und ein gestreiftes Hemd mit abgerundetem Kragen. Bei der Krawatte müsse man sehen, was besser harmoniere: ein expressionistisches Muster oder eine gedämpfte Farbe.

»Was du da aufzählst, dürfte alles in allem dreihundert Mark kosten«, stellte Robert fest.

»Unsinn«, widersprach Carla. »Man muß sich nur Zeit nehmen.«

Das tat sie dann auch. Schon beim ersten Herrenausstatter kehrte sie das Unterste zuoberst. Dabei entdeckte sie eine breitkarierte Knickerbockerhose, die sie begeistert ausrufen ließ: »Genauso eine habe ich mir vorgestellt. Die nimmst du!«

Er wies auf das Preisschild. 30,50 Reichsmark! Wenn er seinen Etat nicht überschreiten wollte, durfte er für eine Hose nicht mehr als zwanzig Mark ausgeben.

Sie dämpfte ihre Stimme. »Das sparen wir anderswo wieder ein.«

Es reizte ihn plötzlich, Carla gewähren zu lassen. Sie sollte ruhig mal sehen, wo sie mit ihrem Einkaufstalent enden würde.

Ein Verkäufer legte ihm ein Wildlederjackett vor.

Carla glich einem Eichkätzchen, das sich auf die Hinterbeine stellt. »Das wäre mein Traum!«

Er drehte das Preisschild um. 116,00 Reichsmark!

Sie nahm den Sakko an sich. »Probiere ihn an.«

Er schüttelte den Kopf.

»Nur mal probieren!«

Ihm blieb nichts anderes übrig. Er schlüpfte in die Wildlederjacke. Sie saß ihm wie angegossen.

»Bert, das ist das richtige für dich!«

Bert . . .? So hatte ihn noch niemand genannt. »Ja, Wildleder steht mir ausgezeichnet«, sagte er. »Das gute Stück ist mir aber zu teuer.« Er wandte sich an den Verkäufer. »Haben Sie etwas in Velveton?«

»Gewiß, mein Herr.«

Carla maulte: »Schade, daß schöne Sachen immer so teuer sind.«

Er lachte. Glücklicherweise so teuer, daß man nicht in Gewissenskonflikte kommt.«

»Die Jacke steht dir phantastisch.«

»Velveton tut's auch.«

Das war richtig. Die samtartige Jacke, die der Verkäufer brachte, sah wirklich gut aus. Die Ärmel waren zwar zu lang, aber das konnte bis zum Nachmittag gerichtet werden. Und der Preis betrug zweiunddreißig Mark! Das war weniger, als er veranschlagt hatte. Der Mehrpreis für die Hose war damit fast ausgeglichen.

Während der Verkäufer die Ärmel absteckte, trat Carla an einen Krawattenständer und tuschelte mit einer Verkäuferin. Danach kehrte sie zu Robert zurück und sagte, daß sie eine gelbe Strickkrawatte entdeckt habe, die sie ihm gerne schenken würde. »Ich hoffe, du bist damit einverstanden.«

Er küßte ihre Wange.

Einen Augenblick lang wurde sie unsicher. Dann aber sagte sie: »Paps würde an dieser Stelle schreiben: Eine Welle tiefer Zärtlichkeit durchflutete das holde Geschöpf.«

Sie lachten ausgelassen, und nachdem Robert noch die gewünschten Schuhe und ein erstklassiges Hemd erstanden hatte, setzten sie sich auf die Terrasse des Alsterpavillons, um den Rest des Geldes zu verprassen. Für drei Mark erhielten sie zwei Tassen Kaffee, zehn Manoli-Zigaretten und eine Portion Eis, an der beide genußvoll herumschleckten. Und das mit nur einem Löffel! Es war aufregend.

Ratlos aber wurde Robert, als er Carla zur Pension gebracht hatte und sein in der Nähe gelegenes Zimmer aufsuchte, um sich für den Abend umzuziehen. Im Paket des Herrenausstatters befand sich der Wildledersakko und nicht das Velvetonjackett.

»Die müssen sich vertan haben«, sagte er zu Harald, der kurz vor ihm nach Hause gekommen war.

Der Freund prüfte das Jackett. »Weißt du, was das ist?«

»Wildleder.«

Harald lachte. »Ich würde es Carlas Geschoß nennen.«
»Du meinst, sie hat hinter meinem Rücken . . .?«
»Natürlich! Aber stell dich jetzt bloß nicht an!«
Robert strich über das weiche Material. Carla war eine Ausnahme. In jeder Hinsicht. Er würde kein Spielverderber sein.

Der Zufall wollte es, daß Robert Schroeder am nächsten Morgen seinem Abteilungsleiter, der sich kurz vor dem Bürohaus mit einer Klebekolonne der SPD in ein Wortgefecht eingelassen hatte und Gefahr lief, in eine Schlägerei verwickelt zu werden, in letzter Minute beistehen konnte.
»Diese Schweine!« keuchte der Prokurist, als Robert Schroeder ihn von den Männern getrennt hatte. »Deutschlands Elend verdanken wir einzig und allein der Nachgiebigkeit der roten Bonzen. Alles, aber auch alles hat sich die Weimarer Regierung gefallen lassen. Und nun erdreisten sich diese Lumpen, die Plakate einer Partei zu überkleben, die einen angemessenen Lebensraum fordert und den Reichstag, diese Schwatzbude der Demokratie, zum Teufel jagen will.«
Robert Schroeder hörte nur mit halbem Ohr zu. Er hatte die Möglichkeit erkannt, Carla an der Bahn verabschieden zu können.
»Schauen Sie sich den Film ›Im Westen nichts Neues‹ an, fuhr der Abteilungsleiter erbost fort. »Unglaublich, sage ich Ihnen! Nur vaterlandslose Gesellen können so was verzapfen.
Robert Schroeder ließ den Prokuristen reden und reden, bis sie das Bürohaus erreichten. Dann sagte er: »Ich habe übrigens eine große Bitte. Dürfte ich mir heute morgen eine Stunde freinehmen?«
»Selbstverständlich, mein Lieber. Sie wählen doch NSDAP, oder?«
»Dachten Sie etwa KPD?«
Der Abteilungsleiter klopfte ihm auf die Schulter. »Recht so!«
Carla war überrascht und glücklich, als Robert wider Erwarten am Zug erschien. Leider waren sie nicht allein, da sich auch ihr Bruder eingefunden hatte.
Der Abschied fiel beiden plötzlich schwer, und nachdem der Zug den Bahnhof verlassen hatte und außer Sicht gekommen war, versuchte Robert sich abzulenken, indem er Harald erzählte, was er mit seinem Vorgesetzten erlebt hatte.
Der Freund schüttelte den Kopf. »Du wirst doch nicht tatsächlich die Nationalsozialisten wählen?«
»Schätzt du mich so ein?«
»Das nicht. Aber . . .«

»Komm, hör auf«, unterbrach ihn Robert. Er wollte sich nicht festlegen und war der Meinung, die Welt könne nur gesunden, wenn jeder der einstigen Kriegsgegner einen Pflock zurückstecken würde.

Aber dann geriet Robert Schroeder doch in die Nähe eines politischen Engagements. Er hatte seinen Kameraden im Fliegerbund Nordland gerade erzählt, auf welch kuriose Weise es ihm gelungen war, die zur Verlängerung seines Pilotenscheins erforderlichen Flugstunden zu absolvieren, als ein junger Mann erschien, der sich als Fluglehrer der Deutschen Verkehrsfliegerschule Braunschweig auswies und darum ersuchte, an die Anwesenden einige Worte richten zu dürfen. Als ihm dies gestattet wurde, erklärte er ohne Umschweife, mit der Aufstellung eines Fliegerkorps beauftragt zu sein, das einer Organisation der NSDAP, die ›Schutz-Staffel‹ heiße und eine Elitetruppe darstelle, angeschlossen werden solle. Aufgabe des Fliegerkorps sei es, ein ›Reservoir‹ von Piloten zu bilden, denen die Partei nach Übernahme der Regierung wichtige fliegerische Aufgaben übertragen könne.

»An jenem Tage werden wir nämlich mit dem Aufbau einer großangelegten Luftfahrt beginnen«, versicherte der junge Mann. »Und zwar ohne Rücksicht auf den Versailler Vertrag.«

Robert Schroeder dachte unwillkürlich an den Oberleutnant, der ihn in Münster auf die Möglichkeit einer Jagdfliegerausbildung in Rußland aufmerksam gemacht hatte. Hier nun war vom Aufbau einer modernen Luftfahrt die Rede. Es schien Leben in die Bude zu kommen.

»Weshalb soll das Fliegerkorps einer Organisation der NSDAP angegliedert werden?« fragte einer der anwesenden Flugzeugführer. »Das ist doch doppelt gemoppelt. Warum greifen Sie, wenn es soweit ist, nicht einfach auf die bestehenden Fliegerverbände zurück?«

»Weil diese keiner zentralen Dachorganisation angehören«, antwortete der Fluglehrer. »Auch erscheint es uns sinnvoll, das Fliegerkorps der Schutz-Staffel, kurz SS genannt, anzugliedern. Ich erwähnte bereits, daß diese Einheit eine Elitetruppe ist.«

»Die Sache riecht mir zu sehr nach Kommiß«, sagte Robert Schroeder. »Ich möchte nicht eines Tages das Vorbeifliegen in gerader Haltung üben müssen.«

Der Fluglehrer lachte. »Wäre Ihnen der derzeitige Direktor der Deutschen Lufthansa ein Garant dafür, daß Sie wichtigere Aufgaben bekommen werden?«

»Was hat Direktor Milch mit dem Fliegerkorps zu tun?«

»Genausoviel wie Göring, der Ihnen bekannt sein dürfte«, antwortete der junge Mann und entnahm seiner Brieftasche ein Foto, das den im Weltkrieg berühmt gewordenen Jagdflieger zeigte. Er trug einen schwarzen Gummimantel. Sein ›Pour le mérite‹ hing vorne aus dem hochgeschlossenen Kragen. Auf seinem Stahlhelm prangten in Runenschrift die Buchstaben SS. »Göring ist unsere Galionsfigur.«

»Schön und gut«, entgegnete Robert Schroeder. »Mir ist aber immer noch nicht klar, was der Direktor der Lufthansa mit dem Fliegerkorps zu tun hat.«

Der Fluglehrer wurde ausflüchtig. »Konkret im Moment nichts. Hitler wird sich in Kürze jedoch mit ihm treffen und ihn bitten, den Aufbau der deutschen Luftfahrt zu übernehmen, wenn die NSDAP an die Regierung kommt.«

»Und Sie vermuten, daß Milch den Auftrag annehmen wird?«

»Göring, in dessen Wohnung das Treffen stattfinden soll, zweifelt nicht daran.«

Robert Schroeder betrachtete das Foto Hermann Görings. »Soll das Fliegerkorps etwa uniformiert werden?«

Der Fluglehrer schüttelte den Kopf. »Das glaube ich kaum. Über derartige Dinge haben wir uns noch keine Gedanken gemacht. Im Augenblick geht es lediglich darum, eine Mannschaft aufzustellen, die zu gegebener Zeit mobilisiert werden kann. Wer sich in unsere Liste einträgt, darf damit rechnen, gleich nach der Regierungsübernahme eine fliegerische Aufgabe zu erhalten. Der Mitgliedsbeitrag ist gering. Fünfzig Pfennig pro Monat. Wir werden selbstverständlich dafür Sorge tragen, daß unsere Mitglieder die erforderlichen Stunden zur Erhaltung ihrer Flugzeugführerscheine kostenlos absolvieren können.«

Nach dieser Feststellung bedurfte es keines werbenden Wortes mehr. Geschlossen erklärten die Mitglieder des Fliegerbundes ihre Bereitschaft, dem Fliegerkorps der SS beizutreten. Jeder unterschrieb den Aufnahmeantrag.

»Hoffentlich waren wir nicht zu voreilig«, sagte einer der Flugzeugführer, als der Fluglehrer gegangen war.

»Wenn Milch und Göring mit von der Partie sind, dann liegen wir richtig«, erklärte Robert Schroeder. »Außerdem kann uns nichts passieren. Sollten die Nationalsozialisten nicht an den Drücker kommen, bleibt alles beim alten. Übernehmen sie aber die Regierung, dann werden wir fliegen. Die Kerle scheinen genau zu wissen, was sie wollen. Das beweist allein die Tatsache, daß sie zu einem Zeitpunkt, da sie noch nichts zu sagen haben, erstaunliche Vorbereitungen treffen.«

»Dann müßten wir am Sonntag eigentlich die NSDAP wählen«, sagte einer der Anwesenden.

»Konsequent wäre es.«

»Wenn die Nationalsozialisten bloß nicht gegen die Juden wären.«

»Ich habe den Eindruck, daß sie nur so reden, um ihre politische Kritik auf eine Minderheit abwälzen zu können«, sagte Robert Schroeder. »Sie werden sich schon umstellen, wenn sie regieren. Verfolgungen, wie sie in der spanischen Inquisition üblich waren, sind nicht mehr denkbar.«

»Da bin ich nicht ganz so sicher«, sagte ein junger Segelflieger. »Pseudowissenschaftliche Terrorphilosophien tragen immer die Gefahr in sich, von der Masse aufgegriffen zu werden.«

Man diskutierte noch eine Weile und trennte sich an diesem Abend mit jenem Gefühl, das einen beschleicht, wenn man vorschnell etwas gekauft hat und nicht weiß, ob einem das Gekaufte auch auf die Dauer gefallen wird.

Je mehr wir überlegen, um so mehr komplizieren wir die Dinge, dachte Robert Schroeder, als er nach Hause ging. Carla würde jetzt sagen: Seelenblähungen sind ungesund. Mach dich frei davon.

Die Nacht war schwül, und er überlegte eben, ob er sich ein Glas Bier leisten solle, als er sah, daß in seinem Zimmer ein schummeriges Licht brannte. Augenblicklich wußte er, daß der Freund getrunken hatte. Warum nur heute wieder, fragte er sich und beschleunigte seine Schritte.

Tatsächlich lag Harald betrunken im Bett. »Nicht schimpfen«, lallte er. »Ich hab' nur . . .«

»Halt die Schnauze«, unterbrach ihn Robert und eilte durch das Zimmer. »Wie oft hab' ich dir schon gesagt, du sollst die Fenster öffnen, wenn du säufst!«

»Entschuldige, ich hab's vergessen.«

Robert riß die Fensterflügel auf und verließ das Zimmer, um die Dielentür zu öffnen und Durchzug zu schaffen.

»Man kann mich von draußen sehen«, jammerte der Freund.

»Das hättest du dir vorher überlegen sollen!« Robert stellte einen Stuhl vor die Zimmertür, damit sie nicht zuschlagen konnte. »Ich gehe jetzt spazieren, und wenn ich zurückkomme, möchte ich erfahren, warum du gesoffen hast. Komm mir aber nicht mit Mätzchen. Ich habe Carla ausgequetscht und weiß, daß dein Alter Herr so idiotisch war, dich nach deiner ersten Sauferei in eine Entziehungsanstalt zu stecken. Daß das nicht ohne Folgen bleiben konnte, ist mir klar. Was ich erfahren habe, reicht jedoch nicht aus, um dir helfen zu können. Ich muß wissen, was dich seinerzeit veranlaßt hat, plötzlich so maßlos zu trinken.«

»Die Tür soll offenbleiben?«

»Ja«, erklärte Robert und schaltete das Licht aus. »In einer Viertelstunde bin ich zurück.«

Er wußte, daß Harald in vierzehn Tagen nach Berlin umsiedeln wollte, um seinen Verlag aufzubauen. Bis dahin mußte es ihm gelingen, den Freund von seinem Komplex zu befreien. Schon um Carlas willen.

Sie beherrschte neuerdings sein Denken. Im Geiste sah er sie bereits in Paris an der Seine entlangschlendern. Im ›Schloß der Altvorderen‹, wie sie die ihrer Meinung nach kitschige Besitzung ihres Vaters genannt hatte, vermochte er sie sich nicht vorzustellen. Sie paßte in kein Haus mit ›Türmchen und Tütata‹. Ein Pensionat war allerdings auch nicht das richtige für sie. Aber es gehörte nun einmal zum guten Ton, daß die Tochter eines berühmten Vaters ein Pariser Internat besuchte.

Robert kehrte früher zurück, als er es vorgehabt hatte. »Na«, sagte er, als er die Türen geschlossen und das Licht wieder angeknipst hatte. »Nun pack mal aus. Was hat dich damals bewogen, so schandbar zu trinken?«

Harald fuhr sich mit der Zunge über die Lippen. »Ein Weib ... Wir waren so gut wie verlobt. Als ich sie eines Sonntagnachmittags überraschend besuchte, lag ein anderer bei ihr.«

»Und da hast du dich betrunken?«

»Ja.«

»Wahrscheinlich hätte ich das auch getan.«

Der Freund richtete sich auf. »Wenn mein Vater mich nicht in die Anstalt eingeliefert hätte, wäre ich längst darüber hinweg.«

»Bringt dich die Erinnerung immer wieder dahin, zu trinken?«

Harald nickte. Der Ausdruck seines Gesichtes aber strafte ihn Lügen. In seinen glanzlosen Augen lag etwas Lauerndes.

Er befürchtet, daß ich ihm nicht glaube, dachte Robert und sagte: »Ich bin froh, daß du dich mir anvertraut hast. Schade nur, daß du es nicht schon viel früher getan hast.«

Der Freund starrte vor sich hin. »Ich will frei werden, will vergessen.«

»Das wirst du!« versicherte Robert und schaltete die Stehlampe ein. »Das Wichtigste ist jetzt ja geschafft.« Er hatte noch etwas hinzufügen wollen, schwieg aber, da er auf dem Tisch eine Zervelatwurst entdeckte, deren gold-blaue Papierbinde er nur zu genau kannte. Margot war hier, schoß es ihm durch den Kopf. Ihretwegen hatte er gesoffen!

Rückblickend gewahrte er eine attraktive Hamburgerin, die er mit Harald auf der Reeperbahn kennengelernt hatte. Sie gehörte zu jenen Mädchen, die sich gleich einladen lassen und auch sonst keine Schwierigkeiten bereiten. Für den folgenden Sonntag nachmittag hatte er sich mit ihr verabredet und den Freund gebeten, die Zeit in einem Kino oder sonstwo zu verbringen. Sie war dann auch pünktlich erschienen und hatte ihm, gewissermaßen als Präsent, eine gold-blau gesiegelte Wurst mitgebracht, wobei sie betonte, er dürfe sie getrost annehmen, da sie als Expedientin einer Gewürzmühle mehr zugesteckt bekomme, als sie verzehren könne.

Und nun lag eine gleiche Zervelatwurst auf dem Tisch!

Robert konnte sich eines Schmunzelns nicht erwehren und fragte wie nebenbei: »Hast du Margot getroffen?«

Harald stieg das Blut in den Kopf. »Wie kommst du darauf?«

»Nur so, ich dachte gerade an sie.«

»Ich bin ihr tatsächlich begegnet. Ganz zufällig. Da habe ich sie zu einer Tasse Kaffee eingeladen.«

»Natürlich auch, weil du wußtest, daß ich am Mittwoch später als sonst heimkomme.«

»Ich habe sie nicht aufgefordert, mich zu begleiten«, fiel Harald erregt ein. »Ich schwöre dir, ich, ich . . .«

Robert lachte und nahm die Wurst vom Tisch. »Margots Zervelat-Tour hat dich verraten.«

Harald sah ihn verblüfft an. »Du nimmst mir nicht übel . . .?«

»Was könnte ich da schon übelnehmen? Hätte unsere Nymphe dich nicht getroffen, würde sie einen anderen beehrt haben.«

Der Freund lachte glucksend.

Er hat getrunken, weil er befürchtete, mir in die Quere gekommen zu sein, dachte Robert. Leider ist damit erwiesen, daß er mich mit seinem schönen Geständnis hinters Licht führen wollte. Nicht die von ihm genannten Gründe haben ihn damals veranlaßt, sich sinnlos zu besaufen. Wahrscheinlich flüchtet er vor sich selbst in den Nebel des Vergessens. Was aber läßt ihn vor sich selber flüchten? Sein Problem liegt tiefer, als ich vermutete.

4

Der 14. September 1930 brachte einen politischen Erdrutsch, wie ihn niemand für möglich gehalten hatte. Überall wurde nur noch über den triumphalen Sieg der NSDAP gesprochen, die mit 107 Abgeordneten in den Reichstag einziehen konnte. Das waren 95 Sitze mehr, als diese Partei zuvor gehabt hatte.

Gerd Schroeder erschien schon kurz nach sechs Uhr im Zimmer seines Bruders und lamentierte, als ginge die Welt unter. »Das Ausland wird uns boykottieren! Deutsche Waren werden nicht mehr gefragt sein. Der Export wird zusammenbrechen. Die Folge: Wir erhalten keine Devisen. Ohne Devisen aber kein Import. Aus. Essig. Kein Handel und Wandel mehr. Ich verlasse Hamburg und gehe nach Berlin.

Gott sei Dank habe ich schon vorgesorgt. Ich kann durch Bekannte beim Wolff'schen Telegraphen Büro unterkommen.«

Robert, der ebenso wie sein Freund noch im Bett lag, sah den Bruder verständnislos an. »Ich glaube, du spinnst.«

»Gerd hat recht«, widersprach Harald. »Wenn die Nationalsozialisten hundertsieben Sitze errungen haben, können wir einpakken.«

Robert stieg aus dem Bett. »Wartet doch erst mal ab, wie sich die Dinge entwickeln. Ich finde es ganz gut, daß Männer in den Reichstag kommen, die bereit sind, die Verantwortung zu übernehmen. In den letzten Jahren haben doch alle nur geredet.«

Sein Bruder erboste sich: »Hast du die NSDAP gewählt?«

Harald hielt den Atem an.

»Ja«, antwortete Robert. »Und wenn ihr euch dreimal im Grabe umdreht!«

Robert Schroeder, der sich für Politik nicht sonderlich interessierte, hatte seine Stimme den Nationalsozialisten gegeben, weil es ihm imponiert hatte, daß die Männer der NSDAP und deren Organisation schon zu einem Zeitpunkt, da diese Partei weitaus weniger Einfluß besaß als andere Parteien, alles taten, was in ihren Kräften stand, um den Regierungsapparat im Falle einer Machtübernahme unverzüglich in Bewegung setzen zu können. Frohlocken aber ließ ihn das Ergebnis der Wahl nicht. Die Tatsache, daß die bürgerlichen Parteien fast anderthalb Millionen Stimmen verloren hatten, deutete auf eine Radikalisierung hin, die besorgt stimmen mußte. Man hatte sich nach einer warmen Stube gesehnt und sah sich nun einem Großbrand ausgesetzt.

Wie überall, so wurde auch in der Firma Wallheimer Gebrüder der Ausgang der Wahl lebhaft besprochen. Der Chef des Hauses schritt öfter als sonst mit undurchdringlicher Miene durch die Büroräume. Es sah aus, als wolle er sich zur Schau stellen, zugleich aber auch herausfinden, wie die Stimmung unter seinen Angestellten war.

In der technischen Abteilung blieb er eine Weile unschlüssig stehen und blickte zu Robert Schroeder hinüber. Dann ging er auf ihn zu. »Ich möchte Sie sprechen. Bitte, kommen Sie mit.«

Der Prokurist kniff die Lider zusammen. Wollte der Jude sich mit Vertrauenspersonen umgeben?

David Wallheimer ging in sein Büro, wo er ohne Umschweife fragte: »Versprechen Sie sich als Flugzeugführer etwas von den Nationalsozialisten?«

»Gewiß«, antwortete Robert Schroeder in aller Offenheit.

»Dann werden Sie die NSDAP gewählt haben.«

»Ja.«

»Es freut mich, daß Sie ehrlich sind.«

Robert Schroeder zuckte die Achseln. »Ihre Frage ließ mir keinen Spielraum.«

Der Großkaufmann wies auf eine Sesselgruppe. »Mit Ihnen läßt sich reden. Wie beurteilen Sie den Antisemitismus der Nationalsozialisten?«

Robert Schroeder setzte sich. »Ich habe erst vor wenigen Tagen die Auffassung vertreten, daß die Nationalsozialisten den Antisemitismus nur predigen, um ihre politische Kritik auf eine Minderheit abwälzen zu können. Wir leben nicht mehr im Mittelalter. Eine aufgeklärte Menschheit wird Rassenverfolgungen nicht dulden.«

»Der Meinung bin auch ich«, sagte David Wallheimer. »Dennoch mache ich mir Sorgen um unsere künftigen Absatzmärkte. Wir müssen uns darauf einstellen, daß es immer schwieriger werden wird, deutsche Waren abzusetzen. Das zwingt uns zu entscheidenden Umstellungen. Holen Sie sofort Angebote von den Skoda-Werken in Pilsen ein. Tschechische Maschinen und Geräte werden wir anbieten. Natürlich nicht ausschließlich. Ohne deutsche Separatoren geht es zum Beispiel nicht. Ebenfalls nicht ohne Junkers-Flugzeuge. Ich werde Sie in absehbarer Zeit nach Dessau schicken. Wir müssen versuchen, von neuen Flugzeugtypen das Alleinvertriebsrecht für Südamerika zu bekommen. Und wenn wir gezwungen sein sollten, eine ganze Serie in Auftrag zu geben! Junkers ist im Ausland eine hochangesehene Persönlichkeit. Er ist leider auch ein schwieriger alter Herr. Es wird deshalb zweckmäßig sein, mit seinem Sohn zu verhandeln.«

Robert Schroeder wußte nicht, wie ihm geschah. Er hatte für die NSDAP gestimmt, und ausgerechnet ein Jude, dem er dies offen eingestanden hatte, eröffnete ihm Perspektiven, die er nicht für möglich gehalten hätte.

»Wann läuft Ihr Ausbildungsvertrag ab?« fragte David Wallheimer.

»Ende Juli nächsten Jahres.«

»Über die Reisespesen werden wir uns zu gegebener Zeit unterhalten.«

Jetzt oder nie, dachte Robert Schroeder und wagte einen Vorstoß, der nicht seiner Art entsprach. »Dürfte ich mich mit einer Bitte an Sie wenden? Ich arbeite völlig selbständig und bekomme laut Volontär-Vertrag dreißig Mark pro Monat. Könnte dieser Betrag in Anbetracht meiner Arbeit und der Pläne, die Sie mit mir haben, für das laufende zweite Jahr nicht erhöht werden?«

Der Exporteur stand auf und trat an das Fenster.

Robert Schroeder erhob sich ebenfalls.

»An welchen Betrag haben Sie gedacht?«

»An den doppelten.«

»Hm! Für einen Volontär ist das sehr viel.«

Robert Schroeder ärgerte sich über diese Ausflucht und sagte etwas respektlos: »Vielleicht überlegen Sie einmal, was ein Angestellter kostet, der meine Arbeit leistet.«

»Gewiß, gewiß. Aber der wäre dann auch voll ausgebildet. Ich sehe jedoch ein . . .« Er wandte sich um und blies die Backen auf. »Also gut. Ab nächsten Monat sollen Sie fünfzig Mark erhalten.«

Mit Begeisterung stürzte sich Robert Schroeder in die Arbeit. Er wußte, daß er sein Ziel nun so oder so erreichen würde. Entweder gelang es ihm, über das in Aufstellung begriffene Fliegerkorps eine Stellung als Pilot zu erhalten, oder er reiste im Auftrage der Firma Wallheimer Gebrüder nach Südamerika und verkaufte neben Lokomotiven, Traktoren und landwirtschaftlichen Maschinen Junkers-Flugzeuge. Er sah sich bereits die neuesten Muster vorführen.

Nichts war ihm mehr zuviel. Abends las er stundenlang in Fachzeitschriften, und schon aus diesem Grunde war er ganz froh, daß das Zusammenleben mit Harald seinem Ende entgegenging. Ihr Verhältnis hatte sich abgekühlt. Sein Bekenntnis, die NSDAP gewählt zu haben, spielte dabei eine Rolle. Beide ließen sich jedoch nichts anmerken und hofften, daß der Kontakt nicht abreißen werde.

»Ich brauche dich«, sagte der angehende Verleger beim Abschied. »Du bist der einzige, der mir das Trinken nicht übelnimmt. Das gibt mir die Kraft, mit der Sauferei aufzuhören.«

Erstaunlicherweise fanden Gerd und Harald keinen Kontakt, obwohl sich ihre politischen Ansichten nahezu deckten und beide sich anschickten, nach Berlin aufzubrechen.

Der Abschied der Brüder war ungewöhnlich herzlich. Gerd hatte ein vorzügliches Essen arrangiert und schob Robert in vorgerückter Stunde einen Briefumschlag zu. »Du weißt, daß ich in Berlin bei Tante Else wohne, also weiterhin die Schnorrertour reite und meine Rücklagen erhöhe«, sagte er. »Da habe ich gedacht: Es könnte ja sein, daß unser tollkühner Flieger mal in Druck kommt und nicht weiß, an wen er sich wenden soll. Langer Rede kurzer Sinn: Der Umschlag enthält einige Notgroschen, die dir gegebenenfalls helfen werden.«

Robert glaubte nicht richtig zu hören, und er traute seinen Augen nicht, als er das Kuvert daheim öffnete. Es enthielt fünfhundert Mark.

Die Hilfe, die ihm plötzlich von vielen Seiten zuteil wurde, machte ihn aber nicht leichtsinnig. Er bezog ein wenig einladendes möbliertes Zimmer, obwohl er gegen einen Aufpreis von fünf Mark ein wesentlich freundlicheres hätte bekommen können. Doch er wollte sparen. In drei Monaten war Weihnachten. Dann würde er nach Hause fahren. Von dort bot sich ihm die Möglichkeit, Carla aufzusuchen, die ihm gesagt hatte, daß sie die Feiertage nicht in Paris, sondern im Heim ihres Vaters in der Nähe von Remagen verbringen werde.

Oft dachte er in dieser Zeit an Carla, und er freute sich riesig, als er nach Wochen den ersten Brief von ihr erhielt. Sie schrieb:

Mon cher ami! Diese Anrede benutze ich, um kundzutun, daß ich wider Erwarten in kürzester Frist kolossale Kenntnisse in der französischen Sprache erwerben konnte. Dies ist um so verwunderlicher, als der Lehrplan des Mädchenpensionats, dem anzugehören ich dank der Zahlungsfähigkeit meines Vaters die Ehre habe, von bewundernswerter Leere ist. Intensiv betrieben werden hier in erster Linie erotische Spiele; speziell jene, die den Frauen von Lesbos so vertraut waren. Während diesen aber ein beachtlicher Bildungsstand nachgesagt wird, verfügen die hier etablierten Töchter von Schlot-Baronen, Öl-Magnaten und orientalischen Potentaten, die ›grandes dames‹ werden sollen und sich wie ›petites cocottes‹ gebärden, nur über Geld.

Denke nun nicht, ich sei mit Moralin getränkt. Mir ist lediglich der Kragen geplatzt, und ich schreibe Dir über die hiesigen Zustände, um sie mir von der Seele zu reden. Was Du übrigens als Vertrauensbeweis betrachten darfst.

Damit Du aber nicht erschrickst, sei gleich vermerkt, daß ich persönlich keinen unliebsamen Attacken ausgesetzt bin. Schon beim ersten neckischen Pfänderspiel, dessen Sinn ich leider zu spät erkannte, gab ich beherzt Kontra. Seitdem habe ich Ruhe. Und diejenigen, die sich dem Sport mit Männern verschrieben haben, der selbstverständlich nicht innerhalb des Hauses ausgeübt wird, betreiben Werbung nur insofern, als sie daran interessiert sind, eine möglichst starke Gruppe zu bilden. Sie müssen sich ja des Nachts außerhalb des Heimes aufhalten, und das ist ohne Hilfe des Concierges unmöglich. Er nimmt die Eintragung im Ausgangsbuch so vor, daß unsere Madame nie in die Verlegenheit kommt, jemanden zur Rechenschaft ziehen zu müssen.

Ich habe mich dieser eigentlich recht patenten Gruppe nicht angeschlossen, sondern kümmere mich um eine Düsseldorferin, die den ungewöhnlichen Namen Dorkas hat. Sie kam vierzehn Tage nach mir hier an und besitzt das seltene Geschick, aus allem ein Problem zu machen. Und ihre Probleme bringen es mit sich, daß ich mich ihrer annehmen muß. Sie ist ein eigenartig verklemmtes, jedoch interessantes und bildhübsches Geschöpf, das mich an Nofretete erinnert.

Zu ihren Spinnereien zählt, daß sie sich im Geiste mit einem Mann unterhält, den sie zwar nicht kennt, der sie aber, wie sie sagt, eines Tages besitzen wird! Wörtlich: ›Wenn ich meinen Körper wasche, denke ich immer: Wo bist du und wer bist du, dem ich dies alles einmal schenken werde.‹

Diese ebenso schöne wie exaltierte Person würde mir längst auf die Nerven gegangen sein, wenn die idiotischen Bemühungen unserer Lesbierinnen sie nicht an den Rand der Verzweiflung gebracht hätten. Sie verteidigt sich nicht und heult, anstatt zu beißen und zu kratzen.

Aber das dürfte sich jetzt ändern; denn heute morgen gab es einen Eklat, der mich zum Eingreifen zwang. Dorkas gilt nun als mein Schützling, und ich bin verpflichtet, mich um sie zu kümmern.

Damit, mon cher, habe ich mir die Seele freigesprochen. Natürlich verfolge ich mit diesem Brief auch einen Zweck. Spätestens Weihnachten breche ich meine Zelte hier ab. Das allzu muntere Treiben kotzt mich an. Ich habe vor, meinem Vater die Pistole auf die Brust zu setzen, und ich zweifle nicht, daß er ein Einsehen haben wird, wenn er erfährt, was in diesem Pensionat los ist.

Ich werde also Weihnachten zurück sein und möchte, daß Du nicht denkst, ich sei ein unberechenbares und unzuverlässiges Ding, das es nirgendwo aushält.

Das wär's, mon cher! Au revoir!

Carla hatte gezögert, als sie den Brief in den Umschlag steckte. Sie war sich ihrer Sache nicht ganz sicher gewesen. Würde Robert sie verstehen? Lief sie, da sie so offen über ein heikles Thema geschrieben hatte, nicht Gefahr, selbst als überkandidelt angesehen zu werden? Sie glaubte es nicht, da sie es für ausgeschlossen hielt, daß ein an großräumiges Denken gewohnter Pilot spießbürgerlich reagieren könnte.

Nachdem sie ihre Unsicherheit überwunden und den Brief zur Beförderung dem Concierge übergeben hatte, suchte sie Dorkas auf und schlug ihr vor, allen Bestimmungen des Internates zum Trotz am Nachmittag einen ausgiebigen Stadtbummel zu machen und am Abend in einem renommierten Restaurant zu essen.

Zu ihrer Verwunderung war die Düsseldorferin sogleich einverstanden gewesen. Offensichtlich saß ihr die Aufregung des Morgens noch in den Gliedern.

Kurz nach drei Uhr verließen sie ihr Zimmer. Beide hatten sich sorgfältig zurechtgemacht. Dorkas trug ein naturfarbenes Kleid aus Honanseide, das gut zu ihrem kastanienbraunen Haar paßte. Carla hatte ein fesches rotweiß gestreiftes Kostüm angezogen, das ihr eine sportliche Note verlieh. Sie sah aus wie eine Tennisspielerin, die siegesgewiß einem Match entgegengeht. Resolut war auch ihre Reaktion, als die Schulleiterin, der sie im Treppenhaus begegneten, erstaunt fragte, wer ihnen gestattet habe, das Internat am Nachmittag zu verlassen. »Sie stellen die Frage falsch, Madame«, antwortete Carla kaltschnäuzig.

»Nicht wer, sondern was gestattet hier. Im Zweifelsfall das Portemonnaie unserer Väter.«

Dorkas hätte in den Boden versinken mögen, Carla hingegen stieg die Treppe hinab, als habe sie einer Angestellten eine Rüge erteilt. Sie änderte ihre Haltung auch nicht, als ihnen der Concierge entgegentrat. »Sie wünschen?« fragte sie kurz angebunden.

Der Hauswart wurde unsicher. »Das Ausgangsbuch ... Was soll ich eintragen?«

»Was Sie wollen.«

Er streckte die Hand vor, um den gewohnten Obolus entgegenzunehmen.

»Nichts da!« wies sie ihn zurecht und ging an ihm vorbei.

»Du bist unmöglich!« ereiferte sich Dorkas, als sie im Freien waren. »Was hat dir der Mann getan, daß du ihn ...«

»Der bekommt schon seinen Teil«, beruhigte Carla die Düsseldorferin. »Ich stehe nur auf dem Standpunkt: Erst die Arbeit, dann das Vergnügen.« Sie winkte ein Taxi herbei. »Am besten fahren wir zunächst zum Quai d'Orsay.«

Der Wagen roch furchtbar nach Benzin, sein Fahrer aber bemühte sich sehr, die jungen Damen zu unterhalten. Wie ein Conférencier nannte er die Namen der Plätze, Straßen und Gebäude, an denen sie vorüberfuhren.

»Hier steigen wir aus«, rief Carla am Pont de la Concorde.

Wenig später schritten sie den Tuilerien entgegen. Die Schönheit der Parkanlage begeisterte Carla immer wieder aufs neue.

Dorkas hingegen quengelte: »Ich hätte lieber die berühmten Boulevards aufgesucht.«

Die Tochter des Schriftstellers blieb stehen. »Du weißt scheinbar nicht, wo wir uns befinden. In den *Tuilerien*!«

»In Paris möchte ich aber ...«

Carla ergriff die Hand der Düsseldorferin und beschleunigte ihre Schritte. »Wie du willst. Ich werde dir dein Spielzeug nicht vorenthalten.«

»Bist du mir böse?«

»Quatsch, ich führe dich lediglich zur Métro.«

»Und wohin fahren wir?«

»Wirst du schon sehen.«

Als sie die Untergrundbahn nach einer kurzen Fahrt verließen und zur Straße hochstiegen, wies Carla auf den von herrlichen Bäumen flankierten *Boulevard de la Madeleine*. »Entspricht dieses Milieu deinen Erwartungen und Wünschen?«

Ja, hier fühlte Dorkas sich wohl. Das war das Paris, das sie sich vorgestellt hatte. Die Menschen saßen vor den Cafés, tranken Aperitifs, unterhielten sich oder lasen in großformatigen Zeitungen. Über die Trottoirs schlenderten salopp-modisch gekleidete Herren. Im Gegensatz zu ihnen bewegten sich die Französinnen wie aufgeregte Wespen. Sie blieben an den Schaufenstern stehen, trippelten ein paar Schritte vor, liefen nervös zurück, diskutierten gestenreich und trippelten hastig zur nächsten Auslage, um das gleiche Spiel von neuem zu beginnen. »Herrlich ist es hier«, sagte Dorkas und schaute verlangend zum Café de la Paix hinüber.

»Da setzen wir uns später hin«, erklärte Carla, der Dorkas' Blick nicht entgangen war. »Junge Männer erscheinen dort erst gegen fünf. Bis dahin ist das Café ein Musentempel für Damen, denen der Puder beim Lachen aus den Falten fällt.«

Dorkas fühlte sich eingeengt. Am liebsten wäre sie ihrer Wege gegangen. Carla und sie paßten nicht zueinander. Aber war sie jemals mit einem Mädchen ausgekommen? In Gedanken beschäftigte sie sich immer nur mit Männern. Dauernd war sie auf der Suche nach dem ›Mann ihres Lebens‹, träumte sie von einem imaginären Wesen, das sie unendlich lieben sollte.

Zwangsläufig verstärkten ihre beständigen Wachträume den Wunsch, den großen Unbekannten endlich zu finden. Komplexe waren die Folge. Sie fing an zu befürchten, durch eigene Schuld an dem Mann ihrer Träume vorbeizulaufen. Kapselte sie sich nicht zu sehr von der Außenwelt ab? Verlangte sie nicht zuviel, wenn sie sich einen Adonis wünschte, der zugleich Millionär sein sollte?

Sie beneidete ihre Internatsschwester plötzlich um deren Natürlichkeit, und im Bestreben, sich von ihrem verklemmten Ich zu lösen, sagte sie, als sie eine Weile gegangen waren, couragiert: »Es ist bald fünf Uhr, und ich lechze nach dem Anblick jener jungen Männer, die angeblich um diese Zeit im Café de la Paix anzutreffen sind.«

Carla schaute sie verblüfft an. »Hat dich ein Affe gebissen?«

»Vielleicht. Auf alle Fälle bist du für den Rest des Tages mein Gast.«

Beschwingt gingen sie über die *Boulevards des Italiens* und *des Capucines* dem berühmten Café entgegen, wo sie das Glück hatten, einen gerade frei werdenden Tisch zu erwischen.

»Jetzt bin ich froh, daß ich sitze«, seufzte Dorkas und legte ihren Mantel auf einen Korbsessel. »Du auch?«

Carla nickte. »Mein Bruder würde sagen: Von hier bringen mich keine zehn Pferde weg.«

Die Düsseldorferin wurde lebhaft. »Du hast einen Bruder?«

»Ja.«

»Wie alt ist der?«

»Fünfundzwanzig.«

»Und was ist er von Beruf?«

»Er hat Jura studiert und gerade einen Verlag gegründet«, erwiderte Carla und dachte amüsiert: Wenn ich wollte, könnte ich ihr Harald jetzt verkaufen.

Ein Kellner trat an den Tisch.

»Ich bin heute leichtsinnig und werde einen Cognac trinken«, sagte Dorkas. »Was möchtest du?«

»Einmal den vielgerühmten Pernod probieren.«

Der Kellner verschwand.

»Ist dein Bruder verheiratet?«

»Nein. Das wird er so schnell auch nicht sein.«

»Warum nicht?«

»Wie soll ich dir das erklären?« antwortete Carla, um die Sache spannender zu machen. »Es ist nicht leicht, eine Frau für ihn zu finden. Dabei ist er groß und sieht gut aus. Aber er hat einen Webfehler. Er trinkt gelegentlich.«

Schade, dachte Dorkas. Adel, Jurist, Verleger, Sohn eines berühmten Schriftstellers . . . »Was nennst du gelegentlich?«

Carla mußte sich zwingen, nicht zu lachen. »Das läßt sich nicht ohne weiteres sagen. Oft geht monatelang alles gut. Dann aber ist er plötzlich nicht mehr zu halten.«

»Und man kann ihn von seinem Leiden nicht befreien?«

»Keine Ahnung.«

Die Düsseldorferin blickte nachdenklich vor sich hin. Dorkas von der Heid – das würde nicht schlecht klingen.

Der Kellner brachte die Getränke.

Carla roch mißtrauisch an dem milchig aussehenden Pernod. »Scheint Anis drin zu sein.« Sie probierte einen Schluck.

Dorkas trank von dem für sie ungewohnten Cognac zuviel und mußte husten.

Ein junger Mann trat an den Tisch und fragte, ob der nicht besetzte Sessel reserviert sei.

Dorkas nahm ihren Mantel fort. »Non, monsieur, le fauteuil est...«

». . . libre«, ergänzte Carla.

»Sie sind Deutsche?«

»Ja.«

»Das nenne ich einen Zufall. Vielleicht ist es auch Vorsehung«, fügte er mit einem Unterton hinzu, den Dorkas als verheißungsvoll empfand. »Ich bin ebenfalls Deutscher. Sie gestatten, daß ich mich vorstelle . . .« Er nannte seinen Namen.

Carla machte ein Gesicht, als wünsche sie ihn zum Teufel.

Dorkas hingegen bekam glänzende Augen. Sie glich einem Opernbesucher, der darauf wartet, daß sich der Vorhang hebt. »Sie sind auf der Durchreise?«

»O nein, ich bin der Leiter der hiesigen Außenstelle der Deutschen Lufthansa.«

Carla horchte auf.

»Wie interessant«, sagte Dorkas.

Daß ich nicht lache, dachte Carla abfällig. Außenstelle der Lufthansa! Von der Gesellschaft landet hier täglich nur eine Maschine. »Kennen Sie zufällig Herrn Schroeder?«

»Ich glaube, nicht.«

»Er ist Pilot. Flugkapitän«, fügte sie frech hinzu.

»Bedaure, aber nicht alle Herren des fliegenden Personals sind mir bekannt.«

»Woher kennst du den Flugkapitän?« fragte Dorkas.

»Er ist mein Freund«, antwortete Carla so gelassen wie möglich.

Der Deutsche zog ein Zigarettenetui aus seinem Jackett. »Gestatten die Damen, daß ich rauche?«

»Aber, bitte!«

»Darf ich Ihnen eine Zigarette anbieten?«

Carla dankte.

Dorkas bediente sich.

Er reichte ihr Feuer, wobei er ihre Hand umschloß. »Sie sind nur für einige Tage in Paris?«

O nein. Wir sind Schülerinnen eines bekannten Internats.«

»Charmant, charmant!«

Carla ärgerte sich über den unerbetenen Gast. »Würden Sie mir erklären, was daran charmant sein soll?« fragte sie aggressiv.

Er sah sie betroffen an. »Mon dieu, das sagt man so. Charmant, charmant ist hier eine stehende Redensart.«

Carla wußte, daß das Temperament mit ihr durchgegangen war. »Pardon«, erwiderte sie und bemühte sich zu lächeln. »Das war mir nicht bekannt.«

Er deutete eine Verneigung an. »Man lernt eben nie aus.«

Jetzt hat er es ihr gegeben, dachte Dorkas zufrieden. Und wie geschickt er das gemacht hat. Ohne zu verletzen. Dazu sein phantastisches Aussehen . . .

Der Kellner erschien und fragte den hinzugekommenen Gast nach dem Begehr.

»Einen Martell«, sagte der Deutsche und bat im nächsten Moment um Entschuldigung dafür, die Damen nicht nach ihren Wünschen gefragt zu haben. »Vielleicht schließen Sie sich mir an. Ein Cognac ist immer eine gute Sache.«

»Sehr liebenswürdig«, erwiderte Carla. »Aber ich passe.«

»Sie werden mir doch keinen Korb geben.«

Um kein Störenfried zu sein, erbat sie eine Tasse Kaffee.

Er wandte sich an Dorkas. »Und Sie?«

»Ich bleibe beim Cognac.«

»Sehr vernünftig«, lobte der Lufthanseat und machte eine entsprechende Bestellung. Dann lenkte er das Gespräch auf Paris und seine Bauwerke, und nun fand sogar Carla Gefallen an ihm.

Ihr Blick fiel auf Dorkas, die wie vom Fieber ergriffen dasaß. Sie hing förmlich an den Lippen des Mannes.

Ein ungutes Gefühl beschlich Carla. Der Deutsche zog alle Register, auf die Mädchen hereinfallen. Strahlendes Lachen. Mokante Bemerkungen. Verheißungsvolle Blicke. Wir werden nach dem Cognac aufbrechen müssen, dachte sie. Sonst kommt die Feuerwehr zu spät.

Der zweite Martell blieb nicht ohne Wirkung auf Dorkas. Sie sah nur noch den Lufthanseaten. Echauffiert legte sie die Hände an ihre Wangen. »Ist Ihnen auch so heiß? Ich glühe förmlich.«

Er tippte an sein Glas. »Das macht das da. Aber seien Sie ohne Sorge. Die Farbe steht Ihnen ausgezeichnet. Vorhin waren Sie eine Schönheit, jetzt gleichen Sie Aphrodite persönlich. Und darauf trinken wir das nächste Glas.«

»Das wollen wir lieber nicht tun«, erklärte Carla mit ruhiger Stimme. »Aus Aphrodite könnte sonst ein Feuerball werden.«

»Ich weiß selber, was ich zu tun und zu lassen habe«, entgegnete Dorkas schnippisch.

»Trinken wir nun noch einen Cognac?« fragte der Deutsche.

»Selbstverständlich!« antwortete Dorkas.

»Dann trennen sich unsere Wege«, drohte Carla, um ihre Internatsschwester zur Vernunft zu bringen. Wenn Dorkas nicht auf der Stelle mit ihr aufbrach, war sie verloren.

»Dann trennen sie sich eben«, sagte die Düsseldorferin patzig und wandte sich an den Deutschen. »Es tut mir leid, Ihnen diese unerfreuliche Szene nicht ersparen zu können. Meine Freundin kann es sich aber nicht abgewöhnen, die Gouvernante zu spielen.«

Carla griff nach ihrer Handtasche. »Ist das dein letztes Wort?«

Dorkas berührte den Arm des Deutschen. »Könnte ich noch eine Zigarette haben?«

Als Carla in das Pensionat am Boulevard de Grenelle zurückgekehrt war, machte sie sich die größten Vorwürfe. Immer wieder sagte sie sich, daß sie nicht hätte gehen dürfen. Auch nicht, als offenkundig geworden war, daß Dorkas sie los sein wollte.

Es wurde eine unruhige Nacht. Dauernd schreckte Carla auf, und jedesmal hätte sie am liebsten nachgesehen, ob Dorkas inzwischen zurückgekehrt war. Angesichts der verfahrenen Situation mußte sie jedoch warten, bis es Tag wurde.

Gleich im Morgengrauen begab sie sich zu Dorkas, deren Zimmer, wie alle Räume des Internats, nicht abschließbar war. Behutsam öffnete sie die Tür und sah die Düsseldorferin schluchzend im Bett liegen.

Dorkas zog augenblicklich ihre Daunendecke hoch, drehte sich zur Wand und verbarg ihr Gesicht.

Carla setzte sich auf den Bettrand. »Du brauchst mir nichts zu sagen. Ich bin auch so im Bilde.«

»Hätte ich bloß auf dich gehört!« jammerte Dorkas.

»Das wäre nicht das schlechteste gewesen.«

»Wie ein dummes Mädchen habe ich mich benommen.«

»Das warst du auch. Wahrscheinlich weil du keinen Alkohol gewohnt bist und die Kontrolle über dich verloren hattest.«

Dorkas drehte sich um. »Ich wollte, ich könnte mich betrinken. Dann brauchte ich wenigstens nicht mehr zu denken. Womöglich hat es bei deinem Bruder genauso angefangen. Der wird auch cin scheußliches Erlebnis gehabt haben.«

»Um meinen Bruder geht es hier nicht«, sagte Carla. »Einzig und allein um dich!«

»Mir ist nicht mehr zu helfen. Ich stehe auf einem Scherbenhaufen.«

Carla dachte sich ihren Teil.

»Ich habe ihm vertraut und mich ihm hingegeben.«

»Damit sagst du mir nichts Neues.«

»Was können wir Frauen denn tun?« ereiferte sich Dorkas. »Es ist wie im Tanzsaal. Ebensowenig, wie wir dort wissen, ob derjenige, der uns auffordert, ein guter oder schlechter Tänzer ist, wissen wir im Leben, ob der Mann, der uns beeindruckt, gut oder schlecht ist. Wir können nur hoffen und warten.«

Tick, tick, tick, der Holzwurm, dachte Carla und erwiderte: »Mich interessiert, warum du nach deiner Hingabe in Tränen aufgelöst bist.«

Dorkas fuhr sich über das Gesicht. »Zunächst war er reizend. Als er sein Ziel aber erreicht hatte, wurde er grob. Allein mußte ich mir in einem fremden Haus den Weg nach draußen suchen. Drei Stunden bin ich durch die Stadt geirrt. Wie ich hierhergefunden habe, ist mir schleierhaft. Ich weiß nur, daß ich einmal unter einer Straßenlaterne gestanden habe, die von Insekten umschwirrt war. Motten fliegen zum Licht, dachte ich. Wie eine Motte habe ich mich benommen. Ich war wie in Trance, sehnte mich nach Küssen und . . .«

». . . so weiter und so fort«, fiel Carla ein. »Ich weiß nun genug.«

»Ich bin noch nicht fertig«, protestierte Dorkas. »Beim Anblick der Laterne dachte ich: Könnte ich doch sein wie sie. Ihr Licht brennt hell und rein, mag das Glas auch noch so beschmutzt sein.«

»Du kannst spinnen, soviel du willst, wenn du allein bist«, entgegnete Carla ruppig. »Die Frage ist jetzt: Wie soll es weitergehen? Was tun wir, wenn dein Ausrutscher Folgen haben sollte?«

Dorkas richtete sich auf. »Die Sorge brauche ich nicht zu haben. Seit einigen Stunden weiß ich, daß in dieser Hinsicht alles in Ordnung ist.«

Carla fühlte sich erleichtert.

»Ich habe schon überlegt, ob ich meinem Vater schreiben soll, daß ich von hier weg will. Ich fürchte nur, daß er nicht auf mich hören wird. Er ist sehr schwierig.«

Carla erhob sich und ging durch den Raum. »Vielleicht können wir gemeinsam einen Weg finden. Wenn ich meinen Bruder bitte, mir zu telegrafieren, eine Tante sei gestorben, kann ich für einige Tage nach Hause fahren und meinem Alten Herrn erzählen, was sich in diesem Internat tut. Darüber schreiben möchte ich nicht. Ich werde ihm sagen, daß wir beide aus den gleichen Gründen von hier fort wollen und daß er mit deinem Vater reden und ihm ans Herz legen soll, dich zurückzuholen. Was hältst du davon?«

Dorkas schluchzte. »Ich will von Paris nichts mehr hören und sehen.«

5

Der geschlossene Einmarsch der uniformierten Abgeordneten der NSDAP in den Reichstag wurde von vielen als ein böses Vorzeichen gewertet. Allgemein vermittelte er jedoch nicht den Eindruck, daß Adolf Hitler, der im sogenannten Reichswehr-Prozeß geschworen hatte, die Weimarer Verfassung zu respektieren, wortbrüchig werden würde. Man nannte ihn scherzhaft sogar ›Adolf Legalité‹, und Robert Schroeder registrierte dies mit Erleichterung. Es schien wirklich außer Zweifel zu sein, daß die Nationalsozialisten legal regieren wollten.

Um so mehr beunruhigte ihn ein Gespräch, das er mit einem Flugkapitän der Lufthansa führte, den er eines Sonntagnachmittags am Flughafen traf. Er hatte den stets gut informierten Piloten gefragt, ob es denkbar sei, daß der Direktor der Deutschen Lufthansa im Auftrage Adolf Hitlers den Aufbau einer deutschen Luftfahrt übernehmen würde. Zunächst erhielt er eine Antwort, die ihm bestätigte, was der Fluglehrer der Deutschen Verkehrsfliegerschule den Mitgliedern des Fliegerbundes Nordland erklärt hatte: Milch hatte sich inzwischen mit

Hitler in Görings Wohnung getroffen und mit ihm ein für die Zukunft entscheidend wichtiges Gespräch geführt.

»Und warum hat Hitler sich gerade an Milch gewandt?«

»Weil der sich als außergewöhnlicher Verhandlungspartner und Organisator erwiesen hat«, antwortete der Pilot der Lufthansa. »Trotz Streichung der Subvention ist es ihm gelungen, das Unternehmen mitten in einer Finanzkrise so gesunden zu lassen, daß er neuerdings einen Auftrag in Höhe von fast neun Millionen Mark erteilen konnte.«

Robert Schroeder war verblüfft. »Wie hat er das fertiggebracht?«

»Indem er rigoros Einsparungen vornahm. Sogar den Reichstagsabgeordneten, die für die Wahrnehmung der Interessen der Deutschen Lufthansa monatlich tausend Mark erhielten, zahlte er von heute auf morgen keinen roten Heller mehr. Übrigens hat Göring von sich aus verzichtet. Er erhielt von Thyssen ein unbegrenztes Bankguthaben.«

»Jetzt machen Sie Witze.«

Der Flugkapitän lachte. »Banken und Großindustrielle lassen es sich schon was kosten, ein ihnen genehmes Regime an Deck zu hieven.«

»Wollen Sie damit sagen, daß Hitler letzten Endes doch ohne Parlament regieren will?«

»Kennen Sie einen anderen Weg, Deutschland wieder zu Macht und Ansehen zu bringen?«

Darauf wußte Robert Schroeder nichts zu erwidern. Er wechselte deshalb das Thema, indem er von seiner derzeitigen Tätigkeit und der Hoffnung sprach, in Kürze nach Dessau geschickt zu werden.

»Schieben Sie die Reise noch eine Weile hinaus«, empfahl ihm der Flugkapitän. »Im Moment herrscht in Dessau dicke Luft. Außerdem wird in einigen Monaten die Ju 52/3 konzipiert sein.«

»Strich drei?« fragte Robert Schroeder erstaunt.

»Ja. Milch war mit der einmotorigen Maschine nicht einverstanden. Er verlangte drei Motoren. Davon wollte Professor Junkers aber nichts wissen. Der alte Pazifist hat Angst, eine dreimotorige Ju 52 könnte als Bomber Verwendung finden.«

»Was sollten wir schon mit Bombern anfangen?«

»Haben Sie nichts von den Überlegungen des italienischen Generals Douhet gehört?«

»Nein.«

»Giulio Douhet versuchte zu ergründen, warum im Weltkrieg der Einsatz von Tausenden von Flugzeugen keine Entscheidung herbeigeführt hat. Er kam zu dem Ergebnis, daß ein Krieg nur noch von einem Staat gewonnen werden kann, der über eine völlig unabhängige und dabei so schlagkräftige Luftstreitmacht verfügt, daß es ihm binnen kürzester Frist möglich ist, die absolute Luftherrschaft zu erringen. Ist dieses primäre Teilziel erreicht, müsse es Aufgabe strategischer Luftflotten sein, pausenlose Bombenangriffe auf das feindliche Hinterland durchzuführen, um die Industrie zu zerschlagen und die Moral der Bevölkerung zu unterminieren.«

Robert Schroeder lief es kalt über den Rücken. »Dann verstehe ich, daß Junkers seine Flugzeuge nicht mißbraucht sehen möchte.«

»Und was geschieht, wenn andere, zum Beispiel die Franzosen oder Engländer, Douhets Gedanken aufgreifen?«

Es war typisch für Robert Schroeder, daß er prompt wieder versuchte, das Thema zu wechseln. »Das wäre natürlich schlecht«, antwortete er ausweichend und fragte, wie die Bemerkung, in Dessau herrsche dicke Luft, zu verstehen sei.

Der Flugkapitän zündete sich eine Zigarette an. »Milch hat Professor Junkers in die Knie gezwungen. Er erteilte dem Sohn des eigenwilligen Konstrukteurs einen Auftrag über elf dreimotorige Ju 52 und drückte ihm als Anzahlung einen Scheck über eine Million Mark in die Hand. Mit diesem Papier gelang es Klaus Junkers, seinen Vater umzustimmen und zum Bau der dreimotorigen Ju zu bewegen.

Das Gespräch mit dem Flugkapitän ging Robert Schroeder noch lange nach. Offensichtlich wurde die Übernahme der Regierung auf einer breiteren Basis vorbereitet, als er es vermutet hatte. Freuen konnte er sich aber nicht darüber. Die Empfehlungen Douhets, die in nationalsozialistischen Kreisen auf fruchtbaren Boden gefallen zu sein schienen, setzten ihm zu. Erstaunlicherweise kam ihm jedoch nicht der Gedanke, die Konsequenzen zu ziehen und sich gegen jene zu stellen, die mit beängstigender Perfektion an die Macht drängten. Denn darüber war er sich jetzt absolut klar: die Nationalsozialisten würden unparlamentarisch regieren und vor drastischen Maßnahmen nicht zurückschrecken. Wie Milch Professor Junkers mit den Mitteln des Stärkeren bezwungen hatte, so würden die Nationalsozialisten mit all denen verfahren, die nicht auf ihrer Seite standen.

Ich müßte meinen Eintritt in das Fliegerkorps rückgängig machen, sagte er sich, dachte aber nicht daran, dies zu tun. Im Gegenteil. War sein zufällig erfolgter Beitritt nicht eine ganz gute Versicherung?

Recht unzufrieden ging er nach Hause, wo er nochmals Carlas zweiten Brief las, den er am Tage zuvor erhalten hatte. Das Schreiben war mit dem ersten nicht zu vergleichen. Es war weder schnodderig noch sarkastisch oder ironisch. Carla teilte ihm nüchtern mit, daß sie ihren Vater kurzfristig aufgesucht und gebeten habe, das Internat spätestens Weihnachten verlassen zu dürfen. Er habe ihrem Wunsche entsprochen und sich mit den Eltern ihrer Pensionatsschwester Dorkas ins Benehmen gesetzt, die Paris nun ebenfalls verlassen werde und sehr glücklich darüber sei. Ihr Vater, der wie alljährlich am zweiten Weihnachtsfeiertag in die Schweiz fahre, habe Dorkas eingeladen, für die Zeit seiner Abwesenheit nach Schloß Rheinberg zu kommen. Weiter schrieb sie:

Ich bin ganz froh darüber, da mich inzwischen eine echte Freundschaft mit Dorkas verbindet. Verstehe deshalb, daß ich Dich heute bitten muß, alles zu vergessen, was ich über sie geschrieben habe. Andernfalls würde ich mich nicht getrauen, Dich einzuladen, die Tage nach dem Fest bei uns zu verbringen. Im Hinblick darauf, daß Harald daheim sein wird, hat mein Vater eine Einladung an Dich gutgeheißen. Beruhige mich also und teile mir mit, daß ich ein dummes Geschöpf bin und mir über das, was ich Dir anvertraut habe, keine Gedanken zu machen brauche.

Noch am selben Tage schrieb Robert einen mehr als nur beruhigenden Brief an Carla, die ihm postwendend dankte und ihn bat, wenn irgend möglich schon am zweiten Weihnachtsfeiertag zu kommen.

Robert konnte sich nicht des Eindrucks erwehren, einem wohlarrangierten Treffen entgegenzusehen. Zwei Freunde, zwei Freundinnen . . . Carla schien ihren labilen Bruder mit der rätselhaften Dorkas zusammenbringen zu wollen. Um so betroffener war er, als er wenige Tage später durch einen lächerlichen Zufall herausfand, was Harald veranlaßt hatte, sich nach dem Besuch jener ›Zervelat-Margot‹ zu betrinken.

Wie üblich war er nach Geschäftsschluß über den Rathaus-Markt gegangen, als er unvermittelt mit der attraktiven Hamburgerin zusammentraf.

»Ob du es mir glaubst oder nicht«, sprudelte sie drauflos, »vor ein paar Minuten habe ich an dich gedacht.«

Er wies auf ihre Aktentasche. »Haben wir denn eine gute Zervelat bei uns?«

»Selbstverständlich.«

Er grinste. »Schön, daß du auch meinen Freund mit einer solchen bedacht hast.«

»Sprich bloß nicht von Harald«, erwiderte sie aufgebracht. »Den habe ich bis heute noch nicht verdaut.«

Robert wurde stutzig. »Und weshalb nicht?«

»Na, hör mal! Es war doch eine Unverschämtheit, mich mitzunehmen. Er hätte mir sagen müssen, daß er . . .« Sie schürzte ihre Lippen.

»Was?«

»Tu nicht so, als wüßtest du nicht Bescheid.«

Robert wurde massiv. »Nun aber heraus mit der Sprache! Worüber soll ich Bescheid wissen?«

»Über deinen Freund. Der kann doch überhaupt nicht. Im ersten Moment habe ich gedacht: Hemmungen. So was gibt's. Dann glaubte ich an eine momentane Schwäche. Pustekuchen. Nichts rührte sich. Ich konnte machen, was ich wollte. Als er dann auch noch anfing zu heulen, da hat's mir gelangt. Ist schon ein tolles Ding, ein Mädchen mitzunehmen, wenn man nicht kann.«

Roberts Stirnnarbe glühte. Es war ihm unmöglich, etwas zu erwidern. Er wollte nichts mehr hören und ließ die Hamburgerin stehen.

Das also war Haralds Geheimnis. Er mußte mit ihm reden. Ein Psychiater mußte zu Rate gezogen werden. Er sah den Tagen zwischen dem Weihnachtsfest und dem neuen Jahr nun mit sehr gemischten Gefühlen entgegen.

David Wallheimer förderte Robert Schroeder, wo immer er konnte. Der Leiter der technischen Abteilung aber, der Anstoß daran nahm, daß der ›Herr Volontär‹ neuerdings oftmals zum Chef zitiert wurde, räumte ihm keine Sonderrechte mehr ein. So mußte er am 24. Dezember bis zwei Uhr arbeiten. Er konnte dadurch erst mit einem später abgehenden Zug nach Münster fahren, wo er infolgedessen nicht vor zehn Uhr bei seinen Eltern eintraf. Da ihm David Wallheimer jedoch erlaubt hatte, erst am 2. Januar wieder zu erscheinen, war er zufrieden.

Daheim vollzog sich die Begrüßungszeremonie wie eh und je. Robert umarmte die Mutter mitsamt dem weißen Flieder, den er ihr alljährlich zu Weihnachten schenkte. Und er küßte und beschnupperte sie, bis sie energisch protestierte.

Der Vater kam hinzu. »Schön, daß du das Fest mit uns verbringst.«

Robert wunderte sich über die feste Stimme des Vaters, der bei ähnlichen Anlässen oft voller Rührung hatte schlucken müssen.

»Mama wird dir geschrieben haben, daß Gerd wegen der verantwortungsvollen Position, die er im Wolff'schen Telegraphenbüro erhalten hat, in diesem Jahr nicht kommen kann«, sagte er. »Und unser Benjamin hielt es für richtig, mit einem Flittchen . . . Na, Schwamm drüber. Der Junge ist und bleibt ein Außenseiter.«

»Du tust Conrad unrecht«, widersprach die Mutter und wandte sich an Robert. »Das Mädchen ist nicht nach unserem Geschmack und stammt aus sehr kleinen Verhältnissen. Ein Flittchen ist es aber nicht. Außerdem haben wir das Weihnachtsfest in jungen Jahren auch einmal im Harz verbracht.«

Der Vater machte eine unwillige Bewegung. »Aber erlaube mal! Das läßt sich nicht vergleichen. Wir waren verheiratet!«

Die Mutter, die ein langes Kleid aus weißer Atlasseide angelegt hatte, nahm Robert den Flieder ab. »Wie wäre es, wenn wir in die ›Gute Stube‹ gehen würden?«

»Eine ausgezeichnete Idee!«

Sie dämpfte ihre Stimme. »Daß wir die Zimmer von Gerd und Conrad vermietet haben ...«

»... hast du mir geschrieben«, fiel Robert ein. »Ebenfalls, daß die beiden Herren das Fest mit uns verbringen.«

»Ich hoffe, du hast Verständnis dafür.«

»Ist doch klar.«

»Beide sind sehr nett«, bemerkte der Vater. »Sie sitzen im Salon.«

»Dann will ich mich schnell frisch machen«, sagte Robert und suchte sein Zimmer auf, das sich in der zweiten Etage befand. Seine schrägen Wände hatte er als Schüler mit bunten Farben bemalt. Immer wieder freute er sich, wenn er diesen Raum betrat, der mit Jugenderinnerungen vollgepfropft war.

Es erleichterte ihn, daß die Eltern einen gelösten Eindruck machten, und er fragte sich, ob dies den neuen Zimmerherren zu verdanken sei.

Nachdem er die Wäsche gewechselt und seinen blauen Anzug angezogen hatte, ging er nach unten. Schon auf der Treppe hörte er die Eltern herzhaft lachen. Dann vernahm er eine dunkle Stimme, die ungewöhnlich prononciert sprach. Er öffnete die Tür zum Salon. Die Lichter waren gelöscht; nur die Kerzen des Weihnachtsbaumes brannten.

»Da kommt unser Sohn«, rief die Mutter.

Robert ging auf die Herren zu, die sich erhoben.

Einer von ihnen war klein und nannte seinen Namen, als gelte es, eine Axt in einen Baum zu schlagen.

Der andere schlug die Hacken zusammen.

Offiziere, dachte Robert unwillkürlich.

Die Mutter schaltete das Deckenlicht ein.

Der größere der beiden Herren war schlank und machte den Eindruck eines Charmeurs und Schürzenjägers. Der Stämmige hingegen sah wie ein gewissenhafter Buchhalter aus.

Roberts Mutter sah sie fragend an. »Darf ich meinem Sohn sagen, in welcher Funktion Sie tätig sind?«

»Aber gewiß.«

Mit einer Betonung, als verkünde sie eine göttliche Botschaft, erklärte sie: »Die Herren sind Brigadeführer und Standartenführer der SS. Und beide sind Reichstagsabgeordnete!«

Robert glaubte nicht richtig zu hören. SS-Führer im Haus seines Vaters? Die Mutter hatte sich also wieder einmal durchgesetzt. Und über die Weiterentwicklung konnte kein Zweifel bestehen. Der Vater würde in absehbarer Zeit entsprechende Uniformen herstellen.

Robert konnte nicht umhin, seine Mutter zu bewundern. Er ahnte, was es gekostet haben mußte, den Vater zu bewegen, zwei führende Nationalsozialisten unter sein Dach zu nehmen.

Nachdenklich ging er mit der Mutter ins Eßzimmer, wo sie ein bescheidenes kaltes Buffet hergerichtet hatte.

»Greif ordentlich zu, mein Junge«, forderte sie ihn auf.

Das ließ Robert sich nicht zweimal sagen, und während er aß und sie ihn unterhielt, wurde nebenan in Kriegsgeschichten geschwelgt. Das Wummern schwerer Geschütze, Bellen von Schrapnells, Hämmern von Maschinengewehren und Krachen von Handgranaten füllte förmlich den Raum.

Die Mutter schien zu erraten, was Robert dachte; denn sie sagte gedämpft: »Wenn die drei zusammen sind, gibt es kein anderes Thema. Ich bin ganz froh darüber. Vater lebt richtig auf.«

»Hat er von Anfang an gewußt, wer die Hausgenossen sind?«

»Gott bewahre.«

»Du hast also mal wieder die Weichen gestellt.«

»Anders ist das Geschäft nicht in Gang zu bringen. Doch genug davon. Erzähle von Harald. Wie kam es zu der Einladung?«

Robert gab eine erfundene Geschichte zum besten.

»Und was macht seine Schwester Carla? Damals war sie noch ein Kind.«

»Ja.«

»Wie alt ist sie jetzt?«

»Ich schätze siebzehn bis achtzehn.«

»Interessierst du dich für sie?«

Robert erinnerte sich daran, daß er als Kind seiner Mutter einmal unter dem Siegel der Verschwiegenheit gebeichtet hatte, aus ihrem Portemonnaie eine Mark stibitzt zu haben. Sie hatte ihm versprochen, dem Vater nichts davon zu sagen. Der aber hatte ihn am nächsten Tag vor den Brüdern einen Dieb genannt und ihm eine Tracht Prügel erteilt.

»Ich habe dich etwas gefragt«, ermahnte ihn die Mutter.

»Ich weiß«, erwiderte Robert. »Auf deine Frage kann ich aber keine Antwort geben.«

»Und warum nicht?«

»Mein Gott, Mama, Vertrauen ist eine Sache – Liebe eine andere. Es muß dir genügen, meine Liebe zu besitzen.«

Sie wußte augenblicklich, worauf er anspielte, und wechselte das Thema. »Gehen wir hinüber. Die Herren könnten sich sonst auf uns einschießen.«

Zum zweitenmal an diesem Abend bewunderte er seine Mutter. Sie akzeptierte seine Reaktion und nahm nicht übel.

Roberts Gedanken pendelten zwischen Carla und dem Elternhaus, als er am zweiten Feiertag im Zug nach Remagen saß und über die verschneiten Felder blickte, die das Flachland seiner Heimat weiter denn je erscheinen ließen. Auf Carlas burschikose Art freute er sich ebenso wie auf ihre angenehm dunkle Stimme. Dennoch mußte er immer wieder an die beiden Abgeordneten denken, die seine Eltern aufgenommen hatten. Den Standartenführer konnte er nicht ausstehen. Unentwegt hatte er mit der Mutter geflirtet. Daß sein Vater lachend darüber hinweggegangen war, begriff er nicht.

Dem stämmigen Brigadeführer hatte das Verhalten seines Kameraden offenbar ebenfalls mißfallen. Allein deshalb fand ihn Robert schon sympathisch. Er war allerdings enttäuscht gewesen, als er feststellte, daß sein prononciertes Sprechen nur dem Wunsch entsprach, einen möglichst zackigen Eindruck zu erwecken. Unterstrichen wurde dieses Bestreben noch durch Gesten, die eindeutig Adolf Hitler abgeschaut waren. Alles in allem ein lächerliches Gehabe. Erfreulich war jedoch seine Aufgeschlossenheit und die Bereitschaft, Dinge in Angriff zu nehmen oder zu unterstützen, die für die Allgemeinheit von Nutzen sein konnten.

So war er hellwach geworden, als ein Freund von Roberts Vater, ein stellungsloser Brückenbau-Ingenieur, der am Weihnachtsnachmittag zu Besuch kam, von freiwilligen Arbeitskräften erzählte, mit denen er seit einigen Monaten die unterschiedlichsten Dienstleistungen verrichtete. Je nach den Bedürfnissen der Gemeinden wurden neue Wege angelegt, Sportplätze gebaut, Bewässerungsanlagen in Ordnung gebracht, Flußregulierungen vorgenommen und Brücken errichtet. Was seine Männer dringend benötigten, war eine zweckmäßige, einheitliche Kleidung, und er bat Roberts Vater, ihm eine Uniform zu entwerfen. Er könne zwar keine großen Aufträge erteilen, mit der Zeit werde sich aber einiges zusammenläppern.

Der Brigadeführer hatte sich begeistert. Genau das sei es, was die deutsche Jugend brauche: Arbeitsdienst am Volk! Er werde Adolf Hitler sofort auf die bestehende Organisation hinweisen, und es sei zu überlegen, ob man die Pläne des Generals von Stülpnagel zur Förderung des Wehrsportgedankens nicht mit dem Arbeitsdienst verquicken und beides zusammen zu einer staatlichen Organisation ausbauen könne.

Als Robert Schroeder sich an die Reaktion seiner Mutter erinnerte, mußte er lachen. Ohne Hemmung hatte sie das Alleinherstellungsrecht für die neue Uniform gefordert.

Später, als der Zug durch das Ruhrgebiet fuhr und Düsseldorf in Sicht kam, dachte er nicht mehr an daheim. Carlas Anziehungskraft gewann die Oberhand. Er beschäftigte sich nur noch mit ihr und fragte sich, was sie von ihm erwarte. Daß er sie heiraten würde? Sie wußte, daß er ehrgeizig war, und bei seinem Beruf bedeutete Ehrgeiz erhöhtes Risiko.

In Düsseldorf mußte er umsteigen. Da der Bahnsteig zugig war, suchte er Schutz hinter dem Häuschen des Aufsichtsbeamten. Er stand noch nicht lange dort, da erschien ein älteres Paar, das ebenfalls vor dem Wind flüchtete. Ihm folgte ein ungewöhnlich hübsches Mädchen in einem auffallenden Rotfuchsmantel.

Robert Schroeder war fasziniert, stellte jedoch mit Bedauern fest, daß die junge Schönheit ihn nicht im geringsten beachtete.

»Vergiß nicht, daß dir eine einmalige Chance geboten wird«, redete die ältere Frau auf das Mädchen ein.

»Einmalige Chance?« ereiferte sich der Mann. »Wenn ich so was schon höre!«

»Bitte, laßt mich jetzt in Ruhe«, bat das Mädchen.

Robert Schroeder wurde es peinlich, Zeuge des Gespräches zu sein. Er verließ den windgeschützten Platz und hoffte, zum Dank dafür wenigstens einen netten Blick zu bekommen. Doch das Mädchen schaute durch ihn hindurch, als wäre er Luft.

Ein Narr bist du, sagte er sich. Fährst zu Carla und gebärdest dich wie ein Pfau.

Von der Fremden ging etwas aus, das er sich nicht erklären konnte. Er wußte nur, daß es nicht allein ihre Schönheit war, die ihn in Bann schlug. Da war noch etwas anderes. Ein erotischer Reiz?

Der Zug fuhr ein.

Das Mädchen küßte das ältere Paar. Dann stieg es in einen Waggon, der ein Abteil erster Klasse führte.

Robert Schroeder folgte der Unbekannten, obwohl er nur dritter Klasse gelöst hatte. Solange er sich im Gang des D-Zuges aufhielt, konnte ihm nichts passieren. Erst als sich der Zug in Bewegung gesetzt hatte, schlenderte er an ihrem Abteil vorbei. Dabei sah er ihr Profil, das ihn an die ägyptische Königin Nofretete erinnerte, und im nächsten Moment wußte er, wen er vor sich hatte. Das Blut stieg ihm in den Kopf. Das Mädchen mußte Carlas Freundin Dorkas sein. Was nun? Die Situation war mehr als peinlich.

Er überlegte, ob er Dorkas ansprechen und ihr sagen sollte, er habe sofort vermutet, daß sie Carlas Freundin sei. Aber dann wurde er sich der Folgen bewußt. Dorkas würde sofort schließen, daß Carla über sie geschrieben hatte. Das durfte keinesfalls geschehen. Seine Überlegungen brachten ihn jedoch auf einen Gedanken, der es ihm ermöglichte, sein aufdringliches Verhalten plausibel zu erklären. Er sah deshalb der Ankunft in Remagen gelassen entgegen und lehnte sich weit aus dem Fenster, als der Zug in den Bahnhof einfuhr.

Harald und Carla entdeckten ihn gleich und winkten lebhaft. Der Freund schwenkte dabei ein viel zu üppiges Rosenbukett.

Da Robert wohlweislich den Waggon mit dem Abteil erster Klasse verlassen hatte, entriegelte er die Tür und sprang aus dem Zug, kaum daß der angehalten hatte. Er traf dadurch mit Harald und Carla zusammen, noch bevor Dorkas aussteigen konnte.

»Du bist ganz schön verwegen«, rügte ihn Carla.

Er neigte sich an ihr Ohr. »Und du siehst zum Anbeißen nett aus.«

Sie sah ihn verliebt an. »Dennoch ist mein Ohr zum Hören und nicht zum Küssen da!«

Harald schaute aufgeregt am Zug entlang. »Sie scheint nicht mitgekommen zu sein. Oder doch? Sieh mal, Carla! Ist sie das?«

»Ja, dat is se«, antwortete seine Schwester im rheinischen Dialekt und schickte sich an, Dorkas entgegenzugehen.

Der Bruder eilte ihr voraus.

Carla hakte sich bei Robert ein. »Schön, daß du da bist.«

Er drückte ihren Arm.

»Damit du Bescheid weißt: Ich habe Dorkas gesagt, du seist Flugkapitän. Mach mir also keinen Kummer.«

»Aha, ein Flugzeugführer ist dir zu schäbig.«

»Hast du das nicht gewußt?« Sie ließ ihn stehen und lief auf ihre Freundin zu, die sie noch vor ihrem Bruder erreichte. Was folgte waren große Umarmung, allgemeine Vorstellung, Entzückenslaute über die Rosen und ein lebhafter Wortwechsel.

»Ich ahnte, daß ich Sie heute noch kennenlerne«, sagte Robert an Dorkas gewandt, als das Stimmengewirr verebbte und Harald ihren Koffer an sich nahm. »Schon auf dem Bahnsteig in Düsseldorf war ich überzeugt, daß sie Carlas Freundin sind.«

»Tatsächlich?« erwiderte sie und gab sich den Anschein, als sei sie verwundert. »Wie schade, daß ich Sie nicht bemerkt habe.«

Er verzog keine Miene, war sich aber darüber klar, daß ihm eine Ohrfeige erteilt worden war.

»Ja, dann wollen wir«, sagte Harald und führte Dorkas durch den Bahnhof.

Carla folgte ihm mit Robert.

Der hatte plötzlich nur noch Augen für den Wagen des Freundes. »Ein ›Wanderer‹!« rief er beeindruckt.

»Wir fahren ausschließlich Autos, bei denen sich Eleganz und Qualität zur Synthese vereinigen«, sagte Harald gespreizt.

Carla stieß Robert an.

»Wenn ich meinen Verlag in Schwung gebracht habe, kaufe ich mir einen ›Minerva‹.«

Dorkas soll beeindruckt werden, dachte Robert.

Carla machte sich lustig: »Er möchte den Alten Herrn übertrumpfen.«

Harald ignorierte ihre Bemerkung und klappte die hintere Rückenlehne des Wagens nach vorne, um den Koffer zu verstauen. »Absolut staubfreier Kofferraum. Und diebstahlsicher! Von außen überhaupt nicht zu öffnen.« Er wandte sich an Dorkas. »Wo möchten Sie Platz nehmen?«

Sie lächelte. »Ich würde gerne vorn sitzen.«

Ihre Mutter hätte sich die Empfehlung, ›die einmalige Chance zu nutzen‹, sparen können, dachte Robert. Das Fräulein Tochter ist längst von Kopf bis Fuß auf Harald eingestellt. Der aber ist impotent.

»Nun steig schon ein«, ermahnte ihn der Freund.

Carla drückte verstohlen Roberts Hand, als er neben ihr Platz genommen hatte.

Harald ließ den Motor an. »Na, was sagst du?« fragte er Robert. »Gleich angesprungen. Leider kann ich bei dem Schnee nicht schnell fahren. Der Kasten läuft aber seine neunzig Sachen.«

»Achtzig ist das höchste, was Paps auf der Berliner Avus herausholen konnte«, widersprach Carla.

»Das stimmt nicht. Mir hat er neunzig gesagt.«

»Dichterische Freiheit. Über achtzig ist er nie gekommen. Und das war so aufregend, daß er einen roten Bims bekam.«

Harald fuhr an. Der Motor schnurrte wie ein Kreisel. Von kleinen Rutschern abgesehen, fuhr der Wagen sicher durch die winterliche Landschaft. Nur wenige Kilometer ging es am Rhein entlang, den die verschneiten Ufer wie ein schwarzes Band erscheinen ließen. Dann war das Ahrtal erreicht, und es dauerte nicht lange, bis Harald von der Hauptstraße in einen schmalen Weg einbog, der zur väterlichen Besitzung führte.

Carla wies auf einen Hügel. »Siehst du die Klitsche da drüben?«

Robert nickte. »An seinen ›Türmchen und Tütata‹ unschwer als *Schloß* Rheinberg zu erkennen.«

Dorkas blickte schockiert hinter sich.

Harald lachte amüsiert. »Türmchen und Tütata ist eine großartige Bezeichnung.«

»Die leider nicht von mir, sondern von deiner Schwester stammt.«

Das Gesicht der Düsseldorferin erhellte sich. »Typisch Carla!«

Die gab sich gelangweilt. »Bert inspiriert mich eben.«

Dorkas schaute zu Robert hinüber, als wollte sie sich dafür entschuldigen, an seiner Bemerkung Anstoß genommen zu haben.

Na also, dachte er zufrieden.

Harald steuerte den Wagen in einen Park hinein, dem der Schnee ein märchenhaftes Gepräge gab. ›Schloß‹ Rheinberg selbst entpuppte sich jedoch als ein zwar herrlich gelegenes und von mächtigen Bäumen flankiertes Bauwerk, das über viele Türmchen, Erker und Balkone verfügte, die Bezeichnung Schloß aber völlig zu Unrecht führte. Es war ein imposantes Patrizierhaus im rheinischen Stil mit gotischen Fenstern, Butzenscheiben und all jenem Schnickschnack, den man einmal geschätzt hatte.

Richtig schön kitschig, dachte Robert. Dennoch empfand er es als angenehm, einige Tage in einem solchen Haus wohnen zu dürfen.

Harald fuhr unter ein Portal, von dem eine Freitreppe zu einer im Hochparterre gelegenen holzgetäfelten Empfangshalle führte, die von Ahnenbildern geschmückt und von Ritterrüstungen umstellt war. Über eine breite, mit kunstvoll geschnitztem Geländer versehene Eichentreppe gelangte man zur ersten Etage.

»Übernimm Bert«, sagte Carla, als sie die Halle erreichten. »Ich kümmere mich um Dorkas.«

»In Ordnung«, entgegnete Harald und schaute den beiden genüßlich nach. Auf die Bildergalerie weisend, sagte er zu Robert: »Brauchst keinen Komplex zu bekommen. Unsere Ahnen sind alle miteinander gekauft. Allerdings mit viel Spürsinn und System. Heute reicht die Reihe unserer Altvorderen bis ins vierzehnte Jahrhundert zurück. Sagenhaft, wieviel Geld mein Alter Herr dafür ausgegeben hat.«

Robert lachte. »Jeder nach seiner Fasson. Der eine sammelt Briefmarken, der andere Ahnen.«

Der Freund klopfte ihm auf die Schulter. »Ich freue mich, daß wir für ein paar Tage beisammen sind.« Er schaute zur oberen Etage hoch und dämpfte seine Stimme. »Was sagst du zu Dorkas?«

»Sie sieht phantastisch aus.«

»Carla hatte mir schon geschrieben, daß sie eine ausgesprochene Schönheit ist. Daß sie aber so toll aussieht, hatte ich nicht erwartet. Sie wäre genau die Richtige für mich. Als Verleger brauche ich eine Frau, die Eindruck macht und zu repräsentieren versteht.« Er rieb sich die Hände. »Am besten gehe ich gleich in die Vollen. Der Alte Herr möchte ohnehin, daß ich heirate. Er hat Angst vor meiner Sauferei und glaubt, eine Frau könnte das ändern.«

»Das wäre doch möglich«, gab Robert zu bedenken. Harald fing an, ihm Unbehagen zu bereiten. Eine Ehe mit ihm konnte in einer Tragödie enden.

»Einer Frau, die in der Lage wäre, mich zu ändern, würde ich den Himmel auf Erden bereiten«, sagte der Freund mit verklärter Miene.

»Und wie steht's mit deiner Sauferei? Hast du dich einigermaßen beherrschen können?«

»Im Augenblick bin ich viel zu beschäftigt. Nur ein einziges Mal hat's mich gepackt. Aber jetzt muß ich dir dein Zimmer zeigen.«

Eine halbe Stunde später saßen alle vier in einem behaglich eingerichteten Raum, in dem ein Kaminfeuer prasselte und ein alter Diener lautlos hantierte. Sie tranken Tee mit Rum und unterhielten sich über allgemeine Dinge, bis Carla zum Vorschlag ihres Bruders, am nächsten Tag nach Bonn zu fahren, beiläufig sagte:

»Dann sollten wir auf dem Rückweg im Hotel Dreesen essen.«

Augenblicklich erklärte Harald, er lehne es ab, ein Hotel aufzusuchen, das Hitlers Stammbleibe geworden sei.

»Werde nicht kindisch«, ereiferte sich seine Schwester. »Wenn Paps da wäre, würde er dir jetzt die Leviten lesen.«

»Und warum?« fragte ihr Bruder.

»Weil er seit dem unerwarteten Wahlausgang für die Nazis schwärmt.«

»Das glaubst du doch selber nicht. Vater ist Monarchist.«

»Hat aber eine Ergebenheitsadresse an Adolf Hitler geschickt.«

Harald sah Carla entgeistert an. »Ist das wahr?«

»Ja.«

Er fuhr sich erregt durch die Haare. »Geschmacklos war er ja schon immer. Daß er aber charakterlos werden würde, hätte ich nicht für möglich gehalten.«

Carla lachte. »Wer von sich überzeugt ist, braucht keinen Charakter.«

»Da hilft nur noch frische Luft«, erboste sich Harald und wandte sich an Dorkas. »Hätten Sie Lust, einen Spaziergang mit mir zu machen?«

»Gerne.« Sie erhob sich. »Ich muß mir nur schnell Stiefel anziehen.«

Carla war zufrieden. Sie hatte erreicht, was sie wollte, und konnte eine Weile mit Robert allein sein.

Vermummt stapften Dorkas und Harald durch den verschneiten Park, der von mächtigen Buchen und Koniferen bestanden war. Der Schnee knirschte unter ihren Füßen. Die Kälte machte den Atem sichtbar.

»Es ist herrlich hier«, sagte Dorkas beeindruckt, als sie eine Weile gegangen waren.

Harald bot ihr den Arm. »Im Schnee geht sich's so besser.«

Sie hakte sich ein. »Für Sie und ihre Schwester muß es himmlisch gewesen sein, in dieser Umgebung aufzuwachsen.«

»Sie täuschen sich«, entgegnete er und erzählte, daß er seine Kindheit in Münster verbracht habe und bereits vierzehn Jahre alt gewesen sei, als die Eltern sich entschlossen hätten, nach Rheinberg zu ziehen. Für ihn sei das kein Glück gewesen; denn der Vater habe Dorfkinder im

Park nicht geduldet. Für seine wesentlich jüngere Schwester sei es natürlich noch schwerer gewesen. »Vielleicht wurde sie deshalb ein so unruhiger Geist.«

»Dessen Gegenpol Sie zu sein scheinen«, sagte Dorkas. »Schon auf dem Bahnsteig spürte ich die Ruhe, die Sie ausstrahlen.«

Er blieb stehen und sah sie prüfend an. »Ist das Ihr Ernst?«

»Ja.«

»Dann wage ich zu bekennen, was ich bei unserer Begegnung empfunden habe: Diese Frau kann dir helfen.«

Sie schaute ihm in die Augen. »In welcher Hinsicht?«

Sein Blick wurde unstet. »Gehen wir«, sagte er mit plötzlich rauher Stimme.

Dorkas überlegte, ob sie beim Thema bleiben oder es wechseln sollte. Keinesfalls durfte Harald erfahren, daß sie über seine Trunksucht informiert war. Um keinen Fehler zu machen, fragte sie: »Woher kennen Sie eigentlich Herrn Schroeder?«

»Wir wohnten in Münster in derselben Straße.«

»Ach, daher die Bekanntschaft.«

»Die Freundschaft«, betonte er. »Ohne Robert wäre ich im letzten Jahr wahrscheinlich vor die Hunde gegangen. Seine Kraft hat mir geholfen.«

Das hörte Dorkas nicht gerne. Sie fragte deshalb: »Wie meinen Sie das?«

Er wurde nervös. »Stört es Sie, wenn ich eine Zigarette rauche?«

»Aber nein.«

Er schlug seinen Mantel zurück und griff in die Tasche. »Ich habe großes Vertrauen zu Ihnen und will Ihnen sagen, was mit mir los ist. Nach dem Warum dürfen Sie allerdings nicht fragen. Ich weiß es selber nicht. Ich spüre nur ...« Er unterbrach sich und öffnete umständlich eine Zigarettenschachtel. »Es fing mit einem Schmerz an, den ich nicht überwinden konnte. Ich betrank mich. Sinnlos. Und dann ...« Er stockte, wie von der Erinnerung übermannt. Dabei zerdrückte er, die Zigarettenschachtel, die er in der Hand hielt.

Dorkas blickte in das Gesicht eines Menschen, der von Furien gehetzt zu sein schien. Angst überfiel sie. »Harald!« rief sie. »Was ist mit Ihnen?«

Er stand wie gelähmt da.

»Harald!« Sie griff nach seinem Arm. »Kommen Sie. Wir wollen laufen.« Sie zog ihn mit sich. »Bewegen Sie sich! Laufen Sie!«

Er folgte ihr zunächst nur schwerfällig. Dann ging er schneller und schneller, bis er schließlich lief.

Dorkas blieb ihm stets um einen Schritt voraus. »Genug!« rief sie, als ihr der Atem zu versagen drohte.

Er blieb nach Luft ringend neben ihr stehen. »Wie sind Sie bloß auf den Gedanken gekommen, mit mir loszurennen?«

Sie zuckte die Achseln. »Hat es Ihnen gutgetan?«

»Und wie!«

»Werden Sie sich jetzt aussprechen können?«

»Ja und nein. Ich habe Vertrauen zu Ihnen, doch ich täuschte mich, als ich annahm, Ihnen alles sagen zu können. Es gibt Dinge, über die man mit niemandem sprechen kann. Und wenn man dann allein ist, greift man zur Flasche. Als Frau werden Sie das nicht verstehen.«

»O doch«, entgegnete Dorkas. »Ich verstehe es, weil ich selbst einmal nahe daran war, Zuflucht im Alkohol zu suchen.«

Harald sah sie entgeistert an.

»Aus Kummer über ein scheußliches Erlebnis.«

»Mit einem Mann?«

»Ja«, antwortete sie und fragte sich betroffen, warum sie ihr Herz ausschütten wollte. Öffneten sich ihre Lippen, weil sie wußte, daß bei Carlas Bruder nicht alles in Ordnung war und sie damit rechnen durfte, Verständnis zu finden? »Ich muß leider bekennen, die erste Affäre hinter mir zu haben. Wie das passieren konnte, begreife ich selber nicht. Ich hatte gedacht, eines Tages offenen Auges vor einen Mann hintreten zu können . . .«

»Das können Sie immer, weil Sie nie Affären haben werden«, unterbrach er sie.

Seine Worte waren wie eine Erlösung für Dorkas und steigerten ihre Bekennerwut. »Darf ich Ihnen erzählen, was mich bedrückt?«

»Wenn Sie es können, wird es mich glücklich machen. Ich werde Ihr Vertrauen bestimmt nicht mißbrauchen.«

Dorkas erzählte nun mit fast beängstigender Genauigkeit, was sich in Paris zugetragen hatte. Sie schonte sich nicht und bekannte unumwunden, an dem betreffenden Abend neben der Hoffnung, den Mann ihres Lebens kennengelernt zu haben, von jener körperlichen Sehnsucht erfüllt gewesen zu sein, die vergessen läßt, daß Hingabe keine Sache des Augenblickes sein kann. Der Preis, den sie jetzt zu zahlen habe, sei hoch; eine Frau habe ihn aber wohl grundsätzlich zu entrichten.

»Nicht in jedem Fall«, widersprach Harald. »Ich kenne Sie zwar erst wenige Stunden, spüre jedoch, daß Paris für Sie ein Fegefeuer war, das Sie geläutert hat.«

Dorkas sah Harald beinahe verklärt an. Wenn sein Aussehen auch nicht gerade bestechend war, in dieser Sekunde gewahrte sie nichts an ihm, was sie hätte kritisieren können. Seine wäßrigen Augen schienen ihr strahlend blau zu sein, seine nur schwach modellierten Lippen verführerisch weich, sein rotblondes Haar angenehm voll.

Harald legte seine Hände an ihre Wangen.

Seit ihrer Jugend sehnte sie sich danach, solches zu erleben. Als Kind hatte sie gesehen, daß der Vater ihrer Spielgefährtin das Gesicht seiner Tochter in die Hände genommen und begütigend auf sie eingesprochen hatte. Seine verständnisvolle Art hatte die Sehnsucht in ihr geweckt, gleiches zu erleben. Nun tat sich der Himmel für sie auf. Zum erstenmal in ihrem Leben fühlte sie sich geborgen.

Harald küßte ihre Lippen.

Sie nahm sich vor, alles daranzusetzen, um ihn von seiner Trunksucht zu befreien.

Während Dorkas und Harald durch den Schnee stapften und Probleme wälzten, plätscherte die Unterhaltung bei Carla und Robert unbeschwert dahin. Sie saßen eng beisammen auf einem Sofa und schauten in ein prasselndes Kaminfeuer, auf das der alte Diener des Hauses von Zeit zu Zeit ein neues Holzscheit legte.

»Er heißt Joseph«, sagte Carla, »wird von Paps jedoch Franz genannt. Wenn etwas auszusetzen ist, ruft er ihn François. Und stehen die Zeichen auf Sturm, dann brüllt er: Franziskus!«

»Dein Vater scheint ein eigenwilliger Condottiere zu sein.«

Carla lachte. »Bei ihm würdest du jetzt einen Stein im Brett haben. Condottiere! Das entspricht seinem Geschmack.«

»Wieso denn das?«

»Er spielt gerne Theater. Zum Beispiel, wenn er ein Buch beendet. Zum Schreien komisch ist das.«

Robert rekelte sich näher an Carla heran. »Erzähle!«

Sie legte den Kopf an seine Schulter. »Das geht folgendermaßen vor sich. Am Abend zuvor werden alle Honoratioren und Freunde angerufen und davon in Kenntnis gesetzt, daß der große Schriftsteller am nächsten Morgen gegen elf Uhr sein neues Werk beenden wird.«

»Er selbst tätigt die Anrufe?«

»Natürlich nicht. Früher machte das meine Mutter, heute muß ich es tun. Zu sagen ist da nicht viel. Die Angerufenen kennen den Rummel und wissen, was von ihnen erwartet wird: zur Stelle zu sein, wenn der Dichterfürst seine Klause verläßt. Sich gedämpft unterhaltend, wartet man, bis Dero Gnaden gedankenschwer, zur Feier des Tages natürlich bereits im Frack, die Stufen herabschreitet und plötzlich, sich einen überraschten Anschein gebend, stehenbleibt und ausruft: ›Aber, aber! Welche Plaudertasche hat da wieder nicht dichtgehalten?‹«

Robert stützte sich hoch. »Das ist doch absurd.«

»Nenne es, wie du willst«, sagte Carla. »Ändern können wir es nicht. Vaters Egozentrik ist nun einmal grenzenlos. Vielleicht ist er so, weil er sich in seinen Romanen mit allen möglichen Gestalten identifizieren muß und bei sich selbst nicht mehr weiß, was vorne und hinten ist.«

Robert gab Carla einen Klaps. »Lästermaul! Wahrscheinlich hast du aber recht. Es dürfte gar nicht so leicht sein, beständig in andere Gestalten hineinzuschlüpfen. Um so unbegreiflicher ist mir, daß dein Vater Harald in eine Trinkerheilanstalt einsperren ließ. Was mag er sich bloß dabei gedacht haben?«

»Er nahm das Schreckliche in Kauf, weil er um jeden Preis verhindern wollte, daß Haralds Besäufnis via Personal publik wurde. Sein Stolz war getroffen. Ein von der Heid trinkt nicht! Noblesse oblige! Aber nun kommt das Verrückte an der Geschichte. In unseren Adern fließt überhaupt kein blaues Blut! Unsere Altvorderen stammen aus Norddeutschland, wo es früher üblich war, die Präposition ›von‹ vor den Namen zu setzen wie in Holland die Bezeichnung ›van‹ oder ›de‹. Wir sind bürgerlicher Herkunft, kommen aus einem Heidegebiet und erhielten dementsprechend den Namen ›von der Heide‹. Das genügte meinem Vater nicht. Er ließ das ›e‹ verschwinden, und nun klingt unser bürgerlicher Name um keinen Deut anders wie der des berühmten Freiherrn von der Heydt.«

Robert legte seinen Arm um Carlas Schulter. »Wie angenehm zu wissen, daß Verrücktheiten nicht nur in meiner Familie anzutreffen sind.«

Sie rutschte tiefer in das Sofa hinein. »Richtig schöne Verrücktheiten?«

»Und was für welche!«

»Schieß los.«

»Mein Vater, beispielsweise, hatte eine Schwester, die Leiterin einer Sparkasse war. Eines Tages wurde sie in Zwangsurlaub geschickt, weil sie sich zehn Jahre lang keinen freien Tag gegönnt hatte. Und was stellte man fest? Durch raffinierte Buchungen hatte sie die Bank um über eine Million geprellt. Kein Pfennig aber, das konnte sie nachweisen, war in ihrer Schatulle hängengeblieben. Was sie ergaunert hatte, war der Kirche zugeflossen. Das mußte natürlich verschwiegen werden, und so wurde meine Tante, um einen peinlichen Prozeß zu vermeiden, in eine Heilanstalt gesteckt. Mein Vater bewältigte die Schande, indem er seine Schwester für nicht existent erklärte und allen Familienangehörigen verbot, jemals wieder ihren Namen zu nennen. Die Gestrauchelte machte jedoch noch einmal von sich reden. Sie nahm sich das Leben, indem sie einen goldenen Löffel verschluckte.«

Carla richtete sich auf. »Erfunden oder wahr?«

»Wahr!«

»Phantastisch. Vor allen Dingen das Ende mit dem Löffel.« Ihre Augen glänzten vor Begeisterung.

Robert küßte ihre Wange.

»Holla!« rief sie, sprang auf und trat an den Kamin heran. »Riecht brennendes Holz nicht gut?«

Er ging auf sie zu. »Fast so gut wie du.«

»Werde bloß nicht drollig.«

Sie ist ein Neutrum, dachte Robert. Dorkas hingegen hat ein erotisches Fluidum. Das ist allerdings auch alles. Da ist mir Carla lieber. »Wie alt bist du eigentlich?« fragte er unwillkürlich.

»Ich werde achtzehn.«

»Wann?«

»Im Juni.«

»Und an welchem Tag?«

Sie schlug sich vor die Stirn. »Mensch, Bert, mir fällt gerade ein, daß ich dir das Wichtigste noch gar nicht erzählt habe. Paps ist mit Dorkas' Vater übereingekommen, daß wir bis Ende Juni in Paris bleiben müssen. Nicht im Internat, sondern privat bei der Witwe eines Bekannten. Danach sollen wir für ein Jahr nach London verfrachtet werden. Was sagst du dazu?«

»Daß ich es gut finde, wenn du hier nicht herumhockst. Ich frage mich nur, wie du mit Dorkas auskommen wirst. Deinem Brief zufolge scheint sie ja eine ›spinnerte Gurgl‹ zu sein, wie man in Bayern sagt.«

Carla sah ihn unwillig an. »Du sollst doch den Brief vergessen.«

Er schloß sie in die Arme. »Was meinst du, was ich in diesem Augenblick denke?«

»Vermutlich willst du mich küssen.«

»Wirst du dann schreien?«

»Du kannst dich unbesorgt bedienen.«

»Das werde ich auch«, erklärte er und küßte ihren Mund.

Sie tat danach so, als müsse sie etwas abschmecken. »Nicht schlecht. Sogar ganz gut. Bei meinem Vater ist das Bouquet allerdings voller. Aber das ist klar. Er benutzt Russisch Juchten.«

»Biest!« rief Robert und versuchte, Carla erneut zu küssen.

Sie entwand sich ihm wie eine geschmeidige Katze, hielt ihm gleich darauf jedoch die Hand hin. »Komm, ich zeige dir das Haus.«

Es wurde eine seltsame, für Carla bezeichnende Führung. Keinen Raum und keinen Gegenstand gab es, den sie nicht glossierte. Auf die Bildergalerie weisend, erklärte sie: »Wenn diese Ahnen geahnt hätten, daß sie einmal *unsere* Ahnen werden würden, hätten sie noch finsterer dreingeblickt.« Einer Ritterrüstung schüttelte sie die Hand und klopfte ihr auf die Schulter. »Kopf hoch, alter Knabe.« Und im Arbeitszimmer ihres Vaters improvisierte sie einen Sketch, den Robert ihr nicht zugetraut hätte. »Stelle dir vor«, sagte sie, »du wärst eine von den vielen Frauen, die hierherkommen, um dem großen Dichter für die schönen Stunden zu danken, die er der Menschheit mit seinen Werken schenkt. Ich übernehme den Part meines Vaters.« Damit setzte sie sich an seinen Schreibtisch, der an drei Seiten von einem verschnörkelten Gitter umgeben war. »So, und jetzt geh zur Tür und komm auf mich zu.«

Robert machte mit.

Carla erhob sich und ging ihm mit ausgebreiteten Armen entgegen. »Wie schön, Sie in dieser gedankenschweren Halle begrüßen zu dürfen. Aber«, sie gab sich einen verblüfften Anschein, »was sehe ich da? Sie haben ja eine Art zu gehen, nein, zu schreiten . . . Woran erinnert mich Ihr Gang nur?« Sie griff sich an die Stirn. »Lassen Sie mich nachdenken. Ah, ich hab's. Das Allegro con grazia der sechsten Symphonie Peter Tschaikowskijs! Ein selten gepflegter Fünfvierteltakt. Ihr Gang entspricht absolut den Empfindungen, die der zweite Satz nach den Stürmen des ersten hervorruft! Es ist ein traumhaftes Dahingleiten . . .«

Robert umarmte Carla. »Du bist ja noch verrückter, als ich dachte!«

»Dann müßten wir eigentlich gut zusammenpassen.« Sie lief in das Treppenhaus, setzte sich wie im Damensattel auf das Geländer und rutschte mit beängstigender Geschwindigkeit zur Eingangshalle hinunter.

Robert folgte ihr auf die gleiche Weise.

»Mir scheint, das hitzige Fieber hat euch gepackt«, rief Harald, der in diesem Augenblick mit Dorkas vom Spaziergang zurückkehrte.

»Seit wann bist du Hellseher?« spottete seine Schwester.

Er wandte sich an Dorkas. »Was sagst du dazu?«

Carla horchte auf. Die beiden duzten sich?

Robert wunderte sich ebenfalls. Er hätte es nicht für möglich gehalten, daß die gutaussehende Düsseldorferin so schnell zu erobern sein würde. Harald ist eben eine Partie, dachte er nicht ganz ohne Neid. Jurist, Verleger, berühmter Vater . . . Der Teufel ritt ihn plötzlich. »Nicht das hitzige Fieber, sondern die Lust, den modernen Ahnen etwas zu bieten, ließ uns eine Rutschpartie veranstalten.«

Dorkas rümpfte die Nase. »Sie drücken sich nicht gerade sehr taktvoll aus.«

»Keine Sorge. Mein Freund hat mir vorhin erzählt, daß das da«, er wies auf die Bilder, »gekaufte Ahnen sind.«

Sie blickte ungläubig zu Harald hinüber.

Der machte einen betroffenen Eindruck.

Carla nestelte an Dorkas Pelzmantel. »Ein Spleen von Paps. Keine Empfangshalle ohne Ahnengalerie.«

»Und wo hängen die echten?«

»Echte gibt's nicht. Unsere Vorfahren waren Heidebauern.«

»Quatsch nicht so viel«, wies Harald sie zurecht. »Was unsere Altvorderen waren, ist unwichtig. Entscheidend ist, wer wir sind. Findest du nicht auch, Dorkas?«

Sie lächelte. »Selbstverständlich.«

Nun sind wir quitt, dachte Robert. Zufrieden aber war er nicht. Er wußte, daß er sich danebenbenommen hatte.

Warum mag er dieses Gespräch provoziert haben, fragte sich Carla. Harald und mich konnte er nicht treffen. Nur Dorkas. Seltsam.

Der für den nächsten Tag vereinbarte Ausflug nach Bonn fand nicht statt. Harald hatte am Abend vorgeschlagen, den geplanten Stadtbummel zu verschieben und nicht in das Provinzstädtchen, sondern nach Düsseldorf zu fahren. Am besten am Tag vor Silvester. Dann ergebe sich für ihn die Möglichkeit, Dorkas' Eltern seine Aufwartung zu machen.

Dagegen hatte Carla energisch protestiert. Sie versuchte, ihrem Bruder klarzumachen, daß der von ihm in Aussicht genommene Besuch höchst unangebracht sei und ihm einen unfreundlichen Empfang bescheren werde.

Dorkas stimmte ihr zaghaft zu, schlug aber vor, mit ihren Eltern zu telefonieren, um sie über den inoffiziellen Charakter des beabsichtigten Besuches zu informieren.

Carla paßte die Entwicklung nicht. Harald und Dorkas mochten tun, was sie wollten. Von ihr aus konnten sie kreuz und quer schlafen, nicht jedoch den Entschluß fassen, ihr erstes Gackern und Kikerikien den Anverwandten zur Kenntnis zu bringen. Sie mußte auch an Paris denken. Keine Stunde hatte es gedauert, bis im Café de la Paix aus der schüchternen und humorlosen Dorkas ein girrendes und unbelehrbares Geschöpf geworden war.

Robert erging es wie Carla. Er gönnte seinem Freund das attraktive Mädchen, und er befürchtete auch nicht, daß Dorkas bei der ersten Sauferei zusammenbrechen würde. Wie aber würde sie mit dem fertig werden, was er von der ›Zervelat-Margot‹ erfahren hatte? War er nicht verpflichtet, offen mit dem Freund zu reden und ihm vorzuschlagen, sich einem Arzt anzuvertrauen?

Weder er noch Carla sagten, was sie dachten. Beide nahmen Rücksicht auf das harmonische Zusammensein. Und doch machte Robert einen Fehler, als Harald ihn am zweiten Abend aufforderte, mit Dorkas Brüderschaft zu trinken. Er entsprach diesem Wunsche in einer Weise, die nicht ohne Wirkung bleiben konnte.

»Wenn Dorkas einverstanden ist, bin ich zu allen Schandtaten bereit«, erwiderte er. »Im beiderseitigen Interesse möchte ich aber darum bitten, vom üblichen Brimborium abzusehen.« Damit hob er sein Glas und hielt es Dorkas entgegen. »Einverstanden?«

»Sehr!« antwortete sie und stieß mit ihm an.

»Und der Kuß?« rief Harald, als Robert sein Glas auf den Tisch zurückgestellt hatte und sich an Carla wandte.

»Geschenkt«, antwortete Robert und zündete sich eine Zigarette an. »Dorkas hat mich schon verstanden.«

Sekundenlang lag Auflehnung in ihren Augen, und Robert registrierte mit Genugtuung, daß es ihm gelungen war, den Spieß umzudrehen. Jetzt spielte er die Rolle, in der sie sich auf dem Bahnsteig in Düsseldorf gefallen hatte.

Carla durchschaute ihn und verabschiedete sich an diesem Abend mit den Worten: »Gute Nacht, du Biest! Das Netz nach zwei Mädchen auszuwerfen, ist unverschämt.«

Robert hielt sie fest. »Wovon redest du?«

»Das weißt du sehr genau. Indem du Dorkas klarmachtest, auf einen Kuß von ihr verzichten zu können, hast du eine wohlberechnete Flamme entzündet.«

Er legte die Arme um sie. »Der Erfolg ist ja größer, als ich zu hoffen wagte.«

Sie gab ihm einen flüchtigen Kuß. »Träume von einem alten Esel, der auf zwei Hochzeiten tanzen will.«

Die nächsten Tage verliefen so abwechslungsreich, daß Robert sich besorgt fragte, ob er sich nach dem unbeschwerten und luxuriösen Leben, das er auf Schloß Rheinberg führte, in Hamburg jemals wieder wohl fühlen könne. Der Gedanke an sein spärlich möbliertes Zimmer bedrückte ihn. Auf Biegen und Brechen mußte er es schaffen, so schnell wie möglich nach Südamerika geschickt zu werden. Die Zeichen standen günstig. Voraussichtlich im Mai oder Juni sollte er die Junkerswerke und mehrere tschechische Fabriken aufsuchen. Spätestens für August hatte die Firma seine Fahrt nach Übersee eingeplant. Es traf sich gut, daß Carla Ende Juni aus Paris zurückkehren würde. Ein kleiner gemeinsamer Urlaub rückte damit ins Blickfeld. Natürlich in bescheidenem Maße. Das Leben, das er in Rheinberg führte, konnte ihn auf die Dauer nicht befriedigen. Es war ganz richtig, daß er nach Hamburg zurückkehren mußte. Auch schäbige Zimmer haben ihr Gutes. Sie wecken das Verlangen, sich bessere leisten zu können.

Der Wunsch, Geld zu verdienen und nicht immer mit leeren Händen dazustehen, wurde übermächtig in Robert, als er mit Carla, Dorkas und Harald am Tage vor Silvester durch die Straßen von Düsseldorf schlenderte. Er war nahe daran, einen der Scheine zu opfern, die ihm sein Bruder für den Notfall zugeschanzt hatte. Die Vernunft gebot ihm jedoch, nicht leichtsinnig zu werden. Die Zahl der Arbeitslosen stieg weiterhin, und vieles sprach dafür, daß die Wirtschaftslage sich noch mehr verschlechtern würde.

Carla tat es leid, daß Robert bedrückt darüber war, ihr nichts schenken zu können. Da mußte auch sie sich zurückhalten, was ihr angesichts der vielen Geschäfte, in denen ihr Bruder mit Dorkas verschwand, besonders schwerfiel. Sie hatte aber Verständnis dafür, daß Robert sich nichts schenken lassen wollte.

»Trennen wir uns von den beiden«, sagte sie, als er mit ihr wieder einmal allein auf der Straße stand.

Er tat einen Seufzer. »Ich warte schon lange darauf, daß die beiden endlich ihren Besuch bei Dorkas' Eltern machen.«

Sie kramte in ihrer Handtasche. »Nach allem, was Dorkas mir erzählt hat, wird Harald froh sein, wenn er ihrem Vater den Rücken kehren kann.«

Robert und Carla warteten, bis die beiden, mit weiteren Päckchen behangen, aus dem Geschäft kamen. Sie verabredeten mit ihnen, sich um fünf Uhr im Foyer des Breidenbacher Hofes zu treffen, dort einen Aperitif zu trinken und zeitig zu Abend zu essen, damit sie kurz nach neun Uhr mit dem Zug nach Remagen fahren konnten, wo sie den Wagen am Bahnhof hatten stehenlassen.

»Und was machen wir jetzt?« fragte Carla, als sie allein waren.

»Gehen wir am Rhein entlang«, antwortete er, ohne zu überlegen.

Der Spaziergang erwies sich als sehr reizvoll. Die vorüberfahrenden Schiffe, das Kreischen der Möwen und die eigenartige Vermischung von Dorf und Stadt, von Landwirtschaft und Industrie, lenkten die Gedanken in beständig neue Richtungen.

»Hier in der Nähe müssen Dorkas' Eltern wohnen«, sagte Carla, als sie nach zwei Stunden in die Stadt zurückkehrten.

Er warf einen Blick auf seine Armbanduhr. »Mit der Zeit kommen wir gut zurecht. Mir ist nur verdammt kalt geworden.«

Sie schaute zu ihm hoch. »Darf ich den Herrn zu einem Cognac einladen?«

»Darfst du.«

»Eigentlich toll, daß Harald jeden Abend mit uns getrunken, die Gefahrenzone aber nicht ein einziges Mal überschritten hat.«

»Man muß ihn eben gewähren lassen. Zeigt man sich besorgt, dann legt er los. Vermutlich aus Empörung darüber, daß man kein Vertrauen zu ihm hat. Ich finde übrigens, daß Dorkas ihn günstig beeinflußt.«

Auch Carla war dieser Meinung.

Tatsächlich tat Dorkas alles in ihrer Macht Stehende, um Harald von seiner Trunksucht zu heilen. Sie machte jedoch den Fehler, ihren Eltern telefonisch mitzuteilen, daß der Sohn des berühmten Schriftstellers beabsichtige, ihnen am Tage vor Silvester einen Besuch abzustatten, den er als inoffiziell anzusehen bitte. Das hatte genügt, ihren Vater zu veranlassen, über alle Kanäle, die ihm als Prokurist eines großen Werkes zur Verfügung standen, Schnellauskünfte über Harald von der Heid einzuholen. Und es war erstaunlich, welches Material er in wenigen Tagen zusammengetragen hatte. Der Jurist und Verleger glaubte seinen Ohren nicht zu trauen, als Dorkas' Vater ihm kaltschnäuzig vorrechnete, daß sein, Haralds, Verlag binnen kurzem in Zahlungsschwierigkeiten geraten würde, wenn er den Unkostenapparat und die Privatentnahmen nicht drastisch reduziere. Er scheute sich auch nicht, anzudeuten, daß ihm Dinge bekannt seien, über die er aus naheliegenden Gründen nicht sprechen könne.

Dorkas weinte, als sie nach einer eisigen Verabschiedung von den Eltern mit Harald in ein Taxi einstieg. »Ich begreife nichts mehr«, war alles, was sie sagen konnte.

Er fuhr sich durch sein rotblondes Haar. »Was dein Vater sich geleistet hat, ist unglaublich. Ich mache ihm meine Aufwartung, und er reagiert mit Beleidigungen. Dabei hat er vom Verlagswesen nicht die geringste Ahnung. Und dann sein beständig betontes: Herr von der Heide! Herr von der Heide!«

»Ja, warum hat er das bloß immer gesagt?«

»Weil er die Taktlosigkeit besessen hat, ein Auskunftsbüro zu bemühen. Früher hießen wir Heide. Vater hat das ›e‹ eines Tages wegfallen lassen.«

»Aus welchem Grund?«

»Weil es so besser klingt.«

Das Taxi fuhr durch die Altstadt.

»Halten Sie!« rief Harald dem Fahrer zu. »Wir steigen hier aus.«

»Wir müssen doch zum Breidenbacher Hof«, sagte Dorkas.

»Eins nach dem anderen. Erst muß ich mal einen Schnaps trinken. Sonst merken die anderen, was mit mir los ist.«

»Aber nur ein Gläschen«, bat Dorkas. »Wir kommen sonst zu spät.«

Er entlohnte den Fahrer und stieg aus.

Dorkas folgte ihm und wunderte sich darüber, daß er ihr beim Aussteigen nicht behilflich war. Das entsprach nicht seiner Art.

»Eine versoffene Gegend«, sagte er und steuerte auf das erstbeste Lokal zu. »Mach dir aber keine Sorgen. Du kannst ja nicht dafür, daß dein Vater sich so unmöglich benommen hat. Doch das schwöre ich dir: Dem zahl' ich es heim!«

Bedrückt folgte sie ihm.

Er betrat eine altdeutsche Kneipe. »Wer mich beleidigt, erhält seinen Denkzettel.«

An den Tischen des Lokals saß niemand. Einige Männer standen am Tresen und wandten sich nach ihnen um.

»Guten Abend!« sagte der Wirt, der gerade ein Glas unter den Zapfhahn hielt.

Harald schob Dorkas zum Tresen hinüber. »Zwei Genever.«

»Wollen wir uns nicht setzen?« fragte sie irritiert.

»Wozu? Wir gehen ja gleich wieder.«

»Möchten Sie auch ein Bier?«

»Ja, ein Düsseldorfer Alt.« Er wandte sich an Dorkas. »Möchtest du auch eins?«

»Nein, danke«, antwortete sie und schaute zu den Männern hinüber.

Der Wirt füllte zwei hohe Gläschen mit Genever.

Harald reichte eines Dorkas und stieß mit ihr an.

Sie nippte an dem Glas.

Er leerte es in einem Zuge.

»Hoffentlich bekommt dir das«, sagte sie.

Er nahm ihr Glas und trank den Rest. »Genever bekommt mir sogar ausgezeichnet. Darum bestellen wir das gleiche noch einmal. Diesmal aber nicht nur nippen.« Er wandte sich an den Wirt. »Lokalrunde!«

Die Arbeiter stießen sich an.

Harald griff nach dem Bier, das der Wirt ihm vorsetzte. »Meine Herren! Auf Ihr Wohl!«

Dorkas bekam Herzklopfen. Was hatte sie falsch gemacht? »Ich verspreche dir, diesmal richtig zu trinken«, sagte sie in ihrer Unsicherheit. »Das hätte ich auch beim ersten Glas getan. Ich wollte vorher nur probieren, weil ich Genever noch nie getrunken habe.«

»So gefällst du mir schon besser. Als ich deine Ablehnung bemerkte . . .« Er unterbrach sich, weil der Wirt die Lokalrunde kredenzte. »Prost, meine Herren! Ex!«

Dorkas nahm einen für ihre Verhältnisse viel zu großen Schluck und mußte husten.

Harald klopfte ihr auf den Rücken. »Genever scheint nicht das richtige für dich zu sein. Na ja, von Paris her bist du Cognac gewöhnt.«

Sie sah ihn entgeistert an.

Der Ausdruck seines Gesichtes wurde lauernd. »Ich wurde vorhin unterbrochen. Als ich deine Ablehnung bemerkte, dachte ich an einen gewissen Herrn in Paris. Vier Cognac hast du damals getrunken!«

Dorkas wurde blaß. »Was hat das mit uns zu tun?«

»Sehr viel! Mit dem Kerl hast du gerne getrunken, mir aber möchtest du den Riegel vorschieben.« Er gab dem Wirt ein Zeichen. »Noch 'ne Runde Doppelte. Und für mich eine ganze Flasche.«

»Harald!« beschwor ihn Dorkas. »Zerstöre unsere schönen Tage nicht!«

»Dein Vater hat sie zerstört!« brauste er auf. »Schiebe also nicht mir die Schuld in die Schuhe.«

»Das will ich doch gar nicht.«

Er leerte das nächste Glas. »Was willst du dann?«

»Dich davon abhalten, mehr zu trinken, als du vertragen kannst.«

»Scher dich zum Teufel!« fuhr er sie an. »Von mir aus auch nach Paris. Da gibt's Cognac und Hurenböcke genug!«

Die Männer am Tresen schwiegen verlegen.

Dorkas verließ das Lokal und eilte zum Breidenbacher Hof, der nur wenige Minuten entfernt lag. Carla und Robert saßen im Foyer. »Kommt schnell«, rief sie außer Atem. »Harald betrinkt sich!«

Carla wollte sich erheben, aber Robert hielt sie zurück und forderte Dorkas auf, zunächst einmal Platz zu nehmen und zu erzählen, was passiert sei.

Dorkas schluchzte.

»Worüber hat es Ärger gegeben?«

»Mein Vater und Harald ...«

»Ich hab's geahnt«, sagte Carla. »Der Besuch konnte zu nichts Gutem führen.«

Robert hob beschwichtigend die Hand.

Dorkas erzählte nun, wie das Gespräch daheim verlaufen und was danach geschehen war.

Robert erhob sich. »Wie heißt das Lokal?«

»Ich weiß es nicht.«

»Wirst du es wenigstens wiederfinden?«

»Natürlich.«

»Dann los. Ihr begleitet mich und kehrt zurück, wenn wir die Kneipe entdeckt haben.«

Das Lokal war bald gefunden. Robert betrat es nicht sogleich, sondern wartete, bis Carla und Dorkas gegangen waren.

Die Arbeiter waren nicht mehr anwesend. Vor dem Tresen stand Harald mit einer Flasche in der Hand. Der Wirt, der auf seinen lallenden Gast nicht achtete, wandte sich dem Eintretenden zu.

Robert verlangte ein Bier und stieß den Freund in die Seite. »Na, hast du deinen Kummer 'runtergespült?«

Harald schaute überrascht auf. »Was machst du denn hier?«

»Dorkas hat mir vom Verhalten ihres Vaters und von deiner berechtigten Empörung erzählt. Da habe ich mir gesagt: Leiste ihm Gesellschaft.«

Der Freund stützte sich auf ihn. »Was möchtest du trinken?«

»Ich hab' mir ein Bier bestellt, könnte aber auch einen Schnaps vertragen. Welchen trinkst du?«

»Genever.«

»Alter Genießer«, sagte Robert und bat den Wirt, ihm einen Doppelten und seinem Freund ein Glas zu geben.

»Brauch' ich nicht«, widersprach Harald.

»In meiner Gegenwart wird nicht aus der Flasche getrunken«, erklärte Robert, ohne die Stimme zu heben. »Das solltest du wissen.«

Harald lallte unverständliche Worte.

»Sag mir lieber, wieviel du intus hast. Ich muß wissen, ob wir den Tisch für heute abend abbestellen müssen.«

Der Freund hob die Flasche. »Mehr nicht.«

Robert warf einen Blick auf die Uhr. »Dann schlage ich vor, wir mieten im Breidenbacher Hof ein Zimmer, und du schläfst drei Stunden. Anschließend fahren wir nach Hause und genehmigen uns daheim einen zünftigen Versöhnungstrunk. Was hältst du davon?«

Harald versuchte ihn zu umarmen. »Warum hat Dorkas bloß Angst bekommen? Wenn Sie nicht so blöd . . .«

»Laß ihr Zeit«, unterbrach ihn Robert. »Wie hätte sie anders reagieren können? Sie kennt dich doch kaum. Das wird sich alles geben. Dorkas paßt prima zu dir.«

»Findest du?«

»Das weißt du besser als ich.«

»Aber in Paris hat sie mit einem Mann Cognac getrunken, bis sie nicht mehr wußte, was sie tat. Und dann ist sie mit ihm ins Bett gestiegen.«

Unter anderen Umständen hätte Robert diese Indiskretion nicht einfach hingenommen, im gegenwärtigen Zeitpunkt wollte er aber nichts gefährden. Er entgegnete deshalb: »Du solltest froh sein, daß Dorkas in dich verknallt ist. Darauf kommt es ja schließlich an, oder?«

Es gelang Robert, den Freund widerspruchslos zum Breidenbacher Hof zu bringen, wo er ihn drei Stunden schlafen ließ. Danach hatte Harald sich so weit erholt, daß es keine Schwierigkeiten bereitete, mit ihm nach Hause zu fahren. Dorkas aber wurde das beklemmende Gefühl nicht los, einer Katastrophe entgegenzugehen. Würde sie die Kraft haben, auf das zu verzichten, was Harald ihr in gesellschaftlicher Hinsicht zu bieten vermochte? Sie beneidete Carla plötzlich. Robert wäre ein Mann nach ihrem Herzen gewesen.

6

Robert Schroeder atmete insgeheim auf, als der Zug sich in Bewegung setzte und er den Zurückbleibenden ein letztes Mal zuwinkte. Wie schön die Tage auch gewesen waren, es erleichterte ihn zu wissen, nicht mehr von morgens bis abends an Menschen gebunden zu sein, gegen die er zwar nichts einzuwenden hatte, die aber weder zu Carla noch zu ihm paßten. Seine Jugendfreundschaft mit Harald verpflichtete ihn mehr, als sie ihn verband, und er hatte den Eindruck gewonnen, daß Carlas Verhältnis zu Dorkas ähnlich gelagert war.

Nie wieder Urlaub zu viert, schwor er sich, als der Zug gegen Abend über die Elbbrücken donnerte und die heranrückende Hansestadt ihr Fluidum auf ihn übertrug. Das erregende Bild der Schiffe aus aller Welt weckte den Willen in ihm, alles daranzusetzen, sein Ziel schnellstens zu erreichen. Dazu gehörte nicht nur der Wunsch, eine Anstellung als Flugzeugführer zu finden. Er wollte sein Leben mit Carla teilen.

Dieser Wunsch beflügelte Robert Schroeder und ließ ihn gelassen den Trott der nächsten Wochen und Monate ertragen. Zumal es immer wieder Tage gab, an denen er sich trotz der Misere, in der er steckte, durchaus wohlfühlte. So, wenn er einen Brief von Carla erhielt, deren unbekümmerte Frische ihn in eine fast ausgelassene Stimmung versetzte. Oder wenn er an einem lauen Frühlingsabend an der Alster entlangging. Die Stunden im Fliegerbund empfand er ebenfalls als wohltuend, obgleich dort nur über Flugzeuge gesprochen wurde. Von Politik wollte niemand mehr etwas wissen. Die wirtschaftliche Lage war zu trostlos geworden. Auf tausend Erwerbstätige kamen zweihundertsechzehn Arbeitslose. Und es gab vier Millionen Rentner.

Über ein halbes Jahr war bereits vergangen, seit die Mitglieder des Fliegerbundes Nordland sich zum Beitritt in das Fliegerkorps der SS bereit erklärt und zur Zahlung eines monatlichen Beitrages verpflichtet hatten. Aber noch kein einziges Mal hatte man ihn kassiert.

»Wir haben uns falsche Hoffnungen gemacht«, sagte Robert Schroeder, als davon gesprochen wurde, welch verheißungsvolle Aussichten ihnen prophezeit worden waren. »Leider, muß ich hinzufügen; denn mir hat es schwer imponiert, wie planvoll die Nationalsozialisten sich auf die Regierungsübernahme vorbereiten.«

»Mir geht es umgekehrt«, entgegnete ein alter Weltkriegsflieger.

»Das Geschrei dieser Leute geht mir auf die Nerven. Und ihr Benehmen im Reichstag ist ja nun wirklich unter aller Sau.«

»Themenwechsel!« forderte ein junger Segelflieger. »Weder Nazis noch Sozis werden uns helfen.«

Robert Schroeder dankte seinem Schöpfer, daß er in der Firma Wallheimer festen Fuß gefaßt hatte. Er bekam zwar nur fünfzig Mark im Monat, doch es stand nun fest, daß er im nächsten Monat mehrere deutsche und tschechoslowakische Fabriken bereisen und am 16. August nach Argentinien fahren würde, um dort, unterstützt von einer angesehenen Korrespondenz-Firma, als Verkäufer von Maschinen und landwirtschaftlichen Geräten tätig zu werden. Carla hatte ihm geschrieben, daß sie jederzeit bereit sei, ihm zu folgen. Davon wollte er aber nichts wissen. Sein Ziel war es, bei einer südamerikanischen Luftverkehrsgesellschaft Anstellung zu finden, und ehe ihm das nicht gelungen war, wollte er sich durch niemanden ablenken lassen.

Dank seinem technischen Verständnis verlief die Informationsreise zu den tschechoslowakischen Fabriken ebenso erfolgreich wie der Besuch einiger deutscher Unternehmen. Und bei den Junkerswerken hatte er das Glück, einige Techniker der Deutschen Lufthansa zu treffen, deren Aufgabe es war, die Fertigstellung des dreimotorigen Verkehrsflugzeuges zu überwachen.

Der Chefpilot des Werkes zeigte ihm einige der soeben aus den Vereinigten Staaten eingetroffenen Sternmotoren, mit denen die Ju 52/3 ausgerüstet werden sollte. Dabei sagte er: »Milch hat sich auf der ganzen Linie durchgesetzt. Seiner Initiative ist es zu verdanken, daß BMW das Lizenzrecht zur Herstellung des ›Hornet‹ erhalten hat.«

Mehr noch beeindruckte Robert Schroeder das kameradschaftliche Verhalten des Chefpiloten, der ihm auch Flugzeugtypen, die für den Verkauf nicht in Frage kamen, zu Probeflügen zur Verfügung stellte. Ohne ein Wort darüber zu verlieren, wurde ihm Gelegenheit geboten, möglichst viele Stunden zu fliegen.

Vier Tage blieb er in Dessau, und als er nach Hamburg zurückkehrte, sah er aus, als hätte er einen wochenlangen Urlaub hinter sich gebracht. Sein Selbstvertrauen war gestärkt und seine finanzielle Rücklage gewachsen. Vierzehn Tage lang hatten ihn die Industrieunternehmen als ihren Gast betrachtet und er das Tagegeld sparen können, das ihm von der Firma Wallheimer Gebrüder zur Verfügung gestellt worden war. Das bedeutete, daß er den für Ende Juli geplanten Urlaub mit Carla ohne ihre Beihilfe bestreiten konnte. Glücklicherweise hatte er einen Onkel, dem ein angesehenes Borkumer Hotel gehörte, in dem er nur die Hälfte des üblichen Preises zu zahlen brauchte.

Das Glück stand ihm in diesen Wochen überhaupt zur Seite. Der Leiter der technischen Abteilung machte ihm keine Schwierigkeiten mehr, und der Chef des Hauses war so liebenswürdig, ihm zu empfehlen, sich für Südamerika einige Sport- und Gesellschaftsanzüge anfertigen zu lassen, deren Kosten später verrechnet werden sollten. Auch hatte er die Kasse angewiesen, ihm zur Beschaffung von Wäsche, Schuhe und dergleichen einen Vorschuß in Höhe von dreihundert Mark zur Verfügung zu stellen.

Robert Schroeder konnte es kaum erwarten, Carla wiederzusehen. Aber noch bevor es dazu kam, wurde die ohnehin schon schwer angeschlagene deutsche Wirtschaft plötzlich in ihren Grundfesten erschüttert. Die ›Darmstädter und Nationalbank‹ brach zusammen und zog eine Lawine von Bankschließungen nach sich. Blühende Firmen sahen sich unversehens vom Konkurs bedroht. Unter ihnen auch das Exporthaus Wallheimer Gebrüder, das in Bremen vier Schiffe in Auftrag gegeben hatte, die für Brasilien bestimmt waren. Die Bank, die zur Finanzierung des Großauftrages herangezogen worden war, existierte nur noch auf dem Papier, und die Millionen, die das Exporthaus investiert hatte, waren verloren, wenn die Schiffe nicht fertiggebaut und termingerecht abgeliefert wurden. Dies aber erforderte Geld, das von niemandem zu bekommen war.

Tagelang saß David Wallheimer am Telefon und besprach sich mit seinen überseeischen Geschäftsfreunden. Tagelang bangten seine Angestellten um die Existenz des Unternehmens. Tagelang wagte niemand aufzublicken, wenn der Chef des Hauses durch die Räume ging.

Robert Schroeder fiel es schwer, sich damit abzufinden, daß seine Pläne wie Seifenblasen geplatzt waren und er wieder dort stand, wo er vor zwei Jahren angefangen hatte. Er hoffte zwar immer noch, daß die Firma gerettet werden könnte, doch am zehnten Tag nach dem Zusammenbruch der ›Danat-Bank‹ mußte David Wallheimer seinen Angestellten erklären, daß er sich zu seinem Leidwesen gezwungen sehe, den Konkurs anzumelden.

»Wir sind nicht einmal in der Lage, die Gehälter für den laufenden Monat auszuzahlen«, sagte er. »Ich habe deshalb heute morgen den Schmuck meiner Frau den Abteilungsleitern übergeben und sie gebeten, ihn so günstig wie möglich zu verkaufen und den Erlös entsprechend den bestehenden Verträgen unter Ihnen aufzuteilen. Ich bedaure, nicht mehr für Sie tun zu können, und ich danke Ihnen für Ihre Mitarbeit und Treue. Mögen Sie bald ein neues Betätigungsfeld finden.«

»Na, was sagen Sie jetzt zu diesem Juden?« fragte Robert Schroeder den Leiter der technischen Abteilung.

Der eingeschworene Nationalsozialist sah ihn grimmig an. »Eine Schwalbe macht noch keinen Sommer. Aber ich gebe zu, daß Wallheimers Verhalten Bewunderung verdient.«

Noch am selben Abend teilte Robert Carla mit, daß seine hochgesteckten Hoffnungen und Erwartungen dahin seien und er sich unter den gegebenen Umständen gezwungen sehe, seine Ausgaben auf ein Minimum zu beschränken. An einen Urlaub sei nicht mehr zu denken, und er bitte sie herzlichst, hierfür Verständnis zu haben. Erst müsse er eine Tätigkeit finden, die ihm mindestens so viel einbringe, wie er als Volontär erhalten habe. Die Vorstellung, sich weiterhin für ein Butterbrot verdingen zu müssen, sei zwar deprimierend, aber irgendwie müsse er über die Runden kommen.

Carla reagierte auf ihre Weise. Sie schwatzte ihrem Vater einen erklecklichen Betrag ab und fuhr nach Hamburg, wo sie Robert beim Abendbrot überraschte. »Erhebe dich, du müder Geist!« rief sie lachend.

In seiner Verblüffung war er wie gelähmt sitzen geblieben. Nun sprang er auf und schloß sie in die Arme. »Carla! Was machst du hier?«

»Du hast geschrieben, daß du die Urlaubskoffer nicht packen kannst. Da habe ich mir gesagt: Dann muß ich ihm helfen. Am besten rufen wir Borkum gleich an und erkundigen uns, ob wir nicht schon ein paar Tage früher kommen können. Jetzt hast du ja Zeit in Hülle und Fülle, und das sollten wir ausnutzen.«

»Mir scheint, bei dir hat sich eine Fehlzündung eingeschlichen.«

»Ich bin doch kein Flugzeug.«

»Carla!« beschwor er sie. »Du weißt so gut wie ich, daß ich meine paar Kröten nun unbedingt zusammenhalten muß.«

»Natürlich. Aber darum brauchen wir uns unsere Ferien nicht nehmen zu lassen. Wenn du mich nicht einladen kannst, bist du eben mein Gast. Was ist schon dabei?«

Er tat einen Seufzer. »Muß das sein?«

»Ja. Und ich will dir auch sagen, warum. Weil ich dich liebe!«

Zum erstenmal war das Wort Liebe gefallen, und es sollte auch in Zukunft eine Vokabel bleiben, die Carla und Robert nur selten aussprachen. Wo andere ihre Empfindungen in blumige Worte kleiden, blieben ihre Lippen stumm. Darin glichen sie sich sehr. Unterschiedlich waren nur ihre Temperamente.

So nannte Carla Robert einen Narren, als er erklärte, die Anzüge zurückgeben zu wollen, die er sich auf Empfehlung des Firmenchefs hatte machen lassen. Als er ihr aber bedeutete, der Schneider werde keinen Pfennig erhalten, wenn das Exporthaus Wallheimer Gebrüder die Rechnung noch nicht bezahlt habe, stimmte sie ihm zu. Die Angelegenheit löste sich jedoch in Wohlgefallen auf, da der Meister der Haute Couture sein Geld prompt erhalten hatte.

»Das Glück steht wieder auf deiner Seite«, sagte Carla, als Robert sie am nächsten Morgen in der Pension Prem aufsuchte und ihr von seinem Gespräch mit dem Schneider berichtete.

»Stimmt«, erwiderte er gelöst. »Ich habe auch schon mit meinem Onkel telefoniert.«

»Und . . .?«

Er streichelte ihre Wange. »Ein Zimmer mit Blick auf den Leuchtturm erwartet uns.«

Das Blau ihrer hellen Augen wurde intensiv.

Er glaubte Hingebungsvolles darin zu entdecken.

Fortuna stand auf Roberts Seite und schenkte ihm neben frohen Ferientagen auch das Glück, eine fliegerische Anstellung zu erhalten. Diese wurde ihm durch einen Berufskollegen zuteil, der ebenfalls im Hotel des Onkels wohnte und im Auftrag der thüringischen Schokoladenfabrik ›Mauxion‹ mit einem Reklameflugzeug jeden Vormittag tief über die Strände der Ostfriesischen Inseln zu fliegen hatte und von einem mitfliegenden Mechaniker kleine Schokoladentafeln und an Fallschirmen hängende Pralinenschachteln abwerfen ließ. Er litt an Magengeschwüren und wurde eines Morgens von so starken Schmerzen geplagt, daß der Arzt eine Perforation befürchtete. Robert Schroeder erbot sich sogleich, den Schwererkrankten mit dem Reklameflugzeug, einem zweisitzigen Doppeldecker, nach Bremen zu fliegen, wo gegebenenfalls eine Operation vorgenommen werden konnte. Der Pilot nahm das Angebot dankbar an, und da er wußte, daß Robert Schroeder stellungslos war, empfahl er ihm, das thüringische Werk über seine Hilfeleistung zu informieren. Bestimmt würde man ihn bitten, den ›Seebäderdienst‹ bis auf weiteres zu übernehmen.

Er täuschte sich nicht. Gegen ein Entgelt von täglich fünfzehn Mark plus zehn Mark Spesen übernahm Robert Schroeder die Vertretung des erkrankten Piloten. Weitere drei Mark erhielt der Monteur, der das Abwerfen der Süßigkeiten zu besorgen hatte. Da ihm das Geld wichtiger als das Mitfliegen war, fiel es Robert leicht, ihn zu bewegen, künftighin nur das abzuwerfende Material zu verstauen und den zweiten Sitz der Maschine Carla zu überlassen, die nach einem Probeflug hellauf begeistert war.

Für beide begann eine herrliche Zeit. Nach ihrem Morgenbad im Meer flogen sie im Tiefflug von Borkum bis nach Wangerooge und verursachten mit dem Abwerfen der Schokoladentäfelchen ein unbeschreibliches Durcheinander in dem sonst so geruhsamen Strandleben von jung und alt. Sie amüsierten sich über das immer wiederkehrende Bild der um Pfennigartikel sich balgenden Menschen, und sie erfreuten sich an den stündlich wechselnden Farben des Meeres und der Dünen, über die ihr ›Flamingo‹ mit 90 km/h hinwegknatterte.

Nach dem Flug aßen beide mit gutem Appetit zu Mittag, und dann wanderten sie hinaus zum Nordstrand, wo nur selten Menschen anzutreffen waren und sie ungestört baden und sich sonnen konnten.

»Ich kann immer noch nicht begreifen, daß ich einen Job gefunden habe«, sagte Robert nach Ablauf der ersten Flugwoche. »Fliegen, Geldverdienen und Lieben ist eine herrliche Mixtur.«

Carla zupfte an einem Dünengrashalm. »Mir graut schon vor London. Der Nebel dort muß schrecklich sein.«

»Dafür erlernst du eine weitere Sprache.«

»Hättest du nicht Lust, mitzukommen?«

»Lust schon. Und von Nutzen wäre es ebenfalls. Ich würde aber dauernd Angst haben, hier eine Chance zu verpassen. Außerdem begleitet dich Dorkas, und die könnte ich unmöglich wochenlang ertragen.«

Carla machte sich über ihn lustig. »Sie ist viel zu hübsch, als daß du sie leid werden könntest.«

»Ihre Überspanntheit würde mir trotzdem auf die Nerven gehen.«

»Haben wir nicht alle unseren Tick? Übrigens tut Dorkas mir im Moment richtig leid. Sie wollte Harald in Berlin besuchen. Ihre Eltern haben es aber nicht erlaubt. Und Harald kann nicht zu ihr, weil er in den Vorbereitungen zu seinem ersten Herbstgeschäft steckt. Nun will er sie im November in London besuchen.«

Robert dachte mit Unbehagen an das, was ihm die ›Zervelat-Margot‹ erzählt hatte.

»Könntest du Harald nicht begleiten?« fragte Carla.

»Du weißt, daß ich nicht nochmals zu viert . . .«

»In London wäre das etwas ganz anderes. Dort würden wir im Hotel und nicht im eigenen Heim wohnen. Zwangsläufig ergibt sich daraus eine Trennung.«

»Mag sein«, entgegnete er. »Es kommt aber noch etwas Wichtiges hinzu.« Er machte eine Bewegung, als zähle er Geld.

»Das würde Harald schon übernehmen.«

»Ich jedoch nicht annehmen.«

»Und wenn ich dich sehr darum bitte?«

Er schüttelte den Kopf. »Auch Liebe kennt ihre Grenzen.«

Wochen ungetrübten Glückes gingen dahin. Robert hatte den Mauxion-Seebäderdienst bis zum Saisonschluß durchzuführen, und da er mit Carla im Hotel des Onkels ungewöhnlich preiswert leben konnte, Carla im übrigen darauf bestand, ihren Anteil selber zu zahlen, war es ihm möglich, eine recht hübsche Summe zu ersparen. Aber dann juckte ihn das Geld plötzlich so sehr, daß er sich nach einem Geschenk für Carla umsah. An eine Halskette hatte er gedacht. Etwa zweihundert Mark wollte er anlegen. Es wurden jedoch dreihundert, für die er einen tibetischen Armreifen erwarb, der rundum mit Schriftzeichen versehen war. Der Juwelier hatte das seltene Stück mit anderen Pretiosen von einer Dame erworben, die nach der Bankmisere plötzlich Schmuck verkaufen mußte.

Carla war hingerissen, als sie den Armreif sah. »Der dürfte deine ganzen Ersparnisse gekostet haben«, sagte sie verwirrt.

Er lachte. »Ich habe ihn spottbillig bekommen.«

Sie küßte ihn. »Ja, dann . . .«

Den Abend verbrachten sie in den ›Rheinischen Weinstuben‹, wo sie zwei Herren kennenlernten, die sich als Redakteure der Dortmunder Tageszeitung ›Germania‹ vorstellten und Robert sogleich in ein Gespräch verwickelten.

»Wir möchten gerne wissen, ob es möglich wäre, einen ›Seebäder-Zeitungsdienst‹ einzurichten«, sagten sie. »Ihre Reklameflüge haben uns auf die Idee gebracht. Wir würden keine Kosten scheuen, wenn die Morgenausgabe der Germania im nächsten Jahr spätestens um acht Uhr in den Nordseebädern erhältlich wäre. Mit einem Flugzeug müßte das doch zu schaffen sein.«

Es lag auf der Hand, daß Robert positiv reagierte, und es kam zu einer endlosen Fachsimpelei, die bei Carla und ihm das Bedürfnis nach frischer Luft weckte und sie noch zu später Stunde einen Spaziergang zur Strandmauer machen ließ. Beide hofften, den nächsten Sommer wieder auf Borkum verbringen zu können.

»Du wirst den Auftrag erhalten«, prophezeite Carla.

»Sofern es mir gelingt, einen Plan auszuarbeiten, der die Kosten auf ein erträgliches Maß reduziert«, gab er zu bedenken.

»Die Herren haben ausdrücklich gesagt, daß sie sich keinen Illusionen hingeben und mit einer beachtlichen Summe rechnen. Es geht ihnen um das Renommee ihres dem Zentrum nahestehenden Blattes.«

»Dennoch bleibt es eine Binsenweisheit, daß hohe Kosten die Begeisterung dämpfen. Ich möchte deshalb das sich zwangsläufig ergebende Minus durch einen zusätzlichen Passagierdienst verringern.«

»Das ist eine großartige Idee«, begeisterte sich Carla. »Du solltest sie den Zeitungsleuten gleich morgen vortragen.«

Er zog Carla an sich. »Ich werde mein Pulver doch nicht jetzt schon verschießen. Der Auftrag lautet: Erstellung eines Organisationsplanes und Errechnung der Unkosten für einen dreimonatigen Seebäder-Zeitungsdienst. Aus meiner Denkschrift werden die Herren zu gegebener Zeit alles ersehen. Es ist besser, mit konkreten Aussagen zu überraschen, als mit spontanen Einfällen zu imponieren.«

Der Mond spiegelte sich in der nur leicht gekräuselten See und zauberte eine vom Horizont bis zum Strand führende goldflimmernde Straße über das Meer.

Carla schmiegte sich an ihn. »Schade, daß ich schon übermorgen fahren muß.«

»In vierzehn Tagen endet auch meine Zeit. Ich hoffe nur, daß dein Vater sich inzwischen beruhigt hat.«

»Mein fünf Seiten langer Brief wird ihn nicht nur versöhnt, sondern sogar begeistert haben. Er hatte natürlich recht. Ich hätte ihm zumindest schreiben müssen, daß wir länger bleiben.«

Einen Tag noch verbrachten sie gemeinsam auf Borkum. Dann fuhren sie in aller Frühe mit der Kleinbahn zur Anlegestelle der Schiffe, wo sie sich nicht anmerken ließen, wie schwer ihnen die Trennung fiel. Beide fragten sich, wann sie sich wiedersehen würden. Erst zu Silvester?

Carla sah Robert bittend an. »Könntest du Harald nicht doch begleiten?«

»Nach London?«

»Was sollen Dorkas und ich tun, wenn er drüben anfängt zu saufen?«

»Ich muß schon sagen, du bist nicht nur eine bildhübsche, sondern auch eine ganz ausgekochte Verführerin.«

Sie sah wie verklärt aus. »Hast du bildhübsch gesagt?«

»Und ausgekocht!«

Sie strich über ihre Wange. »Und die Narben stören dich nicht?«

Er küßte sie. »Für mich bist du die Schönste. Besonders jetzt, wo deine braune Haut, deine hellblauen Augen und dein tizianrotes Haar so herrlich zueinander passen.«

Sie kuschelte sich an ihn.

Vierzehn Tage nach Carlas Abreise verließ auch Robert Schroeder die Insel. Da die Direktion der Mauxion-Schokoladenfabrik ihn gebeten hatte, das Flugzeug nach Schwarza/Saale zu überführen, flog er über Bremen, um sich bei den Focke Wulf-Werken nach einer für den Zeitungsdienst geeigneten Maschine zu erkundigen. Zu seiner Freude erfuhr er, daß durch den Konkurs der kleinen deutschen Luftverkehrsgesellschaften eine ganze Anzahl von Flugzeugen herrenlos geworden war und gechartert werden konnte.

Besonders geeignet schien ihm das Focke Wulf-Kleinverkehrsflugzeug zu sein, das zwar so unförmig war, daß ein klobiges Walroß im Vergleich mit ihm jeden Schlankheitswettbewerb gewonnen hätte. Seine Flugeigenschaften waren jedoch grandios. Mit seinem nur 75 PS starken Siemens-Sternmotor beförderte es vier Passagiere in einer vollverglasten Kabine. Der Pilot mußte allerdings, und das war das Komische an diesem Flugzeug, über Fußstapfen, die im Rumpf ausgespart waren, zu einem Führersitz hochklettern, der sich über der Kabine in der Tragfläche des Hochdeckers im Freien befand. Er brauchte aber nicht zu befürchten, fortgeweht zu werden. Die Maschine erreichte im Höchstfall 100 km/h, was bei starkem Gegenwind natürlich problematisch werden konnte.

Seine Erfahrung veranlaßte ihn, mögliche Flugverzögerungen einzukalkulieren und die Herren der Focke Wulf-Werke zu bitten, ihr Angebot auf der Basis einer Flugleistung von werktäglich sieben Stunden aufzubauen.

Nachdem alles besprochen war, flog er nach Schwarza/Saale, wo er einen Tag blieb. Dann fuhr er nach Berlin, um bei der Personalstelle der Lufthansa vorzusprechen. Er machte sich wenig Hoffnung, war aber doch erschüttert, als er erfuhr, daß in Kürze mit der Entlassung von weiteren zwölfhundert Mitarbeitern gerechnet werden mußte, unter denen sich diesmal auch die hochspezialisierten Kräfte der Werkstätten in Staaken, Böblingen und Travemünde befinden würden.

Das Germania-Projekt schien ihm nun wichtiger denn je zu sein, und er nahm sich vor, entsprechende Angebote ebenfalls bei Junkers und Messerschmitt einzuholen. Es mußte ihm gelingen, den Seebäder-Zeitungsdienst zu realisieren. Gegebenenfalls wollte er zusätzlich von morgens bis abends Rundflüge durchführen.

In Hamburg erwartete ihn eine Überraschung. Während seiner Abwesenheit waren dem Fliegerbund Nordland die Mitgliedskarten des Fliegerkorps übergeben worden. Robert Schroeder nahm den für ihn bestimmten Ausweis, der noch mit einem Foto versehen war, schon erfreut entgegen, als er plötzlich stutzte und ärgerlich sagte: »Da ist ja nur von einer Schutz-Staffel und nicht von einem Fliegerkorps die Rede.«

»Wahrscheinlich gibt es das noch nicht«, meinte ein Sportflieger, der seinen Ausweis bereits vor Wochen in Empfang genommen hatte. »Uns wurde ja gesagt, daß das Korps erst aufgestellt wird.«

»Das war vor einem Jahr!«

»Ist doch wurscht. Hauptsache, wir haben die Mitgliedskarte.«

»Können Sie denn nicht lesen?« ereiferte sich Robert Schroeder.

»Das hier ist eine reguläre Mitgliedskarte der SS. Wir wollen fliegen und nicht eines Tages zum Schutz irgendeines Parteionkels nach Posemuckel abkommandiert werden.«

»Das werden wir schon nicht. Die haben ja nicht einmal den Beitrag kassiert!«

Robert Schroeder betrachtete den Ausweis mit Unbehagen. »Am liebsten würde ich das Ding zurückgeben.«

»Dann wären Sie schön dumm. Das ›Ding‹ kann zum Sesam-öffnedich werden.«

»Sie meinen, wenn die Nationalsozialisten an die Regierung kommen?«

»Na klar!«

Robert Schroeder steckte den Ausweis in die Brieftasche. »Schaden wird uns der Beitritt auf keinen Fall. Über kurz oder lang muß ja was geschehen. Die Brüningsche Restriktionspolitik macht eine Belebung der Wirtschaft unmöglich. Im nächsten Jahr dürften wir sechs Millionen Arbeitslose haben.«

»Und eben darum werden die Nationalsozialisten an die Regierung kommen. Wir können uns dann gratulieren, der SS beigetreten zu sein.«

»Dem SS-Fliegerkorps!«

»Korps oder Staffel, das bleibt sich gleich.«

Er hat recht, dachte Robert Schroeder. Angesichts der vielen Arbeitslosen, die heute die Straßen unsicher machen, sind wir eines Tages vielleicht froh, über eine disziplinierte Ordnungstruppe zu verfügen.

Peinlich aber war es für ihn, daß er gleich am nächsten Vormittag mit dem Juden David Wallheimer zusammentraf, der nun die Bürohäuser der Innenstadt abklapperte, um Schnürriemen, Rasierklingen und dergleichen zu verkaufen. Wie gelähmt starrte Robert Schroeder auf den einstigen Inhaber des so angesehen gewesenen Exporthauses. Sein vorgebeugter Oberkörper fiel nicht mehr auf. Ein Bauchladen füllte den Winkel, den seine Körperhaltung bildete.

David Wallheimer versuchte zu lächeln. »Wie geht es Ihnen? Konnten Sie irgendwo unterkommen?«

»Nein, ich war aber für eine Weile fliegerisch tätig«, antwortete Robert Schroeder.

»Das freut mich«, entgegnete David Wallheimer. »Für mich sieht es ja recht böse aus. Nachdem mein Unternehmen in Konkurs geraten ist, verbietet mir das Gesetz die Gründung einer neuen Firma. Ich muß sehen, wie ich mich durchschlage.« Er wies auf seinen Bauchladen. »Brauchen Sie vielleicht etwas?«

»Gewiß«, antwortete Robert Schroeder. »Ich frage mich nur, warum

Sie an jenem schrecklichen Tag auch noch den Schmuck Ihrer Gattin geopfert haben?«

Der einstige Großkaufmann schürzte die Lippen. »Wenn Sie Jude wären, würden Sie mich verstehen. Immer wieder wird behauptet, wir seien herzlose Geschäftsleute, Zinswucherer, Schröpfer und dergleichen. Ich habe mir manchmal gewünscht, beweisen zu können, daß das nicht der Fall ist. Und dann bot sich mir plötzlich diese Möglichkeit. Ich handelte wie unter einem Zwang, muß allerdings gestehen, daß es mir im entscheidenden Moment nicht mehr darauf ankam, etwas zu dokumentieren. Da dachte ich an meine Angestellten. Und an mich. Mir selbst wollte ich beweisen, daß ich bin, wer ich immer gehofft hatte zu sein. Das und nichts anderes habe ich getan.«

»Und Sie bereuen es nicht?«

David Wallheimer hob die Schultern. »In schweren Stunden denke ich natürlich, daß es besser wäre, wenn ich es nicht getan hätte. Aber dann erinnere ich mich an meinen Vater, der mit diesem, von mir wie ein Heiligtum aufbewahrten Bauchladen auszog, die Welt für sich zu gewinnen. Das gibt mir Kraft. Hier, diese abgeschabte Stelle stammt aus seiner Zeit.«

»Ich bewundere Sie«, sagte Robert Schroeder, dem es plötzlich schwerfiel, Haltung zu bewahren. »Und ich hoffe, Sie nehmen es mir nicht übel, wenn ich Ihnen die zwanzig Mark zurückerstatte, die mir seinerzeit aus dem Erlös des Schmuckes Ihrer Gattin zur Verfügung gestellt wurden.«

David Wallheimer verneigte sich.

Robert Schroeder steckte einen zusammengefalteten Schein zwischen die Streichholzschachteln des Bauchladens.

Sein ehemaliger Chef reichte ihm die Fingerspitzen. »Ich wünsche Ihnen alles Gute.«

Robert Schroeder fühlte sich elend, als er sich von David Wallheimer verabschiedet hatte. Die Zeit ist überreif, dachte er aufgewühlt. Etwas Entscheidendes muß geschehen. Aber was? Er wußte es nicht, wurde sich jedoch darüber klar, daß es für ihn keinen Sinn mehr hatte, weiterhin in Hamburg zu bleiben. Eine Stellung konnte er ohnehin nicht finden. Also packte er seine Koffer, um nach Münster zu fahren, wo ihm sein schräges Dachzimmer jederzeit zur Verfügung stand. Aber er ballte die Fäuste, als er beim Verlassen der Stadt Hamburg vom Zug einen letzten Blick auf die Kaianlagen warf. Das Tor zur Welt hatte sich für ihn geschlossen.

7

Als Robert Schroeder den Entschluß faßte, in seine Heimatstadt zurückzukehren, war er sich bewußt, daß sein Ortswechsel einen neuen Lebensabschnitt einleiten würde. Daß die Stadt als solche keine sonderliche Bedeutung für ihn erlangen, sondern nur eine Zwischenstation sein würde, stand für ihn ebenso fest. Ihm ging es darum, möglichst günstig über den Winter zu kommen. Mit seinen geringen Ersparnissen hätte er nicht bis zum Frühjahr in Hamburg bleiben können. Er wäre gezwungen gewesen, die fünfhundert Mark anzugreifen, die sein Bruder Gerd ihm für den Notfall zugesteckt hatte. Außerdem waren Dortmund und Remagen von Münster viel schneller und preisgünstiger zu erreichen. Sobald die Kalkulation der Focke Wulf-Werke vorlag, wollte er die Zeitungsleute aufsuchen. Und die Tage zwischen Weihnachten und Neujahr hoffte er mit Carla auf Schloß Rheinberg zu verbringen. Sie würden dann zwar wieder zu viert sein, aber einen Vorsatz aufzugeben war immer noch leichter, als auf Carla zu verzichten. Bis dahin gedachte er sich bei seinen Eltern oder bei seinem Bruder Conrad nützlich zu machen.

Seine Mutter fiel aus allen Wolken, als sie die Haustür öffnete und ihren Sohn mit zwei Koffern und einem Strauß Blumen vor sich stehen sah. Das übliche Begrüßungszeremoniell raubte ihr jedoch die Möglichkeit, etwas zu sagen. Robert küßte sie stürmisch, bis es ihr gelang, ihn zurückzudrängen.

»Ich will jetzt erst einmal wissen . . .«

»Bekomme keinen Schreck«, unterbrach er sie und griff nach seinen Koffern. »Ich habe Aussicht, Pilot bei der ›Germania‹ zu werden und möchte lediglich für eine kurze Weile hierbleiben. Wird das gehen?«

»Dumme Frage«, antwortete sie. »Wenn du dir nur angewöhnen würdest, vorher Bescheid zu geben. Ich hätte dann alles vorbereitet.«

»Was ich um jeden Preis verhindern wollte.«

»Um Ausreden bist du nie verlegen.«

»Das dürfte ich von dir geerbt haben. Aber erzähle: Wie geht's?«

»Den Verhältnissen entsprechend. Vielleicht sogar ein bißchen besser. Für Abwechslung ist ja reichlich gesorgt. Skat-, Billard- und Romméabende jagen sich um die Wette.«

»Die SS-Führer wohnen immer noch bei euch?«

»Selbstverständlich. Der Brigadeführer wurde inzwischen sogar befördert. Er ist jetzt Gruppenführer. Wir verdanken ihm viel.«

»Inwiefern?«

»Vater hat einen Auftrag über zehntausend Hosen bekommen.«

»Und den hat er angenommen?«

»Hätte er ihn zurückweisen sollen?«

»Aber Mama!« Robert stellte die Koffer ab. »Vater hat doch immer gesagt, er lehne es ab . . .«

»Bringe keine Störung in unser Leben«, unterbrach ihn die Mutter. »Gesagt ist noch lange nicht getan. Außerdem hat Vater es nicht so gemeint.«

»Da bin ich anderer Auffassung«, erwiderte er und fügte vorsorglich hinzu: »Aber darauf kommt es ja nicht an. Hauptsache, die Kohlen stimmen.«

»Das meine ich auch.«

Robert war nicht gerade bester Laune, als er sein Zimmer aufsuchte. Die Worte der Mutter setzten ihm mehr zu, als er sich eingestand. Daß der Vater SS-Hosen anfertigte, war zu verstehen. Es wollte ihm jedoch nicht in den Kopf, daß frühere Auffassungen einfach geleugnet und wie etwas Lästiges zur Seite geschoben wurden.

Unwillkürlich dachte er an seinen Bruder Conrad, der sich gewiß nicht grundlos ein Privatquartier beschafft hatte. Er hoffte, sich bei ihm nützlich machen zu können. Beim Vater würde es wahrscheinlich problematisch werden. Es erleichterte ihn, von der Mutter zu erfahren, daß der Benjamin der Familie, den sie für ein kaufmännisches Genie hielt, beachtliche Erfolge erzielen konnte.

»Conrad beschäftigt bereits zwanzig Angestellte«, sagte sie voller Stolz. »Sprich mit ihm. Er wird dir helfen. Wer ihn zu nehmen versteht, schwimmt oben. Mich versorgt er mit allem, was ich an Kleidung, Parfüm und so weiter benötige.«

»Alle Achtung! Ich hätte ihn nicht für so großzügig gehalten.«

»Bei mir knausert er nie. Ich leiste allerdings auch einiges dafür. Die meisten Ideen, die er verwirklicht, stammen von mir. Sage Vater nur nichts davon. Er nennt Conrad einen ›weißen Juden‹. Seine Geschäfte sind ihm zu windig.«

Robert mußte lachen. »Du bist köstlich. Empfiehlst windige Geschäfte, gibst dies unumwunden zu, blaffst mich aber an, wenn ich es wage, ein Wort über Vaters frühere Einstellung zu verlieren.«

»Du kannst doch nicht abstreiten, daß er stets national gedacht hat«, entgegnete sie streng.

»Natürlich nicht.«

»Dann schweige über Dinge, die mißverstanden werden könnten. Wir leben hier mit SS-Führern zusammen.«

»Bei mir fällt der Groschen«, sagte Robert erleichtert. »Du möchtest, daß die Herren nichts erfahren. Ich glaubte schon, du wolltest frühere Auffassungen vor mir leugnen.«

Die Mutter gab sich den Anschein, als begreife sie den Sinn der Worte nicht. »Auf alle Fälle weißt du jetzt Bescheid. Ich werde Störungen nicht dulden. Dafür war der Weg, den ich zu gehen hatte, zu steinig.«

Noch bevor Robert etwas erwidern konnte, trat der Vater in den Raum. »Mein Gehör hat mich also nicht getäuscht«, rief er erfreut. »Unser Reklameflieger ist gelandet. Herzlich willkommen!«

Robert reichte dem Vater die Hand. »Du siehst gut aus.«

»Mir geht's auch gut. Ich werde verwöhnt mit Liebe.«

»Ihr seid und bleibt ein ideales Paar.«

Der Vater legte ihm die Hand auf die Schulter. »Und weißt du, warum das so ist? Weil wir in jungen Jahren nicht den Fehler machten, den ihr heute begeht. Als wir noch nicht verheiratet waren, gab es für uns nur eine seelische und keine körperliche Bindung. Wir haben uns aufgespart und uns dadurch viel erhalten. Ihr hingegen werdet eines Tages mit leeren Händen dastehen.«

Robert schmunzelte. »Du denkst an Carla und mich, nicht wahr?«

»Nun . . .« Der Vater räusperte sich. »Ich hätte nicht davon angefangen. Da du aber fragst: Ja!«

Die Mutter sah Robert unwillig an. »Warum mußt du immer gleich so direkt werden?«

»Weil ich es als Pilot gelernt habe, gerade Kurse zu steuern.«

»Papperlapapp!« brauste der Vater auf. »Als wir durch einen Versprecher von Onkel Josef erfuhren, daß er euch auf Borkum ein Doppelzimmer gegeben hat, habe ich ihm gesagt: Armes Deutschland! Wenn ihr in euren Hotels Sodom und Gomorrha Urständ feiern laßt, ist der Niedergang der Nation natürlich nicht mehr aufzuhalten.«

»Und was hat Onkel Josef erwidert?«

»Er hat seine Mütze genommen und ist gegangen.«

»Woraus du ersehen magst, daß man einen Mann, der siebenmal mit einem Dreimaster um die Erde gesegelt ist, nicht beleidigen darf.«

»Ich begreife nicht, daß Carla das mitgemacht hat«, sagte die Mutter. »Wenn ich an früher denke . . . Damals war sie ein ganz reizendes Mädchen.«

»Das ist sie auch heute noch.«

Der Vater lachte abfällig. »Wollt ihr etwa heiraten?«

Robert zuckte die Achseln. »Darüber haben wir nicht gesprochen.«

»Ihr hattet ja Wichtigeres zu tun.«

»Eben.«

»Ich muß doch bitten, nicht unverschämt zu werden.«

Nun wurde auch Robert ärgerlich. »Wir haben nicht von Luft und Liebe gelebt. Carla hat an all meinen Flügen teilgenommen. Und sie hat mir tatkräftig geholfen.«

»Tingeltangel«, sagte der Vater abfällig.

Die Mutter war plötzlich wie verwandelt. Wenn ihr Sohn mit Carla nichts Konkretes besprochen hatte, stand nichts zu befürchten. Dann war Carla eine Episode und es schadete nichts, wenn der Junge sich austobte. Wir sollten ein erfreulicheres Thema wählen«, sagte sie an ihren Mann gewandt. »Robert hat Aussicht, Pilot bei der Germania zu werden.«

Der Vater horchte auf. »Das Zentrumsblatt behagt mir zwar nicht, aber immerhin . . . Bist du deshalb gekommen?«

»Nein. Zunächst muß ich den Winter überstehen. Da habe ich mir gesagt: Was ich in Hamburg ausgebe, kann ich auch Mama zur Verfügung stellen.«

»Du hast Ersparnisse?«

»In bescheidenem Maße.«

Der Vater war versöhnt. Ein Sohn, der haushielt, entsprach seinen Vorstellungen.

Es war wie eh und je. Vater und Sohn waren zu verschieden, als daß sie echten Kontakt zueinander hätten finden können. Beide waren jedoch bestrebt, aufeinander Rücksicht zu nehmen. Am besten gelang ihnen dies, wenn sie sich in Gesellschaft befanden. Sie waren deshalb ganz froh, daß die SS-Führer an diesem Abend ungewöhnlich zeitig erschienen und das Gespräch in allgemeine Bahnen lenkten. Allgemein, das hieß natürlich Politik. Und Politik, das hieß Hitler. Und Hitler, das hieß: Denen hat er es gezeigt! Denen hat er es gegeben!

Der Gruppenführer erzählte, daß Hitler den Stahlhelmern gerade gezeigt habe, was eine Harke ist. »Dieser Hugenberg scheint tatsächlich geglaubt zu haben, den Aufmarsch in Bad Harzburg für sich entscheiden zu können. Brachte einfach mehr Fußvolk mit, als verabredet worden war. Aber da hätten Sie den Führer erleben sollen. Kaum war die SA vorbeimarschiert, da machte er kehrt und fuhr davon. Disziplinlosigkeit ahndet er mit unerbittlicher Strenge.«

Robert versuchte abzuschwächen, weil er wußte, daß sein Vater ein eingeschworener Stahlhelmer war. Er sagte: »Es kam doch zum gemeinsam geleisteten Schwur.«

Der Standartenführer lachte. »›Geächtet sei jeder, der unsere Front zerreißen will!‹«

»Typisch Hugenberg«, mokierte sich der Gruppenführer.

Der Vater saß da und sagte kein Wort. Warum verteidigte er seine Kameraden nicht? Aus Angst, zwei einflußreiche Untermieter zu verstimmen?

Es reizte Robert plötzlich, den Vater auf die Probe zu stellen und die SS-Führer zu provozieren. »Mir kommt es so vor«, sagte er wie nebenbei, »als hätte Hitler mit seinem abrupten Davonbrausen die gerade erst gebildete Front wieder zerreißen wollen.«

»Mir scheint, du bist von Sinnen«, fuhr ihn der Vater an.

»Du kennst ihn doch«, mischte sich die Mutter ein. »Er versteht nichts von Politik.«

Der Gruppenführer wandte sich an Robert. »Woraus schließen Sie, daß der Führer an der Harzburger Front nicht interessiert ist?«

»Erklärten Sie nicht, daß Hitler Disziplinlosigkeit streng ahndet?«

»Gewiß.«

»Dann ist anzunehmen, daß er selbst sich diszipliniert verhält.«

»Gewiß.«

»Somit dürfte sein unvermittelter Aufbruch keine Disziplinlosigkeit, sondern eine wohlüberlegte Handlung gewesen sein.«

»Gut kombiniert.«

»Aber welchen Grund hätte er haben sollen?« erregte sich der Vater.

Robert suchte Zuflucht in einer These, die er in einer Zeitung gelesen hatte. »Möglicherweise fühlt Hitler sich durch den am Tage zuvor stattgefundenen Empfang bei Hindenburg so aufgewertet, daß er glaubt, künftighin ohne schwarzweißrote Mittlerdienste auskommen zu können.«

»Bravo!« rief der Gruppenführer. »Es ist natürlich unser Wunsch, mit allen nationalen Kräften zusammenzuarbeiten. Wir lassen uns aber nicht an die Kette legen. Und genau das war Hugenbergs Plan.« Er stemmte die Arme in die Hüften und sah den Piloten aufmunternd an. »Wir wär's? Hätten Sie nicht Lust, in die SS einzutreten?«

»Ja, das solltest du tun«, begeisterte sich die Mutter.

»Die SS braucht Männer Ihres Schlages.«

»Mir wäre wohler, wenn ich eine Anstellung fände.«

»Das kommt schon noch. Werden Sie erst mal Mitglied der SS.«

Robert Schroeder zog seine Brieftasche. »Ihre Aufforderung kommt zu spät. Ich gehöre dem Verein bereits an. Darf ich Ihnen meinen Ausweis vorlegen?«

Verwunderung, Beifall und anerkennende Worte waren die Folge. Die Mutter strahlte. Der Vater aber machte einen unsicheren Eindruck. Hugenberg hatte Hitler an die Kette legen wollen? Das war unmöglich und kam einem Affront gleich. Unter solchen Umständen konnte er nicht im ›Stahlhelm‹ bleiben.

»Nein«, hörte er den Gruppenführer sagen. »Mit dem Fliegerkorps wird's nichts. Göring hat Einspruch erhoben. Die Luftfahrt soll ihm unterstellt werden.«

Robert war enttäuscht. »Und die SS wird niemals Flugstaffeln aufstellen?«

»Das halte ich für ausgeschlossen. Aber da Sie Mitglied unseres *Vereins* sind, unterstehen Sie hier in Münster mir. Und ich zweifle nicht daran, daß wir uns gegenseitig helfen können. Wir arbeiten mit der Reichswehr Hand in Hand und überlegten kürzlich, ob es nicht möglich wäre, das Verhalten der Truppe bei Tieffliegerangriffen realistisch zu üben, das heißt, unsere Einheiten im Gelände von einem Flugzeug angreifen zu lassen. Wäre das nichts für Sie?«

»Und ob!« erklärte Robert Schroeder begeistert und schilderte sogleich verschiedene Arten des Angriffs. Eine ›Schwalbe‹, mit der er Tiefangriffe durchführen und Luftkämpfe simulieren könne, würde zirka siebzig Mark die Flugstunde kosten.

»Und der Pilot?« fragte der Gruppenführer.

Robert zögerte. »Wären dreißig zuviel?«

»Keineswegs. Ich werde den kommandierenden General gleich morgen anrufen und ihm vorschlagen, daß wir künftig wöchentlich ein bis zwei Stunden ›Tieffliegerangriff‹ üben.«

Die Aussicht, im Auftrage der Reichswehr und der SS Flüge durchzuführen, beflügelte Robert Schroeder und trieb ihn gleich am nächsten Morgen zum Flughafen, wo Papa Sulmann sich nur zu gerne bereit erklärte, seinen Doppeldecker für siebzig Mark pro Flugstunde zur Verfügung zu stellen.

»Dabei bleiben vierzig für mich hängen«, sagte er vergnügt. »Wenn du jetzt noch eine Kanne Kaffee und 'ne Schachtel Zigaretten bestellst, bist du für mich der Weihnachtsmann.«

Über zwei Stunden saßen sie in der kleinen Gaststätte und redeten sich die Köpfe heiß. Beide waren überzeugt, daß Reichskanzler Brüning sich nicht mehr lange würde halten können, und beide machten kein Hehl daraus, daß sie sich Adolf Hitler als Kanzler wünschten.

»Je eher, je besser«, sagte Papa Sulmann. »Die anderen quasseln doch nur.«

»Das habe ich gestern auch gedacht«, erwiderte Robert Schroeder. »Binnen weniger Minuten entschied sich der Gruppenführer dafür, eine Maschine für Angriffsübungen einzusetzen. Die Nationalsozialisten handeln, anstatt zu reden.«

Das bißchen Hoffnung, das Robert Schroeder schöpfte, genügte vollauf, alle Bedenken zu zerstreuen, die er bislang gehabt hatte. Erstmals war er froh darüber, Mitglied der SS geworden zu sein, und er verbrämte diese Tatsache nun nicht mehr mit der Ausrede, beim Eintritt lediglich an das Fliegerkorps gedacht zu haben.

Mit Conrad, den er in dessen Büro aufsuchte, sprach er ganz offen darüber. »Die Zeit ist reif«, sagte er. »Man muß sich jetzt entscheiden und darf nicht mehr abseits stehen.«

Die von den dicken Brillengläsern vergrößerten Augen des Bruders verrieten ein hämisches Lächeln. »Du bist ebenso naiv und clever wie Mama. Keine Aufregung!« fuhr er hastig fort, als Robert Einspruch erheben wollte. »Auch ich habe viel von ihr geerbt. Ihre Art gibt uns die Möglichkeit, mit jeder Situation fertig zu werden, was man von Vater nicht gerade behaupten kann. Aber das macht nichts. Mama sorgt schon dafür, daß der Alte Herr über das, was man Charakter nennt, so schnell nicht stolpert.«

»Zyniker!« sagte Robert.

Conrad nahm die Brille ab und hielt sie gegen das Licht. Sein Gesicht sah plötzlich nackt aus und erinnerte an eine Kaulquappe. »Weißt du, wie Mama es angestellt hat, Vater zur Anfertigung von SS-Kleidung zu bewegen? Sie hat ihm klargemacht, daß der Freundschaftsauftrag eines Gruppenführers nicht mit einer Bestellung verglichen werden darf, die von der Reichszeugmeisterei erteilt wird. Aus!«

»Auf solchen Blödsinn fällt der Alte Herr doch nicht 'rein.«

»Natürlich nicht. Mit solchem Blödsinn lassen sich jedoch Brücken über Gräben schlagen, die sich sogenannte feste Charaktere in ihrer Borniertheit selber schaufeln. Vater gehört nun mal zu einer Generation, die Kadavergehorsam und Obrigkeitsdenken verlogen gemacht haben. Da konnte es ihm nur recht sein, daß Mama ihm etwas vorsetzte, das sich sophistisch verwerten ließ. Mit scheinbaren Methoden der Logik gibt er vorsätzlichem Blendwerk ebenso gerne den Anstrich der Wahrheit, wie er sonntags die lieben Nachbarn irreführt, indem er den Weg zur Kirche einschlägt, aber im Café Schucan landet, wo er sich ein ›Gebetbuch mit 'nem Henkel‹ bestellt.«

Robert schüttelte den Kopf. »Warum mußt du immer lästern?«

»Weil das in dieser Stadt die einzige Möglichkeit ist, das Leben erträglich zu machen.«

»Ich dachte, deine Geschäfte stellen dich zufrieden.«

Conrad setzte die Brille wieder auf. »Alles ist relativ. Ich verdiene mehr, als du ausgeben könntest, bin aber noch lange nicht dort, wo ich sein möchte. Ich bereite jedoch alles vor, um am Tage X mit der Jagd auf die Millionen beginnen zu können.«

Robert sah seinen Bruder prüfend an. »Seit wann bist du vermessen?«

Conrads stark vergrößerte Augen funkelten. »Hat es etwas mit Vermessenheit zu tun, wenn du als Pilot danach trachtest, Höhen von zehn- oder zwanzigtausend Metern zu erreichen? Das scheint mir schwieriger zu sein, als eine Million zu ergattern.«

»Vielleicht hast du recht.«

»Geld läßt sich relativ leicht verdienen«, fuhr der Bruder geschäftig fort und wies auf eine Karte des Landes Westfalen. »Die farbigen Stecknadelköpfe kennzeichnen fast vierhundert Schneider, die nach dem Tage X meine Kunden sein werden.«

»Wieso denn das? Und was nennst du den Tag X?«

»Das ist für mich der Tag, an dem die Nationalsozialisten an die Regierung kommen. Ich mag die Burschen nicht. Sie sind mir zu aggressiv und zu selbstherrlich. Aber sie werden Aufträge erteilen, und Vater wird einer der großen Nutznießer sein, weil Mama es so will. Sie hat ihre Claims bereits abgesteckt. Die Außenstelle der Reichszeugmeisterei wurde ihr zugesprochen. Die Sache ruht nur noch und wird erst perfekt, wenn sie ihr Parteibuch vorlegen kann.«

»Sie hat die Aufnahme beantragt?«

Conrad grinste. »Sie hat sogar den Alten Herrn angemeldet. Natürlich ohne sein Wissen. Wenn es aber soweit ist, wird er ihr dankbar sein und von der Reichszeugmeisterei Aufträge in Größenordnungen erhalten, die sein Unternehmen nicht ausführen kann, weil es viel zu klein ist. Und dann, Bruderherz, schlägt meine Stunde!« Er wies erneut auf die Landkarte. »Vierhundert Schneider werden mir zur Verfügung stehen! In Heimarbeit werden sie zusammennähen, was ich ihnen fertig zugeschnitten mitsamt Zutaten ins Haus schicke.«

»Und du meinst, Maßschneider werden bereit sein, für dich als Heimarbeiter tätig zu werden?«

»Dafür garantiere ich«, antwortete Conrad und erzählte, daß er die ausnahmslos verschuldeten Mitglieder der Schneiderzunft derzeit mit Hilfe von ›Wechselreitereien‹ und kleinen Aufträgen so weit über Wasser halte, daß ihnen Pfändungen und Versteigerungen erspart blieben. Er selbst stehe dadurch bei seiner Bank zwar mächtig in der Kreide, doch nach dem Tage X werde man ihm seine Hilfsbereitschaft schon lohnen. Und wenn die Schneider durch seine Aufträge in unerwartet kurzer Zeit schuldenfrei geworden seien, werde er sich ihnen als ihr zukünftiger Lieferant erstklassiger Tuche präsentieren.

Robert staunte über Conrads raffinierte Planung. Wenn er aber sein eigenes Handeln und das seiner Kameraden analysierte, mußte er zugeben, daß sie alle sich von seinem Bruder kaum unterschieden. Sie plädierten für die NSDAP doch nur, weil sie sich von ihr eine Besserung ihrer persönlichen Lage erhofften.

Robert erkannte die Gefahr, die darin lag, und er war froh, daß er aus seinen Grübeleien herausgerissen wurde, als Harald ihn anrief und bat, ihn für einige Tage nach London zu begleiten.

»Selbstverständlich werden wir fliegen«, fügte er verführerisch hinzu. »Von Köln startet eine Maschine der ›Imperial Airways‹, die zwanzig Passagiere aufnehmen kann. Nur knapp drei Stunden dauert der Flug.«

Harald brauchte nicht lange zu reden. Robert erklärte sich gerne bereit, den Freund nach London zu begleiten.

Seinen Vater brachte dies in Rage. Ihn empörte die Bereitschaft des Sohnes, sich ›aushalten‹ zu lassen, und er scheute sich nicht, Harald von der Heid einen Kuppler zu nennen. »Verkuppelt die eigene Schwester!« wetterte er unbeherrscht. »Pfui Teufel! Und du willst SS-Mann sein? Ein Stahlhelmer würde sich anders verhalten.«

»Das solltest du deinen neuen Freunden erzählen«, konterte Robert kaltschnäuzig.

Der Vater brauste auf. »Aber erlaube mal! Du benimmst dich wie ein Hurenbock und willst mir vorschreiben, was ich zu tun und zu lassen habe?«

Roberts Backenknochen traten hervor. »Hurenbock, hast du gesagt?«

»Ach, ist doch wahr!« rief sein Vater und stürmte aus dem Zimmer.

Die Mutter erschien im Türrahmen. »Du hast Vater beleidigt?«

»Er hat mich einen Hurenbock genannt!«

»Vater hat das bestimmt nicht so gemeint. Er ist nur . . .«

»Ich weiß, ich weiß«, fiel Robert unwillig ein. »Und damit ist er wieder einmal entschuldigt.«

»Werde nicht ironisch.«

»Zynisch, Mama!«

Sie gab ihm einen Klaps. »Treib's in London nicht zu toll.«

»Kein Gruß an Carla?«

Die Mutter zögerte. »Das überlasse ich dir.«

Es regnete, als Robert und Harald sich im Kölner Hauptbahnhof trafen und überschwenglich begrüßten.

»Ich bin ja so froh, daß du mich nicht im Stich gelassen hast«, sagte Harald. »Wenn du nicht mitgekommen wärst, hätte ich Sorge gehabt, mich womöglich wieder zu besaufen. Wie in Düsseldorf.«

»Da hattest du Ärger«, entgegnete Robert. »Und nicht nur das. Dorkas machte damals einen Fehler, den sie nicht nochmals machen wird. Oder glaubst du, daß sie jemals wieder Angst zeigen könnte, wenn du Lust auf ein paar Schnäpse hast?«

Über Haralds Gesicht lief ein Schatten.

»Du machst dir Gedanken?«

»Nicht ihretwegen.«

»Hast du etwa Angst vor dir selbst?«

»Was soll die Fragerei? Ich bin auf dem Weg zu der Frau, die ich heiraten möchte. Da wird man ja wohl Lampenfieber haben dürfen.«

Angst vor der ersten Nacht, dachte Robert in Erinnerung an sein Gespräch mit der ›Zervelat-Margot‹. Sollte er mit dem Freund reden? Andeuten, was er wußte? »Komm«, sagte er. »Verjagen wir dein Lampenfieber mit einem Seelentröster.«

»Das ist ein Wort«, begeisterte sich Harald. »Womöglich kann die Maschine überhaupt nicht starten.«

»Die Sorge brauchst du nicht zu haben. Zwischen Köln und London gibt es keine Berge. Da kann man unbesorgt parterre fliegen.«

»Und unter Umständen gegen eine Hochspannungsleitung sausen.«

»In der ›Handley Page‹ sitzt die Besatzung so günstig, daß sie das Gelände jederzeit voll überblicken kann. Kein Motor und keine Luftschraube nimmt ihr die Sicht. Du wirst es nachher selber sehen.«

Was Robert als Vorteil pries, ergab sich aus einer Konstruktion, die über ein Element verfügte, das erst Jahre später echt zum Tragen kommen sollte: Das Flugzeug besaß einen durchgehenden Rumpf, in dessen Spitze, freilich noch im Freien, zwei Piloten saßen. Hinter ihnen befand sich eine geräumige Kabine mit großen Fenstern, die allerdings keine gute Aussicht boten; denn die Handley Page war ein haushoher Doppeldecker, dessen Tragflächen von Streben und Spanndrähten gehalten wurden, zwischen denen zwei wassergekühlte Motoren hingen, deren Auspuffe meterweit über die leinenbespannten Tragflächen hinausreichten.

Zu Roberts Freude verzögerte sich der Start um eine Stunde. Er nutzte die Gelegenheit, um sich mit dem britischen Berufskollegen zu unterhalten, der ihm zum Abschluß seine Visitenkarte mit der Bitte in die Hand drückte, an einem Air-race teilzunehmen, das der ›Royal Air Club‹ am Wochenende in Lymp veranstalte.

Robert Schroeder bedauerte lächelnd: »Da ich zufällig kein Flugzeug bei mir habe, werde ich Ihrer Einladung nicht entsprechen können.«

Der Engländer grinste. »Das Flugzeug stellen wir Ihnen selbstverständlich zur Verfügung. Mit einer ›Gipsy-Moth‹ werden Sie ja wohl umgehen können.«

»Natürlich.«

»Well, dann erwarte ich Sie um elf Uhr bei der Flugleitung in Lymp.«

Harald, der das Gespräch mit wachsender Spannung verfolgt hatte, rieb sich die Hände, als er mit Robert allein war. »Du, das wird eine aufregende Sache. Was meinst du, was Carla und Dorkas für Augen machen werden, wenn Sie hören, daß du an einem Luftrennen teilnimmst.«

Robert machte eine wegwerfende Bewegung. »Das klingt interessanter, als es ist. Aber sind die britischen Kameraden nicht nette Kerle?«

»Man hätte glauben können, ihr seid alte Bekannte.«

»Piloten sind eben Mitglieder einer internationalen Familie.«

Der Flug nach London war für Robert Schroeder wenig instruktiv, da er von seinem Platz das unter ihnen liegende Gelände kaum sehen konnte. Auch zog und dröhnte es in der Kabine so sehr, daß er den Gleichmut der Passagiere bewunderte. Mit Erleichterung aber stellte er fest, daß das Wetter sich zusehends besserte und schließlich sogar blauer Himmel sichtbar wurde. Er war noch nicht in London gewesen und freute sich darauf, die Stadt an Carlas Seite kennenzulernen.

Ihr Aussehen war so verändert, daß er sie kaum wiedererkannte. Sie trug einen Trenchcoat und eine tief in die Stirn gezogene Strickmütze, aus der ihr tizianrotes Haar in großen Locken hervorquoll. »Carla!« rief er und umarmte sie.

Sie drängte ihn zurück. »Sir! Sie scheinen nicht zu wissen, wo Sie sich befinden. In Old England! Hier bevorzugen die Damen noch Kleider mit Fischbeinstäbchen. Und die Herren geben sich, als hätten sie einen Ladestock verschluckt.«

Robert deutete zu Harald und Dorkas hinüber, die sich hingebungsvoll küßten. »Und was tun die beiden?«

Carla zog ihn fort. »Wenn man in England so etwas sieht, dann sieht man es einfach nicht.«

»Und wie steht es mit unseren Quartieren?«

»Wir wohnen nicht weit von London entfernt in einem Hotel, das dich begeistern wird. Es liegt direkt an der Themse.«

»Und die Stadt bekomme ich nicht zu sehen?«

Sie lachte über sein enttäuschtes Gesicht. »Morgen werden wir den ganzen Tag in London sein. Wenn du willst, auch am Samstag.«

»Da habe ich an einem Luftrennen teilzunehmen«, sagte er in einer Weise, als handle es sich um eine alltägliche Sache. »Beim Royal Air Club in Lymp. Du kannst es dir ansehen.«

»Nimmst du mich auf den Arm?«

Er schüttelte den Kopf und erzählte, wie es zu der Einladung gekommen war.

»Phantastisch!« begeisterte sie sich und wandte sich an Dorkas.

Die hatte im Augenblick andere Interessen. Gebannt betrachtete sie einen Solitär, den Harald ihr über den Finger gestreift hatte. »Wie soll ich dir dafür danken?«

»Indem du kein Aufheben machst.«

»Gehen wir«, sagte Carla. Haralds unangebracht üppiges Geschenk hatte ihr die Stimmung verdorben.

»Wohin?« fragte Robert.

»Zum Taxistand. Wir könnten zwar mit dem Bus fahren, aber so etwas wage ich meinem Herrn Bruder nicht vorzuschlagen.«

Robert drückte ihre Hand. »Laß dir nichts anmerken.«

Sie versuchte zu lachen. »Hast recht.«

Harald fragte Dorkas: »Wo werden wir wohnen?«

»In einem reizenden Hotel in der Nähe von Richmond.«

»Habt ihr das Hotel zufällig entdeckt?«

»Nein, ich habe in seiner Nähe des öfteren gebadet.«

Carla wandte sich um und machte ein Gesicht, als wollte sie Dorkas beschwören, nicht weiterzureden.

Was hat sie, fragte sich ihr Bruder.

Auch Robert fiel Carlas warnender Blick auf. Er fand aber nicht die Zeit, darüber nachzudenken, da sie den Taxistand erreichten und in einen für vier Personen viel zu kleinen Wagen einsteigen mußten.

Gut eine halbe Stunde dauerte die Fahrt, die in einer parkartigen Landschaft endete. Herrliche, von Bäumen und Sträuchern bestandene Rasenflächen ließen die Nähe der gigantischen Stadt vergessen. Inmitten dieser natürlichen Schönheit lag ein einstöckiges Landhaus, dessen Strohdach bis zu den weißgestrichenen Fenstern hinabreichte. In den nach außen gewölbten Scheiben spiegelte sich das Blau des Himmels wie in der Linse einer Kamera.

Durch einen von Efeu umrankten Eingang gelangte man in eine weite Diele, deren bis zum Boden reichende Fenster einen prächtigen Ausblick auf die Themse gestatteten. Der Raum selbst strahlte Ruhe und Gediegenheit aus. Auf roten Klinkersteinen lagen kostbare Perserbrücken. Zahlreiche Sesselgruppen luden zum Verweilen ein. Im Kamin glomm ein Feuer.

»Großartig«, schwärmte Harald.

Robert schnupperte. »Hier ist Schönheit sogar zu riechen. Sein Blick fiel auf Dorkas. Sie ist schon verteufelt hübsch, dachte er und schaute unwillkürlich zu Carla hinüber, die ihre Strickmütze gerade abstreifte und ihr lang gewordenes Haar mit einer resoluten Kopfbewegung schüttelte. Ihre Natürlichkeit beeindruckte ihn. Sie glich einem Apfel, in den es eine Lust ist, hineinzubeißen.

Von der Diele führten zwei Korridore zu den Schlafräumen.

»Wollt ihr im rechten oder linken Flügel wohnen?« fragte Carla, die dafür gesorgt hatte, daß die Paare nicht im gleichen Haustrakt untergebracht waren.

Harald machte einen unsicheren Eindruck. »Das ist doch gleichgültig!«

Carla steuerte auf den linken Korridor zu. »Who loves, raves! – Wer liebt, rast! Come on, Bert.«

Der schloß sie in die Arme, kaum daß sich die Zimmertür hinter ihnen geschlossen hatte. »Du bist ja ein richtiger Teufel!«

»Den du hoffentlich liebst.«

»Heiß und inniglich!«

»Dann schnuppere weniger zu Dorkas hinüber.«

Er schmunzelte. »Deine Beobachtungsgabe ist beängstigend.«

»Vergiß das nie!«

»Well«, antwortete er. »Ich bin aber ebenfalls kein schlechter Beobachter. So bemerkte ich zum Beispiel, daß du Dorkas einen warnenden Blick zuwarfst, als sie sagte, daß sie des öfteren in der Nähe dieses Hotels gebadet hätte. Was, o Geliebte, war der Grund deines befremdlichen Tuns?«

Carla zog ihn ans Fenster und schaute nach draußen. »Eigentlich ist es eine unwichtige Sache. Dorkas fand oberhalb der Themse eine Stelle, an der man ungeniert baden und sonnen kann. Sie gehört zu denen, die am ganzen Körper braun sein wollen. Vor einigen Wochen nun geriet sie beim Schwimmen in das Gewirr einer Baumkrone, die unter Wasser dahintrieb. Sie verhedderte sich, konnte sich nicht mehr befreien, rief um Hilfe, verlor die Besinnung und – erwachte an der Seite eines jungen Mannes.«

»Wie schön!«

»Werde nicht gehässig«, sagte Carla und fuhr fort: »Jener junge Mann wohnte in diesem Hotel und schaffte Dorkas hierher. Damit wäre die Geschichte zu Ende, wenn Dorkas nicht die Verrücktheit besessen hätte, sich ihrem Retter zum Dank für seine kühne Tat höchstpersönlich anzubieten. Schlimmer noch: Sie macht kein Hehl aus ihrem idiotischen Verhalten und erzählte mir, der junge Held hätte zum Ausdruck gebracht, auf das, was sie ihm bieten wollte, verzichten zu können.«

»Boiiing . . .!«

»Dorkas hatte die Absicht, Harald alles brühwarm zu erzählen. Damit, wie sie sich ausdrückte, nichts Trennendes zwischen ihnen steht.«

»Ich bin ergriffen und hoffe, daß sie die Schnauze hält.«

Carla strich sich eine Strähne aus der Stirn. »Ich glaube nicht, daß wir besorgt sein müssen. Angesichts des wertvollen Ringes wird sie keine Verstimmung riskieren.«

Das Gegenteil war der Fall. Gerade der Solitär veranlaßte Dorkas, schon in der ersten Stunde zu ›beichten‹, daß sie sich aus Dankbarkeit über ihre Rettung einem anderen Mann hingegeben haben würde, wenn dieser ihr Angebot angenommen hätte. Sie schilderte ihre

Beweggründe in einer Form, die fast provozierend war. Als habe sie den Verstand verloren, erklärte sie, plötzlich von einem brennenden Verlangen erfüllt gewesen zu sein. Eine glühende Sehnsucht habe sie erfaßt, ihr Wunsch aber, sich dankbar zu erweisen, sei zurückgewiesen worden und schlummere nun wie ein Vulkan in ihr.

Im Gegensatz zu Robert, der sich über diese Schilderung bestimmt lustig gemacht hätte, war Harald von Dorkas' rückhaltlosem Vertrauen zutiefst beeindruckt. Und daß ihre Selbstanklage in der von ihr gewählten Form endete, nahm er als ein verheißungsvolles Omen. Denn er hatte Angst vor der kommenden Nacht.

Er hatte aber auch Format. Als die Paare sich wieder trafen, bestellte er vier Whisky, ergriff sein Glas und sagte an Robert gewandt: »Vielleicht hat Carla dir schon erzählt, daß Dorkas beinahe ertrunken wäre und von einem jungen Engländer gerettet worden ist. Wenn nicht, dann weißt du es jetzt, und ich möchte euch bitten, mit mir auf das Wohl des Mannes zu trinken, der nicht nur sein Leben riskierte, sondern auch das Fairplay zu wahren wußte.«

Dieses Bekenntnis gefiel Robert so sehr, daß er spontan mit dem Freund anstieß.

Harald lehnte sich sichtlich zufrieden zurück. »Hatte Carla es dir bereits erzählt?«

»Natürlich.«

Dorkas wurde unsicher.

Harald beugte sich vor und sagte gedämpft: »Schaut mal zur Bar hinüber. Ist das nicht Lilian Harvey?«

Alle drei blickten in die gewiesene Richtung.

Harald ließ blitzschnell etwas in Dorkas' und in sein Glas fallen.

Carla tippte sich an die Stirn. »Lilian Harvey ist doch nicht groß und dunkel.«

»Sorry«, sagte ihr Bruder und griff nach seinem Glas. »Dann hab' ich mich eben geirrt. Cheerio! Sorgen wir dafür, daß es ein netter Abend wird.«

Das Seine hatte er schon getan; denn in dem Augenblick, da sie die Gläser ansetzten, rief Dorkas erschrocken: »Was ist das?«

Harald schaute in ihr Glas. »Nanu, das ist ja ein Ring. Ob auch bei mir ...? Tatsächlich. Da muß ...« Er schlug sich vor die Stirn. »Mein Gott, ich habe ja total vergessen, daß ich von einem Düsseldorfer Ehepaar gebeten wurde, ihrer zur Zeit in England lebenden Tochter auszurichten, man habe gegen die Eheschließung mit einem gewissen Doktor von der Heid nichts mehr einzuwenden.«

Dorkas schoß das Blut in den Kopf.

Carla sprang auf. »Du hast deinen Doktor gemacht?«

»Ja!« rief Harald triumphierend.

»Gratuliere!«

Robert drückte dem Freund die Hand. »Mir so was zu verschweigen.«

Harald wandte sich an Dorkas. »Zufrieden?«

»Mir zittern die Knie.«

»Das ist ein würdiger Augenblick, dir den Verlobungsring überzustreifen.«

Oje, dachte Robert. Zitternde Knie sind nicht gerade ein gutes Omen. Und Ringe aus dem Alkoholbad wohl ebenfalls nicht.

Nach dem Dinner nahmen alle vier wieder in den bequemen Fauteuils der Diele Platz. Das Kaminfeuer prasselte nun lebhaft und ließ eine versponnene Stimmung aufkommen. Harald spendierte zur Feier des Tages eine Flasche Champagner, und als es Zeit war, sich zurückzuziehen, lud er Robert noch zu einem Drink an der Bar ein.

»Man muß den Mädchen einen Vorsprung geben«, sagte er augenzwinkernd. »Was möchtest du trinken?«

»Das gleiche, was du dir bestellst.«

»Ich nehme nichts mehr.«

Robert klopfte ihm auf die Schulter. »Wie sagten die Lateiner so schön? ›Jeglichen Beifall erringt, wer Lust und Nutzen vereinigt.‹«

Harald lachte. »Ich höre, wie Doktor Stamer die Stimme hebt: ›Utile dulci . . .‹ Laß uns einen kleinen Spaziergang machen.«

Arm in Arm verließen sie das Haus. Sie kehrten jedoch bald zurück, da Nebel herrschte und es empfindlich kalt geworden war.

»Brrr . . .«, machte Harald. »Jetzt haben wir einen triftigen Grund, uns allen Vorsätzen zum Trotz doch noch einen zu genehmigen.«

Beide tranken einen Whisky und rauchten eine Zigarette. Dann verabschiedeten sie sich in gehobener Stimmung.

Dorkas hatte die Lampen gelöscht und stand am Fenster. Der Raum wurde von dem Licht, das vom Hoteleingang herüberstrahlte, gerade ausreichend erhellt. Als Harald eintrat, drehte sie sich um und breitete die Arme aus. »Wie phantasievoll du sein kannst.«

»Ich?«

Sie wies auf zwei Gläser und eine halbe Flasche Champagner, die auf der Spiegeltoilette standen.

Er schloß sie in die Arme und küßte ihren Mund, ihre Wangen, ihre Augen, ihren Hals.

Sie wandte den Kopf zur Seite.

»Dorkas«, flüsterte er. Seine Hand streifte über die glatte Seide ihres Morgenrockes.

Sie atmete schwer und drängte sich an ihn.

Er zweifelte nicht mehr daran, daß Dorkas ihn von dem Fluch erlösen würde, der vor Jahren über ihn gekommen war.

»Ich sehne mich nach dir.«

Er streifte seine Kleidung ab.

Sie wich nicht von seiner Seite, küßte ihn immer wieder und ließ sich von ihm zum Bett hinübertragen. »Harald! Geliebter!«

Er beugte sich über sie.

Sie umklammerte ihn, zog ihn herab.

Schwindel erfaßte ihn. Ein Druck lag plötzlich auf seinen Ohren. Er hörte ein Wimmern, das immer kläglicher wurde. »Neieiein . . .!« schrie er gellend und sank wie ein gefällter Baum auf Dorkas.

Sie glaubte, das Herz bleibe ihr stehen. Unfähig zu begreifen, was geschehen war, legte sie ihre Arme um Harald.

Der vergrub sein Gesicht und wurde von einem Weinkrampf geschüttelt.

Ihr Herz klopfte. »Harald!«

Er reagierte nicht.

Sie strich über sein Haar.

Er weinte still vor sich hin.

Wie lange sie so liegenblieben, hätte Dorkas nicht sagen können. Sie erinnerte sich nur, daß Harald weinend neben ihr gelegen hatte. Später hatte er sich aus dem Bett schleichen wollen. Mit beinahe mütterlichen Empfindungen hatte sie seinen Kopf in die Hände genommen, ihm einen zärtlichen Kuß gegeben und gesagt: »Es ist alles gut, Harald. Du wirst jetzt schlafen. Abgrundtief schlafen. Und morgen wirst du mir erzählen, was dich bedrückt. Was immer es auch sein mag, ich werde nicht erschrecken, sondern dir helfen. Wollen wir es so machen?«

Er nickte. Seine Augen waren ohne Glanz.

»Versprich mir, heute nicht mehr zu grübeln, sondern nur noch zu entspannen und zu schlafen.«

Er küßte ihre Hand. »Du hilfst mir jetzt schon sehr.«

Als Dorkas am nächsten Morgen erwachte, stellte sie erschrocken fest, daß Harald nicht da war und seine Kleidung fehlte. In aller Heimlichkeit mußte er sich angezogen und davongeschlichen haben. Im ersten Moment wollte sie Carla und Robert verständigen, doch dann entschloß sie sich, nicht gleich Alarm zu schlagen und zumindest bis acht Uhr zu warten. Es war durchaus möglich, daß Harald nach dem gestrigen Geschehen das Bedürfnis gehabt hatte, sich in der frischen Morgenluft zu ergehen. Auch wußte sie nicht, was sie Carla und Robert hätte sagen sollen. Die Vorstellung, sich über die vergangene Nacht äußern zu müssen, war ihr unerträglich.

Harald kehrte bis acht Uhr nicht zurück, und so blieb Dorkas nichts anderes übrig, als Carla und Robert, mit denen sie verabredungsgemäß hatten nach London fahren wollen, zu verständigen. Beide hielten sich in der Diele auf und waren außer sich, als sie hörten, daß Harald verschwunden war.

»Hat er getrunken?« war das erste, was Carla fragte.

Dorkas schüttelte den Kopf.

»Habt ihr Streit gehabt?«

Sie blickte betreten vor sich hin. »Nein.«

Robert dachte sich sein Teil. »Wann hast du festgestellt, daß Harald nicht mehr da war?«

»Etwa um halb sieben.«

»Und da hast du uns nicht gleich verständigt? Er eilte zur Reception und erfuhr, daß Harald den Nachtportier kurz nach Mitternacht gebeten hatte, ihm ein Taxi zu bestellen.

Was nun, dachte Robert, als er in die Diele zurückkehrte. Unmöglich konnte er Dorkas mit Fragen bedrängen.

Die Mädchen sahen ihn erwartungsvoll an.

»Es sieht schlecht aus«, sagte er und berichtete, was er erfahren hatte.

Carla verlor die Beherrschung und fuhr Dorkas an: »Du kannst mir nicht erzählen, daß Harald abhaut, ohne daß etwas vorgefallen ist. Noch dazu am Verlobungstag! Was hat er . . .«

»Stop!« unterbrach Robert sie energisch. »So genau wollen wir es gar nicht wissen.«

Carla sah ihn betroffen an.

»Im Augenblick können wir nichts anderes tun, als uns auf die veränderte Situation einzustellen. Der Ausflug nach London fällt ins Wasser.«

»Und was machen wir, wenn Harald nicht bald erscheint?« fragte Dorkas, dem Heulen nahe.

Robert zögerte mit der Antwort. »Das muß ich mir noch überlegen.« Er blickte nach draußen. Der Nebel riß gerade auf, und die Sonne brach durch. »Vielleicht sollten wir ein paar Schritte gehen.«

»Nein«, sagte Dorkas. »Ich bleibe. Es könnte ja sein, daß Harald anruft.«

»Hast recht«, erwiderte er. »Wir kommen bald zurück.«

Draußen fiel es Carla schwer, Robert nicht auf der Stelle zu fragen, was er von der Sache halte.

Er hingegen überlegte: Soll ich Carla erzählen, was ich von der ›Zervelat-Margot‹ erfahren habe?

Nachdem sie eine Weile gegangen waren, hielt Carla es nicht mehr aus. »Nun sage schon was!« platzte es förmlich aus ihr heraus. »Weshalb mag Harald abgehauen sein?«

Robert zuckte die Achseln. »Ich weiß es nicht, könnte mir jedoch vorstellen, daß er im Alkohol Zuflucht sucht, wenn er – wie soll ich mich ausdrücken –, wenn er glaubt, versagt zu haben.«

Carla schaute fragend zu ihm hoch. »Wie soll ich das verstehen?«

»Mein Gott. Zwischen Mann und Frau klappt nicht immer alles so ohne weiteres. Vielleicht hat es Komplikationen gegeben, die Harald zu schwer nimmt.«

Carla schien ein Stein vom Herzen zu fallen. »Wenn deine Vermutung richtig ist, weiß ich, wie es weitergeht. Dann ist Harald nach London gefahren, um Blumen zu kaufen.«

»Mitten in der Nacht?«

»Das habe ich schon erlebt. Wenn er glaubt, einen Fehler gemacht zu haben, steht er in aller Herrgottsfrühe vor dem teuersten Blumenladen der Stadt. Leider allerdings nicht ohne Flasche.«

Carla sollte recht behalten. Es war kurz nach zehn, als ein Taxi in die Hoteleinfahrt einbog. Neben dem Fahrer lag ein riesiger Strauß roter Rosen. Im Fond saß Harald und grölte.

Robert eilte nach draußen.

Dorkas wollte ihm folgen, doch Carla hielt sie zurück.

Harald lehnte aus dem Fenster des Wagens und schrie unflätige Worte.

Eine schallende Ohrfeige ließ ihn zurücktaumeln. Er begehrte aber nicht auf, sondern rief verblüfft: »Mensch, bist du auch in England?«

Robert öffnete den Wagenschlag und ließ den ramponiert aussehenden Freund rücksichtslos herauspurzeln.

Der Fahrer lachte schadenfroh. »That's right, Sir. Der Kerl hat's nicht besser verdient.«

»Helfen Sie mir«, fuhr Robert den Engländer an und faßte Harald unter die Arme.

Der keuchte: »Hau ab!«

Robert zog ihn zu sich hoch. »Nun hör mir mal gut zu. Ich sehe da vorne im Wagen einen Strauß Rosen, der für Dorkas bestimmt sein dürfte. Stimmt's?«

Harald sah Robert an, als begreife er das Gehörte nicht. »Mensch, da sind ja die Rosen. Gib sie her.«

»Nur wenn du tust, was ich dir sage. Du hakst dich jetzt bei mir ein, und ich führe dich in dein Zimmer. Die Rosen hältst du dabei so, daß man deine versaute Visage und deinen verdreckten Anzug nicht sieht. Und solltest du im Hotel ein einziges Mal randalieren oder dich sonstwie schlecht benehmen, dann verprügel' ich dich, daß dir hören und sehen vergeht. Verstanden?«

Harald nickte.

Der Engländer übergab die Blumen.

Harald steckte seinen Kopf in den Strauß. »Wenn Dorkas nicht so ein anständiger Kerl wäre . . .«

8

Die Reise nach England endete damit, daß Robert Schroeder London nicht zu sehen bekam und zwei Nächte in Haralds Zimmer verbrachte, um eine Garantie dafür zu haben, daß der Freund nicht erneut zum Alkohol griff. Auch am Luftrennen nahm er nicht teil. Er traute sich einfach nicht, Harald unbeaufsichtigt zu lassen. Wohl oder übel war er ihm verpflichtet; der Freund hatte die Reise bezahlt. Die Einladung des britischen Piloten konnte er freilich nicht übergehen. Er rief ihn deshalb zum Zeitpunkt des verabredeten Treffens an und entschuldigte sich mit einer plausibel klingenden Erklärung.

So unerfreulich das alles war, die Reise hatte auch ihr Gutes. Er war mit Carla zusammengewesen und hatte einen Berufskollegen kennengelernt, von dem er nicht ahnte, daß der ihm eines Tages in einer entscheidenden Phase beistehen würde.

Der Rückflug verlief wesentlich interessanter als der Hinflug, da Robert und Harald das Glück hatten, in der Handley Page die vordersten Sitze zu ergattern, von denen sie das unter ihnen liegende Gelände gut überblicken konnten. Wichtiger noch als die Aussicht war die Ablenkung, die sie dadurch erfuhren. Es bedrückte beide doch sehr, daß die Reise einen wenig schönen Verlauf genommen hatte. Und es sollte auch noch zu einer kleinen Verstimmung kommen.

Als Robert den Grenzübergang bei Sittard erkannte und Harald darauf aufmerksam machte, daß Deutschland wieder unter ihnen lag, entgegnete der Freund fast aggressiv: »Ein Grund zur Freude ist das nun ja wirklich nicht mehr.«

»Was willst du damit sagen?«

»Sind dir die ›Boxheimer Dokumente‹ nicht bekannt?«

»Nie von ihnen gehört.«

»Bedauerlich, denn sonst wüßtest du, welche Anordnungen die hessische Führung der NSDAP für den Fall der Regierungsübernahme erlassen hat. Grauenhaft, sage ich dir. Terror und nochmals Terror! Deutschland wird ein einziges Gefängnis werden.«

»Böswillige Propaganda ist das«, ereiferte sich Robert. »Hitler hat erklärt, daß er die Regierungsgewalt auf legalem Wege erringen will, und niemand kann abstreiten, daß er sich dementsprechend verhält. Warum also sollte er später mit Terror regieren?«

Harald war so viel Gutgläubigkeit unverständlich. »Begreifst du denn nicht, daß Hitler sich lediglich eine neue Sprachregelung auferlegt hat? Ihm ist klargeworden, daß er es sich in der gegenwärtigen Phase nicht mehr leisten kann, ketzerische Reden zu halten und rassischen Phantastereien nachzuhängen. Wer aber zwischen seinen Worten zu hören versteht, der erkennt, daß er keine einzige seiner Wahnideen aufgegeben hat.«

Robert lachte spöttisch. »Und ich bin der Auffassung, daß diejenigen unter Wahnvorstellungen leiden, die Hitler, der im Weltkrieg mit dem EK I ausgezeichnet wurde, nun die deutsche Staatsangehörigkeit verweigern wollen.«

»In dieser Sache verhält man sich tatsächlich sehr unglücklich«, räumte der Freund ein.

Robert blickte nach draußen. »Erfreulich, daß du wenigstens das zugibst. Da kommt übrigens Köln in Sicht. Die Motoren wurden eben gedrosselt.«

»Hoffentlich bereust du nicht, daß du mich begleitet hast.«

»Wenn du aus dem, was du falsch gemacht hast, eine Lehre ziehst, dann hat unsere Reise sich tausendmal gelohnt.«

Der Freund reichte ihm die Hand. »Ich verspreche dir, mich zu bemühen wie nie zuvor.«

»Dorkas solltest du das sagen. Schreibe ihr sobald wie möglich. Besser heute als morgen.«

Harald tat nicht nur das. Neben Worten der Entschuldigung und der Liebe versprach er Dorkas ein ›todschickes‹ Auto und forderte sie auf, sofort Fahrunterricht zu nehmen. Und Carla sandte er einen als Brillantband gearbeiteten hübschen Ring.

Robert freute sich darüber. Er machte sich aber auch Gedanken. Es wollte ihm nicht in den Kopf, daß ein gerade erst gegründeter Verlag in der Lage sein sollte, Entnahmen zu verkraften, wie Harald sie sich offensichtlich gestattete. Der Freund erinnerte ihn an Conrad, von dem er ebenfalls befürchtete, daß er über seine Verhältnisse lebe. Hierüber hoffte er Klarheit zu gewinnen, wenn der Bruder ihm die Möglichkeit bot, den im Verlauf des letzten Jahres von ihm erhaltenen Überbrükkungsbetrag durch Arbeitsleistungen in seinem Betrieb zu tilgen.

Conrad war damit einverstanden. Er sagte: »Du könntest mir ausarbeiten, welche Maschinen, Transportfahrzeuge et cetera ich benötige, wenn ich täglich fünfhundert beziehungsweise tausend Uniformen, die mir der Alte Herr zu gegebener Zeit zugeschnitten anliefern soll, in vierhundert Heimbetrieben zusammennähen lassen will. Zutaten würde ich liefern. Was ich brauche, ist ein Plan, aus dem ich ersehen kann, was ich zu kaufen und zu tun habe, wenn es soweit ist, daß wir mit einer Großproduktion beginnen können. Selbst die Versandkartons, Bindfäden und Aufkleber müssen berücksichtigt sein. Kannst du mir einen solchen Plan erstellen?«

»Warum nicht? Der Produktionsvorgang ist mir ja bekannt. Es müßte natürlich auch berechnet werden, wieviel Hilfskräfte jeweils benötigt würden.«

Die hinter der dicken Brille liegenden Augen des Bruders funkelten. »Ich sehe, du hast erfaßt, worauf es ankommt.«

»Und ich würde gerne wissen, was für mich dabei herausspringt.«

»Tausend Mark als einmalige Abfindung.«

»Das ist ein Wort.«

»In der Kreide stehst du mit vierzehn Monatsraten à sechzig Mark. Macht achthundertvierzig. Hinzu kommen neunundvierzig Kilometer Autofahrten. Das ergibt bei einer Mark pro Kilometer neunundvierzig Mark. Die Zinsen veranschlage ich mit elf Mark. Du würdest also völlig schuldenfrei sein und bekämst obendrein noch hundert Mark auf die Hand.«

Robert lachte hellauf. »Vater hat recht. Du bist ein Gauner. Aber ich akzeptiere. Bis wann soll der ›Generalstabsplan‹ erstellt sein?«

»Laß mich überlegen«, sagte Conrad. »Durch die Neuwahl des Reichspräsidenten im kommenden Jahr dürfte der Tag X in greifbare Nähe rücken. Hindenburg ist zu alt, um nochmals einen Wahlkampf durchstehen zu können. Bis Ende Mai müßte ich den Plan haben. Wird das gehen?«

»Spielend.«

Der Bruder zückte seine Brieftasche und übergab hundert Mark.

Robert war froh, außer dem zu erwartenden Auftrag, Tieffluganngriffe für die Reichswehr und NS-Organisationen auszuführen, eine Aufgabe gefunden zu haben, die geistige Anforderungen stellte. Er war deshalb recht zufrieden und bedauerte nur, Carla in diesem Jahr zwischen Weihnachten und Neujahr nicht treffen zu können. Ihr Vater hatte sie gebeten, ihn in die Schweiz zu begleiten. Außerdem wollte sein Bruder Gerd zu Weihnachten die Eltern und Brüder mit der Tochter eines namhaften Berliner Physikers bekannt machen, die er zu heiraten beabsichtigte.

Die Festtage verliefen harmonisch. Mutter Schroeder fand ihre zukünftige Schwiegertochter reizend, und der Vater sonnte sich in der Aussicht auf das verwandtschaftliche Verhältnis mit dem berühmten

Gelehrten. Es berührte ihn deshalb schmerzlich, daß Gerd und dessen Braut Lilo sich über deren Vater lustig machten, nur weil er der Monarchie nachtrauerte und größte Hoffnungen auf Adolf Hitler setzte, der in letzter Zeit häufig mit Prinz August Wilhelm von Preußen und anderen hohen Adeligen gesehen wurde. Alle Familienmitglieder aber achteten darauf, daß es zu keinem Streitgespräch kam; ein Novum in der Sippe Schroeder, das größte Beachtung verdiente. Sogar Conrad unterließ seine hämischen Bemerkungen. Wahrscheinlich, weil Lilo ihm außerordentlich gut gefiel. Auch Robert fand Gefallen an der emanzipierten Braut seines Bruders. Mehr noch beeindruckte ihn Gerds Veränderung. Seine Interessen hatten sich völlig verlagert. Immer wieder kam er auf die großen Spione der Weltgeschichte zu sprechen, mit denen er sich neuerdings so intensiv beschäftigte, daß man von einem Studium hätte sprechen können.

»Wenn es nach Gerd ginge, würde er Agent werden«, sagte die Tochter des Physikers. »Papa regt sich darüber natürlich auf. Für ihn sind Agenten Verbrecher und nicht Nachrichtenübermittler beziehungsweise geheime Beobachter, ohne die heute kein Staat mehr auskommen kann.«

»Ich teile seine Meinung von ganzem Herzen«, erklärte Vater Schroeder spontan. »Wer etwas gelernt hat, wird kein Spion.«

»Da hast du recht«, pflichtete ihm der Älteste bei, und es war nicht zu erkennen, ob er das nur so sagte oder wirklich meinte.

Die Kunst, Gedanken zu verbergen, scheint Gerd zu beherrschen, dachte Robert und fragte provozierend: »Wie bist du darauf gekommen, dich mit dieser Pseudowissenschaft zu befassen?«

»Durch meine derzeitige Tätigkeit«, antwortete der Bruder gelassen. »Das Wolff'sche Telegraphenbüro ist eine weltumspannende Nachrichtenzentrale und beschäftigt viele kleine Nachrichtenagenten. Wer mit ihnen zu tun hat, beginnt sich zwangsläufig für die großen, geheimen Nachrichtenübermittler zu interessieren. Zum Beispiel für die Tänzerin Mata Hari. Aufregender noch sind Gestalten wie Monsieur Ouvrard, der mit der grandiosen Idee, Agenten zu beschäftigen, die ihm auf schnellstem Wege den Ausgang einer Schlacht oder eines Feldzuges zu melden hatten, soviel Millionen zusammenscheffelte, daß Napoleon zeitweilig nach seiner Pfeife tanzen mußte.«

»Was beweist, daß Ouvrard ein Schmutzfink war, der zu diesem Korsen paßte«, stellte Vater Schroeder im Brustton der Überzeugung fest.

»Das war er ohne Zweifel«, stimmte Gerd ihm erneut zu. »Sein Benehmen ließ sehr zu wünschen übrig.«

»Diese Mata Hari war doch billigster Tingeltangel. Dauernd hat sie sich in fremden Betten herumgetrieben.«

Der Älteste bestätigte: »Das ist richtig.«

Jetzt möchte ich Gerds wirkliche Meinung kennenlernen, dachte Robert und fragte: »Verachtest du die Mata Hari darum?«

Mit der Erklärung: »Da müßten wir den Begriff ›verachten‹ zunächst einmal definieren«, leitete der Bruder ein Ausweichmanöver ein, das alles offenließ.

»Keine Antwort ist auch eine Antwort«, konstatierte Robert nach einem langen Sermon des Bruders.

Der Bruder lächelte. »Das beruhigt mich ungemein.«

Gleich in den ersten Tagen des Jahres 1932 erhielt Robert Schroeder den Auftrag, in Abstimmung mit der Reichswehr wöchentlich einmal eine Stunde Tieffliegerangriffe auf Truppenteile des Heeres und Einheiten der SA und der SS durchzuführen. Die Formationen sollten dabei getrennt operieren.

Es war ein eiskalter Tag, und es lag ziemlich viel Schnee, als er zum ersten Übungsflug startete, bei dem der Viadukt des Dortmund-Ems-Kanals ›angegriffen‹ werden sollte. Fliegerisch war die Aufgabe etwas schwierig, weil das Gelände der Ems sehr viel tiefer liegt als das Bett des über sie hinweggeführten Kanals. Das bedingte schnelle Höhenwechsel, zu denen die ›Schwalbe‹ Papa Sulmanns wegen ihres schwachen Motors nicht so befähigt war, wie es wünschenswert gewesen wäre. Robert Schroeder blieb nichts anderes übrig, als die fehlende Motorenenergie mit Forschheit auszugleichen, was ihm an diesem Tag bei einer Temperatur von minus fünfzehn Grad nicht leichtfiel. Trotz Fliegerbrille bildeten sich in seinen Augen immer wieder Tränen, die den Blick behinderten. Doch es machte ihm Spaß, sich wie ein Habicht auf Maschinengewehrnester zu stürzen. Mit gedrosseltem Motor jagte er die steile Kanalböschung hinab bis zur Ems, wo er das Flugzeug knapp über dem Wasser abfing und ein ›Heckenspringen‹ einleitete, das manchen Übungsteilnehmer zwang, sich auf den Boden zu werfen.

Vor Anstrengung verschwitzt und dennoch bis auf die Knochen durchfroren, landete er nach gut einer Stunde auf dem Schneefeld des Flughafens Loddenheide, wo er den Doppeldecker so schnell wie möglich in die Halle rollte.

»Himmel, ist das kalt«, stöhnte er, als er aus der Maschine herauskletterte. »Jetzt brauch' ich dringend einen Schnaps.«

»Bekommst sogar einen doppelten«, sagte Papa Sulmann. »Hat alles geklappt?«

Robert Schroeder nickte. »Die Kurbelei ist anstrengender, als ich dachte. Für die dreißig Piepen muß man ganz schön was tun.«

»Und wenn was passiert, bist du nicht versichert.«

»Eben. Man muß enorm aufpassen.«

Das mußte Robert Schroeder auch in anderer Hinsicht. So wurde er eines Nachmittags, als er den Flugplatz verlassen wollte, von Männern angerempelt, die drei Pfeile, das Abzeichen der sozialdemokratischen ›Eisernen Front‹, am Revers trugen. Sie beschimpften ihn und drohten mit Prügel, falls er weiterhin Flüge für die SA und SS durchführe.

Überall kam es zu Zusammenstößen. Die Zahl der Arbeitslosen stieg rapide, und Sozialdemokraten, Kommunisten und Nationalsozialisten steigerten sich in einen Haß hinein, der zu Straßenschlachten führte, die in Großstädten bürgerkriegsähnliche Formen annahmen. Allein in Preußen zählte man in vier Wochen neunundneunzig Tote und hundertfünfundzwanzig Schwerverletzte. Sinnlos wurde alles. Man wußte nicht einmal mehr, worum es den einzelnen Parteien ging. Wie sollte man auch verstehen, daß Reichskanzler Brüning zur Wiederwahl Hindenburgs die Anti-Hindenburg-Koalition des Jahres 1925 mobilisierte. Und daß der Generalfeldmarschall nach seiner Wiederwahl zum Reichspräsidenten ausgerechnet denjenigen entließ, der seine Wiederwahl betrieben hatte: Brüning. Pläne für einen Staatsstreich wurden laut. Sie veranlaßten den Innenminister, die SA und SS zu verbieten. Das erhöhte die Verwirrung auf ein kaum noch erträgliches Maß.

Selbst Mutter Schroeder, die sich so schnell nicht aus dem Gleichgewicht bringen ließ, war nahe daran, die Nerven zu verlieren. Würde sie nun die beiden SS-Führer als Untermieter verlieren? Sie brauchte deren Mietzins dringender denn je, da kein weiterer Auftrag eingegangen war und ihr Mann sich gezwungen gesehen hatte, seine letzten Arbeitskräfte zu entlassen. Aber das war nicht ihre größte Sorge. Herzklopfen bereitete ihr der Umstand, daß sie gerade in diesen Tagen die Parteibücher für sich und ihren Mann erhalten hatte. Zu einem denkbar ungünstigen Zeitpunkt sah sie sich gezwungen, ihrem Mann reinen Wein einzuschenken. Eine Auseinandersetzung, wie sie das Ehepaar Schroeder nie zuvor erlebt hatte, war die Folge. Doch dann glätteten sich die Wogen, als habe der Herrgott persönlich eingegriffen. Ein Freund des Hauses, General im Reichswehrministerium und Ehrenmitglied des ›Stahlhelms‹, besuchte die Familie Schroeder und kritisierte das Verbot der SA und SS auf das schärfste. Mit Nachdruck erklärte er:

»Den Kommunisten sind jetzt Tür und Tor geöffnet. Wenn morgen e was passiert, können wir nicht mehr auf das kostbare Menschenmaterial der SA und SS zurückgreifen. Das Reich kann nun jeden Augenblick in den Sog des bolschewistischen Strudels geraten.«

Das waren Worte, die Vater Schroeder bis ins Mark trafen. Am liebsten hätte er Alarm geblasen. Deutschland war in Gefahr und mußte verteidigt werden. Seine Frau hatte recht daran getan, in die Partei einzutreten. Und es war gut, daß sie auch ihn angemeldet und sich um eine Niederlassung der Reichszeugmeisterei bemüht hatte. Denn der General gab zu verstehen, daß das Verbot der SA und SS spätestens im Sommer wieder aufgehoben werde.

Die Parteimitgliedschaft der Eltern brachte Robert Schroeder in eine peinliche Situation. Der Gruppenführer fragte ihn im Verlauf eines Gespräches über dieses Thema: »Waren Sie vor ihrem Eintritt in die SS schon lange in der Partei?«

Ihm lag es auf der Zunge, zu antworten: Der gehöre ich bis heute noch nicht an. Er beherrschte sich jedoch und sagte: »Nein, der Eintritt geschah zur gleichen Zeit.«

»Das war vor der Wahl im September, nicht wahr?«

»Ja.«

»Welche Nummer erhielten Sie damals?«

Robert wurde es heiß, er ließ sich aber nichts anmerken. »Ich kenne meine Parteinummer nicht«, sagte er. »Bei der Anmeldung ist es geblieben. Ich habe kein Parteibuch erhalten. Wahrscheinlich weil ich meinen Wohnsitz wechseln mußte.«

»Dann wird es Zeit, daß Sie was unternehmen«, entgegnete der Gruppenführer.

Diesen Ratschlag befolgte Robert Schroeder. Gleich am nächsten Tag suchte er die Ortsgruppenleitung auf, der er freilich nicht erklärte, die Mitgliedschaft schon früher beantragt zu haben. Ohne viel zu reden, bat er um Aufnahme in die Partei. Im Grunde genommen tat er es lustlos, da mit dem Verbot der SA und SS die Tiefflieger-Angriffsübungen abgeblasen worden waren. Wenn er keine anderweitige Beschäftigung fand, konnte er daheim nur noch für die beiden nächsten Monate einen Beitrag zum Haushalt leisten. Und das im Alter von nahezu siebenundzwanzig Jahren!

Den für seinen Bruder auszuarbeitenden Plan hatte Robert längst entworfen, es sah aber nicht danach aus, daß er einmal zum Tragen kommen würde. Irgend etwas, worüber Conrad sich ausschwieg, hatte den Bruder plötzlich gezwungen, kleine Brötchen zu backen. Seinen neuen ›Talbot‹-Sportwagen hatte er verkaufen und zwei Drittel seiner Angestellten entlassen müssen. Seine durch die dicke Brille vergrößerten Augen blickten nur noch böse.

Roberts letzte Hoffnung war die Dortmunder Zeitung, der er die Kalkulation für den in Aussicht genommenen Seebäderdienst übermittelt hatte. Doch das Projekt zerschlug sich. Es war, als sollte nichts klappen.

Um keinen Preis aber wollte er darauf verzichten, den Sommer mit Carla auf Borkum zu verbringen. Er schlug deshalb Papa Sulmann vor, mit dessen Doppeldecker einen ›Seebäder-Rundflugdienst‹ zu betreiben. Und dieser Plan wurde ihm dank der Fürsprache seines Borkumer Onkels dann auch von der Kurverwaltung genehmigt.

Seine Hoffnungen erhöhten sich noch, als Carla ihm schrieb, daß sie England bereits am 1. Juni verlassen und mit ihm zur Saison-Eröffnung nach Borkum fliegen werde. Daheim sprach er aus naheliegenden Gründen nicht darüber, daß Carla ihn begleiten würde. Die Mutter hätte wahrscheinlich keine Schwierigkeiten gemacht, der Vater aber würde Carla wegen der ›Schamlosigkeit‹, mit der sie im vergangenen Jahr auf Borkum ›gehaust‹ hatte, niemals empfangen haben.

Robert teilte Carla dies in aller Offenheit mit, und sie dankte ihm dafür, daß er sie nicht den Relikten einer Epoche aussetzte, die unentwegt von Tapferkeit, Ruhm und Ehre faselte, aber nicht den Mut aufbrachte, der Wahrheit ins Auge zu sehen und dem Leben zu geben, was des Lebens ist.

Vielleicht war die Begrüßung auf dem Bahnhof in Münster gerade deshalb besonders herzlich. Glücklich fühlte sich Carla jedoch erst, als die Maschine in Borkum gelandet war und sich der Geruch von Meerwasser und heißem Dünensand mit dem des Flugzeuges vermischte. Spannlack, Benzin, Öl, Tang, salzige Luft und Sonne paßten zu Robert, als wäre er ein Homunkulus aus eben diesen Elementen.

»Unser Borkum!« rief sie und ließ eine Handvoll Sand durch die Finger rieseln.

Er umarmte sie. »Unsere Dünen. Unser Strand!«

Es folgten Tage voller Seligkeit. Beiden machte es nichts aus, daß sie von morgens bis abends am Hangar herumsaßen und vergeblich auf fluglüsterne Urlauber warteten. Woher hätten diese auch kommen sollen? Die Saison hatte noch nicht richtig begonnen, und es gab so wenig Gäste auf der Insel, daß die Hoteliers nervös wurden.

Nach einer Woche, in der Robert und Carla täglich kurz vor Mittag einen Werbeflug durchführten, der keinen einzigen bezahlten Rundflug zur Folge hatte, wurde auch Robert unruhig. »Papa Sulmann erwartet, daß für ihn mindestens dreihundert Mark im Monat hängenbleiben«, sagte er bedrückt.

Carla ließ sich von seiner Depression nicht anstecken. »Wir stehen erst am Anfang der Saison. Außerdem habe ich mir ausgerechnet, daß wir mit dem Geld, das mir zur Verfügung steht, sechs Wochen hierbleiben und Papa Sulmann dann noch vierhundert Mark in die Hand drükken können.«

»Das kommt nicht in Frage«, widersprach Robert. »Ich kann unmöglich heute auf Haralds und morgen auf deine Kosten leben.«

Sie tippte an seine Stirn. »You are crazy, Sir. Seelenblähungen legen sich aufs Gemüt. Machen Sie sich schnellstens frei davon.«

»Etwas ganz anderes sollte ich tun«, entgegnete er unwillig. »Mein

Glück auf Norderney versuchen! Dort gibt es viele Juden. Die sind nicht so knapp bei Kasse.«

Carla gab ihm recht und betrachtete den nur fünfzehn Minuten dauernden Flug zur benachbarten Insel als eine willkommene Abwechslung. Es wurde mehr daraus.

Im Gegensatz zu Carla, die sich das Zentrum von Norderney ansehen wollte, begab sich Robert nach der Landung in das Kasino des in erster Linie als Seebase ausgebauten Flughafens, wo er einige Piloten kennenlernte, die über Navigationsprobleme diskutierten, welche ihm völlig unbekannt waren. Sie sprachen von Eigen- und Fremdpeilung, über loxodrome und orthodrome Kurse, über ein auf mathematischen Formeln basierendes Verfahren zur Durchführung von Blindlandungen und über Instrumente wie Wendezeiger, künstlicher Horizont und Kurskreisel. Er kam sich vor wie jemand, der auf einem Kuhdorf lebt und plötzlich in eine Großstadt verschlagen wird. Außer terrestischer Navigation und dem Fliegen nach dem Kompaß kannte er nur die nächtliche Orientierung nach Leuchtfeuern.

»Wer hat Ihnen das alles beigebracht?« fragte er die Piloten.

»Unser Käpt'n«, antworteten sie. »Er ist Navigationsoffizier bei der christlichen Seefahrt.«

Bald darauf saß Robert mit dem Kapitän zusammen, und zehn Minuten später waren sie handelseinig. Für zweihundert Mark, die Robert dem Betrag entnahm, den ihm sein Bruder vor fast zwei Jahren als Notgeld zur Verfügung gestellt hatte, verpflichtete sich der Seeoffizier, ihm innerhalb von acht Tagen die theoretischen Kenntnisse in der Navigation mit Funkfeuern zu vermitteln, ihn mit den erforderlichen Geräten und Instrumenten vertraut zu machen und ihm die einschlägige Fachliteratur zu benennen respektive zu leihen. Und dann legten sie los. Robert Schroeder schwirrte der Schädel, als er am Spätnachmittag mit fünf Büchern bepackt auf Papa Sulmanns Doppeldecker zuging, vor dem Carla ihn bereits erwartete.

»Wo hast du bloß gesteckt?« fragte sie und sah verwundert auf die Bücher, die er unter dem Arm trug.

»Stell dir vor«, antwortete er aufgekratzt, »ich hatte ›Den Helder‹ unter dreihundertdreißig und ›Stavanger‹ unter zweihundertvierzig Grad anliegen, da wußte ich, daß ich nur noch einen Kurswechsel um neunzig Grad nach Backbord vorzunehmen brauche, um bei einer Geschwindigkeit von hundert km/h in genau zwei Stunden und fünfzehn Minuten über Edinburgh zu sein.«

Sie sah ihn entgeistert an. »Bist du übergeschnappt oder was ist los mit dir?«

»Ich habe zweihundert Mark ausgegeben! Von dem Notgeld meines Bruders. Besser konnte ich es nicht anlegen.«

Anstatt weitere Fragen zu stellen, warf Carla einen Blick auf die Titel der Bücher, die er unter dem Arm hielt.

»Verstehst du mich?«

»Nicht ganz.«

»In den nächsten acht Tagen fliegen wir jeden Morgen hierher.«

»Und wer zahlt das Benzin?«

»Ich. Ebenfalls vom Geld meines Bruders. Besser kann es nicht angelegt werden.«

»Das sagtest du bereits.«

»Acht Tage lang nehme ich hier Navigationsunterricht. Ich habe ja nicht geahnt, welche Möglichkeiten es auf diesem Gebiet gibt. Mir kommt es vor, als hätte ich eine Nähmaschine für ein Flugzeug gehalten.«

Carla lächelte. »Darf ich in Papa Sulmanns Nähmaschine einsteigen? Ich möchte dir nämlich um den Hals fallen, aber man beobachtet uns zu sehr. Bring mich schnell nach Borkum.«

Robert schaute hinter sich und sah eine Anzahl Seeflieger, die grinsend zu ihnen herüberschauten. »Einverstanden«, sagte er. »Und mir macht es nichts mehr aus, mich in den nächsten Wochen von dir aushalten zu lassen; denn jetzt weiß ich, daß die Zeit an der Luftfahrt nicht vorübergehen wird. Ich werde mich eines Tages revanchieren können, Geliebte!«

Der Aufenthalt auf Borkum verlief anders, als Robert und Carla es sich vorgestellt hatten. Der Seebäder-Rundflugdienst erwies sich als eine Pleite, die beiden die Hoffnung auf eine bessere Zukunft genommen haben würde, wenn Robert durch den flugnavigatorischen Unterricht nicht neuen Auftrieb erhalten hätte. Von morgens bis abends studierte er in den Büchern, die der Kapitän ihm zur Verfügung stellte, und es beglückte ihn, daß auch Carla von den navigatorischen Problemen fasziniert wurde.

Doch dann ereignete sich etwas, das sie aus dem Gleichgewicht brachte. Harald rief aus Berlin an und verkündete, er und Dorkas hätten an eben diesem Tage in aller Heimlichkeit geheiratet.

Carla, die am Apparat war, reagierte auf ihre Weise. »Bist du besoffen?« rief sie außer sich.

»Man kann es so nennen«, antwortete er lachend. »Besoffen vor Glück!«

Sie blickte hilflos zu Robert hinüber. »Mein grandioser Bruder hat heute morgen geheiratet.«

Robert übernahm den Hörer. »Harald, bist du da?«

»Wie nie zuvor! Was sagst du zu unserer Heirat?«

»Ihr habt wirklich ...?«

»Erscheint dir das so unwahrscheinlich?«

»Unwahrscheinlich nicht, aber ...«

»Wir waren das Theater mit Dorkas' Eltern leid. Ich hatte heimlich alles vorbereitet. Ihr müßt so schnell wie möglich kommen. Ich konnte ein herrliches Haus kaufen und habe es hypermodern einrichten lassen. Dorkas kann noch gar nicht fassen, daß sie meine Frau ist und daß ihr alles gehört.«

Robert beschlich ein ungutes Gefühl. »Seit wann ist sie in Berlin?«

»Seit heute morgen. Sie kam mit dem Schlafwagenzug.«

»Und wohin führt die Hochzeitsreise?«

»Die wird später nachgeholt. Ich stecke zur Zeit bis über beide Ohren in der Arbeit. Die Konkurrenz ist aus dem Häuschen, weil ich Bücher mit einem Umfang von sechshundert Seiten zum Preis von zwei Mark fünfundachtzig auf den Markt werfe. Das ist sensationell. Ich riskiere Auflagen von hunderttausend Exemplaren. Dann geht's.«

»Und wie geht's Dorkas?«

»Hervorragend. Sie steht neben mir. Du kannst gleich mit ihr sprechen. Ich möchte dir nur noch sagen, daß wir über ein Gästezimmer mit Bad und allen Schikanen verfügen. Ihr könnt also jederzeit kommen. Und du solltest dir überlegen, ob du nicht mein Mitarbeiter werden willst. Bei deiner Intelligenz findest du dich im Verlagsgewerbe schnell zurecht. Ich biete dir vierhundert Mark Anfangsgehalt. Nach dreimonatiger Einarbeitungszeit mache ich dich zum Prokuristen mit tausend Mark im Monat. Was hältst du davon?«

Robert brauchte Sekunden, um antworten zu können. »Da wird selbst einem Piloten schwindelig«, sagte er und übergab Carla den Hörer, wobei er die Sprechmuschel zuhielt. »Versuche Dorkas auszuquetschen. Harald befindet sich im Stadium euphorischer Spinnerei.«

Während Carla das Gespräch übernahm, trat Robert ans Fenster und blickte nachdenklich nach draußen. Für ihn stand fest, daß die überraschende Eheschließung nicht von Dorkas, sondern von Harald betrieben worden war, und er ahnte, was den Freund bewogen hatte, sich über Familie und Konvention hinwegzusetzen. Die überstürzte Heirat hatte zweifellos mit dem Verlauf der Nacht in London zu tun. Harald und Dorkas waren seither nicht wieder zusammengetroffen. Der Freund fürchtete offensichtlich, die Frau seines Herzens durch ein erneutes Versagen verlieren zu können. Und ihn wünschte er im Verlag zu haben, weil er Angst vor sich selbst hatte und einen Aufpasser in der Nähe haben wollte.

»Man reiche mir einen Schnaps«, sagte Carla, als sie endlich den

Telefonhörer auflegte. »Da stimmt doch etwas nicht. Kannst du dir die plötzliche Heirat erklären?«

Robert wurde ausflüchtig. »Eine Erklärung habe ich nicht. Es könnte aber mit den Ereignissen in London zusammenhängen.«

»Du meinst, Harald schafft vollendete Tatsachen, weil er neuerliche Komplikationen befürchtet?«

»Erachte es als eine von vielen Möglichkeiten.«

Carla hakte sich bei ihm ein. »Laß uns ein paar Schritte gehen.«

Dazu war Robert gerne bereit.

Die salzhaltige Luft tat ihnen gut, und jeder hing eigenen Gedanken nach, bis sie die Strandpromenade erreichten, die wie verlassen dalag. Sogar die Möwen hatten aufgehört zu kreischen.

Robert legte den Arm um Carla.

Sie schaute zu ihm hoch. »Harald hat mich angefleht, dich zu bitten, in den Verlag einzutreten.«

Er lachte abfällig. »Und wenn er mir das Doppelte und Dreifache bieten würde, zum Wärter und Aufpasser lasse ich mich nicht umfunktionieren. Lieber gehe ich Steine klopfen.«

Carla umarmte ihn.

»Hast du etwa befürchtet . . .?«

Sie küßte ihn. »Befürchtet habe ich nichts. Es hätte ja aber sein können, daß du . . . Ich würde sogar Verständnis dafür gehabt haben. So ist es mir jedoch lieber.«

Eine Weile gingen sie schweigend weiter.

»Ist schon eine verdammte Zeit, in der wir leben«, sagte Robert schließlich.

»Unsere Vorfahren werden auch schlechte Tage erlebt haben.«

»Das ist richtig. Nach dem Krieg konnten sie sich aber eine Existenz aufbauen. Meiner Generation ist dies kaum möglich. Mit fast siebenundzwanzig Jahren bin ich noch nicht in der Lage, eine Familie zu gründen.«

Carla versuchte den Ausdruck seines Gesichtes zu erspähen. »Sehnst du dich nicht nach etwas ganz anderem? Nach einem tollen Flugzeug, mit dem du wer weiß wohin fliegen könntest!«

Er zog sie an sich heran. »Würdest du mich dann begleiten?«

»Dumme Frage.«

»Auch wenn wir nicht verheiratet wären?«

»Das würden wir bestimmt nicht sein«, antwortete Carla couragiert. »Bevor du deine Wunschträume als Flieger nicht erfüllt hast, wirst du keine Frau an dich binden. Und das ist gut so. Ich habe allerdings die Bitte, daß du gelegentlich meinen Vater aufsuchst. Seine Art wird dir zwar auf die Nerven gehen, doch sie gehört zu ihm wie seine Großzügigkeit, der wir ja einiges zu verdanken haben.«

»Ich habe selber schon daran gedacht, mich ihm vorzustellen«, sagte Robert. »Nur möchte ich dann nicht gerade arbeitslos sein.«

»Das hab' ich verschwiegen.«

»Dafür bin ich dir dankbar.«

»Es ist großartig, wie wir uns verstehen.«

»Kosten wir deshalb jeden Tag aus, den Borkum uns schenkt.«

Nur drei Tage waren es noch. Dann erhielt Robert von Papa Sulmann die Aufforderung, schnellstens nach Münster zurückzukehren. Die NSDAP hatte ihm den Auftrag erteilt, in der letzten Woche vor der einmal wieder fällig gewordenen Neuwahl des Reichstages Flugblätter abzuwerfen.

»Dem einen sin Uhl, dem anderen sin Nachtigall«, sagte Robert, als er den Eilbotenbrief gelesen hatte. »Für uns ist es bitter, noch heute aufbrechen zu müssen, für Papa Sulmann ist der Auftrag ein warmer Regen.«

Carla fiel es schwer, sich damit abzufinden, daß ihr Zusammensein mit Robert binnen weniger Stunden ein Ende nehmen sollte. »Können wir nicht wenigstens noch heute hierbleiben?« fragte sie verwirrt.

Er schüttelte den Kopf. »Papa Sulmann hat *schnellstens* geschrieben!«

»Die letzte Juliwoche beginnt doch erst in drei Tagen.«

»Und mindestens zwei davon werden benötigt, um die Maschine durchzusehen. In der Flugwoche dürfen keine Störungen eintreten. Eine einmalige Chance wäre dann vertan.«

Carla begriff, daß Dankbarkeit und Treue Robert zwangen, eigene Wünsche zurückzustellen.

Er muße plötzlich lachen. »Paßt ja großartig, daß du deinem Vater meine Arbeitslosigkeit verschwiegen hast. Ruf ihn an und sage ihm, dringende Flugverpflichtungen hätten mich gezwungen, den Urlaub abzubrechen. Du würdest mit mir nach Münster fliegen und noch heute nach Hause kommen.«

»Das hast du prima hingekriegt.«

Robert schloß sie in die Arme. »Dein Kompliment verpflichtet mich, dafür zu sorgen, daß wir uns bald wiedersehen.«

»Bei uns daheim?«

»Irgendwie werde ich es schon schaffen.«

Robert Schroeder ahnte nicht, daß er bereits zwei Tage später nach Berlin fahren würde. Nachdem er Carla in Münster zum Zug begleitet hatte, war er nach Hause gegangen, wo ihn die Mutter ungewöhnlich lebhaft empfing.

»Du bist schon hier?« rief sie überrascht. »Ich habe dir doch erst gestern geschrieben. Den Brief kannst du noch gar nicht erhalten haben.«

Er umarmte sie mitsamt den Blumen, die er ihr mitgebracht hatte. »Nun mal schön der Reihe nach.«

»Ich habe dir geschrieben, daß du nach Berlin fahren mußt!«

Er starrte sie entgeistert an. »Nach Berlin?«

»Ja!«

»Und weshalb?«

»Das wird dir der Gruppenführer sagen. Er hat mit einem wichtigen Mann über dich gesprochen. Du sollst dich vorstellen.«

»Etwa als Pilot?«

»Zum Buchhalter taugst du ja nicht.«

Robert wirbelte die Mutter herum. »Mamaaa . . .! Wenn ich eine Anstellung erhalte, müßt ihr Carla empfangen.«

»Offiziell?«

»An Heirat kann ich vorerst nicht denken. Das ist auch unwichtig. Ihr sollt nur wissen, daß Carla und ich zusammengehören.«

»Wenn ich dir einen Rat geben darf, dann sprich erst mal mit dem Gruppenführer«, entgegnete die Mutter milde gestimmt. »Und dann fahr nach Berlin. Und wenn sich dort alles günstig entwickeln sollte, magst du mit Vater über Carla reden. Ich werde entsprechende Vorarbeit leisten.«

»Ein Segen, daß wir dich haben.«

Sie nickte wie zur Bestätigung. »Nachdem das SA- und SS-Verbot aufgehoben ist, wird die Nebenstelle der Reichszeugmeisterei in der nächsten Woche in Conrads Lagerraum eröffnet. Und Vater hat einen Auftrag über zehntausend Mäntel erhalten. Es geht aufwärts, mein Junge. Die Wahlen in der nächsten Woche werden beweisen, daß das Volk vom Weimarer System nichts mehr wissen will und sich Adolf Hitler als Reichskanzler wünscht. Du mußt übrigens bei der Ortsgruppenleitung vorsprechen. Dein Parteibuch ist da.«

»Das ging aber schnell.«

»Nimm es auf alle Fälle mit nach Berlin.«

Der Gruppenführer erzählte am Abend, daß er anläßlich einer Planungsbesprechung Gelegenheit gehabt habe, Robert als vertrauenswürdigen Piloten zu empfehlen. »Ganz zufällig ergab sich das«, fügte er hinzu. »Der Deutsche Luftfahrer Verband soll in Deutscher Luftsport Verband umbenannt werden und eine legale Basis für die Ausbildung von ›Amateurfliegern‹ bieten. Das macht es notwendig, sich schon heute nach entsprechenden Flugplätzen umzusehen, beziehungsweise festzulegen, wo welche gebaut werden müssen. Ihre Aufgabe soll es sein, alle vorhandenen Flughäfen abzufliegen und über deren Ausbaufähigkeit zu berichten. Genaue Instruktionen erhalten Sie in Berlin. Daß Ihre Tätigkeit streng vertraulich ist, brauche ich nicht zu betonen. Ich habe erklärt, daß Sie zu uns gehören und absolut zuverlässig sind. Ist das klar?«

Ohne sich dessen bewußt zu sein, klappte Robert Schroeder die Hacken zusammen. »Jawohl, Gruppenführer.«

9

Robert Schroeders Herz schlug schneller, als der Zug in den Bahnhof Zoologischer Garten einfuhr. Er kannte Berlin aus der Zeit seiner Tätigkeit bei der Lufthansa, aber obwohl er nur knapp ein Jahr in der Hauptstadt gewohnt hatte, beschlich ihn ein Gefühl, als kehre er aus der Fremde in die Heimat zurück. Großstädte lagen ihm nicht besonders, der Faszination Berlins konnte er sich jedoch nicht entziehen.

Als erstes besorgte er sich ein Quartier in einer kleinen Pension in der Kantstraße. Dann rief er das Wolff'sche Telegraphenbüro an und erfuhr, daß sein Bruder Gerd sich für einige Wochen in Rom aufhielt. Daraufhin machte er sich auf den Weg zum Café Kranzler. Es reizte ihn, Harald und Dorkas aufzusuchen, aber er wollte sich erst melden, wenn er die erhoffte Anstellung erhalten hatte. Der Gedanke, ihnen sagen zu können, daß er eine fliegerische Tätigkeit gefunden hatte, war berauschend. Trotzdem wurde er die Angst nicht los, daß irgend etwas dazwischenkommen könnte. Die Nacht verlief entsprechend unruhig, doch als er sich am nächsten Morgen bei strahlendem Sonnenschein auf den Weg machte, hatte er das Gefühl, einer entscheidenden Wende entgegenzugehen.

In der Augsburger Straße wurde er in einem typischen Berliner Wohnhaus in einen Raum geführt, in dem ein heilloses Durcheinander herrschte. Auf dem Boden lagen Landkarten. Auf Stühlen stapelten sich Bücher und Nachschlagewerke. Hinter einem Schreibtisch, der von Akten überhäuft war, saß ein stämmiger Mann, der sich erhob, seinen Namen nannte und erklärte, der verantwortliche Leiter der Dienststelle zu sein.

Robert Schroeder brauchte einen Moment, um sich zurechtzufinden. Er war nicht darauf vorbereitet gewesen, mit jemanden verhandeln zu müssen, der in der ›Luftverkehrs AG‹ eine gewichtige Rolle gespielt hatte, jedoch wegen Mißhelligkeiten in Ungnade gefallen war.

Der in Fliegerkreisen umstrittene Dienststellenleiter weckte eine Aversion in ihm, die sich noch steigerte, als er ihm Dinge erzählte, die zweifellos geheimzuhalten waren. So sagte er, wahrscheinlich um seinen guten Kontakt zu führenden Persönlichkeiten hervorzukehren, daß Generaldirektor Milch beabsichtige, sich vom Reichswehrministerium für die Deutsche Lufthansa Geld zum Kauf einer Ju-52-Flotte bewilligen zu lassen. »Milch befaßt sich neuerdings überhaupt sehr intensiv mit militärischen Fragen«, fuhr er wichtigtuerisch fort. »Wahrscheinlich wird er im nächsten Monat nach Rußland fliegen, um unsere Anlagen zur Entwicklung neuer Flugzeuge und neuer Techniken im Motorenbau zu besichtigen.«

»Fehlt nur noch, daß Sie sagen, ich soll ihn nach Jagi kutschieren«, warf Robert Schroeder ein.

Der ehemalige Geschäftsführer der Luftverkehrsgesellschaft stutzte. »Sie kennen Jagi?«

»Wundert Sie das?«

»Nein, nein. Der Gruppenführer hatte das nur nicht erwähnt.«

»Wozu auch?«

Dieser Bluff blieb nicht ohne Wirkung. Sein Gegenüber wurde mit einem Male präzise. »Nehmen Sie es mir nicht übel, wenn ich zunächst um Ihre Papiere bitte.«

Robert Schroeder legte ihm den Flugzeugführerschein, sein Parteibuch und die Mitgliedskarte der SS vor. Dabei verschwieg er wohlweislich, was er selbst erst seit zwei Tagen wußte: daß er bereits vor der entscheidenden Wahl des Septembers 1930 Mitglied der NSDAP geworden war. Offensichtlich hatte der Fluglehrer aus Braunschweig, der die Angehörigen des Fliegerbundes Nordland bewogen hatte, dem in Gründung befindlichen Fliegerkorps beizutreten, gleichzeitig auch deren Anmeldung bei der Partei vorgenommen.

Der Dienststellenleiter gab die Papiere zurück. »Jetzt ist mir klar, warum der Gruppenführer ein so großes Vertrauen in Sie setzt. Und damit können wir zur Sache kommen, die selbstverständlich streng geheim ist.« Er schilderte nun anhand von Landkarten, welche Aufgabe Robert Schroeder übernehmen sollte. »Ich rekapituliere«, sagte er schließlich. »In den rot umrandeten Gebieten befinden sich Flugplätze, über deren Beschaffenheit und Ausbaumöglichkeit wir einen verläßlichen Bericht erbitten. Besteht keine Ausbaumöglichkeit, so ist ein geeignetes Gelände zur Schaffung eines neuen Flugplatzes zu erkunden und namhaft zu machen. Soweit die Gebiete mit einem ›J‹ versehen sind, ist an Stützpunkte für Jagdmaschinen gedacht. ›K‹ kennzeichnet erwünschte Basen für Kampfflugzeuge, die besonders festen Boden und lange Startstrecken benötigen.«

Jagdflugzeuge, Kampfflugzeuge, Absprungbasen – das alles klang aggressiv. Doch was ging ihn das an? Er war Pilot, und es war nicht seine Sache, Überlegungen anzustellen. Vorbereitende Arbeit sollte er leisten, und das zu einer Zeit, da die regierenden Politiker die Zügel immer stärker schleifen und nur noch eine Alternative erkennen ließen: Adolf Hitler.

Nicht allein die Stellung, die sich ihm plötzlich bot, auch die im Laufe der Jahre stetig gewachsene Überzeugung, daß Hitler der richtige Mann sei, weckte die Hoffnung in ihm, daß die Nationalsozialisten das ›Kabinett der Barone‹, wie die Herrenklub-Clique des neuen Reichskanzlers von Papen genannt wurde, zum Teufel jagen und selbst die Regierung übernehmen würden. Es war einfach unerträglich, immer wieder erleben zu müssen, wie sechs Millionen Arbeitslose mit pathetischen Erklärungen abgespeist wurden.

Der Vertrag, den Robert Schroeder an diesem für ihn so denkwürdigen Vormittag vorgelegt bekam, garantierte ihm ein monatliches Gehalt von 570 Reichsmark plus 18 Mark Tages- und Übernachtungsgeld. Das Dokument ließ freilich auch erkennen, daß der Boden der Legalität bedenkenlos verlassen wurde, wenn man es für erforderlich hielt. So war sein Vertragspartner keine Luftfahrtorganisation, sondern ein ›Forschungsinstitut zur Schädlingsbekämpfung‹, das nur auf dem Papier existierte. Und Robert Schroeder erhielt einen Paß der ›Kaiser-Wilhelm-Gesellschaft zur Förderung der Wissenschaften e.V.‹, der ihn als Piloten eben dieser Gesellschaft auswies.

»Dieses Papier versetzt Sie in die Lage, Gemeinden und Forstämter aufzusuchen, ohne den geringsten Verdacht zu erwecken«, erläuterte der Dienststellenleiter. »Wenn Sie als Mitglied eines Forschungsinstitutes Erkundigungen über die Eigentumsverhältnisse eines Gebietes einziehen, wird niemand stutzig werden oder eine Auskunft verweigern. Und darauf kommt es uns an; denn es gehört zu Ihrer Aufgabe, uns ebenfalls über die Eigentumsverhältnisse all jener Landabschnitte zu informieren, die für Flugplatzerweiterungen respektive neue Anlagen in Frage kommen.«

»Das ist mir klar«, sagte Robert Schroeder. »Ich frage mich nur, wie ich zu den Behörden gelange. Ich bin schließlich auf Flugplätze angewiesen und kann nicht einfach neben der jeweils zuständigen Gemeinde landen.«

»Wir haben an alles gedacht«, erwiderte sein Gegenüber sichtlich stolz. »Sie übernehmen eine Junkers F 13, deren Kabine groß genug ist, um ein Motorrad darin zu transportieren.

Robert Schroeder stieg das Blut in den Kopf. »Eine F 13 wird mir zur Verfügung stehen?«

»Und ein Monteur dazu. Sie werden ihn nachher kennenlernen. Er ist Bayer, Parteigenosse und in jeder Hinsicht zuverlässig. Und in diesen beiden Büchern«, er überreichte zwei dicke Bände, »finden Sie alles, was Sie über Schädlingsbekämpfung wissen müssen. Beschäftigen Sie sich unverzüglich mit der Materie. Forstmeister und Gemeindevorsteher könnten Sie sonst in Verlegenheit bringen.«

Robert Schroeder war ziemlich durcheinander, als er in den Wagen des Dienststellenleiters einstieg, um mit ihm nach Staaken zu fahren, wo das Flugzeug abgestellt war und der Monteur sie erwartete. Daß er einmal eine Junkers für sich haben würde, hätte er im Traum nicht für möglich gehalten.

»Die Wartung der Maschine hat die Deutsche Lufthansa übernommen«, sagte der Dienststellenleiter, als er in die Bismarckstraße einbog. »Sie können also notwendige Arbeiten bei allen Werften der Hansa durchführen lassen.«

Das ergibt Ruhetage mit Carla, dachte Robert Schroeder unwillkürlich und fragte: »Haben Sie eine Vorstellung, wieviel Zeit ich bis zum Abschluß des Auftrages benötigen werde?«

»Mindestens ein halbes Jahr. Sie brauchen sich aber keine Gedanken zu machen. Bis dahin sind wir an der Regierung. Und dann haben wir weitere Aufgaben für Sie.«

»Das ist ja die ›Anneliese‹«, rief Robert Schroeder, als sie auf eine F 13 zufuhren, die vor der großen Zeppelinhalle des Flughafens Staaken stand und trotz ihres neuen Silberanstriches unschwer als Veteranin des erfolgreichen Flugzeugtyps zu erkennen war. Beinahe ehrfürchtig schaute er zu dem Namen hoch, der auf das Wellblech der Motorverkleidung gemalt war.

»Sie wurde uns entgegenkommenderweise zur Verfügung gestellt.«

Robert Schroeder stieg aus dem Wagen und las die Beschriftung am Rumpf des Flugzeuges: ›Eigentümer: Junkers-Flugzeugwerke-AG, Dessau. Halter: Forschungsinstitut zur Schädlingsbekämpfung, Berlin‹. Es war unglaublich. Ein Unternehmen wurde genannt, das überhaupt nicht existierte. Vielleicht war dies aber symptomatisch für die ›Anneliese‹, die vieles zuwege gebracht hatte, was kaum glaublich erschien. 1919 war sie als erstes Ganzmetallflugzeug mit heizbarer Kabine in 86 Minuten auf 6750 Meter gestiegen. Und das mit acht Personen und einem BMW-Motor, der nur 185 PS leistete!

Seit dreizehn Jahren stand die Maschine im Dienst. Robert Schroeder ließ sich nicht anmerken, daß seine Begeisterung einen kleinen Dämpfer erhalten hatte. Ein dreizehn Jahre altes Flugzeug zu übernehmen, war nicht gerade das höchste Vergnügen. Schon gar nicht, wenn er sich vergegenwärtigte, daß die F 13 dazu neigte, nach der Landung plötzlich einen ›Ringelpietz‹ zu drehen, bei dem das Fahrwerk nur allzuleicht abscherte.

Aber dann entdeckte er etwas, das ihn geradezu elektrisierte. Vom Mast auf dem Rumpf der Kabine, der das Staurohr für den Fahrtmesser trug, war eine Antenne zum Leitwerk gespannt. »Hat die Maschine ein Funkgerät?« fragte er ungläubig.

Der Dienststellenleiter zuckte die Achseln. »Das weiß ich nicht.«

Mit einem Satz war Robert Schroeder auf der Tragfläche und hantelte sich zur Einstiegsöffnung der Führerkanzel hoch. »Tatsächlich!« rief er, nachdem er einen Blick in den Pilotentraum geworfen hatte. »Die Maschine verfügt über eine ›Kleinstation‹!«

»Die hab' ich extra einbauen lassen«, hörte er hinter sich eine Stimme sagen.

Er wandte sich um und gewahrte einen pfiffig aussehenden rundlichen Monteur, der prüfend zu ihm hochblickte. »Sind Sie der Pilot?«

»Ja. Und Sie der Bordwart?«

»Erraten. In vier Wochen werde ich mich sogar Funkmaschinist nennen dürfen.«

Robert Schroeder blickte erneut in die Führerkanzel. Wenn der Bordwart das Funkpatent erhielt und das Flugzeug über entsprechende Geräte verfügte, konnte er seine auf Norderney erworbenen theoretischen Kenntnisse in die Praxis umsetzen und Erfahrungen sammeln, die ihm eines Tages zustatten kommen mußten.

Der Mechaniker kletterte behende auf die gegenüberliegende Tragfläche. »Man könnte noch einiges tun«, sagte er, auf das Instrumentenbrett weisend. »Platz ist genügend vorhanden.«

Sympathischer Kerl, dachte Robert Schroeder und wunderte sich über die Vertrautheit, die vom ersten Augenblick an zwischen ihnen bestand. »Sie haben recht. Platz wäre mehr als genügend vorhanden. Einen Wendezeiger und einen künstlichen Horizont wird man uns aber nicht genehmigen. Das sind verdammt teure Geräte.«

»Sie«, sagte der Bayer und beugte sich über den Führerraum. »Dann helfen wir uns eben anders.«

»Wie soll ich das verstehen?«

»Ja, mei . . .« Der Bordwart beugte sich noch weiter vor und dämpfte die Stimme. »Ich hab' einen Spezi in der Lagerverwaltung, der mir das Funkgerät für eine Weile überlassen hat. Gewissermaßen zur Überprüfung. Eine Kontrolle könnte einem Wendezeiger und einem künstlichen Horizont auch nicht schaden.«

Robert Schroeder grinste. »Sie scheinen mit allen Wassern gewaschen zu sein.«

Der Mechaniker machte Hundeaugen. »Ob die Instrumente nun im Lager liegen oder irgendwo eingebaut sind, bleibt sich doch gleich.

Hauptsache, der Bestand stimmt. Ehrlich. Sie müssen mir nur sagen, wo ich die Geräte einbauen soll.«

Als wäre ihnen ein Kommando gegeben worden, kletterten beide in die Einstiegsöffnungen und rutschten auf ihre Sitze hinunter.

Der Dienststellenleiter, der wie verlassen neben der Maschine stehengeblieben war, stieg nun ebenfalls zum Führerraum hinauf, wo er mit Erstaunen feststellte, daß der Pilot und der Mechaniker sich bereits intensiv mit technischen Problemen beschäftigten. »Freut mich, daß Sie sich schon miteinander bekannt gemacht haben.«

Beide schauten ihn verständnislos an.

»Oder sollte ich Sie doch noch vorstellen müssen?«

Robert Schroeder reichte dem Bordwart die Hand und nannte seinen Namen.

»Brandner, Alois«, sagte der Mechaniker.

»Also passen Sie auf«, fuhr Robert Schroeder übergangslos fort. »Den Wendezeiger setzen wir dorthin, wo sich der Öldruckmesser befindet. Den müssen Sie zu Ihrer Seite hinüberlegen. Dann können wir den künstlichen Horizont in der optischen Verlängerung der Steuersäule anbringen.«

»Ich scheine hier fehl am Platze zu sein«, sagte der Dienststellenleiter. »Sie finden mich in der Kantine.«

Es verging eine gute Stunde, bis Robert Schroeder und Alois Brandner, deren Größenunterschied so beträchtlich war, daß sie an Don Quichotte und Sancho Pansa erinnerten, in der Kantine erschienen. Sie erklärten, alles Notwendige besprochen zu haben und ihre Tätigkeit pünktlich am 1. August aufnehmen zu können.

»Wenn es Ihnen recht ist, möchte ich in Münster anfangen«, fügte Robert Schroeder hinzu. »Dort liegt meine Fliegerkleidung, ohne die ich nicht auskommen kann. Auch muß ich am Sonntag dort wählen.«

»Wo Sie anfangen und welche Routen Sie einschlagen, bleibt völlig Ihnen überlassen«, erwiderte der Dienststellenleiter konziliant. »Nur morgen würde ich mich gerne noch mal mit Ihnen zusammensetzen.«

Robert glaubte zu träumen. Er hatte eine Anstellung gefunden, die ihn zum Herrn über sich selbst machte und ihm die Möglichkeit bot, echte navigatorische und blindfliegerische Erfahrungen zu sammeln. Und wenn nicht alles täuschte, hatte das Schicksal ihm einen großartigen Flugkameraden beschert. Ihm fehlte nur jemand, mit dem er über sein Glück sprechen konnte, und es war naheliegend, daß er als erstes seinen Freund Harald anrief. Der aber befand sich auf einer Geschäftsreise, und so wurde er mit Dorkas verbunden, die sich in ihrem Dahlemer Heim aufhielt.«

»Robert?« rief sie überrascht. »Bist du etwa in Berlin?«

»Allerdings.«

»Harald hat sich also nicht getäuscht. Mein Gott, wie mich das freut. Er hat fest mit deinem Kommen gerechnet. Ich übrigens auch. Das heißt, ich habe es erhofft, sehnlichst erhofft. Wo steckst du?«

»In einer kleinen Pension in der Kantstraße«, antwortete er und fragte sich: Was erwartet man von mir? Und wie hatte Dorkas sich ausgedrückt? Sehnlichst erhofft? War das die Sprache einer Frau, die gerade geheiratet hat?

»In einer Pension?« entrüstete sich Dorkas. »Wir haben doch gesagt, daß ihr jederzeit bei uns wohnen könnt. Ich komme sofort und hole dich ab. Dann trinken wir eine Tasse Kaffee und fahren gemeinsam zum Potsdamer Bahnhof. Harald kommt um sieben Uhr von Leipzig zurück. Was meinst du, was er für Augen machen wird, wenn er uns Arm in Arm auf dem Bahnsteig sieht.«

»Dorkas!« rief Robert fast beschwörend. »Wenn du glaubst, ich sei gekommen, um in Haralds Verlag einzutreten, dann muß ich dich enttäuschen. Ich habe eine Stellung als Pilot erhalten.«

»Hier in Berlin?«

»Ja.«

»Dann ist alles gut. Hauptsache, du bist in Berlin.«

Was heißt das nun wieder, fragte er sich. »Ist etwas mit Harald?«

»Nicht, was du denkst.«

Robert ahnte, was nicht in Ordnung war.

»Wo wohnst du?«

Er nannte den Namen der Pension.

»In spätestens einer halben Stunde bin ich bei dir. Ich habe ein todschickes Auto.«

Unmöglich konnte Robert sich weigern, sein Quartier aufzugeben. Also packte er seinen Koffer, regulierte die Rechnung und begab sich auf die Straße, um nicht im muffigen Korridor der Pension warten zu müssen.

Todschicker Wagen! Das paßte zu Harald. Erstaunlich war jedoch, daß Dorkas sich nach wenigen Tagen in Berlin schon auszukennen schien. Aber dann fiel ihm ein, daß die Verlagsräume des Freundes in der Nähe der Pension am Kurfürstendamm lagen, der von Dahlem aus leicht zu erreichen war.

Verwundert war er auch über Dorkas' Selbstsicherheit. Er hielt sie für ein verklemmtes Geschöpf und fragte sich, was sie so verändert haben mochte. Als er sie aber in einem ›Horch‹-Kabriolett mit zurückgeschlagenem Verdeck vorfahren sah, war er verblüfft. Das war nicht die Dorkas von früher. Ihr modisch frisiertes Haar war von einem duftigen Gespinst aus Seide und Gaze gehalten. Sie trug ein lila-weiß gestreiftes Kostüm und stieg mit der Haltung einer Königin aus dem Wagen.

In diesem Augenblick wurde Robert klar, was Dorkas verändert hatte. Sie war der Atmosphäre ihrer Eltern entronnen, hatte einen adelig klingenden Namen angenommen und fühlte sich als Siegerin.

»Bert!« rief sie und ging auf ihn zu. Ihre Augen glänzten wie fiebrig.

Er wollte ihr die Hand geben, doch da umarmte sie ihn schon.

»Ich kann dir nicht sagen, wie ich mich freue, daß du da bist.«

Ohne sich dessen bewußt zu sein, gab er ihr einen Kuß. »Du siehst zauberhaft aus. Die Ehe scheint dir zu bekommen.«

Ein Schatten huschte über ihr Gesicht. »Was sagst du zu dem Wagen? Fast fünf Meter ist er lang. Ich bin immer froh, wenn ich eine Kurve genommen habe.«

»Du fuhrst aber nicht gerade ängstlich vor.«

»Trotzdem möchte ich mich heute von dir fahren lassen. Und zwar zunächst zum Café Kranzler.«

Die Fahreigenschaften des Wagens interessierten Robert so sehr, daß er nicht gleich in den Kurfürstendamm einbog, sondern die Kaiser-Wilhelm-Gedächtniskirche einige Male umkreiste, bevor er das berühmte Café ansteuerte.

»Ein tolles Fahrzeug«, sagte er, als sie unter der Markise des Cafés in bequemen Korbsesseln Platz genommen hatten.

Dorkas lachte. »Es war eines von Haralds Hochzeitsgeschenken.«

»Eines?« wiederholte er gedehnt.

»Du kennst ihn doch. Er verwöhnt mich über Gebühr.«

»Aber . . .?«

Sie sah ihn betroffen an.

»Warum möchte Harald mich in seiner Nähe haben? Und weshalb hast du *sehnlichst* erhofft, daß ich seinem Wunsche entspreche? Trinkt Harald? Will er mich deshalb zu seinem Mitarbeiter machen?«

Dorkas schüttelte den Kopf.

Ein Servierfräulein trat an den Tisch.

Robert bestellte zwei Tassen Kaffee.

Dorkas entnahm ihrer Handtasche ein Zigarettenetui. »Noch trinkt Harald nicht. Ich fürchte aber, daß es dahin kommen wird.«

»Und warum?«

Sie zündete sich eine Zigarette an. »Laß uns über etwas anderes sprechen. Erzähl von deiner Anstellung.«

Er entsprach ihrem Wunsch und schilderte seine künftige Tätigkeit so, als habe er tatsächlich im Auftrage eines Forschungsinstitutes Schädlinge zu bekämpfen.

»Du wirst also selten in Berlin sein?« fragte Dorkas.

»Leider. Ich würde euch gerne des öfteren besuchen.«

Sie sah ihn bittend an. »Du wirst doch hin und wieder bei uns aufkreuzen?«

»Klarer Fall. Ich werde mich sogar bemühen, so oft wie möglich nach Berlin zu kommen. Das verspreche ich dir.«

»Bitte, sage das nachher Harald.«

»Wird gemacht.«

Dorkas deutete einen Kuß an.

Harald beugte sich aus dem Fenster, als der Zug im Schrittempo in den Potsdamer Bahnhof einfuhr. Er hielt Ausschau nach Dorkas und glaubte, nicht richtig zu sehen, als er sie mit Robert auf dem Bahnsteig stehen sah. Augenblicklich schlug er sich in schnellen Intervallen gegen den Mund und veranstaltete ein Indianergeheul.

Robert tat das gleiche.

»Seid ihr verrückt geworden?« entrüstete sich Dorkas.

»Wenn Harald sich wie ein Kindskopf benimmt, werde ich nicht den feinen Herrn spielen.«

Harald eilte auf ihn zu. »Mensch, Robert, ich habe gewußt, daß du kommen wirst.«

»Möchtest du nicht erst einmal deine Frau begrüßen?«

»Entschuldige, Dorkas. Ich war so überrascht . . .« Er küßte sie und reichte ihr einen Seidenbeutel, der von einer Schnur zusammengezogen war. »Ein kleiner Gruß aus Leipzig.«

»Was ist darin?« fragte sie, als sie feststellte, daß der voluminöse Beutel fast nichts wog und sich wie Watte zusammendrücken ließ.

»Ein *kleiner* Gruß«, spottete Robert.

Harald stieß ihn vor die Brust. »Wann bist du gekommen?«

»Gestern.«

»Und wo hast du gewohnt?«

»In einer Pension in der Kantstraße.«

»Robert hat heute morgen eine Stellung als Pilot erhalten«, fiel Dorkas hastig ein.

»Hier in Berlin?«

»Ja. Ist das nicht phantastisch?«

Harald umarmte Robert. »Das müssen wir feiern. Ich lade euch zum Essen in den ›Alten Schweden‹ ein.«

»Das kommt nicht in Frage«, protestierte Dorkas. »Heute seid ihr meine Gäste. Ich kann es nicht erwarten, Robert unser Heim zu zeigen. Morgen magst du uns ausführen.«

»Einverstanden«, erwiderte Harald bereitwillig.

Dorkas hakte sich bei ihm ein. »Robert wird uns fahren. Arm in Arm können wir im Fond sitzen.«

Er sah sie verliebt an.

»Hat geschäftlich alles geklappt?«

Harald lachte. »Natürlich, Kindchen.«

Blöder Kosename, dachte Robert.

Da Dorkas zwischen den Männern ging, beugte Harald sich vor, um den Freund sehen zu können. »Weißt du schon, welche Strecke du fliegen wirst?«

»Keine feste«, antwortete Robert und gab ein phantasievolles Bild von der Tätigkeit eines Piloten im Dienste des Forschungsinstitutes zur Schädlingsbekämpfung.

»Dann bist du ja praktisch nie in Berlin«, sagte Harald betroffen.

»Im Gegenteil«, erklärte Dorkas. »Nicht wahr, Bert, du wirst oft bei uns sein!«

»So oft wie möglich«, antwortete er diplomatisch.

Das klingt wie verabredet, dachte Harald argwöhnisch. Und Bert . . .? So nannte ihn bisher nur Carla.

»Er hat viel in Berlin zu tun, weil der Sitz des Forschungsinstitutes hier ist«, fuhr Dorkas gesprächig fort. »Und er hat mir versprochen, dann stets bei uns zu wohnen.«

»Das will ich hoffen«, bekräftigte der Freund.

Sie gingen zum Wagen.

»Gefällt er dir?«

»Und wie! Ich freue mich schon darauf, euch zu kutschieren.«

Harald und Dorkas nahmen im Fond Platz, und Robert steuerte in die Potsdamer Straße hinein, um über Schöneberg und Steglitz nach Dahlem zu fahren.

Dorkas nestelte an der Schnur, die den Seidenbeutel geschlossen hielt. »Darf ich nachsehen, was du mir mitgebracht hast?«

Harald strahlte. »Selbstverständlich, Kindchen.«

Sie zog das geraffte Band auseinander. »Mein Gott, das ist ja ein Silberfuchs!«

»Es tut mir leid, dir widersprechen zu müssen«, sagte er. »Es sind deren zwei!«

Sie gab ihm einen Kuß. »Wenn ich dir doch auch etwas schenken könnte.«

»Kannst du«, erwiderte er und flüsterte: »Bekleide dich heute abend nur mit den Füchsen.«

Sie schaute unauffällig zu Robert hinüber. »Du meinst . . .«

Er griff nach ihrer Hand.

Eine Woche Ehe hatte genügt, um Dorkas erkennen zu lassen, daß es leichter ist, sich vorzunehmen, einem Mann um jeden Preis beizustehen, als diesen Vorsatz in die Tat umzusetzen. Sie war aus Fleisch und Blut und unterlag all jenen Regungen, die das Herz schneller schlagen lassen. Wenn Harald sie aber in die Arme nahm, endete es stets wie in

England. Er schrie dann plötzlich voller Entsetzen und brach wie ein gefällter Baum zusammen.

Unfähig zu begreifen, was in ihm vorging, hatte sie jedesmal die Arme schützend um ihn gelegt. Er verbarg dann sein Gesicht und wurde von Weinkrämpfen geschüttelt.

Vor zwei Tagen nun hatte sie in aller Offenheit mit ihm gesprochen und ihn gebeten, einen Psychotherapeuten zu Rate zu ziehen. Davon hatte er jedoch nichts wissen wollen. Im Gegenteil, er hatte ihr zu verstehen gegeben, daß die Schwierigkeiten nicht allein auf ihn zurückzuführen seien. Sie müsse ihm eben anders helfen.

Von Kälte geschüttelt hatte sie seinen Wunsch erfüllt, und ohne daß er ihr Zittern bemerkte oder an sie dachte, war er gleich darauf eingeschlafen. Sie war froh über seine endlich eingetretene Erlösung gewesen, fühlte sich seitdem aber einsam und allein gelassen.

Dorkas konnte Roberts Gesicht im Rückspiegel sehen. Sie verspürte plötzlich jene Sehnsucht, die in ihrem Mädchenzimmer über sie gekommen war, wenn sie von dem imaginären Mann geträumt hatte, der ihren Lebensweg einmal kreuzen würde. Das Traumland ihrer Jugend, das so fern lag, mit der Entfernung aber nicht kleiner, sondern größer zu werden schien, glaubte sie in dieser Minute bildhaft vor sich zu sehen.

Harald dirigierte Robert durch ein Villenviertel in die Rheinbabenallee hinein. »Da wären wir«, sagte er voller Stolz. »Der Klinkerbau dort ist es.«

Sie stiegen aus. Die Gartenpforte wurde von einem unsichtbaren Hausgeist auf elektrischem Wege geöffnet.

Dorkas führte Robert in eine getäfelte Diele und von dort in einen ungewöhnlich großen Raum, dessen Terrassentüren offenstanden. Das Zimmer war modern eingerichtet und verfügte über einen offenen Kamin, vor dem eine halbrunde Sitzbank stand, auf der mindestens acht Personen Platz nehmen konnten.

»Nun, wie gefällt es dir?« fragte sie erwartungsvoll.

»Hervorragend«, sagte Robert, ohne zu schmeicheln.

»Harald hat das Haus allein eingerichtet!«

»Nachdem ich mich von einem Innenarchitekten hatte beraten lassen«, wehrte er bescheiden ab. Aber er freute sich sichtlich über das ehrlich gemeinte Lob. Wie immer in solchen Momenten schürzte er die Lippen, wodurch sich sein Mund schief stellte.

Seltsamerweise trat das gleiche ein, wenn er aufgeregt war und seine Erregung zu unterdrücken versuchte. So an diesem Abend, den sie im Garten verbrachten, wo er im Schein eines Windlichtes eine ›Waldmeister‹-Bowle kredenzte. Sie gerieten in jene gelöste Stimmung, die alles leicht werden läßt, in der sich unversehens aber auch eine gefährliche Diskussion entwickeln kann.

Es begann damit, daß Robert, der Carla angerufen hatte, um ihr von seiner unverhofften Anstellung zu berichten, nach dem Gespräch beiläufig sagte: »Ich habe Carla übrigens gebeten, mich bei eurem Vater für Anfang kommender Woche anzumelden.«

Harald stutzte. »Weshalb denn das?«

»Weshalb ...? Ich beginne meine Tätigkeit im Bonner Raum und möchte die Gelegenheit benutzen, mich deinem Vater vorzustellen.«

Dorkas griff nach ihrem Glas. »Trinken wir auf Carlas Wohl und darauf, daß sie das nächste Mal ebenfalls hier ist.«

Sie stießen miteinander an, und alles wäre gut gewesen, wenn Harald nicht gefragt hätte: »Kannst du uns nicht den Gefallen tun, noch über das Wochenende zu bleiben?«

»Das ist völlig unmöglich«, antwortete Robert. »Montag ist der Erste, und ohne meine Fliegerausrüstung, die ich daheim liegen habe, kann ich meinen Dienst nicht antreten. Außerdem muß ich zur Wahl. Auf jede Stimme kommt es jetzt an.«

Harald sah ihn unwillig an. »Willst du wieder diesen Hitler wählen?«

»Wen denn sonst? Vielleicht die ›Partei der Kleinrentner, Inflationsgeschädigten und Vorkriegsgeldbesitzer‹?«

»Mir ist die Sache zu ernst, als daß ich Witze darüber ertragen könnte«, antwortete der Freund scharf.

»Glaubst du, ich nehme so etwas auf die leichte Schulter?«

»Allerdings! Denn wenn du immer noch für Hitler bist, wirst du sein Buch ›Mein Kampf‹ nicht gelesen haben.«

Robert lachte. »Ausgerechnet das eigene Werk soll gegen ihn sprechen?«

»Zumindest bei denen, die zu denken vermögen. Blättere nur eine Stunde lang in seiner Verkündigung ex cathedra. Die Augen werden dir übergehen. Was er geschrieben hat, ist ein vom Blutrausch der Rasse und der Rache durchtränktes abnormes Postulat. Er erklärt zum Beispiel allen Ernstes, ein völkischer Staat müsse die Ehe aus dem Niveau der ›Rassenschande herausheben und ihr die Weite jener Institution‹ geben, die berufen sei, Ebenbilder des Herrn zu zeugen und nicht Mißgeburten zwischen Mensch und Affe.«

»Das ist absurd!« ereiferte sich Robert. »Erinnere dich an seine Rede vor dem Industrieklub. Im Gegensatz zu früher hat er kein einziges Wort gegen die Juden gesagt. Eindeutig hat er damit zu erkennen gegeben, was er vom Antisemitismus seiner Gefolgsleute hält. Radikale Elemente gibt es in jeder Partei. Hitler wird sie zu gegebener Zeit ausmerzen, dessen bin ich gewiß.«

Harald tat einen Seufzer. »Ich habe einen anstrengenden Tag hinter mir und bin müde. Lassen wir das Thema also fallen.« Er erhob sich und wandte sich an Dorkas. »Nimm es mir nicht übel, wenn ich mich schon hinlege.«

»Ein Gespräch einfach abzubrechen, ist unfair«, begehrte Robert auf.

»Wenn du meinen Aufbruch als Flucht deutest, irrst du dich«, widersprach der Freund. »Es kotzt mich bloß an, über Hitler sprechen zu müssen. Im übrigen ziehe ich mich immer eine halbe Stunde vor Dorkas zurück. Der Fachliteratur wegen, die ich, wie du aus unserer gemeinsamen Hamburger Zeit weißt, stets des Abends im Bett lese. Genügt dir das?«

»Reichlich.«

»Dann gute Nacht.« Er wandte sich an seine Frau. »Komm nicht zu spät, Kindchen.«

Sie nickte. »Ich rauche nur noch eine Zigarette.«

Harald ging ins Haus.

Robert reichte Dorkas Feuer. »Tut mir leid, daß es zu der Verstimmung gekommen ist.«

Sie blies den Rauch auf das Windlicht zu. »Das ist bis morgen vergessen. Dennoch möchte ich dich bitten, mit Harald nicht über Politik zu reden. Die Erwähnung Hitlers genügt, um ihn die Haltung verlieren zu lassen.«

Es ist eigentlich seltsam, daß wir immer noch Freunde sind, dachte Robert.

»Kann ich dir etwas anbieten?« fragte Dorkas.

»Nein, danke.«

Sie sah ihn werbend an. »Sei jetzt nicht stur.«

»Bin ich das?«

»Es sieht zumindest so aus.«

»Wahrscheinlich weil es wenig reizvoll ist, den Lückenbüßer zu spielen.«

»Wäre es nicht denkbar, daß du ihn gerne spielst?«

»Völlig undenkbar.«

Dorkas drückte ihre Zigarette aus. »Dann will ich dich nicht länger aufhalten.«

Wenn Dorkas und Robert sich auch wie gute Freunde trennten, so beschäftigten sich beide doch noch eine ganze Weile miteinander. Robert, weil er keine Erklärung für sein unvermittelt provokatorisches Verhalten fand, und Dorkas, weil ihr ausgerechnet in dem Augenblick, da sie sich ein wenig vorgewagt hatte, eine unmißverständliche Abfuhr erteilt worden war. Im Bestreben, sich abzulenken, schaltete sie das Radio ein und erkannte gleich bei den ersten Tönen Dvoráks Symphonie ›Aus der neuen Welt‹. Bässe leiteten das Hauptthema ein, bei dessen Höhe im Allegro sie von einer Sehnsucht ergriffen wurde, die sie an den imaginären Mann denken ließ, von dem sie stets geträumt hatte. Es erschreckte sie nicht, daß dieser plötzlich die Züge Roberts annahm.

Der zweite Satz der Symphonie löste eine Beklemmung in ihr aus. Die klagende Stimme der Klarinette ließ sie an ihre Ehe denken. Harald genügte es nicht mehr, ihre Hand zu führen. Er hatte etwas erbeten, das sie glaubte, niemals tun zu können.

Doch dann erinnerte sie sich an die zauberhaften ›blauen Stunden‹, die Harald ihr täglich schenkte. Bis auf diesen Tag, an dem er in Leipzig zu tun gehabt hatte, war er immer um fünf Uhr heimgekommen. Und stets hatte er sie mit irgendeiner kleinen Aufmerksamkeit bedacht: mit Blumen, Konfekt, einem Paar Handschuhe oder sonst etwas.

Der mit elementarer Wildheit einsetzende dritte Satz der Symphonie ließ Dorkas' Herz schneller schlagen und gab ihr die Kraft, den Entschluß zu fassen, sich Haralds neuer Forderung eindeutig zu widersetzen und nicht mehr feige auszuweichen. Deshalb konnte sie auch mit einem klaren »Ja!« antworten, als sie ihren Ankleideraum aufsuchte und Harald rief: »Kommst du bald, Kindchen?«

Ihre Stimme klang so fest, daß er aufhorchte.

Sie trat in das Schlafzimmer und ging zum Toilettentisch, um ihre Ringe abzulegen.

Harald legte das Heft fort, in dem er gelesen hatte. »Vergiß nicht, nur mit den Silberfüchsen bekleidet zu kommen!«

Sie setzte sich auf den Rand seines Bettes. »Bitte, versteh mich, Harald. Ich kann nicht tun, um was du mich gestern gebeten hast.«

Es entstand ein betretenes Schweigen.

»Und warum nicht?« fragte er schließlich. »Hast du eine Aversion gegen mich?«

»Was soll ich darauf antworten? Du weißt, daß ich bisher alles getan habe, was du gewünscht hast.«

»Ja, natürlich«, sagte er. »Entschuldige.«

»Wie soll ich mich bloß erklären?«

»Das ist nicht notwendig, Kindchen. Ich begreife dich auch so.«

Dorkas nahm ihr Nachthemd und ging ins Bad. Als sie zurückkehrte, starrte Harald regungslos zur Decke empor.

»So in Gedanken versunken?« fragte sie unsicher.

Er fuhr zusammen. »Ja, ich war gerade . . .« Er deutete auf den Rand seines Bettes. »Setz dich zu mir, Kleines. Ich habe eben etwas überlegt, das dir gefallen könnte. Wie wäre es, wenn wir die Wand im Bad durchbrechen ließen, so daß eine Verbindung zum dahinter liegenden Zimmer hergestellt wäre. Dann hätte jeder seinen eigenen Schlafraum.«

Dorkas küßte Harald stürmisch. »Schon immer träumte ich davon, in der Ehe getrennte Schlafzimmer zu haben.«

Harald strich ihr mit der Güte eines Vaters über den Kopf. »Dann wollen wir gleich morgen die Handwerker bestellen.«

Wie gut er sein kann, dachte sie beglückt und schenkte freiwillig, was sie bisher nur widerwillig gegeben hatte.

Das Frühstück nahm Robert am nächsten Morgen gemeinsam mit Harald und Dorkas ein, und alle empfanden es als wohltuend, daß niemand die Verstimmung des vergangenen Abends erwähnte. Harald machte zwar einen etwas nervösen Eindruck, lachte aber schallend, als er in der Morgenzeitung auf den ›Zwickel-Erlaß‹ des kommissarischen Polizeiministers Bracht stieß, der ›unmoralische‹ Badebekleidung durch einen gesetzlich verordneten Zwickel moralisch machen wollte. Badehosen sollten zwischen den Beinen einen doppelten Stoffeinsatz haben.

Robert lästerte: »Was der Herr Bracht da vollbracht hat, ist brachtvoll.«

Sein Wortspiel löste erneutes Gelächter aus.

»Bleibt es bei deiner Einladung zum ›Alten Schweden‹?« fragte Dorkas ihren Mann.

»Gewiß«, antwortete er und wandte sich an Robert. »Wann kannst du dich freimachen?«

»Um sechs Uhr werde ich auf alle Fälle hier sein können.«

»Dann wird es uns ein Vergnügen sein, wenn du heute abend wieder kutschierst«, sagte Harald, erhob sich und reichte Dorkas die Hand. »Pflege dich, Kindchen. Und vergiß nicht, am Mittag ein Stündchen zu schlafen.«

Das paßt zu ihm, dachte Robert. Er übertreibt in allem.

Robert ahnte nicht, daß er sich an diesem Tage noch sehr um den Freund würde kümmern müssen. Erste Anzeichen dafür lieferte Dorkas, als er kurz vor sechs in ihr Heim zurückkehrte. Sie machte einen verstörten Eindruck und berichtete aufgeregt, daß Harald um fünf Uhr hätte nach Hause kommen wollen, aber nicht erschienen sei, obwohl er das Büro bereits um drei Uhr verlassen habe.

»Das ist kein Grund, sich aufzuregen«, erklärte Robert. »Er wird zum Friseur oder sonstwohin gegangen sein.«

Dorkas schüttelte den Kopf. »Ich spüre, daß etwas nicht stimmt.«

»Du meinst, er trinkt?«

»Ja.«

»Etwa wegen unseres gestrigen Streits?«

»Nein.«

Ihre ohne Zögern gegebene Antwort machte Robert stutzig. »Weshalb denn dann?« fragte er geradeheraus.

Dorkas ging einige Schritte auf und ab. »Was ich dir jetzt sage, muß unter uns bleiben. Harald darf nie erfahren . . .« Sie lief plötzlich zu Robert hinüber und verbarg ihr Gesicht an seiner Schulter.

Das kann ja heiter werden, dachte er.

»Harald hat gestern vorgeschlagen, unsere Schlafzimmer zu trennen«, sagte sie. »Er liest bekanntlich viel im Bett, und ich war auch sofort damit einverstanden. Nun befürchte ich, daß er seinen Entschluß bereut und Zuflucht im Alkohol sucht.«

»Gibt es einen Anhaltspunkt dafür?«

»Direkt nicht«, antwortete sie. »Er schien mir heute morgen zwar nervös zu sein, aber das gab sich dann ja.«

»Ich mach' dir einen Vorschlag«, sagte Robert. »Wir trinken jetzt einen Cognac und rauchen eine Zigarette. Danach sieht die Welt wieder anders aus.«

»Wir dürfen keine Zeit verlieren«, gab Dorkas zu bedenken.

»Möchtest du die Polizei alarmieren?«

»Um Himmels willen, nein.«

»Dann sage mir, was wir tun könnten.«

In diesem Augenblick klingelte das Telefon.

Robert lachte. »Na, bitte! Das wird er sein.«

Dorkas eilte zum Apparat und hob den Hörer ab. »Harald . . .?«

Es entstand eine Pause, bevor eine ihr unbekannte Stimme antwortete: »Bin ich mit der Wohnung des Herrn Doktor von der Heid verbunden?«

»Ja.«

»Und ich spreche mit seiner Gattin?«

»Ist meinem Mann etwas geschehen?«

»Nicht in dem Sinne, wie Sie es zu befürchten scheinen. Ich erfuhr zufällig, daß der Herr Doktor in einer – wie soll ich mich ausdrücken – nicht gerade gut beleumdeten Kneipe über Gebühr trinkt. Vielleicht veranlassen Sie, daß Ihr Gatte abgeholt wird.«

Nur mit Mühe gelang es Dorkas, sich nach dem Namen und der Lage des Lokals zu erkundigen.

Robert sah sie erwartungsvoll an. »Was ist?«

Dorkas wiederholte mit tonloser Stimme, was sie erfahren hatte.

»Die Wagenschlüssel«, forderte Robert ohne Umschweife. »In einer Stunde hab' ich Harald hier.«

»Ich begleite dich.«

»Das kommt nicht in Frage.«
»Ich fahre mit!« begehrte Dorkas auf.
»Dann mach dich allein auf den Weg. Ich möchte dir aber raten, zu bedenken, in welcher Gegend Harald sich aufhält.«
Sie sah ihn flehend an. »Bitte, nimm mich mit.«
»Nein, du bleibst hier. Und wenn ich Harald geholt habe, wirst du den Anruf verschweigen. Am besten erwartest du uns mit einer Flasche Sekt und belegten Broten. Glaub mir«, fügte er mit Nachdruck hinzu, »es ist das Vernünftigste, was wir tun können. Ich kenne Harald. Wenn wir diplomatisch vorgehen, endet die Sauferei noch heute. Andernfalls vielleicht erst in einer Woche.«
Eine halbe Stunde später trat Robert in ein Lokal, das von Tabakqualm erfüllt war. Der penetrante Geruch von Bier, Fusel und Schweiß schlug ihm entgegen. Weiber umlagerten einen Tisch, auf dem Harald stand und mit glasigen Augen zur Theke hinüberblickte, hinter der ein rundköpfiger Wirt mit aufgekrempelten Ärmeln hantierte.
»Ohne Geld gibt's nichts zu rauchen«, schrie eine der Frauen.
»Halt die Klappe!« fuhr Harald sie an und zog aus der Tasche seines Jacketts eine verknitterte Banknote. »Wenn ich nicht auf der Stelle Zigaretten bekomme, stecke ich den ganzen Laden in Brand.«
Der Wirt warf der Frau eine Sechserpackung zu.
Sie hielt Harald die Schachtel hin. »Noch fünf Emmchen, Süßer!«
Er griff erneut in die Tasche. »Den Rest kannst du behalten. Und dem Wirt reiß' ich den Hintern auf, wenn er nicht sofort . . .« Er unterbrach sich, da er Robert entdeckte. »Ah, jetzt kommt das Schwein, das sich mit meiner Frau im Bett herumwühlt«, schrie er aufgebracht. »Er weiß bloß nicht, daß er nicht der einzige ist. In Paris und London . . .«
Robert spürte, daß er nur etwas erreichen konnte, wenn ihm ein Überraschungscoup gelang. Er riß Harald vom Tisch und schubste ihn dem Ausgang zu, den er zu seiner eigenen Verwunderung erreichte, ohne angegriffen zu werden. Wahrscheinlich war dies seinem überfallartigen Vorgehen zu verdanken. Vielleicht hatte man den Betrunkenen auch so geschröpft, daß man es auf keine Auseinandersetzung ankommen lassen wollte. Auf alle Fälle atmete Robert erleichtert auf, als er den Freund im Wagen sitzen hatte.
»Woher hast du gewußt, daß ich in dem Lokal war?« lallte Harald und hielt sich krampfhaft am Instrumentenbrett fest.
»Ich erfuhr es durch Zufall. Und nun hör gut zu. Ich habe Dorkas erklärt, du hättest mich in Staaken angerufen und gebeten, dich mit dem Wagen abzuholen, weil einige deiner Bundesbrüder dich zu einem ausgedehnten Umtrunk verleitet hätten.«
Harald fiel wie ein Sack in sich zusammen. »Mensch, wenn ich dich nicht hätte . . .«

»Quatsch keinen Blödsinn, sondern kämpf gegen deine Besoffenheit an«, unterbrach ihn Robert. »Und bring deine Kleidung in Ordnung.«

Der Freund versuchte seine Krawatte zurechtzurücken und klopfte sein Revers ab. »So?«

»In Ordnung«, behauptete Robert und dachte: Hauptsache, er bildet sich ein, daß ihm nichts anzusehen ist. Dorkas weiß ohnehin Bescheid.

Ganz so glatt, wie Robert es sich vorgestellt hatte, verlief die Rückkehr jedoch nicht. Dorkas besaß einfach nicht die Kraft, das Theater mitzuspielen, das ihr abverlangt wurde. Ihr nach Fusel riechender Mann konnte sich kaum auf den Beinen halten.

»Hallo, Kindchen!« lallte er. »Haben einen netten Kameradschaftsabend gehabt. Hoffentlich bist du nicht böse, weil ich Robert mitgenommen habe.« Er lachte irr. »Du nennst ihn ja neuerdings Bert.«

Was soll das, fragte sich Dorkas.

Deshalb vorhin die blödsinnige Behauptung, dachte Robert.

»Haben tüchtig eingeheizt«, schwadronierte Harald lallend weiter.

Dorkas wich zurück.

»Nicht abweisend werden«, flüsterte Robert ihr zu.

Harald wandte sich an den Freund. »War sonst aber ein netter Abend, wie?«

»Wir müssen ihm eine Brücke bauen!« raunte Robert.

»Und wer hilft mir?« gab Dorkas voller Auflehnung zurück.

Robert nahm Harald die Rosen ab, die er ihm vor der Haustür in die Hand gedrückt hatte. »Darf ich sie dir überreichen?«

Dorkas ging zum Angriff über. »Weil du sie gekauft hast?«

Die Narbe an Roberts Stirn lief rot an. »Ich weiß nicht, was du mit der Bemerkung bezweckst. Aber es stimmt, daß ich die Blumen gekauft habe. Harald bat mich darum. Und nun tätest du gut daran, uns die besprochenen Brote zu bringen«, fügte er gedämpft hinzu.

Es hat keinen Zweck, sich aufzulehnen, dachte Dorkas. So oder so bin ich die Dumme. Ich werde aber froh sein, wenn Robert das Haus verlassen hat. Er macht mich noch verrückt.

10

Mit einem Gefühl, als besteige er einen Thron, hantelte Robert Schroeder sich die Tragfläche der Junkers F 13 hoch und ließ sich durch die Einstiegsöffnung auf den Führersitz hinabrutschen. Unwirklich erschien es ihm, daß er über ein Flugzeug verfügte, das mit Kreiselgeräten ausgestattet war, die es ihm ermöglichten, die Lage der Maschine auch in den Wolken kontrollieren zu können. Gewiß, es war alles noch recht primitiv. Die zu den Querrudern führenden Drahtseile lagen frei und liefen trapezartig nach unten, so daß sie an den Hosenbeinen scheuerten. Bis Münster, wo sich seine Lederkombination befand, mußte er also aufpassen. Ohne Brille ging es ebenfalls nicht. Er hatte sich deshalb eine neue gekauft. Die F 13 besaß zwar kleine Schutzscheiben, doch es war unmöglich, die Maschine ohne Schutzbrille zu fliegen.

»Wie steht's mit der Zündung?« rief der Mechaniker, der den Motor durchdrehen wollte.

Robert Schroeder warf einen Blick auf den entsprechenden Hebel und zeigte die geballte Faust. »Aus!«

Der rundliche Bayer drehte die Luftschraube einige Male durch und rief: »Frei!«

Robert Schroeder kurbelte den Magnetanlasser.

Augenblicklich sprang der Motor an. Ein paarmal spuckte er und schleuderte weiße Ölwolken aus seinem über die Führerkabine hinweg gerichteten Auspuff. Dann lief er ruhig.

Alois Brandner nahm die Bremsklötze fort und kletterte mit der Behendigkeit eines Eichhörnchens die Tragfläche hinauf. Noch einmal blickte er über das vor ihnen liegende Gelände, bevor er auf seinen Sitz hinabrutschte. »Alles klar! Kein Hindernis vor uns!«

Robert Schroeder, dem der ausladende Motor die Sicht nach vorne versperrte, rollte zur Platzgrenze.

Der Bordmonteur legte seine Hand auf den Gashebel. »Darf ich das erste Mal mit von der Partie sein?«

»Nur zu!«

Alois Brandner gab Vollgas.

Robert Schroeder drückte das Segment an. Der Rumpf hob sich. Die Sicht nach vorn wurde frei. Seitlich lag die Zeppelinhalle.

»Drehzahl in Ordnung!« rief der Mechaniker.

Die Geschwindigkeit erhöhte sich. Das Flugzeug fing an zu tänzeln und machte kleine Sprünge.

Robert Schroeder hob die Maschine vom Boden und drosselte den Motor. Dann leitete er eine Kurve ein, um Kurs nach Westen zu nehmen. Keinen Blick wollte er in Richtung Dahlem tun, wo er wohl oder übel einen Tag länger hatte bleiben müssen. Gerne wäre er schon am Samstag nach Münster geflogen, aber er hatte Dorkas noch nicht allein lassen mögen. Er bedauerte den Freund. Am liebsten hätte er ihn beschworen, schnellstens einen Arzt zu Rate zu ziehen. Im gegenwärtigen Zeitpunkt wagte er jedoch nicht, offen mit ihm zu reden. Die Gefahr, daß Harald glauben könnte, seine Frau habe über intimste Dinge mit ihm gesprochen, war zu groß. Er nahm sich aber vor, beim nächsten Besuch kein Blatt vor den Mund zu nehmen.

Auch Dorkas wollte er dann seine Meinung sagen. Sie war am gestrigen Tag so kratzbürstig zu ihm gewesen, daß er am liebsten seiner Wege gegangen wäre. Es nützte ihm wenig, daß sie ihn beim Abschied plötzlich umarmt und geküßt hatte, als sei er ihr Geliebter. Sie hatte es gewiß nicht leicht; ein bißchen verrückt war sie aber auch.

»Ich habe Tempelhof an der Strippe«, rief Alois Brandner. »QDR zweihundertsechzig Grad.«

Robert Schroeder wies auf den Kompaß. »Unser Kurs lautet zweihundertachtundfünfzig!«

Der Bayer schob seine Kopfhörer auf die Backenknochen. »Nachher werde ich den Peiler Hannover rufen.«

Robert Schroeder kam sich wie im siebten Himmel vor. Ein neuer Lebensabschnitt lag vor ihm. Er hatte es geschafft. Carla würde Augen machen!

Eine leichte Böigkeit versetzte der Maschine kleine Stöße. Die Seenplatte von Brandenburg wurde überflogen. Am Himmel bildeten sich Quellungen. Im Verlauf des Tages würde es zu Gewittern kommen. Noch aber schien die Sonne. Die friedlich daliegende Erde erweckte den Eindruck eines feierlichen Tages. Es war ja auch Sonntag. Und Wahltag! Bestimmt fieberten seine Eltern bereits dem Wahlergebnis entgegen. Der Vater gab sich an solchen Tagen besonders wichtig, und die Wahrscheinlichkeit, daß der Abend in einem unerfreulichen Disput enden würde, war äußerst gering. Alt und jung fanden sich plötzlich im Geist des Nationalsozialismus zusammen und vergaßen, daß sie sich im Grunde genommen wenig zu sagen hatten.

Einer ihm erneut zugerufenen Peilung entnahm Robert Schroeder, daß er sich geradlinig fortbewegte. Da er mit Erdsicht flog und den Flugweg kontrollieren konnte, zeigte ihm die Richtigkeit der Funkortung, daß er sich im Falle eines Blindfluges bedenkenlos auf Peilungen verlassen durfte. Es war ein Glück, daß er auf Norderney die theoretische Seite des Navigierens mit Funkfeuern kennengelernt hatte. Nun konnte er praktische Erfahrungen sammeln.

Das farbige Bild der sonnendurchtränkten Landschaft stimmte ihn froh. Wiesen, Wälder und Felder bildeten einen bizarr geformten Teppich. Dörfer und Städte erinnerten an Spielzeuggebilde. Und alles sah makellos rein aus. Schmutz schien es nicht zu geben. Er wies nach draußen. »Ist das nicht phantastisch?«

Die Augen des Bayern glänzten. »Und dafür, daß wir so etwas sehen und erleben dürfen, bekommen wir auch noch Geld! Das ist doch überhaupt nicht zu begreifen.«

Wir passen gut zusammen, dachte Robert Schroeder erfreut.

Braunschweig wurde überflogen. Unwillkürlich schaute er sich den Flughafen auf seine Ausbaumöglichkeit an. Doch dann erinnerten ihn die Hallen der Deutschen Verkehrsfliegerschule an den Fluglehrer, der ihn bewogen hatte, in das Fliegerkorps einzutreten. Wäre er damals nicht Mitglied der SS geworden, würde er heute in keiner F 13 sitzen.

Er konnte es kaum erwarten, Münster zu erreichen. Endlich war er nicht mehr stellungslos.

Der Zufall wollte es, daß die gelbgrün gestrichene ›Schwalbe‹ Papa Sulmanns gerade zur Landung ansetzte, als Robert Schroeder den Flughafen Loddenheide erreichte. Er holte deshalb weiter aus, als es erforderlich war, und zog sich so tief wie möglich an den Platz heran. Unbedingt wollte er einen ›Ringelpietz‹ verhindern.

»Kommen wir nicht zu tief?« rief der Mechaniker, als der Dortmund-Ems-Kanal unmittelbar vor ihnen lag.

Robert Schroeder hob die Maschine über die Kanalböschung und drosselte den Motor. Das Flugzeug strich knapp über die verfallene Platzumzäunung hinweg, berührte den Boden und wollte gleich darauf nach links wegdrehen. Nur mit Zwischengas gelang es ihm, die F 13 zu bändigen.

»Wissen Sie jetzt, warum ich so tief angeflogen bin?« rief er triumphierend. »Ich brauchte Auslauf, um mit dem Propeller gegenarbeiten zu können.«

»Was Sie ja prima gemacht haben. Ehrlich!« Der Monteur schnallte sich los und stieg auf seinen Sitz, um über den Motor hinwegsehen zu können. »Vorne frei!«

Da Robert Schroeder gesehen hatte, daß Papa Sulmanns Doppeldekker vor der kleinen Halle abgestellt worden war, sagte er: »Dirigieren Sie mich zur ›Schwalbe‹ hinüber.«

Wenig später kletterte er ins Freie und weidete sich an der verblüfften Miene des Weltkriegsfliegers. »Na, Papa Sulmann«, rief er. »Was sagen Sie zu diesem Maschinchen?«

Der väterliche Freund stemmte die Hände in die Hüfte. »Wie hast du das bloß wieder zuwege gebracht?«

Robert Schroeder sprang von der Tragfläche. »Das weiß ich selber nicht.«

»Deine Eltern hätten dich Felix taufen sollen. Der Glückliche!«

Sie reichten sich die Hand.

»Auch ich habe Glück entwickelt. Verdammt viel sogar! In der letzten Woche konnte ich dreißig Stunden herunterleiern. Es ist ein Segen, daß Schwerindustrielle Hitler endlich unter die Arme greifen.«

Der Leiter der Flugaufsicht trat hinzu. »Was lese ich an Ihrer Maschine? ›Forschungsinstitut zur Schädlingsbekämpfung‹?«

»Da staunen Sie, was?«

»Wie man's nimmt. Ich frage mich nur, was Sie von Schädlingsbekämpfung verstehen.«

Robert Schroeder schmunzelte. »Immerhin genug, um zu wissen, wie chemische Mittel vom Flugzeug aus zum Einsatz gebracht werden.«

Papa Sulmann klopfte Robert Schroeder auf die Schulter. »Mit ihm kannst du offen reden. Er ist Mitglied der NSDAP und hat mir den Flugauftrag zugeschanzt.«

»Das freut mich, ändert aber nichts an der Tatsache, daß ich den Auftrag habe, bestimmte Gebiete abzufliegen, um festzustellen, wieweit dort chemische Gifte vom Flugzeug aus verstäubt werden können, ohne daß Menschen und Nutztiere in Gefahr geraten. Darüber hinaus habe ich zu ermitteln, welche Flughäfen als Arbeitsbasen in Frage kommen. Aus Sicherheitsgründen soll ein dreimotoriger ›Rohrbach-Roland‹ eingesetzt werden. Ohne Platzvergrößerung könnte der hier zum Beispiel weder landen noch starten.«

»Da haben wir den Salat«, ereiferte sich der Hauptmann. »Unser Platz ist viel zu klein und kann nur unwesentlich vergrößert werden, weil drüben die Umgehungsbahn gebaut wird. Ich habe gewarnt und gewarnt, aber auf mich wollte ja niemand hören. Jetzt wird man eines Tages nach Handorf ausweichen müssen.«

»Wieso gerade dorthin?« fragte Robert Schroeder scheinheilig.

»Wenn Sie über das Gelände fliegen, wissen Sie Bescheid.«

Kaum bin ich gelandet, da habe ich schon einen wertvollen Hinweis erhalten, dachte Robert Schroeder zufrieden. Meine Eltern hätten mich wirklich Felix nennen sollen.

In der Familie Schroeder herrschte eitel Freude und Seligkeit. Aber nicht nur, weil Robert eine Anstellung gefunden hatte. Die Hochstimmung war vielfältiger Natur und fand neben der kommerziellen Sicherstellung des Piloten eine unverhoffte menschliche Krönung: Der Vater hatte mit dem Jüngsten Frieden geschlossen. Die Mutter hatte zuwege gebracht, was unmöglich erschienen war. Dabei sprach es für ihre Klugheit, daß sie Conrad erst in einem Augenblick, da es ihm finanziell wieder besserging, darum gebeten hatte, dem Vater die Hand zu reichen. Und sie hatte die Unversöhnlichen nicht zusammengeführt, ohne ihrem Mann zuvor von Conrads Plänen über die Einschaltung verschuldeter Schneider in den Produktionsablauf erzählt und dafür gesorgt zu haben, daß auch der Benjamin der Familie der NSDAP beigetreten war. Letzteres hatte viel Überredungskunst gekostet, doch ihr Hinweis, daß er die in seinen Lagerräumen untergebrachte Nebenstelle der Reichszeugmeisterei dann in eigener Regie übernehmen könne, hatte ihn zum Nachgeben bewogen.

Als Individualist lehnte Conrad die Nationalsozialisten freilich nach wie vor ab. Er sagte dies aber nicht, sondern spielte den reumütig in den Schoß der Familie Zurückgekehrten. Sein krankhaft anmutendes Ziel war es, Millionär zu werden, und die Wünsche der Mutter deckten sich so sehr mit den seinen, daß er sich hütete, daheim eine andere Meinung als die des Familienoberhauptes zu haben. Er weidete sich jedoch an einem Gespräch, das sich zwischen Robert und dem Vater entwikkelte.

»Mama hat mir erzählt, du seist schon vor zwei Jahren in die Partei eingetreten«, sagte der Vater. »Warum hast du das verschwiegen, als der Gruppenführer dich vor einigen Wochen danach fragte?«

Robert lachte. »Weil ich es selber nicht wußte.«

»Du mußtest doch wissen . . .«

»In diesem Falle nicht. Ich habe nämlich erst nach jenem Gespräch einen Aufnahmeantrag gestellt. Vermutlich sind wir in Hamburg en bloc in die Partei eingeschleust worden.«

»Wie soll ich das verstehen?«

»Wir traten damals geschlossen dem in Gründung befindlichen Fliegerkorps der SS bei. Wahrscheinlich wurden wir dadurch gleichzeitig von der NSDAP erfaßt. Aber wie es auch gewesen sein mag, ich bin froh, eine relativ niedrige Parteinummer erhalten zu haben.«

»Was wieder einmal beweist, wie ungerecht es in der Welt zugeht. Mama und ich erhielten Parteibücher mit dem Eintrittsdatum vom Oktober letzten Jahres.«

»Dann werdet ihr nicht früher eingetreten sein.«

Der Vater erboste sich. »Aber erlaube mal! Ich bin seit Jahren für Hitler.«

»Hast aber dem ›Stahlhelm‹ angehört.«

»Nicht zuletzt aus Tarnungsgründen.«

Ach, du lieber Gott, dachte Robert.

»Es gab eine Zeit, da konnte man es sich als Fabrikant nicht leisten, das Abzeichen der NSDAP zu tragen. Die Jugend vergißt so etwas leider sehr schnell.«

Offensichtlich nicht schnell genug, konstatierte Robert insgeheim und fragte sich, ob sein Vater wirklich nicht mehr wisse, welche Einstellung er vor geraumer Zeit noch hatte.

Der Vater wechselte das Thema. »Conrad hat mir übrigens den von dir ausgearbeiteten Plan zur Einschaltung verschuldeter Schneider vorgelegt. Seine Idee ist grandios, und in deinen Berechnungen sind alle Faktoren berücksichtigt. Jetzt fehlen nur noch die entsprechenden Aufträge. Aber wer weiß, womöglich beschert uns der Ausgang der heutigen Wahl eine Regierung Hitler. Der Gruppenführer rechnet damit, daß dann Millionen und abermals Millionen von Uniformen benötigt werden. Uns soll es recht sein. Wir sind gerüstet. Conrad und ich haben ein Übereinkommen getroffen, demzufolge ich mich in erster Linie um die Geschäftsführung kümmere, während er die Vergabe der Aufträge an Heimarbeiter und den Einkauf sämtlicher Zutaten in eigener Regie übernimmt.«

Nun ist mir klar, warum Conrad den braven Sohn spielt, dachte Robert. Ohne Vater würde er keine Aufträge bekommen. Der korrekte Kaufmann und der ›weiße Jude‹ sitzen in einem Boot.

Die Mutter bat zum Abendbrot und wies darauf hin, daß in wenigen Minuten Nachrichten gesendet würden.

»Die hätte ich beinahe vergessen«, rief Vater Schroeder und schnellte aus seinem Sessel hoch, um das Radio anzustellen.

Wahlergebnisse gab es noch nicht. Aber die ermittelte Wahlbeteiligung, die trotz der in diesem Jahr schon mehrfach stattgefundenen Abstimmungen erstaunlich hoch lag, ließ erkennen, daß es gelungen war, auch den enttäuschten Mittelstand zu mobilisieren.

»Hitler wird es diesmal schaffen«, prophezeite der Vater, als der Nachrichtendienst endete und Musik ertönte. »Hört nur! Die Ouvertüre zur Oper ›Der Waffenschmied‹! Ist das nicht ein gutes Omen?«

»Meinst du vom Inhalt oder vom Titel her?«

»Ich dachte an beides«, sagte der Vater. »Der Titel paßt zu Hitlers Bestrebungen, Deutschland wieder zu einer starken Nation zu machen. Und was den Inhalt anbelangt, da erlaube ich mir, im Hinblick auf meine Versöhnung mit unserem Benjamin, an das Lied der Tochter des Waffenschmiedes zu erinnern: ›Nur mit Conrad kann ich glücklich werden . . .‹«

Die Familie geriet in eine gelöste Stimmung, und die Mutter fragte Robert, ob er in den nächsten Tagen, wenn er seine Flüge im Rheinland erledige, Carla besuchen werde.

»Worauf du dich verlassen kannst«, antwortete er. »Sie weiß, daß ich komme und hat ein Treffen mit ihrem Herrn Papa arrangiert, dem ich mich vorstellen möchte.«

Vater Schroeder räusperte sich. »Das könnte deine Angebetete allmählich auch bei uns mal tun.«

Robert lag eine scharfe Erwiderung auf der Zunge, doch er besann sich eines Besseren und gab der Mutter einen Kuß.

Sie schaute ihn an, als verstünde sie seine Reaktion nicht. »Gibt es einen besonderen Grund?«

Er küßte sie nochmals. »Vielleicht.«

Als Robert Schroeder in Bonn-Hangelar landete, kostete es ihn schon weniger Anstrengung, die F 13 daran zu hindern, plötzlich auszubrechen und sich im Kreise zu drehen. Er war hierüber besonders froh, weil er wußte, daß Carla ihn erwartete. Beim Überfliegen des Platzes hatte er sie bereits entdeckt. Sie stand mit ihrem neuen ›DKW‹, den ihr spendabler Vater ihr vor wenigen Tagen geschenkt hatte, neben der Holzbaracke, in der die Luftaufsicht untergebracht war.

»Vorne frei!« rief der Bordmonteur, der sich nach der Landung losgeschnallt und auf seinen Sitz gestellt hatte.

Robert Schroeder rollte auf die Baracke zu und blickte dabei auf ein nahe gelegenes großes Gebäude, das es unmöglich machte, den Platz großzügig auszubauen. Für das Flugfeld von Köln, das er kurz zuvor mehrmals umkreist hatte, galt das gleiche. Der ›Militärring‹, die Umgehungsstraße der Stadt, und die Ortschaft Longerich ließen nur unbedeutende Erweiterungen zu.

Bei Flughäfen achtete er nicht mehr auf die Beschaffenheit der Rollfelder, sondern nur noch darauf, ob sie ausbaufähig waren oder nicht.

»Mehr nach Steuerbord!« rief Alois Brandner.

Robert Schroeder schnallte sich los und stemmte sich hoch, um über den Motor hinwegschauen zu können.

Carla sah ihn und winkte. Sie trug ein weißes Kleid mit blauen Punkten. Ihr rotes Haar glänzte in der Sonne.

Er rollte bis auf etwa zwanzig Meter an die Baracke heran.

Der Motor kam zum Stillstand.

Carla lief auf die Maschine zu.

Robert kletterte aus dem Führerraum und sprang von der Tragfläche hinunter. »Carla!« Er umarmte sie, als hätte er sie seit Jahren nicht gesehen. »Wir haben es geschafft!«

Sie küßte ihn. »Ich kann dir nicht sagen, wie ich mich für dich freue.«

»Für uns!« korrigierte er sie.

»Paps hat geruht, dich zum Tee einzuladen.«

»Dann hab' ich ja noch genügend Zeit, um dir die Maschine zu zeigen. Die modernsten Blindfluggeräte sind eingebaut. Und mein Flugkamerad kann funken. He, Brandner«, rief er dem Mechaniker zu, der noch auf seinem Sitz stand und sich über den Motor beugte. »Kommen Sie mal her.«

Der rundliche Bayer kletterte mit flinken, komisch wirkenden Bewegungen aus der Einstiegsöffnung und rollte fast wie eine Kugel die Tragfläche hinunter.

»Ich möchte Sie mit Fräulein von der Heid bekannt machen.«

Alois Brandner wischte seine Hand an der Fliegerkombination ab.

»Nix für ungut, Fräulein von der Heid, aber ich bin nicht gerade salonfähig.«

»Na und . . .?« erwiderte Carla. »Wir werden uns gewiß noch des öfteren sehen.«

Der Monteur strahlte. »Sie, das tät mich freuen. Ehrlich.«

Robert klopfte ihm auf die Schulter. »Wenn ich Fräulein von der Heid die Maschine gezeigt habe, hauen wir ab. Von mir aus können Sie das Motorrad nehmen. Start morgen um elf.«

»Volltanken?«

»Bis zur Halskrause. Ich möchte das ganze Gebiet abklappern. Spätestens um fünf Uhr sind wir dann zurück.« Er wandte sich an Carla. »Und nun zeig' ich dir meine ›Anneliese‹.«

Das hörte sich lustiger an, als es für Carla war. Über eine Viertelstunde mußte sie, auf der Tragfläche stehend und ihren Rock vor dem wehenden Wind festhaltend, über die Einstiegsöffnung des Führersitzes gebeugt den Erklärungen folgen, die Robert vom Stapel ließ.

»Ist das nicht toll?« sagte er, nachdem er jedes Gerät mindestens zweimal erklärt hatte.

»Ganz phantastisch«, antwortete sie. »Aber jetzt sollten wir uns auf den Weg machen. Du mußt dich ja auch noch umziehen.«

»Das ist schnell getan. Wie du gesehen hast, hängt mein Anzug in der Kabine. Du brauchst dich nur einmal umzudrehen, und schon ist es geschehen. Heraus aus der Kombi und 'rein in die Hose. Darin sind Flugzeugführer Experten.«

Er hatte nicht übertrieben. Kurz nachdem Carla mit Hilfe von Alois Brandner die Tragfläche hinabgestiegen war und sich ihrem Wagen zugewandt hatte, erschien Robert mit einem Köfferchen in der Hand im adretten Pilotenanzug und betrachtete prüfend ihr zweisitziges Kabriolett, dessen Verdeck geöffnet war. »Ein hübsches Fahrzeug. In der Wahl deines Vaters hast du eine glückliche Hand gehabt.«

Sie öffnete eine rückwärtige Klappe. »Ja, er verwöhnt mich sehr. Den Wagen hat er mir gekauft, damit ich mich bequemer mit dir treffen kann.«

»Hast du ihm gesagt, daß wir die Möglichkeit haben, uns nun des öfteren am Wochenende zu sehen?«

»Na klar.« Sie wies auf den geöffneten Notsitz. »Lege deinen Koffer hinein.«

»Und daraufhin hat er dir den Wagen geschenkt?«

Carla schlug die Klappe zu. »Natürlich auch zum Dank dafür, daß ich ihm den Haushalt führe. Außerdem hat er sich gerade einen ›Mercedes SSK‹ geleistet.«

»Dein Vater fährt einen SSK?«

»Nicht er. Sein Chauffeur. Das Ganze ist eine Idiotie. Aber da kann man nichts machen. Wenn Hitler einen SSK hat, muß Paps auch einen haben. Und das nur, um damit nach Godesberg zum Hotel Dreesen zu fahren.«

»Keine Gehässigkeiten!« warnte Robert.

Carla stieg in den Wagen.

Auch Robert nahm Platz. »Was sagst du zum Ausgang der Wahl?«

»Halte dein Pulver trocken und verschone mich mit dem Thema. Paps dürfte über nichts anderes mit dir reden wollen. Und am Abend wird er sich in Godesberg neue Informationen holen. Dort hört man seit dem Wahlsieg ja die Flöhe husten.«

»Es tut sich im Moment auch allerhand.«

Sie wies auf den Geschwindigkeitsmesser ihres Wagens. »Wenn du diesen Zeiger im Auge behältst, weißt du, wie schnell wir fahren. Und wenn ich in eine Seitenstraße abbiegen will, ist das vorher anzuzeigen. Mit diesem Hebel hier. Schau nach rechts: Wupp, schon kommt der Winker heraus. Und dieser Knopf ist die Hupe. Wenn ich . . .«

Robert hob die Arme. »Ich verspreche dir, kein politisches Gespräch zu führen und dir nie wieder fliegerische Instruktionen zu erteilen. Nur Süßholzraspeleien werde ich mich noch hingeben.«

Carla legte ihren Kopf in den Nacken und fuhr an. »Deine Intelligenz hat mich schon immer begeistert.«

Eberhard von der Heid trat an das Fenster seines Ankleideraumes, als er den DKW seiner Tochter kommen hörte. Hinter der Gardine stehend, beobachtete er Carlas Anfahrt, und er freute sich über die Geschicklichkeit, die sie dabei bewies. Nun ja, sie war nicht irgendwer. Und wie entzückend sie aussah! Ganz reizend. Sie hatte viel von ihm geerbt.

Zufrieden verließ er das Fenster und ging auf einen Spiegel zu, in dem er sich in seiner ganzen Größe bewundern konnte. Mit gewölbter Brust prüfte er den Sitz seines Jagdjacketts, das mit einem grünen Samtkragen besetzt war. Dann drückte er sein weißes Haar nach vorne, damit es imposanter wirkte.

Ein Blick auf die Uhr zeigte ihm, daß es Zeit zur Teestunde war. Gemessenen Schrittes verließ er den Raum und stieg die Stufen des Treppenhauses hinab. Im Vorbeigehen fixierte er die Bilder der gekauften Ahnen, als wollte er feststellen, ob sie ihm auch die gebührende Reverenz erwiesen. Besonders gewichtig schritt er über die letzten drei Stufen. Ihr Knarren war im Salon zu hören und kündete sein Erscheinen an. Wie üblich öffnete er die dunkle Eichentür und blieb auf der Schwelle stehen, um seinen Auftritt zu genießen.

Carla ging ihm entgegen und sagte, auf den Gast weisend: »Darf ich dir meinen Freund Robert Schroeder vorstellen?«

Der Pilot ging dem Schriftsteller selbstsicher entgegen.

Eberhard von der Heid reichte ihm die Hand. »Willkommen auf Schloß Rheinberg. Ich freue mich, Sie endlich kennenzulernen. Carla hat mir schon viel von Ihnen erzählt und mir auch gesagt, daß Sie nicht kommen konnten, weil Ihr Beruf dies nicht zuließ.«

»Ja, es klappte einfach nicht.«

»Ich habe ihr natürlich kein Wort geglaubt.«

Robert schaute betroffen zu Carla hinüber.

Sie starrte ihren Vater entgeistert an. »Du hast mir nicht geglaubt?«

»In dieser Angelegenheit nicht ein einziges Wort.«

Das Blut stieg ihr in den Kopf.

Robert wurde unsicher. Sollte ihm eine Abfuhr erteilt werden? »Darf ich fragen, was Sie mit Ihrer Feststellung bezwecken?«

»Ich möchte Klarheit schaffen«, antwortete Eberhard von der Heid gutgelaunt. »Irgendwann muß ich meiner Tochter ja beibringen, daß ich seit langem Bescheid weiß. Ich bin nämlich nicht so dumm, wie sie glaubt. Wenn ein Flugzeugführer in seinen Ferien Reklameflüge veranstaltet, dann hat er Geld nötig. Und wenn ein Mädchen ihrem Vater vor den Ferien einige Scheine abluchst, macht er sich seine Gedanken. Er fängt an zu kombinieren und erinnert sich daran, daß viele Piloten entlassen werden mußten. Und wenn der kühne Luftfahrer, der nie Gelegenheit fand, dem Vater seiner Herzensdame einen Besuch abzustatten, dann plötzlich mit einem Flugzeug aufkreuzt, bleibt dem geplagten alten Mann nichts anderes übrig, als seiner Tochter reinen Wein einzuschenken und ihrem Freund zu seiner Anstellung zu gratulieren und ihm für die Zukunft ›Hals- und Beinbruch‹ zu wünschen.«

Carla umarmte ihren Vater. »Du Schuft!«

Ein glücklicher Verlauf der Teestunde war gesichert, und Carla stellte mit Verwunderung fest, daß ihr Vater und Robert sich ausgezeichnet verstanden. Dies war insofern erstaunlich, als sich der zum Teil schwülstige Redeschwall ihres Vaters nicht gerade leicht verdauen ließ. So sagte er:

»Hitler ist ein Segen für Deutschland. Er hämmert unserem Volk das abhanden gekommene Pflichtgefühl wieder ein und baut den Patriotismus zu einem Schutzwall aus, der uns unangreifbar machen wird. In moralischer wie in militärischer Hinsicht. Unsere Feinde werden sich noch wundern. Fast vierzig Prozent der Wähler haben ihnen ein eindeutiges ›Wir lassen uns nichts mehr gefallen‹ um die Ohren geschlagen. Zweihundertdreißig Mandate hat die NSDAP errungen! Das ist mehr, als die beiden nächstfolgenden Parteien zusammen erhielten. Der Einbruch in den marxistischen Block ist gelungen. Jetzt heißt es klaren Kopf behalten und sich nicht mit ein paar Ministersesseln begnügen. Das Volk ist ans Gewehr getreten und fordert: Schluß mit dem parlamentarischen Blödsinn!«

»Und was wird Hitler tun, wenn Hindenburg ihm die Kanzlerschaft nicht anträgt?« fragte Robert.

»Den Reichstag durch ein Mißtrauensvotum zur Auflösung bringen und nochmals Wahlen abhalten. Sie können nur besser ausfallen.«

»Würden aber erneut immense Summen verschlingen.«

»Das spielt keine Rolle. Die Industrie hat begriffen, worum es geht.« Er schaute auf seine Uhr. »Es wird höchste Zeit, daß ich nach Godesberg fahre. Vielleicht weiß man dort schon, ob Röhm, den Hitler zu Verhandlungen nach Berlin geschickt hat, bei Schleicher etwas erreichen konnte. Die beiden sind Offizierskameraden.«

Carla tat einen Seufzer, als ihr Vater gegangen war. »Daß du das ausgehalten hast!«

»Ich fand es ganz amüsant«, sagte Robert. »Du darfst nicht vergessen, daß dein Vater im wilhelminischen Geist erzogen worden ist. Er kann somit Worte wie Ehre, Treue und Vaterland nicht aussprechen, ohne die Stimme zu heben, sich in die Brust zu werfen und leuchtende Augen zu bekommen. Bei Männern seiner Generation muß alles mit Tsching-bumm und Trara vor sich gehen. Er erinnert mich an meinen Alten Herrn; nur mit dem Unterschied, daß der, obwohl korrekt vom Scheitel bis zur Sohle, in politischen Dingen morgen nicht mehr weiß, was er heute sagt.«

»Wir sind allein!« drohte Carla. »Ich bitte um ein anderes Thema! Erzähle von Berlin. Wie geht's dem jungen Paar?«

»Da ist leider nicht alles in Ordnung«, sagte Robert. Es hatte keinen Sinn zu verschweigen, was er erlebt hatte. Irgendwann würde Carla nach Berlin fahren und herausfinden, daß bei Harald und Dorkas manches nicht stimmte.

»Harald hat einen Knacks«, verteidigte Carla ihren Bruder. »Aber das hat Dorkas gewußt. Es ist deshalb unverzeihlich von ihr, schon nach so kurzer Zeit getrennte Zimmer zu verlangen.«

»Harald hat den Vorschlag gemacht!«

»Das kommt auf das gleiche heraus. Mein Gott, Robert, können wir den beiden nicht helfen?«

Er zuckte die Achseln. »Ich habe mir vorgenommen, das nächste Mal offen mit Harald zu reden und ihm dringend zu empfehlen, einen Arzt zu Rate zu ziehen.«

Sie sah ihn prüfend an. »Weißt du mehr, als du mir sagst?«

»Nein. Ein bestimmtes Vorkommnis, über das ich nicht reden möchte, läßt mich nur vermuten, daß Harald in sexueller Hinsicht Schwierigkeiten hat.«

»Wahrscheinlich durch seine Sauferei.«

»Ich glaube eher, daß er trinkt, weil das andere nicht klappt.«

Carla rieb ihre Oberarme. »Mich friert. Gib mir einen Cognac.«

Drei Nächte verbrachte Robert auf Schloß Rheinberg, und mit jedem Abend verstärkte sich der Kontakt zu dem zweifellos egozentrischen und von nationalem Wust überladenen, aber sehr warmherzigen und überaus großzügigen Schriftsteller. Robert hätte es einrichten können, das bevorstehende Wochenende ebenfalls wieder in Rheinberg zu verbringen, doch er zog es vor, nach Frankfurt zu fliegen, wohin Carla ihm mit dem Wagen folgte. Zwei Tage wollten sie allein und ungestört sein, und sie verbrachten diese in Bad Homburg, das ihnen traumhaft schöne Stunden schenkte.

»Ich mag überhaupt nicht nach Hause fahren«, sagte Carla, als sie Robert am Montagmorgen zum Flughafen Frankfurt-Rebstock brachte, der eingekeilt in einem Eisenbahndreieck lag und nicht die geringste Ausbaumöglichkeit bot.

Er küßte ihre Wange. »Am Samstag treffen wir uns ja wieder.«

»Bleibt's bei Mannheim?«

»Natürlich. Und am darauffolgenden Wochenende bin ich in Böblingen bei Stuttgart. Dann in Freiburg. Dorthin solltest du aber mit der Bahn fahren.«

Carla lachte. »Bevor ich von Stuttgart nach Rheinberg und anschließend wieder hinunter nach Freiburg kutschiere, nehme ich mir acht Tage frei und suche uns im Schwarzwald ein Wochenendquartier.«

»Und was wird dein Vater sagen, wenn du die ganze Woche fortbleibst?«

»Na, was schon? Du hast ihn doch kennengelernt.«

»Ein Glück, daß er nicht arm ist.«

Carla nahm alles von der leichten Seite, und verabredungsgemäß traf sie sich mit Robert am folgenden Samstag in Mannheim. Nach dem nächsten Wochenende aber, das sie in der Nähe von Stuttgart im Remstal verbrachten, erhielt er in Böblingen ein Telegramm, das ihn aufforderte, sogleich nach Berlin-Tempelhof zu fliegen und sich telefonisch bei seiner Dienststelle zu melden.

»Ausgerechnet in dieser Woche muß das passieren«, schimpfte er in seiner ersten Enttäuschung.

»Ich laß den Wagen hier stehen und fliege mit nach Berlin«, sagte Carla unbekümmert.

»Das geht nicht«, erklärte er. »Ich bin nicht berechtigt, jemanden mitzunehmen. Man hat es mir zwar nicht verboten, aber auch nicht gestattet. Für die Zukunft werde ich die Frage klären. Bis dahin . . .«

Carla gab ihm einen Schubs. »Brich dir keine Verzierung ab. Wenn's nicht geht, dann geht's nicht. Es war ein herrliches Wochenende, und da das Wetter gut ist, werde ich eine schöne Heimfahrt haben.«

II

Robert Schroeder schaute angespannt aus dem Flugzeug, als er den Flughafen Tempelhof, den er seit Jahren nicht mehr angeflogen hatte, in einer weiten Schleife umkreiste. Sein Herz schlug schneller. Endlich landete er wieder in Berlin. Aber dann erinnerte er sich an jenen scheußlichen Tag, da ihm von der Lufthansa eröffnet worden war, man müsse wegen der schlechten Wirtschaftslage auf seine Dienste verzichten. Wenn er es sich auch nicht eingestand, er bangte in dieser Stunde darum, daß sich ähnliches wiederholen könnte. Grundlos hatte man ihn gewiß nicht nach Berlin beordert.

Vielleicht trug die Sorge, die er sich insgeheim machte, mit dazu bei, daß er die Landung nicht so konzentriert durchführte wie sonst. Auf jeden Fall drehte sich die F 13 plötzlich im Kreise. Und nicht nur das. Infolge der dabei auftretenden Zentrifugalkraft riß der Benzinfaden ab. Der Motor setzte aus, und das Flugzeug blieb mitten auf dem Platz stehen. Ausgerechnet in Tempelhof mußte das passieren!

Minuten vergingen, bis der Motor wieder lief und das Flugzeug fortgerollt werden konnte. Der Bordmonteur dirigierte Robert Schroeder zu der im Westen des Platzes gelegenen Halle hinüber. Doch kaum war diese erreicht, da wurde ihnen bedeutet, die nächste Halle aufzusuchen. Hier angekommen, wurden sie aufgefordert, zu den östlichen Hallen zu rollen. Von dort schickte man sie zum Neukölner Platzrand, wo sie den Motor schließlich neben einem verwitterten Schuppen abstellten, in dem die ›Deutsche Luft-Reederei‹, die Vorgängerin der Lufthansa, einstmals ihren Betrieb aufgenommen hatte.

»Das war ja fast wie früher«, sagte Robert Schroeder, als er Kopfhaube und Brille abstreifte.

Alois Brandner sah ihn fragend an.

»Es gab eine Zeit, da wurde jede Verkehrsmaschine, die nicht zur Lufthansa gehörte, buchstäblich vom Platz gejagt.«

»Mit welchem Recht?«

»Es war Direktor Milchs Idee gewesen, aus dem Tempelhofer Truppenübungsplatz einen Flughafen zu machen und sich alle erforderlichen Rechte einräumen zu lassen. Er betrachtete sich deshalb gewissermaßen als Hausherr des Platzes und duldete es nicht, daß Passagiere anderer Flugunternehmen hier ausstiegen.«

»Eine merkwürdige Auffassung.«

»Das fanden auch die Herren der Nordbayrischen Verkehrsflug GmbH. Um ihrem Rivalen ein Schnippchen zu schlagen, schickten sie eine mit vier Fluggästen besetzte Messerschmitt nach Tempelhof, wo dem Piloten prompt erklärt wurde, keiner seiner Passagiere dürfe den Flugplatz betreten. Daraufhin rollte mein gewitzter Kollege so nahe wie möglich an das Baracken-Restaurant der ›Mitropa‹ heran, und man konnte nichts dagegen unternehmen, als vom Fenster des Lokals eine Holzplanke zur Kabine der Messerschmitt gelegt wurde, über welche die Passagiere ausstiegen und Berlin erreichten, ohne das Flugfeld betreten zu haben.«

Der Bayer lachte. »Soll das ein Witz sein?«

»Nein, das ist tatsächlich geschehen.« Robert Schroeder sprang von der Tragfläche hinunter. »Lassen Sie die Tanks füllen. Ich rufe inzwischen die Dienststelle an. Bin gespannt, was man von uns will.«

Wenige Minuten später wußte er, daß niemand daran dachte, auf seine und Alois Brandners Dienste verzichten zu wollen. Der Dienststellenleiter fragte ihn vielmehr gleich nach der Begrüßung: »Wann müssen Sie spätestens starten, wenn Sie noch heute nach Hamburg und zurück fliegen sollen?«

»Lassen Sie mich überlegen«, antwortete Robert Schroeder erleichtert. »Hin und zurück beträgt die Flugzeit drei Stunden. Rechnen wir vorsorglich eine Stunde für Abfertigung et cetera hinzu. Wir müßten also spätestens um sechzehn Uhr starten, wenn wir bei Tageslicht zurück sein sollen.«

»Das müssen Sie auf jeden Fall, da für morgen früh ein Flug nach München eingeplant ist.«

»Nanu, sollen wir der Lufthansa Konkurrenz machen?«

Der Dienststellenleiter lachte. »Das nicht. Sie werden die Ihnen kürzlich übertragene Aufgabe aber für eine Weile nur noch am Rande ausüben können. Nach der von Adolf Hitler betriebenen und nunmehr gelungenen erneuten Auflösung des Reichstages steht die NSDAP vor der schwierigen Aufgabe, die von den vielen Wahlgängen dieses Jahres müde gewordenen Bürger nochmals zu den Urnen treiben zu müssen. Wir haben uns deshalb entschlossen, die Redner der NSDAP weitgehend zu unterstützen, indem wir ihnen unser Flugzeug zur Verfügung stellen. Bis zum sechsten November werden Sie ausschließlich der Partei zur Verfügung stehen.«

Der Auftrag gefiel Robert Schroeder nicht. Wenn er Parteiredner, gegen die er gewiß nichts einzuwenden hatte, von Flugplatz zu Flugplatz schaukeln sollte, ließ es sich nicht verhindern, daß das Forschungsinstitut, das im Bordbuch als ›Halter‹ ausgewiesen war, von den Flugleitungen als Tarnunternehmen erkannt wurde.

»Das müssen wir in Kauf nehmen«, sagte der Leiter der Dienststelle, als Robert Schroeder ihn hierauf aufmerksam machte. »Nach der bevorstehenden Wahl wird es ohnehin kein Versteckspiel mehr geben. Nur noch klare Forderungen und Entscheidungen. Übrigens, daß ich es nicht vergesse«, fuhr er übergangslos fort, »meine Sekretärin wird Ihnen gleich den Namen, die Anschrift und die Telefonnummer der Witwe eines Flugkapitäns geben, bei der Sie und Alois Brandner wohnen können, wenn Sie in Berlin sind, was in den nächsten Wochen häufig der Fall sein wird. Mieten Sie also die Zimmer.«

Die Vorstellung, des öfteren in Berlin zu sein, verbesserte Robert Schroeders Stimmung. Er mochte die Stadt und spekulierte darauf, sich mit Carla treffen zu können. Deshalb war er wie geistesabwesend, als er nach Beendigung des Gespräches die Empfangshalle des Verwaltungsgebäudes durchquerte und plötzlich angesprochen wurde.

»Hallo, Robert, kennst du mich nicht mehr?«

Die Braut seines Bruders stand vor ihm. »Lilo!« rief er verwundert. »Was machst du hier?«

»Ich wollte Gerd abholen. Er hatte in München zu tun. Die Maschine hat aber, wie vor einigen Minuten bekanntgegeben wurde, voraussichtlich zwei Stunden Verspätung. Sie mußte wegen Motorschaden in Nürnberg notlanden.«

»Zwischenlanden«, korrigierte Robert sie.

»Da es sich um eine fliegerische Angelegenheit handelt, betrachte ich deine Zurechtweisung nicht als Unhöflichkeit.«

Lilos Schlagfertigkeit gefiel ihm.

»Herrgott, warum bist du mir nicht etwas früher über den Weg gelaufen. Ich habe eben meinen Vater angerufen und mich mit ihm verabredet. Zwei Stunden wollte ich nicht hier herumsitzen.«

»Was ich verstehen kann.«

»Wie wäre es mit heute abend? Wenn Gerd von einer Reise zurückkehrt, essen wir im ›Alten Schweden‹.«

»Ich muß noch mal nach Hamburg. Wenn neun Uhr genügt . . .?«

»Das ist unsere Zeit«, erwiderte Lilo.

»Na, wunderbar. Ich freue mich auf das Treffen.«

»Wir uns auch. Gerd war sehr froh, als er von deiner Anstellung hörte. Du sollst ja für die Kaiser-Wilhelm-Gesellschaft tätig geworden sein.«

»Nicht direkt«, sagte er. »Ich fliege für ein Forschungsinstitut.«

»Erzähl davon heute abend. Ich muß jetzt leider laufen. Der Bus fährt ab. Auf Wiedersehen!«

Ein netter Kerl, dachte Robert und freute sich, seine künftige Schwägerin getroffen zu haben.

Gewiß wäre Robert Schroeder erstaunt gewesen, wenn er gewußt hätte, daß Dorkas just in dem Moment, da er über Dahlem hinweg in Richtung Hamburg davonbrauste, unwillig zu seinem Flugzeug hinaufschaute. Der Lärm des Motors hatte sie in Überlegungen gestört, die sie vor wenigen Wochen noch erschreckt haben würden. Inzwischen wußte sie, daß Harald nicht mit normalem Maß zu messen war. Er mußte dementsprechend genommen werden. Mit allen Konsequenzen, die sich für sie daraus ergaben. Das Leben, das sie sich erträumt hatte, konnte er ihr nicht bieten. Zu kapitulieren brauchte sie jedoch nicht. Er verwöhnte sie so sehr, daß sie manchmal sogar vergaß, was sie bedrückte. So war er an diesem Nachmittag, an dem die Möbel in das für sie neu erstellte Schlafzimmer geschafft werden sollten, schon um zwei Uhr nach Hause gekommen und hatte ihr eine Nerzstola und eine Karte für die Philharmonie geschenkt und sie gebeten, Verständnis dafür zu haben, daß er sie nicht begleiten könne.

»Aber warum nicht?« hatte sie gefragt und verwirrt über das kostbare Fell gestrichen. »Die Stola macht mir keine Freude, wenn ich sie allein spazierenführen muß.«

»Das ist sehr lieb von dir«, hatte er geantwortet, »aber ich habe mir vorgenommen, das Schlafzimmer allein umzuräumen.«

Sie gab ihm einen Kuß. »Du bist rührend.«

»Und du bist eine zauberhafte Frau.«

Als Dorkas später zum Umkleiden den zu dieser Stunde noch gemeinsamen Schlafraum aufsuchte, stand auf ihrem Toilettentisch eine kleine Flasche Sekt. Er weiß, wie erregend das Ankleiden und Sichzurechtmachen für eine Frau sein kann, dachte sie beglückt und bedrückt zugleich. Das Leben mit ihm könnte traumhaft sein, wenn das andere nicht wäre.

Nachdem Dorkas sich umgekleidet hatte, befand sie sich in einer so gehobenen Stimmung, daß sie beim Hinabschreiten der Treppe schon im Rauschen der Seide ihres Abendkleides das Stimmen des Orchesters zu hören glaubte.

Harald wartete bereits in der Diele auf sie. Seine Augen waren voller Bewunderung. »So hübsch hast du noch nie ausgesehen.«

Sie quittierte sein Kompliment mit der Andeutung eines Kusses.

»Wenn ich rechtzeitig fertig werde, hol' ich dich ab«, sagte er. »Wenn nicht, dann darfst du nicht traurig sein. So oder so erwarten dich eine Kalte Platte, ein kühler Trunk und ein heißliebender Mann.«

Wahrhaftig, das Leben mit ihm könnte ein Traum sein, dachte Dorkas, als der Wagen anfuhr. Wenn nur das andere in Ordnung wäre. Von mir aus dürfte er dann gelegentlich sogar trinken. Am idealsten wäre es freilich, ihn als ergebenen Freund zu haben und nicht mit ihm verheiratet zu sein.

Als Robert Schroeder, der pünktlich von Hamburg nach Berlin zurückgekehrt war, die Wohnung der Witwe verließ, bei der Alois Brandner und er zwei hübsche Zimmer gemietet hatten, erklang in der Philharmonie gerade das gewaltige Maestoso der 5. Symphonie Peter Tschaikowskijs. Das kämpferische Thema des ersten Satzes, das der Komponist am Schluß noch einmal in grandioser Breite aufgreift, um das faszinierende Werk dann plötzlich mit gewaltigen Paukenschlägen abzubrechen, bewegte Dorkas in so hohem Maße, daß es ihr schwerfiel, sich an dem frenetischen Applaus zu beteiligen, der das Orchester belohnte. Sie war wie abwesend und fuhr erschrocken zusammen, als sie beim Verlassen des Konzertsaales eine Stimme sagen hörte:

»Guten Abend, Frau von der Heid.«

Sie schaute irritiert hinter sich und sah Harald.

Er war im Smoking und lächelte sie an. »Da staunst du, was?«

Dorkas war zu verwirrt, um etwas erwidern zu können.

»Wie war's denn, Kindchen?«

»So großartig, daß ich im Augenblick außerstande bin, mich zu unterhalten. Ich stehe noch völlig unter dem Eindruck der Musik.«

Er strich über ihren Arm.

Dorkas war wirklich zutiefst aufgewühlt. Sie bemerkte nicht, daß Harald ihren Mantel von der Garderobe holte und ihn ihr über die Schulter legte, sie zum Wagen führte und schließlich gemächlich mit ihr zur Königin-Luise-Straße fuhr, wo er vor dem Restaurant ›Zum Alten Schweden‹ anhielt. Erst hier wurde sie gewahr, daß er sie nicht nach Hause gefahren hatte, und als er ihr erklärte, in dem Feinschmeckerlokal einen Tisch reserviert zu haben, da hätte sie ihn am liebsten auf der Stelle umarmt.

Er genoß es zu sehen, daß sie sich über seine gelungene Überraschung freute, und es war nur zu natürlich, daß es ihn verwirrte, als Robert aus einem hinter ihnen anhaltenden Taxi ausstieg.

Auch Dorkas traute ihren Augen nicht. »Bert?« rief sie überrascht.

Der drehte sich verwundert um.

»Was machst du hier?«

Robert glaubte einer Halluzination zu erliegen.
»Du bist in Berlin?« fragte Harald verwundert.
»Seit gut einer Stunde. Ich war allerdings heute mittag schon einmal in Tempelhof und traf dort meine zukünftige Schwägerin, die Gerd vom Flughafen abholen wollte. Seine Maschine hatte aber Verspätung. Da haben wir verabredet, uns hier zu treffen.«
»Und bei uns hättest du dich nicht gemeldet?«
»Ganz gewiß nicht, weil ich morgen früh nach München fliegen muß. Da wohne ich lieber in der Nähe des Flughafens.«
»Aber mit deinem Bruder kannst du dich treffen?«
»Werde bloß nicht komisch. Es war ein Zufall, daß ich Gerds Braut traf. Heute morgen habe ich nicht einmal gewußt, daß ich nach Berlin, dann nach Hamburg und erneut nach Berlin fliegen würde. Da war ich mit Carla noch in Stuttgart.«
Harald hielt ihm die Hand hin. »Ich dachte schon, du hättest dich nicht gemeldet, weil das letzte Mal . . .«
Robert stieß ihn vor die Brust. »Hoffentlich hat Dorkas eine bessere Meinung von mir.«
Sie betrachtete ihn prüfend. »Und wenn das nicht der Fall ist?«
Er reichte ihr die Hand. »Hat Harald dir schon gesagt, daß du zauberhaft aussiehst?«
Ihre Miene erhellte sich.
»Na also! Aber laßt uns das Lokal aufsuchen. Ich falle um vor Hunger.«
Gerd und Lilo waren erstaunt, als sie Robert in Begleitung seines Freundes Harald und einer hübschen jungen Dame auf sich zukommen sahen. »Das ist der Säufer, von dem ich dir erzählt habe«, raunte Gerd seiner Braut zu.
Lilo war von Dorkas Erscheinung so fasziniert, daß sie die anzügliche Bemerkung nicht registrierte.
Robert machte seine zukünftige Schwägerin mit Dorkas und Harald bekannt und erklärte mit wenigen Worten, daß er seinen Freund und dessen Frau gerade vor dem Lokal getroffen habe, woraufhin Gerd, der einen auffallend modisch geschnittenen hechtgrauen Anzug trug, darum bat, an ihrem Tisch Platz zu nehmen.
Wenn das nur gutgeht, dachte Robert. Sein Bruder und Harald hatten sich nie verstanden und manches Streitgespräch miteinander geführt. Er vergaß, daß beide den Erfolg der Nationalsozialisten beklagt hatten. Darüber hinaus beherrschte Dorkas die Szene. Sie war von Gerds Braut so angetan, daß sie spontan darum bat, sich zu ihr setzen zu dürfen. Lilo stimmte lebhaft zu, und schon bald wurde offensichtlich, daß die beiden gut zueinander paßten.
Robert, der ihnen gegenüber Platz genommen hatte und von seinem

Bruder und dem Freund flankiert wurde, nahm dies ebensowenig wahr wie das Gespräch, das sich zwischen Gerd und Harald entwickelte. Er hatte nur noch Augen für den Hors-d'œuvre-Wagen, von dem er sich in seinem übergroßen Hunger viel zuviel vorlegen ließ: Lachs, Thunfisch, Sardinen, Muscheln, Gänseleber und Bärenschinken. Dazu russischen Salat, kalten Spargel, Artischockenböden und Oliven.

»Das dürfte für's erste reichen«, frotzelte sein Bruder.

»Wenn du den ganzen Tag in der Luft gehangen hättest, würdest du ebenfalls einen Mordshunger haben.«

Gerd grinste.

Lilo fragte Robert: »Was ist eigentlich deine Aufgabe?«

Er schaute verlangend auf seinen Teller. »Entschuldige, ich kann nicht mehr widerstehen. Ich muß erst einmal etwas in mich hineinhauen. Danach erzähle ich dir alles, was du wissen willst.«

»Aber, bitte, ohne zu flunkern«, warf der Bruder ein.

Robert griff nach einer Toastscheibe.

»Flunkern ist Sache der Nachrichtendienste«, fuhr Gerd fort. »Von anderen erwarten wir die Wahrheit.«

Robert aß mit Genuß ein Stück Lachs.

Harald wandte sich an Gerd. »Ich habe damals nicht geglaubt, daß du umsatteln und zum Wolff'schen Telegraphenbüro gehen würdest.«

»Ein Glück, daß ich es getan habe. Der Export liegt inzwischen ja restlos brach. Entlassungen über Entlassungen.«

»Wie überall.«

»Und die Industrie unterstützt diese Nationalsozialisten!«

Robert schmeckte es so ausgezeichnet, daß er nicht zuhörte. Nur vage nahm er wahr, daß Lilo und Dorkas sich über Modefragen unterhielten, während Harald und Gerd über Wirtschaftsprobleme diskutierten. Dann aber, er hatte seinen Teller fast geleert, war plötzlich von Horst Wessel die Rede.

»Ist doch alles Lüge, was über den Burschen erzählt wird«, hörte er seinen Bruder sagen. »Er lebte in Zuhälterkreisen und wurde von Ali Höhler wegen einer Nutte erschossen, um deren Gunst die beiden rivalisierten. Das ist die Wahrheit und nicht die unverschämte Behauptung, er sei wegen seiner Zugehörigkeit zur SA umgebracht worden.«

Robert fuhr sich mit der Serviette über den Mund. »Wie sagtest du vorhin so treffend? Flunkern ist Sache der Nachrichtendienste. Zu denen gehört ja wohl auch das Wolff'sche Telegraphenbüro, oder?«

Gerds Züge spannten sich und verloren jede Falte. Sein Haar schien sich eng an die Kopfhaut zu legen. »Soll das eine Parade sein?«

»Du kannst es so nennen.«

»Darf ich daraus schließen, daß du auf der Seite der Horst-Wessel-Verehrer stehst?«

»Ich verehre andere Dinge. Da ich aber weiß, was du meinst, sage ich: Ja!«

»Ein anderes Thema!« bat Lilo.

Gerd lächelte süffisant. »Also Schluß mit dem Geflunker der Nachrichtendienste. Hören wir uns die Wahrheit eines Piloten an.« Er warf seinem Bruder einen herausfordernden Blick zu. »Erzähl von deiner Tätigkeit.«

»Viel ist da nicht zu erzählen. Ich fliege für das Forschungsinstitut zur Schädlingsbekämpfung . . .«

». . . das der Kaiser-Wilhelm-Gesellschaft angeschlossen ist?«

»Ja.«

»Stimmt nicht. Ich habe mir erlaubt, dort anzurufen. Fehlanzeige! Daraufhin fragte ich beim Registergericht an. Erneut Fehlanzeige!«

»Das verstehe ich nicht«, sagte Robert nervös. »In meinem Bordbuch ist als ›Halter‹ das Forschungsinstitut aufgeführt.«

»Und wer ist der Eigentümer?«

»Das sind die Junkerswerke.«

»Die, wie ich ermitteln konnte, das Flugzeug dem Deutschen Luftfahrer Verband zur Verfügung gestellt haben.«

»Davon ist mir nichts bekannt.«

»Welche Forschungsflüge du durchführst, wirst du hoffentlich wissen. Zum Beispiel heute nach Hamburg und morgen nach München.«

Robert mußte sich zwingen, ruhig zu bleiben. »Diese Flüge«, sagte er mühsam beherrscht, »haben nichts mit dem Programm zu tun, das ich durchzuführen habe. Es ist eine Gefälligkeit meiner Dienststelle, daß ich heute drei Herren nach Hamburg brachte und morgen vier nach München fliegen muß.«

Dorkas weidete sich an Roberts unverkennbar zutage tretender Verlegenheit.

Auch Harald schien es gutzutun, den Freund einmal unsicher zu sehen. Dennoch paßte ihm Gerds inquisitorische Art nicht. Er sagte deshalb: »Robert kann es doch gleichgültig sein, wem das Flugzeug gehört und wohin er was oder wen zu fliegen hat. Hauptsache, er hat seinen Job.«

»Da bin ich anderer Meinung«, widersprach Gerd. »Für nichts in der Welt würde ich Mördern dienen.«

Roberts Stirnnarbe glich plötzlich einem Warnsignal. »Was willst du damit sagen?«

»Daß ich einen Mann, der Mördern ein Solidaritätstelegramm schickt, in die Gruppe von Mördern einreihe. Damit wir uns richtig verstehen: Ich spreche von Adolf Hitler, der den fünf SA-Männern, die einen ehemaligen polnischen Insurgenten viehisch ermordet haben, das besagte Telegramm sandte.«

»Und was hab' ich damit zu tun?«

»Mehr als du wahrhaben willst! Dein Forschungsinstitut ist Blödsinn! Ich sitze am Nachrichtenticker und weiß Bescheid. Unter anderem auch, daß deine Maschine der NSDAP bis zur neuerlichen Wahl zur Verfügung gestellt worden ist. Die Kerle, die du zu fliegen hast, sind Parteibonzen. Diener eines Mörders!«

Robert winkte den Kellner herbei. »Ich möchte zahlen.«

Lilo versuchte ihn zu bewegen, den Abend nicht in Mißklang enden zu lassen. Da aber weder Harald noch Dorkas ihre Bemühungen unterstützten und damit unausgesprochen zu erkennen gaben, daß sie mehr auf Gerds Seite standen, verzichtete Robert auf einen weiteren Verbleib. Er gab sich freilich den Anschein, als veranlasse ihn der für den nächsten Morgen angesetzte Flug, so zeitig aufzubrechen. Die Verabschiedung verlief deshalb noch einigermaßen freundlich.

Gerd blickte kopfschüttelnd hinter ihm her. »Ist das zu begreifen? Besitzt einen Denkapparat und benutzt ihn nicht.«

»Du tust ihm unrecht«, sagte Harald. »Als stellungsloser Pilot mußte er ein Opfer der totalen Verführung werden.«

»Auf die er nicht hereingefallen wäre, wenn er nur ein wenig nachgedacht hätte. Das Gefasel von Herrentum, Rassismus und fehlendem Lebensraum würde ihn dann zur Vernunft gebracht haben. Er hat sich's aber schon immer leicht gemacht. Luftkutscher! Da hätte er auch Taxifahrer werden können.«

»Jetzt hörst du auf«, protestierte Lilo. »Piloten sind Männer, die noch einen Schuß Abenteuerblut haben. Was sagen Sie dazu?« wandte sie sich an Dorkas.

Die blickte versonnen vor sich hin.

Harald tätschelte ihre Hand. »Auf mich brauchst du keine Rücksicht zu nehmen.«

»Ein verführerisches Angebot«, quittierte Dorkas. »Und dennoch: Ich möchte mit keinem Piloten verheiratet sein.«

»Ich auch nicht«, fiel Lilo lebhaft ein. »Als Stimulanz wäre mir ein Luftfahrer jedoch gar nicht so unangenehm.«

Gerd warf ihr einen warnenden Blick zu.

»Du kannst unbesorgt sein. Familienangehörige sind tabu.«

Ihre frivole Parade gefiel Dorkas. Lilo besaß, was ihr fehlte. Mit ihr würde sie sich glänzend verstehen. Besser wahrscheinlich noch mit Gerd. Seine Kaltschnäuzigkeit hatte etwas Erregendes. Sie konnte sich vorstellen, daß er Frauen, die er haben wollte, nicht lange bitten, sondern einfach nehmen würde. Sie sehnte sich danach, genommen zu werden.

Von diesem Augenblick an fiel es Dorkas schwer, sich mit Lilo zu unterhalten. Ihr blieb jedoch nichts anderes übrig, da Harald und Gerd über Politik sprachen. Das änderte sich erst, als das Essen serviert wurde. Mit Genugtuung registrierte Dorkas, daß Roberts Bruder sich nunmehr angelegentlich um sie kümmerte.

»Darf ich einmal Ihre Handlinien sehen?« fragte er, nachdem der Mokka serviert worden war. »Ein Blick darauf dürfte nicht uninteressant sein.«

Sie hielt ihm bereitwillig die Hand hin.

Lilo und Harald mokierten sich über Gerd.

Ihn störte das nicht. Im Gegenteil, das gab ihm die Möglichkeit, ungeniert mit dem Finger über Dorkas Daumenballen zu fahren. »Der Venushügel«, sagte er und betrachtete ihre Handlinien. »Sehr ausgeprägt. Hochinteressant. Allerdings auch kompliziert. Ich muß schon sagen, bei Ihnen ist was los.«

Dorkas sah ihn erwartungsvoll an. »Was meinen Sie damit?«

Er gab ihre Hand frei. »Das läßt sich nicht ohne weiteres sagen. Ihr Temperament, dazu Ihre ungewöhnliche geistige Regsamkeit . . .«

Lilo lachte. »Und von seinem Bruder hat er behauptet: Besitzt einen Denkapparat und benutzt ihn nicht.«

Gerds Miene verdüsterte sich.

Um einer Verstimmung aus dem Wege zu gehen, sagte Harald schnell: »Ist doch blöd, daß wir beide uns duzen, unsere Angebeteten sich aber siezen. Laßt uns Brüderschaft trinken.«

Die Situation war gerettet. Dorkas aber erholte sich nur schwer von der Frechheit, mit der Gerd sie nach dem Umtrunk küßte. Sie fühlte seine Lippen noch, als sie das Lokal zu später Stunde verließen.

»Wir sehen uns also bestimmt zum Wochenende?« fragte Lilo.

Dorkas nickte.

Gerd drückte ihre Hand in anzüglicher Weise.

Sie zuckte mit keiner Miene.

»Ich bin froh, daß wir die beiden getroffen haben«, sagte Harald, als er den Wagen angefahren hatte.

»Ich auch«, erwiderte Dorkas. »Lilo ist ein netter Kerl.«

»Und sie paßt großartig zu Gerd, der sich sehr verändert und prächtig entwickelt hat. Findest du nicht auch?«

»Ich kann das nicht beurteilen, da ich ihn ja nicht kannte. Auf alle Fälle war es gut, daß er Robert einen Nasenstüber erteilt hat. Ist doch unglaublich, zu behaupten, für ein Forschungsinstitut tätig zu sein und in Wirklichkeit Parteifunktionäre herumzukutschieren.«

»Ob er das gerne tut, ist eine andere Frage«, verteidigte Harald seinen Freund. »Aber was geht's uns an. Mich interessiert im Augenblick viel mehr, ob dir dein neues Schlafzimmer gefallen wird.«

Dorkas rückte näher an ihn heran. »Ich bin sehr froh, daß du auf den Gedanken gekommen bist, das Bad zwischen unsere Zimmer zu legen. Es bildet nun gewissermaßen eine neutrale Zone, in der wir uns treffen können, wenn einmal ein Streit ausbrechen sollte.«

»Ein Fläschchen Sekt sollte die Atmosphäre dabei tunlichst verbessern«, schlug Harald vor. »Für heute habe ich allerdings Champagner kalt gestellt. Ich werde ihn dir jedoch nicht im Bad, sondern in deinem Zimmer kredenzen. Du mußt also warten, bis ich alles vorbereitet und die Lichter angemacht habe.«

Es erleichterte Dorkas, daß ihr Mann die künftige nächtliche Trennung so gelassen einleitete.

Daheim angekommen, führte er sie in die Diele, wo sie seinem Wunsche entsprechend warten mußte, bis er die notwendigen Vorbereitungen getroffen hatte. Dann rief er sie und ging ihr mit fast unnatürlich strahlenden Augen entgegen.

Dorkas eilte die Stufen hoch. »Ich muß schon sagen, du verstehst es meisterhaft, mich neugierig zu machen.

»Was meinst du, wie gespannt ich erst bin«, sagte er und führte sie zur offenstehenden Tür ihres Zimmers.

Dorkas glaubte, nicht richtig zu sehen. Ihr Raum war völlig neu eingerichtet. Vor den Fenstern hingen schwere Brokatvorhänge. Der Boden war mit mausgrauem Velour ausgelegt. In einer Ecke befand sich ein Toilettentisch mit einem kreisrunden Spiegel. Einem modernen Kleiderschrank gegenüber stand ein breites Bett, dessen Kopf- und Fußteile mit silberblauer Seide überzogen waren. »Harald!« rief sie.

Er legte den Arm um sie. »Gefällt dir die Einrichtung?«

Sie brachte keinen Ton hervor.

»Hab' ich deinen Geschmack getroffen?«

»Ich bin ganz benommen.«

Er küßte sie. »Alles ist neu. Wir können ganz von vorne anfangen.«

Dorkas legte ihren Kopf an seine Schulter und dachte: Unentwegt versucht er, das Glück zu beschwören.

»Gefällt dir die Daunendecke?«

Es war ihr nicht möglich, ihre Freude zu zeigen. »Das Muster ist himmlisch und . . .« Sie stutzte, da am oberen Rand der Decke etwas Dunkles hervorlugte. »Was ist das?«

Harald tat, als verstehe er ihre Worte nicht.

Sie zeigte auf das Kissen. »Das Schwarze dort.«

»Nanu«, sagte er und trat an das Bett, um die Decke zurückzuschlagen. »Sollte einer der Handwerker etwas liegengelassen haben?«

Dorkas tat einen Schrei. Im Bett lag ein Persianermantel. »Harald!« rief sie, warf sich auf das Fell und vergrub ihr Gesicht.

Er sonnte sich in ihrem Glück.

Sie schaute zu ihm hoch. »Ich wollte, ich könnte auch dir etwas schenken.«

»Kannst du«, sagte er und flüsterte: »Trag nachher nichts anderes als den Mantel.«

Als Harald am nächsten Morgen erwachte, stellte er zu seinem Erstaunen fest, daß er in dem Bett lag, das er seiner Frau am Abend zuvor geschenkt hatte. Nach kurzer Überlegung begab er sich ins Bad und klopfte an die Tür seines Schlafzimmers. »Ich bin in der neutralen Zone, Dorkas!«

Der Disput mit dem Bruder löste in Robert Schroeder eine Trotzreaktion aus, die ihn den Vorsatz fassen ließ, seine politische Einstellung von nun an unmißverständlich zu dokumentieren. Er schwor sich: Das Parteiabzeichen, das ich bisher verschämt hinter dem Revers getragen habe, werde ich jetzt offen zur Schau stellen. Hitlers Kampf gilt dem morbiden System. Seine Reden sind frei geworden von abstrusen Ideologien und antisemitischen Parolen. Er tritt für Veränderungen ein, ohne die es nicht aufwärtsgehen kann.

Mit Begeisterung stürzte er sich in den folgenden Wochen in die Aufgabe, die ihm gestellt worden war. Ruhe gab es kaum noch für ihn. Von morgens bis abends war er unterwegs. Einen Ort nach dem anderen hatte er anzufliegen, und oftmals stand ihm zur Landung nur ein Stoppelfeld oder eine ausgedehnte Weide zur Verfügung. Immer wieder verleiteten ihn Parteifunktionäre, die an einem Tage in drei, vier Ortschaften Reden zu halten hatten, mehr zu riskieren, als er eigentlich verantworten konnte. Sie alle waren erfüllt von dem unbeugsamen Willen, Adolf Hitler zu dienen und dem Volk klarzumachen, daß Deutschland im Konzert der Völker wieder den Platz einnehmen müsse, von dem es die ›neiderfüllten Franzosen‹ und ›perfiden Engländer‹ durch ›widerliche Machenschaften‹ verdrängt hätten.

Anfangs suchten Robert Schroeder und Alois Brandner die eine oder andere Versammlung auf. Später nicht mehr. Die Primitivität der Reden war deprimierend. Aber das merkten die wenigsten. Emotionen taten das ihre. Kartoffeln wurden zur Delikatesse.

Anfangs leisteten Robert Schroeder und Alois Brandner den Parteifunktionären des Abends Gesellschaft. Später nicht mehr. Sie schützten Müdigkeit vor, um nicht hören zu müssen, was in vertrauter Runde alles geredet wurde. Wer nicht für Hitler stimmte, war ein Scheißkerl.

»Schade, daß man unseren bayrischen König Ludwig nicht zum Leben erwecken kann«, sagte Alois Brandner in vorgerückter Stunde. »Der war auch verrückt, aber mit Format. Ehrlich!«

Robert Schroeder lachte. »Als Parteigenosse führen Sie ziemlich liederliche Reden.«

»Ich bin ja auch Bayer.«

»Was alles besagt.«

»Die Maschine müßte dringend nach Köln«, fuhr der Bordmonteur übergangslos fort.

Robert Schroeder horchte auf. In Köln konnte er sich mit Carla treffen. Seit sechs Wochen hatte er sie nicht mehr gesehen.

»Die Hundertfünfzig-Stunden-Kontrolle wird fällig.«

»Ließe sich die nicht auch anderswo durchführen?«

»Das schon. In Köln könnte ich am fünfzehnten aber die Prüfung für das Funkpatent ablegen. Da habe ich gedacht, ihre Braut würde sich bestimmt freuen, wenn Sie mal einen Tag ausspannen müßten.«

Robert Schroeder schmunzelte. »Ich werde unseren Bonzen Bescheid sagen. Wie lange dauert die Kontrolle?«

»Zwei Tage.«

Bereits eine halbe Stunde später telefonierte Robert mit Carla, die überglücklich war, als sie hörte, daß er für zwei Tage nach Köln kommen würde.

»Das schönste daran ist, daß zu zwei Tagen drei Nächte gehören«, fügte er verheißungsvoll hinzu.

»Und es kann nichts dazwischenkommen?«

»Nach menschlichem Ermessen nicht.«

»Ich reserviere uns ein Zimmer im Hotel am Dom.«

»Eine Preisklasse niedriger wäre mir lieber.«

»Knauseriger Kerl!«

Die nächsten Tage vergingen im wahrsten Sinne des Wortes im Fluge, und eine geschickte Umdisponierung der Wahlkampfleitung sorgte dafür, daß sich die Entfernung von Köln kontinuierlich verringerte. Und die Werft der Deutschen Lufthansa teilte mit, daß die Hundertfünfzig-Stunden-Kontrolle unmittelbar nach dem Eintreffen des Flugzeuges in Angriff genommen werde, so daß die Maschine spätestens am siebzehnten wieder zur Verfügung stehe.

»Dann hab' ich mein Funkpatent!« begeisterte sich der Bayer.

Robert Schroeder freute sich mit ihm. »Gut, daß Sie es noch vor Eintritt der Schlechtwetterperiode erhalten.«

»Trauen Sie sich zu, durch richtigen Dreck zu fliegen?«

»Bei aufliegenden Wolken werden wir nicht starten. Bei Vereisungsgefahr ebenfalls nicht. Wenn wir aber weiterhin trainieren wie bisher, sind wir in zwei Monaten so weit, daß wir Flüge bis zu einer Wolkenuntergrenze von hundert Meter verantworten können.«

Es war bezeichnend für Robert Schroeder, daß er systematisch vorging und nichts riskierte. Und eben deshalb war es für ihn ein besonderes Erlebnis, als ihm der Anflug auf Köln, den er durchführte, ohne einen Blick nach draußen zu werfen, so exakt gelang, daß Alois Brandner ihm in dem Augenblick, da er die Flughöhe auf hundert Meter reduziert hatte, »QGH!« zurief, das heißt: ›Das Flugzeug befindet sich genau über dem Flugplatz.‹ Ohne zu zögern drückte er die Maschine an und schaute nach draußen. Seitlich von ihm lag das Verwaltungsgebäude, vor dem er Carlas kleinen DKW entdeckte. Gleich darauf sah er auch die Geliebte, die von der Terrasse des Restaurants zu ihm hinaufwinkte.

Der Bordmonteur deutete in die Tiefe. »Sie hat ein gelbes Kleid an.«

»Sie sollen funken und nicht blinzeln«, rief Robert Schroeder und leitete die Landung ein.

Wenige Minuten später kletterte er aus der Kanzel.

Carla lief ihm entgegen.

Er fing sie mit ausgebreiteten Armen auf.

Sie schnupperte an seiner Fliegerkombination. »Riecht himmlisch.«

Er hakte sich bei ihr ein. »Ihr Frauen seid schon komisch. Für euch wählt ihr die verwirrendsten Duftstoffe, an uns aber liebt ihr den Geruch von Benzin und Öl.

»Wir lieben eben Kontraste.«

Robert führte sie zum Flugzeug.

»Willst du mir etwa wieder die Instrumente erklären?«

»Nein, mich umziehen. In diesem Dreß kann ich ja schlecht in die Stadt fahren.«

»Du hast recht. Der Empfangschef des ›Excelsior‹ würde dich hinauskatapultieren.«

»Ich denke, wir wohnen im Dom-Hotel?«

»Du hast gesagt, wir sollten sparen.«

»Ist es im ›Excelsior‹ denn billiger?«

»Ich will es hoffen.«

»Du bist unverbesserlich.«

»Paps lädt uns zum Abendessen ein. Im Dom-Hotel. Ausgerechnet morgen hat er dort eine Besprechung. Deshalb habe ich umdisponiert.«

»Bist ein taktvolles Mädchen.«

»Das auf sechs stinklangweilige Wochen zurückblickt.«

»Und dementsprechend sehnsüchtig ist.«

»Hat dir das dein Mechaniker verraten?«

An diesem Tage schienen beide nichts Vernünftiges reden zu können. Erst als sie sich mit Carlas Vater trafen, wich die Ausgelassenheit, die sie wie ein tropisches Fieber überfallen hatte.

Der Schriftsteller begrüßte den Piloten, als begegne er einem Recken nach siegreicher Schlacht. »Ich finde es großartig, daß Sie die NSDAP in ihrem Kampf um die Rettung Deutschlands so tatkräftig unterstützen.«

»Ich fliege bloß die Redner«, wehrte Robert Schroeder ab.

»Hast du das gehört?« wandte sich Eberhard von der Heid an seine Tochter. »Er fliegt *bloß*! Vor wenigen Tagen habe ich mir angesichts des majestätischen Fluges eines Habichts einmal vorgestellt, wie es Piloten zumute sein muß, wenn sie am Himmel dahinfliegen. Nichts entgeht ihren Augen. Das Herz klopft schneller. Rasender Sturzflug. Kühne Kehre. Oh . . .« Er breitete die Arme aus. »Was gäbe ich darum, wenn ich fliegen und die um Dimensionen erweiterte Welt des Luftfahrers mit den Augen des Dichters beschreiben könnte. Es würde ein Epos von gewaltiger Größe werden, durchflutet von Wagnerschen Klängen . . .«

». . . und einem Magenknurren, das brausende Walkürenritte übertönt«, fiel Carla respektlos ein.

Ihr Vater legte seine Arme um die Tochter und ihren Freund. »Entschuldigt, doch in der Bibel heißt es ja schon: ›Wes das Herz voll ist, dem gehet der Mund über‹!«

Ein bißchen schwülstig, aber herzlich, dachte Robert.

»Gehen wir essen.«

Eberhard von der Heid genoß es sichtlich, Carla und Robert einen exzellenten Abend zu bieten. Er führte sie an einen mit einem besonderen Blumenarrangement versehenen Tisch und hatte ein Menü zusammengestellt, das sich sehen lassen konnte. Den Abschluß bildete eine Flasche Champagner der berühmten Kellerei Krug.

»Habt ihr für morgen etwas Besonderes vor?« erkundigte er sich, nachdem er sich eine Brasil angezündet hatte und mit geröteten Wangen zufrieden in die Runde blickte.

»Nach den anstrengenden Wochen möchte ich mich zunächst einmal gründlich ausschlafen«, antwortete Robert.

»Und dann lassen wir uns das Frühstück ans Bett bringen«, fiel Carla ungestüm ein.

Ihr Vater bekam einen Hustenanfall.

Robert saß wie versteinert da.

Auch Carla war verwirrt. Sie rettete die Situation, indem sie lachend sagte: »Je suis un enfant terrible.«

Eberhard von der Heid neigte sich zu Robert hinüber. »Meine Frau nannte sie: Unser Biest.«

»Und Carla schämte sich nicht, mir das selbst zu sagen.«

»Was macht man nur mit so einem Kind?«

»Darüber bin ich mir noch nicht im klaren.«

»Dann möchte ich Ihnen auf alle Fälle sagen, daß Sie sich jederzeit vertrauensvoll an mich wenden dürfen.«

»Hoppla!« rief Carla. »Geheiratet wird noch lange nicht. Darin sind wir uns einig. Bert muß erst richtig im Sattel sitzen. Seine derzeitige Fliegerei ist nichts anderes als ein Herumsausen im Vorhof der Zukunft, die er sich erkämpfen will.«

»Wie recht Mama doch hatte«, seufzte ihr Vater. »Du bist wirklich . . .«

Robert griff nach seinem Glas. »Darf ich mit Ihnen auf Carlas Wohl anstoßen?«

»Gerne«, antwortete der Schriftsteller. »Aber auch darauf, daß Ihr derzeitiger Einsatz der NSDAP zum gewünschten Erfolg verhilft.«

Carla blinzelte Robert verstohlen zu.

»Die Situation ist keineswegs so günstig, wie vielfach angenommen wird«, fuhr Eberhard von der Heid gewichtig fort, als er sein Glas zurückgestellt hatte. »Hitler machte einen mir unbegreiflichen Fehler. Er verglich Hindenburgs Alter mit dem seinen. Solche Respektlosigkeit kommt in Deutschland schlecht an. Sein Patriarchenfrevel, wie ich es einmal nennen möchte, wird die Partei viele Stimmen kosten.«

»Und ich klettere auf die Barrikaden, wenn das Thema Politik nicht augenblicklich unter den Tisch gefegt wird«, erklärte Carla temperamentvoll.

Der Vater wandte sich an Robert. »Verstehen Sie, daß ich heute dauernd an meine verstorbene Frau denken muß?«

Nach zwei geruhsamen Tagen verabschiedete sich Carla von Robert vor seinem Flugzeug, das unter anderem eine gründliche Wäsche erhalten hatte und fast wie neu aussah. Alois Brandner machte sich am Motor zu schaffen und schaute unauffällig zu den Abschiednehmenden hinunter.

»Es bleibt also wie verabredet«, sagte Robert und reichte Carla die Hand. »Zur Erfüllung meiner Wahlpflicht fliege ich am sechsten November nach Münster, wo wir uns bei meinen Eltern treffen.«

»Ich habe es mir anders überlegt«, entgegnete Carla. »Nach allem, was dein Vater gesagt hat, möchte ich nur in deiner Gegenwart mit ihm zusammentreffen. Ich erwarte dich deshalb am Flughafen bei Papa Sulmann. Und solltest du vor mir da sein, dann wartest du eben auf mich.«

Robert gab ihr einen Kuß. »Mach's gut.«

»Auf Wiedersehen.«

»Servus, Fräulein von der Heid«, rief Alois Brandner, der sich nunmehr vom Motor abwandte. »Und nochmals herzlichen Dank für die Ausweistasche. Das Funkpatent paßt prima hinein.«

Wenig später schaute Carla hinter dem Flugzeug her, das laut dröhnend startete. Jetzt ist Bert in seinem Element, dachte sie, obwohl sie wußte, daß schwere Wochen vor ihm lagen. Sie nahm an, daß seine Begeisterung für die Fliegerei alles wettmachen würde und ahnte nicht, welche Schwierigkeiten ihn in der nun beginnenden Schlechtwetterperiode erwarteten.

Nur selten konnte Alois Brandner ihm mit Peilungen dienen; die anzufliegenden Plätze verfügten durchweg über keine Funkstation. Seine Bewährungsprobe aber bestand der frischgebackene Funkmaschinist glänzend.

Von Gotha kommend, flogen sie bei tiefhängenden Wolken die Werra entlang, als Robert Schroeder plötzlich einen in den Wolken liegenden Berg vor sich sah. Nur eine Steilkurve konnte sie noch retten. Er trat ins Steuer und riß das Segment an sich. Die Erdsicht ging verloren. Wendezeiger und Libelle gerieten außer Kontrolle. Der Kompaß drehte sich im Kreise. Sekundenlang beließ er das Flugzeug in der nur noch gefühlsmäßig zu erfassenden Steilkurve. Dann brachte er die Steuerorgane in die Normalstellung zurück, zog das Höhenruder an und beobachtete bangen Herzens die Instrumente, die sich langsam wieder einpendelten. Er erhöhte die Drehzahl und blickte auf den Höhenmesser, der knapp 600 Meter anzeigte. Das Gelände unter ihnen hatte Höhen bis nahezu 700 Meter. Jeden Augenblick konnte es krachen. Schweiß bildete sich auf seiner Stirn.

Alois Brandner starrte ratlos zu Robert Schroeder hinüber.

650 Meter! Die schlimmste Gefahr war gebannt. Nur noch die höchsten Erhebungen konnten gefährlich werden.

700 Meter! Robert Schroeder atmete auf und drosselte den Motor. »Das ist noch mal gutgegangen. Rufen Sie Hannover und dirigieren Sie mich dorthin. Der Sprit reicht. Ich gehe auf zwölfhundert Meter.«

Der Bayer war nicht wiederzuerkennen. Endlich konnte er sein Können unter Beweis stellen. Noch während er die Schleppantenne ablaufen ließ, begann er ein Morsezeichen nach dem anderen zu senden. Funkverbindung erhielt er jedoch erst, nachdem sie fast zwanzig Minuten mit Nordkurs in Richtung Hannover geflogen waren. »QDM zwölf Grad!« rief er strahlend. »Wolkenuntergrenze dreihundert Meter. Sicht fünf Kilometer.«

Robert Schroeder schlug übermütig auf das Segment. »Unter solchen Bedingungen ist ein Anflug kein Problem.«

»Und was werden unsere Parteiredner sagen, wenn sie nicht in Kassel, sondern in Hannover landen?«

»Auf alle Fälle: Heil Hitler!«

Alois Brandner lachte.

»Und ich werde mich höheren Orts energisch dafür einsetzen, daß es künftig keine Flugplätze ohne Peiler mehr gibt. Das Parterrefliegen bringt uns noch alle um Kopf und Kragen.«

Wie recht Robert Schroeder hatte, zeigte sich am 6. November, als es ihm selbst im flachen norddeutschen Gelände nur mit Mühe gelang, den Flughafen von Münster zu erreichen.

Angesichts der niedrig hängenden Wolken war Carla, die ihn bereits erwartete, über sein Eintreffen so erleichtert, daß sie ihn ungeachtet einer Anzahl von Zuschauern stürmisch umarmte.

Papa Sulmann schmunzelte.

Robert Schroeder reichte ihm die Hand. »Ich hoffe, Sie hatten viel zu fliegen.«

»Mir ist es noch nie so gutgegangen wie im Augenblick. Vier große Wahlen in einem Jahr! Da muß ja was hängenbleiben.«

»Trinken wir einen darauf, daß Hitler die Regierung übernehmen wird.«

»Das ist ein Wort. Ein paar Wahlen sollte es aber noch geben.«

Robert schaute zum Funkmaschinisten hinüber, der sich am Motor zu schaffen machte. »Kommen Sie, Alois. Einen Münsterländer Korn haben auch Sie sich verdient.

Mit einem Blumenstrauß in der Hand ging Carla an Roberts Seite auf dessen Elternhaus zu, das ihr nur vage in Erinnerung war. Als Kind hatte sie es einige Male betreten.

Noch bevor sie die Haustür erreichten, traten ihnen Roberts Eltern entgegen. »Herzlich willkommen!« rief die Mutter und breitete die Arme aus. »Ich freue mich ja so, Sie endlich bei uns empfangen zu können.«

Carla deutete einen Knicks an.

»Mein Gott, sind Sie groß geworden. Damals waren Sie noch so klein.« Roberts Mutter deutete die Größe einer Vierjährigen an.

»Seitdem sind auch einige Jahre vergangen«, sagte Carla und überreichte die Blumen. »Ich habe sie Ihnen mit den besten Grüßen meines Papas zu übergeben.«

Das klang verheißungsvoll und gab Roberts Vater den richtigen Schwung. »Ja, wer hätte gedacht, daß Sie uns einmal als junge Dame besuchen würden. Um so herzlicher heiße ich Sie willkommen.« Er bot Carla mit chevaleresker Geste den Arm. »Gestatten Sie, daß ich Sie ins Haus führe?«

»Mich scheint er nicht mehr zu kennen«, sagte Robert. »Es ist schon erstaunlich, was ein junges Mädchen bewerkstelligen kann.«

Der Vater lachte zu ihm hinüber. »Du bist selbstverständlich ebenfalls willkommen, solltest aber nicht vergessen, daß wir uns immer eine Tochter gewünscht haben.«

»Da der Kaiser jedoch Soldaten brauchte . . .«

»Keine Taktlosigkeiten!« unterbrach ihn der Vater. »Ich möchte die Stunde und den Tag genießen.«

Überrascht von der freundlichen Aufnahme und unerwarteten Wärme, lächelte Carla ihn an. »Sie sind sehr liebenswürdig.«

Ein reizendes Mädchen, dachte Mutter Schroeder. Schade nur, daß sie rote Haare hat.

Robert geleitete die Mutter zum Hochparterre hinauf. »Wohnen die SS-Führer noch bei euch?«

»Natürlich! Der Standartenführer wurde allerdings versetzt. Sein Nachfolger ist ebenfalls ein sehr netter Mensch.«

»Mit Schmissen im Gesicht, die Mama besonders imponieren«, sagte der Vater zurückgewandt.

»Ist ja gar nicht wahr!« protestierte die Mutter.

Es entwickelte sich eine fröhliche Stimmung, die Carla als besonders wohltuend empfand, weil sie dem Besuch mit gemischten Gefühlen entgegengesehen hatte. Es war alles so ganz anders, als sie es sich nach Roberts Schilderung vorgestellt hatte. Ihr erging es jetzt, wie es ihm ergangen war, als er ihren Vater kennengelernt hatte. Er war begeistert gewesen und hatte über Marotten und Eigenheiten hinweggesehen, die sie oft als störend empfand. Ob Kinder ihre Eltern immer aus einer etwas schiefen Perspektive betrachten? Weil Eltern sich gerne auf ein überhöhtes Podest stellen?

»Ich hole schnell unser Gepäck aus dem Wagen«, sagte Robert, als der Vater die Tür zum Empfangssalon aufstieß. »Welches Zimmer bekommt Carla?«

Die Mutter schaute unsicher zu ihrem Mann hinüber.

»Wir haben für Fräulein von der Heid im Hotel Franke ein Zimmer reserviert.«

Carla erkannte, daß Robert nahe daran war, einen Fehler zu machen. Sie erklärte deshalb schnell: »Das erinnert mich an früher. Meine Eltern brachten ihre Gäste ebenfalls im Hotel Franke unter.«

Robert starrte sie entgeistert an.

Carla sah es und wandte sich an seine Eltern. »Darf ich eine Bitte äußern?«

»Jede!« sagte der Vater, dem ihre erstaunliche Reaktion nicht entgangen war.

»Ich würde mich gerne etwas frisch machen und mir als erstes die Dachkammer ansehen, in der Robert seine Jugend verbracht hat.«

Ein prächtiges Mädchen, dachte die Mutter. Schlagfertig und bemerkenswert klug.

Robert führte Carla in die erste Etage, wo er verblüfft vor der Nische stehenblieb, in der die Nachbildung der Grotte von Lourdes mit der Madonna aufgebaut gewesen war. Anstelle des künstlichen Felsens befand sich dort eine Büste Adolf Hitlers. Das ›Ewige Licht‹ war von einer Hakenkreuzfahne abgelöst. Darunter stand eine Schale mit Erika.

»Ich werd' verrückt«, sagte er. »Dort befand sich die Grotte, von der ich dir erzählt habe.«

Carla dämpfte ihre Stimme. »Beim Kitsch ist es geblieben.«

Er schüttelte den Kopf und wies auf eine Tür. »Dort ist das Bad. Ich gehe schon 'rauf.«

Carla folgte ihm wenige Minuten später. »Das also war dein Reich«, sagte sie, als sie in den Raum trat.

Er wies auf die schrägen Wände, die er mit kontrastierenden Farben bemalt und mit geheimnisvoll anmutenden elektrischen Anlagen versehen hatte. So ertönte, wenn ein entsprechender Geheimschalter betätigt worden war, ein Summer, sobald jemand die Stufen zur oberen Etage betrat.

»Spätestens zu diesem Zeitpunkt nahm ich eine büffelnde Haltung an«, erläuterte Robert.

»Mir scheint, du warst ein richtiger Lauser.«

»Wie man's nimmt.«

»Und was ist das für ein Spruch?«

»Den hat mir eine Tante geschenkt. Ich fand ihn damals großartig.«

Carla las: »›Junge, werde ein Mann / Mit Rückgrat und voll Mark / Packt dich hart das Leben an / Dann bleibe fest und stark / Sei nicht schwach wie ein Rohr, das sich im Winde wiegt / Und wenn der Sturm darüber zieht, sogleich am Boden liegt / Junge werde ein Mann!‹ Das ist ja köstlich!« rief sie. »Und dich hat der Spruch begeistert?«

»Sonst würde er nicht dort hängen.«

Sie gab ihm einen Kuß. »Du bist wenigstens ehrlich.«

»Nur so kann man sich selbst kontrollieren. Außerdem ist es lächerlich, zu leugnen, was man früher einmal gedacht und empfunden hat. Aber nun zu dir. Mein Kompliment. Du hast vorhin die Situation gerettet. Ich wäre beinahe geplatzt. Das Ganze ist ja so typisch für meinen Vater. Eine möglicherweise Zukünftige darf nicht unter einem Dach mit dem Zukünftigen wohnen.«

Carla lachte. »Er schätzt eben immer noch das Gedicht, das man ihm in der Jugend beigebracht hat.«

»Das ist doch spießig!«

»Na und . . .? Darum gibt man sich noch lange keine Blöße. Um dir dies zu sagen, bat ich darum, mir als erstes deine Bude ansehen zu dürfen. Im übrigen hast du reizende Eltern, mögen sie auch noch so viele Eigenarten haben. Ihre Herzlichkeit ist ehrlich. Wenn du nicht gegen den Strom schwimmst, werde ich mich sehr wohl fühlen.«

Robert schwamm nicht gegen den Strom, und Carla erlebte einen Familienabend, wie sie ihn nicht kannte. Daheim war es ihre Aufgabe, Gesellschaft zu leisten, hier wurde sie bemuttert und hofiert, fühlte sie sich Kind und erwachsen zugleich, spürte sie die Nestwärme, die ihr durch den frühen Tod ihrer Mutter genommen war. Dabei wurde der Verlauf des Abends durch die vom Rundfunk gemeldeten Wahlergebnisse stark beeinträchtigt; denn es war bald zu erkennen, daß sich die an die Wahl geknüpften Hoffnungen nicht erfüllen würden.

Für den Vater war dies ein harter Schlag. Er brauchte Aufträge.

Im Gegensatz zu ihm ließ sich die Mutter nichts anmerken. »Ein paar Stimmen mehr oder weniger spielen doch keine Rolle«, sagte sie leichthin. »Der Reichspräsident wird nicht daran vorbeikommen, Hitler den Regierungsauftrag zu erteilen.«

»Der Meinung bin auch ich«, pflichtete ihr Robert bei. »Hindenburg wird sich aber möglichst lange sträuben. Er war Generalfeldmarschall. Für ihn ist ein ehemaliger Gefreiter ein subalternes Wesen.«

In diesem Augenblick erschien Roberts Bruder Conrad, der nur zwei Jahre älter als Carla war und in der Kindheit oft mit ihr gespielt hatte. »Hallo, Kicks!« rief er und eilte auf sie zu.

Obwohl Carla wußte, daß Conrad inzwischen extrem dicke Brillengläser trug, erschrak sie vor seinen durch die Vergrößerung unheimlich wirkenden Augen.

Er umarmte sie. »Wer hätte gedacht, daß du unser damaliges Vater-und-Mutter-Spiel eines Tages mit Robert fortsetzen würdest.«

»Ich muß doch sehr bitten!« entrüstete sich der Vater.

Conrad lachte. »Daß Eltern immer gleich eine schlechte Phantasie haben müssen.«

»Aber erlaube mal . . .«

»Später, später«, unterbrach ihn Conrad. »Ich muß nämlich etwas mit dir besprechen. Die Nachrichten wirst du ja gehört haben. Ziemliche Stimmverluste. Das wird alle deprimieren, die sich einen Wandel erhofft haben. Und nun kommt meine Idee. Ich beschaffe mir auf der Wechselbasis, selbstverständlich mit einmaligem Prolongationsrecht, soviel Geld wie möglich und kaufe die Schulden aller Schneider auf, die nach dem Tage X für uns arbeiten sollen. Den Gläubigern biete ich natürlich höchstens sechzig Prozent. Angesichts des wenig erfolgversprechenden Wahlergebnisses werden sie zugreifen, und ich verdiene, wenn es später ans Verrechnen geht, einen hübschen Batzen.«

Der Vater holte tief Luft. »Zunächst einmal ist dein Plan als schmutzig zu bezeichnen. Und außerdem ist er dumm. Denn du würdest alles verlieren, wenn Hitler nicht innerhalb der Laufzeit der Wechsel . . .«

»... die bei Prolongationsrecht sechs Monate beträgt!«

»... an die Regierung kommt und wir durch Aufträge nicht so flüssig werden, daß du die Wechsel einlösen kannst.«

»Die Aufträge bekommen wir bis dahin.«

»Nach dem bisherigen Wahlergebnis wage ich das zu bezweifeln.«

»Laß dich doch nicht ins Bockshorn jagen. An Hitler kann man nicht mehr vorbeigehen. Spätestens in zwei oder drei Monaten sitzt er am Drücker. Ich wäre doch verrückt, wenn ich die Chance, die sich daraus ergibt, nicht nützen würde.«

Dem Vater sträubten sich die Haare. Durch das Eintreten des Gruppenführers kam er jedoch nicht dazu, zu protestieren. »Ah, da ist ja unser Pilot«, rief der SS-Führer. »Ich habe gehört, daß Sie mächtig eingespannt waren.«

»Es ging«, entgegnete Robert und machte ihn mit Carla bekannt.

Der Gruppenführer überschüttete sie mit Komplimenten über ihr ›germanisches‹ Aussehen und lobte den deutschen Geist, der aus den ›aufrechten‹ Romanen ihres Vaters ›herauswehe‹.

Conrad grinste zu Carla hinüber.

Sie mußte sich beherrschen, nicht zu lachen. Ihr wegen der roten Haare ein germanisches Aussehen anzudichten, fand sie zu komisch.

Robert fragte den Gruppenführer, was er zum bisherigen Wahlergebnis sage.

»Wir scheinen einige Stimmen zu verlieren«, antwortete er und stemmte die Hände in die Seite. »Das will aber nichts besagen, da von Papen, das ist bereits zu erkennen, die erhoffte Mehrheit keinesfalls erreichen wird. Die Kommunisten hingegen haben erstaunliche Erfolge zu verzeichnen. Der Radikalismus nimmt also zu, und Hindenburg wird das in seinen Überlegungen berücksichtigen müssen. Hitlers Position betrachte ich deshalb als absolut gefestigt.«

»Zumal der Dezember und Januar Kälte bringen werden«, warf Conrad ein. »Bei sechs Millionen Arbeitslosen kann es da leicht zu Aufständen kommen. Die Reichswehr allein ist zu schwach, um eingreifen zu können. Gemeinsam mit der SA und SS könnte sie jedoch für Ruhe und Ordnung sorgen. Hindenburg wird Hitler also holen müssen.«

»Sehr richtig!« pflichtete ihm der Gruppenführer bei. »Ohne Hitler geht es nicht mehr.«

Der weitere Abend verlief so harmonisch, daß Carla sich insgeheim wünschte, noch ein paar Tage in Münster bleiben zu können. Robert hingegen trachtete danach, die Stadt schnellstens zu verlassen.

»Ich behaupte morgen, den Bescheid erhalten zu haben, nach Berlin fliegen zu müssen«, sagte er, als er Carla in ihrem Wagen zum Hotel brachte. »Du fliegst dann eben mit.«

»Ich würde gerne noch etwas bei deinen Eltern bleiben.«

»Warum denn?«

»Sie sind so nett zu mir. Besonders deine Mutter.«

»Daß sie dich ausquartiert haben, hast du offensichtlich vergessen.«

»Willst du ihnen das verübeln? Sie handeln, wie es früher üblich war.«

»Die Zeiten haben sich geändert.«

»Hier steht nicht die Zeit, sondern die Vernunft zur Debatte.«

Robert hielt vor dem Hotel. »Begreifst du denn nicht, daß ich mich nach dir sehne?«

»Meinst du, mir erginge es anders? Wir müssen damit fertig werden.«

»Das kann ich nicht so ohne weiteres.«

»Es ist eine Frage des Willens.«

»Nein.«

Sie gab ihm einen Kuß. »Wie heißt das Gedicht in deinem Zimmer? Junge, werde ein Mann!«

12

Carla und Robert blieben noch zwei Tage in Münster. Während dieser Zeit wurde viel über Politik gesprochen; der Ausgang der Wahlen bewegte die Gemüter. Die NSDAP hatte zwei Millionen Stimmen verloren, und wenn sie auch die stärkste Partei geblieben war, so schien doch die Aussicht, die Regierungsgewalt übernehmen zu können, in weite Ferne gerückt zu sein.

Im Gegensatz zu Conrad, der vom Nationalsozialismus nichts hielt, aber unbeirrbar an einen baldigen Machtwechsel glaubte und in aller Heimlichkeit versuchte, seine dem Vater vorgetragene Idee in die Tat umzusetzen, schaute Robert besorgt in die Zukunft. Würde das obskure Forschungsinstitut weiterhin in der Lage sein, ein Flugzeug zu unterhalten? Es lag auf der Hand, daß der Wahlkampf horrende Summen verschlungen hatte. Der Gedanke, beruflich wieder vor dem Nichts zu stehen, ließ ihn nicht mehr ruhig schlafen, und er fühlte sich wie erlöst, als er die Weisung erhielt, sofort nach Berlin zu kommen. Da ihm inzwischen die Genehmigung erteilt worden war, über freie Plätze im Flugzeug nach eigenem Ermessen zu verfügen, bat er Carla, ihren Wagen in Münster stehenzulassen und ihn nach Berlin zu begleiten. Dazu war sie sofort bereit. Sie verständigte ihren Vater und rief Harald an, der außer Rand und Band geriet, als er hörte, daß sie mit Robert nach Berlin kommen würde.

Nach einem rührseligen Abschied von Roberts Eltern flog Carla am nächsten Morgen mit nach Berlin. Das Wetter war relativ gut, änderte sich hinter dem Wiehengebirge jedoch erheblich. Die Bewölkung sank herab und zwang Robert, in knapp 100 Meter Höhe zu fliegen. Einen Flug in den Wolken durfte er nicht riskieren, da die Wetterwarte Vereisungsgefahr gemeldet hatte. Er konnte nichts anderes tun, als sich in Bodennähe durchzuschlagen.

Die Tieffliegerei machte Carla zunächst nichts aus, obgleich sie es als unangenehm empfand, allein in der Kabine zu sitzen und die Besatzung nicht sehen zu können. Auch mit einer plötzlich einsetzenden Böigkeit wurde sie noch relativ gut fertig. Erst als es fast stockdunkel wurde und endlose weiße Bänder an den Fenstern vorbeijagten, bekam sie Angst. Wohin waren sie geraten? Die Erde war nicht mehr zu sehen. Ein unheimliches Rauschen erfüllte die Kabine. Sie hätte schreien mögen. Die Maschine wurde wie von Riesenfäusten geschüttelt. Der aus Wellblech geformter Rumpf ächzte. Die Luft färbte sich schwefliggelb. Die Tragflächen schnitten zeitweilig durch Wolkenfetzen.

Aber dann war der Spuk mit einem Schlage wieder vorbei. Die weißen Bänder verschwanden. Es wurde hell. Das Rauschen hörte auf. Die Böigkeit nahm ab.

Carla war dem Weinen nahe. Wie konnte Robert einen Beruf ausüben, der in so scheußliche Situationen führte!

Noch dreimal mußte sie das Durchfliegen eines Schneeschauers erleben, noch dreimal wurde sie von Todesangst gepackt.

Als Tempelhof erreicht war und Carla die Kabine verließ, legte Robert die Arme um sie. »War es sehr schlimm?«

Sie sah, daß er einen abgekämpften Eindruck machte und riß sich zusammen. »Angenehm war es nicht.«

Er strich ihr eine Strähne aus der Stirn. »Man gewöhnt sich an alles.«

Sie holte tief Luft. »Mir geht's auch schon wieder besser.«

»Bist ein tapferes Mädchen.«

Das bin ich heute wohl wirklich, dachte sie und sagte: »Könntest du uns ein Taxi besorgen?«

»Bin schon unterwegs«, rief Alois Brandner, der auf der Tragfläche gestanden und Carla beobachtet hatte.

Robert hakte sich bei ihr ein und dachte: Ich hätte eine Zwischenlandung vornehmen müssen. Blöder Ehrgeiz hat mich getrieben.

Es dauerte nicht lange, bis der Funkmaschinist mit einem Wagen erschien. »Heute werden Sie ja wohl nicht mehr fliegen wollen«, sagte er anzüglich, als Carla in das Taxi eingestiegen war.

Robert Schroeder überhörte die Bemerkung. »Ich muß den Boß anrufen. Kommen Sie mit. Dann wissen Sie gleich Bescheid.«

Der Dienststellenleiter bedauerte, die Besatzung so dringend nach Berlin beordert zu haben. »Ich konnte ja nicht wissen, daß das Wetter so schlecht werden würde«, sagte er. »Auf alle Fälle habe ich den Flug, der am Nachmittag durchgeführt werden sollte, bereits abgeblasen.«

»Werden wir denn weiterhin Parteifunktionäre zu fliegen haben?« fragte Robert Schroeder erstaunt.

»Das vermag ich im Augenblick nicht zu sagen«, antwortete der Dienststellenleiter. »In unserer Kasse herrscht Ebbe. Die Ihnen ursprünglich übertragene Aufgabe muß natürlich erledigt werden. Ich möchte versuchen, das eine mit dem andern zu verquicken, so daß wir über zwei Kostenträger verfügen. Auch muß ich Einsparungen vornehmen und Sie und Herrn Brandner bitten, Verständnis dafür zu haben, daß wir Berlin künftighin als Ihr Domizil betrachten. Für die Zeit Ihres hiesigen Aufenthaltes werden Ihnen also keine Tages- und Übernachtungsspesen mehr zustehen.«

Da es nicht normal gewesen war, fast täglich Reisegeld zu erhalten, bedrückte diese Mitteilung weder den einen noch den anderen. Beide empfanden es vielmehr als ein großes Glück, unter den gegebenen Umständen nicht gekündigt zu werden.

Hierüber geriet Robert Schroeder in eine fast euphorische Stimmung. Minuten zuvor hatte er sich noch so ausgepumpt gefühlt, daß er am liebsten sein Tempelhofer Zimmer aufgesucht und einige Stunden geschlafen hätte. Nun fuhr er gerne mit Carla nach Dahlem, wo sie mit einem Aufwand empfangen wurden, der so übertrieben war, daß er peinlich berührte. Das erste Delikateßgeschäft der Stadt hatte ein sogenanntes Sektfrühstück arrangiert. Und Harald strahlte, als habe man ihm ein Geschenk gemacht.

»Erfrischt euch und kommt dann herunter«, sagte er vergnügt. »Wir sind ja so froh, euch endlich hier zu haben.«

Dorkas war sichtlich bestrebt, einen glücklichen Eindruck zu erwekken. Sie beachtete Robert kaum und kümmerte sich ausschließlich um ihre Schwägerin, die sie voller Stolz durch ihr Heim führte.

Allerdings mit geringem Erfolg; denn als Carla und Robert das Gästezimmer aufsuchten, um sich frisch zu machen, sagte sie verächtlich: »Die beiden scheinen übergeschnappt zu sein.«

Er grinste. »Protz von Protzenburg.«

»Auf alle Fälle verdient Harald sein Geld, ohne durch Schneeschauer fliegen zu müssen.«

Robert zog sein Jackett aus und warf es auf eines der Betten. »Einen Flug wie den heutigen erlebt man höchstens alle zehn Jahre. Außerdem sah vieles gefährlicher aus, als es in Wirklichkeit war.«

»Willst du mich beruhigen?«

»Warum sollte ich das wollen?« entgegnete er mit der größten Unschuldsmiene. »Ich wäre doch in Hannover oder Braunschweig gelandet, wenn Gefahr bestanden hätte.«

Sie tat einen Seufzer. »Das erleichtert mich so sehr, daß ich mich nun sogar auf das überspannte Sektfrühstück freue.«

»Dann wollen wir uns beeilen.«

Als sie nach unten gingen, trafen sie in der Diele mit Gerd und Lilo zusammen, die gerade gekommen waren und von Dorkas und Harald begrüßt wurden. Beide blickten ihnen verwundert entgegen.

»Eine sogar im Zeitpunkt überaus gelungene Überraschung«, sagte Harald resolut, um seine Unsicherheit zu verbergen. »Ihr kennt euch ja von früher«, fuhr er an Carla und Gerd gewandt fort. »Ich brauche also nur Lilo und mein Schwesterlein miteinander bekannt zu machen.«

»Leider kann ich mich kaum an Sie erinnern«, sagte Gerd in einem Tonfall, der erkennen ließ, daß es ihm schwerfiel, mit der von Harald zweifellos beabsichtigten Konfrontation fertig zu werden.

»Und ich mich überhaupt nicht«, entgegnete Carla kaltschnäuzig und wandte sich an Lilo. »Mutter Schroeder hat gestern abend noch von Ihnen erzählt.«

»Mama?« fragte Gerd verblüfft.

»Ja, wir kommen eben von Münster.«

Gerd schaute zu Robert hinüber und entdeckte dessen Parteiabzeichen am Revers.

Harald bemerkte es und stieß Dorkas an. »Übernimm Gerd.«

Sie hakte sich bei ihm ein.

Harald tat das gleiche bei Lilo. »Dürfen wir zu Tisch bitten?« Er nahm die Tischordnung so vor, daß jeder der Herren seiner Dame gegenübersaß, wobei er Robert und Carla in die Mitte plazierte.

Gerd war anzusehen, daß er irritiert war.

Robert erkannte dies und suchte nach einer Möglichkeit, mit dem Bruder in ein unverfängliches Gespräch zu kommen.

Im Bestreben, die Spannung zwischen den Brüdern zu überbrücken, hob Harald sein Glas und bat darum, auf das Wohl seiner Schwester anzustoßen, die Dorkas und er an diesem Tage zum erstenmal in ihrem Dahlemer Heim begrüßen dürften.

Man prostete sich zu, und Gerd war so klug, das freundliche Bild nicht durch eine grimmige Miene zu verdunkeln.

Jetzt oder nie, dachte Robert und fragte den Bruder: »Hast du gewußt, daß wir hier sind?«

Gerd antwortete mit einem eisigen: »Nein!«

»Ich ahnte auch nicht, daß wir uns treffen würden«, fuhr Robert unbeirrt fort. »Ich bin aber ganz froh darüber, weil es mir den Weg zu dir erspart. Schon lange wollte ich dir den Briefumschlag mit den ›Notgroschen‹ zurückgeben. Ich habe ihn oben in meinem Koffer.«

Im Blick des Bruders lag ungläubiges Staunen. »Du hast ihn nicht geöffnet?«

»O doch. Aber nicht in der Not, sondern in einem Moment, da es mir relativ gutging. Auf Borkum.«

Für Carla war dies das Stichwort. »An jenem Tag war Bert wie von Sinnen«, fiel sie ein. »Er erklärte plötzlich: ›Stell dir vor, ich habe eben von dem Notgeld, das Gerd mir zugeschanzt hat, zweihundert Mark ausgegeben. Und der Rest wird auch noch draufgehen.«

Harald lachte. »Das nehme ich dir nicht ab. Robert ist niemals leichtsinnig.«

»Stimmt!« pflichtete ihm Carla bei. »In jener Stunde war er aber plemplem. Ein Mann hatte ihn verrückt gemacht!«

»So genau will das niemand wissen«, sagte Robert, sich einen unwilligen Anschein gebend. Er ahnte, worauf Carla hinauswollte, und versuchte, sie zu unterstützen.

»Sie sollen es aber wissen«, erklärte Carla mit Nachdruck. »Schließlich war es nicht leicht für mich, erleben zu müssen, wie du eines smarten Mannes wegen plötzlich durchdrehtest. ›Das ist eine mich völlig verändernde, entscheidende Begegnung‹, faselte er. ›Du mußt Verständnis für mich haben.‹«

»Komm, übertreibe nicht«, begehrte Robert auf.

»Ich könnte noch ganz andere Dinge erzählen«, ereiferte sich Carla. »Wenn ihn die Leidenschaft packt, wirft er das Geld zum Fenster hinaus. Wie in jenen Tagen. Ein Navigationsoffizier der christlichen Seefahrt hatte ihn behext. Von morgens bis abends war nur noch von loxodromen und orthodromen Kursen, von Eigen- und Fremdpeilung und Formeln die Rede, die geradezu albern klangen. ›Groß T ist klein t durch zwei mal g‹.«

»Stell die Dinge nicht auf den Kopf!« entrüstete sich Robert. »Klein t ist groß T durch zwei mal g.«

»Ist das zu begreifen? Fünfhundert Mark hat er ausgegeben, um so was zu lernen.«

Schallendes Gelächter quittierte Carlas Sketch.

Gerd deutete eine Verneigung an. »Sie scheinen Paprika im Blut zu haben.«

»Und Sie sollten sich mit Robert vertragen.«

Er schaute zu ihm hinüber. »Gefällt mir, daß du das Geld zur Weiterbildung verwendet hast.«

Carla ergriff ihr Glas. »Und wir trinken jetzt Brüderschaft, damit ich mich künftig kürzer fassen kann, wenn es was zu schlichten gilt.«

Harald strahlte. Das von ihm als Versöhnungsbankett gedachte Essen entwickelte sich zu einem Familienfest. Er prostete Dorkas zu. »Auf dein Wohl und dein Verständnis dafür, daß ich die Streithähne zusammenbringen wollte.«

Sie hob ihr Glas und schaute unauffällig zu Gerd hinüber.

Der bemerkte es und griff nach seinem Glas.

»Ich freue mich für dich«, sagte Dorkas, an ihren Mann gewandt. Ihr Blick aber ging zur anderen Seite des Tisches hinüber.

Zur Erleichterung von Robert und Carla, die der Flug mehr mitgenommen hatte, als sie sich anmerken ließen, verabschiedeten sich Gerd und Lilo bereits zu früher Abendstunde.

»Vielleicht treffen wir uns mal«, sagte der Bruder. »Wenn möglich, dann ohne Parteiabzeichen. Ich trage meine drei Pfeile ja auch unter dem Revers.«

Robert stutzte. »Du gehörst zur ›Eisernen Front‹?«

»Seit kurzem.«

»Dann werde ich mich selbstverständlich ohne Abzeichen mit dir treffen. Zumal deine Formulierung ›wenn möglich‹ ja wirklich entgegenkommend ist.«

Gerd reichte ihm die Hand. »Haben wir unsere ergreifend demonstrierte Versöhnlichkeit nun von Vater oder Mutter?«

»Natürlich von Mama.«

Unter Gelächter geleiteten Harald und Dorkas ihre Gäste zur Haustür.

Carla benutzte die Gelegenheit, um Robert zu fragen: »Was sagst du zu dem Flirt zwischen Dorkas und Gerd?«

»Mir schien die Sache provoziert zu sein.«

»Du meinst, Dorkas will Harald reizen?«

»Wäre das nicht möglich?«

»Sie kommen«, warnte Carla.

»Was machen wir denn jetzt?« fragte Harald.

»Wir haben gerade gesagt, daß wir uns am liebsten hinlegen würden«, antwortete Robert. »Der Flug war anstrengend. Dazu der Sekt . . . Wir sind todmüde.«

Der Vorschlag schien Harald angenehm zu sein. »Mir geht es ähnlich. Ich würde mich ebenfalls gerne zurückziehen.«

Dorkas wirkte plötzlich herb und verknittert. »Ich werde einen Spaziergang machen«, sagte sie. »Es ist wunderschön, in Dahlem des Abends durch die Straßen zu gehen. Die Lichter in den Häusern regen die Phantasie an. Es gibt ja so vieles, was man sich vorstellen kann.«

»Soll ich dir ein Fläschchen auf dein Zimmer stellen?«

Sie lachte gezwungen. »Auch das belebt den Geist.«

Man wechselte noch einige Worte, dann holte Harald den Pelzmantel, den er seiner Frau am Abend der Zimmertrennung geschenkt hatte.

»Oh, ein Persianer«, sagte Carla anerkennend.

Dorkas schlug den Kragen hoch. »Gefällt er dir?«

»Sehr.«

Ein Mann wäre mir lieber, dachte Dorkas und verabschiedete sich. »Schlaft gut.«

Dorkas konnte sich eigentlich über nichts beklagen. Harald verwöhnte sie und war stets zuvorkommend, wenn man von den Tagen absah, an denen er aus unerfindlichen Gründen plötzlich über Gebühr trank. Auch näherte er sich ihr nur noch selten. Aber so froh sie hierüber war, weil sie immer nur die Gebende zu sein hatte und selbst keine Erlösung erfuhr, es bedrückte sie, daß er praktisch nichts mehr von ihr forderte. Sie gab sich nicht der Illusion hin, zu glauben, daß ihn keine Sehnsucht mehr quäle. Vermutlich unterdrückte er jede Regung, um ihr all das zu ersparen, was für ihn nun einmal damit verbunden war. Sie befürchtete, daß die Vergewaltigung seines Körpers eines Tages zu einer Katastrophe führen müsse. Schon oft hatte sie sich vorgenommen, mit ihm über diesen Punkt zu sprechen und ihm zu sagen, daß sie bereit sei, ihm wie früher beizustehen. Doch nie fand sie den Mut und die Kraft, das für sie so peinliche Thema anzuschneiden.

Während Dorkas durch die Straßen ging und ihre Phantasie von diesem und jenem Licht anregen ließ, verwirrten sich ihre Gedanken. Sie stellte sich vor, Gerd würde vor sie hintreten und ihr das Kleid vom Leibe reißen. Dann wieder dachte sie an Robert und Carla, die unter einem Dach mit ihr wohnten. Nur durch eine Wand von ihrem Schlafzimmer getrennt. Waren die beiden wirklich müde gewesen oder hatten sie es nur nicht erwarten können, allein zu sein? Bestimmt war Robert ein ausgezeichneter Liebhaber. Vielleicht war er auch zu rücksichtsvoll. Sie würde Gerd vorziehen. Der war gewiß unerbittlich.

Wie von Furien gehetzt, eilte Dorkas durch die Straßen, bis sie schließlich ihr Heim wieder erreichte. Sowohl in Haralds Schlafraum als auch im Gästezimmer brannte Licht. Robert und Carla waren also nicht müde gewesen. Würde man sie vom Flur aus belauschen können? Dorkas wußte sich vor Sehnsucht kaum zu retten. Sollte sie zu Harald gehen und ihm sagen . . .? Wozu sich erklären? Sie brauchte ihn ja nur zu überraschen. Nackt.

Sie schloß die Haustür auf, zog ihre Schuhe aus und begab sich auf Zehenspitzen in ihr Schlafzimmer, wo sie sich hastig entkleidete. Ohne ein Geräusch zu verursachen, ging sie dann ins Bad und drückte die Klinke zur gegenüberliegenden Tür millimeterweise herab. Die Tür aber war verschlossen.

Irritiert kehrte Dorkas in ihren Raum zurück. Warum hatte Harald sich eingeschlossen? Tat er das immer? Es war das erste Mal, daß sie heimlich zu ihm hatte gehen wollen. Kurzentschlossen schlüpfte sie in einen Morgenrock, trat auf den Flur hinaus und schlich zur Schlafzimmertür, die nicht verschlossen war. Sie öffnete sie um einen Spalt, versuchte, Harald zu erspähen, und hielt erschrocken inne. Er lag nackt auf dem Bett. In der Hand hielt er eine Cognacflasche. Um ihn herum lagen großformatige Aktaufnahmen.

Nur mühsam gelang es Dorkas, die Tür geräuschlos zu schließen. Sie hastete in ihr Zimmer zurück und ließ sich aufs Bett fallen. Was sollte sie tun? Sie war starr vor Entsetzen.

Eine Woche blieb Carla in Berlin. Während dieser Zeit hatte Robert nur einmal nach München zu fliegen. Die Geldknappheit und die verworrene politische Lage lähmten die Führung der NSDAP. Niemand wußte, wie es weitergehen sollte. Der Verlust von zwei Millionen Stimmen schlug schwer zu Buch und ermutigte die Berater Hindenburgs, Hitler die Vizekanzlerschaft anzutragen. Man hoffte, ihn auf diese Weise kaltstellen zu können. Doch Hitler lehnte ab. Er fühlte sich weder geschwächt noch gezähmt. Nach wie vor beharrte er auf Übernahme der Regierung.

Nervosität breitete sich aus. Robert empfahl Carla, Berlin zu verlassen. Angesichts der Entwicklung der Dinge war sie froh, nach Münster fahren zu können, wo sie noch einen Tag bei Roberts Eltern verbrachte.

Ihr Vater atmete erleichtert auf, als er ihren Wagen in den Park einbiegen sah. Auch ihn ängstigte die politische Lage. Es ließ sich nicht leugnen, daß General von Schleicher es verstanden hatte, die NSDAP in eine Führungskrise zu treiben. Sein Versuch, unzufriedene Elemente von Hitler abzuspalten, war nicht ohne Folgen geblieben. Gregor Strasser, der Organisationsleiter der NSDAP, dem die zunehmende Radikalisierung innerhalb der Partei Sorge bereitete, hatte die Politik des Alles oder Nichts so ungeniert kritisiert, daß Hitler ihn kurzerhand beurlaubte und selbst die Organisationsleitung übernahm.

Da Robert Schroeder das Intrigenspiel jener Tage nicht durchschauen konnte, fragte er sich insgeheim, ob Harald und Gerd womöglich recht hätten. Aber welche Überlegungen er auch anstellte, er sah außer Hitler niemanden, auf den zu warten es sich verlohnte. Und er fand sich in dieser Auffassung bestärkt, als die Zeitungen berichteten, daß überparteiliche Verhandlungen zur Bildung eines ›Kabinetts der nationalen Konzentration‹ geführt würden. Demnach schien Hitler seinen starren Standpunkt aufgegeben zu haben und bereit zu sein, gemeinsam mit der Deutschnationalen Volkspartei die Regierung zu übernehmen. Die Weimarer Republik, die seit 1930 in einen Prozeß der kontinuierlichen Auflösung geraten war, kam nun binnen weniger Wochen zum endgültigen Verfall. Ihr Ende wurde am 30. Januar 1933 besiegelt, als der greise Reichspräsident von Hindenburg den einstigen Gefreiten Adolf Hitler zum Reichskanzler ernannte.

In Berlin breitete sich die Nachricht wie ein Lauffeuer aus. Robert Schroeder wollte gerade zum Wittenbergplatz fahren, als er von Hitlers Ernennung hörte. Sofort machte er kehrt und lief zum Omnibus, der zum Flughafen fuhr. Er wollte Alois Brandner informieren, der Wartungsarbeiten durchführte.

In der sonst fast immer leeren Empfangshalle des Verwaltungsgebäudes wimmelte es von Menschen, die eifrig diskutierten. Robert Schroeder hielt sich nicht auf, sondern eilte zum Abstellplatz der F 13. Auf dem Weg dorthin stand eine Ju 52/3, die von Monteuren umlagert war. Er kannte die Entwicklungsgeschichte dieses dreimotorigen Flugzeuges, hatte es jedoch noch nicht gesehen. Im Juni 1932 war es zum erstenmal gestartet worden.

»Ist das nicht ein tolles Ding?« rief ihm ein Kollege zu.

»Meinen Sie den Luftkreuzer oder die Ernennung Adolf Hitlers?«

»Beides.«

»Jetzt geht's bergauf.«

»Mit zehn Metern in der Sekunde!«

»Und über zweihundert Stundenkilometern!«

Der Kamerad wies zur Ju 52 hinüber. »Ich wollte mir die Maschine gerade ansehen.«

Alois Brandner lief auf sie zu. »Was sagen Sie zur Regierungsübernahme?«

»Hoffentlich ist es keine Ente.«

»Das Radio hat es eben offiziell gemeldet. Ab übermorgen bekommt jeder Pilot sein eigenes Flugzeug. Mit einer Festantenne, die gleichzeitig als Wäscheleine benutzt werden kann.«

»Ehrlich?«

Der Funkmaschinist tat einen Luftsprung. »Ehrlich! Wir haben es geschafft!«

Gemeinsam besichtigten sie die Ju 52, deren Ausrüstung so beeindruckend war, daß es Robert Schroeder fast bedrückte. War es denn möglich, so viele Instrumente zugleich zu überblicken? »Daß ich die

Ju gerade heute zu sehen bekomme, betrachte ich als gutes Omen«, sagte er.

Der Kamerad nickte. »Bestimmt steuern auch wir bald eine solche Maschine.«

»Hoffentlich.«

Sie begaben sich in den von Ernst Udet ausgemalten ›Heldenkeller‹, der brechend voll war. Monteure, Werkmeister, Prüfer, Ingenieure, Angestellte und Flugzeugbesatzungen saßen gedrängt an den Tischen und redeten sich die Köpfe heiß. Keiner brauchte mehr darum zu bangen, entlassen zu werden. Das Tief der deutschen Geschichte schien durchschritten zu sein. Es konnte nur noch aufwärtsgehen.

Die Stimmung steigerte sich. Irgendwer machte den Vorschlag, das Regierungszentrum aufzusuchen. Das Radio hatte gemeldet, am Abend würde ein Fackelzug veranstaltet. Jeder wollte dabeisein und dem Manne danken, der den Mut aufbrachte, ein Schiff zu besteigen, das im Sinken begriffen und anderen Politikern zu unsicher geworden war.

Die Wilhelmstraße glich einem Ameisenhaufen. Menschen, die sich nie zuvor gesehen hatten, verbrüderten sich und gerieten in Ekstase. Man griff begeistert nach den Fackeln, die zur Verteilung gelangten, und als die Nacht anbrach, zog eine Feuerkette, wie sie die Welt noch nicht erlebt hatte, die Wilhelmstraße hinauf. Der greise Generalfeldmarschall von Hindenburg stand wie eine Statue am Fenster des ersten Stockwerkes der Reichskanzlei. Hin und wieder bewegte er die Faust im Rhythmus der Marschmusik. Von der oberen Etage aus nahm Hitler die Ovationen der Bevölkerung entgegen. Er machte einen beherrschten Eindruck, grüßte freundlich, wenn sein Name vieltausendfach gerufen wurde, ließ jedoch nicht erkennen, was er empfand.

Der Anblick der sich wie ein Fabeltier durch die Straße wälzenden Feuerschlange beeindruckte Robert Schroeder so sehr, daß er seine Eltern noch in derselben Nacht anrief.

»Hast du den Jubel am Radio gehört?« fragte ihn der Vater, kaum daß er die Stimme des Sohnes vernahm.

»Nicht am Radio, sondern in der Wilhelmstraße«, antwortete Robert. »Ich stand in der Nähe des Hotels Kaiserhof.«

»Robert hat den Führer gesehen«, rief der Vater in den Raum hinein. »Er war in der Wilhelmstraße. Mein Gott, was hätte ich gegeben ... Jetzt geht's bergauf, mein Junge. Jetzt heißt es in die Hände spucken und zupacken. Gerade eben habe ich gesagt: Es ist wieder eine Lust zu leben. Diese Marschmusik! Mir ist sie durch Mark und Knochen gegangen. Moment, Mama möchte dich sprechen.«

»Robert!« rief die Mutter. »Hast du Hitler wirklich gesehen?«

Er lachte. »Von weitem.«

»Machte er einen abgekämpften Eindruck? Es ist ungeheuer wichtig, daß er jetzt gesund bleibt.«

Robert konnte es sich nicht verkneifen zu sagen: »Hänge ein ›Ewiges Licht‹ unter seinen Altar.«

»Wie bitte?«

»Bete für ihn.«

»Sei nicht so garstig! Nimm dir lieber ein Beispiel an Conrad, der nun riesige Geschäfte machen wird. Der Gruppenführer hält seine Spekulation für absolut korrekt. Das hat Vater sehr beruhigt. Der Junge hat es doch tatsächlich verstanden, das erwünschte Geld aufzutreiben und die Schulden der Schneider gegen Zahlung von rund sechzig Prozent aufzukaufen. Er kann sich jetzt einen Gewinn von fast fünfzigtausend Mark ausrechnen. Ist das nicht fabelhaft?«

»Es klingt wie im Märchen.«

»Ja, Conrad ist ein Finanzgenie. Aber der Gruppenführer möchte dich sprechen.«

»Heil Hitler, Robert!« ertönte dessen auf markigen Klang trainierte Stimme.

»Heil Hitler, Gruppenführer.«

»Sie Glücklicher! Waren zu historischer Stunde in der Wilhelmstraße?«

»Jawohl, Gruppenführer.«

»Muß erhebend gewesen sein.«

»Unbeschreiblich.«

»Freut mich, daß Sie Ihre Eltern angerufen haben. SS-Geist läßt sich eben nicht verleugnen. Sie wissen ja: Unsere Ehre heißt Treue!«

»Jawohl, Gruppenführer.«

»Dann alles Gute. Und Heil Hitler!«

»Heil Hitler, Gruppenführer.«

Knacks machte es, und das Gespräch war beendet.

Robert starrte auf den Telefonhörer. Er hatte sich von seinen Eltern doch noch nicht verabschiedet. Aber was hätte er ihnen schon noch sagen können? Es war ein komisches Gespräch gewesen.

Robert Schroeder hätte es niemals für möglich gehalten, daß ein weiterer Wahlkampf entbrennen und er erneut Parteifunktionäre zu fliegen haben würde. Doch es war so. Die ›Machtübernahme‹ hatte Hitler nicht die erwünschte Befehlsgewalt gebracht. Außer ihm gehörten nur zwei Nationalsozialisten dem Kabinett an: Hermann Göring und Wilhelm Frick. Das Ministerium für Wirtschaft und Ernährung hatte er dem deutschnationalen Parteichef Hugenberg überlassen müssen; die

Oberaufsicht in Preußen dem Vizekanzler von Papen; das Reichswehrministerium dem Hindenburg-Vertrauten von Blomberg. Sogar auf nationalsozialistisch gesonnene Staatssekretäre hatte er verzichten müssen. Aber Hitler wußte einen Ausweg. Sein neues Amt ermöglichte es ihm, unbegrenzte Mittel zur Führung eines großangelegten Wahlkampfes einzusetzen, und in der Hoffnung, den Einschließungsring der Konservativen durch Stimmengewinn zu sprengen, forderte er gleich in der ersten Kabinettssitzung die Auflösung des Reichstages und Ausschreibung einer Neuwahl für den 5. März. Und er setzte sich durch. Hindenburg unterschrieb das Dekret.

»Das dürften harte Wochen für uns werden«, sagte Robert Schroeder, als er von seinem neuen Einsatz erfuhr. »Wir haben schließlich Winter!«

»Dafür bekommen Sie im Frühjahr ein neues Flugzeug«, tröstete ihn der Dienststellenleiter. »Eine Junkers W 33!«

Robert Schroeder war vor Überraschung sprachlos. Er sollte eine Maschine mit voll verglaster Führerkanzel und einer Instrumentierung erhalten, wie sie die Ju 52 hatte? Dafür nahm er gerne einige schwere Wochen in Kauf.

Noch am selben Abend rief er Carla an und erzählte ihr von seinem erneuten Einsatz und dem Flugzeug, das er bekommen würde.

»Nun hör mir mal gut zu«, unterbrach sie ihn, als er ohne Unterlaß von der W 33 schwärmte. »Wenn du nur noch die neue Maschine im Kopf hast, solltest du dich mit Alois Brandner unterhalten. Die Telefonkosten kannst du dir dann ersparen.«

»Boiing!« rief er. »Der Schlag hat gesessen.«

»Und du wirst mir jetzt hoffentlich sagen können, wann wir uns wiedersehen.«

»Das steht in den Sternen geschrieben. Ich werde versuchen, es so einzurichten, daß wir in Kürze in Köln übernachten müssen.«

Das klappte aus vielerlei Gründen nicht. Zunächst wurde Robert Schroeder in Süddeutschland eingesetzt. Dann erhielt er den Auftrag, einen General nach Königsberg zu fliegen, wo sich das Wetter so verschlechterte, daß der Rückflug nicht angetreten werden konnte. Erst nach vier Tagen ergab sich die Möglichkeit, über den Wolken, deren Obergrenze auf tausend Meter geschätzt wurde, nach Berlin zu fliegen.

Alois Brandner atmete auf. Er konnte an Ostpreußen keinen Gefallen finden. Auch Robert Schroeder fühlte sich wie erlöst. Im Sommer war er gerne in Ostpreußen. Er schätzte die Buchten nördlich und südlich des Samlandes ebenso wie die abwechslungsreichen Seenplatten. Im Winter aber bedrückte ihn das Land. So startete er sichtlich erleichtert, und schon wenige Minuten später konnte Alois Brandner dem

Peiler melden, daß die Wolkendecke in neunhundert Meter Höhe durchstoßen worden sei.

Alles verlief reibungslos, und nachdem mit Hilfe einer von Königsberg und Danzig genommenen Kreuzpeilung die Stadt Elbing als augenblicklicher Standort ermittelt worden war, wies Robert Schroeder den Funker an, sich in Königsberg abzumelden und ihm von Danzig laufend Peilungen zu geben. Auf diese Weise konnte er feststellen, wann der Polnische Korridor erreicht wurde. An sich hätte er über Danzig fliegen müssen. Angesichts der Wolkendecke erlaubte er sich jedoch, direkten Kurs über polnisches Gebiet zu nehmen.

Der Himmel leuchtete kobaltblau. Die unter ihnen liegenden Wolken besaßen kaum Konturen. Der Öldruckmesser zeigte den vorgeschriebenen Druck an, und nichts deutete darauf hin, daß der Flug ein jähes Ende nehmen würde. Aber plötzlich stotterte der Motor, und gleich darauf setzte er völlig aus.

Robert Schroeder wies auf den Öldruckmesser. »Wir hatten nicht den geringsten Druckabfall.«

Alois Brandner klopfte gegen die Benzinuhr. »Mit dem Sprit stimmt etwas nicht.«

»Defekte Leitung?«

»Sieht so aus.«

Robert Schroeder schloß vorsorglich den Brandhahn und ließ das Flugzeug den Wolken entgegengleiten.

Die Miene des Funkers zeigte Besorgnis. »Was nun?«

Robert Schroeder drückte das Segment an, um die Geschwindigkeit zu erhöhen. »Ich kann nur hoffen, daß wir rechtzeitig Erdsicht bekommen. Wie lautete das letzte QTE?«

»Hundertneunzig.«

»Verdammt, dann befinden wir uns über polnischem Gebiet.«

Die Maschine tauchte in die Wolken ein. Der Höhenmesser zeigte 800 Meter.

Robert Schroeder dirigierte das Flugzeug nach dem Wendezeiger und dem künstlichen Horizont. Die Höhe des unter ihnen liegenden Geländes schätzte er auf zwei- bis dreihundert Meter. »Verständigen Sie Danzig! Melden Sie Motorschaden über dem Korridor.«

Alois Brandner funkte wie besessen.

Der Höhenmesser sank auf 600 Meter.

Eine regulär eingeleitete Landung schien Robert Schroeder ausgeschlossen zu sein.

Der Höhenmesser zeigte 500 Meter.

»Danzig ist verständigt«, rief der Funkmaschinist. »Man informiert Königsberg und versucht, unseren Standort auszupeilen.«

400 Meter!

Wolkenschwaden zogen vorbei. Die Erde wurde sichtbar. Das Gelände unter ihnen war hügelig und wurde von einem an dieser Stelle fast geradlinigen Weg durchzogen.

Augenblicklich riß Robert Schroeder das Flugzeug herum. Um jeden Preis wollte er versuchen, auf dem Pfad zu landen. Die Landschaft hatte heideartigen Charakter und war dicht von Sträuchern und Gestrüpp durchsetzt. Eine Normallandung war dort ausgeschlossen.

»Königsberg peilt mit«, rief Alois Brandner. »Ich habe gemeldet, daß wir Erdsicht haben.«

Robert Schroeder konzentrierte sich auf die Landung. Er kurvte auf den Weg ein und glaubte das Flugzeug schon gerettet, als er voraus einen Panjewagen entdeckte, der in die Richtung fuhr, die er eingeschlagen hatte. Konnte er über das Gefährt noch hinwegkommen?

Der Abstand zum Wagen verringerte sich. Die Höhe betrug höchstens zwanzig Meter.

Der Bauer hieb plötzlich auf sein Pferd ein.

Alois Brandner, der das Gefährt bis zu diesem Augenblick nicht gesehen hatte, stemmte sich entsetzt gegen das Instrumentenbrett.

Robert Schroeder blieb nichts anderes übrig, als entweder auszuweichen und eine Bruchlandung im Gelände in Kauf zu nehmen oder die Geschwindigkeit der Maschine durch Andrücken zu erhöhen und sie im letzten Moment über den Panjewagen hinwegzuziehen. Er riskierte das gewagte Manöver, flog knapp einen Meter über den Kopf des Bauern hinweg und landete auf dem Pfad.

Der Funker riß seinen Anschnallgurt auf und sprang auf den Sitz, um nach dem Panjewagen zu sehen. Doch kaum schaute er zurück, da lachte er schallend. »Schnell«, rief er. »Das müssen Sie sich ansehen. Der Kerl nimmt Reißaus.«

Robert Schroeder war es, als hinge Blei an seinen Füßen. Es wollte ihm nicht in den Kopf, daß das Glück ihm einen Weg präsentiert hatte, der einer Start- und Landebahn gleichkam. Er sah den wie besessen auf sein Pferd einschlagenden Bauern, konnte jedoch nicht lachen. Ihm schlotterten die Knie.

Alois Brandner hingegen lachte unaufhörlich. Die Nervenbelastung ging auch an ihm nicht spurlos vorüber. Aber dann klang die erste Reaktion bei beiden ab.

Robert Schroeder schob seine Haube zurück und betrachtete das unebene Gelände seitlich des Weges. »Dort wären wir nicht mit heiler Haut davongekommen.«

Der Bayer öffnete den Kragen seiner fellgefütterten Winterkombination. »Ein Überschlag wäre das mindeste gewesen. Bin gespannt, ob das Benzinrohr gebrochen ist.«

»Dann können wir vielleicht in einer Stunde schon wieder starten.«

Alois Brandner kletterte auf die Tragfläche und schraubte das auf seiner Seite befindliche Verkleidungsblech des Motors los. »Hoffentlich ist in der Nähe eine Ortschaft.«

»Ausgemacht habe ich keine. Ich konzentrierte mich allerdings auf den Weg, den ich glücklicherweise gleich entdeckte. Und später auf den Panjewagen. Als ich den sah, glaubte ich alles verloren.«

»Gut, daß Sie nicht aufgegeben haben«, sagte der Funker und hob das Verkleidungsblech ab. »Die Benzinleitung ist tatsächlich gebrochen. Leider an einer ganz beschissenen Stelle. Direkt hinter der Pumpe. Flicken ist da nicht möglich. Das Rohr muß gelötet werden.«

Robert Schroeder suchte den Horizont nach einer Ortschaft ab.

Alois Brandner sprang von der Tragfläche. »Ich werde das defekte Rohr gleich ausbauen. Irgendwann muß ja jemand kommen. Der Panjewagenfahrer wird schon dafür sorgen.«

Auch Robert Schroeder verließ das Flugzeug und ging zur Passagierkabine, unter deren Sitzen Abdeckplane, Seile, Bremsklötze und das Bordwerkzeug verstaut waren. Sein Blick fiel auf seine und Brandners Kleidung, die sie der schweren Kombinationen wegen ausgezogen hatten. »Gut, daß ich unsere Klamotten sehe«, rief er. »Beim Anblick unserer Parteiabzeichen dürften die Polen nicht gerade freundlich werden. Lassen wir die Dinger also verschwinden.«

Der Bayer eilte herbei. »Nix wie weg damit.«

Robert Schroeder befestigte sein Abzeichen in der Knietasche seiner Fellkombination. »Wie endete eigentlich der Funkverkehr?«

»Mit einem Dauerton, weil man uns auspeilen wollte.«

»Ob das gelungen ist, wissen Sie nicht?«

»Nein.«

»Dann müssen wir Danzig von der nächsten Behörde aus verständigen.«

»Und wo liegt die?«

»Das werden wir erfahren, sobald jemand kommt.«

Es verging fast eine Stunde, bis drei kleine Wagen heranjagten, in denen jeweils vier Männer saßen.

»Haben Sie Ihr Geld und Ihre Papiere an sich genommen?« fragte Robert Schroeder vorsorglich.

Der Funkmaschinist klopfte auf die Brusttasche seiner Fliegerkombination. »Außerdem habe ich die Kabinentür abgeschlossen.«

»Dann wollen wir mal sehen, was sich tut.«

Zu ihrer Verwunderung war nur etwa die Hälfte der Polen bäuerlich gekleidet. Die anderen waren an ihren Kaftanen, schwarzen Hüten und Ringellöckchen unschwer als Juden zu erkennen. Der Lenker des ersten Wagens drohte mit den Fäusten und wurde von seinen Begleitern daran gehindert, sich auf die Flugzeugbesatzung zu stürzen.

»Das wird der Kerl sein, den wir überflogen haben«, sagte Alois Brandner.

Ein alter Jude mit langem Bart und schlaffer Unterlippe löste sich von der Gruppe und ging auf sie zu. »Deitsche?« fragte er, wobei eine seiner Augenbrauen nervös zuckte.

»Ja. Wir haben Motorschaden. Ein Benzinrohr ist gebrochen. Sobald es gelötet ist, können wir weiterfliegen. Der Weg hier ist eine ideale Start- und Landebahn. Er war unsere Rettung.«

Den Juden schien die Flut der Worte zu belustigen. »Nu«, sagte er, »vielleicht man kann löten.«

Der aufgebrachte Bauer drängte erneut der Besatzung entgegen, wurde von den anderen aber festgehalten.

»Vielleicht«, wiederholte der Alte. »Man wird sehen.«

Was soll das, dachte Robert Schroeder und fragte im Bestreben, die benötigte Hilfestellung nicht weiter zu betonen: »Wo befinden wir uns hier?«

»Nu, in Polen.«

»Ich meine, in der Nähe welcher Stadt?«

»Nu, Bydgoszcz ist weit. Ist früher gewesen Bromberg. Czersk ist näher. Zbewo ein bißchen weiter. Nicht viel. Wir aus Przytuly.« Er wies in die Richtung, aus der sie gekommen waren. »Kleines Dorf.«

»Und wo befindet sich die nächste polnische Behörde?«

Die Finger des Juden krabbelten an seinem Bart hoch und blieben am Kinn liegen. »Wozu Behörde? Schaden einfach zahlen. Fertig.«

Die Katze ist aus dem Sack, dachte Robert Schroeder und fragte: »Von welchem Schaden sprechen Sie?«

»Nu, Schaden von Bauer, wo ist aufgeregt. Sie zahlen. Er dann beruhigt. Dann Sie bei uns übernachten. Genug Platz. Morgen reparieren in Czersk und weiterfliegen. Gut?«

Robert Schroeder wurde ungeduldig. »Würden Sie mir erst einmal verraten, welchen Schaden wir angerichtet haben sollen.«

Der Alte rief dem Bauern etwas zu, woraufhin dieser anklagend auf die Besatzung wies.

Die Augenbraue des Juden zuckte. »Ich ihm gesagt, Sie alles wollen anhören und regeln. Jetzt wir können verhandeln.«

»Worüber?«

»Nu, über Schaden. Gaul von Bauer ist durchgebrannt. Ferse verletzt. Jetzt lahmt. Bauer verlangt Ersatz.«

Da durchaus die Möglichkeit bestand, daß das Pferd eine Verletzung erlitten hatte, erklärte Robert Schroeder, seine Dienststelle würde selbstverständlich für jeden nachgewiesenen Schaden aufkommen. Eine sofortige Regulierung sei jedoch unmöglich, da er nicht über die erforderlichen Mittel verfüge.

Der Jude machte ein enttäuschtes Gesicht. Dennoch sprach er lebhaft auf den Bauern ein, der nicht gewillt zu sein schien, sich mit der Anerkennung des Schadens zufriedenzugeben. Er schrie und tobte und ließ sich von den beschwörenden Worten, die in polnischer und jiddischer Sprache auf ihn niederprasselten, nicht beeinflussen, bis Robert Schroeder sich energisch einmischte und darum bat, ihn zum nächsten Telefonapparat zu fahren, damit er das deutsche Konsulat anrufen und es bitten könne, den angerichteten Schaden zu regulieren. Sein Vorschlag fand allgemeine Zustimmung, und wenn er auch nicht glaubte, daß das Konsulat aufgrund seines Anrufes unverzüglich Geld zur Verfügung stellen würde, so war er doch zufrieden. Ihm ging es darum, mit einer deutschen Behörde in Verbindung zu treten.

Die Augen des Polen, der bis dahin wütend krakeelt hatte, waren plötzlich voller Schläue. Er übernahm kurzerhand das Kommando und trieb seine Begleiter an, das Flugzeug, das den Weg versperrte, um einige Meter zurück in das Gelände zu schieben. Auch sorgte er dafür, daß ein Mann als Wachtposten zurückblieb.

Robert Schroeder und Alois Brandner kamen aus dem Staunen nicht heraus. Der Bauer dirigierte seine Landsleute wie Statisten. Unheimlich aber wurde er ihnen, als sie sahen, daß die Juden über das, was der Pole in seiner nunmehr glänzenden Stimmung zum besten gab, sichtlich in Erregung gerieten.

»Stimmt etwas nicht?« fragte Robert Schroeder den Alten, der sich abgesondert hatte.

Die schlaffe Unterlippe des Juden stellte sich schief. »Wieso?«

»Sie sind so still geworden.«

Der Alte strich über seinen Bart. »Aquabja ben Mahalel sagte: Beachte drei Dinge, und du kommst nicht zur Sünde: Wisse, woher du kommst; wisse, wohin du gehst; wisse, vor wem du mußt ablegen dereinst Rechenschaft.«

Robert Schroeder begriff zwar den Sinn der Worte, konnte sich aber nicht erklären, was der Jude zum Ausdruck bringen wollte. Erst später, als sie nach Przytuly gefahren waren, glaubte er dies zu erkennen.

Das Dorf machte einen armseligen Eindruck und bestand aus niedrigen Hütten, die wenig einladend aussahen. Sie umstanden einen kleinen, schmutzigen Teich. Auf ihren mit Schilf gedeckten Dächern wuchs Moos. Hühner, Enten und Gänse liefen umher.

Der Alte gab einem gebeugt gehenden Weib, dessen Gesicht nur schmal aus einem Kopftuch herausschaute, das Zeichen näher zu kommen. »Meine Frau«, sagte er. »Sie sich wird freuen, Sie als Gäste aufzunehmen.«

Robert Schroeder blickte in ein von Runzeln bedecktes Antlitz. »Ihr Mann war so liebenswürdig . . .«

»Sie nicht spricht deitsch«, unterbrach ihn der Jude und gab seiner Frau auf jiddisch eine Anweisung.

Sie nickte und ging.

Kinder drängten sich heran.

Da Robert Schroeder weder eine Telegrafenstange noch irgendeine Leitung entdecken konnte, fragte er: »Von wo werde ich telefonieren können?«

»Auf dem Weg nach Zblewo ist Bahnstation. Ziemlich weit.«

»Dann sollte der Bauer mich gleich dorthin bringen.«

Der Jude sprach mit dem Polen, der sich sofort bereit erklärte. Als der pfiffige Alois Brandner zuvor aber das verletzte Pferd zu sehen wünschte, wurde er wütend.

»Was gibt's?« fragte Robert Schroeder, den das immer erregter werdende Gespräch zwischen dem Alten und dem Bauern stutzig machte.

Die Augenbraue des Juden zuckte. »Er sagt, er Verletzung nicht kann zeigen, weil Pferd mußte geschickt werden nach Bydgoszcz zur Notschlachtung.«

Der Funker lachte hellauf. »Für mich ist der Fall klar. Der Hundling will auf unsere Kosten einen Reibach machen. Ehrlich!«

Robert Schroeder war nicht gewillt, sich übertölpeln zu lassen. »Sagen Sie dem Bauern, daß er keine Entschädigung erwarten kann, wenn er uns das Pferd nicht zeigt.«

Es folgte ein Palaver, bei dem Polen und Juden sich fast in die Haare gerieten. Und es endete damit, daß der Alte Robert Schroeder bedeutete, ihm und seinem Kameraden leider nur noch mit einem Dach über dem Kopf dienen zu können. Der Bauer habe sämtliche Wagen in Beschlag genommen und unmißverständlich erklärt, er werde der Besatzung ein Fahrzeug erst zur Verfügung stellen, wenn sie ihm schriftlich bestätige, in lebensgefährlich niedrigem Abstand über ihn hinweggeflogen zu sein und gesehen zu haben, daß sein Pferd durchgegangen sei.

»Die Bestätigung geben wir ihm gerne«, sagte Robert Schroeder, ohne zu zögern. »Er wird sich aber an die Behörde wenden müssen, wenn er zu Geld kommen will.«

Diesen Hinweis sollte er noch bereuen.

Seit Dorkas die Tür zu Haralds Zimmer heimlich um einen Spalt geöffnet und ihren Mann, umgeben von großformatigen Aktfotos und mit einer Cognacflasche in der Hand, auf dem Bett hatte liegen sehen, wünschte sie, eine offene Aussprache herbeizuführen. Sie war fest entschlossen gewesen, sich durch nichts beirren zu lassen, wurde jedoch schwankend, als sie am Morgen nach jener unglücklichen Entdeckung feststellte, daß Harald in bester Stimmung zum Frühstück erschien. Nichts deutete darauf hin, daß er getrunken hatte. Dafür gab es auch in den nächsten Tagen und Wochen keinerlei Anzeichen. Sollte sie unter diesen Umständen ein Thema anschneiden, dessen Peinlichkeit die Gefahr in sich barg, daß er, entsetzt über seine Bloßstellung, wieder haltlos zum Alkohol greifen würde? Ein solches Risiko wagte sie nicht einzugehen. Da schwieg sie lieber und suchte Trost in den üppigen Geschenken, die Harald ihr machte. Unabhängig davon stellte sie sich immer intensiver vor, von Gerd Schroeder in die Arme genommen zu werden.

Roberts Bruder aber dachte an andere Dinge. Die politische Entwicklung hatte ihn nervös gemacht; er trug sich ernstlich mit dem Gedanken, Deutschland zu verlassen. Nur den Ausgang der bevorstehenden Wahl wollte er noch abwarten. Er gab sich allerdings keinen falschen Hoffnungen hin und traf alle Vorbereitungen, um kurzfristig nach Rom übersiedeln zu können, wo er eine Versicherungsagentur zu eröffnen gedachte, die gute Freunde ihm angetragen hatten. Lilo sollte ihm später folgen.

Wenn Gerd nach Rom geht, werde ich ihn besuchen, nahm Dorkas sich vor, als sie eines Morgens auf der Titelseite der Zeitung ein Foto Mussolinis entdeckte. Der herrische Blick des Italieners und sein Leidenschaft verratender Mund trieben sie in glutvolle Vorstellungen. Sie war so in Gedanken versunken, daß sie Harald nicht kommen hörte.

»Na, was wälzt mein Kleines denn wieder für aufregende Probleme?« begrüßte er sie.

Dorkas fuhr zusammen. »Ich? Wie kommst du darauf?«

»Du sahst aus, als weiltest du in weiter Ferne.«

Sie legte Brot in den Toaströster. »Vielleicht, weil ich einen scheußlichen Traum hatte. Ich bekomme ihn aber nicht mehr zusammen.«

Er griff zur Morgenzeitung, sah das Bild Mussolinis und schlug die Seite um. »Ergötzen wir uns lieber an anderen Katastrophen. Ah, das lese ich gerne: ›Taifun rast mit zweihundert Stundenkilometern auf Japan zu.‹ Was meinst du, was da jetzt los ist. Wie Schachteln werden die Häuser zusammenkrachen.«

»Auch über uns könnte einmal ein Taifun hinwegfegen«, entgegnete Dorkas unwillig.

Harald grinste. »Taifune gibt's nur in Ostasien. Wir leben in Deutschland, und der liebe Gott weiß spätestens seit dem dreißigsten Januar, daß wir die besten Menschen auf Erden sind.« Er blätterte die Seite um. »Nichts als erhebende Nachrichten. Mal sehen, wo eingebrochen wurde. Sieh mal an: in Steglitz! Ich sage ja immer . . .« Er unterbrach sich plötzlich und rief: »Robert ist vermißt!«

Dorkas starrte ihn entgeistert an.

Harald las: »Wie wir erst heute erfahren, ist seit dem 21. Februar das Flugzeug des Forschungsinstitutes zur Schädlingsbekämpfung überfällig. Die Maschine befand sich auf dem Weg von Königsberg nach Berlin. Um zwölf Uhr zweiundfünfzig meldete der Funker: ›Fliegen in neunhundert Meter Höhe über den Wolken.‹ Ein späterer Funkspruch lautete: ›Motorschaden. Wir tauchen in die Wolken ein.‹ Gemeinsam mit dem Sender Königsberg versuchte Danzig, den Standort der Maschine zu ermitteln, doch die Funkverbindung brach ab. Es wird vermutet, daß sich das Flugzeug zur Zeit der Schadensmeldung über dem Polnischen Korridor befand. Das Deutsche Konsulat in Warschau wurde verständigt, konnte bis gestern abend aber nichts über den Verbleib des Flugzeuges und seiner Besatzung ermitteln. Die polnische Gendarmerie ist verständigt.«

»Das ist ja furchtbar«, stöhnte Dorkas.

Harald saß wie benommen da.

Im Toaströster verbrannte das Brot.

Dorkas nahm es hastig heraus. »Du mußt Carla verständigen, bevor sie es aus der Zeitung erfährt.«

Harald ließ das Blatt sinken. »Und ich habe Robert angeboten, in meinen Verlag einzutreten! Prokurist könnte er sein und ein sorgloses Leben führen!«

»Ruf Carla an!« forderte Dorkas ihn auf.

Er erhob sich. »Wozu sie verrückt machen. Das Käseblatt daheim bringt die Nachricht bestimmt erst morgen. Bis dahin kann alles ganz anders aussehen.«

»Dann frag am Flughafen an, ob sich inzwischen etwas Neues ergeben hat?«

Harald ging zum Telefonapparat. Die Auskunft, die er erhielt, war negativ. Mehr, als die Zeitung berichtet hatte, wußte man auch bei der Flugleitung nicht. »Gib mir einen Cognac«, sagte er.

Dorkas sah ihn besorgt an. »Willst du nicht lieber erst frühstücken?« Das Telefon klingelte.

Harald lief zum Apparat und nannte seinen Namen.

Roberts Bruder meldete sich.

»Mein Gott, Gerd. Wir haben eben in der Zeitung gelesen ...«

»Ja, scheußliche Geschichte«, fiel Roberts Bruder ein. »Ich erfuhr es gestern abend von meinen Eltern. Roberts Dienststelle hatte sie verständigt.«

»Muß ja schrecklich für sie sein.«

»Gewiß. Sie sind aber recht tapfer. Deine Schwester allem Anschein nach auch. Meine Eltern, mit denen ich eben nochmals gesprochen habe, sagten mir, sie hätten sie informiert.«

»Habt ihr Näheres erfahren?«

»Wir wissen nur, was in der Zeitung steht. Ich habe mich aber mit einem Piloten unterhalten. Er meinte, bei einer Notlandung wegen Motorschadens passiere in der Regel nicht allzuviel. Überschlag und Fahrwerkbruch verursachten meistens nur Prellungen oder Brüche. Wir brauchen den Kopf also nicht hängen zu lassen, und ich möchte dich bitten, dies Carla auszurichten.«

Harald bedankte sich für den Anruf und meldete ein Gespräch nach Rheinberg an, das bald zustande kam.

Carla war am Apparat und erklärte sogleich: »Brich dir keine Verzierung ab. Ich bin informiert.«

»Deshalb rufe ich nicht an«, erwiderte er irritiert. »Ich weiß von Gerd, daß seine Eltern mit dir gesprochen haben.«

»Ach, möchtest du Paps trösten?«

»Wieso den?«

»Weil die Nachricht ihn total fertiggemacht hat.«

»Dich etwa nicht?«

»Ich komm nicht dazu. Hab' genügend damit zu tun, Paps aufzurichten.«

Sekundenlang wußte Harald nicht, was er entgegnen sollte. Dann sagte er anerkennend: »Robert ist um dich zu beneiden.«

»Ich werd's ihm sagen, sobald er zurück ist.«

»Ja, machst du dir denn überhaupt keine Sorgen?«

»Mehr, als du denkst. Ich halte mich jedoch an das chinesische Sprichwort: ›Daß die Vögel der Sorge und des Kummers über deinem Haupte fliegen, vermagst du nicht zu ändern. Du kannst aber verhindern, daß sie Nester in deinem Haar bauen.‹«

Carlas Haltung machte Harald unsicher. »Dann kann ich das Gespräch ja beruhigt beenden. Ich hatte mir Gedanken um dich gemacht.«

»Dafür bekommst du einen Kuß«, sagte sie, gab einen schmatzenden Laut von sich und legte den Hörer auf.

Nachdem Robert Schroeder sich bereit erklärt hatte, schriftlich zu bestätigen, tief über den Bauern hinweggeflogen zu sein und das Durchgehen des Pferdes gesehen zu haben, gab der Pole sich zufrieden. Sein Versprechen aber, der Besatzung ein Fahrzeug zur Verfügung zu stellen, wollte er erst einlösen, wenn sein Schwager, der Gemeindebüttel von Krysaki, die Erklärung geprüft habe. Bis dahin müsse die Besatzung sich gedulden.

Robert Schroeder und Alois Brandner ahnten, daß ein dunkles Spiel mit ihnen getrieben wurde. Dieser Eindruck verstärkte sich noch, als sie erkannten, daß der alte Jude in die Verhandlungen nicht mehr einbezogen sein wollte. Er führte sie in eine denkbar einfach eingerichtete, peinlich saubere Hütte, deren Wände weiß gekalkt waren. Vor ihren winzigen Fenstern hingen Papiergardinen mit Mustern, wie sie entstehen, wenn man eine Zeitung vielfach faltet und kleine Teilchen herausschneidet. Der Hauptraum wurde von einem aus Lehm gefertigten Ofen erwärmt, den eine breite Bank umgab.

»Dort Sie können schlafen«, sagte der Alte.

Robert Schroeder war angenehm überrascht. Das Äußere der Hütte hatte ihn das Schlimmste befürchten lassen.

Die Frau des Juden reichte eine Hirsesuppe, die aromatisch und pikant schmeckte.

Nach dem Essen, bei dem nicht gesprochen wurde, erschien der Bauer, dessen Pferd angeblich zur Notschlachtung nach Bydgoszcz geschafft worden war. Er kam aber nicht, um etwas zu fordern, sondern um der Flugzeugbesatzung zu sagen, daß er seinen im Dienst des Staates stehenden Schwager am nächsten Morgen holen und spätestens gegen elf Uhr mit ihm eintreffen werde.

Diese Nachricht erleichterte Robert Schroeder und stimmte auch den alten Juden froh.

Um so größer war die Enttäuschung, als der Bauer am nächsten Vormittag mit einem Mann erschien, dem die Hinterhältigkeit ins Gesicht geschrieben stand. Er war spindeldürr und steckte in einer viel zu weiten, verblaßten Litewka, die ein eng umgeschnallter Lederriemen zusammenhielt.

»Papier!« sagte er im Befehlston, kaum daß er in den Raum eingetreten war.

Robert Schroeder überreichte ihm die vorbereitete schriftliche Bestätigung.

Der angebliche Gemeindebüttel las eine Weile und sagte schließlich: »Is sich gut. Jetzt noch einmal untergeschrieben in Gegenwart von Zeuge Stanislav Rokoschinsky, wo ich bin persönlich.«

Das ist zwar unsinnig, dachte Robert Schroeder, unterzeichnete jedoch ein zweites Mal.

»Andere Pilot auch!« kommandierte der Schwager des Bauern.

Alois Brandner grinste. »Wie der Herr General befehlen.«

Der Pole nahm das Schriftstück und faltete es zusammen. »Jetzt andere Papier.«

»Welches andere Papier?« fragte Robert Schroeder.

»Personaldokument!«

»Bitte sehr!« Pilot und Funker übergaben ihre Ausweise.

Der Gemeindebüttel schaute flüchtig in sie hinein. »Is sich gut«, sagte er und steckte sie in die Tasche. »Ich werde vorlegen bei Behörde. Die wird entscheiden.«

Robert Schroeder entrüstete sich. »Sie können uns nicht einfach die Pässe abnehmen!«

»Kann ich!« sagte der Pole. »Is sich Vorschrift. Außerdem is sich mein Schwager krank. Von Überfliegen er hat bekommen Schock. Jetzt er behauptet, Pferd geschickt nach Bydgoszcz für Notschlachtung. Is sich aber nicht wahr. Pferd is sich gesund. Er is sich krank. Nix mehr weiß, was er redet. Muß sich kriegen Entschädigung für . . .«, er tippt sich an die Stirn, ». . . für nix mehr kann richtig denken.«

Robert Schroeder konnte nur staunen. Wollte man eine als unhaltbar erkannte Behauptung durch eine raffiniertere ersetzen? Oder hatte der durchtriebene Bauer die unglaubwürdige Geschichte von der Notschlachtung in der wohlüberlegten Absicht präsentiert, sich zu gegebener Zeit als geistesgestört hinstellen zu können? Er blickte ratsuchend zu dem Juden hinüber.

Dessen Mienenspiel drückte Bewunderung aus.

Alois Brandner raufte sich die Haare. »Benzinrohr löten und nichts wie weg von hier. Ehrlich!«

»Ohne Papiere?«

»Wollen Sie dem Scheißkerl vielleicht in den Hintern kriechen?«

Robert Schroeder wandte sich an den Gemeindebüttel. »Veranlassen Sie, daß uns der versprochene Wagen zur Verfügung gestellt wird.«

»Haben Zloty?«

»Nein, nur deutsches Geld.«

»Wagen is sich teuer. Kostet sich zehn Mark für Nachmittag.«

»Wissen Sie, was das ist?« brauste der Bayer auf.

»Ruhe!« gebot Robert Schroeder und zog seine Brieftasche.

Der Bauer und sein Schwager bekamen heiße Augen.

Robert Schroeder übergab zehn Mark.

Der Pole hielt den Schein gegen das Licht. »Is sich gut. Aber nur fahren zu Flugzeug. Anderswo is sich verboten ohne Personaldokument.«

Robert Schroeder riß die Geduld. »Dann geben Sie uns gefälligst unsere Pässe zurück.«

»Muß ich vorlegen bei Behörde.«

»Mann Gottes, verstehen Sie denn nicht? Wir müssen ein Benzinrohr löten lassen. Sonst können wir nicht weiterfliegen.«

»Nix löten, nix fliegen. Hier abwarten, was sagt Behörde.«

Robert Schroeder gab es auf. Zu offensichtlich war es, daß sie daran gehindert werden sollten, das Flugzeug startbereit zu machen. Sollten sie als Pfand dienen? Oder als Druckmittel? Er besprach sich mit dem Juden, der ihm dringend riet, sich nicht mit der Behörde anzulegen.

Drei Tage lang konnten Robert Schroeder und Alois Brandner nichts unternehmen. Der Gemeindebüttel von Krysaki hatte das Dorf verlassen, und sein Schwager sorgte dafür, daß ihnen niemand ein Fahrzeug zur Verfügung stellte. Sie wohnten weiterhin bei dem Juden, der ihnen am vierten Morgen verstohlen eröffnete, einen seiner Glaubensbrüder beauftragt zu haben, die Polizeibehörde von Zblewo wie zufällig wissen zu lassen, daß in der Nähe von Przytuly ein deutsches Flugzeug gelandet sei.

Robert Schroeder bedankte sich und bat den Juden, als Äquivalent für die Gastfreundschaft eine Zahlung leisten zu dürfen.

Die Finger des Alten fuhren lebhaft durch seinen Bart. »Gott der Gerechte«, sagte er. »Nötig es wäre nicht. Ihr Angebot zurückzuweisen, aber ich bringe nicht übers Herz. Wieviel werden Sie geben?«

Robert Schroeder drückte ihm einen Hundertmarkschein in die Hand.

Der Jude starrte fasziniert auf die Geldnote. »Mir kommt der Schweiß.«

Noch am selben Tag erschien in einem vorsintflutlich anmutenden Auto ein Polizeioffizier, dem es sichtlich schwerfiel, sich zu beherrschen, als er erfuhr, daß die Besatzung daran gehindert worden war, sich mit einer Behörde ins Benehmen zu setzen. Er fuhr Robert Schroeder und Alois Brandner gleich nach Czersk, wo die Benzinleitung gelötet und über die Vorgänge in Przytuly ein Protokoll aufgesetzt wurde. Dann lud er die Besatzung zum Essen ein und entschuldigte sich immer wieder für das ihm unverständliche und sinnlos erscheinende Verhalten des Bauern.

»Daß der Kerl versuchte, aus der Geschichte Kapital zu schlagen, kann ich verstehen«, sagte er. »Mir ist nur schleierhaft, wie er dies zuwege bringen wollte.«

»Darüber haben wir uns auch schon den Kopf zerbrochen«, entgegnete Robert Schroeder. »Vielleicht hat er tatsächlich einen Schock erlitten.«

Der Polizeioffizier lachte. »Möchten Sie ihm eine Lebensrente zuschanzen?«

»Um Gottes willen!«

»Ich bin gespannt, wie sein Schwager reagieren wird, wenn wir plötzlich vor ihm stehen.«

Der über das Erscheinen des Polizeioffiziers völlig verdatterte Gemeindebüttel bekannte sehr schnell, die Pässe an sich genommen zu haben, um den Start des Flugzeuges zu verhindern. Ihm sei es darum gegangen, eine Rechtsberatung durch eine Versicherungsgesellschaft zu erhalten, die er angeschrieben habe. Sein Schwager sei immerhin durch ein dicht über ihn hinweggeflogenes Flugzeug geistig so gestört worden, daß er völlig unhaltbare Behauptungen aufstelle.

»Darüber unterhalten wir uns später«, sagte der Polizeioffizier. »Jetzt möchte ich erst einmal die Pässe der Deutschen sehen.«

Als er bald darauf mit Robert Schroeder und Alois Brandner nach Przytuly zurückfuhr, meinte er nachdenklich: »Bei der Erklärung des Büttels mußte ich an ein berühmtes Wort denken: ›Mich dünkt, ich hör' ein ganzes Chor von hunderttausend Narren sprechen.‹«

Robert Schroeder schaute den Polen überrascht an. »Wenn dem so ist, weiß ich Rat. Mit Narren braucht man nicht streng zu sein.«

Als Dorkas gegen zwei Uhr von ihrem Mann angerufen wurde, hoffte sie eine gute Nachricht über Robert zu erhalten. Er konnte ihr jedoch nur sagen, daß beim Deutschen Konsulat in Warschau immer noch keine Meldung vorliege und er sich bei dem Gedanken, Carla dies mitteilen zu müssen, am liebsten betrinken würde.

Seine Offenheit ließ Dorkas aufhorchen. »Ich mache dir einen Vorschlag«, sagte sie, um ihm zu zeigen, daß er sich in allem an sie wenden könne. »Verständige Carla und komm nach Hause. Auch ich bin völlig durcheinander. Vier Tage ist Robert nun schon vermißt.«

»Ich beeile mich, Kindchen«, rief er erfreut. »Hast du einen Wunsch? Soll ich dir etwas mitbringen?«

»Nein«, antwortete sie mit weicher Stimme. »Dich will ich. Sonst nichts.«

Er verabschiedete sich beglückt.

Wenn ihn früher etwas bedrückte, betrank er sich und kam randalierend heim, sinnierte Dorkas und suchte ihren Schlafraum auf, wo sie ihr Kleid und ihre Unterwäsche ablegte und in einen Morgenrock schlüpfte, dessen weich herabfallende Seide ihre Figur verführerisch betonte. Wenn wir gemeinsam etwas trinken, müßte es möglich sein . . .

Weiter wagte sie nicht zu denken. Seit Wochen hatte Harald sich ihr nicht mehr genähert. Die getrennten Schlafzimmer hatten sie einsamer gemacht, als sie es zuvor gewesen war. Warum betrachtete er Aktfotos, und warum war es ihm nicht möglich, mit ihr das Glück zu finden?

Dorkas fieberte Harald entgegen. Sie lechzte nach Erlösung und küßte ihn leidenschaftlich, als er erschien.

»Was ist mit dir?« fragte er verwundert.

Sie preßte sich an ihn. »Dauernd muß ich an Robert denken.«

»Ich ebenfalls.«

»Hast du Carla verständigt?«

»Ja, natürlich.«

»Wie hat sie es aufgenommen?«

»Unverändert. Sie umgibt ihr Herz mit Eis.«

Dorkas führte Harald in den Wohnraum, in dem sie eine Platte mit pikanten Appetithappen bereitgestellt hatte. »Möchtest du einen Cognac?«

»Lieber Whisky. Der ist bekömmlicher.«

Seit wann überlegt er, was bekömmlicher ist, dachte sie und ging zum Barschrank. »Besondere Marke?«

Er lachte hölzern. »War ich jemals wählerisch?«

»Nein. Aber es wäre schön, wenn sich das ändern würde.«

Harald betrachtete sie prüfend.

Dorkas schenkte ein und stieß mit ihm an. »Auf Roberts Wohl!«

Er leerte sein Glas in einem Zuge.

Sie wollte es ihm gleichtun, doch im selben Augenblick klingelte das Telefon. »Vielleicht eine Nachricht von Robert«, rief sie und eilte zum Apparat. »Hallo . . .?«

Es meldete sich der Buchhalter des Verlages. »Könnte ich Ihren Gatten sprechen, gnädige Frau?«

»Ja«, sagte sie und übergab den Hörer.

»Was gibt's, Schmitz?«

Dorkas konnte hören, daß der Prokurist erregt sprach.

Ihr Mann ließ ihn eine Weile reden und rief dann aufgebracht: »Quatschen Sie kein dummes Zeug. Die sollen gefälligst prolongieren! Spesen zu meinen Lasten, und fertig ist die Laube.«

Die Stimme des Buchhalters wurde leise.

»Das ist eine Unverschämtheit!« unterbrach ihn Harald. »Machen Sie den Herren klar, daß der Name von der Heid mehr Sicherheit darstellt als die Unterschrift eines lächerlichen Bankdirektors. Um welche Summe geht's denn überhaupt?«

. . .

»Unsinn, Schmitz. Die bluffen nur. Machen Sie kurzen Prozeß. Erklären Sie, daß ich die Wechsel platzen lasse, wenn nicht prolongiert wird. Dann geht's den Burschen an den eigenen Kragen.«

. . .

»Ja. Und rufen Sie mich an, wenn Sie Tabula rasa gemacht haben.« Er legte den Hörer auf. »Das sind vielleicht Krämerseelen. Aber ich war toll in Fahrt, wie?«

Dorkas nickte, obwohl sie anderer Meinung war. Sie verstand nichts von Wechseln, glaubte dem Gespräch aber entnehmen zu können, daß es geschäftliche Schwierigkeiten gab. »Hast du Sorgen?«

Harald schüttelte den Kopf. »Ich habe lediglich viel investieren müssen. Das ist alles.«

»Sind Wechsel nicht gefährlich?«

Er lachte. »Unsinn. Schenk nochmals ein.«

Sie entsprach seiner Bitte.

Er leerte das Glas erneut in einem Zuge.

Für Dorkas stand plötzlich fest, daß geschäftlich nicht alles in Ordnung war. Unwillkürlich zog sie eine Parallele zwischen ihrer Ehe und dem Unternehmen ihres Mannes. Nach außen hin schien alles hervorragend zu sein, in Wirklichkeit stimmte es vorne und hinten nicht.

Erneut klingelte das Telefon.

»Dürfte der Schmitz wieder sein«, sagte Harald und hob den Hörer ab.

Der Buchhalter meldete sich.

Harald blinzelte zu Dorkas hinüber und wies auf sein Glas.

Sie schenkte ein.

Er schlug mit der Faust auf den Tisch. »Ja, sind die Kerle denn verrückt geworden?«

Dorkas beobachtete das Mienenspiel ihres Mannes.

»Wenn Sie dauernd reden, kann ich nicht überlegen«, schrie Harald und fuhr sich durch die Haare. »Also passen Sie auf, Schmitz. Teilen Sie den Firmen mit, ich bedauerte es außerordentlich, kein Verständnis dafür gefunden zu haben, daß ich die Papiere aus internen Gründen zu prolongieren wünsche. Unter den gegebenen Umständen würde ich selbstverständlich umdisponieren und die Akzepte einlösen. Das intransigente Verhalten der Herren mache eine weitere Zusammenarbeit aber unmöglich. Ich müsse deshalb um Abschluß der Konten innerhalb von drei Tagen bitten.«

Dorkas war überrascht. War im Verlag doch alles in Ordnung?

»Das war Nummer eins«, fuhr Harald nach kurzer Pause fort. »Numero zwei: Bestellen Sie sofort zwei Schlafwagenbetten für den Nachtzug nach Köln.«

Dorkas kam aus dem Staunen nicht heraus.

»Ad drei: Gehen Sie morgen früh zu Bankdirektor Felsen und beantragen Sie einen Kredit von vierhunderttausend Mark. Als Sicherheit biete ich erstklassige Aktien in entsprechender Höhe, die spätestens morgen nachmittag von Köln abgesandt werden.«

Dorkas war es, als fiele eine Zentnerlast von ihren Schultern.

»Alles klar, Schmitz?«

...

»Na also! Und schicken Sie mir mit den Fahrkarten dreitausend Mark.«

...

»Natürlich. Und in Zukunft machen Sie sich weniger Gedanken. Ich bin zwar noch jung, verfüge aber über Reserven, die zum Kauf des

Grunewaldes ausreichen würden.« Damit legte er den Hörer auf und wandte sich an Dorkas. »Na, wie stehen wir da?«

Sie drängte sich an ihn. »Ich habe gar nicht gewußt, daß du so vermögend bist.«

»Ich ...?« Er lachte. »Papa hat die Moneten. Seine Aktien sind es, die ich meiner Bank als Sicherheit zur Verfügung stellen werde.«

Dorkas sah ihn verwirrt an. »Und wenn er sie dir nicht gibt?«

»Das wird er selbst dann tun, wenn er es nicht möchte.«

»Das verstehe ich nicht.«

»Ist auch nicht nötig, Kleines. Mit geschäftlichen Dingen soll man Ehefrauen nicht belasten.«

Die Schlafwagenfahrt nach Köln verlief ohne jeden Zwischenfall. Angesichts der geschäftlichen Sorgen ihres Mannes und der Angst um seinen Freund Robert hatte Dorkas das Schlimmste befürchtet. Doch sie täuschte sich. Außer einem Glas Bier, das Harald im Zug mit ihr trank, nahm er an diesem Tag keinen Tropfen Alkohol mehr zu sich. Sie konnte sich dies zunächst nicht erklären, aber je länger sie über alles nachdachte, um so überzeugter wurde sie, daß er sich nur beherrschte, weil die Lösung des Problems, das auf ihn zugekommen war, keinen Aufschub duldete.

Da Dorkas wußte, daß Harald seinen Vater über ihr Kommen informiert hatte, rechnete sie mit jenem großen Empfang, den der berühmte Schriftsteller seinen Gästen zu bereiten pflegte, um sich selbst zur Schau stellen zu können. An diesem Morgen kam Eberhard von der Heid jedoch nicht zu Wort, da Carla überschwenglich rief:

»Bert ist wieder da! Er ist in Berlin gelandet und völlig unverletzt!«

Harald umarmte sie.

»Fast eine halbe Stunde habe ich mit ihm telefoniert.«

Dorkas wandte sich ihrem Schwiegervater zu. Seine Haut war rosig frisch, sein weißes Haar aufgelockert.

»Zauberhaft siehst du aus«, sagte er mit einer Betonung, als schmilze er dahin. »Die Ehe scheint dir ja prächtig zu bekommen.« Er küßte ihre Wange. »Nur weiter so!« Damit griff er hinter sich und nahm von seinem Chauffeur ein Blumenbukett entgegen. »Darf ich mir erlauben ...«

Carla redete ungestüm auf ihren Bruder ein. »Und wenn der Jude nicht gewesen wäre, würde Bert jetzt noch in Prschzockschick, oder wie der Ort heißt, sitzen. Bert sagt, beim Start habe der Alte wie ein Patriarch dagestanden.«

»Jetzt ist es aber genug«, mischte sich ihr Vater ein.

Carla machte sich über ihn lustig. »Als Parteigenossen fällt es ihm schwer zu hören, daß ausgerechnet ein Jude Bert geholfen hat.«

Eberhard von der Heid hob wie hilflos die Arme. »Seit gestern abend spricht sie nur noch von dem Juden. Ich rieche ihn bereits.«

»Wäre es dir lieber, wir hätten keine Nachricht?«

Ihr Vater schlug die Hände mit theatralischer Geste zusammen. »Um Gottes willen, nein! Ich bin ja froh, daß du deinen Bert wiederhast. Schon wegen der Frühstückseier«, fügte er, an Dorkas gewandt, hinzu. »Die waren in den letzten Tagen immer steinhart. Und im Haushalt hat nichts mehr geklappt. Doch jetzt wollen wir von was anderem reden.« Er klopfte seinem Sohn auf die Schulter. »Schaust gut aus, mein Junge. Bei euch scheint wirklich alles in Ordnung zu sein.«

»Das kann man wohl sagen.«

»Und was macht der Verlag?«

»Der wächst, blüht und gedeiht. Seinetwegen bin ich gekommen. Ich muß etwas mit dir besprechen. Zunächst aber lade ich euch zu einem Sektfrühstück ein.«

»Na, na, na«, warnte der Vater. »Nun mal nicht zu üppig. Wir können doch zu Hause . . .«

»Nichts da«, unterbrach ihn Harald. »Roberts Rückkehr muß gefeiert werden. Außerdem fehlt mir die Zeit, nach Rheinberg zu fahren. Vor mir liegen wichtige Verhandlungen in Stuttgart und in München. Am Nachmittag geht es schon weiter.«

»Du willst überhaupt nicht . . .?«

»Ich kann nicht, Papa. Bin zur Zeit maßlos beschäftigt.«

»Ja, dann . . . Ich bin der letzte, der kein Einsehen hat. Überdies freut es mich zu hören, daß du viel zu tun hast. Dann wird ja auch wohl was hängenbleiben.«

»Und ob!« sagte Harald mit gewichtiger Miene.

Man schlenderte zum nahe gelegenen Dom-Hotel, wo binnen weniger Minuten ein kleiner Gesellschaftsraum zur Verfügung stand.

Carla nahm Dorkas zur Seite. »Mich wundert es, daß Harald seinen nicht gerade sehr geliebten Herrn Vater so dringend sprechen will. Was ist los?«

Dorkas wurde verlegen. »Ich kann es dir nicht sagen, weiß nur, daß einige große Aufträge abgesichert werden müssen.«

Carla blickte zu ihrem Vater hinüber, der sich mit Harald an ein kleines Tischchen gesetzt hatte und plötzlich mit allen Anzeichen der Erregung erklärte: »Ich denke nicht daran! Hunderttausend stellte ich dir zum Rückkauf der Verlagsrechte an meinen Büchern zur Verfügung. Denselben Betrag übergab ich folgerichtig Carla, die ihr Geld, wie ich nun leider erkennen muß, leichtsinnigerweise dir übertragen hat.«

»Hab' ich ihr etwa nicht pünktlich die Zinsen gezahlt?« brauste

Harald auf. »Das Geld ist doch da. Natürlich nicht in bar, sondern investiert. Keinen roten Heller kann sie verlieren.«

Carla ging mit schnellen Schritten auf ihren Bruder zu. »Kann wirklich nichts passieren?«

»Nein. Mein Ehrenwort!«

»Dann lassen wir euch jetzt allein«, sagte sie, drehte sich um und forderte Dorkas auf, ihr zu folgen. »Ruft uns, wenn eure Köpfe bluten.«

»Na, bitte«, triumphierte Harald. »Carla mißtraut mir nicht, weil sie im Gegensatz zu dir nicht voller Vorurteile steckt. Wäre sie damals schon älter gewesen, hättest du mich niemals in eine Heilanstalt bringen können.«

»Du weißt ja nicht, in welchem Zustand du an jenem Tage warst«, erboste sich der Vater. »Der bloße Gedanke daran treibt mir jetzt noch den Schweiß auf die Stirn.«

Um den Bogen nicht zu überspannen, lenkte Harald ein. »Entschuldige, Papa. Ich habe die Nerven verloren. Der hinter deinen Worten stehende Verdacht, ich wollte Carla um ihr Geld bringen . . .«

»Das habe ich nicht behauptet«, fiel Eberhard von der Heid ein. »Wenn du aber trotz des dir von Carla zur Verfügung gestellten Anfangskapitals noch Wechsel über annähernd vierhunderttausend Mark laufen läßt, dann erlaube ich mir zu bezweifeln, daß deine Schwester von ihrem Geld jemals einen Pfennig wiedersehen wird. Nein«, rief er und schlug auf das Tischchen, an dem er saß, »nicht eine Aktie rücke ich heraus!«

Harald streckte seine Beine in den Raum hinein. »Dann werden die Wechsel eben platzen. Ich hoffe, du weißt, was das bedeutet.«

»Allerdings!« Der Vater nestelte an seinem Kragen, um sich Luft zu verschaffen.

»In seiner ganzen Tragweite?«

»Jawohl, mein Sohn. Carlas Geld ist dann futsch. Ich werde es aber einzurichten wissen, daß sie durch dich nicht geschädigt wird. Mit ihrem Verlust werde ich dein Erbkonto belasten. Versteht sich: notariell!«

Harald erhob sich wie jemand, der viel Zeit hat. »Das ist gut und korrekt gedacht. Du berücksichtigst nur nicht, daß auch du in dem Boot sitzt, das du untergehen lassen willst.«

»Ich . . .?« Der Schriftsteller sah seinen Sohn verächtlich an.

Haralds Gesichtsausdruck wurde diabolisch. »Du glaubst mir nicht? Dann wollen wir einmal annehmen, du würdest mir die erbetenen Aktien nicht für ein Jahr überlassen, damit ich meinen Aufbau in der begonnenen Weise beenden kann. Was wäre die Folge? Ich müßte den Konkurs anmelden, und außer meinem Verlag wäre auch dein Name zum Teufel. Denn die Rechte an deinen Werken sind heute Kapital des

Verlages und würden infolgedessen zur Konkursmasse gehören. Weißt du nun, warum ich zu dir gekommen bin?«

Eberhard von der Heid war leichenblaß geworden. »Du bist das personifizierte Böse! Was ich nie wahrhaben wollte – jetzt ist es erwiesen!«

Harald zuckte die Achseln. »Dagegen zu reden, dürfte keinen Zweck haben. Und auf meinen Erzeuger möchte ich nicht hinweisen. Im übrigen trifft mich deine Feststellung nicht; denn ich bin nicht böse. Ich kämpfe lediglich um meine Existenz. Was ich erbitte, ist nichts als eine Sicherheitsleistung für einen Kredit. Und die Aktien sollen in einem Jahr zurückgegeben werden. Obendrein habe ich mich erboten, fünf Prozent Zinsen zu zahlen. Was tu' ich also Unrechtes?«

Das sonst rosige Gesicht des Schriftstellers glich einer grauen Maske. »Ich gebe mich geschlagen«, sagte er kaum hörbar. »Die Trümpfe liegen in deiner Hand. Aber wehe dir, wenn du Carla um ihr Erbteil bringst.«

»Du kannst unbesorgt sein, Papa. In einem Jahr hast du die Aktien zurück.«

Kellner betraten den Raum und begannen den Frühstückstisch zu decken.

Eberhard von der Heid griff sich an den Hals. »Mir ist der Appetit vergangen.«

»Ich bitte dich, Papa. In einem Jahr ...«

»Hör auf!« unterbrach ihn der Vater. »Ich weiß, was sich gehört, und werde mich nicht gehenlassen. Verständige also die Damen.«

»Und wann gehen wir zur Bank?«

»Wir? Das erledige ich allein. Du magst deine Unterschrift am Nachmittag leisten.«

Sosehr sich Eberhard von der Heid auch bemühte, nicht zu zeigen, wie es in ihm aussah, es konnte Carla und Dorkas nicht entgehen, daß er mit seinem Sohn nur sprach, wenn dies unumgänglich erforderlich war. Im Gegensatz zu Dorkas nahm Carla die Verstimmung gelassen hin. Für sie war es fast ein Normalzustand, daß ihr Vater und Harald aneinandergerieten. Sie hatte es sich im Laufe der Jahre abgewöhnt, sich über deren Streitigkeiten aufzuregen, und sie machte auch nicht mehr den Versuch, die beiden zu versöhnen. Im Augenblick dachte sie ohnehin viel zu sehr an Robert. Er hatte ihr versprochen, spätestens nach der Wahl vom 5. März Urlaub zu nehmen. Bis dahin war es gerade noch eine Woche.

Dorkas war entsetzt über die Kühle, mit der ihr Schwiegervater sich von ihr verabschiedete. »Was hat ihn bloß so verändert?« fragte sie Harald, als sie allein waren.

»Er ist wütend darüber, daß ich ihm die Aktien aus der Nase gezogen habe«, antwortete er leichthin. »Dabei ist es ein Vorteil für ihn. Außer seinen Dividenden erhält er jetzt zusätzlich fünf Prozent Zinsen.«

»Dann begreife ich nicht, warum er so kühl zu uns war.«

Harald lachte. »Man ist immer verstimmt, wenn man erkennt, daß ein anderer recht hat. Aber jetzt machen wir einen gemütlichen Bummel durch die Stadt. Um zwei Uhr gehe ich dann zur Bank, und danach mieten wir uns ein Taxi und fahren das Rheintal hinauf.«

Dorkas war froh, abgelenkt zu werden. »Hast du ein bestimmtes Ziel?«

»Wir bleiben, wo es uns gerade gefällt. Ich möchte, daß dieser Tag harmonisch endet. Für mich war es nicht leicht, den Alten Herrn um etwas zu bitten. Dafür kenne ich ihn zu gut. Er sitzt wie eine Kröte auf seinem Geld. Dabei stammt ein großer Teil unseres Vermögens von meiner Mutter. Mach dir also keine Gedanken.«

Seine Worte blieben nicht ohne Wirkung, und Dorkas fühlte sich ausgesprochen wohl, als Harald sie am Abend in die Winzerstube des kleinen Hotels führte, in dem sie Unterkunft gefunden hatten. Es lag vor Andernach und bot einen prächtigen Ausblick auf den Rhein. Und Harald sprach dem Wein nur in Maßen zu. Alles verlief so, wie sie es sich wünschte, und nichts deutete darauf hin, daß sie einem ungewöhnlichen Ereignis entgegenging.

Es begann damit, daß Harald am nächsten Morgen beim Frühstück, das ihnen auf dem Zimmer serviert wurde, in der Lokalzeitung blätterte und seiner Art gemäß diesen und jenen Artikel vorlas.

»Ah, da kommt etwas Aufregendes«, sagte er mit erhobener Stimme. »Tragischer Verkehrsunfall. Wie die Polizei berichtet, wurde die zwanzigjährige Alma Wiskott gestern nachmittag auf der Landstraße nach Koblenz von einem ins Schleudern geratenen Lastwagen erfaßt und auf der Stelle getötet. Alma Wiskott, die vor sechs Jahren von einem Betrunkenen vergewal . . .« Harald stockte, als wäre ihm die Kehle zugeschnürt. Er verlor alle Farbe. Die Zeitung entfiel seinen Händen. Seine Augen flackerten.

»Was ist?« rief Dorkas und sprang auf, um ihm beizustehen.

Er stieß sie zur Seite, griff nach der am Boden liegenden Zeitung und rannte aus dem Raum.

»Harald!« rief sie und lief hinter ihm her.

Er verschwand in der Toilette und verriegelte die Tür. Sollte er denn nie mehr Ruhe finden? Sechs Jahre waren erst vergangen? Ihm war es wie eine Ewigkeit erschienen. Er hatte dem Mädchen eine Tafel Schokolade geben wollen, die für seine Freundin bestimmt gewesen war.

Die aber hatte mit einem anderen im Bett gelegen. Da war er davongelaufen und hatte sich betrunken. Und dann hatte er sich im Straßengraben wiedergefunden. Ein Mädchen hatte neben ihm gesessen und ihn gefragt, ob er krank sei. Er hatte ihr die Schokolade . . .

Herrgott, verschone mich.

Wie von Furien gehetzt, faltete er das Tageblatt auseinander, las den Artikel zu Ende und riß ihn heraus. Was sollte er tun? Er knüllte die Zeitung zusammen, schob sie hinter die Toilettenschüssel und schaute auf den Korridor hinaus. Als er sah, daß Dorkas nicht in der Nähe war, ging er zur Reception hinunter und bat um eine Flasche Weinbrand.

»Reisen Sie heute ab?« fragte die Wirtin.

Er zögerte. »Nein, wir bleiben.«

»Soll ich die Flasche öffnen lassen?«

»Ja, bitte.«

Mühsam schleppte er sich die Treppe hoch. Da sich im Flur niemand befand, setzte er die Flasche an die Lippen. Fast bis zur Hälfte leerte er sie. Dann reckte er sich wie jemand, der neue Kräfte in sich verspürt.

Dorkas erwartete ihn mit Bangen. »Gott sei Dank, daß du da bist«, rief sie und eilte auf ihn zu. »Ich hatte plötzlich entsetzliche Angst um dich.«

Sein Mißtrauen war geweckt. »Und warum?«

»Weil dir schlecht geworden war«, antwortete sie, um nicht erkennen zu lassen, daß sie den abrupt beendeten Zeitungsartikel mit ihm in Zusammenhang brachte. Sie durfte gar nicht darüber nachdenken. Die Vorstellung, daß Harald eine Vierzehnjährige vergewaltigt haben sollte, raubte ihr fast den Verstand. Wenn ihre Annahme aber zutraf, dann ließ sich vieles erklären. Vor allen Dingen sein Zusammenbrechen, sobald ihre Körper . . .

Er setzte die Flasche an den Mund.

»Nimm doch ein Glas«, bat Dorkas.

»Mich zu bitten ist zwecklos«, fuhr er sie an.

Dorkas beschwor ihn, nicht so laut zu reden.

»Ich kann schreien und saufen, soviel ich will«, brüllte er aus Leibeskräften. »Los, hol die nächste Flasche.«

»Aber, Harald, was wird die Wirtin denken!«

»Wenn dir das was ausmacht, dann lauf zum Krämer.«

Sie ließ sich in einen Sessel fallen.

Er torkelte auf die Tür zu. »Wenn du nicht willst, geh' ich selber.«

»Nein!« rief sie und eilte hinter ihm her. »Ich hole dir die Flasche. Aber wenn du schon trinken mußt, dann solltest du dich wenigstens hinlegen.«

Er wankte auf sie zu. »Das ist eine gute Idee. Wenn du wiederkommst, liege ich im Bett.«

Dorkas verließ den Raum und erinnerte sich daran, daß Harald ohne Zeitung zurückgekommen war. Sie lief zur Toilette, fand dort das zusammengeknüllte Blatt und sah, daß der Artikel herausgerissen war.

Grauen erfaßte sie. Zum erstenmal begriff sie, daß Harald sich immer wieder betrank. Er wollte vergessen. Sie eilte zum nächstgelegenen Geschäft, erstand eine Flasche Weinbrand und kehrte gerade noch zur rechten Zeit zurück. Harald befand sich entkleidet auf dem Korridor.

»Gib her!« sagte er und riß ihr die Flasche aus der Hand.

Dorkas schob ihn ins Zimmer zurück und erklärte unmißverständlich: »Wenn du so weitermachst, fahre ich nach Hause.«

Er nahm eine drohende Haltung ein. »Mich willst du verlassen, nachdem du in Paris herumgehurt hast? Und was geschah in London?« Er entkorkte die Flasche und trank gierig.

Dorkas wandte sich angewidert ab. »Ich schwöre dir, daß ich dich verlasse, wenn du dich nicht augenblicklich anständig benimmst. Und ich gehe dann für immer!«

Er torkelte auf die Tür zu und schloß sie ab. »So, nun bleibt dir nur noch der Weg durchs Fenster.«

»Harald, ich flehe dich an, leg dich ins Bett!«

Er nahm einen weiteren Schluck. »Ins Bett hast du gesagt?« Sein Blick wurde lüstern. Er stürzte sich auf sie und riß ihr die Kleider vom Leibe.

Dorkas versuchte sich zu wehren. Vergeblich. Er umklammerte sie. Sie rang nach Luft. »Nicht so, Harald! Ich flehe dich an!«

»Aber ich will es so!« schrie er und warf sie aufs Bett. »Eine schaurige Beichte wirst du jetzt hören! Meine Geschichte!« Und er keuchte: »Alma! Alma! Alma!«

13

Robert Schroeder war enttäuscht. Er hatte geglaubt, nach dem Wahlkampf einen vierzehntägigen Urlaub antreten zu können, mußte jedoch erfahren, daß er nach dem 5. März mehr denn je zu fliegen haben würde.

»Infolge der Unterstützung der NSDAP wurde Ihre eigentliche Aufgabe völlig in den Hintergrund gedrängt«, sagte ihm der Dienststellenleiter. »Dringender denn je benötigen wir nun die erforderlichen

Angaben über die Ausbaufähigkeit der Flugplätze. Milch hat es übernommen, binnen kürzester Frist eine Luftwaffe aus dem Boden zu stampfen. Wir müssen Ihren Bericht bis spätestens Anfang April vorliegen haben. Ab Mai sollen wir ein von der Reichswehr getrenntes Luftfahrtministerium bekommen. Und dann geht's los. Auf dem Papier steht ein Tausend-Flugzeuge-Programm.«

»Sie bekommen die Unterlagen so schnell wie möglich«, versicherte Robert Schroeder. »Und wenn ich Tag und Nacht fliegen muß. Die Tarnung können wir nun ja wohl fallenlassen.«

»Um Gottes willen!« widersprach der Dienststellenleiter. »Tarnung wird jetzt größer denn je geschrieben. Im Ausland darf nichts über Zeitmaß, Stärke und Organisation des Ausbaues der Luftwaffe bekannt werden. Ich muß Sie auch bitten, Ihren Wohnsitz nach Berlin zu verlegen. Wenn die Ihnen übertragene Aufgabe erledigt ist, sollen Sie einen interessanten Auftrag erhalten.«

»Mit Wohnsitz in Berlin?«

»Ja. Näheres kann ich Ihnen noch nicht sagen. Ich darf Ihnen jedoch verraten, daß es sich um eine Ausbildungsaufgabe handelt, die geheimzuhalten ist. Bis dahin schnellste Erstellung der Flugplatzliste. Wenn sie fertig ist, dürfen Sie drei Wochen in Urlaub gehen.«

Angesichts dieses Bonbons fiel es Robert nicht schwer, Carla nochmals anzurufen und ihr zu erklären, daß er den voreilig angekündigten Urlaub erst im April nehmen könne.

Sie reagierte, wie er im ersten Moment reagiert hatte: enttäuscht. Als er aber andeutete, eine Aufgabe mit Sitz in Berlin übernehmen zu sollen, war sie versöhnt. »Dann kannst du dir ja ein schickes Etablissement mieten«, rief sie erfreut. »Und wir können uns jederzeit treffen.«

»Sofern das dir vorschwebende Etablissement erschwinglich für mich ist«, schränkte er ein.

»Geizkragen!«

»Sonst noch was?«

»Werden wir uns bis zum April überhaupt nicht sehen?«

»Laß mich überlegen«, antwortete er. »Am Samstag fliege ich nach Münster, um zu wählen. Am Sonntag lande ich dann gegen elf Uhr in Bonn-Hangelar, von wo ich am Montagmorgen meinen vierwöchigen Rundflug antreten werde.«

Carla tat einen Freudenschrei. »Und das sagst du mir erst jetzt?«

»Es sollte mein Gutenachtkuß sein.«

Verliebte Redensarten beendeten das Gespräch. Danach rief Robert seinen Bruder Gerd an, mit dem er schon am Tage zuvor, als er von Polen zurückgekehrt war, ausführlich gesprochen hatte. »Ich habe nichts zu tun«, sagte er. »Können wir uns heute abend treffen?«

Gerd bedauerte, keine Zeit zu haben. »Wie wäre es morgen?«

»Da bin ich schon wieder unterwegs. Wir stehen ja mitten im Wahlkampf.«

»Bei eurem Eifer werde ich wohl meiner letzten Woche in Deutschland entgegensehen.«

»Du trägst dich immer noch mit dem Gedanken, abzuhauen?«

»Wenn die NSDAP mehr als fünfzig Prozent erhält, rausche ich ab. Und zwar so schnell wie möglich. Einsperren lasse ich mich nicht.«

»Wer sollte dich schon einsperren wollen?«

»SA-Männer, die den Auftrag erhalten, politisch Andersdenkende durch Freiheitsberaubung zur ›Vernunft‹ zu bringen.«

Robert redete nicht dagegen. Jeder Versuch, Gerd umzustimmen, war vergebliche Liebesmüh. Sein Bruder wollte einfach nicht zur Kenntnis nehmen, daß Hitler sich nach seiner Ernennung zum Reichskanzler strikt geweigert hatte, die Kommunistische Partei zu verbieten. Diesen Beweis der Toleranz und des eindeutigen Willens, sich legal zu behaupten, hatte Gerd mit der Behauptung abgetan, Hitler wolle nur verhindern, daß die Stimmen der Kommunisten den Sozialdemokraten zugute kommen.

Robert hatte sich sein Teil gedacht und würde es niemals für möglich gehalten haben, daß er schon wenige Tage später unsicher werden könnte. Er hatte Parteiredner nach Bayreuth, Hof, Plauen und Gera fliegen müssen und trank mit diesen und Alois Brandner gerade ein Glas Wernesgrüner Pils, als im Radio gemeldet wurde, ein holländischer Kommunist habe den Reichstag in Brand gesetzt. Der Täter sei im Gebäude angetroffen und verhaftet worden.

Anstatt sich über die Tat aufzuregen, jubelten die Parteifunktionäre.

»Ein würdiges Ende der Quasselbude des vergangenen Systems!«

»Jetzt wird es den Kommunisten an den Kragen gehen!«

»Das hat Goebbels prima hingekriegt.«

»Es mußte ja etwas geschehen.«

Robert Schroeder saß wie benommen da.

»Alois Brandner machte einen bedrückten Eindruck.

»Was halten Sie von der Sache?«

Der Funkmaschinist zuckte die Achseln. »Ich kann nicht glauben, daß es Absicht war. Sie?«

»Das halte ich für ausgeschlossen. Die Geschichte mag einigen ins Konzept passen. Hitler würde aber niemals dulden . . .« Er erhob sich. »Ich muß an die frische Luft. Gehen Sie mit?«

»Gerne.«

Der Spaziergang durch die Nacht erleichterte beide nicht. Die durch das Verhalten der Parteiredner aufgetauchten Fragen bohrten weiter und provozierten Antworten, die sie nicht wahrhaben wollten.

»Schluß jetzt«, sagte Robert Schroeder schließlich. »Wer Fragen stellt, die nicht zu stellen sind, muß zwangsläufig falsche Antworten bekommen. Nachdem feststeht, daß ein holländischer Kommunist bei der Brandlegung ertappt wurde, ist es absurd zu überlegen, ob die Partei oder sonst jemand den Brand gewünscht und inszeniert hat.«

Daß politische Gründe führende Persönlichkeiten veranlaßt haben könnten, unrechte Wege zu gehen, war für Robert Schroeder undenkbar. Er wurde auch nicht wankend, als sein Bruder wenige Tage später versuchte, ihm das Gegenteil zu beweisen.

»Glaubst du jetzt endlich, daß die Tage der ›Andersgläubigen‹ gezählt sind?« ereiferte sich Gerd. »Der Reichstag wurde in Brand gesetzt, um Hitler das Recht zu geben, seine Gegner einsperren zu lassen. Ich ziehe die Konsequenzen und warte die Wahl nicht ab. Schon morgen verlasse ich Deutschland.« Er gab seiner Stimme einen wärmeren Klang. »Deshalb lag mir so viel daran, dich noch heute zu treffen. Du mußt den Alten Herrschaften meine Beweggründe auseinandersetzen.«

»Hast du sie denn nicht informiert?«

»Selbstverständlich. Im Brief läßt sich aber nicht alles so ausdrücken, wie man es möchte.«

Robert musterte den stets modisch gekleideten Bruder, der müde und abgehetzt aussah. »Und was wird aus Lilo?«

»Sie begleitet mich bis München, wo sie für eine Weile bei einer Klassenkameradin bleiben will, die dort mit einem Arzt verheiratet ist. In spätestens einem Jahr soll sie nachkommen.«

»Dann kann ich nur hoffen, daß du deinen Entschluß bis dahin nicht bereust.«

»Nie und nimmer. Der Reichstagsbrand hat mir bestätigt, daß Hitler jedes Mittel recht ist. Wer den Befehl gibt, Feuer zu legen . . .«

»Werde nicht ausfallend«, unterbrach ihn Robert.

Gerd gab sich gelassen. »Was ich sagte, ist zu beweisen.«

»Da bin ich aber gespannt.«

»Liest du denn keine Zeitung mehr? Dieser van der Lubbe, ein halb erblindeter Landstreicher, behauptet, das Gebäude mit Hilfe von Kohlenanzündern in Brand gesetzt zu haben. Jeder Experte aber weiß, daß es Stunden dauert, wenn man den riesigen Komplex des Reichstages mit Hilfe von Kohlenanzündern in Flammen aufgehen lassen will.«

»Vielleicht hat van der Lubbe Stunden gebraucht.«

»Eben nicht. Ein Passant hat zufällig gesehen, daß er Schlag einundzwanzig Uhr die Fassade zum Restaurant hinaufgeklettert ist. Zwanzig Minuten später wurde er verhaftet. Ausgerechnet mit dem kommunistischen Parteiausweis in der Tasche. Und Hermann Göring, Adolf Hitler, Joseph Goebbels und viele andere Parteigrößen waren gleich darauf zur Stelle. Nein, mein Lieber, mir streut keiner Sand in die Augen. Der Reichstagsbrand soll eine längst geplante Verhaftungswelle legalisieren.«

Robert schaute nachdenklich vor sich hin. »Ich gebe zu, daß an der Sache manches merkwürdig ist. Das kann mich jedoch nicht verleiten anzunehmen, daß Adolf Hitler eine Schurkerei begehen könnte. Es ist einfach unmöglich, daß ein Politiker . . .«

». . . der seine Reden neuerdings mit ›Amen‹ beendet!«

»Lassen wir diese Geschmacklosigkeit einmal beiseite. Ein Mann, der das deutsche Volk in seiner ersten großen Rundfunkrede bittet, ihm vier Jahre Zeit zu geben und dann über ihn zu urteilen, wird nicht so dumm sein, seine Regierungszeit mit einer Brandstiftung zu beginnen.«

Gerd lächelte nachsichtig. »›Durch Mitleid wissen, der reine Tor . . .!‹ heißt es im Parsival. Du läufst Gefahr, ein solcher zu werden. Aber es freut mich, daß wir beide uns trotz unserer konträren Meinungen neuerdings gut verstehen.« Er reichte ihm eine Visitenkarte. »Meine Adresse und Telefonnummer in Rom. Ich hoffe, dich dort einmal zu sehen. Als Pilot dürftest du in Zukunft ja viel herumkommen.«

Er rechnet damit, daß es bergauf gehen wird, dachte Robert verblüfft und fragte sich, wieso sein Bruder, der zunächst den Ausgang der Wahl noch hatte abwarten wollen und nun angab, sich aufgrund des Reichstagsbrandes zum sofortigen Aufbruch entschlossen zu haben, bereits über Visitenkarten mit Angabe seines künftigen Wohnsitzes verfügte. Und *Via Veneto*? Anläßlich einer Luftfahrtschau hatte Robert die zum Park der Villa Borghese führende vornehme Straße mit ihren exquisiten Geschäften und Restaurants kennengelernt. Comtessen, Baronessen und Nutten gaben sich dort ein Stelldichein. Gerd paßte dorthin.

Das Gespräch mit dem Bruder ließ Robert mit gemischten Gefühlen nach Münster fliegen. Er ahnte, wie seine Eltern reagieren würden, wenn er ihnen erklärte, warum Gerd Deutschland verlassen hatte. Daran aber kam er nicht vorbei. Er hatte dem Bruder versprochen, sein möglichstes zu tun, um einen Bruch zu verhindern, und es erleichterte ihn sehr, als er daheim anrief und feststellte, daß sich vieles zum besten geändert zu haben schien. Jedenfalls waren seine Eltern, wie ihm eine fremde, unsicher klingende Stimme sagte, mit dem Auto fortgefahren.

Vater hat wieder einen Wagen, dachte er zufrieden und fragte: »Und wer sind Sie?«

»Das neue Mädchen aus Oldenburg.«

Es freute ihn, daß seine Mutter nicht mehr ohne Hilfe war. Offensichtlich ging es mächtig bergauf. Das konnte das Gespräch über Gerd nur erleichtern.

Da auch Papa Sulmann nicht anwesend war, trank Robert Schroeder mit Alois Brandner noch eine Tasse Kaffee, bevor er nach Hause fuhr, wo ihm eine dralle Person mit roten Pausbacken und flachsblondem Haar die Haustür öffnete. »Aha«, sagte er. »Sie sind das neue Mädchen aus Oldenburg.«

»Ja«, antwortete sie und hob die Hand zum Gruß. »Heil Hitler!«

Er staunte. »Wird in Oldenburg immer so stramm gegrüßt?«

»Nein, das habe ich vom gnädigen Herrn gelernt. Er sagt: Am Hitlergruß erkennt man den Menschen.«

»Aha«, wiederholte Robert Schroeder und stieg die Treppe zu seinem Zimmer empor. Dabei bemerkte er, daß unter der Büste Adolf Hitlers nicht mehr trockenes Heidekraut, sondern frische Blumen standen. Blumen für den Führer! Seine Eltern machten alles mit fast missionarischem Eifer.

Gegen sechs Uhr sah er sie in einem funkelnagelneuen Ford vorfahren. Er eilte sogleich nach draußen. Die Mutter lief ihm entgegen. »Heil Hitler, mein Junge!«

Der Vater stellte sich in Positur und grüßte mit erhobenem Arm. »Heil Hitler, Robert! Ich bin glücklich, dich nach deiner aufregenden Notlandung gesund wiederzusehen.«

Robert umarmte die Mutter in der wie üblich übertriebenen Weise, konnte es diesmal allerdings nicht unterlassen, ihr »Heil, Mamachen!« zuzuflüstern.

Sie schob ihn abrupt von sich. »Machst du dich lustig?«

Statt einer Antwort gab er ihr einen Kuß.

Der Vater reichte ihm die Hand. »Was sagst du zu dem Wagen?«

»Ich freue mich, daß du wieder einen hast.«

»Ist es nicht toll, wie es aufwärtsgeht! Die Reichszeugmeisterei hat mir mit einer beachtlichen Vorschußzahlung unter die Arme gegriffen und mich aufgefordert, die Kapazität des Betriebes auf Teufel komm heraus zu erweitern. Seit Tagen flitze ich von einem Schneider zum anderen, um weitere Heimarbeiter zu gewinnen. Conrads Idee macht sich bezahlt. Der Junge ist großartig.«

»Verdient auch dementsprechend«, warf die Mutter voller Stolz ein.

Der Vater verzog das Gesicht. »Nach meinem Geschmack zuviel.«

»Er hat auch schon eine Tuchgroßhandlung gegründet. Die Schneider, die jetzt Uniformaufträge erhalten, werden in Zukunft ihre Stoffe für Zivilanzüge ausschließlich von ihm beziehen.«

»Der Bengel steckt wirklich voller Ideen«, anerkannte der Vater. »Seine Lieferanten hat er angewiesen, in die Endstreifen der Stoffe die Worte ›Warum denn Englisch?‹ einzuweben. Ich finde das fabelhaft.

Jetzt wird den Briten gezeigt, was eine Harke ist. Wir brauchen ihre Tuche nicht mehr!«

»Da kommt Conrad!« rief die Mutter und wies auf einen Sportwagen, der dröhnend heranbrauste.

Der Vater stellte sich in Positur und streckte den Arm vor.

Conrad trat auf die Bremse und hielt an.

»Heil Hitler, mein Junge! Konntest du alles zufriedenstellend regeln?«

Der Jüngste nickte und reichte Robert die Hand, ohne den Sitz zu verlassen. Seine hinter dicken Gläsern liegenden Augen wirkten unheimlich. »Wie geht's Bruder Luftikus?«

»Gut. Dich brauche ich ja nicht zu fragen. Man hört es schon von weitem.«

»Bugatti! Die Fabrikanten erstarren vor Ehrfurcht.« Er wandte sich an den Vater. »Raßmann kroch mir förmlich in den Hintern.«

»Du weißt, daß ich solche Redensarten nicht ausstehen kann!«

»Raßmann tat's dennoch. Erfolg: Ich konnte ihn um viertausend Mark drücken.«

»Ich habe dich gebeten . . .«

»Bitte, keinen Ärger jetzt«, unterbrach ihn Conrad. »Raßmann war restlos zufrieden und bedankte sich mit einem beeindruckend geschmetterten ›Heil Hitler!‹«

»Das werden sie alle noch lernen«, erwärmte sich der Vater.

»Dennoch wäre es gut, wenn du beim Hitlergruß nicht immer die Hacken zusammenschlagen würdest.«

Vater Schroeder schnappte nach Luft. »Ich weiß nicht, was du willst. Als Offizier des Weltkrieges kann ich unmöglich wie ein Schlappschwanz grüßen.«

Robert lachte. »Du bist doch Zivilist und brauchst keine Haltung anzunehmen.«

»Aber erlaube mal! Ich habe in der Wochenschau gesehen, daß Hitler den Arm erst ausstreckt, wenn er Haltung angenommen hat. Mit der linken Hand greift er dabei zum Koppel.«

Robert wurde es zuviel. »Können wir ins Haus gehen?«

Conrad stieg aus seinem Wagen. »Klasse, was?«

»Der Wagen, ja.«

»Und was nicht?«

Robert blickte hinter den Eltern her. »So Verschiedenes. Ich muß mich an die veränderte Situation erst mal gewöhnen. Außerdem hat Gerd mich gebeten . . .«

»Der Alte Herr springt dir ins Gesicht, wenn du seinen Namen nennst.«

»Aber ich muß über ihn reden.«

Die von der dicken Brille vergrößerten Augen des Bruders flackerten. »Laß dir Zeit. Vielleicht schneidet Vater das Thema an. Dann wäre es entschärft.«

Die Mutter blieb an der Haustür stehen und wandte sich um. »Was sagst du zu meiner neuen Hilfe, Robert?«

Er blies die Backen auf. »Prall und deftig. Ich hab' mich sehr für dich gefreut.«

Sie dämpfte ihre Stimme. »Lina zahlt monatlich fünfzig Mark drauf! Dafür erlernt sie den Haushalt.«

Robert schüttelte den Kopf. »Mußt du denn immer ans Geldverdienen denken?«

»Gibt's einen größeren Spaß?«

Die wohltemperierte Atmosphäre konnte nicht darüber hinwegtäuschen, daß ein gefährlicher Zündstoff in der Luft lag. Über kurz oder lang mußte das Gespräch auf Gerd kommen, der den Eltern geschrieben hatte, Deutschland verlassen zu wollen, falls der Ausgang der bevorstehenden Wahl der NSDAP die Majorität der Stimmen einbringen sollte; denn dann sei die Sicherheit all jener gefährdet, die gegen den Nationalsozialismus seien. Und zu ihnen zähle er.

»Wie kommt der Junge bloß auf so verrückte Gedanken?« ereiferte sich der Vater, nachdem er Gerds Brief vorgelesen hatte.

»Er ist nicht ganz so unbeschrieben, wie du glaubst«, sagte Robert behutsam. »Gerd wurde Mitglied der ›Eisernen Front‹.«

Der Vater erbleichte. »Mein Sohn ein Sozi?«

»Um Gottes willen!« stammelte die Mutter.

»Ich verstehe eure Aufregung nicht«, sagte Conrad gelassen. »Katholiken und Protestanten . . .«

»Ich bin nicht in der Stimmung, mir dumme Redensarten anzuhören«, fuhr ihn der Vater an. »Wenn Gerd ein Sozi ist, soll er machen, daß er fortkommt. Dann will ich ihn nicht mehr sehen. Für Vaterlandsverräter ist kein Platz in meinem Haus.«

»Verrenn dich nicht«, bat Robert den Vater. »Die Auffassung, daß Sozialdemokraten vaterlandslose Gesellen sind, ist schließlich überholt.«

»Überholt?« Der Vater rang nach Luft. »Es ist eine historische Tatsache, daß Sozis die Truppe aufgewiegelt und anständigen Soldaten die Schulterklappen abgerissen haben. An die Wand gehören die gestellt. Alle miteinander. Aber der Führer wird sie schon einsperren lassen. Und dann werden sie auf Vordermann gebracht, daß ihnen Hören und Sehen vergeht.«

»Gibst du dich da nicht einer Täuschung hin?« fragte Robert, verdächtig beherrscht.

»Ganz bestimmt nicht.«

»Dann hätte Gerd ja recht. Er behauptet das gleiche wie du.«

»Ich verbitte mir Wortklaubereien!«

»Du hast eben erklärt, Hitler würde seine Gegner einsperren lassen, was ich, nebenbei gesagt, nicht glaube. Unterstellen wir jedoch einmal, es wäre so. Würde Gerd dann nicht in Kürze verhaftet werden?«

»Verdrehe meine Worte nicht!« empörte sich der Vater. »Selbstverständlich wird nicht jeder zur Rechenschaft gezogen. Nur die Schlimmsten werden dran glauben müssen. Die Anstifter und die Rädelsführer. Wir können doch nicht zulassen, daß das, was wir aufbauen, von subversiven Elementen wieder zerstört wird.«

Robert erhob sich. »Wenn ich dich reden höre, beruhigt mich der Gedanke, daß Gerd die deutsche Grenze bereits passiert haben dürfte.«

»Was sagst du da?«

»Der Reichstagsbrand hat sein Vorhaben beschleunigt.«

»Was hat der Brand mit Gerd zu tun?«

»Er ist der Auffassung, daß es sich bei der Geschichte um eine Inszenierung handelt, die Hitler das Recht zuspielen soll, alle mißliebigen Personen hochgehen zu lassen. Gerd wollte deshalb nicht mehr warten. Er hat Berlin heute morgen verlassen.«

Der Vater sah aus, als platze ihm der Schädel.

»Das hat der Führer nun wirklich nicht verdient«, rief die Mutter außer sich. »Da rackert er sich von morgens bis abends für das deutsche Volk ab, und was tut ein Mann wie Gerd? Er kehrt dem Vaterland den Rücken!«

»Was habe ich gesagt?« triumphierte der Vater mit hochrotem Kopf. »Sozis sind Vaterlandsverräter! Wenn es noch eines Beweises bedurft hätte, Gerd hat ihn geliefert.«

»Bleib sachlich«, forderte Robert den Vater auf.

Conrad hörte mit der Neugier eines Menschen zu, den sich anbahnende Katastrophen nicht schrecken, sondern hellwach machen.

»Du forderst Sachlichkeit?« alterierte sich der Vater. »Und das in einem Augenblick, da es uns das Herz zerreißt? Aber, bitte, ich kann auch sachlich sein.« Seine Hände verkrampften sich in der Lehne des Sessels. »Ich erkläre hiermit, daß ich einen Sohn namens Gerd nicht kenne. Er ist hiermit aus dem Schoß der Familie gestoßen. Für immer und für ewig!«

Die Mutter schluchzte und warf sich an die Brust ihres Mannes.

Roberts Stirnnarbe lief rot an. »Jetzt ist es genug. Ich habe geschwiegen, als du deine Schwester, die eine Sparkasse auf raffinierte Weise erleichterte, posthum als nie existent gewesen erklärt hast. Es war deine und nicht meine Schwester. Und ich war noch jung. Heute aber bin ich erwachsen, und es geht um meinen Bruder. Gerd hat mich . . .«

Der Vater sprang auf. »Wer seinen Namen in meiner Gegenwart nochmals nennt, hat dieses Haus zu verlassen!«

Robert schaute zur Mutter hinüber, die nicht minder erschrocken war, aber auch heldische Gefühle zu verspüren schien. Ihre Haltung war jedenfalls aufrecht, ihr Blick fest, und ihr zu einem Strich gewordener Mund drückte Verzicht aus. Für einen Maler der angehenden Epoche wäre sie das ideale Modell der stolzen deutschen Frau gewesen. »Versündigt euch nicht«, sagte er mühsam beherrscht. »Gerd gehört zu unserer Familie, und er wird immer . . .«

»Hinaus!« schrie der Vater. »Auf der Stelle verläßt du das Haus!«

Robert hatte schon manch unliebsamen Auftritt erlebt, des Hauses war er noch nicht verwiesen worden. »Ich hoffe, das ist nicht dein Ernst«, sagte er im Bestreben, den Disput nicht so kraß enden zu lassen.

Einer Entgegnung war er nicht mehr würdig. Der Vater wies zur Tür.

Robert ging auf die Mutter zu. Wie konnte sie nur schweigen? War Gerd auch für sie gestorben? Er stellte ihr diese Frage.

Sie reichte ihm die Hand. »Unser Herz gehört dem Führer und dem deutschen Volk.«

Sie spricht wie der Gruppenführer, dachte er entsetzt.

Der Vater drehte sich ostentativ um und legte die Hände auf den Rücken.

Robert wandte sich an Conrad, der aussah, als sitze er im Theater und verfolge mit hohem Genuß ein Drama. »Würdest du mich zu einem Hotel bringen?«

»Gerne«, antwortete der Bruder bereitwillig.

Robert verließ den Raum und holte sein Gepäck.

Conrad erwartete ihn im Wagen. »Für mich war das Ganze hochinteressant«, sagte er. »Während ihr mannhaft strittet . . .«

»Rede jetzt keinen Stuß«, unterbrach ihn Robert. »Bringst du mich morgen zum Flughafen?«

»Wann?«

»Ich möchte um zehn Uhr starten. Vorher muß ich meinen Stimmzettel noch einwerfen.«

»Dann bin ich um halb zehn am Hotel.«

Der Bruder war es nicht. Statt seiner erschien die Mutter in einem Taxi. »Conrad schickt mich«, sagte sie, als Robert sie verblüfft anstarrte.

Er umarmte die Mutter. »Der Kerl hat wirklich Ideen.«

Wie versöhnlich das Erscheinen der Mutter auch sein mochte, Robert wußte, daß seine Ausweisung aus dem Elternhaus irreparabel war. Er rechnete zwar damit, daß sein Vater die nächste sich bietende Gelegenheit benutzen würde, um sein Verhalten als falsch interpretiert darzustellen, und er wußte auch, daß er, Robert, dann zu allem ja und amen sagen würde. Aus der Welt war jedoch nicht mehr zu schaffen, daß sein Vater sich von einem seiner Söhne losgesagt hatte.

Auf dem Flug nach Bonn-Hangelar spürte Alois Brandner, daß mit Robert Schroeder etwas nicht stimmte. Und das im Anflug zur Freundin! Da war der Herr Pilot sonst in Hochstimmung gewesen. Sollte er ihn anquatschen? Er schaute nach draußen. Das dunstige Industriegebiet lag unter ihnen. Er wies in die Tiefe. »Genau wie Sie.«

»Wie ich?«

Der Bayer nickte. »Grau. Trist. Dicke Luft.«

Robert Schroeders Miene wurde noch unfreundlicher. Dann aber veränderte sich der Ausdruck seiner hinter der Fliegerbrille liegenden Augen. »Sie merken anscheinend alles.«

»So soll es in einer guten Ehe auch sein.«

»Daheim gab's Ärger.«

»Mit dem Vater?«

»Woher wissen Sie das nun schon wieder?«

»Weil Ihre Mutter Sie zum Flughafen brachte. Holzauge, habe ich mir gesagt, da ist was nicht in Ordnung. Ehrlich!«

Robert Schroeders Stimmung verbesserte sich von diesem Augenblick. Und das war gut; denn im Gegensatz zu sonst mußte auch Carla über eine Depression hinwegkommen, in die sie geraten war, als der Vater ihr sein Herz ausgeschüttet und anvertraut hatte, weshalb er mit Harald in Streit geraten war.

Robert erkannte gleich Carlas verändertes Wesen. Er schob deshalb sein Problem zur Seite und stellte sich ganz auf die Geliebte ein. Und ihrem glücklichen Naturell war es zu verdanken, daß ihr Kummer sich verflüchtigte, noch bevor Schloß Rheinberg in Sicht kam.

»Halte mal an«, sagte sie.

Er hatte die Führung des Wagens übernommen und trat auf die Bremse. »Was gibt's?«

»Wirst du schon sehen«, antwortete sie und wartete, bis der Wagen stillstand. »Handbremse anziehen!«

Er tat, was sie wünschte.

Sie umarmte und küßte ihn mit einer Leidenschaft, die ihn außer Atem kommen ließ. »So«, sagte sie, »das war notwendig, damit das Überdruckventil nicht pfeift, wenn wir daheim ankommen.«

»War es so schlimm?«

»Noch schlimmer! Erst tagelang Angst um dich. Dann die erlösende

Nachricht. Und schließlich ein Paukenschlag, der mein Trommelfell zu sprengen drohte. Aber nun höre ich wieder Schalmeien und allerliebstes Vogelgezwitscher.«

Robert nahm ihren Kopf in die Hände. »Wie wär's, wenn du dich deutlicher ausdrücken würdest?«

Sie sah ihn unschlüssig an. »Vielleicht sollte ich dir wirklich alles sagen.«

»Ich muß doch wissen, wer die Unverschämtheit besessen hat, dein Trommelfell zu strapazieren.«

»Harald«, antwortete sie und schilderte nun ohne Umschweife, was ihr Bruder sich geleistet hatte.

Robert war außer sich. »Wie kommt Harald dazu, Aktien in Höhe von vierhunderttausend Mark an sich zu reißen? Nimmt er womöglich Rache? Für die Heilanstalt, in die dein Vater ihn damals einsperren ließ?«

Carla schüttelte den Kopf. »Das halte ich für ausgeschlossen. Er weiß genau, daß letztlich ich die Geschädigte wäre.«

»Wieso du?«

»Die Hälfte der Erbmasse wird mal an mich fallen.«

Robert tat einen Seufzer. »Kein schöner Gedanke.«

»Wieso nicht?«

»Na, hör mal. Wie soll ich dagegen anstinken?«

»Indem du gar lieblich duftest.«

»Und Prinzgemahl spiele?«

»Du brauchst mich ja nicht zu heiraten.«

»Das möchte ich aber.«

Sie streckte die Hand nach ihm aus. »Etwas Schöneres hättest du mir nicht sagen können.«

»Morgen können wir aber noch nicht zum Standesamt gehen.«

»Weiß ich.«

»Übermorgen auch noch nicht.«

»Das sagt mir mein Verstand.«

»Aber dann!«

Ihre Stimmung wurde ausgelassen und wich nur für kurze Zeit einem ernsteren Thema, als Robert von daheim erzählte. Dann vergaßen beide ihren Kummer und freuten sich auf das Zusammensein mit Carlas Vater, der ihnen mit feucht schimmernden Augen entgegenging.

»Ich habe Bert alles erzählt«, sagte Carla, um von vornherein Klarheit zu schaffen. »Er wird mit Harald sprechen und versuchen, einen Blick hinter die Kulissen zu werfen.«

»Er kann doch nicht . . .«

»Seien Sie unbesorgt«, beruhigte ihn Robert. »Ich bin froh, daß Carla mich eingeweiht hat; denn ich kenne Harald und weiß, wie er angefaßt werden muß. Auch glaube ich, nicht ganz ohne Einfluß auf ihn zu sein.«

Eberhard von der Heid sah ihn dankbar an. »Das erleichtert mich sehr.«

Nach einem harmonisch verlaufenen Tag, an dem Carla und Robert beschlossen, ihre für den April in Aussicht genommene Ferienreise nach Oberitalien durchzuführen, begaben sie sich am Abend zeitig zur Ruhe. Vier bis fünf harte Wochen lagen vor Robert. Er hatte den Ehrgeiz, seine Tätigkeit am Montag genau dort aufzunehmen, wo er sie vor einem halben Jahr plötzlich hatte beendigen müssen: in Württemberg. Das bedeutete, daß er spätestens um acht Uhr in Bonn-Hangelar starten, Rheinberg somit gegen sieben Uhr verlassen mußte.

Zum Frühstück fand sich auch Carlas Vater ein. Das Wahlergebnis hatte ihn aus dem Bett getrieben. Zu seinem Kummer hatten nur vierundvierzig Prozent der Wähler für die NSDAP gestimmt; die ersehnte Majorität war nicht errungen. Mit der Deutschnationalen Volkspartei, die acht Prozent für sich verbuchen konnte, ließ sich jedoch eine Mehrheit bilden. Das war zwar beruhigend, ärgerte den Schriftsteller aber, weil er Hugenberg diesen Triumph nicht gönnte. Er war hierüber so verstimmt, daß das gemeinsame Frühstück zur Tortur wurde. Immer wieder regte er sich darüber auf, daß ein Rundfunkkommentator erklärt hatte, sechsundfünfzig Prozent der deutschen Wähler hätten gegen Adolf Hitler gestimmt.

»Das ist eine Unverschämtheit«, ereiferte er sich. »Vierundvierzig Prozent des deutschen Volkes sprachen dem Führer freudigen Herzens ihr Vertrauen aus. Und was tut dieser unverschämte Kommentator? Er münzt das gewiß nicht ganz befriedigende Ergebnis in eine Niederlage um. Aber das wird er bereuen. Ich habe bereits mit dem Mann telefoniert, der Intendant des Reichsrundfunks werden soll. Aus dem Bett hab' ich ihn getrommelt und mit dem ganzen Gewicht meiner Person die sofortige Entfernung und exemplarische Bestrafung dieses Kommentators gefordert.«

Es scheint ganz gut zu sein, daß die NSDAP nur vierundvierzig Prozent erreicht hat, dachte Robert. Der Willkür könnten schnell Tür und Tor geöffnet werden.

»Ärgere dich nicht über Paps«, sagte Carla, als sie mit Robert zum Flughafen fuhr. »Im Grunde genommen habe ich mich sogar darüber gefreut, daß er die Contenance verloren hat. Nun hast du mal erlebt, was ich oftmals über mich ergehen lassen muß. Speziell, wenn es um nationale Dinge geht. Da brennt bei ihm die Sicherung durch.«

»Genau wie bei meinem Vater.«

Carla steuerte ihren Wagen über die Bonner Rheinbrücke. »Denken wir lieber an unsere Ferien. Ich habe immer noch Angst, daß etwas dazwischenkommt.«

»Die Sorge brauchst du nicht zu haben«, versicherte Robert. »Das Schlimmste, was passieren kann, wäre eine Verschiebung um einige Tage. Ich rufe dich an, sobald ich klarsehe. Wir treffen uns dann in München.«

»Auf die Alpen bin ich maßlos gespannt.«

»Und ich freue mich, sie dir zeigen zu können. Es werden himmlische Wochen werden.«

Zunächst aber hatte Robert Schroeder anstrengende Flugwochen zu absolvieren, in denen sich die erforderlichen Verhandlungen allerdings wesentlich leichter abwickeln ließen, als es vor einem halben Jahr noch der Fall gewesen wäre. Sein Parteiabzeichen, das er nun stets am Revers trug, öffnete ihm jede Tür. Es war die Zeit der ›Märzgefallenen‹, wie die Millionen genannt wurden, die plötzlich in die NSDAP eintraten. Wo Flughäfen ausbaufähig waren, trugen ihm deren Verwalter die benötigten Unterlagen bereitwillig zusammen. Er war dadurch oft in der Lage, in der Zwischenzeit schon andere Plätze aufzusuchen.

Nach Ablauf der zweiten Flugwoche steuerte er Tempelhof an, um notwendig gewordene Wartungsarbeiten durchführen zu lassen. Er selbst wollte bei dieser Gelegenheit mit Harald über die leidige Geldgeschichte sprechen. Wie er dies anstellen sollte, wußte er nicht. Irgendwie würde es sich schon ergeben.

Als er den Freund am Nachmittag anrief, meldete sich Dorkas, die ihn lebhaft begrüßte und bat, nach Dahlem zu kommen. »Harald ist in Leipzig und wird erst gegen sieben Uhr zurückkehren«, fügte sie hinzu.

»Von diesem Zug haben wir ihn schon mal abgeholt«, erwiderte er. »Sollen wir das auch heute wieder tun?«

»Das können wir uns ersparen«, antwortete sie. »Harald benutzt ein Taxi. Komm also heraus und genieß mit mir die ›blaue Stunde‹.«

Robert sagte gerne zu. Gesprächsstoff gab es ja genug. Er hatte Dorkas seit seiner Rückkehr aus Polen noch nicht wiedergesehen.

Dorkas empfing ihn beinahe hoheitsvoll. Sie achtete neuerdings darauf, Gästen nicht schon in der Diele entgegenzutreten. »Ich freue mich, daß du gesund zurückgekehrt bist.«

»Und ich stelle mit Bewunderung fest, daß du immer vornehmer wirst«, sagte er und überreichte ihr einen Strauß Nelken.

Sie bemerkte nicht das Anzügliche in seinen Worten und erwiderte: »Mir geht es auch gut.« Am liebsten hätte sie hinausposaunt, daß Harald endlich in der Lage war, ihr zu geben, wonach sie sich seit langem gesehnt hatte: körperliche Befriedigung. Aber das konnte sie natürlich nicht sagen. Auch griff Harald seit jenem schrecklichen Morgen in dem kleinen Hotel bei Andernach beängstigend oft zur Flasche. Er randalierte dann wie ein Berserker. Zweimal schon hatten Glaser, Schreiner und Tapezierer die angerichteten Schäden beheben müssen; von den Verlusten an Porzellan und Vasen ganz zu schweigen. Danach versuchte er mit Geschenken die Wunden zu lindern, die er im Delirium schlug.

»Und wie gehen die Geschäfte?« fragte Robert, um Dorkas ein wenig auszuhorchen.

»Wahrscheinlich gut«, antwortete sie und übergab einem Hausmädchen die Blumen. »Über Geschäfte spricht Harald nicht. Manchmal bedaure ich das, aber dann bin ich auch wieder ganz froh darüber. Ich könnte ihm ja doch nicht helfen.«

Robert ließ das Thema fallen und erzählte von Gerd, der nach Rom ausgewandert war. Dorkas wiederum berichtete von Lilo, mit der sie enge Freundschaft geschlossen hatte. Und von ihren Eltern, die nach Berlin gekommen waren, um sich mit ihr zu versöhnen. Dabei hatte es leider einen neuen Krach gegeben, weil Harald ausgerechnet in jenen Tagen in stark angetrunkenem Zustand nach Hause kam.

»Trinkt er oft?« fragte Robert. Er dachte besorgt an die Aktien, die Harald seinem Vater abgeluchst hatte.

»Hin und wieder«, antwortete Dorkas ausweichend.

Ihm sagte das genug. Er mußte unbedingt mit Harald reden.

Der erschien erst gegen neun Uhr. Er roch nach Alkohol, war aber absolut Herr seiner Sinne. »Treulose Tomate!« begrüßte er den Freund. »Läßt dich ja überhaupt nicht mehr sehen.«

»Weil ich dauernd auf der Achse bin.«

»Müßte sich das nicht allmählich erübrigen? Die meisten eurer Gegner sitzen doch schon hinter Schloß und Riegel.«

»Willst du mich provozieren?«

Harald lachte. »Das hab' ich nicht nötig, da ich mich auf eure Presse berufen kann. Hier«, er schlug eine Zeitung auf, die er mitgebracht hatte. »Was zeigt dieses Foto? Polizeiautos und Einheiten der SA. Und wie lautet der Text darunter? ›Auf Befehl Görings wurden alle Parteihäuser, Zeitungsbetriebe, Geschäftsräume und Druckereien der SPD und des Reichsbanners beschlagnahmt‹.«

Robert machte eine Bewegung, als gelte es, eine lästige Fliege zu verscheuchen. »Das wird eine Vorsichtsmaßnahme sein.«

Harald wies auf ein anderes Bild. »Und was sehen wir auf diesem Foto? Zwei SA-Männer mit geschulterten Gewehren vor einem Holztor, über dem ein Schild prangt, das du dir genau ansehen solltest.«

Robert las: ›Konzentrationslager der Standarte 208.‹ – »Na, und ...?

Außer van der Lubbe gibt es auch noch andere subversive Elemente, vor denen die Nation geschützt werden muß.«

Harald blätterte um.

»Dann wollen wir uns mal ansehen, wie die Inhaftierten heißen.«

Robert erschrak über sich selbst. Hatte er von subversiven Elementen gesprochen, vor denen die Nation geschützt werden muß? Genau das hatte sein Vater gesagt.

»Hier stehen hinter dem Stacheldraht: Ernst Heilmann, Vorsitzender der SPD-Landtagsfraktion; Fritz Ebert, Sohn des ehemaligen Reichspräsidenten; Adolf Braun, Sekretär des SPD-Vorstandes; Ministerialrat Gieseke vom Reichsrundfunk; Rechtsanwalt Dr. Magnus und Intendant Dr. Flesch. Sind das in deinen Augen subversive Kräfte?«

»Natürlich nicht. Vermutlich befinden sich die Herren im Lager, um vernommen zu werden. Möglicherweise sind sie auch im Übereifer verhaftet worden. Wo gehobelt wird, fallen Späne.«

»Und was würdest du sagen, wenn ein solcher Span Gerd Schroeder hieße?«

»Schrecklich wäre das. Aber zu allen Zeiten haben politisch tätige Menschen damit rechnen müssen, von ihren Gegnern ausgeschaltet zu werden. Im übrigen beweisen die Bilder, daß den Inhaftierten nichts geschehen wird. Die Fotos würden sonst ja belastendes Beweismaterial darstellen.«

Harald schüttelte den Kopf. »Mir scheint, du bist vor lauter Fliegerei im Wolkenkuckucksheim gelandet. Beenden wir also das Thema.«

»Gott sei Dank!« sagte Dorkas.

»Wie ich hörte, warst du in Rheinberg. Hat der Alte Herr nicht furchtbar über mich geschimpft?«

»Weshalb?« fragte Robert scheinheilig.

Harald lachte. »Weil ich ihm Aktien im Wert von vierhunderttausend Mark abgenommen habe.«

»Das glaubst du doch selber nicht.«

»Frage Dorkas. Ich mußte es tun, um groß einsteigen zu können. Ab nächsten Monat werfe ich eine ganze Serie von Büchern mit einem Umfang von sechshundertvierzig Seiten zum Ladenpreis von zwei Mark fünfundachtzig auf den Markt. Das ist nur möglich, wenn man Auflagen von mindestens hunderttausend Exemplaren veranstaltet. Ohne Kapital geht so was nicht. Ums Verrecken brauchte ich einen beachtlichen Kredit, den ich nur gegen eine entsprechende Sicherheitsleistung bekommen konnte. Deshalb mußte ich meinem Vater die Aktien aus der Nase ziehen.«

»Und er erhält sie zurück?«

Harald machte einen Mund, als schlürfe er ein edles Getränk. »Pünktlich nach einem Jahr.«

»Erstaunlich, daß bei einem Buchpreis von zwei Mark fünfundachtzig so viel hängenbleibt.«

»Du kannst doch rechnen. Wenn die Satzkosten für ein Buch zehntausend Mark betragen, dann ist bei einer Auflage von zehntausend Exemplaren jedes Buch mit einer Mark belastet, bei einer Auflage von hunderttausend aber nur mit zehn Pfennigen. Da bleibt schon was hängen.«

Das leuchtete Robert ein. Er nahm sich vor, Carla noch an diesem Abend anzurufen. Sie und ihr Vater konnten in aller Ruhe schlafen. Harald war kein Bankrotteur.

Es dauerte länger, als Robert Schroeder geglaubt hatte, bis er seinen Bericht über die Flughäfen abliefern und sich mit Carla treffen konnte. Er hatte vorgehabt, mit der Lufthansa nach München zu fliegen, erhielt in letzter Minute jedoch die Weisung, die von ihm benutzte F 13 in Dessau abzuliefern und nach dem Urlaub bei den Junkers-Werken eine W 33 mit verglaster Führerkabine und kompletter Blindflugausrüstung zu übernehmen. In Anbetracht dieser verlockenden Aussicht fuhr er gerne mit der Bahn nach München, und er empfand es als sehr unterhaltsam, einmal in aller Ruhe durch Gegenden zu fahren, die ihm oftmals Schwierigkeiten bereitet hatten. Das Fichtelgebirge, der Frankenwald und der Fränkische Jura waren wettermäßig ziemlich tückisch.

Er sah aber nicht nur die Landschaft, durch die er fuhr. Im Geiste unterhielt er sich bereits mit Carla, der er telegrafiert hatte, daß er mit dem Zug kommen und erst am Abend in München eintreffen werde.

Carla erwartete ihn an der Sperre und begrüßte ihn in ihrer Freude und Ausgelassenheit so stürmisch, daß ein grantiger Bayer Anstoß daran nahm und sie als ›schamloses Weibsbild, schamloses‹ beschimpfte.

Sie strahlte. »In diese Stadt könnte ich mich verlieben. Hier klingt sogar das Schimpfen pfundig.«

»Weshalb du gut hierher passen würdest.«

Carla gab ihm einen Stoß. »Werde bloß nicht frech . . .«

Die kurze Strecke zum Hotel Leinfelder Hof legten sie zu Fuß zurück.

»Es ist wirklich eine angenehme Stadt«, sagte Robert, als sie den erleuchteten ›Stachus‹ überquerten und zum Lenbachplatz gingen, der fast im Dunkeln lag. »Verkehr ist hier scheinbar noch nicht allzuviel.«

»Nicht so wie in Berlin«, pflichtete ihm Carla bei. »Es gibt aber schon allerhand Autos. Vor unserem Hotel stehen allein drei.«

»Wie war deine Fahrt?«

»Bloß zwei Reifenpannen habe ich gehabt. Und das bei über neunhundert Kilometern! Die Straßen sind prima. Der Portier sagte mir allerdings, daß sie nach Italien zum Teil sehr schlecht seien. Sollen wir da nicht vorsichtshalber ein zweites Reserverad kaufen?«

Robert fand die Idee gut, und so erstanden sie am nächsten Morgen ein weiteres Reserverad, das sie noch vor Erreichen des Zirler Berges benötigten, da sie ihre erste Reifenpanne nicht gleich in der nächsten Ortschaft hatten reparieren lassen.

»Schuhnagel!« konstatierte Carla, als sie einen kurzen Stift in einen eigens dafür im Wagen befindlichen Riemen einschlug. »Meine Sammlung wächst. Das war Numero vierundzwanzig.«

Robert begutachtete das Lederband. »Hufnägel dominieren.«

Carla nickte. »Hoffentlich wird die Straße bald besser.«

Das war nicht der Fall. Im Gegenteil, sie wurde so schlecht, daß man hätte meinen können, sie bestehe nur aus Schlaglöchern.

Nach Innsbruck, wo sie zu Mittag aßen und das Standbild Walthers von der Vogelweide sowie die Grabdenkmäler Maximilians I. und Andreas Hofers besichtigten, stieg die Straße zum Brenner zunächst so stark an, daß der Kühler des DKWs kochte. In Stafflach war dann der nächste Reifen zu flicken, an der italienischen Grenze das gesamte Gepäck auszuladen und in ein Kontrollgebäude zu tragen und in Sterzing nochmals ein Reifen zu wechseln, so daß sie erst kurz vor sieben Uhr in Bozen ankamen. Müde waren sie jedoch nicht. Sie hatten nur einen Bärenhunger und aßen mit großem Appetit Prosciutto di Parma, Tortellini al Panna und würziges Ossobucco. Dazu tranken sie einen Traminer.

Wie schon in Innsbruck, so warfen sie auch in Bozen nur einen flüchtigen Blick auf die Sehenswürdigkeiten der Stadt. Die dreischiffige Hauptkirche und ein weiteres Denkmal Walthers von der Vogelweide konnten ihnen nicht entgehen. Sie lagen gegenüber vom Hotel, in dem sie abgestiegen waren. Übrigens erhielten sie kein Doppelzimmer. Der Portier hatte das so bestimmt. Basta!

Am nächsten Morgen fuhren sie mit aufgeschlagenem Verdeck nach Trient. Von dort ging es auf einer verhältnismäßig guten Straße weiter zum Gardasee, den Robert vor Jahren einmal überflogen hatte. Die Färbung des Wassers und die malerisch zwischen felsigen Ufern gelegenen kleinen Ortschaften dieses fjordartigen Sees hatten ihn so beeindruckt, daß er ihn unbedingt kennenzulernen wünschte. Und er wußte seine Ungeduld kaum zu bändigen, als sie das Etschtal verließen und über den Sattel von San Giovanni auf Nago zufuhren, von dessen Höhe sich ein überwältigender erster Ausblick bietet. Er hatte Carla alles erzählt, was er über den von den alten Römern schon geschätzten See hatte nachlesen können, und er war nicht sparsam gewesen in der Schilderung der leuchtenden Farben und der Klarheit des Wassers, dessen Durchsichtigkeit ihm sogar beim Überfliegen aufgefallen war. Nun aber, da der Gardasee wie mit einem Zauberschlag hinter der Ruine Penede auftauchte, hielt er angesichts des azurblauen Himmels, des türkisfarbenen Wassers, der graubraunen Berge, der Zypressen, Zedern, Magnolien, Agaven und Mandarinenbäume den Atem an. Wie im Traum legte er den Arm um Carla.

Über ihre Lippen kam lange kein Wort. Sie schaute nur und schaute, bis sie beinahe ergriffen sagte: »Hier lohnt es sich, zu leben und nichts mehr erstreben zu wollen. Hier scheint der Herrgott persönlich zu wohnen.«

Robert stieg aus dem Wagen. »Wahrhaftig, kein Palast und kein Dom kann so schön sein.«

Carla folgte ihm. »Könnte ich doch für immer hierbleiben. Daheim ist der Himmel fast das ganze Jahr über verhangen. Hier hingegen ... Schau nur diese Farbenpracht! Ich fürchte, wenn ich zurückkehre, bin ich erfüllt von der Sehnsucht, hier zu leben.«

»Sieh dir den See erst mal richtig an«, riet ihr Robert. »Aus der Vogelperspektive sieht selbst das mieseste Kuhdorf lieblich aus.«

»Es wird aber niemals diese Atmosphäre haben«, widersprach Carla. »Und das ist es, was ich meine. Hier sieht man das Land nicht nur, hier nimmt man es mit allen Sinnen auf. Man riecht, fühlt und schmeckt es gewissermaßen.« Sie hob die Nase und schnupperte.

Robert führte Carla zum Wagen zurück. »Jetzt fahren wir nach Riva, wo wir übernachten werden.«

»Zur Feier des Tages aber in einem Doppelzimmer mit Blick auf den See! Und heute abend wirst du mit mir am Fenster stehen, ein Glas Wein trinken und so weiter und so weiter.«

»Mehr verlangst du nicht?«

»Nein«, antwortete sie, schnippte mit dem Finger und stieg in den Wagen.

Sie brauchten keinen einheimischen Chiaretto, um in Stimmung zu kommen. Der Anblick des Sees genügte vollauf. Und mit jedem Meter, den sie sich ihm näherten, verstärkte sich jene Faszination, der Römer und Goten, Byzantiner und Alemannen, Langobarden und Bajuwaren ebenso erlegen waren wie die Geschlechter von Verona und Brescia, die Dogen von Venedig, die Fürstbischöfe von Trient und die Grafen von Tirol. Orangen, Zitronen, Feigen, Mandeln, Granaten, Myrten und Agaven brachten die Sinne in Verwirrung.

Wie sehr, das erfuhren Robert und Carla, als sie zu später Stunde am Fenster ihres Hotelzimmers standen und beobachteten, wie der Mond über dem Monte Baldo aufstieg. Der See schien sich in flüssiges Gold zu verwandeln. Die Uferpromenade war leer. Außer dem Plätschern des Wassers war kein Laut zu hören.

»Ein Traumland«, sagte Carla. »Mir ist, als hätte ich gefunden, was meinen geheimsten Wünschen entspricht.«

Erstmalig registrierte Robert eine, wenn auch nicht beängstigende, so doch unverkennbare Veränderung bei Carla. Ihre Gedanken kreisten um den See, als sei ihr Schicksal an ihn gebunden. Das war nicht mehr normal. Und da sie auch am nächsten Tag, den sie in Riva verbrachten, immer wieder erklärte, das Gefühl zu haben, in ihre eigentliche Heimat zurückgekehrt zu sein, hielt er es für richtig, die überaus reizvolle Stadt baldmöglichst zu verlassen. Riva hatte einen unheimlichen Einfluß auf Carla, mochte dieser nun von den alten Türmen und Toren, vom Anblick des Sees oder von der verwirrenden Flora herrühren. Er schlug deshalb vor, über die ›Gardesana occidentale‹, einer gerade im Jahr zuvor eröffneten, am Westufer entlangführenden Straße, nach Gardone zu fahren, das durch seine günstige Lage Weltberühmtheit erlangt hatte.

Carla wollte hiervon nichts wissen. Riva schien ein Teil ihrer selbst zu sein. Später aber drängte sie plötzlich selber darauf, das Westufer des Gardasees kennenzulernen.

So fuhren sie über eine Straße von seltener Schönheit am See entlang in Richtung Süden. Sonnenglast und Tunneldunkel wechselten in schneller Folge ab. Dazwischen stäubende Wasserfälle, Ausblicke auf den tiefblauen See, schlanke Zypressen, steile Felswände, Kapernsträucher, Zedern, Schmetterlingsbüsche, purpurne Spornblumen und blühende Sträucher aller Art.

Carla schwelgte in Seligkeit, und als der letzte Tunnel der Gardesana durchfahren war, rief sie angesichts einer schier unübersehbaren Menge von dunkelrot, lila, rosa und weiß blühenden Sträuchern voller Entzücken: »Schau nur, Robert! Wohin man sieht: Oleander! Nichts als Oleander!«

Er drosselte die Geschwindigkeit.

»Bitte, halt an.«

Er trat auf die Bremse.

Sie stieg aus dem Wagen und tänzelte mit ausgebreiteten Armen der nächsten Ortschaft entgegen.

»Wo willst du hin?« rief er hinter ihr her.

Sie drehte sich im Kreise und bewegte ihre Arme, als hätte sie Flügel. »In den Himmel hinein!«

»Mir scheint, du hast einen Sonnenstich.«

»Schon möglich. Er ist aber harmlos und läßt mich nur noch Oleander sehen. Wohin ich schaue: Oleander, Oleander!«

Robert blieb nichts anderes übrig, als sich zu fügen und langsam hinter Carla herzufahren. Wohl einen Kilometer legte sie auf der an dieser Stelle leicht abfallenden Chaussee zurück, bis sie stehenblieb und fragte:

»Wissen der Herr zufällig, wie diese Ortschaft heißt?«

»Wenn du aufgepaßt hättest, wüßtest du es. Wir sind eben am Ortsschild vorbeigekommen: Gargnano!«

Sie stieg in den Wagen und blickte zu den westlichen Hängen hinauf. »Was sind das für komische Steinsäulen, die da überall in Reih und Glied stehen?«

»Das dürften die Pfeiler der für diese Gegend typischen Schutzgärten sein, in denen Zitronen gezüchtet werden. Soviel ich weiß, nennt man sie ›Serre di Limone‹. Die Säulen ermöglichen es, die Pflanzen während der kühlen Jahreszeit abzudecken.«

Carla rutschte tiefer in ihren Sitz hinein. »Es ist himmlisch hier.«

Robert schaute auf seine Armbanduhr. »Wenn du willst, können wir in Gargnano essen.«

»Das machen wir«, begeisterte sie sich. »In einem Ort, der mit Oleander geschmückt und von Zitronenhainen umgeben ist, muß es ja schmecken.«

Über eine steil hinabführende Straße gelangten sie in ein reizvolles Städtchen, in dessen zum See hin geöffnetem Zentrum ein romantischer Hafen liegt. Eine am Ufer gelegene Orangen-Promenade gibt dem Ort einen besonderen Reiz.

Die verwirrende und durch keinen Verkehr gestörte Schönheit des Ortes begeisterte Carla so sehr, daß sie knapp und bündig erklärte: »Hier bleiben wir!«

Robert schaute zu einem neben dem Hafenbecken gelegenen Hotel hinüber. »Hoffentlich bekommen wir Quartier.«

»Siehst du da oben die geschlossenen Läden des Eckzimmers?«

»Ich bin ja nicht blind.«

»Dann weißt du, welche Fenster ich gleich öffnen werde.«

Carla täuschte sich nicht. Das Zimmer war frei und bot einen herrlichen Ausblick auf den See und Hafen. »Von hier kriegst du mich so schnell nicht wieder fort«, rief sie ausgelassen. »Gargnano ist nicht so attraktiv wie Riva, das einer Theaterkulisse gleicht. Aber hier ist alles natürlich und echt. Komm, wir wollen uns vor dem Essen noch ein bißchen die Gegend ansehen.«

Robert sah sie bittend an. »Packen wir zunächst einmal unsere Sachen aus.«

»Das können wir später machen. Ich muß Atmosphäre tanken.«

Carla war nicht wiederzuerkennen. Sie glich einer schwingenden Stahlfeder, die nicht zur Ruhe kommt.

Was ist bloß in sie gefahren, fragte sich Robert. Er registrierte ihre

Unruhe mit Unbehagen. Erst nach einem halbstündigen Spaziergang gelang es ihm, Carla zu Tisch zu führen.

Sie trank hastig ein Glas Wein und sagte: »Wenn es wahr sein sollte, daß der Mensch nicht nur einmal das Licht der Welt erblickt, dann habe ich früher hier gelebt. Und zwar in einem Haus, das am See liegt und von Oleanderbüschen umstellt ist.«

Robert amüsierte sich. »Habe ich in deinem früheren Leben auch schon eine Rolle gespielt?«

»Vielleicht. Auf alle Fälle werde ich das Haus suchen.«

Robert lachte. »Und was machst du, wenn du es gefunden hast?«

»Dann werde ich es kaufen.«

»Das ist wirklich mal ganz was Neues.«

Robert nahm das Gespräch nicht ernst. Er wurde auch nicht hellhörig, als Carla ihn gleich nach dem Essen bat, mit ihr nach San Giacomo zu gehen. Der Wirt hatte ihnen den Weg dorthin empfohlen und ihnen dringend geraten, sich die alten Fresken der Kapelle anzusehen.

Die Straße nach San Giacomo bot einen Genuß besonderer Art. Sie liegt etwa zwanzig Meter über dem Ufer und führt an Mauern entlang, die Seekämpfe zwischen Österreichern und Italienern erlebt haben und aussehen, als seien sie von römischen Legionären errichtet worden. Sie führt durch Olivenhaine und Weinfelder und läßt in Zitronenhaine blicken, deren Ausmaße überraschen und einen Eindruck von der mühseligen Arbeit vermitteln, die in ihnen zu leisten ist.

Kurz hinter einem Haus, das wie ein Tor über die Straße hinweggebaut ist, blieb Carla stehen und wies auf eine Serre di Limone, die von Unkraut überwuchert war. Ihre hohen Steinsäulen besaßen keine Knüppelhölzer mehr, auf die im Winter Abdeckmaterial hätte gelegt werden können. An die sechzig bis siebzig Stufen führten zum See hinab, an dem ein aus rohbearbeiteten Natursteinen errichteter Schuppen stand, der dem Verfall preisgegeben war. Seitlich von ihm befand sich eine lange, von wilden Sträuchern bewachsene ebene Fläche, die ein brusthohes Mauerwerk vom See trennte.

»Wie ist es bloß möglich, daß man ein so herrliches Stück Erde vergammeln läßt?« erregte sich Carla. »Wenn ich mir vorstelle, was man daraus machen könnte!«

»Denkst du etwa an den Bau einer zweiten Villa Feltrinelli?« neckte Robert sie im Hinblick auf eine feudale Besitzung, an der sie vorbeigekommen waren.

Ein Radfahrer, der ihnen entgegenkam, stoppte und erklärte: »Die Villa Feltrinelli liegt drüben.«

Robert hob die Hand. »Das ist uns bekannt. Wir unterhielten uns nur gerade über die Besitzung.«

»Ach so.«

»Woher können Sie so gut Deutsch?«

»Ich bin Tiroler. Sind Sie Österreicher oder Deutsche?«

»Deutsche.«

»Sie haben es gut.«

»Wieso?«

»Sie haben Adolf Hitler. Wir beten zu Gott, daß er den Italienern aufs Maul haut und Tirol wieder zu einem freien Land macht. Was meinen Sie: Wird er uns helfen?«

»Ich nehme an, daß Hitler und Mussolini sich einigen werden.«

Der Tiroler verzog sein Gesicht. »Sich einigen ist schlecht. Das hat Andreas Hofer schon erfahren. Nein, Hitler muß den Italienern ins Kreuz treten. Sonst parieren die nicht.«

Carla wies auf den Zitronenhain. »Warum kümmert sich niemand um diese Anlage?«

»Das ist so«, sagte der Tiroler und zog eine Schachtel Zigaretten aus der Tasche. »Der Fischer Ovidio, der vor lauter Runzeln kaum noch aus den Augen sehen kann, hat diese Serre geerbt. Und weil er nichts mit ihr anfangen kann, wollte er sie verkaufen. Aber wer will so was schon haben? Die Arbeit lohnt nicht mehr. Weiter im Süden wachsen die Zitronen, ohne daß man sie schützen muß.«

»Und der Alte will immer noch verkaufen?«

»Dafür ist es jetzt zu spät. Es ist ja alles verfallen.«

Robert ahnte, worauf Carla hinauswollte, und er wurde ungehalten, als sie den Tiroler kurzerhand aufforderte, sie zu dem Fischer zu führen. Am liebsten hätte er ihr die Meinung gesagt und ihr das Unsinnige ihres Tuns vor Augen gehalten. Sie schien völlig vergessen zu haben, daß sie in Italien war. In Gegenwart des Fremden mochte er jedoch nicht offen reden. Auch hatten ihn die letzten Tage gelehrt, daß es zwecklos war, gegen Carlas Wünsche anzugehen. Am besten ließ er sie gewähren, bis sich die Angelegenheit von selbst erledigte. Wie in Riva. Aus den Augen, aus dem Sinn.

Er mußte bald erkennen, daß er Carla falsch beurteilt hatte. Eine erste dahingehende Vermutung beschlich ihn, als er sah, wie sie auf die ablehnende Haltung des Fischers reagierte. Der Alte, dessen kleine und lebhafte Augen vor Falten und Runzeln tatsächlich kaum zu sehen waren, saß auf einem Boot, das kieloben neben der Kapelle von San Giacomo lag. Er war damit beschäftigt, ein Netz zu flicken. Um ihn herum spielten Kinder, die er ebensowenig beachtete wie den Tiroler, der ihn wie beiläufig angesprochen hatte, mit der Zeit aber immer drängender auf ihn einredete. Nur einmal schaute er kurz zu Carla hinüber.

»Will er nun verkaufen oder nicht?« fragte sie ungeduldig, als der Tiroler eine ganze Weile ununterbrochen geredet hatte.

»Er hört überhaupt nicht zu.«

Der Fischer schob mit einer Garnspule seine Baskenmütze zurück und stocherte in seinem schlohweißen Haar. Natürlich wollte er verkaufen. Aber nicht so schnell. Er wußte ja nicht, welcher Preis angemessen war und was er mit dem Geld anfangen sollte. Zum Leben hatte er genug. Wozu sich also Sorgen aufhalsen? Und ein Vertrag mit einem Weib . . .? Er blinzelte zu Carla hinüber. Das war ja ein Mädchen mit verrosteten Haaren.

Robert erkannte, daß Carla nahe daran war, die Nerven zu verlieren. Er sagte deshalb: »Vielleicht ist unser Freund so liebenswürdig, uns morgen nochmals zur Verfügung zu stehen. Der Fischer kann wahrscheinlich nicht so schnell schalten und braucht Zeit. Morgen wird er zugänglicher sein.«

Robert sagte dies, obwohl er anderer Meinung war. Ihm ging es darum, Carla zu trösten. Daß sie das verwahrloste Grundstück erwerben wollte, schien ihm nun mehr als nur eine Marotte zu sein. Es war, als würde sie von einer geheimnisvollen Kraft getrieben.

In der darauffolgenden Nacht fand Carla keine Ruhe. Unentwegt überlegte sie, wie sie den Alten bewegen könne, ihr die verfallene Serre zu verkaufen. Sie wollte diese um jeden Preis erringen und störte sich nicht daran, daß Robert immer wieder behauptete, sie könne und dürfe keinen Vertrag über den Erwerb eines Grundstückes abschließen, weil sie noch nicht volljährig sei. Für sie war das ebenso bedeutungslos wie sein Hinweis, daß sich ohne entsprechende Anzahlung niemand bereit finden würde, einem Kaufvertrag näherzutreten. Den brauchte sie ja überhaupt nicht. Ihr genügte ein Vorvertrag, den ihr Vater ratifizieren sollte. Und was die Anzahlung anbelangte: sie verfügte über eine Reserve in Höhe von tausend Mark. Das mußte reichen, wenn im Vorvertrag festgelegt wurde, daß die Anzahlung als verloren gilt, falls der Kaufpreis nicht binnen eines Monats zur Verfügung gestellt wird.

Robert gab es auf, noch irgendwelche Ratschläge zu erteilen. Aber er dachte unwillkürlich an die rücksichtslose Art, mit der ihr Bruder dem Vater gegenüber aufgetreten war.

Drei Tage hintereinander besuchte er mit Carla den Fischer, der sich auf nichts einließ und kein Wort redete. Erst als Robert in seiner Ratlosigkeit über Carlas Verfassung am vierten Tag eine Arbeit am Wagen vortäuschte und heimlich allein nach San Giacomo fuhr, kam Leben in den Alten. Unterhalten konnten sich die beiden freilich nicht. Sie wußten sich aber verständlich zu machen. Und das Ergebnis ihres gewissermaßen mit den Händen geführten Gespräches war erstaunlich. Der Fischer erklärte sich bereit, das Grundstück gegen Zahlung von umgerechnet zehntausend Mark abzutreten und einen entsprechenden Vertrag vor dem Advokaten zu unterzeichnen. Anzahlung: tausend Reichsmark; der Rest fällig innerhalb einer Monatsfrist.

Carla warf sich ungestüm über Robert, als er ihr von seinem erfolgreichen Alleingang berichtete. Sie jubelte und lachte, nannte ihn ihren Gott und versprach ihm den Himmel auf Erden. Er täuschte sich jedoch, wenn er glaubte, damit alle anstehenden Probleme gelöst zu haben und nun Ausflüge nach Maderno, Gardone und Sirmione unternehmen zu können. Für Carla gab es nur noch einen Gesprächsstoff: die Serre. Auf den Zentimeter genau wünschte sie das Grundstück zu vermessen und in Skizzen darzustellen. Ein Architekt sollte in der Lage sein, ihr Vorschläge über die Gestaltung dessen zu machen, was sie bereits ihren ›Sommersitz‹ nannte.

Robert ging auf Carlas Wünsche ein. Er war der festen Überzeugung, daß sich ihr Eifer binnen weniger Tage legen würde. Die Dinge entwickelten sich aber anders. Ausgerechnet er, der die Idee des Grundstückserwerbs als eine Verrücktheit abgetan hatte, war mit einem Male nicht aus dem Zitronenhain herauszubringen. Von morgens bis abends maß er die Stufen, die Pfeiler, den Lagerschuppen und die am Wasser gelegene ebene Fläche mit ihrem Mauerwerk aus. Dabei drängten sich ihm Bilder von verwirrender Eindringlichkeit auf. »Weißt du, was hier gemacht werden sollte«, sagte er und deutete auf die brusthohe Mauer, die das Grundstück vor möglichem Wellenschlag schützte. »Ein Durchbruch mit einem schmiedeeisernen Tor.«

Carla lachte hellauf. »Dahinter ist doch der See.«

»Der einen vernünftigen Zugang braucht. Darunter verstehe ich Stufen, die zu einem Badesteg führen.«

Sie versuchte, ihn zu übertrumpfen. »Und was würdest du davon halten, wenn wir angrenzend an den Lagerschuppen, der zu einem kleinen Haus umgebaut werden soll, eine wintergartenähnliche gläserne Zitronenlaube errichten?«

»Eine glänzende Idee.«

»Und von der ›Limonerie‹ müßte man bis zum Ende des Grundstückes unter einer mit Wein bewachsenen Pergola gehen können.«

Robert wiegte bedenklich den Kopf. »Dein Vater ist nicht der Sonnenkönig. Er wird meutern.«

»Nicht, wenn du mich unter der Pergola spazierenführst. Irgendwann werden wir doch mal heiraten, oder?«

Er gab ihr einen Kuß. »Selbstverständlich, gnädige Frau.«

»Bis dahin ist alles fertig. Und solltest du eines Tages nicht mehr fliegen können, dann ziehen wir hierher.«

Robert schloß Carla in die Arme.

»Entlang der Mauer werden wir Oleander pflanzen. Nichts als Oleander! Und vorne am Wasser müssen Zypressen stehen. Was hältst du davon?«

Er blickte auf den verwilderten Zitronenhain. »Um ehrlich zu sein: Ich kann mir nicht vorstellen, daß das alles wahr werden soll.«

Carla hakte sich bei ihm ein. »Ich bin aber überzeugt davon. Und sollte ich mich täuschen, dann werde ich Trost in dem Bewußtsein suchen, daß es weiser macht, einen Wahn zu verlieren, als eine Wahrheit zu finden.«

14

Robert und Carla hatten vorgehabt, auf der Rückreise einen Tag in München zu bleiben und von dort getrennt weiterzufahren. Dieser Plan erfuhr jedoch eine Änderung, da sie im Münchener Hotel einen Brief vorfanden, mit dem Eberhard von der Heid, der am Nürnberger Theater die Proben eines seiner Stücke überwachte, sie herzlich bat, ihren letzten Ferientag gemeinsam mit ihm in Nürnberg zu verbringen. Robert war dies gar nicht recht. Er mußte nun dabeisein, wenn Carla ihren Vater über ihren eigenwilligen Grundstückskauf informierte.

»Mitgefangen, mitgehangen«, sagte Carla. »Warum sollst du es besser haben als ich?«

»Ich bin jetzt schlechter dran als du«, widersprach er. »Dein Vater wird in erster Linie mir Vorwürfe machen und sagen: Sie hätten sich durchsetzen müssen. Sie sind doch der Vernünftigere.«

Carla lachte. »Du brauchst ihm nur zu erklären, daß das nicht stimmt. Dann bist du 'raus aus dem Schneider.«

»Du hast gut lachen.«

»Habe ich auch. Am meisten aber freue ich mich darüber, daß wir die hintere Ecke des Grundstückes noch gerodet und mit Oleanderbüschen bepflanzt haben.«

Robert blickte gottergeben zur Decke hoch. »Wovon wir auch reden, unser Gespräch endet mit tödlicher Sicherheit in San Giacomo.«

Carla hüpfte in einem übermütigen Wechselschritt durch den Raum. »Was meinst du, wie lange es dauert, bis ich das geliebte Thema auf Paps Tisch liegen habe? Keine zehn Sekunden!«

Sie hatte nicht übertrieben. Kaum hatte ihr Vater sie im Vestibül des Nürnberger Hotels in die Arme geschlossen, da verkündete sie mit jubelnder Stimme: »Ob du es glaubst oder nicht, ich habe mir etwas Wunderschönes gekauft. Rate mal, was es sein könnte.«

Seine wäßrigen Augen glänzten. Es war ihm anzusehen, daß er seine Tochter vergötterte. »Vielleicht ein Hundchen?«

»Nichts Lebendiges. Aber man kann was darauf pflanzen.«
Seine Stirn legte sich in Falten.
»Auch bauen kann man darauf.«
Sein Blick wurde streng.
»Zum Beispiel eine Limonerie als Wintergarten für ein bezauberndes Urlaubs-Chalet, das direkt am Gardasee liegt, von Oleander und Zypressen bewachsen sein wird und einer in jeder Hinsicht glücklichen Frau gehören soll, die sich darauf freut, einen berühmten Schriftsteller dort als ihren Gast zu begrüßen.«
Eberhard von der Heid zog ein Tuch aus der Tasche und wischte sich über die Stirn. »Ist meine Tochter übergeschnappt?«
Robert antwortete beherzt: »Die Frage kann ich mit Bestimmtheit verneinen. Sie hat nur das Glück gehabt, eine Perle zu finden, die sie nun einem erstklassigen Juwelier zur Einfassung übergeben möchte.«
»Bert!« rief Carla begeistert. »Du bist ja ein Dichter!«
Ihr Vater räusperte sich. »Um bei Ihrer, wie ich zugeben muß, recht hübschen Formulierung zu bleiben: Handelt es sich um eine große oder kleine Perle?«
»Ihrer Struktur nach würde ich sie als barock bezeichnen.«
Carla prustete vor Lachen. »Wie ich sehe, versteht Bert von der Sache mehr als ich. Entschuldigt mich deshalb. Ich komme gleich wieder.« Sprach's und lief davon.
Robert wies auf eine Sesselgruppe. »Sollten wir uns nicht erst einmal setzen?« Ihm blieb nichts anderes übrig, als die Flucht nach vorn anzutreten und so nüchtern wie möglich zu berichten, was es zu berichten gab.
Eberhard von der Heid winkte einen Kellner herbei. »Zwei große Klare. Aber schnell!«
Robert wartete, bis Carlas Vater Platz genommen hatte. Dann sagte er, einer jähen Eingebung folgend: »Wenn Ihre Tochter mich schon zwingt, ihre Interessen zu vertreten, dann möchte ich gleich auch in eigener Sache etwas von mir geben. Um es kurz zu machen: Ich finde es schrecklich altmodisch, hochoffiziell um die Hand eines Mädchens anzuhalten. Es weniger offiziell zu einer Zeit zu tun, da die eigene Existenz noch nicht gesichert ist, scheint mir ebenfalls nicht das Richtige zu sein. Die Großzügigkeit aber, mit der Sie Carla begegnen, zwingt mich, Ihnen zu sagen, daß ich Ihre Tochter liebe und eines Tages mit gebürsteten Haaren und gewichsten Stiefeln vor Sie hintreten werde.«
Eberhard von der Heid reichte ihm die Hand. »Darauf kann ich nur erwidern, daß ich an jenem Tage nicht glücklicher sein werde, als ich es in diesem Augenblick bin. Und Carla sollten wir jetzt einen Streich spielen, indem wir schnell Brüderschaft trinken und so tun, als wären wir schon immer per Du gewesen.«

Robert wollte sich erheben, unterließ es aber, weil er Carla zurückkehren sah. Hinter ihr schritt der Kellner mit den Schnäpsen.

»Na«, fragte sie, an den Tisch tretend, »was sagt nun der Juwelier zu der Perle?«

Robert dirigierte sie zur Seite. »Du stehst jemandem im Weg.«

Sie schaute hinter sich. »Aha, man scheint sich über die Einfassung geeinigt zu haben.«

Ihr Vater und Robert griffen nach den Gläsern.

»Prost, mein Lieber!«

»Prost, Eberhard! Und damit wollen wir den Fall vergessen. Mir lag sehr viel daran, daß du mir die Geschichte nicht übelnimmst. Ich habe Carla gleich gesagt, daß du ihr eigenwilliges Vorgehen niemals gutheißen würdest.«

Bei Carla schien alles auszuhaken.

Robert forderte sie auf, Platz zu nehmen.

Sie griff nach seinem Glas und leerte es. »Wie kann man bloß so gedankenlos sein und nur zwei Schnäpse bestellen, wenn man zu dritt ist.«

Nun war es an ihrem Vater, verblüfft zu sein. »Ist dir denn nie beizukommen?«

»Doch«, antwortete sie und wies auf Robert. »Der da weiß, wie man es anstellen muß.«

Es wurde ein ausgelassener Abend, der leider einen schlechten Ausgang nahm, weil Carlas Vater plötzlich das Bedürfnis hatte, seinen Sohn anzurufen und ihm zu sagen, daß er nach Rücksprache mit Robert seine Meinung über ihn und sein Geschäftsgebaren revidiert habe und hoffe, den Streit mit dieser Feststellung beilegen zu können. Doch Harald war nicht zu sprechen. Dorkas war am Apparat und erklärte, ihr Mann schlafe bereits seit über einer Stunde. Im Hintergrund aber hörte man ihn grölen und randalieren.

Eberhard von der Heid kehrte mit bleichem Gesicht zurück. »Harald im Delirium!« stöhnte er. »Dorkas gibt das natürlich nicht zu. Ich habe ihn jedoch gehört. Er brüllte wie ein Stier. Und dieser Mann nahm meine Aktien und ließ sich einen Kredit in Höhe von vierhunderttausend Mark einräumen! Das kann nicht gutgehen!«

Robert versuchte, Carlas Vater zu beruhigen. Er versprach ihm, sich gleich am nächsten Tag um Harald zu kümmern und einen telefonischen Bescheid nach Nürnberg zu geben, wo Carla ihrem Vater unter den gegebenen Umständen noch einige Tage Gesellschaft leisten wollte.

Es wurde ein trauriger Abschied. Besonders für Carla, die sich nun Vorwürfe wegen ihres eigenmächtigen Vorgehens in Italien machte. Sie bat Robert beim Abschied, alles nur Menschenmögliche zu tun, um

Harald zur Vernunft zu bringen und ihrem Vater einen Verlust zu ersparen, den er nicht überwinden würde.

Er schloß sie zärtlich in die Arme. »Sei unbesorgt. Irgendwie werde ich die Sache schon schaukeln.«

In Dessau fuhr Robert Schroeder gleich zu den Junkers-Werken, bei denen Alois Brandner die neue W 33 bereits übernommen hatte. Am Flughafen wurden überall Erdbewegungen vorgenommen und Bauarbeiten durchgeführt. Deutschlands größte Flugzeugfabrik, die 1932 achtzehn Ju 52 hergestellt hatte, sollte künftig Aufträge in der Höhe von tausend Flugzeugen entgegennehmen können. Das Tempo, das Erhard Milch anschlug, war atemraubend, und das erforderliche Geld zauberte Reichsbankpräsident Hjalmar Schacht herbei. Unter dem Decknamen ›Metallurgische Forschungsgesellschaft‹, ›Mefo‹ genannt, wurde eine Firma gegründet, die Reichsbankgarantie erhielt und es ermöglichte, die Industriefinanzierung durch Wechsel zu decken.

»Es ist unglaublich, was sich hier in den letzten Wochen getan hat«, sagte Robert Schroeder, als er mit Alois Brandner zusammentraf.

Der Bayer strahlte. »Ein Ingenieur erzählte mir gestern, daß bis Ende des Jahres etwa zwei Millionen Arbeiter, also ein Drittel aller Arbeitslosen, durch den Aufbau der Luftfahrt beschäftigt sein werden.«

»Das wird selbst die größten Gegner Hitlers einsichtig machen.«

Alois Brandner wies auf das Revers des Piloten. »Ihr Parteiabzeichen!«

»Mensch, ich habe ja ganz vergessen, es wieder anzustecken.« Er holte es hinter dem Revers hervor. »Im Ausland wollte ich es nicht zur Schau stellen.«

Der Funkmaschinist grinste.

»Und was ist mit unserer Maschine?«

»Große Klasse! Ehrlich! Da fehlt sich nix! Sie hat sogar Doppelsteuerung und eine komplette zweite Instrumentierung. Unbegreiflich ist mir nur, warum die Funkgeräte hinten in der Kabine eingebaut sind. Ich kann unmöglich vorne sitzen und hinten funken.«

»Vielleicht erhalten wir einen Schulungsauftrag. Das Doppelsteuer spricht dafür.«

Alois Brandner glich plötzlich einem langohrigen Spaniel. »Ich soll nicht mehr in der Kanzel sitzen? Ja, wofür bin ich denn Bordfunker geworden? Etwa damit ich in der Kabine hocken darf? Da tät es mir aber stinken. Ehrlich!«

Es war, als habe der Bayer in die Zukunft sehen können; denn der

Dienststellenleiter, den Robert Schroeder nach der Landung in Tempelhof aufsuchte, eröffnete ihm, daß die Entscheidung über seine künftige Tätigkeit gefallen sei. Wie er wisse, habe Adolf Hitler vor aller Welt erklärt, daß Deutschland im Falle einer Nichtabrüstung der Allierten selber aufrüsten werde. »Für uns heißt das: Fanget an!« fügte er pathetisch hinzu. »Wir können jetzt loslegen. Natürlich getarnt. Ich verhandle zur Zeit mit dem Verkehrsminister, um zu erreichen, daß die Deutsche Reichsbahn auf Strecken, die wir im einzelnen noch benennen werden, die Beförderung der Post über die Schiene einstellt und sich der von uns ins Leben gerufenen Luftpostorganisation bedient. Die wahre Aufgabe dieses ›RB-Streckendienstes‹ ist die Ausbildung von Besatzungen im Langstrecken-Überlandflug mit mehrmotorigen Großflugzeugen unter Nacht- und Blindflugbedingungen. Ihnen sollen die ersten Schüler anvertraut werden. Es handelt sich um Offiziere mit hinreichender Flugzeugführerausbildung. Zum Dienst werden die Herren im Anzug der Lufthansa erscheinen. Im Moment muß die Ausbildung leider noch auf der einmotorigen W 33 erfolgen. Später erhalten Sie und alle anderen Instrukteure die dreimotorige Ju 52 und die zweimotorige Do 11.«

»Die Do ist aber eine alte Konstruktion«, sagte Robert Schroeder.

»Daß mit ihr kein Staat zu machen ist, wissen wir«, entgegnete der Dienststellenleiter. »Dennoch wurden tausend Stück in Auftrag gegeben. Der Typ ist relativ leicht zu bauen, und wir können auf diese Weise Zehntausende von Arbeitern zu Fachkräften ausbilden.«

Robert Schroeder wurde aufsässig. »Dagegen läßt sich nichts einwenden. Ich bin aber nicht in die Partei und in die SS eingetreten, um mein Dasein als Fluglehrer zu fristen.«

Der Dienststellenleiter beschwichtigte ihn. »Kein Mensch denkt daran, Sie zu verschleißen. Im Moment handelt es sich darum, eine Aufbauarbeit zu leisten, die geheimgehalten werden muß und somit ausschließlich von vertrauenswürdigen Piloten durchgeführt werden kann. Auch war ich mit meinen Ausführungen nocht nicht fertig. Schon in der nächsten Woche erhalten wir eine komfortabel ausgerüstete Ju 52, die Diplomaten und hochgestellten Persönlichkeiten für Auslandsflüge zur Verfügung stehen soll. Und diese Maschine, die aus naheliegenden Gründen nur sporadisch zum Einsatz gelangen wird, werden Sie übernehmen.«

Robert Schroeder war augenblicklich hellwach. »Sie können sich auf mich verlassen«, sagte er. »Ich übernehme beide Aufgaben, wobei ich damit rechne, daß Brandner weiterhin mein Funker bleibt.«

»Selbstverständlich. Für die Ju steht Ihnen außerdem ein Bordmechaniker zur Verfügung. Und was Ihr und Brandners Einkommen anbelangt, da wurde inzwischen ebenfalls Klarheit geschaffen.« Er griff nach einem Papier und reichte es dem Piloten. »Ich denke, Sie werden zufrieden sein.«

Robert Schroeder überflog das Blatt. »Mehr als das.«

»Na, also.«

»Und wann soll unsere Tätigkeit beginnen?«

»Anfang übernächster Woche. Ich muß die ersten Schüler noch zusammentrommeln. Benutzen Sie bis dahin die Zeit, sich auf der neuen Maschine einzufliegen. Und machen Sie sich mit den Ausbildungsrichtlinien vertraut, die meine Sekretärin Ihnen geben wird.«

Dorkas war der Verzweiflung nahe, als Robert am Spätnachmittag bei ihr anrief. Sie wurde mit Harald nicht mehr fertig und hatte polizeiliche Hilfe in Anspruch nehmen und einen Arzt hinzuziehen müssen. Drei Tage lang hatte er ununterbrochen getrunken. Fast nackt war er auf die Straße hinausgelaufen, als sie ihm keinen Alkohol mehr besorgen wollte. Ihr war nichts anderes übriggeblieben, als das nächste Polizeirevier zu verständigen, dessen Beamte ihn in Gewahrsam genommen und erst wieder entlassen hatten, nachdem er unter die Obhut eines Arztes gestellt worden war. Der hatte Harald vermittels einer Injektion in einen tiefen Schlaf versetzt und Dorkas aufgefordert, ihm ein klares Bild von den Trinkgewohnheiten ihres Mannes zu geben. Nachdem sie das getan hatte, war er zu dem Schluß gekommen, daß Harald in ein bei Freiburg gelegenes Sanatorium gehöre, welches mit großem Erfolg und ohne jeden Zwang Entziehungskuren durchführte.

Roberts Ankündigung, sie in spätestens einer Stunde aufzusuchen, stellte Dorkas vor die Frage, ob sie ihm das Vorgefallene verschweigen oder ihn zu ihrem Verbündeten machen sollte. Sie bedurfte der Hilfestellung, genierte sich jedoch, erkennen zu lassen, daß sie Schiffbruch erlitten hatte und eine Ehe führte, die einem Martyrium gleichkam.

Zu allem Übel war die gewaltsame Umarmung in jenem kleinen rheinischen Hotel nicht ohne Folgen geblieben. Zuerst war sie glücklich darüber gewesen. Als Haralds Trinkerei aber immer gefährlichere Formen annahm, waren ihr Bedenken gekommen. Sie hatte sich Lilo anvertraut, die ihr geraten hatte, das Kind keinesfalls auszutragen.

»Aber ich kenne niemanden, an den ich mich wenden könnte«, hatte Dorkas geantwortet. »Unabhängig davon, weiß ich auch nicht, ob ich es verantworten kann . . .«

Lilo war aufgebraust: »Ich möchte keinem so gezeugten Kind das Leben schenken. Noch dazu von einem Mann, dessen Erbmasse bedenklich erscheint.«

»Du bist der Meinung, ich müsse für immer verzichten?«

»Natürlich nicht. Aber muß es unbedingt ein Kind von Harald sein? Es ist doch denkbar, daß du dich eines Tages von ihm scheiden lassen wirst. Allein diese Möglichkeit ist Grund genug, die Angelegenheit schnellstens in Ordnung zu bringen. Und solltest du dich nicht scheiden lassen wollen, dann mußt du eben einen anderen Weg beschreiten. Um ein Kind zu bekommen, braucht man keinen Ehepartner. Und was deinen augenblicklichen Zustand anbelangt, da wird dir der Mann meiner Münchener Freundin helfen, sofern eine gewisse Zeit nicht überschritten ist. Entschließe dich also schnell. Ich rufe ihn dann an.«

Je länger Dorkas über alles nachdachte, um so entschlossener wurde sie, Robert in ihre Pläne einzubeziehen. Wenn er Harald überredete, das vom Arzt empfohlene Sanatorium aufzusuchen, konnte sie ihre Angelegenheit in München erledigen und anschließend drei Wochen in Bayern oder Österreich Urlaub machen.

Wie üblich erschien Robert mit einem Strauß Nelken. Im Gegensatz zu sonst machte er ihr an diesem Tag jedoch keine Komplimente, sondern steuerte zielstrebig den neuralgischen Punkt an. »Wo ist Harald?« fragte er beinahe inquisitorisch.

»Er schläft«, antwortete Dorkas und erzählte, was sich in den letzten Tagen ereignet hatte.

»Gibt es einen besonderen Grund, warum er plötzlich so trinkt?«

Dorkas wurde nervös. »Wie meinst du das?«

»Ich überlege, ob er vielleicht geschäftliche Sorgen hat.«

»Ach wo.«

Dann dürften eheliche Dinge die Ursache sein, dachte Robert.

»Würdest du mit Harald reden und ihm empfehlen, ein Sanatorium aufzusuchen?«

»Natürlich. Vorher möchte ich mich allerdings mit dem Arzt unterhalten.«

»Der kann dir nicht mehr sagen, als ich dir erzählt habe.«

»Ich werde Harald kein Sanatorium empfehlen, von dem ich nichts weiß. Auch ist zu eruieren, ob er aufgenommen werden kann.«

»Das hat der Arzt bereits getan. Harald könnte sofort unterkommen.«

»Und ich hätte die Möglichkeit, ihn nach Freiburg zu bringen, da ich zur Zeit mit einer neuen Maschine Flüge durchführen muß, bei denen es gleichgültig ist, welche Richtung ich einschlage.«

»Das wäre großartig«, begeisterte sich Dorkas. Ihre Hände zitterten plötzlich. Sie griff nach einem Täschchen und entnahm ihm ein Seidentuch. Dabei rutschte ein Foto heraus, das sie hastig zurücksteckte. Nur den Bruchteil einer Sekunde kam es zum Vorschein. Dennoch hätte Robert schwören mögen, seinen Bruder Gerd erkannt zu haben. »Der

Arzt meinte, Harald würde spätestens um sieben Uhr wach werden. Ich soll ihn dann verständigen.«

Robert ging zum Telefon. »Finde ich dort seine Nummer?«

Dorkas wies auf eine Karte, die neben dem Apparat lag.

»Schenk mir inzwischen einen Whisky ein«, sagte er, wählte die Telefonnummer und nannte, als die Verbindung zustande kam, seinen Namen und die Umstände, die ihn bewogen, das Gespräch zu führen.

Der Arzt verlangte zunächst, Dorkas zu sprechen, und nachdem sie ihn von seiner Schweigepflicht entbunden hatte, unterhielt er sich ausführlich mit Robert. Er sprach die Vermutung aus, daß Haralds Trinksucht auf ein Trauma zurückzuführen sei, könne jedoch nicht ausschalten, daß frühzeitige körperliche und nervliche Ermüdbarkeit, wie sie andromorphen Asthenikern zu eigen sei, als Ursache angesehen werden müsse.

Wissenschaftliche Betrachtungen nützten Robert wenig. Er mußte herausfinden, welche Argumente Harald am ehesten bewegen würden, sich freiwillig einer Entziehungskur zu unterziehen. Glücklicherweise erwähnte der Arzt, daß in dem von ihm in Vorschlag gebrachten Sanatorium keine ›Helfer‹, sondern nur geschulte Schwestern tätig seien.

Als Harald am Abend erwachte und Robert in seinem Zimmer sitzen sah, richtete er sich verblüfft auf. »Gut, daß du da bist. Mir steht alles bis zum Hals. Ich habe keine Kraft mehr gehabt und mußte saufen.«

»Hast du geschäftliche Sorgen?«

»Quatsch. Die könnten aber kommen, wenn ich nicht auf Draht bin. Mit einer riesigen Produktion allein ist es nicht getan. Der Absatz muß klappen. Es gibt«, er rieb sich die Stirn, »ungeahnte Möglichkeiten, ihn zu steigern. Mir fehlt im Moment nur der notwendige Elan.«

»Dann solltest du mal für eine Weile abschalten.«

Harald wurde abweisend. »Entziehungsanstalt?«

»Eben nicht! Es gibt ein Sanatorium, in dem Süchtige, gleich welcher Art, behandelt werden. Männer wie Frauen. Dort gibt es weder Aufseher noch Helfer, die irgendeinen Zwang ausüben. Man besucht das Sanatorium freiwillig und wird von Schwestern betreut.«

Harald schloß die Augen. »Ich muß wirklich etwas tun. So geht es nicht weiter. Wenn ich in den nächsten Monaten auf Zack bin, habe ich die Chance, Umsätze zu erzielen, von denen meine Konkurrenten nicht einmal zu träumen wagen. Ich lasse gerade die Werke von Clausewitz, Friedrich dem Großen, Moltke und so weiter vorbereiten. Die Nazis werden begeistert sein. Jedes Werk für zweifünfundachtzig!«

Robert fiel ein Stein vom Herzen. Für ihn gab es nicht mehr viel zu tun. Er rannte offene Türen ein. »Seit wann liebäugelst du mit den Nationalsozialisten?« fragte er, bewußt ablenkend.

»Von Liebäugeln kann keine Rede sein«, widersprach Harald. »Auch bin ich nicht in den Sog der Hitler-Euphorie geraten. Ich gestehe aber, daß die Feier in der Potsdamer Garnisonkirche mich sehr nachdenklich gestimmt hat. Die Worte, die Hitler an Hindenburg richtete, waren beachtlich. Und es war beeindruckend, wie er auf den greisen Reichspräsidenten zuging, sich vor ihm verneigte und ihm die Hand reichte.«

Robert konnte ein Schmunzeln nicht unterdrücken. »Versprichst du dir von den Nazis geschäftlichen Auftrieb?«

»Sogar sehr großen!«

»Dann würde ich mich schnellstens ins Sanatorium begeben.«

Harald schaute nachdenklich vor sich hin. »Vielleicht sollte ich das wirklich tun. Wo liegt denn das von dir gespriesene ›Freudenhaus‹?«

»In der Nähe von Freiburg. Der Arzt, der dir die Spritze gab, hat es Dorkas empfohlen. Ich hätte die Möglichkeit, dich dorthin zu fliegen. Dorkas würde dann auch einmal ausspannen können. Ich glaube, sie hatte es in letzter Zeit nicht ganz leicht.«

Harald nickte schuldbewußt. »Arrangiere, was du willst. Ich bin bereit, mich auseinandernehmen zu lassen.«

Als Robert das Haus des Freundes verließ, erschien ihm selbst kaum glaublich, was er erreicht hatte. Zu reibungslos war alles vor sich gegangen. Und alle waren zufrieden. Harald, weil er sich vom Aufenthalt im Sanatorium viel erhoffte. Er hatte längst erkannt, daß sein Verlag in die Brüche gehen würde, wenn nicht schnellstens ein Wandel eintrat. Seit dem unseligen Tag in dem kleinen rheinischen Hotel stand er praktisch dauernd unter Alkohol.

Dorkas war zufrieden, weil nun die Möglichkeit bestand, ihre Angelegenheit in Ordnung bringen zu lassen, ohne daß Harald etwas merkte. Anschließend konnte sie irgendwo entspannen.

Auch Eberhard von der Heid war zufrieden. Robert hatte ihn angerufen und weitgehend beruhigt. Es war eine große Erleichterung für ihn, daß die Aktien nicht gefährdet zu sein schienen. Am meisten aber beeindruckte ihn die Tatsache, daß sein Sohn freiwillig ein Entziehungssanatorium aufsuchen wollte.

Und Robert und Carla waren zufrieden, weil Dorkas ihnen das Angebot gemacht hatte, während ihrer und Haralds Abwesenheit in Dahlem zu wohnen. Carla verließ Nürnberg daraufhin schon am folgenden Tag, um über Leipzig, wo sie zu übernachten gedachte, nach Berlin zu fahren. Und Robert benutzte die Zeit, um Harald nach Freiburg zu bringen. Nach Berlin kehrte er allerdings mit gemischten Gefühlen zurück, da er inzwischen in den Ausbildungsrichtlinien geblättert und festgestellt hatte, daß er Dinge vermitteln sollte, die er noch nicht souverän beherrschte. Bis zum Eintreffen der ersten Flugschüler mußte er seine theoretischen Kenntnisse und blindfliegerischen Fähigkeiten entscheidend verbessern, und das bedeutete, daß er sich kaum um Carla würde kümmern können. Am liebsten hätte er das vereinbarte Treffen rückgängig gemacht. Doch dafür war es zu spät.

Da Carla nichts von Roberts Sorgen wußte, war sie enttäuscht, als sie in Berlin eintraf und feststellte, daß Robert sie nicht im Haus ihres Bruders erwartete, sondern Dorkas' Haushälterin beauftragt hatte, ihn unmittelbar nach ihrem Eintreffen in seiner Tempelhofer Wohnung anzurufen. Das besorgte sie natürlich selber und in einer ihrem Temperament gemäßen Form.

»Seit wann leidest du unter saurem Aufstoßen?« fragte sie. »Du bist doch sonst nicht spröde und weißt, daß du dich hier ruhig schon hättest einquartieren können.«

»Entschuldige«, sagte er, »aber ich hatte zu arbeiten.«

»Das wäre auch hier möglich gewesen.«

»Eben nicht. Ich brüte zur Zeit mit Alois Brandner funknavigatorische Eier aus. Das Kartenmaterial . . .«

»Ich verstehe«, unterbrach sie ihn. »Auf Borkum war ich ja mal deine Vertraute in funknavigatorischen Dingen. Ich will deshalb nicht stören, möchte dich aber bitten, Westkurs zu steuern, sobald ihr eure Eier ausgebrütet habt.«

»Bist ein Schatz«, sagte er. »Ich komme so schnell wie möglich.«

Der Abend verlief harmonisch, jedoch nicht so beschwingt wie gewöhnlich, da Robert sich genötigt sah, Carla zu sagen, daß er bis zum Antritt seines Dienstes praktisch dauernd unterwegs sein müsse.

Für Carla war das bitter. Sie ließ sich aber nichts anmerken und erklärte, daß sie dann eben die Berliner Museen und Kunstausstellungen besuchen und täglich ab sechs Uhr im Café Kranzler auf ihn warten würde.

»Sagen wir lieber sieben Uhr«, bat er.

Sein Reagieren versetzte ihr einen kleinen Stich.

»Die hellen Abende müssen wir ausnutzen.«

»Gewiß.«

»Es ist Aufbauarbeit, die jetzt zu leisten ist.«

Sie nickte und dachte: Seit dem Spektakel in der Potsdamer Garnisonkirche spielen alle verrückt.

Carla wäre zweifellos früher als beabsichtigt nach Rheinberg zurückgefahren, wenn sie gewußt hätte, daß Robert nach den Tagen der sich selbst auferlegten Schulung überhaupt keine Zeit mehr haben würde. Das hatte auch er nicht voraussehen können. Er erkannte es erst, als ihm anläßlich der Vorstellung von fünf jungen Männern, die trotz der blauen Anzüge, die sie trugen, ihren Offiziersstand nicht verleugnen konnten, ein Zeitplan ausgehändigt wurde, demzufolge er mit seinen Schülern nach einer täglichen theoretischen Instruktionsstunde um 21 Uhr nach Danzig zu fliegen hatte. Der Weiterflug nach Königsberg mußte um Mitternacht erfolgen. Der Rückflug nach Danzig, wo über der Bucht mehrere Anflugsübungen zu absolvieren waren, um zwei Uhr. Start nach Berlin um fünf. Landung dortselbst gegen sieben Uhr.

Mit einem Elf-Stunden-Plan hatte Robert Schroeder nicht rechnen können. Ihm blieb nichts anderes übrig, als Carla reinen Wein einzuschenken. Vor acht Uhr konnte er morgens nicht in Dahlem sein. Acht Stunden mußte er dann schlafen. Er würde also gegen sechzehn Uhr aufstehen. Um neunzehn Uhr mußte er sich schon wieder auf den Weg machen, wenn er um zwanzig Uhr in Tempelhof sein wollte. Ihm standen effektiv nur drei freie Stunden am Tage zur Verfügung, die sich jedoch erhöhen ließen, wenn er in der Nähe des Flughafens wohnte.

Carla hatte volles Verständnis dafür, daß Robert unter den gegebenen Umständen nicht täglich nach Dahlem hinausfahren wollte. Sie packte deshalb, als er seinen ersten Nachtflug durchführte, ihren und seinen Koffer und fuhr am nächsten Morgen so zeitig zum Flughafen, daß sie Robert gleich nach der Landung in Empfang nehmen konnte. Dann brachte sie ihn zu seiner Tempelhofer Wohnung, wo er noch eine Viertelstunde mit ihr im Wagen sitzen blieb und ihr dafür dankte, daß sie die Verstrickung, in die er geraten war, so großzügig löste.

»Rede keinen Stuß«, sagte sie ohne jede Bitterkeit. »Es war mein Fehler, daß ich nach Berlin gekommen bin.«

»Unsinn«, widersprach er. »Die Schuld trifft mich. Ich hätte einkalkulieren müssen, daß die Übernahme einer neuen Aufgabe kein Spaziergang sein kann.«

Ein letzter Abschiedskuß, und sie schieden in dem beseligenden Gefühl, zueinander zu gehören und aufeinander zu warten. Mochten noch ein, zwei oder drei einsame Jahre vor ihnen liegen.

Insgeheim atmete Robert auf, als Carla abgefahren war. Jahrelang hatte er sich danach gesehnt, fliegerisch tätig zu sein. Keinesfalls durften private Belange sein Weiterkommen jetzt gefährden. Er zählte zu jenen Menschen, die nicht schnell vergessen, daß es ihnen einmal schlechtgegangen ist. Und Aufstieg war ihm Verpflichtung. Elf Stunden Dienst nahm er als selbstverständlich hin.

Nachdem er zwei Wochen Nacht für Nacht zwischen Berlin, Danzig und Königsberg hin und her gependelt war, erhielt er eines Nachmittags den Auftrag, unverzüglich nach Dessau zu fliegen und eine Ju 52 zu übernehmen, mit der er am folgenden Morgen eine Anzahl hoher kirchlicher Würdenträger nach Rom fliegen sollte.

Der ungewöhnliche Auftrag versetzte Robert Schroeder insofern nicht in Erstaunen, als in den Zeitungen fast täglich über Ergebenheitsadressen berichtet wurde, die Kirchenfürsten an Adolf Hitler richteten. Auch war von einem Reichskonkordat die Rede gewesen, das allem Anschein nach nun mit dem Vatikan zum Abschluß kommen und Hitlers Position vor aller Welt stabilisieren sollte.

Robert Schroeder rechnete es sich zur Ehre an, die hohe Geistlichkeit nach Rom fliegen zu dürfen. Es zahlte sich jetzt aus, daß er frühzeitig Mitglied der SS und der NSDAP geworden war. Daß ihn nicht politische Gründe zum Eintritt bewogen hatten, brauchte er ja niemandem zu sagen. Entscheidend war, daß er eine niedrige Parteinummer hatte und dadurch, wie ungereimt das auch sein mochte, als Pilot Vertrauen genoß.

Im Gegensatz zu ihm und Alois Brandner war Jens Lüdeke, der Bordmechaniker der Ju 52, erst nach dem 30. Januar 1933 in die Partei eingetreten. Der flachsblonde Hamburger war hager, hatte ein schmales Gesicht und stellte, wenn man ihn etwas fragte, seiner Antwort zumeist das Wort ›Tjä‹ voran. Und benötigte jemand Feuer, dann zog er beflissen ein handgroßes Feuerzeug aus der Tasche.

»Ein Spinner«, lautete das erste Urteil des Funkmaschinisten. »Aber ein harmloser. Ehrlich!«

Robert Schroeder nickte zustimmend. »Ich habe den Eindruck, daß wir gut mit ihm auskommen werden.«

»Hoffentlich erschrickt die hohe Geistlichkeit nicht, wenn er mit seinem Flammenwerfer auf sie losgeht.«

Das tat Jens Lüdeke natürlich nicht. Aber er begrüßte die Würdenträger, denen er beim Einsteigen in das Flugzeug behilflich sein sollte, mit Handschlag und einem jeweils laut geschmetterten »Heil Hitler!«

Robert Schroeder stand wie verzweifelt da und konnte nicht einschreiten.

Im Gegensatz zu ihm amüsierte sich die hohe Geistlichkeit. Sie war von der nationalsozialistischen Führerschaft schlimmere Verstöße gegen die gute Sitte gewohnt.

Der Flug nach Rom führte zunächst durch ein Schlechtwettergebiet. Hinter der Donau rissen die Wolken aber auf, und es trat ein strahlendblauer Himmel zutage.

Robert Schroeder war erleichtert, da er die Alpen noch nicht mit einer dreimotorigen Maschine überflogen hatte. Die Berge boten sich an diesem Tage in ihrer ganzen Pracht dar. Die Sicht betrug 150 bis 200 Kilometer. Kantig schoben sich die schneebedeckten Zinnen der Stubaier und Ötztaler Alpen in den kobaltblauen Himmel hinein. Im Osten lag das Zillertaler Massiv. Im Westen die Silvretta. Im Südwesten der Ortler. Und einer gewaltigen Bastion gleich erhob sich in weiter Ferne das Adamello-Gebirge.

Robert Schroeder stieß den zwischen ihm und Alois Brandner sitzenden Bordmechaniker an. »Laden Sie die Herren ein, sich die Alpen einmal von hier aus anzusehen.«

Jens Lüdeke klappte seinen Sitz herunter und öffnete die schmale Tür zum Passagierraum. »Dann wünsche ich Ihnen vorsorglich viel Vergnügen.«

Als erster erschien ein Bischof, dessen rundliches und rosig aussehendes Gesicht an einen Barockengel erinnerte. »Allmächtiger!« rief er beim Anblick der sich weithin erstreckenden Alpen. »Deine Welt ist ja noch größer, schöner und erhabener, als ich angenommen hatte.« Ergriffen faltete er die Hände und murmelte ein Gebet.

Ihm folgte ein Kardinal mit verkniffenen Lippen, die seinem Wesen zu entsprechen schienen. Er sagte kein Wort und blickte aus trübseligen Augen, als gemahne ihn die Herrlichkeit der Natur an die sündige Schönheit einer begehrenswerten Frau.

Ihn löste ein Prälat ab, der die geringe Höhe der Tür zur Führerkanzel lobte, weil sie den Piloten zwinge, gebeugten Hauptes, also in demütiger Haltung, den Platz aufzusuchen, von dem er seine im Prinzip hoffärtigen Flüge dirigiere.

Der Flug nach Rom sollte Robert Schroeder einen aufregenden Schlußpunkt bescheren. Und zwar in dem Augenblick, da er die Flugleitung von Rom-Ciampino aufsuchte, um sein Bordbuch abfertigen zu lassen. Während ein Beamter die Formalitäten erledigte, entdeckte er durch eine Glastür, die zur Abfertigungshalle führte, seinen Bruder Gerd und – Dorkas. Sie hielt einen Strauß Rosen im Arm. Er glaubte, nicht richtig zu sehen, doch es gab keinen Zweifel: Gerd und Dorkas standen knapp zwanzig Meter von ihm entfernt. Unwillkürlich erinnerte er sich an das Foto, das aus Dorkas' Täschchen gerutscht war. Er hatte sich also nicht getäuscht. Aber wieso hielt sich Dorkas in Rom auf? Sie wollte doch in Bayern oder Österreich Ferien machen.

Robert überlegte, wann er Harald nach Freiburg geflogen hatte. Vor fast vier Wochen war das gewesen. Der Freund mußte in diesen Tagen nach Berlin zurückkehren.

Dorkas und Gerd küßten sich zum Abschied.

Es wollte Robert nicht in den Kopf, daß Dorkas ihren Mann mit Gerd hinterging. Aber war das wirklich so erstaunlich?

Der Beamte der Luftaufsicht reichte ihm das Bordbuch zurück.

Was sollte er tun? Unmöglich konnte er die Abfertigungshalle aufsuchen. Zum Flugzeug zurückzukehren wagte er ebenfalls nicht, weil man ihn dann hätte sehen können. »Fliegt jetzt eine Maschine nach Deutschland?« fragte er den Italiener.

»Si, signore. Die Handley Page via München nach Paris.«

Robert blickte auf den Flugplatz hinaus. Der britische viermotorige

Doppeldecker, der neununddreißig Passagiere aufnehmen konnte und eine Geschwindigkeit von 150 km/h entwickelte, rollte gerade zum Flugsteig. Auf der Route Paris–Rom hatte die Maschine vor zwei Jahren noch nicht eingesetzt werden können, weil die italienische Regierung nicht bereit gewesen war, von Frankreich kommenden Flugzeugen den Einflug zu gestatten. In jenen Tagen mußten die Passagiere von Paris nach Basel fliegen, dort in die Bahn umsteigen und nach Genua fahren, wo ein Flugboot auf sie warteten, das sie nach Rom-Fregene brachte.

Dorkas wurde zur Handley Page geführt.

Gerd war an der Barriere stehengeblieben.

Ein letztes Mal winkte sie ihm zu.

Bin gespannt, was er sagen wird, wenn ich ihn nachher aufsuche, dachte Robert. Am Flughafen wünschte er mit dem Bruder keinesfalls zusammenzutreffen. Würde Gerd den Besuch von Dorkas erwähnen? Er war gespannt und rief den Bruder etwa eine Stunde später aus dem Hotel an.

»Du bist in Rom?« rief Gerd überrascht.

»Wie du hörst.«

»Bist du womöglich mit der dreimotorigen Junkers gekommen, die heute nachmittag in Ciampino gelandet ist?«

»Woher weißt du das?«

»Weil ich draußen war«, antwortete der Bruder, ohne auch nur den Bruchteil einer Sekunde zu zögern. »Ich hatte einen Pariser Geschäftsfreund zum Flughafen zu bringen. Wenn ich gewußt hätte, daß du in der Maschine sitzt, hätte ich dich selbstverständlich mit in die Stadt genommen. Wo steckst du überhaupt?«

»Keine hundert Meter von dir entfernt. Ich wohne im ›Excelsior‹.«

»A la bonne heure! Familie Schroeder macht sich. Conrad sandte mir eine Karte aus dem Hotel Atlantic in Hamburg; du wohnst im ›Excelsior‹; und ich habe ein Etablissement in der Via Veneto.«

»Letzteres finde ich am erstaunlichsten.«

»Wieso?«

»Weil du kein Nazi bist.«

Der Bruder lachte. »Witz in unserer Familie ist eine neue Variante. Ich komm' gleich 'rüber. Wir treffen uns im Vestibül.«

»Soll ich dich nicht aufsuchen?«

Gerd hatte den Hörer bereits aufgelegt.

Robert dachte sich sein Teil, machte sich frisch und suchte die Hotelhalle auf, wo er seinen Bruder im Gespräch mit einem älteren Herrn antraf. Er war von der Sonne gebräunt und unterstrich sein sportliches Aussehen durch einen stark taillierten Anzug. Dazu trug er ein gestreiftes Hemd und Schuhe mit ungewöhnlich dicken Kreppsohlen.

»Hallo!« rief Gerd, als Robert auf ihn zuging. Dabei legte er eine Hand auf den Rücken seines Gesprächspartners und sagte auf italienisch: »Darf ich bekannt machen: mein Bruder Robert, der Ihnen heute die lieben deutschen Bischöfe und Kardinäle ins Haus gekarrt hat.« Er wechselte die Sprache. »Marchese di Flamino, ein Freund Seiner Heiligkeit des Papstes.«

Der Marchese und Robert Schroeder reichten sich die Hand und sagten sich Artigkeiten, ohne einander zu verstehen. Danach schauten sie sich unsicher an, gaben sich nochmals die Hand und verabschiedeten sich.

»Jetzt möchte ich wissen, seit wann du Italienisch sprichst«, sagte Robert, als der Marchese gegangen war.

Gerd zog eine kleine Uhr, die an einem Goldkettchen hing, aus seiner Hosentasche. Wie spielerisch wirbelte er sie im Kreise. »In Berlin habe ich in den letzten drei Monaten vorsorglich schon täglich zwei Stunden Unterricht genommen. Und hier engagierte ich einen ›professore privato‹, der morgens die Zeitungen mit mir durchgeht. Na, und abends lege ich mich selten ins Bett, ohne ein lebendes Wörterbuch bei mir zu haben. ›Pigliare con una fava due colombi‹, sagen die Italiener. ›Zwei Tauben mit einer Bohne fangen.‹«

»Und was hast du eben dem Marchese von den ›vescivi e cardinali tedesci‹ erzählt? Ich spreche zwar nicht italienisch, bin aber nicht bekloppt und kann kombinieren.«

»Was für unsere Eltern spricht«, entgegnete Gerd maliziös. »Um aber deine Frage zu beantworten, fratello mio: Es wird dich hoffentlich beruhigen, daß ich dem Freund Seiner Heiligkeit des Papstes voller Stolz verkündete, daß du es warst, der die deutschen Bischöfe und Kardinäle auf himmlischer Straße in das Ewige Rom eingeflogen hat.«

»Und woher weißt du das?«

Gerd führte Robert zur Hotelbar. »Wer Augen hat, der sehe! Ich sah die fromme Schar mit geschürzten Röcken aus deiner Maschine steigen. Übrigens sehr attraktiv, euer neues Hoheitszeichen. Man ist gleich gewarnt. Und am Rumpf eurer Flugzeuge gibt es keine Nummern mehr. Nur noch Buchstaben, die es unmöglich machen, die Anzahl der zugelassenen Maschinen zu ermitteln. Man kann nur staunen und verwundert darüber sein, was England und Frankreich sich alles gefallen lassen. Doch das spricht für Hitler und nicht für die Alliierten. Leider. Die Frage ist jetzt nur: Wird die Welt mit der totalitären Epidemie, die im Herzen Europas ausgebrochen ist, fertig werden oder an einem Kollaps zugrunde gehen?«

»Ohne Unkereien kannst du scheinbar nicht leben.«

»Also Themenwechsel. Conrad schrieb mir, daß mein Fortgang den lieben Kreis der Familie empfindlich gesprengt habe.«

»Gelinde ausgedrückt.«

Sie erreichten die Bar.

»Was trinkst du?«

»Einen Campari-Soda.«

Gerd bestellte.

»Vater hat mich gefeuert, weil ich es wagte, deinen Namen in seiner Gegenwart nochmals auszusprechen.«

»Er hat mich wirklich endgültig ausgestoßen?«

»Genau wie weiland Tante Paula.«

Gerd lachte. »Und du Knallkopp lehnst dich dagegen auf? Du kennst doch den Alten Herrn. Geschäftlich überkorrekt, in Fragen des menschlichen Zusammenlebens indiskutabel. Glücklicherweise haben wir Mama, die sogar einem Weißen einzureden vermag, daß er wie ein Neger aussieht. Ich gehe jede Wette ein, daß Vater über kurz oder lang bei dir anklopfen wird. Mit Tränen der Rührung in den Augen. Laß ihn dann nicht nach Canossa gehen.«

Robert hob sein Glas. »Schön, daß du das sagst.«

»Salute!«

Es wurde ein anregender Abend, in dessen Verlauf Robert versuchte, seinen Bruder durch die Erwähnung von Dorkas und Harald in Verlegenheit zu bringen. Vergebens. Gerd ließ sich nicht irritieren und erkundigte sich so angelegentlich nach Dorkas, daß Robert das Thema wieder fallenließ.

Auch am nächsten Tag zeigte Gerd sich von seiner charmantesten Seite. Er spazierte mit Robert durch den Park der Villa Borghese, fuhr mit ihm zum Petersdom und lud ihn am Nachmittag zu einer Fahrt nach Tivoli ein. Er zeigte ihm alles, was er sehen wollte, nur nicht seine Wohnung und Büroräume. Er sprach auch nicht über seine Tätigkeit. Kein Zweifel aber konnte darüber bestehen, daß er in exquisiten Lokalen ein hochgeschätzter Gast war und von Herren begrüßt wurde, denen man ansah, daß sie ein sorgloses Leben führten. Wie er selbst. Man hätte meinen können, er verdiene sein Geld im Spazierengehen.

Robert versuchte, auf den Busch zu klopfen. »Wenn ich dich so beobachte, ärgert es mich eigentlich, daß ich nicht Versicherungsagent geworden bin.«

»Das ist wirklich eine phantastische Sache«, sagte der Bruder lebhaft. »Ich bin leider auch erst sehr spät darauf gekommen. Voraussetzung ist natürlich, daß man die richtige Gesellschaft erwischt.«

»Und welche vertrittst du?«

»Eine ganze Reihe. Ich habe viel Glück gehabt und rede, weil ich abergläubisch bin, nicht gerne darüber.«

Wo Wahrheit gefährlich wird, muß Täuschung herhalten, dachte Robert. Gerd mochte ihm erzählen, was er wollte: Versicherungsagent war er bestimmt nicht.

Als Robert Schroeder nach Berlin zurückkehrte, wäre er am liebsten gleich nach Dahlem gefahren, um festzustellen, wie Dorkas reagierte, wenn sie erfuhr, daß er in Rom gewesen war. Eine dringend von den Dornier-Werken abzuholende Do 11 machte es jedoch notwendig, daß er und Alois Brandner noch am selben Abend mit dem Nachtzug nach Friedrichshafen reisten. Und als er am nächsten Nachmittag mit der neuen Maschine in Tempelhof landete, war er so schlechter Laune, daß er Dorkas und Harald darüber vergaß. Im Gegensatz zur einmotorigen W 33 verfügte die Do 11, deren Zuteilung auch noch eine Auszeichnung sein sollte, über keine geschlossene Führerkabine. Lehrer und Schüler hatten im Freien in einer Kanzel zu sitzen, die so nahe zwischen den Motoren lag, daß seitlich vom Führerraum grellrot gestrichene Stahlbügel angebracht waren, um zu verhindern, daß jemand versehentlich in die Propeller geriet.

Beinahe noch unangenehmer waren die Plätze, die Alois Brandner und die zur Ablösung bestimmten Flugschüler einnehmen mußten. Sie befanden sich hinter der Bugkanzel in einem zugigen, fensterlosen und unbeschreiblich dröhnenden Rumpf.

»Es ist wie zu Zeiten des alten Detektors«, schimpfte der Bayer. »Vor lauter Krach kann ich die Morsezeichen kaum hören.«

Robert Schroeder streifte seine Haube ab und wischte sich über die Stirn. »Mir kommt es vor, als sollte unser Ausbildungsprogramm der Hitlerschen Politik des Unmöglichen angeglichen werden, die sich erstaunlicherweise immer wieder als möglich erweist.«

»Ich könnte platzen vor Wut.«

»Ich ebenfalls! Wenn ich mir aber vergegenwärtige, wie dreckig es uns vor einem Jahr noch ergangen ist, denke ich anders. Damals wären wir auf den Knien nach Berlin gerutscht, um solch eine Maschine fliegen zu dürfen.«

Das Gespräch blieb nicht ohne Rückwirkung. Stoisch nahmen beide ihren Dienst auf, der ungleich härter als in einem Flugzeug mit geschlossener Kabine war. In der Regel pendelten sie drei Wochen lang Nacht für Nacht vermummt zwischen Berlin, Danzig und Königsberg hin und her, ehe ein Urlaubstag ihnen die Möglichkeit gab, sich um private Dinge zu kümmern. Ihnen stand selbstverständlich pro Woche ein freier Tag zu, doch der konnte nicht in Anspruch genommen werden. Deutschlands Zukunft verlangte den totalen Einsatz. Verloren ging freilich nichts. Versäumte freie Tage wurden gutgeschrieben und durften den Ferientagen hinzugezählt werden.

Den ersten Erholungstag nach seiner Rückkehr aus Rom benutzte Robert, um Carla, die ihn regelmäßig mit Post versorgte, einen längeren Brief zu schreiben. Sie telefonierten zwar gelegentlich miteinander, aber er gehörte zu jenen Männern, die am Telefon nicht über Liebe sprechen können. Außerdem gab es viele Punkte zu beantworten, die Carla angeschnitten hatte. So teilte er ihr mit, daß er in diesem Jahr keinesfalls nochmals Urlaub erhalten werde. Er habe natürlich nichts dagegen, wenn sie im Spätherbst allein an den Gardasee fahre. Nachdem ihr Vater die Zahlung des Kaufpreises noch vor Erlaß der neuen Devisenbestimmungen habe vornehmen können, müsse sie ja wohl mal nach dem Rechten sehen. Daß ihr Vater ihr über den Gauleiter einen Dienstreisepaß besorgt habe, sei großartig. Mancher Weg würde dadurch leichter für sie werden.

Die neuen Bestimmungen über Auslandsreisen empfinde er ebenfalls als unangenehm. Er halte sie aber für erträglicher als die Arbeitslosigkeit, unter der das deutsche Volk jahrelang gelitten habe. Den eingetretenen Wandel könne er sogar beim Überfliegen des Landes feststellen. Überall rauchten die Schornsteine wieder.

Auch er zähle die Tage bis zum Weihnachtsfest und sei froh, daß ihr Vater ihn nach Bad Harzburg eingeladen habe. Der Anmarschweg sei für ihn dadurch wesentlich verkürzt. Seine Eltern könne er ohnehin nicht aufsuchen. Sein Vater halte nach wie vor am Hausverweis fest.

Roberts Brief wurde ein seltsames Konglomerat von Empfindungen, Betrachtungen und Ratschlägen. Er brachte ihn gleich zur Post und fuhr anschließend nach Dahlem, wo er erfreut feststellte, daß Harald, der gerade aus dem Sanatorium zurückgekehrt war, einen erstaunlich frischen Eindruck machte. Dorkas sah ebenfalls sehr erholt aus. Hinter ihren brennenden Augen lag aber auch eine gewisse Nervosität, die er sich zunächst nicht erklären konnte. Erst als er von Rom erzählte und spürte, daß Dorkas über sein Treffen mit Gerd informiert war, wurde ihm ihre Unruhe verständlich.

Harald gegenüber gab sie sich geradezu peinlich verliebt. Sie streichelte und küßte ihn, als wäre sie allein mit ihm. Ihr Verhalten störte Robert so sehr, daß er sich frühzeitig verabschiedete. Dies wiederum veranlaßte Dorkas zu der girrenden Bemerkung: »O Harry, dann kannst du mir ja schon bald den Rücken schrubben.«

Harry nannte sie ihn! Und Harald strahlte, als habe sie ihm ein Geschenk gemacht.

Robert war froh, als er auf die Straße hinaustrat. Er würde etwas dafür gegeben haben, wenn Carla bei ihm gewesen wäre. Mit ihr konnte er sich selbst in verliebten Stunden natürlich unterhalten. So bald wie möglich wollte er sie heiraten. Wenn er bloß dem RB-Streckendienst nicht zugeteilt worden wäre. Täglich eine Stunde Navigationsunterricht und zehn Stunden Nachtflug, das war auf die Dauer zuviel.

Woche um Woche und Monat für Monat flog er mit Alois Brandner und fünf Schülern immer wieder nach Königsberg und zurück, sofern sie mit der Ju 52 nicht gerade einen Auslandsflug durchzuführen hatten. Das war leider nur selten der Fall. Aber immerhin, sie flogen nach Paris, Belgrad und Athen, und Robert Schroeder registrierte mit Genugtuung, daß er auf diesen Flügen nicht nur fliegerische Erfahrungen sammeln konnte. Vieles erwies sich als anders, als er angenommen hatte. Aus der Ferne bot Deutschland ein Bild, das Besorgnis erregte, und die quälenden Fragen, die ausländische Kameraden an ihn richteten, blieben nicht ohne Wirkung auf ihn.

»Stimmt es«, fragte ihn in Le Bourget ein bekannter französischer Pilot und Schriftsteller, »daß Carl von Ossietzky in ein Konzentrationslager eingesperrt wurde?«

Die peinliche Frage wurde für Robert Schroeder tödlich peinlich. Er wußte nicht, wer Carl von Ossietzky war.

»Das ist fast nicht zu glauben«, sagte der Franzose konsterniert. »Ossietzky war Herausgeber der ›Weltbühne‹. Er soll eingesperrt worden sein, weil er die illegale Aufrüstung der Reichswehr angeprangert hat.«

Das hatte auch Robert Schroeder für verwerflich gehalten. Wenn aber ein Mann wie der angesehene französische Pilot das anders sah, wurde es Zeit, die Dinge aus einer neuen Perspektive zu betrachten.

»Und was ist mit den Juden?« insistierte der Franzose weiter.

»Da dürfte es wirklich schreckliche Übergriffe gegeben haben«, gab Robert Schroeder unumwunden zu. »Wahrscheinlich läßt sich das jedoch nicht vermeiden. Das sind üble Begleiterscheinungen. Denken Sie an die Französische Revolution. Bestimmt wird auch in Deutschland alles wieder ins rechte Lot gebracht.«

»Sind Sie davon überzeugt?«

»Zutiefst.«

Der Pilot reichte ihm die Hand. »Hoffentlich!«

Oft dachte Robert Schroeder an diesen Kameraden, dem eine normale menschliche Haltung genügt hatte, ihm die Hand zu reichen.

Mit dem Winter kam die Zeit der Kämpfe mit Schnee und Eis. Zum Glück führte die Schulstrecke Berlin–Königsberg über flaches Land, so daß zwei- bis dreihundert Meter Flughöhe ausreichten, um auch bei Vereisungsgefahr noch relativ sicher über alle Hindernisse hinwegzukommen.

Gefährlich aber war, daß ein Pilot, der Nacht für Nacht Schüler unterweist und kontrolliert, das Flugzeug jedoch monatelang nie selbst steuert, in manueller Hinsicht außer Übung kommt. So passierte es Robert Schroeder, daß ihm Wendezeiger und Libelle davonliefen, als er bei einem Anflug auf Danzig das Steuer wegen tief herabhängender Wolken plötzlich übernehmen mußte. Sein Versagen hätte unweigerlich zum Absturz geführt, wenn es ihm in letzter Minute nicht gelungen wäre, die Maschine wieder in die Gewalt zu bekommen. In seiner Verwirrung tat er glücklicherweise dann das Richtige: Er verzichtete auf einen zweiten Anflug und forderte Alois Brandner auf, ihm schnellstens das Wetter von Königsberg zu geben.

Es dauerte längstens eine Minute, bis der Funkmaschinist meldete: »Wolkenuntergrenze hundertfünfzig Meter.«

»Dann fliegen wir durch«, erklärte Robert Schroeder und übergab das Steuer seinem Flugschüler. »Steigen Sie auf dreihundert Meter. Kurs siebzig Grad.«

Er ahnte in jener Sekunde nicht, daß sein Entschluß ihm und den Kameraden das Leben retten sollte. Denn keine halbe Stunde nach der Landung in Königsberg fiel plötzlich unterkühlter Regen. Binnen weniger Minuten war die Plattform vor dem Flughafengebäude in eine spiegelglatte Fläche verwandelt.

Als Robert Schroeder davon hörte, sagte er: »Wißt ihr, was das bedeutet? Wir sind dem Teufel gerade noch von der Schippe gesprungen! Termingemäß würden wir uns jetzt im Anflug befinden. Nur dadurch, daß wir uns die Landung in Danzig geschenkt haben . . .« Er unterbrach sich erschrocken und lief zum Telefon. »Schnell, geben Sie mir den Peiler! Flugsicherungsgespräch!«

Der Peiler meldete sich.

»Hier Schroeder von der OEUS. Haben Sie Verbindung mit den nachfolgenden Maschinen?«

»Nur mit der OSAF. Mit der OTEL scheint etwas nicht in Ordnung zu sein.«

»Wieso?«

»Die Funkverbindung brach schlagartig ab. Danzig ruft das Flugzeug seitdem vergeblich. Wir befürchten Erdberührung.«

Robert Schroeder trat der Schweiß auf die Stirn. »Und wo steckt die OSAF?«

»Etwa zehn Minuten vor Königsberg.«

»Geben Sie sofort 'rauf: Vereisungsgefahr wegen unterkühlten Regens! Ich sprech' schnell mit der Wetterwarte.«

Der Meteorologe vertrat die Auffassung, daß unerwartet aus dem Osten einfließende Kaltluft die Ursache des unterkühlten Regens sei. Er riet dringend, die im Anflug befindliche Maschine nach Westen zurückzudirigieren.

Sein Rat kam zu spät. Als Robert Schroeder den Peiler anrief, herrschte dort bereits Panikstimmung. Nach einem kurzen ›SO . . .‹, dem zweifelsohne ein weiteres ›S‹ hatte folgen sollen, war die Funkverbindung jäh abgebrochen.

»Es sieht schlimm aus«, sagte der Peilflugleiter. »Die OTEL muß im Anflug auf Danzig Bodenberührung bekommen haben. Näheres ist noch nicht bekannt. Die Wolkenuntergrenze betrug fünfzig bis sechzig Meter. Bei der OSAF scheint plötzliche Vereisung die Ursache des Absturzes zu sein.«

Robert Schroeder war die Kehle wie zugeschnürt. Wenn kein Wunder geschah, hatten zehn Kameraden ihr Leben verloren. Und ein Fehler, der ihm unterlaufen war, hatte sein und das Leben seiner Besatzung gerettet.

Am nächsten Morgen schneite es. Die abgestürzten Maschinen wurden gefunden. Keiner der Insassen war mit dem Leben davongekommen.

Robert meldete ein Gespräch nach Bad Harzburg an, um Carla schonend beizubringen, daß er wegen schlechter Wetterlage festsitze und voraussichtlich in den nächsten Tagen nicht würde starten können.

Zum erstenmal konnte Carla ihre Enttäuschung nicht verbergen. Sie weinte, fing sich jedoch bald darauf wieder und bat um Verständnis dafür, daß sie die Nerven verloren habe. »Fast acht Monate haben wir uns nicht gesehen«, fügte sie verzweifelt hinzu.

»Ich weiß«, erwiderte er.

»Aber du wirst doch kommen, sobald du wieder in Berlin bist?«

»Ich hoffe, daß es möglich sein wird.«

»Wieso hoffst du das? Ist etwas passiert?«

»Ach wo«, antwortete er. Keinesfalls sollte Carla erfahren, daß es Tote gegeben hatte. Daß Zeitungen darüber berichten würden, brauchte er nicht zu befürchten.

Dennoch erfuhr Carla die Wahrheit. Harald, der über denkbar gute Beziehungen verfügte und sich wegen des für seine Schwester verpatzten Weihnachtsfestes Sorgen machte, erfuhr von dem Absturz der beiden Flugzeuge und informierte Carla in der wohlgemeinten Absicht, Roberts Absage damit verständlicher zu machen. Er erreichte das Gegenteil. Carla zitterte nun vor Angst und grübelte darüber nach, wie sie Robert bewegen könnte, seinen Beruf aufzugeben und in den Verlag des Bruders einzutreten. Sie behielt diesen Wunsch aber für sich und vergaß ihren Kummer, als Robert zum Silvesterabend nach Bad Harzburg kam. Er war Pilot und mußte es bleiben. Im Grunde genommen wollte sie es gar nicht anders. Der Absturz der Flugzeuge hatte sie nur durcheinandergebracht.

»Hoffentlich kannst du im April den geplanten Urlaub nehmen«, sagte sie, nachdem sie von ihrem zweiten Aufenthalt in San Giacomo berichtet und erzählt hatte, daß die von ihnen gepflanzten Oleanderbüsche noch voll herrlicher Blüten gewesen seien.

»Von Urlaub sollten wir jetzt nicht reden«, erwiderte er. »Zwei Lehrer weniger, das bedeutet Mehrarbeit.«

»Ohne Entspannung geht es nicht«, warf Carlas Vater ein.

Robert zuckte die Achseln. »Der Staat ist anderer Meinung. Mit einem Rundschreiben wurde uns mitgeteilt, die Ausbildung der Piloten sei vaterländische Ehrenpflicht und so vordringlich, daß alles andere zurückstehen muß. Die Amtskassen sind angewiesen, nicht erhaltenen Urlaub durch eine Sonderzahlung auszugleichen.«

»Heil Hitler! Gezeichnet Amtsschimmel!« lästerte Carla.

»Sie hat recht«, sagte ihr Vater. »Das ist wirklich der Erlaß eines Bürokraten. Ich könnte die Wände hochgehen, wenn ich sehe, wie alles anders verläuft, als wir es uns vorgestellt haben. Aber davon erfährt der Führer ja nichts. An deiner Stelle würde ich mal Krach machen. Du bist schließlich alter Parteigenosse und Angehöriger der SS.«

Robert verzog den Mund. »Die Sache ist heikler, als du denkst. Ein Kamerad wagte es, die ihm zustehenden freien Tage zu verlangen. Als man sie ihm verweigerte, kündigte er und ging als Einflieger zu Heinkel. Prima Sache. Heute geht es ihm aber dreckig. Er mußte entlassen werden und erhielt im Paß den Vermerk: ›Das Vaterland in höchster Not im Stich gelassen.‹«

Die wäßrigen Augen des Schriftstellers quollen förmlich hervor. »Ist das verbürgt?«

»Ich habe den Vermerk selbst gelesen.«

»Das müßte man dem Führer melden.«

Robert machte eine wegwerfende Bewegung.

»Du kannst doch nicht ewig durch die Nächte fliegen«, begehrte Carla auf.

»Natürlich nicht. Ich werde auch etwas unternehmen, um eine andere Position zu bekommen. Im Augenblick muß ich jedoch bei der Stange bleiben. Der Verlust der beiden Lehrer zwingt mich dazu.«

Nicht ganz zwanzig Stunden konnte Robert in Bad Harzburg bleiben, dann mußte er nach Berlin zurück. Das Gespräch aber, daß er mit Carla und ihrem Vater geführt hatte, veranlaßte ihn, seinen früheren Dienststellenleiter aufzusuchen. Es hieß plötzlich, die ihm für Sonderflüge zugeteilte Ju 52 solle einer Staffel unterstellt werden, deren Aufgabe es sei, künftighin alle führenden Persönlichkeiten zu fliegen.

»Ist etwas wahr an dem Gerücht?« fragte er offen heraus.

»Mit Gewißheit kann ich es nicht sagen«, wich der ehemalige Dienststellenleiter aus. »Ich bin bekanntlich mit neuen Aufgaben betraut. Ich habe allerdings gehört, daß eine ›Regierungsstaffel‹ aufgestellt werden soll. Wahrscheinlich wird man Sie zu gegebener Zeit auffordern, sich zu melden.«

»Was ich bestimmt nicht tun werde.«

»Nanu? Ich höre wohl nicht richtig?«

»Doch. Und ich will Ihnen auch den Grund nennen. Ich habe genügend Phantasie, um mir vorstellen zu können, wie der Dienst bei einer Regierungsstaffel aussehen wird. Nicht um einen Deut anders als bei einer Fahrbereitschaft. Und welche Strecken werden zu fliegen sein? Immer hübsch in Richtung Berchtesgaden oder Schorfheide. Das ist nichts für mich. Zumal ein Erlaß existiert, demzufolge führende Persönlichkeiten bei Schlechtwetterlagen nicht fliegen dürfen. Da aber wird die Fliegerei erst interessant. Im Schlechtwetterflug liegt die Zukunft der Luftfahrt.«

»Dann müßte Ihre derzeitige Tätigkeit Sie doch befriedigen.«

»Eben nicht. Als Blindfluglehrer habe ich kaum noch die Hand am Steuer. Ich verlerne alles. In Danzig wäre auch meine Maschine beinahe draufgegangen. Sie rutschte mir weg, als ich das Steuer plötzlich übernehmen mußte.«

»Das ist Wasser auf meine Mühlen!« rief der frühere Dienststellenleiter emphatisch. »Seit Monaten predige ich, daß Blindfluglehrer plemplem werden und ihre manuellen Fähigkeiten verlieren, wenn sie länger als ein halbes Jahr auf der Nachtstrecke eingesetzt sind. Und wie reagiert man? Man hält mir die Planung unter die Nase. Produktion im nächsten Jahr monatlich siebenhundertfünfzig Flugzeuge!«

Robert Schroeder konnte seine Überraschung nicht verbergen.

»Ja, mein Lieber, es ist phantastisch, was Milch sich vorgenommen hat. Wenn ich mir vergegenwärtige, wie wir vor anderthalb Jahren mit der alten F 13 angefangen haben . . .! Doch wie soll ich Ihnen jetzt helfen? Daß Sie von der RB-Strecke weg möchten, ist mir klar.«

»Wenn es möglich wäre.«

Der ehemalige Vorgesetzte erhob sich. »Lassen Sie mich ein paar Minuten allein. Ich werde einen Freund anrufen, dem die Betreuung der Zivilpiloten übertragen worden ist.«

Robert Schroeder verließ den Raum. Als er wenige Minuten später wieder in das Büro zurückgebeten wurde, sah er auf den ersten Blick, daß eine günstige Nachricht auf ihn wartete.

»Sie gehen jetzt zu diesem Oberst«, sagte der einstige Dienststellenleiter und reichte ihm einen Zettel, auf dem ein Name notiert war. »Er wird Ihnen einen interessanten Vorschlag unterbreiten.«

Bald darauf saß Robert Schroeder vor einem Offizier, dessen Augen Wärme ausstrahlten. Er hielt sich nicht lange bei einer Vorrede auf, sondern stieß geradenwegs zum Kern der Sache vor. »Hätten Sie Lust, Wetterflieger zu werden? Sie müßten sich dann verpflichten, täglich um fünf Uhr zu einem Flug auf sechstausend Meter Höhe zu starten. Bei jeder Wetterlage. Auch bei Nebel. Landen brauchen Sie im Nebel allerdings nicht. Sie dürfen dann ausweichen, wohin Sie wollen. Nach Köln, Berlin, München oder Hamburg. Verpflichtet sind Sie nur zum pünktlichen Start, sofern keine Vereisungsgefahr besteht.«

»Das ist genau das, was ich brauche«, erklärte Robert Schroeder begeistert. »Nur so kann man Erfahrungen sammeln und eines Tages in der Lage sein, effektive Blindlandungen durchzuführen.«

»Bis Sie die beherrschen, wird Ihnen aber nichts geschenkt.«

»Darüber bin ich mir im klaren.«

»Wetterflugstellen sollen in Köln, Frankfurt, München, Berlin, Hamburg, Breslau und Königsberg eingerichtet werden. Würde Ihnen eine dieser Städte besonders liegen?«

»Köln wäre mir sehr angenehm.«

Der Oberst machte sich eine Notiz. »Einen Haken gibt es bei der Sache. Die Planstellen sind noch nicht genehmigt, und die für den Höhenflugdienst speziell entwickelten Maschinen stehen frühestens Ende des Jahres zur Verfügung. Bis dahin müßte ich Sie dem Deutschen Luftsport Verband zuteilen, dem die sogenannte ›Amateurfliegerausbildung‹ übertragen worden ist. Sie würden dann einem anderen Verwaltungsbereich angehören und könnten nicht mehr ohne weiteres angefordert werden.«

»Mein früherer Dienststellenleiter hat Sie gut informiert.«

Der Oberst überhörte diese Bemerkung. »Wären Sie bis zu Ihrer Übernahme als Wetterflieger mit der Tätigkeit eines Fluglehrers einverstanden?«

»Mir ist alles recht, wenn ich nur zur Wetterfliegerei komme.«

»Ich könnte Sie nach Nürnberg versetzen. Und zwar zu ...« Er blätterte in seinen Papieren und nannte den Namen eines Hauptmannes a. D., der Robert Schroeder aufhorchen ließ.

»Hat der nicht vor Jahren in Tempelhof die Passagiere der Nordbayrischen Verkehrsflug G.m.b.H. über eine Planke in das Restaurant der Mitropa dirigiert, um Milch ein Schnippchen zu schlagen?«

»Nein, das war sein Bruder, der kürzlich in Ungnade gefallen ist, weil er in seinem Ärger über Milchs grandiosen Aufstieg die Behauptung aufgestellt hatte, der ehemalige Generaldirektor und heutige Staatssekretär sei jüdischer Abstammung.«

»Dann bleibt nur noch eine Frage: Was wird aus Alois Brandner?«

»Den kann ich nicht nach Nürnberg versetzen. Dort fehlt die entsprechende Planstelle. Ich könnte ihn aber, wenn er damit einverstanden ist, zum Kölner Peiler dirigieren, so daß er Ihnen zu gegebener Zeit wieder zur Verfügung steht.«

»Darf ich daraus entnehmen, daß meine Endstation Köln heißt?«

Der Oberst lächelte. »Ihre vorläufige Endstation.«

»Und wann soll ich bei der RB-Strecke aufhören?«

»Ende dieses Monats. Ich gebe eine entsprechende Weisung. Sie können dann am ersten April in Nürnberg anfangen.«

»Hoffentlich wird das kein Aprilscherz.«

Der Oberst reichte die Hand. »Bestimmt nicht.«

15

Für Robert Schroeder war es, als sei aus einer geschlossenen Wolkendecke plötzlich die Sonne hervorgebrochen. Er hatte feststellen wollen, ob ihm die Ju 52, die ihm echte fliegerische Freude bereitete, tatsächlich genommen werden sollte, und nun tat sich ein Paradies vor ihm auf, das ihm Angst einjagte. Zu strahlend schien ihm das Licht der Zukunft zu sein. Es drängte ihn, Carla anzurufen, doch er wagte es nicht, ihr schon jetzt von seinem Glück zu erzählen. Erst wenn er schriftlich in Händen hielt, nach Nürnberg versetzt zu sein, wollte er sie verständigen.

Alois Brandner informierte er noch am selben Tage. Der Bayer war im ersten Moment überaus betroffen. Er erholte sich aber von seinem Schrecken, als er hörte, daß sie im kommenden Jahr wieder zusammen fliegen würden.

Kurz darauf sah sich Robert Schroeder veranlaßt, auch seinen Eltern die bevorstehende Versetzung zur Kenntnis zu bringen. Seine Mutter rief ihn aus dem Central-Hotel an und erzählte aufgeregt, daß der Vater eine Berliner Kleiderfabrik übernommen habe und sie in eine Uniformfabrik umwandeln werde. Sie würden ganz nach Berlin ziehen und den Betrieb in Münster Conrad überlassen. Was aber noch wichtiger sei: der Vater suche mit ihm, Robert, die Versöhnung.

»Kannst du uns nicht gleich im Hotel besuchen?« fragte sie und ließ dabei ihre Stimme ängstlich schwingen.

Robert kannte alle Tricks seiner Mutter. Wenn sie sich einen besorgten Anschein gab, appellierte sie an sein Mitgefühl. Die ›Bastion Vater‹ war offensichtlich noch nicht ganz versöhnungsreif geschossen.

»Ich komme«, antwortete er mit einem Blick auf die Uhr. »Spätestens in einer Stunde muß ich aber am Flughafen sein!«

»Wir erwarten dich im Vestibül. Du kannst uns gar nicht verfehlen.«

Es verlief alles, wie Roberts Mutter es geplant und sich gewünscht hatte. Der Vater gab jeden Widerstand auf, als er seinen Sohn erblickte. An einem Tage, da es ihm gelungen war, die größte Berliner Kleiderfabrik zu erwerben, wollte er großzügig sein. Dies um so mehr, als er ein phantastisches Geschäft gemacht hatte. Der Inhaber der Kleiderfabrik, ein Jude namens Baruch, hatte wohl oder übel alle Bedingungen akzeptieren müssen. Nun, die Juden waren zu anderen Zeiten ja ebenfalls nicht zimperlich gewesen.

»Vielleicht verkauft Baruch uns auch sein Haus«, plapperte die Mutter munter drauflos. »Es liegt in Schlachtensee. Vater hat ihm ein anständiges Angebot gemacht. Sehr nobel. Auf alle Fälle ziehen wir nach Berlin. Du kannst dann bei uns wohnen und brauchst dich nicht mehr mit so einem möblierten Zimmer zufriedenzugeben.«

»Daraus wird nichts«, sagte Robert. »Ich bin nach Nürnberg versetzt, wo ich allerdings nur bis etwa Ende des Jahres bleiben werde. Dann geht's nach Köln. Im übrigen solltest du nicht vergessen, daß auch du einmal gezwungen warst, *so ein möbliertes Zimmer* zu vermieten.«

»Worauf willst du hinaus?« fragte der Vater unwillig.

»Auf nichts. Wir, ich schließe mich nicht aus, vergessen alle viel zu schnell, wie dreckig es uns einmal ergangen ist.«

»Das vergessen wir schon nicht«, wies ihn die Mutter zurecht. »Da kannst du unbesorgt sein. Wir vergessen aber ebenfalls nicht, daß es das Weimarer System war, das uns kaputtgemacht hatte. Wenn Hitler nicht gekommen wäre . . .«

»Sehr richtig!« fiel der Vater ein. »Ohne Hitler wären wir zum Untergang verdammt gewesen. Ohne Hitler . . .«

Robert fühlte sich erleichtert, als es soweit war, daß er sich erheben und sagen konnte: »Leider muß ich mich nun verabschieden.«

»Das ist wirklich sehr schade«, stimmte ihm die Mutter zu. »Aber Hauptsache, der Friede ist wiederhergestellt.«

Robert Schroeder verstand seine Eltern nicht mehr. Dabei wußte er genau, daß in gewissem Sinne auch er von der Hitler-Euphorie befallen war. Jedenfalls fühlte er sich oftmals selbst dort mitgerissen, wo er sich früher aufgelehnt hatte. Kritiklos aber war er nicht geworden. Lediglich kritikmüde. Wozu sich aufregen? Er hatte, was er wollte: seine geliebte Fliegerei. Und wie es einmal gewesen war, durfte es auf keinen Fall wieder werden.

Er ahnte, daß hier die Wurzel eines gefährlichen Übels lag. Akzeptierte er nicht die Pest, um von der Cholera verschont zu werden? Er flüchtete vor diesem Gedanken, indem er sich mit Carla beschäftigte, und er nahm sich vor, sie schnellstens über seine bevorstehende Versetzung zu informieren. Die Möglichkeit, daß die Mutter ihm zuvorkam, war gegeben.

Er brauchte Carla jedoch nicht zu schreiben. Schon am nächsten Morgen erhielt er ein Telegramm, mit dem sie ihm mitteilte, daß sie und ihr Vater kurz nach vier Uhr in Berlin eintreffen und im ›Adlon‹ absteigen würden. Sie bat ihn, zum Hotel zu kommen und zu versuchen, sich für einen der nächsten Tage vom Dienst beurlauben zu lassen.

Trotz des hinter ihm liegenden Nachtfluges konnte er an diesem Morgen nur schwer einschlafen. Seit der Silvesternacht, in der er Carla zum letztenmal gesehen hatte, waren fast vier Monate vergangen. Er sehnte sich nach ihr, und ein glücklicher Zufall wollte es, daß er ausgerechnet in der kommenden Nacht dienstfrei hatte.

Schon früher als erforderlich, suchte er die Empfangshalle des unmittelbar am Brandenburger Tor gelegenen Hotels auf. Das Foyer beeindruckte ihn. Er hatte das feudale Hotel nie zuvor betreten.

Nur eine knappe Viertelstunde mußte er warten, bis Eberhard von der Heid in Begleitung seiner Tochter erschien. Ihr Haar glich einer Flamme. Sie trug einen Tweedmantel, dessen als Schal gearbeiteten Kragen sie über die Schulter zurückgeworfen hatte. Hastig entfernte er das Papier von den Blumen, die er gekauft hatte, und eilte Carla entgegen.

»Bert!« rief sie überglücklich.

Er schloß sie in die Arme.

Ihr Vater kam hinzu. »Wie schön, dich wiederzusehen!«

Robert übergab Carla die Blumen und reichte ihrem Vater die Hand. »Willkommen in Berlin! Hattet ihr eine gute Fahrt?«

»Der Anlaß unserer Reise ist so herzerfrischend, daß ich wie auf Wolken dahinschwebe«, antwortete Eberhard von der Heid emphatisch. »Stell dir vor: Harald hat die Aktien pünktlich auf den Tag zurückgeschickt. Kommentarlos, als sei es das Selbstverständlichste von der Welt! Da habe ich mich nicht halten können und bin mit Carla hierhergefahren, um mich zu bedanken und für meine Kleingläubigkeit zu entschuldigen.«

»Harald weiß nicht, daß wir hier sind und ihm noch heute auf die Pelle rücken wollen«, sagte Carla.

Ihr Vater strahlte. »Bin gespannt, wie er reagieren wird.«

»Wirst du einen Tag dienstfrei sein können?«

»Wenn's recht ist, stehe ich Dero Gnaden bis morgen abend zur Verfügung.«

»Dann kannst du uns ja nach Dahlem begleiten!«

»Selbstverständlich.«

»Großartig«, rief Eberhard von der Heid. »Dann gibt's heute abend ein Festessen. Ich werde gleich alles arrangieren.«

»Mach dich erst mal frisch«, empfahl ihm Carla.

Er zwickte ihre Wange. »Tu du das gleiche.«

»Und wann fahren wir los?«

Ihr Vater lächelte. »Wäre dir sechs Uhr recht?«

Sie deutete einen Kuß an.

Robert begleitete Carla auf ihr Zimmer, wo sie ihn stürmisch küßte.

»Ein Glück, daß Harald sich die Aktien zur Verfügung stellen ließ«, sagte er, als Carla eine Pause einlegte. »Sonst wären wir heute nicht zusammen.«

»Und Paps wäre nicht voller Seligkeit. Tausend Pläne wälzt er seit gestern. Um jeden Preis möchte er uns helfen. Und ich bin froh darüber. Auf die Dauer kann doch kein Mensch Nacht für Nacht nach Königsberg fliegen.«

Robert war nahe daran zu sagen, daß er den Nachtstreckendienst beenden und eine neue Aufgabe übernehmen werde. Er schwieg jedoch, weil er es unter den gegebenen Umständen für richtig hielt, sein Pulver trocken zu halten. »Du hast recht«, erwiderte er. »Auf die Dauer kann kein Mensch nur des Nachts fliegen. Aber jetzt wollen wir nicht über meinen Beruf sprechen.«

»Einverstanden«, sagte Carla. »Und das, obwohl Nietzsche erklärt hat: ›Ein Beruf ist das Rückgrat des Lebens.‹«

Robert stemmte die Hände in die Hüfte. »Wie oft willst du mir noch beweisen, daß du ein belesenes Mädchen bist?«

Sie lächelte spöttisch. »Fressen Füchse nicht auch gescheite Gänse?«

Harald und Dorkas lasen in der Abendzeitung, als zu ihrer Verwunderung die Hausglocke schrillte.

»Nanu«, sagte er und ließ sein Blatt sinken. »Erwartest du Besuch?«

Dorkas schüttelte den Kopf.

»Schau nach, wer da ist.«

Sie erhob sich. »Man könnte meinen, du erwartest jemanden.«

In der Diele ertönte Eberhard von der Heids Stimme.

Dorkas blickte verblüfft zu Harald hinüber.

Der grinste.

»Hast du das gewußt?«

Er erhob sich. »Vielleicht.«

Eberhard von der Heid eilte Dorkas mit ausgebreiteten Armen entgegen. »Ohne Blumen, meine Liebe! Ich habe sie vergessen. Mein Herz ist so voll, daß ich keinen vernünftigen Gedanken mehr fassen kann.

Seit gestern nachmittag denke ich nur: Zu euch! Zu euch, meine Lieben!« Er küßte sie und warf sich aufschluchzend an die Brust des Sohnes. »Mein Junge! Ich habe dir ja so unrecht getan!«

Dorkas wußte nicht, wie ihr geschah. Die Worte des Schwiegervaters setzten sie ebenso in Erstaunen wie der Anblick von Carla und Robert, die dem Schriftsteller folgten.

Harald lachte. »Reden wir nicht mehr davon, Papa. Die Sache ist erledigt und vergessen.«

Carla umarmte Dorkas. »Mein Kompliment! Ich glaube, damit ist alles gesagt.«

Robert küßte Dorkas Wange. »Ich schließ' mich den Worten meiner Vorrednerin an. Wirklich, alle Achtung!«

»Jetzt verstehe ich nichts mehr«, begehrte Dorkas auf. »Würde einer von euch die Liebenswürdigkeit haben, mir zu sagen, worum es geht?«

Eberhard von der Heid sah seinen Sohn verwundert an. »Ja, weiß deine Frau nicht . . .?« Er zog ein Tuch aus der Tasche und wischte über seine feucht gewordenen Augen.

Harald gab sich einen zerstreuten Anschein. »Ich vergaß, es Dorkas zu sagen. Über geschäftliche Dinge spreche ich nie mit ihr.«

Der Schriftsteller ergriff die Hand seiner Schwiegertochter. »Du weißt nicht, daß Harald meine Aktien pünktlich auf den Tag zurücküberwiesen hat?«

Dorkas wandte sich verblüfft an ihren Mann. »Und davon hast du mir nichts gesagt?«

Er machte eine hilflose Geste. »Entschuldige, Kindchen. Ich habe es vergessen.«

»Und ich Idiot hab' ein Jahr lang Aktien im Wert von vierhunderttausend Mark dahinschwimmen sehen!« rief Eberhard von der Heid.

Niemand hätte in diesem Augenblick auf den Gedanken kommen können, daß Harald über keinen roten Heller mehr verfügte und es nur durch raffinierte Transaktionen fertiggebracht hatte, die Aktien seines Vaters bei der Bank auszulösen. Dazu gehörte, daß er in den letzten Monaten keine wesentliche Rechnung mehr beglichen und seine Lieferanten mit prolongationsfähigen Wechseln befriedigt hatte. Er wußte freilich genau, daß er in eine gefährliche Lage geriet, wenn bis zum Ablauf der Prolongationsfrist nicht etwas Außerordentliches geschah. Aber das bedrückte ihn nicht. Zeit gewonnen, alles gewonnen, sagte er sich. Und tatsächlich spielte die Zeit in seinen frivolen Überlegungen eine entscheidende Rolle. Allerdings auch die richtige Beurteilung der Mentalität seines Vaters. Betrügen wollte er ihn nicht. Er war nur fest davon überzeugt, daß ein Unternehmen wie das seine mit einem Arbeitskapital von annähernd einer Million Mark ohne jede Schwierigkeit so viel Gewinn abwerfen würde, daß er sich dann sorgenlos gestatten konnte, was er sich nun gedankenlos leistete.

In seinem Spiel stellte der Vater die Hauptfigur dar. Über ihn sah er die Chance, einen Kredit in Höhe von einer Million Mark eingeräumt zu bekommen. Das setzte jedoch voraus, daß er, Harald, als absolut vertrauenswürdig galt, und um dies zu erreichen, hatte er die schwierigsten Transaktionen eingeleitet.

Dorkas führte ihren Schwiegervater in den Empfangssalon.

Harald folgte ihnen mit Carla und Robert und fragte wie nebenbei: »Hat Papa die Honorarabrechnung schon bekommen?«

Der in Geldangelegenheiten überaus hellhörige Schriftsteller drehte sich auf der Stelle um. »Nee«, sagte er burschikos. »Sieht se gut aus?«

»Und ob! Wenn ich mich recht erinnere, beläuft sie sich auf fast fünfzig Mille.«

Eberhard von der Heid war beeindruckt.

»Im nächsten Jahr hoffe ich, die Umsätze verdoppeln zu können«, fuhr Harald gewichtig fort. »Und wenn sich eine von mir erstellte Vorkalkulation als richtig erweist – ich lasse sie gerade von Experten prüfen –, dann werdet ihr in zwei bis drei Jahren aus dem Staunen nicht herauskommen.«

Dorkas schüttelte den Kopf. »Ihr solltet uns öfters besuchen. Dann erfahre ich wenigstens etwas.«

»In Harald scheinen Genie und Wahnsinn glänzend vereint zu sein«, bemerkte Carla trocken.

Der Bruder lachte. »Wahrscheinlich habe ich von Papa das Geniale und von den Altvorderen den Wahnsinn.«

Eberhard von der Heid schien diese Feststellung zu gefallen; denn er schmunzelte und fragte erwartungsvoll: »Darf man erfahren, was du planst?«

»Die Gründung einer Buchgemeinschaft.«

Die Augen des Vaters weiteten sich. »Du gehst aber ’ran.«

»Warum nicht?«

»Braucht man dazu nicht enorm viel Kapital?«

»Natürlich. Aber das bekomme ich. Diesbezügliche Verhandlungen sind bereits so gut wie abgeschlossen. ›An Ihren Händen bleibt das Geld kleben‹, meinte ein Geschäftsfreund. Er hat gut reden. Im Falle der Verwirklichung meines Planes wird er zehn Prozent Zinsen erhalten. Das sind jährlich hunderttausend Mark!«

Eberhard von der Heid spitzte die Lippen. »Und du glaubst, eine solche Belastung verkraften zu können?«

Harald tippte dem Vater auf die Brust. »An dich habe ich fünf Prozent zahlen müssen. Darüber hinaus sieben an meine Bank. Macht zusammen zwölf Prozent!«

Auf Eberhard von der Heids Stirn bildete sich eine steile Falte. »Und wie hoch ist der von dir benötigte Kredit?«

»Eine Million auf drei Jahre.«

Robert wurde es mulmig zumute.

»Hör zu, mein Junge«, sagte Eberhard von der Heid. »Ich möchte nicht, daß du eines Tages in eine verhängnisvolle Abhängigkeit gerätst. Bevor du das Geld von irgend jemandem nimmst, sprich erst mal mit mir. Meine Bank wird dir jeden Kredit zur Verfügung stellen, wenn ich entsprechende Sicherheiten anbiete.«

»Sehr liebenswürdig«, antwortete Harald. »Aber der Spaß würde mir zu teuer. Ich müßte dir bestimmt wieder fünf Prozent zahlen.«

»Weißt du das so genau?«

»Könntest du mir eventuell entgegenkommen?«

»Wir werden uns schon einigen.«

Harald rieb sein Kinn. »Es wäre natürlich phantastisch, wenn ich keine fremde Hilfe in Anspruch nehmen müßte. Gerade jetzt.« Er schaute zu Dorkas hinüber. »Ich glaube, dies ist der richtige Moment, ein süßes Geheimnis preiszugeben.«

Ihr Gesicht rötete sich.

Harald blickte mit glänzenden Augen von einem zum anderen. »Dorkas erwartet ein Kind! Ihr ist zwar nichts anzusehen, aber in zwei Monaten ist es soweit.«

Das war Gerds Geschoß, dachte Robert, der blitzschnell überschlug, daß Dorkas vor sieben Monaten in Rom gewesen war.

Eberhard von der Heid umarmte seine Schwiegertochter.

Carla machte einen etwas ratlosen Eindruck.

Harald stand da, als habe er eine tolle Leistung vollbracht.

Robert erinnerte sich des Tages, da Dorkas ihren Mann, der gerade aus dem Sanatorium zurückgekehrt war, in seiner Gegenwart so ungeniert geküßt hatte, daß es ihm, Robert, peinlich geworden war und er darum gebeten hatte, sich zeitig verabschieden zu dürfen. Ihre daraufhin gemachte girrende Bemerkung: ›O Harry, dann kannst du mir ja schon bald den Rücken schrubben‹, lag ihm noch in den Ohren. Darum also hatte Dorkas die Verliebte gespielt.

»Nehmt euch ein Beispiel an den beiden«, witzelte Eberhard von der Heid.

Harald feixte. »Da müßte der Herr Pilot erst mal Zeit haben. Des Nachts hat er ja zu fliegen.«

Carla wollte aufbrausen, doch Robert kam ihr zuvor. »Kein Grund zur Aufregung«, sagte er. »Kühe, die am meisten brüllen, geben die wenigste Milch.«

»Eins zu null für dich«, quittierte Harald gut gelaunt. »Aber nun im Ernst: Bist du deinen Beruf immer noch nicht leid?«

»Den kann man überhaupt nicht leid werden.«

»Die dauernde Nachtfliegerei ist doch kein Zustand«, mischte sich Eberhard von der Heid ein. »Ich habe schon überlegt, wie es wäre, wenn ihr beide, Harald und du . . .«

»Ausgeschlossen«, unterbrach ihn Robert. »Harald ist Verleger, ich bin Flugzeugführer. Und so wird es bleiben. Und da heute ein Freudentag ist, verspreche ich, den Nachtstreckendienst aufzugeben.«

»Wirklich?« rief Carla überrascht. »Ab wann?«

»Ab ersten April!«

»Das ist ja in wenigen Tagen.«

»Ich werde nach Nürnberg versetzt, wo ich Flugschüler auszubilden habe. Über Tag, versteht sich. Und ab Anfang nächsten Jahres übernehme ich in Köln den Posten eines Wetterfliegers!«

»Hurra!« rief Carla und warf die Arme um Robert.

»Ich warte nur noch auf die schriftliche Bestätigung, die morgen oder übermorgen eintreffen muß.«

»Und ich darf nach Nürnberg kommen?«

»Ab Mitte April. Vierzehn Tage brauche ich zur Einarbeit.«

Eberhard von der Heid tat einen Seufzer. »Den Himmel braucht man nicht zu stützen.«

Mit Verwunderung stellte Robert im Verlauf des Abendessens fest, daß Carla zur kleinen Tyrannin werden konnte. Unmißverständlich gab sie ihrem Vater zu verstehen, daß sie spätestens am nächsten Tag nach Köln zurückfahren werde. Wenn er, wie ursprünglich vorgesehen, drei bis vier Tage in Berlin bleiben wolle, sei das seine Sache. Unter den gegebenen Umständen müsse sie noch vor der Zeit, da Robert sie in Nürnberg erwarte, an den Gardasee reisen, um die nun einmal erteilten Aufträge zu überwachen. Durch Roberts Versetzung sei dies zu einem späteren Zeitpunkt nicht mehr möglich. Auch könnten dann keine Pflanzen mehr gesetzt werden.

»Es gibt doch gar nichts mehr zu pflanzen«, sagte Robert, um ihrem Vater zu Hilfe zu kommen.

Carla ereiferte sich. »Hast du vergessen, daß die Pergola von Weinreben überwachsen sein soll? Außerdem wird es prächtig aussehen, wenn entlang der ganzen Mauer Oleander blüht. Stell dir vor: Oleander über eine Strecke von fünfzig Metern!«

Ihre Begeisterung für die ›Lorbeerrose‹ würde bestimmt einen mächtigen Dämpfer erhalten, wenn sie wüßte, wie giftig das verführerisch schöne Gewächs ist, dachte Robert, und er wollte gerade entgegnen, daß es mit der Bepflanzung nun wirklich auf ein paar Tage früher oder später nicht ankomme, als Harald ihm die Möglichkeit dazu nahm.

»Laßt Carla doch fahren«, sagte er. »Dann haben Dorkas und ich Papa einmal richtig für uns. Außer meinen Geschäftsräumen würde ich ihm gerne auch die großen Druckereien und Bindereien zeigen, die in Leipzig für mich arbeiten. Meine Lieferanten werden sich überschlagen, wenn sie erfahren, wer ihre Betriebe besichtigen will.«

Harald wußte, wie er seinen Vater zu nehmen hatte. Die Aussicht, im Mittelpunkt des Geschehens zu stehen, war für den sich gerne im Rampenlicht sonnenden Schriftsteller so verlockend, daß er den Vorschlag seines Sohnes spontan akzeptierte und seiner Tochter versicherte, volles Verständnis für ihre Wünsche zu haben.

Carla warf ihm einen Handkuß zu.

Er wandte sich an Robert. »Hat sie dir erzählt, daß ich ihr einen neuen Wagen gekauft habe?«

»Das war ihr wahrscheinlich nicht wichtig genug.«

»Rede keinen Unsinn«, schimpfte Carla. »Es ist praktisch der gleiche Wagen. Nur mit Umkehrspülung. Ich weiß zwar nicht, was das bedeutet, aber er läuft schneller und ist am Berg nicht so müde.«

Dorkas schaute zu Robert hinüber. »Daß du noch kein Auto hast, verstehe ich nicht.«

Er zuckte die Achseln. »Ich verstehe es selbst nur zur Hälfte, da ich gerne einen Wagen hätte. Die vergangenen Elendsjahre sitzen mir jedoch so in den Knochen, daß ich mir geschworen habe, mich erst zu motorisieren, wenn ich über eine gewisse Reserve verfüge.«

»Vernünftiger Standpunkt«, lobte Eberhard von der Heid.

»Da bin ich anderer Meinung«, widersprach Harald. »Der Rubel muß rollen. Hätte Reichsbankpräsident Schacht der Industrie nur Gelder in Höhe der vorhandenen Reserven zur Verfügung gestellt, wären wir aus dem Schlamassel noch nicht heraus. Seinen Maßnahmen ist es zu verdanken, daß die Zahl der Arbeitslosen binnen eines Jahres um fast drei Millionen gesunken ist.«

»Wir wollen doch den Führer nicht vergessen!« wies der Vater den Sohn zurecht und griff nach seinem Glas. »Trinken wir auf das Wohl Adolf Hitlers, dem allein es zu verdanken ist, daß es uns heute so gut geht.« Damit erhob er sich.

Harald und Robert folgten seinem Beispiel.

»Prösterchen!« sagte Carla mit einer Betonung, die nur eine Deutung zuließ.

Der Vater nahm Haltung an und leerte sein Glas mit zur Decke gerichteten Augen. Dann stellte er es bedächtig zurück. »Das war jetzt ein schöner Abschluß.«

Robert konnte sich eines Grinsens nicht erwehren. Aber das war auch alles. Er spürte nicht, daß der allerorts immer stärker werdenden Schwärmerei für den Führer etwas Gefährliches anhaftete. Er stellte nur fest, daß Deutschlands Wirtschaft einen ungeahnten Aufschwung nahm, und er schloß die Augen vor dem fanatischen Eifer, mit dem ›potentielle Staatsfeinde‹ wie Logenbrüder, Homosexuelle, Künstler und Intellektuelle verfolgt wurden. Er schaute an den haßtriefenden Plakaten vorbei, die an den Schaufenstern jüdischer Geschäfte klebten. Er wollte einfach nicht zur Kenntnis nehmen, daß es Dinge gab, die, um es gelinde auszudrücken, nicht in Ordnung waren. Wie sehr sie aber existierten, sollte er in Nürnberg erfahren, wo er seinen Dienst pünktlich am 1. April antrat.

Die Fliegerschule, der er zugeteilt worden war, wurde von einem Hauptmann a. D. geführt, mit dem es sich gut auskommen ließ. Er galt als leidenschaftlicher Jäger. Seine Nase zierte eine randlose Brille. Den Dienst versah er in einer schon mürbe gewordenen Lederhose mit entsprechenden Trägern und dem obligaten Messer in der Seitentasche.

Da die Gebäude der Schule gerade erst fertiggestellt waren und mit dem Eintreffen der ersten Flugschüler nicht vor Mitte des Monats gerechnet werden konnte, hatte Robert Schroeder genügend Zeit, sich nach einem Quartier umzusehen. Es war aber schwer, ein geeignetes zu finden, da er nach zwei Zimmern Ausschau hielt: nach einem Wohn- und einem Schlafraum mit Doppelbett. Er gab schließlich eine Annonce auf, die Erfolg hatte. Eine Frau Schlosser, wohnhaft Am Maxfeld 3, bot ihm an, was er sich wünschte. Doch es gab einen Haken.

»Ich sehe, daß Sie der NSDAP angehören«, sagte die verschüchtert wirkende ältere Dame, auf sein Parteiabzeichen weisend. »Sie werden nicht bei mir wohnen wollen, wenn Sie erfahren, daß ich Jüdin bin.«

Im ersten Augenblick war Robert Schroeder betroffen. Dann erwiderte er beherzt: »Sie täuschen sich. Ich nehme die Zimmer, sofern meine Parteizugehörigkeit *Sie* nicht stört.«

Das Gesicht der Jüdin wirkte verkrampft. »Unter diesen Umständen muß ich Ihnen sagen, daß in der Zeitung ›Der Stürmer‹ die Behauptung aufgestellt wurde, mein Sohn, der mit einer Christin verheiratet ist, habe seine Frau aus Sadismus gepeitscht.«

Robert Schroeder wurde ratlos.

»Das entspricht natürlich nicht der Wahrheit.«

»Hat Ihr Sohn Schwierigkeiten bekommen?«

»Man wollte ihn verhaften. Er hatte die Stadt aber bereits verlassen. Zur Zeit ist er in Frankreich und versucht, nach Amerika zu gelangen, wo er sich eine neue Existenz aufbauen will. Wir werden ihm folgen.«

»Sie haben es nicht leicht«, sagte Robert Schroeder. Die Frau tat ihm leid. Er hätte ihr gerne etwas Hilfreiches gesagt, aber ihm fiel nichts ein. Ihr Schicksal berührte ihn eben nur am Rande.

Die Jüdin nickte. »Wir haben es wirklich nicht leicht.«

»Ich miete die Zimmer«, erklärte er kurz entschlossen.

Sie sah ihn forschend an. »Und warum wollen Sie trotz allem bei mir wohnen?«

»Um ehrlich zu sein: Ich versuche seit Tagen vergeblich, ein geeignetes Quartier zu finden. Außerdem liegt Ihre Wohnung sehr günstig für mich. Ich übernehme in Marienberg die Ausbildung von Flugschülern.«

»Gut, ich gebe Ihnen die Zimmer«, sagte die Jüdin. »Möchten Sie noch heute einziehen?«

»Wenn das möglich wäre?«

»Gewiß.«

»Meine Frau«, so behauptete er, »wird erst in einer Woche kommen.«

»Wenden Sie sich, wenn Sie irgendwelche Wünsche haben sollten, an meine Schwiegertochter.«

Bereits zwei Stunden später räumte Robert Schroeder seine Sachen ein. Die Schwiegertochter der Jüdin, eine hübsche Blondine von etwa fünfundzwanzig Jahren, ging ihm dabei zur Hand. Ihm wurde klar, daß ein Fanatiker wie der Herausgeber des ›Stürmers‹ über ihre Eheschließung mit einem Juden nur geifern konnte.

In den folgenden Tagen beschäftigte er sich mit den Kameraden, die gleich ihm als Fluglehrer tätig werden sollten. Außer einem älteren Kriegsflieger waren es vier blutjunge Piloten, die unmittelbar nach dem Erwerb des Sportflugzeugführerscheines an einem vierzehntägigen Fluglehrerlehrgang teilgenommen hatten und nun mit bedenklich geringer Erfahrung auf Flugschüler losgelassen wurden. Aber es waren nette Kerle, die mit Begeisterung und Elan versuchten, das ihnen noch Fehlende zu ersetzen. Der Kriegsflieger und Robert Schroeder nahmen sich ihrer an und schulten sie auf zwei zur Verfügung stehenden Heinkel-Doppeldeckern so intensiv im Kunstflug, daß sie Gefahrenzustände zu meistern verstanden und noch vor dem Eintreffen der Flugschüler ihre Prüfung im Kunstflug ablegen konnten. Das gab ihnen Vertrauen und erhöhte die Sicherheit. Was noch fehlte, waren die Schulflugzeuge, die je nach Fertigstellung bei den Klemm-, Heinkel-, Focke Wulf- und Junkers-Werken abzuholen waren. In der Regel besorgten das die jungen Piloten, doch eines Morgens kam Robert Schroeder nicht daran vorbei, sich selbst auf den Weg zu machen, um in Erfurt eine jener schwermotorigen Maschinen abzuholen, die in Rußland zur Ausbildung deutscher Flugzeugführer eingesetzt gewesen waren.

Ausgerechnet an diesem Tage traf Carla in Nürnberg ein. Bei seiner Rückkehr aus Erfurt sah Robert gleich, daß ihr DKW vor der Flugzeughalle stand. Die Motorhaube war hochgeklappt, und ein am Wagen arbeitender Monteur machte deutlich, daß Carla bereits die Initiative ergriffen hatte.

Sie winkte Robert lebhaft entgegen, als er auf die Halle zurollte.

»Wann bist du eingetroffen?« rief er, nachdem er den Motor abgestellt hatte.

»Vor einer halben Stunde.«

»Dafür hast du dich aber schon ganz schön breitgemacht.«

»Eine Zündkerze ist kaputt.«

»Ich lasse bereits eine neue besorgen«, sagte der hinzukommende Werkmeister.

Robert kletterte von seinem hohen Pilotensitz hinunter. Sein gebräuntes und von etlichen Ölpatzern verschmiertes Gesicht gab ihm ein verwegenes Aussehen.

Carla hätte ihn am liebsten auf der Stelle umarmt.

Er spürte dies und gab ihr einen herzhaften Kuß, der zur Freude aller einen Ölfleck auf ihrer Wange hinterließ.

»Hoffentlich steht uns ein Quartier zur Verfügung, in dem ich mich waschen kann«, sagte sie gut gelaunt.

»Sogar ein sehr schönes.«

Erst später, als sie aus der Fliegerschule herausfuhren, erzählte er ihr, daß sie bei einer Jüdin wohnen würden.

»Na und?« fragte Carla.

»Ihr Sohn soll seine Frau, eine hübsche blonde Christin, ausgepeitscht haben.«

»Wer behauptet das?«

»Der ›Stürmer‹.«

Sie blickte auf Roberts Revers. »Hast du dein Parteiabzeichen wegen der Jüdin abgelegt?«

»Es wäre doch taktlos, wenn ich in ihrer Wohnung . . .«

Carla lachte. »Hoch klingt das Lied vom braven Mann!«

»Mach dich nur lustig über mich.«

Sie hörte nicht auf zu lachen. »Ich hätte es nie für möglich gehalten, daß eine Jüdin einmal die Veranlassung dafür sein würde, daß du das scheußliche Ding nicht mehr trägst.«

»Hat es dich gestört?«

»Sogar sehr.«

»Das hast du aber nie gesagt.«

»Wozu auch? So was muß man spüren.«

Für Carla und Robert begann eine Zeit, die sich mit den geruhsamen Wochen vergleichen ließ, die sie vor Jahren auf Borkum verbracht hatten. Wie dort Sonne, Luft und Wind zu dominierenden Faktoren geworden waren, so bestimmte auch jetzt wieder das Wetter den Verlauf der Tage. Bei normaler Wetterlage begann der Flugdienst um sieben Uhr, da die Ausbildung der Anfänger nur bei Windstille erfolgen konnte. Mit jedem Schüler wurden drei Platzrunden geflogen, und in der Regel war es nach vierzig bis fünfzig Unterweisungen soweit, daß sie ihren ersten Alleinflug durchführen durften. Auch für die Lehrer waren dies aufregende Minuten. Sie trugen die Verantwortung und konnten nun nicht mehr eingreifen. Aber es war schön, ›junge Häschen‹ auszubilden; wesentlich reizvoller, als Fortgeschrittene auf größere Flugzeugmuster umzuschulen. Bei ihnen wurde es erst wieder interessant, wenn sie die Kunstflugausbildung erhielten.

Diese Aufgabe übernahm Robert Schroeder. Nach der langen Periode des disziplinierten Nachtfliegens bereitete sie ihm besondere Freude. Über zwei Stunden führte er täglich Loopings, Rollen, Turns und Rückenflüge durch, und wie oft er das Schulflugzeug ins Trudeln brachte, hätte er nicht sagen können.

Mittags wurde eine Pause von zwei bis drei Stunden eingelegt, und Robert war mit Carla übereingekommen, daß sie ihn ab elf Uhr auf der Terrasse des Flughafenrestaurants erwartete. Wenn er dann kam, erzählt er ihr, wie sich dieser und jener Schüler entweder dumm angestellt oder gute Leistungen gezeigt hatte. Nie zuvor war er so ausgeglichen und zufrieden gewesen wie in diesen Wochen.

»Ein Fluglehrerdasein ist eigentlich gar nicht so übel«, sagte Carla eines Tages, als er neben ihr Platz genommen hatte. »Man ist seßhaft, führt ein geregeltes Leben, hält sich viel im Freien auf und verdient relativ gut. Was will man mehr?«

Robert war anderer Meinung. »Einem Fluglehrer wird keine Leistung abgefordert«, erklärte er. »Seine Aufgabe ist es, Kenntnisse zu vermitteln. Auf die Dauer wäre das nichts für mich.«

Carla war enttäuscht. Das Leben, das sie seit Wochen führte, hatte Wünsche in ihr geweckt. Sie war einundzwanzig und Robert achtundzwanzig Jahre alt. Das Verlangen, verheiratet zu sein und ein eigenes Heim zu besitzen, war übermächtig in ihr geworden. Ganz besonders weil sie wußte, daß ihr Vater ihr sofort die Mittel zum Bau eines Hauses zur Verfügung stellen würde. Darüber durfte sie mit Robert aber nicht reden. In dieser Hinsicht war er allergisch. Sie hatte deshalb versucht, über das Stichwort ›Fluglehrerdasein‹ das Thema anzuschneiden, das ihr am Herzen lag.

Mit einer geschickten Wendung wechselte sie das Gespräch. »Apropos Leistung. Als Wetterflieger wirst du sie ja vollbringen müssen.«

»Und ob!« erwiderte er lebhaft. »Jeden Morgen hab' ich dann in aller Herrgottsfrühe zu einem Flug auf sechstausend Meter Höhe zu starten. Während des Steigens muß der Funker den sogenannen ›Klartext‹ absetzen. Alle Wetterwarten und Verkehrspiloten erfahren so aus erster Hand, in welchen Höhen sich Wolken befinden, wie deren Struktur ist, ob sie Turbulenz aufweisen, Vereisung hervorrufen und dergleichen mehr. Darüber hinaus werden mit Hilfe bestimmter Geräte laufend Druck, Temperatur und Feuchtigkeit registriert, und diese Messungen ermöglichen die Zeichnung einer Höhenwetterkarte, die Aufschluß über die Wetterentwicklung gibt.«

»Und das alles zu tun und zu machen wird dir eine Erfüllung sein?«

»Ganz bestimmt.«

»Dann könnten wir ja heiraten.«

»Das werden wir auch. Spätestens ein Jahr nach Beginn meiner Tätigkeit als Wetterflieger lassen wir den ›Einzug der Gäste auf der Wartburg‹ spielen.«

Carla strahlte.

Es war eine herrliche und unbeschwerte Zeit, bis Robert Schroeder eines Tages eine bittere Erfahrung machen mußte. Er hatte vier Schüler, die bereits den Sportflugzeugführerschein besaßen, mit einer Junkers W 33 nach Bremen zu fliegen, wo von den Focke Wulf-Werken neue Schulmaschinen abzuholen waren. Als er nach der Landung zur Abfertigungsstelle rollte, eilte ein Beamter der Luftaufsicht auf ihn zu und forderte ihn auf, sich unverzüglich beim Kommandanten zu melden.

Was mag das zu bedeuten haben, fragte er sich besorgt. Irgend etwas muß den Hauptmann veranlaßt haben, mich zu verständigen. Sollte den Eltern etwas zugestoßen sein? Oder Carla? Er kletterte hastig aus dem Flugzeug und lief zum Verwaltungsgebäude, wo ihm der Beamte sagte: »Melden Sie sich in der ersten Etage, zweite Tür links.«

Robert Schroeder hastete die Treppe hinauf, klopfte an die bezeichnete Tür und trat in den Raum.

Eine Sekretärin, die hinter einer Schreibmaschine saß, fragte ihn erwartungsvoll: »Sie sind der Flugzeugführer der eben gelandeten Junkers?«

»Ja.«

»Der Kommandant erwartet Sie«, sagte sie, erhob sich und öffnete eine Tür, die zum Nebenraum führte.

Robert Schroeder sah sich einem Zivilisten und einem SS-Standartenführer gegenüber, der sichtlich stutzte, als er ihn gewahrte.

»Das ist aber ein glückliches Zusammentreffen«, rief der SS-Offizier.

Robert Schroeder erkannte in ihm jenen Reichstagsabgeordneten, der bei seinen Eltern gewohnt und ausgiebig mit seiner Mutter geflirtet hatte. »Das ist wirklich ein Zufall«, erwiderte er steif und wandte sich an den Platzkommandanten. »Sie wünschen mich zu sprechen?«

»Jawohl.« Er nannte seinen Namen und reichte die Hand.

Der Standartenführer klopfte Robert Schroeder auf die Schulter. »Daß Sie mir heute über den Weg laufen, scheint höhere Fügung zu sein.« Er blickte zum Platzkommandanten hinüber. »Für diesen Mann lege ich meine Hand ins Feuer. Er ist Mitglied der SS, und es erübrigen sich somit alle Überlegungen, die wir angestellt haben. Er wird den Obergruppenführer mit hundertprozentiger Sicherheit nach Berlin bringen.«

»Sofern der Motor nicht verreckt«, erlaubte sich Robert Schroeder zu bemerken. Es erleichterte ihn, daß er einen Auftrag ausführen sollte und nicht wegen einer Hiobsbotschaft zum Kommandanten gerufen worden war. Aber welchen Obergruppenführer sollte er fliegen?

Noch bevor er danach fragen konnte, sagte der Standartenführer: »Passen Sie auf, Robert. Es geht um Folgendes. Die SS wurde in Alarmbereitschaft versetzt, weil einige SA-Führer putschen wollen. Wir haben den Befehl erhalten, bestimmte Männer festzunehmen. Zu ihnen zählt der Berliner SA-Obergruppenführer Karl Ernst, der gestern hierher kam, um sich zu einer Reise nach Madeira einzuschiffen. Er befindet sich im Augenblick bei einem Festessen, das ihm zu Ehren vom Senat der Stadt Bremen gegeben wird. Sobald er sich zum Schiff begibt, werden wir ihn auffordern, uns zu folgen. Ihre Aufgabe wird es sein, ihn und drei Bewacher nach Berlin zu fliegen.«

»Und was ist, wenn er Widerstand leistet?«

»Seine Begleiter sind bewaffnet. Es wird aber zu keinem Zwischenfall kommen. Wer eine Urlaubsreise antritt, will nicht putschen. Überlegungen hierüber anzustellen, ist jedoch nicht unsere Sache. Wir haben den Obergruppenführer nach Berlin zu schaffen, wo festgestellt werden wird, ob er zu der Verschwörerbande gehört oder nicht.«

»Und wer erteilt den Flugauftrag?«

»Ich«, sagte der Platzkommandant. »Selbstverständlich werde ich auch Ihre Dienststelle verständigen.«

Zwei Stunden später raste ein Mercedes auf die W 33 zu, vor der Robert Schroeder schon wartete. Im Fond saßen der SA-Obergruppenführer und drei SS-Männer, die aus dem Wagen sprangen, kaum daß dieser gehalten hatte,

Der untersetzte SA-Führer machte keineswegs einen bedrückten Eindruck. Er ging lächelnd auf Robert Schroeder zu. »Sie sind der Flugzeugführer?«

»Jawohl, Obergruppenführer.«

»Sind Sie in Berlin ansässig?«

»Nein, Obergruppenführer.«

»Wissen Sie schon, wo Sie dort übernachten werden?«

»Ich denke, daß ich gleich weiterfliegen kann. Ich wohne in Nürnberg.«

»Sie bleiben in Berlin!« sagte der SA-Führer im Befehlston. »Spätestens morgen mittag muß ich wieder hier sein. Ich sorge dafür, daß Sie einen entsprechenden Auftrag erhalten. Wie ich hörte, kommt der Führer noch heute nach Berlin. Dann löst sich der Spuk meiner Verhaftung binnen weniger Minuten in Wohlgefallen auf. Fliegen Sie also nicht heute, sondern erst morgen weiter. Das können Sie doch verantworten, oder?«

»Gewiß, das läßt sich einrichten. Ich werde meiner Dienststelle einen entsprechenden Bescheid geben.«

Der Obergruppenführer zog seine Brieftasche und entnahm ihr eine Karte. »Hier haben Sie die Adresse einer Pension in der Uhlandstraße, die Ihnen gefallen wird. Auch die Bedienung. Alles erste Klasse. Ich rufe dort an, sobald meine Sache geregelt ist. Und dies«, er schob einen Geldschein in die offenstehende Brusttasche der Fliegerkombination, »deckt ihre Spesen.«

»Aber ich . . .«

»Keine Widerrede!« unterbrach ihn der Obergruppenführer und zog den Reißverschluß zu. »Ihre Spesen gehen zu meinen Lasten. Wenn Sie wollen, können Sie später mit mir abrechnen.«

Dagegen war nichts einzuwenden, und so kletterte Robert Schroeder über die obere Einstiegsluke in die Führerkanzel.

Eineinhalb Stunden dauerte der Flug nach Berlin, wo die Maschine gleich eingewinkt wurde.

Die drei SS-Männer sprangen aus dem Flugzeug. Ihnen folgte der SA-Obergruppenführer. Er schritt leichtfüßig auf einen Wagen zu, der in der Nähe stand.

Nicht eine Sekunde kam Robert Schroeder der Gedanke, der SA-Führer könne sich in Gefahr befinden. Im Gegenteil, er rechnete damit, ihn am nächsten Morgen nach Bremen zurückfliegen zu müssen. Um so schockierter war er, als er gut eine Stunde später, nachdem er sich in der ihm empfohlenen und feudal anmutenden Pension einquartiert hatte, zum Kurfürstendamm ging und dort einen Zeitungsverkäufer rufen hörte:

»Nachtausgabe! Sieben SA-Führer erschossen!«

Betroffen kaufte er eine Zeitung. An der Spitze der Namensliste stand Obergruppenführer Ernst.

Robert Schroeder war die Kehle wie zugeschnürt. Narrte ihn ein Traum? Er hatte einen Menschen in den Tod geflogen? Ein grausiger Verdacht stieg in ihm auf. »Wann ist diese Ausgabe erschienen?« fragte er den Zeitungsverkäufer.

»Wie immer gegen viere.«

Es war fünf Uhr. Demnach mußte die Zeitung zu einer Zeit gedruckt worden sein, da der Obergruppenführer noch voller Zuversicht einer Aussprache mit Hitler entgegengesehen hatte.

Robert Schroeder wurde es heiß. Er war unfähig, einen klaren Gedanken zu fassen. Was geschieht hier, fragte er sich. Welche Kräfte sind am Werke? Kämpft die SS gegen die SA? Wird der Führer vor vollendete Tatsachen gestellt? Er mußte mit jemandem sprechen.

Harald fiel ihm ein. Sein Büro lag in der Nähe des Café Kranzler. Er eilte in Richtung Gedächtniskirche. Überall standen lebhaft diskutierende Menschen. Er rannte zu den Verlagsräumen empor. In der Empfangsdiele standen Angestellte mit Sektgläsern in der Hand.

»Kann ich etwas für Sie tun?« fragte ihn ein junger Mann.

»Ich möchte Herrn von der Heid sprechen.«

»In welcher Angelegenheit?«

»Ich bin sein Freund.«

»Bitte, folgen Sie mir.«

Harald stutzte, als er Robert gewahrte. »Alte Rübe!« rief er ausgelassen. »Was sagst du dazu, daß wir eine Tochter haben? Carolin soll sie heißen. Dorkas weiß vor Freude nicht ein noch aus. Ich will gerade zu ihr fahren. Hast du Zeit, mitzukommen? Sie liegt im Westend-Sanatorium. Aber wieso hast du so schnell erfahren . . .?« Er unterbrach sich und sah den Freund besorgt an. »Fühlst du dich nicht wohl?«

Robert ließ sich in einen Sessel fallen. »Entschuldige, ich muß mich einen Moment sammeln.«

»Ein Glas Sekt!« rief Harald.

»Gleich!« antwortete eine Stimme aus dem Nebenraum.

»Mir scheint, du hast überhaupt nicht gewußt, daß Dorkas heute morgen entbunden hat.«

»Das habe ich wirklich nicht gewußt.«

Harald lachte aus vollem Halse. »Und das ist dir auf den Magen geschlagen?«

Eine Angestellte erschien mit einem Glas Sekt.

»Mir jagt etwas ganz anderes im Kopf herum.«

Harald sah ihn verwundert an. »Etwa die Röhm-Affäre? Mensch, scheiß was drauf und freu dich mit mir über unsere Tochter. Prost auf Carolin und auf Dorkas!«

Robert leerte sein Glas in einem Zuge. »Du weißt ja nicht, daß die Nachtausgabe die Erschießung des Obergruppenführers Ernst schon zu einem Zeitpunkt gemeldet hat, da er noch bei mir im Flugzeug saß. Ich hatte ihn hierherzufliegen. Zum Handlanger der Willkür bin ich geworden. Aber das sage ich dir: Keinen Tag länger bleibe ich Mitglied der SS. Gleich morgen trete ich aus.«

Harald setzte sich zu ihm. »Mach jetzt keinen Fehler, Robert. Du kommst in Teufels Küche, wenn du im gegenwärtigen Zeitpunkt deinen Austritt erklärst.«

»Das werden wir ja sehen.«

»Ich rate dir gut, Robert. Nur keine übereilten Schritte! Das ist die Sache nicht wert! Soll die Bande sich die Köpfe gegenseitig einschlagen. Dann sind wir sie wenigstens los!«

»Und was ist mit Hitler? Hast du mir nicht gesagt, daß dich seine in der Garnisonkirche gesprochenen Worte tief bewegt haben? Und bist du etwa nicht in die Partei eingetreten?«

»Ja, das bin ich. Und der Führer ist auch ganz in Ordnung. Aber seine Rabauken . . .« Er stellte sein Glas ab. »Das bißchen, was ich gesehen und erlebt habe, reicht mir. Schau dir nur die Fenster der jüdischen Geschäfte an. Es ist eine Schande, wie man sich aufführt. Aber wozu darüber reden. Ich hab' eine Tochter und denk' nicht daran, mir den Tag verderben zu lassen. Fährst du nun mit zu Dorkas?«

Robert stand auf und schüttelte den Kopf. »Erstens hat sie jetzt Ruhe nötig. Und zweitens würde ich in meiner Verfassung ein Störenfried sein. Grüße sie von mir.«

Robert würde etwas dafür gegeben haben, wenn er Carla in dieser Stunde hätte sprechen können. Ruhelos lief er durch die Straßen. Irgendwo aß er eine Kleinigkeit. Dann begab er sich in die Pension, die der SA-Führer ihm empfohlen hatte. Obergruppenführer Karl Ernst! Nichts mehr hören und nichts mehr sehen. Nur noch schlafen. Vergessen. Das aber konnte er nicht. Immer wieder drängte sich ihm das Gesicht des SA-Führers auf. Den größten Teil der Nacht lag er wach, und am Morgen stand er so zeitig auf, daß er in der Pension noch kein Frühstück bekommen konnte. Mit einem Taxi fuhr er zum Flughafen, der wie verwaist dalag. Er suchte die Flugleitung auf, bat um Abfertigung nach Münster, ließ sich eine entsprechende Wetterberatung geben und startete mit leerem Magen in den glasigen Morgen hinein. Sein Entschluß stand fest: Austritt aus der SS! Keinen Tag mehr wollte er Mitglied einer Organisation sein, die ohne Prüfung und Urteil Menschen erschoß. Aussprechen wollte er dies freilich nicht. Er hatte sich eine Erklärung zurechtgelegt, die plausibel klang und keinen Verdacht erregen konnte. Seine Stellung durfte nicht gefährdet werden.

Als er kurz vor acht auf dem Flughafen Loddenheide landete, hatte er solchen Hunger, daß er alles darüber vergaß und nur an ein kräftiges Frühstück dachte. Doch dann torkelte Papa Sulmann auf ihn zu.

»Hab's mir gedacht«, lallte der Kriegsflieger. »Ich hörte den Motor und sagte mir ...« Er verlor das Gleichgewicht und suchte Halt.

Robert Schroeder stützte ihn. »Was ist denn los, Papa Sulmann?«

Dessen verbrannte Wange glich glühender Lava. »Gesoffen hab' ich. Und weißt du, warum? Der Sohn meiner Schwester wurde erschossen! Ermordet haben sie ihn, weil er einen Befehl ausführte, der ihm von Röhm, seinem obersten Vorgesetzten, erteilt worden war. Einfach knallbumms und tot. Und für diese Scheißbande habe ich Reklame geflogen.«

Robert Schroeder war wie versteinert.

Der Weltkriegsflieger stöhnte, schluchzte, lallte, schrie und steigerte sich in eine Schimpfkanonade hinein, die kein Ende nehmen wollte. Jeder Versuch, ihn zu besänftigen, schlug fehl. Er wurde ausfallend. Robert Schroeder blieb nichts anderes übrig, als ihn stehenzulassen.

Der Fluch des Unrechtes fängt an, uns zu vergiften, ging es ihm durch den Sinn.

Papa Sulmann grölte hinter ihm her: »Du bist auch einer von den Arschlöchern, die mit geschlossenen Augen durch die Welt rennen. Ein Staatsmann, der duldet, daß Menschen ohne Gerichtsurteil liquidiert werden, ist ein Mörder! Und wenn er hundertmal Adolf Hitler heißt!«

Nur gut, daß ihn hier niemand hören kann, dachte Robert Schroeder und ging zur Flugleitung. Sein Magen knurrte. Er ließ sein Bordbuch abfertigen, bestellte sich ein Taxi und fuhr zum Bahnhof, um zu frühstücken. Danach machte er sich auf den Weg zum SS-Abschnitt XVII, dessen Gruppenführer bei seinen Eltern gewohnt hatte. Er wurde von ihm auch sogleich empfangen und herzlich begrüßt.

»Gerade vor wenigen Tagen habe ich Ihre Mutter besucht«, sagte der SS-Führer. »Das Haus in Schlachtensee ist ja phantastisch. Finden Sie nicht auch?«

»Ich habe es noch nicht gesehen, da ich zur Zeit in Nürnberg tätig bin.«

»Ich hörte es von Ihren Eltern, und ich gestehe, daß ich Sie beneide. Nürnberg ist eine Stadt, in der ich leben möchte.«

»Vorsichtig!« sagte Robert Schroeder, um einen Scherz zu machen. »Dort gibt ein Mann namens Julius Streicher den ›Stürmer‹ heraus.«

»Ohne Revolverblatt geht es nun einmal nicht«, erwiderte der Gruppenführer eisig. »Was führt Sie zu mir?«

Robert Schroeder mußte sich zusammenreißen. »Ich bin immer noch Mitglied der hiesigen Motorstandarte, der ich zugeteilt wurde, weil das ursprünglich geplante Fliegerkorps nicht realisiert werden konnte.«

Der Gruppenführer nickte. »Wir wollten Göring nicht in die Quere kommen.«

»Eben. Und nun komme ich in Verlegenheit, weil ich als SS-Angehöriger in seinen Reihen stehe. Ich müßte längst Mitglied des Deutschen Luftsport Verbandes sein. Zwei Herren aber kann ich nicht dienen. Ich sehe mich darum leider gezwungen, aus der SS auszutreten, wollte dies allerdings nicht tun, ohne Ihnen meine Beweggründe vorgetragen zu haben.«

»Letzteres freut mich. Ihre Absicht natürlich weniger. Die von Ihnen angeführten Gründe sind jedoch einleuchtend. Ich werde Ihnen meinen Segen also nicht versagen.«

»Darf ich dann eine Bitte äußern? Um später keine Schwierigkeiten zu bekommen, hätte ich gerne eine Bescheinigung, aus der hervorgeht, daß ich auf eigenen Antrag ausgetreten bin. Es könnte sonst einmal heißen, ich sei ausgestoßen worden.«

Der Gruppenführer griff nach einem Stift. »Die Bescheinigung lasse ich Ihnen zustellen. Aber was sagen Sie zu der Schweinerei, die Röhm uns eingebrockt hat?«

»Ich habe Obergruppenführer Ernst gestern nach Berlin gebracht«, antwortete Robert Schroeder ausweichend.

»Ist ja fabelhaft!« begeisterte sich der SS-Führer. »Sie sind doch immer wieder in der vordersten Linie anzutreffen. Ein Glück nur, daß alles so reibungslos verlaufen ist. Nicht auszudenken, was geschehen wäre, wenn Röhm und Konsorten sich durchgesetzt hätten. Die Kerle träumten von einer plebiszitären Diktatur! Die Reichswehr sollte durch die SA ersetzt werden. Ein sozialistischer SA-Staat schwebte ihnen vor! Hitler wußte dies seit langem. Er schreckte aber immer wieder vor einer Auseinandersetzung mit Röhm zurück, bis er durch den Hinweis eines hohen SA-Führers erkannte, in welch akuter Gefahr er und sein Werk bereits schwebten. Nun, der Allmächtige hielt seine schützende Hand über uns. Angesichts der fünfhunderttausend SA-Männer, über die Röhm verfügte, kommt es mir fast wie ein Wunder vor, daß wir nicht in den Abgrund geraten sind.«

Robert Schroeder war sehr nachdenklich, als er den Gruppenführer verließ. Die Dinge schienen anders zu liegen, als er angenommen hatte. Das Werk Adolf Hitlers war gefährdet gewesen. Im Interesse des Reiches und des Volkes hatte er zuschlagen müssen. Selbst auf die Gefahr hin, daß einige Unschuldige dabei ihr Leben verloren.

Das Erlebnis mit dem SA-Obergruppenführer Ernst hatte Robert Schroeder vor Augen geführt, wie schnell ein jeder durch Zufall zu einem Rad im Uhrwerk des Geschehens werden kann. Er hatte die Konsequenzen gezogen und bereute seinen Austritt aus der SS nicht, obwohl ihm dieser nach dem Gespräch mit dem Gruppenführer voreilig erschienen war.

Im Gegensatz zu ihm war Carla über sein entschlossenes Handeln ausgesprochen froh. Ihr ging es dabei weniger um den Austritt aus dem Verband als um die Tatsache, daß Robert die Initiative ergriffen und Stellung bezogen hatte. Seine in vielen Dingen nachgiebige and zögernde Art behagte ihr nicht. Sie hätte ihn gern energischer gesehen. Wahrscheinlich war er durch die Jahre, in denen er sich mühsam hatte durchschlagen müssen, übervorsichtig geworden.

Dennoch war sie stolz auf ihn. Sie sah, welche Achtung er bei seinen Kameraden und Schülern genoß, und es begeisterte sie immer aufs neue zu sehen, mit welcher Exaktheit er Loopings und Rollen flog, wenn er nach Beendigung des Flugbetriebes noch eine Weile allein mit der Stoppuhr trainierte. Danach strahlte er wie ein Junge, der vorgeführt hat, daß er sein Fahrrad freihändig lenken kann. Völlig gelöst war er dann, und Carla genoß es, an solchen Abenden mit ihm in die Stadt zu fahren, um ein gutes Restaurant aufzusuchen.

Delikatessen schätzte auch Roberts Bruder Conrad, der eines Tages unangemeldet in Nürnberg erschien und sich höchst seltsam aufführte. Die Stadt war erfüllt vom Rummel des Reichsparteitages, und Carla saß gerade mit Robert auf der Terrasse des Flughafenrestaurants, als der dickbebrillte Bruder, gefolgt von einem noch sehr jungen Mädchen, an ihren Tisch herantrat und trocken fragte: »Gestattet ihr, daß wir uns zu euch setzen?«

»Conrad!« rief Robert überrascht. »Was machst du in Nürnberg?«

»Ich bekam Freikarten für die ›Meistersinger‹ und bin gekommen, um mal kurz durch diese Oper zu flitzen«, antwortete er und reichte Carla die Hand. »Grüß dich, zukünftige Schwägerin. Du siehst blendend aus. Darf ich euch meine Frau vorstellen?« Er blickte hinter sich. »Komm, Antonia, gib den beiden das schöne Händchen. Es handelt sich um Verwandte. Um meinen Bruder Robert und dessen Geliebte Carla. Noch leben sie im Stande der Sünde. Aber das wird sich mit der Zeit ändern.«

Carla gab Antonia, die auffallend gleichmäßige Gesichtszüge hatte und das Haar in der Mitte gescheitelt trug, benommen die Hand.

Conrads Frau erinnerte Robert an Werbeplakate für den ›Bund deutscher Mädchen‹. »Gratuliere!« sagte er. »Du hast dir eine hübsche Frau ausgesucht.«

»Ach, bitte, sage nicht hübsch, sondern goldig«, bat Conrad maniriert. »Goldig ist in Adelskreisen en vogue, und wir gehören ja nun zum Adel der Arbeit. Gell, Antonia?«

Robert bot seiner Schwägerin die Hand. »Wie überrascht ich auch bin, ich freue mich, Sie in Nürnberg begrüßen zu dürfen.«

»Das hat er aber schön gesagt, gell, Antonia?«

Robert stieß seinen Bruder vor die Brust. »Seit wann seid ihr verheiratet?«

»Wenn ich richtig zähle, seit drei Tagen.«

Carla forderte Antonia auf, Platz zu nehmen.

»Und warum hast du uns das nicht mitgeteilt?«

»Mir ist die Idee erst gekommen, als ich zwei Freikarten erhielt. Mensch, sagte ich mir, daraus machst du eine Hochzeitsreise.«

»Kannst du nicht mal vernünftig reden?«

Conrad wandte sich an seine Frau. »Was hab' ich dir gesagt? Bei Robert muß immer alles ganz vernünftig sein.«

»Setzt euch doch!« forderte Carla die Brüder auf und fragte Antonia: »Was darf ich Ihnen bestellen?«

»Am besten Himbeerwasser«, fiel Conrad ein. »Sie ist noch sehr jung. Ich nehme, was ihr da trinkt.«

»Hast du die Eltern wenigstens verständigt?«

»Wegen der Eheschließung? Um Gottes willen, die wären glatt gekommen.«

Robert lachte. »Was immer dich auch bewogen haben mag: Dein seltsames Verhalten hat uns Hochzeitsgeschenke erspart.«

»Sag bloß, du hättest gerne eins gemacht.«

»Liebend gerne, wenn ich gewußt hätte, welch hübsches Mädchen du heiraten würdest.«

Conrad tätschelte die Hand seiner Frau. »Ist er nicht goldig? Bedanke dich für die edle Gesinnung; denn wir werden seine Gelüste befriedigen müssen.« Er blinzelte dem Bruder zu. »Wenn du die Hotelrechnung übernimmst, wäre das ein sinniges Hochzeitsgeschenk.«

»Geht in Ordnung«, sagte Robert belustigt. »Es freut mich, einen notleidenden Fabrikanten unterstützen zu dürfen.«

Conrad zündete sich eine Zigarette an. »Tante Finchen hat das auch getan. Wir haben sie in Godesberg überfallen. Du machst dir keine Vorstellung, wie glücklich sie über unseren Besuch war. So 'n Essen haben wir bekommen. Gell, Antonia?«

»Seit wann sagst du alle Nase lang: Gell?«

»Seit ich bei der Reichszeugmeisterei festgestellt habe, daß die höheren Parteidienstgrade das Wort ständig im Munde führen. Und in der Kombination mit goldig finde ich es besonders schick.« Er wies auf seine Frau. »Zum Beispiel, wenn ich sage: Sie ist doch goldig, gell?«

»Du bist ja noch verrückter geworden, als du schon warst.«

»Was Antonia dir niemals glauben wird. Gell, Antonia?«

Seine Frau lächelte süß.

Intelligent ist sie gerade nicht, dachte Robert. Darum konnte Conrad sie ergattern.

Auch Carla machte sich Gedanken. Sie hatte das Gefühl, daß etwas nicht stimmte. Ihrer Meinung nach war Conrads Frau noch keine sechzehn Jahre alt.

»Wir freuen uns maßlos auf die ›Meistersinger‹«, sagte Roberts Bruder. »Zumal auch der Führer auftreten wird. Natürlich in seiner Loge. Im vorigen Jahr soll er wütend geworden sein, weil er praktisch allein im Theater saß. Seine Parteifunktionäre frequentierten lieber die Wein- und Bierstuben der Stadt. Damit er sich nicht wieder ärgern muß, wurden in diesem Jahr Freikarten verteilt. Selbstverständlich nur an die Liebhaber lauter Musik.«

Robert ging das Gerede des Bruders auf die Nerven. »Hast du die Eltern in Berlin mal besucht?« fragte er abrupt.

Conrad grinste verdächtig. »Schon zweimal! Sie haben sich sehenswert kitschig eingerichtet. Eine riesige Empfangshalle, die mit einem Teppich von etwa acht mal zwölf Metern belegt ist, wurde zum Adolf-Hitler-Tempel. Ein überlebensgroßes Bild, das ihn hoch zu Roß in schimmernder Ritterrüstung als ›Bannerträger‹ zeigt, ist an Geschmacklosigkeit nicht zu überbieten. Seitlich davon kupferne Kandelaber. Unter dem Bild ein stets frisches Blumenarrangement. Ansonsten viel Chippendale und Orientteppiche. Na ja, haste was, dann biste was.«

Obwohl Conrads Redereien durchaus amüsant sein konnten, atmeten Carla und Robert auf, als das junge Paar die Stadt wieder verlassen hatte. Es erschien ihnen zweifelhaft, daß die beiden wirklich verheiratet waren. Bei Conrad mußte man mit allem rechnen.

Insgesamt gesehen war es aber ein lustiges Intermezzo gewesen, über das Robert und Carla noch oftmals lachten. Doch dann ereignete sich etwas, das Roberts Freude an seiner Tätigkeit als Fluglehrer empfindlich dämpfte.

Bei tief herabhängenden Wolken landete eines Morgens auf dem Nürnberger Flughafen ein Schulflugzeug, das von einem Piloten gesteuert wurde, der früher bei der Lufthansa angestellt gewesen war.

»Sie in einem Sportflugzeug?« begrüßte ihn Robert Schroeder verwundert.

»Ich bin neuerdings in Kitzingen als Fluglehrer tätig.«

»Und warum haben Sie den Streckendienst aufgegeben?«

»Fabrizierte nach durchzechter Nacht einen Bruch.«

»Oje! Das tut mir leid.«

Der Kamerad zuckte die Achseln. »Zunächst hat mir der neue Job Spaß gemacht. Vor einigen Wochen kreuzte aber eine Kommission auf, die unsere Schüler, Studenten, die drei, vier und mehr Semester auf dem Buckel haben, mit üblen Tricks zwangen, sich für einen zwölfjährigen Dienst in der Luftwaffe zu verpflichten.«

»Das gibt's doch nicht.«

»Mein Wort! Man hat den Studenten kaltschnäuzig erklärt, daß sie im Falle einer Verweigerung der Verpflichtungserklärung ihre Ausbildung, die mit rund zwanzigtausend Mark zu veranschlagen ist, bezahlen müssen und darüber hinaus in ihren Papieren den Vermerk erhalten: ›Das Vaterland in höchster Not im Stich gelassen!‹ Damit ist ihnen die Möglichkeit genommen, weiterhin die Universität zu besuchen.«

Robert Schroeder zweifelte keine Sekunde an den Worten des Kameraden. Er hatte den unglaublichen Vermerk ja schon einmal im Paß eines Piloten gesehen. »Man kann Menschen doch nicht einfach zu ›Zwölfendern‹ machen«, empörte er sich.

»Man kann!«

»Und die Studenten haben unterschrieben?«

»Sie fügten sich nach einer Bedenkzeit von drei Stunden. Die Kommission war hoch erfreut, wir aber, die wir unsere Pappenheimer kannten, ahnten, daß sie ihre Köpfchen angestrengt hatten und Geist gegen Gewalt einzusetzen gedachten. Und wir täuschten uns nicht. Ihre Gegenmaßnahmen wurden ein schweres Problem für uns; denn die Kerle spielten va banque. Sie fingen ihre Maschine zwei Meter über dem Boden ab und – bumms, das Fahrwerk war entzwei. Oder sie schoben beim Ausrollen den Steuerknüppel plötzlich vor und – hoppla, die Maschine stand auf dem Kopf und die Luftschraube war zersplittert. Neuerdings verfliegen sie sich bei Überlandflügen und bauen ›Notlandungen‹, wo immer sie ein geeignetes Feld entdecken. Uns bleibt nichts anderes übrig, als sie wegen Unfähigkeit abzulösen und nach Hause zu schicken. Wir tun es natürlich mit einem lachenden Auge. Wenn man aber mal gehungert hat, um fliegen zu können, wird man nicht damit fertig, Fahrgestelle, Luftschrauben, Streben und Leitwerke mutwillig zerstört zu sehen.«

Das Gehörte bedrückte Robert so sehr, daß er noch am gleichen Nachmittag drei Erlanger Studenten reinen Wein einschenkte und ihnen nahelegte, schnellstens ihre Ablösung zu beantragen.

Carla war entsetzt, als sie hörte, zu welchen Mitteln der Staat griff, um qualifizierte Kräfte zu stupiden Befehlsempfängern zu machen. Sie verlor aber nicht ihren Humor, sondern erklärte leichthin: »Es hat keinen Zweck, deshalb Trübsal zu blasen. Laß uns in die ›Königin-Bar‹ gehen. Oder in das ›Cabaret Eden‹.«

Vielleicht ist es ganz gut, sich etwas zu zerstreuen, dachte Robert und führte Carla in das Cabaret, das an diesem Abend seltsamerweise fast nur von Männern besucht war.

»Scheint ein Kegel- oder Gesangverein zu sein«, sagte er, als er die Anwesenden gemustert hatte. »Wahrscheinlich wären wir in der ›Königin-Bar‹ besser aufgehoben gewesen.«

Er ahnte nicht, wie recht er damit hatte. Kaum erschien der Conférencier auf der Tanzfläche, da breitete sich, ohne daß eigentlich etwas geschah, eine spürbare Unruhe aus. Die Männer reckten die Köpfe und setzten sich in ihren Sesseln zurecht.

Der Ansager eröffnete den Abend mit dem üblichen Schnickschnack und gab, bevor er abtrat, einen Witz zum besten. »Der Tünnes und der Schäl«, sagte er, »gehen über die Kölner Rheinbrücke. Fragte der Tünnes den Schäl: ›Sag mal, Schäl, siehst du die Tauben da oben auf dem Dom?‹ – ›Ja‹, antwortet der Schäl. – ›Sind das nun katholische oder protestantische Tauben?‹ – ›Das kannst du doch sehen‹, sagt der Schäl. ›Es sind nationalsozialistische! Sie sitzen an höchster Stelle und scheißen auf die Kirche‹.«

Robert und Carla lachten. Doch nur den Bruchteil einer Sekunde; denn unmittelbar nachdem die Pointe gefallen war, stürzten sich die Männer auf den Conférencier und stießen ihn zu Boden. Und vor ihnen baute sich ein Mann auf, der sie anbrüllte:

»Warum haben Sie gelacht?«

Robert war so perplex, daß er Sekunden brauchte, bevor er antworten konnte. »Ich werde über einen Witz wohl noch lachen dürfen.«

»Das war kein Witz, sondern eine Gemeinheit!«

»Werden Sie nicht albern.«

»Ich gehöre der SA an und dulde nicht, daß die Partei in den Schmutz gezerrt wird!«

Robert Schroeder erhob sich. »Und ich verbitte es mir, angeschrien zu werden. Ich bin seit neunzehnhundertdreißig Mitglied der NSDAP und der SS. Lassen Sie uns also gefälligst in Ruhe!«

Der SA-Mann stutzte. »Kann ich Ihr Parteibuch sehen?«

»Das habe ich nicht bei mir.«

Weitere Männer kamen hinzu. »Was gibt's?«

»Der hier behauptet, alter Pg zu sein und der SS anzugehören. Über den Witz hat er aber gelacht. Und ausweisen kann er sich nicht.«

Es entstand ein Disput, in dessen Verlauf Robert Schroeder seine SS-Mitgliedskarte, die er nicht abgeliefert hatte, den SA-Männern unter die Nase hielt. »Genügt Ihnen das?«

»Entschuldigen Sie, Kamerad«, sagte einer der Männer. »Sie müssen verstehen . . .«

Robert Schroeder winkte den Kellner herbei. »Ich möchte zahlen. Der Abend ist mir verdorben.«

»Wir mußten hier eingreifen«, erklärte der Sprecher. »In diesem Lokal wird die Partei seit langem verunglimpft.«

»Der Witz des Conférenciers war keine Verunglimpfung«, sagte Robert Schroeder und steckte die Mitgliedskarte zurück.

»Darüber wollen wir nicht streiten.«

»Eben.«

»Ich würde jedoch gerne wissen, ob Sie in Nürnberg ansässig sind.«

»Ja, ich bin hier als Fluglehrer tätig.«

»Dann nichts für ungut, Kamerad.« Der SA-Mann nahm Haltung an und hob den Arm. »Heil Hitler!«

»Heil Hitler!« sagte Robert Schroeder, zahlte seine Zeche und verließ mit Carla das Lokal.

Carla tat einen Seufzer, als sie auf die Straße hinaustraten. »Danken wir unserem Schöpfer, daß es so glimpflich abgegangen ist. Ich sah dich schon in eine Schlägerei verwickelt.«

Robert führte sie zum ›Mautkeller‹, wo er seinen Ärger mit einem Bier hinunterspülen wollte. Aber weder ihm noch ihr gelang es, sich von dem Erlebten freizumachen. Erst als er am nächsten Morgen nach der Nürnberger Tageszeitung griff, konnte er wieder lachen.

Die Titelseite zeigte ein Bild, auf dem der Spiritus rector der Aktion gegen das Nachtlokal, der Herausgeber des ›Stürmers‹, als Erzengel Gabriel dargestellt war. Mit zorniger Miene wies er einen Kretin aus dem Garten Eden.

»Schau dir das an«, sagte Robert. »Man könnte es ein Eigentor nennen. Julius Streicher läßt sich als Erzengel Gabriel feiern! Der Judenfresser weiß nicht einmal, daß Gabriel, der ›Held Gottes‹, gemäß dem Talmud ein Engelsfürst ist, der die Aufgabe hat, Israel zu beschützen.«

»Wer alles besser weiß, braucht nichts zu wissen«, stellte Carla lakonisch fest.

»Womit du die Wurzel der Überheblichkeit bloßgelegt hast.«

Der Ärger und die Aufregung des Abends waren verflogen, und nichts deutete darauf hin, daß das Erlebte sie nochmals beschäftigen würde.

Die Tage vergingen in gewohnter Weise, und auch in der folgenden Woche geschah nichts Besonderes. Robert ging des Morgens zeitig zum Flughafen, Carla schlief zwei Stunden länger und begab sich regelmäßig kurz vor elf Uhr zum Flughafenrestaurant, wo sie mit Robert zu Mittag aß. Am Nachmittag trennten sie sich dann, um sich am Abend wieder zu treffen. Es war eine herrliche Zeit, die sie intensiv genossen, weil sie wußten, daß sie nur noch wenige Tage zusammen sein würden. Eberhard von der Heid war zu einem Kongreß nach Mailand eingeladen, und Carla hatte ihm zugesagt, ihn zu begleiten. Sie wollte ihren Vater für die lange Zeit entschädigen, die er ohne sie gewesen war, und sie freute sich auch darauf, ihm das Grundstück am Gardasee zeigen zu können.

Aber noch bevor der Tag der Abreise heranrückte, ereigneten sich Dinge, die nachhaltige Wirkungen zeitigen sollten. Es begann damit, daß eines Vormittags ein Monteur zum Startplatz hinauseilte und Robert Schroeder aufforderte, sogleich den Dienststellenleiter aufzusuchen. Er bat daraufhin einen Kameraden, seine Flugschüler zu beaufsichtigen, und machte sich auf den Weg zum Büro des Hauptmannes a. D., der ihn recht merkwürdig empfing.

»Sie leisten sich ja heitere Dinge«, sagte er ohne jede Begrüßung. »Wohnen als Pg und Mitglied der SS bei einer Jüdin in einem Raum, in dem eine Christin ans Kreuz gebunden, ausgepeitscht und geschändet worden ist. Ich muß schon sagen ... Außerdem sollen Sie in aller Öffentlichkeit über politische Witze gelacht haben. Ihre Naivität ist ergreifend.«

Robert Schroeder stand wie ein begossener Pudel da.

»Setzen Sie sich doch«, forderte ihn der Dienststellenleiter auf. »Und holen Sie mal tief Luft.«

Er nahm Platz.

»Wohnen Sie tatsächlich bei einer Jüdin?«

»Ja. Eine Christin wurde dort aber nicht geschändet. Und schon gar nicht auf die von Ihnen geschilderte Weise.«

»Woher wissen Sie das?«

»Als ich die Vermieterin das erste Mal aufsuchte, machte sie mich darauf aufmerksam, daß sie Jüdin ist. Außerdem sagte sie mir, daß ihr ausgewanderter Sohn gemäß einem im ›Stürmer‹ erschienenen Artikel seine Frau, eine Christin, aus Sadismus gepeitscht haben soll. So ein Blödsinn! Die angeblich Ausgepeitschte ist eine reizende Frau, die ihren Mann von ganzem Herzen liebt.«

Der ehemalige Hauptmann feixte. »Der Phantasie sind scheinbar keine Grenzen gesetzt. In einem muß ich Sie aber korrigieren, Sie Schäflein auf der Weide. Sie haben die Jüdin niemals gesehen oder gesprochen! Ich hoffe, Sie verstehen mich. Die Wohnung wurde ihnen von der Schwiegertochter vermietet. Und von dem Artikel im ›Stürmer‹ haben Sie nicht die geringste Ahnung.«

»Aber ich habe doch ...«

»Ein' Schmarrn haben Sie! Eilen Sie zu Ihrer Jüdin und machen Sie ihr klar, daß Sie nur mit der Schwiegertochter gesprochen und verhandelt haben. Begreifen Sie nicht, worauf ich hinauswill?«

»Ich glaube schon.«

»Sie ahnen ja nicht, welches Glück Sie noch haben! Wenn man wüßte, daß Sie und Ihre Angebetete in wilder Ehe miteinander leben, würde man die Jüdin wegen Kuppelei vor den Kadi bringen. Und dann wären Sie alle miteinander dran!«

Robert Schroeder begriff das Gehörte nicht ganz. »Um was geht es eigentlich?« fragte er beinahe aufsässig.

»Um einen Artikel, der im ›Stürmer‹ erscheinen soll. Ein Bekannter verständigte mich eben. Die Schlagzeile soll lauten: ›Reichsangestellter Fluglehrer wohnt bei Juden!‹ Und es wird berichtet, daß Sie als alter Pg und SS-Angehöriger in einem Raum leben, in dem Juden ihren sadistischen Gelüsten nachgingen; daß Sie schlüpfrige Witze schätzen und sich mit SA-Männern anlegen; daß schummrige Bars Ihnen wichtiger sind als die Ehre und das Ansehen der NSDAP.«

In seiner Erregung vergaß Robert Schroeder, wo er sich befand. Er schlug mit der geballten Faust auf den Schreibtisch. »Das ist . . .«

». . . erstunken und erlogen!« fiel der Hauptmann a.D. ein. »Mir brauchen Sie das nicht zu sagen. Vielleicht begreifen Sie aber nun, warum ich Ihnen geraten habe, Ihrer jüdischen Wirtin schnellstens klarzumachen, daß Sie ihr nie begegnet sind. Nur dann kann ich die Sache aus der Welt schaffen. Vorausgesetzt natürlich, daß Sie die Wohnung spätestens bis heute mittag geräumt haben. Ich muß sagen können, daß Sie völlig ahnungslos waren und spontan ausgezogen sind. Am besten in ein Hotelzimmer. Das macht die Sache glaubwürdig.«

»Und was wird, wenn es Ihnen nicht gelingt, die Publikation abzubiegen?«

Der Dienststellenleiter blickte vor sich hin. »Wenn alle Stricke reißen, muß ich meinen Bruder einschalten.«

»Der ist doch . . .« Robert Schroeder unterbrach sich.

»Wollten Sie sagen: in Ungnade gefallen, weil er Milch als Juden denunziert hat?«

»Ja.«

Der Hauptmann a.D. lachte. »Da kennen Sie meinen Bruder schlecht. Der hat längst ein neues Feuerchen entfacht. *Er* war es, der Röhm denunzierte. Als SA-Brigadeführer und Vertrauter Röhms war das kein Problem für ihn. Nun ist er SS-Brigadeführer und stellvertretender Vorsitzender der Messerschmitt-Werke. Ja, mein Lieber, im Dritten Reich ist alles möglich.«

Robert Schroeder brauchte eine Weile, um das Gehörte zu verkraften. »Für Ihre Hilfestellung möchte ich Ihnen jetzt schon danken«, sagte er. »Ihren Herrn Bruder bitte ich aber auf keinen Fall zu bemühen. Lieber geh' ich Steine klopfen.«

»Reden S' keinen Schmarrn. Und glauben S' ja nicht, daß ich so blöd bin, den Versuch zu machen, den Gang der Gestirne mit einem Rechenschieber zu beeinflussen.«

Noch in der gleichen Minute schwang sich Robert Schroeder auf sein Fahrrad und raste nach Hause, wo Carla und die Blondine gerade beim Frühstück saßen. »Wo ist Ihre Schwiegermutter«, fragte er atemlos.

»Nebenan. Ist etwas passiert?«

»Wir müssen sofort die Wohnung räumen. Man hat uns denunziert.«

»Darauf haben wir schon lange gewartet«, sagte die junge Frau mit bewundernswertem Gleichmut.

»Man kann uns doch nicht zwingen, hier auszuziehen«, begehrte Carla auf.

»O doch«, sagte die Blondine und erhob sich, um ihre Schwiegermutter zu verständigen.

»Und das läßt du dir einfach gefallen?« erboste sich Carla.

»Hör dir erst mal an, was ich zu sagen habe!«

Die Jüdin erschien.

Robert schilderte ihr, was sich ereignet hatte und was er tun müsse, um nicht im ›Stürmer‹ angeprangert zu werden.

Sie nickte. »Meine Schwiegertochter wird Ihnen beim Packen behilflich sein.«

»Es tut mir außerordentlich leid . . .«

Die alte Frau hob die Hand. »Mir genügt das eigene Leid.«

Carla trat an sie heran.

Die Jüdin nahm ihr die Möglichkeit, auch nur ein Wort an sie zu richten. »Ich freue mich, Sie kennengelernt zu haben«, sagte sie und kehrte in ihren Raum zurück.

Eine knappe Stunde später hob der Hausdiener des Hotels Viktoria die Koffer aus Carlas Wagen. Roberts wie Carlas Stimmung war denkbar schlecht. Auf der Fahrt in die Stadt hatte Carla sich plötzlich Luft verschaffen müssen und voller Auflehnung gerufen: »Ich wollte, ich brauchte Nürnberg nicht mehr zu sehen. Ich hasse diese Stadt.«

»Werde nicht kindisch«, hatte Robert sie in seiner Nervosität angeblafft. »Die Stadt kann doch nicht dafür, daß wir unser Quartier räumen müssen!«

»Aber ihre Bewohner! Sie himmeln diesen Streicher an, obwohl er sie kujoniert und sich an sadistischen Traktaten delektiert. Niemand hier lehnt sich gegen die hypertrophierte Perversität dieses autistischen Widerlings auf.«

Robert ärgerte sich über Carlas hochgestochene Redeweise. »Hab' dich nicht so und schrei nicht so laut! Das Verdeck ist offen!«

Ihr verschlug es fast die Stimme. »Ich schreie nicht! Und überhaupt: Wo kommen wir hin, wenn wir im fahrenden Wagen schon nicht mehr sagen dürfen, was wir denken? Ich lasse mir den Mund nicht verbieten!«

»Dann gefährdest du meine Existenz!« hatte er unmißverständlich erklärt.

Seit diesem Augenblick war kein Wort mehr zwischen ihnen gefallen.

Als die Koffer auf das Zimmer geschafft waren, fragte Robert: »Fährst du mich zur Wohnung zurück? Ich habe mein Rad dort stehen.«

Carla griff nach ihrer Handtasche.

Er trat an sie heran. »Ich verstehe deine Erregung, aber du mußt auch Verständnis für meine Belange haben.«

»Das habe ich ja«, entgegnete sie. »Diesen Streicher werde ich dennoch immer hassen!«

»Solange du das nicht hinausposaunst, ist nichts dagegen einzuwenden.«

Sie rümpfte die Nase. »›Es stirbt der Feige oftmals, eh' er stirbt.‹«

Robert überhörte die Herausforderung und erwiderte gelassen. »Gegen den Tod ist eben kein Kraut gewachsen.«

Carla brachte ihn zur alten Wohnung und kehrte gleich zum Hotel zurück.

Der erste wirkliche Streit, dachte Robert, als er am Mittag vergeblich auf Carla wartete. Ihre Bockigkeit konnte allerdings nicht die Erleichterung zunichte machen, die er darüber empfand, daß es seinem Dienststellenleiter gelungen war, den geplanten Artikel abzuwenden.

Gegen zwei Uhr erschien Carla dann doch noch auf der Terrasse des Flughafenrestaurants. Sie blieb vor Robert stehen und sagte mit trotziger Miene: »Ich bin gekommen, weil ich Hunger habe.«

»Aha«, sagte er. »Gab's im Hotel nichts zu essen?«

»Nur Nürnberger Rostbratwürstl mit Meerrettich.«

»Die magst du doch gerne.«

»Heute nicht.«

Er winkte den Kellner herbei. »Könnte ich die Speisekarte haben?«

»Bedaure, es gibt nur noch Bratwürstl mit Sauerkraut.«

»Die nehme ich«, sagte Carla.

»Aber du hast eben erklärt, die möchtest du heute nicht.«

»Mit Meerrettich nicht!« betonte sie. »Mit Sauerkraut schmecken sie ganz anders.«

Beide lachten plötzlich aus vollem Halse und waren glücklich, daß ihre Verstimmung ein Ende gefunden hatte.

»Bleib noch ein bißchen«, sagte Robert, als die Flugzeuge zum Start rollten und er aufbrechen mußte. »Ich richte es so ein, daß ich zwischendurch eine Tasse Kaffee trinken kann.«

»Was schulst du heute?«

»Fortgeschrittene auf der viersitzigen ›Kabinen-Klemm‹. Dazwischen Kunstflug. Ich habe einen Schüler, der fliegerisch ausgezeichnet ist, beim Trudeln aber Mist macht.«

»Dann gib dir mal ordentlich Mühe«, hänselte Carla.

Etwa eine halbe Stunde später sagte Robert Schroeder seinem ›Sorgenkind‹: »Jetzt fliegen wir gemeinsam noch einmal auf tausend Meter. Dort visieren wir die nördlich vom Flughafen gelegene Straße an. Dann die Maschine ›aushungern‹ und nach dem Abkippen zählen, sobald der Richtpunkt wieder im Blickfeld erscheint. Ich zeige es Ihnen nochmals. Anschließend machen Sie es.«

Der Flugschüler startete den Focke Wulf-›Stieglitz‹, und Robert Schroeder, der auf dem vorderen Sitz saß, schaute in der Gegend umher. Der Himmel war fast wolkenlos. Die Stadt lag im Dunst. Das Laub fing an sich zu färben. Carla entdeckte er als einen kleinen Punkt auf der Terrasse des Flughafenrestaurants. Im westlichen Sektor der Kunstflugzone drehte ein Doppeldecker Loopings. In dreihundert Meter Höhe flogen Schüler der A- und B-Klasse ihre Platzrunden.

Als der Höhenmesser 900 Meter anzeigte, übernahm Robert Schroeder die Führung der Maschine und ließ sie um noch weitere 100 Meter steigen. Dabei steuerte er den Ostsektor der Kunstflugzone an und richtete, als dieser erreicht war, das Flugzeug auf die zuvor bezeichnete Straße aus. Dann nahm er den Gashebel zurück und zog den Steuerknüppel langsam an sich, so daß die Maschine ihre Geschwindigkeit verlor. »Straße im Auge behalten!« rief er in den nachlassenden Fahrtwind hinein.

In seinem Rückspiegel konnte er sehen, daß der Schüler konzentriert nach unten schaute.

»Gleich reißt die Luftströmung ab! Achtung ...! Jetzt!« Er trat ins Seitensteuer und zog den Knüppel voll an den Bauch.

Der Doppeldecker kippte über die Tragflächen, stellte sich auf den Kopf und fing an zu trudeln. Der Horizont glich jäh einer sich drehenden Scheibe.

»Eins!« schrie Robert Schroeder, als die anvisierte Straße ins Blickfeld rückte. »Zwei! – Drei!« Dabei stieß er den Knüppel vor und stellte das Seitensteuer wieder neutral.

Das Flugzeug schoß in die Tiefe.

Er fing es ab und blickte auf den Höhenmesser, der 700 Meter zeigte. Das reicht noch für ein zweites Mal, dachte er und leitete einen Looping ein, um in der Rückenlage festzustellen, ob sich von Osten her ein Flugzeug näherte. Da er sah, daß der Luftraum frei war, übergab er das Steuer und zeigte an, ohne erneuten Höhenwechsel gleich nochmals zu trudeln.

Der Flugschüler nahm den Gashebel zurück.

»Laut zählen!« rief Robert Schroeder.

Das Flugzeug verlor seine Geschwindigkeit und wurde im Steuer ›weich‹.

Der Schüler riß den Knüppel an den Bauch und trat ins Seitensteuer.

Die Maschine kippte und fing an zu trudeln.

»Eins! – Zwei! – Drei!« Blitzschnell schob der Flugschüler den Steuerknüppel vor und stellte das Seitensteuer neutral.

Der Doppeldecker setzte zum Sturzflug an.

»Prima!« rief Robert Schroeder. »Hat großartig geklappt.«

Der Schüler fing die Maschine ab und steuerte auf den Flugplatz zu.

Als er gelandet und zur Startstelle zurückgerollt war, stieg Robert Schroeder aus. »Endlich haben Sie es kapiert. Gleich wieder 'rauf und ein paarmal üben.«

Die Augen des Flugschülers glänzten.

Robert Schroeder gab ihm das Zeichen zu starten und ging auf die Gruppe der Fluglehrer zu, die neben der Startflagge standen.

»Na, klappt's jetzt?«

»Gott sei Dank.« Er streifte seine Kopfhaube ab und schaute hinter einer ›Kabinen-Klemm‹ her, die gerade holpernd gelandet wurde. »Wer sitzt am Steuer?«

»Berlinger«, sagte der Beamte der Luftaufsicht.

»Ich hätte es mir denken können. Der Bursche entwickelt sich zum Spezialisten für gehupfte Landungen.«

Eine andere Maschine schwebte an und setzte mustergültig auf.

Robert Schroeder blickte zum Kunstflugsektor hoch. Der Focke Wulf-›Stieglitz‹ hatte die zum Trudeln vorgeschriebene Höhe erreicht, kurvte aber nochmals zurück.

Das sieht aus, als wollte er zweimal hintereinander trudeln, wie wir es vorhin gemacht haben, dachte er und zündete sich eine Zigarette an. Es ärgerte ihn, daß der Schüler nicht wie vorgeschrieben in 700 Meter Höhe mit dem Trudeln begann. Im Sturz gingen allenfalls 300 Meter verloren.

»Warum klettert der so hoch?« fragte einer der Fluglehrer.

»Mich fuchst das schon lange. Ich habe die Maschine beim Übungsflug gleich zweimal trudeln lassen. Anscheinend will er es ebenso machen.«

»Dann würde ich ihm aber auf die Zehen treten. Er weiß doch, daß Schülern das nicht gestattet ist.«

Der ›Stieglitz‹ kurvte in schätzungsweise 1000 Meter Höhe in die Kunstflugzone ein. Bald darauf verringerte sich seine Geschwindigkeit.

»Er setzt an!«

Die Maschine schien fast stillzustehen, kippte dann plötzlich und begann zu trudeln.

Robert Schroeder zählte die Drehungen um die Längsachse: »Eins! – Zwei! – Drei!«

Das Flugzeug schoß in die Tiefe und wurde abgefangen.

»Exakt!« sagte der Kriegsflieger unter den Fluglehrern.

Im nächsten Moment wurde der ›Stieglitz‹ hochgezogen und ein Looping eingeleitet.

»Der Kerl scheint nicht bei Trost zu sein«, empörte sich Robert Schroeder. »Ich hab' das gemacht, um vor dem zweiten Trudeln festzustellen, ob der Luftraum im Osten frei ist.«

»Ich kann nur nochmals sagen: Auf die Zehen treten!«

Der Looping glich einem Ei. Fast hundert Meter gingen verloren.

»Das kommt dabei heraus«, schimpfte Robert Schroeder.

Die Maschine wurde abgefangen und der Motor gedrosselt.

»Jetzt ist er höchstens noch fünfhundert Meter hoch.«

»Und setzt trotzdem zum Trudeln an.«

»Dem werde ich die Leviten lesen!«

Der Doppeldecker kippte ab und trudelte in die Tiefe.

»Eins! – Zwei! – Dr . . .« Robert Schroeder erstarrte.

Am Start stehende Schüler schrien auf.

Die Kunstflugmaschine war geradenwegs in eines der in dreihundert Meter Höhe um den Platz fliegenden Schulflugzeuge hineingerast. Tragflächen brachen und wirbelten durch die Luft. Ineinander verkeilt stürzten beide Maschinen ab. Eine Stichflamme schoß hervor. Dann folgte eine Explosion. Teile sausten wie Schrapnells durch die Luft. Die Flugzeuge jagten in die Tiefe und schlugen auf.

Robert Schroeder rannte zum Bereitschaftswagen, setzte sich ans Steuer und raste zur nördlichen Platzgrenze. Dort angekommen, kletterte er über den Zaun und lief querfeldein zu den in einigen hundert Metern Entfernung abgestürzten Maschinen. Es war ihm klar, daß niemandem mehr geholfen werden konnte und zwei Menschen den Tod gefunden hatten. Aber daran dachte er im Augenblick nicht. Ihn quälte etwas ganz anderes. Der Unfall wäre nicht erfolgt, wenn er seinen Schüler vorsorglich nochmals darauf hingewiesen hätte, keinesfalls zweimal hintereinander zu trudeln.

Während er auf die Absturzstelle zurannte, lief Carla, die den Zusammenstoß gesehen hatte und befürchtete, Robert befinde sich in der Kunstflugmaschine, auf das Flugfeld hinaus. »War Fluglehrer Schroeder in dem Doppeldecker?« rief sie, noch bevor sie die Startflagge erreichte.

»Nein, der ist zur Unglücksstelle gelaufen.«

Carlas Knie versagten den Dienst. Sie ließ sich zu Boden sinken. Tränen liefen ihr über die Wangen.

Der Startposten beugte sich über sie. »Kann ich etwas für Sie tun?«

»Nein, danke. Nur einen Moment noch, dann verschwinde ich.«

»Lassen Sie sich nur Zeit.«

Carla rappelte sich hoch. Das Gehen fiel ihr schwer. Mit jedem Schritt aber verstärkte sich ihr Wille, Robert zu bewegen, seinen Beruf aufzugeben. Wenn er einwilligte, konnte er als gleichberechtigter Partner in Haralds Verlag eintreten. Aus ihrem Erbteil waren ihrem Bruder hunderttausend Mark zur Verfügung gestellt.

Im Flughafenrestaurant ließ Carla sich einen Enzian geben, der neue Lebensgeister weckte und sie in ihrem Vorsatz bestärkte, sich Robert gegenüber durchzusetzen. Das Bild der aufeinanderprallenden und explodierenden Flugzeuge würde sie nie vergessen können. Sie war ohnehin schon ängstlich geworden. Begonnen hatte es bei jenem Flug durch die Schneeschauer. Roberts tagelanges Verschollensein in Polen und der Absturz seiner Kameraden in Danzig und Königsberg hatten ein übriges getan. Immer wieder war es ihr gelungen, sich zu beruhigen. Nun jedoch, das wußte sie, würde sie sich mit seinem Beruf nicht mehr abfinden können.

Grübelnd blieb sie auf der Terrasse des Flughafenrestaurants sitzen, bis Robert erschien. Er sah abgekämpft aus. Das Haar hing ihm in die Stirn. Wie kraftlos setzte er sich zu ihr.

Sie umklammerte seine Hand.

Ihm war elend zumute. »Ich brauche einen Schnaps.«

»Ich habe schon einen Enzian getrunken, nehme aber auch noch einen«, sagte Carla.

Er winkte den Kellner herbei. »Zwei Doppelte!«

»Du ahnst nicht, wie verzweifelt ich war. Ich glaubte dich in dem Flugzeug und bin zum Start gerannt.«

Er streichelte ihre Wange. »Ich wünschte, ich hätte in der Maschine gesessen. Dann würde es keinen Zusammenstoß gegeben haben.«

»Werde nicht vermessen!« warnte ihn Carla.

»Vermessenheit ist nicht im Spiel«, verteidigte er sich. »Der Unfall ist auf die Undiszipliniertheit eines Schülers zurückzuführen. Meines Schülers! Stellt man aber die Frage, warum er sich undiszipliniert verhielt, dann sieht die Sache anders aus. Dann trifft mich die Schuld.«

Carla sah ihn entgeistert an.

Robert schilderte ihr, was dem Flug vorangegangen war und worauf er, im Nachhinein betrachtet, erneut hätte hinweisen müssen.

»Rede dir so etwas nicht ein!« beschwor sie ihn.

Der Kellner brachte zwei große Enzian.

Robert griff nach einem Glas und leerte es. Carla tat das gleiche.

Wenige Minuten später rollten mehrere Flugzeuge zum Start.

»Wollt ihr etwa weiterfliegen?«

»Warum nicht?«

»Ihr habt doch zwei Tote!«

»Deshalb können wir den Betrieb nicht einstellen. Das Leben geht weiter.« Er erhob sich. »Ich muß laufen. Warte heute abend mit dem Essen nicht auf mich. Es wird spät werden. Die Erstellung des Unfallberichtes, die Verständigung der Angehörigen und was sonst noch alles zu tun ist dürfte eine ziemliche Zeit in Anspruch nehmen.«

Carla verlor die Beherrschung. »Verständigung der Angehörigen und was sonst noch alles zu tun ist . . .? Bert, das ertrage ich nicht. Ich habe dir gesagt, daß ich dich in der Kunstflugmaschine vermutete. Du hast daraufhin meine Wange gestreichelt, aber nicht eine Sekunde versucht, dich in meine Lage zu versetzen.«

Ihr Gefühlsausbruch verwirrte ihn. »Was ist los mit dir?«

»Begreifst du denn nicht, daß mir der Unfall eindringlich vor Augen geführt hat, wie schnell ich dich verlieren kann! Ich flehe dich an, Bert, gib die Fliegerei auf! Du kannst mit Harald . . .«

»Ich hab' im Moment andere Sorgen, als mich mit dir über einen Berufswechsel zu unterhalten«, unterbrach er sie unwillig.

Carla erkannte, daß sie einen unglücklichen Zeitpunkt gewählt hatte. Weder Robert noch sie war in der Lage, die Dinge mit Abstand zu betrachten. Sie beeilte sich deshalb zu erklären: »Du hast recht. Verzeih, ich hatte die Nerven verloren.«

Er gab ihr einen Kuß. »Ich bemühe mich, so schnell wie möglich fertig zu werden.«

Beide spürten, daß sich ein Hindernis zwischen sie geschoben hatte, das sich nur überwinden ließ, wenn sie behutsam zu Werke gingen. So gesehen hatte Carlas emotionelles Vorpreschen auch sein Gutes: Es setzte ein Warnlicht und sorgte dafür, daß das nun einmal aufgeworfene Thema am Abend weniger aggressiv erörtert wurde. Wahrscheinlich wäre es besser gewesen, es noch einige Tage ruhen zu lassen, doch das war nicht möglich, da Carla am nächsten Morgen nach München fahren mußte, wo ihr Vater sie zur Reise nach Mailand erwartete. Es gelang ihr aber, Robert verständlich zu machen, daß sie psychisch wie physisch zugrunde gehen würde, wenn sie dauernd befürchten müßte, daß er verunglücken könne.

»Meine Liebe zu dir kann mir da nicht helfen«, fügte sie hinzu. »Im Gegenteil! Sie ist es ja, die das Angstgefühl hervorruft. Ich bitte dich deshalb ernstlich zu prüfen, ob du dich angesichts der günstigen Bedingungen, die du vorfinden würdest, nicht doch dazu entschließen kannst, deinen Beruf zu wechseln und Verleger zu werden.«

»Das ist ausgeschlossen«, erwiderte er, ohne zu überlegen. »Ich bin Pilot und werde es bleiben. Es tut mir leid, dir das sagen zu müssen. Ich kann nicht anders.«

»Mit anderen Worten, du gibst eher mich auf als deinen Beruf?«

»Ich kann nicht anders!« sagte er nochmals. »Und du solltest nicht in den Fehler verfallen, Unvergleichbares miteinander zu vergleichen. Ich liebe dich, würde aber zugrunde gehen, wenn ich auf den mir mühsam erkämpften Himmel verzichten müßte.«

»Den besitzt du ja gar nicht mehr«, ereiferte sich Carla. »Deine heutige Tätigkeit ist von der echten Fliegerei weit entfernt. Euer Tun ist sinnlos geworden. Tausende von Flugzeugführern bildet ihr aus, ohne nach dem Wozu und Warum zu fragen. Dabei wißt ihr genau, welchen Zweck diese Massenausbildung hat: die Erstellung von Flugzeuggeschwadern! Über kurz oder lang werden eure Schüler hinter Maschinengewehren hocken. Oder Bomben herabregnen lassen. Von einem Himmel, auf den du glaubst, nicht verzichten zu können.«

Robert rang die Hände. »Ich streite nicht ab, daß aufgerüstet wird. Und selbstverständlich werden Flugzeuggeschwader aufgestellt. Daraus jedoch zu schließen, mir sei *mein* Himmel genommen, ist unsinnig. Ich bin Zivilpilot und werde, wie du weißt, in Kürze als Wetterflieger tätig sein. *Meinen* Himmel habe ich also nicht verloren, und ich beschwöre dich, nicht in die Politik des Türenzuschlagens zu verfallen. Daß der Absturz der beiden Flugzeuge dir zusetzt, ist verständlich. Du darfst dich aber nicht verrückt machen lassen. Wir gehören doch zusammen! Und du wirst sehen, daß sich alles glänzend entwickeln wird, wenn ich erst in Köln bin. Dort werden wir nicht so aufeinander hocken wie hier. Womöglich ist uns das nicht bekommen.«

Er verkennt die Dinge, dachte Carla. Aber was hilft's? Ich komme nicht los von ihm. Paps und Harald müssen mir helfen. Ich will, daß Bert Verleger wird.

Er schloß sie in die Arme. »Na, wie ist es?«

Sie machte sich frei von ihm. »Lassen wir erst mal eine Zeit vergehen. Ich werde dir schreiben, sobald ich zurück bin.«

»Du willst so von mir gehen?« fragte er betroffen.

Ich will dich in die Knie zwingen, dachte sie und antwortete: »Mir bleibt keine andere Wahl. Ich muß mich vor mir selbst schützen.«

16

Niemals hätte Robert es für möglich gehalten, daß Carla ohne Umarmung von ihm scheiden würde. Wie hätte er auch auf den Gedanken kommen können, daß sie unter Hintanstellung ihrer eigenen Wünsche und Sehnsüchte damit begonnen hatte, ihn in die Zange zu nehmen. Zudem fehlte ihm die Zeit, in Ruhe über alles nachzudenken. Forcierter denn je wurde die Ausbildung betrieben. Churchill hatte die Behauptung aufgestellt, Deutschlands Luftwaffe, deren Existenz von Hitler noch nicht einmal zugegeben worden war, nähere sich der Stärke der britischen Luftstreitkräfte. Wenn Premierminister Baldwin auch Öl auf die Wogen der Erregung goß, indem er erklärte, Deutschland verfüge allenfalls über etwa 500 bis 1000 einsatzfähige Flugzeuge, so bestand doch die Gefahr einer militärischen Intervention. Dies um so mehr, als keine zwei Wochen nach der Röhm-Affäre, in der nicht nur SA-Führer, sondern auch hochgestellte Persönlichkeiten ihr Leben verloren hatten, der österreichische Bundeskanzler Dollfuß von Wiener Nationalsozialisten ermordet worden war. Und Hitler hatte sich nach dem Ableben Hindenburgs zum ›Führer und Reichskanzler‹ der deutschen Nation ernennen lassen. Damit lag alle Macht in seinen Händen. Die Sorge des Auslandes wurde so groß, das sogar Mussolini, mit dem Hitler sich kurz zuvor noch in Venedig getroffen hatte, am Brenner Truppen aufmarschieren ließ. Das wiederum alarmierte die deutsche Führung. Dringend mußte die Zahl der Flugzeugführer der Anzahl der zur Verfügung stehenden einsatzfähigen Flugzeuge angepaßt werden. Und das waren bereits über 2000! Hergestellt in anderthalb Jahren!

Robert Schroeder wußte in jenen Tagen manchmal nicht, wo ihm der Kopf stand. Hinzu kam die Belastung durch Carla. Von ihr erhielt er erst drei Wochen nach ihrer Abreise den ersten Brief. Über sich selbst schrieb sie kein Wort. Sie berichtete ausschließlich von San Giacomo und dem Grundstück, das ihrem Vater sehr gefallen habe. Die Pergola und die Zitronenlaube seien fertiggestellt und bepflanzt, und der Oleander habe trotz der vorgeschrittenen Jahreszeit noch immer geblüht. Voraussichtlich werde sie im kommenden Jahr bereits im April an den Gardasee fahren. Nach Auskunft der Einheimischen sei das die schönste Zeit.

Mit keinem Wort erwähnte Carla, daß sie gerne mit Robert nach Italien fahren würde. Sie teilte ihm vielmehr mit, daß sie ihn in ihre Pläne nicht einbeziehe, weil er sich im kommenden Jahr gewiß zunächst als Wetterflieger einleben müsse.

Auch in anderer Hinsicht bewies sie Raffinement. So brachte sie ihren Vater dahin, einen Brief zu schreiben, in dem er Robert versicherte, volles Verständnis dafür zu haben, daß er nicht bereit sei, ohne weiteres seinen Beruf zu wechseln. Er, Eberhard von der Heid, bedaure Carlas Reaktion zutiefst und hoffe zuversichtlich, daß sie ihre starre Haltung aufgebe. Jedenfalls werde er versuchen, sie umzustimmen, wiewohl ihm verständlich sei, daß sie kein Leben in Angst führen wolle, solange die Verhältnisse dies nicht unbedingt erforderlich machten. Und das sei ja glücklicherweise nicht der Fall. Natürlich könne Robert als Verleger ein weitaus großzügigeres und angenehmeres Leben führen. Aber es sei selbstverständlich falsch, einen Beruf zu ergreifen, der einem nicht liege. Und von Carlas Überlegung, ihm im Falle eines Berufswechsels das Dasein mit einer privaten viersitzigen ›Kabinen-Klemm‹ zu verschönern, halte er nicht allzuviel. Das Flugzeug würde ihn dann bestimmt vom neuen Beruf ablenken.

Auf die Idee, daß Carla hier einen Köder auswarf, konnte Robert nicht kommen. Auch der Inhalt eines Schreibens, das Harald ihm sandte, ließ nicht erkennen, daß Carla es aufgesetzt hatte. Ihr Bruder brachte ebenfalls sein Bedauern darüber zum Ausdruck, daß sich das gute Einvernehmen getrübt habe. Ihn ärgere dies ganz besonders, weil Carla von völlig falschen Voraussetzungen ausgehe. Sie sei der Meinung, daß er, Harald, den Freund liebend gerne zu seinem Kompagnon machen würde. Das sei nur sehr bedingt der Fall. Wer teile schon gerne. Noch dazu mit jemandem, der sich für das Verlagswesen überhaupt nicht interessiere. Etwas ganz anderes wäre es, wenn die Initiative nicht von Carla, sondern von ihm, Robert, ausgehen würde. Dann könnte er sich sagen: Gemeinsam werden wir das Unternehmen zu ungeahntem Erfolg und Ansehen bringen. Die Voraussetzung dafür sei gegeben, da der Vater ihm einen Kredit in Höhe von einer Million Mark beschafft habe. Eine Zusammenarbeit sei jedoch nur sinnvoll, wenn beide die gleichen Interessen und den unbeugsamen Willen hätten, etwas Außergewöhnliches auf die Beine zu stellen.

Wie raffiniert Carla auch zu Werke ging, nicht eine Sekunde erwuchs in Robert das Verlangen, die gewiß interessante und lukrative Tätigkeit eines Verlegers gegen seinen Beruf einzutauschen.

Nach den von Liebe erfüllt gewesenen Monaten des vergangenen halben Jahres war es für Robert Schroeder schwer, sich wieder allein in einem möblierten Zimmer zurechtzufinden. Hinzu kam, daß das Ausbleiben des Versetzungsbescheides anfing, ihn nervös zu machen. Der Dezember stand vor der Tür. Die Tätigkeit eines Wetterfliegers im Winter zu übernehmen, war nicht einfach. Genau das aber stand ihm bevor. Der sehnlichst erwartete Bescheid wurde ihm Mitte Dezember zugestellt. Er war allerdings mit der angenehmen Aufforderung verbunden, sich am 2. Januar 1935 in Berlin zu einem dreitägigen Seminar einzufinden, an dem alle zukünftigen Piloten und Meteorologen des Wetterflugdienstes teilnehmen würden. Dies deutete darauf hin, daß der Aufgabenkreis umrissen werden sollte und daß zu Anfang von niemandem Außergewöhnliches erwartet wurde.

Die Erleichterung hierüber hob Robert Schroeders Stimmung und ließ ihn überlegen, ob er Carla bitten solle, mit ihm zum Jahreswechsel in den Harz zu fahren. Der Verstand riet ihm jedoch, seine Sehnsucht zu bezähmen und sich an Carlas Konsequenz ein Beispiel zu nehmen. Von Berlin, wo er das Weihnachtsfest bei seinen Eltern verbringen wollte, konnte er sie immer noch anrufen und ihr sagen, daß er sein Ziel erreicht habe und endlich Wetterflieger geworden sei. Dann lag es bei ihr, ihn zu fragen, ob sie sich treffen könnten.

So reiste er am Tage vor Weihnachten mit großen Hoffnungen durch eine verschneite Landschaft nach Berlin. Er freute sich auf seine Eltern ebenso wie auf Harald und Dorkas. Seine Mutter war überglücklich gewesen, als er ihr seinen Besuch angekündigt hatte.

Daheim war die Begrüßung wie eh und je. Robert rief: »Mamaaa . . .!« und umarmte die Mutter mitsamt den Blumen, die er für sie gekauft hatte.

Im Gegensatz zu früher drängte sie ihn nicht zurück. Sie genoß vielmehr sein verliebtes Spiel. Seit keiner ihrer Söhne mehr in ihrer Nähe weilte, kam sie sich einsam vor.

Die Empfangsdiele, über die Conrad in Nürnberg gelästert hatte, brachte Robert in Verlegenheit. Das von Kandelabern flankierte und mystisch erhellte Bild Adolf Hitlers, der tatsächlich in einer Ritterrüstung hoch zu Roß dargestellt war, ließ sich an Geschmacklosigkeit nicht überbieten. Und unter diesem Kitschprodukt stand auf einer Truhe eine Schale mit Wasser, auf dem frische Blumen schwammen.

»Was sagst du?« fragte die Mutter erwartungsvoll. »Ist das nicht eine eindrucksvolle Begrüßungsstätte?«

Robert ging auf die Truhe zu, deren Schnitzerei ihn stutzig gemacht hatte.» Das ist ja eine italienische Rarität. Ich weiß es zufällig, weil Carlas Vater fast die gleiche Truhe besitzt. Woher habt ihr sie?«

»Wir haben sie übernommen wie so vieles andere. Das meiste konnten wir nicht brauchen. Du machst dir keinen Begriff, wie Baruchs eingerichtet waren. Man glaubte, in einem Antiquitätengeschäft zu sein.«

»Und was habt ihr mit den Sachen gemacht?«

»Abholen lassen!«

»Für die Truhe zahle ich dir fünfhundert Mark«, sagte Robert.

»Du bist nicht gescheit.«

»Sie kann hier bleiben, bis ich mir ein eigenes Heim einrichte.«

»Da wird Carla sich schön bedanken.«

»Du wirst anderer Meinung sein, wenn ich dir sage, daß das eine schätzungsweise vierhundert Jahre alte Hochzeitstruhe ist.«

»Ach, deshalb möchtest du sie haben. Ich schenke sie euch zur Hochzeit. Aber jetzt möchte ich wissen, wie du die Empfangshalle findest.«

»Sie ist wunderbar groß«, sagte Robert ausweichend.

»Herrlich, nicht wahr?«

Der Vater kam hinzu. »Ist das eine Freude, dich zu sehen! Noch dazu an Weihnachten!«

Sie umarmten sich.
»Siehst gut aus, mein Junge.«
»Du ebenfalls.«
Vater Schroeder lachte zufrieden. »Mir geht es auch gut. Was sagst du zu dem Haus?«
»Mehr als diesen Raum hab' ich noch nicht gesehen.«
»Wir haben uns ganz neu eingerichtet. Modern und sachlich. Und wo es an Gemütlichkeit nicht fehlen soll: Chippendale!«
Ein neuer Alter Herr, dachte Robert überrascht.
Der Vater wies auf den Teppich. »Ist der nicht großartig?«
Robert nickte. »Conrad erzählte schon von dem Prachtstück.«
»Conrad?« fragten die Eltern wie aus einem Munde.
»War er bei dir?«
»Ja. Hat er euch das nicht erzählt?«
»Nein.«
»Er wollte doch von Nürnberg hierherfahren, um euch seine Frau vorzustellen.«
Die Gesichter der Eltern wurden eisig.
»Nehmen wir erst mal Platz«, sagte der Vater.
Die Mutter tat einen Seufzer. »Gehen wir in den Wintergarten. Dort ist der Kaffeetisch gedeckt.« Sie wandte sich an Robert. »Conrad ist das Geld in den Kopf gestiegen.«
»Darüber reden wir später«, erklärte der Vater abwehrend.
»Aber wir können Robert doch nicht in dem Glauben lassen, Conrad sei verheiratet.«
»Mir ist eben schon ein Licht aufgegangen«, sagte Robert. »Und ich Idiot habe als Hochzeitsgeschenk die Hotelkosten übernommen!«
»Unglaublich!« empörte sich der Vater.
Sie gingen durch ein Zimmer, dessen mattglänzende Eichenmöbel dem von der Partei bevorzugten neuen Klassizismus entsprachen.
Der Vater bemerkte den prüfenden Blick des Sohnes. »Keine Schnörkeleien. Klare und zweckmäßige Formen.«
Robert blieb stehen. »Gefällt mir gut.«
»Dir wird noch vieles gefallen. Das Haus ist von oben bis unten neu eingerichtet. Du machst dir keinen Begriff, was hier alles herumgestanden hat.«
»Mama erzählte davon.«
Sie gelangten in den Wintergarten, der mit bequemen Schleiflackmöbeln ausgestattet war und einen Ausblick auf einen parkartigen Garten bot.
Die Eltern sahen Robert erwartungsvoll an.
Sie lechzen nach Beifall, dachte er. Und warum? Weil ihnen all ihr Besitz nichts mehr nützt. Sie stehen auf einem Scherbenhaufen. Ihre

verkrampfte politische Einstellung gebietet ihnen, Gerd nicht mehr als ihren Sohn anzusehen. Und Conrad, der zunächst umstrittene und später bewunderte Benjamin der Familie, veranstaltet allem Anschein nach ein Spektakel, mit dem sie nicht fertig werden.

Robert nahm sich vor, nachsichtig zu sein. Und es war gut, daß er diesen Entschluß faßte. Denn was er im Verlauf der Kaffeestunde zu hören bekam, war nicht leicht zu verdauen. Conrad fand neuerdings Gefallen an minderjährigen Mädchen. Sein Geld versetzte ihn in die Lage, seine Gelüste unangefochten zu befriedigen. Die Eltern der Mädchen waren abhängig von ihm und bekamen den Mund gestopft. Abwechselnd reiste er mit dieser und jener durch die Lande und legte in den Hotels Papiere vor, die ihm ein käuflicher Beamter ausgestellt hatte. Roberts Eltern waren verzweifelt, aber sollten sie den eigenen Sohn zur Anzeige bringen?

»Wir können nur hoffen, daß nichts herauskommt«, sagte die Mutter. »Die Schande würden wir nicht überleben.«

»Wenn die Geschichte herauskommt, schieße ich mir eine Kugel in den Kopf«, erklärte der Vater mit Nachdruck.

»Das wirst du nicht tun«, widersprach Robert so gelassen wie möglich. »Ihr seid nicht Conrad. Und was der tut, auch das solltet ihr bedenken, ist in vielen Ländern nicht strafbar. Aber lassen wir das mal beiseite. Ihr dürft nicht vergessen, daß Conrad in seinem Äußeren von der Natur so benachteiligt ist, daß sein Verlangen, viel Geld zu besitzen und sich mit hübschen Frauen zu umgeben, als Folgeerscheinung angesehen werden muß. Was nun, wenn reifere Mädchen und Frauen bei ihm nicht mehr anspringen? Oder wenn es ihn stört, daß sie nur auf sein Geld reflektieren? Dann kann schnell eintreten, was wir nun erleben.«

Von so viel Verständnis wollten Roberts Eltern nichts wissen. Für sie war Conrad ein ›Unhold auf der Stufe von Homosexuellen‹, der für sie nur noch existierte, weil geschäftliche Verträge dies erforderlich machten.

Dem Vater gab das Wort ›Homosexuelle‹ willkommene Gelegenheit, das Gespräch auf die Röhm-Affäre überzuleiten. Die Tatsache, daß ein Schroeder den SA-Obergruppenführer Ernst zur Liquidierung nach Berlin geflogen hatte, bewegte ihn zutiefst.

»Woher weißt du das?« fragte Robert betroffen.

Der Vater wählte aus einer Schachtel genußvoll eine Zigarre. »Von unseren alten Mietern. Ja, wer hätte gedacht, daß der Standartenführer dir eines Tages einen der Hauptmatadore im infamen Spiel gegen den Führer übergeben würde. Es war eine Fügung des Schicksals, daß du an jenem Tag nach Bremen fliegen mußtest.«

»Oder auch nicht«, entgegnete Robert und wies darauf hin, daß ein

Mann, der sich anschickt, an Bord eines Schiffes zu gehen, um einige Wochen auf Madeira zu verbringen, wohl kaum mit Putschplänen befaßt gewesen sein dürfte. Zwar hätte ihm der SS-Gruppenführer inzwischen erläutert, warum Hitler unverzüglich habe handeln müssen, die Liquidierung des Obergruppenführers Ernst sei damit jedoch weder gerechtfertigt noch aus der Welt geschafft.

Der Vater, der mit erstaunlicher Gelassenheit zugehört hatte, erhob sich und sagte: »Komm mit ins Herrenzimmer. Ich muß dir was zeigen.«

Die Mutter hakte sich bei ihm ein. »Du wirst Augen machen!«

Sie führten Robert in einen Raum, dessen getäfelte Wände und Decke zweifellos schön waren. Um einen großen runden Tisch standen schwere Ledersessel, die nicht jedermanns Geschmack sein mochten, aber in ein Herrenzimmer paßten. Scheußlich hingegen war ein breiter, mit Glastüren versehener Bücherschrank. Und schauderhaft der Wandschmuck, der aus einem überlebensgroßen Bild Adolf Hitlers und einem Ölporträt des Vaters bestand, das ihn in der Uniform eines politischen Leiters der NSDAP zeigte.

»Nun, was sagst du dazu?« fragte der Vater voller Stolz. »Ich wurde zum Beisitzer des Parteigerichtes bestellt!«

»Er wäre ja Jurist geworden, wenn er die elterliche Fabrik nicht hätte übernehmen müssen«, fügte die Mutter hinzu.

»Und damit komme ich auf unser Thema zurück. Als Beisitzer des Parteigerichtes habe ich Einsicht in Akten, die dem Normalbürger nicht zugänglich sind.«

Robert summte es in den Ohren.

Mit der Zigarre unter seinem Bild stehend, erzählte der Vater nunmehr, daß der erschossene Obergruppenführer Ernst ein übler Raufbold und Mörder gewesen sei, der Kriminalbeamte wegen geringfügiger Vorkommnisse blutig zusammengeschlagen habe. Und es stehe fest, daß er den Mörder Horst Wessels, der vor der Machtübernahme mit einer Zuchthausstrafe davongekommen sei, mit einigen Freunden aus dem Kerker herausgeholt habe, um ein Scheibenschießen auf ihn zu veranstalten. »Das war Mord, wenngleich an einem Mörder«, schloß der Vater pathetisch. »Mördern aber weint man keine Träne nach. Vergiß also diesen üblen Burschen und sei stolz darauf, zur Niederschlagung einer Bande von Meuterern und Homosexuellen dein Scherflein beigetragen zu haben.«

Dreimal Mord, ging es Robert durch den Sinn. Ihn widerte plötzlich alles an. Wem konnte er noch glauben? Wem vertrauen? Brutalität und Unverfrorenheit im großen wie im kleinen. Aber ging es in Deutschland nicht mächtig bergauf! Warum beschlich ihn immer wieder das Gefühl, daß etwas nicht in Ordnung sei? Fehlte ihm der Glaube?

»Ist Vater auf dem Bild nicht wunderbar getroffen?« fragte die Mutter und blickte beseligt auf das Porträt.

»Mir ist die Uniform zu fremd«, antwortete Robert irritiert.

»Ich finde, sie steht ihm großartig. Doch stell dir vor: Lilo besucht uns wegen der Uniform nicht mehr.«

»Lilo?« fragte Robert verblüfft. »Ist sie denn weiterhin zu euch gekommen?«

»Warum hätte sie das nicht sollen? Wir sind doch ihre Schwiegereltern in spe!«

Robert verlor trotz aller guten Vorsätze die Beherrschung. »Also, jetzt bleibt mir der Verstand stehen. Gerd existiert nicht mehr für euch, und seine Braut nennt ihr eure zukünftige Schwiegertochter?«

»Ist sie das etwa nicht?«

O Gott, dachte Robert und schwieg.

»Mama verrennt sich da ein bißchen«, sagte der Vater und betrachtete besorgt die Asche seiner Zigarre, die herabzufallen drohte. »Verständlich. Sie hat sich immer eine Tochter gewünscht. Im übrigen hat meine Uniform nicht das geringste damit zu tun, daß Lilo nicht mehr kommt. Sie lehnt uns schon seit langem ab. Wir merkten es nur nicht, weil wir sie so selten sahen. Damals wohnten wir ja noch in Münster.

»Nach dem Umzug hat sie uns aber gleich besucht«, begehrte die Mutter auf.

»Um uns Grobheiten an den Kopf zu werfen! Ich bin froh, diese emanzipierte Person nicht mehr sehen zu müssen. Da ist Carla ganz anders.«

»Ja, Carla haben wir in unser Herz geschlossen«, schwärmte die Mutter. »Sie ist ein so liebes Mädchen. Wie geht es ihr? Und wann werdet ihr heiraten?«

»Vielleicht nie«, antwortete Robert, um den Eltern einen Dämpfer aufzusetzen. »Mein Beruf ist ihr zu gefährlich.« Aber dann taten ihm die sichtlich bestürzten Eltern wieder leid, und er fügte schnell hinzu: »Darf ich Carla nachher anrufen?«

»Ihr seid also nicht zerstritten?«

»Nicht im geringsten.«

Ein Aufatmen ging durch den Raum.

Roberts Hoffnung, sich zum Jahreswechsel mit Carla zu treffen, ging nicht in Erfüllung. Sie war mit ihrem Vater in die Schweiz gefahren. Ihm blieb nichts anderes übrig, als sie am Weihnachtsabend in ihrem Hotel anzurufen und ihr ein frohes Fest zu wünschen. Aber er ärgerte sich über sie und über sich selbst. Warum hatte keiner von ihnen den

Mut gehabt, rechtzeitig auszusprechen: Laß uns Weihnachten zusammen verbringen. Jetzt war es zu spät.

Als das Telefongespräch zustande kam, klopfte beiden das Herz.

»Wo steckst du?« fragte Carla beklommen.

»In Berlin bei meinen Eltern. Nach den Festtagen habe ich hier eine Besprechung. Danach geht's nach Köln.«

»Die Versetzung ist ausgesprochen?«

»Ja.«

»Ich gratuliere!«

»Das klingt ja, als freutest du dich.«

»Das tue ich auch.«

»Und warum?«

»Ich weiß doch, wie sehr du darauf gewartet hast, Wetterflieger zu werden.«

Robert lachte hölzern. »Ich hatte etwas anderes erhofft.«

»Du meinst, daß wir uns dann leichter treffen können?«

»So ungefähr.«

»Wie geht es dir sonst?«

Robert lehnte sich plötzlich gegen das unehrliche Versteckspiel auf. »Das kann ich dir genau sagen«, antwortete er aggressiv. »Ich vergehe vor Sehnsucht nach dir! Ich liebe dich!«

Es dauerte eine ganze Weile, bis Carla erwiderte: »Glaubst du, mir geht es anders?«

Was folgte, war ein beiderseitiges Gestammel, das neue Hoffnung aufkeimen ließ und den Weihnachtsabend mit Träumen anreicherte, von denen sich jeder wünschte, daß sie bald in Erfüllung gehen würden.

Am anderen Morgen fühlte sich Robert wie neu geboren. Er hatte fast zehn Stunden geschlafen und machte sich nach dem Frühstück zu Fuß auf den Weg nach Dahlem, wo er Harald und Dorkas überraschen wollte. Der Himmel war klar, und der Schnee knirschte unter den Füßen. Es tat Robert gut, sich in der frischen Luft zu bewegen. Aber er war mächtig durchgefroren, als er die Rheinbabenallee erreichte und am Haus des Freundes klingelte.

Dorkas und Harald glaubten, nicht richtig zu hören, als ihnen das Hausmädchen den unerwarteten Besuch meldete.

Der Freund eilte Robert mit seiner halbjährigen Tochter, die er gerade auf dem Arm hielt, freudig entgegen. »Warum ohne Anmeldung, du Schuft?«

»Ich wollte euch überraschen.«

Sie reichten sich die Hand.

»Um Gottes willen, du bist ja eiskalt«, entsetzte sich Harald und lief mit dem Kind in den hinteren Teil des Zimmers. »Da kann Carolin sich leicht eine Erkältung holen.«

Dorkas lachte. »Bei uns dreht sich alles nur noch um Carolin.«
Robert gab Dorkas' Hand nicht sogleich wieder frei. »Hübsch warst du schon immer. Jetzt bist du schön.«
Sie dankte für das Kompliment und wies auf ihren Mann. »Das habe ich ihm zu verdanken.«
Haralds wäßrige Augen glänzten. »Umgekehrt liegen die Dinge. Ich habe Dorkas alles zu verdanken. Seit Carolins Geburt habe ich nicht ein einziges Mal mehr getrunken.«
»Dafür hat er ein neues Laster: die Versorgung seiner Tochter mit Spielzeug und Kleidung. Das Fremdenzimmer ist gerammelt voll.«
Dorkas übertrieb nicht. Harald vergötterte das Kind. »Wenn du dich aufgewärmt hast, mußt du dir Carolin in Ruhe ansehen. Sie ist einfach goldig! Besonders, wenn sie lacht.« Er machte eine wiegende Bewegung und kitzelte den Hals des Kindes. »Kille, kille! Kille, kille! Jetzt lacht sie! Schau her, sie lacht!«
Dorkas warf Robert einen belustigten Blick zu. »So geht's von morgens bis abends.«
»Sei froh.«
Harald drehte sich mit Carolin im Kreise.
Dorkas dämpfte ihre Stimme. »Ich lebe seit einem halben Jahr wie in einem Paradies.«
Harald blieb stehen. »Bist du jetzt warm genug?«
Robert hielt Dorkas die Hand hin. »Könnte meine Temperatur dem Kind jetzt recht sein?«
»Ich würde noch ein paar Minuten warten.«
»Schade«, sagte Harald.
Um das Thema zu wechseln, fragte Dorkas: »Wie steht's mit Carla und dir?«
»Ich habe gestern abend mit ihr telefoniert. Wenn sie den Zusammenstoß der Flugzeuge nicht miterlebt hätte, wäre sie niemals so ängstlich geworden.«
»Möchtest du einen Aperitif?«
»Gerne.«
»Bitte, noch nicht trinken«, rief Harald. »Der Geruch des Alkohols könnte Carolin irritieren. Sie ist sehr empfindlich und hat eine besonders zarte Haut.«
Dorkas stieß Robert verstohlen an. »Was sagst du dazu?«
Er grinste.
Harald schaute erwartungsvoll zu ihm hinüber. »Jetzt müßtest du warm genug sein.«
Robert legte seinen Handrücken an Dorkas' Wange. »Was meinst du?«
Sie lachte. »Ich habe keine Bedenken mehr.«

Harald verstärkte seine wiegende Bewegung. »Jetzt kommt der Onkel, der immer durch die Luft fliegt und Tante Carla heiraten will. Schnell lachen, Carolin. Kille, kille! Lach schön. Da! Sie lacht! Sie lacht!«

Robert blickte in ein Babygesicht, dessen Mund ihn an Carla erinnerte. Möglicherweise täuschte er sich auch. Unverkennbar jedoch waren Dorkas' dunkle Augen und der schmale Schnitt ihres Gesichtes. Gerds Augen waren allerdings ebenfalls dunkel. Aber was will das schon besagen. Wozu überhaupt darüber nachdenken? Hier war ein gesundes Kind, das durch seine bloße Existenz einen Menschen von einer schrecklichen Sucht erlöst hatte.

»Warum sagst du nichts?« fragte Harald enttäuscht.

»Weil ich nicht alles auf einmal kann«, antwortete Robert. »Ich versuche herauszufinden, wem Carolin am meisten gleicht. Augen und Nase hat sie zweifelsohne von Dorkas. Mund und Stirn erinnern mich an Carla, dürften also Erbgut der Familie von der Heid sein. Der Schnitt des Gesichtes weist wieder auf Dorkas hin; das Kinn hingegen auf Harald.«

»Salomonischer hättest du dich nicht aus der Affäre ziehen können«, neckte ihn Dorkas.

»Aber er hat recht!« begeisterte sich Harald. »Carla hat als Kind den gleichen Mund gehabt. Und das Kinn entspricht wirklich dem meinen.«

Niemand hätte es für möglich gehalten, daß dieses Gespräch einmal bedeutungsvoll werden könnte. Zunächst jedoch endete es in einem fröhlichen Gelächter, und Harald strahlte vor Glück, als Robert anerkennend sagte: »Ich beneide dich.«

Dorkas reichte ihm einen Whisky. »Jetzt wird Harald keinen Einspruch mehr erheben.«

»Und was ist mit dir?«

Sie hob ihr Glas.

»Auf Carolins Wohl!«

Harald bedankte sich mit einem Knicks und kitzelte seiner Tochter den Hals. »Gell, wir ziehen mit einem Fläschchen Milch nach. Aber nun zu dir. Was hat dich nach Berlin getrieben?«

Robert berichtete von seiner Versetzung und den Hoffnungen, die er an seine neue Tätigkeit knüpfte. Er kam dadurch auch auf Haralds Vater zu sprechen, der ihm nochmals ausführlich geschrieben und gebeten hatte, weiterhin zuversichtlich zu bleiben und Verständnis dafür zu haben, daß Carla den Schock überwinden müsse, den sie in Nürnberg erlitten hatte. Ein Thema gab das andere, und es entwickelte sich ein Tratsch-Nachmittag, bei dem alle Verwandten und Bekannten gründlich durchgehechelt wurden.

Harald erzählte, daß Gerds Braut oft nach Rom reise und sich auch im Augenblick wieder dort befinde. Durch Zufall habe er erfahren, daß ein Legationsrat des Auswärtigen Amtes ihr die erforderlichen Papiere besorge. Wieso und warum, wisse er nicht. Er habe schon die verrücktesten Überlegungen angestellt und sich gefragt, ob Gerd womöglich ein Verbindungsmann zum Auswärtigen Amt sei.

Robert lachte. »Wie kommst du darauf?«

»Ich kenne seine politische Einstellung und weiß, daß es im Auswärtigen Amt, vom Minister einmal abgesehen, kaum Parteigenossen gibt.«

»Das will nichts besagen«, erwiderte Robert leichthin. »Kardinal Faulhaber zum Beispiel, der bestimmt kein Parteigenosse ist, hat dem Führer kürzlich geschrieben, er flehe Gott an, ihn unserem Volke zu erhalten. Der Aufschwung der Wirtschaft begeistert eben alle.«

Harald unterbrach seine wiegende Bewegung. »Du bist genauso naiv wie deine Eltern, über deren politische Einstellung du dich gerne mokierst. Was Faulhaber geschrieben hat, dürfte emotionell bedingt gewesen sein. Vielleicht steckt auch Tarnung dahinter. Wir sind doch alle hin und her gerissen. Hitler mag ein außergewöhnlicher Staatsmann sein. Wenn ich aber die Landschaft betrachte, in der er steht, bekomme ich kalte Füße. Nichts als geistige Öde. Niemand regt sich über die Konzentrationslager auf. Keine Empörung über antijüdische Boykott-Aktionen. Ja-Schreier sind wir geworden. Wir denken nicht mehr, wir gehorchen nur noch.«

»Worauf willst du hinaus?« fragte Robert ungehalten.

»Auf nichts. Ich weiß nicht, wie wir auf das Thema gekommen sind.«

»Durch Gerd.«

»Ach ja. Der scheint wirklich ein phantastisches Leben zu führen.«

Das Gespräch plätscherte nunmehr geruhsam dahin und verhedderte sich nicht nochmals im Gestrüpp der Politik.

Auch an den folgenden Tagen, die Robert abwechselnd bei seinen Eltern und bei Harald und Dorkas verbrachte, änderte sich daran nichts. Er genoß die Stunden, wie sie sich ihm boten. Mit der Mutter bummelte er über den Kurfürstendamm. Den Vater versuchte er vergeblich im Billard zu schlagen. Von Harald ließ er sich, eingedenk seines Gespräches mit dem französischen Piloten, über Schriftsteller informieren, die Deutschland verlassen hatten. Und mit Dorkas stapfte er einige Male durch den verschneiten Grunewald. Sie war nicht mehr das überkandidelte Geschöpf von einst.

Den Silvesterabend wollte er bei seinen Eltern verbringen, und er war auch nicht gewillt, hier eine Änderung eintreten zu lassen, als Harald ihn am Spätnachmittag anrief und sagte: »Lilo ist gerade von

Rom zurückgekehrt und will auf einen Sprung bei uns vorbeikommen. Als sie hörte, daß du in Berlin bist, bat sie darum, dich zu einem Trunk zu verleiten.«

Robert schaute auf die Uhr. »Wann will sie bei euch sein?«

»In einer halben Stunde.«

»Gut, ich komme. Der Alte Herr wird mir seinen Wagen zur Verfügung stellen. Spätestens um sieben Uhr muß ich jedoch abhauen. Um acht beginnt bei uns das Silvester-Diner. Weißt ja, im Smoking und so.«

Vater Schroeder entsprach Roberts Wunsch, ohne Stellung zu nehmen. Er litt darunter, daß er Gerd verstoßen hatte, und er hoffte insgeheim, nun am letzten Tag des Jahres noch etwas über seinen Ältesten zu erfahren.

Als Robert das Haus des Freundes erreichte, war Lilo noch nicht erschienen. Es dauerte aber nicht lange, bis es Sturm läutete und Gerds Verlobte in den Raum wirbelte. Sie trug einen pelzbesetzten Mantel und hatte ihr Haar einseitig ins Gesicht gekämmt.

»Grüß euch!« rief sie, allen dreien zuwinkend. »Ich habe nicht viel Zeit und bin nur gekommen, um kurz vor dem Jahreswechsel noch einmal so etwas wie ein Schreck in der Abendstunde zu sein.«

Daß sie niemandem die Hand reichte, entsprach ihrer Art und fiel nicht sonderlich auf.

Harald trat hinter sie, um ihr behilflich zu sein. »Nun leg erst mal ab.«

Lilo schüttelte den Kopf. »Ich hab' wirklich nur ein paar Minuten Zeit.«

»Darf ich dir wenigstens einen Schnaps anbieten?«

»Dagegen wäre im Prinzip nichts einzuwenden. Ich möchte von deinem Angebot jedoch keinen Gebrauch machen, weil das hinterher als mies bezeichnet werden könnte.«

Robert horchte auf.

»Rede nicht in Rätseln«, sagte Dorkas.

»Ich habe nicht vor, das zu tun«, erwiderte Lilo seltsam betont. »Im Gegenteil, ich werde die Fakten auf den Tisch legen.«

»Hast bisher aber nur Stuß geredet«, sagte Harald.

Lilo gewahrte Roberts skeptischen Blick und fragte: »Bist du auch der Meinung?«

»Bis jetzt verstehe ich nur Bahnhof«, antwortete er ausweichend, da er das Gefühl hatte, in ein offenes Messer hineinlaufen zu sollen.

»Nun gut«, sagte sie. »Dann wollen wir schön der Reihe nach vorgehen. Da wären zunächst Grüße zu übermitteln. Von meiner Münchener Freundin und deren Ehemann, einem bekannten Gynäkologen.« Sie wandte sich an Dorkas. »Er hat dich richtig ins Herz geschlossen.«

Harald blickte verwundert zu seiner Frau hinüber, die plötzlich alle Farbe verlor.

Lilo stellte sich betroffen. »Oh, hätte ich das nicht sagen dürfen? Ich nahm an, dein Mann weiß, daß dir in München ›geholfen‹ wurde, wie es so schön heißt.«

Harald stieg das Blut in den Kopf. »Was redest du da?«

Robert sah Lilos triumphierenden Blick und stand im nächsten Moment neben Harald. »Ruhig bleiben!« beschwor er ihn. »Denke an unseren Ordinarius: ›Hic niger est! Hunc tu, Romane, caveto‹!« – ›Das ist eine schwarze Seele! Vor ihr, o Römer, hüte dich!‹ – Er wandte sich abrupt an Lilo. »Verschwinde!«

»Ach, stehen auch dir hier gewisse Hausrechte zu?«

Roberts Stirnnarbe färbte sich rot.

Lilo schaute erwartungsvoll zu Harald hinüber.

Der sah aus, als würde ihm der Schädel platzen. »Was willst du eigentlich?«

»Mich auf keinen Fall dafür verantwortlich machen lassen, daß Dorkas dir ihre Abtreibung verschwiegen hat. Ich gebe zu, ihr damals empfohlen zu haben, etwas zu unternehmen. Schließlich wußte ich ja, unter welchen Umständen du sie im besoffenen Zustand geschwängert hast. Aber lassen wir das. Soweit war alles in Ordnung. Ich leugne auch nicht, Dorkas die Adresse gegeben zu haben. Daß meine liebe Freundin hinterher aber nach Rom fährt, um sich von Gerd ein Kind machen zu lassen, geht ja wohl zu weit.«

Wie zur Salzsäule erstarrt standen Harald und Robert da.

Dorkas schien nur noch aus Augen zu bestehen.

Lilo stellte herausfordernd ein Bein vor und stemmte eine Hand auf die Hüfte. »Wenn's euch guttut, streite ich nicht einmal ab, daß ich Dorkas empfohlen habe, sich nicht von Harald, sondern von einem gesunden Mann ...«

Eine Ohrfeige ließ sie taumeln. »Raus!« schrie Robert, griff in den Pelzbesatz ihres Mantels und schob sie vor sich her.

Lilo versuchte, sich zu wehren. »Was fällt dir ein? Dorkas hat mir Gerd abspenstig gemacht!«

»Dann hat die Sache wenigstens eine gute Seite«, fuhr Robert sie an, öffnete die Haustür und stieß sie hinaus. »Unsere Wege werden sich hoffentlich nie wieder kreuzen.«

»Mach deinem Freund lieber klar ...«

Robert knallte die Haustür zu und kehrte in den Wohnraum zurück.

Harald stand am Barschrank und wollte gerade eine Flasche an den Mund setzen.

»Das ist das Verkehrteste, was du jetzt tun kannst«, sagte Robert so gelassen wie möglich und nahm dem Freund die Flasche ab. »Gemeinsam werden wir uns nun einen genehmigen. Dorkas und ich haben ebenfalls einen Aufrappler nötig. Und dann werden wir versuchen, den Mist fortzuschaffen, den diese Giftnudel uns vor die Füße geschmissen hat.«

Harald rührte sich nicht. Er sah wie um Jahre gealtert aus.

Dorkas saß mit geneigtem Kopf da.

Robert schenkte Weinbrand ein und reichte beiden ein Glas.

Harald stellte es auf den Tisch und ließ sich in einen Sessel fallen.

Robert schöpfte neue Hoffnung. Trank der Freund nicht, weil er an das Kind dachte? Er mußte Carolin in seine Taktik einbeziehen. »Darf ich den Wortführer spielen?« fragte er nach kurzer Überlegung.

Weder Dorkas noch Harald reagierten.

Er ging auf Dorkas zu. »Du mußt Harald jetzt sagen, was an Lilos Behauptung wahr ist. Bist du nach München gefahren?«

»Willst du weiterhin im Dreck wühlen?« brauste Harald auf.

»Hältst du das für möglich?«

»Dann erspare mir, was du über die Bühne gehen lassen willst. Ich weiß auch so Bescheid.«

»Ich noch lange nicht«, sagte Robert unbeirrt. »Und ich will die Wahrheit wissen. Schließlich ist mein Bruder mit im Spiel. Lilos Absicht, euer Glück zu zerstören, ist so offensichtlich, daß ich jeder ihrer Behauptungen mit Skepsis begegne.«

»Aber sie hat gesagt, daß Gerd . . .«

»Wir müssen systematisch vorgehen«, unterbrach ihn Robert. »Fangen wir mit Carolin an. Sie hat bekanntlich erstaunliche Ähnlichkeiten mit dir, Dorkas und Carla, nicht jedoch mit einem Mitglied meiner Familie.«

Harald schaute zu Dorkas hinüber.

Robert warf ihr einen zwingenden Blick zu. »Nun rede schon. Du allein kannst Klarheit schaffen. Fang mit München an. Ich unterstelle, du warst dort. Mußte das sein? Und warum hast du Lilo eingeweiht und Harald nichts gesagt?«

Dorkas erkannte, welche Akzente sie setzen sollte. Und da offensichtlich war, daß Robert ihnen helfen wollte, fand sie die Kraft, von jenem unglückseligen Tag zu berichten, an dem Harald seinen Vater gezwungen hatte, ihm finanziell zu helfen. Anschließend seien sie den Rhein entlanggefahren, wo Harald, wahrscheinlich bedingt durch den Streit mit dem Vater, in einem kleinen Hotel plötzlich furchtbar getrunken habe. Er sei nicht wiederzuerkennen gewesen und habe sie schließlich brutal in die Arme genommen. Die nachfolgenden Wochen seien schlimm gewesen, bis Harald erkannt habe, daß er in ein Sanatorium gehöre. Doch das wisse Robert ja selbst. Zu jenem Zeitpunkt sei sie in anderen Umständen gewesen. In ihrer Not habe sie sich Lilo anvertraut, die ihr dringend geraten habe, die Schwangerschaft zu unterbrechen.

»Und warum hast du Harald nichts davon gesagt?«

Dorkas fiel es schwer weiterzusprechen. »In jenen Tagen war es unmöglich, mit ihm zu reden. Und als er gesund und frisch aus dem Sanatorium zurückkehrte, wagte ich nicht, ihn einer Belastung auszusetzen. Alles war plötzlich gut zwischen uns. Es gab keine Komplikationen mehr. Wir erlebten unsere Flitterwochen.«

Harald stützte den Kopf in die Hände.

Dorkas griff mit zitternden Fingern nach einer Zigarette.

Robert reichte ihr Feuer. »Ich denke, daß Harald das verstehen wird.« Er wandte sich an den Freund. »Was sagst du dazu?«

Harald schwieg.

»Du darfst Dorkas nicht die ganze Last tragen lassen. Schließlich bist du in der bis jetzt erörterten Phase die Ursache gewesen.«

Der Freund rührte sich nicht.

Robert warf Dorkas einen aufmunternden Blick zu. »Erzähl weiter. Was veranlaßte dich, nach Rom zu fahren?«

Sie drückte ihre eben erst angezündete Zigarette aus und begann mit einer Schilderung, die vielleicht nicht in allen Punkten der Wahrheit entsprach, aber glaubwürdig klang. So erklärte sie, nach Verlassen der Münchener Klinik plötzlich den Wunsch gehabt zu haben, auf schnellstem Wege nach Berlin zu reisen, um mit Carla und Robert, denen sie in jenen Tagen ihre Wohnung zur Verfügung gestellt hatte, zusammen zu sein. Bei dem Telefongespräch, das sie deswegen geführt habe, hätte sie jedoch erfahren, daß sich Carla und Robert nicht mehr in Dahlem aufhielten. Daraufhin sei sie zum ›Bayrischen Hof‹ gegangen, wo sie, an der Portierloge stehend, zufällig gehört habe, wie eine Dame ein Flugbillet nach Rom bestellte. In jenem Augenblick sei ihr der Gedanke gekommen, Gerd aufzusuchen. Sie hätte einfach jemanden gebraucht, um sich aussprechen zu können.

»Und wie ich meinen Bruder kenne, hat er das prompt ausgenutzt«, fiel Robert ein, um Dorkas zu Hilfe zu kommen.

Sie erhob sich und verließ den Raum.

Harald rührte sich nicht. Die Arme über den Lehnen hängend, lag er kraftlos im Sessel

Ein gefällter Mensch, dachte Robert. Er fühlte sich wie ausgepumpt. Spontan hatte er die Initiative ergriffen und Regie geführt, ohne ein eigentliches Ziel vor Augen zu haben. Im ersten Moment war es ihm nur darum gegangen, eine Katastrophe zu verhindern. Dann hatte er erkannt, daß Harald und Dorkas durch Lilos Attacke vorübergehend denkunfähig geworden waren und Marionetten glichen, die zusammenfallen, wenn sie nicht dirigiert werden. Ohne es zu wollen, hatte er die Zügel ergriffen. Nun war er mit einem Kutscher zu vergleichen, dem eine abschüssige Wegstrecke Sorge bereitet.

Harald beugte sich vor und verbarg sein Gesicht in den Händen.

Robert ging zum Barschrank und schenkte sich nochmals ein. Was sollte er tun? Bevor Harald sich äußerte, hatte es keinen Sinn, Überlegungen anzustellen. Carolin fiel ihm ein. Er zündete sich eine Zigarette an und überlegte, wie er das Kind zum Bindeglied zwischen Harald und Dorkas machen könnte. Es schien ihm unmöglich zu sein. In Harald steckte nun ein Zweifel, der die vorhandene Zuneigung in das Gegenteil verkehren konnte. Diesen Zweifel mußte er beseitigen. Aber wie? Durch Überredung? Damit hatte er nicht einmal Carla umstimmen können.

Er schaute zu Harald hinüber und sah, daß er weinte. Sollte er ihn weiterhin sich selbst überlassen? Er warf einen Blick auf die Uhr. »Es ist ja schon halb acht«, sagte er betroffen. »Ich habe meinen Eltern versprochen, um acht daheim zu sein.«

Harald nahm die Hände vom Gesicht. »Du wirst mich jetzt doch nicht allein lassen.«

Robert machte eine hilflose Geste.

»Ich flehe dich an, mich in dieser Situation nicht zu verlassen. Wenn ich anfange zu trinken, ist alles aus.«

»Du willst über die Runden kommen?«

»Ja.«

»Wegen Carolin?«

Harald machte einen verzweifelten Eindruck. »Das Kind hat nichts damit zu tun. Jedenfalls nicht in erster Linie. Ich weiß natürlich nicht, inwieweit . . . Ich muß das alles noch überdenken. Im Moment bin ich nicht in der Lage . . . Du wirst das verstehen. Ich brauche Zeit. Laß mich also nicht im Stich.«

Robert zog das Ziertuch aus seinem Jackett und reichte es Harald. »Fahr dir mal durchs Gesicht.«

Der Freund faltete das Tuch auseinander.

Robert beobachtete ihn und sagte nach kurzer Überlegung: »Ich kann unmöglich bleiben und schlage deshalb vor, daß du mit mir kommst. Ein Zimmer steht dir daheim zur Verfügung. Und morgen, wenn wir Abstand gewonnen haben, überlegen wir weiter.«

»Ich kann doch nicht einfach . . .«

»Du kannst«, unterbrach ihn Robert. »Los, hol Rasierzeug, Zahnbürste und Pyjama. Ich verständige inzwischen meine Eltern.«

»Was willst du ihnen sagen?«

»Weiß ich noch nicht. Auf jeden Fall nicht die Wahrheit. Eine Andeutung muß ich natürlich machen.«

»Und du meinst wirklich, daß ich mitkommen soll?«

»Was glaubst du, warum ich mir den Mund fusselig rede. Dorkas verständige ich.«

»Mir ist unbegreiflich, wie sie das tun konnte.«

»Darüber sprechen wir morgen! Jetzt holst du deine Sachen.«

Als Robert allein war, rief er seine Mutter an und sagte ihr, daß er sich aus Gründen, die er am Telefon nicht nennen könne, gezwungen sehe, seinen Freund vorübergehend daheim einzuquartieren.

»Ach, du lieber Gott«, rief sie. »Kriselt es in der Ehe?«

»So ähnlich. Stell nachher aber keine Fragen, sondern sei nett zu Harald. Er kann es brauchen.«

»Das kriegen wir schon wieder hin«, erklärte sie unbeschwert. »Ich werde ihn unter meine Fittiche nehmen.«

»Bis gleich!« rief Robert und legte den Hörer auf. Dann ging er zum Barschrank, schenkte sich erneut ein Glas ein und wartete auf Haralds Rückkehr.

Als der erschien, erschreckte ihn sein Aussehen. Seine Augen waren gerötet und die Wangen so blaß, daß die Adern durchschimmerten. Er hatte den Mantel bereits angezogen. In der Hand hielt er eine Aktentasche.

Robert wies auf die Sesselgruppe. »Nimm Platz und warte, bis ich Dorkas Bescheid gesagt habe. Wo finde ich sie?«

»Wahrscheinlich in ihrem Zimmer.«

Er begab sich in die obere Etage und rief ihren Namen.

Sie erschien an der Tür ihres Boudoirs.

»Ich nehme Harald mit zu meinen Eltern. Er darf seinen Kummer auf keinen Fall im Alkohol ertränken.«

Dorkas nickte stumm.

»Ich halte dich auf dem laufenden und werde nichts unversucht lassen, um die Sache zu bereinigen.«

»Ich nehme selbstverständlich die Schuld auf mich.«

»Male den Teufel nicht an die Wand! Ich will versuchen, die Sache gütlich aus der Welt zu schaffen.«

Sie trat aus ihrem Raum heraus. »Darf ich dir danken?«

»Nein«, sagte er und ging.

Roberts Mutter gab es Auftrieb, einem Menschen beizustehen, dessen Ehe in die Brüche zu gehen drohte. Es enttäuschte sie deshalb sehr, daß Harald gleich bei der Begrüßung darum ersuchte, sich zurückziehen zu dürfen. Er begründete seinen Wunsch mit dem Hinweis, daß er weder Hunger noch Durst habe und überaus müde sei.

Vater Schroeder erleichterte dies sehr. Er hatte es als eine unglaubliche Zumutung empfunden, am Silvesterabend einen, wie er sich ausdrückte, gestrauchelten Quartalssäufer präsentiert zu bekommen. Nun räumte er gerne ein, daß Harald wenigstens Manieren habe. Er stellte ihm auch bereitwillig Schlaftabletten zur Verfügung. Hauptsache, der Kerl fing nicht an zu saufen. Es bedrückte ihn nachgerade genug, daß Carla eine Schwester dieses Menschen war. Mit schlechter Erbmasse und der Möglichkeit, dermaleinst ein nicht hundertprozentig gesundes Enkelkind zu bekommen, mußte gerechnet werden.

Hierüber machte sich Roberts Mutter keine Gedanken. Sie bestürmte ihren Sohn, ihr alles zu erzählen.

Robert gab ihrem Drängen nach. Er kam ohnehin nicht daran vorbei, offen zu reden. Gerd und Lilo waren auf das peinlichste in der Affäre verstrickt. Er rechnete damit, daß die Wogen der Erregung hochschlagen würden, war aber überrascht, als er sah, welch nachhaltige Wirkung seine Schilderung hatte. Ein Silvester-Feuerwerk war nichts dagegen. Worte, Flüche und Verwünschungen knallten durch die Nacht. Der Vater hatte alles kommen sehen, die Mutter alles seit langem geahnt. Doch dann kam ihr plötzlich ein wahnwitziger Gedanke. Wenn Gerd und Dorkas . . . Du lieber Gott, dann war Carolin ja ihr Enkelkind!

Der Vater, der sich schon empören wollte, hielt sich gerade noch rechtzeitig zurück. Ein Enkelkind, noch dazu ein Mädchen, nur wenige Kilometer von ihnen entfernt? Aber dann zog er es doch vor, sich zu entrüsten. Die Lage war zu kompliziert. Wenn Carla ihre Schwiegertochter werden sollte, durften er und seine Frau keinesfalls die Großeltern eines Kindes sein, das für Harald zum Scheidungsgrund geworden war. Er unterband also das Thema, konnte allerdings nicht verhindern, daß seine Frau wenigstens noch erfahren wollte, ob Carolin Ähnlichkeit mit Gerd aufweise.

Robert wurde es zuviel. Er wünschte gute Nacht und riet der Mutter dringend, in Haralds Gegenwart keinesfalls über Gerd und Lilo zu sprechen. Auch sorgte er dafür, daß er und Harald am nächsten Morgen allein frühstückten. Danach lud er den Freund zu einem ausgedehnten Spaziergang in den Grunewald ein. Und er scheute sich nicht, das anstehende Problem gleich anzugehen.

»Lassen wir Dorkas mal beiseite«, sagte er fast verächtlich. »Sie ist ein Weib, das, wie man uns auf der Penne beibrachte, wechselhaft und veränderlich ist. Wie lautete der Spruch noch?«

»›Varium et mutabile semper femina.‹«

Im Vorfeld der erste Sieg, dachte Robert zufrieden. »Hätte sich Doktor Berle auch nicht träumen lassen, daß du ihn im Grunewald einmal zitieren würdest. Doch zurück zur Sache. Beginnen wir bei Carolin. Ich habe nochmals über alles nachgedacht. Wesentlichster Punkt:

Wir stellten vor einigen Tagen eindeutige Ähnlichkeiten mit deiner Familie fest. Stimmt's?«

»Ja, aber ...«

»Zunächst kein Aber«, fiel Robert ein und wies unbekümmert darauf hin, daß der Vater eines Kindes trotz eventuell vorhandener Ähnlichkeiten auch ein Außenstehender sein könne. Diese Möglichkeit sei nun einmal gegeben. Für den Ehemann gerate die Welt jedoch erst in Unordnung, wenn der Betrug seiner Frau aufgedeckt werde. Wie jetzt bei Dorkas. Harald stehe somit vor der schwierigen Frage, ob er das Kind selbst auf die Möglichkeit hin, daß es das eigene sei, ablehnen solle oder nicht. Er könne Carolin natürlich auch im klaren Bewußtsein, nicht ihr Vater zu sein, freiwillig akzeptieren. Um des Kindes willen. Oder in der Absicht, es ganz für sich zu gewinnen. Daß solches möglich sei, habe er ja bereits bewiesen; denn Carolin gehöre heute mehr zu ihm als zu Dorkas. »Unabhängig davon ist noch etwas anderes zu bedenken«, fügte er hinzu. »Carolin ist dir so ans Herz gewachsen, daß du vor die Hunde gehen wirst, wenn du sie verlierst.«

»Das weiß ich selber«, sagte Harald gequält. »Was nützt das aber? Dorkas ist die Mutter. Ich kann ihr das Kind nicht nehmen.«

»Das sollst du auch nicht«, entgegnete Robert und dachte: Die Aktien stehen gut. »Du brauchst nur zu vergeben und zu vergessen. Dann kommt alles wieder ins Lot.«

»Ich soll vergessen, daß Dorkas mit Gerd ...?«

»Warst du in deiner Ehe immer ohne Fehl und Tadel?«

»Ich habe nie etwas mit einem Weib zu tun gehabt.«

»Dafür gelegentlich aber schandbar gesoffen.«

»Das liegt weit zurück.«

»Und genau in jener weit zurückliegenden Zeit ist Dorkas gestrauchelt. Seither hat sie dich bestimmt nicht mehr hintergangen. Vielleicht mußte sie einmal ausrutschen. Ich dachte daran, als sie gestern in der von mir erpreßten Beichte sagte, daß nach deiner Rückkehr aus dem Sanatorium plötzlich alles gut gewesen sei.«

»Hervorragend ist es gewesen! Wir erlebten unsere Flitterwochen.«

»Genauso drückte Dorkas sich aus. Und sie flüsterte mir bei meinem ersten Besuch am Weihnachtstag zu: ›Ich lebe wie in einem Paradies.‹«

»Hat sie das wirklich gesagt?«

»Mein Ehrenwort!«

Eine Weile stapften sie wortlos durch den Schnee. Jeder hing eigenen Gedanken nach, bis Harald plötzlich stehenblieb und sagte: »Ich werde nie vergessen, was Dorkas mir angetan hat.«

»Dann bist du ein Trottel«, erklärte Robert kaltschnäuzig. »Ich jedenfalls würde nicht zusehen, wie andere sich über sie hermachen.«

»Wie meinst du das?«

»Na, hör mal. Wenn du dich scheiden läßt, stehen andere bei Dorkas Schlange!«

Harald war betroffen.

Robert beobachtete ihn. Hatte er zu dick aufgetragen? »Wie wäre es, wenn wir jetzt zur Rheinbabenallee gehen würden?«

»Und so tun, als sei nichts gewesen?« ereiferte sich Harald.

»Das hab' ich nicht gesagt.«

»Was soll ich denn dort?«

»Nachschauen, wie es Carolin geht. Und ein Gespräch führen, das vielleicht Klarheit schafft. Dorkas sagte mir gestern, daß sie selbstverständlich die Schuld auf sich nehmen will.«

»Sie rechnet mit einer Scheidung?«

»Muß sie das nicht?«

Anstatt zu antworten, fragte Harald: »Wo sind wir hier überhaupt?«

»Fast schon in Dahlem.«

»Du hast also vorgehabt, mich aufs Kreuz zu legen!«

»Sehr liebenswürdig, meine Bemühungen so zu apostrophieren.«

»Entschuldige.«

»Schon gut.« Robert spürte, daß er sich verkalkuliert hatte. Harald war nicht mit billigen Breitseiten sturmreif zu schießen.

Schweigend kehrten sie nach Schlachtensee zurück.

Gibt es hier irgendwo Blumen zu kaufen?« fragte der Freund, als sie den S-Bahnhof erreichten.

»Am Neujahrstag?«

»Dann fahr' ich schnell zum Potsdamer Bahnhof. Ich kann unmöglich mit leeren Händen bei deiner Mutter aufkreuzen.«

»Jetzt wird erst mal gegessen.«

»Ich habe keinen Hunger. Und ein guter Gesellschafter bin ich zur Zeit ebenfalls nicht. Laß mich also gewähren.«

»Aber du mußt etwas essen.«

»Ich habe gut gefrühstückt.«

Robert griff nach Haralds Arm. »Geht's um Blumen oder um Alkohol?«

»Um Blumen.«

»Dann fahr in drei Teufels Namen.«

Harald ging zur S-Bahn, Robert nach Hause. Aber schon bald bedrückte es ihn, den Freund allein gelassen zu haben. Ihm war nichts anderes übriggeblieben. Harald wäre nicht damit fertig geworden, wenn er ihm jetzt kein Vertrauen geschenkt hätte. Dennoch wurde er das Gefühl nicht los, einen Fehler gemacht zu haben. Er hätte sich ohrfeigen mögen, als nach gut einer Stunde ein Taxifahrer erschien und einen großen Strauß Rosen abgab.

Roberts Sorge währte nicht lange. Harald rief an und sagte: »Verstehe, daß ich die Blumen nicht selber gebracht habe. Es war mir einfach unmöglich, in meiner Verfassung nochmals vor deine Eltern hinzutreten.«

»Und wo steckst du jetzt?«

»In Dahlem.«

»Wo?«

»Bei Carolin und Dorkas!«

Robert war zu überrascht, um etwas erwidern zu können.

»Meine Zahnbürste darfst du als Andenken behalten. Und was das andere anbelangt: Du hast mich überzeugt. Wir haben alle an einer Schuld zu tragen.«

Robert tat einen Seufzer. »In secula seculorum!«

»Amen!«

17

Das Treffen der zukünftigen Wetterflieger, das in erster Linie die für die neue Aufgabe verpflichteten Piloten und Meteorologen miteinander bekannt machen sollte, erleichterte Robert Schroeder. Er hatte befürchtet, blindfliegerisch zurückzustehen, konnte jedoch feststellen, daß eher das Gegenteil der Fall war. Unter seinen neuen Kollegen gab es zwar mehrere, die den Titel Flugkapitän führten. Aber das besagte nicht allzuviel. Die dafür erforderlichen fliegerischen Bedingungen hatte auch er erfüllt. Er war über sechs Jahre hauptberuflich als Pilot tätig, flog seit mindestens drei Jahren mehrmotorige Maschinen und hatte eine Million Flugkilometer hinter sich gebracht. Was ihm noch fehlte, war das vorgeschriebene Mindestalter von dreißig Jahren.

Trotz der lehrreichen und in jeder Hinsicht erfreulichen Tagung verließ Robert Schroeder Berlin nicht gerade in bester Stimmung. Zwischen ihm und seinem Vater war ein neuer Streit entbrannt. Dem Vater hatte es nicht in den Kopf gehen wollen, daß sein Sohn glücklich darüber gewesen war, Harald und Dorkas versöhnt zu haben.

»Auseinander hättest du sie treiben müssen!« hatte er ihn angeschrien. »Ein Weib, das betrügt und dem Mann ein Kuckucksei ins Nest legt, jagt man mit der Peitsche aus dem Haus! Ihr aber, die ihr unter der Flagge ›Schwarz-rot-Senf‹ herangewachsen seid, habt kein Ehrgefühl im Leibe. Ihr verbuhlt euch mit Kebsen und Huren. Ein Glück nur, daß Adolf Hitler auch hier einen Wandel herbeiführen und Gesetze über Moral und die Reinheit des Blutes erlassen wird.«

Vergeblich hatte Robert versucht, seinem Vater klarzumachen, daß es schon im Interesse des Kindes wichtig gewesen sei, die Ehepartner zu versöhnen. Für Vater Schroeder war Carolin ein Wechselbalg. Dorkas bezeichnete er als Lotterweib, dessen erschreckende Unmoral besonders durch die Tatsache gekennzeichnet sei, daß es sich nicht gescheut habe, zum außerehelichen Coitus in ein fremdes Land zu reisen. Und Haralds Bereitschaft, seiner Frau zu verzeihen, nannte er charakterlos und symptomatisch für einen durch vielfache Saufereien auf den Hund gekommenen Trottel.

Es war Robert nicht möglich gewesen, die Haßtiraden des Vaters widerspruchslos hinzunehmen. Ein Wort hatte das andere gegeben und schließlich zu einer ernsten Verstimmung geführt.

Mit drei künftigen Kölner Kameraden, einem Flugzeugführer und zwei Meteorologen, fuhr Robert Schroeder nach Bremen, wo ein eigens für den Wetterflugdienst konstruierter Hochdecker und eine im Lizenzbau gefertigte Junkers W 33 abzuholen waren.

Es gehörte zur angenehmen Seite der Wetterfliegerei, daß den Dienststellen je zwei Piloten und zwei Wissenschaftler zugeteilt worden waren, so daß jede Besatzung hintereinander einen Abend- und einen Morgenaufstieg übernehmen konnte und dann bis zum darauffolgenden Abend frei hatte.

Da Robert Schroeder seinen früheren Funkmaschinisten zum ›Weserwerk‹ beordert hatte, fuhr er mit einem der beiden Meteorologen nach Bremerhaven, wo die W 33 zu übernehmen war.

Alois Brandner glich einem springenden Ball, als er den Piloten sah. Seine Freude war so groß, daß er nicht wußte, was er tun sollte. Er tat einen echten bayrischen Juchzer und rief: »Und i hob scho denkt, mit dera Wetterfliegerei wird's nia nix. Ehrlich!«

Robert Schroeder hätte dem Bayern gerne das Du angeboten, doch er hatte die Erfahrung gemacht, daß die vertrauliche Redeweise in der Regel mehr nimmt, als sie gibt. Zudem war es in der Fliegerei nicht üblich, daß Besatzungsmitglieder sich duzten.

Lange redeten die beiden miteinander, bevor sie sich ihrem neuen Flugzeug zuwandten, das über zwei getrennte Funkanlagen verfügte, von denen eine im Führerraum eingebaut war. Das stärkere Gerät befand sich in der Kabine neben der Tür, so daß Funker und Pilot sich während des Fluges sehen und verständigen konnten.

»Dort wird Ihr Platz sein«, sagte Robert Schroeder dem Kameraden und erläuterte ihm, daß die Meteorologen der Wetterflugstellen angewiesen seien, das Funken zu erlernen. Seine Aufgabe sei deren Überwachung und die Übernahme des Funkverkehrs mit entfernt gelegenen Stationen.

Als sie später in 2000 Meter Höhe über den Wolken nach Köln flogen, zeigte Alois Brandner sein ganzes Können. Robert Schroeder erkannte bald, daß der Bayer auf der Bodenstation enorm dazugelernt hatte. Er beherrschte sein Metier jetzt souverän.

Auf diesem Flug deutete auch schon vieles darauf hin, daß die Zusammenarbeit mit den Meteorologen ersprießlich werden würde. Sie waren davon überzeugt, daß die Zukunft der Fliegerei dem effektiven Blindflug gehöre, und sie wollten das Ihre dazu beitragen, dieses hochgesteckte Ziel zu erreichen,

Die Maschinen der Wetterflugstellen waren auf das modernste instrumentiert, und für ihre Piloten war die effektive Blindlandung keine Utopie mehr, sondern nur noch eine Frage des Trainings mit mathematischen Formeln, die es ermöglichten, in Sekundenschnelle erforderliche Kurskorrekturen zu errechnen. Ihre Flüge bedingten freilich ein erhöhtes Risiko. Dies war aber geringer, als es den Anschein hatte. Nicht zuletzt, weil jeder grundsätzlich damit rechnete, daß eine plötzliche Vereisung oder sonst irgend etwas die Maschine flugunfähig machen könnte.

So erlebte Robert Schroeder schon in der ersten Woche seiner Tätigkeit eine heikle Situation. Er war bei einer Wolkenuntergrenze von knapp hundert Metern in stockfinsterer Nacht gestartet und ließ die Maschine mit fünf Metersekunden steigen. Dabei behielt er die Instrumente gewissenhaft im Auge. Gelegentlich warf er einen Blick nach draußen. Dichte Wolkenschwaden strichen über die Tragfläche, deren Vorderkante im Schein einer Außenlampe lag. Alles war in bester Ordnung, bis er in 600 Meter Höhe sah, daß sich an der Flügelnase Eiskristalle bildeten. Sofort verständigte er den Funker, der unverzüglich eine entsprechende Meldung absetzte.

Bei 700 Meter Höhe verstärkte sich der Eisansatz plötzlich stark, und Robert Schroeder fragte den Meteorologen, was er davon halte.

Der Wissenschaftler schaute eine Weile angestrengt nach draußen und sagte schließlich: »Wenn die Wolkenobergrenze über tausend Meter Höhe liegt, werden wir abbrechen müssen.«

Der Zeiger des Höhenmessers näherte sich der 800-Meter-Marke. Das Variometer zeigte an, daß die Maschine nur noch mit drei Metersekunden stieg.

900 Meter Höhe wurden erreicht. Der Eisansatz wuchs nun rapide.

»Ich glaube, wir sollten abbrechen«, rief der Meteorologe.

Robert Schroeder wies auf das Variometer. »Solange wir steigen, kann nichts passieren.«

Kaum eine Minute später ließ der Steuerdruck ganz unvermittelt nach. Gleich darauf rauschte es, als stürze das Flugzeug ab. Die Instrumente aber zeigten kein Rutschen, Gleiten oder Sinken an. In diesem Moment wurde Robert Schroeder klar, daß die Geräte ausgefallen waren. Der statische Druckausgleich mußte zugefroren sein. Denken und Handeln gingen ineinander über. Er zertrümmerte die Scheibe des Grobhöhenmessers, um über dieses Gerät den anderen Instrumenten den Kabinendruck als statischen Ausgleich zuzuführen.

Der in fliegerischen Dingen unerfahrene Meteorologe sah ihn entsetzt an.

Das Variometer sank schlagartig auf zehn Metersekunden Fallen! Der Zeiger des Feinhöhenmessers drehte sich im Kreise.

»Was ist los?« rief Alois Brandner.

»Statischer Druckausgleich ist ausgefallen. Wir sind gesunken, ohne eine entsprechende Anzeige gehabt zu haben. Flughöhe jetzt: sechshundert, fünfhundert, vierhundert Meter!« Er spürte wieder Druck auf dem Steuer und fing die Maschine ab. Der Zeiger des Höhenmessers blieb auf dreihundert Meter stehen. »Peilung! Schnell!«

Da der Funkmaschinist bereits den Peilton sandte, ließ er die Taste los. »Achtzig!«

Aus der Gradzahl konnte Robert Schroeder schließen, daß sich das Flugzeug westlich vom Flughafen über unbebautem Gelände befand.

»Siebzig!« rief Alois Brandner. Und kurz darauf: »Sechzig!«

Das schnelle Springen der Peilungen ließ erkennen, daß der Flughafen in unmittelbarer Nähe war. Aber die Maschine sank mit einem Meter in der Sekunde.

»Fünfzig!« rief der Bayer.

Robert Schroeder warf einen Blick nach draußen. Dichte Schwaden zogen vorbei. Er gab Vollgas.

Das Flugzeug sank weiter mit einem Meter in der Sekunde. Der Höhenmesser zeigte 200 Meter. Die Landung mußte somit in spätestens zweihundert Sekunden erfolgt sein.

»Vierzig!«

»Bei zwanzig Grad schwenke ich nach Norden zur Landung ein!«

»Fünfundzwanzig!«

Robert Schroeder drehte bei. Die Höhe betrug noch 100 Meter. Sekundenlang wurden Lichter sichtbar.

»Zehn Grad!«

Das Flugzeug glitt aus den Wolken heraus. Die rote Platzumrandung tauchte auf. Die Flughöhe sank auf 30 – 20 – 10 Meter!

Robert Schroeder hob die Maschine über die Platzumrandung hinweg. Gleich darauf rumpelten die Räder.

Ein Aufatmen ging durch die Besatzung. Robert Schroeder aber klopfte das Herz in der Kehle. Eindringlicher als an diesem Morgen konnte ihm nicht vor Augen geführt werden, was einen Wetterflieger erwartet, der sich zuviel zutraut und nicht rechtzeitig abbricht. Es war ein Segen, daß Carla in der Schweiz weilte und erst Ende Januar mit ihrem Vater zurückkommen würde. In fliegerischer Hinsicht trat doch viel Neues an ihn heran. Darüber hinaus hatte er sich einzuleben, und obwohl der getreue Bayer rührend vorgesorgt hatte, gab es manches, was er selbst erledigen mußte.

Alois Brandner hatte ihm nicht nur ein Zimmer, sondern vorsorglich auch eine Garage gemietet und bei einem Gebrauchtwagenhändler ein zweisitziges Opel-Coupé reservieren lassen, das 500 Reichsmark kosten sollte.

Robert Schroeder war sofort Feuer und Flamme gewesen. Nur dem Preis traute er nicht. »Wenn ein Sechszylinder fünfhundert Mark kosten soll, dürfte er einen Webfehler haben«, sagte er offen heraus.

»Sie täuschen sich«, entgegnete Alois Brandner. »Der Wagen ist großartig. Im Gegensatz zu einem neuen ist er allerdings steuerpflichtig.«

Vierundzwanzig Stunden später war Robert Schroeder der stolze Besitzer eines 1,8-Liter-Coupés, das Lederpolster besaß und auf 110 km/h gebracht werden konnte. Er bedauerte nun sehr, daß Carla noch in der Schweiz weilte. Zu gerne hätte er ihr den Wagen vorgeführt.

Es wurde Februar, bis Carla zurückkehrte und ihn anrief. Da er gerade nicht anwesend war, wurde ihm ihr Bescheid übermittelt, und er geriet in helle Aufregung, als er erfuhr, daß sie seinen Besuch erwartete. Hals über Kopf machte er sich auf den Weg nach Rheinberg.

Er hatte inzwischen bereits dreißig Höhenaufstiege durchgeführt und bereute es nicht, Wetterflieger geworden zu sein. Obwohl alle Flüge in der Dunkelheit stattgefunden hatten, war für ihn jeder Flug anders gewesen. Gleichartige Flüge schien es überhaupt nicht zu geben. Die Struktur der Bewölkung war immer verschieden, und wenn er in drei-, vier-, fünf- oder gar erst in sechstausend Meter Höhe aus den Wolken herauskam, konnte er über das unterschiedliche Aussehen des Himmels nur staunen. Mal glich der Mond einem bleichen Gesicht, das aus großer Höhe herabblickt, dann wieder einem im Tal hängenden Lampion, auf den man von oben hinabschaut. Die Milchstraße konnte faszinierend funkeln, das Himmelsgewölbe aber auch in zwei düstere Flächen aufteilen. Die Obergrenze der Wolken erinnerte einmal an weiche Watte, dann wieder an steil aufragende Gebirge. Es war schon etwas Außergewöhnliches, täglich aus den Wolken herauszusteigen und den Himmel in seiner Vielfalt erleben zu dürfen.

Robert Schroeder war deshalb in bester Stimmung, als er seinen auf Hochglanz polierten Opel bei strahlendblauem Himmel und klirrender Kälte nach Rheinberg steuerte. Die Straßen waren schneefrei und trocken. Er genoß es, mit hoher Geschwindigkeit über die Autostraße Köln–Bonn zu fahren. Die Nadel des Tachometers stand dauernd auf fast 100 km/h! Es war phantastisch, wie der Wagen lief.

Als er in den Park von Schloß Rheinberg einbog, drosselte er das Tempo weitgehend, damit Carla, die ihn gewiß kommen hörte, den Wagen bestaunen konnte. 1,8 Liter! Das war doch was!

Carla sah das Auto, und sie wußte auch gleich, daß Robert am Steuer saß. Aber nicht den Bruchteil einer Sekunde interessierte sie sich für das zweifellos schicke Coupé. Sie lief so schnell wie möglich zum Eingang und stürmte ins Freie. »Bert!« rief sie, riß die Tür des Wagens auf und umarmte den Geliebten.

Robert hatte sich geschworen, das Heft in die Hand zu nehmen und Carla unmißverständlich zu sagen, daß er das Theater der vergangenen Monate nicht mehr mitmache. Nun wurde er bestürmt und geküßt, als hätte es nie eine Meinungsverschiedenheit gegeben.

Carla war nicht wiederzuerkennen. Sie stammelte Koseworte und leistete tausend Eide, nie wieder versuchen zu wollen, Robert in einen anderen Beruf hineinzuzwingen.

»Wenn du mir keine Luft zum Atmen läßt, nützt mir das wenig«, keuchte er und drängte sie zurück.

Ihre Augen blitzten.

Erst jetzt sah er, daß Carla herrlich sonnengebräunt war. »Du siehst ja prächtig aus.«

Sie griff in ihr locker herabfallendes Haar, das wesentlich länger geworden war. »Für dich, mein Schatz. Der letzte Schrei!«

Nun war er es, der umarmte und küßte.

Sie schaute verliebt zu ihm hoch. »Wollen wir unseren Streit vergessen?«

»Natürlich! Aber es ist schon unverschämt, mir die Möglichkeit zu nehmen, dir die Meinung zu sagen.«

»Was wolltest du mir denn ins Ohr flüstern?«

»Daß es absurd ist, sich von jemandem zu trennen, wenn man Angst hat, eines Tages von ihm getrennt zu werden.«

»Darauf bin auch ich gekommen.«

»Und du wirst nicht mehr fordern . . .?«

»Nie wieder«, fiel sie ein. »Der Unfall in Nürnberg hatte mir einen solchen Schock versetzt, daß ich um jeden Preis versuchen wollte, dich umzustimmen. Ich will auch gleich bekennen, daß gewisse Briefe von mir aufgesetzt worden sind.«

Robert sah sie ungläubig an. »Etwa jene, die dein Vater und Harald mir schickten?«

Carla lachte.

»Dir ist wirklich nicht beizukommen.«

»O doch«, sagte sie. »Du weißt sogar sehr genau, wie man es anstellen muß.«

Er strich über ihr Haar, das in der Sonne wie Kupfer glänzte. »Ich kann's kaum erwarten.«

Sie drängte ihn zum Eingang des Hauses. »Es ist kalt hier draußen. Paps ist in Bonn und kommt erst am Abend zurück.«

Es störte Robert nicht mehr im geringsten, daß sein Coupé keine Beachtung fand.

Eberhard von der Heid begrüßte Robert wie einen verloren geglaubten Sohn. Ihm standen Tränen der Rührung in den Augen, als er hörte, daß alles wieder in bester Ordnung sei und Carla sich sogar bereit erklärt hatte, bei guter Wetterlage einmal an einem Höhenflug teilzunehmen.

»Das müssen wir feiern«, sagte er. »Und zwar mit einer Flasche Champagner. Durch glückliche Umstände habe ich aus Reims noch eine Sendung bekommen. Wahrscheinlich für lange Zeit die letzte. Für so was gibt's ja keine Devisen mehr. Aber dafür gehört das Saarland jetzt wieder zu Deutschland. Der Führer ist uns wirklich von Gott gesandt. Zwei Jahre ist er erst an der Regierung, und schon gibt es keine Arbeitslosen mehr. Was spielt es da für eine Rolle, daß dieses und jenes nicht so ist, wie es sein sollte.«

Robert stimmte Carlas Vater zu.

»Und was habt ihr für Pläne?« erkundigte sich Eberhard von der Heid.

»Wir sind übereingekommen, im nächsten Jahr zu heiraten.«

»Dann möchte ich aber sehr darum bitten, daß du gelegentlich um Carlas Hand anhältst.«

»Und ich bitte mir eine große Verlobungsfeier aus«, rief Carla. »Zu Weihnachten mit beiden Familien.«

Robert blickte unwillig zu ihr hinüber. Er hatte ihr im Verlauf des Nachmittags erzählt, was sich in Berlin zugetragen hatte, und er fragte sich nun, warum Carla unter den gegebenen Umständen den Vorschlag machte, die Familien zusammenzuführen. Wenn sie sich eine Versöhnung erhoffte, war sie auf dem Holzweg. Sein Vater würde sich unter keinen Umständen mit Dorkas und Harald an einen Tisch setzen. Gerd schied ohnehin aus. Und mit Conrad war das eine eigene Sache.

Er machte sich unnötige Gedanken. Schon bei seinem nächsten Besuch sah alles ganz anders aus. Carla hatte ihren Vater über das Berliner Spektakel informiert. Mit dem Erfolg, daß er von seiner Schwiegertochter nichts mehr wissen wollte.

»Das Frauenzimmer ist für mich gestorben«, ereiferte er sich.

Robert versuchte, ihn zu beschwichtigen. »Wir machen doch alle mal einen Fehler.«

»Wenn du mit ›wir‹ uns Männer meinst . . .«

»Wie wäre es mit einem Spaziergang?« unterbrach ihn Carla.

»Eine gute Idee«, sagte Robert. »Es ist draußen so mild, daß man meinen könnte, der Frühling sei ausgebrochen.«

Sie gingen zur Garderobe und zogen ihre Mäntel an.

Eberhard von der Heid holte ein paarmal tief Luft, als sie ins Freie traten. »Wie entwickelt sich Haralds Buchgemeinschaft?«

Robert zuckte die Achseln. »Keine Ahnung.«

»Ja, hat er dir nichts davon erzählt?«

»Warum hätte er das sollen?«

»Aber, ich bitte dich! Wenn ein Mann etwas aufbaut, redet er doch darüber.«

»Tut mir leid, über geschäftliche Dinge haben wir nicht gesprochen.«

Eberhard von der Heid war beunruhigt, und auch Carla wollte es nicht gefallen, daß ihr Bruder die Buchgemeinschaft mit keinem Wort erwähnt hatte. Ihr Vater hatte alles, was er besaß, als Sicherheit für den benötigten Bankkredit angeboten. Selbst Schloß Rheinberg. Wenn etwas schieflief, besaßen sie nichts mehr.

Robert erkannte, daß Vater und Tochter beunruhigt waren. Um ihre Besorgnis im Keime zu ersticken, sagte er wider besseres Wissen: »Harald ist zuverlässig. Er spricht nur nicht über geschäftliche Dinge. Erinnert euch an die Aktien, die er seinerzeit kommentarlos zurücküberwiesen hat.«

»Das ist wahr«, erwiderte Carlas Vater. »In geschäftlichen Dingen scheint er wirklich zuverlässig zu sein.«

Robert nahm sich vor, Harald in Kürze anzurufen.

In den nachfolgenden Wochen und Monaten führte Robert Schroeder ein Leben, wie er es sich schöner nicht wünschen konnte. Wenn er Dienst hatte, absolvierte er seinen ersten Flug am Nachmittag um fünf Uhr, und immer wieder begeisterte ihn das Bild, das die Erde tagsüber bot. Sie schien vor Vitalität aus den Fugen zu krachen. Überall dampfte und rumorte es. Alles pulsierte voller Leben.

Abends ging er dann zeitig zu Bett, und am folgenden Morgen startete er in aller Herrgottsfrühe in den taufrischen Tag hinein. Die Welt schien das Atmen vergessen zu haben. Gleichsam unberührt bot die Erde sich dar. Das diffuse Licht der noch nicht über den Horizont gestiegenen Sonne verwischte die Konturen. Alles hatte weiche Formen.

Pastellfarbiger Dunst und zarte Nebelschleier umschmeichelten Bäume und Sträucher. Silbern schimmerte der Tag. Der Rhein lag bleiern in seinen Ufern. Köln schien ins Mittelalter zurückversetzt zu sein.

Mit der Zeit aber bedrückte es Robert Schroeder, daß dem Frühaufstieg zwei Tage folgten, an denen er nichts zu tun hatte. Von morgens um halb sieben bis zum nächsten Nachmittag um halb fünf war er zur Untätigkeit verdammt. Er las in dieser Zeit viel, konnte jedoch unmöglich ein Buch nach dem anderen verkraften. An seinem Wagen konnte er auch nicht ewig herumpolieren. Er schaffte sich deshalb eine Aufgabe, indem er anfing, gewisse Vorgänge graphisch zu erfassen. Das war mehr dekorativ als sinnvoll, doch wer die Diensträume der Wetterflugstelle betrat, konnte nun an vielen bunten Darstellungen ablesen, wieviel Stunden die einzelnen Flugzeuge geflogen hatten, welche Kontrollen durchzuführen waren, wann die Motoren überholt werden mußten und dergleichen mehr.

Auch Carla lebte nicht untätig dahin. Sie sah sich Wohnungen an, besichtigte Grundstücke, wurde Stammgast in den meisten Möbelgeschäften und trug immer wieder neues Prospektmaterial zusammen.

So gesehen entwickelte sich alles zum besten, bis einige politische Ereignisse das gute Einvernehmen zwischen Robert und Carlas Vater trübten. Es kam jedoch zu keinem Streit. Im Grunde genommen trat nur der Generationsunterschied zutage.

Meistens ging es um geradezu lächerliche Dinge. So regte sich Eberhard von der Heid darüber auf, daß nicht die schwarzweißrote Fahne des alten Kaiserreiches, sondern das Hakenkreuzsymbol der NSDAP zur alleinigen Reichsflagge bestimmt worden war. Im Gegensatz zu ihm nahm Robert hieran nicht den geringsten Anstoß. Dafür empfand er die Wiedereinführung der Wehrpflicht, die Carlas Vater in den höchsten Tönen pries, als unangenehm. Gleicher Meinung waren sie, als im September die ›Nürnberger Gesetze zum Schutz des deutschen Blutes und der deutschen Ehre‹ erlassen wurden, die den Nachweis der ›arischen‹ Abstammung erforderlich machten und zur völligen Ausschaltung der in Deutschland lebenden Juden führen mußten.

»Das ist ungeheuerlich!« empörte sich der Schriftsteller. »Hitler duldet hier etwas, von dem er sich vor Jahren eindeutig distanziert hat.«

Robert gab ihm recht. »Ich begreife den Rückfall um so weniger, als Hitler im Hinblick auf Himmlers SS-Ritualien erklärt haben soll: Jetzt kommen wir endlich in eine Zeit, die alle Mystik hinter sich läßt, und da fängt der Kerl von vorne an.«

Wiederum gegenteiliger Auffassung waren Robert und Carlas Vater, als die Regierung bekanntgab, daß sie Carl von Ossietzky, der sich in einem Konzentrationslager befand, verboten habe, den ihm zugesprochenen Nobelpreis anzunehmen. Eberhard von der Heid fand dies in

Ordnung und klatschte Beifall. Ein Mann, der den Nationalsozialismus als Weltgefahr dargestellt hatte, war seiner Meinung nach eines Nobelpreises unwürdig.

Robert widersprach seinem zukünftigen Schwiegervater. Er tat es jedoch nicht aus reiner Überzeugung. Dafür hatte er zur Welt des Carl von Ossietzky zu wenig Kontakt gehabt. Er dachte vielmehr an den französischen Piloten und Schriftsteller, der ihn in Le Bourget auf das Wirken dieses Mannes aufmerksam gemacht hatte.

Bei Diskussionen mit ihrem Vater verstand es Carla glänzend, durch schnoddrige Redensarten oder geistreiche Einwürfe dafür zu sorgen, daß die Wogen der Erregung nicht zu hoch schlugen. Sie war politisch nicht interessiert. Aggressiv aber wurde sie, als Robert in der letzten Novemberwoche aus ihr unverständlichen Gründen lang und breit über die Bedeutung der Luftaufklärung im allgemeinen und über die der Großraum-Wettererkundung im besonderen dozierte, um schließlich anzudeuten, daß er, wie er am Morgen erfahren habe, möglicherweise mit der ehrenvollen Aufgabe betreut werde, gemeinsam mit dem Reichsamt für Wetterdienst gewisse Großraum-Wettererkundungs-Pläne zu entwickeln.

Sein Drumherumreden hatte sie in Rage gebracht. »Wieso gerade du?« platzte es förmlich aus ihr heraus.

Er bemühte sich, gelassen zu erscheinen. »Keine Ahnung. Vielleicht, weil ich Berlin gut kenne.«

»Soll das heißen, daß du eventuell nach Berlin versetzt wirst?«

»Ist doch eine großartige Stadt«, versuchte er zu scherzen. »Stell dir vor, wir würden in Dahlem oder Zehlendorf wohnen.«

Carla glich plötzlich einer Amazone. »Heraus mit der Sprache! Bist du versetzt?«

»Nein«, antwortete er. »Es könnte aber sein, daß ich versetzt werde.«

»Und das wagst du nicht zu sagen?«

»Natürlich. Ich denke nur an Weihnachten. Dann wäre ich nicht hier. Wir wollten doch unsere Verlobung feiern.«

»Hör auf mit dem Gefasel!« fuhr ihn Carla an. »Nimm dir ein Herz und stoß zum Kern der Sache vor. Wovon hängt es ab, ob du versetzt wirst oder nicht?«

Robert schaute unsicher zu ihr hinüber. »Von mir selbst. Die Versetzung wurde mir angeboten. Ich habe mir Bedenkzeit erbeten, um die Sache mit dir besprechen zu können.«

»Das ist immerhin etwas«, sagte sie, nun weniger aggressiv. »Aber dann solltest du auch mit mir reden.«

»Das ist leichter gesagt als getan. Wir müßten alles, was wir geplant haben, über den Haufen werfen. Köln wäre dann endgültig passé.«

»Will ich dich oder diese Stadt heiraten?«

Roberts Miene erhellte sich. »Dir würde es nichts ausmachen ...?«

»Sehe ich so aus?« fiel Carla lebhaft ein. »Wenn es deinem Fortkommen dienlich ist – und Großraum-Wettererkundung klingt nicht schlecht –, muß es mir gleichgültig sein, in welcher Stadt wir wohnen. Ich möchte nur, daß sich an unseren Heiratsplänen nichts ändert.«

»Das ist selbstverständlich. Spätestens im Sommer kann ich Ferien nehmen.«

»Dann sollten wir im September heiraten und unsere Flitterwochen am Gardasee verbringen. Bis dahin hängt die Pergola voller Trauben. Und das Zitronenhaus ist dann von blühenden Oleanderbüschen umgeben.«

»Die du im Frühjahr nochmals inspizieren wirst?«

»Worauf du dich verlassen kannst! Und nun zu Weihnachten. Da du in Berlin sein mußt, lassen wir die Verlobungsfeier einfach fallen, und ich fahre mit Paps in die Schweiz. Es dürfte das letzte Mal sein, daß ich ihn begleiten kann. Einverstanden?«

»Widerwillig«, bekannte Robert. »Die Klarheit deiner Entschlüsse zwingt mir jedoch Bewunderung ab.«

Carla erhob sich. »Wenden wir uns dem nächsten Punkt zu. Um Dorkas nicht dauernd treffen zu müssen, möchte ich in Berlin keinesfalls in ihrer Nähe wohnen. Das hat nichts mit ihrem Seitensprung zu tun. Den kreide ich ihr nicht an. Ich habe auch Verständnis dafür, daß sie sich von den Folgen jener Umarmung befreite. Ich werde aber nicht damit fertig, daß sie sich von Gerd ein Kind machen ließ. Wenn Harald ihr als Erbmasse suspekt erscheint, hätte sie entweder auf ein Kind verzichten oder sich scheiden lassen müssen. Findest du nicht auch?«

»Ich werde alles daransetzen, eine Wohnung in einer anderen Ecke von Berlin zu finden«, antwortete Robert ausweichend.

Carla schlang ihre Arme um ihn. »Du ahnst nicht, wie leid ich es bin, mich mit dir in Hotelzimmern und Junggesellenbuden treffen zu müssen. Nimm die erstbeste Wohnung und laß sie in Ordnung bringen. Das Einrichten besorge dann ich.«

Carlas Haltung machte es Robert leicht, sich wenige Tage später von ihr und ihrem Vater zu verabschieden und nach Berlin aufzubrechen. Seinem Wunsch entsprechend, war auch Alois Brandner versetzt worden, und so fuhren beide frohgestimmt der Reichshauptstadt entgegen.

Robert hätte bei seinen Eltern oder bei Harald wohnen können, doch das wollte er nicht. Er war mit Carla übereingekommen, sich vorerst bei niemandem zu melden. Durch glückliche Umstände fanden er und Alois Brandner auch relativ schnell zwei nette Zimmer.

Im Gegensatz zu Köln, dessen Landefeld außerhalb der Stadt lag, mußte in Tempelhof inmitten eines Häusermeeres gestartet werden, was bei Schlechtwetterlagen nicht problemlos war. Robert Schroeder und Alois Brandner kannten die Eigenheiten des Flughafens aber zur Genüge, und sie wußten es zu schätzen, daß die Wettermaschine, die aus großer Höhe kommt und infolge starker Unterkühlung schnell vereisen kann, mit Vorrang behandelt wurde. Bei schlechter Wetterlage erhielten alle anderen Flugzeuge ›Platznummern‹, in deren Reihenfolge sie abgerufen wurden. Das hatte zur Folge, daß mancher Pilot bis zu einer Stunde in einem bestimmten Raum kreisen mußte.

Gleich zu Beginn seiner Tätigkeit in Berlin mußte Robert Schroeder mehrere Schlechtwetteranflüge durchführen, bei denen er erst in zwanzig bis dreißig Meter Höhe aus den Wolken herauskam und die Reihe der ausgestellten Petroleumlampen vor sich liegen sah. Am Morgen des Weihnachtstages aber, an dem er seine Eltern mit seinem Besuch überraschen wollte, ging es nicht so einfach ab. Er sah sich infolge eines plötzlich aufgekommenen Mischungsnebels vor die Alternative gestellt, entweder nach Süddeutschland auszuweichen oder seine erste *effektive* Blindlandung zu riskieren. Der Peilflugleiter riet ihm ab, dies zu versuchen. Da die Wetterwarte jedoch auf die Möglichkeit hinwies, daß unter Umständen auch München und Stuttgart ›zumachen‹ könnten, entschloß er sich, den Ernstfall zu proben und sich bedingungslos den Instrumenten, Alois Brandner und dem Peilflugleiter anzuvertrauen. Gelang die Landung nicht, dann konnte er immer noch nach Süddeutschland fliegen. Aber das wurde nicht notwendig. Der Peilflugleiter gab ihm im entscheidenen Moment ›ZZ‹ und brachte damit zum Ausdruck: ›Ich höre Ihr Flugzeug in diesem Augenblick genau über mir; Sie können Gas wegnehmen; ich übernehme die Verantwortung.‹

Nach der gelungenen Nebellandung wurde Robert Schroeder von seinen Kameraden beglückwünscht, und er war mit sich und der Welt zufrieden, als er am Nachmittag zu den Eltern hinausfuhr. Ihre Freude, den Sohn so unvermittelt vor sich zu sehen, kannte keine Grenzen. Sprachlos aber wurden sie, als sie hörten, daß Robert nach Berlin versetzt worden war und im kommenden Herbst heiraten wollte.

Die Mutter war zu Tränen gerührt. Schluchzend erklärte sie, gerade gestern an Carla gedacht und sich gewünscht zu haben, ein Mädchen wie sie zur Schwiegertochter zu bekommen. Sie liebe Carla von ganzem Herzen und habe schon vor Jahren insgeheim den Wunsch gehegt, daß er dieses reizende Mädchen einmal zum Traualtar führe.

Es setzte Robert immer wieder in Erstaunen, mit welcher Selbstverständlichkeit seine Mutter ihre so durchsichtigen Flunkereien vortrug.

Ihr Temperament ging allerdings mit ihr durch, als Carla am Weihnachtsabend anrief. Obwohl sie wußte, das Robert auf den Anruf wartete, stürzte sie an den Apparat und jauchzte in die Sprechmuschel hinein: »Carla, bist du es? Nein, welche Überraschung! Es klingelte justament in dem Augenblick, da ich dachte: Ach, könnte ich doch einmal wieder mit Carla sprechen. Und nun bist du tatsächlich am Apparat! Ist das nicht wunderbar? Wie geht's dir, mein Kind? Ich möchte dich so gerne wiedersehen. Immer muß ich an dich denken.«

Vater Schroeder trat an den Apparat. »Vergiß die Weihnachtsgrüße nicht!«

»Wie bitte? Ach so, ja. Herzliche Grüße zum Weihnachtsfest. Habt ihr viel Schnee? Hier ist überhaupt keiner.«

Der Vater deutete zu Robert hinüber, der mit indignierter Miene dastand.

Mutter Schroeder nickte. »Ich glaube, Robert will dich sprechen. Vorher übergebe ich aber schnell noch an Vater. Alles Gute, Carla. Wir freuen uns so auf dich.«

Ihr Mann übernahm den Hörer. »Meine allerherzlichsten Grüße zum Julfest«, sagte er, sich leicht verbeugend. »Das war ja heute eine große Überraschung für uns. Steht der Junge doch plötzlich unangemeldet in der Tür! Nein, so was! Und dann die Nachricht, daß ihr im September heiraten wollt! Fabelhaft! Wirklich fabelhaft!« Er straffte sich. »Nochmals von ganzem Herzen alles Gute. Und Heil Hitler!« Damit übergab er dem Sohn den Hörer und führte seine Frau aus dem Raum.

»Dein Getue ist albern«, beklagte sich Mutter Schroeder, als sie draußen waren. »Ich wäre so gerne Mäuschen gewesen.«

Indessen sagten sich Robert und Carla die ersten Zärtlichkeiten, und es dauerte nicht lange, bis beide ihre Hand über den Mund und die Sprechmuschel hielten.

Später rief Robert in Dahlem an.

Harald geriet außer Rand und Band, als er hörte, daß sein Freund nach Berlin versetzt war. »Wann sehen wir dich?« fragte er aufgeregt.

»Ich würde mich gerne für morgen mittag einladen. Kommt das aus?«

»Selbstverständlich! Wann dürfen wir dich erwarten?«

»Wäre halb eins recht?«

»Sehr.«

Durch ein Versehen erschien Robert bereits kurz nach Zwölf in Dahlem, wo er nur Dorkas antraf, da Harald mit Carolin einen Spaziergang machte.

»Ich bin sehr froh, dich einen Moment allein sprechen zu können«, sagte Dorkas, deren herbes Aussehen Robert erschreckte. »Schon oft habe ich dir schreiben wollten, aber dann fehlte mir immer wieder der Mut.«

»Zu was?«

»Dir zu danken.«

»Du hast mir nichts zu danken.«

»O doch. Wenn du nicht gewesen wärest . . .«

»Nein, Dorkas«, unterbrach er sie. »Ich habe nichts für dich getan.«

»Das weiß ich«, erwiderte sie ohne Bitterkeit. »Nicht eine Sekunde habe ich mir eingebildet, du hättest damals an mein Wohl gedacht. Geholfen hast du mir dennoch.«

»Und mit Harald ist alles in Ordnung?« fragte Robert.

»Ich denke schon. Er trinkt nicht und lebt nur noch für seinen Verlag. Carolin schenkt er täglich eine halbe Stunde, mir keine Minute. I have to pay the price!«

Robert glaubte, nicht richtig zu hören.

Dorkas ging zum Barschrank hinüber. »Du nimmst doch einen Aperitif?«

»Du ebenfalls?«

»Ich bin eine richtige ›Schnapsdrossel‹ geworden. Whisky?«

»Bitte.«

Dorkas schenkte ein. »Du bist wieder in Berlin stationiert?«

»Ja.«

»Als Wetterflieger?«

»Ja.«

»Ist aus deiner Einsilbigkeit zu schließen, daß du kein Gespräch mit mir führen willst?«

Robert hob sein Glas. »Würde ich dann mit dir trinken?« Insgeheim aber dachte er: Carlas Einstellung hat auf mich abgefärbt. Das ist nicht gut. In Dorkas' Fall muß man tolerant sein. Harald war manchmal ein Ungeheuer. Verrückt nur, daß ihn ausgerechnet ihr Ausrutscher vom Alkohol weggebracht hat.

Daß Harald sich stark verändert hatte, erkannte Robert gleich, als der Freund mit Carolin vom Spaziergang zurückkehrte. Sie war inzwischen anderthalb Jahre alt. Man gewann den Eindruck, daß er mit gemischten Gefühlen nett zu ihr war. Dorkas beachtete er kaum. Er blieb jedoch durchaus höflich. Griff sie nach einer Zigarette, reichte er ihr Feuer. Wollte sie sich zu Tisch setzen, nahm er ihren Stuhl zurück. Er gab sich wie ein Kavalier, war aber von einer Kälte, die einen schaudern ließ.

»Ich mache jetzt mit Robert einen Spaziergang«, sagte er nach dem Essen. »Zum Kaffee sind wir zurück.«

»Um fünf habe ich meinen Höhenaufstieg«, gab Robert zu bedenken. »Spätestens um vier muß ich aufbrechen.«

»Könnte der Kaffee dann um drei Uhr serviert werden?«

»Natürlich.«

»Dann bis nachher.«

Das Leben hat ihn gefordert und geformt, dachte Robert und wunderte sich kaum noch darüber, daß Harald während des Spazierganges kein Wort über Dorkas verlor. Er redete nur über seinen Verlag und machte kein Hehl daraus, daß das Unternehmen vor einem Jahr einer Seifenblase geglichen habe, die jeden Augenblick hätte platzen können. Nun aber sei es ihm geglückt, festen Fuß zu fassen. Neben Belletristik verlege er neuerdings auch Sachbücher, allerdings nur solche, die in großen Auflagen in Auftrag gegeben werden. Heeres-Dienstvorschriften und dergleichen. Das seien lukrative und todsichere Geschäfte, und er hoffe, den ihm vom Vater vermittelten Kredit schon früher als vereinbart tilgen zu können.

»Besuch mich künftig im Büro«, bat er, als sie zum Dahlemer Heim zurückkehrten. »Wir können dort besser miteinander reden.«

Haralds Wandlung beeindruckte Robert. Dorkas hingegen tat ihm leid. Aber er dachte nicht lange über sie nach. Er hatte eigene Probleme, da er neben seiner regulären Tätigkeit als Wetterflieger nun oft Besprechungen mit Herren zu führen hatte, die mit der Schaffung neuartiger Methoden zur Gewinnung verläßlicher Daten für die langfristige Wettervorhersage beauftragt waren. Sie arbeiteten an der Entwicklung eines Meteorographen, der die zu messenden Werte nicht auf eine Rußtrommel aufzeichnen, sondern in Frequenzen umwandeln und über einen Sender ausstrahlen sollte. Standen solche Geräte erst zur Verfügung, dann konnte man sie an jeder beliebigen Stelle mit Hilfe eines kleinen Ballons aufsteigen lassen und die gefunkten Werte abhören. Dabei ging es nicht darum, die Wetterflugstellen zu ersetzen. Man dachte an Kriegszeiten, in denen die genaue Kenntnis der Wetterentwicklung von ausschlaggebender Bedeutung sein kann. Ganz besonders für Deutschland, das im Falle einer Auseinandersetzung mit Frankreich und England keine Meldungen über das Wettergeschehen im Westen erhalten und somit außerstande sein würde, zuverlässige Vorhersagen zu machen. Hier nun sollte eine Großraum-Wettererkundungsstaffel dafür sorgen, daß die erforderlichen Meßwerte auch im Kriegsfall zur Verfügung stehen. Man dachte an die Entwicklung unangreifbar hoch fliegender Flugzeuge, um bis in den Atlantik vorstoßen und dort Messungen vornehmen zu können.

Im Rahmen dieser großangelegten Planung sollte Robert Schroeder ein Stratosphärenflugzeug erhalten. Das war ein weit gestecktes Ziel, von dem man wußte, daß es nicht schnell erreicht werden würde. Man stellte ihm deshalb zunächst eine Maschine zur Verfügung, die mit einem britischen Höhenmotor ausgerüstet war. Mit ihr konnte er auf 12000 Meter Höhe steigen und Erfahrungen im extremen Höhenflug sammeln. Darüber hinaus wurde er beauftragt, Gespräche mit den

Junkers-Werken zu führen, die bereits 1931 ein Stratosphärenflugzeug gebaut hatten, das über eine Druckkabine verfügte.

Robert Schroeder konnte sich nicht mehr darüber beklagen, zu wenig zu tun zu haben. Im Gegenteil, jetzt fehlte ihm die Zeit zur Erledigung privater Angelegenheiten. Hatte er heute Versuchsflüge zur Prüfung neuartiger Meßgeräte durchzuführen, dann mußte er morgen nach Dessau oder Bremen fliegen, wo Wissenschaftler und Ingenieure zu konsultieren waren. Zwischendurch schlüpften er und Alois Brandner immer wieder in dicke Fellkombinationen, um sich, wie Eskimos vermummt und mit Sauerstoffmasken versehen, bei 60 Grad Kälte bis zu zwei Stunden in elf- bis zwölftausend Meter Höhe aufzuhalten. Und beinahe wie nebenbei erledigten sie ihre regulären Wetterflüge.

Beiden wurde nichts zuviel, gelegentlich aber dachte Robert Schroeder mit schlechtem Gewissen an Carla, der er versprochen hatte, sich nach einer Wohnung umzuschauen. Dazu kam er jedoch nicht. Er beauftragte deshalb einen Makler und war glücklich, als er Carla Ende Februar anrufen und ihr sagen konnte, daß ihm in der Nähe des Flughafens die Parterrewohnung eines Zweifamilienhauses zugesprochen worden sei.

»Ist sie hübsch?« rief Carla erwartungsvoll.

»Wie geschaffen für uns! Sogar ein kleiner Garten steht uns zur Verfügung. Zum ersten August wird sie frei. Maler und Tapezierer haben also genügend Zeit, alles unseren Wünschen entsprechend herzurichten. Es wäre mir allerdings lieb, wenn du die Tapeten aussuchen und dich um alles Weitere kümmern würdest. Ich bin im Augenblick so beschäftigt . . .«

»Hoffentlich ändert sich das, wenn wir verheiratet sind«, fiel Carla lachend ein. »Seit vierzehn Tagen habe ich keine Zeile mehr von dir erhalten.«

»Nimm's als Strafe dafür, daß du mir vor drei Monaten den letzten Kuß gegeben hast.«

Diesen Worten folgte ein zärtliches Gespräch, welches in der Vereinbarung mündete, daß Carla, von einem kurzfristigen Treffen im April abgesehen, Anfang August für mindestens eine Woche nach Berlin kommen sollte.

Als Roberts Eltern hiervon hörten, erklärten sie begeistert, daß sie Carla, die selbstverständlich ihr Gast sein müsse, zu allen Veranstaltungen der am 1. August beginnenden Olympiade führen würden.

Aus naheliegenden Gründen versuchte Robert ihnen klarzumachen, daß Carla nicht zur Olympiade nach Berlin komme, sondern sich um die Einrichtung der Wohnung zu kümmern habe.

Seine Eltern erregten sich über den Egoismus und die Arroganz, mit der ihr Sohn über Hitlers grandiose Bestrebungen hinwegging, der

Welt die Größe, die Pracht und die Ordnung Deutschlands in einer nie zuvor dargebotenen Schau zu präsentieren. Sie waren so konsterniert, daß sie Robert baten, Carla zu einer anderen Zeit nach Berlin kommen zu lassen. Sie jedenfalls wollten nicht darauf verzichten, sich dem einzigartigen Fest in völliger Gelöstheit und Freude hinzugeben.

In jenen Tagen erhielt Robert eines Morgens nach dem Höhenaufstieg den Auftrag, unverzüglich nach Köln zu fliegen und dort weitere Anweisungen entgegenzunehmen.

»Komische Sache«, sagte er zu Alois Brandner und flog mit ihm nach Köln, wo zu ihrer Verwunderung ein unglaublicher Flugbetrieb herrschte und unter anderem auch die Wettermaschinen von Frankfurt, Hamburg und München landeten. Und es dauerte nicht lange, da wurde den Piloten ein Auftrag erteilt, den zunächst niemand ernst nehmen wollte. Ständig wechselnd sollten sie in Dreier-, dann wieder in Fünfer-Formation von Osten kommend im Tiefflug über rheinische Städte hinwegdonnern, danach über unbewohntem Gebiet nach Osten zurückdrehen und von neuem mal diese und jene Stadt überfliegen. Die einzige Erklärung, die ihnen gegeben wurde, lautete: ›Militärische Übung!‹ Spätestens beim ersten Nachtanken aber wußte jeder, was gespielt wurde. Bluff war die Losung des Tages. Überall flogen Sport-, Reise-, Verkehrs- und Militärflugzeuge in den unterschiedlichsten Formationen von Osten kommend über Köln, Düsseldorf, Bonn, Koblenz, Wesel und viele andere Städte hinweg, und über sämtliche Brücken des Rheins marschierten Soldaten, die nach Erreichen des Westufers in einsam gelegenen Straßen auf abgedeckte Lastwagen verfrachtet und wieder zum anderen Rheinufer zurückgebracht wurden, um erneut über die Brücke zu marschieren, und so, wie die Piloten in der Luft, den Eindruck zu erwecken, das Rheinland werde von gewaltigen Armeen und Luftflotten überschwemmt. Mit einem lächerlichen Trick und einem Vabanquespiel ohnegleichen verschüchterte Adolf Hitler die Alliierten Mächte und ›besetzte‹ mit in Wirklichkeit nicht vorhandenen Kräften das ›entmilitarisierte‹ Rheinland, dessen vorzeitige Räumung 1925 durch das freiwillige Zugeständnis der Neutralisierung erreicht worden war. Beherzt schob Hitler die Abwehrfront des Reiches an die Maginotlinie, den französischen Befestigungswall, heran. Sein Bluff war so eindrucksvoll, daß Frankreich sich scheute, zu einem Gegenschlag auszuholen.

Das deutsche Volk jubelte und erinnerte sich des von Hitler geleisteten Schwures, ›vor keiner Macht und vor keiner Gewalt an der Wiederherstellung der Ehre unseres Volkes zurückzuweichen‹.

Eberhard von der Heids Grammophon lief an diesem Tage heiß. Unentwegt ließ er Marschmusik spielen. Immer wieder trat er beschwingt ans Fenster und trommelte im Rhythmus gegen die Scheiben.

Als er aber erfuhr, daß Robert über dem Rheinland eingesetzt war und in Köln übernachten werde, war er nicht mehr zu halten. Sogleich jagte er mit Carla zum Flughafen, wo er seinen künftigen Schwiegersohn wie einen Helden empfing.

»Heil dir, mein Sohn!« rief er emphatisch. »Wir sind stolz auf dich! Deinen Beitrag zur Befreiung des Rheinlandes werden wir feiern.«

Robert lachte. »Was du Befreiung nennst, war wilder Kram.«

Carla sah die sich verdunkelnde Miene ihres Vaters und sagte schnell: »Wie inmer man es auch nennen mag, mir brachte der Tag eine angenehme Überraschung.«

Ihr Vater gab sich nachsichtig. »Vor Überraschungen scheint man bei Himmelsstürmern nie ganz sicher zu sein.«

Robert zuckte die Achseln. »Leider sind nicht alle Überraschungen erfreulich. Ich zum Beispiel erhielt vor zwei Tagen den höchst unerfreulichen Bescheid, am fünfzehnten Juni eine sechswöchige Reserveübung antreten zu müssen.

Eberhard von der Heids Gesicht erhellte sich. »Dann werden dir ja – zackzack – die Knochen gerade noch rechtzeitig vor der Ehe auf Vordermann gebracht!«

Robert wollte etwas erwidern, doch Carla kam ihm zuvor. »Ob du es glaubst oder nicht: Auch ich freue mich. Wenn du nämlich zu einem späteren Zeitpunkt einberufen worden wärst, hätte ich meine Flitterwochen womöglich mit einem anderen Mann verbringen müssen.«

Robert drohte mit der Faust. »Ihr habt gut lachen.«

Carla schmiegte sich an ihn. »Das ist nun mal so, mein Schatz. Wer den Schaden hat, braucht für den Spott nicht zu sorgen.«

Es wurde ein fröhlicher Abend, den Eberhard von der Heid noch dadurch krönte, daß er sich ungewöhnlich zeitig verabschiedete. Carla und Robert wußten dies zu schätzen. Es gab ja so vieles, was sie sich zu sagen hatten. Dabei erlebte Robert allerdings eine böse Überraschung, als er seine Unterredung mit den Eltern schilderte.

»Hast du etwa gesagt, ich wollte nicht bei ihnen wohnen?« ereiferte sich Carla.

»Für so undiplomatisch darfst du mich nicht halten«, versicherte er. »Ich habe nur erklärt, daß du nicht wegen der Olympiade, sondern wegen der Gestaltung unseres Heimes nach Berlin kommen wirst.«

»Weißt du, was du bist?« fuhr sie ihn an. »Ein Egoist! Warum gönnst du deinen Eltern nicht, daß sie ihre künftige Schwiegertochter für ein paar Tage um sich haben? Du weißt doch, wie sehr sie sich freuen würden. Ich mich übrigens auch. Ich habe mich damals, als ich bei ihnen war, richtig wohl gefühlt. Und die Olympischen Spiele möchte ich auf alle Fälle sehen.«

»Besuch sie, wann immer du willst. Vergiß aber nicht, daß du nach Berlin kommst, um unser künftiges Heim zu gestalten.«

Carla lachte. »Das mach' ich im Handumdrehen. Ich habe inzwischen so viel Möbel gesehen, daß ich nicht mehr zu suchen brauch' und genau weiß, was für uns in Frage kommt. Außerdem wirst du mir bestimmt nicht von morgens bis abends zur Verfügung stehen. Also hab' ich Zeit, die Olympischen Spiele zu besuchen. Gleich morgen werde ich mich bei deinen Eltern für die liebenswürdige Einladung bedanken. Ab September bist dann du an der Reihe. Einverstanden?«

»Wie sagtest du vorhin so schön? Wer den Schaden hat, spottet jeder Beschreibung!«

Beide ahnten nicht, wie gut es war, daß Carla darauf bestand, das Anerbieten von Roberts Eltern zu akzeptieren. Dies um so mehr, als Carla im weiteren Verlauf des Abends den Entschluß faßte, sich während der Zeit, da Robert seine Reserveübung abzuleisten hatte, am Gardasee aufzuhalten, von wo sie Ende Juli direkt nach Berlin fahren und sich mit ihm treffen wollte. Ende Juli aber sollte Robert nicht in Berlin sein. Auch nicht in Neuruppin, wohin er und Alois Brandner einberufen waren.

18

Robert Schroeder nahm an, man erlaube sich einen Scherz mit ihm, als er am Morgen des 27. Juli 1936 in aller Frühe vom Oberfeldwebel der Kompanie, der er zugeteilt worden war, höchstpersönlich geweckt und aufgefordert wurde, sich unverzüglich anzukleiden und beim Flughafenkommandanten zu melden. Erst als der Oberfeldwebel ihm versicherte, der Oberst selbst habe ihn angerufen und aus dem Bett getrommelt, erkannte er, daß etwas Besonderes vorgefallen sein mußte. Sogleich dachte er an Carla, die in Italien weilte. Sollte ihr etwas zugestoßen sein? Oder seinen Eltern? Er kleidete sich schnell an und eilte zur Kommandantur, wo er Alois Brandner im Vorzimmer des Kommandanten antraf. »Wurden Sie ebenfalls beordert?« fragte er erstaunt.

Der Bayer nickte. »Bin froh, Sie zu sehen. Ich dachte schon, bei meiner Familie sei etwas nicht in Ordnung.«

»Mir erging es genauso.«

»Scheint was verdammt Wichtiges vorzuliegen.«

»Ich möchte nur wissen, was so dringend sein kann, daß . . .«

Der Flughafenkommandant trat in den Raum. »Tut mir leid, daß ich Sie so früh aus den Federn jagen lassen mußte. Aber wie Sie sehen, zähle auch ich zu den Leidtragenden.« Er lachte meckernd. »Bitte, treten Sie näher, meine Herren.«

Meine Herren? Robert Schroeder und Alois Brandner sahen sich an.

»Um es kurz zu machen: Ich wurde angewiesen, Sie auf schnellstem Wege zum ›Sonderstab W‹ in Marsch zu setzen. Man erwartet Sie noch im Laufe dieses Vormittages im Reichsluftfahrtministerium. Sie sollen den Eingang Albrechtstraße benutzen. Einen Dienstwagen stelle ich Ihnen zur Verfügung. Geben Sie Ihre Sachen also gleich auf der Kammer ab. Und zu niemandem ein Wort über die Geschichte. Die Sache läuft unter ›Gekados‹, Geheime Kommandosache. Ihre Entlassungspapiere lasse ich inzwischen vorbereiten.«

Robert Schroeder nahm Haltung an. »Darf ich fragen, in welcher Angelegenheit wir uns im RLM melden sollen? Ich habe noch nie etwas von einem ›Sonderstab W‹ gehört.«

»Der existiert auch erst seit gestern. Sie werden aber doch wissen, welcher Auftrag sie erwartet.«

»Ich habe keine Ahnung.

»Sie sind gestern nicht angerufen worden?«

»Nein.«

Der Oberst schüttelte den Kopf. »Dann kann ich Ihnen nur Hals- und Beinbruch wünschen und Sie um die Zeit beneiden, die vor Ihnen liegt.«

Robert Schroeder schlug die Hacken zusammen. »Herr Oberst können sich nicht ein bißchen verständlicher ausdrücken?«

Der Flughafenkommandant zog die Augenbrauen hoch. »Da Sie nicht eingeweiht wurden, werde ich mir den Mund nicht verbrennen. Wann soll der Wagen vor Ihrer Unterkunft sein?«

»In spätestens einer Stunde sind wir abmarschbereit.«

»Spannender kann man es nicht machen«, sagte Robert Schroeder, als sie die Kommandantur verlassen hatten.

»Sie haben wirklich keine Ahnung?«

»Nicht die geringste.«

Der Bayer rieb sich vergnügt die Hände. »Was auch auf uns zukommen mag, ein zweites Mal nehme ich an keiner militärischen Übung teil. Ehrlich!«

Es war noch nicht elf Uhr, als sie das Reichsluftfahrtministerium erreichten. Der Pförtner bat um ihre Personalausweise, die er mit einer ihm vorliegenden Liste verglich. Danach wies er auf ein kleines Nebengebäude und sagte: »Melden Sie sich dort beim Offizier vom Dienst.«

Eine Stunde später wußten Robert Schroeder und Alois Brandner, was sie erwartete. In Spanien, so wurde ihnen erklärt, drohe der Kommunismus Fuß zu fassen. Hitler und Mussolini hätten sich deshalb über Nacht entschlossen, General Franco Unterstützung zu gewähren. Die Lage sei schwierig. Seit fünf Monaten regiere in Madrid ein Sammelsurium von Republikanern, das sich offensichtlich nur mit Hilfe von Exekutionen über Wasser halten könne. Angeblich seien bereits über dreitausend Opfer zu beklagen. Die Ermordung des nationalen Kämpfers Calvo Sotelos habe nun dazu geführt, daß eine Anzahl hoher Offiziere zum offenen Kampf angetreten sei. In Marokko habe sich ein Freund Francos mit der berühmten marokkanischen Legion erhoben. Einem anderen General sei es gelungen, Sevilla von der roten Stadtverwaltung zu befreien. Kastilien, Navarra und Leon befänden sich in nationaler Hand. Es komme jetzt darauf an, die marokkanische Elitetruppe von Tetuan nach Sevilla zu schaffen. Von dort solle der Marsch nach Norden angetreten werden. Was fehle, seien Transportmittel. Da der Seeweg von republikanischen Kriegsschiffen blockiert werde, habe Hitler auf Drängen Francos den Befehl erteilt, unverzüglich zwanzig erfahrene und zuverlässige deutsche Flugzeugbesatzungen mit dem Transport der Truppe über Gibraltar hinweg zu beauftragen.

Robert Schroeder und Alois Brandner wußten nicht, wo ihnen der Kopf stand, als sie das Ministerium verließen. Ihnen war eine dreimotorige Ju 52 zugeteilt worden, die in Tempelhof zum Nonstopflug nach Sevilla startklar gemacht wurde. Als Bordmonteur war ihnen Jens Lüdeke zugeteilt worden, den sie sofort benannt hatten, als sie seinen Namen in der Liste der vorgesehenen Mechaniker entdeckten.

Bis zum nächsten Morgen, an dem der Start stattfinden sollte, war noch viel zu erledigen. Bei der Kartenstelle des Reichsluftfahrtministeriums mußten die notwendigen Unterlagen besorgt werden. Am Potsdamer Platz hatten sie sich Spritzen gegen Typhus und Cholera geben zu lassen. Bezüglich der Mitnahme von Wäsche war ihnen geraten worden, sich überreichlich zu versorgen. Das bedingte den Kauf zusätzlicher Koffer. Es brauchte Stunden, bis alle Punkte erledigt waren und die private Seite an die Reihe kommen konnte.

Robert rief seine Eltern an. Sie waren verreist. Er konnte sich somit von ihnen nicht verabschieden. Carlas Vater wagte er nicht anzurufen. Er hatte sich verpflichten müssen, absolutes Stillschweigen zu bewahren und Angehörigen gegenüber nur vage Andeutungen zu machen. Telefonisch war das unmöglich. Wie hätte er erklären sollen, daß er Post nur erhielt, wenn sie, in einen zweiten Umschlag gesteckt, an eine Berliner Deckadresse gesandt wurde.

Jeder Gedanke an Carla bedrückte ihn. Die für den September geplante Heirat mußte verschoben werden. Als er beim Sonderstab erfuhr, was man von ihm erwartete, hatte er im ersten Moment um Bedenkzeit gebeten, dann jedoch schnell einen Rückzieher gemacht. Feigheit und Drückebergerei im ›Kampf gegen den Bolschewismus‹ wollte er sich nicht nachsagen lassen. Zumal er ernstlich keine Sekunde daran gedacht hatte, sich der abenteuerlichen Aufgabe zu entziehen. Aber er würde etwas dafür gegeben haben, wenn er Carla die Enttäuschung hätte ersparen können oder wenigstens in der Lage gewesen wäre, sie selbst zu informieren. Doch sie war am Gardasee. In drei Tagen, am 30. Juli, wollte sie in Berlin eintreffen. Und welche Überraschung hatte er parat gehabt! Ihm war die Ernennungsurkunde zum Flugkapitän überreicht worden! Nun blieb ihm nichts anderes übrig, als Harald zu bitten, Carla so behutsam wie möglich beizubringen, daß er voraussichtlich einige Wochen oder Monate fort sein würde.

Der Freund war entsetzt, als er erfuhr, wohin Robert am nächsten Morgen fliegen sollte. »Mir scheint, du hast den Verstand verloren«, empörte er sich. »Wie kommst du dazu, für andere die Kastanien aus dem Feuer zu holen?«

Robert versuchte ihn zu beruhigen. »Ich habe mich lediglich verpflichtet, eine Weile für die ›Hisma‹ tätig zu sein, wie eine Hispanomarokkanische Aktiengesellschaft heißt, die Truppentransporte von Tetuan nach Sevilla durchführt. Und dafür bekomme ich verdammt viel Geld. Außer meinen hiesigen Bezügen erhalte ich ein Sonderhonorar von fünfzehnhundert Mark im Monat! Ich dürfte dir das alles gar nicht sagen, aber im Hinblick auf Carla . . .«

»Komm in meinen Verlag, und ich zahle dir zweitausend«, fiel ihm Harald ins Wort.

»Und wenn du mir das Doppelte und Dreifache bietest, ich bleibe Pilot und bitte dich herzlich, Carla klarzumachen, daß ich in einer Zwickmühle gesessen habe und meine privaten Wünsche hinter die des Staates stellen mußte. Sage ihr des weiteren, daß sie die uns zugesprochene Wohnung auf keinen Fall aufgeben soll. Sobald ich zurückkomme, wird geheiratet. Bis dahin soll sie mir viel schreiben und die Briefe in einem zweiten Umschlag an diese Adresse senden.« Er übergab einen Zettel und legte dazu seine Autopapiere mit der Bitte, seinen Wagen bei einer BMW-Vertretung in Zahlung zu geben und ihm einen 328/Sport zu bestellen. »Mit dem werden wir unsere Hochzeitsreise antreten. Sag Carla das!« fügte er mit Nachdruck hinzu. »Und sage ihr auch, daß ich sie sehr, sehr . . . Das Weitere weiß sie dann schon.«

Harald war außer sich. »Ich begreife nicht, wie du Carla das antun kannst.«

»Ach, hör doch auf«, entgegnete Robert ärgerlich. »Du weißt ebenso gut wie ich, daß ich nicht hätte erklären können: Danke, meine Herren, ich kann nicht. Ich muß im September heiraten. Verschieben Sie gefälligst Ihren Krieg.«

Am nächsten Morgen suchte Robert Schroeder auf dem Tempelhofer Flughafen eine unscheinbare Baracke auf, in der sich eine eigens für die Flüge nach Spanien geschaffene Sonderflugleitung etabliert hatte. Männer des Geheimdienstes waren eingeschaltet worden. Niemand sollte erfahren, daß deutsche Piloten nach Spanien geschickt wurden. Frankreich sympathisierte mit der Madrider Regierung. England hatte in Nordspanien wirtschaftliche Interessen zu verteidigen. Dem demokratischen Amerika erschienen national gesinnte Generale gefährlich. Und Rußland stand ohnehin auf seiten der Republikaner.

Bei der Sonderflugleitung fanden sich auch jene Spezialkräfte ein, die zur Abwicklung des Flugbetriebes zwischen Afrika und Spanien benötigt wurden. Wer von ihnen Soldat oder Zivilist war, ließ sich nicht feststellen. Alle trugen den blauen Anzug der Lufthansa.

Robert Schroeder, dem fünf junge Männer zugeteilt wurden, war betroffen, als er sah, daß sich die Kabine der im Schnellverfahren umgerüsteten Maschine in einem wenig einladenden Zustand befand. Zwischen großen Zusatztanks waren fünf primitive Sessel montiert, die nur über Kisten und Kasten erreicht werden konnten.

»Hallo, Käp'ten!« begrüßte ihn Jens Lüdeke. »Tjä, dann wären wir ja wieder zusammen. Hab' mich bannig gefreut, als ich hörte, daß Sie und der Loisl mich angefordert haben. Fand ich richtig nett. Und herzlichen Glückwunsch auch. Jetzt sind Sie ja Flugkapitän. Tolles Gefühl, was?«

Robert Schroeder reichte dem Bordwart die Hand. »Tjä, das kann ich wohl sagen. Ist wirklich ein bannig gutes Gefühl. Aber was macht Ihr Feuerzeug? Funktioniert es noch?«

Jens Lüdeke klopfte auf seine Hosentasche. »Ich erspare mir, es Ihnen vorzuführen. Wir haben sechstausendfünfhundert Liter Sprit an Bord, und beim Tanken ist ganz schön was übergelaufen. Darum der fiese Geruch hier.«

»Dann sorgen Sie dafür, daß die Tür zum Führerraum dicht ist!«

»O Mann! Daran hab' ich schon gedacht.«

Kurz nach vier Uhr gab Robert Schroeder Vollgas. Obwohl er bis an die äußerste Grenze des Flugfeldes gerollt war, gelang es ihm nur schwer, die Ju 52 vom Boden abzuheben. Sie war restlos überladen. Dementsprechend schlecht war auch ihre Steigleistung. Erst zwischen

Nürnberg und München wurde die zur Überquerung der Alpen erforderliche Sicherheitshöhe erreicht.

Immer wieder mußte er an Carla denken, die ahnungslos in einer der Städte übernachtete, die er an diesem Morgen überflog. In zwei Tagen wollte sie in Berlin eintreffen. Wie mochte sie reagieren, wenn sie erfuhr, daß er, statt die Hochzeit vorzubereiten, unterwegs nach Spanien war?

Besonders intensiv dachte er an Carla, als der Gardasee überflogen wurde. Sehen konnte er ihn nicht. Oberitalien lag unter einer Wolkendecke. Das Wetter änderte sich erst, als die Bucht von Genua heranrückte. Ihre Küstenstreifen glichen Armen, die das Meer umspannen. Hell standen die Häuser zwischen grünen Hängen und dunklen Zypressen. Das Meer funkelte wie ein Brillant, und die Riviera di Ponente glich einer Kette von bunten Steinen.

Später wurde die See monoton. Das Wasser glitzerte nicht mehr verheißungsvoll. Der Horizont verschwamm im Dunst. Grau und verlassen trieben vereinzelte Fischerboote dahin.

Stunden verstrichen, bis Menorca auftauchte. Die Insel mußte querab liegenbleiben, da die Balearen unter der Befehlsgewalt republikanischer Einheiten standen.

Alois Brandner reichte zum zweitenmal belegte Brote. Dazu gab es Kaffee aus Thermosflaschen. »Zufrieden?« fragte er, auf die Instrumente weisend.

»Alles in bester Ordnung.«

Jens Lüdeke, der die Passagiere versorgte, machte ein fürwitziges Gesicht, als er in die Führerkanzel zurückkehrte. »Nun weiß ich wenigstens, wen wir an Bord haben. Zwei sind von der Lufthansa. Sie sollen in Sevilla die Zusatztanks, Sitze und Funkgeräte aus den Maschinen ausbauen.«

»Die Funkgeräte?« ereiferte sich Alois Brandner.

»Nur die aus den Kabinen. Die Wilden könnten sonst daran herumfummeln.«

Der Funker war beruhigt. Zwischen Sevilla und Tetuan kam er mit der ›Kleinstation‹ aus.

»Und einer ist Arzt«, fuhr Jens Lüdeke fort. »Ich glaube aber, der kann nicht viel.«

»Wie kommen Sie darauf?«

»Weil er noch verdammt jung ist.«

»Und wer sind die beiden anderen?«

»Der eine ist Lackierer. Er behauptet, alle Flugzeuge müßten umgespritzt werden.«

»Klarer Fall«, sagte Robert Schroeder. »Mit dem deutschen Hoheitsabzeichen können wir nicht in Aktion treten.«

»Ist schon toll, an was die alles gedacht haben. Der fünfte ist übrigens Meteorologe.«

»Von Tempelhof?«

»Nee, von einem Fliegerhorst.«

»Er soll nachher mal zu mir kommen.«

Die Sonne hatte den Zenit längst überschritten, als Robert Schroeder südlich von Mallorca Kurs auf den Golf von Almeria nahm. Vom Cap Gata wollte er in gebührendem Abstand an der spanischen Küste entlangfliegen und nach Erreichen der Meeresenge von Gibraltar Sevilla ansteuern.

Annähernd vierzehn Stunden dauerte der Flug. Außer Wasser, Dunst und Himmel gab es lange Zeit nichts zu sehen. Nicht einmal eine Wolke. Erst als der über vierhundert Meter hohe, nach Norden und Osten steil abfallende Felsen von Gibraltar ins Blickfeld rückte, wurde es wieder lebhaft an Bord. Jeder fieberte dem Land entgegen, das plötzlich wie ein aus saftigen Farben geknüpfter Teppich unter ihnen lag. Andalusien! Seine Schönheit machte trunken und ließ an jene Söldner denken, von denen die Sage berichtet, sie hätten spontan ihre Gewehre präsentiert, als sie die Paßhöhe der Sierra Morena erreichten und ein Land vor sich liegen sahen, in dem die Strahlen der Sonne nicht vom Himmel herabzufallen, sondern von der Erde zum Himmel emporzusteigen scheinen.

Entgegen der Gepflogenheit, ein mehrmotoriges Flugzeug nach der Landung dem Bordmechaniker zu überlassen, rollte Robert Schroeder die Maschine auf dem Flughafen Tablada selbst zu einer Halle hinüber, vor der bereits mehrere Ju 52 standen.

Ein braungebrannter junger Mann, der die Schirmmütze der Deutschen Lufthansa trug, winkte ihn ein und begrüßte ihn in verdächtig bayrisch klingendem Idiom. »Seid's ihr die Besatzung Schroeder?«

»Erraten.«

»Dann beeilt's euch. Ich hab' euch in die Stadt zu bringen, muß aber schon bald wieder hier sein.«

Sagenhaft, dachte Robert Schroeder. Alles ist organisiert.

Es fehlte wirklich nichts. Die Besatzung wurde von der Lufthansa betreut. Um den Arzt und den Meteorologen kümmerten sich ansässige Auslandsdeutsche. Ein württembergischer Werkmeister nahm den Lackierer und die mitgekommenen Monteure beiseite und erklärte ihnen, daß sie gleich ihre Arbeit übernehmen müßten.

Alois Brandner wies auf die anderen Flugzeuge, deren Kennzeichen abgelaugt wurden.

»Beeilt's euch«, mahnte der ›Empfangschef‹. »Die nächste Maschine wird in einer halben Stunde erwartet.«

In einem alten Vehikel fuhren sie in die Stadt. Gelegentlich wies der Fahrer auf berühmte Bauwerke, bis der Park Maria Luise erreicht wurde, in dessen Nähe das Hotel Cristina lag, das ihnen auf unbestimmte Zeit zur zweiten Heimat werden sollte.

Robert Schroeder war von der fremdartig anmutenden Halle fasziniert. Dennoch gewann er den Eindruck, in ein Narrenhaus geraten zu sein. Deutsche und Spanier rannten wie aufgescheucht umher. Unentwegt traf er Bekannte. Niemand aber führte ein langes Gespräch. Alle waren zum Umfallen müde. Ihm erging es nicht anders. Er kam mit Alois Brandner und Jens Lüdeke überein, nur schnell zu duschen und dann den Eßsaal aufzusuchen.

Dort aber wurde ihnen nichts serviert. »Oh, señores!« sagte der Oberkellner. »Gegessen wird erst ab halb zehn!«

Bis dahin waren es noch zwei Stunden.

Alois Brandner erinnerte sich der übriggebliebenen Brote.

Ein Kellner besorgte ihnen zwei Flaschen Vino tinto. »Bezahlen? No, no, señores! Pequeño pescados! – Kleine Fische!«

Bereits um neun Uhr schlief die Besatzung abgrundtief.

Robert Schroeder hatte das Glück gehabt, ein Einzelzimmer zu bekommen. Um zwei Uhr erhielt er den Bescheid, daß er um sieben Uhr geweckt werden würde. Um sieben Uhr meldete man ihm, er brauche sich nicht zu beeilen, da die Besprechung der Flugzeugführer erst um neun Uhr stattfinde. Erfreulicherweise war diese dann im Handumdrehen beendet. Schon eine Viertelstunde später fuhren die Piloten in einem ächzenden Omnibus zum Flughafen, wo sie ihre Maschinen, die am Tage zuvor noch silbern geglänzt hatten, in einem scheckig-graubraunen Kleid vorfanden. Als Hoheitsabzeichen hatten sie nun weiße Andreaskreuze. Die Kennzeichen waren durch Zahlen ersetzt.

Alois Brandner und Jens Lüdeke empfingen Robert Schroeder mit langen Gesichtern. »Was sagen Sie dazu?«

»Ist das da unser Vogel?«

»Ja.«

Aus der ›D – ANUM‹ war eine ›22 – 80‹ geworden. »Na, dann wollen wir mal.«

»Geht's heute schon los?«

»Dachten Sie, die Monteure und Lackierer hätten aus Spaß die ganze Nacht geschuftet?«

Auf unterschiedlichen Flugrouten flogen die Maschinen der Flugtransportgesellschaft ›Hisma‹ westlich und östlich an Gibraltar vorbei auf Tetuan zu. Während des Fluges berichteten die Piloten ihren Besatzungsmitgliedern, was ihnen auf der vorhergegangenen Besprechung mitgeteilt worden war. Ad eins: Es muß damit gerechnet werden, daß die republikanischen Schiffe ›Alcala Galiano‹ und ›Jaime Primero‹ das Feuer eröffnen. Grundsätzliche Flughöhe deshalb nicht unter 3000 Meter. Ad zwei: Eine aus 86 Mann bestehende ›Reisegesellschaft Union‹ schifft sich am 31. Juli mit Jagdflugzeugen und Flakgeschützen in Hamburg ein und wird voraussichtlich am 6. August in Cadiz an Land gehen. Die Jagdflieger sollen den Schutz der Transportmaschinen übernehmen; die Abwehrbatterien den republikanischen Schiffen Zunder geben. Ad drei: Bis dahin sind so viel Marokkaner wie möglich über den ›Bach zu schaukeln‹. Aufgabe dieser Elitetruppe sei es, sich entlang der portugiesischen Küste bis in das von nationalen Kräften beherrschte Gebiet nördlich des kastilischen Scheidegebirges durchzukämpfen. Ad vier: Vorerst kein Funkverkehr.

»Und wann darf der wiederaufgenommen werden?« fragte Alois Brandner unzufrieden.

»Ich denke nach Beendigung der Transportflüge. Bei dem guten Wetter hier kommen wir ja auch ohne aus.«

»Gibt's nach den Transportflügen andere Aufträge?«

»Wahrscheinlich.«

Jens Lüdeke blies die Backen auf. »Tara, tara tara . . .!«

Robert Schroeder öffnete das Seitenfenster der Führerkanzel und knöpfte den Kragen seines Hemdes auf. »Trotz dreitausend Meter Höhe eine verdammt heiße Gegend.«

Unter ihnen lag die Straße von Gibraltar. Kriegsschiffe waren nicht zu entdecken. Voraus wurde das Rifgebirge sichtbar.

»Drüben gibt's Wolken«, maulte Alois Brandner, der sich überflüssig vorkam, weil er sein Funkgerät nicht betätigen durfte.

»Das sind nur ein paar Stauwolken«, sagte Robert Schroeder. »Tetuan liegt im herrlichsten Sonnenschein.« Er wies auf eine am Fuße des Berges gelegene Stadt, die von einer hohen, mit vielen Zinnen bewehrten Mauer umgeben war. Im Sonnenlicht gleißende weiße Häuser und Türme machten der Besatzung deutlich, daß der Okzident hinter ihr lag. Ein Sprung über eine Meeresenge hatte genügt, um in eine neue, fremde Welt zu gelangen.

Je näher sie an Tetuan herankamen, um so verwirrender wurde das Bild der Stadt. Die ›Medina‹ bot sich wie im 17. Jahrhundert dar. Auf einem langgestreckten Hügel lag die ›Kasba‹. Ausgedehnte Terrassen, gezinnte Wälle und ein Reigen von bunten Gärten breitete sich malerisch vor dem düster wirkenden Rifgebirge aus.

Nur mit einem Auge sah Robert Schroeder die Schönheit der Stadt; das andere spähte zum Flugplatz hinüber, auf dem die Propeller der vor ihm landenden Maschinen braune Sandfontänen hochjagten. Am Rande des Rollfeldes standen Gruppen von marokkanischen Legionären in bunten Gewändern, die Gewehre quer über die Brust gehängt.

Die verwegene und schlachterprobte Elitetruppe dachte jedoch nicht daran, freudigen Herzens in die Flugzeuge einzusteigen. Kampfgeist, Fanatismus, Eroberungs- und Beutesucht waren angesichts des Befehles, sich einem ›Himmelswagen‹ anzuvertrauen, wie fortgeblasen. Die Marokkaner waren bereit, ihr Leben zu geben und zu kämpfen, wie Mohammed es getan hatte, bevor aus der Schar seiner ›Anssar‹ eine mächtige Gemeinde geworden war. Wo aber stand geschrieben, daß der Mensch sich in die Luft erheben darf? Das kam einer Herausforderung des Allmächtigen gleich.

Die Marokkaner warfen sich zu Boden und riefen Allah und Mohammed an. Aber weder Gott noch der ›Preisenswerte‹ kam ihnen zu Hilfe. Gegen die Stimme eines Menschen, der es für richtig hielt, Menschen zu befehligen, kam Allah nicht an. Mochte eine Welt darüber zugrunde gehen.

Für die Besatzung war es scheußlich, sehen zu müssen, wie dekorierte Krieger gleich Vieh in die Flugzeuge getrieben wurden. Die jeweilige Anzahl ermittelte niemand. Man pferchte dreißig bis vierzig feldmarschmäßig ausgerüstete Soldaten in Maschinen, die für zwanzig Passagiere zugelassen waren.

Jens Lüdeke verlor seinen Humor. Er verrammelte die Tür zum Führerraum.

Robert Schroeder mußte sich beherrschen, nicht zu protestieren. Was mutete man ihnen zu? Es fiel ihm schwer, gelassen zu bleiben und nach Sevilla zurückzufliegen. Der Gedanke, tage- und wochenlang Verfrachtungen solcher Art erleben zu müssen, war ihm unerträglich.

In Sevilla kamen Grausen und Ekel hinzu. Die eng zusammengepferchten Marokkaner taumelten, von Schwindel und Übelkeit befallen, aus dem Flugzeug heraus. Böigkeit und unzureichende Frischluftversorgung hatten das Ihre getan. Die farbenprächtige Kleidung war nicht wiederzuerkennen.

Der Besatzung war es unmöglich, die Maschine auf dem üblichen Weg durch die Kabine zu verlassen. Sie zog es vor, durch das Schiebedach der Kanzel zu steigen und über die Tragfläche zu klettern.

Zweieinhalb Stunden hatte der Hin- und Rückflug gedauert. Dreimal am Tage sollte jede Besatzung fliegen. Bei der Hitze waren sieben bis acht Flugstunden eine gewaltige Anstrengung. Wie groß aber mußte die Belastung werden, wenn innere Konflikte hinzukamen?

Jens Lüdeke schien diese Gefahr zu erkennen; denn er sagte: »Nee, in so 'n Schweinekram lass' ich die Nächsten nicht einsteigen.« Sprach's, lief zur Halle und kam mit einem Besen und zwei Eimern Wasser zurück. »Los, Loisl, drüben gibt's noch mehr von den Dingern. Keine Müdigkeit vorschützen. Ab heute nachmittag steht uns ein Schlauch zur Verfügung. Das hat mir der Werkmeister versprochen.«

Von Stund an übernahmen Jens Lüdeke und Alois Brandner dreimal am Tage das Reinigen der Maschine. Und Robert Schroeder erledigte die Arbeit des Bordmechanikers. Er überwachte das Betanken des Flugzeuges, kontrollierte den Ölstand, putzte die Scheiben und was es sonst zu tun gab. Die Besatzung bildete unversehens eine Einheit und wurde dadurch relativ leicht mit den Widerwärtigkeiten fertig, die mit den Transportflügen verbunden waren. Aus Zuschauern waren Beteiligte geworden.

Nur ein Problem blieb. Stets mußte einer der herübertransportierten Legionäre gezwungen werden, wieder mit nach Tetuan zurückzufliegen, um seinen dort harrenden Kameraden als Beweis dafür zu dienen, daß Allah nicht gezürnt hatte.

Drei Wochen war Robert Schroeder schon in Spanien, als er eines Abends im Hotel Cristina von einem Hauptmann, der wie alle deutschen Soldaten und Offiziere Zivilkleidung trug, gebeten wurde, ihn auf sein Zimmer zu begleiten.

Ein unangenehmes Gefühl beschlich ihn. Wollte man ihn sprechen, weil er zwei Piloten attackiert hatte, die erpicht darauf gewesen waren, ihre Flugzeuge mit Bombenschächten auszurüsten? Der eine war Oberleutnant der Luftwaffe, der andere Flugkapitän. Gemeinsam hatten sie trotz der primitiven Mittel, die ihnen zur Verfügung standen, einen beachtlichen Erfolg erzielt. Sie versetzten dem Panzerschiff ›Jaime Primero‹ so schwere Treffer, daß es abgeschleppt werden mußte. Wohin aber sollte es führen, wenn deutsche Piloten in Kämpfe eingriffen, die zwischen Spaniern entbrannt waren?

Der Hauptmann, der nicht ahnte, welche Überlegungen Robert Schroeder anstellte, sagte nach Erreichen seines Zimmers: »Ich habe Ihnen einen Brief zu übergeben, der einigen Herren Kopfzerbrechen bereitet. Ich wurde ersucht, die Angelegenheit mit Ihnen zu besprechen. Dabei möchte ich gleich betonen, daß Gegenstand meiner Rücksprache nicht die Einstellung Ihrer Braut zu gewissen politischen und sonstigen Dingen sein soll. Wir sind nicht die Gestapo. Die Zensurstelle interessiert ausschließlich ein Hinweis, der sich am Schluß des Briefes befindet.«

Robert Schroeders Stirnnarbe lief rot an. »Unsere Post wird zensiert?«

»Das ist leider notwendig. Es könnte ja sein, daß jemand . . .«

»Geschenkt!« fiel Robert Schroeder ein. »Ich bedachte nicht, daß ich einer geheimen Organisation angehöre.«

Der Hauptmann entnahm einer Kassette ein längliches Kuvert. »Darf ich Ihnen einen ›Osborne‹ anbieten?«

»Nein, danke.«

Er überreichte den Brief. »Bitte nehmen Sie doch Platz. Mir ist die Geschichte selber peinlich.«

Robert Schroeder zündete sich eine Zigarette an.

Der Hauptmann begab sich in den Nebenraum.

Carlas Brief lautete:

Lieber Bert! Wenn ich vierzehn Tage verstreichen ließ, ohne Dir zu schreiben, so geschah das nicht, weil ich Dir gram bin. Ich war nur völlig durcheinander. Und manch anderes kam hinzu; darüber weiter unten. Ich bin weder böse noch verstimmt. Lediglich traurig. Sehr traurig sogar. Schließlich hatte ich mich darauf gefreut, im September deine Frau zu werden. Und nun eine Verschiebung auf unbekannte Zeit! Ich bekomme langsam Angst, daß das Leben an uns vorüberläuft. Wir verlieren immerhin unsere besten Jahre.

Damit könnte ich aber noch fertig werden. Was mich empört, ist die Tatsache, daß uns die Entscheidungsgewalt genommen ist und der Staat bestimmt, welch persönlicher Spielraum uns verbleibt. Wahrscheinlich kann er sich das leisten, weil er darauf baut, daß die Zeit der Arbeitslosigkeit den meisten noch wie ein Gespenst im Nacken sitzt.

Doch genug davon. Ich liebe Dich, warte auf Dich und werde tapfer sein und bleiben. Mehr über meine Regungen und Empfindungen zu schreiben, muß ich mir verkneifen, da Deine ersten drei Briefe mir zeigten, daß unsere Korrespondenz zensiert wird. Würde ich diesem Schreiben anvertrauen, was ich Dir sagen möchte, geriete der Herr Zensor gewiß in große Not. Und das möchte ich vermeiden. Der Herr zuckt ohnehin schnell zusammen. So strich er in deinem ersten Brief aus dem Satz: ›Heute war ich beim Barbier von . . .‹, den Namen der Stadt aus. Idiotisch, wie? Als wenn nicht jeder wüßte, welche Stadt gemeint ist, wenn Rossinis Oper zitiert wird.

Aber es gibt verrücktere Dinge auf dieser Welt. Es gab sie sogar auf der völkerverbindenden Olympiade, deren Gestaltung einfach grandios war. Man unterlag einer Suggestion, die gleichermaßen von den Volksheroen und den sie bejubelnden Massen ausging.

Um so peinlicher mußte es jeden berühren, daß Hitler, der alle Olympiasieger empfing, sich weigerte, dem faszinierenden Läufer Jesse Owens die Hand zu reichen. Und das nur, weil Owens Neger ist. Ich war wie vor den Kopf gestoßen.

Doch wozu sich aufregen? Alles ist relativ. Deine Eltern, die reizend zu mir waren und mir sehr geholfen haben, über die Enttäuschung hin-

wegzukommen, gehen angesichts ihres heldenhaft gegen das ›Untermenschentum‹ kämpfenden Sohnes mit geschwellter Brust einher. Und Paps, der gleich nach Berlin kam, als er hörte, wo Du steckst, bekommt verklärte Augen, wenn er von der ›großen‹ Zeit spricht, in der wir leben und die Du ›so entscheidend verändern hilfst‹. Muß ich erwähnen, daß unsere Väter sich hervorragend verstehen? Wenn sie zusammensitzen, wird nicht gekleckert, sondern geklotzt. Und es wird getrommelt und gepfiffen. Sprechen Sie allerdings von Dir, dann macht sich so etwas wie Ehrfurcht breit. Nun ja, Flugkapitän! Der Titel weckt Assoziationen: Kommandobrücke eines Ozeandampfers! Kling, kling! Volldampf voraus!

Ich persönlich ziehe es vor, Leistungen zu würdigen. Wenn ich mir vergegenwärtige, daß Du vor fünf Jahren auf Borkum mit einem kleinen Doppeldecker Reklame für Mauxion geflogen hast und heute mit einer großen dreimotorigen Maschine im Nonstopflug zum Barbier von Rossini fliegst, dann frage ich mich, wie es möglich ist, über Berge und Meere hinwegzubrausen, ohne das gesteckte Ziel zu verfehlen. Nimm dieses Kompliment als Laudatio zu Deiner Ernennung zum Flugkapitän. Ich habe mich sehr darüber gefreut.

Da Harald, über dessen verändertes Wesen ich nur staunen kann, mich über Deinen plötzlichen Aufbruch informieren mußte, kam ich nicht daran vorbei, Dorkas einen Besuch abzustatten. Ihr Kind ist reizend. Pardon, goldig, sagt man heute. Im übrigen: Na ja . . .

Ist Dir in Haralds Büro nichts aufgefallen? Mag sein, daß ich mich täusche. Ich war nur einmal dort. Auf alle Fälle hat Paps recht, wenn er konstatiert, daß Haralds Sekretärin ungewöhnlich hübsch und sehr, sehr selbstsicher ist.

Genug des Tratschens. Entschuldige nochmals, daß ich mich außerstande fühlte, Dir eher zu schreiben. In Zukunft erhältst Du regelmäßig Post, obwohl mir der Gedanke, daß meine Briefe von irgend jemandem gelesen werden, höchst unangenehm ist. Aber was soll ich machen? Du bist nun einmal dort, und ich tröste mich in dem Gedanken, daß wir, wenn es zu schlimm werden sollte, auswandern können. Als gebürtiger Brite steht es Dir ja frei, Dich jederzeit in England niederzulassen. Zumal Deine Londoner Freunde Dir stets versichert haben, daß sie Dich mit offenen Armen aufnehmen werden.

Im ersten Moment war Robert Schroeder vor Verblüffung wie erstarrt gewesen. Dann aber lachte er so schallend, daß der Hauptmann aus dem Nebenzimmer herbeieilte.

»Was gibt's?«

Robert Schroeder hörte nicht auf zu lachen. »Nun dürfen Sie mir doch einen ›Osborne‹ kredenzen.«

»Und was ist der Grund Ihrer Freude?«

»Der Punkt, über den Sie mit mir sprechen wollen. Man sollte es nicht für möglich halten, aber was meine Braut sich da leistet, ist einfach phantastisch. Sie rächt sich am Zensor, indem sie ihn mit der Behauptung, ich sei gebürtiger Engländer, alarmiert und auf Trab bringt. Ihre verstorbene Mutter nannte sie: ›Unser Biest‹! Sagt Ihnen das was?«

Der Hauptmann schenkte ein. »Bei der mir aufgezwungenen Lektüre des Briefes gewann ich nicht den Eindruck, daß Ihre Braut ein Veilchen ist, das im Verborgenen blüht. Eine Zensurstelle aber auf Trab zu bringen . . .« Er schüttelte den Kopf. »Laut Personalakte sind Sie gebürtiger Westfale und alter Parteigenosse. Dürfte ich zur Kontrolle Ihren Paß einsehen?«

»Selbstverständlich«, sagte Robert Schroeder und übergab das erbetene Dokument. »Ich besitze sogar den Dienstreisepaß.«

»Tatsächlich.« Der Hauptmann schlug ihn auf. »Und der Geburtsort ist Münster; die Staatsangehörigkeit: deutsch.« Er griff nach seinem Glas. »Ich kann nichts anderes tun, als mit Ihnen auf das Wohl Ihrer Braut anzustoßen.«

Die Verhältnisse in Spanien änderten sich fast stündlich. Nach Cadiz hatte der Dampfer ›Usaramo‹ sechs Jagdmaschinen vom Typ ›He 51‹ gebracht, die zum Schutz der Transportflugzeuge eingesetzt werden sollten. Im Luftraum zwischen Sevilla und Tetuan gab es jedoch keine feindlichen Angriffe, und so wurden die Jagdmaschinen, die ohnehin ›lahme Enten‹ genannt wurden, weil ihre Steigleistung und Wendigkeit völlig unzureichend waren, zur Unterstützung der achtzehntausend Marokkaner eingesetzt, die Andalusien auf dem Luftwege erreicht hatten und sich anschickten, die Verbindung mit den nationalen Kräften in Kastilien herzustellen. Dies gelang ihnen auch. Sie brachten es sogar fertig, auf Toledo vorzustoßen, wo im Alkazar, der Militärakademie des Landes, fünfzehnhundert Männer, Frauen und Kinder eingeschlossen waren und auf ihre Befreiung warteten. Daß sie trotz des pausenlosen Beschusses der Festung nicht hatten kapitulieren müssen, verdankten sie dem gleichen deutschen Oberleutnant, der das Panzerschiff ›Jaime Primero‹ angegriffen und schwer beschädigt hatte. Im stärksten Feuerhagel hatte er über dem Innenhof des Alkazars immer wieder Kanister mit Lebensmitteln abgeworfen. Damit konnte er allerdings nicht verhindern, daß der Sohn des Kommandanten, der in die Hände der Republikaner gefallen war, als Geisel hingerichtet wurde.

Nach der Befreiung der Eingeschlossenen marschierten die Marokkaner mit den Einheiten der Nationalisten auf Madrid zu, wo sie am Rande der Stadt von einem tödlichen Feuerhagel empfangen wurden.

Franzosen, Polen, Ungarn, Jugoslawen und auch Deutsche kämpften auf der Seite der Republikaner. Englische MG-Kompanien, französische Fliegerverbände, sowjetische Instrukteure und Lufteinheiten warfen sich den Truppen Francos entgegen. Spätestens hier wurde deutlich, daß im spanischen Bürgerkrieg internationale Interessen auf dem Spiel standen. Und sie waren es, die Hitler und Mussolini veranlaßten, nunmehr ebenfalls kampfkräftige Einheiten nach Spanien zu entsenden.

Während die italienischen Truppen in ihrer traditionellen Uniform antraten, schlüpften Deutschlands Verbände in die spanische Uniform. Als Deutsche waren sie trotzdem zu erkennen. Sie trugen am Käppi keine baumelnde Quaste und warfen mit dem Geld nur so um sich. Je nach Dienstgrad erhielten sie eine Gefahrenzulage von 900 bis 2000 Reichsmark im Monat. Die Legion Condor war geboren. Landsknechttum breitete sich aus. Man zündete sich mit Peseten-Scheinen die Zigarette an. Pequeño pescados! – Kleine Fische!

In jenen Tagen veränderte sich das Aussehen von Robert Schroeder, der nun oftmals nach Salamanca, Segovia, Avila und Burgos zu fliegen hatte. Anstelle des blauen Anzuges trug er eine Manchesterhose, die in kniehohen Pelzstiefeln steckte; darüber einen grobgestrickten Rollkragenpullover und eine strapazierfähige Wildlederjacke. Wie alle Piloten schwang er einen Spazierstock aus Rosenholz. Sein Haar hing ihm wirr in der Stirn. Er hatte sich einen Bart wachsen lassen, der seine Auflehnung gegen das Militär und speziell gegen die Führung der spanischen Einheiten signalisierte. Es empörte ihn, daß den Marokkanern, die keinen Sold erhielten und sich selbst verpflegen mußten, nach jeder Schlacht ein vierundzwanzigstündiges Plünderungsrecht zugestanden wurde. Sie räumten Häuser aus, durchstöberten die Taschen der Toten, nahmen an sich, was ihnen verwertbar erschien, und brachen rücksichtslos jeden Goldzahn aus. Begehrt waren auch pornographische Bilder, die allem Anschein nach beim Gegner als Stimulanz zur Verteilung gelangt waren. Deutsche und italienische Legionäre zahlten höchste Preise dafür.

Auch Zeitdokumente fragwürdiger Art wurden von den Marokkanern gehandelt. Darunter Ausweise, die mit den Stempeln des republikanischen Provenzialsekretariats sowie der Miliz von Toledo versehen waren und ›zum Beischlaf mit jeder beliebigen Frau‹ berechtigten.

Auf beiden Seiten war der Rechtsstaatlichkeit die Grundlage entzogen. Wer Macht besaß, bediente sich ihrer. Niemand schonte das Leben des Gegners. Wie die Republikaner Offiziere und Politiker erschossen, die sich nicht zu ihren Idealen bekannten, so liquidierten die Nationalisten in den eroberten Ortschaften alle regierungstreu gewesenen Beamten, Volksfront- und Gewerkschaftsfunktionäre. Gerichte wurden nicht bemüht. Sadismus und Blutrausch führten das Zepter. Requetés, die königstreuen Verbündeten Francos, verlangten von jenen, die sie bajonettierten, den Ausruf: ›Es lebe Christus der König!‹ Und die Falange, des Generals getreue Gefolgschaft, brachte ihre Opfer mit der Garrotte, einem Würgekragen aus dem Mittelalter, um. Republikanische Gewerkschaftler wiederum schlugen unliebsamen Landsleuten Kruzifixe in den Schlund. Verglichen mit den herrschenden Zuständen schien die spanische Inquisition ein dilettantisches Spiel gewesen zu sein.

Angesichts der katastrophalen Entwicklung des Bürgerkrieges zog es Robert Schroeder vor, sich so weit wie möglich vom Schauplatz der Geschehnisse abzusetzen. Ihm kam dabei zustatten, daß er von der Legion Condor, welche die Verträge der ›Hisma‹ übernommen hatte, aus naheliegenden Gründen dem Wetterdienst zugeteilt wurde, für den er nun jeden Morgen einen Höhenaufstieg durchführte. Zumeist startete er von einem Platz, der in der Nähe der Kampfverbände lag. Diese hatten einen schweren Stand, da die russischen Jagdflugzeuge ›Polikarpow‹ und ›Rata‹ der deutschen He 51 haushoch überlegen waren. Wie von selbst erwuchs daraus für Robert Schroeder eine zusätzliche Aufgabe. Die Kampfverbände baten ihn, sie unverzüglich zu verständigen, wenn die Wetterlage ein Fliegen in den Wolken gestattete und am Ziel ausreichende Erdsicht herrschte. Wohl oder übel mußte er nun feindliches Gebiet überfliegen. Mit einer Ju 52, die nachträglich mit einem Heckstand versehen worden war und nur über ein einziges Maschinengewehr verfügte, stellte dies ein ziemliches Risiko dar.

Das vielfache Zusammensein mit Jagdfliegern, deren Absprungbasen der Wettermaschine in der Regel als Stützpunkt diente, veränderte den Lebensrhythmus der Besatzung. Alois Brandner und Jens Lüdeke konnten sich schon bald in der spanischen Sprache verständigen. An Señoritas fehlte es nicht. Im Gegensatz zu seinen Flugkameraden verzichtete Robert Schroeder auf das Erlernen der Sprache mit Hilfe eines ›Bettlexikons‹. Da schrieb er lieber an Carla. Oder er ritt auf einem Maulesel durch silberne Olivenhaine und kühle Schluchten. Er wurde ein Sonderling und versuchte, die Ursache des ihm völlig unbegreiflichen Verhaltens der Spanier in der Natur ihres Landes zu finden, das ebenfalls so ganz anders war, als er es sich vorgestellt hatte. Liebliche Gefilde, rauhe Hochebenen, steile Gebirge, sprengende Trockenheit, glühende Hitze und schneidende Kälte wechseln ununterbrochen ab. Oliven- und Orangenhaine, Feigen- und Johannisbrotbäume gibt es ebenso wie Korkeichen, Nadelholzwälder, Getreidefluren, Salzwüsten und ›Mondlandschaften‹, in denen kein Grashalm wächst. Das Land kann von blendendem Licht überflutet sein, binnen weniger Minuten aber finster und drohend aussehen.

Waren die Spanier nicht ähnlich? Ein Held in der Stierkampfarena entflammt die streitbaren und in seltsame Ehrbegriffe verstrickten Iberier blitzschnell zu unüberbrückbaren Parteilichkeiten. Welten prallen urplötzlich aufeinander. Fanatische Glaubenstiefe gebiert in Sekundenschnelle die krassesten Gegensätze.

Robert Schroeder geriet in eine Verfassung, die ihn nach Gründen für seine Ablösung suchen ließ. Doch dann erkannte er auf einem schwierigen Flug, daß die unzureichende Wetterberatung die Verbände der Legion Condor in gefährliche Situationen brachte. Er nahm sich vor, alles zu tun, um die Sicherheit der Kameraden zu erhöhen, und während er überlegte, wie dies bewerkstelligt werden könnte, fiel ihm der Auftrag ein, der ihm vor Jahr und Tag in Berlin erteilt worden war. Flugzeuge sollten im Kriegsfall das Wettergeschehen über dem Atlantik erkunden. Wenn seine Ju 52 wieder mit jenen Zusatztanks ausgerüstet wurde, die für den Flug nach Sevilla eingebaut gewesen waren, konnte er, ohne Aufsehen zu erregen, bis fast zu den Azoren vorstoßen. Notwendig war allerdings, daß ein zweites Wetterflugzeug die täglichen Höhenaufstiege übernahm. Zusammengefaßt konnten die von beiden Maschinen gemessenen Werte dann eine verläßliche Vorhersage ergeben.

Noch am gleichen Tage besprach sich Robert Schroeder mit dem Leiter des Wetterdienstes, der sich für seine Idee begeisterte und unverzüglich einen entsprechenden Bericht nach Berlin sandte. Und da die Kämpfe um Madrid zum Stillstand gekommen waren, flog Robert Schroeder nach Sevilla, um seine Maschine vorsorglich schon zu einem Langstreckenflugzeug umrüsten zu lassen.

Hier nun erwartete ihn eine große Überraschung. Als er das Hotel Cristina aufsuchte, sah er beim Portier Gerd stehen. Im ersten Moment glaubte er, einer Halluzination zu erliegen, dann ging er hastig auf den Bruder zu. »Hallo Gerd!« rief er in seiner Überraschung viel zu laut.

Der Bruder, der dem Portier gerade eine Geldnote zuschob, drehte sich um und stutzte. Nicht jedoch, weil Robert vor ihm stand. Er hatte von dessen Einsatz bei der Legion Condor gehört. Was ihn verblüffte, war sein verwildertes Aussehen. Er schien unter die Piraten gegangen zu sein. Bart. Braungebrannt. Räuberzivil. Er sah richtig verwegen aus. »Ist ja phantastisch, daß ich dich treffe.«

Robert umarmte ihn. »Was machst du in Spanien?«

Gerd bangte um seinen hellen Leinenanzug. »Wird hier im Augenblick nicht allerhand zerstört? Ich vertrete bekanntlich namhafte Versicherungsgesellschaften.«

Robert lachte. »Mir kannst du erzählen, was du willst. Ich kauf' dir aber nicht ab, daß du nach Sevilla gekommen bist, um Versicherungsschäden aufzunehmen.«

Gerd wirbelte seine kleine goldene Uhr wie einen Propeller durch die Luft. »Ich kann dich nicht zwingen, mir zu glauben.«

»Na schön«.

»Warum sollte ich dir etwas vormachen wollen? Wir haben hier wirklich enorme Verluste. Erinnerst du dich des Marchese di Flamino, mit dem ich dich in Rom bekannt machte?«

»Wenn du jenen älteren Herrn meinst, den du als Freund Seiner Heiligkeit des Papstes deklariertest . . .«

»Genau den meine ich. Ihm verdanke ich meine besten Geschäfte, zu denen auch viele Abschlüsse mit der vermögenden Kirche dieses Landes gehören.«

»Ich dachte, hier wären Verluste zu beklagen.«

Der Bruder ließ sich nicht beirren. »Die gehen zu Lasten der Gesellschaft. Mich brauchst du also nicht zu bedauern.«

»Wie mich das beruhigt.«

Gerds Mund stellte sich schief. »Ich hab' mal 'ne dumme Frage. Besitzt du außer deiner Landsknechtskleidung auch so etwas wie einen Anzug?«

»Sogar den üblichen in Dunkelblau.«

»Und was sagt Carla zu deinem Treiben?«

»Glücklich ist sie bestimmt nicht.«

»Dann ist mir schleierhaft, warum du hierher gegangen bist.«

Robert wies zur Bar. »Bei einem Drink läßt es sich besser reden.«

»In dem Aufzug willst du . . .?«

»Kleine Fische.«

»Ich wohne im ›Andalusia‹. Da wäre es unmöglich, in deinem Dreß die Bar aufzusuchen.«

»Dafür ist es dort auch idiotisch steif.«

Sie begaben sich in die Bar, wo es nicht bei einem Drink blieb. Ein Thema gab das andere. Daß Lilo sich an Dorkas gerächt hatte, war Gerd bekannt. Er wußte jedoch nicht, wie die Geschichte ausgegangen war. Es setzte ihn deshalb in Erstaunen, als er hörte, wie überraschend Harald sich gewandelt hatte.

»Na, bitte«, sagte er frech. »Dann hab' ich ihm wenigstens auf die Beine geholfen. Bestell ihm, er dürfe mir Dorkas jederzeit wieder schicken.«

»Es hätte dir besser angestanden, dich nach Carolin zu erkundigen«, entgegnete Robert unwillig.

Der Bruder grinste. »Carolin ist Dorkas' Tochter. Von mir aus auch Haralds. Wo kommen wir hin, wenn jeder Spaziergang mit einer Vaterschaft endet!«

»Am liebsten würde ich dir jetzt eine kleben.«

»Ein Bedürfnis, das mich überkommt, wenn ich mir vergegenwärtige, an welch üblem Spiel du dich hier beteiligst. Daß du damals den Nazis geholfen hast, war mir in gewisser Hinsicht verständlich. Die Verhältnisse in Deutschland waren katastrophal. Wer Augen und Ohren offenhielt, konnte allerdings erkennen, daß Hitler Deutschland in die Barbarei führen würde.«

»Und wo ist die heute zu finden?«

»In jedem Konzentrationslager! Die Inquisition, die dieses verdammte Land einmal erlebte, war die gleiche Barbarei.«

»Rede keinen Blödsinn!« ereiferte sich Robert. »Daheim mag manches nicht in Ordnung sein. Einen Rückfall in die Barbarei, wie wir ihn hier leider Gottes erleben, wird es in Deutschland niemals geben.«

»Du gibst zu, daß hier . . .?«

»Ich bin doch nicht blind.«

»Vielleicht auf einem Auge nicht. Sehen wir uns aber mal das andere an. Weißt du eigentlich, daß die Madrider Regierung vom Volk gewählt wurde? Sie verteidigt ihre rechtmäßige Position gegen eine Handvoll Generale, denen das demokratische System nicht paßt. Ausschließlich deshalb sandte ihr Frankreich Hilfe. Es gilt, eine Republik zu schützen. Männer wie André Malraux stellten sich zur Verfügung!«

Robert Schroeder war betroffen. »André Malraux, hast du gesagt?«

»Ja, mein Lieber. Es gibt viele honorige Persönlichkeiten, die sich für die Madrider Regierung einsetzen. Ihr aber, die ihr gegen die Republikaner angetreten seid, benutzt diesen Krieg, um eure Waffen zu erproben. Und wenn Millionen dabei zugrunde gehen.«

»Das sind Behauptungen, die du nicht belegen kannst.«

Gerd schaute auf seine Uhr. »Es ist Zeit zu gehen. Zieh dich um. Wir reden im ›Relon‹ weiter.«

»›Relon‹? Kenne ich nicht.«

»Du bist seit fast neun Monaten in Spanien und kennst die Casa de lenocinio nicht? Die hab' ich gleich am ersten Abend aufgesucht. Ein Gespräch mit dem Portier und ich wußte, wo sich die Granden der Gesellschaft vor dem Abendessen ihr Stelldichein geben.«

»Casa de lenocinio? Wie übersetzt sich das?«

»Der Italiener nennt es bordello. Der Deutsche: Piff-paff-puff!«

»Und du glaubst, daß ich dorthin gehe?«

»Warum nicht? Das ›Relon‹ ist ein hervorragend geführtes Haus. Man trinkt dort, ißt feine Sächelchen und plaudert mit hübschen Mädchen. Und wenn man will, dann kann man. Wer nicht will, der braucht nicht. Und wer nicht kann, dem ist ohnehin nicht zu helfen. Sei also kein Frosch. Dort treffen sich Industrielle, Generale, Diplomaten und die smartesten Boys in der Liebe und in dubiosen Geschäften. Vor allen Dingen aber möchte ich dir beweisen, daß das, was ich vorhin behauptet habe, zu belegen ist.«

Es reizte Robert plötzlich, den Bruder zu begleiten. Weniger um des Beweises willen, den Gerd erbringen wollte. Ihn interessierte vielmehr das von ihm bisher stets Gemiedene, das im ›Relon‹ scheinbar kultiviert geboten wurde. »Also gut«, sagte er. »Warum soll ich mir die Lasterhöhle nicht ansehen? Ich muß vorher nur noch ein Bad nehmen.«

»Darum möchte ich gebeten haben«, erwiderte Gerd anzüglich. »Ich erledige inzwischen einige Kleinigkeiten und erwarte dich in meinem Hotel.«

Was mag Gerd inzwischen zu erledigen haben, fragte sich Robert. Wie schon in Rom, so kamen ihm auch jetzt wieder erhebliche Zweifel hinsichtlich der Tätigkeit des Bruders. Es gab da zuviel seltsame Dinge. Er konnte beispielsweise nicht begreifen, wieso jemand, der im ›Andalusia‹ wohnt, dem Portier des Hotels Cristina heimlich eine Geldnote zuschiebt. Da stimmte etwas nicht. Die Geschichte von den Versicherungsabschlüssen in Spanien schmeckte ihm ebenfalls nicht. Andererseits: Die Möglichkeit, daß die spanische Kirche sich absicherte, war durchaus gegeben.

Als Robert das Hotel Andalusia aufsuchte, sah er in einem Spiegel des Foyers, daß sein Bruder hinter einer von Palmen umstellten Säule saß und sich angeregt mit einer auffallend hübschen Dame unterhielt. Er hätte nicht sagen können, warum er nicht einfach an Gerd herantrat, sondern den Portier ersuchte, den Bruder zur Reception zu bitten. Dies aber führte dazu, daß Gerd einen Fehler machte.

»Na, endlich«, sagte er, anstatt ihn zu begrüßen. »Ich habe mich schon zu Tode gelangweilt.«

Robert war nahe daran zu sagen, was er gesehen hatte. Er unterließ es jedoch in der Hoffnung, noch etwas über die Dame zu erfahren.

Gerd erwähnte sie aber mit keinem Wort. Er hakte sich bei Robert ein und führte ihn durch Straßen und winkelige Gassen, deren Häuser kunstvoll geschmiedete Fenstergitter hatten, aus denen Blumen wie Kaskaden herabhingen. Dabei erzählte er von Conrad, der ihn in Rom aufgesucht hatte.

»War er ohne weibliche Begleitung?«

»Nicht ohne Grund«, antwortete Gerd. »Es hat nicht viel gefehlt, dann wäre er dran gewesen. Gerade noch mit dem blauen Auge ist er davongekommen. Seitdem sind kleine Mädchen auch für ihn tabu.«

Robert tat einen Seufzer. »Gott sei Dank!«

»Er will versuchen, den Kontakt mit den Alten Herrschaften wiederherzustellen.«

»Was ihm angesichts seines Vermögens ohne weiteres gelingen wird. Für Mama ist Geld wichtiger als alles andere.«

»Der Alte Herr wird nicht so schnell zu Kreuze kriechen.«

»Das steht noch nicht fest. Conrads Geschäftstüchtigkeit imponiert ihm viel zu sehr.«

»Wir sind am Ziel«, sagte Gerd und führte Robert durch ein mit Arabesken verziertes Tor in den Innenhof eines alten Patrizierhauses. Der Weg zur Haustür war mit Kies belegt, die Luft von Blumenduft erfüllt. Ein kleiner Brunnen plätscherte, als erzähle er eine aufregende Geschichte.

Die Haustür öffnete sich. Gedämpftes Licht ließ den Marmor der Empfangshalle durchsichtig erscheinen. Hinter zwei livrierten Dienern erschien die ›Dame des Hauses‹. Ihr hoheitsvolles Gehabe und ihr vielkarätiger Schmuck konnten nicht darüber hinwegtäuschen, daß ein verschminktes Leben hinter ihr lag.

»Caballeros!« Ihr kostbarer Elfenbeinfächer bewegte sich schneller. »Es ist mir ein Vergnügen, Sie zu begrüßen.« Sie schlug ihren Fächer zusammen und gab damit das Zeichen, die Auswahlalben vorzulegen.«

Gerd hob dankend die Hand. »Ilona por á me.«

»Oh . . .« Die Spanierin versuchte, einen verführerischen Mund zu machen. »Und Ihr Begleiter?«

Gerd griff nach einem Album, das seinem Bruder gereicht werden sollte. »Schauen wir uns die Sache in Ruhe an.«

»Eine kleine Information wäre mir angenehm«, sagte Robert.

Gerd nahm in einem Sessel Platz.

Die Spanierin und ihre Diener verschwanden.

»Dieses Album enthält die Fotos der noch freien Señoritas. Sobald du gewählt hast, wird ihr Bild für den heutigen Tag entfernt.«

Robert feixte. »Für den ganzen Tag?«

»Das gehört zur Reputation dieses Hauses. Zweimal nie! Außer mit dem gleichen Herrn.«

»Aha! Und wenn nun jene Ilona, die du für dich erbeten hast, schon besetzt gewesen wäre?«

Gerd gab sich als Grandseigneur. »So etwas kann nicht passieren, wenn man entsprechende Vorsorge trifft. Aber schau mal ins Album.«

»Eigentlich hab' ich keine Lust mehr.«

»Und warum nicht?«

»Weil du mir zumutest, daß ich mich mit einer Übriggebliebenen begnügen soll.«

»Jetzt wird der Mensch auch noch anspruchsvoll!«

»Das war ich bei Nutten schon immer.«

»Soll das ein Witz sein?«

Robert schlug das Buch auf und wies auf ein Foto, unter dem der Name ›Pepita‹ mit goldenen Lettern gedruckt war. »Die nehme ich.«

»Du willst dir die anderen nicht ansehen?«

»Nein.«

»Gefällt sie dir so gut?«

»Nein.«

»Aber du hast dich für sie entschieden?«

»Ja.«

Gerd klatschte in die Hände.

Die Spanierin erschien.

»Pepita für meinen Freund.«

Sie spitzte die Lippen und führte ihre Gäste in einen maurisch gestalteten Raum, dessen gold und blau gestrichene Kuppeln von rotweißen Säulen getragen wurden. Das Licht war schummrig. Die Herren der Schöpfung saßen auf Kissen vor großen Messingplatten, auf denen Schalen mit Gambaros, Oliven, Anchovis, Artischockenherzen, Nüssen und anderen appetitlichen Dingen standen. Zu Füßen der Granden hockten hübsche Mädchen in hauchdünnen Pluderhosen und bestickten Jäckchen, die nur locker geschnürt waren und reizvolle Einblicke gewährten.

Ilona erschien und warf Gerd feurige Blicke zu. Sie wiegte sich in den Hüften, hatte große dunkle Augen und glich einer Zigeunerin.

Ihr folgte Pepita, eine ebenmäßig gewachsene Andalusierin von höchstens achtzehn Jahren, die feurige Blicke verschmähte, aber nach innen zu brennen schien. Ihr Gesicht war schmal. Sie machte einen stolzen Eindruck.

Man begrüßte und setzte sich; die Herren auf Lederkissen, die Mädchen zu ihren Füßen.

Ilona stützte ihren Arm ungeniert auf Gerds Schenkel.

Er bestellte Champagner.

Pepita sah Robert fragend an.

Der verzog sein Gesicht zu einem Lächeln.

Sie sagte ihm etwas.

Er zuckte die Achseln. »No comprende.«

»Alemán?«

»Si.«

»Du doch comprende.«

Wie witzig.

Gerd machte Robert auf einen älteren Herrn aufmerksam, der in der Nähe saß. »Bei ihm kannst du dich dafür bedanken, daß ihr überhaupt noch fliegen könnt.«

»Rede nicht in Rätseln.«

»Er liefert der Legion Condor den Brennstoff. Via Tanger. Und er tut das, obwohl er Franzose und überzeugter Republikaner ist. Geschäft ist eben Geschäft.«

Ilona rückte näher an Gerd heran.

Er flüsterte ihr etwas ins Ohr und wandte sich erneut dem Bruder zu. »Drüben der Herr mit dem Nußknackergesicht ist Amerikaner. Angeblich überzeugter Demokrat. Als Katholik sympathisiert er aber mit Franco und meldete diesem höchstpersönlich, daß der republikanische Frachter ›Mar Cantábrio‹ in New York mit Flugmotoren im Werte von fast drei Millionen Dollar beladen wurde. Das Ende der Geschichte dürfte dir bekannt sein. Der nationalspanische Kreuzer ›Canarias‹ brachte das Schiff auf, und die ›New Yorker Steamship Company‹ und Roosevelt werden jetzt des Verrats bezichtigt.« Gerd lachte. »So sorry, Sir.«

»Und woher weißt du das alles?«

»Ein Versicherungsagent muß über mehr Dinge informiert sein, als gemeinhin angenommen wird.«

»Ich dachte schon, der Freund Seiner Heiligkeit des Papstes hätte dir die Geschichte erzählt.«

»Da liegst du gar nicht so verkehrt.«

Der Champagner wurde serviert.

Pepita fragte, wie ihr Partner heiße.

»Robert«, sagte Gerd.

»Oh, Roberto!« Ihre schlanke Hand legte sich auf seinen Schenkel.

Er wurde nervös.

Sie gab sich verlangend und ließ ihre gespreizten Finger wie die Beine einer Spinne über seinen Oberschenkel laufen.

Robert rutschte zurück und sagte: »Ich hau' ab.«

Gerd sah ihn entgeistert an. »Bist du blöd?«

»Sehen wir uns morgen?«

»Du willst wirklich gehen?«

Robert erhob sich.

Gerd sagte etwas auf spanisch und stand ebenfalls auf. »Ich bring' dich nach draußen. Und morgen in eine Kinderbewahranstalt.«

»Erzähl mir lieber, wo wir uns treffen. Ich habe den ganzen Tag Zeit.«

»Um zehn Uhr im ›Andalusia‹?«

»In Ordnung.« Robert grüßte zu den Mädchen hinüber und verließ den Raum.

Draußen holte er tief Luft. Die Nacht duftete nach Blumen. Im Mondlicht leuchtete weißes Kallagewächs. Der Brunnen plätscherte.

Es dauerte lange, bis Robert Schroeder das Hotel aufsuchte, sich entkleidete und unter die kalte Dusche stellte. Dann warf er sich das Badetuch über die Schulter und setzte sich an den Tisch, um an Carla zu schreiben. Nackt. Näher konnte er ihr nicht sein.

Es wurde ein glühender Liebesbrief. Seine Worte streichelten. Er sah Carla vor sich, roch ihr Haar, atmete den Duft ihrer Haut. Wie aber sollte er den Brief befördern? Über die Zensurstelle? Das war unmöglich. Er mußte einen anderen Weg finden.

In dieser Nacht fand Robert Schroeder keinen Schlaf. Es waren nicht prickelnde Vorstellungen, die ihn quälten. Er sah vielmehr eine Möglichkeit, Carla den Brief auf direktem Wege zuzustellen, und er konnte es nicht erwarten, entsprechende Schritte einzuleiten. Früher als notwendig stand er auf und fuhr zum Flughafen, auf dem auch die Anschlußmaschinen der Deutschen Lufthansa für die Luftpoststrecke Berlin–Bathurst landeten. Der Leiter der Dienststelle war noch nicht anwesend. Er ging deshalb zur Werft, vor der Flugzeuge der Legion Condor standen. Sie wiesen bis zu 120 Einschüsse auf.

»Unglaublich, was die Ju alles ertragen kann«, sagte er, als er dem Werkmeister begegnete. »Ein Glück nur, daß unsere Gegner nicht mit Brandmunition schießen.«

»Beschreien Sie es nicht!« warnte der Württemberger. »Aber wieso haben Sie bis jetzt noch keinen Treffer abbekommen?«

Robert Schroeder grinste. »Ich nehme immer Reißaus.«

Der Werkmeister kniff die Augen zusammen. »Das sagen Sie in aller Offenheit?«

»Warum nicht? Als Wetteraufklärer fliegen wir ohne Begleitschutz, und uns steht nur ein MG zur Verfügung. Würden wir nicht rechtzeitig in Deckung gehen, wäre es längst um uns geschehen. Die da«, er wies auf die beschädigten Flugzeuge, »sind durchlöchert, obwohl sie im Verband geflogen werden und über je drei Maschinengewehre verfügen. Eine Ju kann sich mit einem Jagdflugzeug nun einmal nicht messen. Und schon gar nicht mit der ›Rata‹.«

»Wenn wir Messerschmitt-Jäger und Heinkel-Bomber hätten, sähe die Sache anders aus.«

Robert Schroeder steckte die Spitze seines Rosenholzstockes in ein Einschußloch. »Ich wundere mich schon lange darüber, daß hier mit alten Klamotten gekämpft wird.«

»Beim Stab wird gemunkelt, Hitler hätte kein Interesse daran, den Krieg schnell zu beenden.«

»Das ist doch Quatsch.«

»Sagen Sie das nicht. Ein schneller Sieg würde die Schlagkraft der Luftwaffe demonstrieren. Wozu der Welt zeigen, wie weit wir sind? Außerdem sollen noch neue Flugzeugmuster getestet werden, bevor mit den Polen Fraktur geredet wird.«

Robert Schroeder lachte. »Daß wir uns den ›Korridor‹ zurückholen, werden England und Frankreich niemals zulassen.«

»Was wollen die machen, wenn wir die Stärkeren sind?«

»Zwei sind stärker als einer. Das weiß auch Hitler. Er hat erlebt, wie es im Weltkrieg war, und er wird sich hüten, ein unübersehbares Risiko einzugehen. Angesichts Ihrer Prognose scheint es mir jedoch angebracht zu sein, mich mit meinen Atlantikflügen zu beeilen. Wird die Maschine morgen fertig?«

»Wenn Sie sie mir vierundzwanzig Stunden länger überlassen, bekommen Sie ein Eigenpeilgerät eingebaut.«

»Dann könnten wir ja Standortbestimmungen machen!«

Der Württemberger nickte.

»Unter diesen Umständen bleibt die Maschine bei Ihnen.«

Bald darauf sah Robert Schroeder den Leiter der Außenstelle der Lufthansa vorfahren. Er verabschiedete sich von dem Werkmeister und erfuhr wenige Minuten später, daß vor ihm schon andere auf die Idee gekommen waren, ihre Briefe unter Ausschaltung der Zensurstelle mit der Luftpostmaschine zu befördern.

»Ich kann natürlich nur einigen den Gefallen tun«, sagte der Dienststellenleiter. »Schon allein, weil die Briefe von Deutschland nach hier über Tempelhof laufen müssen. Umgekehrt ist der Weg einfacher. Da wirft die Besatzung die Post einfach in den Kasten.«

Robert Schroeder fügte seinem Schreiben an Carla schnell noch eine sich aus dem Gehörten ergebende Instruktion hinzu. Dann fuhr er glücklich und zufrieden zum Hotel zurück.

Für Carla und für ihn war die Korrespondenz zu einer Belastung geworden. Der Gedanke, daß ein Außenstehender ihre Briefe las, hatte jede Gefühlsregung unterdrückt und eine Nüchternheit aufkommen lassen, die bei beiden den Verdacht erweckte, der andere berichte von banalen Dingen, weil er nichts mehr zu sagen habe. Trockene, sachliche Briefe waren es geworden, und Robert hatte sich besonders schwer getan, da er weder über seine Tätigkeit berichten noch sagen durfte, wo er sich jeweils aufhielt. Phrasen hatten dominieren müssen und die schönsten Farben grau werden lassen. Das sollte nun anders werden. Er war deshalb trotz der Panne des vergangenen Abends in bester Stimmung und freute sich auf das Treffen mit dem Bruder.

Zunächst aber sollte er ungewollt eine weitere Beobachtung machen. Er befand sich noch ein gutes Stück vom Hotel Andalusia entfernt, als er Gerd und die Dame, die am Tage zuvor im Vestibül gesessen hatte, aus dem Hotel heraustreten und auf einen Chevrolet zugehen sah, dessen Fahrer die Tür des Wagens in geschulter Weise öffnete. Gerd verabschiedete sich mit einem Handkuß und kehrte in die Halle zurück, noch bevor der Chauffeur eingestiegen und abgefahren war.

Warum verschwindet er so schnell, fragte sich Robert. Will er mit der Dame nicht gesehen werden?

Als er in die Hotelhalle eintrat, ging Gerd ihm entgegen. »Gut geschlafen?«

»Danke, ja. Ich war schon am Flughafen.«

»Hast jetzt aber Zeit?«

»Jede Menge.«

»Dann sollten wir nach Jerez de la Frontera fahren. Allerdings nicht, um die berühmten Kellereien zu besichtigen. Ich möchte dir die Zuchtstätten der Stiere zeigen. Man sitzt dort inmitten von Koppeln unter dem Weinlaubdach einer kleinen Taverne und schaut bei einem Vino tinto zu, wie Gauchos die Stiere auf Trab bringen.«

»Und woher kennst du den Ort?«

»Weil ich bereits einmal dort war. Ich bin seit vierzehn Tagen in Spanien und brauche keine Einsätze zu fliegen.«

»Mußtest aber Versicherungsschäden aufnehmen.«

»Das erledigen meine Mittelsmänner. Wer sich die Hände schmutzig macht, kommt nicht zu Geld.«

Mit einem Mercedes fuhren sie nach Jerez de la Frontera, wo der Chauffeur noch vor Erreichen des Ortes in einen Seitenweg einbog, ohne eine entsprechende Weisung erhalten zu haben.

Robert registrierte dies wie ein Kartenspieler, der sich die aufgelegten Blätter seiner Partner merkt. Und er kombinierte auch sogleich, daß sein Bruder die Fahrt nicht ihm zuliebe unternahm. Er lag deshalb auf der Lauer, als der Fahrer vor einem alten Bauernhaus anhielt, das inmitten saftiger Weiden stand, auf denen sich junge Stiere tummelten.

»Hinter dem Haus sitzt man angenehm«, sagte Gerd und führte Robert durch einen mit Perlenschnüren verhangenen Eingang in einen dunklen Raum, in dem ein Feuer glomm. Ein würziger Brandgeruch lag in der Luft.

Ein altes Weib und ein Gaucho, der den typischen flachen Hut mit breiter Krempe trug, gingen Gerd entgegen. Sie hielten sich jedoch mit einem Male zurück, als hätten sie ein Zeichen erhalten.

»Que tal?« fragte Gerd und fügte fast zu schnell hinzu: »Wir möchten draußen sitzen. Bringen Sie uns den Wein, den ich das letzte Mal hatte. Dazu wieder das selbstgebackene Brot.«

»Si, si, señor.«

Er klopfte dem Gaucho auf die Schultern. »Alles in Ordnung?«

»Si, señor.«

»Sind nette Leute«, sagte er, als sie ins Freie traten. »Setzen wir uns drüben an den Tisch.«

Das Weinlaub war noch spärlich, und die Sonne brannte.

Robert blinzelte in die Höhe. »Wird's dort nicht zu heiß?«

»Ach wo!« sagte Gerd und nahm Platz. »Ist die Luft hier nicht wunderbar? Schau dir nur die Farben an.« Er wies zu den Wiesen hinüber. »Ein reineres Grün gibt es auf der ganzen Erde nicht. Vielleicht hat Herkules sich deshalb in dieser Gegend so wohl gefühlt.«

»Herkules?« fragte Robert verblüfft.

»Die Sage berichtet, daß er zwischen Afrika und Europa zwei Säulen errichtete: Calpe, den Felsen, den wir heute Gibraltar nennen, und Abyla auf der afrikanischen Seite. Ich könnte mir denken, daß die hiesigen Stierkämpfe auf Herkules zurückzuführen sind. Er bemächtigte sich bekanntlich des kretischen Stieres, der aus dem Meer emporgestiegen war, um Poseidon geopfert zu werden. König Minos reihte das Tier aber in seine Herde ein, woraufhin der Meeresgott den Stier rasend machte. Ich sehe da einen Zusammenhang mit den heutigen Stierkämpfen.«

Robert schnitt eine Grimasse. »Mir scheint das ein bißchen weit hergeholt zu sein. Meines Erachtens ist der Stier für den Spanier die Inkarnation des Bösen, das ausgemerzt werden soll.«

Die Brüder debattierten weiterhin über Land und Leute, bis das Geräusch eines vorfahrenden Wagens das Gespräch unterbrach. Gerd erhob sich. Seine Erklärung, ein gewisses Örtchen aufsuchen zu wollen, konnte Robert nicht täuschen. Er dachte sich sein Teil und ging, als er allein war, wie gelangweilt um das Bauernhaus und sah zu seiner Überraschung, daß sein Bruder mit der zigeunerhaft aussehenden Ilona neben dem Chevrolet stand, in den am Vormittag die hübsche Dame aus dem Hotel Andalusia eingestiegen war. Es war derselbe Wagen und derselbe Chauffeur, der nun mit dem Gaucho eine graue Holzkiste aus dem Wagen hob. Gerd übergab der Spanierin ein Kuvert und reichte ihr die Hand, wie um sich zu bedanken.

Für Robert war dies das Signal, sich schnellstens wieder hinter das Haus zu begeben.

»So«, sagte Gerd, als er zurückkam. »Auch das wäre erledigt.«

Robert dachte unwillkürlich: Fragt sich nur, was? Ich werde ihm aber schon noch auf die Schliche kommen. Fest steht auf alle Fälle, daß er kein Versicherungsagent ist. Wenn ich nur wüßte, woher ich die Kiste kenne? Ich weiß, daß ich sie schon einmal gesehen habe. Aber wo?

Wie sehr Robert Schroeder sich auch gefreut hatte, seinen Bruder in Spanien zu treffen, er fühlte sich erleichtert, als er sich von ihm verabschiedete. Gerd war ihm unheimlich geworden, und es tat ihm gut zu wissen, daß der Bruder nach Rom zurückkehren würde. Die Erlebnisse mit ihm drängten ihn ebensosehr zur Front zurück wie die grauenhaften Berichte, die in den letzten Tagen über den Feldzug der Spanier publik geworden waren.

An sich hatte Robert Schroeder zur Legion Condor keine innere Bindung. Er war Pilot aus Leidenschaft, die Angehörigen der Legion hingegen waren Soldaten. Aber was ihn auch von diesen Männern trennen und unterscheiden mochte, sie kämpften fair und waren nicht mit den spanischen Soldaten zu vergleichen, die sich an der Sonnenküste wie Bestien aufgeführt hatten. Noch während in den Kirchen von Málaga die Dankgottesdienste abgehalten wurden, ermordete die Truppe in den Straßen alle Bürger, die den Republikanern wohl oder übel hatten dienen müssen. Und Kompanien, die hastig auf Lastwagen verladen worden waren und den Auftrag erhalten hatten, der flüchtenden Bevölkerung den Weg nach Motril abzuschneiden, entledigten sich dieser Pflicht, indem sie die Männer unter den Flüchtenden vor den Augen ihrer Frauen und Kinder massakrierten.

Robert Schroeder hatte keine Achtung mehr vor den Spaniern. Er flog deshalb mit gemischten Gefühlen an die Madrider Front zurück. Der Stellungskrieg war erstarrt, und deutsche Kampf- und Jagdverbände bereiteten sich darauf vor, an der Nordfront aktiv zu werden. Sein ehrgeiziger Plan, Flüge über den Atlantik durchzuführen, zerschlug sich damit bis auf weiteres. Er erhielt den Auftrag, seinen Standort mit den Jagdverbänden nach Vitoria zu verlegen, um von dort aus für eine zuverlässige Wetterberatung zu sorgen. Diese Weisung machte es notwendig, mindestens zweimal täglich einen Erkundungsflug über einem Gebiet durchzuführen, das von den ›Roten‹, wie die republikanischen Einheiten genannt wurden, vermittels eines Systems von Betonbunkern, Maschinengewehrstellungen, verdrahteten Flankierungs- und Riegelanlagen zu einer fast uneinnehmbaren Festung gemacht worden war. Erstmalig sahen sich Robert Schroeder und der ihm zugeteilte Meteorologe vor die Aufgabe gestellt, über die Wetterlage so detailliert berichten zu müssen, daß sie es sich nicht mehr leisten konnten, beim Auftauchen feindlicher Flugzeuge abzudrehen und das Heil in der Flucht zu suchen. Die aufgegebenen Ziele mußten in jedem Falle angeflogen werden, da nur so zu ermitteln war, ob die beabsichtigten Einsätze wettermäßig verantwortet werden konnten.

»Dann ist es ja ein Glück, daß wir die Zusatztanks eingebaut haben«, sagte Alois Brandner, als Robert Schroeder ihm und Jens Lüdeke erläuterte, welche Aufgabe ihnen zuteil geworden war. »Im Blech der Tanks werden allerhand Geschosse hängenbleiben.«

Robert Schroeder schüttelte den Kopf. »Wir werden so tief wie möglich fliegen. Die Jäger sehen uns dann nicht so leicht.«

Der Mechaniker sah ihn entgeistert an. »Mit der Ju wollen Sie parterre fliegen?«

»Warum nicht?«

»Und das in Zivil?«

»Wie denn sonst?«

»Dann wird es nicht mehr lange dauern, bis wir durch Bodenbeschuß zur Notlandung gezwungen und als Spione zu einem neckischen Spiel auf Leben und Tod eingeladen werden.«

Galgenhumor hatte sich der Besatzung bemächtigt. Als sie aber wenige Tage später im Tiefflug über die Front flog und die ersten Maschinengewehrgarben heraufjagen sah, ließ es sie fast kalt. Sie stellte nur fest, daß sich plötzlich in schnurgerader Linie Löcher in der Tragfläche bildeten. Danach allerdings fühlte sie sich wie von einer Last befreit.

Robert Schroeders Rechnung ging auf. Seine Ju 52 wurde von feindlichen Jägern nicht entdeckt. Wohl erhielt sie im Verlauf der Offensive siebzehn Einschüsse, von denen jedoch lediglich einer einen Tragflächentank beschädigte, der leicht ausgewechselt werden konnte.

Dann aber kam ein Tag, an dem sich Robert Schroeder beklommen eines Gespräches erinnerte, das er vor Jahren in Hamburg geführt hatte. Ein Flugkapitän hatte ihn mit der These des italienischen Generals Douhet vertraut gemacht, derzufolge ein Krieg nur zu gewinnen sei, wenn das Hinterland des Feindes mit Bombenangriffen überschüttet und die Moral der Bevölkerung unterminiert werde. Diese Empfehlung wurde nun beherzigt. Angesichts der schwer zu bekämpfenden Bergstellungen um Bilbao erging der Befehl, die Ortschaft Guernica dem Erdboden gleichzumachen.

Robert Schroeder verlor die Beherrschung. »Jetzt sind wir schlimmer als die Spanier«, rief er außer sich. »Die nehmen grausame Rache, wir aber scheuen uns nicht, die Familien derjenigen zu vernichten, gegen die wir im offenen Kampf nicht ankommen. Das hat nichts mehr mit Krieg zu tun. Das ist barbarisch! Ich mache Schluß und spiele nicht mehr mit.«

Es nützte wenig, daß er sich Luft verschaffte. Er konnte nicht aussteigen und wollte es im Grunde genommen auch nicht. Das Wetter war so miserabel geworden, daß sich die Piloten der Kampfflugzeuge einzeln an ihre Ziele heranarbeiten mußten. Wichtiger denn je war jetzt eine zuverlässige Wetterberatung. Also suchte er nach Ausweichmöglichkeiten und Lücken in der Bewölkung und meldete sie über Funk dem Legionsgefechtsstand, der nun in der vordersten Linie lag und den Einsatz bis in alle Einzelheiten leitete.

Bilbao wurde eingenommen, der geplante weitere Vormarsch auf Santander konnte jedoch nicht durchgeführt werden, da die Republikaner westlich von Madrid eine Entlastungsoffensive gestartet hatten. In aller Eile mußte die Legion Condor wieder an die Sierra de Guadarama verlegt werden, und Robert Schroeder erhielt die Weisung, den

Jägern, die in ihren einsitzigen Flugzeugen nichts transportieren konnten, bei der Verlegung behilflich zu sein. Das kostbare Gut aber, das ihm anvertraut wurde, waren Freudenhausmädchen.

Harald von der Heid hatte sich in eine Lage manövriert, aus der er trotz vielfacher Ansätze nicht herausfand. Er war, wie Carla vermutet hatte, eine Liaison mit seiner ungewöhnlich hübschen und tüchtigen Sekretärin eingegangen und hatte ihr die Ehe versprochen. Dabei hatte er die Einschränkung gemacht, erst nach Rückkehr seines Freundes, der Trauzeuge sein sollte, heiraten zu wollen. In jener Stunde hatte er nicht damit rechnen können, daß sich Roberts Abwesenheit über eine lange Zeit erstrecken würde, und hierauf wies seine inzwischen ungeduldig gewordene Sekretärin Elke Denk mit wachsendem Nachdruck hin. Ohne Erfolg, obwohl Harald ihrem Wunsch gerne entsprochen hätte. Ihm fehlte der Mut, Dorkas reinen Wein einzuschenken und die Scheidung in die Wege zu leiten. Sie hatte stets zu ihm gehalten und selbst in Stunden, da das Leben an seiner Seite unerträglich geworden war, nicht auf die Schuld hingewiesen, die er in jungen Jahren auf sich geladen hatte. In dieser Angelegenheit hatte sie keine Frage an ihn gerichtet. Und nie war sie nachtragend gewesen. Wenn er von ihrem einmaligen Fehltritt absah, gab es nichts, worüber er sich hätte beklagen können. Auch liebte er Carolin, und die Frage nach der Vaterschaft bewegte ihn nicht mehr. Er hätte also gut wieder mit Dorkas zusammenleben können, hatte jedoch den Fehler gemacht, so intensiv an ihr vorbeizuleben, daß jeder Kontakt verlorengegangen war. Für seine ehrgeizige Sekretärin war es dann leicht gewesen, den Weg zurück endgültig zu verbauen.

Elke Denk zählte zu jenen attraktiven Blondinen, die ihr berechnendes Wesen wie ein Diadem zur Schau stellen. Außerdem war sie ungewöhnlich tüchtig. Nicht zuletzt ihrem Geschick und dem wohldosierten Einsatz ihrer Reize waren die meisten der lukrativen Aufträge zu verdanken, die Harald im letzten Jahr hatte verbuchen können. Ohne sie wäre er nicht in der Lage gewesen, die Hälfte des ihm gewährten Kredites schon vor Ablauf der vereinbarten Zeit abzudecken.

Das bekam er oft genug zu hören. Es war aber nicht seine Art, darauf hinzuweisen, daß er für jeden eingebrachten Auftrag eine beachtliche Vermittlungsprovision gezahlt hatte.

Im Grunde genommen saß Harald von der Heid zwischen zwei Stühlen. Er kam nicht los von Dorkas und war fasziniert von seiner Sekretärin, die immer drängender die Heirat forderte und ihn schließlich vor die Alternative stellte.

»Übermorgen kommen dein Vater und deine Schwester nach Berlin«, sagte sie eines Mittags. »Wenn du Dorkas bis dahin nicht erklärt hast, dich von ihr scheiden zu lassen, gehe ich zur Konkurrenz, die mich mit ausgebreiteten Armen empfangen wird.«

Harald lag eine scharfe Entgegnung auf der Zunge, er versagte es sich jedoch, sie auszusprechen. Elke Denks verwirrend blaue Augen, ihr schöner Mund und ihre makellose Figur hatten ihn hörig gemacht. »Ich verstehe dich«, sagte er konzessionsbereit. »Und ich sehe auch ein, daß es so nicht weitergehen kann. Den Hinweis auf die Konkurrenz hättest du aber nicht machen sollen.«

Sie streichelte seine Hand. »Entschuldige, Harry, mir ist das in der Erregung herausgerutscht.«

Seine wässerigen Augen verrieten Lüsternheit. »Ich werde noch heute mit Dorkas reden, und wir heiraten, sobald die Scheidung ausgesprochen ist. Geh also schon auf die Wohnungssuche.«

Elke Denk sah ihn groß an. »Du hast doch die Villa in Dahlem.«

»Du täuschst dich«, entgegnete er und fügte mit der größten Unschuldsmiene hinzu: »Das Haus wurde Dorkas anläßlich der Geburt von Carolin überschrieben. Ich bin ganz froh darüber; denn mit dir möchte ich ganz neu anfangen.«

Elke Denk war versöhnt, und Harald triumphierte insgeheim. Nun brauchte er nicht mit leeren Händen vor Dorkas hinzutreten.

An diesem Tage begab er sich früher als gewöhnlich nach Hause, wo er zunächst mit Carolin einen Spaziergang machte. Dann bat er Dorkas in die Bibliothek und sagte ihr, daß er etwas Wichtiges mit ihr zu besprechen habe.

Ihre Augen brannten nicht mehr wie früher. Sie war schmal geworden, was ihr ein ätherisches Aussehen verlieh, aber auch einen Schatten auf sie warf.

»Mach es uns nicht unnötig schwer«, sagte sie couragiert. »Du möchtest dich scheiden lassen, nicht wahr?«

Er nickte.

»Ich nehme die Schuld auf mich.«

»Das kommt überhaupt nicht in Frage!« widersprach Harald. »Schon wegen des Kindes werde ich das nicht dulden. Und ich sorge natürlich für dich. Du sollst es nicht nötig haben, dich nach einem anderen Mann umsehen zu müssen.«

Dorkas konnte ein Lächeln nicht unterdrücken. »Treibt dich Fürsorge oder Eifersucht?«

Auch bei Harald löste sich die Verkrampfung. »Vielleicht beides. Auf jeden Fall schenke ich dir dieses Haus mitsamt der Einrichtung. Und als Apanage sollst du monatlich zweitausend Mark erhalten. Damit müßtest du gut auskommen.«

Dorkas saß wie gelähmt da. Sie sollte in dem Haus bleiben und eine Summe erhalten, die dem Einkommen eines Direktors entsprach?

»Zwei Bedingungen muß ich allerdings stellen«, fuhr Harald nach kurzer Pause fort. »Erstens: Meiner Sekretärin, die sich um den Verlag sehr verdient gemacht hat und die ich heiraten möchte, habe ich erklärt, das Haus sei dir anläßlich der Geburt von Carolin übertragen worden. Wir werden das gleich morgen nachholen.«

Er beginnt seine zweite Ehe mit einem Geheimnis, das er mit seiner ersten Frau hat, dachte Dorkas verwirrt.

»Zweitens: Ich möchte Carolin und dich oft besuchen dürfen.«

»Das ist doch selbstverständlich.«

»Die Zeit bestimmst natürlich du.«

Dorkas erinnerte sich, daß sie zu einer Zeit, da das Leben an Haralds Seite ungeheuer schwer gewesen war, einmal gedacht hatte: Am idealsten wäre es, ihn als ergebenen Freund zu haben und nicht mit ihm verheiratet zu sein. Nun war er ihr ergebener Freund.

Eberhard von der Heid, der schon lange hoffte, daß Harald sich eines Tages von Dorkas trennen würde, warf sich in die Brust, als er bei der Einfahrt des Zuges in den Bahnhof Zoo seinen Sohn mit dessen attraktiver Sekretärin auf dem Bahnsteig stehen sah. »Mir scheint, uns erwartet eine freudige Überraschung.«

Carla hatte Elke Denk ebenfalls gesehen. »Wo etwas zu Ende geht, ist Trauer geboten«, sagte sie fast zurechtweisend.

»Erwartest du etwa, daß ich Dorkas eine Gedenkminute widme?«

»Nein. Aber Gerechtigkeit solltest du walten lassen. Du weißt, wie ich über Dorkas denke. Das kann mich jedoch nicht hindern, auch das Schwere zu sehen, das sie jahrelang widerspruchslos auf sich genommen hat.«

Ihr Vater machte eine unwillige Bewegung. »Verdirb mir den heutigen Tag nicht. Harald steht offensichtlich an einem neuen Anfang.«

»Und in der Bibel heißt es: Bedenke das Ende!«

Der Zug hielt an.

Eberhard von der Heid ließ das Fenster herab und lehnte sich nach draußen. »Sie kommen. Mach ein nettes Gesicht.«

»Soll ich mir auch das Näschen putzen?«

Er legte den Arm um seine Tochter. »Haralds Sekretärin könnte sogar mir gefallen. Hallo!« Er präsentierte sich wie ein Staatsmann auf Reisen.

Harald streckte dem Vater die Hand entgegen, aber noch bevor der sie ergreifen konnte, reichte Carla einen Koffer zum Fenster hinaus. »Pack zu, Bruderherz! Wir haben noch mehr von den Dingern.«

»Ich komme nach draußen«, sagte der Vater unwillig und verließ das Abteil. Seiner Tochter sollte es nicht gelingen, ihm den Auftritt zu verderben.

Nachdem Carla alle Koffer hinausgereicht hatte, folgte sie dem Vater, ohne sich zu beeilen. Sie gestand sich ein, daß Haralds Sekretärin alles besaß, was Männer anzieht. Ihr Instinkt aber warnte sie.

Harald blickte ihr ungeduldig entgegen. »Nun komm schon«, rief er und wedelte mit einem Strauß Blumen. »Ich habe euch etwas mitzuteilen.«

Carla reichte der Sekretärin die Hand. »Ich hoffe, es geht Ihnen gut.«

»Danke, ausgezeichnet.«

»Um es kurz zu machen«, Harald legte eine Pause ein, die seinen Vater erwartungsvoll die Augenbrauen heben ließ, »ich möchte euch meine zukünftige Frau vorstellen.«

»Ist das wahr?« rief Eberhard von der Heid und gab sich den Anschein höchsten Erstaunens.

»Ja, Papa!«

Der Schriftsteller breitete die Arme aus.

»Vorsicht!« warnte Carla. »Er schmatzt beim Küssen.«

Ihr Vater ließ sich nicht beirren. »Komm an mein Herz, Elke. Ich darf dich doch so nennen?«

Carla raunte ihrem Bruder zu: »Was wird aus Dorkas und Carolin?«

»Für die ist gesorgt.«

»Alsdann . . .« Sie wandte sich an ihre zukünftige Schwägerin. »Ich gratuliere zur Eroberung von Vater und Sohn.«

Elke Denk deutete eine Verneigung an. »Das ist nett gesagt.«

»Finden Sie?«

Eberhard von der Heid ahnte, daß seine Tochter sich anschickte, einen Pfeil loszuschießen. Er sagte deshalb schnell: »Ihr werdet euch doch hoffentlich duzen.«

Carla legte ihre Hand auf Elke Denks Schulter. »Heil dir im Siegerkranz!«

Der Vater bot seiner zukünftigen Schwiegertochter den Arm. »Wir werden zwei Wagen benötigen. Ich bitte um die Ehre, mit dir fahren zu dürfen.«

Carla konnte ihre Zunge nicht beherrschen. Sie reichte die Blumen, die sie von Harald bekommen hatte, mit Worten weiter, die als Kompliment aufgefaßt werden mußten, jedoch nicht ohne Bosheit waren.

»Der Schönheit einen schönen Duft!« sagte sie und hakte sich bei Harald ein. »Wie ist das Programm für heute?«

Der Bruder führte sie zu einem Taxi und erzählte, daß er ein Festessen arrangiert habe, an dem auch Roberts Eltern und Conrad teilnehmen würden.

»Haben die sich versöhnt?« fragte Carla verblüfft.

»Es sieht so aus.«

Carla war in doppelter Hinsicht froh. Sie kannte die Verzweiflung der Eltern über Conrads Entwicklung, wußte aber auch um die Einsamkeit des von der Natur so benachteiligten Menschen, den sie trotz allem gerne mochte.

»Roberts Eltern haben darauf bestanden, daß du nicht im ›Adlon‹, sondern bei ihnen wohnst.«

»Das habe ich nicht anders erwartet«, erwiderte Carla. »Und ich freu' mich auf das Zusammensein mit ihnen. Mama verwöhnt mich von morgens bis abends. Wahrscheinlich reagiert sie ihren Tochterkomplex ab. Und Papa, wie ich Roberts Vater im Gegensatz zu Paps nenne, spielt den Grandseigneur. Es ist phantastisch, wie liebenswürdig und galant er sein kann. Doch nun zu dir. Wie hat Dorkas die endgültige Trennung aufgenommen?«

Harald begann eine Schilderung, die man ein Hohes Lied der Kameradschaft hätte nennen können. Und sie endete in einer Ode an die Geschiedene.

Carla gab ihm einen Stoß. »Bist ein anständiger Kerl.«

»Ein altes Sprichwort sagt: ›Der Liebe Wunden kann nur heilen, wer sie schlug.‹ Wenn ich damals nicht so gesoffen hätte, wäre Dorkas niemals zu Gerd gefahren.«

Der Wagen verlangsamte sein Tempo.

»Dir tut wirklich nichts mehr weh?«

»Nein.«

Das Taxi hielt vor dem Hoteleingang.

Harald war Carla beim Aussteigen behilflich.

Ihr Vater, der mit Elke Denk schon vor ihnen angekommen war, verneigte sich mit höfischer Grandezza vor seinem Sohn. »Darf ich dir deine charmante und tüchtige zukünftige Frau wieder anvertrauen?«

Artigkeiten und Phrasen dominierten auch in der nächsten Minute, in der Roberts Eltern und Bruder mit den Gästen zusammentrafen.

Im ersten Augenblick war Eberhard von der Heid verwirrt gewesen. Er hatte nichts von der Einladung gewußt. Dann aber umarmte er Roberts Mutter wie ein Liebhaber.

Sie juchzte und kicherte.

Den zukünftigen Schwiegervater seiner Tochter begrüßte er mit der gepflegten Markigkeit seines Standes: Dezentes Hackenklappen. Leichte Verneigung. Kräftiger Händedruck. Offener Blick.

Vater Schroeder, der zur Feier des Tages das braune Jackett der Politischen Organisation angezogen hatte, fügte einen zackigen Hitlergruß hinzu.

Eberhard von der Heid beeilte sich, es ihm gleichzutun.

Indessen gefiel sich Mutter Schroeder darin, Carla abzuküssen und zu betonen, wie glücklich sie sei, sie einige Tage bei sich zu haben.

Conrad hielt sich im Hintergrund und beobachtete die Szene wie jemand, der indigniert zuschaut, wenn Hunde sich vorne und hinten beriechen.

Sein Vater hieß ihn nähertreten und wandte sich an Eberhard von der Heid. »Darf ich dir unseren Benjamin vorstellen?«

Carlas Vater hatte Mühe, seine Betroffenheit zu verbergen. Großer Gott, dachte er, als er Conrads mächtigen Schädel und seine von der Brille beängstigend vergrößerten Augen gewahrte. Über das unglückliche Aussehen des Jüngsten der Familie war er informiert gewesen. Er hatte Carlas Schilderung jedoch für übertrieben gehalten. »Freut mich, Sie kennenzulernen«, begrüßte er ihn.

Mutter Schroeder, die ein viel zu jugendliches rosa Kleid trug, sagte burschikos: »Stelle dir vor, Conrad ist inzwischen Herr über zweihundertfünfzig Reußen!«

»Donnerwetter!« entfuhr es Eberhard von der Heid, dem Carla aus naheliegenden Gründen verschwiegen hatte, welche Sorgen Conrad seinen Eltern bereitet hatte. »Zweihundertfünfzig Arbeiter beschäftigen Sie?«

»Hundertzehn Heimarbeiter nicht inbegriffen«, erwiderte Roberts Bruder. »Macht zusammen dreihundertsechzig.«

»So, so«, sagte Eberhard von der Heid und dachte: Unsympathischer Mensch. Scheint aber Köpfchen zu haben. Kunststück, bei dem Schädel.

Harald empfahl seinem Vater und Carla, sich zunächst einmal frisch zu machen, und er fügte hinzu: »Wir genehmigen uns inzwischen einen Aperitif.«

Sein Vorschlag fand Zustimmung, stieß aber auf Widerspruch, als er Roberts Eltern in die Hotelbar führen wollte. Bartheke und schummriges Licht kamen für sie nicht in Frage. Igitt-igitt.

»Der Führer würde sich bestimmt in keine Bar setzen«, sagte Mutter Schroeder.

Conrad grinste. »Eßt ihr nicht Fleisch, obwohl Hitler sich als Vegetarier gebärdet?«

Der Vater warf ihm einen entrüsteten Blick zu. »Das ist nicht nur etwas anderes, sondern auch eine unglaubliche Formulierung.«

Conrad lächelte zu Elke Denk hinüber, die er am Tage zuvor kennengelernt hatte. Sie zählte zu den wenigen Frauen, die kein Erschrekken über sein Aussehen zeigten.

»Hat Carla neue Nachrichten von Robert?« fragte Mutter Schroeder, als sie in der Hotelhalle Platz genommen hatten.

Harald konnte die Frage nicht beantworten. »Es gab so viel zu besprechen, daß ich vergaß, mich danach zu erkundigen«, entschuldigte er sich. »Ich möchte es aber annehmen; denn Carla war guter Stimmung und hat sich nicht beklagt.«

»Das tut sie nie«, schwärmte Vater Schroeder.

Roberts Mutter nickte lebhaft. »Sogar damals, als sie nichtsahnend hier ankam und erfuhr, daß Robert, vom Führer gerufen, in Spanien zum Kampf gegen den Bolschewismus angetreten war, blieb sie frohen Mutes.«

»Sie ließ sich nur nichts anmerken«, schränkte Harald ein. »Nie im Leben werde ich vergessen, wie fahl sie wurde, als ich ihr sagen mußte, wo Robert steckt.«

»Natürlich hat sie sich beherrscht«, räumte Vater Schroeder ein. »Aber das ist ja das großartige an ihr. Sie besitzt jene erhabene Haltung, die echten deutschen Frauen eigen ist.«

»O Gott, dachte Conrad, was hast du nur mit mir gemacht, daß ich lachen muß, wenn ich weinen sollte.

Harald sorgte dafür, daß das Gespräch leicht dahinplätscherte, bis sein Vater und Carla zurückkehrten.

Mutter Schroeder wandte sich sogleich an ihre zukünftige Schwiegertochter und erkundigte sich mit schwingendem Timbre, ob sie von Robert neue Post erhalten habe.

»Und was für welche!« frohlockte Carla. »Liebesbriefe, wie ich sie noch nie bekommen habe!«

»Seitdem spielt sie verrückt«, sagte ihr Vater. »Sie schreibt ihm neuerdings Briefe bis zu zwölf Seiten!«

»Ist das ein Wunder?« verteidigte sich Carla. »Die verfluchte Zensurstelle hatte ja jeden Kontakt zwischen uns zerstört. Nun schreiben wir uns wie Verliebte, die sich gerade kennengelernt haben.«

»Robert hat einen Weg erschlossen, der es ihnen ermöglicht, unter Umgehung der Zensurstelle miteinander zu korrespondieren«, erläuterte Eberhard von der Heid.

Vater Schroeder gab es einen Ruck. »Unter Umgehung der Zensurstelle? Das ist nicht statthaft!«

Carla lachte. »Willst du päpstlicher als der Papst sein?«

»Aber erlaube mal! Wenn etwas nicht statthaft ist . . .«

»Ach, laß die Kinder doch«, unterbrach ihn die Mutter. »Sie sind jung und haben sich was zu sagen.«

»Das finde ich auch«, pflichtete ihr Eberhard von der Heid bei.

Vater Schroeder wollte protestieren, doch seine Frau kam ihm zuvor. »Was schreibt Robert denn? Und wo steckt er?«

»Im Moment ist er wieder an der Nordfront. Da ist es nicht so heiß. Die Kämpfe bei Madrid müssen bei schrecklicher Hitze stattgefunden haben. Aber die berühmte Stadt Avila, in der er während dieser Zeit stationiert war, liegt fast zwölfhundert Meter hoch. Dort war es nicht so schlimm.«

»Er nennt die Namen von Städten?«

»Natürlich. Das ist ja einer der Vorteile, wenn man ohne Zensurstelle korrespondieren kann.«

Roberts Vater war konsterniert.

Die Mutter hingegen machte ein verklärtes Gesicht. »Avila! Dort hat die heilige Therese gelebt! Was der Junge alles zu sehen bekommt!«

»Jetzt soll Santander genommen werden«, sagte Eberhard von der Heid. »Und dann geht's auf Oviedo zu.«

Vater Schroeder vergaß seine Entrüstung. »Dann wäre Asturien ja befreit.«

»Selbstverständlich.«

»Und das Heer könnte vom Norden abgezogen werden.«

»Genau!«

»Fabelhaft! Herrgott, könnte man die Hand doch noch einmal an den Degen legen und mitstürmen.«

»Für unser Alter wäre das Gelände dort drüben nicht gerade das richtige«, gab Carlas Vater zu bedenken. »Schroffe Gebirge. Tiefgeschnittene Täler. Fast unübersteigbare Höhen.«

»Ich sehe die Landschaft vor mir«, begeisterte sich Vater Schroeder. »Wir kennen die Gegend, da uns unsere Hochzeitsreise nach San Sebastian führte.«

»Einen Abstecher habt ihr dorthin gemacht«, erklärte Conrad, ohne die Miene zu verziehen. »Ziel eurer Hochzeitsreise war Lourdes, wo ihr Mamas Gelübde eingelöst und Kranke zur wundertätigen Madonna geschoben habt.«

Roberts Mutter stieg das Blut in den Kopf.

»Rede nicht solchen Unsinn«, empörte sich der Vater.

Conrad grinste.

Schau an, dachte Eberhard von der Heid zutiefst zufrieden. Die Schroeders waren auch mal strenge Katholiken.

Um das Thema zu wechseln, sagte Carla: »Das Wichtigste habe ich noch gar nicht erzählt! Auch dir nicht«, fügte sie an ihren Vater gewandt hinzu. »Ich hatte Bedenken, offen darüber zu reden. Nachdem ich jedoch mit Harald gesprochen und festgestellt habe, daß er über gewisse

Dinge hinweg ist, sehe ich keinen Grund mehr, zu verschweigen, daß Robert und Gerd sich getroffen haben.«

»In Spanien?«

»In Sevilla!«

Vater Schroeders Wangen färbten sich. »Das würde ja bedeuten, daß Gerd auf der Seite Francos steht. Mama, der Junge ist zur Vernunft gekommen! Er kämpft gegen den Bolschewismus!«

Conrad wiegte seinen mächtigen Schädel. »Das möchte ich bezweifeln. Als ich ihn in Rom besuchte . . .«

»Du warst in Rom?«

»Ja.«

»Und das hast du uns verschwiegen?«

»Hätte ich von Gerd sprechen dürfen?«

Sekundenlang herrschte betroffenes Schweigen.

Die Mutter raffte sich auf. »Was hat Gerd gesagt?«

»Daß er geschäftlich nach Spanien reisen müsse und versuchen wolle, Robert zu treffen. Offensichtlich ist ihm das gelungen.«

»Und wo steht er politisch?«

»Keine Ahnung«, antwortete Conrad wider besseres Wissen.

»Unglaublich!« erregte sich Vater Schroeder. »Da macht ein Mann, der womöglich mit den Republikanern sympathisiert, Geschäfte mit Spaniern, die gegen die rote Flut ankämpfen.«

»Wahrscheinlich siehst du die Sache zu schwarz«, sagte Eberhard von der Heid. »Wenn deine Söhne sich getroffen haben, stehen sie nicht an verschiedenen Ufern.«

Mutter Schroeders Gesicht entspannte sich. »Der Meinung bin ich auch.«

»Was schreibt Robert denn über die Begegnung?« fragte Harald, um dem Gespräch eine Wendung zu geben.

»Daß sie lustig und komisch gewesen sei«, antwortete Carla. »Weiter nichts.« Sie konnte unmöglich erzählen, daß die beiden in ein auf vornehm getrimmtes Freudenhaus gegangen waren. Und daß Robert zum Ausdruck gebracht hatte, er traue seinem Bruder zu, ein ›Undergroundman‹ zu sein. Versicherungsagent sei er jedenfalls nicht.

»Ich glaube, es ist Zeit, daß wir zu Tisch bitten«, sagte Elke Denk.

Harald erhob sich. »Entschuldige, daß ich meine Pflicht vergaß.«

Sie hat das Zepter bereits übernommen, dachte Carla. Wenn das nur gutgeht.

Robert Schroeder konnte sich eines Schmunzelns nicht erwehren, als er las, was Carla ihm vom Familientreffen in Berlin berichtete. Glücklich aber war er über die Initiative, die sie ergriffen hatte, um den Postverkehr zwischen ihnen auch während der Wochen nicht abreißen zu lassen, die sie mit ihrem Vater am Gardasee verbringen wollte. Sie hatte sichergestellt, daß die Weiterleitung ihrer Briefe während dieser Zeit von einem Angestellten der Deutschen Lufthansa in Mailand-Linate übernommen wurde.

Robert Schroeder erhielt diese Mitteilung, als er gerade mit den seit langem vorbereiteten Langstrecken-Wettererkundungsflügen über den Atlantik begonnen hatte. Jeden zweiten Tag startete er nun in Leon zu einem Flug über rund 2500 Kilometer, die in zwölf bis vierzehn Stunden zurückgelegt wurden. Dabei wählte er jedesmal einen anderen Kurs, so daß die Flüge, in eine Karte eingetragen, das Bild eines Fächers ergaben, dessen äußere Schenkel in die Richtung der Azoren und nach Grönland wiesen.

Besonders verdient machte sich in diesen Tagen ein junger Meteorologe, der auf dem Rumpf des Flugzeuges einen Punkt ermittelte, an dem trotz des Propellerstrahls des Mittelmotors zufriedenstellende Messungen vorgenommen werden konnten. Es war nun kein Problem mehr, einen Meteorographen, der kontinuierlich Druck, Temperatur und Feuchtigkeit registrierte, während des Fluges aus seinem Gehäuse zu nehmen, ihn auszuwerten, neu zu präparieren und wieder in den Luftstrom zu bringen. Das gab die Möglichkeit, auf jedem Flug mehrere ›temps‹ zu erfliegen. Robert Schroeder drückte die Maschine nach jeweils dreihundert Kilometern bis dicht auf das Wasser herab, um den ›Bodendruck‹ als Ausgangswert zu gewinnen, und anschließend ließ er sie auf 5000 Meter Höhe steigen. Aneinandergereiht ergaben die gemessenen Werte einen vertikalen Schnitt durch die von Westen heranrückenden Luftmassen.

Es war natürlich nicht leicht, jeden zweiten Tag zwölf bis vierzehn Stunden hinter dem Steuer zu sitzen. Die Besatzung hatte aber wenigstens nichts mehr mit dem Krieg zu tun, der allen auf die Nerven ging. Die Grausamkeit der Spanier ließ sich auf die Dauer nicht ertragen. Sinnlos nahmen sie Rache an Mensch und Tier. Robert Schroeder erlebte einen Bauern, der seinen Maulesel zu Tode prügelte, nur weil er unter der ihm auferlegten Last zusammengebrochen war.

Aber unterschied sich dieser Bauer von der deutschen Führung, die Jagd- und Kampfflugzeuge nach Spanien schickte, von denen bekannt war, daß ihre Leistungsfähigkeit nicht ausreichte? Warum gab man den Piloten keine modernen Maschinen? Hatte man tatsächlich kein Interesse daran, den Bürgerkrieg zu beenden?

Diese Annahme wurde von der Tatsache erhärtet, daß Sturzkampfflugzeuge, die beim Gegner eine unbeschreibliche Panik ausgelöst hatten, schnell wieder heimgeschickt wurden. Den Grund kannte niemand. Es wurde gemunkelt, die zur gleichen Zeit erfolgte Ablösung des kommandierenden Generals habe in engem Zusammenhang damit gestanden. Hatte er den Krieg zu früh beenden wollen?

Man wußte es nicht und las mit Verwunderung in deutschen Zeitungen, daß Hitler in dieser Zeit für Mussolini eine triumphale Reise durch Deutschland inszenierte, bei der sich seine im Arrangieren von Aufmärschen und Festen versierte Propagandaabteilung in ungewöhnlichen Gags gefiel.

»Larifari!« mokierte sich Alois Brandner, als er den Bericht über den spektakulären Empfang gelesen hatte.

Jens Lüdeke holte sein pfundschweres Feuerzeug aus der Tasche und zündete sich eine Zigarette an. »Was heißt Larifari?«

»Soviel wie Quatsch. Oder das, was dein Vater mit dir macht.«

Mit diesem Hinweis spielte Alois Brandner auf die Briefe an, die Jens Lüdeke seinen Eltern schickte und die er regelmäßig von seinem Vater, einem Dorfschullehrer, mit vielen roten Strichen und der Weisung zurückerhielt, die Fehler zu korrigieren und den Brief nochmals zu schreiben. Die Sache wäre zum Lachen gewesen, wenn sie dem Bordwart nicht so zugesetzt hätte.

Im Gegensatz zu Jens Lüdeke beschäftigten Alois Brandner nur funktechnische Probleme. Die Flüge über den Atlantik wurden für ihn zu einem Dorado. Er war so besessen von seiner Aufgabe, daß er sich während der zwölf bis vierzehn Flugstunden höchstens zur Kaffeepause einmal auf den zweiten Führersitz setzte. Unentwegt lauschte er in den Äther hinein, und immer wieder brachte er es fertig, Sender zu ermitteln, die so zueinander lagen, daß die von ihnen zu ziehenden Standlinien sich im stumpfen Winkel schnitten. Dies war in den Wintermonaten, in denen schwere Stürme den Atlantik peitschten, von großer Wichtigkeit, da infolge der langen Flugdauer gewaltige Versetzungen eintreten konnten.

Aber so erfolgreich die Versuchsflüge auch waren, Robert Schroeder mußte sie im Februar 1938 einstellen. Der Beweis für die Durchführbarkeit einer verläßlichen Wetterfernerkundung war erbracht, und das genügte vorerst. Sein Flugzeug wurde erneut umgerüstet, und er hatte wieder taktische Wetteraufklärungsflüge zu absolvieren. Von Zaragozza flog er nun täglich am Ebro entlang nach Osten, wo der Durchbruch zum Mittelmeer erkämpft werden sollte. Und dieses Ziel wurde erreicht. Über Nacht verlor das Gros des Gegners die Verbindung mit Frankreich. Das Ende des Krieges schien in Sicht gekommen zu sein. Um so erstaunlicher war es, daß die Jagdstaffeln ausgerechnet zu diesem Zeitpunkt mit modernen Messerschmitt-Maschinen und die

Kampfverbände mit leistungsfähigen Heinkel-Bombern ausgerüstet wurden.

Robert Schroeder zweifelte nicht mehr daran, daß er etwas unterstützte, das sich als im höchsten Maße fragwürdig erwiesen hatte. Allein das Plünderungsrecht, das den Marokkanern eingeräumt wurde, war ein Beweis dafür, daß der Geist ihres Obersten Befehlshabers in der Tiefe des Mittelalters moderte. Ganz zu schweigen von den willkürlichen Erschießungen, die nach wie vor an der Tagesordnung waren. 126000 Menschen wurden nachweislich ermordet. Und auf den Schlachtfeldern von Teruel lagen Handgranaten, die nicht krepiert waren, weil ihre Füllung aus Zement bestand. Männer, die geglaubt hatten, für eine Ideologie kämpfen zu müssen, waren das Opfer profitgieriger Geschäftemacher geworden.

Auch für die Legionäre wurde der Krieg zum Geschäft. Ihnen stand im Überfluß zur Verfügung, was dem spanischen Volk fehlte. Sie betrachteten das Leben von der heiteren Seite, und ihr Wohlbefinden steigerte sich in ungeahntem Maße, als moderne Waffen ihnen endlich die ersehnte Überlegenheit bescherten. Damit aber breitete sich Arroganz aus. Man warf nicht mehr Bomben, sondern ›setzte Blumen in die Gärten der Städte‹. Kampfeinheiten ›pflügten im Ä(E)hrenfeld der Nation‹. Die Jäger ›knipsten‹ ihre Gegner vom Himmel. Pequeño pescados. – Kleine Fische.

Robert Schroeder erkannte, daß er an einem Tisch saß, den er längst hätte umwerfen müssen. Er zog jedoch keine Konsequenzen, weil er befürchtete, keinen richtigen Überblick zu haben und die Dinge falsch zu sehen. Wie oft schon hatte er geglaubt, dieses und jenes sei nicht in Ordnung. Immer wieder aber hatte er erfahren müssen, daß Hitler genau wußte, warum er eben dieses und jenes tat. Hatte er Österreich nicht kampflos mit dem Reich verbunden? Und wie glänzend hatte er die Sudetenkrise gemeistert! Besser als die Landsleute daheim hatten die Angehörigen der Legion Condor aus der Ferne erkennen können, daß die Gefahr eines Krieges plötzlich kaum noch abzuwenden gewesen war. Sie war so akut geworden, daß General Franco, der schon befürchtete, in einen gefährlichen Strudel zu geraten, eilig seine Neutralität erklärte und Vorbereitungen traf, die deutschen Legionäre zu internieren. Adolf Hitler aber trotzte den Westmächten das Zugeständnis ab, das Sudetenland besetzen zu dürfen.

Diese unerwartete und für unmöglich gehaltene Lösung beeindruckte Robert Schroeder in hohem Grade. Dennoch blieben die vorhergegangenen brenzligen Tage nicht ohne Wirkung auf ihn. Zu offensichtlich war die Gefahr gewesen, in der Deutschland geschwebt hatte. Er ließ sich deshalb von einem Versorgungsfahrer, der oft in San Sebastian zu tun hatte, unter der Hand französische und englische Zeitungen besorgen, und er erkannte bald, daß das Einvernehmen mit den Westmächten, das Hitler erreicht hatte, beängstigend rasch wieder verlorenging. Die im November 1938 inszenierte ›Reichskristallnacht‹, in der in ganz Deutschland jüdische Geschäfte zertrümmert und sämtliche Synagogen in Brand gesetzt worden waren, baute jedes Vertrauen ab und löste auch bei ihm und vielen seiner Kameraden echte Empörung aus. Und sie steigerte sich noch, als erkennbar wurde, daß zwischen den Befehlen, die der Legion Condor erteilt wurden, und den Weisungen, die die deutsche Wehrmacht erhielt, eine Abstimmung bestand, die Schlimmes befürchten ließ. Genau dreizehn Tage vor dem zwar siegreichen, aber wenig rühmlichen Abschluß des spanischen Krieges marschierten deutsche Soldaten in die Tschechei ein. Das Münchener Abkommen war damit gebrochen, das internationale Vertrauen endgültig verspielt.

»Jetzt wissen wir, warum es mit einem Male so pressiert hat«, sagte Alois Brandner. »Man braucht uns für den großen Krieg. Ehrlich!«

»Rede keinen Stuß«, erboste sich Jens Lüdeke. »Der Führer erledigt alles ohne Gewalt. Denk an den Einmarsch in Österreich. Dann ging's ins Sudetenland. Jetzt nach Prag. Ohne Widerstand wurden die tschechischen Truppen entwaffnet. Und die Slowakei stellte sich unter den Schutz des Reiches.«

»Trotzdem steht zu befürchten, daß Alois recht hat«, sagte Robert Schroeder. »Hier«, er schlug den ›Daily Telegraph‹ auf. »Großbritannien hat in fast panikartiger Eile Beistandsversprechungen an Polen, Griechenland, Rumänien und die Türkei gegeben. Das bedeutet: Noch einen einzigen Schritt weiter und wir befinden uns im Krieg mit England. Automatisch dann natürlich auch mit Frankreich.«

»Worauf der Führer es niemals ankommen lassen wird«, sagte Jens Lüdeke. »Der ist doch nicht bekloppt.«

»Natürlich nicht«, antwortete Robert Schroeder. Ein ungutes Gefühl aber wurde er nicht los. Immer wieder sprachen Führungsoffiziere der Legion Condor von einem Einmarsch in Polen, als wäre der eine beschlossene Sache. Auch wollte es ihm nicht gefallen, daß die deutschen Verbände weiterhin in Spanien bleiben mußten. Weshalb nur, fragte er sich. Es hieß, man hoffe durch den Verbleib der Einheiten ein Blutbad unter den Besiegten verhindern zu können.

Tatsächlich gab es Anzeichen dafür, daß die menschliche Tragödie des Bürgerkrieges ihr Ende noch nicht gefunden hatte. Nur den Mitgliedern der katalonischen Volksfront war es möglich gewesen, nach Frankreich zu fliehen. Alle anderen wurden in den Levantehäfen festgenommen und grauenhaften Verhören unterzogen. Eine Selbstmordwelle ging durch die Reihen dieser Unglücklichen.

»Es ist entsetzlich, was wir uns alles ansehen, ohne etwas zu tun«, schimpfte Robert Schroeder.

Damit änderte er natürlich nichts. Der Bürgerkrieg war zu Ende, ein gewisses Chaos aber blieb bestehen. Es existierte auch noch, als den Angehörigen der Legion Condor im April 1939 bekanntgegeben wurde, daß sie im kommenden Monat von Schiffen der Organisation ›Kraft durch Freude‹ feierlich eingeholt und über Hamburg nach Berlin gebracht werden würden, wo Adolf Hitler eine Parade abnehmen und das deutsche Volk ihnen einen triumphalen Empfang bereiten werde.

»An dem Zinnober nehm' ich nicht teil«, sagte Robert Schroeder.

Er schrieb dies auch Carla, nachdem er mit Alois Brandner und Jens Lüdeke übereingekommen war, sich so oder so vor der Parade zu drükken. Und er fügte hinzu:

Wir wissen zwar noch nicht, wie wir das bewerkstelligen sollen, werden es aber schon schaffen. Am liebsten wäre es mir, wenn wir beide uns, ohne die Eltern zu verständigen, irgendwo treffen und heiraten könnten. Nicht, daß ich einer großen Hochzeitsfeier aus dem Wege gehen will. Die läßt sich jederzeit nachholen. Angesichts der Heldentaten, die der ›Völkische Beobachter‹ nun in schwülstiger Form über die Legion verbreitet, graut mir vor einem Zusammentreffen mit den Eltern. Wir würden garantiert aneinandergeraten, weil ich nolens volens die Wahrheit sagen müßte. Wenn Harald und Dorkas noch ein Paar wären, würde ich sagen: Machen wir sie zu unseren Trauzeugen und treffen wir uns mit ihnen in einem Kurort oder sonstwo. So aber . . .

Ein mir plötzlich gekommener Gedanke ließ mich gerade nochmals mit Alois und Jens sprechen. Sie wären bereit, unsere Trauzeugen zu sein. Sollen wir es riskieren, unsere Eltern zu brüskieren? Hamburg hätte es verdient, in unserem Familien-Stammbuch genannt zu sein. Du müßtest allerdings die erforderlichen Formalitäten erledigen.

Teile mir umgehend mit, was Du von der Sache hältst. Nach der Eheschließung möchte ich schnurstracks mit Dir an den Gardasee fahren.

Aber jetzt muß ich Schluß machen. Schreib mir so schnell wie möglich.

Drei Tage später, Carla konnte den Brief noch nicht erhalten haben, wurde Robert Schroeder von einem Oberst, den er zur Inspektion eines Seefliegerverbandes nach Mallorca geflogen hatte, wie beiläufig gefragt, ob er eventuell bereit sei, die Ju 52 des Generals, die den Spaniern nicht übergeben werden sollte, nach München zu überführen.

»Selbstverständlich«, erklärte er spontan, fügte jedoch einschränkend hinzu: »Ich müßte allerdings darauf bestehen, daß der Tag des

Abfluges genau festgelegt wird, damit ich verbindliche Abmachungen treffen kann. Und in Mailand müßte ich übernachten dürfen. Denn wenn ich nach München fliege, muß ich spätestens um zehn Uhr dort eintreffen.«

Der Stabsoffizier lachte und holte einen Taschenkalender hervor. »Warum denn das?«

»Weil ich dann um elf Uhr heiraten möchte.«

Der Offizier schüttelte den Kopf. »So was habe ich noch nicht gehört. Aber, bitte. Wäre Ihnen der Abflug von Leon am achtundzwanzigsten Mai genehm? Sie könnten dann noch eine Nacht auf Mallorca verbringen, am neunundzwanzigsten in aller Gemütlichkeit nach Mailand fliegen und am dreißigsten zu Ihrer Braut hinüberhüpfen.«

»Gilt das als abgemacht?«

»Wenn Sie einverstanden sind, ist dies ein verbindlich erteilter Flugauftrag.«

Robert Schroeder brannte der Boden plötzlich unter den Füßen. Ein Blick auf die Uhr zeigte ihm, daß in einer halben Stunde eine Maschine der Deutschen Lufthansa, die den Streckendienst nach Katalonien wiederaufgenommen hatte, von Barcelona-Pratt nach Stuttgart starten würde. Er befand sich auf dem nordwestlich von Barcelona gelegenen Flugplatz Sabadell. Nur wenn er sofort startete . . .

Denken und Handeln war eins. Er rannte zu seiner Ju 52, deren Kabinendach Jens Lüdeke und Alois Brandner gerade abdecken wollten. »Blitzstart!« rief er, und es dauerte keine fünf Minuten, bis die Maschine vom Boden abhob. Da der Flug nach Pratt höchstens eine Viertelstunde dauerte, war die Verkehrsmaschine bequem zu erreichen. Damit allein war es aber nicht getan. Der Brief, den er mitgeben wollte, mußte noch geschrieben werden. Kurz entschlossen übergab er dem Bordmechaniker das Steuer, riß ein Blatt aus Brandners Funkkladde und schrieb hastig nieder, was er Carla mitzuteilen hatte. Ein Kuvert erhielt er von der Flugleitung in Barcelona, und der Pilot der Lufthansa versprach ihm, den Brief spätestens in sechs Stunden in Stuttgart per Eilboten aufzugeben. Nach menschlichem Ermessen mußte Carla das Schreiben im Laufe des nächsten Tages erhalten.

In der folgenden Nacht fand Robert Schroeder keinen Schlaf. Fast drei Jahre hatte er nicht gewußt, wann er Carla wiedersehen würde. Nun stand das Datum plötzlich fest. Er konnte sich ausrechnen, wieviel Tage noch vergehen mußten, bis das Glück wieder vollständig sein würde. Überlegungen drängten sich ihm auf, die ihm bisher noch nicht gekommen waren. Wie würde er sich daheim wieder zurechtfinden? Der spanische Bürgerkrieg hatte ihm trotz all seiner Scheußlichkeiten Jahre beschert, die er in dieser Form nicht nochmals erleben würde. Abgesehen von den Einsätzen und den sich selbst auferlegten Pflichten hatte er ein völlig unabhängiges Leben geführt und mehr oder weniger getan und gelassen, was er wollte.

Daheim würde er sich an vieles wieder gewöhnen müssen. Vor allen Dingen an normale Kleidung. Wenn er in Sevilla, Salamanca, Burgos oder Barcelona seinen blauen Dienstanzug anzog, kam er sich direkt albern vor. Seinen Bart hatte er sich vorsorglich gleich bei Beendigung des Krieges abnehmen lassen. Carla hätte an dem scheußlichen Prachtstück bestimmt keinen Spaß gehabt. Da hatte er sich lieber freiwillig von ihm getrennt. Und nun sorgte er dafür, daß die darunter bleich gewordene Haut braune Farbe bekam.

Sonnenbäder nahm er neuerdings überhaupt in verdächtig reichlichem Maße. Wenn möglich splitternackt. Auch schaute er jetzt häufig in den Spiegel. Es war schon erregend, sich nach so langer Zeit auf das Wiedersehen mit der Geliebten vorzubereiten.

Aufregend aber war der Augenblick, da Alois Brandner mit Carlas Antwortbrief in den Raum stürzte. Sekundenlang hielt Robert Schroeder das Schreiben unschlüssig in der Hand.

»Nun los doch!« ermunterte ihn der Bayer. »Wie ich Ihre Braut kenne, ist sie mit einer formlosen Eheschließung einverstanden. Ehrlich!«

»Tjä«, stimmte ihm Jens Lüdeke zu. »Das würde ich auch sagen.«

Robert Schroeder riß den Umschlag auf.

Die Kameraden sahen ihn erwartungsvoll an.

Er las die Überschrift und die ersten Worte und genierte sich nicht, sie laut herauszuschreien: »›Geliebter! Hurra, wir heiraten am dreißigsten Mai in München!‹«

»Und bekommen zum Festessen ein anständiges Bier«, rief Alois Brandner. »Dazu gibt's Weißwürstl. Und was Schweinernes. Einen Radi sollte man natürlich auch haben.«

Robert Schroeder las Carlas Brief und hörte nichts mehr. Und je weiter er kam, um so größer wurde sein Erstaunen. Dabei entsprach das, was Carla ihm mitteilte, durchaus ihrer Art. Sie hatte ihrem Vater reinen Wein eingeschenkt, und er hatte, wenngleich nicht gerade erfreut, Verständnis für Roberts Wunsch gezeigt und sich mit dessen Eltern ins Benehmen gesetzt. Sie waren übereingekommen, die beabsichtigte standesamtliche Heirat als eine Formalität zu betrachten. Im Anschluß an die Urlaubsreise sollte die kirchliche Trauung und eine großangelegte Hochzeitsfeier auf Schloß Rheinberg stattfinden. Voller Glückseligkeit schrieb sie:

Man läßt uns also gewähren. Der Italiener nennt es: ›Flutar la rosa.‹ – ›An der Rose riechen lassen.‹ Ihr Duft wird betörend sein.

19

Auf dem Flug von Mailand nach München war es Robert Schroeder zumute, als fliege er geradenwegs in den Himmel hinein. Zu unwirklich erschien es ihm, daß er in weniger als einer Stunde all die Jahre überwunden haben sollte, die ihn von Carla getrennt hatten. Immer wieder hatten die Verhältnisse eine Eheschließung unmöglich gemacht. Nun endlich gab es keine Hindernisse mehr. Er besaß ein gesichertes Einkommen, verfügte über Ersparnisse und konnte einen vielwöchigen Urlaub antreten. Aber es war ein seltsames Gefühl, in 4500 Meter Höhe über den Wolken dahinzufliegen und an der Borduhr die Zeit abzulesen, die einen von der Geliebten noch trennt.

»Ich habe München an der Strippe«, meldete Alois Brandner. »Wolkenuntergrenze neunhundert Meter. Die Alpen-›Bake‹ läuft.«

Robert Schroeder setzte seinen Kopfhörer auf. Deutlich war ein immer wiederkehrendes hartes ›Dit, dit dit . . .‹ zu hören.

Die Sekunden werden mir jetzt sogar akustisch eingehämmert, ging es ihm durch den Sinn. Er wandte sich an Jens Lüdeke. »Was machen die Blumen?«

»Dafür, daß sie das erste Mal fliegen, halten sie die Köpfe erstaunlich hoch.«

»Reden Sie kein dummes Zeug, sondern schauen Sie vorsorglich nochmals nach.«

»Das hab' ich doch schon zweimal getan!«

»Und was ist, wenn eine Bö den Eimer umgekippt hat?«

Jens Lüdeke erhob sich gottergeben und verschwand in der Kabine.

Um den Zeitpunkt der Landung zu ermitteln, flog Robert Schroeder eine ›Abstandsbestimmung‹. Danach verlangte er eine Peilung.

Alois Brandner drückte einige Male auf die Funktaste und meldete: »QDM dreihundertfünfundfünfzig.«

»Das ergibt einen Abstand von sechsundzwanzig Minuten«, sagte Robert Schroeder nach kurzer Rechnung. »Geben Sie durch: Landung um zehn Uhr zwölf!«

Jens Lüdeke erschien mit den Rosen. »Damit Sie sich persönlich davon überzeugen können, daß es unseren Passagieren ausgezeichnet geht. Es liegen auch keinerlei Beschwerden vor.«

»Dann bin ich beruhigt.«

»Fragt sich nur, für wie lange.«

Alois Brandner grinste.

Robert Schroeder wartete sehnlichst darauf, daß in seinem Kopfhörer ein Dauerton ertönte, und als es endlich soweit war und der Ton unmerklich in ein langgezogenes ›Dah, dah, dah . . .‹ überging, verkündete er triumphierend: »Señores, die Alpen liegen hinter uns. Wir setzen zur Landung an und werden in wenigen Minuten zum erstenmal wieder deutsche Erde zu sehen bekommen.« Noch während er dies sagte, nahm er die Gashebel zurück und drückte die Maschine an, die sich nun mit erhöhter Geschwindigkeit der Wolkendecke näherte, in die sie bald darauf eintauchte. Fünf Minuten später stieß sie südlich von München aus den Wolken heraus.

Sekundenlang schrien alle drei durcheinander. Sie staunten über die wie mit dem Lineal gezogenen Felder; über die asphaltierten Straßen; über die Isar, die sich nicht als trockenes Flußbett wie die Flüsse in Spanien präsentierte; über das vielfältige Grün der Felder, Wälder und Wiesen; über das bunte Bild der Stadt, die vor Sauberkeit zu strotzen schien. All das hatten sie seit Jahren nicht mehr zu sehen bekommen. Robert Schroeder scheute sich fast, auf der Grasnarbe des Flughafens zu landen. Sanft berührten die Räder einen weichen Boden.

Jens Lüdeke schob das Dachfenster zurück, um über den Mittelmotor hinwegsehen zu können. Robert Schroeder hinderte ihn daran. »Heute übernehme ich das Rollen«, sagte er und stellte sich in den Rahmen des geöffneten Fensters.

Alois Brandner blinzelte dem Mechaniker zu. »Nur wer die Sehnsucht kennt . . .!«

Jens Lüdeke schaltete den Mittelmotor ab. »Tjä, dann will ich mich mal um die Blumen kümmern. Wenn die nicht trockengelegt werden, machen sie ›unsere‹ Braut ganz schön naß.«

»Die Jacken!« rief der Funker.

Der Mechaniker sauste in die Kabine und kam mit dem Jackett des Piloten zurück.

Robert Schroeder zog es an und verringerte das Rolltempo. Wenn ihn nicht alles täuschte, hatte er Carla schon entdeckt. Gleich neben dem Abstellplatz stand ein weibliches Wesen, dessen dunkelblaues, auf Taille gearbeitetes Kostüm nicht nur zu den Dienstanzügen der Flugzeugbesatzung paßte, sondern auch dem bevorstehenden Gang zum Standesamt entsprach. Und dann wußte er, daß er Carla vor sich hatte. Ihr rotes Haar war unverkennbar. Sie schwenkte die Arme und tat einige Schritte, als wollte sie dem Flugzeug entgegenlaufen.

»Her mit den Blumen!« rief er in die Kanzel hinein.

Alois Brandner drängte sich in den Rahmen des Dachfensters. »Die nimmt Jens schon aus dem Wasser.«

Robert Schroeder betätigte die Bremsen.

Carla lief auf das Flugzeug zu.

Er drückte auf den Hauptschalter.

Die Motoren blieben stehen.

Carla erreichte die Kabinentür in dem Augenblick, da Jens Lüdeke sie aufstieß.

»Sie sind aber schnell«, entfuhr es dem Mechaniker.

Carla ließ sich von ihm in die Kabine hochziehen.

Robert eilte ihr mit den Rosen entgegen.

»Bert!« rief sie und warf sich in seine Arme.

Beide waren unfähig, etwas zu sagen. In ihren Augen standen Tränen. Sie umklammerten und küßten sich.

Alois Brandner machte sich am Funkgerät zu schaffen.

Jens Lüdeke gab sich taktvoll und blickte zum Verwaltungsgebäude hinüber, wo viele Köpfe an den Fenstern erschienen. Hoffentlich wird's nicht wie gestern, dachte er. In Mailand war eine große Schar von Büroangestellten, Arbeitern und Monteuren auf das noch kriegsmäßig gestrichene und mit dem Andreas-Kreuz versehene Flugzeug losgerannt. Sollte er auf die neuerlich heranrückende Gefahr aufmerksam machen?

Noch bevor er sich schlüssig wurde, rief Robert Schroeder: »Kommen Sie, Jens!« Und an den Funker gewandt! »Sie auch, Alois!« Dann griff er nach einer Schachtel, die er bereitgelegt hatte.

Der noch rundlicher gewordene Bayer schüttelte Carla überschwenglich die Hand. »Mei, bin ich froh, daß wir wieder gesund beieinander sind. Ehrlich!«

Sie umarmte ihn gerührt.

»Hast du Jens damals eigentlich kennengelernt?« fragte Robert.

»Tjä, das will ich meinen«, antwortete Carla trocken.

Gelächter quittierte ihre Schlagfertigkeit.

Robert drückte ihr und den Kameraden ein Sektglas in die Hand. »Zur Begrüßung ein kleiner Willkommensschluck! Gekühlt in viereinhalbtausend Meter Höhe«, fügte er hinzu und ließ den Pfropfen knallen.

Fast im gleichen Augenblick lugte ein junger Mann in die Kabine und rief: »Sind Sie die Besatzung dieser Maschine?«

Robert Schroeder schenkte die Gläser ein. »Sieht so aus.«

»Sie gehörten der Legion Condor an?«

»Warum interessiert Sie das?«

Der junge Mann kletterte in das Flugzeug. »Ich bin Bildreporter und wäre Ihnen dankbar, wenn Sie ...« Er unterbrach sich. »Entschuldigen Sie. Ich sehe erst jetzt, daß ich in eine kleine Feier hineingeplatzt bin.«

Carla reichte ihm ihr Glas. »Heute ist uns jeder willkommen. Besonders natürlich ein Fotograf, der uns mit Erinnerungsbildern beglücken kann.«

»Sie gehörten auch zur Legion?«

Als hätte der Teufel sie geritten, antwortete Carla: »Die Kerle mußten doch verpflegt werden. Jede Besatzung hatte ihr Mädchen.«

Der junge Mann schaute ungläubig von einem zum anderen.

»Nun trinken Sie schon«, sagte Carla. »Und dann machen Sie Ihre Aufnahmen. Wir haben nämlich keine Zeit. Man erwartet uns beim Standesamt. In Sevilla verlobt, in München verheiratet.«

»Jetzt ist es genug«, protestierte Robert. »Der Reporter veröffentlicht womöglich, was du sagst. Und dann kriegt er Schwierigkeiten.«

»Aber Sie kommen doch aus Spanien.«

»Ja. Und dies ist meine Braut, die mich gerade abholt.«

»Sie trägt zufällig die gleiche Kleidung?«

»Rein zufällig.«

»Dann erklären Sie mir, wieso Ihre Braut genauso braun ist wie Sie?«

Alle drei starrten Carla an. Ihre ungewöhnliche Bräune war niemandem aufgefallen, da sonnengebräunte Gesichter nichts Ungewöhnliches für sie waren.

»Tjä, das ist nun ja wirklich verdächtig«, sagte Jens Lüdeke.

Robert Schroeder warf ihm einen unwilligen Blick zu und bemühte sich, den Reporter davon zu überzeugen, daß Carla nicht in Spanien gewesen, sondern nach München gekommen war, um sich noch an diesem Vormittag mit ihm zu verheiraten. Ihm wurde schließlich auch geglaubt. Es konnte aber kein Zweifel darüber bestehen, daß von den Fotos, die der junge Mann nun am laufenden Band machte, zumindest einige veröffentlicht werden würden.

»Das war ein aufregender Anfang«, sagte Robert, als er mit Carla endlich in einem Taxi Platz genommen hatte, das sie zum Standesamt bringen sollte. Alois Brandner und Jens Lüdeke folgten ihnen in einem zweiten Wagen.

Sie drückte seine Hand. »Hoffentlich bist du mir nicht böse. Ich mußte plötzlich einfach drauflosreden.«

»Es ist ja überstanden.«

Sie lehnte sich an ihn. »Bist du es wirklich oder träume ich?«

Er küßte sie. »Es ist die Wirklichkeit!«

Beide gaben sich dem beseligenden Gefühl hin, am Ziel ihrer Wünsche angelangt zu sein. Dennoch war alles wie im Traum. Gleichsam körperlos fuhren sie in die Stadt, wo sie erst wieder in die Gegenwart zurückfanden, als der Wagen vor dem Portal des ›Leinfelder Hofes‹ anhielt.

»Ich denke, wir fahren direkt zum Standesamt«, sagte Robert verwundert.

Carla beruhigte ihn. »Es geht gleich weiter. Ich nehme hier nur den Brautstrauß in Empfang, den ich mir aus naheliegenden Gründen selbst bestellen mußte. Ich konnte ja nicht ahnen, daß in deinem Flugzeug Blumen wachsen.«

Der Fahrer lud die Koffer aus.

Ein Page eilte mit einem hübsch gebundenen kleinen Strauß herbei.

Carla übernahm ihn und übergab die langstieligen Rosen, die Robert ihr mitgebracht hatte. »Stell sie aufs Zimmer.«

Der Page verneigte sich. »Sehr wohl, gnädige Frau.«

»Noch bin ich Fräulein!«

Der Page starrte Robert Schroeder an. »Verzeihen Sie, mein Herr, dürfte ich um ein Autogramm bitten?«

»Gewiß. Aber warum möchtest du es gerade von mir haben?«

»Sie waren doch Pilot bei der Legion Condor.«

»Ich werde es dir nachher geben«, sagte Robert und blickte zu Carla hinüber. »Du hast scheinbar einen ganz schönen Wirbel veranstaltet.«

»Das hat Paps getan«, widersprach sie. »Ohne seine Beziehungen und die Zauberformel: ›Pilot der Legion Condor‹ würden wir heute nicht getraut werden. Ich habe ihm übrigens für seine Bemühungen ein ausführliches Telefongespräch versprochen, das du gleich nach der Trauung mit ihm führen mußt.«

Das hätte ich ohnehin getan.«

»Auch mit deinen Eltern?«

»Selbstverständlich.«

»Und mit Harald?«

»Ehrensache.«

»Deinem Vater hast du es zu verdanken, daß der neue Wagen schon zugelassen ist. Und zwar mit einer Berliner Nummer.«

»Wie hat er das fertiggebracht?«

»Über den Berliner Polizeipräsidenten. Zauberformel: ›Pilot der Legion Condor.‹ Der Wagen steht in der Ausstellungshalle des Werkes. Er sieht toll aus. Fischlackfarbe!«

Der Taxifahrer blickte zurück. »Mir san do.«

Carla schaute verblüfft nach draußen. »Das ging aber schnell.«

Robert stieg aus dem Wagen und war ihr beim Aussteigen behilflich. Sie drückte ihm ein Portemonnaie in die Hand. »Du verfügst bestimmt über kein deutsches Geld.«

Er konnte nur staunen. »Woran du alles denkst!«

Alois Brandner stieg aus dem nachfolgenden Wagen und witterte wie ein Hund mit erhobenem Kopf. »Mei, ist does a Lüfterl? Thomas-Bräu! Paulaner-, Löwen- und Spatenbräu! Mir wird's schwindlig.«

Robert Schroeder überkam ein ähnliches Gefühl, als der Standesbeamte, der sie hackenklappend begrüßte, zu einem Sermon anhob, in dem sich Phraseologie und verlogene Ideologie symbolträchtig vereinten. Ausgehend von dem großen Glück, welches das ›Gesetz zum Schutz des deutschen Blutes und der deutschen Ehre‹ allen Ariern und Mitgliedern der Herrenrasse beschert habe – und nach einem bescheidenen Hinweis darauf, welch aufrichtige Freude es jedem Standesbeamten bereite, nach den verruchten Jahren der Zuchtlosigkeit nicht mehr genötigt zu sein, den Angehörigen minderer Rassen Gesetzesschutz gewähren zu müssen –, wurde Hitlers unerschütterlicher Wille gepriesen, der deutschen Familie wieder den Ehrenplatz einzuräumen, der ihr gebühre. Deshalb wolle er, der Standesbeamte, die anstehende Eheschließung nicht in primitiv bürokratischer Form vollziehen, sondern sie in die Macht der Worte des geliebten Führers stellen, der in einer programmatischen Rede erklärt habe: ›Die Frau hat bewiesen, daß sie das richtige trifft. Sie ist egoistisch in der Erhaltung ihrer kleinen Welt, damit der Mann in die Lage kommt, die größere zu bewahren. Und der Mann ist egoistisch in der Erhaltung dieser größeren Welt; denn sie ist untrennbar mit der anderen verbunden. Wir wehren uns dagegen, daß ein Intellektualismus verdorbenster Art das auseinanderreißen will, was Gott zusammengefügt hat.‹ In diesem Sinne . . .

»Phhh . . .!« machte Robert, als er mit Carla auf den Gang hinaustrat. »Versprichst du mir, eine normale Ehe mit mir zu führen?«

Sie umarmte ihn.

Nach einer ›zünftigen Brotzeit‹, wie Alois Brandner sie sich in Spanien gewünscht hatte, begleiteten die Trauzeugen das junge Paar zum Hotel Leinfelder Hof. Dort war am Abend zuvor ein voluminöser Eilbotenbrief aus dem Reichsluftfahrtministerium eingetroffen, der möglicherweise auch eine Mitteilung für den Funker und für den Mechaniker enthielt. Das Schreiben beunruhigte Robert Schroeder. Doch nicht der geringste Grund zur Sorge bestand. Der Leiter der Wetterflugstellen bedankte sich für den ihm übermittelten Bericht über die Langstrekken-Erkundungsflüge, und er ersuchte darum, eine Anzahl von Fragen, die gesondert beigefügt waren, so detailliert wie möglich zu beantworten. Und zwar noch vor Antritt des Urlaubes, der für ihn und seine Kameraden mit je hundert Tagen bemessen sei. Bei der Beantwortung der Fragen müsse ein Konfliktfall zwischen Frankreich und Deutschland unterstellt werden. Gewiß würde er die Arbeit in ein bis zwei Tagen bewältigen können.

Der Brief konnte die Stimmung aller nur erhöhen. Er hatte aber auch eine merkwürdige Nebenwirkung. Alois Brandner und Jens Lüdeke sahen sich mit einem Male an, als erwarte jeder von ihnen, daß der andere das Wort ergreife.

»Was ist los?« fragte Robert Schroeder. »Genügen euch hundert Tage Urlaub nicht?«

»Im Gegenteil!« versicherte der Bayer. »Man weiß ja überhaupt nicht, was man damit anfangen soll. Ehrlich!«

Der Mechaniker nickte zustimmend. »Tjä, hundert Tage, das ist wirklich eine bannig lange Zeit. Vielleicht sollten wir nun doch nach Berlin fahren. Spielt jetzt ja keine Rolle mehr.«

»Worauf wollt ihr hinaus?«

Alois Brandner rieb sein Kinn. »Um ehrlich zu sein: Wir würden gerne an der Parade teilnehmen.«

»Und das habt ihr mir nicht sagen mögen?«

»Es hätte doch sein können, daß Sie denken, wir wollen Ihnen in den Rücken fallen. Wir verstehen Ihren Standpunkt, sagen uns aber, daß wir die Orden nicht umsonst bekommen haben. Denken Sie nur an die Kämpfe von Bilbao. Und über dem Atlantik war es manchmal auch ganz schön brenzlig.«

Robert Schroeder lachte. »Gut, daß ihr Farbe bekannt habt. Es wäre doch idiotisch, wenn ihr auf etwas verzichten würdet, das ihr gerne tun möchtet.«

Alois Brandner erhob sich mit einem Ruck. »Ich habe Jens gleich gesagt, daß Sie . . .« Er wandte sich an Carla. »Entschuldigen Sie, daß wir an Ihrem Hochzeitstag so lange gestört haben. Wir verschwinden auf der Stelle und wünschen Ihnen nochmals alles Gute.«

»Habt ihr denn Geld?« fragte Robert Schroeder.

Der Funker sah ihn verächtlich an. »Als Bayer werde ich bei der ›Hypo‹ ja wohl ein Konto haben. Was meinen Sie, wie die Herren schauen werden, wenn ich gleich absahne.«

Nach einem Abschied, bei dem plötzlich eine rührselige Stimmung aufkam, hakte sich Robert bei Carla ein. »Kann ich etwas für Sie tun, Frau Schroeder?«

Sie schmiegte sich an ihn. »Mich in die Arme nehmen und bis zur Bewußtlosigkeit küssen.«

»Und dann?«

»Müssen wir meinen Vater, deine Eltern und Harald anrufen. Danach holen wir den Wagen . . .«

»Der kommt morgen an die Reihe. Heute will ich ausschließlich dich. Und dir gehören«, fügte er schnell hinzu.

Sie sah ihn verliebt an.

Er stieg mit ihr die Treppe zu den Zimmern hinauf. »Du siehst phantastisch aus. Woher bist du eigentlich so braun?«

»Dreimal darfst du raten?«

»Du warst am Gardasee?«

»Ich hätte es nicht übers Herz gebracht, dir unser Tuskulum ungejätet vorzuführen. Der Oleander steht in herrlicher Blüte. Es ist unbeschreiblich, wie schön alles geworden ist. Hätte ich das Fleckchen Erde nicht besessen, wäre es mir schwerer gefallen, über die Jahre hinwegzukommen. Wenn mir einmal etwas zustoßen sollte, mußt du das Grundstück wie deinen Augapfel hüten.«

»Was für Gedanken am Hochzeitstag«, sagte Robert betroffen.

Carla blies eine Haarsträhne aus ihrer Stirn. »Wenn man allein ist, kommen einem die verrücktesten Gedanken.«

Sie erreichten die erste Etage.

»Bist du schon lange hier?«

»Seit drei Tagen.« Sie wies auf eine Tür. »Dort ist unser Zimmer. Ich habe aus dem Warten ein Fest gemacht.«

Er öffnete die Tür und blieb wie angewurzelt stehen. »Das ist ja der reinste Blumenladen!«

»Und weißt du, wer den schönsten Strauß geschickt hat? Dorkas! Fünfzig Baccarat-Rosen!«

»Das ist sehr aufmerksam.«

»Damit bedankt sie sich wohl für deine damaligen Bemühungen.«

Robert schloß die Tür. »Und wie entwickelt sich Haralds zweite Ehe?«

Carla schlang die Arme um seinen Hals und blieb ihm die Antwort schuldig.

Es war schon fünf Uhr, als Robert seine ›Pflichttelefonate‹ mit dem Schwiegervater, seinen Eltern und Harald geführt hatte. Über eine Stunde war darüber vergangen, und Carla, die sich während dieser Zeit auf seinem Schoß gerekelt hatte, erkannte mit Schrecken, daß ihre Frisur zum Teufel gegangen war. Wie gebannt hatte sie seinen Worten gelauscht und nicht darauf geachtet, daß er ihr dauernd durch die Haare gefahren war. Für sie war ja alles, was er erzählte, völlig neu, und mit wachsender Verwunderung hatte sie festgestellt, daß er mit keinem Wort die Vorstellungen zerstörte, die sich ihr Vater und seine Eltern vom ›spanischen Kampf gegen den Bolschewismus‹ machten. Gewiß, sie hatte ihn gebeten, unliebsame Fragen ausweichend zu beantworten, aber er hatte wie jemand gesprochen, den keine scheußlichen Erlebnisse bedrücken. Nichts deckte sich mit dem, was er ihr unter Umgehung der Zensurstelle geschrieben hatte. Aus seinen Briefen war Abscheu und Sorge herauszulesen gewesen, manchmal auch Ekel, den er vor sich selbst empfand, weil er sich nicht aufgelehnt hatte. Die Diskrepanz störte Carla so sehr, daß sie Robert in aller Offenheit darauf hinwies.

»Du hast recht«, sagte er. »Während des Gespräches mit meinen Eltern ist mir selbst aufgefallen, daß ich mich über das, was in Spanien geschah, bei weitem nicht mehr so aufrege wie bisher.«

»Vielleicht hast du Abstand gewonnen.«

»So schnell geht das nicht. Ich glaube eher, daß da etwas anderes eine Rolle spielt. Es ist unerhört beeindruckend, wenn man aus einem Land, in dem alles daniederliegt, plötzlich in einen Staat kommt, in dem Ordnung und Friede herrschen. Schon in Mailand habe ich geglaubt, in ein Paradies geraten zu sein. Ordentliche Straßen, Geschäftsauslagen im Überfluß, keine zerlumpten und bettelnden Menschen. So etwas habe ich seit Jahren nicht mehr erlebt. Und dann die Hochachtung, ja Bewunderung, die man uns Angehörigen der Legion Condor entgegenbringt. Die Italiener überschlugen sich. Hier war es ähnlich. Der Leiter der Luftaufsicht, der Flughafendirektor, der Standesbeamte – jeder machte einen Purzelbaum. Ich vermute, daß Alois und Jens dadurch auf die Idee gekommen sind, an der Parade in Berlin teilzunehmen. Sie haben Blut geleckt.

Aber lassen wir diesen Punkt einmal beiseite. Was mich geradezu umwirft, ist der Wandel, der hier stattgefunden hat. Wenn ich das heutige Flughafengebäude von Riem sehe und an Oberwiesenfeld zurückdenke, glaube ich zu träumen. Dazu die saubergekleideten Menschen, die blitzenden Straßenbahnen, die modernen Autos . . .! Ich komme aus dem Staunen nicht heraus und könnte mir denken, daß das alles meine Einstellung geändert hat, ohne daß ich mir dessen bewußt bin. Womöglich habe ich mich im Unterbewußtsein gefragt, ob Männer wie Hitler und Mussolini, die für ihre Völker so viel erreicht haben, an anderer Stelle wirklich versagen können. Ich kann dir nicht sagen, ob das in mir gearbeitet hat und mich über das Geschehen in Spanien nicht mehr so sprechen ließ, wie ich es vor wenigen Tagen noch getan habe. Fest steht jedoch, daß dies nicht das richtige Thema für ein Paar ist, das vor knapp sechs Stunden geheiratet hat.«

Carla reckte sich. »Und welches Thema würden der Herr für angemessen halten?«

»Auf keinen Fall Liebe. Sonst wissen wir nicht, wie wir den Abend bewältigen sollen.«

»Dann könnten wir ja einen Bummel durch die Stadt machen.«

»Eine gute Idee! Ich muß dir ohnehin etwas Hübsches kaufen. Außerdem brauche ich dringend Kleidung und Wäsche.«

Carla sprang auf und hopste durch den Raum. »Weißt du noch, wie wir in Hamburg eingekauft haben?«

»Velveton gegen Wildleder!«

»Möchtest du wieder ein solches Jackett haben?«

Er schüttelte den Kopf. »In Spanien habe ich praktisch nichts anderes getragen.«

»Hier in der Nähe gibt es einen erstklassigen Herrenausstatter.«

»Heute wird aber nur geschaut, da ich noch kein Geld getankt habe.«

Carla eilte zum Kleiderschrank. »Ich kann dir was pumpen. Paps hat mich sehr großzügig versorgt.«

»Du mutest mir zu, die Ehe mit Schulden zu beginnen? Das kommt nicht in Frage! Unabhängig davon bin ich der stolze Besitzer eines Scheckheftes. Ich könnte mir also notfalls selber helfen.«

Sie gerieten in eine ausgelassene Stimmung, die sich während des Ankleidens noch steigerte. Carla plauderte munter drauflos, bis sie bei der Schilderung von Haralds neuem Haus plötzlich stöhnte: »Ich halte es nicht aus, Bert. Dabei hatte ich mir fest vorgenommen, dir nach unserer Hochzeitsreise eine große Überraschung zu bereiten. Ich muß dir aber jetzt schon sagen, daß unser Heim fix und fertig eingerichtet ist. Und zwar in der Wohnung, die du seinerzeit gemietet hast. Ich habe mich nicht entschließen können, sie herzugeben. Eingerichtet habe ich sie, als in Spanien der Durchbruch zum Mittelmeer gelang und feststand, daß der Krieg nicht mehr allzulange dauern würde. Ein paarmal habe ich schon in ihr übernachtet. Sie ist süß geworden.«

Es folgte eine Schilderung, die noch nicht zu Ende war, als sie das Hotel verließen. Erst der Straßenverkehr und die Auslagen sorgten dafür, daß das Thema abklang. Das Kinderzimmer aber, das Carla geschildert hatte, ging Robert nicht aus dem Sinn. Er sah es vor sich. Die Tapete zeigte Märchenmotive. An den Fenstern hingen duftige Vorhänge. Möbel gab es noch nicht. Der Raum war leer, wenn man davon absah, daß in seiner Mitte unter einer Tüll-Hängelampe einsam und allein ein kleiner Teddybär saß und der Dinge harrte, die da kommen sollten.

Während des nachfolgenden Stadtbummels schaute Robert oft zu Carla hinüber, die ihm begehrenswerter denn je erschien. Er hatte nicht an Kinder gedacht. Der Teddy aber, das nahm er sich vor, sollte nicht lange warten.

Carla blieb vor dem Schaufenster eines Juweliers stehen.

»Komm«, sagte er impulsiv. »Gehen wir hinein.«

»Ich wollte doch nur . . .«

Robert schob Carla vor sich her. »Drinnen ist es lustiger.«

»Aber . . .«

»Harald würde jetzt sagen: Eine *kleine* Erinnerung an den Hochzeitstag werde ich dir ja wohl schenken dürfen.«

»Du bist nicht Harald.«

»Eben. Und darum wird es keine kleine Erinnerung sein.«

Als sie das Geschäft wieder verließen, war Carla so überwältigt, daß sie sich kaum freuen konnte. Was Robert ihr gekauft hatte, erschien ihr einfach zuviel. »Du bist ein noch größerer Verschwender als mein Bruder«, sagte sie. »Ich brauche jetzt dringend eine Tasse Kaffee. Mir ist richtig schlecht.«

Carlas Wohlbefinden erlitt nur eine kurze Störung. Beim Abendessen, das sie im Spiegelsaal des Bayerischen Hofes einnahmen, funkelten ihre Augen mehr noch als der Ring, den Robert ihr geschenkt hatte. Und das Programm, das er für die nächsten Tage entwarf, trug weiterhin dazu bei, sie in Seligkeit zu wiegen. Als erstes wollte er sich neu einkleiden, dann mit ihr im neuen BMW nach Berchtesgaden fahren und den vielgerühmten Obersalzberg aufsuchen. Wenn sie Glück hatten, bekamen sie Hitler vielleicht sogar zu sehen. Nach der Fahrt sollte am Wagen die vorgeschriebene Kontrolle durchgeführt werden, und während dieser Zeit wollte Robert die Fragen beantworten, die ihm der Leiter der Wetterflugstellen zugeleitet hatte. Danach schließlich sollte die Hochzeitsreise angetreten werden. Via Gardasee und Venedig nach Rom. Es reizte Robert, mit Carla im schicken Sportwagen bei Gerd aufzukreuzen.

Auf der Fahrt nach Italien übernachteten Robert und Carla in Bozen wieder im gleichen Hotel, in dem sie vor Jahren abgestiegen waren. Der Weisung des Portiers gemäß hatten sie damals getrennte Zimmer erhalten. Carla war dies noch gut in Erinnerung. Sie stieg deshalb, als Robert vor dem Hotel anhielt, behende aus dem Wagen und erklärte: »Ich schick' dir den Hausdiener.«

»Warum solche Hast?« fragte er verwundert.

»Das hat seine Gründe«, antwortete sie und eilte davon.

Ach so, dachte er und war ganz froh, in Ruhe ausladen und sich noch eine Weile mit dem Wagen beschäftigen zu können.

An der Reception überreichte Carla ihren und Roberts Paß und sagte betont: »Wir möchten aber ein Doppelzimmer haben!«

Der Portier warf einen Blick in die Pässe. »Bedaure, wir haben nur noch zwei Einzelzimmer frei, Fräulein von der Heid.«

Darauf hatte sie gewartet. »Tempi passati!« lächelte sie maliziös. »Die Pässe sind veraltet. Ich bin mit Herrn Schroeder verheiratet, wünsche ein Doppelzimmer und Frau Schroeder genannt zu werden.« Damit legte sie ihre Heiratsurkunde auf den Tisch. »Diesmal werden Sie uns nicht trennen!«

Die Augen des Portiers weiteten sich.

Carla lachte. »Erinnern Sie sich nicht?«

»Doch, gnädige Frau – Verzeihung, Frau Schroeder –, jetzt erinnere ich mich. Seinerzeit habe ich Ihnen zwei Einzelzimmer zugeteilt. Sie müssen verstehen ... Die gesetzlichen Bestimmungen ... Heute erhalten Sie selbstverständlich ein Doppelzimmer, Frau Schroeder. Sogar das schönste, das wir haben. Es ist sehr ruhig und liegt zum Park hinaus.«

»Um Gottes willen, tun Sie meinem Mann das nicht an. Er hat nicht nur mich, sondern auch einen neuen Wagen bekommen. Wenn er vom Fenster nicht beobachten kann, wie der bewundert wird, ist die Übernachtung halb so schön für ihn.«

Der Portier schmunzelte. »Ihr Wunsch ist mir Befehl, Frau Schroeder. Sie erhalten ein Zimmer mit Blick auf den Johannesplatz.« Er übergab einem Pagen mehrere Schlüssel. »Zeig Frau Schroeder alle freien Zimmer, damit sie selber wählen kann.«

Der Page verneigte sich und wies auf eine ungewöhnlich steile Treppe. »Bitte, Frau Schroeder.«

Sie wandte sich nochmals an den Portier. »Würden Sie meinem Mann den Hausdiener schicken?«

»Sofort, Frau Schroeder.«

Es dauerte nicht lange, bis Carla ihre forsche Attacke bereute. Jeder im Hotel, der Page, der Hausdiener, die Herren vom Empfang, die Sekretärin, das Zimmermädchen und die Kellner im Restaurant beeilten sich, sie mit ›Frau Schroeder‹ anzusprechen.

Robert amüsierte sich. »Das kommt dabei heraus, wenn man Rache nehmen will.«

»Es sollte doch Spaß sein.«

»Und was meinst du, was das jetzt ist?«

»Hast recht, Herr Schroeder.«

»Freut mich, daß du das einsiehst, Frau Schroeder.«

»Wir fangen schon wieder an zu blödeln. Wie damals, als wir hierherfuhren.«

»Das macht wahrscheinlich die Luft.«

Carla tippte an ihr Glas. »Oder der Traminer.«

»Vielleicht auch die Liebe!«

Sie streichelte seine Hand. »Eine Woche sind wir nun schon verheiratet, und jeden Tag bilde ich mir aufs neue ein, du seist erst gestern zurückgekommen.«

»Das bin ich auch«, sagte Robert in vollem Ernst. »Nach einer so langen Zeit kann man nicht mit einem Schlage wieder voll dasein. Von mir klebt bestimmt noch einiges in Spanien.«

»Und das sagst du, obwohl uns nur noch wenige Kilometer vom Gardasee trennen?«

»Sollen wir wieder in Riva übernachten?«

»Sofern wir das gleiche Zimmer bekommen.«

Sie bekamen es und gerieten angesichts des azurblauen Himmels, des türkisgrünen Wassers, der graubraunen Berge und der sich üppig ausbreitenden Flora erneut in jene euphorische Stimmung, die vor Jahren über sie gekommen war. Zypressen und Zedern, Lavendelsträucher und Agaven, Orangen-, Zitronen-, Feigen- und Mandelbäume übten einen ebenso exotischen Einfluß aus wie die winkeligen Gassen der Stadt, die romantische Aussicht auf den See und der Blick auf den noch schneebedeckten Monte Baldo.

Schon in der Frühe des nächsten Morgens drängte es beide zum Aufbruch nach San Giacomo, und es wurde eine Fahrt, wie sie schöner nicht hätte sein können. Im noch feuchten Licht des Tages bot sich ihnen die ›Gardesana occidentale‹ wie ein Paradies dar. Erste Sonnenstrahlen und immer wieder neue Ausblicke auf den nun tiefblauen See, auf steile Felswände und blühende Sträucher hatten die Wirkung von Wechselbädern. Und je weiter sie kamen, um so mehr fieberten sie ihrem Ziel entgegen. In einem seiner letzten Briefe hatte Robert Carla gebeten, nochmals an den Oleanderbüschen entlangzutänzeln, wie sie es beim ersten Mal getan hatte. Als aber der letzte Tunnel durchfahren war und die unbeschreibliche Pracht der dunkelroten, lila, rosa und weißen Oleanderblüten unvermittelt vor ihnen lag, wußte Carla, daß sie seinen Wunsch nicht erfüllen konnte. Die Erinnerung an die letzten Jahre, in denen das faszinierende Bild schmerzliche Empfindungen in ihr ausgelöst hatte, hinderte sie daran.

Robert hielt den Wagen an und schaute zu ihr hinüber.

Sie legte den Kopf wie ermattet an seine Schulter.

Er ahnte, was in ihr vorging, und ließ den Wagen im Schneckentempo die leicht abschüssige Chaussee hinabrollen.

Roberts verständnisvolles Reagieren befreite Carla von der Last der zurückliegenden Jahre. »Fahr zu!« rief sie plötzlich ungestüm. »In unserem Tuskulum ist der Oleander ja noch viel, viel schöner. Dazu der Ausblick auf den See . . .«

»Aber wir müssen erst zum Hotel«, sagte er, um ihren Widerspruch zu wecken.

Prompt empörte sie sich: »Die Unterkunft ist dir wichtiger als ein Grundstück, das ich vier Jahre lang bearbeitet habe?«

»Könnte es nicht sein, daß Sehnsucht mich treibt, dich in die Arme zu nehmen?«

Carla gab ihm einen Stoß. »Langsam glaube ich wirklich, daß du in Spanien wie ein Einsiedler gelebt hast.«

»Hab' ich auch!«

Sie faltete die Hände. »Heiliger Robert, bitte für ihn!«

»Soll ich nun nach rechts oder links abbiegen?«

»In jedem Falle nach links; denn wir wohnen diesmal in einer reizenden kleinen Pension, die unmittelbar am See liegt.«

Das Haus glich einem verträumten Schlößchen. Was aber noch erfreulicher war: Von seiner Terrasse konnte man zu Carlas Grundstück hinübersehen. Der Weg dorthin betrug nur gut einen Kilometer. Dies und die Möglichkeit, den Wagen unter Bäumen abstellen zu können, reichte vollkommen, um Robert zufriedenzustellen.

Wenn der Wagen nur im Schatten stehen kann, dachte Carla amüsiert.

Wenig später eilten sie nach San Giacomo, wo Robert verwundert auf die einstmalige Serre di limone hinabblickte, die er nur im verwahrlosten Zustand kannte. Aus ihr schien eine Musteranlage geworden zu sein. Sauber verlegte Stufen führten zum See hinab. Neben dem Fundament des einstigen Lagerschuppens war eine gläserne Zitronenlaube errichtet. Sie hatte die Form eines Oktaeders und bildete den Ausgangspunkt einer sechzig Meter langen Pergola, deren aus Rohren geformte Rundbögen von Wein bewachsen waren. Der Weg unter der Pergola war mit Kies belegt. Flankiert wurde er von breiten Rasenstreifen. Längs des ganzen Grundstückes standen Oleanderbüsche, die in allen Farben blühten.

»Das ist ja phantastisch!« rief Robert, dessen Erwartung bei weitem übertroffen war. »Wie hast du das bloß geschafft?«

Carla lachte glücklich. »Indem ich nicht Trübsal geblasen, sondern aus meiner Einsamkeit etwas Positives gemacht habe. Den Rest erledigte die Zeit. In vier Jahren wächst hier allerhand heran.«

Jeweils zwei Stufen auf einmal nehmend, eilten sie die Treppe hinab. Und Robert kam aus dem Staunen nicht heraus, als er in der ›Limonerie‹ zwischen Zitronen- und Orangengewächsen bequeme Sessel und Liegen stehen sah. Ja, es gab sogar Strom und Wasser!

Carla ließ ihn nicht zur Ruhe kommen. Sie führte ihn zum Fundament des Lagerschuppens, auf dem später, wenn entsprechende Devisen zur Verfügung stehen würden, das Ferienhaus errichtet werden sollte. »Der Keller ist bis auf weiteres unsere ›Kühltruhe‹. In ihm steigt die Temperatur selbst im Hochsommer nicht über siebzehn Grad. Und sollte dir das noch zu warm sein«, sie nahm ihn bei der Hand und lief mit ihm zum See, »kannst du durch dieses Tor auf den Badesteg gelangen, dich in das dort liegende Ruderboot schwingen und die Flaschen, die du kühlen möchtest, an einem Bindfaden herabhängen lassen.«

»Ich kann nur wiederholen, was ich schon sagte: Es ist phantastisch, was du geschafft hast! Ich werde mich bemühen, den Schuppen so schnell wie möglich auszubauen.«

»Wie, bitte?« fragte Carla überrascht.

»Natürlich entsprechend deinen Plänen. Ich möchte die Sache nur vorwärtstreiben.«

»Wenn Paps keine Devisen erhält, bekommst du sie bestimmt nicht. Ich habe dir doch erzählt, welch verschlungene Pfade ich gehen mußte, um die wenigen Lire für den Urlaub an Land zu ziehen.«

Robert legte den Arm um Carla. »Vielleicht ändert sich das, wenn ich mit Gerd spreche. »Der ist mit allen Wassern gewaschen und wird uns irgendwie helfen können.«

Carla war sogleich Feuer und Flamme. »Laut Kostenvoranschlag würde der Bau auf etwa fünfzehn- bis siebzehntausend Mark kommen; ein Fremdenzimmer mit eigenem Eingang, Bad und WC inbegriffen.«

»Dann sollten wir gleich nach Rom fahren.«

Sie sah ihn entgeistert an. »Wir sind noch nicht richtig angekommen, da willst du schon wieder aufbrechen?

»Keine Sorge. Ich richte mich ganz nach den Wünschen von Dero Gnaden und wollte nur zum Ausdruck bringen ... Aber lustwandeln wir zunächst einmal unter der Pergola. Ich möchte dein Werk bis ins kleinste Detail kennenlernen.«

Carla tat es gut, mit Robert im Schatten des Laubenganges über den bis zum Ende des Grundstückes führenden Kiesweg zu gehen. Wie oft hatte sie diesen Augenblick herbeigesehnt! Nun endlich konnte sie die Bewunderung genießen, die ihr Mann – ihr Mann! – in beredten Worten zum Ausdruck brachte.

Später ließ sie sich von ihm am Ufer des Sees entlangrudern. »Weit darfst du dich nie hinauswagen«, warnte sie ihn und berichtete etwas dozierend von der mehrmals am Tage wechselnden Strömung des nur selten völlig ruhigen Sees.

Robert amüsierte sich über ihren Vortrag. Aber schon wenige Tage später gelang es ihm bei einer völlig normal erscheinenden Wetterlage nur unter äußerster Anstrengung, nicht abgetrieben zu werden. Erschöpft erreichte er den Anlegesteg.

Das Rudern hatte damit seinen Reiz für ihn verloren, und er zog es nun vor, sich gärtnerisch zu betätigen, indem er den Rasen mähte, Unkraut jätete und Wasser sprengte. Irgend etwas mußte er tun, und es war ihm gar nicht recht, daß ein von Carla verpflichteter Italiener namens Giulio, der gegen geringes Entgelt die Pflege des Gartens übernommen hatte, auch jetzt täglich ein bis zwei Stunden erschien und seine Arbeit verrichtete.

Nach zwei Wochen hielt Robert es nicht mehr aus. »Hör zu«, sagte er und wälzte sich zu Carla hinüber, die neben ihm auf dem Bootssteg in der Sonne lag. »Faulenzen kann etwas Wunderbares sein. Und gegen das, was die Italiener ›dolce far niente‹ nennen, ist nichts einzuwenden. Vor uns liegen aber noch mehr als zwei Monate Urlaub! Laß uns das süße Nichtstun unterbrechen und nach Rom fahren. Wenn Gerd in der Lage ist, uns Devisen zu beschaffen, könnte der Rohbau des Ferienhauses bis zum August erstellt sein. Im nächsten Jahr sehen wir dann weiter. Was hältst du davon?«

Sie warf sich halb über ihn. »Von mir aus können wir gleich morgen fahren.«

Robert küßte sie.

»Vorher solltest du Gerd anrufen. Womöglich ist er nicht da.«

Er sprang auf. »Kommst du mit zur Post?«

Carla schlüpfte in ein leichtes Leinenkleid. »Ich freue mich darauf, deinen Bruder wiederzusehen. Seine Art zu leben imponiert mir.«

Robert schnitt eine Grimasse. »Ich bewundere ihn mit gemischten Gefühlen und frage mich: Was ist seine wahre Tätigkeit? Mir sind ernstliche Bedenken gekommen, seit ich weiß, um was für eine Kiste es sich handelte, die seinerzeit in Jerez ausgeladen wurde.«

Carla sah ihn überrascht an. »Das hast du herausgefunden?«

»Ja. Als in Leon alles Material der Legion Condor zusammengetragen und den Spaniern übergeben wurde, entdeckte ich eine ganze Anzahl Kisten, die jener grauen wie ein Ei dem anderen glichen. Und was enthielten sie? Hochwertige Funkgeräte!«

»Das würde ja bedeuten . . .«

». . . daß Gerd ein deutsches Funkgerät heimlich zu einer Hazienda schaffen ließ. Nicht genug damit. Den Transport übernahm die zwielichtige Spanierin aus dem ›Relon‹ in demselben Wagen, in den am Morgen jene hübsche Dame einstieg, die im Hotel Andalusia bei ihm gesessen hatte. Sie lief mir später in Burgos nochmals über den Weg. Nunmehr in Begleitung von deutschen Offizieren. Und ich stellte fest, daß auch Gerd in Burgos gewesen war.«

»Du meinst, sie hat das Gerät über einen der Offiziere beschafft?«

»Genau.«

Nachdenklich stieg Carla die Stufen zur Straße hoch. »Wie ich dich kenne, wirst du mit Gerd über die Angelegenheit sprechen wollen.«

»Du scheinst Röntgenaugen zu haben.«

»Und was tust du, wenn sich deine Vermutung bestätigt?«

Es dauerte eine ganze Weile, bis Robert antwortete: »Dann werde ich mich hüten, meinen Herrn Bruder zu bitten, uns bei der Beschaffung von Devisen behilflich zu sein.«

»Du würdest ihn zur Rede stellen?«

»Im Gegenteil. Nicht das geringste würde ich mir anmerken lassen. Wer Agent ist, muß das vor sich selbst verantworten.«

Gerd freute sich sehr, als er hörte, daß Robert und Carla, die ihn von Bozen mit einem Kartengruß von ihrer standesamtlichen Trauung in Kenntnis gesetzt hatten, die Absicht hegten, ihn in Rom zu besuchen. »Das ist großartig«, sagte er. »Ihr müßt aber so schnell wie möglich kommen, da ich in der nächsten Woche in Lissabon zu tun habe. Ich möchte euch zumindest ein paar Tage verwöhnen können.«

Nach diesem Hinweis fuhren Robert und Carla auf direktem Weg nach Rom. Sie übernachteten in Pisa und nahmen sich vor, Städte wie Bologna, Florenz und Siena auf der Rückfahrt zu besichtigen.

Gerd hatte ihnen im ›Excelsior‹ ein ›Traumzimmer‹ reserviert. Zu Carlas Begrüßung hatte er es mit einem riesigen Strauß taufrischer Maréchal-Neil-Rosen schmücken lassen.

»Er besitzt das, was die Franzosen ›culture‹ und ›savoir-vivre‹ nennen«, sagte Carla beeindruckt.

»Und obendrein verfügt er über das entsprechende Quantum ›savoir-faire‹«, ergänzte Robert. »Ich bin gespannt, in welcher Stimmung wir sind, wenn wir Rom verlassen. Himmelhoch jauchzend oder zu Tode betrübt.«

Bereits wenige Minuten nach ihrer Ankunft hieß Gerd sie telefonisch auf das herzlichste willkommen und fügte hinzu, daß er sie in der Hotelbar erwarte. »Laßt euch aber Zeit und macht euch in aller Ruhe frisch. Ich bin nur schon im Hotel, weil es mir daheim zu langweilig geworden war.«

Robert lachte, als er den Hörer auflegte. »Ich gehe jede Wette ein, daß ich seine Wohnung wieder nicht zu sehen bekomme.«

Carla packte ihre Koffer aus. »Was ich als taktvoll deuten würde. Jedenfalls mir gegenüber.«

»Du meinst, weil Dorkas . . .?«

»Natürlich.«

Robert verstand das nicht. Es belustigte ihn aber, als er feststellte, daß Carla ungewöhnlich viel Zeit zum Ankleiden benötigte. Gerd scheint ein Frauentyp zu sein, dachte er. Kein Wunder, daß Dorkas schwach wurde.

Als sie die Bar aufsuchten, ging ihnen der Bruder mit dem Gehabe eines Grandseigneurs entgegen. Er umarmte Carla und küßte ihre Wange. »Ich freue mich aufrichtig, eine so famose Schwägerin bekommen zu haben. Weißt du, was mir dein Scheusal von Mann antwortete, als ich ihn in Sevilla fragte, was du zu seinem Treiben in Spanien sagst? ›Glücklich ist sie bestimmt nicht.‹ Aus! Damit war der Fall für ihn erledigt! Und in der Kleidung eines Wegelagerers setzte er sich in die Bar!«

»Ich denke, er hat sich zum Besuch des Freudenhauses umgezogen«, antwortete Carla, sich verwundert stellend. »Angeblich hatte er vorher sogar ein Bad genommen.«

Ihre Reaktion verschlug Gerd die Sprache.

Robert reichte dem Bruder die Hand. »Wer sich mit Carla anlegt, zieht den kürzeren.«

»Und wie wirst du mit ihr fertig?«

»Ich lege mich nicht an – bin angekettet!«

Das Gespräch plätscherte leicht dahin, bis das Thema Familie an die Reihe kam.

»Da hab' ich euch leider eine äußerst betrübliche Mitteilung zu machen«, sagte Gerd. »Ich erhielt gestern die Nachricht, daß Conrad ins Konzentrationslager Oranienburg eingeliefert worden ist.«

»Ach, du lieber Gott!« entfuhr es Robert.

Carla saß wie erstarrt da.

»Nicht wegen seiner unseligen Veranlagung«, fuhr Gerd fort. »Er hat mir klaren Wein eingeschenkt. Wie er den Brief aus dem Lager herausschmuggeln konnte, ist mir ein Rätsel. Mit Geld läßt sich offensichtlich auch im Dritten Reich allerlei bewerkstelligen. Um es kurz zu machen: Conrad war so wahnsinnig, die Politische Organisation zu brüskieren. Er steckte fünf stadtbekannte Berliner Nutten in Gewänder, die in fataler Weise der Kleidung verschiedener NS-Frauen-Organisationen nachempfunden waren. Mit ihnen tafelte er, im braunen Rock eines Parteiführers, im Stammlokal der NS-Größen. Sein Jackett stimmte jedoch nur in Farbe und Schnitt mit dem Ehrenkleid der Nation überein. Die Dienstgradabzeichen«, Gerd unterdrückte ein Lachen, »hatte er eigens wirken lassen. Sie stellten aufeinanderhokkende Vögel dar.«

Robert zündete sich eine Zigarette an. »Er scheint total verrückt geworden zu sein.«

»Du wirst deine Meinung korrigieren, wenn ich dir sage, daß er sich etwas dabei gedacht hat. Seinem Brief zufolge wollte er die in PO-Kreisen üblich gewordenen Hurereien anprangern.«

»Ausgerechnet Conrad!«

»Ich gebe zu, daß er allen Grund gehabt hätte, sich an die eigene Nase zu fassen. Seinen Mut bewundere ich dennoch.«

»Und ich bedaure seine Borniertheit! Wie konnte er nur . . .«

»Trotzdem müßt ihr ihm helfen«, beschwor Carla die Brüder.

Gerd lachte abfällig. »Und wie können wir das?«

Sie ließ sich nicht beirren. »Wenn es nur ein einziges Mal einen Sinn gehabt haben soll, daß Bert frühzeitig in die Partei und in die SS eingetreten ist, dann jetzt! Er muß sein ganzes Gewicht in die Waagschale werfen. Zumal er darauf hinweisen kann, daß er der Legion Condor angehört hat.«

»Damit würde er den größten Fehler seines Lebens machen«, entgegnete Gerd verächtlich. »Eisen läßt sich härten. Meriten aber verdampfen, sobald sie ins Feuer geraten.«

Bis tief in die Nacht überlegten die Brüder und Carla, wie sie Conrad beistehen könnten. Sie kamen zunächst zu keinem Ergebnis, bis Robert den Vorschlag machte, die Mutter anzurufen und sie zu bitten, sich ungeachtet der ›Schande‹, von der sie gewiß reden würde, mit dem SS-Gruppenführer ins Benehmen zu setzen.

»Er wurde inzwischen Obergruppenführer«, warf Carla ein.

»Um so besser. Dann ist es kein Problem für ihn, Conrad herauszupauken.«

»Fragt sich nur, welches Interesse er daran haben sollte«, gab Gerd zu bedenken.

»Was hat Conrad denn Schlimmes getan?«

»Also gut. Machen wir den Versuch, den hohen Herrn über Mama einzuspannen. Am besten gehen wir morgen früh zum Presseclub. Von dort können wir binnen weniger Minuten mit ihr sprechen.«

Robert schnaubte. »Ich muß schon sagen, du wirst mir immer unheimlicher. Bist Versicherungsagent, kreuzt mindestens zweimal im spanischen Krieg auf und gehörst dem Presseclub an. Wie reimt sich das zusammen?«

»Daß ich dem Club angehöre, ist eine freundliche Geste meiner früheren Kollegen aus dem Wolff'schen Telegraphenbüro«, erklärte Gerd unbeirrt. »Und meine Aufenthalte in Spanien waren, wie ich dir in Sevilla bereits sagte, versicherungstechnischer Art. Woher weißt du überhaupt, daß ich ein zweites Mal dort war?«

»Durch einen Zufall«, antwortete Robert. »In Burgos lief mir jene reizvolle Dame über den Weg, die seinerzeit im Vestibül des ›Andalusia‹ an deiner Seite saß. Ich erkundigte mich daraufhin im Hotel nach dir und erfuhr, daß du vor wenigen Tagen abgereist warst.«

»Die Neugier deines Mannes ist beängstigend«, sagte Gerd. »Du wirst sehr vorsichtig sein müssen, wenn du mal Entspannung suchen solltest.«

Carla lächelte. »Du scheinst deinen Bruder schlecht zu kennen. In der von dir angedeuteten Angelegenheit ist er sehr großzügig. Über Kleinigkeiten stolpert er allerdings, das gebe ich gerne zu.« Sie wandte sich an Robert. »Was war das noch, das dich in Jerez de la Frontera so irritiert hatte? Du schriebst von einer Beobachtung, die du dir nicht erklären konntest. Wenn ich mich recht erinnere, handelte es sich um eine Kiste, die ein Mädchen aus dem Freudenhaus zu der Hazienda brachte.«

Gerd sah den Bruder verblüfft an. »Du hast Ilona damals gesehen?«

»Ich war aus Langeweile um das Haus gegangen.«

»Und hast dann angesichts der Kiste befürchtet, ich mache schmutzige Geschäfte?«

»So ungefähr.«

»Köstlich! Ich gebe jedoch gerne zu, daß die Sache tatsächlich nicht ganz koscher war. In dem Ding befanden sich, das kann ich heute ruhig sagen, Pretiosen der spanischen Kirche, die sichergestellt werden mußten.«

»Es war aber eine deutsche Wehrmachtskiste«, sagte Robert.

»Möglich. Mit Bestimmtheit weiß ich nur, daß sie stabil war, was für die Richtigkeit deiner Annahme sprechen könnte.«

Als sie sich von Gerd verabschiedet hatten, sagte Carla: »Er hat kein Funkgerät beiseite geschafft.«

»Sieht fast so aus. Jetzt noch eine gute Nachricht über Conrad und wir ziehen uns so schnell wie möglich an den Gardasee zurück. Da träumt die Zeit noch vor sich hin und rattert nicht wie ein Maschinengewehr.«

Sie schob impulsiv ihren Arm unter den seinen. »Für diese Feststellung bekommst du einen Extrakuß!«

Das Telefongespräch mit Berlin, das am nächsten Morgen vom Presseclub aus binnen weniger Minuten zustande kam und ungewöhnlich deutlich war, wollte zunächst nicht in Fluß kommen. Der unerwartete Anruf aus Rom hatte Mutter Schroeder verwirrt. Auch machte es sie mißtrauisch, daß Robert über Conrads Verhaftung informiert war. »Woher weißt du das?« fragte sie skeptisch.

»Von Gerd. Conrad hat ihm geschrieben.«

»Wie kann er das?«

»Das weiß ich nicht. In Conrads Interesse möchte ich dir raten, mit niemandem darüber zu reden. Ich rufe dich an, um dich zu bitten, ihm zu helfen und . . .«

»Helfen sollen wir ihm, wo er wieder einmal Schimpf und Schande über uns gebracht hat?«

»Aber, Mama!«

»Das Ansehen der Politischen Organisation hat er in den Schmutz gezerrt«, ereiferte sich die Mutter.

»Darüber wollen wir uns in Berlin unterhalten«, sagte Robert. »Im Moment geht es uns darum, mit dir zu überlegen, was wir unternehmen könnten, um Conrad beizustehen.«

»Nach allem, was er uns angetan hat, ist es uns unmöglich, ihm Hilfe zu gewähren. Vater ist schließlich Parteirichter! Um Conrads Firma werden wir uns selbstverständlich kümmern. Seine Umsätze sind ja sagenhaft. Aber da liegt der Kern des Übels. Er verdient zuviel. Das Geld ist ihm in den Kopf gestiegen. Ich gäbe etwas dafür, wenn wir ihm das Unternehmen nicht übergeben hätten. Vielleicht läßt sich das jetzt aber korrigieren. Der Obergruppenführer will uns dabei behilflich sein. Conrad muß Lehrgeld zahlen. Anders geht es nicht.«

Robert lag eine scharfe Erwiderung auf der Zunge, doch noch bevor er antworten konnte, sagte die Mutter:

»Jetzt wollen wir nicht mehr über Conrad reden. Wie geht es Carla? Ich freue mich schon so auf sie. Kann ich sie sprechen?«

»Leider nein«, behauptete Robert, ohne zu zögern. »Sie ist mit Gerd nach draußen gegangen. Wir wußten ja nicht, wann das Gespräch zustande kommen würde.«

Carla glühte vor Empörung, als Robert den Hörer auflegte. »Warum hast du mich nicht mit ihr sprechen lassen?«

»Weil ich einen Eklat verhindern wollte«, antwortete er und berichtete, was die Mutter gesagt hatte. »Von Beistand keine Rede. Aber die Rechte, die sie ihm früher einmal übertragen haben, wollen sie ihm nehmen. Mich packt die kalte Wut.« Er griff sich an den Hals. »Ich brauche jetzt dringend einen Schnaps. Und wenn ich mich beruhigt habe, werde ich Gerd fragen, ob er uns Lire im Werte von zwanzigtausend Mark beschaffen kann.«

»Deine Wechselbäder haben es in sich«, konstatierte der Bruder. »Wozu braucht ihr das Geld?«

»Wir möchten unser Tuskulum ausbauen.«

»Sehr vernünftig. Dann habt ihr wenigstens eine Bleibe, wenn Hitler zum Totentanz antritt.«

»Rede keinen Blödsinn. Sag lieber, ob du uns helfen kannst.«

»Ich denke schon. Ein guter Freund von mir benötigt hin und wieder Devisen. Ich werde mit ihm sprechen.«

Mit hochgeschlagenem Verdeck und eingesetzten Seitenfenstern fuhren Robert und Carla bei strömendem Regen zum Gardasee zurück. Es machte ihnen nichts aus, daß Wasser in den Wagen eindrang. Im Gegenteil, Sturm und Regen gaben ihnen die Möglichkeit, mit gutem Gewissen auf die Besichtigung all jener Städte zu verzichten, die sie auf der Rückfahrt hatten aufsuchen wollen. Lire im Wert von zehntausend Reichsmark hatten sie erhalten. Das war zwar nur die Hälfte dessen, was sie zur Erstellung des geplanten Ferienhauses benötigten, einen größeren Betrag hatte Gerd aber nicht vermitteln könnten.

»Der politische Himmel ist zu verhangen«, hatte er wie zu seiner Entschuldigung gesagt. »Ihr habt gewiß mitbekommen, daß den Engländern der Geduldsfaden gerissen ist, als sie von Ribbentrops Attacke auf den polnischen Botschafter erfuhren. Ihm wurde nach jahrelangem guten Einvernehmen plötzlich erklärt, die Probleme Danzig und ›Korridor‹ müßten unverzüglich entsprechend den deutschen Ansprüchen geregelt werden. Chamberlain stellte seine Empörung offen zur Schau. Das wiederum brachte Hitler so in Rage, daß er wutentbrannt geschrien haben soll: ›Denen werde ich einen Teufelstrank brauen!‹ Und damit scheint er sich nun zu beschäftigen. Jedenfalls verkündete er vor zwei Wochen in einer Rede vor hohen Offizieren, Danzig sei nicht das Objekt, um das es geht. Er denke an die Erweiterung des Lebensraumes im Osten. Das Problem Polen sei deshalb von der Auseinandersetzung mit dem Westen nicht zu trennen. Anders ausgedrückt: Auf breiter Front liegt Kanonendonner in der Luft!«

»Sei keine Unke und verdirb uns die Ferien nicht«, war Carlas unwillige Reaktion gewesen.

Daraufhin hatte Gerd das Thema mit der zynischen Bemerkung gewechselt: »Du hast recht. Ein Dachstuhlbrand ist kein Großfeuer. Wozu also Alarm blasen?«

Carla hatte sich geschlagen gegeben. Sie mochte Gerd. Er hatte ihnen herrliche und interessante Tage bereitet, und er verstand sich glänzend mit Robert, obwohl der in politischer Hinsicht völlig anderer Meinung war. »Daß Gerd uns einmal Devisen beschaffen würde, hätte ich nicht für möglich gehalten«, sagte sie, als Desenzano erreicht wurde und der Gardasee wieder vor ihnen lag. »Wenn das Haus fertig ist, muß er unser erster Gast sein.«

»Nach deinem Vater!« schränkte Robert ein. »Bis dahin wird aber noch viel Zeit vergehen. Mehr wie den Rohbau können wir vorerst nicht erstellen.«

Sie schaute ihn verliebt an. »Freust du dich auf die Arbeit?«

»Und wie! Ich muß doch immer etwas zu tun haben.«

Carla schmiegte sich an ihn. »Vergiß vor allen Dingen nicht, daß die Haustür einen schweren bronzenen Klopfer bekommen soll.«

»Deinen Wunsch habe ich längst registriert.«

Über Beschäftigungsmangel konnte Robert sich in den nächsten Wochen nicht beklagen. Um Geld zu sparen, verzichtete er darauf, einem Architekten die bauliche Überwachung zu übertragen. Er jagte von einem Handwerker zum anderen, organisierte Arbeitskräfte, vergab Aufträge und kaufte Materialien ein, bis er erkannte, daß alles Reden mit Händen und Füßen keine Fremdsprache ersetzen kann. Kurz entschlossen beauftragte er einen jungen Unternehmer, der ihm ein günstiges Angebot machte, mit der Durchführung der Bauarbeiten. Die Folge war, daß die Mauern nur bis zur ersten Etage hochgezogen wurden und die Arbeiten eingestellt werden mußten, weil die Decken- und Dachbalken auf sich warten ließen. Er hätte sich die Haare raufen mögen. Die so sauber erstellte ›Limonerie‹ war von oben bis unten mit

Mörtel bespritzt. Auf dem Rasen und unter der Pergola häuften sich Sandberge, Steine, Bretter, Karren und Geräte aller Art.

Robert wußte, daß ihn die Schuld traf. »Was machen wir nur, wenn die Balken nicht geliefert werden, solange wir hier sind?« sagte er bekümmert.

»Dann wird der Rohbau eben erst im nächsten Jahr fertig«, tröstete ihn Carla. »Ist doch alles halb so schlimm. Die Pergola und der Wintergarten wurden auch nicht hoppladihopp erstellt. Zwei Jahre sind darüber vergangen. Genieß die Ferien und leg dich mit mir auf den Anlegesteg. Am Wasser ist es wesentlich kühler.«

Robert ließ sich überreden. Er wurde aber das Gefühl nicht los, einer Katastrophe entgegenzugehen. Unheil schien in der Luft zu liegen, und er ahnte Böses, als ihm die Pensionsinhaberin eine Woche vor der beabsichtigten Abreise ein Telegramm überreichte, mit dem Gerd ihn aufforderte, ihn umgehend in Rom anzurufen.

Auch Carla war besorgt. »Was kann er von dir wollen?«

»Wahrscheinlich ist mit Conrad etwas nicht in Ordnung.«

Sie eilten zur Post.

»Was gibt's?« fragte Robert, als das Gespräch zustande kam.

Gerd schien die Stimme zu dämpfen. »Es herrscht dicke Luft. Fahrt nach Hause. Noch heute. Schon morgen könntet ihr an der Grenze Schwierigkeiten bekommen.«

»Wieso denn das?«

»Es muß dir genügen, wenn ich sage: Haut ab!«

»Aber weshalb denn?«

»Herrgott . . .« Gerd unterbrach sich. »Hitler hat mit Rußland einen Nichtangriffspakt abgeschlossen und Mussolini mitgeteilt, daß die deutsche Wehrmacht morgen, am Sonnabend, in Polen einmarschieren wird. Nun tanzen die Puppen. Mussolini ist außer sich, weil er nicht konsultiert wurde. Er hat seinen Botschafter angewiesen, Hitler zu melden, daß er nicht mitmachen wird. Möglich, daß sich das noch ändert. Möglich auch, daß Hitler seine Ankündigung nicht wahr macht. Was immer auch geschehen mag: Haut ab!«

Robert faßte sich an den Kopf. Durfte er dem Bruder glauben? »Eine Frage noch«, sagte er fast aggressiv. »Wieso bist du so gut informiert?«

Es hörte sich an, als holte Gerd tief Luft. »Das ist die einzige Frage, die ich nicht beantworten kann. Schluß also!«

Carla liefen plötzlich Tränen über die Wangen. »Sollen wir denn nie Ruhe bekommen? Kaum ist der spanische Krieg zu Ende, da droht schon wieder ein anderer. Dieser Hitler bringt uns noch alle ins Grab.«

Robert nahm sie zur Seite. »Nicht so laut. Gerd hat doch nur Vermutungen ausgesprochen. Weiter nichts.«

»Ich habe jedes Wort gehört«, begehrte sie auf. »Was Gerd sagte, war so präzise, daß es für ihn mit einem gewaltigen Risiko verbunden gewesen sein muß, uns so weitgehend zu informieren. Wenn es zum Krieg kommt, wirst du bestimmt eingezogen.«

»Unsinn, ich bin Wetterflieger. Außerdem glaube ich nicht, daß Hitler einen Krieg vom Zaun brechen wird. Denke an Österreich, an das Sudetenland und an die Tschechoslowakei! Alle Probleme hat er kampflos gelöst. Das wird er auch diesmal tun.«

Carla spürte, daß Robert sie nur trösten wollte. »Wir packen unsere Sachen und fahren noch heute über die Grenze«, sagte sie energisch.

»Und was wird aus dem Bau?«

»Giulio wird sich um ihn kümmern. Er ist zuverlässig. Gib ihm ein gutes Sonderhonorar.«

20

Die Hochzeitsreise, die so verheißungsvoll begonnen hatte, endete in einer gedrückten Stimmung. Carla war nicht wiederzuerkennen. Dauernd weinte sie still vor sich hin. Ihre Nerven rebellierten angesichts der Möglichkeit, zu verlieren, was sie nach jahrelangem Warten endlich erhalten hatte. Sie war mit Robert noch nicht einmal in der Wohnung gewesen, die sie mit so viel Aufwand und Liebe eingerichtet hatte. Und nun drohte ein Krieg, der ihn an die Front rufen würde. Es hatte keinen Sinn, sich Illusionen hinzugeben.

Es half ihr jedoch, daß Robert sich sehr um sie bemühte, und als er sie an diesem für sie so denkwürdigen 25. August 1939 jenseits der italienischen Grenze zu später Stunde in Stafflach in ein Quartier führte, war sie schon wesentlich ruhiger geworden. Nicht zuletzt, weil weder im Bozener Tageblatt, das sie auf der Durchfahrt erstanden hatten, noch in der Innsbrucker Zeitung, die im Hotel auflag, von einer besorgniserregenden Entwicklung berichtet wurde. Beide Zeitungen brachten vielmehr in großen Aufmachungen Artikel über den sensationellen Nichtangriffspakt, den Hitler mit Stalin abgeschlossen hatte. Erleichtert entschlossen sie sich, den Sonntag in München zu verbringen und am Montag über die Autobahn nach Berlin zu fahren. Robert freute sich auf diese Fahrt, da er die zweibahnige Schnellstraße noch nicht kennengelernt hatte, und er wurde fast ausgelassen, als Carla am folgenden Abend in München nicht mehr so pessimistisch in die Zukunft blickte. Das friedliche Bild der Stadt und die Saturiertheit ihrer

Bürger standen in einem so krassen Gegensatz zu Gerds Kassandraruf, daß dieser zwangsläufig an Glaubwürdigkeit verlor.

»Jetzt trinken wir noch eine halbe Flasche Sekt«, sagte Robert, als sie nach dem Essen in die Hotelhalle zurückkehrten.

Carla war einverstanden, fügte allerdings erpresserisch hinzu: »Sofern du gestattest, daß ich Paps anrufe. Ich möchte ihm sagen, daß wir zurück sind.«

»Das kann ich nur unter der Bedingung genehmigen, daß auch meine Eltern verständigt werden.«

Sie sah ihn überrascht an. »Du trägst deiner Mutter die Sache mit Conrad nicht nach?«

Robert blickte vor sich hin. »Ich habe lange darüber nachgedacht und bin zu der Überzeugung gekommen, daß es nicht so gemeint gewesen sein kann. Gedankenlosigkeit muß da im Spiel gewesen sein. Mama wird unüberlegt drauflos geredet haben. Du kennst sie doch.«

Hoffentlich hat er recht, dachte Carla und sagte: »Dennoch möchte ich dir raten, grundsätzlich etwas skeptischer zu sein und nicht immer tausend Entschuldigungen parat zu haben. Besonders in politischen Dingen. Du läufst sonst Gefahr, ein falsches Bild zu gewinnen. Gerd ist da realistischer. Er betrachtet das Leben nicht als Traum.«

»Tue ich das etwa?«

»Das wäre zuviel gesagt. Aber du schließt die Augen, sobald du etwas entdeckst, das deiner Lebensauffassung widerspricht. Damit weichst du den Realitäten aus und begibst dich in ein Traumland. Man könnte auch sagen: auf den Boden der reinen Toren.«

Robert rang die Hände. »Ruf deinen Vater an, bevor dieses Vestibül zur Säulenhalle der Gralsburg wird.«

Carla ging zur Reception, um die Gespräche anzumelden. Robert nahm in der Hotelhalle Platz. Er hoffte, daß Carla nicht unangefochten an den Ausstellungsvitrinen würde vorübergehen können. Ihr Weinen war eine Pein für ihn gewesen. Doch nun schien es ja wieder bergauf zu gehen, und es tat ihm gut zu sehen, wie beschwingt Carla zur Telefonzelle lief, als schon nach kurzer Zeit das Zustandekommen der Verbindung mit Rheinberg gemeldet wurde. Er hatte Mühe, ihr zu folgen.

»Paps!« rief sie überglücklich. »Wir sind in München! Wie geht es dir?«

Robert sah, daß Carlas Züge sich jäh veränderten und Betroffenheit verrieten. Er griff deshalb schnell zum Mithörer.

»Nach Strich und Faden betrogen hat sie ihn«, hörte er den Schwiegervater sagen. »Ich sehe noch nicht ganz klar. Fest steht auf jeden Fall, daß er sich von ihr getrennt und sie hinausgeworfen hat.«

Robert sah Carla fragend an.

»Harald!« flüsterte sie.

»Nachdem er sich durchgesetzt hat, muß er furchtbar getrunken haben. Die Polizei hat ihn aufgegriffen. Man hat ihn kaum bändigen können. Er wurde in eine Anstalt gebracht, in der er sich nun schon seit drei Tagen befindet. Ich bin völlig durcheinander.«

Robert nahm Carla den Hörer ab. »Nicht verzagen, Paps! Wir sind wieder im Lande und kommen, wie mir scheint, im rechten Augenblick zurück. Spätestens morgen abend sind wir in Berlin. Ich garantiere dir, daß ich die Sache ins reine bringe.«

»Ich weiß nicht . . .«

»Erinnere dich an damals. Ich habe manchmal selbst nicht geglaubt, daß ich mit Harald fertig werden würde. Am besten kommst du nach Berlin. Wir haben uns doch so viel zu erzählen!«

Carla riß den Hörer an sich. »Ja, Paps, das ist eine gute Idee. Komm nach Berlin.«

»Ach, Kinder, mir fällt ein Stein vom Herzen.«

»Du wirst kommen?«

»Liebend gerne!«

Das Gespräch, das mit einem Paukenschlag begonnen hatte, endete mit einem großen Aufatmen und einem dankbaren Kuß, den Carla Robert gab. »Du bist doch kein Tor.«

Das Telefongespräch mit den Eltern, das gleich darauf zustande kam, verlief wesentlich temperamentvoller. »Robert?« rief Vater Schroeder überrascht.

»Ja, Vater.«

»Heil Hitler, mein Junge! Wo steckt ihr?«

»In München.«

»Ich . . .«

Weiter kam er nicht. Die Stimme der Mutter jubelte dazwischen. »Nein, ist das eine Überraschung! Eben habe ich an euch gedacht! Geht's euch gut? Wo ist Carla? Ich möchte sie sprechen. Bitte, gib sie mir. Ich freue mich ja so auf sie.«

Carla hob abwehrend die Hände.

»Gleich, Mama. Zunächst möchte ich wissen, wie es euch geht.«

»Gut. Wann kommt ihr nach Berlin?«

»Morgen.«

Carla verdrehte die Augen.

Robert begriff, daß er ›übermorgen‹ hätte sagen sollen. »Vielleicht auch erst am Montag«, korrigierte er sich. »Wir sind eben erst in München angekommen.«

»Da kann ich mir gut vorstellen, daß ihr euch erst ausschlafen wollt.«

»Hat sich in Conrads Sache etwas getan?«

»Noch nicht. Der Obergruppenführer war jedoch nicht untätig. Vater hat es zur Zeit natürlich schwer. Zwei Betriebe muß er nun leiten und dauernd zwischen Münster und Berlin hin und her fahren. Aber darüber reden wir, wenn ihr zurück seid. Gib mir jetzt deine Frau!« Sie kicherte. »Deine Frau! Wie das klingt!«

Robert übergab den Hörer.

Carla war wenig erbaut. Ihre Einstellung zu Mutter Schroeder hatte sich durch deren Haltung Conrad gegenüber merklich verändert. »Grüß Gott, Mama«, sagte sie fast streng.

»Grüß Gott? Seit wann bist du Bayerin?«

»Seit eben.«

»Mach keine Witze, Carla. Geht es dir nicht gut?«

»So lala. Die Fahrt war anstrengend. Außerdem erhielten wir eine unangenehme Nachricht.«

»Über Harald?«

»Du weißt davon?«

»Sein Cheflektor rief an und fragte, ob wir wüßten, wann Robert zurückkommen würde. Angeblich wollte Haralds frühere Frau das wissen. Da hab' ich natürlich auf den Busch geklopft und erfahren, daß die Ehe deines Bruders in die Brüche gegangen ist. Um offen zu sein: diese Elke hat mir vom ersten Augenblick an nicht gefallen. Aber nun mußt du von euch erzählen. Kommt ihr morgen oder übermorgen?«

»Wahrscheinlich erst übermorgen«, antwortete Carla. Das Gespräch setzte ihr zu.

»Na, macht nichts«, sagte die Mutter. »Ich fahre morgen früh nach Tempelhof und werde eure Wohnung lüften und mit Blumen versehen. Ihr könnt dann kommen, wann ihr wollt. Das Nest werdet ihr pieksauber vorfinden.«

Sie kann rührend hilfsbereit und schrecklich kalt sein, dachte Carla. Ich fange an, Robert zu verstehen.

»Freust du dich auf unser Wiedersehen?«

Carla wurde unwillkürlich verbindlicher. »Aber gewiß, Mama.«

Carla und Robert erfaßten Haralds tragische Situation erst richtig, als sie in das Vestibül des Hotels zurückgekehrt waren. Den Sekt, den sie in guter Laune bestellt hatten, benötigten sie nun zur Wiedergewinnung ihres Gleichgewichtes. Der Gedanke, daß Harald von der Polizei aufgegriffen und in eine Entziehungsanstalt gesteckt worden war, setzte ihnen mehr zu als die Tatsache, daß sich seine zweite Ehe als ein Fehlschlag erwiesen hatte. Unklar blieb ihnen nur, warum Harald, der allem Anschein nach zunächst resolut vorgegangen war, plötzlich die Haltung verloren hatte.

Diese Frage beschäftigte Robert so sehr, daß sie ihn auch noch nicht losließ, als er am nächsten Morgen über die Autobahn in Richtung Berlin dahinjagte. Warum hatte sich der Cheflektor des Verlages im Auftrage von Dorkas bei seiner Mutter erkundigt, wann er, Robert, nach Berlin zurückkommen würde? Brauchte Dorkas Hilfestellung? Wenn ja, dann mußte das Unglück bei ihr begonnen haben. Er sagte Carla, welcher Gedanke ihm gekommen war.

Sie hielt es unter den gegebenen Umständen für zweckmäßig, noch vor Ankunft ihres Vaters mit Dorkas zu sprechen. Dann aber verlor sie unvermittelt die Beherrschung. Die Auflehnung gegen das Schicksal, das sich gegen Robert und sie gestellt zu haben schien, brach wie ein Vulkan aus ihr hervor. Sie hämmerte mit den Fäusten gegen das Instrumentenbrett. »Werden wir denn nie Ruhe bekommen? Harald in einer Anstalt! Conrad im Konzentrationslager! Ein Krieg vor der Tür! Und wir müssen uns um die Familie kümmern! Für uns selber haben wir keine Zeit! Familie, Staat, Deutschland, Vaterland ... Wenn das so weitergeht, werde ich noch wahnsinnig!«

Robert versuchte Carla zu beruhigen. »Mein Urlaub endet erst in vierzehn Tagen«, beschwor er sie. »Wir werden uns also in aller Ruhe einleben können. Und was das Kriegsgespenst anbelangt: Schau dir die Betonbahn an, über die wir dahinjagen. Wer so etwas konzipiert und binnen kürzester Frist erstellt, wird nicht so dumm sein, das Geschaffene leichtfertig zu gefährden.«

Bewußt ignorierte Robert die Bedenken, die ihm selbst gekommen waren. Er wollte Carla ablenken, und er war überglücklich, als sie nach einer rasanten Fahrt am frühen Nachmittag das gelbgestrichene Zweifamilienhaus erreichten, dessen Parterrewohnung er vor Jahren gemietet hatte.

»Darf ich um die Schlüssel bitten, gnädige Frau«, sagte er, aus dem Wagen springend.

»Das kommt nicht in Frage«, protestierte Carla. »Die Wohnung schließe ich auf. Ich werde sie dir vorführen.«

»Es ist nicht meine Absicht, dir diese Freude zu nehmen«, erwiderte er. »Ich möchte dich lediglich über die Schwelle tragen.«

Nun übergab sie gerne die Hausschlüssel. »Du darfst aber nur aufschließen und nicht in die Wohnung schauen!«

Er hob die Hand zum Schwur.

Carla war es, als würde ihr eine Last von den Schultern genommen, und ihr Herz schlug schneller, als Robert mit strahlender Miene zurückkehrte, sie auf die Arme hob und mit ihr in das Haus eintrat. Die Wohnungstür hatte er um einen Spalt geöffnet. Im Türrahmen blieb er mit ihr stehen und sagte: »Wenn ich die Bibel auch nicht gut kenne, so erinnere ich mich doch des Satzes: ›Die mit Tränen säen, werden mit Freuden ernten.‹ Ich wünsche dir dies von ganzem Herzen.«

Carla schlang die Arme so heftig um ihn, daß er sie absetzen mußte.

Sie schaltete das Dielenlicht ein und wies auf die Wand, die der Tür gegenüberlag.

Robert gewahrte ein Bild, das er in Rheinberg oftmals bewundert hatte. »Das ist ja der ›Tiepolo‹, auf den Paps so stolz ist.«

Carla nickte. »Er schenkte ihn uns, als er die von deiner Mutter gestiftete Hochzeitstruhe hier stehen sah. ›Darüber muß mein Tiepolo hängen‹, sagte er spontan.«

»Das Bild stellt doch ein Vermögen dar.«

»Paps weiß eben, was wir wert sind.«

»Und du hast mir nichts davon verraten.«

»Wenigstens diese Überraschung wollte ich in petto haben.«

Er legte den Arm um sie. »Ich kann kaum glauben, was ich sehe.«

»Freust du dich?«

»Narrisch, würde Alois Brandner sagen. Ehrlich! Aber jetzt möchte ich dein Werk bewundern.«

Die nächste halbe Stunde genoß Carla in vollen Zügen. Ihre gesamte Aussteuer führte sie Robert vor. Und er war begeistert von der dezenten Abstimmung der Möbel, Teppiche, Gardinen und Lampen. Alles war in Pastellfarben gehalten und wirkte wie hingetupft. Selbst das lichte, noch nicht möblierte ›Kinderzimmer‹ mit dem wie erwartungsvoll in der Mitte des Raumes sitzenden Teddybären fand Robert hinreißend.

Carla fühlte sich so leicht, als hätte es Gerds bedrückende Nachricht nicht gegeben. Ihr Heim, das Roberts Mutter mit Blumen geschmückt hatte, gewährte ihr einen unsichtbaren Schutz. Sie wies auf einen Feldstrauß aus Margeriten, Mohn und Kornblumen, der dem Wohnzimmer einen intensiven Farbtupfer gab. »Wir werden deine Eltern anrufen und ihnen sagen müssen, daß wir zurück sind.«

»Dann müssen wir auch bekennen, daß wir Paps erwarten«, gab Robert zu bedenken. »Und was dann eintritt, ist klar. Mama wird sich den Alten Herrn schnappen und mit ihm im ›Adlon‹ sitzen, noch bevor Paps dort eintrifft.«

»Und was wird geschehen, wenn wir uns nicht melden? Stell dir vor, deine Eltern würden erfahren, daß wir uns mit Paps getroffen und sie ausgeschlossen haben.«

Robert fuhr sich durch die Haare. »Den dann einsetzenden Erdrutsch möchte ich nicht erleben. In Gegenwart meiner Eltern wird Paps aber nicht über Harald sprechen wollen. Und seinetwegen kommt er ja schließlich.«

Carla rückte den Feldstrauß zurecht. »Ich weiß, wie wir's machen. Wir werden deine Eltern zum Abendessen ins Adlon einladen. Dann haben wir Paps vorher einige Stunden für uns, und niemand kann sich getroffen fühlen.«

»Bravo!« rief Robert. »Dennoch ist das Problem, das sich uns stellt, erst zur Hälfte gelöst. Wir müssen Dorkas gesprochen haben, bevor wir Paps treffen.«

Carla warf einen Blick auf die Uhr. »Fahr zu ihr. Ich hole Paps inzwischen von der Bahn ab. Wir treffen uns dann im Adlon.«

Robert war einverstanden, und nachdem er den Wagen ausgeladen und die Eltern im besprochenen Sinne verständigt hatte, rief er Dorkas an, die seinen Anruf schon sehnlichst erwartet hatte.

»Mit Harald ist etwas Schreckliches geschehen!« sagte sie.

»Ich bin im Bilde«, entgegnete er beruhigend.

»Aber du hast keine Ahnung, wie es dazu gekommen ist. Ich muß dir das erzählen. Ich habe auch mit dem Arzt gesprochen, den du seinerzeit kennengelernt hast. Er ist bereit, Harald aus der schrecklichen Anstalt herauszuholen, sofern ihn jemand nach Freiburg bringt.«

Robert versprach Dorkas, sie gleich aufzusuchen. Dann berichtete er Carla, was er erfahren hatte. »Wir kriegen die Sache schon hin«, fügte er aufmunternd hinzu und wollte sich von ihr verabschieden.

Sie wies auf sein Sporthemd. »Möchtest du etwa so im Adlon aufkreuzen?«

»Jetzt geht das Theater mit der Kleidung wieder los«, schimpfte er und ging ins Schlafzimmer, um sich umzuziehen.

Auf der Fahrt nach Dahlem kreisten seine Gedanken um Dorkas. Er freute sich darauf, sich ihr nach so vielen Jahren wieder einmal präsentieren zu können.

Sie erwartete ihn mit ihrer nunmehr bereits fünfjährigen Tochter Carolin auf der Straße. »Du strotzt ja vor Gesundheit«, rief sie überrascht.

»Und du siehst blendend aus. Man könnte meinen, du seist verliebt.«

Dorkas überhörte diese Bemerkung und beugte sich zu Carolin hinab. »Nun, was sagst du zu Onkel Robert? Ist er so, wie ich ihn dir geschildert habe?«

Das Kind schüttelte den Kopf. »Du hast mir versprochen, daß ich mit Minna spazierengehen darf.«

Robert hielt Carolin die Hand hin.

Sie drehte sich um und lief davon.

»Haralds Auftritt hat ihr einen Schock versetzt«, sagte Dorkas. »Seitdem ist sie nicht wiederzuerkennen.«

»Sie hat ihn randalierend erlebt?«

Dorkas nickte und führte Robert in den Garten. »Drinnen sieht es böse aus.«

»Und wie kam es zu dem Rückfall?«

Dorkas erzählte, daß Harald vor vier Tagen gegen Mittag bei ihr angerufen und sie in guter Stimmung gefragt habe, ob er sie gleich einmal aufsuchen dürfe. Es habe sich etwas ereignet, das auch für sie von Wichtigkeit sei. Bald darauf sei er mit einer Flasche Champagner erschienen und habe ihr ins Ohr geflüstert: ›Hole Gläser, Kindchen! Wir haben einen Grund, zu feiern!‹ Dann habe er mit ihr angestoßen und erklärt: ›Ich lasse mich von Elke scheiden.‹ Sie sei entsetzt gewesen, er aber habe gelacht und gesagt: ›Wenn du wüßtest, mit wieviel Männern Elke es getrieben hat, würdest du verstehen, daß ich in dieser Stunde nicht traurig bin. Ja, ich bin sogar ganz froh und habe heute vormittag, bevor ich zum entscheidenden Schlag ausholte, Elkes Prokura und Verfügungsberechtigung löschen lassen, so daß kein Schaden angerichtet werden kann. Und damit Elke sich auch sonst schön ruhig verhält, habe ich ihr durch einen Rechtsanwalt Kopien von belastenden Fotos übergeben lassen, die mir zugespielt worden sind. Daraufhin hat sie das Feld auf der Stelle geräumt.‹

»Und wie kam es zu der Sauferei?« fragte Robert.

Dorkas zündete sich eine Zigarette an. »Die Ursache war Enttäuschung. Harald bat darum, wieder hier einziehen zu dürfen. Ich konnte ihm das nicht gestatten. Und zwar aus einem Grund, den ich ihm wohl oder übel nennen mußte, als er nicht lockerließ. Ich lebe seit längerer Zeit mit einem Mann zusammen, den ich liebe und der mich heiraten wird, sobald seine Ehe geschieden ist. Harald war außer sich. Ein Wort gab das andere. Er verlangte schließlich, daß ich ihm den Namen des Mannes nenne, damit er, wie er sagte, mit ihm reden könne. Ich weigerte mich hartnäckig. Darüber geriet er so in Rage, daß er plötzlich davonrannte.«

»Wahrscheinlich wäre es vernünftiger gewesen, ihm den Namen zu nennen«, warf Robert ein. »Was hätte denn schon passieren können?«

»Sehr viel«, sagte Dorkas. »Der Mann meines Herzens ist Haralds Cheflektor und Geschäftsführer.«

»Ach, du lieber Gott.«

»Der Verlag hätte es bestimmt nicht verkraftet, wenn mit einem Schlage zwei Führungskräfte von der Bildfläche verschwunden wären. Elke, die dank ihrem vielseitigen Einsatz enorme Heeresaufträge einbrachte, und der Geschäftsführer, der seit Jahr und Tag dafür sorgt, daß sich Haralds Entnahmen in eben noch erträglichen Grenzen halten. Bis zu zehntausend Mark verbraucht er im Monat!«

»Details interessieren mich nicht«, erklärte Robert kühl. »Was geschah weiter? Wie kam es zu der Sauferei? Du erzähltest, Harald sei fortgerannt.«

»Er kam nach etwa zwei Stunden grölend und total betrunken zurück. Ich bat ihn, Rücksicht auf Carolin zu nehmen. Von diesem Moment an war es aus. Stühle barsten. Er hob Türen aus den Angeln und riß die Dekorationen von den Fenstern. Uns blieb nichts anderes übrig, als zu flüchten und Hilfe bei der Polizei zu suchen.«

»Alles Weitere kannst du dir ersparen«, sagte Robert und überlegte, wie er helfen könnte. »Ich werde mich gleich mal am Flughafen erkundigen, ob die Möglichkeit besteht, eine Maschine zu chartern, mit der ich Harald nach Freiburg bringen kann. In den vergangenen Jahren dürfte sich hier einiges geändert haben.«

Dorkas folgte ihm. »Bitte, achte nicht darauf, wie es drinnen aussieht. Die Handwerker kommen erst morgen.«

»Donnerwetter!« entfuhr es Robert, als er in den Salon eintrat, dessen zum Garten führende Flügeltüren offenstanden. »Da ist wirklich nichts heil geblieben.«

»In der Diele hat er sogar das Treppengeländer weggebrochen.«

»Gut, daß das Telefon noch funktioniert.«

»Der Apparat ist neu und wurde gestern angeschlossen.«

Es dauerte nicht lange, bis Robert ermittelt hatte, daß er jederzeit ein Flugzeug chartern konnte. Allerdings nicht mehr in Tempelhof, sondern in Rangsdorf, wo dem Aero-Club ein neuer Flugplatz zur Verfügung stand. Nach Erhalt dieser Auskunft rief er den Arzt an, mit dem er vereinbarte, am nächsten Morgen um elf Uhr gemeinsam zu der Anstalt zu fahren, in die Harald eingeliefert worden war.

»Es ist kaum zu glauben«, sagte er nach diesem Gespräch. »Ich bin erst seit zwei Stunden in Berlin, und schon dreht sich alles wieder, als wäre ich nicht fort gewesen.«

»Und von Carla, eurer Hochzeitsreise und Spanien hast du überhaupt noch nichts erzählt.«

»Das können wir jetzt nachholen. Ich hab' noch etwas Zeit.«

Sie kehrte mit ihm in den Garten zurück und bat darum, Harald nicht zu sagen, daß sie mit seinem Geschäftsführer liiert sei.

»Das versteht sich von selbst«, entgegnete er. »Ich werde ihn höchstens auffordern, jenen Herrn anzuweisen, die hier entstandenen Schäden zu begleichen.«

»Das wirst du nicht tun«, widersprach Dorkas mit Nachdruck. »Harald war immer so großzügig zu mir, daß es eine Schande wäre, wenn ich die Kosten nicht selber übernehmen könnte.«

»Das höre ich gerne«, sagte Robert erfreut.

»Erzähl lieber von Carla. Wie geht es ihr? Ich habe sie aufrichtig bewundert. Fast drei Jahre hat sie gottergeben auf dich gewartet. Ich weiß nicht, ob ich das fertiggebracht hätte.«

»Carla ist eben ein Goldstück.«

»Du liebst sie sehr?«

»Heiß!« betonte Robert. »Ohne sie könnte ich mir ein Leben nicht mehr vorstellen.«

Durch Roberts entschlossenes und zielbewußtes Handeln verlief das Wiedersehen mit Carlas Vater anders, als es zu befürchten gewesen war. Allein die Nachricht, daß Harald aus der Anstalt entlassen und in jenes Sanatorium gebracht werden würde, das ihn vor Jahren von seiner Sucht befreit hatte, entkrampfte die Atmosphäre und ließ Eberhard von der Heid wieder hoffnungsvoll in die Zukunft blicken. Er hatte schon das Schlimmste befürchtet und den Verlag zusammenbrechen sehen. Immer wieder umarmte er Carla und Robert.

»Wenn ich euch nicht hätte, würde ich mit diesem Schicksalsschlag nicht fertig«, versicherte er mit feuchten Augen. »Wahrhaftig, ich bin in den letzten Tagen um Jahre gealtert.«

Carla widersprach ihm und beteuerte, daß er ungewöhnlich gut und frisch aussehe. Robert hingegen, der den Schwiegervater drei Jahre nicht gesehen hatte, war über dessen faltenreiches Gesicht bestürzt. Um so stärker bemühte er sich, ihn aufzumuntern, was ihm relativ leichtfiel, da er nichts anderes zu tun brauchte, als eine heile Welt zu projizieren.

»Laß uns nicht länger von Harald reden«, sagte er kurzerhand. »Was macht es aus, daß er in seiner Enttäuschung rückfällig geworden ist? In sechs Wochen haben wir seinen Ausrutscher vergessen.«

»Aber es ist doch verdächtig, daß er dem Alkohol ausgerechnet bei Dorkas wieder verfallen ist«, entgegnete Eberhard von der Heid. »Dieses Weib hat einen verheerenden Einfluß auf ihn.«

Robert schüttelte den Kopf. »Du bist voreingenommen. Ich bin sogar überzeugt, daß Harald die neuerliche Enttäuschung erspart geblieben wäre, wenn er sich von Dorkas nicht getrennt hätte.«

Der Schwiegervater blieb skeptisch. »Was Dorkas getan hat, ist und bleibt unverzeihlich. Ich gebe natürlich zu, daß sie, verglichen mit Elke, eine Dame ist. Bei Elke spürte man genau, worauf es ihr ankommt.«

»Vorsicht, Paps!« warnte Carla. »Du warst mal angetan von ihr!«

Er gab sich als Lebemann. »Hältst du mich etwa für einen Eisberg?«

»Zumindest aus der Sturm-und-Drang-Zeit solltest du heraus sein.«

»Hoho ...!« rief Eberhard von der Heid mit plötzlich wieder roten Wangen. »Ich bin besser im Saft, als du denkst.«

Das Thema bekommt ihm, dachte Robert und sagte lachend: »Schau dir diesen Schmecklecker an!«

Der Schwiegervater rekelte sich wohlig in seinem Sessel. »Warum nicht? Warum nicht? Um aber nochmals auf Harald zurückzukommen: Wissen deine Eltern, was geschehen ist?«

»Sie haben lediglich erfahren, daß er sich scheiden läßt.«

»Das ist gut.«

»Wir werden ihnen sagen, daß er sich zur Zeit im Engadin erholt.«

»Sehr gut.«

»Und du wirst so liebenswürdig sein, von Conrads Eskapade nichts zu wissen.«

»Klarer Fall. Ich würde mich übrigens nicht schämen, wenn mein Sohn wegen einer solchen Lappalie ins Konzentrationslager eingeliefert worden wäre. Vielleicht verdrängen deine Eltern auf diese Weise das schlechte Gewissen, das sich bei vielen Parteigenossen meldet.«

»Nanu«, sagte Robert. »Das sind ja neue Töne.«

»Es läuft nicht alles so, wie man es sich vorgestellt hat. Die Konzentrationslager sind eine Schande. Und was man mit den Juden macht, schreit zum Himmel. Vom Bündnis mit Rußland ganz zu schweigen. Erst werden die Kommunisten ›Abschaum der Menschheit‹ genannt, dann begrüßt man sie mit ›Towarischtsch‹. Hitler hat sich mit dem Teufel verbündet, um Polen in die Knie zwingen zu können.«

Carla sah ihren Vater betroffen an. »Du rechnest mit einem Krieg?«

»So schnell schießen die Preußen nicht. Polen dürfte aber verloren sein.«

»Das steht noch nicht fest«, widersprach Robert. »England hat eine Beistandserklärung abgegeben . . .«

»Lippenbekenntnisse, nichts als Lippenbekenntnisse!« höhnte der Schwiegervater. »Großbritannien wird sich hüten, einen Krieg zu riskieren, wenn Deutschland sich den ›Korridor‹ und Danzig wiedereinverleibt.«

»Dann hätte Hitler es ja richtig gemacht.«

»Ganz und gar nicht!« ereiferte sich Eberhard von der Heid. »Hitler hätte mit Polen, England und Frankreich verhandeln und nochmals verhandeln müssen, um Danzig und den ›Korridor‹ auf friedlichem Wege zurückzugewinnen. Statt dessen wählt er den Weg der Drohung und des Druckes. Er diktiert, als sei er der Herrgott persönlich.«

»Das klingt, als zähltest du zu seinen Gegnern.«

»Zu denen gehöre ich keinesfalls. Hitler hat Unglaubliches geleistet. Seine Art paßt mir nur nicht.«

»Darum Schluß mit der Politik«, sagte Carla und erzählte von San Giacomo, der Reise nach Rom und der Hilfe, die Gerd ihnen gewährt hatte.

Gerade noch zur rechten Zeit; denn kaum hatte sie dem Vater, dem die Entwicklung der Dinge nicht paßte, verständlich gemacht, daß für

Robert und sie keine Veranlassung bestehe, im Streit mit Gerd zu leben, da erschienen Roberts Eltern und schlossen die Rückkehrer überschwenglich in die Arme. Vor lauter Wiedersehensfreude vergaßen sie sogar den obligaten Hitlergruß.

»Mein Junge!« stammelte der Vater und klopfte Robert auf den Rükken, wie er es getan hatte, wenn der als Schüler gute Noten hatte vorweisen können. »Fabelhaft, fabelhaft, was du geleistet hast. Wir sind stolz auf dich!«

»Ja, das sind wir«, fiel die Mutter ein, ohne Carla aus den Armen zu lassen.

»Und die Orden, die dir verliehen wurden! Schade, daß du nicht an der Parade teilgenommen hast.«

»Carla war mir wichtiger.«

»Die Orden mußt du aber einmal anlegen.«

»Und dann essen wir bei Kempinski!« rief die Mutter. »Alle sollen uns sehen können.«

Carla machte sich energisch von der Mutter frei. »Ihr sprecht von Orden und solchem Kram und habt Paps noch nicht einmal begrüßt!«

»Eberhard!« rief die Mutter und streckte ihre Arme aus. »Kannst du uns verzeihen?«

Er gab ihr einen Handkuß. »Du siehst wieder ganz reizend aus.«

»Rosé!« schwärmte sie, über ihr Kleid streichend. »Die Lieblingsfarbe des Führers!«

Der Vater konnte sich von seinem Sohn nicht trennen. Er umarmte ihn erneut und sagte voller Inbrunst: »Dies ist eine der denkwürdigsten Stunden meines Lebens. Als ich aus der Gefangenschaft zurückkehrte, lag Deutschland geknebelt am Boden. Haß und Neid hatten den Sieg davongetragen. Und nun kehrt mein Sohn nach siegreichem Kampf in ein Land zurück, dessen Menschen das Haupt wieder stolz erhoben tragen dürfen.«

»Das ist wahr!« pflichtete ihm Eberhard von der Heid bei. »Es war fürchterlich, als wir damals in die Heimat zurückkehrten.«

»Die Schulterstücke hat man uns heruntergerissen!«

»Der Mob beherrschte die Straße!«

»Jetzt möchte ich aber doch sehr darum bitten, erst mal Platz zu nehmen«, mischte sich Robert ein.

Der Vater klopfte ihm nochmals auf die Schulter. »Hast recht, mein Junge. Aber du weißt ja: Wes das Herz voll ist . . .«

Mutter Schroeder tätschelte Carlas Wange. »Die Ehe scheint euch gut zu bekommen.«

Robert grinste. »Sehr gut sogar.«

Die Mutter neigte sich zu ihrer Schwiegertochter hinüber. »Deutet sich schon ein freudiges Ereignis an?«

»Zwillinge!« flüsterte Carla.
»Wieso weißt du das?«
»Mit Gewißheit kann ich es natürlich nicht sagen. Aber Robert war sehr drängend. Die lange Zeit der Trennung . . .«
Die Mutter schob Carla unwillig von sich.
»Darf ich einen Aperitif bestellen?« fragte Robert.
Der Vater machte eine abwehrende Geste. »Um Gottes willen, das Zeug sollen die Franzosen selber trinken. Dafür geben wir keine Devisen aus. Außerdem ist es undeutsch, vor Tisch so was zu trinken.«
»Und ungesund ist es obendrein«, pflichtete ihm die Mutter bei.
Eberhard von der Heid lachte. »Man kann es auch übertreiben.«
Vater Schroeders Blick wurde streng. »Wie soll ich das verstehen?«
»Na, wie schon? Es entbehrt doch nicht einer gewissen Komik, das Trinken eines Aperitifs als undeutsch zu bezeichnen.«
»Aber erlaube mal!« ereiferte sich der Vater. »Undeutsch, das sagt schon der Name, ist alles, was nicht deutsch ist. Und ein Aperitif, das sagt ebenfalls der Name, ist nun einmal ein französisches Getränk.«
Carlas Vater ersparte es sich, hierauf etwas zu erwidern.
Robert rettete die Situation, indem er fragte: »Und wie wäre es mit einem Schnaps für Paps?«
Eberhard von der Heid lachte glucksend. »Aber einen Doppelten! Und wenn möglich in Form eines Wodkas. Gegen ein russisches Gesöff ist im Moment ja wohl nichts einzuwenden, oder?«
Mutter Schroeder legte ihren Kopf in den Nacken. »Du solltest froh sein, daß wir einen Führer haben, der es versteht, die Welt auf friedlichem Wege positiv zu verändern.«
»Sehr richtig!« erwärmte sich der Vater. »Niemand hätte es für möglich gehalten, daß Hitler den Engländern und Franzosen dieses Schnippchen schlagen würde. Nichtangriffspakt mit Rußland! Einfach genial! Unser Rücken ist frei. Polen liegt vor uns. Wir brauchen nur hinzulangen.«
»Wenn weiterhin nur von Deutschtum und Politik die Rede ist, hau' ich ab«, ereiferte sich Carla.
Mutter Schroeder stimmte ihr zu. »Offensichtlich haben wir alle einen etwas leeren Magen.«
Robert kam der Hinweis gelegen. Er erhob sich und bat zu Tisch.
»Und was ist mit meinem Wodka?«
»Den genehmigen wir uns im Vorbeigehen an der Bar.«
»Nein, diese Männer«, mokierte sich die Mutter. »Wann soll übrigens die Hochzeitsfeier stattfinden?«
»Möglichst bald«, sagte Robert, noch bevor Carla etwas erwidern konnte. »Wir möchten nur warten, bis Harald und Conrad aus den Ferien zurück sind.«

Eberhard von der Heid gab sich überrascht. »Ach, Conrad ist ebenfalls im Urlaub?«

»Ja«, antwortete Mutter Schroeder und warf ihrem Sohn einen dankbaren Blick zu. »Jetzt freue ich mich richtig auf das Essen.«

»Und ich mich mit Paps auf den Wodka!« betonte Robert und wandte sich an die Eltern. »Kommt, leistet uns Gesellschaft.«

»In der Bar?«

»Warum nicht?«

Vater Schroeder schaute unschlüssig zu seiner Frau hinüber. »Was meinst du?«

Carla schob die Mutter zur Bar. »Sie ist einverstanden.«

Es dauerte nicht lange, da hatte der Wodka alle Vorurteile beseitigt.

Harald befand sich in einem entsetzlichen Zustand, als Robert ihn am nächsten Vormittag aufsuchte. Er war apathisch und dennoch voller Auflehnung. Sein Gesicht war von Beulen und Flecken entstellt. Seine Augen waren verquollen. Er trug einen grauen Drillichanzug.

Der Leiter der Anstalt und der Arzt, den Dorkas vor Jahren schon einmal konsultiert hatte, registrierten ohne Verwunderung, daß der Eingelieferte seinen Freund nicht erkannte. Angesichts der Beruhigungspräparate, die ihm im Verlauf der letzten Tage gegeben worden waren, hatten sie nichts anderes erwartet.

Robert war erschüttert und ratlos zugleich.

»Versuchen Sie, ihn anzusprechen«, riet ihm der Arzt.

»Harald«, sagte er und ging auf den Schwager zu.

Der wich zurück, als wollte er einem Schlag ausweichen.

»Harald!« sagte er nochmals. »Ich bin gekommen, um dich hier herauszuholen.«

»Robert?« fragte der Schwager ungläubig.

»Ja! Ich bin gekommen, um dich zu holen. Keine Minute länger sollst du hier bleiben.«

»Robert!« rief Harald und umklammerte den Freund. »Befrei mich von diesen Schweinen. Sag ihnen, daß sie mich nicht anrühren dürfen und mir meinen Anzug wiedergeben müssen.«

»Wenn Sie darauf bestehen, geben wir Ihnen Ihre Kleidung selbstverständlich zurück«, beeilte sich der Anstaltsleiter zu versichern.

»Jetzt spurt dieser Hund!« rief Harald. »Los, gib's ihm. Knall ihm eine!«

Robert beruhigte den Schwager. »Du kommst mit mir. Wir fliegen nach Freiburg.«

»Zu dem Sanatorium von damals?«

»Na klar! Carla und Paps wollten ums Verrecken mitfliegen. Ich habe ihnen aber gesagt: ›Heute will ich mit Harald allein sein. Wenn er das Sanatorium verläßt, holen wir ihn gemeinsam ab. Und dann veranstalten wir ein großes Fest‹.«

»Du, das machen wir. Weißt du eigentlich, daß ich Elke zum Teufel gejagt habe?«

»Ja. Mir fiel ein Stein vom Herzen, als ich es hörte.«

Ein Wärter brachte die Kleidung.

Harald verfiel in ein boshaftes Gelächter. »Sollen wir die Kerle vermöbeln?«

»Ach was«, sagte Robert leichthin. Er befürchtete nicht, daß etwas schiefgehen könnte, wollte jedoch froh sein, wenn er Harald angeschnallt im Flugzeug sitzen hatte. Glücklicherweise lehnte sich der Schwager nur noch einmal auf, als der Arzt ihm eine Injektion geben wollte, die ihn einschläfern und den Transport sicherstellen sollte. Nach einigem Hin und Her gelang es Robert, Harald von der Notwendigkeit der Injektion zu überzeugen, und so verliefen die Fahrt nach Rangsdorf und der anschließende Flug nach Freiburg, der nicht länger als zwei Stunden dauerte, ohne Störung. Schon kurz vor sieben kehrte Robert nach Berlin zurück, wo Carla ihn sehnsüchtig erwartete.

»Der heutige Abend und der morgige Tag gehören ausschließlich uns!« rief sie glücklich. »Paps wird morgen von Mama betreut.«

»Der Arme!« entfuhr es Robert.

»Du täuschst dich! Wenn die beiden allein sind, verstehen sie sich glänzend.«

21

Hätten die Zeitungen nicht von hektischen Gesprächen mit dem englischen und französischen Botschafter berichtet, dann würden Carla und Robert die ersten Tage in ihrer Wohnung sorgloser genossen haben, als es ihnen unter den gegebenen Umständen möglich war. Sie dachten an Gerds Warnung, und es erwies sich auch bald, daß der Bruder richtig informiert gewesen war. Adolf Hitler eröffnete dem nichtsahnenden deutschen Volk in einer ›zufällig‹ für den 1. September anberaumten Reichstagssitzung:

›Eine Reihe von für eine Großmacht unerträglichen Grenzverletzungen beweist, daß Polen nicht mehr gewillt ist, die deutsche Reichsgrenze zu achten. Um diesem wahnwitzigen Treiben ein Ende zu bereiten, bleibt mir kein anderes Mittel, als von jetzt an Gewalt gegen Gewalt zu setzen. Polen hat heute nacht zum ersten Mal auf unserem eigenen Territorium mit bereits regulären Soldaten geschossen. Seit fünf Uhr fünfundvierzig wird jetzt zurückgeschossen . . .‹

Robert war so betroffen, daß er kein Wort hervorbrachte.

Carla erbleichte. »Wenn Gerd uns nicht gewarnt hätte, säßen wir nun in Italien fest.«

»Mir will das Gehörte einfach nicht in den Kopf«, sagte er. »Du brauchst dir aber keine Sorge zu machen«, fügte er schnell hinzu. »Ich werde nicht einberufen. Meine Aufgabe . . .«

Das Telefon klingelte.

Carlas Vater war am Apparat. »Habt ihr Hitlers Rede gehört?«

»Ja«, antwortete Robert bedrückt.

»Ist das nicht furchtbar? Die Frage ist jetzt, wie England und Frankreich sich verhalten werden.«

»Du kennst meine Befürchtungen.«

»Ich werfe mich in ein Taxi und komme zu euch.«

»Gut, wir erwarten dich.«

»Mein Gott, Bert!« jammerte Carla. »Was wird werden?«

Er schloß sie in die Arme. »Nicht verzagen. Wir sind noch mit allem fertig geworden.«

»Hoffentlich wirst du wirklich nicht eingezogen.«

»Bestimmt nicht. Wenn Paps gekommen ist, fahr' ich schnell zum Flughafen, um zu hören, ob besondere Anweisungen vorliegen. Alois Brandner und Jens Lüdeke müssen auf alle Fälle zurückgerufen werden.«

»Mit den Ferien ist es aus?«

»Natürlich. Wir wollen uns aber nicht beklagen. Drei Monate waren eine lange Zeit.«

»Und sie waren unendlich schön.«

Der erste Schock ist überwunden, dachte Robert erleichtert.

Als er eine halbe Stunde später am Flughafen mit einigen Berufskollegen zusammentraf, gab es keine freudige Begrüßung. Niedergeschlagenheit dominierte und strafte die Zeitungen Lügen, die seit geraumer Zeit geschrieben hatten, für das deutsche Volk sei es unerträglich, tatenlos zuzusehen, wie eine ›verlauste, arbeitsscheue, hinterhältige, arrogante und niederträchtige polnische Soldateska‹ die Reihen der in Polen lebenden Volksdeutschen durch unvorstellbare Greueltaten dezimiere. Man wußte, was von solchen Berichten zu halten war, und in dieser Stunde gab es nur wenige, die an den von Hitler erwähnten Überfall glaubten. Jeder aber spürte, daß alles, was in den letzten Jahren errungen worden war, mit einem Schlage wieder verlorengehen würde, wenn es Hitler nicht gelang, England und Frankreich aus der entbrannten Auseinandersetzung herauszuhalten.

Noch am selben Tag wurde Robert Schroeder in das Ministerium gerufen. Er erhielt die Weisung, den Dienst wie in Friedenszeiten zu versehen und unverzüglich die Erprobung verschiedener neuartiger Geräte durchzuführen. Darüber hinaus wurde ihm mitgeteilt, daß das Stratosphärenflugzeug der Junkers-Werke in Kürze fertiggestellt sein werde. Wie glücklich er aber auch war, Carla diese Nachricht überbringen zu können, die Freude wurde ihm genommen, als ihn daheim der Schwiegervater völlig aufgelöst empfing.

»Soeben wurde gemeldet, daß England und Frankreich in einem Ultimatum die sofortige Einstellung des Vormarsches in Polen gefordert haben«, rief er außer sich. »Das bedeutet Weltkrieg! Der Führer hat sich verkalkuliert!«

Viele dachten wie er an diesem Tage. Man fühlte, daß Hitler sich übernommen hatte, und ahnte, daß er keinen Pflock zurückstecken würde. Auf Gedeih und Verderb war man ihm ausgeliefert. Doch nicht nur Hitler hatte sich verkalkuliert; man selbst hatte es getan, indem man sich falschen Hoffnungen hingegeben und leichtfertig alle Bedenken beiseite geschoben hatte.

Sogar ›Hundertzehnprozentige‹ wurden schweigsam. Sie ließen sich erst wieder vernehmen, als erste Siegesbotschaften verkündet wurden.

»Ist es nicht großartig, wie unsere Soldaten sich schlagen!« jubelte Mutter Schroeder am Telefon. »Sie stürmen so vehement vorwärts, daß Vater mit dem Stecken der Fähnchen nicht nachkommt. Die Weichsel ist bereits an vielen Stellen überschritten. Vater meint, daß Polen in vierzehn Tagen überrannt sein wird.«

»An die Menschen, die jetzt geopfert werden, scheint ihr überhaupt nicht zu denken«, entgegnete Robert unwillig.

»Fehlt nur noch, daß du Mitleid mit den Polen hast.«

»Sind das etwa keine Menschen?«

»Das ist ja schlimmster Defätismus«, rief die Mutter und warf den Hörer auf die Gabel.

Robert war betroffen.

Es dauerte nur wenige Minuten, da war die Mutter erneut am Apparat. »Bitte, gib mir Carla«, sagte sie streng.

»Sie ist gerade fortgegangen, um Einkäufe zu machen.«

»Dann sage ihr, sie soll sich möglichst viel ›Alete‹-Milch kaufen. Das ist eine Trockenmilch für Säuglinge, die noch nicht rationiert ist. Im Kaffee ist sie fast wie Sahne.«

Nunmehr legte Robert den Hörer auf. Das Verhalten der Mutter ging ihm auf die Nerven. Er begab sich zur Zulassungsstelle für Kraftfahrzeuge, um sich einen ›Roten Winkel‹ zu besorgen, ohne den Autos nicht mehr gefahren werden durften. Anschließend suchte er mehrere Drogerien auf, um hier noch ein Stück Seife und dort ein Päckchen Rasierklingen zu ergattern.

Das Leben veränderte sich binnen weniger Tage. Man stand Schlange, ließ sich von Luftschutzwarten anschreien und ertrug wortlos Kontrollen jeder Art. Man wurde stumpf und nahm alles als etwas Gegebenes und Unabänderliches hin. Sogar Kolonnen von jüdischen Männern, Frauen und Kindern, die abtransportiert wurden. Robert sah Hunderte von ihnen am Anhalter Bahnhof stehen. Wohin mögen sie verfrachtet werden, fragte er sich. Nach Polen? Es wurde erzählt, dort würden Juden erschossen. Er konnte es nicht glauben. Unwillkürlich dachte er an den alten polnischen Juden, der ihm und Alois Brandner geholfen hatte. Auch den Hamburger Exportkaufmann David Wallheimer sah er im Geiste vor sich. Und die Jüdin, bei der er in Nürnberg gewohnt hatte. Wie mochte es ihnen ergehen?

Er verdrängte aufkommende Befürchtungen. Wozu sich belasten? Es nutzte ja nichts.

Der Krieg währte bereits vierzehn Tage, und die Einschließung von Warschau stand kurz bevor, als Carla von einem Besuch überrascht wurde, mit dem sie nicht hatte rechnen können. Roberts Bruder Conrad, der vor fast zwei Monaten in das Konzentrationslager Oranienburg eingeliefert worden war, stand eines Morgens in der grauen Uniform des Heeres in der Tür. Er war schmal geworden und sah blaß aus. Seine dicke Brille wirkte noch unheimlicher als sonst. Sie wurde von Gummibändern gehalten, die um die Ohren gelegt waren. Es war typisch für ihn, daß er gleich die ›Gasmaskenbrille‹ trug.

»Einen himmlischen guten Morgen wünsche ich meiner herzallerliebsten Schwägerin«, sagte er und breitete die Arme aus.

»Conrad!« rief Carla freudig überrascht.

Er küßte ihre Wange. »Wie sieht es mit einem anständigen Frühstück aus? Ich meine mit Bohnenkaffee, Eiern, Schinken und so?«

Carla zog ihn in die Wohnung. »Du bekommst, was du haben willst. Erst mußt du mir aber sagen, wieso du in Uniform steckst.«

Conrads durch die Brille vergrößert wirkende Augen blickten vorwurfsvoll. »Welch indiskrete Frage! Ich bin zu den Fahnen geeilt, weil Mamas liebenswürdiger Hausfreund und SS-Obergruppenführer mir den Rat erteilte, auf diese Weise die ›Schande‹ zu tilgen, die ich meiner Familie bereitet habe.«

»Das darf nicht wahr sein.«

»Ist es aber. Und ich bin nicht einmal traurig darüber.«

»Du sollst dich an der Front bewähren?«

Conrad schnallte sein Koppel ab. »Um Gottes willen, davon war nicht die Rede. Ich soll nur die ›Schande‹ tilgen. Dazu genügt es, das Ehrenkleid der Nation zu tragen. Dank meiner fehlenden militärischen Ausbildung und der gütigen Fürsprache unseres verehrten und geliebten Obergruppenführers wurde ich dem Nachschub zugeteilt.«

»Und du hast Urlaub und darfst deine Familie besuchen?«

»Diese Genehmigung habe ich mir selbst erteilt«, antwortete Conrad grinsend. »Du brauchst keine Angst zu bekommen«, fügte er schnell hinzu. »Ich bin weder desertiert noch habe ich die Truppe ohne Erlaubnis verlassen. Ein Blick aus dem Fenster wird dir zeigen, daß draußen mein Fahrer im Wagen auf mich wartet.«

Carla bekam Herzklopfen. »Aber Conrad! Da stimmt doch etwas nicht. Mach dich nicht unglücklich. Beim Militär versteht man keinen Spaß.«

»Das hab' ich mir auch gesagt. Und deshalb habe ich den Unteroffizier, der mich bei der Truppe abliefern soll, welcher ich zugeteilt worden bin, sehr, sehr freundlich gebeten, mich zuvor zur Commerzbank zu fahren. Dort unterhalte ich ein hübsches Konto. ›Sie bekommen dann hundert Mark‹, habe ich höflich hinzugefügt. ›Und einen weiteren Hunderter erhalten Sie, wenn Sie mich anschließend zur Wohnung meines Bruders bringen, von dem ich mich verabschieden möchte‹.«

»Du bist und bleibst unverbesserlich.«

»Bekomm' ich nun ein anständiges Frühstück?«

»Selbstverständlich.«

»Und wo steckt Robert?«

»Er mußte nach Dessau fliegen!«

»Schade«, sagte Conrad und folgte Carla in die Küche. »Wirklich sehr schade. Ich hatte mich so darauf gefreut, mir seine Vorhaltungen anzuhören. Was meinst du, wie der sich aufregen würde, wenn er mich eben gehört hätte. Soldatenbestechung wäre das wenigste, was er mir an den Kopf werfen würde. Darin ist er wie Vater.« Er faltete die Hände und blickte zur Decke empor. »O Gott, ich danke dir, daß ich mehr von Mama geerbt habe.«

Carla lachte. »Sie hat mich eben angerufen. Jeden Morgen tut sie das. Es ist rührend, wie sie sich um unser Wohlergehen kümmert. Heute hat sie angekündigt, daß am Nachmittag jemand vorbeikommt, um unsere Wohnung mit Verdunklungsrouleaus auszustatten. ›Das tägliche Verhängen der Fenster mit schwarzem Papier und Wolldecken ist doch furchtbar‹, hat sie gesagt. ›Ich habe uns deshalb undurchsichtigen Futterstoff und Schnapprouleaus besorgt.‹«

Conrad rieb sich die Hände. »Ich kann mir gut vorstellen, daß Mama jetzt aufleben wird.«

Carla sah ihn entgeistert an.

»Verstehst du nicht? Ihre Leidenschaft, Geld zu verdienen, erhielt einen fast tödlichen Stoß, als Vater und ich anfingen kräftig abzukassieren. Nun bietet ihr der Krieg neue Möglichkeiten, sich durchzusetzen. Zum Beispiel, indem sie Verdunklungsrouleaus organisiert. Sie wird sich auf alles stürzen, was schwer zu bekommen ist.«

Carla schlug zwei Eier in die Pfanne und goß Kaffee auf. »Wirst du zu ihr fahren?«

Conrad sog den Duft des Kaffees ein. »Ich möchte schon, komme aber nicht darüber hinweg, daß Mama mir in den vergangenen Wochen nicht einen einzigen Brief geschickt hat. Was nützt mir das Wissen, daß sie den Obergruppenführer auf Trab gebracht hat, mich also nicht ganz vergaß und alles in ihrer Macht Stehende tat, um mir zu helfen. Ein verständnisvolles Wort wäre mehr gewesen.«

»Das verstehe ich«, sagte Carla. »Aber müssen wir nicht jeden Menschen nehmen, wie er ist? Deine Eltern sind nun mal so gelagert, daß sie zwischen Kavaliersdelikten, Verbrechen und politischen Vergehen keinen Unterschied machen können. Karzer, Zuchthaus und Konzentrationslager sind für sie allesamt Orte der Schande. Da kann man nichts anderes tun als sich bemühen, nicht in den gleichen Fehler zu verfallen.«

»Mit anderen Worten: ich soll großzügig über ihr nicht zu entrümpelndes Innenleben hinwegsehen.«

»Genau.«

»Bist ein Pfundsmädchen.«

»Du wirst zu Mama fahren?«

»Schweren Herzens. Der Spaß wird mich nämlich weitere hundert Mark kosten.«

»Sag ihr bloß nicht, daß ich dir geraten habe, sie aufzusuchen.«

»Capito.«

Carla schob die Spiegeleier auf einen Teller. »Was geschieht eigentlich mit deiner Firma?«

»Die führt der Alte Herr weiter. Da er keine Seitensprünge macht und Hitler mehr Uniformen denn je benötigt, wird mein Laden glänzend florieren. Vater erbot sich übrigens, die Arbeit treuhänderisch zu übernehmen. Dem Obergruppenführer schwebte so etwas wie eine Stiftung für die SS vor. Da hört sogar beim Alten Herrn die Liebe zur Partei auf.«

Carla geriet in eine gelöste Stimmung. Sie hatte sich getäuscht. Die Eltern dachten nicht daran, ihrem Jüngsten zu nehmen, was sie ihm einmal überschrieben hatten. Robert hatte recht gehabt, als er vermutete, die Mutter habe sich während des Telefongespräches mit ihr nur unglücklich ausgedrückt. Dennoch tat ihr Conrad leid. Ihm war anzusehen, daß eine üble Zeit hinter ihm lag.

Er schlürfte den Kaffee.

»Hast du es schwer gehabt?«

Conrad zuckte die Achseln. »Andere wurden schärfer 'rangenommen.«

Beim Abschied wurde er dann plötzlich melancholisch. »Schade, daß ich ein so verbauter Apparat bin«, sagte er, gab Carla einen Kuß und eilte davon.

Entgegen der ursprünglich erteilten Weisung, den Dienst wie in Friedenszeiten zu versehen und sich intensiv um die Erprobung neuartiger Geräte zu kümmern, erhielt Robert Schroeder nach Beendigung des nur knapp vier Wochen währenden Polenfeldzuges immer häufiger den Auftrag, Parteigrößen und führende Militärs zu Inspektionsflügen nach Warschau, Krakau, Lublin und sonstwohin zu fliegen. Diese zusätzliche Tätigkeit war ihm und seinen Flugkameraden Alois Brandner und Jens Lüdeke, mit denen er glücklich wieder vereint war, zunächst sehr angenehm. Nach kurzer Zeit aber änderte sich diese Einstellung; zu furchtbar war das, was sie zu sehen bekamen. Zerstörung, wohin sie blickten. Gefangene in unüberschaubaren Mengen. Fast siebenhunderttausend Polen waren entwaffnet worden und harrten unter unmenschlichen Verhältnissen auf ihren Abtransport. Ganz zu schweigen von den überall anzutreffenden Gräbern mit dem schlichten Holzkreuz der über zehntausend gefallenen deutschen Soldaten.

Bedrückender aber noch als die Verlassenheit der Toten waren die Hoffnungslosigkeit in den Gesichtern der Gefangenen und das Bild der zerstörten Städte. Hilflose Menschen sahen sich der Rücksichtslosigkeit von SS-Führern ausgesetzt. Im Gegensatz zu ihnen waren Wehrmachtsoffiziere über die herrschenden Zustände zumeist entsetzt oder sogar voller Auflehnung. Robert Schroeder konnte dies einem Gespräch entnehmen, dessen unfreiwilliger Zeuge er in Krakau wurde. Er hatte sich in die Nische des Säulenganges eines geräumten Klosters gesetzt und genoß den Anblick des aus dem 13. Jahrhundert stammenden Innenhofes, als zwei Generale erschienen und einen Dialog führten, der eine nachhaltige Wirkung auf ihn ausübte. Zwischen dem harten Klang ihrer Schritte vernahm er ihre erregten Stimmen.

»Nein, das ist keinesfalls richtig. Ich stehe dafür ein, daß Blaskowitz eine umfassende Meldung über die beispiellosen Mordtaten der ersten sechs Wochen vorgelegt hat.«

»Und wie reagierte Hitler?«

»Er erklärte: ›Mit Methoden der Heilsarmee führt man keinen Krieg.‹«

»Das ist ungeheuerlich.«

»Es kommt noch schlimmer. Hitler fügte hinzu: ›Ihre Offiziere sollten froh sein, mit dem Teufelswerk, das die SS hinter der Front zu erledigen hat, nichts zu tun zu haben. Oder reißen die sich etwa darum, Kammerjäger zu spielen und Ungeziefer auszutilgen?‹ Und dann folgte ein überaus erstaunlicher Satz. ›Ich möchte es nicht hoffen; denn der von mir gegebene Ausrottungsbefehl entspricht weder meinen Prinzipien noch ist er vereinbar mit dem Ehrenkodex des Soldaten. Ich mußte ihn einfach erteilen.‹«

»Das heißt die Teufelei auf die Spitze treiben.«

»Danach scheute Hitler sich nicht, nach Berlin zu fahren und einen Friedensappell an die Westmächte zu richten. Als wenn in England und Frankreich nicht längst bekannt wäre, was hier geschieht.«

Dieses zufällig erlauschte Gespräch raubte Robert Schroeder alle Hoffnungen, die er an den schnell errungenen Sieg über Polen geknüpft hatte. Er kannte die Namen beider Generale und wußte, welch hohes Ansehen sie genossen. Gegen sie ließ sich allenfalls anführen, daß sie trotz ihres Einblickes und der daraus resultierenden Auflehnung nicht den Mut aufbrachten, ihre Empörung offen kundzutun.

Aus den Inspektionsflügen wurden mit der Zeit reine Versorgungsflüge, die sich ebenfalls auf Prag und Preßburg erstreckten. Seinen Unwillen hierüber brachte Robert Schroeder jedoch ebensowenig offen zum Ausdruck wie die beiden Generale, die sich über Hitlers Mordaktion erregt hatten. Auch er begnügte sich damit, Dampf abzulassen, und er tat dies bei seinen Eltern, obwohl er wußte, daß er sie nur als Prellbock benutzte. Provozierend erklärte er in Gegenwart von Carla, daß in Polen Massaker ungeahnten Ausmaßes stattfänden.

»Was dort geschieht, ist schlimmer als alles, was sich die Spanier in ihrem scheußlichen Bürgerkrieg geleistet haben. Die schlugen sich gegenseitig die Schädel ein. Wir hingegen morden! Rücksichtslos werden Männer, Frauen und Kinder an den Rand von Massengräbern gestellt und erschossen. Darunter viele Deutsche.«

»Das ist eine unverschämte Lüge!« brauste der Vater auf. »Wenn du nicht mein Sohn wärst, würde ich dich auf der Stelle verhaften lassen. Es ist einfach nicht wahr, daß es Massenerschießungen gibt. Schon gar nicht an Deutschen.«

»Du täuschst dich«, widersprach Robert. »Ich habe mit eigenen Augen gesehen, daß unübersehbare Kolonnen von Menschen, die mit dem gelben Stern gekennzeichnet waren, auf Lastwagen abtransportiert wurden.«

»Aber erlaube mal!« rief der Vater mit hochrotem Kopf. »Was ist das für eine Infamie, Juden als Deutsche zu bezeichnen!«

»Sind sie es etwa nicht? Haben sie im Weltkrieg nicht für Deutschland gekämpft? Und hast du, als du noch Stahlhelmer warst, nicht selbst gesagt: Wer dem Antisemitismus das Wort redet, kann nicht erwarten, ernstgenommen zu werden!«

»Dazu stehe ich auch heute noch«, ereiferte sich der Vater. »Selbstverständlich bin ich dagegen, es Juden zu verübeln, daß sie Juden sind. Hier geht es aber um etwas ganz anderes. Das Weltjudentum hat sich gegen uns erhoben. Es ist eifersüchtig auf unsere Leistungen, fürchtet uns als Konkurrenz im Welthandel und möchte uns deshalb vernichten. Uns bleibt gar nichts anderes übrig, als diesem Geschmeiß zuvorzukommen. Oder glaubst du, wir könnten den Krieg gewinnen, wenn wir nicht alle Juden außer Landes schafften? Mit Geheimsendern würden sie funken und mit Taschenlampen Blinkzeichen geben.«

»Schreibt der ›Völkische Beobachter‹.«

»Weil es eine erwiesene Tatsache ist! Sabotage würden sie treiben, wo immer es möglich wäre.«

»Schau dir die Gestalten doch an, die hier noch herumlaufen«, mischte sich die Mutter ein. »Die Hinterhältigkeit steht ihnen ins Gesicht geschrieben. Das sind nicht mehr die anständigen Juden von früher. Die hatten sehr schnell begriffen, daß sie nicht zu uns gehören. Freiwillig sind sie gegangen.«

»Wie Baruch.«

»Jawohl, wie Baruch, dem wir die Fabrik und dieses Haus ordnungsgemäß abgekauft haben.«

Robert erhob sich. »Bevor es zwischen uns zum Krach kommt, möchte ich mit Carla lieber gehen.«

»Darum möchte ich auch gebeten haben!« fuhr ihn der Vater an. »Wer Juden als Deutsche bezeichnet, will provozieren.«

»Da gebe ich dir recht«, sagte Carla und stand ebenfalls auf. »Euch ein solches Thema zuzumuten, ist eine Provokation. Bert hätte das wissen müssen. Ich bin aber überzeugt, daß ihr ihn verstehen würdet, wenn ihr gesehen hättet, was er in Polen zu sehen bekommt.«

»So ist das nicht«, widersprach Robert. »Carla meint es gut, doch sie täuscht sich. Ich bin an einem Punkt angelangt, der mich zwingt, unmißverständlich zum Ausdruck zu bringen, daß die in Polen angewandten Methoden unmenschlich sind. Ich werde selbstverständlich weiterhin meine Pflicht tun . . .«

». . . weil du zu feige bist, offen zu bekennen, was du deinen wehrlosen Eltern ins Gesicht schleuderst!«

»Das ist richtig. Leider. Ich verhalte mich tatsächlich miserabel. Und warum? Weil mir meine Frau und mein Beruf wichtiger als Bekennermut sind. Euch muß ich es nun überlassen, ob ihr mich künftighin sehen wollt oder nicht. Wenn ja, dann unter der Bedingung der gegenseitigen Achtung. Sonst fangen wir noch an, uns zu hassen.«

Der Abschied verlief frostig. Es wurde aber keine Brücke abgebrochen, und das Aufatmen hierüber war auf beiden Seiten groß.

Carla hakte sich bei Robert ein, als sie das Haus der Eltern verließen. Sie war froh, daß er Stellung bezogen hatte und nicht mehr zu entschuldigen versuchte, was unentschuldbar war. »Ich fühle mich um vieles erleichtert«, sagte sie. »Du auch?«

Er schaute nachdenklich vor sich hin. »Es ist mir angenehm zu wissen, daß ich künftig bei meinen Eltern keinen heldisch-nationalen Blödsinn mehr über mich ergehen lassen muß. Ich werde jedoch nicht damit fertig, daß ich jahrelang nicht wahrhaben wollte, was nicht wahr sein darf. Wie soll ich mit Begeisterung fliegen, wenn ich weiß, daß ich damit einem System diene, das ich anfange abzulehnen? Und was wird, wenn ich dieses System eines Tages womöglich verabscheue?«

Carla sah ihn betroffen an. »Du wirst dann hoffentlich nicht in das andere Extrem verfallen.«

»Ich bin weder der Typ des Rebellen, noch halte ich etwas von Tyrannenmord.«

Es war gut, daß sie an diesem Sonntag früher als beabsichtigt nach Hause zurückkehrten. In dem Augenblick, da sie ihre Wohnung erreichten, wollte Harald gerade wieder in ein Taxi einsteigen, mit dem er gekommen war.

»Carla!« rief er und eilte auf sie zu.

Sie umarmte ihn. »Bist du heute zurückgekehrt?«

»In diesem Moment. Mir graute vor dem Alleinsein so sehr, daß ich gar nicht erst nach Zehlendorf gefahren bin.«

»Das war das Beste, was du tun konntest.«

Harald reichte Robert die Hand. »Ihr seht überhaupt nicht nach Krieg aus.« Er dämpfte die Stimme. »Stellt euch vor: ich erwache aus dem Suff und erfahre, daß Hitler Polen überrannt hat.«

»Ich gehe schon vor und schließ' auf«, sagte Carla.

Harald entlohnte den Fahrer und nahm sein Köfferchen. »Bin froh, daß ich die Geschichte hinter mich gebracht habe. Eigentlich hätte mir das ja nicht passieren dürfen. Aber die Sache hat auch ihr Gutes. Ich habe im Sanatorium einen Finnen kennengelernt . . .« Er unterbrach sich. »Wie beurteilst du die politische Lage?«

»Den von Hitler angebotenen Status quo können England und Frankreich nicht akzeptieren. Wir stehen somit wahrscheinlich am Beginn einer großen Auseinandersetzung.«

»Dann gratuliere ich mir doppelt, den Finnen kennengelernt zu haben.«

Sie traten in die Wohnung ein.

Carla betrachtete ihren Bruder. »Du siehst gut erholt aus.«

»Ich fühle mich auch wohl und möchte auf keinen Fall rückfällig werden. Für mich steht im Moment zuviel auf dem Spiel. Kann ich die ersten Nächte bei euch bleiben?«

»Gewiß. Du mußt aber auf der Couch schlafen.«

»Mir kommt es nur darauf an, nicht allein zu sein.«

Sie begaben sich ins Wohnzimmer.

Harald sprach gleich wieder von dem Finnen, der ihn mächtig zu beschäftigen schien. »Ihm gehören große Wälder und eine Papierfabrik«, sagte er. »Und jetzt sitzt er in Druck, weil Deutschland und Rußland die Aufteilung Polens und der baltischen Staaten vereinbart haben sollen.«

»Das halte ich für ausgeschlossen«, erklärte Robert.

»Mein Bekannter ist anderer Meinung. Er ist von der Richtigkeit der ihm zugegangenen Informationen überzeugt und befürchtet, eine Ladung Papier zu verlieren, die für Polen bestimmt war. Sie liegt noch in Turku. Er ist bereit, sie preisgünstig gegen deutsches Geld zu verscherbeln.«

»Was gegen die Devisenbestimmungen verstoßen würde.«

»Sofern das Geld außer Landes gebracht wird. Wenn ich als Zahlungsort Berlin einsetze, kann mir nichts passieren.«

Robert schnitt eine Grimasse. »Die Sache wäre mir zu windig.«

»Na und . . .?« Haralds Gesichtsausdruck wurde pfiffig. »Ich hab' mir ausgerechnet, daß ich mit dem Papier fast zehn Millionen Bücher à sechshundert Seiten herstellen könnte. Und die lassen sich als wohlfeile ›Tornisterausgabe‹ im Handumdrehen an die Wehrmacht verhökern. Das Problem ist nämlich nicht mehr, Aufträge zu bekommen, sondern Aufträge ausführen zu können.«

Er ist mit allen Wassern gewaschen, dachte Robert und sagte: »Eine Schiffsladung Papier wird nicht gerade billig sein.«

Harald lachte. »Reichsbankpräsident Schacht hat einen gelehrigen Schüler in mir gefunden. Wenn ich in den nächsten Tagen klaren Kopf behalte, zaubere ich einigen Bankdirektoren blütenweiße Tauben auf den Tisch.«

Carla verließ den Raum und kehrte mit dem Teddybären zurück, der bis dahin auf dem Boden des ›Kinderzimmers‹ gesessen hatte. »Erst hat es nicht geklappt«, sagte sie. »Nun sind wir übereingekommen, das Ende des Krieges abzuwarten. Wir werden ab morgen über ein Fremdenzimmer verfügen.«

Wenige Wochen später erhielt Robert Schroeder das langersehnte Stratosphärenflugzeug. Mit ihm konnte er, in einer Druckkabine sitzend, Höhen von nahezu 15 000 Metern erreichen. Aber gleich beim ersten Flug erlitten er und Alois Brandner eine gefährliche Panne. Die Luftschrauben ließen sich, als der Steigflug bei sechzig Grad Kälte und wolkenlosem Himmel in 14 560 Metern Höhe beendet werden sollte, infolge des durch Unterkühlung zäh gewordenen Öls nicht in die Gleitflugstellung zurückdrehen, wodurch ein Abstieg zur Erde unmöglich wurde. Die Flugmotoren durften nicht gedrosselt werden, weil damit automatisch der Druckausgleich versagt und die Besatzung keinen Sauerstoff mehr erhalten hätte. Und mit den auf Steigleistung stehenden Luftschrauben konnte kein Abstieg eingeleitet werden, weil die Motoren dann ›überdreht‹ und binnen weniger Sekunden auseinandergeflogen wären. Zum Glück hatte Alois Brandner die Schaltpläne der elektrischen Anlage bei sich, und nach annähernd zweistündiger intensiver Suche gelang es ihm, die Fehlerquelle zu finden. Ein kleiner Schalter für ein Heizaggregat war nicht richtig angeschlossen gewesen.

»Von der Panne erzählen Sie meiner Frau nichts«, sagte Robert Schroeder, als der Schaden behoben war und der Abstieg begonnen werden konnte.

Der Bayer wies nach draußen. »Es gibt ja Interessanteres zu berichten.«

Wahrhaftig! Der Himmel leuchtete nicht mehr blau, sondern fast grün. Und wenn ein Kreis geflogen wurde, waren hintereinander die Ostsee, das Riesengebirge, die Alpen und der Harz zu sehen.

Wenn wir keinen Krieg hätten, wäre ich jetzt der glücklichste Mensch auf Erden, dachte Robert Schroeder angesichts des phantastischen Panoramas, das sich ihnen bot. Wie mag bloß alles weitergehen?

An der Westfront geschah seltsamerweise nichts, in der Heimat hingegen wurden zivile Dienststellen mit Vehemenz ›militarisiert‹. So erhielt die Wetterflugstelle einen Dienstwagen, den sie nicht benötigte, und einen Kraftfahrer, der glücklich war, einen ruhigen Posten erwischt zu haben.

In jenen Tagen machte es Carla nervös, daß Harald, dem es tatsächlich gelungen war, das finnische Papier zu kaufen, keine Anstalten traf, das ihm zur Verfügung gestellte Zimmer wieder aufzugeben. Aber weder sie noch Robert brachten es fertig, ihn zu bitten, ihre Gastfreundschaft nicht länger in Anspruch zu nehmen. Die Sorge, er könne rückfällig werden, ließ sie seine auf die Dauer recht belastende Gegenwart geduldig ertragen.

Ein geringfügiger Disput führte dann jedoch dazu, daß Harald es plötzlich vorzog, wieder in eigenen Räumen zu leben. Den äußeren Anlaß gab ein Anruf seines Vaters, dem es zur lieben Gewohnheit geworden war, am Sonntagvormittag eine Weile mit Carla zu plaudern. In der Regel wechselte er erst ein paar Worte mit Robert, und an ihn stellte er an diesem Tage eine heikle Frage. »Du kommst doch oft nach Polen«, sagte er. »Stimmt es, daß dort Dinge passieren, die nicht in Ordnung sind?«

»So kann man es nennen«, antwortete Robert, ohne zu zögern. »In der Annahme, daß wir beide an den gleichen Vorgang denken, möchte ich von Tausenden sprechen.«

Es dauerte lange, bis der Schwiegervater die Sprache wiederfand. »Auch solche aus Deutschland?«

»Ganz ohne Zweifel.«

»Dann bitte ich dich, dafür zu sorgen, daß Harald meinen letzten Roman, der so groß angekommen ist, künftig nicht mehr publiziert.«

»Das höre ich gerne«, sagte Robert. »Das Buch ist zweifellos dein schwächstes.«

»Also, da bin ich anderer Meinung«, widersprach Eberhard von der Heid.

»Und ich bleibe bei meiner Auffassung. In dem Roman gibt es nur Hehres und Niederträchtiges, Volksgenossen und Juden.«

»Du darfst nicht vergessen, daß ein Autor ein Kind seiner Zeit sein muß, wenn er Erfolg haben will. Ich gebe natürlich zu, daß ich Ahasver ...«

»Schon die Wahl dieses Namens!«

»Gut, ich habe den Juden überzeichnet. Ebendarum und weil du mir bestätigt hast, daß sich in Polen Fürchterliches ereignet, möchte ich das Buch zurückziehen.«

»Das kannst du Harald selber sagen. Er ist bei uns.«

»Wird aber nicht auf mich hören wollen. Das Buch geht wie warme Semmeln und bringt ihm viel Geld ein.«

Robert lachte. »Versuchen wir es mit vereinten Kräften.«

Dieses Gespräch führte zu einer Diskussion, die zutage förderte, daß Harald die Entwicklung der Dinge anders beurteilte als Robert. Daß die polnische Regierung den ›Korridor‹ und Danzig nicht freiwillig hatte zurückgeben wollen, lastete er erstaunlicherweise Chamberlain an. Und die immer wieder von englischen Sendern gemeldete Liquidierung der Juden verglich er mit den im Weltkrieg verbreiteten Greuelmärchen über unmenschlichen Handlungen deutscher Soldaten an der französischen Bevölkerung.

»Ich habe den Abtransport Tausender und aber Tausender von Juden selbst gesehen«, sagte Robert.

»Auch, daß sie umgebracht wurden? Nein, mein Lieber. Die werden Felder bestellen und Trümmer beseitigen müssen. Und das ist ganz in Ordnung. Unsere Landser führen ja auch kein bequemes Leben. Doch lassen wir das mal beiseite. Ich bin gegen vieles, was heute geschieht, kann mir aber nicht vorstellen, daß Deutsche, gleichgültig welcher Couleur, Massenmorde durchführen. Du etwa?«

»Vorstellen kann ich es mir nicht.«

»Und du hältst es dennoch für möglich?«

Nach dieser Frage trat Schweigen ein. Keiner wollte das Gespräch weiterführen. Harald aber kehrte, ohne daß es einen Streit gegeben hatte, in sein Zehlendorfer Heim zurück.

Robert und Carla waren nicht traurig darüber. Ihre Erleichterung erhielt jedoch schon bald einen empfindlichen Dämpfer.

Harald erschien eines Morgens bei ihnen und rief verstört: »Ich bin einberufen! Stellt euch vor, ich soll zum Militär! Das kann nicht mit rechten Dingen zugehen. Als Verlagsinhaber wurde ich ›uk‹ gestellt. Man darf mich überhaupt nicht einziehen. Und nun flattert mir dieser Wisch ins Haus.«

Robert warf einen Blick auf den Gestellungsbefehl und sagte, um den Schwager aufzumuntern: »Da hast du noch Glück gehabt. Bei der Flak kann dir nichts passieren.«

»Wieso nicht?«

»Na, überlege! Die Flak hat die Aufgabe, feindliche Flugzeuge abzuwehren. Folglich nimmt jeder Pilot, der in den Bereich einer Abwehrstellung gerät, schnellstens Reißaus. Hinzu kommt, daß die Flak die Heimat schützen und abschirmen soll. Ihr Einsatzgebiet ist ergo vornehmlich im Lande.«

Haralds Miene erhellte sich ein wenig. »Das klingt alles schön und gut. Das Üble an meiner Einberufung ist aber etwas ganz anderes. Der zuständige Offizier des Wehrbezirkskommandos, den ich sofort angerufen und darauf hingewiesen habe, daß ich unabkömmlich gestellt bin, erklärte kaltschnäuzig: ›Ihre uk-Stellung wurde aufgehoben.‹ Und als ich ihn fragte, warum, antwortete er zynisch: ›Denken Sie mal nach. Vielleicht erinnern Sie sich an eine gewisse Anstalt.‹ Da muß mich doch jemand verpfiffen haben!«

Carla dachte an den Cheflektor, mit dem Dorkas liiert war.

Roberts Gedanken gingen in die gleiche Richtung. Er fragte sich, ob es richtig gewesen war, Dorkas' Wunsch zu entsprechen und Harald die wahren Verhältnisse zu verschweigen. Nicht aus Bequemlichkeit hatten Carla und er dies getan. Sie waren zu der Überzeugung gelangt, daß Harald den Geschäftsführer auf die Straße setzen würde, wenn er von dessen Liaison erführe. Und das glaubten sie aus menschlichen und geschäftlichen Gründen verhindern zu müssen. Jetzt lagen die Dinge anders. Aber durften sie Harald in dieser Phase reinen Wein einschenken? Er würde seinen engsten Mitarbeiter bestimmt auf der Stelle entlassen. Der Einberufungsbefehl aber würde bestehenbleiben, der Verlag somit jeglicher Führung beraubt sein. Es half alles nichts: sie mußten weiterhin schweigen.

»Ab wann bist du denn einberufen?« fragte Carla.

»Schon ab morgen!«

»In Cottbus hat er anzutreten«, ergänzte Robert und reichte den Gestellungsbefehl zurück. »Da bist du wenigstens in unserer Nähe.«

»Du hast gut reden. Sitzt im Nest deiner Frau und fliegst ein bißchen herum.«

Robert und Carla bemühten sich, Harald das Unabänderliche so leicht wie möglich zu machen. Sie behielten ihn über Nacht in ihrer Wohnung und setzten ihn am nächsten Morgen in einen Zug, der bis Cottbus durchfuhr. Die Gefahr, daß er in seinem Kummer rückfällig wurde und dann eine schwere Bestrafung wegen ›Verminderung der Wehrkraft‹ erhielt, schien ihnen weitgehend gebannt zu sein.

Carla wurde jedoch den Gedanken nicht los, daß der Cheflektor die Einberufung ihres Bruders bewerkstelligt haben könnte. Um Klarheit zu gewinnen, begab sie sich, ohne Robert zu verständigen, zu jenem Wehrbezirkskommando, mit dem Harald telefoniert hatte. Und hier scheute sie sich nicht, das Ansehen ihres Vaters auszunutzen. Sie ließ sich als Tochter des Schriftstellers Eberhard von der Heid beim Kommandeur melden und erklärte ihm knapp und bündig, nicht etwa gekommen zu sein, um den Versuch zu machen, ihren Bruder vom Militärdienst zu befreien. Ihr gehe es lediglich darum, herauszufinden, ob sein Geschäftsführer vertrauenswürdig sei oder nicht.

Der Kommandeur, ein zuvorkommender älterer Oberst, bat nach Durchsicht von Haralds Personalakte um Verständnis dafür, daß er nicht berechtigt sei, Auskunft darüber zu erteilen, wer die Meldung über die Einlieferung ihres Bruders in eine Anstalt erstattet habe.

»Die uk-Stellung wurde aber auf Grund einer Anzeige aufgehoben?« insistierte Carla sogleich.

»Nein, so liegen die Dinge nicht«, erwiderte der Oberst. »Sie werden wissen, daß gegen Ihren Bruder ein Verfahren wegen Übertretung der Devisenbestimmung beim Kauf von finnischem Papier eingeleitet worden ist. Unter diesen Umständen war seine uk-Stellung beim besten Willen nicht aufrechtzuerhalten.«

Carla ließ sich nicht anmerken, wie betroffen sie war. »Danke«, sagte sie und bat um Entschuldigung für die Störung. Für sie stand fest, daß Haralds Einberufung von seinem engsten Mitarbeiter betrieben worden war. Zweifellos wollte der selbst ›unabkömmlich‹ gestellt werden. Wie sollte sie sich nun verhalten? Harald durfte sie nicht informieren, den Vater nicht beunruhigen, Robert nicht belasten. Das Ergebnis ihrer Ermittlung verlangte aber Konsequenzen. Ein hinterhältiger Geschäftsführer an der Spitze des Verlages war untragbar. Gefeuert werden durfte er jedoch nicht, weil niemand da war, der ihn hätte vertreten können. Es gab nur eine Möglichkeit: Dem Mann mußte klargemacht werden, daß man ihn in der Hand hatte. Und das wollte Carla besorgen. In Gegenwart von Dorkas gedachte sie ihm zu eröffnen, was sie zu wissen glaubte.

Sie wartete einen Tag ab, an dem Robert nach Süddeutschland fliegen mußte und erst am nächsten Abend zurückkommen würde. Als wäre es das Selbstverständlichste von der Welt, rief sie Dorkas an und fragte, ob sie ihr einen Besuch abstatten dürfe.

Die einstige Freundin war überrascht. »Ich freue mich natürlich, wenn du kommst«, antwortete sie glücklich.

Auch Carla freute sich plötzlich auf das Wiedersehen. Bereits um zwei Uhr war sie in Dahlem, und vom ersten Augenblick an fühlte sie, daß sie sich mit Dorkas wieder gut verstehen würde.

»Du hast dich kein bißchen verändert«, sagte die einstige Freundin, nachdem beide sich mit viel Vorschußwärme begrüßt hatten. »Nur attraktiver bist du geworden.«

»Und du entwickelst dich zur ›grande dame‹«, gab Carla anerkennend zurück. »Um aber gleich auf den Anlaß meines Besuches zu kommen: Ich möchte dich wegen Harald sprechen.«

»Anständig von dir, daß du das offen sagst. Ich habe so etwas vermutet. Wollt ihr versuchen, seine Einberufung rückgängig zu machen?«

»Das wäre zwecklos, weil er beim Wehrbezirkskommando denunziert worden ist. Wegen seiner letzten Einlieferung in die Anstalt und wegen eines Devisenvergehens, von dem er selbst noch nichts zu wissen scheint. Jedenfalls hat er uns nichts davon erzählt.«

Dorkas konnte ihre Betroffenheit nicht verbergen.

Carla registrierte dies mit Genugtuung.

»Habt ihr eine Ahnung, wer ihn denunziert haben könnte?«

»Ich glaube sogar, den Betreffenden überführen zu können, und ich möchte dich bitten, mir Gelegenheit dazu zu geben.«

Dorkas wurde verschlossen. »Wen verdächtigst du?«

»Laß mich nicht um den heißen Brei herumreden. Ich befürchte, der Mann deines Herzens hat versucht, sich durch Haralds Einberufung unentbehrlich zu machen.«

Sekundenlang war Dorkas wie erstarrt, dann aber lachte sie. »Wenn du Alexander kennen würdest, wüßtest du, daß er so etwas nicht tut. Wie bist du bloß auf den Gedanken gekommen?«

Carla schilderte das Gespräch, das sie mit dem Oberst gehabt hatte. Damit konnte sie Dorkas jedoch nicht beeindrucken. Nicht den Bruchteil einer Sekunde wurde sie wankend in ihrem Glauben an die absolute Zuverlässigkeit des Mannes, den sie liebte und dem Harald, wie sie betonte, sein ganzes Vertrauen geschenkt habe.

»Er würde Alexander niemals verdächtigen«, fügte sie zutiefst überzeugt hinzu. »Oder hat er das etwa getan?«

»Nein«, bekannte Carla. »Wer aber könnte es sonst gewesen sein? Es kommt nur jemand in Frage, der die Interna kennt.«

»Zum Beispiel Haralds zweite Frau.«

Carla war verblüfft. »Mein Gott, du hast recht. Natürlich! Elke rächt sich! Das Motiv liegt auf der Hand. Und ich verdächtigte . . .« Sie erhob sich und legte ihren Arm um Dorkas. »Mir fällt ein Stein vom Herzen. Deinetwegen. Und weil Harald diese Enttäuschung erspart bleibt.«

»Was noch nicht hundertprozentig feststeht«, sagte Dorkas, die mit einem Male einen nachdenklichen Eindruck machte. »Überlege selbst: Kann Haralds zweite Frau vom Ankauf des finnischen Papiers überhaupt etwas wissen?«

Carla stutzte. »Tatsächlich! Zu dem Zeitpunkt war sie nicht mehr im Verlag. Aber das will nichts besagen«, fügte sie nach kurzer Überlegung hinzu. »Wie ich Elke kenne, steht sie mit dem einen oder anderen Angestellten in Verbindung. Es ist somit durchaus möglich, daß sie von der Geschichte gehört hat.«

Dorkas zündete sich eine Zigarette an. »Das halte ich für unwahrscheinlich.«

»Sag bloß, du glaubst nun doch, daß dein Freund . . .«

»Die Sorge habe ich nicht«, fiel Dorkas ein. »Ich möchte aber nichts im Raum stehenlassen. Stell Alexander auf die Probe, als wärest du nach wie vor von seiner Schuld überzeugt. Wir haben dann beide die Gewißheit, daß er es nicht war.«

Carla sträubte sich zunächst, willigte schließlich aber ein.

Nunmehr konnten sie von anderen Dingen sprechen. Dorkas erzählte von Carolin und bedauerte sehr, daß Harald sich nicht mehr blicken ließ. Er rufe zwar regelmäßig an, führe dann aber so sterile Gespräche, daß sie aufatme, wenn sie beendet seien.

Carla schilderte ihre Hochzeitsreise und machte kein Hehl daraus, daß sie einige Tage Gerds Gäste gewesen waren. »Ich mag ihn gerne«, fügte sie in aller Offenheit hinzu. »Er hat Lebensart und kann sehr amüsant sein.«

Dorkas verbarg ihre Verlegenheit hinter einem gequälten Lachen. »Du schwärmst ja geradezu von ihm.«

»Und ich habe es nicht zuletzt getan, um dir zu verstehen zu geben, daß es zwischen uns kein Tabu mehr zu geben braucht.«

Dorkas fühlte sich erleichtert. »Wenn es dir recht ist, trinken wir jetzt Kaffee.«

Was Carla und Dorkas über Jahre hinweg getrennt hatte, war plötzlich wie weggeblasen. Beide vergaßen die Zeit so sehr, daß sie überrascht waren, als Haralds Geschäftsführer in den Raum trat.

Dorkas machte Carla mit ihm bekannt.

Er war vielleicht vierzig Jahre und sah sehr gut aus.

Jetzt hat sie ihr Traumbild doch noch bekommen, dachte Carla angenehm überrascht.

Der Geschäftsführer verbeugte sich. »Ich freue mich, Sie kennenzulernen.«

»Hoffentlich werden Sie Ihre Meinung nicht ändern«, entgegnete Carla eingedenk der mit Dorkas getroffenen Vereinbarung.

Seine Augenbrauen hoben sich. »Wie soll ich das verstehen?«

Sie ging geradenwegs auf ihr Ziel los. »Ich bin leider gezwungen, eine unangenehme Sache mit Ihnen zu besprechen. Mir wurden Papiere zugespielt, aus denen hervorgeht, daß Sie meinen Bruder beim Wehrbezirkskommando denunziert haben.«

Dorkas Freund wurde bleich. »Sie gestatten, daß ich Platz nehme?«

»Bitte.«

Seine Augen verrieten Unruhe. »Ich weiß nicht, wer ein Interesse hat, mich zu belasten, aber ich muß bekennen, daß ich für die Aufhebung der uk-Stellung Ihres Bruders verantwortlich bin. Mich leiteten jedoch keine egoistischen Motive. Selbstverständlich habe ich auch an mich gedacht. Ausschlaggebend war die Existenz des Verlages. Ihr Bruder ist ein genialer Unternehmer. Er hat leider nur den Fehler, mehr Geld auszugeben, als er einnimmt. Gefährlicher noch ist seine neuerdings wieder zutage getretene Labilität. Sie werden wissen, was ich meine. Als ich die in diesem Haus angerichteten Schäden erblickte, transponierte ich sie unwillkürlich auf den Verlag. Und als wenige Tage später der Krieg ausbrach und Ihr Bruder sich im Sanatorium befand, sagte ich mir, der Verlag geht in die Brüche, wenn ich einberufen werde. Es liefen Wechsel in Höhe von über einer Million Mark! Ich mußte auf der Stelle handeln. Im Interesse aller.«

Carla spürte, daß die ihr gegebene Darstellung der Wahrheit entsprach. Unauffällig schaute sie zu Dorkas hinüber, die zusammengesunken war.

»Ich bin gerne bereit, die Richtigkeit meiner Aussage zu belegen«, sagte der Geschäftsführer.

»Danke, ich glaube Ihnen auch so. Und nach Kenntnis der Zusammenhänge habe ich sogar Verständnis für Ihr Vorgehen.«

»Ich aber nicht!« empörte sich Dorkas. »Ich bin zwar davon überzeugt, daß keine schlechte Absicht vorliegt. Auch mag die Notwendigkeit gegeben gewesen sein. Die Art des Vorgehens ist jedoch miserabel.«

»Was hätte ich denn tun sollen?« begehrte ihr Freund auf. »Einfach alles laufenlassen?«

Da Carla erkannte, was sie angerichtet hatte, sagte sie schnell: »Über die Art des Vorgehens mag man streiten. Ohne Zweifel war sie aber die wirksamste. Harald saß im Sanatorium. Es mußte gehandelt werden.«

Dorkas sah Carla verwundert an. »Ich staune über das Verständnis, das du in dieser Sache aufzubringen vermagst.«

»Habe ich es in einer anderen nicht ebenfalls bewiesen?«

Dorkas senkte den Kopf.

»Denk an den Rat, den Madame Corneille uns im Internat erteilte: ›Alles verstehen heißt alles verzeihen.‹«

Die Ruhe an der Westfront, die absolut nicht den Wünschen Adolf Hitlers entsprach, ihm vielmehr von den Franzosen und dem Wettergott aufgezwungen wurde, bedeutete für Robert und Carla eine fast himmlische Zeit. Illusionen gaben sie sich freilich nicht hin. Zu offensichtlich war, daß Entbehrungen und Sorgen mannigfacher Art auf sie zukommen würden. Sie ließen sich jedoch nicht deprimieren und genossen jede Stunde, obgleich sich die weitere Entwicklung in beängstigender Folgerichtigkeit ankündigte.

So wurde die Wetterflugstelle von Tempelhof nach Rangsdorf verlegt, um die Flak durch die Höhenaufstiege nicht zu irritieren. Kurze Zeit darauf wurde die zu Beginn des Krieges ausgesprochene ›Dienstverpflichtung‹ aller Angestellten in eine ›Einberufung‹ umgewandelt. Die Tätigkeit änderte sich dadurch nicht, aber Robert Schroeder hatte nun die Uniform eines Leutnants d. R. zu tragen, und Alois Brandner sowie Jens Lüdeke mußten ihren Dienst als Unteroffiziere d. R. versehen. Alle drei wurden jedoch schon wenige Tage später zur Beförderung vorgeschlagen, da die in Spanien verbrachte Zeit auf Grund irgendeines Erlasses doppelt anzurechnen war. So avancierten Funker und Bordwart zu Feldwebeln, und Robert Schroeder erhielt in Anbetracht seiner langjährigen fliegerischen Tätigkeit ein auf das Jahr 1935 zurückdatiertes Oberleutnantspatent. Es war grotesk. Er trug die Uniform seit knapp einem Monat und sah bereits dem Dienstgrad eines Hauptmanns entgegen.

In jenen Tagen erhielt er den Auftrag, für eine Woche nach Spanien zu fliegen, um in Barcelona und Madrid Wetterflugstellen einzurichten. Ihn bedrückte dies, da gewisse Anzeichen dafür sprachen, daß von Norddeutschland aus eine militärische Aktion gestartet werden würde. Und tatsächlich erfolgte während seiner Abwesenheit die Besetzung Dänemarks und der Beginn der Operationen in Norwegen. Nach seiner Rückkehr war er so entsetzt darüber, daß er zunächst über nichts anderes sprach und voreilig erklärte: »Die Landung in Norwegen kann nicht gutgehen. Wie soll man Gebiete solchen Ausmaßes erobern und halten können?«

»Das ist mir im Augenblick völlig gleichgültig«, sagte Carla. »Hauptsache, du bist wieder da. Und du bist sogar einen Tag früher zurückgekommen! Ich fange an zu glauben, daß dir die Spanierinnen wirklich nicht gefallen.«

»Im Gegenteil«, erwiderte er. »Die Bevölkerung hat diesmal einen nachhaltigen Eindruck auf mich gemacht. Richtig sympathisch ist sie mir geworden. Du wirst es nicht für möglich halten, aber ich, der ich an den Iberern kein gutes Haar gelassen habe, erlebte diesmal nur freundliche, höfliche und liebenswerte Spanier. Alles war völlig anders als damals. Kriege scheinen uns Menschen doch sehr zu verändern.«

»Wenn du deine Meinung so grundlegend revidiert hast, solltest du mir das Land zeigen, sobald dieser Krieg vorüber ist.«

»Das verspreche ich dir. Vor einem Jahr hätte ich die Hände noch abwehrend erhoben; du weißt ja, mit welchen Gefühlen ich mich diesmal auf den Weg gemacht habe. Die Bevölkerung war aber wirklich nicht wiederzuerkennen, und ich frage mich besorgt, ob wir uns, falls der Krieg länger dauert, eines Tages womöglich verhalten, wie es die Spanier getan haben. Wenn ich mir vergegenwärtige, was in Polen geschehen ist und jetzt womöglich wieder in Dänemark und Norwegen geschieht . . .«

»Du siehst die Dinge zu finster«, unterbrach ihn Carla.

Robert befürchtete, daß sie sich täuschte, aber schon eine Woche später erkannte er, daß sie recht gehabt hatte. Er war beauftragt worden, eine Anzahl höherer Offiziere nach Oslo und Kopenhagen zu fliegen, und stellte fest, daß beide Städte völlig unversehrt geblieben waren. Zum Schutz der Wirtschaft Dänemarks, das kampflos hatte besetzt werden können, war der deutschen Währung sogar die Konvertierbarkeit genommen.

Dennoch kehrte er in gedrückter Stimmung nach Berlin zurück. Der Grund dafür war ein Gespräch, das er mit einem der Offiziere geführt hatte. Und zwar mit jenem Oberst, der ihn vor Jahren aus dem Nachtstreckendienst herausgenommen und via Nürnberg zum Wetterflugdienst nach Köln versetzt hatte. Der Oberst war auf dem Rückflug in die Führerkanzel gekommen und hatte nach einem lebhaften Gespräch unvermittelt erklärt:

»Ich habe noch einiges mit Ihnen vor, kann Sie aber nicht einsetzen, wie ich es möchte, wenn Sie nicht an der Front gewesen sind.« Dabei tippte er auf Robert Schroeders goldenes Spanienkreuz. »Das da ist passé. Sie müssen das EK I besitzen. Ich werde Ihnen ein Frontkommando verpassen, sobald der Feldzug gegen Frankreich anläuft.«

Diese Eröffnung konnte Robert Schroeder nicht im Handumdrehen verdauen. »Jawohl, Herr Oberst«, sagte er beherrscht und gab sich den Anschein, als verlangten die Instrumente seine Aufmerksamkeit.

Der Oberst beugte sich vor und betrachtete die unter ihnen liegende Küste. »Die Wettererkundungsstaffel 46 könnte das Richtige für Sie sein. Sie ist zur Zeit in Münster stationiert.«

»Münster ist meine Heimatstadt.«

»Dann kennen Sie sich in der Gegend ja aus.«

»Gewiß, Herr Oberst.«

»Das Kommando erhalten Sie aber erst, wenn der Feldzug angelaufen ist. Bis dahin würden Sie beim Militär nur herumhocken.«

»Und was ist mit uns?« mischte sich Alois Brandner respektlos ein. »Ich bitte um Entschuldigung, Herr Oberst. Wir fliegen schon seit sieben Jahren miteinander. Nach dem Krieg möchten auch wir uns nicht dumm anschauen lassen. Ehrlich!«

»Tjä, das möchten wir wirklich nicht«, bekräftigte Jens Lüdeke.

Der Oberst lachte. »Also gut, ihr werdet zusammenbleiben.«

Robert Schroeder kam sich plötzlich alt vor. Seine Flugkameraden strahlten, weil ihnen ein Frontkommando ›verpaßt‹ werden sollte, ihm hingegen schlug diese Aussicht auf den Magen. Er wollte jedoch nicht klagen und froh sein, daß er frühzeitig erfahren hatte, was seiner harrte. Nun konnte er Carla, die ihre Ängste glücklicherweise überwunden hatte, in aller Ruhe vorbereiten.

Ihre Freude über seine Rückkehr und über die mitgebrachten Lebensmittel war viel zu groß, als daß sie seine leichte Depression hätte bemerken können. Hundert Eier, fünf Pfund Butter, ein Rollschinken und ein Roquefort-Käse, das war etwas.

»Setz dich zu mir in die Küche«, sagte sie. »Ich möchte gleich alles ordnungsgemäß unterbringen.«

Robert entsprach ihrem Wunsch und blieb verwundert stehen, als er in der Küche einen neuen, kastenähnlichen Schrank erblickte. »Was ist denn das?«

»Simsalabim!« rief Carla und öffnete die Tür des Schrankes. »Wir haben eine elektrische Kühltruhe.«

»Wo hast du die denn her?«

»Von Mama! Es gibt nichts, was sie nicht herbeischafft.«

»Sagenhaft!«

»Verstehst du nun, daß ich es nicht abwarten konnte, die Sachen auszupacken und einzuräumen?«

Er setzte sich an den Küchentisch.

Carla holte ein irdenes Gefäß hervor. »Harald war übrigens hier. Es geht ihm blendend. Nicht zuletzt, weil sein Kompaniechef alle Romane von Paps gelesen hat. Und mit Geld, behauptet er, lasse sich ein übriges tun. Er hält sich mehr im Kasino als in der Mannschaftskantine auf.«

Robert schüttelte den Kopf. »Harald und Conrad bringen die unmöglichsten Dinge fertig.«

»Mein Gott, ich hab' dir ja noch gar nicht erzählt, daß Conrad in Norwegen eingesetzt ist. Er hat deinen Eltern aus Stavanger geschrieben. Sein Brief scheint allerdings Mißfallen erregt zu haben; denn als ich fragte, was er schreibt, antwortete Mama: ›Spinnereien!‹«

»Und Harald ist weiterhin in Cottbus?«

»Nein, er war auf der Durchreise nach Kleve.«

Das liegt verdammt nahe bei Holland, dachte Robert und erinnerte sich eines Gerüchtes, demzufolge die deutschen Truppen zu gegebener Zeit über Holland und Belgien nach Frankreich vordringen würden.

Carla drückte Butter in das irdene Gefäß. »Der Sohn unserer Nachbarn wurde ebenfalls nach Westdeutschland verlegt.«

»Dann wird's wohl bald losgehen.«

»Dein Vater meint, spätestens im Mai oder Juni.«

Robert benutzte die Gelegenheit, um Carla schonend auf sein Frontkommando vorzubereiten. »Das wäre eigentlich eine gute Zeit«, sagte er, sich erfreut stellend. »Ich könnte dann wahrscheinlich schon im Juli/August wieder zurück sein.«

Carla blickte auf. »Von wo zurück?«

Er griff nach einem Messer, das auf dem Tisch lag. »Von irgendeinem Flugplatz nahe der Grenze. Ich nehme jedenfalls an, daß man uns Wetterflieger im entscheidenden Moment verlegen wird. Die Wetterberatung spielt im modernen Krieg ja eine entscheidende Rolle.«

Carla sah ihn entgeistert an. »Bis jetzt hast du nie erwähnt, daß ihr an die Grenze verlegt werdet.«

»Das ist auch nur eine Vermutung«, sagte er so gelassen wie möglich. »Aber du hast mir noch nichts von Paps erzählt. Wie geht es ihm?«

»Als er am Sonntag anrief, atmete er so schwer, daß er oft sekundenlang nicht sprechen konnte. Ich mache mir große Sorgen.«

»Vielleicht besuchst du ihn mal.«

»Daran habe ich auch schon gedacht. Auf alle Fälle werde ich zu ihm fahren, wenn du für eine Weile versetzt werden solltest.«

Robert fiel ein Stein vom Herzen. Er hatte erreicht, was er erreichen wollte: Carla würde zu gegebener Zeit nicht beunruhigt sein.

Insgeheim begann er damit, seine Papiere zu sichten und Versicherungspolicen zusammenzulegen. Er erfüllte auch den schon oft geäußerten Wunsch seiner Eltern, mit ihnen in der Uniform und mit allen Orden und Ehrenzeichen versehen im vielgerühmten Kempinski zu essen. Das Treffen wurde peinlich für ihn. Kaum schritt er mit Carla auf den Tisch zu, an dem die Eltern sie erwarteten, da erhob sich die Mutter, umarmte ihren Sohn und fingerte ungeniert an seinem Spanienkreuz herum.

»Oh, ist das wundervoll«, seufzte sie hingebungsvoll. »Das Spanienkreuz in Gold! Bestimmt wurde es nicht oft verliehen.«

Der Vater, der zur Feier des Tages in der Uniform der Politischen Organisation erschienen war, räusperte sich unmißverständlich.

»Man wird sich die Orden seines Sohnes ja wohl mal ansehen dürfen«, begehrte die Mutter auf.

Nun hat sie allen in der Nähe Sitzenden auch ihre Mutterschaft zur Kenntnis gebracht, dachte Robert konsterniert.

Sie strich über das spanische ›Cruz de guerra‹. »Und was ist das für ein Orden?«

Roberts Stirnnarbe verfärbte sich. »Bitte, laß uns Platz nehmen.«

Carla kam ihm zu Hilfe. Sie drängte sich zwischen ihn und die Mutter.

Er reichte dem Vater die Hand und setzte sich, noch bevor die Damen Platz genommen hatten. Das war gewiß ungehörig, aber er wußte sich nicht anders zu retten.

Die Mutter blickte zufrieden zu den anderen Tischen hinüber.

Robert und Carla widmeten sich dem Studium der Speisekarte, die erstaunlich üppig war. Paradoxerweise aß man nur dort noch gut, wo keine Fleisch- und Fettmarken verlangt wurden.

»Darf man das Thema Skandinavien anschneiden?« fragte der Vater, nachdem er mit einem erlesenen ›Steinwein‹ angestoßen hatte.

Robert gab sich burschikos. »Wenn ich mich recht erinnere, sind wir nicht übereingekommen, alle Geschehnisse zu ignorieren. Und ich bekenne offen, daß ich die Besetzung eines so ausgedehnten und rauhen Landes wie Norwegen für unmöglich gehalten habe.«

Der Vater strahlte. »Ja, das ist eine einmalige Leistung.«

»Die nur der Führer vollbringen konnte«, erklärte die Mutter mit erhobener Stimme.

»Hitler ist eben ein Genie«, sagte der Vater. »Man vergegenwärtige sich, was geschehen wäre, wenn die Briten die von ihnen versuchte Landung in Norwegen zuwege gebracht hätten. Wir würden kein schwedisches Erz mehr bekommen.«

»An einem Haar hat es gehangen«, betonte die Mutter. »Aber der Führer wußte Bescheid. Er hat natürlich so getan, als sei er ahnungslos. Und dann ist er den Engländern zuvorgekommen.« Sie lachte. »Dieser Churchill wird sich schwarz geärgert haben.«

Im Bestreben, abzulenken, erkundigte sich Robert nach Conrad, erreichte jedoch das Gegenteil von dem, was er wollte. Der ›Unselige‹ hatte in seinem Brief an die Eltern die Landung in Stavanger mit keinem Wort erwähnt und statt dessen von der Stadt in den höchsten Tönen geschwärmt. Was aber noch schlimmer war: er hatte der Hoffnung Ausdruck gegeben, in den nächsten Tagen jenen Fjord aufsuchen zu können, den der französische Dichter Victor Hugo so eindrucksvoll beschrieben habe.

»Das geht nun wirklich zu weit«, ereiferte sich die Mutter. »Da erobert Hitler ganz Norwegen, und was tut unser Sohn? Lobt dieses Land, als wäre es seine Heimat. Und obendrein folgt er den Spuren des Schriftstellers einer feindlichen Nation. Schließlich sind wir das Volk der Dichter und Denker!«

»Er hat uns ärgern wollen«, sagte der Vater. »Das ist alles. Schluß darum mit dem Thema.«

Fast wäre die Szene zum Tribunal geworden, dachte Carla und sorgte dafür, daß das Gespräch nunmehr schon leicht dahinplätscherte. Mit dem Erfolg, daß der Vater ihr beim Abschied wie einem Kriegskameraden die Hand drückte und seinem Sohn wohlwollend auf den Rücken klopfte. »Du wirst deinen Weg gehen. Wir sind stolz auf dich.«

Peinlich genau erledigte Robert alles, was er glaubte vor seiner Abberufung an die Front erledigen zu müssen. So suchte er mit Carla auch Dorkas auf, deren Verhältnis zum Geschäftsführer des Verlages durch Carlas Intervention eine bedauerliche Trübung erfahren hatte. Beiden tat Dorkas leid, und sie fanden es sehr vernünftig, daß sie den Entschluß gefaßt hatte, zunächst einmal Abstand zu gewinnen und mit Carolin für einige Monate an den Wolfgangsee umzusiedeln. Von einer Nachbarin war ihr dort ein kleines Ferienhaus zur Verfügung gestellt worden.

Auf dem Heimweg drängte Carla sich eng an Robert. »Mich friert, wenn ich mir vergegenwärtige, wie wir alle auseinander geraten. Harald in Kleve, Conrad in Stavanger, Gerd in Rom, Dorkas in Sankt Gilgen, du womöglich in Kürze irgendwo an der französischen Grenze, ich wieder in Rheinberg . . . Unsere Generation soll anscheinend nicht zur Ruhe kommen.«

Er legte den Arm um sie. »Seien wir froh, daß bis jetzt alles so glimpflich verlaufen ist.«

»Wird der Kampf mit Frankreich schwer werden?«

»Vermutlich schon. Wenn ich allerdings bedenke, mit welch alten Klamotten drüben geflogen wird . . . Für die Franzosen könnte es ein böses Erwachen geben. Zumal Hitlers Kriegführung wirklich geniale Züge aufweist.«

»Bist du wieder einmal hin und her gerissen?«

»Das ist man bei außergewöhnlichen Staatsmännern wahrscheinlich immer. Hier Erfolge, dort Rücksichtslosigkeiten.«

»Und am Schluß fällt alles, was sie errungen haben, wieder in sich zusammen.«

»Da hast du recht.«

»Laß uns bis zur nächsten U-Bahn-Station gehen.«

»Trotz der Verdunkelung?«

»Die Luft ist so mild. Ich muß dauernd an San Giacomo denken. Der Oleander fängt jetzt an zu blühen. Meinst du, daß Giulio sich um das Grundstück kümmert?«

»Bestimmt. Er hat fest versprochen, alles in Ordnung zu halten.«

»Ich werde die Sorge nicht los, daß am Rohbau nichts mehr getan worden ist.«

»Das halte ich für ausgeschlossen. Italien befindet sich schließlich nicht im Krieg.«

»Mussolini ist eben vernünftiger als Hitler.«

»Man könnte ihn auch hinterhältig nennen. Ich gehe jede Wette ein, daß er seine Neutralität aufgibt, sobald sich erweist, daß unsere Truppen im Westen erfolgreich sind.«

Keiner von beiden ahnte, daß der Krieg gegen Frankreich schon am nächsten Morgen in vollem Gange sein würde. Es war der 10. Mai 1940, und Alois Brandner, der mit Robert Schroeder den regulären Höhenaufstieg durchführte und wie üblich mit seinem leistungsstarken Empfangsgerät im Äther herumhorchte, rutschte plötzlich unruhig auf seinem Sitz herum.

»Es muß was im Busch sein«, rief er gegen den Motorenlärm an. »Noch nie habe ich so viel komische Codeworte gehört wie in der letzten Viertelstunde.«

Seine Vermutung bestätigte sich. Am Mittag wurde die Bevölkerung mit Sondermeldungen überschüttet. Motorisierte Kräfte, vorab Luftlandetruppen und Stoßkeile von Panzerarmeen, kämpften sich den Weg nach Holland, Belgien und Frankreich frei.

Robert Schroeder verpflichtete Alois Brandner und Jens Lüdeke, seiner Frau keinesfalls zu sagen, welche Flüge sie nach der ihnen nunmehr bevorstehenden Abkommandierung durchzuführen haben würden. Aber weder an diesem noch am nächsten Tage, der bereits ein überraschend zügiges Vordringen der deutschen Einheiten erkennen ließ, traf der erwartete Marschbefehl ein. Robert war darüber froh. Auf Carlas Frage, ob er nun verlegt werde oder nicht, konnte er wahrheitsgemäß antworten, er habe darüber noch nichts gehört. Vorsorglich fügte er jedoch hinzu: »Ich bin aber der Überzeugung, daß uns ein entsprechender Bescheid in Kürze erreichen wird.«

»Sollte das nicht der Fall sein«, erwiderte sie, »dann bitte ich dich, hier einige Tage ohne mich auszukommen. Ich muß unbedingt zu Paps fahren. Seine asthmatischen Anfälle werden immer schlimmer.«

Ein gnädiges Schicksal wollte es, daß sich die latent gewesene Krankheit ihres Vaters genau zu dem Zeitpunkt verschlimmerte, da Robert mit seiner Abberufung rechnen mußte. Vornehmlich diesem Umstand war es zu verdanken, daß es keine Aufregung verursachte, als die erwartete Versetzung eine Woche nach Beginn des Frankreichfeldzuges eintraf. Günstig wirkte sich auch aus, daß der Marschbefehl nach Münster ausgestellt war und der Wehrmachtsbericht gerade die kampflose Besetzung von Brüssel und das Erreichen der Oise östlich von St. Quentin meldete. Da deutete sich keine unmittelbare Gefahr an.

Trotzdem fiel beiden der Abschied schwer. Die Kehle war ihnen wie zugeschnürt.

Carlas Gesicht war tränennaß. »Gut, daß wir übereingekommen sind, uns hier zu verabschieden.«

Er zog sie an sich.

Sie schaute ihn an, als wollte sie ihn noch einmal ganz in sich aufnehmen.

»Du weißt, daß mir laut Horoskop Erde, Wasser, Feuer und Luft nichts antun.«

Carla lächelte. »An was du alles glaubst.«

Robert küßte ihre Nasenspitze. »Nur in religiösen Dingen ist der Glaube gleichbedeutend mit Überzeugung.«

»Dennoch solltest du weiterhin davon überzeugt sein, daß die vier Elemente dir gut gesinnt sind.«

Er schaute auf seine Armbanduhr. »Ich darf den Fahrer nicht länger warten lassen. Genieß morgen die Reise nach Köln und grüß Paps von mir. Er soll mal kräftig durchatmen. Ich rufe dich nach Möglichkeit noch heute abend an.«

Sie küßten sich.

»Mach's gut, Carla. Ich liebe und verehre dich.«

22

Robert Schroeder fand nicht die Gelegenheit, seine Frau aus Münster anzurufen. Als er mit Alois Brandner und Jens Lüdeke den Flughafen seiner Heimatstadt, den er seit Jahren nicht mehr gesehen hatte und kaum wiedererkannte, am Spätnachmittag erreichte und sich bei der Kommandantur meldete, wurde ihm bedeutet, daß die ›Westa 46‹ am Tage zuvor in die Nähe von Namur nach Belgien verlegt worden sei.

Wenn er und seine Männer sich beeilen würden, könnten sie noch eine Transportmaschine erreichen, die sich eben anschicke, mit dem letzten Gerät der Staffel zum neuen Einsatzhafen zu starten.

»Lauft los und gebt dem Piloten Bescheid«, rief Robert Schroeder seinen Flugkameraden zu. »Ich muß schnell noch ein Telefongespräch führen.«

Während der Funker und der Bordwart davoneilten, ließ er sich mit der Fabrik des Bruders verbinden und beauftragte dessen Prokuristin, Carla davon in Kenntnis zu setzen, daß die Wetterflugstelle in die Nähe von Brüssel verlegt worden sei. Dann rannte er zum Flugzeug, das startbereit vor der Flugleitung stand.

Ein schmalgesichtiger junger Leutnant ging ihm entgegen. Er grüßte sympathisch unmilitärisch und stellte sich als Flugzeugführer Detlef Miller vor.

Robert Schroeder nannte seinen Namen. »Sie sind ebenfalls Reservist, wie ich sehe.«

Der Leutnant nickte. »Irgendwer muß den Krieg ja gewinnen. Die Aktiven verwalten ihn doch nur. Nicht einmal das Pulver haben die erfunden.«

»Sie scheinen eine scharfe Klinge zu führen.«

»Nennen wir es Galgenhumor. Er hat mich überfallen, weil ich den Flugzeugführerschein für mehrmotorige Maschinen eben erst erworben habe. Im sogenannten Schnellverfahren. Nun soll ich auf den bösen Feind losgelassen werden.«

»Wird schon nicht so schlimm werden«, tröstete ihn Robert Schroeder. »Was für Flugzeugtypen stehen der Staffel zur Verfügung?«

»He 111, Do 17 z und Ju 88.«

Robert Schroeder pfiff durch die Zähne. »Auf die 88 bin ich scharf.«

»Der Staffelkapitän wird Ihre Fußsohlen küssen. Den meisten ist die Maschine unsympathisch. Wegen der Hydraulik und der hohen Landegeschwindigkeit. Ich kann das nicht beurteilen, da ich den Schlitten nicht kenne.«

»Und mit welchen Typen sind Sie vertraut?«

Leutnant Miller wies auf die Ju 52. »Mit der ein bißchen. Da ich hörte, daß Sie Flugkapitän sind und mich ausgesprochen ungern blamiere, möchte ich Sie bitten, das Steuer zu übernehmen.«

»Das könnte Ihnen so passen. Nein, mein Lieber, Sie fliegen und ich spiele den gutmütigen Vater, der seinem Sohn etwas beibringen will. Einverstanden?«

»So sehr daß ich mich nicht einmal fürchten werde, wenn eine Hexe auf dem Besenstiel an uns vorbeirauschen sollte.«

Robert Schroeder lachte. »Was sind Sie von Beruf?«

»Pedant und Künstler in einer Person: angehender Architekt.«

»Na, dann 'ran an die Arbeit. Entwerfen Sie einen Flugplan, starten Sie unter Mißachtung aller statischen Gesetze, und bauen Sie am Ziel eine gute Landung. Mängelrügen erteile ich später.«

Schon beim Start spürte Robert Schroeder, daß Leutnant Miller über gutes fliegerisches Gefühl verfügte. Vom Temperament her war er jedoch nicht der richtige Mann für schwerfällige Flugzeuge. Er gehörte auf eine Maschine, wie es die Ju 88 war. Für dieses hochgezüchtete Flugzeug fehlte ihm leider die notwendige Erfahrung. Wenn man aber versuchen würde . . .

Robert Schroeder nahm sich vor, den sympathischen jungen Piloten in fliegerischer Hinsicht unter seine Fittiche zu nehmen.

Nach einem Flug von gut einer Stunde landete Leutnant Miller in der Nähe von Namur auf einem Feldflughafen, der an einen Pfirsichhain grenzte, in den die Einsatzmaschinen zur Tarnung hineingeschoben waren. Nicht weit vom Landefeld befand sich ein kleines Schloß, das dem ›fliegenden Personal‹ als Unterkunft diente. Es lag, von hohen Ulmen flankiert, an einem Teich, dessen Schwäne hoheitsvoll über die neuen Bewohner hinwegzusehen schienen. Die Wohnräume des Schlosses und die in der ersten Etage gelegenen Schlafzimmer, deren tief herabgezogene Fenster mit niedrigen schmiedeeisernen Gittern versehen waren, standen den Offizieren zur Verfügung. Die Unteroffiziere wohnten im Dachgeschoß, dessen halbrunde Fenster dem Bauwerk einen eigenartigen Reiz verliehen.

»Hübsch, nicht wahr?« sagte der Leutnant, als sie auf das Gebäude zufuhren. »Für die Staffel ist das Château leider zu klein. Die Unteroffiziere hausen zu viert in einem Zimmer; wir Offiziere zu zweit. Wenn Sie mit mir teilen wollen . . .? Mein Zimmer liegt allerdings nach hinten. Als ›Premier‹ haben Sie Anspruch auf einen Raum mit Blick auf den Teich.«

Robert Schroeder schmunzelte. »Darf ich Ihr Angebot als Liebeserklärung deuten?«

»Wenn Sie wollen. Ich bin aber verlobt.«

Es traf sich gut, daß der Staffelkapitän, ein Hauptmann von achtundzwanzig Jahren, nicht anwesend war. Hierarchische Bedenken wegen der Wahl des Zimmers wurden daher nicht geltend gemacht, und Robert Schroeder quartierte sich kurzerhand bei Leutnant Miller ein. Er war froh, Kontakt gefunden zu haben; denn er wurde nicht ganz damit fertig, daß Alois Brandner und Jens Lüdeke in Zukunft nur noch während der Einsätze mit ihm zusammensein würden.

Als er seine Sachen einräumte, sah er, daß neben dem Bett seines zukünftigen Stubenkameraden ein großes Foto stand. Es zeigte ein junges, apartes Mädchen, dessen Pagenkopf und ausdrucksvolle Augen nicht alltäglich waren. »Ist das Ihre Braut?«

»Jawohl, Herr Oberleutnant!« schmetterte Detlef Miller ausgelassen. »Sie heißt Nicole, studiert Germanistik und möchte, daß ich unser Heim dermaleinst in der Form des Buchstaben O baue. Nicht aus germanistischen Gründen. Diese Form soll ihr die Möglichkeit geben, mich im Innenhof einzusperren. Zwecks Absicherung unserer Ehe. Nicole hält dies für notwendig, seit sie beobachtete, daß ich aus Studiengründen gelegentlich zu anderen Mädchen hinüberschaue. So, und nun bin ich froh, vor Ihnen keine Geheimnisse mehr zu haben.«

Robert Schroeder stellte Carlas Bild neben sein Bett. »Wie gut, daß meine Frau einen vernünftigen Mann bekommen hat.«

Leutnant Miller feixte. »Glauben Sie, daß ernste Gesichter etwas mit Vernunft zu tun haben?«

»Ihre Schlagfertigkeit ist beachtlich und läßt auf geistige Regsamkeit schließen«, erwiderte Robert Schroeder. »Ich halte es deshalb für zweckmäßig, Sie für die Ju 88 fit zu machen.«

Der Leutnant gab sich zerknirscht. »Ihre Rache ist grausam, Sir.«

»Sie täuschen sich, wenn Sie glauben, daß ich scherze. Ich habe ernstlich vor, Sie auf die Ju 88 umzuschulen.«

Leutnant Miller sah ihn entgeistert an. »Darf ich fragen, warum?«

»Weil die hohe Schule des Fliegens Temperament und Geist erfordert.«

Das Gespräch wurde durch eine Ordonnanz unterbrochen, die Robert Schroeder ersuchte, zum Staffelkapitän zu kommen.

»Wir reden noch darüber«, sagte er an den Leutnant gewandt und folgte der Ordonnanz.

Der Hauptmann, ein Offizier mit einem vielleicht etwas zu glatten Gesicht, ging Robert Schroeder mit federnden Schritten entgegen und reichte ihm die Hand, noch bevor er Haltung annehmen und sich vorschriftsmäßig melden konnte. »Wie ich aus Ihrer Personalakte ersah, ist Ihr Patent früheren Datums als das meine. Ich muß Sie also zur Beförderung vorschlagen. Sie sind somit binnen kürzester Frist ebenfalls Hauptmann.«

»Sehr liebenswürdig«, sagte Robert Schroeder.

Der Staffelkapitän gab sich kameradschaftlich. »Ich bin froh, einen Mann mit Ihren Erfahrungen zu meinen Flugzeugführern zu zählen.«

Robert Schroeder wehrte ab. »So schlimm ist es nun auch wieder nicht.«

»Immerhinque!« Der Hauptmann forderte ihn auf, Platz zu nehmen. »Ihre Akte hat mir einiges erzählt. Alter Krämpfer! Angehöriger der Spanischen Legion! Inhaber der Blindflug-Lehrqualifikation! Haben Sie unseren Maschinenpark schon besichtigt?«

»Flüchtig. Es reichte aus, um zu sehen, daß zwei Ju 88 vorhanden sind. Ich würde großen Wert darauf legen, diesen Typ zu fliegen.«

»Damit tun Sie mir sogar einen Gefallen. Den meisten von uns, ich schließe mich da nicht aus, ist die Maschine zu fickerig.«

»Das ist sie nicht«, widersprach Robert Schroeder. »Verglichen mit der He 111 und der Do 17 z ist sie natürlich ein Rennpferd.«

»Von dem man dauernd befürchtet, daß es ausbricht.«

»Vielleicht ist das eine Frage des Temperamentes.«

Der Staffelkapitän grinste. »Sie scheinen eine Vorliebe für fickerige Sachen zu haben.«

Diese Bemerkung würde Robert Schroeder nicht gestört haben, wenn das grinsende Gesicht des Hauptmanns in diesem Augenblick nicht schleimig gewirkt hätte. Für wen hielt ihn sein Gegenüber? War die Bemerkung vom alten ›Krämpfer‹ auch schon eine Anzüglichkeit gewesen?

Der Staffelkapitän spürte die Ablehnung, die sich plötzlich wie eine Mauer zwischen sie schob. Was hatte er getan? Doch nichts. Wenn dem Herrn Reservisten die Sprache der Soldaten nicht paßte, konnte er andere Töne anschlagen. »Welche Zeit werden Sie benötigen, um sich einzufliegen?«

»Ein Tag dürfte genügen«, antwortete Robert Schroeder. »Mein Funker und mein Mechaniker . . .«

». . . zählen jetzt zu *meinen* Männern«, unterbrach ihn der Hauptmann scharf. »Beide werden während ihrer Zugehörigkeit zur Staffel nicht von Ihnen, sondern von mir eingesetzt.«

»Aber ausschließlich zu Flügen, die ich durchzuführen habe«, konterte Robert Schroeder nun ebenfalls aggressiv. »Ich habe dies im Reichsluftfahrtministerium zur Bedingung gemacht.«

Dieser nicht wahrheitsgemäße Hinweis ließ den Staffelkapitän einschwenken. »Ich glaube, wir haben uns etwas verrannt. Wenn ich Ihnen zu nahe getreten bin, tut mir das leid.«

»Und ich bitte um Entschuldigung für meine Empfindsamkeit.«

Der Hauptmann erhob sich und bot die Hand. »Dann auf gute Zusammenarbeit.«

Robert Schroeder bedankte sich, wußte aber, daß jeder von ihnen nur bestrebt war, die äußere Form zu wahren. »Wann darf ich mit meinem ersten Einsatz rechnen?«

»Da Sie sich morgen einfliegen wollen, würde ich übermorgen sagen. Wird das gehen?«

»Selbstverständlich.«

»Zur Zeit sind taktische Aufklärungsflüge durchzuführen. Über Details wird Sie der zuständige Meteorologe informieren.«

Robert Schroeder nahm Haltung an. »Eine Bitte habe ich noch. Darf ich Leutnant Miller, mit dem ich heute von Münster hierhergeflogen bin, fliegerisch unter die Arme greifen?«

»Das würde mich sogar freuen. Miller hat noch keine der Einsatzmaschinen geflogen und muß von Grund auf hingetrimmt werden. Übernehmen Sie ihn also als Ihren Schüler.«

Robert Schroeder war froh, daß das Gespräch ein so versöhnliches Ende nahm.

Am nächsten Vormittag führte Robert Schroeder mit Alois Brandner, Jens Lüdeke und Leutnant Miller, der auf dem Beobachtersitz Platz genommen hatte, einen Trainingsflug nach dem anderen durch. Alle vier trugen Hauben mit eingebauten Kopfhörern und Kehlkopf-Mikrophonen, so daß trotz des ohrenbetäubenden Lärms der beiden über tausend PS starken Motoren eine einwandfreie Verständigung gewährleistet war. In der engen Kabine der Ju 88, die keinerlei Bewegungsmöglichkeit zuließ, war dies insofern von besonderer Wichtigkeit, als die Arbeitsweise der Hydraulik dieser Maschine gewisse Gefahren in sich barg.

Robert Schroeder hätte mit wenigen Starts und Landungen auskommen können, doch er war bestrebt, Leutnant Miller langsam an den Ablauf der Vorgänge zu gewöhnen. In der Ju 88 gab es kein zweites Steuer. Er mußte seinen Schüler eines Tages auf den Führersitz setzen und selbst auf dem Klappsitz des Beobachters Platz nehmen. »So«, sagte er kurz vor Mittag an den Leutnant gewandt, »bevor wir jetzt eine Pause einlegen, führen wir noch zwei Flüge durch, bei denen Sie das Kommando übernehmen und mir ansagen, was ich tun soll.«

Es war vorauszusehen, daß die folgenden Flüge viel zu wünschen übriglassen würden, aber sie brachten Leutnant Miller, der den Ablauf der Vorgänge nun viel intensiver erlebte, um ein gutes Stück weiter.

Am Nachmittag führte Robert Schroeder zur Kontrolle der Eigenpeilanlage einige Anflüge auf den holländischen Sender ›Den Helder‹ durch. Danach kehrte er zum Feldflughafen zurück und erklärte: »Jetzt werden wir dem Bodenpersonal eine kleine Abwechslung bieten. Ziehen Sie Ihre Gurte nach und sorgen Sie dafür, daß nichts herumpurzeln kann.«

Jens Lüdeke, dessen Platz sich zwischen dem des Funkers und des Flugzeugführers befand, beugte sich vor, soweit dies die zur Sicherung des Pilotensitzes angebrachten Panzerplatten zuließen. »Soll ich im Stehgurt bleiben oder mich hinsetzen?«

»Im Falle eines Angriffes werden Sie stehen müssen, um die zu den Seiten gerichteten MGs bedienen zu können«, antwortete Robert Schroeder. »Mit der beim Abfangen auftretenden Zentrifugalkraft müssen Sie fertig werden.«

»Sie wollen einen Sturzflug durchführen?« fragte Leutnant Miller.

»Unter anderem. Im übrigen werde ich handeln, als säßen uns Jäger im Nacken. Die Spitfire schießt aus sechs bis acht Knopflöchern. Dagegen können unsere MGs nichts ausrichten. Wir müssen also Haken schlagen und versuchen, uns dem Verfolger zu entziehen. Alles klar?«

Leutnant Miller schnitt eine Grimasse. »Sympathisch sind Sie mir in diesem Augenblick nicht.«

Robert Schroeder ließ die Maschine auf dreitausend Meter steigen. Dann ging er aus halber Rückenlage in den Sturzflug über. »Luftschrauben dabei nicht vergessen«, rief er und schaute der näher kommenden Erde entgegen. »Die Gashebel werden nicht berührt. Der Ladedruck bleibt unverändert. Die Drehzahl wird so konstant wie möglich gehalten. Achtung, ich fange ab!« Mit beiden Händen zog er das Segment an.

Die Zentrifugalkraft ließ die Glieder schwer wie Blei werden.

Robert Schroeder ahnte, was Leutnant Miller dachte, und sagte: »Lassen Sie sich nicht verwirren. Auch Sie werden dahin kommen, daß Sie in Gefahrenmomenten nicht mehr auf die Fluglage achten.« Er blickte in einen seitlich vor ihm angebrachten Spiegel, der ihm die Möglichkeit bot, Alois Brandner und Jens Lüdeke zu sehen. »Wir üben noch ein bißchen!«

Der rundliche Bayer nickte und griff in eine Halterung, die sich neben ihm befand.

Robert Schroeder leitete eine halbe Rolle ein und ließ sie in einen nach unten gerichteten halben Looping übergehen, so daß die Flugrichtung blitzschnell um 180 Grad gewechselt wurde. »Das ist der einfachste Trick«, sagte er beim Abfangen des Flugzeuges und tat im nächsten Moment etwas, das er mit einer schweren Maschine noch nicht gemacht hatte. Er leitete einen vollen Looping ein. Angabe trieb ihn. Eindruck wollte er schinden und sich angesichts der Staffelkameraden, die er auf der Terrasse des Schlosses stehen sah, ein Renommee verschaffen, das er in dieser Form wahrhaftig nicht nötig hatte. Er spürte auch das Unsinnige seines Tuns, konnte aber nicht mehr zurück. Der Steuerdruck wurde so groß, daß er ihn kaum noch zu überwinden vermochte. Schnell trimmte er die Maschine schwanzlastiger. Der Druck ließ nach. Die Rückenlage wurde erreicht. Von diesem Augenblick an handelte er wie in Trance. Er verstellte die Luftschrauben, ging mit der Trimmung vor, gab das Segment frei und ließ die 88 in die Tiefe jagen.

»Jetzt reicht's mir aber«, stöhnte Leutnant Miller.

Robert Schroeder wischte sich über die Stirn. »Wir landen.«

Sein Trainingsflug fand viel Anerkennung. Als er gelandet war und zum Abstellplatz rollte, erschien bereits der Staffelkapitän.

»Immerhinque«, rief er begeistert. »Das war die tollste Kurbelei, die ich je gesehen habe. Ich gratuliere Ihnen und lade Sie für morgen abend, wenn Sie von ihrem ersten Einsatz zurückgekehrt sind, zu einer Fahrt nach Brüssel ein, wo wir eine goldbraune Poularde verknusemaknispeln werden. Dazu inhalieren wir einen edlen Rotwein. Saint Estèphe! Château Calon Ségur! Grand Cru Classé! D'accord?«

»Und wie!« antwortete Robert Schroeder erfreut. »Wenn ich meinen – pardon –, den mir von Ihnen zugeteilten Funker und den Mechaniker mitnehmen dürfte, wäre ich besonders froh.«

Der Staffelkapitän lachte. »Abgemacht. Aber ...« Er stutzte, da er Leutnant Miller aus der Maschine herausklettern sah. »Haben Sie den etwa mitgenommen?«

»Ich möchte ihn auf die Ju 88 spezialisieren.«

Der Hauptmann machte ein entgeistertes Gesicht. »Das geht über meinen Horizont. Doch wer ›A‹ sagt, muß auch ›schloch‹ sagen. Nach Ihrer Flugvorführung haben Sie pleinpouvoir.«

Robert Schroeder grüßte militärisch. »Merci, mon capitaine!«

Gemeinsam mit Leutnant Miller erstellte Robert Schroeder den Flugplan für seinen ersten Einsatz, zu dem er am nächsten Morgen antreten sollte. Angesichts der eindeutigen Großwetterlage und dem stürmischen Vordrängen der Panzergruppe Kleist, die nach Boulogne eingeschwenkt war und sich anschickte, die gesamte französische Nordgruppe zu umfassen, forderte der Einsatzbefehl eine rein taktische Wetteraufklärung, die keine Höhenaufstiege zur Messung des Drukkes, der Temperatur und der Feuchtigkeit notwendig machte. Gefragt wurde nach der örtlichen Wetterlage im Rücken der Maginot-Linie, nach der Einsatzmöglichkeit von Fernkampfflugzeugen auf den Hafen von Brest und nach einer ausgedehnten Hochnebeldecke, die über der Halbinsel Cotentin und dem Ärmelkanal lag.

Für Robert Schroeder ergab sich aus der Auftragsstellung zwingend, die rund zweitausend Kilometer weite und über fast ganz Frankreich führende Strecke im Tiefflug zurückzulegen. Nur so ließ sich die Wahrscheinlichkeit, entdeckt und kontinuierlich weitergemeldet zu werden, auf ein Minimum reduzieren.

Der ihn begleitende Meteorologe, ein wortkarger und in fliegerischer Hinsicht unerfahrener Wissenschaftler im Range eines Assessors, schien anderer Meinung zu sein. Jedenfalls wurde er sichtlich nervös, als Robert Schroeder nach dem Start im Morgengrauen keinerlei Anstalten traf, das Flugzeug steigen zu lassen. Er jagte in hundert bis zweihundert Meter Höhe über die Ardennen dahin, stieß auf Flußläufe hinab, veranstaltete hin und wieder ein ›Heckenspringen‹ und tat geradeso, als befinde er sich nicht über feindlichem Gebiet.

»Ich muß Sie dringend ersuchen, an unsere Sicherheit zu denken!« forderte ihn der Meteorologe auf, als die Marne überflogen wurde.

Robert Schroeder schaute ihn verwundert an. »Was ich tue, dient unserer Sicherheit!«

»Die anderen fliegen immer in großer Höhe.«

»Was heute grundverkehrt wäre«, sagte Robert Schroeder und erklärte dem Assessor, weshalb es an diesem Tage das beste sei, so tief wie möglich zu fliegen.

Der Wissenschaftler verschloß sich den Argumenten nicht, und er machte einen durchaus beruhigten Eindruck, bis Robert Schroeder auf der Strecke Dijon–Brest plötzlich einen Flughafen überflog, auf dem eine große Anzahl feindlicher Bomber stand. Die Flughöhe betrug höchstens dreißig bis vierzig Meter.

»Jetzt haben wir die Bescherung«, rief der Meteorologe außer sich.

Robert Schroeder war selbst so erschrocken, daß er Sekunden brauchte, um einen Entschluß zu fassen. »Vorsorglich durchladen!« rief er und blickte in den Spiegel, um Alois Brandner und Jens Lüdeke zu sehen. »Ich bleibe auf Kurs, bis wir außer Sicht gekommen sind.«

Der rundliche Bayer grinste. »Soll ich die Staffel verständigen?«

»Fangen Sie an zu spinnen?«

Alois Brandner deutete verstohlen auf den Meteorologen. »Ich wollte Monsieur nur auf den Arm nehmen. Ehrlich!«

»Tjä, so ist er«, sagte Jens Lüdeke und suchte den Himmel ab. »Ein bißchen aufpassen kann jetzt natürlich nicht schaden. Waren ja bannig viel Maschinen auf dem Platz.«

»Wenn das nur gutgeht!« klagte der Meteorologe.

Kein Flugzeug tauchte am Himmel auf, und auch in der Folge erwies es sich als richtig, daß Robert Schroeder in nur geringer Höhe weiterflog. Dies um so mehr, als kaum noch eine Wolke zu entdecken war. Die Wetterlage war so eindeutig, daß er sich den Anflug auf Brest schenkte und zeitiger als vorgesehen zum Golf von St. Malo abschwenkte, über dem ein Nebelfeld lag, das bis auf neunhundert Meter Höhe reichte.

»Die uns gestern übermittelte Meldung stimmt«, sagte der Assessor, als sie eine Weile über der Wolkendecke dahingeflogen waren. »Sie stammte von einem Fernaufklärer. Die Heeresführung möchte wissen, ob es sich um eine Hochnebeldecke oder um aufliegenden Nebel handelt.«

Robert Schroeder griff nach seiner Landkarte. »Eigentlich reichlich fürwitzig. Bis unsere Truppen hierherkommen, hat sich die Wetterlage bestimmt noch einige Male geändert.«

»Wie weit werden Sie hinuntergehen können?«

»Ich habe gerade nachgeschaut. Keinesfalls tiefer als dreihundert Meter.«

»Das wird genügen. Ich schätze, daß wir schon früher Erdsicht bekommen.«

Eine halbe Stunde später war die Halbinsel Cotentin erreicht, und nachdem Robert Schroeder den Standort mit Hilfe einer Kreuzpeilung so exakt fixiert hatte, daß er fast auf den Kilometer genau wußte, über welchem Gebiet er sich befand, legte er die Maschine auf Nordkurs und befahl: »Antenne einfahren. Ich versuche Erdsicht zu bekommen.«

Die Tragflächen tauchten in die Wolkendecke ein. Die Scheiben der Kabine beschlugen. Die Schwaden waren so dicht, daß die Motoren kaum noch zu sehen waren. An den Fenstern bildeten sich Tropfen, die vom Fahrtwind fortgerissen wurden. Das Tageslicht nahm ab, wurde gelblich, dann mausgrau und schließlich schmutzigblau.

Robert Schroeder beobachtete die Veränderung der Färbung, ohne den Höhenmesser, der inzwischen auf 450 Meter gesunken war, aus den Augen zu lassen. Wenn es dunkel wurde, war die Untergrenze der Wolken bald erreicht.

400 Meter! Schwaden jagten dahin.

380 Meter! Schemenhaft wurde die Erde sichtbar.

350 Meter! Wiesen und Felder tauchten auf.

Robert Schroeder gab Tiefensteuer. Vor ihm lag eine Straße, über die sich eine endlose Kolonne von Militärfahrzeugen in Richtung Cherbourg bewegte. Die feindliche Formation sehen und handeln war eins. Ohne zu zögern nahm er die Fahrzeuge ins Visier und tat, was er während seiner Reserveübung gelernt hatte: er gab Dauerfeuer, um zu verhindern, daß das Flugzeug von unten unter Beschuß genommen werden konnte.

Das Rattern des nach vorne gerichteten Maschinengewehrs übertönte den Lärm der Motoren. In hellen Bändern jagte Leuchtspurmunition in die Kolonne hinein, bis der Meteorologe plötzlich schrie:

»Aufhören! Aufhören! Sie schießen auf Sanitätsfahrzeuge!«

Robert Schroeder war es, als stocke ihm das Blut in den Adern. Seine Finger spreizten sich und gaben den Abzugsbügel frei. Wo waren seine Augen gewesen? Die Wagen, auf die er gefeuert hatte, zeigten ein rotes Kreuz auf weißem Grund. Wieso hatte er die Kennzeichnung nicht gesehen? Er zog das Höhensteuer an, blickte in den Spiegel, sah die entgeistert auf ihn gerichteten Gesichter von Alois Brandner und Jens Lüdeke und schaute irritiert fort. Schwaden zogen vorbei. Die Erde entschwand.

»Die Drehzahl ist zu knapp«, rief der Mechaniker.

Robert Schroeder betätigte die Verstellhebel der Luftschrauben. Im

Geiste sah er immer noch die Straße und die Kolonne im Fadenkreuz. Und die Leuchtspurmunition, die von hinten in die Wagen hineingejagt war. Hatte er einen Verwundeten getroffen? Womöglich getötet? Die Motoren dröhnten wie die Bässe einer Orgel. Der Nebel wurde heller. Das Licht fing an zu blenden, wurde gleißend. Die Maschine stieg aus der Wolkendecke heraus. Robert Schroeder schloß die Augen. Wieviel Menschen befolgten gleich ihm, was ihnen auf Truppenübungsplätzen eingetrichtert worden war: unverzüglich auf alles zu schießen, was einen selbst unter Beschuß nehmen kann.

»Fliegen wir weiterhin Nordkurs?« hörte er Alois Brandner fragen.

Er begriff, daß der Bayer ihn in die Gegenwart zurückholen wollte. »Ja«, sagte er. Sein Gehirn, das einer leeren Blase geglichen hatte, arbeitete wieder. »Ich möchte sehen, wie weit die Wolkendecke reicht.«

»Wir haben nicht den Auftrag, nach England zu fliegen«, erklärte der Meteorologe kategorisch.

»Natürlich nicht.«

»Wenn Sie aber Nordkurs steuern . . .«

». . . erreichen wir die britische Küste erst in siebzehn Minuten«, fiel Robert Schroeder ein und fuhr sich über das Gesicht. Wie war es möglich gewesen, daß er die Zeichen des Roten Kreuzes übersehen hatte? Die Frage saß ihm wie ein Gespenst im Nacken. Er hatte kein Vertrauen mehr zu sich selber. Erst gestern hatte er Leutnant Miller gesagt: Nur wer das Fliegen mehr oder weniger im Unterbewußtsein erledigt, kann sich voll auf den Gegner konzentrieren. Und wie sah die Praxis aus? Das plötzliche Auftauchen einer feindlichen Autokolonne hatte genügt, ihn die Nerven verlieren zu lassen.

Den Rückflug nach Namur führte Robert Schroeder wie in Trance durch. Der Gedanke, Sanitätsfahrzeuge beschossen zu haben, ließ ihn nicht zur Ruhe kommen. Aber er war gefaßt und ruhig, als er sich beim Staffelkapitän zurückmeldete und mit ernster Miene hinzufügte: »Besonderes Vorkommnis: Ich habe eine Kolonne britischer Sanitätskraftwagen unter Beschuß genommen.«

Der Hauptmann kniff die Augen zusammen. »Machen Sie mich nicht schwach.«

»Zu meiner Entschuldigung kann ich nichts anführen.«

»Jetzt mal schön der Reihe nach. Wo geschah der Zwischenfall? Und wie kam es dazu?«

Robert Schroeder schilderte den Hergang ohne Beschönigung.

Als er endete, sagte der Staffelkapitän: »Na, das ist ja nicht so schlimm, wie ich schon dachte. Es liegt weder böse Absicht vor noch steht zu vermuten, daß jemand zu Schaden gekommen ist. Wenn Sie die Fahrzeuge von vorne beschossen hätten, wäre es etwas anderes. Von hinten aber . . . Die Wagen waren garantiert leer. Weit im Hinterland kann es ja keine Verwundeten geben. Außerdem ist nicht daran zu zweifeln, daß die Fahrzeuge nach England zurückgeschafft werden sollen.«

»Es wäre schön, wenn Sie recht hätten«, entgegnete Robert Schroeder. »Das ändert aber nichts an der Tatsache, daß ich auf Sanitätsfahrzeuge geschossen habe.«

»Und zwar in einem Moment, da Sie aus den Wolken herauskamen!« betonte der Hauptmann. »Das hätte jedem von uns passieren können. Es ist nun mal eine Binsenweisheit: Wer zuerst schießt, schießt am besten.«

»Dennoch muß der Vorfall gemeldet werden.«

»Das haben Sie ja getan.«

»Ich meine, weitergemeldet werden. An den Gruppenkommandeur. An die Luftflotte. Wenn nicht offiziell bekanntgegeben wird, was mir versehentlich passiert ist, kann England mit Recht behaupten: Deutsche mißachten die Genfer Konvention.«

»Das überlassen Sie gefälligst mir«, erklärte der Staffelkapitän ärgerlich. »Ich bin doch nicht so verrückt und mach' aus einer Mücke einen Elefanten, nur um mich anblaffen zu lassen.«

»Sie wollen auch keine Eintragung im Kriegstagebuch vornehmen?«

»Natürlich nicht.«

»Und wenn ich darauf bestehe?«

»Dann schädigen Sie nicht nur sich selbst, Herr Michael Kohlhaas, sondern Sie bereiten auch mir erhebliche Schwierigkeiten. Und am Ende wandert die Meldung irgendwo in den Papierkorb, weil ein anderer keinen Ärger haben will. Das sollten Sie bedenken, bevor Sie von mir verlangen, daß ich den Dummen spiele. Wenn Sie effektiv wüßten, daß es Verletzte oder Tote gegeben hat, sähe die Sache anders aus. So aber ... Ihre Geschosse sind bestimmt in den Aufbauten hängengeblieben. Es waren doch keine Pkws, oder?«

»Nein, nur Lkws.«

»Na, also! Ich empfehle Ihnen, jetzt eine Stunde zu schlafen. Nach dem Essen fahren wir dann wie vereinbart nach Brüssel. Mit *Ihren* Männern.«

Robert Schroeder gab seinen Widerstand auf. Zu offensichtlich war, daß der Hauptmann es gut mit ihm meinte. Daß er dabei auch an das Ansehen seiner Staffel dachte, durfte man ihm nicht verübeln. Nach Brüssel würde er ihn jedoch nicht begleiten. Dazu war er im Augenblick nicht in der Lage. Aber das wollte er ihm später sagen.

Leutnant Miller, der Robert Schroeder nach seinem ersten Einsatz in Empfang genommen und zum Schloß gefahren hatte, erwartete mit Spannung den Ausgang der Meldung. Er glaubte nicht, daß es Schwierigkeiten geben würde, und er war deshalb sehr verwundert, als sein Stubenkamerad sichtlich bedrückt vom Staffelkapitän zurückkehrte und ihm den Verlauf des Gespräches schilderte.

»Der ›Alte‹ ist ein Fuchs!« sagte er, als Robert Schroeder endete. »Nicht Sie, sondern sich selbst hat er geschont.«

»Das verstehe ich nicht.«

»Denken Sie nach! Was geschieht zur Zeit an der Front? Die französische Nordgruppe wird eingekreist und die britische Armee auf einen Brückenkopf zurückgedrängt. Sieg also auf der ganzen Linie. Siege aber sind mit Ordenssegen verbunden, und Hauptmann ›Immerhinque‹ wird befürchten, leer auszugehen, wenn seine Staffel bekleckert dasteht.«

»Sie meinen, daß er deshalb ...«

»Kann Ihnen doch gleichgültig sein, welche Gründe unseren Herrn und Meister bewegen. Hauptsache, Sie sind aus dem Schneider. Im übrigen trifft der Hauptmann den Nagel auf den Kopf, wenn er davon ausgeht, daß nichts passiert ist und die Geschosse in den Aufbauten hängengeblieben sind.«

Wie gut es Robert Schroeder auch tat, dies zu hören, das Gespräch hinterließ einen Stachel in ihm. Er konnte sich nicht mehr von der Vorstellung befreien, der Staffelkapitän habe aus egoistischen Motiven eine Meldung unterschlagen, die zu erstatten Pflicht gewesen wäre. Seine Unzufriedenheit über dieses Verhalten ließ ihn unangebracht aggressiv reagieren, als der Hauptmann, den er bei Tisch gebeten hatte, die verabredete Fahrt nach Brüssel zu verschieben, beim Mokka in gewiß nicht böser Absicht erklärte:

»›Unus quisque tantum juris quantum potentia valet.‹ – ›Ein jeder hat soviel Recht, wie er Macht hat.‹ Auf uns bezogen: Hier habe ich die Macht. Ich befehle daher, daß Sie und die beiden Feldwebel heute mit mir nach Brüssel fahren.«

»In meiner Freizeit haben Sie mir nichts zu befehlen!« brauste Robert Schroeder auf.

Der Staffelkapitän war entgeistert. »Ich verbitte mir diesen Ton.«

»Und ich mir Ihre Anmaßung. ›Sic volo, sic jubeo!‹ – ›Ich will's, also befehle ich's‹!« Er schlug die Hacken zusammen. »So nicht, Herr Hauptmann.« Ohne ein weiteres Wort zu verlieren, schickte er sich an, den Raum zu verlassen.

Die Offiziere und Meteorologen waren wie erstarrt.

Der Staffelkapitän kommandierte mit sich überschlagender Stimme: »Oberleutnant Schroeder!«

Ihm blieb nichts anderes übrig, als sich dem Vorgesetzten zuzuwenden und Haltung anzunehmen. »Herr Hauptmann?«

»Ich erwarte von Ihnen einen schriftlichen Bericht über Ihren heutigen Einsatz. Nicht nur über das besondere Vorkommnis, sondern auch über die Gründe, die Sie bewogen haben, die befohlene Route in eigener Machtvollkommenheit abzukürzen. Denn Sie sind nicht bis Brest geflogen, wie es befohlen war.«

»Jawohl, Herr Hauptmann.«

Der Staffelkapitän warf einen Blick auf seine Armbanduhr. »Den Bericht erbitte ich bis sechs Uhr.«

»Jawohl, Herr Hauptmann.«

»Dann machen Sie sich an die Arbeit.«

Über seinen Fehler brauchte Robert Schroeder nicht belehrt zu werden. Er hätte sich ohrfeigen mögen. Wie verständlich es auch sein mochte, daß er in der Verfassung, in der er war, nicht nach Brüssel fahren wollte, um dort fröhlich eine Poularde zu ›verknusemaknispeln‹, er hätte mit seinem Problem anders fertig werden müssen. Nun blieb ihm nichts anderes übrig, als auszulöffeln, was er sich eingebrockt hatte.

Der Staffelkapitän machte es Robert Schroeder jedoch leicht, als er sich kurz vor sechs Uhr bei ihm melden ließ. Er empfing ihn stehend und nicht hinter seinem Schreibtisch sitzend.

Robert Schroeder wußte dies zu deuten und dachte: Auch ihm tut es leid, daß wir aneinandergeraten sind. Die Hacken zusammenschlagend, übergab er den viele Seiten umfassenden Flugbericht, den er so aufgebaut hatte, daß den jeweiligen Phasen die Uhrzeit auf die Minute genau vorangestellt war.

Dem Hauptmann fiel dies gleich auf. »Wieso können Sie die Zeiten so exakt angeben?«

»Es sind erflogene und nicht rekonstruierte Zeiten. Seit dem Spanienkrieg sind meine Flugunterlagen nach einem Einsatz voll von Notizen. Ich überfliege keinen markanten Punkt, ohne ihn in der Karte mit der jeweiligen Uhrzeit zu versehen.«

»Das gefällt mir. Ich hoffe, Sie haben nichts dagegen, wenn ich Ihre Arbeitsweise zur Nachahmung empfehle.«

Robert Schroeder straffte sich. »Zuvor möchte ich mich aber vor dem Offizierkorps entschuldigen.«

»Das machen wir anders«, sagte der Staffelkapitän und ging auf Robert Schroeder zu. »Die meisten sitzen jetzt im Kaminzimmer. Wir gehen dorthin, als wäre nichts gewesen.«

»Wenn Ihnen diese Form genügt.«

»Natürlich. Es war doch lächerlich von mir, unbedingt heute nach Brüssel fahren zu wollen. Aber so bin ich: ›Sic volo, sic jubeo!‹ Sie hatten völlig recht. Und es ist mir scheißegal, was der eine oder andere munkeln wird, wenn wir versöhnt aufkreuzen. Mich kann das nicht tangieren. Mir ist es wichtiger, einen Streit beigelegt zu haben.«

Von dieser Stunde an verstanden sich beide ausgezeichnet, obgleich sie gelegentlich völlig unterschiedlicher Meinung waren.

So ereiferte sich der Hauptmann, als am 25. Mai publik wurde, daß die zügige Panzeroperation gegen die flüchtenden Briten auf Geheiß Adolf Hitlers am La Bassée-Kanal angehalten worden sei, um die motorisierten Kräfte für die bevorstehende ›Schlacht um Frankreich‹ zu schonen: »Hunderttausende, die wir im Augenblick vernichten oder gefangennehmen könnten, werden nun wohlbehalten nach England gelangen.«

Leutnant Miller stieß Robert Schroeder an und flüsterte: »Er wollte Generalstabsoffizier werden, bestand die Prüfung aber nicht.«

Der Hauptmann fuhr fort: »Ich habe heute morgen einen Einsatz geflogen . . .«

Fragt sich bloß, bis wohin, dachte das halbe Offizierskorps, da bekannt war, daß sich der noch sehr junge, mit drei Kindern gesegnete Staffelkapitän hinsichtlich der Ausdehnung seiner Einsätze mehr statisch als dynamisch verhielt.

». . . und es ist mir unbegreiflich, wie man darauf verzichten kann, die Früchte einzuheimsen, die uns zur Zeit entgegenwachsen. Bei Saint Omer, zum Beispiel . . .«

»Jetzt hätte er beinahe die Front überflogen«, zischte Leutnant Miller zynisch.

». . . sind die Straßen von Fahrzeugen verstopft. Die Tommy rennen um ihr Leben. Hals über Kopf in Richtung Dünkirchen. Auf Teufel komm 'raus müßte man nun in sie hineinfeuern.«

Da Robert Schroeder an diesem Tag einen Einsatz rund um England geflogen hatte und beim Rückflug an den Stränden der ›Straße von Dover‹ Tausende von angespülten Leichen gesehen hatte, entgegnete er gemessen: »Es mag taktisch falsch sein, den Panzerangriff zu stoppen. Ich verstehe davon nichts. Nach allem aber, was ich gesehen habe, ist das Leid da draußen schon viel zu groß. Lassen wir doch um Gottes willen so viel Gegner wie möglich zu ihren Eltern, Frauen und Kindern zurückkehren. Es sind Menschen wie wir.«

Der Hauptmann wehrte entschieden ab. »Mit Gefühlsduseleien kann man keinen Krieg gewinnen. Und etwas Ähnliches scheint hier im Spiel zu sein. Verstehen Sie mich nicht falsch, aber ich habe den Verdacht, daß Hitlers merkwürdige Sympathie für die Briten die Ursache dafür ist, daß im Augenblick nicht kurzer Prozeß gemacht wird.«

In welch seltsamem Freund-Feind-Denken muß der Hauptmann erzogen worden sein, dachte Robert Schroeder. Auf der einen Seite ist er froh, wenn er einen Streit beenden kann. Bei seinen Einsätzen ist er, durchaus verständlich, sehr darauf bedacht, daß Frau und Kinder ihn nicht verlieren. Das Leben eines flüchtenden Gegners ist ihm jedoch schnurzegal. Da hört die Fairneß plötzlich auf, da wirft er sogar Hitler Gefühlsduselei vor.

Völlig anders, man könnte sagen: umgekehrt proportional, reagierten der Staffelkapitän und Robert Schroeder, als drei Wochen später Paris kampflos besetzt und der Waffenstillstand in jenem düsteren Eisenbahnwagen von Compiègne diktiert wurde, in dem 1918 der Deutschland aufgezwungene harte Waffenstillstand einem vierjährigen mörderischen Ringen ein Ende gesetzt hatte. Anläßlich des siegreichen Ausganges der diesmal nur sechswöchigen Kampfhandlungen veranstaltete der Hauptmann ein Festessen, zu dem er seine Offiziere und Meteorologen nicht zuletzt eingeladen hatte, weil ihm für ›hervorragende Truppenführung‹ das EK I verliehen worden war.

»Dies ist ein uns alle tief bewegender Tag«, sagte er in seiner Ansprache, in der er hervorhob, welche Genugtuung jeder Deutsche darüber empfinde, daß Hitler die Schmach, die Deutschland in dem verruchten Eisenbahnwagen angetan worden sei, nun an eben derselben Stelle für immer und für ewig getilgt habe. »Welch ein Triumph!« rief er emphatisch und griff nach seinem Glas. »Welch großartiger Sieg! Welche Genugtuung für uns, diesem größten Feldherrn aller Zeiten dienen zu dürfen. Ich fordere Sie auf, mit mir auf das Wohl Adolf Hitlers anzustoßen. Unserem geliebten Führer und Oberbefehlshaber der Wehrmacht ein dreifaches: Sieg Heil! Sieg Heil! Sieg Heil!«

Nachdem dieser Toast in der üblichen Form geschmettert worden war und alle wieder Platz genommen hatten, prostete der Hauptmann nochmals gesondert zu Robert Schroeder hinüber. »Für Sie muß es heute ein besonders großer Tag sein. Sie glaubten bereits an Hitler, als andere ihn noch verlachten.«

»Ja«, sagte Robert Schroeder. »Auf Ihr Wohl!«

Der Staffelkapitän stutzte. »Sehr überzeugend klingt das nicht.«

»Dann auf Ihr ganz spezielles Wohl!« versuchte Robert Schroeder zu scherzen.

»Was ist los mit Ihnen?«

»Nichts.«

»Ihnen ist doch eine Laus über die Leber gekrochen.«

Robert Schroeder entgegnete müde: »Ich bin nur enttäuscht. Da wurde ein großer Sieg errungen. Und das in einer unvorstellbar kurzen Zeit. Niemand konnte ahnen, daß so viel erreicht werden würde. Auch Adolf Hitler nicht. Und was tut er in einem Augenblick, da er dem zusammengebrochenen Gegner die Hand reichen und ihm um des Friedens willen so weit wie möglich entgegenkommen müßte? Er besteigt den Waggon von Compiègne und weckt erneut jene Hydra, die uns Deutsche nach dem Friedensvertrag von Versailles nicht zur Ruhe kommen ließ! Eine große Chance ist vertan.«

Es verging kaum ein Tag, an dem Robert Schroeder keinen Brief von Carla erhielt. Sie schilderte ihm alles, was sie empfand, dachte und erlebte, und er spürte ihre Nähe manchmal so stark, daß er glaubte, von ihr überhaupt nicht getrennt zu sein. Dies mochte mit daran liegen, daß er ihre Briefe nie gleich öffnete, sondern sie erst eine Weile bei sich trug. Er ging dann in den Park des Schlosses und setzte sich an den Teich. Oder er wanderte zum Beffroi, einem Bergfried aus dem 11. Jahrhundert, und ließ sich auf dem Weg dorthin von der Neugier nach dem Inhalt des Briefes so nahe an Carla herantragen, daß er im Geiste Gespräche mit ihr führte.

Infolge der vielen Einsätze, die er zu fliegen hatte, kam er selbst höchstens jeden zweiten oder dritten Tag dazu, Carla zu schreiben. Die unterschiedlichsten Wettererkundungsflüge mußten plötzlich durchgeführt werden. Während eine Maschine bis weit über den Atlantik vorstieß, flog eine zweite östlich an England vorbei zum Polarkreis hinauf. Die Besatzung eines dritten Flugzeuges erkundete auf der ›Rennstrecke‹ Namur–Firth of Forth–Glasgow–Scilly Inseln–Namur die unmittelbare Wetterlage über der Britischen Insel, und eine vierte Maschine hatte zur Beratung der Jagdverbände jeden Morgen einen ›Stichflug‹ nach London durchzuführen.

Es fiel Robert Schroeder wirklich schwer, Carla öfters zu schreiben. Er mußte Abstand von den Einsätzen gewinnen, wenn der Inhalt seiner Briefe nicht verraten sollte, welche Aufgabe er übernommen hatte. Oftmals bereute er es, Carla nicht reinen Wein eingeschenkt zu haben. Er hätte sich dann nicht zu verstellen brauchen und ihr in mancher Hinsicht näher sein können. Es gab aber auch Stunden, in denen er froh war, ihr die Wahrheit vorenthalten zu haben. Manche Sorge blieb ihr dadurch erspart. Besonders nach Beendigung des Feldzuges gegen Frankreich brauchte sie, so wie die Dinge sich ihr darstellten, nichts mehr zu befürchten. Sie rechnete sogar schon mit seiner Rückkehr nach Berlin und würde über seinen Verbleib in Namur womöglich ungeduldig geworden sein, wenn sie nicht festgestellt hätte, daß ihr Vater an ihrer Seite auflebte und nur selten noch von schweren asthmatischen Anfällen heimgesucht wurde. Der Arzt führte dies auf eine Beruhigung der Nerven infolge des siegreichen Ausganges des Frankreichfeldzuges zurück. Sie bezweifelte das, wenngleich es denkbar war. Die Zukunft sah tatsächlich wieder rosig aus, und Hitler bemühte sich offensichtlich ernstlich, mit England zu einer Verständigung zu kommen. Carla beeindruckte dies so sehr, daß sie zum ersten Male warme Worte für ihn fand. Sie schrieb:

Wie grandios der Sieg über Frankreich auch sein mag, am meisten überrascht mich, daß Hitler die kampfunfähig gewordenen Engländer vor Dünkirchen geschont hat. Es gehört Größe dazu, den Kampf im Moment der eigenen Übermacht abzublasen, und ich muß gestehen, daß ich mir einen Hitler, der dem Gegner ritterlich gegenübertritt, niemals hätte vorstellen können.

Ich hätte es allerdings auch nicht für möglich gehalten, daß Du einmal einen Schokoladenversand betreiben würdest. Mama schreibt, Du habest ihr zwanzig große Tafeln ›Côte d'Or‹ geschickt. Paps erhielt ebenfalls zwanzig Tafeln; Dorkas, wie ich hörte, zehn; ich deren fünfzig! Das macht zusammen hundert Tafeln Schokolade! Bitte, stoppe den Nachschub, wenn du mich nicht im Rubensformat erleben willst.

Harald hat sich übrigens ein tolles Stück geleistet. Er besuchte uns gestern ›auf einen Sprung‹. Verstohlen hat er mir erzählt, woher er kam. Aus dem Sanatorium bei Freiburg, in das er sich für die Zeit der Kampfhandlungen ›zurückgezogen‹ hatte. Wie er das angestellt hat, weiß ich nicht. Er behauptet, zuvor nicht getrunken zu haben. Er kenne jetzt eine Tour, die nicht nur raffiniert, sondern auch himmlisch sei. Auf sie wolle er sich einspielen. Wir brauchten keine Angst mehr zu haben, daß er trinke.

Verstehst Du das? Er blieb nur knapp eine Stunde und rauschte dann weiter nach Berlin, wo er sich in den nächsten Wochen um den Verlag kümmern will. Das geht doch nicht mit rechten Dingen zu.

Ich bin bloß froh, daß Dorkas inzwischen nach St. Gilgen umgesiedelt ist. Sie hat sich endgültig von Haralds Geschäftsführer getrennt. Ich bewundere ihre Haltung, wenngleich es mir leid tut, daß sie diesen meiner Meinung nach gut zu ihr passenden Mann durch mein Eingreifen verloren hat. Eine neue Bekanntschaft scheint ihr den Entschluß jedoch leichtgemacht zu haben. Hoffentlich ist es diesmal jener Mann, ›der für sie auf die Erde gekommen ist‹.

Seltsam, daß Dorkas ihren sehnlichsten Wunsch nicht erfüllt bekam. Ich hingegen, die ich ihr Gerede als Blödsinn abtat, bekam ›den Mann, der für mich auf die Erde gekommen ist‹. Ich glaube heute tatsächlich, daß es so etwas gibt, und ich habe in letzter Zeit oft an das gedacht, was Du beim Abschied bezüglich Erde, Wasser, Feuer und Luft sagtest. Die vier Elemente scheinen Dir wirklich gut gesinnt zu sein; sonst wärest Du in den vielen Jahren deiner risikoreichen Tätigkeit nicht so geschützt gewesen. Mich beruhigt das sehr.

Als Robert nach der Lektüre dieses Briefes zum Schloß zurückkehrte, erwarteten ihn zwei Überraschungen. Die erste war, daß der

Hauptmann die Staffel antreten ließ und ihm, Alois Brandner und Jens Lüdeke sowie drei weiteren Flugzeugbesatzungen das EK I an die Brust heftete.

Robert Schroeder hatte mit dieser Auszeichnung insgeheim schon gerechnet, da er dreißig Langstreckeneinsätze und zehn Flüge nach London hinter sich gebracht hatte. Dabei war er im Raum Glasgow dreimal so ›gewickelt‹ worden, daß er nur noch mit lädierter Maschine zurückkehren konnte. Einmal hatte er sogar am Cap Gris-Nez notlanden müssen. Gegen die um gut 200 km/h schnellere Spitfire war einfach nicht anzukommen. Leider war in einem Fall der Meteorologe, ein Regierungsrat, schwer verwundet worden. Im Grunde genommen zwangsläufig; denn die Wissenschaftler mußten in der engen Maschine auf einem Klappsitz Platz nehmen, der nicht durch Panzerplatten abgesichert werden konnte. Echt geschützt war nur der Pilot. Der Funker und der Mechaniker hatten aber wenigstens die Möglichkeit, sich in Gefahrenmomenten hinter eine Panzerplatte zu legen.

Die zweite Überraschung erwartete Robert Schroeder, als er mit Leutnant Miller nach der Ordensverleihung das gemeinsame Zimmer aufsuchte. Wohin er blickte, auf dem Boden, an den Wänden, auf den Betten, an den Gardinen, Fenstern und Schränken prangte in großen, aus buntem Papier geschnittenen Lettern der Name: Nicole.

»Nanu«, sagte er. »Was hat das zu bedeuten?«

Der angehende Architekt wies auf das Foto seiner Braut, das zwischen zwei Gläsern vor einem Eiskübel stand, in dem eine Flasche Champagner steckte. »Nicole hat Geburtstag. Da sie nicht anwesend sein kann, hab' ich das Zimmer mit ihrem Namen geschmückt. Und Sie bitte ich, mit mir auf Nicoles Wohl anzustoßen.«

Die Idee, den Namen der Verlobten in allen Farben und Variationen leuchten zu lassen, gefiel Robert Schroeder. Er und Detlef Miller gerieten in eine gehobene Stimmung, die sich noch steigerte, als Alois Brandner und Jens Lüdeke mit je einer Flasche unter dem Arm erschienen, um die Ordensverleihung zu begießen. Schließlich fand sich auch noch der Hauptmann ein. Die Geburtstagsfeier verlief dadurch wesentlich anders, als Leutnant Miller es sich vorgestellt hatte. Er konnte sich aber nicht darüber beklagen, daß seiner Braut zu wenig gedacht wurde. Nicole vorn, Nicole hinten. Nicole oben, Nicole unten. Immer wieder wurde auf ihr Wohl getrunken und ihr Foto so bewundert, daß Robert Schroeder beinahe eifersüchtig wurde und nahe daran war, Carlas Bild neben das der Braut des Kameraden zu stellen. Er tat es natürlich nicht, nannte die apart aussehende Nicole insgeheim aber abfällig: Hübsches Fotografiergesicht.

Der Staffelkapitän sprang plötzlich auf. »Wie wäre es, wenn wir jetzt nach Brüssel fahren und dort eine goldbraune Poularde . . .«

»... verknusemaknispeln!« riefen alle wie aus einem Munde, da dieses Wort des Hauptmannes zur stehenden Redensart geworden war.

Sein Vorschlag wurde besonders von Alois Brandner und Jens Lüdeke begrüßt. Seit dem ersten Poulardenessen, zu dem der Staffelkapitän sie eingeladen hatte, ließ er ihnen seine ganze Gunst zuteil werden. Ihre offene Art und die Trockenheit ihrer Bemerkungen gefielen ihm so sehr, daß er sie spontan zu Oberfeldwebeln befördert hatte. Und er betrachtete sie als vertrauenswürdig genug, um in ihrer Gegenwart dienstliche Interna zu erörtern. So sprach er auf der Fahrt nach Brüssel bedenkenlos über die Fähigkeiten und Leistungen der einzelnen Besatzungen. Dabei kam das Gespräch auch auf Leutnant Miller, den er in aller Offenheit fragte: »Für wie flugtüchtig halten Sie sich inzwischen?«

Der noch wenig erfahrene Pilot zuckte die Achseln. »Wäre es nicht besser, meinen Lehrherrn zu fragen?«

»Zwei- bis dreimal möchte ich mit Leutnant Miller noch kurbeln«, sagte Robert Schroeder. »Dabei sollten aber nicht mehr Brandner und Lüdeke, sondern die Männer mitfliegen, die ihm in Zukunft zugeteilt werden.«

Obgleich das Thema en passant behandelt wurde, war Detlef Miller sich darüber klar, daß für ihn die Stunde der Bewährung heranrückte.

Robert Schroeder erklärte ihm nach der letzten Trainingsstunde, bei der alles zufriedenstellend verlaufen war: »Ich melde Sie jetzt einsatzbereit, werde allerdings zur Bedingung machen, daß Sie zuvor noch einen großangelegten Navigationsflug durchführen, damit Sie in jeder Hinsicht mit Ihrer Besatzung eingespielt sind.«

Er selbst hatte am folgenden Tag einen Flug bis weit über den Polarkreis zu absolvieren, und er wollte eben mit Leutnant Miller, den er aus Schulungsgründen heranzog, einen entsprechenden Flugplan erstellen, als die Ordonnanz ihm meldete, ein Gefreiter Schroeder wünsche ihn zu sprechen.

»Gefreiter Schroeder?« fragte er verwundert. »Wo ist der?«

»Unten beim Posten. Der Wachhabende hat ihn nicht passieren lassen, weil er pampig geworden ist, als ihm bedeutet wurde, er solle seinen Wagen seitlich vom Schloß abstellen.«

Robert Schroeder schwante Böses. Sollte der Gefreite etwa Conrad sein? Er eilte zur Wache und sah, daß ihn der Bruder tatsächlich erwartete. Anstelle der üblichen Landserkleidung trug er einen auf Taille gearbeiteten hechtgrauen Uniformrock, dazu Breeches, Offiziersschaftstiefel und eine für seinen überdimensionalen Schädel maßgeschneiderte Mütze, deren Lederschirm er in Nachahmung Adolf Hitlers tief in die Stirn gezogen hatte. Die häßlichen Gummibänder seiner dicken Brille fielen dadurch weniger auf. Das Erstaunlichste aber war, daß im obersten Knopfloch seines Rockes das Band des EK II steckte. Robert war so überrascht, daß er seine Schritte verlangsamte, anstatt sie zu beschleunigen.

»Wo kommst du her? Und wie siehst du aus? Du bist Gefreiter und wurdest mit dem EK ausgezeichnet?«

Conrad grüßte übertrieben militärisch. »Ich gratuliere mit Erschaudern zum EK I! Wer hätte das gedacht. Die Schroeders auf der ganzen Linie ›ante portas‹!«

»Rede keinen Stuß.«

Die unnatürlich vergrößerten Augen des Bruders blickten spöttisch. »Wirst du mich ins Kasino führen und zu einer Erfrischung einladen?«

»Nein«, antwortete Robert grob. »Dorthin kann ich mit dir nicht gehen, weil . . .«

»Geschenkt!« fiel Conrad ein.

»Und in die Kantine führe ich dich nicht, weil ich mich nicht blamieren will. Deine Kleidung entspricht nicht den Vorschriften.«

»Bin ich denn ein vorschriftsmäßiger Mensch? Und ist dieses Grau, das Offiziere in Friedenszeiten tragen, nicht viel, viel hübscher?«

»Hör auf mit dem Quatsch.«

»Wie wär's, wenn du ein bißchen netter zu deinem jüngeren Bruder wärst, der sich mit dem EK II zufriedengeben muß, während du . . .«

»Schreib bloß niemandem, daß ich die Auszeichnung erhalten habe.«

»Soll das ein Geheimnis bleiben?«

»Zumindest vorläufig. Ich habe Carla weisgemacht, daß ich hier die üblichen Höhenaufstiege erledige.«

Conrad tat einen Seufzer. »Muß Liebe schön sein!«

Robert wies zum Park. »Dort können wir spazierengehen.«

»Keine Angst, daß uns jemand sieht?«

Robert ignorierte die Frage und bot dem Bruder eine Zigarette an. »Seit wann bist du nicht mehr in Norwegen?«

»Ich mußte das Land vor drei Wochen verlassen. Leider.«

»Und wofür hast du das EK erhalten?«

Conrad grinste. »Orden und Ehrenzeichen haben vieles mit Bomben gemeinsam. Sie kommen von höchster Stelle und treffen meistens Unbeteiligte.«

»Nicht schlecht.«

»Der Spruch trifft in meinem Fall sogar zu. Nach den anstrengenden Fahrten durch Polen, wo wir als gewissenhafte Leute vom Nachschub immer hinter der Truppe herrasten und eine pünktliche Versorgung sicherstellen mußten, widmeten wir uns dieser verantwortungsvollen Aufgabe auch im hohen Norden. Und dort ließ mich das Schicksal eines Tages in der Domkirche von Stavanger mit meinem Kommandeur zusammentreffen. Er ist reaktivierter Major, kann Hitler nicht ausstehen, rechnet es dem Braunauer aber hoch an, daß ihm nochmals die Möglichkeit geboten wird, über die Majorsecke hinauszukommen. Verständlich. Er war verschuldet. Jetzt hat er keine Sorgen mehr. Ich habe ihm unter die Arme gegriffen und freue mich nun darauf, Frankreich so recht zu genießen. Diesmal haben wir ja nichts heranzuschaffen, sondern möglichst viel herauszuholen. Unter Umständen kann das recht lukrativ werden.«

Robert war nahe daran, die Geduld zu verlieren. »Ich fange an zu verstehen, daß Vater mit dir nicht fertig wird.«

»Aber Robert! Das ist doch ganz natürlich. Ich nehme ihm deshalb auch nichts übel. Gerade vorgestern hab' ich ihm das wieder gesagt.«

»Du hast ihn getroffen?«

»Ihn und Mama. Während mein Major seiner Familie einen kleinen Besuch abstattete, traf ich die Eltern in Münster. Von meinem EK waren sie begeistert. Mein Gott, haben sie mich gestreichelt. Als ich beim Abschied aber in dieser Uniform erschien, hättest du den Alten Herrn erleben sollen! Getobt hat er! Es war schon komisch.«

Robert machte einen verzweifelten Eindruck. »Muß das sein, Conrad?«

»Ja.«

»Und warum?«

Der Bruder ging eine Weile schweigend neben ihm. »Stell dir vor«, sagte er schließlich, »du hättest meinen Schädel und müßtest eine Brille tragen, die deine Augen so groß erscheinen läßt, daß Kinder erschrokken davonlaufen. Wie würdest du dich rächen?«

Robert legte den Arm um Conrad.

An diesem Abend nahm Robert Schroeder eine Schlaftablette. Die Begegnung mit dem Bruder verfolgte ihn wie ein Schreckgespenst. Er hatte mit ihm im Restaurant ›des Comtes d'Harscamp‹ zu Abend gegessen und dort den Major kennengelernt, dessen ›Fahrer‹ Conrad geworden war. Alles war widerwärtig gewesen.

Unablässig mußte er an seinen Bruder denken. Er hatte ihm eindringlich zugeredet, wußte aber, daß Conrad aus der Mitleid heischenden Erbärmlichkeit seines Daseins nicht würde heraustreten können. Er war ein schuldlos Gezeichneter.

Als Robert Schroeder am nächsten Morgen aufstand, schluckte er gleich eine Tablette ›Pervitin‹. Das entsprach der Vorschrift, da dieses Medikament, das gegen frühzeitige Übermüdung schützt, erst nach acht Stunden seine volle Wirkung erreicht. Angesichts des vor ihm liegenden Langstreckenfluges mußte mit der kontinuierlichen Einnahme der Tabletten zeitig begonnen werden.

Als Meteorologe sollte wieder jener Assessor mitfliegen, der beim ersten Einsatz so nervös geworden war. Er hatte sich inzwischen gemausert und war ein besonnener, umsichtiger und angenehmer Kamerad geworden. Seiner Aufmerksamkeit war es auch zu verdanken, daß an diesem Tage einer in Not geratenen Flugzeugbesatzung wichtige Hilfestellung geboten werden konnte. Nach einem stundenlangen Flug rief er in Höhe der Faröer-Inseln plötzlich: »Dort drüben . . .! Ist das nicht ein Schlauchboot?«

Robert Schroeder leitete eine Kurve ein, und es erwies sich, daß der Wissenschaftler sich nicht getäuscht hatte. Tief unter ihnen befand sich ein kleiner gelber Punkt.

Jens Lüdeke blickte erwartungsvoll in den Spiegel des Piloten. »Gehen wir 'runter?«

»Selbstverständlich. Zunächst müssen wir aber unseren Standort ermitteln.«

»Welche Funkfeuer darf ich servieren?« fragte Alois Brandner.

»Den Helder, Bodø und Stavanger«, antwortete Robert Schroeder, legte die Maschine wieder auf Kurs und wandte sich an den Mechaniker. »Packen Sie die Hälfte unseres Notproviantes in den Abwurfbeutel.«

»Und was ist, wenn die Paddler Tommy sind?«

»Dann schreiben Sie ›Heil Hitler!‹ auf den Beutel.«

»Bodø ist auf Kanal eins«, meldete der Funker.

Robert Schroeder schaltete sich ein und ermittelte mit dem zwischen seinen Beinen befindlichen Peilgerät die Richtung zum genannten Sender. Das gleiche tat er mit den beiden anderen Funkfeuern. Danach trug er die Peilungen in die Navigationskarte ein und sagte: »Meldung an die Staffel: Um zwanzig Uhr fünfzehn auf Position sechs Grad westlicher Länge, dreiundsechzig Grad nördlicher Breite ein Schlauchboot gesichtet. Wir unterbrechen den Temp, um die Hälfte unseres Notproviants abzuwerfen. Anschließend neuer Aufstieg.«

»Alles klar!« rief Alois Brandner.

Robert Schroeder setzte zu einem steilen Abstieg an. Die Ohren wurden taub. Im Boot wurden zwei Männer erkennbar, die lebhaft winkten. Er drückte die Maschine bis auf hundert Meter Höhe herab und umkreiste das Schlauchboot. Deutlich war jetzt zu erkennen, daß die Insassen deutsche Fliegerkombinationen trugen. »Legen Sie einen Zettel mit dem Vermerk, daß wir die Position ermittelt und unsere Staffel verständigt haben, in den Abwurfbeutel.«

»Tjä, das ist eine gute Idee«, sagte Jens Lüdeke. »Die Kameraden werden sich bannig freuen, wenn sie das lesen.«

»Auf dem Boden des Bootes liegt noch ein dritter!« rief Alois Brandner.

Alle vier schauten angespannt nach unten.

Der Assessor bediente sich des Bordfeldstechers. »Das sieht nicht gut aus«, sagte er nach einer Weile. »Die beiden, die auf dem Wulst sitzen, haben dunkle Wangen. Sie sind also schon seit Tagen nicht mehr rasiert. Wenn der auf dem Boden Liegende verletzt ist . . .«

»Wir können im Augenblick nicht mehr tun«, unterbrach ihn Robert Schroeder und schaute in den Spiegel. »Fertig, Jens?«

»Ja.«

»Dann Klappe auf!«

Der Mechaniker öffnete ein Abwurffenster. Die Luft dröhnte nun so stark, daß der Lärm der Motoren übertönt wurde.

Robert Schroeder steuerte das Schlauchboot an und verringerte die Flughöhe bis auf etwa fünf Meter. »Achtung!« rief er, als die Entfernung zum Boot höchstens noch hundert Meter betrug. »Los!«

Jens Lüdeke warf den wasserdichten Beutel ab. Sekunden später schlug er in unmittelbarer Nähe des Schlauchbootes auf.

»Ich verstehe nicht, wieso die nicht längst vom Seenotdienst abgeholt worden sind«, sagte Alois Brandner. »Ein Schlauchboot ohne Sender, das gibt's doch überhaupt nicht.«

»Vielleicht ist das Gerät ausgefallen.«

Jens Lüdeke wies zum Boot hinunter. »Sie haben den Beutel erwischt!«

Robert Schroeder drehte noch eine Runde und fragte den Meteorologen: »Können wir mit der Wiederholung des Temps beginnen?«

Der Assessor schaltete den Meteorographen ein. »Von mir aus kann's losgehen.«

»Dann ab die Post!« Er ließ die Maschine steigen. »Wir haben viel Zeit verloren.«

Etwa eine Viertelstunde später, es waren dreitausend Meter Höhe erreicht und der Wissenschaftler wies eben darauf hin, daß die Dämmerung eingesetzt habe und in Kürze stockfinstere Nacht herrschen werde, rief Jens Lüdeke, der mit dem Fernglas das Meer abgesucht hatte: »Backbord voraus ein aufgetauchtes deutsches U-Boot! Das aufgemalte Hakenkreuz ist deutlich zu erkennen.«

»Die kommen uns wie gerufen!« schrie Alois Brandner. »Nix wie 'runter und denen die Position des Schlauchbootes vor die Füße geknallt!«

Robert Schroeder blickte zum Meteorologen hinüber. »Die Chance dürfen wir uns wirklich nicht entgehen lassen. Wir müssen den Temp nochmals abbrechen.«

»Ich werde Sie nicht daran hindern.«

»Schnell, Jens! Wo ist das U-Boot?«

Der Hamburger wies schräg nach vorne.

»Ja, jetzt sehe ich es. Das Hakenkreuz kann ich aber nicht erkennen.«

»Im Feldstecher ist es eindeutig auszumachen.«

»Dann schießen Sie das Erkennungssignal. Sonst tauchen die Brüder noch weg.«

Jens Lüdeke steckte hastig eine Patrone in den Lauf einer seitlich aus dem Rumpf herausragenden Pistole und feuerte ab.

Eine grüne, eine weiße und zwei rote Leuchtkugeln sanken langsam auf das Meer hinab.

Robert Schroeder wechselte den Kurs noch nicht, sondern wartete, bis vom U-Boot das gleiche Signal geschossen wurde. Danach zögerte er nicht mehr. Er drückte das Flugzeug in die Tiefe. »Meldung fertigmachen! Wir müssen uns beeilen. Es wird dunkel.«

»Unser Abwurfspezialist hält das Ding schon in der Hand.«

»Als Annäherungsform ist für diese Uhrzeit die Schlangenlinie vorgeschrieben«, rief der Mechaniker nach einem Blick auf die Zeittabelle.

»Verstanden.« Robert Schroeder kurvte zur Seite, um den Anflug in der vorgeschriebenen Form vornehmen zu können.

Deutlich war zu sehen, daß eine ganze Anzahl von Männern aus dem Turm des U-Bootes herauskletterte.

»Ich kann mir nicht helfen«, seufzte Jens Lüdeke wehmütig, »ich bekomme richtig heimatliche Gefühle, wenn ich die Jungens sehe.«

»Und ich ärgere mich darüber, daß sie auf dem Hakenkreuz herumtrampeln«, quäkte Alois Brandner.

»O Mann, wenn das der Führer wüßte!«

»Fertigmachen!« kommandierte Robert Schroeder.

Wieder wurde die Abwurfklappe geöffnet, und erneut begann die Luft ohrenbetäubend zu dröhnen.

»Abwurfpatrone klar?«

»Ja.«

Robert Schroeder drehte nach Westen, um das schwindende Licht des Tages im Rücken zu haben. Dabei ließ er die Maschine weiter sinken, bis er eine günstige Ausgangsposition erreicht hatte. Er sah, daß im Turm Männer standen, die ihnen mit Feldstechern entgegenblickten. Behutsam drückte er das Flugzeug noch tiefer und gab, nach einem schlangenförmigen Anflug, schließlich das Kommando zum Abwurf. Gleich darauf zog er die Maschine hoch, um zu wenden und festzustellen, ob alles geklappt hatte.

»Kling, kling – halbe Fahrt zurück!« rief Jens Lüdeke. »Dann dreht der Pott bei und die Meldung kann trockenen Fußes an Bord genommen werden.«

Robert Schroeder umkreiste das U-Boot.
Die auf dem Rumpf stehenden Matrosen winkten.

»Der Meteorograph ist wieder eingeschaltet«, sagte der Assessor. »Sie können gleich zum Temp übergehen.«

»Ai, ai, Sir!« bestätigte Robert Schroeder gut gelaunt. Es stimmte ihn froh, etwas getan zu haben, das drei in Not befindlichen Kameraden das Leben retten konnte. Das U-Boot weiter umkreisend, ließ er das Flugzeug steigen.

»Die Patrone ist geborgen!« rief Alois Brandner. »Soll ich die Staffel verständigen?«

»Ja. Derzeitiger Standort ist etwa zweihundertfünfzig Kilometer nördlich der Faröer-Inseln.«

Jens Lüdeke lachte. »Der Staffelkapitän wird sich fragen: Wen werden die in der nächsten Stunde wohl treffen?«

Er hatte dies kaum gesagt, da geschah etwas, das niemand zu deuten wußte. Die auf dem Rumpf des U-Bootes stehenden Matrosen bewegten sich plötzlich auf den Turm zu, als würden sie von Seilen an ihn herangerissen.

»Die drehen ja auf, als wollten sie das Schlauchboot noch vor Einbruch der Dunkelheit erreichen«, sagte der Meteorologe.

Die Matrosen purzelten in den Turm wie Erbsen in einen Trichter. Und obwohl die Turmluke noch offenstand und eine Reihe von Männern noch nicht im Innern verschwunden war, tauchte der Rumpf des U-Bootes bereits unter Wasser.

In diesem Moment begriff Robert Schroeder, daß höchste Gefahr im Verzuge war. »Die fluten!« rief er und suchte den Himmel ab. »Aufpassen! Von irgendeiner Seite scheint ein Angriff . . .«

»Beaufighter!« schrie Alois Brandner.

Sekunden später krachte es ohrenbetäubend. Detonationen zerrissen die Luft. Leuchtspurmunition fegte durch die Kabine. Scheiben splitterten. Der Meteorologe sank in sich zusammen. Aus dem Steuerbordmotor schlugen Flammen.

Robert Schroeder, der sich instinktiv an die hinter ihm befindliche Panzerplatte gedrückt hatte, betätigte den rechten Feuerlöscher. Dann ließ er die Maschine über die linke Tragfläche abrutschen, um die Flammen vom Rumpf fernzuhalten. Er tat dies im Unterbewußtsein. Nur wenn es ihm gelang, das Feuer zu löschen, bestand Rettungsmöglichkeit. Er sah die gelbroten, wirbelnden Flammen und beschwor sie förmlich, zu ersticken. Gebannt schaute er dem Wasser entgegen, das in bedrohliche Nähe rückte. Die Höhe betrug höchstens noch hundert Meter. Dennoch blieb ihm nichts anderes übrig, als das Flugzeug weiterhin abrutschen zu lassen.

Zwanzig Meter! Der ›Slip‹ mußte beendet werden. Er legte die

Maschine gerade. Die Flammen erloschen. Der Backbordmotor lief ruhig. Der Fahrtwind blies mit unerträglicher Stärke in die Kabine. Sollte er die Drehzahl des gesunden Motors erhöhen? Der Angreifer hatte ihn offensichtlich aus den Augen verloren. War dies der einbrechenden Dunkelheit zu verdanken? Oder hatte der Tommy gedacht: Der Deutsche brennt und kommt nicht mehr davon!

Robert Schroeder fühlte sich herausgefordert. Wir müssen davonkommen, beschwor er sich. Meter um Meter werde ich die Maschine steigen lassen, ohne die Drehzahl zu erhöhen. »Doktor?«

Der Meteorologe reagierte nicht.

Robert Schroeder sprach ihn kein zweites Mal an. Das plötzliche Zusammensacken des Wissenschaftlers, der nur noch durch die Anschnallgurte auf seinem Sitz gehalten wurde, hatte ihn schon das Schlimmste befürchten lassen. Er hatte aber noch nicht registriert, daß Alois Brandner und Jens Lüdeke seit dem Beschuß nichts mehr gesagt hatten. »Alois!« rief er. »Jens! Was ist mit euch?«

»Uns – hat's – erwischt«, hörte er eine dünne Stimme sagen.

»Sind Sie es, Alois?«

»Ja.«

»Sind Sie verletzt?«

»Ich . . . Frequenz – Bergen – Norwegen – A/N.«

»Verstehe. Bergen ist eingeschaltet. Ich soll im A/N-Verfahren anfliegen. Aber was ist mit Ihnen?«

Der Funker schien nach Luft zu ringen.

»Sind Sie getroffen?«

»Ja.«

»Haben Sie Schmerzen?«

Alois Brandner gab sich alle Mühe zu sprechen. »Jens – hat – Pumpen – umgeschaltet. Auf Backbord.«

»Sie müssen sich schonen, Alois. Ich habe alles verstanden. Die Benzinpumpen versorgen den laufenden Motor. Wir kommen somit nicht in Schwierigkeit. Fünfzig Meter Höhe haben wir bereits gewonnen. Ich bringe euch so schnell wie möglich nach Bergen, darauf könnt ihr euch verlassen. Trotz Motorausfall machen wir zweihundertachtzig km/h. Bis Bergen dürften es siebenhundert Kilometer sein. Spätestens in drei Stunden seid ihr im Hospital.«

Robert Schroeder redete und redete, um sich von der Angst zu befreien, die ihn überfallen hatte. Wozu sich retten, wenn die Kameraden den Flug nicht überstanden?

Im Geiste sah er plötzlich Carla vor sich. Warum hatte er nicht schon früher an sie gedacht? In seiner Lage konnte wohl niemand normal denken. Er saß in einem halbzerschossenen Flugzeug. Der Tod war an Bord gekommen.

Was hatte Carla in Nürnberg gesagt? ›Den dir mühsam errungenen Himmel hast du längst verloren.‹ Wahrhaftig, der Sinn des Fliegens war dahin. Aus Flugzeugen waren Vernichtungswerkzeuge geworden.

Entsetzen und Grauen packten ihn. Aufgewühlt und verkrampft flog er durch die Nacht. Mit jeder Minute schwand ein Teil seiner Hoffnung. Alois Brandner und Jens Lüdeke, mit denen er viele kritische Situationen gemeistert hatte, mußten gerettet werden! Die Vorstellung, daß sie ihr Leben verlieren sollten, weil er mit ihnen den Versuch gemacht hatte, drei in Not geratenen Kameraden beizustehen, erhöhte seine Verwirrung und steigerte seine Auflehnung. Immer wieder rief er ihre Namen. Sie meldeten sich nicht. Es war, als schlüge ihm der Wind, der durch die zerfetzten Scheiben pfiff, jeden Laut vom Mund. Apathie erfaßte ihn. Dann wieder bäumte er sich auf. Er brachte die Maschine auf zweitausend Meter Höhe. Neuer Mut und neue Kraft überkamen ihn. Auf ihn kam es jetzt an, auf ihn ganz allein. Den Gedanken, daß er auf ein Land zuflog, dessen Berghöhen er nicht kannte, schob er beiseite. Die Karte konnte er nicht zu Rate ziehen, da die Lichtanlage ausgefallen war. Die mühsam erzielte Flughöhe mußte ausreichen!

Nach zwei Stunden und fünfzig Minuten, die ihm wie eine Ewigkeit erschienen, wußte Robert Schroeder, daß er sich über dem Funkfeuer der Stadt Bergen befand. Die Hilfestellung aber, die er nun dringend benötigte, wurde ihm nicht zuteil. Die Platzrandbeleuchtung, ohne die er nicht landen konnte, wurde nicht eingeschaltet. Und das, obwohl er den Sender, wie ihm schnell aufeinanderfolgende Peilsprünge eindeutig zeigten, immer wieder umflog. Man mußte ihn hören! Nur einen Grund konnte es dafür geben, daß die Lichter nicht eingeschaltet wurden: Gegnerische Maschinen waren im Anflug.

Wut packte ihn. Der Meteorologe neben ihm war tot. Sollten Alois Brandner und Jens Lüdeke ihm folgen? Verbluteten sie womöglich? Er mußte sie retten. Aber wie? Wohin konnte er sich wenden, ohne über ein Funkfeuer zu verfügen? Wie lange reichte das Benzin? Sollte er versuchen, nach Dänemark zu gelangen? Dort gab es einen Notlandehafen, der rundum ohne Hindernisse war und über eine leuchtstarke Platzumrandung verfügte, die nie ausgeschaltet wurde. Freund und Feind stand dieser Platz zur Verfügung. Auf anfliegende Maschinen wurde nicht geschossen.

Er vergegenwärtigte sich den Verlauf der norwegischen Küste. Wenn er eine Stunde Kurs Süd steuerte und anschließend nach Osten flog, mußte irgendwann Dänemark unter ihm liegen. Es war ein Vabanquespiel, aber das Wetter war gut, und mit etwas Glück bot sich ihm durchaus die Möglichkeit, aus zweitausend Meter Höhe die Lichter des Notlandehafens zu entdecken. Wenn nicht . . .

Nicht denken! Fliegen! Die Tragfläche mit dem laufenden Motor leicht schräg halten, damit die Kurssteuerung nicht ruckt. Jede unnötige Belastung vermeiden.

Was sollte er Carla sagen, wenn Alois Brandner und Jens Lüdeke . . .?

Fort mit den Gedanken. Sich auf das Ziel konzentrieren. Südkurs halten. Dann nach Osten abdrehen.

Seine Nerven fingen an zu rebellieren. Über fünf Stunden flog er bereits mit nur einem Motor über See.

Dann aber kam der Augenblick, wo er vermutete, sich über Norddänemark zu befinden. Systematisch mußte er nun seine Kreise ziehen und nach den roten Lichtern Ausschau halten. Das Glück war auf seiner Seite. Schon nach relativ kurzer Zeit entdeckte er am Horizont einen Kranz von roten Lampen. Sein Herz klopfte schneller. War die Hydraulik des Flugzeuges noch in Ordnung?

Er flog auf die Lichter zu, ließ die Maschine langsam hinabgleiten, umkreiste den Platz und sah, daß eine Magnesium-Rauchpatrone entzündet wurde, um ihm die Windrichtung anzuzeigen. Das Gefühl, daß etwas unternommen wurde, um ihm zu helfen, überwältigte ihn. Er war nicht mehr allein.

Versuchsweise betätigte er die Landeklappe. Es rührte sich nichts. Die Hydraulik war ausgefallen. Er mußte also mit hoher Geschwindigkeit ohne Fahrwerk landen. Brandgefahr war gegeben. Ihm blieb nichts anderes übrig, als den Motor im Anschweben auszuschalten.

Vorsorglich griff er probeweise mehrere Male nach dem Hebel zum Fortschleudern des Kabinendaches. Dann zog er seine Anschnallgurte so stramm wie möglich und setzte mit einer weiten Schleife zur Landung an. Auf die fluoreszierenden Instrumente achtete er nicht mehr. Nur fliegerisches Gefühl konnte jetzt noch helfen.

Den Backbordmotor auf normalen Touren laufen lassend, zog er sich an die Platzumrandung heran, schaltete dort blitzschnell die Zündung aus und ließ das Flugzeug mit etwa 230 km/h dicht über den Boden dahinjagen, bis ein scharfes Schleifgeräusch hörbar und eine erste Bremswirkung spürbar wurde. In diesem Moment betätigte er den Hebel für das Kabinendach. Es gab einen Knall. Ein unheimlicher Luftwirbel riß alles, was nicht niet- und nagelfest war, aus der Kabine. Der Rumpf schabte die Erde auf. Die Geschwindigkeit nahm jäh ab. Robert Schroeder wurde nach vorne gezerrt. Die Gurte schnitten ihm in die Schultern. Das Flugzeug kam zum Stillstand. Sand wirbelte hoch. Er schlug auf den Schnellöffner der Gurte, war aber nicht in der Lage, sich vom Fleck zu rühren.

Ein Wagen raste heran und hielt unmittelbar neben dem Flugzeug.

»Alles in Ordnung?« rief eine Stimme.

Robert Schroeder hätte schreien mögen. Die Frage brachte ihn in die Gegenwart zurück. Er hob den Meteorologen vom Sitz und legte ihn auf die Tragfläche, um in den hinteren Teil der Maschine zu gelangen.

Ein Scheinwerfer wurde auf das Flugzeug gerichtet.

Er schaute auf den Boden der Kabine und wußte, daß er nur sich selbst gerettet hatte.

23

Tagelang war es kaum möglich, mit Robert Schroeder zu sprechen. Der Staffelkapitän hatte es sich nicht nehmen lassen, ihn selbst von Dänemark abzuholen. Wortlos hatte er ihm die Hand gereicht und keine Frage an ihn gerichtet. Das tat er erst, nachdem sie wieder in Namur waren. Und auch hier hielt er sich zurück. Nach Erstellung des Berichtes, der wohl oder übel geschrieben werden mußte, erklärte er:

»Ich würde Ihnen empfehlen, einige Tage auszuspannen. Morgen muß eine Maschine nach Deutschland übergeführt werden. Sie kann in Köln zwischenlanden. Wenn Sie mitfliegen wollen . . . Ihre Gattin wird sich freuen, Sie eine Weile zu betreuen.«

»Gewiß«, erwiderte Robert Schroeder. »Ich kann meiner Frau aber nicht sagen, daß Brandner und Lüdeke gefallen sind.«

»Das wollen Sie ihr verschweigen?«

»Zumindest vorerst. Meine Frau nimmt an, daß ich hier friedensmäßige Höhenaufstiege durchführe. Wenn sie jetzt erfährt . . .«

». . . was Sie ihr auf die Dauer ohnehin nicht vorenthalten können, dann haben Sie es hinter sich gebracht.«

Robert Schroeder schaute vor sich hin. »Ich brauch' noch etwas Zeit.«

»Wie Sie wünschen. Vielleicht liegt bis dahin Ihre Beförderung zum Hauptmann vor, zu dem ich Sie, das möchte ich in dieser Stunde bekennen, erst jetzt vorgeschlagen habe. Ich hätte es längst tun müssen, aber zwei Hauptleute in einer Staffel . . .«

Robert Schroeder hörte kaum zu. Seine Gedanken weilten bei Carla. Es fiel ihm schwer, nicht zu ihr zu fahren, doch er mußte zunächst allein bleiben. Da der Staffelkapitän ihm einen englischen Beutewagen zur Verfügung gestellt hatte, durchstreifte er in den nächsten Tagen die Ardennen, deren dünnbesiedelte Waldgebirge seiner augenblicklichen Stimmung entsprachen.

Während dieser Zeit erledigte Leutnant Miller, mit dem ihn inzwischen eine echte Freundschaft verband, seine ersten Einsätze mit solcher Bravour, daß die ihm zugeteilte Besatzung ihre anfängliche Skepsis aufgab und sich voll hinter ihn stellte.

Dies beruhigte Robert Schroeder und half ihm, den Schock zu überwinden, den er erlitten hatte. Er faßte nun auch den Entschluß, einige Tage Urlaub zu nehmen, aber noch bevor er einen entsprechenden Antrag stellte, ließ ihn der Staffelkapitän zu sich rufen, um ihm die goldene Frontflugspange anzuheften und die Hauptmannssterne zu überreichen. Des weiteren übergab er mit gewichtiger Miene ein Fernschreiben, demzufolge Robert Schroeder mit sofortiger Wirkung nach Berlin zurückversetzt war und angewiesen wurde, sich spätestens am folgenden Morgen bei jenem Oberst zu melden, der ihm das Frontkommando ›verpaßt‹ hatte.

»Das ist ein bißchen viel auf einmal«, sagte er in seiner ersten Überraschung. Ihm fiel natürlich ein Stein vom Herzen. Wer fühlt sich nicht erleichtert, wenn ein Frontkommando zu Ende geht. Bei der Vorstellung, die Staffelkameraden verlassen zu müssen, überkam ihn allerdings auch Wehmut. Dahinter flackerte jedoch die Freude, mit Carla wieder vereint zu sein.

Der Staffelkapitän gab zu Ehren von Robert Schroeder ein Abschiedsessen und beauftragte Leutnant Miller, seinen scheidenden Stubenkameraden nach Berlin zu fliegen.

»Haben Sie meine Anschrift auch eingesteckt?« fragte der junge Pilot beim Abschied.

Robert Schroeder klopfte auf seine Brusttasche. »Ich melde mich, sobald der Krieg beendet ist.«

»Aber mit Carla!«

»Und Sie kommen mit Nicole!«

Wenig später trennten sie sich so abrupt, als befürchteten sie einen Gefühlsausbruch.

Was folgte, war so hektisch, daß sogar Robert Schroeder, der wahrhaftig an Tempo und schnelles Umdenken gewöhnt war, atemlos wurde. Es begann damit, daß der Oberst, bei dem er sich zu melden hatte, nach einigen Worten der Anteilnahme über das erlittene ›Pech‹ kurz und bündig erklärte:

»Sie sollen ein Flugzeug übernehmen, das einem Amtschef im ›Ministerium für Rüstung und Kriegsproduktion‹ zur Verfügung gestellt wurde. Er ist Staatssekretär und erwartet Sie noch heute vormittag im Thüringenhaus. Aus irgendwelchen Gründen ist Ihr Dienstantritt ungewöhnlich eilig. Reden Sie also mit dem Herrn, und kommen Sie dann zurück. Wenn beiderseitiges Einvernehmen besteht, werden Sie noch heute aus dem Wehrdienst entlassen. Danach annullieren wir Ihren

Vertrag mit dem Reich, so daß Sie zum Abschluß eines neuen Übereinkommens berechtigt sind. Ist das klar?«

»Ich denke, schon. Wenn Sie mir nur noch sagen könnten . . .«

»Mehr als ich Ihnen erzählt habe, weiß ich nicht«, unterbrach ihn der Oberst. »Stellen Sie Ihre Fragen an den Staatssekretär, der Sie über alles informieren wird. Mein Auftrag lautet, einen zuverlässigen und voll blindflugfähigen Flugkapitän als Privatpiloten abzustellen. Daß ich gerade Sie wähle, wird Sie hoffentlich nicht überheblich werden lassen.«

Bereits eine halbe Stunde später fand das Gespräch mit dem Amtschef statt. Es verlief nicht ganz so einseitig wie die Unterredung mit dem Oberst, war dafür aber um etliche Grade temperamentvoller. Der Staatssekretär, ein Mann von über zwei Meter Größe, hatte flinke kleine Augen, fleischige Lippen und ein zerfressen aussehendes Bärtchen, das seine Verbundenheit zu Adolf Hitler zum Ausdruck bringen mochte. Er streckte seine riesige Hand über den Schreibtisch, kaum daß Robert Schroeder in den Arbeitsraum eingetreten war. »Freut mich, Sie kennenzulernen. Sie besitzen die volle Blindflugqualifikation?«

»Jawohl.«

»Aus dem Militärdienst sollen Sie noch heute entlassen werden, nicht wahr?«

»Ja.«

»Sind Sie mit der Siebel Fh 104 vertraut?«

»Ich kenne sie nur von der Beschreibung her. Soll ich die etwa fliegen?«

»Das klingt, als wäre sie Ihnen zu schäbig.«

»Das ist sie bestimmt nicht. Ein kleines Flugzeug ist jedoch . . .«

»Moment«, unterbrach ihn der Staatssekretär. »Die Maschine verfügt über zwei Motoren, macht in der mir zur Verfügung gestellten Ausführung dreihundertzwanzig Stundenkilometer, hat eine Reichweite, die Nonstopflüge von Berlin nach Sizilien, Moskau oder Barcelona ermöglicht, besitzt das Gerät zur Durchführung von Blindlandungen nach dem UKW-Verfahren und befördert neben einer zweiköpfigen Besatzung drei Passagiere. Was brauche ich mehr?«

»Das sind allerdings Fakten, die auf die normale Siebel nicht zutreffen.«

»Mein Fahrer bringt Sie morgen früh nach Halle. Dort steht die Maschine zur Übernahme bereit. Den Funker stellt die Flugzeugfabrik. Wenn Sie mit ihm zufrieden sind, engagieren wir ihn. Wenn nicht, dann müssen Sie sich einen besseren suchen. Richten Sie es so ein, daß wir morgen abend um sechs Uhr von Tempelhof nach Weimar fliegen können. Übermorgen früh geht's dann nach Rom. Den Zeitpunkt müssen Sie bestimmen. Um elf Uhr habe ich dort einen Termin. Geht das in Ordnung?«

Robert Schroeder holte Luft. »Selbstverständlich. Im Moment schwirrt mir aber der Schädel. Ich komme heute morgen . . .«

»Ich weiß Bescheid.« Der Staatssekretär lachte. Eine von scheußlichen Klammern gehaltene Zahnprothese wurde sichtbar.

»Die finanzielle Seite wäre noch . . .«

Der Amtschef nannte eine Summe, die Robert Schroeders bisheriges Einkommen um fast das Doppelte überstieg. »Sind Sie damit einverstanden?«

»Gewiß.«

»Den Vertrag und alles andere regelt mein Adjutant mit Ihnen. Sind Sie verheiratet?«

»Ja.«

»Kinder?«

»Nein.«

»Wohnsitz?«

»Berlin-Tempelhof.«

»Wunderbar.« Der Staatssekretär streckte erneut seine riesige Hand über den Schreibtisch. »Dann bis morgen abend sechs Uhr. Und auf gute Zusammenarbeit.«

Zum ersten Mal vergaß Robert Schroeder, daß Alois Brandner und Jens Lüdeke nicht mehr lebten. Ihm fehlte die Zeit, eigene Gedanken zu fassen. Nachdem er in das Reichsluftfahrtministerium zurückgekehrt war, wurde er von einer Abteilung zur anderen geschickt, und als er das Gebäude schließlich verließ, fragte er sich: Träume ich oder ist es Wirklichkeit, daß ich, der ich heute morgen noch einer Wettererkundungsstaffel angehört habe, inzwischen aus dem Wehrdienst entlassen bin und mich anschicke, einen Vertrag zu unterzeichnen, der mich gleichsam zum König unter den Piloten macht?

Als er sich später von einem Fahrer des Ministeriums zum Flughafen bringen und von dort mit seinem Gepäck nach Hause fahren ließ, nahm er es fast schon als selbstverständlich hin, daß ihm ein Dienstwagen zur Verfügung stand. Er begriff aber noch nicht, daß das Glück ihn an einen Strand gespült hatte, der Normalbürgern für gewöhnlich nicht zugänglich ist.

Hastig schloß er daheim die Wohnungstür auf. Was würde Carla sagen, wenn sie hörte, von wo er sie anrief?

Noch bevor er die Fenster aufriß, um die seit Monaten nicht bewohnten Räume zu lüften, meldete er das Gespräch an. Doch kaum hatte er dies getan, da sah er im Geiste Alois Brandner und Jens Lüdeke vor sich. Wie sollte er sich Carla gegenüber verhalten? Unmöglich konnte er ihr am Telefon sagen, daß die beiden gefallen waren. Er nahm sich vor, ihr keinesfalls reinen Wein einzuschenken.

Gut eine Stunde dauerte es, bis das Gespräch zustande kam. Er wurde vor Aufregung heiser, als er Carlas Stimme hörte. »Geliebte! Wie geht es dir?«

»Bert!« Ihre Stimme überschlug sich fast. »Von wo rufst du an?«

»Aus unserer Wohnung! Ich bin in Berlin!«

Carla tat einen Schrei.

»Ich habe einen neuen Job erhalten. Den phantastischsten, den du dir vorstellen kannst.«

»Du bist endgültig wieder in Berlin?«

»Aber nicht mehr als Wetterflieger, sondern als Regierungspilot.«

Carla glaubte nicht richtig zu hören.

»Und das mit einem Traumgehalt!«

»Mein Gott, Bert . . .! Und du bist in unserer Wohnung?«

»Ich sitze in dem Sessel, in dem du immer Platz nimmst, wenn Paps dich anruft. Die Fenster sind geöffnet, und heute abend werde ich in unserem Bett schlafen. Ab morgen trage ich keine Uniform mehr! Ein richtig schäbiger Zivilist werde ich wieder sein.«

»Und ich bin nicht bei dir! Warum hast du mich nicht verständigt?«

»Weil alles holterdiepolter gegangen ist. Heute früh war ich noch in Namur und ahnte nicht, was mich erwartet.«

»Was mach' ich denn jetzt nur?« rief Carla. »Ausgerechnet für diese Woche hat Paps seiner Haushälterin Urlaub gegeben. Ich kann ihn unmöglich im Stich lassen.«

»Brauchst du auch nicht«, sagte Robert. »Es genügt vollauf, wenn du morgen früh hier bist.«

»Morgen früh?«

»Schöner wäre es natürlich, wenn du schon heute abend hier sein könntest.«

Carla lachte. »Ist die Sehnsucht so groß?«

Robert fauchte wie ein Kater.

Carla ahmte das Miauen einer Katze nach.

»Es wird himmlisch werden.«

»Fragt sich nur, wann? Ich kann frühestens übermorgen kommen.«

»Das ist nicht einmal notwendig. Morgen vormittag bin ich in Halle, um das neue Flugzeug zu übernehmen. Am Abend habe ich dann meinen neuen Chef, einen Staatssekretär im Ministerium für Rüstung und Kriegsproduktion, nach Weimar zu fliegen. Und übermorgen geht's weiter nach Rom.«

»Nach Rom?« rief Carla begeistert.

»Ja.«

»Dann kannst du Gerd ja persönlich gratulieren.«

»Zu was?«

»Zu seiner Eheschließung! Hast du den Brief nicht bekommen, dem ich die Hochzeitsanzeige und ein Schreiben von Gerd beigelegt habe?«

»Nein.«

»Er hat eine Italienerin geheiratet. Die Witwe eines Diplomaten. Sie hat zwei Söhne, die in Zürich von einem bekannten Pädagogen erzogen werden. Ein Bild von ihr lag ebenfalls bei. Wenn es nicht maßlos retuschiert worden ist, muß sie eine bildhübsche Frau sein. Ihren Namen finde ich zauberhaft. Sie heißt Maja!«

»Wie die Biene von Waldemar Bonsels.«

»Mein Gott, wie ich dich um den Flug nach Rom beneide. Gib Gerd einen Kuß von mir und sage Maja, daß ich hoffe, sie ebenfalls bald kennenzulernen. Sie spricht Deutsch.«

»Was ich mit Erleichterung zur Kenntnis nehme.«

»Wie lange wirst du in Rom bleiben?«

»Voraussichtlich nur einen Tag.«

»Dann wärst du ja schon am Samstag zurück.«

»Wahrscheinlich. Ich muß den Staatssekretär aber noch fragen und rufe dich morgen abend an.«

Carla tat einen Seufzer. »Ich kann es gar nicht fassen, daß du zurück bist.«

»Mir geht es ebenso.«

»Was sagt Alois Brandner zu der Versetzung?«

»Es handelt sich in diesem Fall um keine Versetzung im üblichen Sinne«, antwortete Robert ausweichend. »Mein Vertrag mit dem Reich wurde gelöst. Ich habe ein völlig neues Abkommen treffen müssen.«

»Und das war bei Alois Brandner nicht möglich?«

»Leider nein.«

»Er wird nicht mehr mit dir fliegen?«

»Ich sagte es schon.«

»Da stimmt doch etwas nicht.«

»Wieso?«

»Bert! Dein Reagieren und deine Stimme verraten mir, daß du um einen heißen Brei herumredest. Was ist los?«

Er räusperte sich.

»Habt ihr euch überworfen?«

»Unsinn.«

»Aber es ist etwas vorgefallen?«

»Ja.«

»Was, kannst du nicht sagen?«

»Nicht am Telefon. Es ist eine Geschichte, die mich sehr bedrückt.«

»Und was ist mit Jens Lüdeke?«

»Der kam nicht in Frage, weil das neue Flugzeug eine schnelle Kuriermaschine ist, die außer dem Piloten nur einen Funkmaschinisten verlangt.«

»Und wer übernimmt diese Aufgabe?«

»Ich kenne ihn noch nicht. Er wird vom Werk gestellt.«

»Wieso denn das?«

»Bitte, Carla, ich möchte mich am Telefon nicht weiter zu der Sache äußern. Sei froh, daß unsere Trennung zu Ende geht.«

»Das bin ich doch«, beeilte sie sich zu versichern.

Robert war erleichtert, obgleich er die Befürchtung, Carla könnte ihn nochmals auf Alois Brandner und Jens Lüdeke ansprechen, erst verlor, als das Gespräch, das wohl eine Viertelstunde dauerte, wirklich beendet war.

Ein Weg aber stand ihm noch bevor, den er mit gemischten Gefühlen antrat: der Weg zu seinen Eltern. Er freute sich auf das Wiedersehen mit ihnen; ihm graute jedoch vor einem Gespräch über Conrad und Gerd. Es war nahezu ausgeschlossen, daß über die Brüder nicht geredet werden würde. Dennoch sollte das Wiedersehen harmonisch verlaufen.

Dabei spielte die Tatsache, daß Robert zum Hauptmann befördert und mit dem EK I ausgezeichnet worden war, eine große Rolle. Seine Eltern wußten vor Glück nicht, was sie anstellen sollten. Die Mutter schluchzte und küßte ihn, und der Vater stand mit vor innerer Bewegung bleicher Miene da. Wenigstens einer seiner Söhne hatte Mark in den Knochen und war hinausgegangen, um für das Vaterland zu kämpfen. Solches nach dem Schanddiktat von Versailles zu erleben, war eine Gnade.

Die Mutter fingerte an Roberts Orden herum. »Du siehst abgekämpft aus. Hoffentlich bleibst du ein paar Tage. Meine Freundinnen und der Obergruppenführer müssen dich unbedingt so sehen.«

Robert lächelte nachsichtig. »Das wird nicht möglich sein, da ich die Uniform heute zum letzten Mal trage. Ab morgen bin ich wieder Zivilist.«

Die Mutter schaute ihn betroffen an.

»Ich werde künftig als Regierungspilot tätig sein.«

»Donnerwetter!« entfuhr es dem Vater. »Das ist ja phänomenal!«

Nun glänzten auch die Augen der Mutter. »Weiß Carla davon?«

»Ich habe es ihr vorhin am Telefon gesagt.«

»Mein Gott, bin ich froh, wenn sie wieder hier ist. Es vergeht kein Tag, an dem ich nicht an sie denke. Sie ist mir richtig ans Herz gewachsen. Wann kommt sie?«

»Das bespreche ich morgen mit ihr. Ich muß übermorgen nach Rom fliegen und weiß nicht, wie lange wir dort bleiben werden.«

Mutter Schroeder schaute zu ihrem Mann hinüber, als wollte sie sagen: Das ist ein Wink des Himmels.

Der Vater wurde nervös.

»Weißt du, daß Gerd geheiratet hat?«

»Carla erzählte es mir«, antwortete Robert und fügte ablenkend hinzu: »Ich möchte euch übrigens bitten, ihr keinesfalls zu sagen, daß ich an der Front war.«

Der Vater sah ihn fragend an. »Warum soll sie das nicht wissen?«

»Weil ich es ihr persönlich sagen muß. Mein Funker und mein Mechaniker sind gefallen.«

Die Mutter griff sich an den Mund. »Sie saßen in deinem Flugzeug?«

Robert nickte.

»Wie schrecklich!« Sie rieb sich die Oberarme. »Ich habe eine richtige Gänsehaut bekommen.«

»Die beiden sind an deiner Seite gefallen?« fragte der Vater.

»Ja!«

»Wie damals bei mir in Winniza! Der eine war Leutnant Leo Hirsch. Er war Jude, aber hochanständig. Im Offizierskorps war er nicht sehr beliebt, doch das machte er mit Schampus wett. Er und Oberleutnant Senger fielen direkt an meiner Seite. Die Russen hatten uns gefangengenommen ...«

Es folgte eine Erzählung, die Robert in jungen Jahren oft über sich hatte ergehen lassen müssen. An diesem Tage aber hörte er andächtig zu und fragte sich insgeheim, ob er später ebenfalls das Bedürfnis haben würde, den Tod seiner Kameraden immer aufs neue zu schildern.

»Dann weiß Carla auch nicht, daß du das EK I bekommen hast?« fragte die Mutter, als der Vater seine Geschichte beendet hatte.

»Nein. Wenn ich ihr das gesagt hätte, wüßte sie, warum ich meine neue Stellung ohne Brandner antrete.«

»Und wie steht Carla zu Gerds Heirat?«

Robert gewahrte die unwillige Miene des Vaters und antwortete leichthin: »Du weißt, daß sie Gerd gut leiden kann. Schon allein deshalb freut sie sich über seine Eheschließung.«

»Da muß ich mich aber sehr wundern«, sagte der Vater mit Nachdruck. »Sie weiß doch, daß Maja Italienerin ist. Obendrein noch eine Witwe mit zwei Kindern!«

»Vergiß nicht, daß sie sehr hübsch ist«, gab die Mutter zu bedenken.

Robert wurde klar, daß sie die Versöhnung mit Gerd suchte.

»Außerdem scheint seine Frau eine beachtliche Partie zu sein.«

»Wie kommst du darauf?«

»Sie war mit einem Diplomaten verheiratet, und Diplomaten können nun einmal aus vielerlei Gründen keine Ehe eingehen, ohne auf die Mitgift zu achten. Außerdem wissen wir, daß ihre Söhne in Zürich erzogen werden. Wer sich das leisten kann, muß vermögend sein.«

Der Vater lachte verächtlich. »Wenn sie ihre Söhne in einer ›Napola‹ erziehen lassen würde, sähe die Sache anders aus.«

»Woher soll eine Italienerin die Nationalpolitischen Erziehungsanstalten kennen?«

»Eben. Sie ist Italienerin und paßt nicht zu uns. Selbst dann nicht, wenn sie auf Gold hockt und schön wie Aphrodite ist. Mit dreißig Jahren wird sie verblüht sein.«

»Maja ist bereits einunddreißig!«

»Und so was heiratet mein Sohn! Eine Dunkelhaarige mit pechschwarzen Augen. Blättere mal in der Literatur nach. Wer hat da schwarze Augen? Brunhilde! Und Hagen von Tronege! Natürlich auch dieser Mussolini! Ich kann den Kerl nicht ausstehen. Erst spielt er den Beleidigten, weil Hitler ihn nicht rechtzeitig über den Polenfeldzug informiert haben soll. Dann aber, als unsere Truppen siegreich durch Frankreich stürmten und nichts mehr passieren konnte, trat er schnell in den Krieg ein. Und was fordert dieser Wichtigtuer für seine nicht erfüllte Bündnispflicht? Nizza! Korsika! Französisch-Somaliland! Tunis! Einen Zugang zum Atlantik und die Auslieferung der französischen Flotte! Was bildet der sich eigentlich ein?«

»Da hat Vater leider recht«, pflichtete ihm die Mutter bei. »Mussolini ist eine schreckliche Enttäuschung.«

»Ein falscher Hagen von Tronege ist er! Der Führer kann einem nur leid tun. Was gibt der sich für Mühe! Und welch grandiose Schlachten liefert er seinen Feinden! Seine Freunde hingegen entpuppen sich als Nieten und Schaumschläger.«

»Uns zerreißt es manchmal das Herz, wenn wir vom Obergruppenführer erfahren, was sich alles tut. Ich will nicht hetzen, aber was dieser Göring sich leistet, ist nicht zu fassen.«

»Was hat er denn getan?« fragte Robert amüsiert.

»Als Hauptmann der Luftwaffe wirst du ja wohl wissen, daß er dem Führer versprochen hatte, Dünkirchen so zu bombardieren, daß niemand herauskommt«, ereiferte sich der Vater. »Hitler hat ihm geglaubt und seine Panzertruppen geschont. Mit dem Ergebnis, daß fast vierhunderttausend Briten nach England flüchten konnten. Und wie war es bei der geplanten Landung in England? Großkotzig erklärte der ›getreue Paladin des Führers‹, es wäre kein Problem für ihn, die Landung durch Bombenabwürfe weitgehend vorzubereiten. Wieder glaubte ihm Hitler. Und was geschah? Annähernd tausend deutsche Flugzeuge wurden abgeschossen. Jetzt haben wir den Kladderadatsch! Das Unternehmen mußte abgeblasen werden!«

Die Mutter seufzte. »Ist das nicht furchtbar?«

»Vielleicht war es unser Glück«, sagte Robert. »Ich habe die in den nordenglischen Häfen versammelte britische Flotte gesehen. Die Landung hätte schwer ins Auge gehen können.«

Die Mutter schüttelte den Kopf. »Und Hitler hatte alles so schön durchdacht! Du darfst mir glauben, mein Junge, der Krieg wäre längst zu Ende, wenn der Generalstab nicht dauernd ... Aber darüber dürfen wir nicht reden. Das Versprechen haben wir dem Obergruppenführer geben müssen. Erzähl also von dir. Hast du Bekannte getroffen?«

Robert konnte nur lachen. »Im Krieg?«

»Warum nicht? Der Obergruppenführer hat in Paris ...«

»Das ist etwas ganz anderes«, fiel der Vater ein. »Er machte eine Dienstreise dorthin. Robert aber mußte kämpfen.«

»Sagen wir: fliegen«, korrigierte ihn der Sohn. »Im übrigen habe ich tatsächlich jemanden getroffen: Conrad.«

Die Gesichter der Eltern wurden eisig.

»Er besuchte mich in Namur. Wir haben gemeinsam zu Abend gegessen. Daß er als einfacher Soldat das EK bekommen hat, finde ich beachtlich.«

Der Vater reckte sich. »Wir waren auch sehr froh darüber. Aber dann hat er sich eine Uniform machen lassen ... Einfach unglaublich. Mir sind die Haare zu Berge gestanden.«

»Geschämt habe ich mich«, jammerte die Mutter. »Und was hat der Junge getan? Gelacht!«

»Laßt ihn doch und kritisiert nicht dauernd an ihm herum«, sagte Robert. »Er ist nun einmal ein Außenseiter und hat es bestimmt nicht leicht. Und leben wir nicht in einer verrückten Zeit?«

»Deine Formulierung bezieht sich hoffentlich nicht auf die geschichtliche Entwicklung unserer Tage.«

»Gott bewahre!« versicherte Robert. Es erleichterte ihn, daß es auch über Conrad zu keiner erregten Debatte gekommen war. Die Zeit schien reif zu sein, um Vorurteile abzubauen und die Familie wieder zusammenzuführen.

Es war ihm deshalb sehr lieb, daß Harald, den Carla über die Rückkehr ihres Mannes telefonisch informiert hatte, bei den Eltern anrief, um ihn zu begrüßen. Sowohl der Vater als auch die Mutter hatten einen Horror vor dem Schwager, und Robert, der dies sehr wohl wußte, forderte Harald nicht zuletzt aus diesem Grunde auf, doch gleich in die Wohnung der Eltern zu kommen. Sein Besuch konnte im Hinblick auf Gerd und Conrad nur von Vorteil sein.

Es dauerte nicht lange, bis Harald erschien. Er war beeindruckt, als er Robert, den er noch nie in Uniform gesehen hatte, als Hauptmann der Luftwaffe vor sich stehen sah. Das Erzählen nahm kein Ende und würde wahrscheinlich noch lange gedauert haben, wenn Harald, der bei seiner Ankunft recht frisch ausgesehen hatte, nicht zusehends blasser geworden wäre und schließlich einem kranken Mann geglichen hätte.

»Ist dir nicht gut?« fragte Robert besorgt.

»Ich habe in letzter Zeit Last mit der Galle«, antwortete der Freund.

Die Mutter erklärte sich sofort bereit, ihm einen Wermuttee zu kochen.

»Auf keinen Fall«, widersprach Harald und erhob sich. »Ich hab' im Wagen ein Medikament, das sehr schnell hilft. Bitte, entschuldigt mich einen Moment.«

»Dir steht ein Wagen zur Verfügung?« fragte Robert verblüfft.

»Das erkläre ich dir nachher.«

»Soll ich mitkommen?«

»Nein. Wenn ich einen Anfall habe, bin ich gerne allein. Und mit der da«, er zog eine Stablampe aus der Tasche, »finde ich mich zurecht.«

Als er gegangen war, raunte die Mutter: »Bei Harald sitze ich dauernd wie auf einem Pulverfaß. Wahrscheinlich hat er im Wagen eine Flasche, aus der er heimlich trinkt.«

Der Vater saß mit undurchdringlicher Miene da. »Schrecklicher Mensch!«

»Vielleicht sagt Eberhard das gleiche von Conrad«, warf Robert gereizt ein.

»Aber erlaube mal! Conrad hat gewiß höchst unangenehme Seiten. Labil ist er aber auf keinen Fall.«

»Und labile Menschen sind gefährlich!« fügte die Mutter gewichtig hinzu.

Ich werde euch nicht widersprechen, dachte Robert.

»Galle!« knurrte der Vater verächtlich. »Dabei ist es die Leber. Das mag er nur nicht zugeben, weil jeder weiß, daß Leberkranke Säufer sind.«

»Und Schwindsüchtige sind Menschen, die Syphilis gehabt haben«, mokierte sich Robert.

»Das brauchst du gar nicht so komisch zu betonen. Da ist nämlich was dran.«

Robert wandte sich an die Mutter. »Mein Durst ist heute nicht zu stillen. Darf ich mir noch eine Flasche Bier holen?«

»Die bringe ich dir schon. Leiste du Vater Gesellschaft.«

Der beugte sich vor. »Unter uns gesagt: Asthma wird auch auf Syphilis zurückgeführt.«

Robert machte sich lustig. »Ich dachte, ausschweifendes Geschlechtsleben sei die Ursache.«

»Das bleibt sich gleich. Wer ausschweifend lebt, wechselt die Weiber und bekommt zwangsläufig die Syphilis.«

»Ach, so ist das.«

Die Mutter brachte das Bier. Gleich darauf kehrte auch Harald zurück. Er sah nicht mehr verkrampft aus, sondern wirkte eher gelöst. Seine eben noch stumpfen Augen hatten ihren Glanz zurückerhalten. Auf seinen bleichen Wangen lag ein rosiger Schimmer.

»Jetzt fühl' ich mich wieder wohler«, sagte er sichtlich erleichtert.

Alle drei starrten ihn voller Verwunderung an.

»Was ist das für ein Mittel, das so schnell hilft?« fragte die Mutter.

Harald zuckte die Achseln. »Da mußt du meinen Arzt fragen. Er ist beim Militär. Ein fabelhafter Mensch. Ich halte ihn für ein Genie. Er beurteilt Mann wie Frau nach dem Beckenausgang. Enger Ausgang gleich andromorpher, weiter Beckenausgang gleich gynäkomorpher Typus. Kennzeichnend für den andromorphen Menschen . . .«

Robert glaubte nicht richtig zu hören. Was war in Harald gefahren?

Die Gesichter der Eltern drückten Ablehnung und Widerwillen aus. Beckenausgang, andromorph, gynäkomorph . . . Dieser Quartalssäufer schwelgte ja förmlich in Schweinereien.

Robert ahnte, was die Eltern dachten und sagte an Harald gewandt: »Über das Thema müssen wir uns mal in Ruhe unterhalten. Mich interessiert im Moment viel mehr, wieso du einen Wagen hast, mit dem du jederzeit fahren darfst?«

Harald lachte. »Du weißt, daß ich eingezogen wurde.«

»Ja.«

»Das bin ich auch jetzt noch. Nur mit dem Unterschied, daß ich wegen eines riesigen Auftrages meinem Verlag zugeteilt wurde. Ich gehöre aber weiterhin der Flak an und muß mich, wenn Alarm gegeben wird, bei meiner Batterie einfinden. Ergo benötige ich ein Fahrzeug. Wagen und Benzin stelle ich natürlich selbst.«

»Wie großzügig!«

Haralds Wangen waren jetzt gerötet. »Köpfchen muß man haben!«

Roberts Vater verlor fast die Beherrschung. »Wir müssen Schluß machen«, sagte er eisig.

Robert kam diese Aufforderung gelegen. Der Tag war aufregend und anstrengend für ihn gewesen. Er freute sich darauf, daheim im Bett zu liegen und von Carla zu träumen.

Eine Überraschung aber erlebte er noch, als er sich von den Eltern verabschiedet hatte und mit Harald, der ihn nach Hause fahren wollte, an dessen Wagen herantrat. Am Steuer saß ein weibliches Wesen, das, soweit dies bei den abgedunkelten Lichtern zu erkennen war, noch jung zu sein schien und sich ebenso merkwürdig verhielt wie Harald. Er fuhr es an:

»Ich habe dir gesagt, du sollst verschwinden!«

»Und was wäre gewesen, wenn es länger gedauert hätte?« entgegnete die Frau, ohne ihre Stimme zu heben.

»Steig aus! Ich fahre selber.«

Sie verließ den Wagen und trat an Robert heran. »Ich heiße Mira.«

»Guten Abend«, sagte er und nannte seinen Namen.

»Meine Haushälterin«, erklärte Harald unwillig.

Sie lachte verhalten.

Er klemmte sich hinter das Steuerrad. »Du kannst gehen. Ich bringe meinen Schwager schnell noch nach Tempelhof.«

Mira öffnete die hintere Tür und setzte sich in den Wagen.

Harald wollte aufbrausen, beherrschte sich jedoch und bat Robert, vorne neben ihm Platz zu nehmen.

Es wurde eine seltsame Fahrt. Kein Wort wurde gesprochen. Erst am Ziel sagte Harald: »Entschuldige meine Verstimmung.« Dann stieg er aus, setzte sich hinten in den Wagen und überließ seiner Begleiterin das Steuer.

Während der Fahrt nach Halle genoß es Robert Schroeder, wieder einen Zivilanzug und modische Wäsche zu tragen. Nur noch der Ausgang des Treffens mit Harald bedrückte ihn. War es wirklich möglich, Offiziere zu korrumpieren? Auch die körperliche Verfassung des Schwagers gab ihm Rätsel auf. Und wer war jene Mira, die sich anschreien ließ, ohne übelzunehmen? Allem Anschein nach verstand sie es, sich mit sanfter Gewalt durchzusetzen.

Es war gut für Robert Schroeder, daß neue Eindrücke auf ihn einstürmten. Sie sorgten dafür, daß keine wehmütigen Reminiszenzen aufkamen. Natürlich dachte er an Alois Brandner, als ihm in den Siebel-Werken sein zukünftiger Funker vorgestellt wurde. Unwillkürlich fragte er sich: Wird der Neue die Ansprüche erfüllen können, die ich zu stellen gewohnt bin?

Der ›Neue‹ hieß Manfred Dräger. Er war groß, gab sich schlaksig und war etwa fünfundzwanzig Jahre alt. Man sah ihm an, daß die Frauen es ihm leicht machten. Er zählte zu jenen Männern, denen Frechheiten nicht verübelt werden und die ›Hoppla!‹ sagen, wenn sie um Entschuldigung bitten müßten. Seine Hände waren schmal und hantierten am Funkgerät, als streichle er den Körper einer Frau. Und es wurde bald deutlich, daß er sein Metier verstand. Gleich beim ersten Probeflug mit der überaus wendigen, hervorragend ausgerüsteten und sehr komfortabel eingerichteten Fh 104 erkannte Robert Schroeder, daß sein neuer Funker aus dem Handgelenk schüttelte, was Alois Brandner in exakter Manier geboten hatte.

Bis zum Nachmittag führten sie im Raum von Halle die unterschiedlichsten Probe- und Meßflüge durch, dann nahmen sie Kurs auf Berlin, wo der Amtschef kurz vor sechs Uhr mit zwei Sekretärinnen und vielen Aktentaschen in einem ›Tatra‹ vorfuhr und trotz seiner Größe und seines beachtlichen Umfanges behende wie ein Wiesel in der kleinen

Kabine des Flugzeuges verschwand. Dabei unterbrach er ein Diktat, das er offensichtlich im Wagen begonnen hatte, nur für wenige Sekunden, um Robert Schroeder und Manfred Dräger die Hand zu reichen und den Funker nach seinem Namen zu fragen. Gleich darauf diktierte er weiter und begann damit, in den Aktenmappen herumzuwühlen.

»Ich habe Ihnen gesagt, Sie sollen die Vorgänge nicht voneinander trennen!« polterte er, als das Flugzeug zum Start rollte.

Die jüngere der Sekretärinnen, ein hübsches Mädchen, das neben dem Staatssekretär Platz genommen hatte, lachte ungeniert. »Sie waren es, der die Vorgänge getrennt hat.«

Er machte eine entrüstete Miene und schnaubte: »Schreiben Sie! An Pleiger, Hermann-Göring-Werke . . .«

Der scheint eine Pferdenatur zu haben, ging es Robert Schroeder durch den Sinn, als er Vollgas gab und hörte, daß das Diktat selbst im Start nicht unterbrochen wurde.

Manfred Dräger, der seitlich hinter ihm saß, stieß ihn verstohlen an. »Lustiger Laden, was?«

»Sieht so aus.«

Der Funker legte seine Hand an den Mund. »Die Kleine würde ich gerne mal vernaschen. Hat ein tolles Fahrgestell.«

Robert Schroeder lehnte sich zurück. »Bei mir können Sie denken und tun, was Sie wollen. Nur darüber reden dürfen Sie nicht. Klar?«

Manfred Dräger grinste. »Geht in Ordnung.«

Ein ungebändigtes Fohlen, dachte Robert Schroeder.

Nach der Landung in Weimar geruhte der Staatssekretär, sich das Flugzeug näher anzusehen. In Gedanken weilte er aber wohl anderswo; denn er warf seinen Sekretärinnen mehrmals Stichworte zu, an die er erinnert werden wollte. Und eine Erläuterung Robert Schroeders unterbrach er mit der Frage: »Wann starten wir nun morgen?«

»Nach Rom benötigen wir drei Stunden. Reserve und Fahrt in die Stadt eingerechnet, sollten wir vier Stunden veranschlagen. Start also sieben Uhr.«

»Einverstanden.«

»Und wann werden wir aus Rom zurückkehren?«

»Können wir am Sonntag um zwanzig Uhr noch starten?«

»Leider nicht. Für den Zivilluftverkehr sind Nachtflüge neuerdings verboten.«

»Dann Rückflug am Montag um sieben.«

»Landung in Berlin ist dann gegen zehn Uhr dreißig.«

Als Robert Carla anrief und ihr diese Uhrzeit nannte, rief sie erfreut: »Das trifft sich glänzend. Die Haushälterin von Paps hat sich bereit erklärt, schon am Samstag zurückzukommen. Ich werde noch am gleichen Abend nach Köln abrauschen und dort bei meiner Freundin übernachten, so daß ich Sonntag mit dem ersten Zug nach Berlin fahren und die Wohnung in Ordnung bringen kann. Am Montag bleibt mir dann noch genügend Zeit, um Brötchen und so weiter zu besorgen. Auf alle Fälle steht der Kaffeetisch bereit, wenn du kommst. Oder soll ich dich am Flughafen abholen?«

»Nein, erwarte mich zu Hause. Nach der langen Trennung möchte ich dich rücksichtslos umarmen und küssen können.«

»Ich bin ja so glücklich, Bert. Vergangene Nacht habe ich vor Aufregung kein Auge zugetan.«

»Ich habe dafür um so besser geschlafen.«

»Du lagst ja auch in unserem Bett.«

»Dem ich vorsorglich erzählt habe, daß die Zeit des Faulenzens nun endgültig vorbei ist. Jetzt beginnt der Ernst des Lebens, und ich meine, wir sollten das Kinderzimmer wieder mit einem Teddybären ausstatten. Was hältst du davon?«

»Bert!« rief Carla voller Seligkeit. »Glaubst du wirklich, daß das Schlimmste überstanden ist?«

»Was soll noch passieren? Den Kontinent beherrschen unsere Truppen. Mit England wird es zwar nicht einfach werden, aber . . .«

»Ich kauf' gleich morgen einen neuen Teddy.«

»Hoffentlich klappt's dann auch.«

»Wir müssen eben sehr fleißig sein.«

»Und jetzt Schluß machen. Wir vertelefonieren sonst ein Vermögen.«

Carla lachte. »›Kein Weiser jammert nach Verlust, er sucht mit freud'gem Mut ihn zu ersetzen.‹ Shakespeare: König Heinrich.«

»Intelligenzbestie: Carla.«

»Wolkenschieber: Robert.«

»Ich liebe dich!«

»Und ich umarme dich!«

»In Ewigkeit!«

»Amen!«

Robert Schroeder wußte nicht, worauf Manfred Dräger hinauswollte, als er auf dem Flug nach Rom beim Erreichen der Adriatischen Küste sagte: »Sie erzählten gestern, daß ein Bruder von Ihnen in Rom lebt. Hat er Telefon?«

»Gewiß.«

»Wenn Sie mir seine Nummer geben, kann ich ihm via Peiler Venezia schon jetzt mitteilen, daß Sie sich im Anflug auf Rom befinden und um zehn Uhr in Ciampino landen.«

Robert Schroeder war verblüfft. »Ist das erlaubt?«
»Für gewisse Durchsagen gibt es sogar besondere Q-Gruppen.«
»Sie sind verdammt clever«, sagte Robert Schroeder und zog sein Notizbuch, um Gerds Telefonnummer zu nennen.
Etwa zehn Minuten später meldete der Funker: »Geht in Ordnung. Ihr Bruder holt Sie ab.«
Frechheit siegt, dachte Robert Schroeder beeindruckt. Der gute Alois Brandner hätte so etwas nicht zu tun gewagt.
Verwunderter noch war er, als er nach der Landung in Rom sah, daß sein Bruder, der ihm bereits zugewinkt hatte, plötzlich lebhaft auf den Staatssekretär zueilte.
»Gibt's denn so was!« rief Gerd überrascht. »Ich will meinen Bruder abholen, da kommen Sie mit ihm nach Rom?«
Der Amtschef reichte die Hand. »Mein Pilot ist Ihr Bruder?«
»Ja.«
»Das nenne ich einen glücklichen Zufall.«
»Hatten Sie einen guten Flug?« erkundigte sich Gerd und winkte Robert, zu ihnen zu kommen.
Der Staatssekretär lachte. »Ich habe unentwegt diktiert, kann über den Flug also nichts sagen. Aber dort kommt schon Signore Penasa.« Er wies auf einen Herrn, der gerade aus dem Verwaltungsgebäude heraustrat. »Entschuldigen Sie mich. Wir sehen uns ja morgen bei der ›Snia Viscosa‹.«
»Zuvor schon bei Seiner Eminenz.«
»Ach, das wußte ich nicht.«
»Ein kleines Revirement. Ich habe das Sekretariat übernommen.«
»Seine Exzellenz ist . . .«
». . . unpäßlich.«
Der Staatssekretär verabschiedete sich. Diesmal mit einer Verneigung. »Eine interessante Konstellation.«
Gerd wandte sich Robert zu, der sich absichtlich Zeit gelassen hatte. »Seit wann segelst du den Dicken?«
»Seit gestern. Vorgestern gehörte ich noch einem Aufklärerverband an. Hals über Kopf wurde ich aus dem Militärdienst entlassen, um in seine Dienste zu treten.«
»Da hast du einen guten Griff getan. Er ist menschlich sehr angenehm und enorm großzügig.«
»Das habe ich beim Vertragsabschluß bereits gemerkt. Aber woher kennst du ihn? Hat er sich zufällig bei dir versichern lassen?«
Gerd grinste. »Das nicht. Der Vater meiner Frau . . .«
»Meine Glückwünsche trage ich später vor.«
». . . ist ein bekannter Bankier. Er hat mich in diverse Aufsichtsräte gehievt.«

Mama hat richtig getippt, dachte Robert.

»Dadurch lernte ich den Staatssekretär kennen. Und da er unter anderem mit chemischen Werken zu tun hat, lag es auf der Hand, daß die Snia Viscosa . . . Doch das wird dich nicht interessieren.«

»Stimmt. Viel lieber würde ich etwas über deine Frau erfahren.«

Gerd ging mit Robert zum Verwaltungsgebäude und öffnete die Tür zur Abfertigungshalle. »Sie sitzt dort drüben und freut sich darauf, dich kennenzulernen.«

Maja erhob sich und ging den Brüdern entgegen. Sie war stattlich, hatte eine sehr gute Figur und war ohne Zweifel das, was man eine schöne Frau nennt. Die Ebenmäßigkeit ihres Gesichtes und ihr streng in der Mitte gescheiteltes blauschwarzes Haar gaben ihr allerdings das Aussehen eines zu akkurat gemalten Porträts. Sie reichte Robert die Hand und legte, wie um einen Kuß anzudeuten, ihre Wange an die seine. »Gerd hat mir so viel von dir erzählt, daß ich dich wie einen liebgewordenen Freund begrüßen muß.«

»Mir fehlt leider die Gabe, so viel Wärme mit gebührenden Worten zu preisen«, gab Robert zurück. »Vielleicht sagt es dir aber etwas, wenn ich bekunde, bis zu dieser Minute nicht gewußt zu haben, welche erstaunlichen Werte in meinem Bruder stecken. Durch dich treten sie zutage. Schon der alte Dschingis-Chan hat erklärt: ›Zeige mir deine Frau, und ich sage dir, wer du bist‹.«

Maja umarmte Robert. »Dafür bekommst du einen Kuß.«

Gerd klopfte dem Bruder den Rücken.

In einem brandneuen, von einem Chauffeur gesteuerten Lancia fuhren sie zum Hotel Excelsior, wo Robert sich schnell umzog und frisch machte. Danach begaben sie sich zu Fuß zu der in der Nähe gelegenen Villa des jungvermählten Paares.

Erneut mußte Robert an seine Mutter denken.

»Was grinst du?« fragte Gerd, der bemerkte, daß sein Bruder ein Lachen unterdrückte.

»Später«, wehrte Robert ab. Der Innenhof, in den sie eintraten, faszinierte ihn. In der Mitte plätscherte ein Brunnen. Um ihn herum standen Töpfe mit Blumen. Zwei Palmen gaben dem Innenhof ein gedämpftes Licht. Die Mauern waren mit Efeu bewachsen.

Gerd sah ihn erwartungsvoll an. »Gefällt dir das Entree?«

»Es ist beneidenswert schön«, antwortete Robert und erzählte in aller Offenheit, welche Überlegungen die Mutter hinsichtlich der Vermögensverhältnisse einer Diplomatenwitwe angestellt hatte.

Maja und Gerd lachten herzhaft und baten ihn, noch mehr von den Eltern zu berichten.

»In gewisser Hinsicht sind sie nicht mehr so fanatisch wie früher«, sagte Robert. Sie setzten sich auf den Rand des Brunnens, in dem, wie hätte es anders sein können, Goldfische schwammen. »Es gibt ja auch keinen Grund mehr, fanatisch zu sein. Das Ziel der Klasse ist erreicht. Zwangsläufig breitet sich jene bequeme Gläubigkeit aus, die alten Priestern zu eigen ist.«

Gerd schmunzelte. »Aus fanatischen Streitern werden oft naive Babbelbrüder.«

»Naiv ist das richtige Wort«, stimmte ihm Robert zu und schilderte die Unterhaltung, die er zwei Tage zuvor mit den Eltern gehabt hatte.

Maja amüsierte sich köstlich. »Mussolini mit einer Gestalt aus der deutschen Heldensage zu vergleichen, ist schon komisch.« Sie erhob sich. »Laßt uns in die Wohnung gehen. Mir ist es zu kühl.«

Robert wurde in ein Haus geführt, das typisch italienisch war. Infolge der geschlossenen Fensterläden herrschte in allen Räumen gedämpftes Licht. In den Fußböden spiegelten sich die Säulen, Türen und Schränke. Die Möbel waren durchweg aus Mahagoni, die Tischplatten aus geschliffenem Marmor. Schwere Vorhänge aus Samt und Seide vervollständigten das Bild.

Nachdem sie in einem Raum Platz genommen hatten, dessen Seidentapete in Farbe und Muster den Fauteuils entsprach, nahm Gerd das Gespräch wieder auf. »Um nochmals auf Vater zurückzukommen: Nicht sein Vergleich, aber seine Meinung über den Duce ist absolut richtig. Mussolinis größenwahnsinniger ›Mare-Nostro-Auffassung‹ ist es zuzuschreiben, daß er unerfüllbare Forderungen wie die Einverleibung Nizzas und Korsikas an Hitler stellte. Und Größenwahn treibt ihn nun, italienische Truppen von Abessinien zum Mittelmeer vorstoßen zu lassen. Die Engländer werden ein leichtes Spiel haben. Und was ist dann? Mussolini wird Hitler um Hilfestellung bitten, und der Herr Übermensch wird stolz darauf sein, deutschen Soldaten den Auftrag zu erteilen, in Afrika italienische Kastanien aus dem Feuer zu holen.«

Robert lachte. »Deutsche Soldaten in Afrika? Das glaubst du doch selber nicht.«

»Ich glaube noch etwas ganz anderes. Nicht nur in Afrika, auch auf dem Balkan und in Griechenland werden deutsche Landser kämpfen müssen. Mussolini macht seit einigen Tagen den Versuch, seinen im vorigen Jahr über Albanien errungenen Sieg weiter auszubauen. Ich möchte nicht wissen, wie Hitler getobt hat, als er erfuhr, daß italienische Truppen von Albanien zum Kampf gegen Griechenland angetreten sind. England hat sich verpflichtet, Griechenland beizustehen. Die Briten werden also die in Frage kommenden Gewässer verminen, um jeden Nachschub über See unmöglich zu machen, und dann werden sie den Italienern soviel Keile erteilen, daß die deutsche Wehrmacht wohl oder übel gezwungen sein wird, auch am Ostrand des Mittelmeeres heiße Kastanien einzusammeln.«

Robert sah den Bruder verblüfft an. »Man könnte meinen, du stündest auf Hitlers Seite.«

»Quatsch! Ich rege mich nur auf, weil man ein so lebensfrohes Volk wie das italienische in Kämpfe verstrickt, die es nicht bestehen kann. Und ich empöre mich, wenn Deutsche das nun im Süden und Osten des Mittelmeeres entfachte Feuer löschen sollen. Ich bin schließlich Deutscher. Meine Ablehnung hat nie der Heimat, sondern ausschließlich dem Manne gegolten, der sich aus Machtgelüsten anschickt, unser Volk in den Abgrund zu führen.«

»Ich verstehe deine Einstellung«, sagte Robert. »Und ich gebe auch zu, daß meine Begeisterung für Hitler einen Dämpfer erhalten hat. Angesichts der errungenen Siege aber zu behaupten, er führe Deutschland in den Abgrund . . .«

»Das ist ja das Furchtbare an der Geschichte«, fiel Gerd erregt ein. »Hitlers Siege, die, nebenbei gesagt, nur durch den Bruch völkerrechtlicher Abmachungen zustande gekommen sind, lassen Gott und die Welt vergessen, daß man sich auch zu Tode siegen kann. Wenn die Amerikaner . . .«

Maja hob abwehrend die Hand. »Ich möchte jetzt etwas über meine Schwägerin erfahren!«

Gerd blinzelte seinem Bruder zu. »Cosi fan tutte! Alle Frauen haben die gleiche Art, uns von unseren Lieblingsthemen zu trennen.«

Robert warf Maja einen Handkuß zu. »Seien wir ihnen dankbar dafür.«

Der Aufenthalt in Rom wurde für Robert angenehmer und unterhaltsamer, als er es sich vorgestellt hatte. Dies lag besonders an Maja, die ihm die ganze Zeit allein Gesellschaft leistete, da Gerd an fast allen Konferenzen teilzunehmen hatte, die der Staatssekretär in Rom führte. Sie spazierten durch den Park der Villa Borghese und blickten vom Pincio über die Piazza del Popolo zur Kuppel des ›San Pietro in Vaticano‹ hinüber. Sie fuhren zum Forum Romanum und wandelten über den Palatino zum Tiber. Sie tranken Kaffee in der berühmten Pasticceria an der Piazza Colonna und aßen zu Abend in der ›Biblioteca‹, in der die Weine wie Bücher in Regalen untergebracht sind. Wo immer sie aber auch waren, es gab nur zwei Themen: Maja hatte den ehrgeizigen Wunsch, die Eltern mit Gerd zu versöhnen, was ihr über Robert möglich zu sein schien. Und Robert hatte das unstillbare Verlangen, von Carla zu erzählen, die er seit Monaten nicht mehr gesehen hatte. Beim Abschied gaben sich beide ein Versprechen: Robert versicherte, alles daranzusetzen, seine Frau beim nächsten Flug nach Rom mitzubringen, und Maja erklärte, sie werde Carla so bald wie möglich einen Bericht über den Zustand des Grundstückes am Gardasee schicken.

So startete Robert am Montag morgen in denkbar bester Stimmung mit einem großen Strauß Rosen, den der Funker in der ungeheizten Spitze des Flugzeugrumpfes untergebracht hatte, in den erwachenden Tag hinein. Schon bald begann er die Minuten zu zählen, die bis zum Wiedersehen mit Carla noch verstreichen mußten. Es erinnerte ihn an jenen Tag, da er zum ersten Mal mit Blumen über die Alpen geflogen war. Damals waren Carla und er fast drei Jahre getrennt gewesen. Diesmal war es glimpflicher abgegangen.

Da das Wetter trotz der vorgeschrittenen Jahreszeit ungewöhnlich gut war und der Staatssekretär das Flugzeug an diesem Tage nicht mehr benötigte, nahm Robert sich vor, am Nachmittag mit Carla über den Kurfürstendamm zu bummeln und danach die Eltern zu besuchen. Es reizte ihn, dem Vater en passant zu sagen, daß Gerd von Mussolini nichts hielt. Dieser Hinweis konnte der angestrebten Versöhnung nur dienlich sein.

Die Landung in Tempelhof erfolgte genau zur angegebenen Zeit, und Robert machte sich gleich nach der Abfahrt des Staatssekretärs auf den Weg nach Hause. Er verzichtete darauf, einen Wagen anzufordern. Vom Flughafen fuhr alle zehn Minuten ein Bus zur U-Bahnstation Tempelhof, in deren Nähe seine Wohnung lag.

Ihm war zumute, als gehe er dem Paradies entgegen. Er versuchte sich vorzustellen, was Carla in diesem Augenblick tun mochte. Wahrscheinlich kontrollierte sie den Frühstückstisch zum x-ten Male. Oder sie betrachtete sich im Spiegel und zupfte an ihrer Frisur herum. Vielleicht stand sie auch hinter einer Gardine und hielt Ausschau nach ihm. Dann würde sie bestimmt lachen, wenn sie den übergroßen Blumenstrauß sah, den er ihr mitbrachte.

Als Robert die Haustür erreichte und klingelte, nahm er an, daß Carla ihn längst gesehen hatte. Er war deshalb verwundert, als der Summerton des Türöffners ausblieb. Carla mußte doch dasein. Oder hatte sie in letzter Minute schnell noch etwas besorgen wollen? Er schellte ein zweites Mal und griff, als wieder nicht geöffnet wurde, nach seinem Schlüsselbund. Seltsam, dachte er. Doch dann beschlich ihn ein unheimliches Gefühl. Es war bereits elf Uhr, und es erschien ihm unwahrscheinlich, daß Carla um diese Zeit noch eine Besorgung machen würde. Irgend etwas stimmte nicht. Das Herz klopfte ihm plötzlich im Halse. Er schloß die Haus- und die Wohnungstür auf und blieb in der Diele wie erstarrt stehen. Die Türen zu den Zimmern waren geschlossen. Hatte Carla den Zug verpaßt? Er stürmte in den Wohnraum, in das Schlafzimmer, in die Küche. Nichts deutete darauf hin, daß Carla in der Wohnung gewesen war. Was sollte er tun? Ihren Vater anrufen? Er eilte zum Telefon und meldete ein dringendes Gespräch nach Rheinberg an.

Wenn Carla den Zug verpaßt hätte, würde sie den nächsten genommen haben, dachte er. Aber war das ein Grund, sich Sorge zu machen? Dauernd fanden Truppenbewegungen statt. Bei der Bahn waren langfristige Verzögerungen gang und gäbe.

Die Ungewißheit und das Warten auf das Telefongespräch zerrte an seinen Nerven. Sollte er die Blumen ins Wasser stellen? Das konnte er später noch tun.

Das Warten zermürbte ihn. Hatte Carlas Vater einen Rückschlag erlitten? Ihm war es, als stehe er vor einer Tür, hinter der Unfaßbares geschieht. Wurde ihm nur eine Schonfrist gewährt?

Dein Reagieren ist nicht mehr normal, redete er sich ein. Sich nicht wie verabredet zu treffen, ist doch kein Weltuntergang. Du hast dich nur so maßlos gefreut . . .

Die Telefonglocke schrillte.

Er riß den Hörer von der Gabel. »Wer ist dort?«

»Moment, ich verbinde mit Rheinberg.«

Es knackte in der Leitung.

Als würde ein Lebensnerv durchtrennt, dachte Robert. Die Brust war ihm wie zugeschnürt.

»Bitte, melden Sie sich«, sagte die Vermittlung.

Eine weibliche Stimme fragte: »Wer ist da?«

Robert erkannte das Organ der Haushälterin. »Sind Sie es, Liesbeth?«

»Ja.«

»Hier Robert. Kann ich meinen Schwiegervater sprechen. Oder ist Carla noch dort?«

»Nein, sie ist am Samstag . . .« Die Haushälterin schluchzte.

»Was ist mit Carla?«

»Sie ist nach Köln zu ihrer Freundin gefahren, bei der sie übernachten wollte, um am Sonntag morgen . . .« Die Haushälterin konnte vor Schluchzen nicht weitersprechen.

»Liesbeth!« rief Robert. »Was ist passiert?«

»Ich weiß es nicht. Als Carla gestern abend nicht anrief, wie es verabredet worden war, meldete ihr Vater ein Gespräch nach Berlin an. Aber«, sie schneuzte sich, »dort war niemand. Da hat es der gnädige Herr heute morgen um sechs Uhr erneut versucht. Wieder vergebens. Daraufhin hat er Carlas Freundin sprechen wollen. Die Leitung war gestört.« Die Haushälterin brachte die nächsten Worte kaum über die Lippen. »Infolge Bombenschadens, wie die Vermittlung sagte. Herr von der Heid hat dann mit der Polizei telefoniert, und kurz darauf ist er nach Köln gefahren. Er hat mir nicht gesagt, was geschehen ist, aber ich habe gehört, daß er zu einem Krankenhaus fahren wollte.«

Robert schloß die Augen und bemühte sich, klaren Kopf zu behalten. »Hat mein Schwiegervater den Namen des Krankenhauses genannt?«

»Nein.«

»Und wo wohnt die Freundin?«

»Das weiß ich nicht.«

Er glaubte zu ersticken. »Sagen Sie meinem Schwiegervater, daß ich noch heute nach Köln komme. Und zwar . . .« Er warf einen Blick auf den Flugplan der Lufthansa, den er stets bei sich trug. »Ich treffe voraussichtlich um fünf Uhr in ›Butzweilerhof‹ ein. Sagen Sie ihm das.«

»Ja.«

»Bis zwei Uhr bin ich in meiner Wohnung zu erreichen. Ich komme mit der regulären Verkehrsmaschine. Haben Sie alles verstanden?«

»Ja.«

Robert wußte nicht, wo ihm der Kopf stand. Er telefonierte mit der Lufthansa, die ihm noch einen Platz nach Köln reservieren konnte. Dann rief er Harald an, der ihn sogleich fragte:

»Bist du zu Hause?«

»Ja. Hattest du schon angerufen?«

»Ich komme«, antwortete der Schwager ausweichend und legte den Hörer auf.

Von diesem Augenblick an wußte Robert, daß etwas Furchtbares geschehen war. Sein Körper wurde schwer wie Blei. Kälte überkam ihn. Er straffte sich, wie um einen Angriff abzuwehren. Mühsam schleppte er sich ins Schlafzimmer, nahm Carlas Foto an sich und kehrte in den Wohnraum zurück, wo er sich in einen Sessel setzte und das Bild vor sich hin stellte.

Carlas Augen sprachen zu ihm. Er versuchte etwas Zärtliches zu sagen – brachte kein Wort über die Lippen. Jedes Gefühl in ihm war erstorben. Nur eine Frage bewegte ihn: Welche Nachricht würde Harald bringen? Ihm war zumute wie jemandem, der unschuldig angeklagt ist und sieht, daß sich die Geschworenen zur Urteilsfindung zurückziehen.

Für Robert Schroeder gab es keinen erlösenden Freispruch. Haralds aufgewühltes Gesicht verriet ihm alles. Er nahm kaum wahr, daß der Schwager ihn umarmte. Undeutlich hörte er ein Gestammel über einen Bombenangriff, dem Carla zum Opfer gefallen war. Wäre er nicht von der Front zurückberufen, würde Carla noch leben. Das Glück, das sie geglaubt hatten zu erfahren, war ihr Unglück gewesen. Sein Denken setzte aus.

24

Robert Schroeder hätte nicht sagen können, wie er die beiden nächsten Tage verbrachte. Er wußte nur, daß er mit Harald nach Köln geflogen war, daß sein Schwiegervater dort als gebrochener Mann in einem Wagen gesessen hatte, daß sie gemeinsam irgendwohin gefahren waren und schließlich in einer grauen und kalten Halle vor Carlas Sarg gestanden hatten. Danach waren sie in einem Hotel abgestiegen, und spätestens hier wurden sich Carlas Vater und Bruder bewußt, daß mit Robert etwas nicht stimmte. Beiden war schon aufgefallen, daß er im Gegensatz zu ihnen, und besonders zum Vater, der immer wieder von Weinkrämpfen geschüttelt wurde, keinerlei Gefühlsregung zeigte. Er wurde ihnen aber unheimlich, als er ihrer Aufforderung, seine Eltern zu verständigen, ein kaum hörbares, jedoch unmißverständliches ›Nein!‹ entgegensetzte und keine Begründung hierfür gab. Er blieb auch stumm, als der Schwiegervater ihm den einstmals auf Borkum für Carla erstandenen tibetischen Armreif und den Ring übergab, den er am Tage der Eheschließung in München gekauft hatte. Er steckte die Schmuckstücke fort, als wisse er nicht, daß Carla sie bevorzugt getragen hatte. Bis in den Tod hinein.

Am nächsten Morgen war Robert mit dem Schwiegervater und Harald hinter dem Leichenwagen nach Rheinberg gefahren, wo Carla auf einem kleinen Waldfriedhof in der Familiengruft beigesetzt werden sollte. Er blieb dort bis zum späten Abend in der Aufbahrungskapelle, und er stand wie aus Stein gemeißelt, als am folgenden Vormittag die Beisetzung erfolgte. Nur eines prägte sich ihm mit eindrucksvoller Schärfe ein: der Anblick des völlig unversehrten Sarges von Carlas Mutter, der seitlich in der geöffneten Gruft zu sehen war. Vor vielen Jahren hatte der Tod sie der Familie entrissen; nun würde die Tochter wieder bei ihr sein. Dieser Gedanke, und die Hoffnung, daß auch Carlas Sarg nach langer Zeit noch unversehrt sein würde, hatte etwas Tröstliches für ihn. Niemand aber konnte ihm ansehen, was in diesen Minuten in ihm vorging. Seine Gesichtsmuskeln waren wie erstarrt. Er wünschte keinen Trost und wollte allein sein in seinem Schmerz. Deshalb verschloß er seine Ohren auch vor den Worten des Priesters und teilte seinen Eltern nicht mit, daß Carla den Tod gefunden hatte. Sie würden es früh genug erfahren. Viel zu früh.

Im Gegensatz zu Harald, der einige Tage bei seinem Vater bleiben wollte, fuhr Robert nach der Beerdigung zum Kölner Flughafen, wo er die Verkehrsmaschine nach Berlin noch erreichte. Er befand sich in einer Art Trancezustand, und er handelte mehr mechanisch als bewußt, als er nach der Landung in Tempelhof zur Sonderflugleitung ging, die für Regierungsmaschinen zuständig war.

Manfred Dräger, der ihn schon vergeblich gesucht hatte, sprang auf, als er den Flugkapitän in das Büro eintreten sah. »Mensch, da sind Sie ja. Wo haben Sie bloß gesteckt? Der Chef ist auf dreihundert! Rufen Sie ihn an. Stecken Sie sich aber Watte in die Ohren, sonst platzt Ihr Trommelfell.«

Robert Schroeder wählte die Telefonnummer des Thüringenhauses und mußte sich von der Sekretärin des Amtschefs fast dasselbe anhören, was ihm der Funker gesagt hatte.

»Kommen Sie schnellstens«, fügte sie hinzu. »Ich schick' Ihnen einen Wagen. Und denken Sie sich etwas aus, das Sie entschuldigen kann.«

Er legte den Hörer auf.

»Müssen wir heute noch fliegen?« fragte Manfred Dräger.

»Vermutlich.«

Stimmung unter dem Gefrierpunkt, registrierte der Funker. »Die Maschine steht startbereit in der Halle und wird von Männern der Waffen-SS bewacht. Den Sicherheitsbestimmungen ist damit aber noch nicht Genüge getan.« Er übergab eine Anweisung für Regierungspiloten. »Vor jedem Start mit führenden Persönlichkeiten ist ein Probeflug durchzuführen.«

Robert Schroeder steckte die Anweisung in die Tasche und verließ das Büro.

Er brauchte nicht lange zu warten, bis der ihm avisierte Wagen erschien. Auf der Fahrt in die Stadt schaute er beim Einbiegen in die Belle-Alliance-Straße in die Richtung, in der seine Wohnung lag. Er wünschte, sie nie wieder betreten zu müssen. Bevor er mit Harald nach Köln geflogen war, hatte er die in Rom gekauften Rosen auf Carlas Bett gelegt. Er würde sie dort nicht wieder fortnehmen können.

Beim Eintritt in die Geschäftsräume des Staatssekretärs warf ihm die Sekretärin einen aufmunternden Blick zu und führte ihn in das Büro ihres Chefs.

Der sah ihn böse an. Seine Augen waren schwarz vor Empörung. »Ich denke, Sie sind Reserveoffizier!« schrie er aufgebracht. »Da sollte es Ihnen bekannt sein, daß man sich abzumelden hat, wenn man den Standort verläßt.«

Robert Schroeder ließ den Ausbruch des Unwillens über sich ergehen. Er war nicht gewillt, sich mit einem Hinweis auf Carlas Tod Verständnis und Mitleid einzuhandeln.

»Nun?« polterte der Amtschef. »Haben Sie mir nichts zu sagen?«

»Sie werden sich in Zukunft auf mich verlassen können.«

»Wie soll ich Ihnen das glauben, wenn Sie mir nicht erklären, was Sie bewogen hat, hier den Star zu spielen?«

Robert Schroeder straffte sich. Seine Backenknochen ließen erkennen, daß er die Zähne zusammenbiß.

»Nun gut«, sagte der Staatssekretär, der zu spüren schien, daß etwas Besonderes vorgefallen war. »Ich nehme Sie beim Wort.« Er drückte auf einen Klingelknopf.

Die Sekretärin erschien.

»Wann ist die Besprechung in Paris?«

»Um achtzehn Uhr. Die Fahrt vom Flughafen zum Hotel dauert höchstens eine Viertelstunde.«

Der Amtschef sah Robert Schroeder fragend an. »Wann müssen wir dann starten?«

»Um fünfzehn Uhr.«

Robert Schroeder betrachtete es als schicksalhaft, daß er ausgerechnet an dem Tage, da er sich für immer von Carla verabschiedet hatte, eine Route fliegen mußte, die über den Waldfriedhof führte, der zu ihrer letzten Ruhestätte geworden war. Er war sich dessen nicht bewußt gewesen, als er in Berlin startete. Erst als er seitlich voraus den Flughafen Bonn-Hangelar entdeckte, auf dem Carla ihn einige Male erwartet hatte, erkannte er, daß er unmittelbar über Schloß Rheinberg hinwegkommen würde. Im ersten Moment hatte er den Kurs wechseln wollen, dann aber verhärtete sich sein Herz. Er flog auf den Friedhof zu, sah noch einmal die Kränze und die Blumen, die auf der Gruft lagen, begriff das Ganze jedoch nicht. Es hatte ihn schon seltsam berührt, ausgerechnet an diesem Tage nach Paris fliegen zu müssen, von wo Carla ihm ihren ersten Brief gesandt hatte. Was aber sollte er dazu sagen, daß ihre letzte Ruhestätte genau auf dem Kurs Berlin–Paris lag?

Ist das Zufall, fragte er sich. Oder gibt es Dinge, die mit dem Verstand nicht zu erfassen sind? Ein Astrologe hatte ihm gesagt, daß Erde, Wasser, Feuer und Luft ihm nichts antun würden. Er hatte dies als liebenswürdiges Geschwätz betrachtet. Inzwischen hatte er erlebt, daß er in einem ungewöhnlichen Kampf gegen die vier Elemente den Sieg davongetragen hatte. Drei Tote waren an Bord gewesen. Ihm als einzigem war nichts geschehen.

Unbegreiflicher noch erschien ihm Carlas Tod. Sie war nie ernstlich gefährdet gewesen. Und dann fiel eine Bombe vom Himmel ... Abgeworfen von einem Piloten!

Robert Schroeders Gedanken kreisten um Carla. Er suchte in Paris den Boulevard des Capucines auf, um das Café la Paix zu sehen, vor dem Carla und Dorkas gesessen hatten. Jeden Korbsessel betrachtete er; auf einer ihrer Armlehnen hatte Carlas Hand gelegen. Er spürte die Enttäuschung, die über sie gekommen war, als Dorkas sich betören ließ. Wie hieß noch die Straße, in der das Pensionat lag? Boulevard de Grenelle!

Eine halbe Stunde später stand Robert vor dem Pensionat. Er öffnete die Haustür und warf einen Blick auf die Loge des Concierge. Dann ließ er sich zum Ponte de la Concorde fahren, entlohnte den Chauffeur und ging durch den Jardin des Tuileries, den Carla ihm in den glühendsten Farben geschildert hatte.

Carla, Carla, Carla! Nichts anderes gab es mehr für ihn. Ihr Tod machte sie gegenwärtiger denn je. Er betrat die an einen griechischen Tempel erinnernde Kirche ›Madeleine‹ und zündete eine Kerze an. Das hatte er in seinem ganzen Leben noch nicht getan.

Zwei Tage blieb Robert Schroeder in Paris. Auf dem Rückflug nach Berlin steuerte er den Peiler von Köln an, um nicht nochmals über Carlas Ruhestätte hinwegzukommen. Aber nicht nur auf diesem Flug, auch daheim wich er den Realitäten aus. Post, die er vorfand, legte er beiseite, ohne sie anzusehen. Den Schlafraum, den er mit Carla geteilt hatte, betrat er nicht. Die Nacht verbrachte er in dem Bett, das Harald eine Zeitlang zur Verfügung gestanden hatte.

Unverständlicher noch reagierte er, als seine Mutter ihn am Sonntag morgen anrief. »Robert!« rief sie mit klagender Stimme. »Wie konntest du uns das antun! Teilst uns nicht mit, daß Carla . . . Was haben wir nur für Söhne? Unentwegt fragen wir uns: Was haben wir getan, daß wir an Carlas Beisetzung nicht teilnehmen sollten?«

»So ist das nicht«, brachte er mühsam hervor.

Die Mutter weinte. »Jeden Tag habe ich dich angerufen. Du aber hast dich nicht gemeldet! Dabei wußten wir, daß du zurück bist. Eberhard hatte uns verständigt und sich entschuldigt. Er sagt, er habe es nicht gewagt, deinem Wunsche zu widersprechen. Wie kann ein Sohn nicht wollen, daß seine Eltern an der Beerdigung ihrer geliebten Schwiegertochter teilnehmen?«

Der Vater meldete sich. »Hör zu, mein Junge. Was dich auch bewogen haben mag, uns fernzuhalten, du mußt dich deiner Mutter jetzt annehmen. Sie hat es wirklich nicht verdient . . .«

Robert legte den Hörer auf. Er tat es so behutsam, als könnte er dadurch den Schmerz lindern, den er bereitete. Er wußte, daß er nicht richtig handelte, besaß aber nicht die Kraft, auf sich zu nehmen, was ihm zugemutet wurde.

Dennoch erleichterte es ihn, als er seine Eltern später vorfahren sah. Er ging ihnen entgegen, umarmte die Mutter und reichte dem Vater die Hand. Der erklärte mit bewegter Stimme: »Ich habe Mama versichert, daß du nichts gegen uns hast.«

»Natürlich habe ich das nicht«, sagte Robert und führte die Eltern in die Wohnung.

Die Mutter brach in Tränen aus. »Warum hast du dann ...«

»Bitte, laß mir Zeit«, unterbrach er sie.

»Es war keine böse Absicht?«

»Ganz gewiß nicht.«

Der Vater seufzte. »Es ist, wie ich es vermutet habe. Der Junge will allein sein.«

Sie sah Robert ungläubig an.

Er küßte sie. »Ich melde mich.«

Als die Eltern gegangen waren, fühlte sich Robert um vieles leichter. Sein oftmals so unduldsamer und intoleranter Vater hatte einen Instinkt bewiesen, den er ihm nicht zugetraut hätte. Und die Mutter hatte eine Rolle übernommen, die ihre Klugheit unter Beweis stellte. Sie war nicht gekommen, um sich zu beschweren. Robert spürte das. Die Möglichkeit, ihm Vorhaltungen zu machen, nutzte sie vielmehr aus, um ihm zu verstehen zu geben, daß er sich an sie wenden könne, ohne Worte des Mitleids befürchten zu müssen. Anders ließ sich die Tatsache, daß sie Carlas Tod mit keinem weiteren Wort erwähnte, nicht deuten. Sie kannte ihren Sohn und hatte im Grunde genommen volles Verständnis dafür, daß er sich in der gegenwärtigen Phase abkapselte. Er sollte nur wissen, daß auch das seine Grenzen haben muß.

Robert verstand die Mutter und nahm sich vor, die Eltern nicht lange warten zu lassen. Er hatte wirklich unverzeihlich gehandelt, als er sie von der Beisetzung fernhielt. Und dem Schwiegervater hatte er zugemutet, sich entschuldigen zu müssen! Über die Folgen war er sich nicht im klaren gewesen. Nun jedoch, da ihm die Augen geöffnet waren, ging er zum Telefon und meldete ein Gespräch nach Rheinberg an. Dann setzte er sich in den Sessel, in dem Carla immer Platz genommen hatte.

Eberhard von der Heid fiel ein Stein vom Herzen, als er Roberts Stimme hörte. »Harald hat sich auch schon gemeldet«, sagte er bewegt. »Er ist gestern nach Berlin zurückgekehrt.«

»Ich werde dich in Zukunft jeden Sonntag anrufen«, versicherte Robert impulsiv. »Es soll uns an deine Gespräche mit Carla erinnern.«

Der Schwiegervater mußte sich bemühen, ein Aufschluchzen zu unterdrücken. »Vergiß deine Eltern nicht!«

»Sie waren eben bei mir.«

»O wie mich das erlöst!«

Wohl zehn Minuten sprachen sie miteinander. Robert spürte, daß Carlas Vater Kraft aus dem Gespräch schöpfte, und zwangsläufig übertrug sich das auch auf ihn. Er wurde aufgeschlossener und war schon weniger spröde, als Harald ihn am Nachmittag unerwartet aufsuchte.

Der Freund sah aus, als hätte er Rouge aufgelegt. »Laß uns in den Grunewald fahren«, sagte er.

Robert schüttelte den Kopf. »Ich bleibe lieber hier.«

»Du kannst doch nicht von morgens bis abends in der Wohnung hocken!«

»Wir können ja hier ein bißchen spazierengehen.«

»Etwa in den Straßen?«

»Warum nicht?«

»Mira sitzt im Wagen. Sie will dann mitgehen.«

»Im Grunewald etwa nicht?«

»Dort kann ich sie nach Hause schicken.«

Flüchtig drängte sich Robert die Frage auf, welche Bewandtnis es mit Mira haben mochte. Sein Interesse war aber zu gering, um nach einer Antwort zu suchen.

»Komm, sei kein Frosch«, sagte Harald. »Fahr mit mir.«

»Ich bleibe. Wenn du willst, kannst du mir Gesellschaft leisten.«

Harald legte seinen Mantel ab und entnahm der Seitentasche ein längliches Kuvert. »Das sind Urkunden, die du verwahren mußt.«

Robert legte sie zu den Briefen, die er unbeachtet gelassen hatte.

»Urkunden sind das!« wiederholte Harald mit Nachdruck.

»Ich hab' es gehört.«

Der Schwager blieb vor dem Tiepolo stehen, der über der Hochzeitstruhe hing. »Das Bild solltest du in Sicherheit bringen.«

»In Sicherheit vor was?«

»Kann man wissen, wie es weitergeht? Womöglich fallen eines Tages auch Bomben auf Berlin.«

»Dann kann ich nur hoffen, daß sie diese Wohnung treffen.«

»Versündige dich nicht!«

Robert machte eine wegwerfende Bewegung.

»Vielleicht gehe ich doch lieber.«

»Wie du willst.«

Harald nahm seinen Mantel. »Ich möchte dir nicht im Wege sein.«

»Das bist du nicht. Im Moment fühle ich mich allein aber wohler. Ich hoffe, du verstehst das.«

Der Freund umarmte ihn.

Harald begrub eine große Hoffnung, als er Robert verließ. Er hatte sich der Illusion hingegeben, auf dem geplanten Spaziergang zwei Dinge miteinander verquicken zu können: den Freund abzulenken und sich selbst von einem Druck zu befreien, den er allein nicht mehr ertragen konnte. Er brauchte Hilfe, wie Robert sie ihm früher oft gewährt hatte. Er war in die Hände eines morphiumsüchtigen Stabsarztes geraten, der ihn durch Injektionen von der Alkoholsucht befreit und ihm zu jener ungewöhnlichen Sonderstellung verholfen hatte, der er sich seit Monaten erfreute. Anfangs war er glücklich darüber gewesen. Inzwischen hatte er die Kehrseite der Medaille kennengelernt. Aus zwei Injektionen am Tage waren sechs geworden. Drei Ampullen, für die er eine horrende Summe zahlte, erhielt er täglich von dem Stabsarzt, der auf diese Weise seinen Eigenbedarf finanzierte. Den Rest lieferte ihm Mira, eine durch viele Hände gegangene frühere Assistentin des Mediziners, die Beziehungen seltsamster Art unterhielt. Ihre Forderung war nicht mit der des morphiumsüchtigen Arztes zu vergleichen. Sie begnügte sich mit Zärtlichkeiten. Mit der Zeit lehnte sich Harald jedoch gegen sie auf. Er wurde grob und beschimpfte sie bei jeder Kleinigkeit. Sie nahm dies in der fatalen Hoffnung hin, an seiner Seite dem unwürdigen Leben entfliehen zu können, in das sie geraten war.

Harald befürchtete, Mira zu erliegen. Nur einen Ausweg gab es noch für ihn: sich zu einer Entziehungskur zu entschließen. Wie aber sollte er die Kraft dazu aufbringen, wenn offensichtlich war, daß der Stabsarzt dann in ein Verfahren verwickelt werden würde, das den Verlust seiner Approbation und Bestrafung wegen ›Zersetzung der Wehrkraft‹ zur Folge haben mußte. Er selbst würde ebenfalls nicht straflos ausgehen und einer Truppe zugeteilt werden, bei der es ihm nicht möglich sein würde, sich nochmals eine Sonderstellung zu verschaffen. Nur einen Menschen gab es, der ihn zwingen konnte, den Weg zu gehen, der die letzte Rettung war: Robert! Ihm hatte er sich anvertrauen wollen. Er hatte es aber nicht fertiggebracht, den Schwager zu belasten.

Als Harald zum Wagen zurückkehrte, in dem Mira auf ihn wartete, sagte sie verwundert: »Nanu, das ging aber schnell.«

Er setzte sich hinter das Steuer und ließ den Motor an.

Sie nahm zwei Zigaretten zwischen die Lippen, zündete sie an und reichte ihm eine.

Er tat einen gierigen Zug.

»Wohin fahren wir?«

Das wußte er selber nicht. Aber ihm kam plötzlich ein Gedanke. Warum sprach er nicht mit Dorkas? Sie hatte stets Verständnis für ihn gehabt. Die Gefahr, daß er sich im Falle einer erneuten Enttäuschung betrinken und wieder alles zerschlagen würde, war nicht mehr gegeben. Es kam nur darauf an, Mira klarzumachen, daß er Dorkas sprechen mußte. »Ich werde nicht daran vorbeikommen, meine frühere Frau aufzusuchen«, sagte er nach kurzer Überlegung. »Mein Schwager geht vor die Hunde. Sie muß sich um ihn kümmern. Die beiden haben sich immer gut verstanden.«

»Und du glaubst, dafür Urlaub zu bekommen?«

»Jederzeit.«

»Ampullen vertraue ich dir nicht nochmals an. Während deines Aufenthaltes in Rheinberg hast du täglich sieben- bis achtmal gespritzt. Und dann bist du einfach früher zurückgekommen. Darauf lasse ich mich nicht wieder ein.«

Harald versuchte Mira zu überreden, ihm Ampullen für wenigstens vier Tage zu geben.

Vergebens. Sie erklärte mit sanfter Stimme: »Wenn du deine frühere Frau besuchen willst, mußt du mich schon mitnehmen.«

Das einzige, was er erreichen konnte, war die Zusage, daß sie ihn in St. Gilgen seiner Wege gehen lassen würde.

Eine Woche später fuhren sie gemeinsam an den Wolfgangsee, der durch den gerade gefallenen ersten Schnee einer schwarzglänzenden Scheibe glich. Im Hotel Billroth erhielten sie zwei Zimmer, und da Harald sich unverzüglich auf den Weg zu Dorkas machen wollte und er ohnehin stark abgefallen war, gab Mira ihm eine Injektion.

»Wahrscheinlich wirst du länger als zwei Stunden fortbleiben«, sagte sie. »Ich gebe dir deshalb die Spritze und eine Ampulle mit.«

»Das wird nicht reichen. Bestimmt möchte Dorkas, daß ich bei ihr zu Abend esse.«

»Das ist eure Sache«, erwiderte Mira. »Ich möchte zwischendurch einen Lagebericht erhalten. Komm also zu gegebener Zeit zurück.«

»Dir geht es nur darum, meine Abhängigkeit zu dokumentieren«, empörte er sich.

Sie zuckte die Achseln. »Darf ein von den Männern auf den Hund gebrachtes Mädchen nicht auch seinen Ehrgeiz haben?«

Er steckte Spritze und Ampulle in die Brusttasche seines Mantels und machte sich mit einer Schachtel ›Mozartkugeln‹ und einem Beutel Bonbons, die er in Salzburg erstanden hatte, auf den Weg zu dem kleinen Ferienhaus, das Dorkas bewohnte. Es lag nicht weit vom Hotel entfernt am See. Da er ihr ein Telegramm gesandt hatte, rechnete er damit, daß sie nach ihm Ausschau halten würde.

Dorkas eilte ihm tatsächlich plötzlich entgegen. »Harald!« rief sie und umarmte ihn. »Ich freue mich, dich wiederzusehen.«

Er nutzte die Situation aus und küßte ihre Lippen.

Sie lachte. »Frecher Kerl! Du siehst aber hervorragend aus.«

»Ich fühle mich auch großartig«, sagte er und betrachtete sie prüfend. »Die Luft hier scheint dir gut zu bekommen.«

Ihre Miene verdunkelte sich. »Erzähl von Robert. Wie geht es ihm? Carlas Tod hat mich völlig fertiggemacht. Ich bin tagelang aus dem Heulen nicht herausgekommen.«

»Wenn Robert das könnte, hätte er es leichter. Ich fürchte, er hat noch keine Träne geweint. In ihm ist etwas zerbrochen.«

Dorkas führte Harald in ein kleines Holzhaus, das wenig Komfort bot, aber gemütlich eingerichtet war. »Nimm Platz«, sagte sie und wies auf einen gedeckten Kaffeetisch.

Er reichte ihr die Schachtel Konfekt und fragte: »Wo steckt Carolin?«

»In Ischl bei Bekannten.«

»Du hast sie meinetwegen fortgeschickt?«

»Das klingt härter, als es ist. Ich wußte nicht, in welcher Verfassung du bist, und wollte verhindern . . .«

»Ich verstehe«, unterbrach er sie. »Für das Kind muß mein damaliges Verhalten entsetzlich gewesen sein.«

Dorkas zündete eine Kerze an und schenkte Kaffee ein. »Ich habe Carolin auch aus einem anderen Grund fortgeschickt. Wie du weißt, war ich in Berlin mit einem Mann liiert . . .«

»War?« fiel Harald hoffnungsvoll ein.

»Daß ich heute hier lebe, hängt damit zusammen. Ich wollte Abstand gewinnen. Dabei kam mir zustatten, daß ich in Salzburg jemanden kennenlernte, von dem ich glaubte, er sei mir vom lieben Gott geschickt. Zauberhafte Wochen und eine schreckliche Ernüchterung waren die Folge. Zu Carolin war mein Bekannter fast so nett, wie du es seinerzeit warst. Ich muß deshalb im Augenblick darauf bedacht sein, keine Erinnerungen in ihr zu wecken.«

Harald tastete nach ihrer Hand. »Sollten wir beide es nicht nochmals versuchen?«

Dorkas schüttelte den Kopf. »Erzähl von Carla. Wieso war sie ausgerechnet in jener Nacht in Köln?«

Sie sprachen nun nur noch von der Verstorbenen und von Robert, dessen Gemütsverfassung Harald Sorge bereite. »Du würdest ihn nicht wiedererkennen«, sagte er. »Ich wollte mich in einer bestimmten Sache an ihn wenden, habe es jedoch nicht gewagt.«

»Kann ich dir behilflich sein?«

»Ach, Kindchen . . . Du könntest es schon. Es wäre aber ein Opfer für dich. Ich bin Morphinist geworden.«

»Um Gottes willen, Harald!«

»Sechs Ampullen benötige ich pro Tag. Ich bin in die Klauen eines Stabsarztes und seiner heruntergekommenen Assistentin geraten. Er verlangt dicke Summen von mir. Sie möchte meine Frau werden. Ich bin machtlos. Man hat mich in der Hand.«

»Das verstehe ich nicht«, sagte Dorkas. »Es gibt doch Entziehungssanatorien.«

Harald schilderte das Problem, vor dem er stand, und er betonte nachdrücklich, zu allem bereit zu sein, sofern der Arzt nicht gefährdet werde. »Das ist jedoch unmöglich«, fügte er hinzu. »Ich habe deshalb gedacht: Wenn du . . .«

»Das würde dir nicht helfen«, fiel Dorkas unwillig ein. »Was dir fehlt, ist ärztliche Betreuung.«

»Den Stabsarzt werde ich keinesfalls in Gefahr bringen.«

»Das ist auch nicht nötig. Du brauchst ihm nur zu sagen, er soll dich in eine Entziehungsanstalt einweisen. Begründungen gibt es genügend. Du kannst beispielsweise infolge von Injektionen, die er dir wegen irgendeiner Krankheit geben mußte, süchtig geworden sein. So etwas passiert und kann weder dem einen noch dem anderen zur Last gelegt werden.«

Harald richtete sich auf. »Das ist eine gute Idee. Darauf werde ich mir schnell ein Spritzchen geben. Es wird ohnehin bald Zeit!« Er wußte, daß er übertrieb, aber die Vorstellung, von der Sucht befreit zu werden, animierte ihn, sich noch so oft wie möglich der Droge zu bedienen. »Entschuldige mich einen Moment.«

Dorkas blickte beklommen hinter ihm her.

Auf dem Flur erledigte er sich seines Jacketts. Dann präparierte er die Spritze und ging in die Toilette, wo er an das Waschbecken herantrat und sich im Spiegel betrachtete. Seine Haut sah grau aus, seine Augen waren ausdruckslos. Ohne zu zögern, stieß er die Injektionsnadel durch den Hemdsärmel in den Oberarm und beobachtete fast lustvoll, wie sich der Ausdruck seines Gesichtes veränderte. Seine Augen weiteten sich und erhielten ihren Glanz zurück. Ein befreiendes Gefühl durchströmte ihn. Alles wurde leicht. Die Welt erhielt wieder Farbe. Ihm war es, als sinke er in ein weiches Kissen. Seine Wangen röteten sich. Er fuhr sich mit der Zunge über die Lippen. Herrgott, gibt es schöne Augenblicke im Leben! Plötzlich aber durchzuckte es ihn. Der Stabsarzt würde ihn niemals in eine Entziehungsanstalt einweisen, weil er sich dann der Quelle beraubte, die so munter floß.

Harald konnte nicht schnell genug zu Dorkas zurückkehren.

Sie schaute ihm besorgt entgegen.

»Es geht nicht«, sagte er. »Der Arzt wird mir nicht helfen.«

Sie staunte über sein blühendes Aussehen. »Und warum nicht?«

Harald erläuterte es ihr.

Dorkas drückte die Zigarette aus, die sie in seiner Abwesenheit geraucht hatte. »Du täuschst dich. Wenn du ihm erklärst, daß du auf Einweisung in ein Sanatorium bestehst und gewillt bist, notfalls Meldung zu erstatten, wird er deinem Wunsch entsprechen.«

Harald ließ sich in einen Sessel fallen. »Das ist die Lösung. Auch ich habe ihn in der Hand! Mein Gott, Dorkas, ich danke meinem Schöpfer, daß ich zu dir gefahren bin. Ich hatte niemanden, mit dem ich sprechen konnte. Vor lauter Bäumen sah ich den Wald nicht mehr. Und wer weiß, vielleicht finden wir doch wieder zusammen.«

Sie trat an das Fenster, das einen Blick auf den See gestattete. »Nein, Harald. Es ist . . .« Sie verstummte, da sie am Ufer ein blasses Mädchen entdeckte. Obwohl es wieder schneite, war es ohne Kopfbedeckung. Es stand regungslos da und schaute zum Haus herüber. Sein Haar fiel naß auf die Schultern herab. Etwas erbarmungswürdiges ging von ihm aus.

Dorkas drehte sich um. »Bist du allein nach Sankt Gilgen gekommen?«

Harald zögerte mit der Antwort. »Nein. Die Assistentin, von der ich sprach, hat mich begleitet. Weißt du, wegen der Ampullen.«

»Sie steht draußen. Du solltest dich um sie kümmern«, sagte Dorkas und dachte: Wie verworren doch alles geworden ist. Wie grenzenlos verworren.

Für Robert Schroeder war es ein Segen, daß er in den nächsten Wochen und Monaten ungewöhnlich viel zu fliegen hatte. Höchstens ein- bis zweimal in der Woche übernachtete er in seiner Wohnung. In Städten wie Düsseldorf, Mannheim, Saarbrücken, Linz, Prag, Mailand und Paris zählten er und sein Funker bald zu den Stammgästen der ersten Hotels, in denen sie wohnen mußten, um jederzeit in erreichbarer Nähe zu sein. Hatte es am Abend noch geheißen, daß im Morgengrauen nach Berlin zurückgeflogen werde, dann war es nichts Außergewöhnliches, wenn überhaupt nicht gestartet wurde oder der Staatssekretär um Mitternacht plötzlich erklärte, der Chef dieses oder jenes Werkes sei so früh wie möglich abzuholen und nach Paris oder sonstwohin zu fliegen. Nach der Wetterlage wurde nicht gefragt. Es interessierte sich auch niemand für die Landschaft, die überflogen wurde. Man konferierte oder diktierte, und nur wenn Eisbrocken von den Luftschrauben abplatzten und knallend gegen den Rumpf schlugen, wurde es still in der Kabine.

Den Staatssekretär konnte das allerdings nicht erschrecken. Er lachte in solchen Momenten und diktierte weiter, als sei nichts geschehen. Er selbst aber erschreckte seine Sekretärinnen und Gäste, wenn er, was immer wieder vorkam, seine Zahnprothese unvermittelt aus dem Mund nahm und mit seinen dicken Fingern das Zahnfleisch massierte.

Das Wochenende verbrachte Robert Schroeder durchweg in Berlin.

Am Sonntag vormittag rief er Carlas Vater an, und am Nachmittag besuchte er in schöner Regelmäßigkeit seine Eltern. Harald bekam er für lange Zeit nicht zu sehen. Der Schwager hatte ihm über seinen Geschäftsführer mitteilen lassen, daß er infolge vielfacher Injektionen, die eine schwere Ischiaserkrankung notwendig gemacht hätten, morphiumsüchtig geworden und in ein Sanatorium eingewiesen sei. Dem Vater habe er dies verschwiegen und erklärt, durch Verlegung der Flakeinheit vorerst nicht in der Lage zu sein, ihn anzurufen.

Von Dorkas erhielt Robert nun oftmals Briefe, die er ebenso ungelesen beiseite legte, wie die übrige Post. Er kam über Carlas Tod nicht hinweg und nahm eigentlich nur noch arbeitsmäßig am Leben teil. Nicht einmal Zeitungen las er. Das war freilich kein Fehler, da alle Berichte über einen Leisten geschlagen waren. Und über die Kriegslage informierte ihn sein Vater, der es schätzte, nach der sonntäglichen Kaffeestunde einen ausgiebigen Monolog über das Geschehen an den Fronten zu führen. Dies war für alle angenehm. Robert brauchte nicht zu sprechen, die Mutter genoß es, zuzuhören, und dem Vater war es ein Vergnügen, sich am Vormarsch der im Augenblick überall siegreichen deutschen Truppen zu erbauen.

»Was ist dieser Mussolini doch für ein aufgeblasener Tropf!« resümierte er. »Schickt von Abessinien Truppen in die Cyrenaika und verliert in zwei Monaten hundertdreißigtausend Mann. Und das bei einem Verlust der Briten von fünfhundert Soldaten! Daraufhin natürlich großes Geschrei. Hitler muß sich ins Fäustchen gelacht haben. Nun kann General Rommel den Italienern, den Engländern und der ganzen Welt zeigen, was deutsche Disziplin, Zucht und Ordnung ist. Am vierten April Benghasi eingenommen! Am achten Tobruk eingeschlossen! Am neunten Bardia erobert! Am dreizehnten Sollum! Im Nu wurde die ägyptische Grenze erreicht! Hahaha . . .! Diese Katzelmacher!

Das gleiche Theater in Griechenland. Mussolinis Angriff führte dazu, daß griechische Truppen ein Drittel von Albanien eroberten. Die Briten errichteten Luft- und Seestützpunkte auf Kreta. Natürlich setzte auch hier gleich wieder das sattsam bekannte Ei-weih-Geschrei ein. Und Hitler, dieser hilfsbereite Mensch, stellte sich seinem unbotmäßigen Verbündeten zur Verfügung. Ich hatte schon gehofft, daß er ihn diesmal schmoren lassen würde. Aber dann wäre die deutsche Südostflanke gefährdet gewesen. Wie Anno fünfzehn. So gesehen war es richtig, einzugreifen und Nägel mit Köpfen zu machen. Es hat sich ja auch gelohnt. Jetzt haben wir Bulgarien und Jugoslawien ebenfalls in der Tasche. Und die unverschämte Bande, die da glaubte, in Belgrad einen Militärputsch anzetteln zu können, hat ihren Denkzettel erhalten.«

Was Vater Schroeder einen ›Denkzettel‹ nannte, bekam Robert zu sehen, als er über Belgrad fliegen mußte. In rollendem Einsatz hatten deutsche Bombergeschwader die ungeschützte und strategisch bedeutungslose Stadt in Trümmer gelegt. Hitler hatte sich nicht gescheut, der Aktion das Kennwort ›Operation Bestrafung‹ zu geben. Unschuldige Menschen mußten dafür büßen, daß sich das jugoslawische Militär gegen Pressions- und Bestechungsdiplomatie aufgelehnt hatte.

Der Anblick der mutwillig zerstörten Stadt ließ in Robert Schroeder erstmals wieder eine lebhafte Regung aufkommen. Er war außer sich. Wie in Polen, so war auch hier ein mörderischer Befehl erteilt worden.

Er dachte an Gerd, der Kämpfe in Afrika, auf dem Balkan und in Griechenland vorausgesagt hatte. Wieso war sein Bruder immer so gut informiert? War er womöglich Agent? Wenn ja, in wessen Auftrag? Für Mussolini arbeitete er bestimmt nicht. Für Deutschland? Getarnt als Gegner Adolf Hitlers? Ihm war so etwas zuzutrauen.

Robert erinnerte sich an diese Überlegung, als er wenige Tage später mit Gerd zusammentraf. Kurz vor Mittag hatte er Hals über Kopf nach Rom fliegen müssen. Weder er noch Manfred Dräger hatten Zeit gehabt, etwas zu essen. Dem Staatssekretär und seiner Sekretärin schien es nicht anders ergangen zu sein. Beide baten gleich nach dem Start um ›Schoka-Kola‹, über die der Funker stets verfügte.

Manfred Dräger war überhaupt sehr umsichtig und tüchtig, manchmal allerdings auch reichlich selbstherrlich. So meldete er Robert Schroeder gut anderthalb Stunden vor der Landung: »Ihr Bruder ist verständigt. Er holt Sie ab.«

Da Robert vorgehabt hatte, Gerd und Maja nicht aufzusuchen, fuhr er den Funker erbost an: »Tun Sie gefälligst nur, was ich Ihnen sage. Außerdem möchte ich wissen, woher Sie die Telefonnummer haben.«

»Die hab' ich mir das letzte Mal hinter die Ohren geschrieben.«

»Um was geht's?« mischte sich der Staatssekretär ein.

Manfred Dräger grinste. »Ich war ein bißchen voreilig.«

»Indem Sie den Bruder unseres Kapitäns verständigt haben?«

»Ja.«

»Dann haben Sie mir einen Gefallen getan. Ich muß ihn nämlich dringend sprechen.«

Robert Schroeder beschäftigte sich mit der Landkarte, um seinen Unwillen zu verbergen. Daheim lagen mehrere Briefe von Gerd und Maja, die er nicht geöffnet hatte. Sein Denken war immer noch nicht normalisiert. Er fühlte sich vom kontaktlosen Leben wie durch ein Vakuum geschützt.

Es machte ihm deshalb auch nichts aus, als er in Rom sah, daß der Staatssekretär das Flugzeug gleich nach dem Abstellen der Motoren überstürzt verließ und auf seinen Bruder zueilte, mit dem er im Flughafengebäude verschwand. Irgend etwas schien im Gange zu sein. Der plötzliche Start in Berlin und die Tatsache, daß der Rückflug am nächsten Morgen um fünf Uhr angetreten werden sollte, sprachen dafür. Robert Schroeder vermutete richtig. Dennoch betraf das Gespräch, das zwischen dem Amtschef und seinem Bruder geführt wurde, zunächst nur ihn.

»An Bord gab es Ärger, weil der Funker Sie über unsere Ankunft informiert hatte«, sagte der Staatssekretär. »Ich habe natürlich nicht preisgegeben, daß Sie ohnehin hier gewesen wären.«

Gerd Schroeder ließ seine kleine goldene Uhr wie einen Propeller herumwirbeln. »Mein Bruder wollte, daß ich nicht informiert werde?«

»Offensichtlich.«

»Er scheint sich völlig abzukapseln. Vier, fünf Briefe haben wir ihm geschrieben. Er antwortet nicht. Der Tod seiner Frau muß ihn völlig verändert haben.«

Der Amtschef griff nach Gerd Schroeders Arm. »Was sagen Sie da? Der Tod seiner Frau ...? Davon weiß ich ja nichts. Wann ist sie gestorben?«

»Vor einem halben Jahr. Und zwar in der Nacht zum Sonntag, an dem Sie hier waren und wir Verhandlungen miteinander führten. Meine Schwägerin geriet in einen Bombenangriff. Am darauffolgenden Tag wollte mein Bruder mit ihr das Wiedersehen feiern. Er war ja direkt von der Front zu Ihnen gekommen.«

Der Staatssekretär ließ seinen schweren Körper auf eine Bank fallen. »Und ich habe ihn damals zurechtgestaucht, weil er nicht aufzufinden war.«

»Hat er Ihnen denn nichts gesagt?«

»Kein Wort.«

»Er scheint einen Knacks bekommen zu haben.«

»Zumindest will er über den Tod seiner Frau nicht sprechen. Wir müssen das berücksichtigen.«

Gerd Schroeder steckte seine Uhr zurück. »Sie haben recht. Ich sehe jetzt klarer und bin froh, daß wir über meinen Bruder gesprochen haben.«

»Ich ebenfalls.« Der Amtschef gab sich einen Ruck und stand auf. »Haben Sie den Osten gemeint, als wir heute vormittag miteinander telefonierten?«

»Ich durfte mich nicht deutlicher ausdrücken.«

»Deshalb bin ich gleich hierhergeflogen.«

»Was mich sehr in Erstaunen versetzt hat.«

Der Staatssekretär dämpfte seine Stimme, als fürchte er, belauscht zu werden. »Sie werden sich nicht mehr wundern, wenn ich Ihnen sage, daß ich heute morgen aus heiterem Himmel die Weisung erhalten habe, mich auf einen zweiwöchigen Trip durch jenes Land vorzubereiten.

Und zwar mit dem eigenen Flugzeug. Der Abreisetermin wird mir in den nächsten Tagen genannt.«

Gerd Schroeder spitzte die Lippen. »Das gibt allerdings zu denken. Unter welchem Motto soll das Unternehmen gestartet werden?«

»Prüfung der Erstellungsmöglichkeiten von Fabriken für synthetische Fasern.«

»Sie reisen nicht als Amtschef des Ministeriums?«

»Nein.«

»Geschickt eingefädelt.«

»Ist die Sache im Osten nun wirklich verschoben worden?«

»Um volle vier Wochen. Dafür verbürge ich mich. Sonst könnten Sie ja auch gar nicht starten.«

»Das ist richtig.«

»Der Ihnen erteilte Auftrag scheint ein Tarnungsmanöver zu sein.«

»Sie meinen, man will die Gegenseite in Sicherheit wiegen?«

»Es sieht so aus.«

»Ich wollte, wir wären schon zurück.«

»Sie machen sich Sorgen?«

»Das wäre übertrieben. Ich fühle mich aber nicht mehr wohl in meiner Haut.«

Gerd Schroeder lachte. »Sonst haben wir nichts zu besprechen?«

»Zur Zeit ist ja alles klar. Ich benutze den Aufenthalt natürlich zu einem Gespräch mit den Chemikern der ›Snia‹. Gekommen bin ich allerdings nur, um mir Gewißheit über den Osten zu beschaffen.«

»Sie können unbesorgt sein. Kreta muß vorher auch noch gesäubert werden.«

Der Staatssekretär beugte sich vor. »Es war ein Fehler, Gibraltar nicht von Luftlandetruppen einnehmen zu lassen. Malta und Kreta wären dann keinen Pfifferling mehr wert gewesen.«

»Gewiß«, pflichtete ihm Gerd Schroeder bei. »Es war aber Franco, der Hitlers Plan durchkreuzte. Klipp und klar hat er erklärt, daß es mit dem Nationalstolz der Spanier unvereinbar sei, ein von fremden Einheiten erobertes Gibraltar als Geschenk entgegenzunehmen.«

»A la bonne heure!«

»In Spanien wachsen eben noch echte Granden.«

Als Robert Schroeder am folgenden Morgen nach Berlin zurückflog, war er froh, sich mit Gerd und Maja getroffen zu haben. Beide waren taktvoll über das hinweggegangen, was ihn bedrückte. Wenn es auch ein stiller, besonnener Abend gewesen war, so deutete sich doch an, daß das nächste Treffen in einer gelösteren Form stattfinden würde.

»Hoffentlich dauert es nicht zu lange, bis du wiederkommst«, hatte Maja beim Abschied gesagt. »Auf alle Fälle wirst du dann nicht im Hotel, sondern bei uns wohnen.«

»Va bene!« hatte Robert geantwortet.

Er nahm es auch als etwas Gegebenes hin, daß ihn der Amtschef, die Sekretärin und der Funker an diesem Morgen anders als sonst begrüßten. Sie waren zurückhaltend und doch voller Wärme. Er vermutete, daß sie vom Schicksal seiner Frau erfahren hatten. Vor Monaten wäre er nervös geworden. Nun genügte es ihm, daß über Carla nicht gesprochen wurde.

Am anderen Tag forderte ihn der Staatssekretär auf, ins Thüringenhaus zu kommen, wo er ihm eine Rolle mit Kartenmaterial übergab und beinahe feierlich sagte: »Wir werden in der nächsten oder übernächsten Woche nach Rußland fliegen. Die Route liegt noch nicht fest. Beschäftigen Sie sich aber schon jetzt mit diesen Karten, die mir von der sowjetischen Botschaft zur Verfügung gestellt wurden. Die Beschriftung ist kyrillisch. Übertragen Sie die Namen der bedeutendsten Städte aus deutschen Karten, von denen Sie jedoch keine mitnehmen dürfen. Die Frequenzen der Peiler erhält Ihr Funker, sobald feststeht, welche Orte angeflogen werden. Moskau und einige Städte am Unterlauf des Don und der Wolga werden mit ziemlicher Gewißheit dazugehören.«

Robert Schroeder wurde lebhaft, wie er es seit Monaten nicht mehr gewesen war. »Bis wir starten, werde ich nicht mehr ruhig schlafen.«

Eine Woche später lag die Route fest, und Robert Schroeders Herz klopfte schneller, als er hörte, wohin er fliegen sollte. Über Winniza, Cherson, Rostow, Baku und Astrachan nach Moskau. Er lebte auf. Dies spürte sogar Eberhard von der Heid, als Robert ihn am Sonntag anrief und ihm erzählte, zu welchem Flug er starten sollte.

»Mein Gott, Junge«, sagte Carlas Vater beklommen. »Hoffentlich übernimmst du dich da nicht.«

»Ach wo, Paps. Um den Auftrag werde ich beneidet. Leider werde ich dich nun am nächsten Sonntag nicht anrufen können.«

»Ich muß mich eben daran gewöhnen, daß es immer einsamer um mich wird.«

»Das solltest du nicht sagen. In spätestens zehn bis zwölf Tagen bin ich zurück. Ich besuche dich dann und erzähle dir alles haargenau.«

Diese Aussicht versöhnte Eberhard von der Heid. Er freute sich darüber, daß sein Schwiegersohn endlich etwas von der Lethargie verloren hatte, die über ihn gekommen war.

Völlig anders reagierten Roberts Eltern. »Ich verstehe nicht, wie du darauf erpicht sein kannst, in ein so primitives Land zu reisen«, sagte die Mutter. »Dort sind die Straßen nicht einmal gepflastert.«

»Aber Mama, ich fliege doch!«

»Und alle Russen sind Kommunisten.«

»Die der Führer schon noch auf Vordermann bringen wird«, ergänzte der Vater. »Kommt Zeit, kommt Rat. Was mich im Augenblick viel mehr bewegt, ist die Tatsache, daß Robert in Winniza übernachten wird. Diese Judenstadt! Ihr wißt ja, daß dort meine beiden Kameraden erschossen wurden. Wenn ich damals gewußt hätte, daß mein Sohn einmal in Winniza landen und als freier Mann durch die Straßen gehen würde, hätte ich die Schmach leichter ertragen.«

An diesen Satz mußte Robert Schroeder denken, als er wenige Tage später über das Gouvernement Podolien hinweg auf Winniza zuflog. Er war überwältigt von der unendlichen Weite des unter ihm liegenden ›Niederlandes‹, das zu den fruchtbarsten Teilen Rußlands zählt. So weit das Auge reichte, sah er mustergültig bestellte Felder. Ihre Furchen verliefen von Horizont zu Horizont und wurden durch nichts unterbrochen. Bis zu zwanzig Kilometer legte er zurück, ohne eine Straße, eine Siedlung, ein Haus oder einen Menschen gesehen zu haben. Die gewaltige Größe des Landes, in dessen Randgebiet er gerade erst eingedrungen war, faszinierte ihn. Neben dem befreienden Gefühl, das die ungebrochene Weite in ihm auslöste, empfand er allerdings Beklemmung bei dem Gedanken, in solcher Einsamkeit leben zu müssen. Stunde um Stunde flog er nach Osten. Was mochte Napoleon für Vorstellungen gehabt haben, als er glaubte, dieses Land unterwerfen zu können?

In Winniza wurde der Staatssekretär von einem Russen empfangen, der ausgezeichnet Deutsch sprach und beauftragt war, am Weiterflug teilzunehmen. Die Gründe lagen auf der Hand. Aber wenn der Begleiter auch eine gewisse Kontrolle ausüben und das Überfliegen bestimmter Gebiete verhindern sollte, so erwies sich seine Anwesenheit doch als außerordentlich wertvoll. Er kannte Land und Leute und wußte viel Interessantes zu berichten.

Je mehr sie sich dem Schwarzen Meer näherten, um so unfruchtbarer und eintöniger wurde das Land, das schließlich in eine trostlose Steppe überging. Dann wurde das Asowsche Meer erreicht, das in seinem westlichen Teil bis zu einer Breite von zwanzig Kilometern völlig flach und mit Schilf bewachsen war. Vom Motorenlärm erschreckt, stiegen Wasservögel in solchen Scharen auf, daß Robert Schroeder mehrfach nur durch schnell eingeleitete Steilkurven verhindern konnte, in sie hineinzugeraten.

Der Sinn des Rußlandfluges wurde ihm aber immer unklarer. Was hatte es für einen Zweck, daß sie beispielsweise in Rostow eine Traktorenfabrik besichtigten? Und warum war die Flugroute so gelegt, daß sie fast nur über Felder, Steppen und Meere hinwegführte?

Das galt auch für die Strecke von Rostow nach Baku. Hier hatte das Asowsche Meer in noch geschichtlicher Vorzeit eine Einheit mit dem Kaspischen Meer gebildet. Man konnte sehen, daß zeitweilig immer noch Wasser aus dem Manytsch in den Kuma und von dort in das sechsundzwanzig Meter unter dem Spiegel des Schwarzen Meeres gelegene Kaspische Meer fließt. Über den nordwestlichen Teil der Kirgisensteppe und weiter entlang den Küsten von Dagestan und Aserbaidschan führte der Flug nach Baku wiederum nur über fast unbewohnte Gebiete. Auf diesem Streckenabschnitt waren die Gegensätze jedoch so groß, daß er abwechslungsreich und erregend blieb. Im gelben und grauen Sand der Kirgisensteppe waren Flüsse zu sehen, die im Sande versiegten oder in abflußlosen Salzseen endeten. Entlang der flachen Küste des Kaspischen Meeres segelten viele der kleinen persischen und turkmenischen Boote, die mit einer drei- bis vierköpfigen Besatzung zwischen Astrachan und Asterabad hin und her pendeln und für die zwölfhundert Kilometer lange Strecke jeweils zwei bis drei Monate benötigen.

Phantastisch war das Bild, das Baku bot. Während das Gelände und das Meer nördlich der Metropole von Bohrtürmen übersät war und über zahllosen Gasquellen die Flammen der schon vor Jahrhunderten von den Parsen verehrten ›Ewigen Feuer‹ wehten, hatte die auf der Südseite der Halbinsel Apscheron liegende Stadt keinerlei industriellen Charakter. Sie machte einen absolut asiatischen Eindruck. Enge Gassen und Häuser mit flachen Dächern zogen sich in Terrassen einen Hügel hinauf, auf dem sich die Ruinen eines in grauer Vorzeit erbauten Palastes und einer ehemaligen Moschee befanden. Nur am kreisförmig angelegten Hafen standen Gebäude in europäischer Bauart.

Weniger exotisch, jedoch bunter und aufregender als Baku mutete die zwischen den Mündungsarmen der Wolga auf einer großen Insel gelegene Stadt Astrachan an, die, obwohl Hafenstadt und im Kaviargeschäft dominierend, von herrlichen Obst- und Weingärten umgeben war. Nur der Kreml, die Festung, und die sogenannte ›Weiße Stadt‹ besaßen Steinhäuser; die als ›Sloboden‹ bezeichneten Vorstädte, von denen die kasanische, sibirische und tatarische die größten waren, kannten lediglich hölzerne Hütten und kotige Straßen. Nach orientalischer Art waren in großen Bazaren die Handelsgeschäfte untergebracht.

Aber nicht das hektische Treiben gab der Stadt ihr verwirrendes Gepräge. Die Hauptimpulse gingen von dem bunten Völkergemisch aus, das Groß- und Kleinrussen, Kosaken, Tataren, Kalmücken, Kirgisen, Armenier, Tschuwaschen, Tscheremissen, Grusinier, Perser, Inder, Bucharen, Turkmenen, Kisilbaschen und Griechen bildeten. Und wem das Treiben zu bunt wurde, der brauchte sich nur an den Rand der Stadt zu begeben, wo in hervorragend angelegten Gärten

Pfirsiche und Aprikosen, Birnen und Äpfel, Zucker- und Wassermelonen sowie die in ganz Rußland geschätzten Trauben von Astrachan wuchsen. Über den Gärten wölbte sich ein pastellblauer Himmel. Der Horizont versank in goldenem Dunst. Die Luft war geschwängert vom würzigen Duft der Küchengewächse, auf deren Anbau sich die Tataren spezialisiert hatten.

Robert Schroeder genoß den Aufenthalt in Astrachan. Manfred Dräger nannte die Stadt ein Drecksloch und machte keine Spaziergänge. Er stellte sich in die Reihen derer, die für ein Kilo Kaviar gerne Schlange stehen. Und der Staatssekretär, der aus unerklärlichen Gründen von Tag zu Tag nervöser wurde, traf in Astrachan mit einem Wissenschaftler zusammen, der ihn in lebhafte Diskussionen über die Herstellung von synthetischen Fasern verwickelte und in Robert Schroeders Navigationskarte viele Punkte markierte, die in den nächsten Tagen am Don angesteuert werden sollten.

Zunächst ging es über eine Strecke von vierhundert Kilometern an der in ihrem Unterlauf fast geradlinig dahinfließenden Wolga entlang, bis diese bei Stalingrad mit einem scharfen Knick von Nordwesten nach Südosten verläuft. Die Stadt selbst bekamen sie nicht zu sehen, da der Reisebegleiter einen Kurs vorschrieb, der direkt auf den nicht weit entfernt gelegenen großen Flußbogen führte, den der Don am Wolga-Höhenrücken in Richtung auf das Asowsche Meer macht.

»Sperrgebiet«, sagte er. »Große Traktorenfabrik.«

»Die bestimmt auch kleine Spielzeugpanzer herstellt«, hänselte Manfred Dräger.

Der Russe, der stets zuvorkommend war, wurde eisig. »Ich nie gehört.«

Robert Schroeder grinste. »Mein Kamerad wird sich sein vorlautes Maul eines Tages verbrennen.«

Der Begleiter schien versöhnt zu sein und konterte geschickt: »Man sagt, daß solches in Deutschland ist leicht möglich. Hier nicht. Hier Rußland. Hier jeder kann reden, was er will.«

Na ja, dachte Robert Schroeder.

Entlang des Don, an dem alle in der Karte markierten Stellen angeflogen und mehrfach umkreist wurden, führte der Flug in den nächsten beiden Tagen über eine wellige und zum Teil von Wäldern durchzogene Landschaft nach Moskau, das am Spätnachmittag des 21. Juni 1941 erreicht wurde. Die großen Erwartungen aber, die Robert Schroeder und Manfred Dräger an die Metropole geknüpft hatten, gingen nicht in Erfüllung. Der Staatssekretär, der die Stadt bereits kannte, verpflichtete sie, sich im Intourist-Hotel aufzuhalten, und auf der Fahrt dorthin bekamen sie nur den Kreml und die auf dem Roten Platz im Kitai Gorod stehende phantastisch-bizarre Kathedrale des heiligen Basilius zu sehen. Sie waren deshalb nicht gerade in bester Stimmung, als sie um neun Uhr abends immer noch keinen Bescheid erhalten hatten und sich, getrieben vom Hunger, in den Speisesaal begaben. Auf der ganzen Reise war es noch nicht vorgekommen, daß sie ohne den Amtschef gegessen hatten.

»Nehmen wir nochmals Kaviar?« fragte Manfred Dräger.

Robert Schroeder nickte. »Es wäre dumm, die letzte Gelegenheit nicht auszunutzen. Bestimmt geht es morgen zurück. Als Abschiedstrunk schlage ich eine Flasche Krimsekt vor.«

»Aber trockenen!« sagte der Funker.

»Wir sind ganz schöne Genießer geworden.«

Manfred Dräger strich liebevoll über seinen Bauch. »Ich habe noch nie so gut gegessen wie in diesen Tagen.«

»Mir geht es ebenso. Ich bin erstaunt darüber, daß es die berühmte russische Küche auch unter dem kommunistischen Regime noch gibt.«

Beide gaben sich gerade genüßlich dem mit gehackten Zwiebeln und saurer Sahne servierten Kaviar hin, als der Staatssekretär sichtlich echauffiert im Speisesaal erschien.

»Schnell«, keuchte er mit gedämpfter Stimme. »Wir müssen sofort starten.«

»Jetzt in der Nacht?«

»Stellen Sie keine Fragen, sondern kommen Sie!«

»Hoffentlich genehmigen die Russen den Nachtstart.«

»Das ist bereits geklärt. Ich habe die Genehmigung erhalten. Meine Frau liegt im Sterben.«

Jedes weitere Wort erübrigte sich. Robert Schroeder und Manfred Dräger erhoben sich augenblicklich.

Minuten später fuhren sie mit dem Staatssekretär durch das nicht sonderlich erhellte Moskau zum Flughafen, wo bei weitem nicht alles so reibungslos verlief, wie es sich der Amtschef vorgestellt haben mochte. Der Schweiß trat ihm auf die Stirn. Es war fast elf Uhr MEZ, als Robert Schroeder zum Flug nach Berlin starten konnte.

Der Staatssekretär lockerte seine Krawatte und öffnete den Kragen. »Gott sei Dank!« stöhnte er wie erlöst. »Das wäre geschafft.«

Wie kann man so erleichtert sein, wenn die Frau im Sterben liegt, dachte Robert Schroeder irritiert.

Als hätte der Amtschef diesen Gedanken erraten, sagte er: »Die Geschichte mit meiner Frau mußte ich erfinden, um aus Moskau herauszukommen. Wahrscheinlich sind wir die letzten, die das geschafft haben.«

Robert Schroeder war betroffen. »Was wollen Sie damit sagen?«

»Es gibt Krieg mit Rußland.«

»Dann gnade uns Gott.«

»Meinen Sie, wir könnten unterliegen?«

»Wenn Sie in den nächsten fünfeinhalb Stunden die Sekunden zählen und sich vergegenwärtigen, daß wir in jeder Sekunde neunzig Meter zurücklegen, dann wissen Sie, wie weit der Weg von Berlin nach Moskau ist.«

Offensichtlich in eine Euphorie geratend, entgegnete der Staatssekretär: »Als Amtschef im Ministerium für Rüstung und Kriegsproduktion bin ich im Bilde. Ich garantiere Ihnen, daß Rußlands Armeen in Schlachten niedergerungen werden, wie sie die Welt noch nicht erlebt hat. Spätestens in zwei Monaten sind wir in Moskau. Hitler ist sich seiner Sache so sicher, daß er bereits befohlen hat, die Rüstungsproduktion radikal zu drosseln. Darüber hinaus hat er angeordnet, Winterkleidung nur für die Besatzungstruppe bereitzustellen. Das sage ich Ihnen natürlich im Vertrauen. In einer Stunde wie dieser ...«

»... muß man mit einem Motorausfall rechnen«, fiel Robert Schroeder respektlos ein. Das Gehörte hatte ihn widerspenstig gemacht.

»Malen Sie den Teufel nicht an die Wand«, wies ihn der Staatssekretär zurecht.

Robert Schroeder schaltete die Positionslampen aus und löschte das Kabinenlicht. »Ich steige vorsorglich auf fünftausend Meter. Ein Pilot kann sich nicht auf sein Glück verlassen.«

Von diesem Augenblick an wurde es still an Bord.

25

Im ersten Morgengrauen wurde die ostpreußische Grenze überflogen. Robert Schroeder meldete dies dem Staatssekretär, der ihn anwies, den Kurs zu ändern und auf dem Flugplatz des Führerhauptquartiers zu landen. Da weder auf russischem noch auf deutschem Gebiet Truppenbewegungen festzustellen gewesen waren, schien die Nachricht, die der Amtschef in Moskau erhalten hatte, zweifelhaft zu sein. Doch der Schein trog. Knapp eine Stunde nach der Landung meldete der Lautsprecher des Kasinos von Rastenburg, in dem Robert Schroeder und Manfred Dräger frühstückten, den Beginn des deutschen Angriffs auf Rußland. Nur zwanzig Minuten vor Ausbruch der Kampfhandlungen hatten sie die Grenze überflogen. Es wollte Robert Schroeder nicht in den Kopf, daß keiner von ihnen auch nur das Geringste von einem Aufmarsch bemerkt hatte. Für ihn grenzte dies an ein Wunder, und es überraschte ihn kaum, als der Staatssekretär nach einem zweistündigen Aufenthalt mit strahlender Miene zurückkehrte und voller Begeisterung erklärte:

»Nicht nur wir, auch die Russen haben nichts bemerkt. Keine Brücke wurde gesprengt, keine Straße zerstört. Noch heute morgen rollten Transportzüge mit Benzin und Öl über die Grenze. Es gibt keinen Widerstand. Die Überrumpelung ist auf der ganzen Linie gelungen.«

Später, in Berlin, klopfte er Robert Schroeder und Manfred Dräger auf die Schulter. »Danken wir unserem Schöpfer, daß er uns in letzter Minute gerettet hat. Wenn dieser eigensinnige Wissenschaftler sich durchgesetzt hätte und wir in Woronesch geblieben wären, müßten wir jetzt den Weg nach Sibirien antreten.«

»Der ist ja nicht wiederzuerkennen«, sagte der Funker, als der Staatssekretär davongefahren war.

Robert Schroeder schaute hinter dem Fahrzeug her. »Euphorie und schlechtes Gewissen! Wahrscheinlich würde er sich wohler fühlen, wenn er uns nicht mit Interna gefüttert hätte. Vergessen wir also das uns Anvertraute.«

Es war bereits zehn Uhr, als Robert Schroeder seine Wohnung erreichte. Er war zum Umfallen müde. Es bedrückte ihn, daß Deutschland erneut ohne jede Ankündigung über ein anderes Volk hergefallen war. Auch hielt er es für unmöglich, daß ein so riesiges Reich wie Rußland militärisch unterworfen werden könnte. Das sowjetische Volk tat ihm leid. Für das kommunistische System hatte er gewiß nichts übrig, die Russen aber hatte er schätzen und achten gelernt. Auf der ganzen Reise waren ihm nur freundliche und hilfsbereite Menschen begegnet.

Dann aber wurden seine Gedanken von einem Zettel, der an seiner Haustür befestigt war, in eine andere Richtung gelenkt.

›Bitte rufe uns gleich an. Wir haben dir etwas Dringendes mitzuteilen!‹, lautete die von seiner Mutter hinterlassene, nichts Gutes verheißende Nachricht.

Robert dachte an Conrad. Er eilte in die Wohnung und wählte die Telefonnummer der Eltern.

Die Mutter meldete sich.

»Ihr wollt mich sprechen?«

»Robert?« rief sie ungläubig und brach im nächsten Moment in einen Freudenschrei aus. »Mein Gott, Junge! Du machst dir keinen Begriff, wie wir gezittert haben, als vorhin die Meldung vom Einmarsch . . .«

»Robert!« rief der Vater dazwischen. »Bist du zurück?«

»Ja, ich war gestern abend noch in Moskau.«

»Er war gestern noch in Moskau!« Der Vater verfiel in ein hysterisches Gelächter. »Dann mußt du ja einen Teufelsritt unternommen haben!«

»Ach wo. Wir haben nur Glück gehabt.«

»Keine falsche Bescheidenheit! Du wirst den Russen ein Schnippchen geschlagen haben, das sie so schnell nicht vergessen werden. Herrgott, ist das eine Erleichterung. Jetzt können wir die Nachricht vom Einmarsch in Rußland genießen. Wir waren ja wie vor den Kopf gestoßen. Du in dem Land und . . .«

»Ich habe bittere Tränen geweint«, rief die Mutter, der es gelungen war, dem Vater den Hörer wieder abzunehmen. »Jetzt fühle ich mich wieder wohl. Du wirst überglücklich sein.«

»Ganz und gar nicht«, entgegnete Robert. »Dazu bin ich zu müde und zu deprimiert. Aber weshalb sollte ich euch anrufen?«

»O Gott, Robert.« Die Mutter stockte. »In der Freude über deine Rückkehr . . . Wir haben dir eine traurige Mitteilung zu machen. Eberhard ist gestorben.«

Robert glaubte nicht richtig zu hören.

»An einem Schlaganfall. Er hat nicht leiden müssen. Beim Frühstück ist er plötzlich vom Stuhl gefallen. Der Arzt sagt, er sei auf der Stelle tot gewesen. Eigentlich ein schöner Tod.«

»Wann ist das passiert?« fragte er mühsam beherrscht.

»Zwei Tage nach deinem Abflug. Wir haben noch gesagt: Jetzt wirst du am Schwarzen Meer sein. Selbstverständlich sind wir sofort nach Rheinberg gefahren. Du machst dir keinen Begriff, wieviel Menschen ihm die letzte Ehre erwiesen haben. Darunter Reichstagsabgeordnete, Gauleiter, Generale und Diplomaten. Es war erhebend. Leider fehlte außer dir auch Harald. Sein Geschäftsführer hat versucht ihn zu erreichen. Das war nicht möglich. Er ist in Afrika.«

»Bitte, entschuldige mich«, sagte Robert. Er konnte das Gerede beim besten Willen nicht ertragen. »Ich melde mich wieder.«

»Wenn du möchtest, daß ich . . .«

»Nein, danke.« Er legte den Hörer auf und sah im Geiste die Familiengruft. Carla lag nun zwischen ihren Eltern. Sollte er den Staatssekretär bitten, nach Bonn fliegen zu dürfen? Vielleicht später. Erst mußte er schlafen. Er konnte sich kaum noch auf den Beinen halten. Aber würde er schlafen können? Krieg mit Rußland! Der Schwiegervater gestorben! Ihm schwirrte der Schädel.

Am Abend riß ihn die Telefonglocke aus dem Halbschlaf. Der Amtschef war am Apparat und sagte mit Bedauern: »Soeben erfahre ich, daß Ihr Schwiegervater gestorben ist. Ich möchte Ihnen mein aufrichtiges Beileid aussprechen. Nehmen Sie das Flugzeug, wenn Sie nach Rheinberg fliegen möchten.«

Robert Schroeder zögerte nicht, von diesem Angebot Gebrauch zu machen. Er war aber sehr verwundert, als er Harald in Rheinberg antraf.

Der Schwager war in einer seltsamen Verfassung. »Mensch. Robert!« rief er wie erlöst. »Heute morgen hat mich deine Mutter angerufen und mir erzählt, daß du den Russen gerade noch von der Schippe gesprungen bist. Mir rettete der Tod meines Vaters das Leben. Die Engländer bereiten in Afrika eine Gegenoffensive vor, die unsere Einheiten schwer dezimieren wird. Jeden Tag kann es losgehen. Aber, das sage ich dir, ich kehre nicht in die Wüste zurück. Ich weiß, was ich tue. Ich werde ...«

»Moment«, unterbrach ihn Robert. »Ich bin gekommen, um das Grab aufzusuchen und nicht, um mich mit dir über den Krieg zu unterhalten.«

Harald sah ihn schuldbewußt an. »Hast recht. Es ist unverzeihlich von mir, daß ich vergaß ... Weißt du, ich bin schon vier Tage hier. Da ist man ...«

»Schon gut«, beschwichtigte ihn Robert.

»Wollen wir gleich zum Friedhof gehen?«

Robert hätte die Grabstätte lieber allein aufgesucht, doch das konnte er unter den gegebenen Umständen nicht sagen. Es blieb ihm nichts anderes übrig, als mit Harald zum Friedhof zu gehen. Konsterniert blieb er dort vor einem Berg verwelkter Blumen und Kränze stehen. Die Gruft war fast völlig verdeckt. Was ihn aber aufwühlte, war eine Marmortafel mit dem Namen seiner verstorbenen Frau. Immer wieder las er: ›Carla Schroeder geb. von der Heid‹. Er hatte das Gefühl, sie zum zweiten Male zu verlieren.

Es ging gewiß nicht mit rechten Dingen zu, daß Harald, den Robert im Flugzeug mit nach Berlin nahm, in den nächsten Wochen und Monaten unangefochten in der Stadt bleiben und sich um die Belange seines Verlages kümmern konnte. Ein Wagen stand ihm nicht mehr zur Verfügung. Er hatte jedoch, wie er sich ausdrückte, einen Taxifahrer ›dienstverpflichtet‹, der ihn des Morgens abholte und am Spätnachmittag zurückbrachte. Den Haushalt führte ihm Mira, die, im Gegensatz zu früher, recht adrett aussah.

Da Robert durch die Ausweitung der von den deutschen Truppen besetzten Gebiete mehr denn je zu fliegen hatte, bekam er seine Eltern nur selten zu sehen. Er hätte sie öfters aufsuchen können, unterließ es aber, weil es ihm lästig wurde, sich das von Jahr zu Jahr naiver werdende Siegesgeschnatter anzuhören. Wie Gläubige beim Eintreten in die Kirche niederknien und sich bekreuzigen, so hob der Vater die Hand zum Gruß, wenn er in der Diele am ›Altar‹ des Führers vorüberschritt. Die Wände des Billardzimmers hatte er mit Land- und Generalstabskarten ausstaffiert, vor denen er täglich Stunden verbrachte, um die jeweiligen Kämpfe ›nachzuvollziehen‹. Er berauschte sich an den Siegen und nannte es seine verdammte Pflicht und Schuldigkeit, das unerschrockene Vordringen der tapferen deutschen Soldaten in gebührender Form zu würdigen. Gemessen an Hitlers genialer Feldherrnschaft, schienen ihm Clausewitz, Schlieffen und Moltke die reinsten Waisenknaben zu sein. Wie eng und klein hatten die doch gedacht. Hitler hingegen operierte in großen Räumen und kesselte vierzig und mehr Divisionen mit einem Schlage ein. 328 000 Gefangene wurden im Raum von Bialystok-Nowogrodeck gezählt; 310000 zwischen Orscha und Witebsk; 665 000 ostwärts von Kiew. Die Panzergruppe Kleist eroberte das Donezbecken und drang längs des Asowschen Meeres bis Rostow vor. Damit befand sich das gesamte südrussische Industriegebiet in deutscher Hand.

Vater Schroeder frohlockte: »Wir sind gerächt, wir sind gerächt! Hitler hat uns Soldaten des Ersten Weltkrieges die Schulterstücke zurückgegeben.«

Das ungestüme und schier unbegreifliche Vorstürmen der deutschen Divisionen provozierte Emotionen und schlug auch Robert Schroeder in den Bann. Er war zutiefst beeindruckt von den gewaltigen Schlachten, die der ehemalige Gefreite Adolf Hitler siegreich schlug. Seine in Polen und bei der Vernichtung von Belgrad zutage getretene Grausamkeit verblaßte angesichts der errungenen Siege ebenso wie die Unmenschlichkeit all jener großen Feldherren und Herrscher, die sich vor ihm mit dem Blut ungezählter Menschen in das Buch der Geschichte eingeschrieben hatten.

Was würde Carla dazu sagen, überlegte Robert Schroeder. Sie würde ihn bestimmt gewarnt und gefragt haben: Wirst du wieder rückfällig?

Es war nicht zu leugnen, daß ihn der Glanz der Siege blendete. Kritiklos aber war er nicht geworden. Das konnte er wohl auch nicht werden, weil er, bedingt durch seine Tätigkeit, mehr zu sehen bekam, als andere. So erlebte er in Stalino, wie überrascht und erfreut namhafte Industrielle darüber waren, daß ein von ihnen zu übernehmendes Walzwerk keinerlei Beschädigung aufwies. Nichts war von den Russen zerstört worden. Nur der Hauptmotor war abmontiert und fortgeschafft. Und alle Werkzeuge fehlten. Nach dem Wieso und Warum befragt, erklärte ein Ukrainer:

»In Rußland Arbeiter wie Soldat. Wer erhält Befehl X, nimmt seine Sachen und geht zum Zug Y, der ihn fährt nach Z, wo gleiche Fabrik ist vorbereitet. Dort Arbeit geht weiter. Darum hier nur große Elektromotor abmontiert. Ihn ersetzen, kostet ein bis zwei Jahre.«

»In spätestens neun Monaten wird diese Walzstraße wieder in Betrieb sein«, versicherte einer der Industriellen und wandte sich

Robert Schroeder zu. »Sie werden mit einigen unserer Spezialisten nochmals hierherfliegen müssen.«

Robert Schroeder nahm dies zur Kenntnis, dachte aber: Wenn die Sowjets die Verlegung von Fabriken generalstabsmäßig eingeplant haben, dann kapitulieren sie nicht. Der Krieg wird länger dauern, als wir ahnen.

Daß die Planung der Russen noch viel tiefgreifender war, erkannte er, als er wenige Monate später wieder einmal nach Stalino flog. Das Walzwerk hatte sich in einen Trümmerhaufen verwandelt. Eine nüchterne Kalkulation hatte dies zuwege gebracht. Da die Walzstraße nicht arbeitete und keine Wärme ausstrahlte, wurden die auf die Hallen fallenden Schneemassen nicht zum Schmelzen gebracht. Die Belastung auf den Dächern wurde dadurch so groß, daß sie zusammenbrachen und alles unter sich begruben.

Überall gingen die zu hoch geschraubten Hoffnungen verloren. Sogar Roberts Vater, der nach den Kesselschlachten von Brjansk und Wjasma noch triumphiert hatte: »Damit erhöht sich die Zahl der Gefangenen um weitere sechshundertsechzigtausend Mann, und die Heeresgruppe Mitte kann jetzt getrost auf Moskau vorstoßen«, wurde kleinlaut, als russische Gegenangriffe und tiefer Schlamm den Vormarsch stoppten und Stalin die Verteidigung der Metropole bis zum letzten Mann befahl.

»Eine vorübergehende unglückliche Situation«, sagte er. »Sobald es friert, wird es weitergehen.«

»Und womit schützen sich unsere Landser vor der Kälte?« fragte Robert.

»Mit Mänteln, Fellstiefeln, Pelzhauben und Fausthandschuhen.«

»Und wenn die nicht zur Verfügung stehen?«

»Warum mußt du einem bloß immer die Freude verderben?« fuhr die Mutter unwillig dazwischen.

»Laß dich nicht beirren«, beruhigte sie der Vater. »Erstens sind die Sachen da. Und zweitens hat Hitler, wie wir vom Obergruppenführer wissen, den Befehl gegeben, Moskau dem Erdboden gleichzumachen. Die Stadt wird also brennen und Wärme ausstrahlen.«

»Ja, bist du von allen guten Geistern verlassen?« ereiferte sich Robert. »Du redest von der Vernichtung einer Stadt, als wäre das nichts?«

Der Vater straffte sich. »Den Kampf gegen das Untermenschentum kann man nicht mit Glacéhandschuhen führen! Und was die Vernichtung der Hauptstadt eines Gegners anbelangt, da erinnere ich an Catos Worte: ›Ceterum censeo, Carthaginem esse delendam.‹ – ›Ich bin der Meinung, daß Karthago zerstört werden muß‹.«

Roberts Stirnnarbe färbte sich rot. »Du weißt genau, weshalb er das sagte und daß sein Ausspruch nicht wörtlich zu nehmen ist.«

»Die Stadt ging dennoch in Flammen auf!«

»Aber als Folge von Kampfhandlungen! Ihre Vernichtung war nicht geplant. Zu Grausamkeiten solcher Art sind außer Hitler bis jetzt nur Männer wie Nero und Dschingis-Chan fähig gewesen.«

»Aber erlaube mal!« empörte sich der Vater. »Wie kannst du es wagen, den Führer des Großdeutschen Reiches mit solchen Wichten zu vergleichen?«

»Weil sie vergleichbar sind. Damit wir uns aber nicht in die Haare geraten, verabschiede ich mich jetzt lieber.«

Der Himmel über Deutschland verdunkelte sich. In Afrika gelang es den Briten, die Truppen General Rommels aus Tobruk, Benghasi und Bardia zu verdrängen. In Rußland mußten die bereits auf Sehweite an Moskau herangerückten Verbände das gewonnene Gelände wegen großer Verluste durch Erfrierungen wieder preisgeben. Dieser Rückschlag wäre vielleicht noch zu verkraften gewesen, wenn Deutschland und Italien sich auf Grund der Kriegserklärung Amerikas an Japan nicht fast zur gleichen Stunde gezwungen gesehen hätten, den Vereinigten Staaten den Kampf anzusagen. Und das in einem Augenblick, da das deutsche Volk zutiefst betroffen über den Aufruf der Regierung war, schnellstens Wintermäntel und warme Unterwäsche für die schutzlos der russischen Kälte ausgelieferten Soldaten zu spenden.

Die vor Beginn des Feldzuges von Hitler gegebene Weisung, keine Winterkleidung bereitzustellen, wurde ebenso vertuscht wie die Tatsache, daß die Kriegsproduktion weitgehend gedrosselt worden war und nun wieder angekurbelt werden mußte. Der Staatssekretär machte aus der Not eine Tugend. Er ergriff die Chance, aus dem vollen zu schöpfen, mit atemberaubender Vitalität, und er war so klug, seine Planung so anzulegen, daß die von ihm in Aussicht genommenen neuen Produktionsstätten selbst im Falle einer Ausweitung des Bombenkrieges nicht gefährdet werden konnten.

»Wir werden Flugmotoren am Gardasee herstellen«, erklärte er seinen verblüfften Abteilungsleitern. »Und zwar in den Tunnels der ›Gardesana‹. Ich schaue mir die Sache gleich morgen an, verpflichte Sie aber schon jetzt, sich darauf einzustellen, daß die genannte Straße uns ab übermorgen zur Verfügung steht.«

Robert Schroeder war wie elektrisiert, als der Staatssekretär ihn anrief und fragte: »Wo landen wir am zweckmäßigsten, wenn ich am Gardasee zu tun habe?«

»Je nachdem. Wenn Sie die Ostseite aufsuchen wollen . . .«

»Ich muß am See entlang nach Riva fahren«, unterbrach ihn der Amtschef.

»Dann sollten wir in Bergamo landen. Der Flugplatz liegt an der Autostrada Milano–Brescia. Von dort geht es über Salò zur sogenannten Gardesana.«

»Sie kennen die Gegend?«

»Ich besitze unterhalb des ersten Tunnels ein Grundstück. Unbedeutend«, fügte er hinzu. »Wenn ich Sie bis Gargnano begleiten dürfte . . .«

»Selbstverständlich. Wir werden in Zukunft oft dort zu tun haben.«

Robert dachte an Carla. Es bewegte ihn, den Ort wiederzusehen, den sie so heiß geliebt hatte. Er wurde deshalb beinahe ungehalten, als ihn am nächsten Morgen am Flugzeug ein junges Mädchen ansprach, das zielstrebig auf ihn zugegangen war, sehr apart aussah, große dunkle Augen hatte und ihm irgendwie bekannt vorkam. Sie trug eine fesche Kosakenmütze, aus der ihr kastanienbraunes Haar, das in Form eines Pagenkopfes geschnitten war, wie von einem Windstoß nach vorne geweht herausschaute. Ein glockig geschnittener ungarischer Wildledermantel, der im Rhythmus ihrer Schritte verführerisch schwang, paßte ausgezeichnet zu ihr.

»Herr Schroeder?« fragte sie mit weicher Stimme.

»Ja, bitte?«

»Erkennen Sie mich nicht?«

»Nein«, antwortete er wenig zuvorkommend.

»Vielleicht erinnern Sie sich, wenn ich Ihnen meinen Namen nenne. Ich heiße Nicole. Mein Bild und das Ihrer Gattin standen monatelang im gleichen Zimmer.«

Das Fotografiergesicht, schoß es ihm durch den Kopf. »Ja, jetzt erinnere ich mich. Entschuldigen Sie, daß ich Sie nicht erkannt habe. Wie geht es Detlef?«

»Soweit gut. Er ist zur Zeit in Rußland eingesetzt. Wenn Sie wüßten, wieviel er mir von Ihnen geschrieben und vorgeschwärmt hat, würden Sie eingebildet werden. Auf Ihre Frau hat er mich übrigens richtig neugierig gemacht. Geht es ihr gut?«

Glücklicherweise trat in diesem Augenblick der Funker hinzu. »Dräger«, sagte er unbeschwert. »Ich bin der ›Dit-dah-dit-dah‹ an Bord und freue mich, daß Sie neben mir Platz nehmen müssen.«

»Fräulein Nicole gehört nicht zum Stab des Staatssekretärs«, erklärte Robert Schroeder. »Sie ist die Verlobte eines Freundes.«

Die Mundwinkel des Funkers bogen sich nach unten. »Und ich hatte schon gehofft, ein paar Stunden an einem hübschen Mädchen herumschnuppern zu dürfen.«

Nicole wandte sich an Robert Schroeder. »Die Freude werden wir ihm gewähren müssen, obwohl ich nicht als Sekretärin des Amtschefs fungiere. Ich bin Studentin, wurde dienstverpflichtet und seinem heutigen Begleiter als Schreibkraft für ein Büro zugeteilt, das in Mailand eingerichtet werden soll.«

»Sie fliegen mit uns?«

»Ich hoffe, Sie haben nichts dagegen.«

»Natürlich nicht. Ich bin nur überrascht.«

»Und ich habe mich nicht getäuscht«, trumpfte Manfred Dräger auf.

Nicole warf ihm einen kecken Blick zu. »Darf ich daraus schließen, daß Sie mir gerne einen Wunsch erfüllen?«

»Jeden!«

»Beim Pförtner stehen zwei Koffer von mir. Würden Sie mir die holen?«

»Welch unverhofftes Glück!« rief der Funker und eilte davon.

Nicole schaute amüsiert hinter ihm her.

Robert Schroeder fand, daß Manfred Dräger sich albern benahm. Nicole hatte allem Anschein nach aber Spaß daran.

In diesem Augenblick fuhr eine schwere Limousine vor.

»Bereits bekanntgemacht?« ächzte der Staatssekretär beim Aussteigen.

»Durch einen gemeinsamen Freund sind wir seit langem miteinander bekannt«, antwortete Nicole.

Dem Amtschef folgte ein weißhaariger Herr, der Nicole mit bestechendem Charme und Robert Schroeder mit übertriebener Höflichkeit begrüßte. Mit seiner leicht hingeworfenen Bemerkung: »Als ich dieser jungen Dame gestern erzählte, wer uns nach Italien fliegt, bekam sie vor Aufregung rote Wangen«, brachte er Nicole in Verlegenheit.

»Ist ja überhaupt nicht wahr«, protestierte sie.

Der Staatssekretär hantelte sich die Tragfläche hinauf und wies seinen Begleiter an, sich zu ihm zu setzen.

Der Kraftfahrer reichte ihm vier oder fünf Aktentaschen.

Robert Schroeder verstaute das übrige Gepäck im Rumpf des Flugzeuges.

Manfred Dräger eilte mit Nicoles Koffer herbei. »Ist das eine Wonne!« rief er schon von weitem. »Selten solches Kribbeln in den Händen verspürt.«

Da die Kabine beheizt werden konnte und ein Flug über den Wolken bevorstand, empfahl Robert Schroeder Nicole, ihren Mantel abzulegen.

»Wird es über den Alpen nicht kalt werden?« fragte sie.

»Im Gegenteil«, sagte er und war ihr beim Ablegen behilflich. »Die Sonne wird uns reichlich wärmen.«

Der Funker spitzte die Lippen und übernahm den Mantel, an den er schmachtend seine Wange legte, bevor er ihn verstaute.

Nicole entledigte sich ihrer Kappe und schüttelte ihr Haar mit einer energischen Bewegung des Kopfes.

Doch kein Fotografiergesicht, dachte Robert Schroeder angesichts ihrer Natürlichkeit. Er bot ihr die Hand und half ihr die Tragfläche hinauf. »Sind Sie schon geflogen?«

»Nein.«

»Dann haben wir ja Glück mit dem Wetter. In den Wolken herrscht heute keine Turbulenz. Und darüber ist es ohnehin ruhig.«

Als er wenige Minuten später startete, sah er, daß Nicole, die halb hinter ihm saß, ihre Füße gegen ein Verkleidungsblech stemmte. Ihre schlanken Fesseln faszinierten ihn und ließen ihn infolge einer unerklärbaren Gedankenassoziation an den Tag denken, da Detlef Miller den Namen seiner Braut in allen Farben und Variationen an den Wänden, Fenstern und Gardinen ihres gemeinsamen Zimmers angebracht hatte. Die beschwingte Verliebtheit des jungen Piloten war ihm plötzlich verständlich. Von Nicole ging ein eigenartiges Fluidum aus. Er konnte Detlef Miller nur beglückwünschen.

Der Flug über die schneebedeckten Gipfel der Alpen berauschte Nicole. Sie begriff, daß ihr Verlobter die Fliegerei über alles setzte. Aber sie mußte lachen, als sie daran dachte, daß er ihr einmal geschrieben hatte:

›Seit Flugkapitän Schroeder mir beigebracht hat, weniger mit dem Gesäß und mehr mit dem Kopf zu fliegen, habe ich ein keusches Gefühl, wenn ich mich ans Steuer setze. Auch wenn ich gelegentlich aus reiner Lust doch mit dem Hintern fliege.‹

Nicole beobachtete Robert Schroeder, ja, sie belauerte ihn. Es war interessant für sie zu sehen, wie sich seine Haltung der jeweiligen Fluglage anpaßte. Als der Staatssekretär ihn beim Erreichen des Gardasees aufforderte, möglichst tief an der Uferstraße entlang zu fliegen, glich er einem Habicht, der sich in die Tiefe stürzt. Und als er später nahe an den senkrecht in den See abfallenden Felsen entlangflog, erinnerte er sie an ein witterndes Tier.

Wahrscheinlich wäre Nicole enttäuscht gewesen, wenn sie gewußt hätte, daß Robert Schroeder nur angespannt Ausschau nach einem bestimmten Fleckchen Erde hielt. Ihn beschäftigte die Frage: Wie mag sich der von Carla so herbeigesehnte Rohbau neben der gläsernen ›Limonerie‹ ausnehmen?

»Geben Sie mir Bescheid, wenn der letzte Tunnel kommt«, rief ihm der Amtschef zu.

Robert Schroeder blieb nichts anderes übrig, als direkt über San Giacomo hinwegzufliegen. Carlas Traumgrundstück, das nun ihm gehörte, bekam er dadurch nur für den Bruchteil einer Sekunde zu sehen. Den Rohbau konnte er nicht ausmachen.

Fünfzehn Minuten später landete er in Bergamo, wo der Staatssekretär seinem Begleiter sagte: »Seine Exzellenz und der Herr Präfekt fahren mit mir. Sie nehmen Ihre Hilfskraft und meinen Piloten mit. Vereinbaren Sie einen Treffpunkt mit ihnen.«

Robert Schroeder paßte es nicht, daß Nicole die ganze Zeit bei ihm bleiben sollte. San Giacomo würde Erinnerungen in ihm wecken, die er keinesfalls verwässern lassen wollte.

Es kam aber anders. Der Fahrer des Wagens, ein deutsch radebrechender Italiener, dem Robert Schroeder beim Erreichen des kleinen Hafens von Gargnano erklärte, daß er sie zur vereinbarten Zeit in der an der Uferpromenade gelegenen Bar abholen solle, sagte: »Va bene!« und fuhr weiter, ohne anzuhalten.

»Wir wollen hier aussteigen«, ereiferte sich Robert Schroeder.

Der Italiener grinste. »Si, si! Aber nicht nötig. Ich über San Giacomo fahren. Weg so ist kürzer. Oben ich wieder treffe zusammen mit andere Wagen.«

Robert Schroeder wollte protestieren, gab es jedoch auf, da er sah, daß Nicole lachte.

»Ein kleiner Vorgeschmack auf das, was uns in Mailand erwartet«, sagte sie amüsiert.

Der weißhaarige ältere Herr nickte. »Bei den temperamentvollen Italienern werden wir es schwer haben, uns durchzusetzen.«

Nicole blinzelte Robert Schroeder aufmunternd zu. »Wir können uns auf dem Rückweg noch genügend Bewegung verschaffen.«

Als wenn es mir darum ginge, dachte er ärgerlich. Wie sollte er es jetzt anstellen, Carlas Tuskulum allein aufzusuchen? »Fahren Sie langsamer«, sagte er dem Italiener, als sie eine niedrige Mauer erreichten, die einen Ausblick auf den See gestattete. »Wir sind gleich da.«

Der Fahrer drosselte die Geschwindigkeit und hielt an, als Robert Schroeder ihn dazu aufforderte.

Nicole stieg aus und holte tief Luft. »Mein Gott, ist es schön hier.«

Er hatte nur noch Augen für das tiefer gelegene Grundstück und glaubte, an einer falschen Stelle ausgestiegen zu sein. Der voller Spannung erwartete Rohbau existierte nicht. Statt dessen häuften sich um die Zitronenlaube, deren Fenster vielfach zerbrochen waren, Berge von Steinen, Sand und Kies. Und überall lagen Balken umher.

Es verging eine ganze Weile, bis Robert Schroeder seine Enttäuschung überwunden hatte. Warum war der Rohbau nicht erstellt worden? Er hatte den Bauunternehmer doch voll bezahlt. Und dem jungen Italiener Giulio, der nach dem Rechten sehen sollte, hatte er einen beachtlichen Vorschuß gegeben.

Er rannte die Stufen hinab. Nichts, aber auch gar nichts war getan. Der Weg unter der Pergola war von Unkraut überwuchert und hob sich kaum noch von der Rasenfläche ab. Die Weinstöcke waren nicht beschnitten und verwahrlost. Zwischen den Oleanderbüschen wucherten langhalmige Gräser.

Carla ist nicht nur tot, es ist auch alles dahin, was sie aufgebaut hat, dachte Robert Schroeder schmerzerfüllt. Soll denn nichts von ihr bleiben, nichts an sie erinnern?

Er stützte sich auf die zum See gelegene Mauer und wurde plötzlich von einem Weinkrampf geschüttelt. Zum ersten Mal seit Carlas Tod konnte er weinen.

Nicole, die ihm gefolgt war und auf das umherliegende Baumaterial und die Verwilderung nicht im geringsten geachtet hatte, sondern fasziniert von der Lage des Grundstückes war, sah betroffen, daß Robert Schroeder um Haltung rang. Sie war verwirrt, spürte, daß sie fehl am Platze war und eilte zur Straße zurück. Dort angekommen, blieb sie unschlüssig stehen und überlegte, was sie tun sollte. Sie vermochte sich nicht vorzustellen, was einen Mann so außer Fassung bringen konnte. Ohne weitere Überlegungen ging sie nach Gargnano, wo sie die Bar aufsuchte, die mit dem Fahrer als Treffpunkt vereinbart worden war.

Lange mußte sie warten, bis Robert Schroeder erschien und sich zu ihr setzte. »Ich bin Ihnen eine Erklärung schuldig«, sagte er.

»Das sind Sie nicht.«

»Doch. Sie sollen wissen, warum ich vorhin die Nerven verloren habe. Als ich das verwilderte Grundstück sah, das meine Frau vor vielen Jahren erworben und mit großer Liebe zu einem gepflegten Garten gemacht hatte, bäumte sich alles in mir gegen das Schicksal auf, das mir meine Frau genommen hat.«

Nicole starrte ihn entgeistert an.

»Sie wurde das Opfer eines Bombenangriffs. Mit ihr starben noch sechs andere. Ein Jahr und zwei Monate sind seither vergangen. Es geschah drei Tage nachdem Detlef mich seinerzeit nach Berlin brachte. Das war an einem Donnerstag. Am Freitag trat ich meine neue Stellung an und mußte nach Weimar fliegen. Am Samstag nach Rom. Am Montag wollte ich mich mit meiner Frau in Berlin treffen.« Er fuhr sich über die Stirn. »Bis heute habe ich mit niemandem über ihren Tod gesprochen. Nicht einmal weinen konnte ich. Bis vorhin. Da hat mich der Gedanke, daß selbst das nicht erhalten blieb, was sie in mühseliger Kleinarbeit erstellt hat, plötzlich übermannt.«

Nicole saß ratlos da.

»Ich weiß nicht, wieso ich über all das spreche«, fuhr er nach kurzer Pause fort. »Vielleicht hat der Gefühlsausbruch gelöst, was verkrampft in mir war. Was es aber auch sein mag, ich komme mir wie ein Verräter vor. Ich wollte mit niemandem über den Tod meiner Frau sprechen. Und nun tu' ich es doch.«

»Weil Ihr Verhalten unnatürlich war«, sagte Nicole mit so weicher Stimme, daß ihre Feststellung nicht verletzen konnte.

»Sind Sie davon überzeugt?«

»Darauf kommt es jetzt nicht an. Viel wichtiger ist die Frage: Was könnte man unternehmen, um das Grundstück wieder in den Zustand zu bringen, den es zu Lebzeiten Ihrer Gattin gehabt hat? Das wird doch Ihr Wunsch sein, oder?«

»Ja, natürlich«, erklärte er. »Zur Zeit läßt sich da aber nichts machen. Ich habe auf dem Weg hierher mit einem Italiener gesprochen. Alle jungen Leute sind eingezogen. Deshalb wurde der Bau nicht fortgeführt. Ich werde bis zum Ende des Krieges warten müssen.«

Nicole bat um noch einen Espresso und fragte: »Wie kam es eigentlich dazu, daß Ihre Frau hier ein Grundstück erwarb?«

Robert Schroeder erzählte von der ersten gemeinsamen Auslandsreise, und je weiter er kam, um so stärker wurde die Erinnerung an jene Tage. Er erlebte noch einmal Carlas Freude über den üppig blühenden Oleander, und Nicole verstand es durch geschickt eingeflochtene Fragen immer wieder, ihn so in die Vergangenheit zurückzuversetzen, daß er die Gegenwart vergaß und wie aus einem Traum erwachte, als der Fahrer in der Bar erschien. Ohne sich dessen bewußt zu sein, hatte Robert Schroeder neue Wurzeln geschlagen. Nicole spürte das und freute sich darauf, Detlef mitteilen zu können, daß sich ihr unverhofft die Möglichkeit biete, seinem Lehrmeister dafür zu danken, daß er ihm so kameradschaftlich beigestanden hatte.

Von Bergamo flog Robert Schroeder nach Mailand, wo für den Staatssekretär und die Flugzeugbesatzung im Hotel Principe e Savoia Zimmer reserviert waren. Nicole und ihr Vorgesetzter fanden im Hotel Gallia Unterkunft, in dem auch die Büroräume der zukünftigen Außenstelle des Ministeriums etabliert werden sollten. Da die Hotels nicht weit voneinander entfernt lagen, war es für Robert kein Problem, Nicole zum Abendessen abzuholen. Er war froh, sie kennengelernt zu haben. Wenn er sich auch noch kein Urteil erlauben konnte, so glaubte er doch sagen zu können, daß sie unkompliziert und selbstbewußt war und nicht ohne Grund den Auftrag erhalten hatte, eine Tätigkeit zu übernehmen, die Vertrauen erforderte. Er bedauerte, daß Carla und Nicole sich nicht kennengelernt hatten, wie es zwischen Detlef und ihm besprochen gewesen war. Bestimmt hätten sie sich gut verstanden.

Da Nicole noch nicht in Italien gewesen war, freute er sich darauf, ihr etwas zeigen zu können, und er geriet in eine seit langem nicht mehr gekannte frohe Stimmung, als er am Abend mit ihr durch die Via Manzoni zur ›Galeria‹ und zum Mailänder Dom schlenderte. Infolge der Verdunkelung war allerdings nicht viel zu sehen. Der Reiz des Fremden und Unbekannten aber lag in der Luft, und er steigerte sich zu einem pikanten Prickeln, als sie das in der Nähe des Domes gelegene Restaurant ›Bella Napoli‹ aufsuchten. Die vielschichtigen Gäste dieses Feinschmeckerlokals waren mindestens ebenso anregend, wie die dargebotenen Speisen.

»Für mich liegt alles noch jenseits des Faßbaren«, sagte Nicole, als sie Platz genommen hatten. »Wir müssen Detlef unbedingt eine Karte schreiben. Er hat mir soviel von Ihnen und von Carla berichtet.«

»Carla?« fragte Robert überrascht.

»Bitte, entschuldigen Sie, aber in Detlefs Briefen wurden Sie beide nur mit Ihren Vornamen genannt.«

»Stimmt! Wir haben immer von Nicole und Carla gesprochen.«

Sie sah ihn prüfend an. »Hat es Ihnen geholfen, daß Sie heute über Ihre verstorbene Frau sprechen konnten?«

»Mehr als ich Ihnen sagen kann.«

Es wurde ein Abend, der noch lange in Robert Schroeder nachklang. Er bewog ihn auch, endlich die Briefe zu beantworten, die seit über einem Jahr ungeöffnet in seiner Wohnung lagen. Weit kam er jedoch nicht damit, da es nur noch selten Tage gab, an denen er nicht zu fliegen hatte. Er war neuerdings ebenso häufig in Kriwoj Rog, Dnjepropetrowsk und Stalino, wie in Prag, Düsseldorf und Paris, und gelegentlich führten ihn Verhandlungen des Staatssekretärs auch in neutrale Länder wie Schweden und Spanien, deren Kugellager beziehungsweise Eisenerze dringend benötigt wurden. Nach Mailand aber, wohin er nach dem ihm zunächst gegebenen Hinweis geglaubt hatte oft fliegen zu müssen, kam er monatelang nicht.

In jener Zeit erhielt er von Dorkas ein langes Schreiben, in dem sie ausführlich Haralds Besuch schilderte und Robert inständig bat, sich seiner anzunehmen.

Daß Carlas Bruder zum Morphinisten geworden war, bedrückte ihn. Er hatte schon etwas Ähnliches vermutet. Wie aber sollte er ihm helfen? Er war sich darüber klar, daß es keinen Sinn haben würde, den Schwager zu bitten, auf die Droge zu verzichten. Trotzdem benutzte er die erstbeste Gelegenheit, um mit Harald zu reden. Doch der Schwager wurde abweisend, als er erkannte, weshalb Robert gekommen war.

»Ich fühle mich heute wohler denn je«, sagte er und warf sich in die Brust. »Es gibt kein Randalieren und keine häßlichen Szenen mehr. Ich führe ein kultiviertes Leben, und es ist mir völlig egal, wie und wann es einmal enden wird. Zu hoffen gibt es ohnehin nichts. Wir sind auf

Hitler hereingefallen und müssen den Preis nun zahlen. Im Moment sind jene an der Reihe, die in Rußland erfrieren. Im Frühjahr wird das große Sterben auf den Schlachtfeldern weitergehen. Kennst du die Verlustziffern des letzten Jahres?« Er trat an seinen Schreibtisch, nahm ein Blatt und reichte es Robert. »Diese Zahlen stammen aus einer Geheimbroschüre, die ich zu drucken habe.«

Robert las: ›Verluste des Ostheeres vom 22. Juni bis 1. Dezember 1941: 162314 Tote, 33334 Vermißte, 571767 Verwundete (= 24% seiner ursprünglichen Stärke)‹.

Harald ließ ihm keine Zeit, sich zu äußern. »Und was erklärte Hitler am zweiten Oktober im Sportpalast? Er sei stolz darauf, bekanntgeben zu können, daß der Gegner geschlagen sei und sich nie wieder erheben werde. Der Krieg im Osten sei praktisch beendet! Denkste! Dort beginnt er erst. Und nach dem Töten auf den Schlachtfeldern kommt das Morden in der Heimat an die Reihe. Warte nur ab, wie es aussehen wird, wenn die Amerikaner mit ihren Langstreckenbombern aufkreuzen und Rache für London, Coventry und viele andere Städte nehmen, die von unserer Luftwaffe bombardiert beziehungsweise ›coventriert‹, dem Erdboden gleichgemacht worden sind.«

Robert schüttelte den Kopf. »Du übertreibst. Aber unterstellen wir, du hättest recht. Was hat das mit deiner Lebensführung zu tun?«

»Sehr viel. Ich gehe davon aus, daß alles furchtbar enden wird. Auch Haß potenziert sich. Ergo genieße ich die Zeit, die mir verbleibt. Nicht mehr verschämt, sondern bewußt. Mit Mira, die ich mies nannte, bis ich erkannte, daß sie das nicht ist. Sie floh aus einer Welt, die schlimmer war als das Dasein an meiner Seite. Wie übel, so frage ich dich, muß es anderswo bestellt sein, wenn ein Mädchen bei einem Mann, wie ich es bin, seinen letzten Schutz sucht.«

»Deine Offenheit in Ehren«, entgegnete Robert. »Mira scheinst du aber zu hoch zu bewerten. Nimmt sie nicht alles in Kauf, weil sie die Ehefrau des Verlegers von der Heid werden möchte?«

»Hat Dorkas das nicht ebenfalls getan?«

Diese Frage konnte Robert nur mit Schweigen beantworten. Es erleichterte ihn jedoch, als er im weiteren Verlauf des Gespräches feststellte, daß Harald mit Mira übereingekommen war, so oft wie möglich eine Entziehungskur einzuschalten und danach nicht gleich wieder mit Medikamenten zu beginnen.

Bis zum Exitus wird es dennoch nicht mehr lange dauern, dachte er, als er sich auf den Weg zu seinen Eltern machte. Das Ende der Familie von der Heid! Und wie sieht es bei uns aus? Wir geraten immer mehr auseinander. Harald hat gar nicht so unrecht, wenn er angesichts dessen, was auf uns zukommt, die Zeit nicht einfach verstreichen läßt.

Als Robert bei den Eltern läutete, nahm er sich vor, jeder Diskussion aus dem Wege zu gehen und die eigene Meinung für sich zu behalten. Und es war gut, daß er diesen Vorsatz faßte; denn die Eltern konnten sich in ihrer Entrüstung über Conrad, der nicht mehr in Frankreich Dienst tat, sondern dem berüchtigten ›Strafbataillon Dirlewanger‹ zugeteilt worden war und gegen russische Partisanen zu kämpfen hatte, kaum noch beherrschen. Kein Wort verloren sie über die erhöhte Gefahr, in der ihr Jüngster nun schwebte. Sie sprachen nur von der Schande, die er ihnen bereitete. Und von dem Kot, mit dem er den angeblich seit Generationen sauber gehaltenen Namen der Familie beschmutze.

»Niemandem können wir mehr in die Augen sehen«, jammerte die Mutter. »Während andere stolz auf ihr Regiment sind, gehört unser Sohn zu einem Strafbataillon.«

»Obendrein noch wegen eines Sittlichkeitsdeliktes!« ereiferte sich der Vater. »Ich wollte mir im ersten Moment eine Kugel in den Kopf jagen. Aber dann sagte ich mir: Jetzt, wo unsere Soldaten dringend Mäntel und warme Kleidung benötigen, darfst du den Führer nicht im Stich lassen. Es ist gerade genug, was unser Generalstab sich leistet. Diese überheblichen Herren mit den roten Streifen sind Hitler schamlos in den Rücken gefallen. Moskau wollten sie erobern, sich einen spektakulären Erfolg verschaffen. In eitler Verkennung der Gegebenheiten haben sie den genialen Feldzugsplan des Führers durch dauerndes Dazwischenreden verdorben. Er wollte den Sieg auf der ganzen Linie. Sein Kampf gegen das Untermenschentum würde zur Krönung seines Werkes geworden sein, wenn Brauchitsch getan hätte, was von ihm verlangt wurde. Glücklicherweise hat Hitler diesen Wichtigtuer inzwischen gefeuert und selbst den Oberbefehl des Heeres übernommen. Ich habe mich gerade vorgestern sehr eingehend mit dem Obergruppenführer unterhalten. Leitgedanke der kommenden Offensive wird die Abschnürung der Wolga bei Stalingrad und die Eroberung des Ölgebietes von Baku sein. Wehrwirtschaftliche Gesichtspunkte haben jetzt den Vorrang. Schade nur, daß der Führer, der von vornherein auf Moskau verzichten und den Kaukasus abschneiden wollte, sich nicht eher durchsetzen konnte.«

»Er ist eben immer wieder zu gutmütig«, sagte die Mutter.

Wie naiv, widersprüchlich und unsachlich die Auffassungen der Eltern auch waren, Robert überlegte unwillkürlich: Sollte der Staatssekretär den Auftrag gehabt haben, sich das Terrain von Baku und Stalingrad unter dem Tarnmantel der Errichtung von Fabriken für synthetische Fasern näher anzusehen? Sie waren genau die Route geflogen, die angeblich nun verfolgt werden sollte. »Bis Baku sind weitere tausend Kilometer zurückzulegen«, sagte er. »Ich kann mir nicht vorstellen, daß sich so weitreichende Operationen durchführen lassen.«

»Du wirst es erleben«, erklärte der Vater siegesgewiß.

»Ein Freund von uns wurde bereits zum Gouverneur des kaukasischen Gebietes ernannt!« fügte die Mutter wichtigtuerisch hinzu.

»Und in welchem Gebiet ist Conrad eingesetzt?«

»Ach, laß mich mit dem Jungen in Frieden«, wehrte der Vater unwillig ab. »Ich will von ihm nichts mehr hören.«

»Und wenn er sein Leben verliert?«

Der Vater dämpfte seine Stimme. »Was ich jetzt sage, mag hart klingen. Aber ein toter Sohn ist mir lieber, als ein sexuelles Schwein.«

Es wurde Ende Mai, bis die Vorarbeiten zur Fertigung von Flugmotoren in den Tunnels der Gardesana soweit gediehen waren, daß der Staatssekretär nach Italien fliegen mußte. Das Stimmungsbarometer, das nach den Rückschlägen in Rußland und Afrika auf den Nullpunkt gesunken war, stieg seit geraumer Weile wieder. Die verlorengegangene Halbinsel Kertsch konnte zurückerobert werden, und in der Cyrenaika machte Rommel sich bereit, seine im Februar bis El Gazala durchgeführte Gegenoffensive weiter voranzutreiben. Entscheidend aber war, daß es bei Charkow zu gelingen schien, den im Winter von den Russen erzielten Einbruch zu bereinigen und den Flußlauf des Donez als Ausgangsbasis für einen neuen Vormarsch zurückzugewinnen. Ein Silberstreifen zeigte sich am Horizont, und jeder war nur zu gerne bereit, hoffnungsvoll in die Zukunft zu blicken.

Der Staatssekretär fragte Robert Schroeder nach der Landung in Bergamo, ob er mit an den Gardasee fahren wolle.

Wenngleich ihm der Zustand des Grundstückes in San Giacomo die Lust genommen hatte, es sich nochmals anzusehen, akzeptierte er das Angebot. Er brauchte den verwahrlosten Platz ja nicht aufzusuchen. Am idyllischen Hafen von Gargnano zu sitzen, war immer noch besser, als auf einem öden Flugplatz herumzuhocken.

Robert Schroeder blieb seinem Vorsatz jedoch nicht treu. Als er am Ufer des Gardasees stand und in Richtung San Giacomo blickte, hatte er plötzlich das Bedürfnis, den Weg zu gehen, den er oftmals mit Carla gegangen war. Diesmal konnte er in Ruhe der Stunden gedenken, die er mit ihr in Gargnano verbracht hatte.

Es wurde ein Spaziergang, der frei von Schmerz und erfüllt von träumerischer Süße war. Er sah nochmals, wie Carla in ihrer überschwenglichen Begeisterung über den Oleanderreichtum vor dem Wagen einhergetänzelt war, und er staunte erneut über die Besessenheit, mit der sie den Erwerb des verfallenen Zitronenhaines betrieben hatte. Bilder über Bilder tauchten vor ihm auf und drängten ihn so sehr in die Vergangenheit zurück, daß er beim Erreichen des Grundstückes die Arme auf die Mauer stützte und versonnen in die Tiefe blickte. Damals waren die Scheiben der ›Limonerie‹ noch gewesen, wie er sie jetzt sah: völlig unversehrt und blank. Und der Kiesweg unter der Pergola . . .

Robert Schroeder richtete sich jäh auf. Spielte ihm die Erinnerung einen Streich? Die Zitronenlaube war tatsächlich unversehrt und sauber. Hinter ihr lagen, mustergültig gestapelt, die für den Bau bestimmten Hölzer. Die angelieferten Steine und Dachziegel waren zu quadratischen Blöcken geschichtet, und der Sand, der verstreut auf dem Rasen gelegen hatte, war an das Fundament des ehemaligen Schuppens gekarrt worden. Auf dem Kiesweg unter der Pergola gab es kein Unkraut mehr. Die Rebstöcke waren beschnitten und hochgebunden. Die Oleandersträucher standen frei und blühten in den schönsten Farben. Alles war wieder so, wie Carla es verlassen hatte.

»Giulio!« entfuhr es Robert Schroeder. Der zuverlässige Italiener mußte wieder da sein. Er eilte die Stufen hinunter.

Der Rasen war geschnitten. Die Gartenmöbel standen blank gescheuert im Zitronenhaus. Der Bootssteg hatte einen neuen Karbolineumanstrich erhalten. Nur das letzte Drittel des Gartens war noch nicht vom Unkraut befreit.

Dieser Giulio! Wie hatte er das alles nur geschafft? Er mußte ihn sprechen, ihm danken und den verdienten Lohn geben. Sogar die zerbrochenen Scheiben des Pavillons waren ersetzt!

Wie schwer es Robert Schroeder auch fiel, sich vom Anblick des wieder einladenden, blühenden Gartens zu trennen, er rannte die Stufen hinauf und lief nach San Giacomo, wo einige Kinder am Wasser spielten. »Könnt ihr mir sagen, wo ich Giulio finde?«

»Äh . . .?«

»Giulio! Wo Casa von Giulio?«

Die Kinder sahen ihn verständnislos an.

Er wandte sich an eine ältere Frau, die aus einem Haus heraustrat, das sich an die alte, San Giacomo geweihte Kapelle anzulehnen schien. »Ich suche Giulio.«

»Ääh . . .?«

»Wo Casa von Giulio?«

»Ah, capisco! Giulio é nella guerra.«

»Im Krieg? Aber er hat drüben alles wieder in Ordnung gebracht.«

»Ääh . . .?«

»Giardino. Proper. Sauber.«

»Momento«, sagte die Frau und holte einen jungen Mann, der etwas deutsch sprach.

Robert Schroeder stellte seine Frage erneut, woraufhin der Italiener radebrechend erklärte, daß nicht Giulio, sondern eine Anzahl Arbeiter, die in den Tunnels beschäftigt seien, des Sonntags mit einer Signorina auf dem Grundstück gearbeitet hätten.

»Mit einer Signorina?« fragte er verblüfft.

»Si signore.« Der Italiener deutete einen Pagenkopf an. »Bellissima!«

Nicole? Natürlich! Als er ihr von Carla erzählt hatte, war sie der Auffassung gewesen, nicht sein Verhalten nach ihrem Tod sei zu untersuchen, sondern die Frage zu prüfen, was unternommen werden könnte, um das paradiesische Stück Land wieder in jenen Zustand zu bringen, den es zu Carlas Lebzeiten gehabt hatte. Kein Zweifel, Nicole war am Werk gewesen. Aber warum hatte sie das getan?

Die Antwort, die sich Robert Schroeder aufdrängte, mochte er nicht gelten lassen, wie angenehm sie ihm auch erschien. Nicole aber dominierte plötzlich in seinen Gedanken. Auf dem Rückweg nach Gargnano nahm sie jenen Platz ein, den Carla auf dem Hinweg innegehabt hatte. Freilich ganz anders. Er verspürte nicht die Süße, die ihn bei der Erinnerung an Carla wie in einen Zaubermantel gehüllt hatte. Nicole präsentierte sich als ein selbstbewußtes Mädchen, dessen knabenhafter Reiz ihm eine besondere Note verlieh.

Die Zeit bis zum Weiterflug nach Mailand wurde Robert Schroeder nunmehr zu lang. Er wußte, daß er Nicole treffen würde. Sie hatten ausgemacht, beim nächsten Besuch des Staatssekretärs wieder gemeinsam in italienischen Spezialitäten zu schwelgen.

Zu seiner Freude stellte er beim Überfliegen des Flughafens Linate fest, daß nicht nur Nicoles Vorgesetzter, sondern auch sie zum Empfang des Amtschefs erschienen war. Entzückt aber war er, als er aus dem Flugzeug stieg. Nicole trug ein gelbes Kleid mit weißem Etonkragen und großer schwarzer Schleife, das ihr ein so reizendes Aussehen gab, daß sogar der Staatssekretär nicht umhin konnte, ihr Komplimente zu machen.

»Sie nehmen heute vorne im Wagen Platz«, sagte er seinem Abteilungsleiter. »Ich kann nicht widerstehen, Ihre reizende Sekretärin an meine Seite zu bitten.«

Nicole wies auf einen ›Topolino‹, der vor der Flugleitung stand. »Hoffentlich entspricht mein Zweisitzer Ihren Erwartungen.«

»Sie fahren nicht mit uns?«

»Nein, ich bin mit dem mir liebenswürdigerweise zur Verfügung gestellten kleinen Flitzer hier.«

»Und wie kommt die Besatzung in die Stadt?«

»Herrn Schroeder übernehme ich. Seinem Kameraden steht ein Fahrzeug der Organisation Todt zur Verfügung.«

Die Miene des Staatssekretärs drückte Bewunderung aus. »Dann bleibt mir nichts anderes übrig, als Ihnen viel Vergnügen zu wünschen.«

»Danke, Herr Staatssekretär«, erwiderte Nicole und reichte Robert Schroeder die Hand. »Damit Sie gleich wissen, daß ich unsere Abmachung nicht vergessen habe: der erbetene Tisch ist reserviert.«

»Pilot müßte man sein«, schnaufte der Amtschef und nahm im ›Lancia‹ seines Mitarbeiters Platz.

Robert Schroeder ging mit Nicole zum Topolino. »Bricht der nicht zusammen, wenn wir beide in ihm sitzen?«

»Sie werden staunen, wie gut er läuft. Ich bin froh, ihn bekommen zu haben.«

Robert zwängte sich in den kleinen Wagen und nahm seinen Koffer zwischen die Beine. »Es geht tatsächlich.«

Nicole betätigte den Anlasser. »Waren Sie in San Giacomo?«

Es reizte ihn plötzlich, ihr etwas vorzumachen. »Nein«, behauptete er. »Ich hätte mich nur aufgeregt.«

Sie legte den Gang ein. »Das kann ich verstehen.«

Jetzt flunkern wir beide, dachte er amüsiert.

Nicole fuhr an. »Mir hat Gargnano gut gefallen.«

»Auch das Grundstück?«

»Das finde ich einfach traumhaft.«

»Trotz der Unordnung und Verwilderung?«

Sie blickte vor sich hin.

Ihre Verlegenheit entging ihm nicht. »Wissen Sie eigentlich, daß Sie in Gargnano eine Doppelgängerin haben?«

Nicole mißlang das Einlegen des nächsten Ganges.

Robert sagte: »Sie müssen auf das Kupplungspedal treten.«

Nicole gab energisch Zwischengas und legte den Gang geräuschlos ein. »Zufrieden?«

»Das haben Sie sogar großartig gemacht.«

Sie schaute unsicher zu ihm hinüber.

»Um nochmals auf Ihre Doppelgängerin zurückzukommen: Das Mädchen muß eine erstaunliche Ähnlichkeit mit Ihnen haben. Jedenfalls behauptet das der Kellner der Bar, in der wir damals saßen.«

Nicole wurde nervös. »Ich denke, Sie waren nicht in San Giacomo.«

»Nein, aber in Gargnano.«

»Ach, so.«

»Und da hat man mir erzählt, daß die Kleine mit dem Pagenkopf oft in Begleitung von Arbeitern gesehen wird, die oben in den Tunnels beschäftigt sind. Sie soll sich mit ihnen sogar in der Zitronenlaube herumgetrieben haben.«

Nicole fuhr an den Straßenrand und trat auf die Bremse. »Sie waren doch in San Giacomo!«

»Und habe dort herausgefunden, wem es zu verdanken ist, daß das Grundstück wieder einem Paradies gleicht.«

»Wir sind mit der Arbeit ja noch gar nicht fertig!«

»Das habe ich gesehen.«

»Und zahlen müssen Sie auch. Ihr Konto, das ich bei uns eingerichtet habe, ist bereits mit fünfhundertdreißig Mark belastet. Alles in allem wird der Spaß auf sieben- bis achthundert Mark kommen.«

»Das ist zu verkraften. Ich finde aber keine Antwort auf die Frage: Warum tut Nicole das?«

Bevor Robert sie daran hindern konnte, war sie wieder angefahren. »Da ließen sich viele Antworten geben. Ich könnte sagen: Sie haben Detlef geholfen, also helfe ich jetzt Ihnen. Oder: Ich tat es um der Liebe willen, die Carla und Sie so innig verband. Hochtrabend könnte ich auch behaupten, daß mich Kants Sittengesetz leitete.«

»Und wie lautet das?«

»In der Form des kategorischen Imperativs: Handle so, daß du die Menschheit sowohl in deiner Person als auch in der Person eines jeden anderen jederzeit zugleich als Zweck, niemals jedoch bloß als Mittel brauchst.«

»Phhh ...« stöhnte Robert.

Als Robert Schroeder im Morgengrauen des nächsten Tages nach Berlin startete, war er nicht ausgeschlafen. Er hatte vorgehabt, spätestens um elf ins Bett zu gehen, doch es war fast ein Uhr geworden. Weder er noch Nicole hatten sich entschließen können, den Abend früher zu beenden. Beide waren der Überzeugung, daß ihr Dienst am nächsten Tag nicht darunter leiden würde. Mit seinen sechsunddreißig Jahren stand Robert Schroeder auf dem Höhepunkt seiner Schaffenskraft, und Nicole, die gerade zweiundzwanzig geworden war, würde selbst ein viel späterer Termin nichts ausgemacht haben. Sie war es auch gewesen, die Robert animiert hatte, am Schluß noch die Bar des Hotels aufzusuchen, in dem sie wohnte. Und hier hatte er Einblick in ein Leben gewonnen, das ungewöhnlich und bizarr verlaufen war.

Ihre Jugend hatte Nicole abwechselnd in Frankreich bei den Verwandten ihrer Mutter, in Deutschland bei ihrem Großvater und in Rußland bei ihren Eltern verbracht, die keinen festen Wohnsitz hatten und sich heute in Petersburg und morgen in Wladiwostok aufhielten. Ihr Vater projektierte den Bau von Eisenbahnen, und in Moskau, wo Detlefs Vater, ein angesehener Hamburger Großkaufmann, ein Büro unterhielt, das er mehrmals im Jahr besuchte, hatten Nicoles und Detlefs Eltern sich kennengelernt. Durch tragische Umstände verlor Nicole kurz hintereinander Vater und Mutter, und Detlefs Eltern hatten keinen Augenblick gezögert, die erst Zwölfjährige bei sich aufzunehmen. Sehr zur Freude des einzigen Sohnes, der zwei Jahre älter als Nicole war und sich vom ersten Augenblick ausgezeichnet mit ihr verstand.

»Unser ungewöhnlich kameradschaftliches Verhältnis hat seine Wurzel in unserer Jugend und in den vielen Jahren des gemeinsamen Aufwachsens«, hatte Nicole gesagt. »Und ich bin glücklich, jemanden zu haben, vor dem ich nichts zu verbergen brauche.«

Nicole bedachte nicht, daß sie Detlef zwar sehr ausführlich von ihrem Treffen mit Flugkapitän Schroeder und vom tragischen Tod seiner Frau berichtet, nicht jedoch erwähnt hatte, daß sie seither vielfach nach San Giacomo gefahren war, um dort ein verwahrlostes Grundstück wieder in Ordnung zu bringen.

Für Robert Schroeder sollte diese kleine Unterlassung einmal bedeutungsvoll werden. Zunächst aber dominierte der Alltag, und der verlangte die Erfüllung realer Aufgaben. Es verging kaum ein Tag, an dem nicht geflogen wurde. In einem einzigen Jahr legte Robert Schroeder nahezu 400000 Kilometer zurück. Der Krieg hatte die Strecken vergrößert und das Tempo gesteigert. Stunden der Besinnung wurden rar. Jede Eroberung schuf neue Flugrouten. Angesichts der erfreulichen militärischen Entwicklung nahm Robert Schroeder die Mehrarbeit gerne auf sich. Das zur ›Panzerarmee Afrika‹ umgebildete deutsche Afrikakorps brach den britischen Widerstand und drängte den Gegner zurück. In Rußland wurde die Krim besetzt. Die Heeresgruppe Süd trat zu einer Offensive an, die bis zum Wolgaknie bei Stalingrad und anschließend zu einem großangelegten Vorstoß in Richtung auf die Ölfelder des Kaukasus führte.

Niemals hätte Robert Schroeder es für möglich gehalten, daß eine Armee innerhalb von vier Wochen über den Donez hinweg bis zum Don westlich von Stalingrad vorstoßen könnte. Auch unter denen, die sich gegen die Nationalsozialisten auflehnten, wurde mancher nachdenklich. Sprach nicht vieles dafür, daß Hitler ein grandioser Feldherr und Stratege war? Für Robert Schroeder war es nichts Außergewöhnliches, Tausende von Kilometern zurückzulegen. Was aber den deutschen Truppen zugemutet wurde, und was jeder einzelne Soldat leistete, ging über sein Vorstellungsvermögen. Am 23. Juli 1942 wurde die im Winter verlorengegangene Stadt Rostow zum zweiten Mal genommen, und bereits am 9. August gerieten die Ölfelder von Maikop und Pjatigorsk in deutsche Hand. Vier Tage später war die Kalmückensteppe durchquert, und am 21. August wehte auf dem 5633 Meter hohen Elbrus die deutsche Flagge.

Wenige Tage nach diesem, wie es schien, denkwürdigen Ereignis, erhielt Robert Schroeder den Auftrag, zwei Experten der Schwerindustrie nach Stalino zu fliegen und möglichst noch am gleichen Tage nach Berlin zurückzukehren. In Stalino konnte er jedoch kein Benzin erhalten. Er flog deshalb über Dnjepropetrowsk zurück. Dort war der Treibstoff ebenfalls knapp geworden; er erhielt nur soviel, daß er nach Winniza weiterfliegen konnte. Verstimmt über die sich daraus ergebende Verzögerung, die es ihm nahezu unmöglich machte, Berlin noch vor Eintritt der Dunkelheit zu erreichen, wollte er sich eben mit einem kräftigen Fluch Luft verschaffen, als aus einer Ju 88, die zur Tankstelle rollte, sein Name gerufen wurde. Verblüfft schaute er in die Richtung und sah hinter dem geöffneten Fenster des Führersitzes jemanden winken. Wer es war, konnte er nicht erkennen. Erst als die Einstiegklappe herabgelassen wurde und ein junger Offizier auf ihn zuging, wußte er, wen er vor sich hatte.

»Detlef!« rief er und eilte dem einstigen Staffelkameraden entgegen.

Der umarmte ihn. »Was machen Sie in Dnjepropetrowsk?«

»Tanken, weiter nichts. Und Sie? Sind Sie hier stationiert?«

»Wußten Sie das nicht?«

»Nein.«

»Ich dachte, Nicole hätte es Ihnen erzählt.«

»Im Mai habe ich sie das letzte Mal gesehen.«

»Ja, richtig. Das hat sie mir geschrieben. Wir wurden erst im Juni hierher verlegt. Aber ist es nicht toll, daß Sie und Nicole sich kennengelernt haben und sich nun gelegentlich sogar sehen?«

»Leider viel zuwenig. Wir haben nur zweimal miteinander gegessen.«

»Ich weiß. Im ›Bella Napoli‹. Bin genau informiert.«

»Geht das Leben nicht seltsame Wege?«

Detlef Millers Gesichtsausdruck wurde ernst. »Entschuldigen Sie, Robert, ich vergaß, daß Carla . . .«

Robert Schroeder hob abwehrend die Hand. »Fast zwei Jahre sind seither vergangen.«

»Dennoch möchte ich Ihnen sagen . . .«

»Bitte, nicht«, unterbrach ihn der Flugkapitän und tippte auf zwei Schwingen am Ärmel der Fliegerkombination des einstigen Staffelkameraden. »Befördert?«

Detlef Miller öffnete den Reißverschluß. »Darf ich mich Herrn Hauptmann als Oberleutnant präsentieren?«

»Gratuliere!«

»Ist gerade in der vorigen Woche passiert. Gleichzeitig verpaßte man mir das Deutsche Kreuz in Gold.«

»Donnerwetter! Meinen herzlichen Glückwunsch.«

»Das Ding kam leider vier Wochen zu spät. Ich hatte im Juli Urlaub. Was meinen Sie, was sich getan hätte, wenn ich mit dem Goldstück am

Timmendorfer Strand aufgekreuzt wäre.« Er lachte. »Ich will mich aber nicht beklagen. Wurde auch so bestens bedient.«

»Sie haben Ihren Urlaub in Timmendorf verbracht?«

Detlef Miller nahm seine Kopfhaube ab. »Ich ahne, daß Sie jetzt denken: Der hätte in Richtung Mailand fahren sollen.«

»Sie sind ein Hellseher.«

»Überlegen Sie selbst. Vierzehn Tage hatte ich Urlaub. Für den Hin- und Rückflug in die Heimat braucht man zwei Tage. Nach Italien hätte mir kein Transportflugzeug zur Verfügung gestanden. Hin- und Rückfahrt würden mich weitere vier Tage gekostet haben. Mindestens zwei Tage mußte ich mich meinen Eltern widmen. Ich hätte somit bestensfalls sechs Tage in Mailand sein können. Und das im Hochsommer! Und wieviel Zeit würde Nicole für mich übrig gehabt haben? Ihr Büro hätte sie bestimmt nicht schließen können. Am Abend wäre sie dann müde gewesen. Nee, mein Lieber. Wenn schon Ferien, dann mit Klavier und Geige. Das ist natürlich nichts für Nicole. Dafür wäre sie mir auch zu schade. Sie gehört nicht zu denen, die man einfach durchs Bett zieht. So was braucht man aber, wenn man von Rußland kommt. Sagen Sie Nicole bloß nicht, daß ich Ferien gehabt habe. Und schon gar nicht, daß ich in Timmendorf war. Dann weiß sie Bescheid, und ich bekomme die Leviten gelesen.«

»Haben Sie Angst davor?«

»Wir sind wie Bruder und Schwester. Natürlich ist auch was anderes da. Aber eben nicht auf der Basis glutvoller Nächte. Und vor Frauen, denen Zuneigung wichtiger ist, als ein lustvolles Spiel, haben wir nun mal mehr Respekt.«

»Ich bewundere Ihren feinen Instinkt«, sagte Robert Schroeder ironisch.

Detlef Miller lachte. »Bleiben Sie länger in Dnjepro?«

»Ich habe den Auftrag, alles daranzusetzen, heute abend wieder in Berlin zu sein.«

»Und wie ich Sie kenne, werden Sie nichts unversucht lassen, um dieses Ziel zu erreichen.«

»Gewiß.«

»Genau wie Nicole. Alles muß hundertprozentig stimmen.«

»Leider stimmt bei mir die Richtung im Moment überhaupt nicht. Ich bekomme nicht genügend Benzin und muß in Winniza nochmals landen.«

Oberleutnant Miller schlüpfte aus seiner Fliegerkombination. »Seit Tagen müssen wir sogar unsere Einsätze reduzieren.«

»Der Vormarsch geht wahrscheinlich zu schnell voran.«

»Das Tempo ist so groß, daß die oberste Führung nicht merkt, welchem Unglück wir entgegenstürmen. Wir rennen in einen Raum hinein, der so weit ist, daß unsere Truppen wie Wasser im Sand versickern. Und irgendwo in der Tiefe sammeln sich die Russen. Die haben ja Zeit und brauchen nur zu warten, bis die Kälte kommt. Dann werden sie antreten und den Ort des Gegenschlages bestimmen.«

»Sehen Sie nicht zu schwarz?«

Detlef Miller lachte verächtlich. »Von hier bis zum Elbrus ist es so weit wie von Hamburg bis Mailand. Glauben Sie, daß ein solches Gebiet von einer Heeresgruppe gehalten werden kann, der lediglich drei Armeen zur Verfügung stehen? Und dann dieser Blödsinn mit dem Vorstoß in Richtung auf das Wolgaknie! Wir haben seitdem ein neues Motto. Es lautet: ›Genieße den Krieg, der Friede wird fürchterlich.‹ Aber nun erzählen Sie von Nicole. Was ist ihre Aufgabe? Sie schrieb mir, daß sie einen kleinen Wagen bekommen hat. Wofür? Ist sie im Außendienst tätig?«

Sie hat verheimlicht, daß sie oftmals nach San Giacomo fährt, dachte Robert Schroeder und erwähnte die von Nicole ergriffene Initiative vorsorglich nicht, sondern erzählte von der Flugmotorenfabrikation in den Tunnels der Gardesana. Und dann war es auch schon so weit, daß Manfred Dräger die Maschine startklar meldete.

Robert Schroeder reichte Detlef Miller die Hand. »Tut mir leid, daß ich aufbrechen muß. Ich werde alles daransetzen, beim nächsten Rußlandflug in Dnjepropetrowsk zu übernachten.«

»Das wäre großartig. Die ganze Staffel würde sich freuen.«

»Grüßen Sie alle von mir.«

»Und Sie Nicole, wenn Sie sie sehen sollten. Sie dürfen ihr sogar einen Kuß geben.«

Robert Schroeder fühlte sich leicht wie eine Feder, als er bald darauf startete und Kurs auf Winniza nahm. Nicole hatte San Giacomo verheimlicht! Immer wieder fragte er sich: Was mag sie bewogen haben, ihre Wochenendarbeiten zu verschweigen? Befürchtet sie, Detlef könnte annehmen, daß sie sich ihm, Robert Schroeder, verbunden fühlt? Diese Vorstellung war ihm so angenehm, daß er die Strecke nach Winniza wie im Traum zurücklegte.

Auf dem Weiterflug ereignete sich aber etwas, das ihn so deprimierte, daß er Nicole für den Rest des Tages vergaß. Ein blaß aussehender Feldwebel hatte ihn unter Vorlage seiner Urlaubspapiere um Mitnahme gebeten, und er hatte dem Wunsch gerne entsprochen. Da Berlin erst mit Anbruch der Dunkelheit erreicht werden konnte, forderte er Manfred Dräger auf, ihnen einige Brote zu machen und ein Glas Wein einzuschenken, den sie infolge ihrer vielfachen Flüge nach Paris an Bord hatten.

Das Gesicht des Feldwebels erhellte sich. Er führte jedoch hastig die Hand zum Mund, als der Funker Rotwein einschenkte.

Manfred Dräger, der augenblicklich erkannte, was los war und sogleich nach einer geeigneten Tüte griff, konnte die drohende Gefahr nicht mehr abwenden.

»Tun Sie den Wein weg!« rief der Feldwebel.

Der Funker korkte die Flasche zu und warf sie auf den hinteren Sitz. Die Brote ebenfalls. Appetit hatte niemand mehr.

Der Feldwebel reinigte seine Kleidung. »Ich bitte um Entschuldigung. Wenn ich rote Farbe sehe . . .«

Robert Schroeder blickte hinter sich.

»Seit drei Monaten ist es meine Aufgabe, Menschen zu erschießen. Juden; deutsche, polnische, russische. Es ist grauenhaft. Frauen und Kinder sind darunter. Wenn sie an die Gruben herantreten, bin ich versucht, mir selbst das Leben zu nehmen. Einige Kameraden haben es getan. Ihre Familien müssen dafür büßen. Sie bekommen keine Unterstützung. Selbstmord ist Schmälerung der Wehrkraft. Ich weiß nicht, ob ich aus den Ferien zurückkommen werde.«

Robert Schroeder war es, als würde ihm die Kehle zugeschnürt.

Manfred Dräger saß wie versteinert da.

Der Feldwebel starrte nach draußen. »Das Leben hat keinen Sinn, wenn man dauernd töten muß. Wir werden dazu gezwungen. Nichts können wir dagegen unternehmen. Bedingungslos sind wir dieser verdammten Zeit ausgeliefert. Ich möchte mich und meine Familie erlösen.«

Robert Schroeder fühlte sich elend, als sie in Berlin landeten, und er war froh, als er sah, daß der Feldwebel sich heimlich davonschlich. Was hätte er ihm sagen können? Doch nur leere Worte. Und das angesichts eines ungeheuren Geschehens.

Erstmalig kam ihm der Gedanke, daß es gut wäre, wenn Deutschland den Krieg nicht gewinnen würde. Er zweifelte nicht mehr an Görings Drohung: ›Zwanzig bis dreißig Millionen Russen sollen und werden verhungern!‹ Es mußte zu einer Katastrophe führen, wenn Deutschland diesen Krieg für sich entschied. Aber sollte man dem Gegner den Sieg wünschen . . .?

Robert Schroeder betrachtete es als ein Geschenk des Himmels, als er in den ersten Septembertagen nach Italien fliegen mußte. Besonders erfreulich war für ihn, daß der Staatssekretär diesmal nicht nach Bergamo zurückkehren, sondern erst am nächsten Nachmittag in Bozen abgeholt werden wollte. Sogleich rief er Nicole über die Dienstleitung an und bat sie, nach Bergamo zu kommen. »Vielleicht können Sie eine Nacht dort bleiben«, fügte er werbend hinzu. »Ich würde gerne mit Ihnen nach San Giacomo fahren.«

»Ich ebenfalls«, erwiderte sie erfreut. »Das ›Paradiso Carla‹ ist nämlich fertig.«

»Paradiso Carla?«

»So habe ich das herrliche Stück Erde benannt.«

Robert Schroeder konnte es kaum mehr erwarten, Nicole zu treffen. Für ihre Bemühungen wollte er sich mit einem Geschenk bedanken, und er entschloß sich, ihr ein Korallenkollier zu überreichen, das Carla gerne getragen hatte. Nur mit der Verpackung haperte es. Trotz vieler Bemühungen war es ihm nicht möglich, ein Etui aufzutreiben.

Schon beim Überfliegen des Flughafens von Bergamo entdeckte er Nicoles Topolino. Der Wagen erinnerte ihn an Carlas zweisitzigen DKW. Wie gewisse Dinge sich wiederholen, dachte er unwillkürlich. Mein Herz schlägt schneller. Als hätten nur Ort und Zeit gewechselt.

Verwirrt aber war er, als er Nicole auf den Staatssekretär zugehen sah. Ihr kastanienbrauner Pagenkopf glänzte in der Sonne wie rotbraunes Kupfer. Fast tizianrot!

Von diesem Augenblick gab er sich keinen Illusionen mehr hin. Er hatte sich in Nicole verliebt. Detlef ging ihm durch den Sinn. Er dachte auch an den Altersunterschied zwischen Nicole und ihm. Deutete er ihre Hilfestellung in San Giacomo nicht falsch? Verrannte er sich?

Sie schaute zu ihm hinüber. In ihren Augen lag jenes Unbeschreibliche, das mehr ausdrückt, als Worte es vermögen.

Der Staatssekretär wies zu ihm hinüber. »Sehen Sie sich meinen Piloten an. Steht einfach da und genießt.«

»Stimmt!« sagte Robert Schroeder, ging auf Nicole zu und gab ihr einen Kuß. »Diesen Gruß habe ich Ihnen von Detlef zu überbringen, den ich zufällig in Dnjepropetrowsk getroffen habe.«

»Sie waren mit ihm zusammen?« rief Nicole erfreut.

»Nur kurz. Dennoch habe ich Ihnen viel zu erzählen.«

Wie leichtsinnig es gewesen war, dies zu sagen, erkannte Robert wenige Minuten später. Denn noch bevor Nicole die am Flugplatz entlangführende Autostrada erreicht hatte, war er mit seinem Bericht am Ende. Von Detlefs Ferien in Timmendorf durfte er ja nichts erzählen. Also weitete er die Schilderung ihres Wiedersehens so gut wie möglich aus und endete mit dem Hinweis, daß er alles daransetzen werde, beim nächsten Rußlandflug in Dnjepropetrowsk zu übernachten.

Über diese Aussicht freute sich Nicole mehr, als über Detlefs Beförderung und Ordensverleihung. Militärische Auszeichnungen waren für sie die Dokumentation von Handlungen wider die Würde des Menschen. Sie überging deshalb diesen Punkt und interessierte sich ausschließlich für Detlefs Verfassung. Und da Robert ihr in dieser Hinsicht mit gutem Gewissen nur Erfreuliches berichten konnte, steigerte sich ihre Stimmung so sehr, daß sie sich selbst nicht wiedererkannte. Sie übernahm, als sie das ›Paradiso Carla‹ erreichten, gewissermaßen das Kommando.

»Schauen wir uns den Garten Eden zunächst einmal von oben an«, sagte sie und lehnte sich über die Mauer. »Sieht er nicht prächtig aus?«

Robert stützte sich auf die Ellbogen. »Wirklich, ein Paradies! Ich weiß nicht, wie ich Ihnen danken soll.«

Nicole richtete sich auf. »Wenn Sie drollig werden, mache ich kehrt. Ich habe übrigens . . .« Sie unterbrach sich und holte aus ihrem Wagen eine Papierrolle. »Ich habe zwei der im Tunnel beschäftigten Arbeiter verpflichtet, Ihr Paradies weiterhin zu betreuen und von Unkraut frei zu halten. Kostenpunkt: umgerechnet dreißig Mark im Monat. Sind Sie damit einverstanden?«

»Und ob!«

Nicole stieg die Stufen hinab.

Er folgte ihr. »Man sieht schon von weitem, daß es eine tolle Weinernte geben wird.«

»Ich habe sie den Männern versprochen, die bis jetzt hier gearbeitet haben. Als Gegenleistung werden sie die Stöcke zu gegebener Zeit schneiden und binden.«

»Sie scheinen nicht nur eine perfekte Sekretärin, sondern auch ein glänzender Organisator zu sein.«

»Das wollen wir erst mal abwarten«, sagte Nicole und wies auf die Pergola. »Ist sie nicht himmlisch?«

»Carla hat um sie gekämpft.«

»Das glaube ich gerne.« Nicole ging zum Glaspavillon und legte die Papierrolle auf den Tisch.

»Was ist darin?«

»Das werde ich Ihnen nachher zeigen. Zunächst möchte ich mit Ihnen etwas im Schatten der Pergola gehen.«

»Dann werden Sie gestatten, daß ich Ihnen meinen Arm anbiete.«

Sie hakte sich wie selbstverständlich bei ihm ein. »Wir haben viel zu besprechen.«

»Worüber?«

»Zunächst einmal über das ›Ufficio del Registro‹ in Brescia, das für Zivilurkunden und Erbfolgen zuständig ist. Dort muß schnellstens die Umschreibung des Grundstückes auf Ihren Namen vorgenommen werden. Senden Sie mir Carlas Todesurkunde also gleich in den nächsten Tagen. Mit den Gebühren werde ich Ihr Konto belasten.«

Robert war so verblüfft, daß er stehenblieb.

»Keine Müdigkeit vorschützen«, ermunterte ihn Nicole. »Ich bin nämlich noch nicht fertig. Aber schauen Sie sich erst einmal diese Pracht an. Der Oleander blüht immer noch.«

Er sog die Luft ein. »Mich stört es nicht, wenn Sie weitererzählen.«

»Der Herr ist neugierig geworden?«

»So kann man es nennen.«

Sie lachte. »Dann passen Sie gut auf! Morgen früh müssen Sie in Bergamo vor einem Notar, bei dem ich uns angemeldet habe, eine Handlungsvollmacht unterzeichnen, die ich für das Registergericht und die hiesige Gemeinde benötige.«

»Was will die denn von mir?«

»Nichts. Aber der Herr Kapitän will etwas von der Gemeinde. Oder soll das Baumaterial ewig ungenutzt herumliegen? Ich habe . . .«

Was Nicole in der Folge erzählte, machte Robert atemlos. Sie erläuterte einen Plan, den sie mit ihrem Chef und einem für die Außenstelle des Ministeriums tätigen Architekten besprochen hatte. Danach sollte der Rohbau unter Verwendung der vorhandenen Materialien und unter Heranziehung einiger bei den Tunnelarbeiten nicht mehr benötigter Maurer und Zimmerleute innerhalb des nächsten Monats fertiggestellt werden.

»Jetzt sagen Sie bloß, daß sich drüben in der Rolle Carlas Zeichnungen befinden.«

»So ist es, Signore. Ich habe die seinerzeit von Ihnen beauftragte Firma ausfindig gemacht und die Pläne mit unserem Architekten besprochen, der nach eingehender Ortsbesichtigung ein wenig an ihnen retuschiert hat und sie Ihnen heute durch mich zur Begutachtung vorlegen läßt.«

Robert wußte nicht, was er dazu sagen sollte. Zu überraschend kam alles für ihn. Warum ergriff Nicole diese fast schon nicht mehr verständliche Initiative? Und weshalb sollten Retuschen vorgenommen werden? Das kam überhaupt nicht in Frage. Carlas Pläne waren bis ins Letzte durchdacht.

Nicole schien seine Auflehnung zu spüren. »Es handelt sich nur um geringfügige Änderungen«, sagte sie mit einschmeichelnder Stimme. »Der Architekt meint, und da gebe ich ihm recht, daß der Glaspavillon als Wintergarten in das Haus einbezogen werden sollte. Er ist zu sehr der Sonne ausgesetzt. Im Sommer kann man nicht in ihm sitzen.«

Robert nickte. »Das hatten wir schon bemerkt.«

»Und das ungewöhnlich kühle Fundament des alten Schuppens möchte der Architekt zu einer freien, in einer Ebene mit dem Garten gelegenen Veranda gestalten, auf der man sich das ganze Jahr über aufhalten kann.«

Robert sah Nicole prüfend an. »Warum bemühen Sie sich so sehr?«

»Machen Sie um Gottes willen kein Brimborium. Es bereitet mir einfach Freude, zu helfen. Dies um so mehr, als ich durch Detlef, der ja Architekt werden will, vorbelastet bin. Und wenn Ihnen das nicht genügt, zitiere ich den alten Geheimrat Goethe, der schlicht und einfach formulierte: ›Gemeindrang eilt, die Lücke zu verschließen.‹ Außerdem mag ich Sie. Zufrieden?«

Robert war nahe daran, Nicole zu umarmen. Er spürte jedoch, daß er in diesem Augenblick nichts Falscheres hätte tun können. »Nun gut«, sagte er und griff unauffällig in die Tasche, in die er das Korallenkollier gesteckt hatte. »Dann werde ich mir überlegen, wie ich Sie für Ihre Mühewaltung entschädigen kann. Selbstverständlich ebenfalls aus Gemeinschaftssinn und um ›eine Lücke zu verschließen‹.« Während er dies sagte, ließ er das Kollier fallen. »Die Idee mit der kühlen Veranda ist übrigens . . .« Er unterbrach sich und blickte auf den Kiesweg. »Was ist denn das?«

Nicole stutzte.

Er bückte sich. »Eine Korallenkette!«

»Tatsächlich.«

»Wie kommt die hierher?«

Sie schaute zu ihm hoch. Ein durch das Weinlaubdach der Pergola fallender Sonnenstrahl gab ihrem Haar einen feurigen Schimmer. Ihre Augen verrieten ihm, daß sie ihn durchschaut hatte.

Kurzentschlossen streifte er ihr das Kollier über den Kopf. »Es ist bestimmt im Sinne von Carla, wenn Sie diese Kette in Zukunft tragen.«

Als Robert Schroeder nach Berlin zurückflog, ahnte er nicht, wie bedeutungsvoll es für ihn einmal sein würde, daß Nicole die Erstellung des Hauses in San Giacomo in die Hand genommen hatte. Seine Gedanken weilten bei ihr, und wenn er sich den vergangenen Abend nochmals vergegenwärtigte, kam er zu der Überzeugung, daß er um die Erfüllung seines geheimen Wunsches nicht zu bangen brauche. Nicole mochte zitieren, wen sie wollte; neben dem Geist eines Kant und Goethe gab es den Virus der Liebe, und dieser schien nicht nur ihn befallen zu haben. Aber wie sollte es weitergehen? Er fühlte sich Detlef Miller verbunden. Zwischen ihnen hatte sich eine Freundschaft entwikkelt, die ihm nun wie eine Hürde im Wege stand. Irgendwann würde er sie überspringen oder beiseiteräumen müssen. Er trug sich mit dem Gedanken, reinen Tisch zu machen, verwarf solche Überlegungen jedoch, weil es ihm unsinnig erschien, sich an den Freund zu wenden, ohne zuvor mit Nicole gesprochen zu haben. Tat er dies aber, dann war es im Grunde genommen zu spät, um mit Detlef zu reden.

Der Verlauf des Kriegsgeschehens war auch nicht dazu angetan, Zukunftspläne zu schmieden. In Afrika hatte Montgomery mit weit überlegenen Heeres- und Luftstreitkräften die Cyrenaika zurückerobert; in Marokko und Algerien war General Eisenhower mit amerikanischen und britischen Streitkräften gelandet.

Zu allem Unheil wurden ebenfalls im Osten Kassandrarufe laut. Die Armeen der Heeresgruppe B, denen es tatsächlich gelungen war, die Wolga zu erreichen und bis nördlich von Stalingrad vorzustoßen, konnten in der Stadt selbst nur schwer Fuß fassen. Um jedes Haus und jede Fabrikanlage mußte erbittert gekämpft werden. Und als sich die Stadt Ende Oktober endlich in deutscher Hand befand, waren die Einheiten so geschwächt, daß an eine Weiterführung der Offensive nicht gedacht werden konnte. Auch die Angriffskraft der Heeresgruppe Mitte, die bei Rschew in eine schwere Abwehrschlacht verwickelt worden war, nahm rapide ab. Dies war um so schlimmer, als die geplante Eroberung von Leningrad an einem russischen Vorstoß scheiterte, mit dem die deutsche Führung nicht gerechnet hatte.

Wenige Wochen später bahnte sich das Unglück von Stalingrad an. Sowjetische Heeresgruppen schlossen ihre Angriffszangen und kesselten die unter dem Befehl von General Paulus stehende 6. Armee ein. 284 000 Mann waren auf das äußerste gefährdet und konnten nur gerettet werden, wenn sie unverzüglich einen Ausbruchsversuch wagten. Den aber untersagte Hitler, weil Göring sich für die Versorgung des Kessels durch die Luftwaffe verbürgte.

Daß der ›getreue Paladin‹ den Mund wieder einmal zu voll genommen hatte, wurde bald offensichtlich. Eine zweitausend Kilometer von der Heimat entfernte, eingekesselte und vom Gegner stark bedrängte Truppe von nahezu dreihunderttausend Mann, war mit den vorhandenen Mitteln beim besten Willen nicht auf dem Luftwege zu versorgen. Wer sah, welche Transportflugzeuge zum Einsatz gelangten, konnte über die Vermessenheit und Leichtfertigkeit der Obersten Führung nur staunen. Man griff auf Schulflugzeuge zurück, die über keinerlei Bewaffnung verfügten. Auch ihr Aktionsradius reichte nicht aus. Bei schlechtem Wetter konnten die Piloten nicht ausweichen und waren rettungslos verloren. Zudem brachen die meisten der ungeeigneten Maschinen bei der Landung auf dem unebenen Boden der provisorischen Landepisten Stalingrads zusammen. Und Flugzeuge wie die unverwüstliche Ju 52, die zum Teil mit aufgerissenen Tragflächen, ausgefallenen Motoren und ohne Gummibereifung zurückkehrten, waren überladen mit Verwundeten. Hinzu kamen die Kranken und Verletzten, die aus Platzmangel abgewiesen worden waren und sich in ihrer Verzweiflung zwischen die Streben des Fahrwerks geklemmt oder sich einfach mit dem Oberkörper auf die Dämpfungsfläche des Leitwerks gelegt hatten. Im Flug wurden ihre Unterkörper vom Fahrtwind gegen das Profil gedrückt, so daß sie, wie ein halb zusammengeklapptes Messer, vor der Fläche lagen und nicht fortgeweht werden konnten.

Robert Schroeder sah viele dieser im eisigen Luftstrom erfrorenen Soldaten, als er kurz vor Weihnachten in Dnepropetrowsk landete. Grauen packte ihn. Wie sollte es bloß weitergehen? Die Piloten der Transportmaschinen erzählten, daß es in Stalingrad über hundertvierzigtausend Gefallene gebe.

»Und Hitler weigert sich immer noch, den Befehl zum Rückzug zu erteilen«, wetterte ein arg mitgenommener Unteroffizier in der Baracke der Flugleitung.

»Halt die Schnauze!« warnte ihn ein Kamerad.

»Die habe ich so voll, daß ich sie nicht mehr halten kann.«

Jemand drückte ihm eine Zigarette zwischen die Lippen. »Nicht die Nerven verlieren.«

Robert Schroeder schämte sich, im sauberen Ledermantel zwischen den Stalingrad-Piloten zu stehen. Aber er mußte sein Bordbuch abfertigen lassen.

»Bleiben Sie länger?« fragte ihn der Beamte.

»Nur bis morgen.«

»Können Sie Post mitnehmen?«

»Ich denke schon. Wieviel, das kann ich noch nicht sagen.«

»Bei uns häufen sich die Säcke von Stalingrad.«

»Von denen werden wir auf alle Fälle möglichst viel mitnehmen.«

»Wo übernachten Sie?«

»Im Gästehaus des Reichskommissars Ukraine.«

»O je. Dann werden Sie für Post keinen Platz haben.«

»Warum nicht?«

»Weil dort die Puppen bestimmen.«

Robert Schroeder verzichtete darauf, den Beamten um eine Erklärung zu bitten. Statt dessen erkundigte er sich nach der Unterkunft der Wettererkundungsstaffel.

»Die hat den Transporteinheiten Platz machen müssen.«

So sehr sich Robert Schroeder auch auf ein Treffen mit Detlef Miller gefreut hatte, es erleichterte ihn, im gegenwärtigen Zeitpunkt kein Gespräch mit ihm führen zu müssen. Es wäre ohnehin verlogen gewesen.

Es dauerte nicht lange, bis er wußte, was der Beamte der Luftaufsicht gemeint hatte, als er von ›Puppen‹ sprach, die das Sagen hätten. Schon das hellerleuchtete Portal des Gästehauses des Reichskommissars setzte ihn in Erstaunen. Bis hin zum Fahrdamm war ein Baldachin gespannt, wie er bei exquisiten Hotels anzutreffen ist. Davor stand ein livrierter Hüne, der die Mütze zog und den Wagenschlag aufriß, als Robert Schroeder und Manfred Dräger in einem Fahrzeug des Kommissariats vorfuhren.

Sie wunderten sich über nichts mehr. Neben dem Eingang des Gästehauses befand sich ein Messingschild mit dem unmißverständlichen Hinweis: ›Eintritt nicht für deutsche Wehrmacht‹. Und in der Hotelhalle, die von wertvollen venezianischen Kronleuchtern erhellt wurde und mit kostbaren Sesseln im Renaissance- und Empirestil ausgestattet war, saßen unter einem überlebensgroßen Bild des Reichsideologen Alfred Rosenberg junge Damen in schillernden Roben und Herren, die den Gesellschaftsanzug der Politischen Organisation trugen und ihr Selbstbewußtsein wie eine Trophäe zur Schau stellten.

Der Empfangschef bedauerte zutiefst, der Flugzeugbesatzung keine Einzelzimmer zuweisen zu können. Wie um ein Äquivalent anzubieten, empfahl er den Besuch der Bar, in der jeder schnell Kontakt finde.

Das Zimmer, in das sie geführt wurden, war mit Möbeln ausgestattet, die aus Paris herbeigeschafft waren. Man spielte Kolonialmacht und richtete sich auf Jahrhunderte ein.

Es hatte keinen Zweck, sich aufzuregen. Manfred Dräger machte es wahrscheinlich richtig. Er begab sich in die Bar, fand dort den vom Empfangschef gepriesenen Kontakt und sorgte auf diese Weise dafür, daß Robert Schroeder doch ein Einzelzimmer zur Verfügung stand.

Aber wie leicht der Funker das Leben auch nahm, ihm sträubten sich die Haare, als der Staatssekretär am nächsten Vormittag mit zwei Wagen vorfuhr und zehn Zwanzig-Liter-Kanister ausladen ließ. Über ihren Inhalt konnte es keinen Zweifel geben: Sonnenblumenöl! Augenblicklich eilte er zur Wetterwarte, wo Robert Schroeder gerade den Streckenbericht einholte. »Der Dicke vermasselt uns die Posttour«, rief er aufgebracht. »Wir sollen zehn Kannen Sonnenblumenöl mitnehmen.«

»Wer sagt das?«

Manfred Dräger wies zum Fenster hinaus.

Robert Schroeder traute seinen Augen nicht. Der Staatssekretär selbst legte Hand an, um die Kannen zu verstauen. »Kommen Sie«, sagte er, begab sich zur Flugleitung und bat den Beamten, ihm vier Zentner Post mitzugeben. »Das entspricht dem Gewicht von zweihundert Liter Öl«, fügte er an Manfred Dräger gewandt hinzu.

»Dann wird's aber ein schönes Donnerwetter geben.«

Robert Schroeder zuckte die Achseln und ging zum Flugzeug, wo er dem Staatssekretär, der mit den Fahrern gerade die letzten Kanister verstaute, wie entschuldigend sagte: »Ich befürchte, Sie haben vergebliche Arbeit geleistet.«

»Wieso?«

»Der Funker meldete mir, daß zehn Kanister angeliefert wurden, die Sie, wie ich sehe, eingeladen haben.«

»Ja, und ...?«

»Wir müssen sie wieder ausladen, um Post aus Stalingrad mitnehmen zu können.«

Der Amtschef brauste auf. »Hier bestimme ich, was geladen wird!«

Robert Schroeder schüttelte den Kopf. »Heute ausnahmsweise einmal nicht.« Er wandte sich an Manfred Dräger. »Reichen Sie mir die Kanister herunter. Wir müssen uns beeilen. Es rückt eine Schlechtwetterfront heran, die Unmengen von Schnee bringen wird. An einen Start ist dann nicht mehr zu denken.«

Die Augen des Staatssekretärs waren schwarz vor Zorn. »Ich gebe mich geschlagen, aber das letzte Wort ist noch nicht gesprochen.«

Robert Schroeder wies auf die Kanister. »Wenn Sie uns helfen, ist das letzte Wort bereits gesprochen. Es gibt nämlich Grenzen, und Sie haben hier eine überschritten!«

26

Es sah ganz danach aus, als wollte die Göttin der Gerechtigkeit das deutsche Volk für seine völkerrechtswidrigen Einmärsche in fremde Länder in das gleiche Unglück stürzen, das es über eben jene gebracht hatte. Stalingrad, Woronesch und Rostow gingen unter großen Verlusten verloren. Wjasma und Rschew mußten geräumt werden. Streitkräfte der Alliierten landeten auf Sizilien, wo die italienische Armee kaum Widerstand leistete. Die Royal Air Force unternahm einen Großangriff auf Hamburg, der nur ein Auftakt zu sein schien. Die deutsche Führung forderte alle Frauen mit Kindern auf, die Großstädte nach Möglichkeit zu verlassen. Gleichzeitig befahl sie die Verlegung der für die Rüstung und Versorgung der Wehrmacht wichtigen Betriebe, zu denen auch die Schroedersche Uniformfabrik zählte.

Der Verlegungsbescheid traf Vater Schroeder wie ein Keulenschlag. Die Entwicklung des Krieges zerrte ohnehin so an seinen Nerven, daß er sämtliche Land- und Generalstabskarten aus dem Billardzimmer entfernt hatte, um, wie er sagte, »nicht mehr sehen zu müssen, wie verräterische Generale sich anschicken, das Werk des Führers mit Hilfe des Feindes zu vernichten«.

Auch Roberts Mutter war davon überzeugt, daß Hitler auf infame Weise hinters Licht geführt werde. Die Weisung jedoch, den Betrieb binnen einer Woche nach Wiener Neustadt zu verlegen, nahm sie erstaunlich gelassen hin. Nicht ohne Grund. Wenn schon Lastwagen via

München nach Wien rollen mußten, dann konnte einer von ihnen gut über Berchtesgaden fahren, wo sie sich während ihres letzten Ferienaufenthaltes vorsorglich zwei Fremdenzimmer mit Blick auf den Watzmann gesichert hatte. Wie sie vor Jahren für einen rechtzeitigen Eintritt in die NSDAP gesorgt und SS-Führer in ihr Haus aufgenommen hatte, so traf sie jetzt Anstalten, um im Falle eines Falles über ein günstiges Ausweichquartier zu verfügen. Den benötigten Hausrat sowie Kleidung und Wäsche konnte sie nun dank des Verlegungsbescheides auf bequeme Weise in ihr ›Refugium‹ schaffen.

Die so getroffene Absicherung genügte ihr aber nicht. Seit der entsetzlichen Niederlage von Stalingrad drängte sich ihr immer häufiger die Frage auf: Was geschieht, wenn Deutschland den Krieg verlieren sollte? Nach mancherlei Überlegungen war sie zu einem Ergebnis gekommen, das sie veranlaßte, bei ihrer Bank eine Transaktion vorzunehmen und einen Brief zu schreiben, den sie Robert gelegentlich zur Beförderung übergeben wollte. Die plötzliche Verlegung nach Österreich ließ es ihr nun jedoch angeraten erscheinen, sich des Briefes gleich zu entledigen, und so rief sie Robert an, der sich glücklicherweise gerade in Berlin aufhielt.

»Stelle dir vor, wir müssen nach Wiener Neustadt verlegen«, jammerte sie.

»Und ich muß mich mit meinem Flugzeug auf einen kleinen thüringischen Flugplatz zurückziehen«, entgegnete Robert ungerührt. Er spürte, daß seine Mutter Theater spielte.

»Vater ist mit den Nerven total herunter. Du mußt ihm Mut zusprechen. Bitte, komm noch heute bei uns vorbei.«

Da für den nächsten Morgen kein Flug anlag, sagte er zu. Er dachte an seinen Bruder Conrad, dem die Eltern immer noch keinen Brief geschrieben hatten. Vielleicht konnte er sie bewegen, ihre starre Haltung aufzugeben.

Der Vater begrüßte ihn mit einer Miene, als wollte er sagen: Auch du bist mitschuldig an dem Unglück, das über uns gekommen ist.

Die Mutter umarmte ihren Sohn. »Sage Vater, daß alles halb so schlimm ist. Nach Regen folgt Sonnenschein.«

»Mir geht es nicht um persönliche Dinge, sondern um Deutschland!« polterte der Vater. »Ist denn das so schwer zu begreifen? Da legt das Weltjudentum Feuer an das Haus unserer Nation, und was tut das Volk? Es versucht, sich in Sicherheit zu bringen, anstatt zu löschen. Jeder denkt nur noch an sich. Niemand erinnert sich der herrlichen Tage, die Hitler uns schenkte, bis neiderfüllte Nachbarn ihn zwangen, zum Schwert zu greifen. Pfui Teufel, kann ich da nur sagen.«

Der sichtlich mitgenommene und gealterte Vater tat Robert plötzlich leid. Er versuchte ihn zu trösten, erreichte aber nur, daß aus seiner

Klage nun Anklagen gegen bestimmte Personen wurden. Brauchitsch, Halder, Paulus, List und viele andere Militärs nannte er verbrecherische Handlanger der Sowjets. Er verstieg sich schließlich sogar so weit, die im Februar hingerichteten Geschwister Scholl, die nichts anderes getan hatten, als unter den Münchener Studenten aufklärende Flugblätter zu verteilen, mitverantwortlich für die Katastrophe von Stalingrad zu machen.

Zu Roberts Verwunderung versuchte die Mutter nicht, den Vater zu beschwichtigen. Er schloß daraus, daß sie eigene Pläne verfolge und auf den Moment warte, da der Billardtisch magische Anziehungskraft gewinnen und den Vater zwingen würde, sich in einem Spiel gegen einen imaginären Partner abzureagieren.

Robert täuschte sich nicht. Kaum hatte der Vater sich ins Billardzimmer zurückgezogen, sagte die Mutter: »Ach, daß ich es nicht vergesse. Du kommst doch gelegentlich in neutrale Länder, nicht wahr?«

»Ja, warum?«

»Da könntest du mir einen großen Gefallen tun. Ich habe einem alten Bekannten geschrieben, der in Amerika lebt. Würdest du den Brief wohl aufgeben?«

»Selbstverständlich. Ich kann aber nicht sagen, wann das der Fall sein wird. Womöglich erst in einem halben Jahr.«

»Das macht nichts«, erklärte die Mutter und entnahm ihrem Sekretär ein Kuvert. »Hauptsache, der Brief wird aufgegeben.«

Robert las die Anschrift und stutzte. »David Baruch? Habt ihr von ihm nicht die Fabrik erworben?«

Mutter Schroeder verbarg ihre Unsicherheit hinter einem gicksenden Lachen. »Daß du seinen Namen noch kennst!«

»Hast du gehofft, ich würde mich nicht mehr an ihn erinnern?«

»Ich wüßte nicht, weshalb ich das hätte erhoffen sollen.«

»Weil dein ›alter Bekannter‹ Jude ist.«

»Vielleicht habe ich ihm eben darum geschrieben«, sagte sie im Bestreben, ihre Sicherheit zurückzugewinnen.

»Das nehm' ich dir nicht ab, Mama. Ich werde diesen Brief nur aufgeben, wenn du mich von seinem Inhalt in Kenntnis setzt.«

»Warum macht es dir nur immer Spaß, deinen Mitmenschen Schwierigkeiten zu bereiten?« ereiferte sich die Mutter. »Aber, bitte, du kannst ruhig wissen, daß ich Baruch gegenüber ein schlechtes Gewissen habe. Als wir sein Unternehmen kauften, ahnten wir nicht, wie viel es uns einbringen würde. Ich habe mir deshalb gesagt: Leiste eine Nachzahlung. Vater weiß natürlich nichts davon. Es hätte keinen Sinn, ihn zu informieren. Für ihn ist ein abgemachter Preis endgültig.«

Robert war verblüfft und überlegte, was dahinterstecken mochte. Wenn die Mutter ihr Gewissen beruhigen wollte, hieß es auf der Hut sein. »Entschuldige«, sagte er, »ich begreife da einiges nicht. Wie läßt sich eine Nachzahlung entrichten, wenn regulär nicht einmal die Möglichkeit besteht, einen Brief ins Ausland zu schaffen?«

»Das ist ja das Problem, das ich mit deiner Hilfe lösen möchte. Ich habe Baruch geschrieben, daß ich ihm aus Gründen, die ich dir bereits nannte, bei meiner Bank ein Konto eingerichtet habe.«

Robert stieß einen Pfiff aus. »Das wird er aber nur können, wenn Deutschland den Krieg verlieren sollte.«

»Das verstehe ich nicht«, sagte die Mutter scheinheilig.

»Du willst dich doch nur rückversichern.«

Die Mutter trat die Flucht nach vorne an. »Und das willst du mir verübeln? Einer Frau, die sich von ihrer Liebe zu ihrem Mann und zu ihren Kindern treiben läßt und bestrebt ist, begangene Fehler zu korrigieren, willst du Vorhaltungen machen, weil sie in schwerer Stunde an die Zukunft denkt?«

Um sich vor weiteren Phrasen zu schützen, hob Robert wie zur Kapitulation die Hände. »In Ordnung. Ich befördere den Brief. Nur eines möchte ich noch wissen: Was ist dir der Herr Baruch wert?«

Die Mutter zögerte, bevor sie antwortete. »Trotz der Anzüglichkeit deiner Frage bekenne ich offen, daß ich ihm ein Konto in Höhe von fünfzigtausend Mark eingerichtet habe.«

»Und was wird aus dem Geld, wenn Baruch nicht nach Deutschland kommen kann?«

»Dann muß ich mir etwas anderes einfallen lassen.«

»Du bleibst also verfügungsberechtigt?«

»Natürlich, sonst könnte ich ja notfalls nicht umdisponieren.«

Wie schon oft zuvor, verließ Robert seine Eltern auch diesmal wieder in denkbar schlechter Verfassung. Dabei brachte er seinem nun bereits achtundsechzigjährigen Vater ein relativ großes Verständnis entgegen. Obwohl er dessen Auffassungen nicht teilte, konnte er sich gut in seine Gedankenwelt versetzen. Für einen von Jugend auf im nationalistischen Sinne erzogenen Mann mußte das Ende des Ersten Weltkrieges furchtbar gewesen sein; die Wiedererstarkung Deutschlands dementsprechend überwältigend. Auch die jüngere Generation war ja begeistert gewesen, als Hitler die Regierungsgewalt übernahm. Robert hatte deshalb Verständnis dafür, daß sein Vater, der sich seit 1933 in einer permanenten Siegeseuphorie befand, vom Grauen gepackt wurde, wenn er sich vergegenwärtigte, daß er zum zweiten Mal dem Ende eines verlorenen Krieges entgegenging.

Unverständlich hingegen war ihm die Mutter. Er begriff nicht, daß sie ernstlich glaubte, dem Juden Baruch Sand in die Augen streuen zu können. Ihr Vorgehen berührte ihn so peinlich, daß er nahe daran war, den ihm anvertrauten Brief zu zerreißen. Aber dann steckte er ihn doch in das Seitenfach seines stets reisefertig gepackten Koffers und dachte: Mich würde es nicht einmal wundern, wenn Baruch vor lauter Rührung nicht durchschaute welches Spiel mit ihm getrieben wird. Mamas frühzeitiges Handeln läßt nicht ohne weiteres ihren Hintergedanken erkennen.

Robert wollte sich eben eine Flasche Bier genehmigen, als das Telefon klingelte. Gewohnheitsgemäß stellte er sich darauf ein, in der Frühe des nächsten Morgens starten zu müssen. Doch Harald war am Apparat. Er erklärte mit schwerer Zunge, sich entschlossen zu haben, dem Aufruf der Regierung Folge zu leisten und ›in Deckung zu gehen‹.

»Das ist der vernünftigste Vorschlag, den Goebbels jemals gemacht hat«, lallte er. »Gleich morgen früh geht's los. Mira begleitet mich. Wir fahren an den Kochelsee.«

»Und seit wann säufst du wieder?«

»Das tu' ich überhaupt nicht. Wir haben nur etwas umgestellt. Weißt du, um sparen zu können. Solange ich nicht aus den Pantinen kippe, trinke ich ein bißchen. Wird's dann gefährlich, bekomme ich ein Spritzchen. Mira und ich sind schon prima darauf eingespielt.«

Seine Tage sind gezählt, dachte Robert. Wessen Tage aber waren das nicht? Nach der Besetzung von Sizilien mußte mit einer Landung der Amerikaner in Italien gerechnet werden. Der Krieg war nicht mehr zu gewinnen. Es fragte sich nur, wann die Alliierten in Frankreich landen und Deutschland eine dritte Front bescheren würden.

An diesem Abend lag Robert Schroeder lange wach. Die Zukunft erschien ihm in den düstersten Farben. Er sah sich wieder dort stehen, wo er 1930 gestanden hatte. Arbeitslos. Durfte er unter den gegebenen Umständen überhaupt noch daran denken, einen Menschen an sich zu binden? Nach einem verlorenen Krieg würde er seinen Beruf nicht mehr ausüben dürfen. Der Gedanke war unerträglich. Deutschland mußte siegen. Wie sehr sich seine Einstellung zu Hitler auch geändert hatte, der Selbsterhaltungstrieb zwang ihn, alles in seinen Kräften Stehende zu tun, um die heraufziehende Katastrophe abwenden zu helfen. Wenn alle ihr bestes gaben ... Es hieß, daß eine neue Waffe ... Vielleicht war es wirklich noch nicht zu spät.

Mit Gedanken an Nicole schlief er nach endlosen Grübeleien ein, und an Nicole dachte er augenblicklich wieder, als ihn der Staatssekretär in der Morgendämmerung anrief und erregt fragte:

»Haben Sie die Nachrichten gehört?«

»Nein.«

»In Italien ist das faschistische System zusammengebrochen. Mussolini wurde verhaftet und Badoglio mit der Bildung einer Regierung beauftragt. Da ihm nicht zu trauen ist, schickt Hitler unverzüglich neue Verbände in den Süden. Ich wurde verpflichtet, dafür zu sorgen, daß die oberitalienische Industrie weiterhin ungestört für uns arbeitet. Um sechs Uhr starten zwei Maschinen der Lufthansa mit vierzig namhaften Experten nach Mailand. Ohne Geld können aber auch Wirtschaftsführer nichts ausrichten. Es zu transportieren, wird Ihre Aufgabe sein. Sie melden sich um acht Uhr beim Generaldirektor der Deutschen Bank, der Sie erwartet und Ihnen Lire im Werte von sechzig Millionen Reichsmark anvertrauen wird. Fahrzeuge und Bewachungspersonal stehen bereit. Mit dem Geld beladen Sie eine Ju 52, welche die Sonderflugleitung zur Verfügung stellt. Sie und ihr Funker fliegen ohne weitere Begleitung nach Mailand-Linate, wo Sie das Geld einem Angehörigen des Sicherheitsdienstes übergeben, der sich durch Nennung des Kennwortes ›Stab RuK‹ ausweisen wird. Damit ist Ihr Auftrag erledigt. In Anbetracht einer gewissen Sekretärin brauchen Sie erst morgen mittag zurückzukommen. Allerdings spätestens um zwölf Uhr, da ich wahrscheinlich am Nachmittag nach Mailand fliegen muß. Ist das klar?«

»Absolut.«

Robert Schroeder war denkbar guter Laune, als er wenige Stunden später mit der schwerbeladenen Ju 52 über die Alpen flog. Er freute sich auf das Wiedersehen mit Nicole, die er im letzten halben Jahr nur dreimal für wenige Stunden gesehen hatte. Stets war es notwendig gewesen, daß er noch am gleichen Tage nach Berlin zurückflog. Ihm hatte dies besonders leid getan, weil er wußte, wie sehr Nicole es sich wünschte, ihm den inzwischen fertiggestellten Rohbau zu zeigen.

In Mailand erlebte Robert Schroeder eine große Überraschung. Als er auf die Flugleitung zurollte, vor der zwei möbelwagenähnliche Fahrzeuge und einige Männer standen, die eher einem Rollkommando als einer militärischen Einheit anzugehören schienen, entdeckte er abseits von ihnen seinen Bruder Gerd, der dem Flugzeug gelangweilt entgegenblickte und seine an einem Kettchen befestigte goldene Uhr wie einen Propeller herumwirbeln ließ.

Manfred Dräger stellte die Motoren ab und wies nach draußen. »Das haben Sie ja prima hingekriegt.«

»Was?«

»Das mit den sechzig Millionen. Wenn Sie die Ihrem Bruder anvertrauen, haben Sie Ihre Pflicht getan, und das Geld bleibt trotzdem in der Familie.«

»Schön wär's«, sagte Robert Schroeder belustigt. »Ich habe die Ladung aber einem Angehörigen des Sicherheitsdienstes zu übergeben.«

»Vielleicht ist Ihr Bruder Mitglied dieses Vereins.«

Die Vorstellung verwirrte Robert Schroeder. Er stellte sich auf die Erhöhung des Schalthebelvorbaues und schaute zu Gerd hinüber.

Der stutzte und ließ seine Uhr ausschwingen.

»Bist du zufällig hier?« rief Robert ihm zu.

»Nicht, wenn du es sein solltest, der Ware für den ›Stab RuK‹ zu übergeben hat.«

Robert war betroffen. Gerd war Angehöriger des Sicherheitsdienstes? Er forderte den Bruder auf, zur Kabinentür zu kommen.

Manfred Dräger grinste. »Der Zaster bleibt also in der Familie.«

»Ja, Sie Hellseher!« Fast ärgerlich eilte er durch den Frachtraum. »Die Ladeluke erst öffnen, wenn die Wagen vorgefahren sind.«

»Ai, ai, Sir!«

Robert entriegelte die Kabinentür und sprang nach draußen.

Gerd ging ihm entgegen. »Ein unerwartetes Wiedersehen.«

»Und seltsam obendrein.«

»Das kann man wohl sagen. Was du an Bord hast . . .«

». . . wurde bei deiner Gesellschaft versichert?«

»Leider muß ich das verneinen.«

»Darf ich daraus schließen, daß der große Nazifresser dem Sicherheitsdienst angehört?«

»Das darfst du nicht«, antwortete der Bruder maliziös. »Ich gehöre weder dem SD noch sonst einem NS-Verband an, streite jedoch nicht ab, in dieser Sache für den Sicherheitsdienst tätig geworden zu sein. Zu näherer Auskunft bin ich später gerne bereit. Die zu übernehmende Ware hat Vorrang. Dürfen Maja und ich dich um vier Uhr zu einem Stadtbummel abholen?«

»Deine Frau ist in Mailand?«

»Wir haben hier einen zweiten Wohnsitz genommen.«

»In weiser Voraussicht?«

»So kann man es nennen. Ist dir vier Uhr recht?«

»Nur, wenn ich jemanden mitbringen darf.«

»Eine Jemandin?«

»Wenn es dich nicht stört.«

»Mensch, Robert! Ernste Sache?«

»Ich hoffe.«

»Wo sollen wir euch abholen?«

»Ich wohne im Hotel Gallia.«

»Dort befindet sich auch die Außenstelle eures Ministeriums.«

»Hast du die schon mal aufgesucht?«

»Gerade heute morgen. Ich mußte den Staatssekretär dringend sprechen. Wegen eines Fluges nach Lissabon. Aber darüber unterhalten wir uns nachher.« Er hob die Hand und gab den Fahrern der Transportwagen das Zeichen, an die Ladeluke heranzufahren. »Wieviel Kisten sind zu übernehmen?«

»Zweiunddreißig.«

»Zähle beim Ausladen mit.«

Die Wagen ratterten heran.

Robert warf einen Blick auf seine Armbanduhr. Bis vier Uhr waren es noch gut zwei Stunden. »Wie beurteilst du die Lage in Italien?«

»Beschissen. Spätestens in sechs Wochen werden die Alliierten nach Kalabrien übersetzen.«

»Und dann?«

»Wird es von Tag zu Tag brenzliger werden und für mich die aufregendste Zeit meines Lebens beginnen.«

»Wieso das?«

»Darüber sprechen wir heute nachmittag.«

Bereits eine Viertelstunde später waren sämtliche Kisten verladen. Die Lastfahrzeuge wurden von offenen Wagen begleitet, in denen jeweils mehrere junge Männer saßen. Die Nachhut bildete Gerd in einem knallroten Zweisitzer.

Robert schaute nachdenklich hinter ihm her. Der Bruder wurde ihm immer unheimlicher. Es wollte ihm nicht in den Kopf, daß ein eingeschworener Gegner des Nationalsozialismus für den Sicherheitsdienst tätig geworden war, und er bereute es plötzlich, die auf Nicole bezogene Bemerkung gemacht zu haben. Unüberlegt hatte er reagiert. Als Gerd ihn gefragt hatte: ›Ernste Sache?‹, da hatte er die Freude des Bruders gespürt und aus seiner Hoffnung kein Hehl gemacht. Und das, obwohl er mit Nicole noch nicht ein einziges Mal über seine Zuneigung gesprochen hatte. Er war schrecklich schwerfällig geworden. Vielleicht war es ganz gut, daß er mit ihr einige Stunden in Gesellschaft von Gerd und Maja verbrachte.

Die Vorstellung, Nicole durch seinen unerwarteten Besuch zu überraschen, versetzte Robert in eine fiebrige Erwartung. Es war das erste Mal, daß sie von seinem Kommen nichts wußte, und es war das erste Mal, daß er ihr zur Begrüßung Blumen überreichen konnte. Natürlich mußten es dunkelrote Rosen sein. Er zögerte, bevor er an die Tür ihres Büros klopfte.

»Ja, bitte«, sagte sie.

Er drückte die Klinke herab und trat in den Raum.

»Robert!« rief sie und schnellte von ihrem Stuhl hoch.

»Nicole!«

Sie lief auf ihn zu und umarmte ihn.

Er küßte ihren Mund. Es war eine Reflexhandlung, die beide sekundenlang erstarren, dann aber intensiv nachvollziehen ließ, was ihnen der Augenblick so unverhofft beschert hatte.

Er legte die Rosen auf einen Tisch und nahm Nicoles Kopf zwischen die Hände. »Endlich habe ich den Mut gefunden.«

Sie lächelte. »Gerade zur rechten Zeit. Nicht zu früh und nicht zu spät.«

Die nächste Stunde verging wie im Fluge. Robert und Nicole waren so voneinander erfüllt, daß sie Zeit und Raum vergaßen. Erst als Nicole ihre Rosen versorgte, fiel ihm die mit Gerd getroffene Vereinbarung wieder ein. Er berichtete in aller Eile von dem eigenartigen Treffen mit dem Bruder.

»Seltsam, daß ich ihn ausgerechnet heute morgen kennengelernt habe«, sagte Nicole.

»Welchen Eindruck hast du gewonnen?«

Sie gab sich burschikos. »Gerd erinnert mich an Detlef, den auch jedes Rehlein zum Scharwenzeln bringt.«

»Macht Detlefs Schwäche für schöne Frauen unsere Verbindung leichter für dich?«

»Darüber zu sprechen, ist eigentlich zu früh«, antwortete Nicole fast streng. »Aber, bitte. Mich beeinflußt das selbstverständlich, obgleich ich bekennen muß, daß mir sein Herumflirten niemals ernstlich mißfallen hat. Ich nahm das als etwas Gegebenes hin. Erst durch dich wurde mir klar, daß zwischen ihm und mir einiges anders sein müßte. Vielleicht suche ich jetzt auch nur nach Gründen, die meinen Sinneswandel erklären können.«

»Das hast du nicht nötig.«

»O doch. Und zwar vor mir selber. Denn nicht Detlef ist das Problem. Mit ihm werde ich mich immer verstehen. Seine Eltern sind es, die mir Kopfzerbrechen bereiten. Sie haben mich wie eine Tochter aufgenommen und leben in dem Glauben, daß ich zu ihnen gehöre. Ich entziehe mich also einer moralischen Verpflichtung und sammle gewissermaßen Material, um vor mir selbst bestehen zu können. Aber alle Überlegungen, die ich anstelle, helfen mir nicht weiter.«

Robert zog Nicole an sich. »Vielleicht hilft es dir, wenn ich dir sage, daß es Dinge gibt, die sich von selbst erledigen. Ich habe das erlebt, als ich anfing, die Post durchzusehen, die nach Carlas Tod über ein Jahr liegengeblieben war. Es gab keinen Brief mehr, den ich noch hätte beantworten müssen.«

»Das ist ja höhere Philosophie«, spöttelte Nicole. »Vergiß lieber nicht, daß in wenigen Minuten deine Verwandten erscheinen.«

»Ich bin schon nicht mehr da!« rief er und eilte davon. »Wir treffen uns im Vestibül.«

Zum Glück waren Gerd und Maja nicht pünktlich, so daß Robert und Nicole rechtzeitig zur Stelle waren. Und alle fanden gleich guten Kontakt zueinander. Beim Anblick von Nicole hatte Gerd im ersten Moment allerdings ein betroffenes Gesicht gemacht. Er verstand es jedoch meisterhaft, sich aus der für ihn etwas peinlichen Situation herauszuziehen.

»Also, wenn ich gewußt hätte, daß Sie mit Robert befreundet sind«, sagte er, sich über ihre Hand neigend, »würde ich mich heute morgen nicht mit den üblichen Komplimenten begnügt haben.«

Maja hakte sich bei Nicole ein und fragte belustigt: »Hat mein Mann gleich seine Krawatte zurechtgerückt?«

Nicole nickte lebhaft. »Sie saß tatsächlich schief, und ich freute mich darüber, daß er es selbst bemerkte.«

Gerd klopfte dem Bruder auf den Rücken. »Mein Kompliment.«

»Gehen wir?« fragte Maja.

Ihr Mann wies zum Portal. »Ganz wie die Damen wünschen.«

Abgekartetes Spiel, dachte Robert. Maja übernimmt Nicole; Gerd übernimmt mich. Mir soll es recht sein. Bin ja doch gespannt, was er zu erzählen hat.

Trotz ihrer Verschiedenheit besaßen Maja und Nicole etwas Gemeinsames, wenngleich Nicole neben der glutvollen, eleganten und ein wenig üppigen Italienerin an eine zarte Knospe erinnerte.

»Sie könnten Schwestern sein«, sagte Gerd, der mit Robert hinter ihnen herging und wohlgefällig die sehr ähnlich geformten Beine betrachtete.

»Ja, ja«, sagte Robert und versuchte seiner lapidaren Entgegnung einen überzeugenden Tonfall zu geben.

»Nicole ist sehr apart.«

»Das ist sie wirklich.«

»Ihr Pagenkopf ist reizend.«

»Nicht wahr!« begeisterte sich Robert. »Ich bin geradezu vernarrt in ihn. Und überhaupt ...« Er unterbrach sich, über seine emotionelle Reaktion erschrocken.

»Kennt ihr euch schon lange?«

»Seit über einem Jahr. Gesehen haben wir uns aber nur wenige Male.«

»Es ist unglaublich, wie die Zeit vergeht«, sagte Gerd. »Manchmal erscheint es mir unwahrscheinlich, daß es schon elf Jahre her sind, seit ich mich in Rom niedergelassen habe.«

»Und Versicherungsagent wurdest!«

Der Bruder machte eine wegwerfende Bewegung. »Das war nur ein Aushängeschild. Die Wirklichkeit sah anders aus.«

»Um Gottes willen, du überraschst mich!«

»Etwa ein halbes Jahr bevor Hitler an die Regierung kam, hatte ich im Wolff'schen Telegraphenbüro die Frage erörtert, ob es nicht zweckmäßig sei, neben dem normalen Nachrichtendienst einen geheimen Informationsdienst aufzuziehen. Mein Plan wurde mit Freunden aus dem Auswärtigen Amt besprochen, die sich sehr interessiert zeigten und von heute auf morgen das Placet erteilten, als offenkundig wurde, daß die Nationalsozialisten an den Drücker kommen würden. Gewissermaßen im Auftrage des AA begann ich damit, unkonventionelle Informationsdrähte nach allen möglichen Richtungen zu ziehen, und zu meiner eigenen Verwunderung gelang mir dies außerordentlich schnell und gut. Ich bin also, und das möchte ich betonen, niemals gegen Deutschland tätig geworden.«

»Du solltest ein Libretto für eine Buffo-Oper schreiben«, frotzelte Robert.

»Dann wollte der Sicherheitsdienst mich für sich gewinnen.«

»Mir kommen die Tränen.«

Gerd ließ sich nicht beirren. »Ich lehnte ab; denn ich besaß mehr, als die Herren mir bieten konnten.«

»Ein überzeugendes Argument. Um aber mal eine Frage zu stellen: Wer schickte dich nach Spanien?«

»Ein hoher Würdenträger.«

»Und was war deine Aufgabe?«

»Eine sehr delikate, über die ich nicht sprechen kann.«

»Und die Kiste, die ich in Jerez de la Frontera entdeckte, brauchtest du wirklich, um Pretiosen fortzuschaffen?«

»Nein, da hast du richtig getippt. Sie enthielt ein Funkgerät.«

»Und warum deckst du plötzlich deine Karten auf?«

»Aus zwei Gründen. Einmal, weil der Geldtransport mich dekuvrierte. Ob du es glaubst oder nicht: ich habe dem SD heute zum ersten Mal Hilfestellung gewährt. Ich konnte nicht ausweichen. Der hier etablierte Stab des Ministeriums für Rüstung und Kriegsproduktion benötigt dringend eine Geldreserve, um unabhängig zu sein, falls die neue italienische Regierung die Konten der für Deutschland tätigen Fabriken plötzlich sperren sollte. Wohin aber mit den heranzuschaffenden Millionen? Sie einer Bank anvertrauen, die gegebenenfalls auf die Regierung hört? Das käme einem Schildbürgerstreich gleich. Man suchte nach einem Ausweg, fragte mich um Rat, und ich übernahm den Fall. Das Geld liegt nun im Tresor einer Privatbank, deren Inhaber mir verpflichtet sind!«

»Wie schön.«

»Die Sache ist absolut sauber.«

»Und welches ist der zweite Grund, der mich zu deinem Beichtvater werden läßt?«

»Die Wahrscheinlichkeit, auf deine Hilfe angewiesen zu sein. Ich muß einen Flug nach Lissabon durchführen, der nicht bekanntwerden darf. Noch heute abend spreche ich mit dem Staatssekretär. Wäre die Strecke ohne Zwischenlandung zu bewältigen?«

»Von hier jederzeit.«

»Und ihr habt gültige Visa?«

»Sogar für Irland. Aber was hast du in Portugal zu tun?«

»Ungelegte Eier begackere ich nicht. Ich kann dir jedoch sagen, daß gewisse italienische Kreise den Versuch machen, in Lissabon etwas über die Bühne zu bringen, das deutsche Einheiten gefährden würde.«

»Und das möchtest du verhindern?«

»Verhindern kann ich nichts. Ich kann allenfalls Informationen geben, die vorbeugende Maßnahmen auslösen und mich – gewünschter Nebeneffekt – bei einigen Diplomaten und Militärs zur ›Persona gratissima‹ machen werden. Ich wäre dann in der Lage, auf einem bestimmten Sektor im humanitären Sinne tätig zu sein.«

Robert verdrehte die Augen. »Gedenke meiner, wenn du in den Himmel kommst.«

Maja und Gerd fanden Nicole ›entzückend‹. Sie wiederum war ›begeistert‹ von Roberts Schwägerin und ›beeindruckt‹ von der Gelassenheit, mit der Gerd an Probleme heranging. Und Robert fühlte sich wie neugeboren. Die Lähmung, die ihn vor fast zwei Jahren befallen hatte, war endgültig gewichen. Er fragte sich auch nicht mehr, ob er angesichts der bedrohlichen Entwicklung des Krieges das Recht habe, jemanden an sich zu binden. Sehnsucht und Freude am Leben erfüllten ihn wieder, und er hätte einen Luftsprung tun mögen, als ihm der Staatssekretär, bei dem er sich gleich nach der Landung in Berlin meldete, mit verheißungsvoller Miene eröffnete, daß er zwar nicht, wie in Aussicht genommen, noch am gleichen Tage nach Mailand zurückfliegen müsse, dafür aber in spätestens einer Woche Urlaub nehmen könne.

»Ihr Bruder hat mit mir gesprochen«, sagte er. »Am Telefon konnte er nur vage Andeutungen machen. Aber ich kenne ihn und habe mich entschlossen, ihm das Flugzeug ab übermorgen mittag zur Verfügung zu stellen. Und da ich ohnehin einmal entspannen muß, werde ich das Nützliche mit dem Angenehmen verbinden. Ich quartiere mich für vierzehn Tage am Comosee ein und bringe den ›Stab RuK‹ von dort aus in Schwung. Sie werden sich also, wenn Sie von Lissabon zurückkommen, zumindest eine Woche lang dem ›dolce far niente‹ hingeben können.«

Noch in der gleichen Stunde rief Robert Nicole über die Dienstleitung an und bat sie, ebenfalls in etwa acht Tagen Urlaub zu nehmen.

»Das geht ohne weiteres«, erklärte sie selbstsicher. »Übrigens wußte ich schon, daß der für heute geplante Flug abgeblasen ist. Gerd brachte mir einen herrlichen Blumenstrauß als Entschädigung dafür, daß du wahrscheinlich erst übermorgen kommen wirst und unter Umständen gleich weiterfliegen mußt. Wenn möglich, will er dir aber eine vierundzwanzigstündige Pause gewähren.«

»Seine Fürsorge wird mich noch erdrücken.«

»Ich fand es sehr aufmerksam, mich zu informieren.«

Robert lachte. »Keine Aufregung, Nicole. Auch ich bin beeindruckt. Obendrein bin ich überaus glücklich und zufrieden.«

»Das hört sich gut an.«

»Dann mach dich auf einiges gefaßt.«

»Hast du dir etwas vorgenommen?«

»Wozu? Was reif ist, fällt.«

Nicole war verblüfft, und Robert beendete das Gespräch in dem Bewußtsein, herrlichen Ferientagen entgegenzugehen.

Bis dahin gab es noch viel zu tun. Vor allen Dingen mußte die Verlegung nach Thüringen eingeleitet werden. Da das Wetter einwandfrei war und ohne Funkverbindung geflogen werden konnte, bat Robert Schroeder Manfred Dräger, die Überführung seines bei Rangsdorf abgestellten BMW's zu übernehmen, den er unter den gegebenen Umständen am neuen Standort benötigte. Er selbst flog voraus.

Bei der Landung auf dem kleinen Flugplatz Schwarza/Saale erinnerte er sich daran, daß er vor zwölf Jahren den Doppeldecker der Schokoladenfabrik Mauxion dorthin überführt hatte. Zu seiner Verwunderung stellte er fest, daß der alte ›Flamingo‹ noch existierte. Völlig verstaubt stand er im hintersten Winkel der Flugzeughalle. Es war schön, die primitive Maschine wieder einmal zu sehen. Doch dann drängte ihm die Erinnerung Bilder von bedrückender Eindringlichkeit auf. Er sah Carla auf den vorderen Sitz klettern und wurde sich bewußt, daß es an diesem Flugzeug kaum eine Strebe gab, die sie nicht angefaßt hatte. Beinahe fluchtartig verließ er die Halle. Warum stand dieser Doppeldecker ausgerechnet an einem Platz, den er künftig immer und immer wieder aufsuchen mußte? Sollte er ihn an Carla erinnern?

Robert spürte die in dieser Überlegung liegende Gefahr und beschwor sich, sie zu verdrängen. Nicole durfte von Carla nicht überschattet werden. Er war deshalb froh, als Manfred Dräger erschien. Als er aber nach Berlin zurückflog, erinnerte nicht mehr nur das Flugzeug an Carla. Das tat nun auch der unter dem gleichen Dach abgestellte BMW.

Am nächsten Vormittag landete Robert Schroeder um elf Uhr in Mailand-Linate, wo Gerd dem Staatssekretär und dessen Gattin einen schmeichelhaften Empfang bereitete. Er überreichte ihr einen üppigen Blumenstrauß und stellte dem Amtschef für die Zeit seines Urlaubes einen brandneuen ›Alfa Romeo‹ zur Verfügung.

Der korpulente Staatssekretär strahlte angesichts des Sportwagens, besaß jedoch die Grandezza, Nicole seiner Frau vorzustellen, bevor er sich dem Fahrzeug zuwandte.

Gerd benutzte die Gelegenheit, seinem Bruder zu sagen: »Es tut mir leid, aber wir müssen noch heute nach Lissabon fliegen. Zur Atzung steht drüben im Restaurant eine Kalte Platte bereit.«

»Dann laß ich das Bordbuch gleich abfertigen.«

»Kommt nicht in Frage«, widersprach Gerd und nahm Robert das Bordbuch ab. »Das erledige ich. Kümmere du dich um Nicole.« Damit schob er ihn resolut zu ihr hinüber. »Wir treffen uns im Restaurant.«

Nicole begrüßte Robert ein wenig unsicher.

Der Staatssekretär grinste vielsagend und verabschiedete sich mit seiner Frau.

»Wird es dir nicht zuviel, jetzt noch nach Lissabon zu fliegen?« fragte Nicole besorgt.

Robert legte den Arm um sie. »Es ist ganz gut, daß es gleich weitergeht. Wir werden dadurch einen Tag früher zurück sein.«

»Ich werde bis dahin die Stunden zählen.«

Robert spürte, daß Nicoles Worte mehr als eine Phrase waren. Es war deshalb naheliegend, daß er auf dem Flug nach Lissabon, zu dem er eine halbe Stunde später startete, zum ersten Mal wieder tat, was er früher des öfteren getan hatte: er rechnete die Minuten und Sekunden aus, die voraussichtlich bis zu seiner Rückkehr verstreichen würden.

Beim Überfliegen der portugiesischen Grenze fragte Gerd: »Wo wohnt ihr normalerweise in Lissabon?«

»Im ›Embaiador‹.«

»Das trifft sich gut. Ich muß diesmal im ›Avis‹ absteigen. Wir sind also nicht weit voneinander entfernt. Suche mich aber nur auf, wenn es unbedingt sein muß. Ich reise unter dem spanischen Namen Antonio Marco Rico.«

Seine Tätigkeit wäre nichts für mich, dachte Robert.

»Über den Termin des Rückfluges gebe ich dir rechtzeitig Bescheid. Laßt's euch bis dahin gutgehen. Die Unkosten übernehme ich.«

Manfred Dräger spitzte die Lippen. »Sind Vergnügungen im ›Casino Estorial‹ inbegriffen?«

»Ich akzeptiere auch intimere Nachtlokale.«

»Dann werde ich schwelgen!«

Robert Schroeder schaute mißbilligend hinter sich.

»So sorry, Sir«, sagte Manfred Dräger, sich einen zerknirschten Anschein gebend.

An diese Entschuldigung erinnerte sich Robert Schroeder, als er die Flugleitung von Lissabon aufsuchte und ein britischer Verkehrspilot, der versehentlich eine Pendeltür hatte zurückschlagen lassen, mit den gleichen Worten um Nachsicht für seine Unachtsamkeit bat.

»For nothing«, entgegnete er lachend.

Der Engländer stutzte. »Wir kennen uns doch!«

Robert Schroeder musterte ihn. »Schon möglich. Ich weiß nur nicht . . .«

»Ich hab's!« triumphierte der Brite. »Sie flogen vor vielen Jahren mit mir nach London. Ich lud Sie zum Air-race nach Lymp ein.«

»Wahrhaftig!«

»Sie mußten leider absagen. Vermutlich, weil Ihre Braut Ihnen ein besseres Rennen zu bieten hatte.«

»Nein, nein«, widersprach Robert Schroeder. »Der Grund war höchst unerfreulich. Der Bruder meiner Braut hatte über den Durst getrunken und bedurfte der Aufsicht.«

»Damned!« rief der Verkehrspilot und schlug sich mit der Faust in die Hand. »An den erinnere ich mich ganz genau. Ich habe ihm angesehen, daß er . . . Aber was rede ich da. Have a drink?«

»Gerne.«

Sie gingen zum Flughafenrestaurant.

»Inzwischen werden Sie verheiratet sein und Kinder haben.«

»Nein«, sagte Robert Schroeder spröde. »Erst konnte ich nicht heiraten; mir ging es zu dreckig. Dann war ich in Spanien eingesetzt. Und als wir endlich geheiratet hatten, brach der Krieg aus.« Es folgte eine Pause. »Meine Frau ist gestorben.«

Der Engländer klopfte ihm auf den Rücken.

»Sie sind immer noch im Streckendienst tätig?«

»Zwischendurch war ich drei Jahre Soldat. Squadron-leader. Erst seit kurzem bin ich wieder Zivilist. Im Augenblick fliege ich den Anschlußdienst an den Yankee-Clipper. Eine dankbare Route. Wenn Portugal in Sicht kommt, fange ich an zu schnuppern. Keine Verdunkelung, herrliches Essen, vorzügliche Weine. Aber wie kommen Sie nach Lissabon? Die Lufthansa fliegt doch nicht hierher.«

»Ich habe eine Regierungsmaschine übernommen.«

»Dann haben Sie es ja verdammt weit gebracht«, sagte der Brite anerkennend. »Wie war noch Ihr Name?«

»Robert Schroeder.«

»Meinen Namen werden Sie auch nicht mehr kennen: Jeff Brighton.«

Sie erreichten das Restaurant und nahmen an einer Bartheke Platz.

Der Engländer bestellte Whisky und zog eine Schachtel Zigaretten aus der Tasche. »Rauchen Sie?«

»Eine ›Players‹ lasse ich mir keinesfalls entgehen.«

»Ja, unsere Zigaretten sind gut geblieben. Alles andere aber ...«

»Bei uns ist der Tabak nicht mehr zu genießen. Wir nennen ihn: Eichenlaub mit Schwertern.«

»By Jove, that's good!« Jeff Brighton reichte Feuer. »Wen mußten Sie hierher fliegen?«

»Darüber möchte ich nicht sprechen.«

Der Brite wollte sich entschuldigen, doch Robert Schroeder ließ es nicht dazu kommen.

»Wir sind schließlich Feinde«, sagte er lachend.

Jeff Brighton griff nach seinem Glas. »Und ob wir das sind! Gesundheit! Prosit!«

Robert Schroeder stieß mit ihm an. »Your health! Cheerio!«

Als sie absetzten, schmunzelte der Engländer. »Daß ich während des Krieges einmal mit einem deutschen Piloten anstoßen würde, hätte ich auch nicht gedacht.«

»Gut, daß es so etwas gibt.«

»Mich versöhnt es mit meiner Militärzeit. Bis zur Halskrause hat's mir gestanden. Man schießt und schießt, und das Ergebnis ist am Schluß der Verlust eigener Kameraden.«

Robert Schroeder dachte an Alois Brandner und Jens Lüdeke.

»Seien Sie froh, daß Sie mit dem Militär nichts zu tun haben.«

»Ich war ebenfalls eingesetzt. Als Wetteraufklärer.«

»Da brauchten Sie wenigstens nicht zu schießen.«

»Aber man hat auf uns geschossen.«

»Warum mußte Hitler bloß über Polen herfallen?«

Robert Schroeder zuckte die Achseln. »Wollen wir heute abend zusammen essen?«

»Eine gute Idee.«

Da der Zufall es wollte, daß Jeff Brighton regelmäßig im ›Embaiador‹ wohnte, fuhren sie gemeinsam dorthin.

Auf der Fahrt schlug sich der Brite plötzlich auf den Schenkel. »Wenn Sie mitmachen, können wir uns einen tollen Joke erlauben.«

»Welcher Art?«

»Eine meiner Schwestern befand sich bei Kriegsausbruch in Deutschland und kehrte nicht zurück, weil sie einen Grafen kennengelernt hatte, der sie heiraten wollte. Der Ehrenmann hat das auch getan. Wir erhielten über Schweden die Hochzeitsanzeige. Wäre es nun nicht ein Mordsspaß, wenn ihr ein deutscher Pilot mitten im Kriege ein Hochzeitsgeschenk von ihrem Bruder, seinem britischen ›Feind‹, überbringen würde?«

»Und da fragen Sie, ob ich mitmache?«

Jeff Brighton warf einen Blick auf die Uhr. »Dann müssen wir uns beeilen. In einer halben Stunde schließen die Geschäfte. Was würden Sie einer Gräfin zur Hochzeit schenken?«

Robert Schroeder grinste. »Ein Landgut wird sie schon haben.«

»Machen Sie sich nicht lustig, sondern helfen Sie mir.«

»So was muß man in Ruhe überlegen.«

»Dazu fehlt die Zeit. Morgen früh um sieben Uhr muß ich starten. Uns bleibt gerade eine halbe Stunde, um Geschäfte abzuklappern.«

»Dann wollen wir uns 'ranhalten.«

Um Zeit zu gewinnen, übergaben sie dem Hoteldiener ihr Gepäck und eilten in die Avenida Duque de Loulé, wo sie hofften, etwas Passendes zu finden. Aber das eine war zu teuer, das andere zu schäbig. Sie alberten bald wie Pennäler.

»Da, das Kollier wäre wunderbar«, sagte Jeff Brighton, als sie kurz vor Ladenschluß immer noch nichts gefunden hatten und vor einem Juweliergeschäft stehenblieben. »Sagen Sie meiner Schwester, ich hätte es kaufen wollen, die Banken wären jedoch geschlossen gewesen.«

»Reitet die Gräfin?« fragte Robert Schroeder.

Der Engländer hob die Schultern. »May be.«

»Dann schenken Sie ihr die Reitpeitsche mit dem silbernen Griff, die dort hängt.«

»Wo?«

»Da an der Seite.«

»Zucker!« rief Jeff Brighton. »Das ist die Masche! Attraktiv und nicht zu teuer!«

Der nächste Weg führte zur Hotelbar, und von dort ging es nach einer mehr schnellen als intensiven Erfrischungspause zum ›Negresco‹, das wegen seiner Preise und Qualität gleichermaßen berühmt war. Aber mußte das zufällige Treffen von ›befohlenen Feinden‹, wie sie sich nannten, nicht gebührend gefeiert werden?

Als Vorspeise wählte der Brite ›Caldeirade a pescador‹, eine portugiesische Version der französischen Bouillabaisse. Danach ›Bife na frigideira‹, ein köstliches Steak, das auf einer Steingutplatte serviert wurde.

Im Gegensatz zu ihm schwelgte Robert Schroeder in Fischspeisen. Er begann mit ›Lagosta suada a moda de Peniche‹, einem mit Oliven gekochten und in Weinsoße gereichten Hummer, von dem er allerdings nur eine halbe Portion bestellte, um danach noch ›Bacalhau a Braz‹, gekochten Kabeljau, essen zu können.

»Schade, daß ich schon morgen zurückfliegen muß«, sagte Jeff Brighton, als sie, vom portugiesischen Rosé animiert, in das Hotel zurückkehrten.

»Hauptsache, wir haben uns getroffen und trotz des Scheißkrieges glänzend verstanden.«

Der Engländer nickte. »Ich muß Ihnen noch die Anschrift meiner Schwester geben. Sie wohnt in der Nähe von Weimar.«

»Das ist nicht weit von meinem neuen Schlupfwinkel entfernt.«

»Und wo ist der?«

»Aber, Sir! Wäre es korrekt, wenn ich Ihnen den nennen würde? Wir sind doch Feinde!«

»Damned, schon wieder eine meiner Gedankenlosigkeiten.«

»Die nur beweist, daß nichts zwischen uns steht.«

Die weiten und flachen Hochebenen Spaniens versetzten Robert Schroeder auf dem Rückflug nach Mailand nicht in jene beklemmende Stimmung, die ihn beim Überfliegen der Iberischen Halbinsel früher oft befallen hatte. Sie weckten auch nur zeitweilig Erinnerungen an Alois Brandner und Jens Lüdeke. Seine Gedanken wanderten voraus, Nicole entgegen. Oder zurück zu Jeff Brighton, der bei der Flugleitung ein Paket mit englischen Zigaretten für ihn hinterlegt hatte. Darüber hinaus beschäftigte ihn die Tätigkeit des Bruders, der erst kurz vor dem Start am Flughafen erschienen war und erklärt hatte:

»Gut, daß ich hierhergeflogen bin. Ich konnte ermitteln, daß Bevollmächtigte Badoglios und Roosevelts an einem geheimen Waffenstillstandsvertrag basteln, der formal die Forderung einer bedingungslosen Übergabe erfüllen, Italien in Wirklichkeit jedoch gewisse Rechte belassen wird. Badoglio fällt den Deutschen in den Rücken. Seine Einheiten werden sich den Alliierten nicht entgegenstellen.«

»Aber wir sind doch Verbündete«, hatte Robert bestürzt entgegnet.

»Gewesen! Was hier geschieht, ist so ungeheuerlich, daß es mir schwerfallen dürfte, deutsche Stellen von der Richtigkeit meiner leider nicht zu belegenden Feststellung zu überzeugen. Ich werde dennoch alles in meiner Macht Stehende tun, um die Gefahr zu verringern, die sich nunmehr für die deutsche Truppe ergibt.«

Robert ertappte sich dabei, daß er, bezogen auf Gerd, den gleichen unangebrachten Stolz entwickelte, der seinem Vater zu eigen war. Wir sind schon eine komische Familie, dachte er gerade, als der Bruder ihn fragte, wann Mailand voraussichtlich erreicht werden würde.

Robert wies auf das am Horizont sichtbar werdende Meer. »Der Golf du Lion. In längstens zwei Stunden haben wir es geschafft. Landung voraussichtlich kurz vor drei Uhr.«

»Wirst du mit Nicole noch heute zum Gardasee fahren?«

»Ich glaube nicht. Der Topolino ist zu anstrengend.«

»Ich stell' euch gerne meinen Sportwagen zur Verfügung.«

»Das wäre toll«, mischte sich Manfred Dräger in das Gespräch. »Dann könnte ich den Topolino übernehmen.«

Robert lachte. »Ein gutes Wort werde ich für Sie einlegen.«

Das war nicht notwendig. Der Funker besaß den frechen Nerv, Gerds Frau über den Peiler Linate zu bitten, ihren Mann am Flughafen abzuholen und zu veranlassen, daß der Sportwagen zusätzlich herausgeschickt werde. Und Nicole ließ er ausrichten, sie möge ihre Reiseutensilien gleich mitbringen.

Dennoch mochte Robert an diesem Tage nicht mehr an den Gardasee fahren. Er wußte, daß die Hotels in Gardone und Fasano als Lazarette dienten und fuhr deshalb, sehr zur Überraschung von Nicole, deren Haare in dem offenen Wagen mächtig flatterten, in Richtung Como, wo er irgendwo am See eine hübsche Unterkunft zu finden hoffte. Doch das war schwieriger, als er geglaubt hatte. Es war Anfang August. Sämtliche Hotels waren von Mailändern überfüllt. Nur einem Zufall war es zu verdanken, daß er in Moltrasio ein Quartier fand. Es war sündhaft teuer, übertraf dafür aber die kühnsten Erwartungen. Neben einem großzügig eingerichteten Zimmer verfügte es über einen Ankleideraum, ein Bad und eine Loggia, die einen Ausblick auf den See gestattete. Das Angenehmste an diesem Quartier war seine Lage. Es befand sich nicht im Hotel, sondern in einer am Wasser gelegenen Villa, in der normalerweise nur die Hotelbesitzer wohnten.

Robert umarmte Nicole, als sie endlich allein waren. »Zufrieden?«

»Das Zimmer ist ein Traum.«

»In der Loggia werden wir heute abend Spumante trinken.«

Sie legte ihren Kopf an seine Schulter. »Bist du auch ganz sicher, daß ich . . .?«

»Absolut!« unterbrach er sie. »Wir werden heiraten. Daß ich zu gegebener Zeit mit Detlef spreche und die Sache in Ordnung bringe, ist selbstverständlich.«

»Wäre es nicht richtiger, ihm schon jetzt reinen Wein einzuschenken?«

»Auf keinen Fall. Er ist an der Front. Es ist schlimm genug, daß wir ihn enttäuschen müssen. Außerdem möchte ich die Angelegenheit mündlich ins reine bringen.«

»Das kann unter Umständen noch lange dauern.«

»Ich weiß, und ich bin nicht erbaut davon. Im Augenblick müssen wir ihn aber schonen. Das haben wir ja auch bislang getan.«

Sie schaute wie verloren zu ihm hoch.

Er nahm ihren Kopf in die Hände. »Vertraue mir.«

Vier Tage blieben Nicole und Robert in Moltrasio. Ihre Unterkunft war zu schön und ihr Glück zu groß, als daß sie sich zur Weiterreise hätten entschließen können. Zudem war die Hitze fast unerträglich. Bis zum späten Nachmittag lagen sie am künstlichen Strand der Villa, der ihnen allein zur Verfügung stand. Wenn die Sonne sich dem Horizont zuneigte, suchten sie eine Taverne auf, deren Seeterrasse unter einem kühlen Weinlaubdach lag. Sie genossen es täglich aufs neue, dort im Schatten zu sitzen und einen Traminer zu trinken, dessen eigentümlicher, an Weinlaub erinnernder Geschmack ihnen besonders behagte.

In Moltrasio vergaß Nicole den Gardasee und den fertiggestellten Rohbau. Dies war um so erstaunlicher, als sie sich sehr darauf freute, Robert zu zeigen, was sie insgeheim und mit Recht ›ihr Werk‹ nannte. Völlig selbstlos hatte sie gehandelt. Als sie vor Jahresfrist den Entschluß gefaßt hatte, das herrlich gelegene, aber von Unkraut überwucherte Ufergrundstück in Ordnung zu bringen, hatte sie nicht wissen können, daß der Mann, der nur schwer über den Tod seiner Frau hinwegkam, sich eines Tages in sie verlieben würde. Sie hatte nur helfen wollen. Erst durch den Kuß, den Robert ihr ausgerechnet im Auftrage von Detlef gegeben hatte, war eine Saite zum Schwingen gebracht, deren Ton sie faszinierte und Wünsche in ihr weckte, die ihr bis dahin fremd gewesen waren. Aus dem zarten Klang war nun ein Sphärengesang von solcher Intensität geworden, daß sie die Tage mehr durchträumte als erlebte und alles darüber vergaß. Sogar ihr Selbstbewußtsein war dahin. Die Zeit stand still für sie. Die Süße der Begegnung legte einen Mantel um sie und ließ sie träumen und nochmals träumen.

Robert genoß jede Stunde. Nicoles unerwarteter Wandel ließ es ihm jedoch geraten erscheinen, sie nicht erst am Ende des Urlaubes in die Gegenwart zurückzuführen. Kurz entschlossen regulierte er am Morgen des fünften Tages die Hotelrechnung, packte in einem günstigen Augenblick die Koffer und führte Nicole zum Wagen, als wolle er mit ihr eine kleine Fahrt am See entlang machen.

Sie sah, daß auf ihrem Sitz ein Strauß Rosen und eine Schachtel Pralinen lagen und fragte verwundert: »Was hat das zu bedeuten?«

Er wies auf ein kunstvoll verschnürtes Päckchen, das am Griff des Handschuhkastens hing. »Das da ist auch für dich bestimmt. Die Blumen werden dir hoffentlich sagen, daß ich dich liebe. Das Konfekt soll dich auf der Fahrt, die wir nun antreten, stärken. Und in dem Päckchen findest du dein Lieblingsparfüm, das dich erfrischen wird, wenn mein sprudelnder Geist versiegen sollte.«

»Wir reisen ab?«

»Leider.«

»Ach, Robert! Nach den herrlichen Stunden können wir ›unser‹ Zimmer doch nicht verlassen, ohne es hinter uns zu verbrennen.«

»In der Annahme, daß du diesen Wunsch haben würdest, habe ich das Erforderliche bereits veranlaßt.«

Nicole lachte.

Er hatte es geschafft, ihr den Aufbruch zu erleichtern und gab ihr schnell einen Kuß. »Mit Dank von der Direktion für die reizenden Tage.«

Sie schlang die Arme um ihn. »Fahren wir zum Gardasee?«

»Ja, mein Spatz. Zunächst nach San Giacomo, wo du mir den Rohbau vorführen wirst. Dann geht's weiter nach Sirmione, wo uns die hiesige Hotelleitung ein Quartier reservieren ließ, das du am Schluß wahrscheinlich ebenfalls verbrennen möchtest.«

Nicole konnte mit einem Male nicht schnell genug nach San Giacomo kommen, und als sie am frühen Nachmittag ihr Ziel erreichten, sah sie mit Genugtuung, daß Robert gleich die kleine Marmortafel entdeckte, die sie am Eingang hatte anbringen lassen. Unter zwei eingemeißelten Oleanderzweigen, die farblich leicht angelegt waren, standen die Worte: ›Paradiso Carla‹.

Er zog sie an sich. »Du beschämst mich.«

Sie wies über die Mauer nach unten. »Gefällt dir das Dach?«

»Ja«, sagte er und war entsetzt, als er den Bau erblickte, der sich angesichts der gepflegten Pergola, des kurzgeschnittenen Rasens und der blühenden Oleandersträucher wie ein grober Klotz ausnahm.

»Schau zunächst nur auf das Dach«, riet ihm Nicole. »Sonst bist du enttäuscht. Mir ist es jedenfalls so ergangen. Erst später habe ich begriffen, warum der Architekt die wenig schöne Fassade wählte. Sie macht nicht neugierig und weckt keinen Neid. Das könnte einmal von großer Wichtigkeit sein.«

»Eine kluge Überle ...« Robert unterbrach sich und deutete nach unten. »Da ist ja Giulio. He, Giulio!« rief er und rannte die Stufen hinab.

Das finde ich aber seltsam, dachte Nicole und folgte ihm.

»Giulio! Sie sind wieder im Lande?«

Der Italiener strahlte und zeigte auf den Oberschenkel seines linken Beines. »Bumbum. Guerra finito!«

»Verwundet?«

»Si. Ik jetzt wieder maken Arbeit. Kein anderer. Sie schon bezahlt für – ah, mamma mia – für andere Jahr.«

Nicole kam hinzu.

»Das ist Giulio, der früher den Garten gepflegt hat und ihn künftig auch wieder in Ordnung halten will.«

Der Italiener nahm seine Mütze ab. »Ja. Schon bezahlt für andere Jahr.«

Sie reichte ihm die Hand. »Ich habe bereits viel von Ihnen gehört.«

»Er wurde verwundet und ist aus dem Wehrdienst entlassen.«

»Si. Per me, guerra finito. Ik jetzt maken Arbeit und ...« Er bekreuzigte sich plötzlich und reichte Robert Schroeder die Hand. »La signora ...«

Um das eingetretene Schweigen zu überbrücken, bot Nicole dem Italiener eine Zigarette an. »Sie rauchen doch?«

»Si, signorina. Mille grazie.« Giulio deutete auf ihren Pagenkopf. »Ik wissen, Sie alles hier wieder gemakt bene.«

»Einer mußte die Sache ja in die Hand nehmen.«

»Ja, ja, jetzt ik wieder maken.«

Robert klopfte ihm auf die Schulter. »Gut, daß Sie zurück sind.«

»Kein anderer hier maken Arbeit?«

»Ganz bestimmt nicht. Das verspreche ich Ihnen.«

»Mille grazie, signore! Mille grazie!«

27

Die im Juli und August verstärkt einsetzende Bombardierung der deutschen Städte veranlaßte den Staatssekretär, die Produktion der oberitalienischen Industrie noch schneller voranzutreiben. Die dadurch notwendig werdende Verlängerung seines als Urlaub deklarierten Aufenthaltes am Comosee schenkte Robert und Nicole willkommene weitere Tage des süßen Nichtstuns. Mehrfach fuhren sie von Sirmione nach San Giacomo, wo Giulio stolz verkündete, einen Schreiner gefunden zu haben, der, allen Schwierigkeiten zum Trotz, in der Lage sei, Fenster und Fensterläden anzufertigen.

Da die Beschaffung von Lire für Nicole kein Problem darstellte, erteilte Robert den entsprechenden Auftrag. Er tat dies, obwohl es ihm im Hinblick auf die Entwicklung des Kriegs vermessen zu sein schien, sich noch der Hoffnung hinzugeben, jemals Ferien im ›Paradiso Carla‹ zu verbringen. Seine Skepsis steigerte sich noch, als ein schwerer Luftangriff auf Wiener Neustadt erfolgte. Unabhängig davon, daß seine Eltern ihren Betrieb dorthin verlagert hatten, beunruhigte ihn die Tatsache, daß feindliche Bomberverbände in der Lage waren, über ganz Deutschland hinweg bis tief nach Österreich hinein vorzustoßen. Eindeutig war damit die Ohnmacht der deutschen Luftabwehr bewiesen. Nur wer mit Blindheit geschlagen war, konnte noch an einen glücklichen Ausgang des Krieges glauben. Die Regierung trug dem Rechnung.

Sie setzte ein Gerücht über eine in Vorbereitung befindliche Geheimwaffe in Umlauf, die in der Lage sei, eine Stadt wie New York binnen weniger Sekunden in Trümmer zu legen. Das würde den Krieg auf der Stelle beenden.

Der Staatssekretär bezeichnete dieses Gerücht als unverantwortlich. Er machte auch kein Hehl daraus, daß der Krieg nicht mehr zu gewinnen sei. Dennoch arbeitete er weiter wie alle, die an Schaltstellen saßen und genau wußten, daß das bittere Ende nahte. Wer nicht untergehen wollte, mußte weitermachen. Defaitismus war tödlich geworden. Es gab genügend ›Volksgenossen‹, die geäußerte Zweifel in Grabplatten ummünzten. Die Intrige dominierte. Jeder dachte nur noch ans Überleben und führte aus, was ihm befohlen wurde. Auch wenn die Anordnungen unsinnig erschienen und man von einem Extrem in das andere verfiel.

So mußte Vater Schroeder seinen Betrieb nach Berlin zurückverlegen. Kaum aber hatte er die Arbeit dort wieder aufgenommen, erhielt er die Weisung, sein Unternehmen zur holländischen Grenze zu überführen.

Sinnvolle Arbeit war nicht mehr möglich. Auch Robert Schroeder erlebte dies. Wegen der angeordneten Sicherstellung des Flugzeuges mußte er alle Flüge so anlegen, daß er des Morgens zunächst von Schwarza nach Berlin fliegen und am Abend von Berlin nach Schwarza zurückkehren konnte. Das ergab eine Zeit- und Benzinvergeudung, die ihm unverantwortlich schien. Doch er wurde eines Besseren belehrt, als Berlin in einen unbeschreiblichen Bombenhagel geriet.

Der Staatssekretär rief ihn noch in derselben Nacht an. »Die Stadt brennt!« sagte er erstaunlich ruhig. »Kommen Sie so früh wie möglich. Aber seien Sie vorsichtig! Im Rollfeld gibt es Bombentrichter, wie ich eben von der Flugleitung erfahren habe. In erster Linie wurde der Platz jedoch von Brandbomben getroffen.«

Da es November war und Zivilflugzeuge nur über Tag fliegen durften, konnte Robert Schroeder nicht vor halb neun in Berlin sein. Von weitem bot sich ihm ein erschreckendes Bild. Aus einer wabernden Masse von Dunst und Nebel wälzten sich braunschwarze Wolken zum Himmel empor. Darunter züngelten Flammen, die zeitweilig bis zu fünfzig Meter hochschlugen. Orkanartige Wirbel jagten Funken gleich Kometenschweifen durch die Luft. Die Hölle schien sich aufgetan zu haben.

Robert Schroeder und Manfred Dräger schauten beklommen in das Inferno. Der Feuersturm schien aus allen Richtungen zu wehen. Explosionsartig stoben Funken auseinander.

Manfred Dräger wies zum Westrand der Stadt hinüber. »Bevor wir landen, sollten wir nachsehen, wie es um das Haus Ihrer Eltern bestellt ist. Wenn wir über Wannsee fliegen, können wir ungefährdet nach Schlachtensee gelangen.«

Robert Schroeder war sich nicht schlüssig. Sollte er einen Flug über Berlin riskieren? Vorsorglich ließ er die Maschine auf fünfhundert Meter steigen.

Gleich schwarzen Ungeheuern wälzten sich Brandwolken über die Stadt. Potsdam, Zehlendorf-West und Schlachtensee schienen nicht in das Bombardement geraten zu sein.

»Ich versuch' es«, sagte er, nachdem er festgestellt hatte, daß die südwestlichen Stadtteile nur im Qualm lagen. »Hat der Peiler besondere Anweisungen gegeben?«

»Anflug von Osten. Das Rollfeld sollen wir vor der Landung überfliegen, um uns über die Lage der Bombentrichter zu informieren.«

Brandgeruch drang in die Kabine.

Über Zehlendorf-West kurvte Robert Schroeder nach Schlachtensee ein. Trotz der Rauchschwaden, in die sie gerieten, konnte er erkennen, daß Haralds Haus unversehrt war. Ebenfalls das seiner Eltern. Er bog nach Grunewald ab. Von dort nach Dahlem. Unter ihnen jagten Funken dahin. Flammen wurden sichtbar. Er kehrte zum Stadtrand zurück und nahm Kurs auf Tempelhof. Schöneberg war ein einziges Feuermeer. Auch in Tempelhof brannten weite Strecken lichterloh. Entsprechend der ihm gegebenen Weisung steuerte er das Landefeld, das in dichte Brandwolken gehüllt war, von Osten her an, überquerte es im gedrosselten Flug und wendete gleich hinter der Platzgrenze zurück, um nicht in die Waberlohe der dort brennenden Häuser zu geraten. Dabei konnte er einen Augenblick zu dem Haus hinüberblicken, in dem sich seine Wohnung befand. Befunden hatte! Es war bis auf die Grundmauern niedergebrannt.

Ihm stockte der Atem. Alles, was er besessen hatte, war dahin. Warum nur hatte er nichts in Sicherheit gebracht?

Später aber, als er den ersten Schock überwunden hatte, dachte er: Es ist gut so. Der Preis ist bezahlt. Es gibt keine offene Rechnung mehr. Ich werde von neuem beginnen. Mit Nicole!

Die Flugstrecken, die während des Krieges immer länger geworden waren, wurden nun von Woche zu Woche kürzer. Stalino und Dnjepropetrowsk mußten aufgegeben werden. Kiew war nicht mehr zu halten. Die Rote Armee erreichte die ehemalige polnische Grenze. Die Ukraine war verloren. Allein im letzten Halbjahr hatte die Heeresgruppe Süd 405 000 Mann an Toten, Verwundeten und Vermißten zu beklagen.

Schon Monate zuvor, am 9. September 1943, waren Briten und Amerikaner in Kalabrien und bei Salerno gelandet. Es hatte sich erwiesen, daß Gerd Schroeders Behauptung, ein geheimer Waffenstillstandsvertrag sei abgeschlossen worden, kein Hirngespinst gewesen war: General Eisenhower gab das Abkommen unmittelbar vor der Landeoperation bekannt. Deutsche Gegenmaßnahmen mußten nun in aller Eile durchgeführt werden. Rom wurde von deutschen Einheiten besetzt, und es wurde der Befehl erteilt, die in Südfrankreich, auf dem Balkan und in der Heimat stehenden italienischen Verbände zu entwaffnen. Dem König und General Badoglio gelang die Flucht in das alliierte Lager. Wie als Äquivalent dafür wurde Mussolini von einem deutschen Sonderkommando auf sensationelle Weise vom Gran Sasso befreit.

Gewonnen war damit nichts. Neapel mußte geräumt werden. Die Einnahme des Flughafens von Foggia gab den Amerikanern die Möglichkeit, Österreich und die Tschechoslowakei künftig nahezu ungefährdet von Süden zu erreichen.

In diesen Tagen gelang es Gerd Schroeder, Fäden zu deutschen Diplomaten, SS-Führern und Militärs bis hinauf zum kommandierenden Generalfeldmarschall zu knüpfen. Mit ihrer Hilfe hoffte er zu erreichen, daß der von Hitler unter der Bezeichnung ›Verbrannte Erde‹ gegebene Befehl, auf dem Rückzug alle Häuser zu zerstören und Felder und Wälder zu verwüsten, in Italien nicht praktiziert wurde. Was in dieser Hinsicht in Rußland geschah, war grauenerregend. Das hatte die Sowjets jedoch nicht daran hindern können, die deutschen Heeresgruppen in einer großangelegten Offensive zur Waffenstreckung zu zwingen. Die Rote Armee erreichte den San und die Weichsel. In Warschau erhoben sich die Männer der polnischen Untergrundbewegung in der Hoffnung, daß sowjetische Verbände ihnen zu Hilfe kommen würden. Diese aber nahmen Prag ein und blieben am Weichselufer stehen, wodurch sich die in Warschau eingeschlossenen Widerstandskämpfer zur Kapitulation gezwungen sahen. Hitler befahl daraufhin die vollkommene Zerstörung der Stadt. Das wiederum veranlaßte Premierminister Churchill im Unterhaus bekanntzugeben, daß er sich auf der Konferenz in Teheran für eine großzügige Entschädigung Polens durch Abtretung weiter Teile Deutschlands, verbunden mit einer ›Totalaustreibung der Deutschen in Höhe von mehreren Millionen Menschen‹, eingesetzt habe.

Noch war es nicht soweit. Der Kreis um Deutschland aber wurde enger und enger. Die Engländer faßten in der Normandie, die Amerikaner auf der Halbinsel Cotentin Fuß. Ihre Streitkräfte waren so überlegen, daß Generalfeldmarschall Rommel Hitler mitteilte, er halte den Krieg für verloren und sei gewillt, notfalls auf eigene Faust einen Waffenstillstand herbeizuführen. Ausgerechnet in dieser Phase wurde der unerschrockene Heerführer schwer verwundet. Generalfeldmarschall von Kluge übernahm das Kommando. Aber nur für kurze Zeit. Nach dem mißglückten Attentat auf Hitler blieb ihm keine andere Wahl, als sich selbst das Leben zu nehmen.

Makaber wurde es draußen wie drinnen. Ein Gauamtsleiter fühlte bei Robert Schroeder vor, ob er bereit sei, ihn und seine Familie gegebenenfalls nach Spanien zu fliegen. Für den Flug bot er ein Honorar von hunderttausend Mark.

Ein ähnliches, wenngleich weniger konkretes Gespräch führte der Staatssekretär mit ihm. Er ließ durchblicken, daß er Brillanten zur Verfügung stellen könne.

Robert Schroeder gab in beiden Fällen zu verstehen, daß er Flucht für keine Lösung halte.

In jener Zeit, da deutsche Truppen von Osten nach Westen und von Norden nach Süden geworfen wurden, als sei es ein Gesellschaftsspiel, noch bestehende Einheiten zu verdünnen und Löcher mit Löchern zu stopfen, hatte Robert Schroeder eine Begegnung, die höchst zwiespältige Gefühle in ihm auslöste.

Von Mailand kommend, wohin er neuerdings mindestens drei- bis viermal im Monat flog, hatte er das Flugzeug wegen eines notwendig gewordenen Motorenwechsels der Deutschen Lufthansa in Tempelhof übergeben und war nach Schlachtensee gefahren, um im leerstehenden Haus der Eltern zu übernachten. Seit dem Verlust der eigenen Wohnung tat er dies, wenn Wartungsarbeiten es erforderlich machten, die Maschine in Berlin zu belassen. Ins Haus der Eltern waren erstaunlicherweise noch keine Ausgebombten eingewiesen. Um so mehr überraschte es ihn, als er beim Hinaufsteigen der Stufen zum Eingang lautes Lachen und Kreischen hörte. Gleich darauf vernahm er Conrads unverkennbare Stimme. Das Herz schlug ihm schneller. Der Bruder lebte! Seit über einem halben Jahr hatte er nichts mehr von ihm gehört. Er eilte die letzten Stufen hinauf, schloß die Haustür auf, lief in die Diele und prallte zurück. Conrad und drei Weiber rasten unbekleidet durch die Wohnung.

Sekundenlang wußte Robert nicht, was er tun sollte. Kehrtmachen? Er war sich noch nicht schlüssig, als ihn eine der Frauen entdeckte. Aufkreischend schrie sie: »Da ist jemand!«

Conrad schaute in die gewiesene Richtung. »Mensch, Robert!« rief er und eilte die Dielentreppe hinab. Seine von den dicken Brillengläsern vergrößerten Augen funkelten. Nackt, wie er war, umarmte er den Bruder. »Altes Haus, wie geht's dir?«

»Wie es scheint, besser als dir. Ich habe noch was anzuziehen.«

Conrad ging zur Garderobe und schnappte sich einen Mantel. »Ich bin auf der Durchreise vom Osten in den Westen und tobe mich gerade ein bißchen aus.« Er warf sich den Mantel über. »Du wirst ja schon davon gehört haben, daß die Rote Armee ganz schöne Erfolge erzielen konnte. Mich stimmt das besonders traurig, weil ich mich zwischen den Partisanen fast schon wie zu Hause fühlte. Weißt du, da gab es nie klare Verhältnisse. Man mußte Nase haben. Und die hatte ich meistens. Mein Kompaniechef pflegte zu sagen: Der Schroeder ist wie ein Schwein. Selbst im Morast findet der sich zurecht.«

Die Weiber hatten Blickschutz hinter dem Treppengeländer gesucht. »Was ist?« rief eine von ihnen.

Conrad machte eine abwehrende Bewegung. »Viertelstunde Pause!«

Robert stellte seinen Koffer ab. »Du gehörst nach wie vor zur Gruppe Dirlewanger?«

»Gruppe ist gut. Strafbataillon heißt der Verein! Die Gemeinheit ist nur, daß man uns jetzt, wo das tausendjährige Reich zusammenkracht und es sehr vorteilhaft sein könnte, einer Strafeinheit anzugehören, in ehrenwerte Verbände steckt. Und weil es bei denen unmöglich ist, daß ein ›Schütze Arsch‹ mit hohen Auszeichnungen herumläuft, wurde ich nach Herford zu einem Unteroffizierslehrgang abkommandiert. Aber das sage ich dir: die werden mich nicht befördern. Ich werde weiterhin als gemeiner Mann mit dem EK I herumlaufen.«

Robert sah den Bruder ungläubig an. »Du hast das EK I?«

»Meine Jacke!« schrie Conrad.

Eines der Weiber lief in die erste Etage und warf ein Kleidungsstück herab, das mit Orden und Ehrenzeichen bespickt war.

Conrad griff in die Innentasche und zog sein Soldbuch heraus. »Wenn der Herr Hauptmann vergleichen wollen: EK II, EK I, Bandenvernichtungsabzeichen, goldene Nahkampfspange, Panzervernichtungsabzeichen in sechsfacher Ausfertigung. Ja, mein Lieber, ich habe vor lauter Schiß ganz schön um mich geballert.«

Robert reichte das Soldbuch nicht sogleich zurück, sondern las einen Vermerk, der ihm höchste Bewunderung abverlangte. »Du hast eine Flugzeugbesatzung gerettet?«

Conrad zuckte die Achseln. »Die Kerle waren über Feindgebiet abgeschossen worden und konnten nicht einmal ein Schwein schlachten. Da hab' ich ihnen gezeigt, wie man das macht. Nach vier Wochen waren sie ganz schön tüchtig. Aber da brauchten sie es nicht mehr zu sein. Da hatten wir einen deutschen Verband erreicht.«

»Und wie kamst du in das Gebiet?«

»Ich war in Gefangenschaft geraten. Kann doch mal passieren. Nach drei Monaten bin ich getürmt. Unterwegs habe ich dann die Herren von der Luftwaffe getroffen.«

»Bist ein toller Kerl.«
»Und du ein Pechvogel. Jetzt hast du auch noch deine Wohnung verloren.«
»Woher weißt du das?«
»Mein erster Weg führte mich nach Tempelhof.«
»Für wie lange hast du Urlaub?«
»Der liegt hinter mir. Auf Staatskosten wurde ich nach Zakopane geschickt. War aber Scheiße. Keine Weiber. Darum hier schnell drei auf einen Schlag. Morgen früh muß ich weiter. Hab' also Verständnis, wenn ich ...«
»Kann ich etwas für dich tun?«
Conrad grinste. »Du hast nicht zufällig den Schlüssel vom Weinkeller?«
»Nein, aber ich weiß, wo er ist.«
»Dann rück schnell ein paar Flaschen heraus.«

Da Robert Schroeder die Genehmigung erhalten hatte, das Kasino des ›Jäger-Sonderstabes‹ aufzusuchen, lud er seinen Bruder am nächsten Morgen zu einem Frühstück ein, wie es in Friedenszeiten nur Engländer zu sich nehmen. Danach brachte er ihn zum Bahnhof und redete auf ihn ein, den Eltern von Herford aus einen Besuch abzustatten.
»Sie sind alt«, sagte er beschwörend. »Wir müssen das berücksichtigen und dürfen ihnen ihre Art nicht verübeln.«
»Nicht einen Brief haben sie mir geschrieben!« erboste sich Conrad.
»Wenn du glaubst, sie dafür strafen zu müssen, bist du nicht anders als sie. Zeige dich ihnen in der ganzen Pracht deines Ordenssegens. Sie werden dahinschmelzen, werden dich voller Stolz der Belegschaft präsentieren und glücklich sein, ihren Sohn zurückerhalten zu haben. Und daraus werden sie Kraft schöpfen.«
Conrad schüttelte den Kopf. »Wenn du nicht immer so penetrant anständige Touren reiten würdest, könntest du ein angenehmer Bruder sein. So aber werde ich wohl in den sauren Apfel beißen müssen.«
Robert umarmte den Bruder. »Paß auf, daß es dich am Schluß nicht noch erwischt.«
Conrad schürzte die Lippen. »Seit de Gaulle in Paris eingezogen ist, bin ich nicht mehr gefährdet.«
Hinter dieser doppelsinnigen Bemerkung steckte auch Galgenhumor. Überall brachen die Fronten zusammen. Von Neapel führten die Alliierten eine Landung an der Riviera durch. Toulon und Marseille gingen verloren. Die in Südfrankreich eingesetzten deutschen Truppen mußten sich entlang der Rhône zurückziehen. Übriggebliebene Kräfte

sammelten sich in den Vogesen. Brüssel und Antwerpen waren nicht mehr zu halten. Den Alliierten gelang es, die Scheldemündung freizukämpfen und den unversehrt gebliebenen Hafen von Antwerpen in Betrieb zu nehmen.

In Anbetracht der heranrückenden Verbände erhielt Vater Schroeder Order, seinen an die holländische Grenze verlegten Betrieb schnellstens wieder nach Berlin zu schaffen. Ihm klirrte der Schädel. Er war grau geworden und wohl auch zu alt, um mit dem, was auf ihn einstürmte, fertigwerden zu können. Es tat ihm nicht einmal mehr gut, die Schuld am Niedergang Deutschlands jenen hohen und höchsten Offizieren zuzuschreiben, die seiner Meinung nach gegen Hitler operiert und damit den alliierten Mächten geholfen hatten. Nur am 20. Juli 1944, nach dem mißglückten Attentat auf den Führer, war er noch einmal aufgelebt. Endlich war erwiesen, was er schon immer gesagt hatte: Große Teile der deutschen Generalität waren zum Kampf gegen Hitler und damit gegen das eigene Volk angetreten. Wenn sich sogar ein Mann wie Generalfeldmarschall Rommel das Leben nehmen mußte, durfte man sich nicht wundern, daß tapfere deutsche Soldaten den Mut verloren und sich vom Feind überrennen ließen.

Den Schmerz, den er hierüber empfand, konnte nicht einmal Conrads erstaunliche Entwicklung verbannen. Das Herz schlug ihm natürlich höher, als das Sorgenkind der Familie eines Mittags hochdekoriert vor ihn hintrat. Aber wie befriedigend die Feststellung auch sein mochte, daß selbst in einem gestrauchelten Schroeder im entscheidenden Moment die Sauberkeit des Geistes und des Blutes zum Vorschein kommt, er fand keinen Trost in diesem Bewußtsein und faßte den Entschluß, den Weg in den Tod zu gehen. Der ›Deutsche Volkssturm‹, der jung und alt aufgerufen hatte, mit fanatischer Hingabe einen Schutzwall gegen die rote Flut zu bilden, bot ihm die willkommene Möglichkeit, die Heimat bis zum letzten Atemzug zu verteidigen und erhobenen Hauptes als echter Deutscher eine Welt zu verlassen, in der zu leben nicht mehr verlohnte.

Mutter Schroeder dachte anders. Sie begrüßte die Rückverlegung des Betriebes nach Berlin, weil sie hoffte, dort Dinge einleiten zu können, die ihr keine Ruhe mehr ließen, seit sie von Conrad erfahren hatte, daß Gerd und Robert gemeinsam in Lissabon gewesen waren. Wenn das stimmte, und sie zweifelte nicht daran, dann verfügte Gerd über beachtliche internationale Beziehungen. Es wurde höchste Zeit, sich mit ihm zu versöhnen. Robert sollte die Sache in die Hand nehmen. Er wußte ja, daß nicht sie, sondern der Vater, dessen nationalem Dickschädel alle Scherereien zuzuschreiben waren, die Trennung von dem Ältesten besiegelt hatte. Wie gerne hätte sie Gerd und Maja in Rom besucht. In das Foto der Schwiegertochter hatte sie sich geradezu verliebt.

Außerdem mußten Familienmitglieder zusammenhalten. Wenn ihrem Mann angekreidet werden sollte, daß er als Parteirichter eingesetzt worden war, dann war es Gerds Pflicht, ein gutes Wort für ihn einzulegen. Der Junge wußte ja, daß der Vater ›Stahlhelmer‹ und ›Deutschnationaler‹ gewesen war. Hitler hatte einfach alle nationalen Kräfte gleichgeschaltet. Aber mußten solche Dinge überhaupt erörtert werden? Wenn Gerd und Maja ihnen in Italien eine kleine Bleibe zur Verfügung stellten, dann war alles in bester Ordnung. In Italien waren sie ein unbeschriebenes Blatt.

Zum Kummer von Mutter Schroeder befand sich Robert gerade in Mailand, als sie nach Berlin zurückkehrte. Sie telefonierte mit dem Sekretariat des Staatssekretärs, das ihr versprach, ihren Sohn unverzüglich über ihre Rückkehr zu informieren.

Robert rief bereits am nächsten Nachmittag an. »Ich höre eben, daß es euch wieder nach Berlin verschlagen hat.«

»Du ahnst nicht, wie froh ich darüber bin, Berti«, erwiderte sie voller Temperament. »Ich muß dich dringend sprechen.«

Berti? So hatte ihn die Mutter als Kind genannt. Gefahr war im Verzuge. Irgend etwas schien zu brennen.

»Kannst du zu uns kommen?«

»Nein. Ich muß vor Einbruch der Dunkelheit in Schwarza sein.«

»Schade. Aber vielleicht kannst du mir sagen, ob du in Kürze wieder nach Italien fliegen mußt.«

»Berlin – Mailand ist meine Rennstrecke geworden.«

»Und du triffst dich häufig mit Gerd?«

»Natürlich.«

»Ach, Robert, ich habe solche Sehnsucht nach dem Jungen. Vater hat ihm damals furchtbar unrecht getan.«

»Du suchst die Versöhnung?«

»Wenn sie möglich wäre.«

»Jederzeit. Gerd und Maja warten nur auf das Stichwort.«

Die Mutter stammelte Worte des Glücks, und Robert wunderte sich über ihre ungeschmälerte Fähigkeit, Rührung oder was immer sie wollte, mit Vehemenz zur Schau zu stellen.

Eine Weile ließ er sie gewähren, dann aber unterbrach er sie abrupt. »Nun mal zu etwas anderem. Wäre es nicht angebracht, wenn ihr euch in das Berchtesgadener Notquartier zurückziehen würdet?«

»Ich weiß nicht so recht«, sagte die Mutter zögernd. »Manchmal denke ich, daß ich schlecht beraten war, als ich mich für Berchtesgaden entschied.«

»Und warum?«

»Weil der Führer dort sein Haus hat. Es könnte doch sein, daß man sich an ihm rächen will.«

»Dann wird man euch noch lange nicht erschlagen. Hier in Berlin kann das aber passieren. Alles deutet darauf hin, daß um diese Stadt gekämpft werden wird. Hitler wünscht den Heldentod der Nation. Zieht euch also nach Berchtesgaden zurück, bevor es zu spät ist. Eure dortige Anschrift habe ich Gerd bereits gegeben.«

»Könnte er uns nicht in Italien unterbringen?«

»Ach, daher weht der Wind. Du suchst die Versöhnung, damit ...«

»Nein«, unterbrach ihn die Mutter hastig. »Mein Wunsch nach Versöhnung kommt aus dem Herzen und hat nichts mit meiner Frage zu tun, die ich lediglich stellte, weil es doch möglich wäre, daß Gerd sich freuen würde, wenn er uns helfen könnte. Er ist ja unser Sohn.«

Robert unterdrückte einen Seufzer. »Ich flehe dich an, Mama, überspanne den Bogen nicht! Selbst wenn Gerd euch helfen will, kann er es jetzt nicht. In Oberitalien gibt es Partisanen. Mit Einbruch der Dunkelheit müssen die Straßen verlassen sein. Unsere Hotels werden des Nachts von Soldaten bewacht. Auf der Autostrada nach Como können wir nur noch im Konvoi fahren. Gerd denkt daran, seine Frau in die Schweiz zu schicken.«

»Das habe ich ja nicht gewußt«, sagte die Mutter kleinlaut. »Ich dachte, in Italien sei es ruhig.«

»Die Zeiten sind vorbei.«

»Wenn ich nur wüßte, wie ich Vater aus Berlin herausbekomme. Er hat sich beim Volkssturm gemeldet.«

»Dann hat er allem Anschein nach den Verstand verloren. Er ist doch fast siebzig!«

»Und steht auf dem Standpunkt, daß die Verteidigung der Ehre nichts mit dem Alter zu tun hat.«

Robert blickte auf die Uhr. »Mama, ich muß starten. Halte mich auf dem laufenden. Meine Telefonnummer ist dir bekannt. Solltest du mich nicht erreichen können, dann verständige das Sekretariat. Dem stehen Sonderleitungen zur Verfügung. Ich melde mich, sobald ich wieder in Berlin bin. Was immer auch geschehen mag, ich werde euch helfen. Keinesfalls dürft ihr in dieser Stadt bleiben. Ist das klar?«

Die Mutter schluchzte. »Und was soll ich machen, wenn Vater sich weigert, Berlin zu verlassen?«

»Versuche ihn zu überreden. Deine Trickkiste ist ja nicht gerade klein. Solltest du aber zu der Überzeugung gelangen, daß er von seinem Vorsatz nicht abrückt, dann rufe mich an.«

»Gott sei mit dir«, sagte die Mutter.

Es war das erste Mal seit vielen Jahren, daß sich die Mutter nicht mit dem Hitlergruß verabschiedete.

Die Amerikaner nahmen Mainz ein, britische Einheiten überquerten den Rhein bei Wesel, französische Truppen traten an, die Sowjets bereiteten einen Großangriff auf Berlin vor, an der Donaufront gelang der Durchbruch in Richtung auf Wien, und in Italien begann eine Offensive, die zum Zusammenbruch der dortigen Abwehrfront führen mußte. In dieser eindeutig das Ende des Krieges ankündigenden Situation erhielt Robert Schroeder mitten in der Nacht vom Staatssekretär die Weisung, so früh wie irgend möglich nach Berlin zu fliegen, dort eine viermotorige Focke Wulf zu übernehmen und in zwei Flügen von Mailand rund achtzig Mitarbeiter des Stabes RuK abzuholen.

Der Focke Wulf ›Condor‹ war schnell. Mit ihm konnte ein Flug nach Mailand und zurück in fünf Stunden bewältigt werden. Einschließlich der zum Nachtanken benötigten Zeit verlangten zwei Flüge aber mindestens elf Stunden, und Robert Schroeder überschlug, daß ihm Tageslicht für höchstens elfeinhalb Stunden zur Verfügung stehen würde.

»Die Zeit wird knapp«, sagte er. »Ich muß Sie bitten, dafür Sorge zu tragen, daß die Herren in Linate bereitstehen. Sonst kann ich die mir gestellte Aufgabe nicht erfüllen.«

»Darauf bin sogar ich schon gekommen«, entgegnete der Amtschef anzüglich. »Ich habe dafür gesorgt, daß Sie nicht einmal zur Flugleitung zu laufen brauchen. Ein Beamter der Luftaufsicht wird mit dem erforderlichen Stempel am Abstellplatz sein.«

»Dann werde ich es schaffen.«

»Noch irgendwelche Fragen?«

»Ja. Wäre es möglich, daß Sie meinen Bruder informieren?«

»Das dürfte ein gewisses Fräulein Nicole schon besorgt haben. Sie gehört zu den Passagieren des ersten Transportes.«

»Ich höre Glockengeläut«, rief Robert Schroeder erleichtert.

Der Flug nach Mailand bereitete ihm nun Freude. Er war stolz darauf, Nicole mit einer imposanten, viermotorigen Maschine abzuholen, und er war sichtlich betroffen, als er sie in Mailand in der Gruppe der wartenden Passagiere nicht entdecken konnte. Aber Gerd war anwesend. Er stand etwas abseits und hob die Hand, als der ›Condor‹ den Abstellplatz erreichte.

»Übernehmen Sie alles weitere«, sagte Robert Schroeder zu Manfred Dräger und verließ die Kanzel, um so schnell wie möglich auszusteigen. Gerds Miene hatte ihn in Alarmstimmung versetzt.

Der Funker stellte die Motoren ab.

Robert Schroeder stieß die Kabinentür auf, sprang ins Freie und lief auf den Bruder zu. »Was ist los? Warum ist Nicole nicht da?«

»Weil ich sie und Maja gestern in Sicherheit gebracht habe. Um elf Uhr sind sie von Chiasso nach Zürich gefahren. Nicole fungiert als Erzieherin unserer Kinder.«

Obwohl Gerd auf diese Möglichkeit schon mehrfach hingewiesen hatte und Robert wußte, daß sein Bruder seit geraumer Zeit ungewöhnliche Beziehungen zu hohen amerikanischen Beamten unterhielt, mit denen er auf geheimnisvollen Wegen in der Schweiz zusammentraf, war er wie vor den Kopf geschlagen. Einen Grenzübertritt in Erwägung zu ziehen, war etwas anderes, als unverhofft von der vollzogenen Tatsache in Kenntnis gesetzt zu werden.

»Du schaust aus, als wolltest du mir an die Kehle springen«, sagte Gerd belustigt.

»Ist das ein Wunder? Ich glaubte Nicole anzutreffen.«

»Sei froh, daß sie in Sicherheit ist.«

»Das bin ich ja. Dennoch ist es nicht leicht, plötzlich zu hören . . .«

»Hier hast du ein Trostpflaster«, unterbrach ihn der Bruder und drückte ihm einen Brief in die Hand. »Eine halbe Nacht hat Nicole geschrieben und geschrieben.«

Robert küßte den Umschlag und steckte ihn ein. »Wir werden Abschied nehmen müssen. Italien dürfte ich so schnell nicht wieder zu sehen bekommen.«

»Soviel ich weiß, bereits heute nachmittag.«

»Du weißt, wie ich es gemeint habe.«

Gerd nickte und wies auf die Mitarbeiter des Stabes RuK, die in die Kabine drängten. »Sogar der Weg ins Ungewisse wird erkämpft.«

»Wirst du hierbleiben?«

»Das weiß ich noch nicht.«

»Die Eltern bereiten mir Sorge. Vater will Berlin nicht verlassen.«

»Dann treib ihn mit der Peitsche hinaus! Mama darf auf keinen Fall in der Stadt bleiben.«

»Ich werde mein möglichstes tun.«

»Du selbst sitzt auch nicht gerade an der richtigen Stelle. Thüringen gehört zum Gebiet, das den Russen zugesprochen wurde.«

»Ich glaube, du spinnst.«

»Glaub, was du willst, aber ich habe die Karte von Jalta gesehen. Ich empfehle dir dringend, dich um dreißig bis vierzig Kilometer nach Süden abzusetzen. Bayern gehört zur amerikanischen Zone.«

Robert reichte Gerd die Hand. »Grüß Nicole und sage ihr, daß sie die Schweiz nicht verlassen soll, bis in Deutschland klare Verhältnisse herrschen. Ich werde ihr schreiben. Ob sie die Briefe bekommen wird, ist eine andere Frage.«

»Und wohin soll sie ihre Post senden?«

»Nach Berchtesgaden. In Schwarza werde ich nicht lange bleiben. Aber das habe ich alles mit ihr besprochen.«

»Und warum gehst du nicht gleich nach Süddeutschland?«

»Weil ich in Schwarza polizeilich gemeldet bin und nur dort den

Nachweis erbringen kann, daß ich bereits vor Jahren aus dem Militärdienst entlassen wurde. Wozu in Gefangenschaft gehen, wenn es nicht nötig ist? Auch habe ich meine Moneten nach Thüringen transferiert.«

»Hebe sie auf alle Fälle ab, bevor die Russen kommen«, empfahl ihm Gerd. »Und schaff die alten Herrschaften aus Berlin heraus. Notfalls mit der Brechstange.«

Auf dem zweiten Rückflug von Mailand drosselte Robert Schroeder die Motoren so weit, daß er Tempelhof gerade noch bei Tageslicht erreichte und die Maschine des Staatssekretärs nicht mehr nach Schwarza überführen konnte. Auf diese Weise war er gezwungen, in Berlin zu bleiben, und er fuhr gleich nach Schlachtensee hinaus, um bei den Eltern zu übernachten und den Vater zu überreden, die Stadt unverzüglich mit der Mutter zu verlassen. Das Radio hatte gemeldet, die Sowjets näherten sich der Reichshauptstadt und drohten sie in die Zange zu nehmen, und ein an den Volkssturm und die Hitlerjugend ergangener Aufruf, sich todesmutig dem Feind entgegenzuwerfen, machte deutlich, daß nicht mehr Vernunft, sondern Wahnsinn regierte. Robert Schroeder war entschlossen, die Eltern um jeden Preis aus dem bereits brodelnden Kessel herauszuholen. Er betrachtete es als einen Wink des Schicksals, daß ihm seine kleine zweimotorige Maschine gerade in dieser Phase in Berlin zur Verfügung stand. So oder so mußte er nach Thüringen fliegen. Warum also nicht mit den Eltern?

Auf der Fahrt nach Schlachtensee ging er in seinen Überlegungen noch einen Schritt weiter. Weshalb nicht gleich Kurs auf Berchtesgaden nehmen? Wer Mitglieder des Stabes RuK in Sicherheit zu bringen hat, darf wohl auch an die eigene Familie denken. Kurzerhand suchte er am Bahnhof Schlachtensee eine Telefonzelle auf und rief den Staatssekretär an, den er ohne Umschweife bat, seine Eltern mit dem Flugzeug nach Bad Reichenhall, dem Berchtesgaden am nächsten gelegenen Flugplatz bringen zu dürfen.

»Ich wünsche Ihnen guten Flug«, sagte der stets großzügige Amtschef. »Und ich knüpfe an die hiermit erteilte Genehmigung nicht einmal die Erfüllung der Ihnen gegenüber seinerzeit geäußerten Bitte bezüglich Spanien.«

»Dafür bin ich Ihnen sehr dankbar.«

»Es könnte aber sein, daß ich Sie in den nächsten Tagen nochmals nach Berlin rufen muß.«

»Solange die Strecke frei ist, stehe ich Ihnen jederzeit zur Verfügung. Sie sollten allmählich aber auch an sich denken. Die Amerikaner stehen vor Kassel!«

»Ich muß aus optischen Gründen bis zur letzten Minute in Berlin bleiben. Unsere Koffer sind jedoch gepackt. Bevor die Sowjets ihre Zange schließen, verlassen wir die Stadt.«

So etwas Idiotisches, dachte Robert Schroeder, als das Gespräch beendet war. Dann wandten sich seine Gedanken den Eltern zu. Er hoffte, daß die ihm erteilte Fluggenehmigung den Vater beeindrucken und veranlassen würde, dem Wunsch der Mutter zu entsprechen.

Glücklicherweise traf er sie daheim alleine an. Sie brach augenblicklich in Tränen aus und bestürmte ihn, ihr beizustehen.

»Ich bin gekommen, um euch nach Berchtesgaden zu fliegen«, beruhigte er sie.

Sie umklammerte ihn. »Das wird nicht gehen. Vater will die Stadt auf keinen Fall verlassen. Ich weiß nicht mehr ein noch aus. Von morgens bis abends ist er beim Volkssturm. Manchmal glaube ich, er hat den Verstand verloren. Mit Handgranaten will er das Haus verteidigen.«

Robert strich über das fast weiß gewordene Haar der Mutter. Diesmal spielte sie kein Theater. Er mußte einen Ausweg finden und fragte sich, was stärker als der Todesdrang sein könnte, von dem sein Vater befallen zu sein schien. »Wie sieht's im Betrieb aus?« fragte er, einer jähen Eingebung folgend.

»Es wird nach wie vor gearbeitet. Seltsamerweise stehen genügend Stoffe zur Verfügung.«

Draußen wurden Schritte laut.

»Das ist Vater«, sagte die Mutter und wischte sich die Tränen fort.

Robert öffnete die Tür, noch bevor die Schelle ertönte. Er wollte den Vater mit einem Scherzwort begrüßen; sein Aussehen aber verschlug ihm die Stimme.

Der Vater trug einen Stahlhelm und hatte über seinen Zivilmantel einen Riemen geschnallt, an dem eine Revolvertasche, zwei Handgranaten, eine Gasmaske und ein Spaten hingen. Vor seiner Brust baumelte eine Meldetasche. In der Hand hielt er ein Gewehr. Den Sohn erblicken und die Hacken zusammenschlagen war eins. »Volkssturmmann Schroeder von der Gefechtsübung zurück!« schmetterte er militärisch.

Robert war wie gelähmt.

»Heil Hitler, mein Junge. Da staunst du, was?«

»Allerdings.«

»Ja, mein Lieber, jetzt wird die Sache ernst. Der Iwan rückt heran, weil feige Generale und Drückeberger es so wollten. Aber wir sind da und werden der Roten Armee zeigen, was eine Harke ist. Bei uns klappt es wie am Schnürchen. Und nach der Wahrscheinlichkeitsrechnung werden wir den Sieg auch erringen.«

Robert hielt es für besser, sich nicht zu äußern.

Der Vater stellte das Gewehr ab. »Die Sache ist nämlich die: Wenn sich eine Million Volkssturmmänner vermittels einer Handgranate mit je einem Gegner in die Luft sprengen, dann ist die russische Armee um eine Million Mann reduziert.«

»Der Volkssturm ebenfalls.«

»Das hat nichts zu sagen. Mit unserem Opfertod erreichen wir, daß die Sowjets Deutschland nicht weiter überrennen können. Und darauf kommt es an! Mit erhobener Hand und dem Ruf ›Deutschland erwache!‹ werden wir in den Tod gehen.«

»Das ist eine von vielen Möglichkeiten«, sagte Robert mit einiger Mühe. Ihm war eine Idee gekommen. »Ich wähle den anderen Weg.«

»Welchen?«

»Ich bleibe beim Führer und helfe ihm, die Festung Berchtesgaden zu verteidigen. Die besten Kräfte sammeln sich dort.«

»Das verstehe ich nicht. Hitler ist doch in Berlin.«

»Noch! Von Berchtesgaden soll zum neuen und entscheidenden Kampf angetreten werden. Die Täler liegen voller Waffen. Als Wehrwölfe werden wir ausschwärmen. Süddeutschland ist ein Nährboden, wie wir ihn brauchen.«

Der Vater war zu verblüfft, um etwas entgegnen zu können.

Robert wiederum mußte sich zwingen, die übernommene Rolle weiterzuspielen. Beinahe werbend sagte er: »Hättest du nicht Lust, bei uns mitzumachen? Wir verfügen auch über Hallen, in denen neue Produktionsstätten eingerichtet werden können.«

»Ist das wahr?«

»Schau sie dir an. Ich muß morgen früh nach Bad Reichenhall fliegen. Start um sieben Uhr. Um halb neun sind wir da. Du hättest eine Stunde Zeit, dir die Sache anzusehen.«

»Das würde ich auf alle Fälle tun«, begeisterte sich die Mutter mit vor Erregung roten Wangen.

»Zu überlegen wäre es. Mir ist nur unbegreiflich, warum man dem Volkssturm nicht sagt . . .«

»Erwartest du etwa, daß geheime Pläne an die große Glocke gehängt werden?« fiel Robert ein.

»Du hast recht. Das habe ich nicht bedacht.«

Wie absurd alles auch war, es gelang Robert, seine Eltern am nächsten Morgen nach Bad Reichenhall zu fliegen, ohne daß sein wohl wirklich etwas verwirrter Vater Verdacht schöpfte.

Das tat er nicht einmal, als Robert in Reichenhall nach Abfertigung des Bordbuches vor den Augen der Eltern wieder in das Flugzeug einstieg. Im Gegenteil, der Vater versuchte zu witzeln. »Du wirst uns hoffentlich nicht hier sitzen lassen?«

Der Sohn schüttelte den Kopf. »Ich muß das Flugzeug nur zur anderen Seite hinüberrollen.«

»Schon gut, mein Junge.«

Robert ließ die Motoren an und warf der Mutter einen Handkuß zu.

Sie zog ein Tuch aus ihrer Handtasche und verbarg ihre Tränen.

Die Amerikaner standen bereits vor Erfurt, und die von zwei Angriffskeilen gebildete sowjetische Umfassungszange erreichte das Vorfeld von Berlin, als der Staatssekretär Robert Schroeder telefonisch aufforderte, schnellstens nach Berlin zu kommen. »Der Flugplatz Tempelhof ist allerdings schon gesperrt«, fügte er hinzu. »Sie müssen in Gatow landen.«

»Das ist leichter gesagt als getan.«

»Wieso?«

»Wir hören schon das Wummern der amerikanischen Geschütze. Außerdem habe ich Manfred Dräger entlassen. Es wäre ihm sonst nicht mehr möglich gewesen, zu seinen Eltern zu gelangen.«

»Haben Sie ihn nach Halle geflogen?«

»Ja.«

»Interessant! Nach Halle und Berchtesgaden können Sie fliegen, nicht aber nach Berlin, wenn ich Sie benötige.«

Der Hieb saß. »Ich werde mein möglichstes tun, Herr Staatssekretär«, sagte Robert Schroeder steif. »Wie ist das Wetter drüben?«

»Einwandfrei. Sie brauchen keinen Funker.«

»Und wohin soll ich von Gatow kutschieren? Viel Platz steht mir in Deutschland ja nicht mehr zur Verfügung.«

»Sie können gleich nach Schwarza zurückkehren. Mir geht es nur darum, daß Sie von meinem Fahrer einige Kisten mit Geheimakten übernehmen, die im Keller der Ihnen zugeteilten Werkswohnung aufbewahrt werden sollen. Legen Sie alles vorhandene Gerümpel darauf. Später, wenn Ruhe eingetreten ist, lasse ich die Akten in Sicherheit bringen.«

Robert Schroeder beschlich ein ungutes Gefühl. Er hatte sich entschlossen, in Schwarza zu bleiben, um seine zivile Tätigkeit unter Beweis stellen zu können. Wenn er geheime Akten versteckte, konnte es ihm unter Umständen dreckig gehen.

»Nun, was ist?« fragte der Staatsekretär.

»Wann kann Ihr Fahrer in Gatow sein?«

»In einer Stunde.«

»Gut, dann fliege ich gleich los.«

»Rollen Sie aber nicht vor die Flugleitung. Das Einladen würde zu sehr auffallen.«

Nach Abschiedsworten, die beiden plötzlich schwerfielen, fuhr Robert Schroeder zum Flughafen, wo er zehn Minuten später startete und Kurs auf Berlin nahm. Die Hauptstraßen waren voll von Wagen und Kolonnen. Es war deprimierend zu sehen, wieviel Soldaten und Zivilisten, Männer, Frauen und Kinder flüchteten. Wohin flohen sie nur? Im Osten rückten die Russen heran; im Westen die Amerikaner.

Nach knapp vierzig Minuten erreichte Robert Schroeder den am Wannsee gelegenen Militärflughafen, auf dem ein heilloses Durcheinander herrschte. Der Platz sollte geräumt werden, aber es fehlte Benzin, um alle Flugzeuge starten zu können. Die Besatzungen halfen sich gegenseitig und pumpten Treibstoff von einer Maschine in die andere.

Robert Schroeder sah den Wagen des Staatssekretärs vor der Flugleitung stehen und rollte zu einer entfernt gelegenen Halle.

So schnell wie möglich werde ich zurückfliegen, dachte er. Das Bordbuch lasse ich gar nicht erst abfertigen. Flugsicherungsmeldungen gibt es ohnehin nicht mehr.

Der Wagen folgte ihm.

Er stellte die Motoren ab.

Der Fahrer fuhr dicht an das Flugzeug heran.

Robert Schroeder sprang von der Tragfläche. »Näher konnten Sie wirklich nicht heranfahren.«

»Die Kisten sind verdammt schwer. Ich habe sie kaum in den Wagen heben können.«

»Akten haben nun mal ihr Gewicht.«

Der Fahrer grinste. »Diese ganz besonders.«

»Was wollen Sie damit sagen?«

»Heben Sie mal eine.«

Robert Schroeder griff nach einer Kiste, bekam sie jedoch kaum aus dem Wagen heraus. Da stimmte etwas nicht. »Was ist darin?« fragte er streng.

»Das wissen Sie doch.«

»Und warum haben Sie gegrinst?«

»Weil die Dinger so schwer sind.«

Robert Schroeder trat an den Fahrer heran. »Sie wissen mehr, als Sie sagen.«

»Ich weiß überhaupt nichts. Habe nur einiges gehört.«

»Lassen Sie sich die Würmer doch nicht aus der Nase ziehen!«

Der Fahrer druckste herum. »Es war von Platintiegeln des Kaiser-Wilhelm-Institutes die Rede.«

»Was sagen Sie da . . .?«

»Ich habe nichts gesagt«, beteuerte der Fahrer.

Robert Schroeder zündete sich eine Zigarette an und ging um das Flugzeug herum. Was sollte er tun? Akten waren bestimmt nicht in den Kisten. Wenn sie die überaus wertvollen Tiegel des Kaiser-Wilhelm-Institutes enthielten, konnte er in Teufels Küche geraten. Er wollte sich eben an den Fahrer wenden, als ein verwildert aussehender Hauptmann, der neugierig auf das Flugzeug zugegangen war, plötzlich in den Laufschritt verfiel.

»Ich hab' die Maschine gleich wiedererkannt«, rief er und fuchtelte mit den Armen durch die Luft.

»Detlef!« rief Robert Schroeder überrascht, als er den früheren Staffelkameraden erkannte. »Sie sind Hauptmann geworden?«

»Scheiß was drauf.« Detlef Miller reichte ihm die Hand. »Was ist mit Nicole? Wo steckt sie?«

»In Zürich.«

»Wo?«

»Mein Bruder hat sie aus der Schußlinie genommen und mit seiner Frau in die Schweiz gebracht.«

Detlef Miller tat einen Freudenschrei. »Nicölchen ist in Sicherheit! Herrgott, ist das eine Erleichterung. Jetzt ist mir alles egal. Von mir aus kann nun der Iwan kommen. Sie haben nicht zufällig 'ne Pulle Schampus bei sich?«

Robert Schroeder klopfte seine Taschen ab. »Tut mir leid.«

»Macht nichts. Ich bin auch so in Stimmung. Was hat Sie in diesen Hexenkessel geführt?«

»Ich soll Akten übernehmen, stellte aber gerade fest, daß es keine sind.«

»Sondern?«

»Dem Anschein nach heiße Ware, die sich jemand unter den Nagel reißen will.«

»Wenn's lohnt, bin ich dabei.«

»Lieber nicht.« Robert Schroeder wandte sich an den Fahrer. »Bringen Sie die Kisten dem Staatssekretär zurück und erklären Sie ihm, ich hätte mich geweigert, den Transport zu übernehmen.«

»Machen Sie mich nicht unglücklich. Wenn Sie das Zeug nicht fortschaffen . . .«

»Das tue ich auf keinen Fall. Bestellen Sie schöne Grüße und sagen Sie, ich sei nach Schwarza zurückgeflogen, um auf Tauchstation zu gehen.«

Detlef Miller zupfte ihn am Ärmel. »Wohin fliegen Sie?«

»Nach Schwarza. Das ist ein kleiner Ort in Thüringen.«

»Und auf Ihrem Trittbrett ist ein Plätzchen frei?«

»Möchten Sie mitfliegen?«

»Na, klar!«

»Wo haben Sie Ihre Klamotten?«

Detlef Miller zog aus den Taschen seines Mantels eine Zahnbürste, einen Kamm, einen Rasierapparat, einen Pinsel und ein Stück Seife. »Voilà, monsieur«, sagte er und wies auf seinen gelben Fliegerschal. »Selbst das Handtuch fehlt nicht. Ich bin komplett. Wir können starten. Je schneller, je lieber. Sonst kommt womöglich der schwarze Mann und packt mich bei den Ohren.«

»Dann nichts wie 'rein in die gute Stube.« Robert Schroeder wandte sich an den Fahrer. »Wenn ich Ihnen einen guten Rat geben darf: Weigern Sie sich, die Kisten zu transportieren. Die Sache kann schwer ins Auge gehen.«

Wenige Minuten später startete er quer über die Start- und Landebahn hinweg.

Detlef Miller jubelte. »Tolles Maschinchen. Klein, aber oho! Wie Nicole! Schnell, wendig und geschmeidig.«

»Ja, das ist sie«, pflichtete ihm Robert Schroeder bei und ließ offen, auf wen sich seine Worte bezogen.

»Daß wir uns gerade heute treffen mußten!«

»Das Schicksal scheint zu wollen, daß wir unseren letzten Flug gemeinsam hinter uns bringen.«

»Für Sie wird's bestimmt nicht der letzte. Piloten wie Sie werden immer gebraucht.«

Robert Schroeder zog aus seinem Jackett ein hektographiertes Papier. »Wenn Sie diese von der Wehrmacht erstellte Liste zur Kenntnis genommen haben, werden Sie anderer Meinung sein und sich besorgt fragen: Wird die Welt jemals vergessen können, was wir Deutschen angerichtet haben?«

Hauptmann Miller faltete das Blatt auseinander und las:

Geschätzte Menschenverluste im Zweiten Weltkrieg.

Deutschland: 4,5 Millionen (davon 500000 Zivilisten). Tschechoslowakei: 370000 (davon 215000 Zivilisten). Polen: 4,3 Millionen (davon 4,2 Millionen Zivilisten); weitere 1,5 Millionen in den polnischen Ostgebieten. Finnland: 80000. Norwegen: 10000. Dänemark: 1400. Rumänien: 375000. Jugoslawien: 1,7 Millionen (davon 1,4 Millionen Zivilisten). Bulgarien: 20000. Griechenland: 160000 (davon 140000 Zivilisten). UdSSR: 20,6 Millionen (davon 7,0 Millionen Zivilisten) = 10% der Bevölkerung. Großbritannien: 380000 (davon 60000 Zivilisten). Frankreich 600000 (davon 350000 Zivilisten). Niederlande: 210000 (davon 200000 Zivilisten). USA: 230000. Japan: 1,5 Millionen. China: unbekannt. Gesamtverluste: rd. 60 Millionen Tote.

Detlef Miller reichte das Blatt mit bleicher Miene zurück. »Gnade uns Gott.«

28

Die Behauptung, die Robert Schroeder aufgestellt hatte, um seinen Vater zum Flug nach Bad Reichenhall zu bewegen, war nicht einfach aus der Luft gegriffen. Er hatte sich eines Gerüchtes bedient, demzufolge im Raum von Berchtesgaden in unterirdischen Kasematten Elitetruppen mit neuartigen Geheimwaffen ausgebildet würden. Von ›Todesstrahlen‹ war die Rede, und dieser letzte Bluff des NS-Propagandaministers Goebbels, der dem deutschen Volk neue Hoffnung geben und es zu weiterem Ausharren ermuntern sollte, war so wirkungsvoll, daß er selbst das amerikanische Hauptquartier aufhorchen ließ. Die Möglichkeit der Bildung einer nationalen Guerillagruppe erregte Besorgnis und veranlaßte General Eisenhower, seinen Vormarsch auf Berlin zu verzögern und den Chef des Stabes anzuweisen, sich Gedanken über eine Auseinandersetzung mit einer ›National Redoubt‹ im Alpenbereich zu machen.

Es war also verständlich, daß Vater Schroeder seinem Sohn geglaubt hatte, als er ihm in Aussicht stellte, im Berchtesgadener Land weiterhin für Volk und Reich kämpfen zu können. Um so größer war die Enttäuschung, als er erkannte, hinters Licht geführt worden zu sein. Ihm wurde dies klar, als Robert nicht, wie angegeben, zur anderen Platzseite rollte, sondern plötzlich Vollgas gab und startete. »Was hat das zu bedeuten?« fragte er und rang vor Aufregung nach Luft.

Mutter Schroeder blickte hinter dem Flugzeug her. »Liebe und Sorge veranlaßten Robert, uns in Sicherheit zu bringen.«

Ihr Mann wurde bleich. Seine Hände ballten sich zu Fäusten. Tränen ohnmächtigen Schmerzes traten ihm in die Augen. »Und du hast davon gewußt?«

»Ja.«

»Eine Verschwörung habt ihr angezettelt?«

»Nenn es, wie du willst«, sagte die Mutter. »Ich preise mich glücklich, mit dir aus Berlin heraus zu sein, und ich bin überzeugt, daß du binnen kürzester Frist ebenfalls froh sein wirst.« Sie wies auf einen kleinen Koffer, den Robert unauffällig neben der Flugleitungsbaracke abgestellt hatte. »Würdest du den übernehmen?«

Der Vater sah sie entgeistert an. »Das ist ja unser Luftschutzkoffer!«

»Eben. Ich sorgte dafür, daß uns alle wichtigen Papiere und Dokumente zur Verfügung stehen.«

»Und damit, glaubst du, können wir leben?«

»Wir werden es müssen«, antwortete sie gelassen. »Da sich auch mein Schmuck in dem Koffer befindet und ich so klug war, deinen Prokuristen gestern abend noch anzurufen und zu bitten, dein Privatkonto nach Berchtesgaden zu überweisen, dürften wir so schnell nicht in Verlegenheit kommen. Natürlich werden wir uns einschränken müssen. Aber wer muß das nicht, wenn er sich zur Ruhe setzt?«

Vater Schroeder verschlug es fast die Stimme. »Wir stehen an einem Abgrund, und du redest, als läge die friedlichste Zeit vor uns?«

»Unsere Lage nicht zu dramatisieren, scheint mir das Vernünftigste zu sein, was wir im Moment tun können«, entgegnete Mutter Schroeder unbeirrt. »Laß uns also gehen. Je eher wir unser ›Refugium‹ erreichen, um so besser ist es für uns.«

Dem Vater fehlte die Kraft, sich weiterhin aufzulehnen. Er nahm das Köfferchen und folgte seiner Frau, die zielbewußt auf den nicht weit vom Flughafen entfernt gelegenen Bahnhof zu marschierte. Die Beine wurden ihm schwer. Was mochten seine Angestellten und Arbeiter denken, wenn sie erfuhren, daß er Berlin verlassen hatte? Und wie würde der Volkssturm seine Flucht aufnehmen?

Er stellte sich diese Fragen, obwohl er wußte, daß er sich selber etwas vormachte und im Grunde genommen froh war, dem Druck entronnen zu sein, der in Berlin auf ihm gelastet hatte. Die Verantwortung, der er sich nicht hatte entziehen wollen, war ihm plötzlich genommen worden. Er hatte sich nicht schuldig gemacht und hieß das Vorgehen seiner Frau insgeheim auch bereits gut. Ihm fehlte nur der Mut, dies offen einzugestehen.

Später jedoch, als sich der Zug, mit dem sie nach Berchtesgaden fuhren, schwerfällig zum Paß Hallthurm hinaufgearbeitet hatte und von dort wie befreit über leicht abschüssiges Gelände an einem Wildwasser entlangratterte, hielt er es plötzlich nicht mehr aus. »Laß uns auf die Plattform gehen«, sagte er kurz entschlossen.

Seine Frau sah ihn erstaunt an.

Er erhob sich. »Die Luft ist dort besser.«

Da Mutter Schroeder spürte, daß ihn ein besonderer Grund bewegte, folgte sie ihm.

Draußen griff er Halt suchend nach dem herabgeklappten Eisengitter. »Ich möchte dir danken.«

Ihre Augen glänzten.

»Danken dafür, daß du uns aus Berlin herausgebracht hast.«

»Und weshalb mußt du mir das hier auf der Plattform sagen?«

Er legte den Arm um sie und gab ihr einen Kuß.

Es war wie eh und je. Mutter Schroeder hatte ihr Spiel gewonnen, ohne daß sich ihr Mann als Unterlegener fühlte. Im Gegenteil, er sah die Zukunft nun nicht mehr nur in tristen Farben und verdrängte alles, was ihn bis dahin belastet hatte. Seine Frau hatte recht. Es lag durchaus im Bereich des Möglichen, daß ihnen noch eine geruhsame Zeit vergönnt sein würde.

Die nächsten Tage verliefen allerdings nicht beschaulich. Es gab viele Amtsstuben, die aufgesucht werden mußten, wenn man nicht Gefahr laufen wollte, aus der Marktgemeinde verwiesen zu werden. Und da das Bauernhaus, in dem Mutter Schroeder in weiser Voraussicht zwei Zimmer gemietet hatte, weit außerhalb des Ortes oberhalb der Landstraße nach Königssee lag, waren täglich erhebliche Wege zurückzulegen. Die ungewohnte und anstrengende Lauferei hatte aber auch ihr Gutes: sie lenkte von der unglücklichen Entwicklung des Krieges ab und machte müde.

Fast zwei Wochen gingen so in geschäftiger Tätigkeit dahin. Dann ertönten eines Morgens, als Vater und Mutter Schroeder gerade auf ihrem Balkon frühstückten und sich des im Sonnenlicht gleißenden Watzmannes erfreuten, in der Ferne Luftschutzsirenen. Bald darauf erschienen Bomberverbände, die Kurs auf den Obersalzberg nahmen, der nahezu eine Stunde lang bombardiert wurde. Es war beklemmend, die riesigen Pulks anfliegen zu sehen.

»Ein Glück, daß wir nicht in der Nähe des ›Berghofes‹ wohnen«, sagte Mutter Schroeder, als der Angriff vorüber war.

Der Vater blickte auf eine mächtige Rauchwolke, die über dem Obersalzberg stand. »Was die angeblich so menschenfreundlichen Amerikaner da gemacht haben, ist mutwillige Zerstörung. Jedem Kind ist bekannt, daß Hitler sich zur Zeit in Berlin aufhält. Wozu also die Bombardierung?«

»Die Bäuerin vermutet, daß man die Zugänge zu den unterirdischen Anlagen verschütten will«, sagte die Mutter und fügte gedämpft hinzu: »Dort sollen sich Unmengen von Lebensmitteln befinden.«

Der Vater rümpfte die Nase. »Wundern würde mich das nicht. Nach allem, was ich hier in den letzten Tagen zu hören bekam, scheint sich die Führung ja prächtig versorgt zu haben.«

»Hitler bestimmt nicht!« warf die Mutter vorwurfsvoll ein.

Vater Schroeder wiegte bedenklich den Kopf. »Dafür möchte ich meine Hand nicht mehr ins Feuer legen. Seit ich erfahren habe, daß er heimlich mit einem Weibsbild zusammenlebt, traue ich ihm alles zu. Unbegreiflich ist mir sein Verhalten. Gibt sich den Anschein eines Biedermannes und hurt mit einem jungen Ding herum.«

»Glaube nicht alles, was erzählt wird«, ermahnte ihn die Mutter.

»So etwas wird nicht erfunden«, ereiferte er sich mit Stentorstimme.

»Wenn ich daran denke, daß ich bereit war, mein Leben für Hitler hinzugeben . . .« Er unterbrach sich, wie vom Ekel befallen. »Pfui Teufel! Ich will von dem Kerl nichts mehr wissen.«

Gut, daß er ein Ventil gefunden hat, dachte Mutter Schroeder. Sie war ebenso enttäuscht, wie ihr Mann. Im Gegensatz zu ihm, brauchte sie sich jedoch nicht abzureagieren. Sie hatte längst umgeschaltet und nur noch den Wunsch, möglichst leicht über die Hürden zu kommen, die sich ihnen in den Weg gestellt hatten. Dieser Wunsch gab ihr Elan genug, um mit allem fertig zu werden. Sie geriet erst viel später außer Fassung, am 30. April 1945, als ein amerikanischer Sender meldete, daß Hitler sich im Bestreben, seinen Feinden nicht in die Hände zu fallen, nach einer kurz zuvor stattgefundenen Eheschließung mit Eva Braun das Leben genommen habe. »So etwas hätte ich nie und nimmer für möglich gehalten«, empörte sie sich.

Ihr Mann fand nur noch Worte der Verachtung und bemitleidete sich und das deutsche Volk von ganzem Herzen. Wie war es möglich gewesen, daß er einem Menschen wie Hitler vertraut hatte? Gewiß, er hatte seit langem gespürt, daß nicht alles stimmte. Schon bei der Röhm-Affäre war er stutzig geworden. Das hatte er nur nicht zugeben wollen. Wozu auch? Genützt hätte es niemandem. Daß Hitlers Moral aber auf ein so erschreckend niedriges Niveau herabsinken würde, hätte er nicht für möglich gehalten. Wie konnte dieser Mensch nur ein junges Ding heiraten und sich dann eine Kugel in den Kopf schießen? Mit der Waffe in der Hand hätte er bis zum letzten Atemzug für das deutsche Volk kämpfen müssen, das ihm sein ganzes Vertrauen geschenkt hatte. Ein Verbrecher ist er gewesen, weiter nichts.

Während des Fluges von Berlin-Gatow nach Schwarza, der bei weitem nicht so angeregt verlief, wie er begonnen hatte, faßte Robert Schroeder den Entschluß, alles in seiner Macht Stehende zu tun, um Detlef Miller den Weg in die Gefangenschaft zu ersparen. Wie er dies bewerkstelligen sollte, wußte er nicht. Ihm war nur klar, daß er nicht mehr daran vorbeikam, mit dem einstigen Staffelkameraden über Nicole zu sprechen. Eine dafür günstige Atmosphäre hoffte er durch die von ihm in Aussicht genommene ›Vorleistung‹ schaffen zu können.

Auch Hauptmann Miller war schweigsam geworden. Die Liste der ungeheuerlichen Menschenverluste des Zweiten Weltkrieges hatte ihn nachdenklich gestimmt. Er wurde erst wieder gesprächig, als der unmittelbar an der Saale gelegene Flugplatz Schwarza erreicht wurde. »Ihr Job wäre auch für mich der richtige gewesen«, sagte er. »Ist ja toll, wie wendig das Maschinchen ist.«

Robert Schroeder setzte zur Landung an. »Im Moment haben wir andere Sorgen.«

»Als da wären?«

Die Räder des Flugzeuges berührten den Boden. »Ich möchte Sie in Zivilkleidung stecken.«

»Sie werden mir immer sympathischer.«

»Meine Kleidung dürfte Ihnen passen.«

»Wenn nicht, dann werden wir uns an unsere Großmütter erinnern. Die haben mit Sicherheitsnadeln alles hingekriegt.«

Robert Schroeder dirigierte das Flugzeug zur Halle. »Am besten bleiben wir bis zum Eintritt der Dunkelheit hier draußen. Ich möchte, daß man Sie auf dem Weg zu meiner Wohnung für Manfred Dräger hält.«

Detlef Miller knüllte seine Offiziersmütze zusammen. »Soll ich seine Rolle effektiv übernehmen?«

»Vor der Behörde auf keinen Fall! Mir geht es nur darum, Sie ohne Aufsehen nach Hause zu bringen.«

»Dann will ich vorsorglich gleich mal mein ›Lametta‹ entfernen.«

»Gute Idee.«

Hauptmann Miller riß seine Schulterstücke vom Mantel. »Erst will man den Plunder haben, dann schmeißt man ihn weg.«

Robert Schroeder stellte die Motoren ab. Er wußte, daß er für lange Zeit seinen letzten Flug hinter sich gebracht hatte und war froh, nicht allein in der Maschine zu sitzen. »Wie war Ihnen bei Ihren letzten Flügen zumute?« fragte er.

Detlef Miller zuckte die Achseln. »Wie immer. Ich verfluchte den Krieg, bemühte mich aber, ihn gewinnen zu helfen.«

Bis zum Anbruch der Dunkelheit saßen sie am Ufer der Saale und stellten die verrücktesten Überlegungen an. Sie kamen schließlich überein, daß Detlef Miller bis auf weiteres die Wohnung nicht verlassen und sich beim Einmarsch der Amerikaner auf den Dachboden zurückziehen sollte. Über Nicole wurde nicht gesprochen. Die Ungewißheit der nächsten Tage ließ sie immer wieder auf das gleiche Thema zurückkommen.

Der Abend brachte ihnen dann eine große Überraschung. Es war der 12. April 1945. Das Radio meldete den Tod des amerikanischen Präsidenten Franklin D. Roosevelts, als sei ein Sieg errungen worden. Fanfaren und Trompeten leiteten die Nachricht ein, die anschließend in kaum glaublicher Weise kommentiert wurde. Man erinnerte an das Jahr 1762. Damals schien das Heer Friedrichs des Großen nach schweren Kämpfen endgültig niedergerungen zu sein, als plötzlich eine große Wende eintrat. Kaiserin Elisabeth Petrowna von Rußland war gestorben, und mit ihrem Tode änderte sich die politische Lage. Ihr Nachfolger, Zar Peter III., schloß Frieden mit Preußen und räumte das schwer bedrängte Land. Ja, er schickte Friedrich II. sogar Hilfstruppen. Diesen historischen Fakten fügte der Kommentator hinzu, es bestehe durchaus die Möglichkeit, daß der Nachfolger Roosevelts, wie weiland der Nachfolger der Zarin, die Politik seines unseligen Vorgängers revidiere. Die Amerikaner seien Geschäftsleute und wüßten, welcher Nutzen ihnen winke, wenn sie an der Seite eines disziplinierten Heeres zum Kampf gegen den Moloch Rußland antreten würden.

»Für wie dumm hält man uns«, empörte sich Detlef Miller.

»Für so dumm, wie wir uns in den letzten Jahren erwiesen haben«, antwortete Robert Schroeder. »Auf die Frage: ›Wollt ihr den totalen Krieg?‹, brüllte das Volk im Sportpalast: ›Ja, wir wollen den totalen Krieg‹.«

»Also: Mea culpa.«

»Mea maxima culpa! Ein Leben lang werden wir uns an die Brust schlagen müssen.«

Ein Leben lang . . .? Hinter dieser Formulierung stand unausgesprochen der Wille, das Leben zu meistern. Robert Schroeder fühlte sich mitschuldig, dachte aber nicht daran, zu kapitulieren. Wie stark der Wunsch in ihm war, sich auch weiterhin zu behaupten, wurde offensichtlich, als er noch in der gleichen Nacht seinen Sportwagen in einen baufälligen, abseits gelegenen Schuppen fuhr, vor dessen schief in den Angeln hängendem Tor er einen Karren Sand entleerte, den er zu diesem Zweck schon bereit gestellt hatte. Wenn er auch nicht wußte, wie es weitergehen würde, er wollte gerüstet sein.

Aus dem gleichen Grund fuhr er am nächsten Morgen mit dem Fahrrad nach Saalfeld, wo er von seinem Konto bei der Thüringischen Staatsbank zehntausend Mark abhob.

»Sie haben Glück, daß Sie das Geld noch bekommen«, sagte ihm der Beamte. »Eben wurden wir angewiesen, die Schalter zu schließen. Die Amerikaner sind schon in Ilmenau. Spätestens am Nachmittag werden sie hier sein.«

So schnell wie möglich raste Robert Schroeder nach Schwarza zurück. Abgekämpfte deutsche Soldaten und Arbeitsdienstmänner kamen ihm entgegen und erkundigten sich nach dem Frontverlauf. Er schilderte ihnen die Lage und gab ihnen den Rat, sich überrollen zu lassen.

»Wir sind doch nicht blöd«, sagte einer der Männer. »In Gefangenschaft kommen wir noch früh genug. So lange wie möglich schlagen wir uns durch. Schlafplätze gibt's ja genug. Und zu fressen bekommen wir überall. Jeder denkt jetzt an eigene Angehörige, die sich irgendwo durchschlagen müssen. In kameradschaftlicher Hinsicht erleben wir im Augenblick eine tolle Zeit.«

Robert Schroeder erinnerte sich dieser Worte, als er seine Wohnung erreichte und eine halbvolle Flasche Milch vor seiner Tür stehen sah. Es war mit einem Male selbstverständlich geworden, daß man weitergab, was man nicht unbedingt benötigte. Würde das so bleiben?

Detlef lag mit einem Buch in der Hand auf der Couch.

»Langsam warmlaufen lassen!« kommandierte Robert. »Die Amerikaner statten uns am Nachmittag ihren ersten Besuch ab.«

Der Freund sprang auf. »Dann will ich mir schnell noch ein paar Bücher aussuchen.«

»Die Auswahl ist leider nicht groß.«

»Immerhinque!«

»Mensch, vom Staffelkapitän haben Sie mir ja überhaupt nichts erzählt.«

»Das werde ich nachholen.« Detlef klemmte sich einige Bücher unter den Arm und nahm Haltung an. »Hauptmann Miller bittet darum, auf den Dachboden verschwinden zu dürfen.«

»Galgenhumor?«

»Ein bißchen.«

Beide verdrängten das Unbehagen, das ihnen das nun beginnende Versteckspiel bereitete. Es war so verdammt primitiv.

Robert Schroeder rechnete damit, in den nächsten Stunden allen möglichen Druckmitteln ausgesetzt zu werden. Er täuschte sich jedoch. Die sich in Jeeps, Trucks und Panzerwagen vorwärtsbewegenden Amerikaner sahen über die Einwohnerschaft hinweg, als existiere sie nicht. Sie stoppten lediglich an der Zellwollfabrik, die unversehrt übergeben wurde, und am Flughafen, auf dessen Halle sie wie zum Spaß ein Scheibenschießen veranstalteten.

Robert rannte zu Detlef hinauf. Mit vielem hatte er gerechnet, nicht aber damit, daß das Flugzeug, das ihn in den letzten vier Jahren sicher über eine Million Kilometer hinweggetragen hatte, mutwillig zerstört werden würde. Wie von Sinnen riß er die Tür zum Dachboden auf. »Ich bin's!« rief er. »Der Hangar wird beschossen!«

Detlef erschien hinter einem Haufen Gerümpel. »Sie haben mir einen schönen Schrecken eingejagt! Ich habe mich gerade noch hinter die Kisten werfen können.«

»Mein Flugzeug . . .«

». . . ist zum Teufel«, fiel der Freund ein und wies auf einen halb zur Seite geschobenen Dachziegel. »Von meinem Hochsitz habe ich alles verfolgen können. In der Halle brennt es bereits. Die Flammen schlagen nur noch nicht heraus, weil Sauerstoff fehlt.« Er trat an den Sehschlitz. »Die Eisentore sind zu dicht. Aber jetzt platzen oben die Scheiben. Das gibt Luft.«

Robert stieß ihn zur Seite und schaute nach draußen. Aus den schrägen Dachfenstern schlugen erste Flammen.

Detlef legte ihm die Hand auf die Schulter. »Besser die Maschine als der Pilot. Materie läßt sich ersetzen.«

Der Verlust des Flugzeuges setzte Robert Schroeder mächtig zu. Die letzte, wenngleich vage Hoffnung, sich mit Hilfe der Maschine wie weiland Papa Sulmann fliegerisch betätigen zu können, war dahin. Er stand wieder dort, wo er 1930 gestanden hatte. Niemand würde einen abgehalfterten Flugkapitän beschäftigen wollen. Er besaß keinerlei Kenntnisse, die ihn zur Ausübung einer anderen Tätigkeit hätten befähigen können. Stellung *und* Beruf hatte er verloren. Neununddreißig Jahre war er alt. Und Nicole wartete darauf, daß er . . .

Nicole! Als er Detlef in die Wohnung gebracht hatte, war es ihm nur mit Mühe gelungen, ihr Foto verschwinden zu lassen. Ehrlicher wäre es gewesen, gleich offen zu reden. Aber er wollte den Freund noch schonen und vor allen Dingen zunächst eine Vorleistung erbringen. Auch graute ihm vor dem Gespräch.

An diesem Abend kam Robert Schroeder aus dem Grübeln nicht heraus. Am liebsten hätte er sich einen Rausch angetrunken. Es mußte jedoch mit nächtlichen Kontrollen gerechnet werden. Ein klarer Kopf war dringend nötig.

In der Nacht kam niemand. Auch am nächsten Tag nicht. Erst in der darauffolgenden Nacht fuhren mehrere Jeeps vor, deren Insassen in Zweiergruppen die Häuser und Wohnungen inspizierten. Bei Robert Schroeder erschienen ein hagerer amerikanischer Sergeant und ein breitschultriger Neger. Beiden saß der Stahlhelm schräg im Nacken.

»Your papers! Ausweis!« forderte der Sergeant.

Robert Schroeder übergab seinen Dienstreise- und seinen Wehrpaß. »Please.«

»You speak English?«

»Yes.«

Der Hagere blätterte gummikauend in den Pässen und schaute zwischendurch mißtrauisch auf.

Der Neger blickte gelangweilt um sich, bis er plötzlich zur Kleiderablage ging, an der ein Luftwaffen-Offiziersdegen hin. »He, what's that?«

Jetzt mußte sich zeigen, ob Robert Schroeders Überlegung richtig gewesen war. Er hatte Detlefs Degen an die Garderobe gehängt, weil er sich sagte: Wer den so dargeboten bekommt, sucht nicht nach versteckten Dingen. »Das ist eine Erinnerung an meine Zeit als Reserveoffizier«, antwortete er. »Wie aus meinem Wehrpaß ersichtlich ist, wurde ich vor vier Jahren aus der Luftwaffe entlassen.«

Der Neger nahm den Degen vom Haken.

»Zeig her«, sagte der Sergeant und zog die Klinge aus der Scheide. »Very good.« Er grinste zu Robert Schroeder hinüber. »Den könnte ich brauchen.«

»Bitte, bedienen Sie sich.«

»Sie schenken ihn mir?«

»Wenn Sie wollen, können Sie sich mit Zigaretten revanchieren.«

»Okay.« Er schob die Klinge zurück. »Are three enough?«

»Of course«, antwortete Robert Schroeder in der Annahme, drei Päckchen zu erhalten. Sein Erstaunen war daher groß, als der Sergeant die Wohnung verließ und mit drei Stangen à zehn Schachteln ›Chesterfield‹ zurückkehrte.

»Okay?«

»Okay.«

Der Neger, der sich inzwischen in der Wohnung umgesehen hatte, flüsterte seinem Vorgesetzten etwas zu.

Der schaute auf. »You have Snaps?«

»Oh, yes. Ich verfüge über eine Flasche französischen Cognacs. Sie steht drüben im Schrank. Möchten Sie den Tauschhandel erweitern?«

Die Augen des Negers rollten. »Das ist jetzt meine Sache«, sagte er und streckte zwei Finger in die Höhe.

»Two cartons?«

»Yea!«

»Okay.«

Als auch dieser Handel getätigt war und die Amerikaner die Wohnung verlassen hatten, glaubte Robert zu träumen. Es wollte ihm nicht in den Kopf, daß fünf Stangen Zigaretten vor ihm lagen. Weder Machtgelüste noch Haßgefühle hatten die Amerikaner gezeigt. Sie hätten ihm den Degen und den Cognac doch einfach nehmen können!

Nachdem alle Jeeps abgefahren waren, eilte Robert auf den Dachboden, um Detlef zu informieren und mit Zigaretten zu versorgen. Eine Flasche Rotwein schien ihm ebenfalls angebracht zu sein. »Gute Nachricht!« rief er aufgekratzt. »Die Dinge scheinen sich nicht so schlimm zu entwickeln, wie wir geglaubt haben.«

»Wieso nicht?«

Robert erzählte, was sich zugetragen hatte.

»Eine Schwalbe macht noch keinen Sommer«, warnte Detlef. »Ihrem Zigarettengeschäft steht der Verlust des Flugzeuges gegenüber. Und das wurde aus Spaß und Tollerei zerstört. Merke: Auch Amerikaner haben zwei Gesichter!«

Zwei Gesichter . . .? Robert hatte plötzlich das Gefühl, die Maske zu verlieren, hinter der er sich verborgen hielt. Nur noch der Gedanke, daß Detlef auf dem Dachboden bleiben mußte, gab ihm die Kraft, nicht auf der Stelle zu bekennen, daß Nicole zu ihm gehörte.

Wie sollte es weitergehen? Er fragte sich an diesem Abend immer wieder, wieso er sich hatte vornehmen können, dem Freund den Weg in die Gefangenschaft zu ersparen. Das war vermessen gewesen. Oder hatte sein Instinkt ihn spüren lassen, daß etwas Außergewöhnliches eintreten und sein weiteres Dasein entscheidend beeinflussen sollte? Wie es auch sein mochte: zwei Tage nach dem Erscheinen der beiden Amerikaner fuhr in der Mittagsstunde ein Jeep vor, dem ein britischer Captain entstieg. Er musterte das Haus wie jemand, der nicht weiß, ob er sich am richtigen Ort befindet.

Das Motorengeräusch hatte Robert Schroeder, wie jeden anderen in der Nachbarschaft, hinter die Gardine getrieben, und er erkannte augenblicklich, wen er vor sich hatte. Er war aber so verblüfft, daß es Sekunden dauerte, bis er den Vorhang zur Seite schleuderte, das Fenster aufriß und den Namen des Engländers rief. »Jeff! Wollen Sie etwa zu mir?«

»Hallo, Robert!« Der britische Verkehrspilot, mit dem er in Lissabon einen unvergeßlichen Abend verbracht hatte, winkte zu ihm hinauf. »Alles klargegangen?«

Robert Schroeder eilte nach draußen. »Daß Sie hier einmal aufkreuzen würden . . .!«

Beide fielen sich in die Arme.

»Meine Schwester wohnt nur fünfundzwanzig Meilen von hier entfernt. Da habe ich mir gesagt: Schau mal nach, ob der ›befohlene Feind‹ zu Hause ist. Vielleicht braucht er Hilfe.«

Robert Schroeder wußte nicht, was er dazu sagen sollte. »Wieso sind Sie wieder beim Militär? Der Krieg ist doch fast zu Ende.«

»Mir wurde eine Sonderaufgabe angetragen, die ich gerne übernahm, weil sie mir die Möglichkeit bietet, mich um meine Schwester zu kümmern.«

»Hat sie den Krieg gut überstanden?«

»Gott sei Dank! Über mein verspätetes Hochzeitsgeschenk hat sie sich übrigens sehr gefreut. Sie wollte unbedingt mitkommen. Ich hielt es jedoch für richtiger, hier erst einmal allein nach dem Rechten zu sehen.«

Robert Schroeder verbarg seine Freude hinter der lapidaren Aufforderung: »Kommen Sie herein. Das Wiedersehen müssen wir feiern.«

»Mit einem guten ›Stoff‹?«

»Das will ich meinen. Ich habe im Keller sogar eine Flasche ›Osborne‹!«

»Donnerwetter!«

»Sie stammt noch aus Lissabon, wo Sie mich am Schluß mit dem Karton Zigaretten ja ganz schön beschämt haben.«

Jeff Brighton winkte ab.

Robert Schroeder führte den Engländer in seinen Wohnraum, in dem auf dem Bücherregal, geradezu provozierend, die eingetauschten Chesterfield-Stangen lagen.

Der Brite stutzte. »Woher haben Sie die Zigaretten?«

»Das ist eine Geschichte, die ich Ihnen erzählen muß«, antwortete Robert Schroeder vergnügt und schilderte den Tauschhandel.

Der Freund schüttelte den Kopf, als wollte er sagen: So etwas ist nur bei Amerikanern möglich. Dann warnte er: »Be careful! Der Besitz alliierter Waren ist strafbar. Dafür können Sie eingebuchtet werden.«

»Wenn ich das gewußt hätte . . .«

». . . würden Sie die Zigaretten zurückgewiesen haben?«

»Bestimmt nicht. Ich hätte sie aber versteckt.«

Der Engländer lachte.

Robert Schroeder klemmte sich die Stangen unter den Arm. »Entschuldigen Sie mich einen Moment. Ich hole schnell den Osborne.«

Als er zurückkehrte, legte Jeff Brighton eine Luftwaffen-Illustrierte zurück, in der er geblättert hatte. »Gut, daß das«, er wies auf die Abbildung eines Bombers, »endgültig vorbei ist.«

Robert Schroeder nickte und schenkte ein. »Your health!«

»Zum Wohl!«

Sie tranken den spanischen Weinbrand bedächtig.

»Magnificent!« stöhnte Jeff, als er absetzte. »Wirklich phantastisch! Doch nun zu Ihnen. Daß Sie den Krieg gut überstanden haben, sehe ich. Wie aber soll es weitergehen? Haben Sie schon Pläne?«

»Wie sollte ich. Insgeheim hatte ich gehofft, mit dem Flugzeug, das mir anvertraut war und das mit Kriegsende herrenlos werden mußte, etwas unternehmen zu können. Die Maschine wurde von den Amerikanern aber in Brand geschossen. Jetzt stehe ich wieder da, wo ich gestanden habe, als wir uns in Köln kennenlernten.«

»Vierzehn Jahre ist das her!«

»Wir hätten Hitler die Gefolgschaft aufkündigen müssen, als wir erkannten, welchen Weg er ging.«

»War das für euch schon frühzeitig zu erkennen?«

»Nicht unbedingt. Für mich persönlich muß ich die Frage jedoch bejahen. Das Verrückte ist nur, daß ich das, was ich als übel erkannte, immer wieder verdrängt habe. Zum Beispiel bei der Röhm-Affäre. Das war ein Jahr nach der Machtübernahme. Ich hatte an jenem Tag einen SA-Obergruppenführer nach Berlin zu fliegen. Eine Stunde nach der Landung war er erschossen. Ohne Vernehmung und Urteil. Ich war so entsetzt, daß ich aus der SS austrat, in die ich in der Hoffnung, einen fliegerischen Job zu erhalten, schon frühzeitig eingetreten war. Aber dann wurde mir von einem hohen SS-Führer erklärt, daß Hitler aus diesen und jenen Gründen nicht anders habe handeln können. Flugs schlug ich mich wieder auf seine Seite. Ich verdrängte die Erkenntnis, daß gemordet worden war, und ich fragte mich sogar, ob es nicht voreilig gewesen sei, aus der SS auszutreten.«

Der Brite erhob sich und ging einige Schritte auf und ab. »Sie sind verdammt ehrlich. Ich frage mich nur, ob sich das nicht ändern wird, wenn sich die Last des verlorenen Krieges auf Ihre Schultern senkt. Noch steht Deutschland ja erst am Anfang des Endes.«

»Wahrscheinlich allzu wahr.«

»Haben Sie schon daran gedacht, im Ausland tätig zu werden?«

»Wozu sich Illusionen hingeben.«

»Versuchen sollten Sie es.«

»Es wäre zwecklos. Von uns wird man nichts mehr wissen wollen. Auch wüßte ich nicht, an wen ich mich wenden könnte.«

»Beispielsweise an mich«, sagte Jeff Brighton, fügte allerdings schnell hinzu: »Ich möchte keine falschen Hoffnungen erwecken, dachte nur daran, daß es Kolonialdienste gibt, die anstrengend und undankbar und daher wenig begehrt sind. Wenn Ihnen das angesichts Ihrer Lage . . .«

»Mir wäre alles recht«, erklärte Robert Schroeder impulsiv. »Selbst wenn man mich am Nord- oder Südpol stationieren würde. Hauptsache, mir weht Propellerwind um die Nase.«

»Well, dann werde ich versuchen, etwas für Sie zu tun. Versprechen kann ich natürlich nichts. Es kann nur ein Versuch sein. Ihr Pluspunkt ist, daß Sie nicht gebunden sind.«

Robert Schroeder tat einen Seufzer. »Mich zu binden, ist Ziel meiner Wünsche!«

»Vorerst sind Sie aber allein. Und das ist gut so.«

»Ich glaube eher, es ist gut, daß die Frau meines Herzens Sie im Augenblick nicht hören kann.«

Der Brite grinste. »Ist sie weit weg von hier?«

»Sie lebt zur Zeit in Zürich.«

»Nanu!«

Jeff Brightons Verwunderung war für Robert Schroeder das Signal, von Nicole zu erzählen und von der Möglichkeit, die sich durch seinen Bruder Gerd ergeben hatte. Einer plötzlichen Eingebung folgend, schilderte er dann auch noch Nicoles Bindung an Detlef Miller.

Als er endete, nahm der Engländer wieder Platz und blickte nachdenklich vor sich hin. »Und wie soll das weitergehen?«

»Ich werde in Kürze Farbe bekennen müssen. Denn – und nun ergänze ich meine Erzählung mit einer Beichte – das Schicksal wollte es, daß mein junger Freund mir kurz bevor die Amerikaner hier erschienen, auf dem Flugplatz Berlin-Gatow über den Weg lief. Ich habe mich seiner angenommen und halte ihn auf dem Dachboden versteckt.«

Jeff Brighton holte tief Luft. »Da haben Sie sich ja schön in die Nesseln gesetzt.«

»Hätten Sie anders gehandelt?«

Der Engländer wies auf sein Glas. »Nachschenken und keine überflüssigen Fragen stellen. Wir trinken jetzt Brüderschaft und überlegen, wie wir die Sache aus der Welt schaffen können.«

»Sie wollen mir helfen?«

»Bleibt mir etwas anderes übrig?« Jeff griff nach seinem Glas. »Auf unsere Freundschaft und das Ende unserer ›befohlenen Feindschaft‹.«

Schneller als zu vermuten stand, hatte Jeff Brighton einen Entschluß gefaßt. Er bat Robert, ihn zunächst einmal mit Detlef Miller bekannt zu machen, und als dies geschehen war und sie zu dritt die Flasche Osborne geleert hatten, erklärte er, sich für den jungen Hauptmann einsetzen zu wollen. Dessen offene Art und nüchterne Sachlichkeit imponierten ihm.

Gleich zu Anfang, als der Brite überlegte, wie er es anstellen könnte, Detlef zu entlassen, ohne eine der gegebenen Bestimmungen zu verletzen, hatte der kaltschnäuzig gesagt: »Am einfachsten wäre es, wenn ich mich stelle. Dann komm' ich zwar hinter Stacheldraht, habe aber das angenehme Gefühl, niemandem zur Last zu fallen.«

»Blödsinn«, hatte Jeff erwidert. »Den Vorschlag hätte ich selber gemacht, wenn ich nicht wüßte, daß Sie, ein Freund meines Freundes, dann Gefahr laufen würden, an die Russen ausgeliefert zu werden. Die von den Sowjets besetzte Tschechoslowakei ist bekanntlich nicht weit von hier entfernt, und die Amerikaner sind froh über jeden Gefangenen, den sie nicht ernähren müssen. In Ihrem Fall hätte man sogar ein stichhaltiges Argument: Sie waren in Rußland eingesetzt! Auch dürfen wir nicht vergessen, daß die Soldaten des hiesigen Governments gesehen haben, was sich in ›Buchenwald‹ abgespielt hat.«

»Hast du das Lager aufgesucht?« hatte Robert unwillkürlich gefragt.

»Leider! Es ist unbeschreiblich, was dort geschehen ist.«

»Es gibt also wirklich Tausende von Toten?«

»Haushoch liegen sie übereinander.«

»Mir will das immer noch nicht in den Kopf. Wenn ich in Weimar zu landen hatte, und das kam relativ oft vor, mußte ich über das Lager hinwegfliegen. Es sah aus wie eine große Fabrik. Dort wurden ja auch

Waffen hergestellt. Die Inhaftierten habe ich mehrere Male gesehen. Sie standen in langen Reihen. Wie Soldaten oder kasernierte Arbeiter, habe ich gedacht. Wenn es in ›Buchenwald‹ nun Berge von Toten gibt, muß das Massaker in den letzten Tagen stattgefunden haben.«

Jeff war scharf geworden. »Ändert das etwas an der Tatsache, daß das große Morden stattgefunden *hat*? Und daran, daß es Deutsche waren, die den Vernichtungsbefehl gegeben und ausgeführt haben?«

»Natürlich nicht!« hatte Robert schnell versichert. »Mit meiner Feststellung wollte ich auch nichts entschuldigen. Ich habe weiß Gott kein Recht . . .«

»Bleiben wir beim Thema«, hatte ihn der Brite unterbrochen. »Wir sprachen über Hauptmann Miller, und ich legte dar, weshalb ich seinen Vorschlag, sich zu stellen, nicht aufgreifen möchte. Mir ist inzwischen auch eine Idee gekommen, die sich realisieren läßt, ohne gegen die bestehenden Bestimmungen zu verstoßen.« Er wandte sich an Detlef Miller. »Ich werde den Kommandeur des hiesigen Governments bitten, Ihnen einen Marschbefehl nach Detmold, meinem Standort, auszustellen. Dort werden wir Sie registrieren und nach Erledigung aller Formalitäten in Ihre Heimatstadt entlassen.«

Nach dieser sachlichen Feststellung und der Hauptmann Miller gegebenen Weisung, sich bis auf weiteres in voller Uniform in der Wohnung des Freundes aufzuhalten, fuhr Jeff mit Robert nach Saalfeld zur Militärregierung. Auf dem Wege dorthin erklärte der Brite, er wolle dem Kommandeur nahelegen, Robert Schroeder einen Paß auszustellen, der ihn berechtige, sich mit seinem Wagen frei in Deutschland zu bewegen. Er habe dann die Möglichkeit, Detlef Miller nach Detmold zu bringen und sich selbst dort offiziell um eine Verwendung als Pilot im Kolonialdienst zu bewerben. »Dem Kommandeur des hiesigen Governments werde ich dich wahrscheinlich vorstellen müssen«, fügte er hinzu. »Sei ihm gegenüber aber nicht so offen wie zu mir.«

»Und warum nicht?«

»Er könnte gewisse Dinge in den falschen Hals bekommen. Zum Beispiel, wenn er erfährt, daß du aus der SS ausgetreten bist und dich hinterher gefragt hast, ob das nicht zu voreilig gewesen sei. Du kannst unbesorgt sein«, fügte er hastig hinzu, als er Roberts betroffene Miene gewahrte. »Ich habe dich schon richtig verstanden. Ein anderer könnte an deinem Bekenntnis aber Anstoß nehmen.«

Diesen Hinweis vergegenwärtigte sich Robert Schroeder, als er später aus der Empfangshalle des Hotels Mauxion, in das sich das Detachement 27 des Military Governments einquartiert hatte, zum Kommandeur gebeten wurde, der mit Jeff und zwei weiteren Offizieren schon kräftig gebechert zu haben schien.

»Hallo!« rief der Major und hob die Hand. »Have a drink?«

»Danke, Sir. Sehr gerne.«

Der Kommandeur wies auf einen Sessel. »Nehmen Sie Platz.«

Einer der Offiziere schenkte Whisky ein.

Man prostete sich lautstark zu.

Der Major hielt Robert Schroeder eine Schachtel Zigaretten hin. »Bedaure, daß wir Ihre Maschine den Jordan hinunterschicken mußten. Aber Flugplätze, die von uns nicht benötigt werden, sind betriebsunfähig zu machen.«

»Leider, Sir.«

»Wie ich hörte, hatten Sie führende Persönlichkeiten zu fliegen.«

»Hauptsächlich Industriekapitäne und Wirtschaftsführer.«

»Und die waren alle Nazis?«

»Keineswegs. Ich erinnere mich, daß der Generaldirektor eines bekannten Werkes das Ritterkreuz des Kriegsverdienstkreuzes mit dem Hinweis verweigerte, er halte nichts von der Regierung.«

»Und dem Mann ist nichts passiert?«

»In diesem Fall war die Motorenfertigung wohl wichtiger.«

»Also konnte man sich auflehnen!«

»Nein, so war das nicht. Nur einigen wenigen wurde es nicht zum Verhängnis, wenn sie widersprachen.«

»Mir wird es ewig unbegreiflich bleiben, wie man ein ganzes Volk mundtot machen konnte. Gibt es dafür eine Erklärung?«

Eingedenk dessen, was Jeff ihm angeraten hatte, antwortete Robert Schroeder: »Wenn ich das erklären könnte, wäre ich ein Weiser. Und wenn ich es versuchen wollte, käme bestenfalls eine Bestandsaufnahme dabei heraus. Napoleon vermögen wir heute besser zu beurteilen, als es seine Zeitgenossen konnten. Vermutlich werden viele Jahre vergehen müssen, bevor sich Ihre Frage einigermaßen befriedigend beantworten läßt. Bis dahin wird jeder Deutsche vor sich selbst Rechenschaft ablegen müssen.«

»Oder auch vor uns.«

»Das ist denkbar, aber nicht so wichtig. Entscheidend wird sein, daß wir unserem Gewissen Rede und Antwort stehen.«

Nach einer sich hieraus entwickelnden Debatte fuhr Robert Schroeder zu später Stunde mit Jeff Brighton nach Schwarza zurück. In seiner Brieftasche befand sich ein Ausweis, der ihn berechtigte, sich frei zu bewegen. Des weiteren, man hatte an alles gedacht, besaß er ein Papier, das ihm erlaubte, in seinem Wagen vier Kannen amerikanisches Benzin mit sich zu führen. Dieses Recht war ihm eingeräumt worden, um ihm die Möglichkeit zu geben, nach Detmold zu fahren, wo er sich bewerben und Detlef Miller, für den ein Marschbefehl ausgestellt worden war, abliefern sollte. Dabei hatte man ihn allerdings verpflichtet, den Bezirk des Detachement 27 erst zu verlassen, wenn der Krieg effektiv beendet und zwischen den Alliierten und Deutschland ein Kapitulationsvertrag abgeschlossen sei.

Robert Schroeder glaubte zu träumen. Ihm kam es vor, als sei ein Wunder geschehen. Im Raum von Berlin und in Süddeutschland wurde noch gekämpft, und er besaß bereits einen Ausweis, der mit Gold nicht aufzuwiegen war. Im Grunde seines Herzens schämte er sich. Er hatte auf dem Boden des Nationalsozialismus gestanden und zählte nicht zu denen, für die der großzügige Ausweis geschaffen worden war.

»Ich weiß nicht, wie ich dir danken soll«, sagte er, als Jeff sich von ihm verabschiedete.

Der Freund reichte ihm die Hand. »Danke deinem Schöpfer, der es offensichtlich gut mit dir meint. Im übrigen: ›Claw me and I'll claw thee!‹ – ›Wie du mir, so ich dir.‹ Wir sind quitt.«

Detlef tat einen Juchzer, als Robert ihm erzählte, wie der Besuch beim Kommandanten ausgegangen war. »Wie hat der alte Cicero so treffend gesagt? ›Im Leben regiert das Glück und nicht die Weisheit.‹ Sie werden bald wieder fliegen. Und mich wird kein Gefangenenlager drücken. Darauf müssen wir einen trinken!«

Robert schenkte Whisky ein, den Jeff spendiert hatte. Dabei dachte er: Nun komme ich nicht mehr daran vorbei, Detlef die Wahrheit zu sagen.

Der Freund stieß mit ihm an und leerte sein Glas in einem Zuge. »Heute könnte ich mich besaufen.«

»Wenn es Ihnen hilft . . .« erwiderte Robert und entschloß sich, die Hürde zu überspringen. »Ich bin ohnehin gezwungen, Ihnen einen sehr bitteren Tropfen in den Becher der Freude zu gießen.«

Detlef schenkte sich nach. »Warten Sie noch einen Moment. Ich ahne nämlich, was auf mich zukommt und möchte mich präparieren.« Er leerte erneut das Glas. »Und nun noch eine Zigarette, dann bin ich ganz Ohr.«

Robert war so irritiert, daß er fragte: »Wieso wollen Sie ahnen . . .?«

»Kommen Sie zur Sache!« forderte ihn Detlef auf. »Ich hatte inzwischen genügend Zeit, um über gewisse Dinge nachzudenken. So fragte ich mich: Warum bietet dir der Herr Flugkapitän nicht das Du an? Er kann es doch unmöglich für natürlich halten, daß sich Kameraden in einem Augenblick, da alles drunter und drüber geht, weiterhin siezen, als bewegten sie sich auf poliertem Kasinoboden. Oder? – Punkt zwei, und diese Frage dürfte mich auf die richtige Fährte gebracht haben: Was bewog Ihren Bruder, meine Braut nach Zürich zu verpflanzen, und was veranlaßte Sie, seit unserem Wiedersehen kein Gespräch über Nicole aufkommen zu lassen? Wer ist nun zu beglückwünschen? Ihr Bruder oder Sie?«

Robert sah aus, als sei ihm ein Eimer Wasser über den Kopf geschüttet worden.

»Also Sie!« sagte Detlef tonlos.

Robert erhob sich. »Wir haben es uns nicht leicht gemacht. Nicole wollte Ihnen schreiben und sich Ihnen erklären. Ich bat sie, das nicht zu tun. Solange Sie an der Front waren, wollte ich Ihnen die Enttäuschung ersparen. Auch hielt ich ein Gespräch zwischen uns beiden eher für angebracht. Und dann standen Sie in Berlin plötzlich vor mir. Ich wußte, daß ich nun nicht daran vorbeikommen würde, Ihnen reinen Wein einzuschenken, nahm mir aber vor, dies erst zu tun, wenn es mir gelungen sein sollte, Sie vor der Gefangenschaft zu bewahren. Das alles machte mich spröde. Es schien mir einfach verlogen zu sein, Ihnen das vertrauliche Du anzubieten.«

Detlef trat an das Fenster. »Es tröstet mich, daß Sie mir unter den gegebenen Umständen das Du nicht antragen wollten. Das setzt Achtung voraus, und wo Achtung voreinander herrscht, reißen Verbindungen so schnell nicht ab.«

Robert trat an Detlef heran.

Der drehte sich abrupt um. »Ich werde lange brauchen, um darüber hinwegzukommen, daß du mir Nicole weggeschnappt hast, verdammter Schuft!«

Vater und Mutter Schroeder erlebten den Einmarsch der Amerikaner fast drei Wochen später als ihr Sohn Robert, und sie erlebten ihn in einer Form, die niemand für möglich gehalten hätte. Plünderungserlaubnis war erteilt worden, und die einrückenden Truppen, Amerikaner und Franzosen, schwarze und weiße, erweiterten das ihnen zugebilligte Recht nach eigenem Gutdünken. Sie plünderten und vergewaltigten um die Wette und zwangen Ortspolizisten mit der vorgehaltenen Pistole, junge Mädchen aus den Häusern herauszuholen. Um der bedrängten Bevölkerung zu Hilfe zu kommen, stellte die Geistlichkeit die Pfarrkirche als Zufluchtstätte zur Verfügung. Drei Tage währte das unfaßbare Treiben, dann rückten Einheiten der ›Airborne‹, amerikanische Fallschirmjäger, nach und beendeten den makabren Spuk.

Mutter Schroeder überstand die Tage, ohne daß ihr ein Haar gekrümmt wurde. Ihren Schmuck hatte sie mitsamt der ihr und ihrem Mann zur Verfügung stehenden Barschaft im nahe gelegenen Wald vergraben, und sie legte sich, als die Besatzungstruppe heranrückte, mit leidender Miene und strähnigem Haar ins Bett. Ein schweißtreibendes Mittel sorgte dafür, daß Tropfen auf ihrer Stirn perlten; ein Fieberthermometer, das über vierzig Grad anzeigte, lag auf ihrem Nachtschränkchen. Wenn Soldaten erschienen, sollte ihr Mann sich auf die Bettkante setzen und ihr einen unansehnlichen Wasserbrei einflößen. Ihre Rechnung ging aber nicht ganz auf. Ihr Mann wurde vom ersten Amerikaner, der das Schlafzimmer betrat, so unerbittlich verprügelt, daß er wochenlang mit Beulen umherlief. Es war der Preis, den er dafür zahlen mußte, daß er vergessen hatte, auf dem Foto seines Personalausweises das Parteiabzeichen fortzuretuschieren.

Ein Gutes aber hatte der Zwischenfall: Vater Schroeder sah so mitgenommen aus, daß er weitere Behelligungen nicht zu befürchten brauchte. Seine Verfassung hatte überhaupt gelitten. Er wußte nicht mehr, wem er die Schuld an Deutschlands Niederlage geben sollte. Nach dem Ersten Weltkrieg hatte er sich das Recht angemaßt, den Sozialdemokraten nachzusagen, sie seien der kämpfenden Truppe in den Rücken gefallen. So einfach ging es diesmal nicht.

Vater Schroeder brütete dumpf vor sich hin. Er verzichtete darauf, die herrliche Landschaft zu genießen, und beleckte die Wunden, die ihm geschlagen worden waren. Die Fabrik hatte er verloren. Seinen Söhnen konnte das Schlimmste zugestoßen sein, und es lag im Bereich des Möglichen, daß er für seine aufopfernde Tätigkeit als ehrenamtlicher Parteirichter bestraft werden würde. Dabei hatte er nur für Zucht und Ordnung gesorgt. Seine Aufgabe war es gewesen, Schmutzfinken aus den Reihen derer zu stoßen, die sich Volk und Vaterland verschrieben hatten.

Mutter Schroeder bedrückte der Zustand ihres Mannes, und sie bekämpfte seine Grübeleien auf ihre Weise. »Es kommt nichts dabei heraus, wenn du immer vor dich hin sinnierst«, redete sie ihm ein. »Und unklug ist es obendrein. Wenn du vergißt, was hinter uns liegt, wirst du dich um vieles freier fühlen.«

»Aber ich war Mitglied der Partei . . .«

». . . und solltest es vergessen!« unterbrach sie ihn. »Oder willst du den Feinden Deutschlands Rede und Antwort stehen? Mich belastet es nicht im geringsten, denen ein Schnippchen zu schlagen. Mit der größten Unschuldsmiene habe ich auf der Verteilungsstelle für Lebensmittelkarten erklärt, wir wären früher Mitglieder der katholischen Zentrumspartei gewesen.«

»Und was soll werden, wenn festgestellt wird, daß wir der NSDAP angehört haben?« ereiferte sich der Vater.

Mutter Schroeder lachte abfällig. »Das soll man uns erst mal nachweisen. Es ist doch klar, daß die Unterlagen der Partei vernichtet worden sind.«

»Und was ist mit unserem Haus in Berlin? Prangt dort nicht ein Bild, das mich in der PO-Uniform zeigt?«

»Das ist nicht meine Schuld! Wenn du auf mich gehört hättest, wäre das belastende Indiz längst verschwunden.«

»Aber erlaube mal! Erst in den letzten Tagen hast du gesagt . . .«

»Auf den Zeitpunkt kommt es nicht an«, schnitt sie ihm die Rede ab. »Fest steht, daß das Bild nicht mehr dort gehangen hätte, wenn es nach mir gegangen wäre.«

Vater Schroeder gab es auf. Wozu sich alterieren? Er konnte sich ohnehin nicht durchsetzen.

Die Mutter wechselte das Thema. »Der kleine Sepp hat wieder einen Kübel Sauerkraut heraufgetragen. Jetzt liegen noch sechs im Wald.«

Der Vater machte eine müde Geste. Es war ihm unbegreiflich, wie seine Frau vierzehn Eimer Sauerkraut hatte an sich bringen und verstecken können. Er wußte, daß es sich um Ware aus Wehrmachtsbeständen handelte. Mit stiller Billigung der zuständigen Behörde hatte die Bevölkerung sich versorgt, so gut es ging. Es war allerdings auch zu Plündereien gekommen. So stammten einige elektrische Eisenbahnen, die Mutter Schroeder ebenfalls im nahe gelegenen Wald verborgen hatte, aus dem Besitz Hermann Görings, der sich gerne mit Spielzeugeisenbahnen vergnügt hatte und so spendabel gewesen war, seinen Gästen jeweils ein Exemplar als Präsent zu überreichen.

Daß sie über diese Bahnen verfügte, hatte Mutter Schroeder wohlweislich verschwiegen. Warum sollte sie ihren Mann belasten? Im Moment ließ sich mit dem Spielzeug sowieso nichts anfangen. Später, wenn Not am Mann war und Tauschobjekte benötigt wurden, würde er ihre Umsicht preisen. Kommt Zeit, kommt Rat, sagte sie sich. Und sie behielt recht.

Roberts Eltern wurde eine Hilfe zuteil, die fast unglaublich erschien. Sie kündigte sich in einem schwarzen ›Cadillac‹ an, der eine Woche nach der in Kraft getretenen bedingungslosen Kapitulation vor dem Bauernhaus oberhalb der Landstraße nach Königssee anhielt. Vorne im Wagen saßen zwei amerikanische Soldaten. Einer stieg aus und fragte die herbeigeeilte Bäuerin, ob das Ehepaar Schroeder in dem Haus wohne. Als die Frage bejaht wurde, öffnete er die Tür zum Fond und salutierte militärisch. »Es ist das Haus, Sir!«

Aus der Limousine stieg Gerd Schroeder. Er trug, wie immer, modische Zivilkleidung und blickte erwartungsvoll zu den Fenstern des Anwesens hoch.

Der Beifahrer reichte ihm eine Aktentasche.

»Thank you. Sie können in den Ort oder zum Königssee fahren. Ich erwarte Sie in zwei Stunden.«

»Okay, Sir!«

Gerd legte den Zeigefinger wie zum militärischen Gruß an die Stirn und wandte sich an die Bäuerin. »Bitte, führen Sie mich . . .«

Ein Freudenschrei unterbrach ihn. Das Geräusch des Wagens hatte die Mutter ans Fenster getrieben und die Treppe hinabrennen lassen. »Gerd!« rief sie und lief auf ihn zu. »Gerd! Mein Sohn!«

Ihm stockte der Atem. Dreizehn Jahre hatte er die Eltern nicht gesehen. Auf eine älter gewordene Mutter war er gefaßt gewesen, aber einer gealterten sah er sich gegenüber. Ihre Vitalität schien sie allerdings nicht verloren zu haben. Er breitete die Arme aus. »Mama . . .!«

Sie schluchzte, weinte und küßte ihn. »Mein Junge! Wo kommst du her? Und wieso fährst du in einem amerikanischen Wagen?«

»Der wurde mir vom Hauptquartier Salzburg zur Verfügung gestellt, wo ich vor knapp einer Stunde gelandet bin. Eigens euretwegen habe ich mich in die Luft geschwungen. Noch heute muß ich nach Italien zurück. Eine Sonderaufgabe erwartet mich. Wenn ich Glück habe, fliege ich in den nächsten Tagen nach Japan.«

»Vater!« rief die Mutter ihrem Mann zu, der ihr nur zögernd gefolgt war. »Gerd muß in den nächsten Tagen nach Japan fliegen!«

Die Miene des Vaters verfinsterte sich.

Gerd sah das von Beulen und blauen Flecken entstellte Gesicht und ging betroffen auf den Vater zu.

Der straffte sich. »Du hast gegen Deutschland gekämpft?«

»Sehe ich aus wie ein Soldat?«

»Ich wünsche eine klare Antwort: Ja oder Nein!«

»Nein!«

»Auch nicht als Agent?«

»Natürlich nicht!«

Der Vater breitete die Arme aus. »Dann sei uns willkommen.«

Gerd umarmte ihn. »Wer hat dich so zugerichtet?«

Vater Schroeder warf den Kopf in den Nacken, als sei er stolz darauf, geschlagen worden zu sein. »Ein Amerikaner!«

»Du ahnst ja nicht, was wir durchgemacht haben!« sprudelte es aus der Mutter heraus. »Junge Mädchen und Frauen wurden hier drei-, vier- und fünfmal vergewaltigt!«

»Und weshalb wurde Vater geschlagen?«

»Wegen einer Lappalie. Er hatte vergessen, auf seinem Paßfoto das Parteiabzeichen fortzukratzen.«

Gerd fiel es schwer, nicht schallend zu lachen. »Na, dann gehen wir mal ins Haus.«

Die Mutter hakte sich bei ihm ein. »Du wirst dich wundern, wie primitiv wir wohnen. Nur zwei kleine Zimmer stehen uns zur Verfügung. Wir besitzen nichts mehr. Rein gar nichts!«

»Nun übertreibe nicht«, widersprach der Vater. »Mama hat ihren Schmuck und eine beachtliche Summe Geld gerettet.«

»Wie kannst du so etwas behaupten?« entrüstete sich die Mutter.

»Wer dich hört, muß glauben, wir hätten, was wir brauchen. Dabei liegen Geld und Schmuck vergraben in der Erde. Jeden Moment kann das Versteck entdeckt werden. Und was ist dann?«

Sie möchte etwas aus mir herausholen, dachte Gerd belustigt und fragte, um abzulenken: »Hat Robert euch hierhergebracht?«

»Ja, stell dir vor, er hat uns nach Bad Reichenhall geflogen.«

»Wo er uns einfach stehenließ!« konstatierte der Vater. Er konnte es immer noch nicht verwinden, daß Robert ihn hereingelegt hatte.

Die Mutter lächelte nachsichtig. »Und warum hat er das getan?«

Vater Schroeder legte den Arm um den Sohn. »Das interessiert jetzt nicht.«

»Stimmt«, pflichtete Gerd bei. »Aber ich möchte etwas über Robert und Conrad erfahren.«

»Von beiden haben wir leider noch nichts gehört.«

»Robert wollte sich in Schwarza überrollen lassen und euch so bald als möglich aufsuchen.«

Die Mutter führte Gerd in einen bescheiden eingerichteten Wohnraum, an den sich ein großer Balkon anschloß. »Das hat er mir auch gesagt. Hoffentlich ist ihm nichts passiert.«

»Da habe ich keine Sorge.«

Der Vater klopfte Gerd auf die Schulter. »Jetzt mußt du von dir erzählen!«

Die Mutter protestierte. »Erst möchte ich Kaffee kochen.«

»Das kommt später an die Reihe. Zunächst muß ich wissen, was unser Sohn mit den Amerikanern zu tun hat.«

Gerd zündete sich eine Zigarette an. »Das ist schnell gesagt. In Lissabon, wohin ich mit Robert geflogen war, habe ich eine zwischen Amerikanern und Italienern getroffene Vereinbarung aufgedeckt, die deutsche Verbände in Gefahr bringen mußte. Ich erstattete eine entsprechende Meldung, doch vergebens. Man hielt mich für einen Spinner. Wenige Wochen später aber trat ein, was ich vorausgesagt hatte.«

»Unglaublich!« empörte sich der Vater.

»Nun hofierte man mich. Ich wurde plötzlich zur ›persona gratissima‹ . . .«

»Fabelhaft!«

». . . und ich nutzte dies aus. In aller Offenheit trug ich hohen Militärs und Diplomaten einen Plan vor, den ich mit einem italienischen Freund entwickelt hatte. Mir ging es darum, den von Hitler unter der Bezeichnung ›Verbrannte Erde‹ gegebenen Befehl zu unterlaufen. Um jeden Preis wollte ich verhindern, daß in Oberitalien Brücken, Bahnen und Häuser zerstört würden. Der von mir angesprochene Personenkreis war über meinen Plan, der einer vorzeitigen Kapitulation gleichkam, zunächst schockiert, besann sich dann aber eines Besseren. Man ermächtigte mich, Kontakt mit dem Leiter des amerikanischen ›Office of Strategy Services‹ aufzunehmen, der sich in der Schweiz aufhielt. Ich will und kann mich hier nicht in Details verlieren; es mag genügen, wenn ich sage, daß es mir mit Hilfe meines Freundes gelang, in die Schweiz zu reisen und dort erste Verhandlungen zu führen. In der Folge überschritt ich die Grenze oftmals, und schließlich konnte ich deutsche und amerikanische Führungskräfte zusammenbringen. Damit lief eine Operation an, die in die Geschichte eingehen dürfte. Denn sie führte, wenngleich durch widrige Umstände erst später als geplant, zu einem Abkommen, das Norditalien jene Zerstörungen ersparte, die den Süden des Landes schwer mitgenommen haben. Für mich war es eine Genugtuung, daß der kommandierende General der amerikanischen Truppen, der die Verhandlungen von Caserta aus verfolgt hatte, das Unternehmen als einen großartigen und vollkommenen Erfolg bezeichnete. Wörtlich erklärte er: ›Der Krieg in Europa wurde dadurch wesentlich früher, als es sonst möglich gewesen wäre, zu Ende gebracht, wodurch viele Menschenleben und große Werte erhalten geblieben sind.‹«

Vater Schroeder war zutiefst beeindruckt.

»Wenn wir das doch früher gewußt hätten«, seufzte die Mutter. »Dann hätten wir den hier eindringenden Soldaten sagen können ...«

Der Vater unterbrach sie mit gebieterischer Geste und erhob sich. »Ich bin stolz auf dich, mein Sohn! Hitler hat das deutsche Volk schmählich verraten, du aber, ein Schroeder, setztest dein Leben ein, um ein weiteres Verbrechen dieses Unmenschen zu verhindern. Dies ist der größte Tag meines Lebens.«

»Ach, ist das erhebend!« seufzte die Mutter.

Gerd rang die Hände. »Müßt ihr denn immer gleich übertreiben? Ich habe weder mein Leben eingesetzt ...«

»Keine falsche Bescheidenheit«, beharrte der Vater mit markiger Stimme. »Wer es wagt, in ein feindliches Lager zu gehen, muß mit dem Schlimmsten rechnen. Nein, mein Sohn, mir kannst du nichts vormachen. Ich habe den Ersten Weltkrieg als Offizier erlebt. Du hast dich als echter Schroeder erwiesen, und ich kann mir denken, daß die Herren auf deinen Rat nicht mehr verzichten wollen. Darum lassen sie dich auch in einem so riesigen Wagen herumkutschieren.«

Gerd stützte sich wie ermattet auf die Tischplatte. »Nimm es mir nicht übel, Vater, aber ich muß dir sagen, daß hinter deinen Worten jener Trara-Nationalismus steht, der schon so oft zerstört hat, was Fleiß und Energie aufgebaut haben. Betrachte die Dinge doch einmal von einer anderen Warte. Weniger emotionell. Und mache Abstriche von deiner Begeisterung und von deinem Haß. Laß einfach alles gelten. Du lernst dann eine Welt kennen, die nach allen Seiten offen ist.«

Vater Schroeder räusperte sich. »Bist du gekommen, um mir dies zu sagen?«

»Nein. Ich bin hier, weil mich euer Schicksal bewegt.«

»Nun aber Schluß!« protestierte die Mutter.

Der Vater hielt Gerd die Hand hin. »Entschuldige. Ich bin glücklich, daß du gekommen bist.«

Die Mutter gab ihrem Mann einen Kuß.

Gerd lachte. »Spielt ihr beide immer noch Turteltauben?«

Vater Schroeder strahlte. »Das Spiel werden wir nie verlernen.«

Die Mutter gab sich verliebt. »Und warum verlernen wir es nicht? Weil wir in den Lehrjahren unserer Ehe behutsam miteinander umgegangen sind! Aber nun erzähle von Maja. Vater und ich hätten sie so gerne kennengelernt. Aber nach Italien konnten wir ja nicht fahren. In Deutschland war alles verboten. Wir saßen wie in einem Gefängnis. Sei froh, daß du das nicht erlebt hast. Wenn ich mir vorstelle, wir hätten euch einmal besuchen können . . . Ist Maja wieder in Rom?«

Gerd schüttelte den Kopf. »Ich habe sie und Nicole in die Schweiz gebracht. Vorige Woche hatte ich Gelegenheit, sie kurz zu besuchen. Sie leben in Zürich. Maja ist glücklich, daß sie ihre Jungen nun oft sehen kann. Nicole hat sich aber noch nicht ganz akklimatisiert. Na ja, ihr fehlt eben ein gewisser Jemand. Sie fungiert pro forma als Erzieherin, setzt in Wirklichkeit jedoch ihr Studium fort.«

»Wer ist Nicole?« fragten die Eltern.

Gerd stutzte. »Ihr wißt nicht . . .? Hat Robert euch nicht über Nicole informiert?«

»Wir hören den Namen zum ersten Mal.«

»Dann sollte ich nicht vorgreifen.«

»Was heißt das?«

»Nicole ist quasi die Braut von Robert.«

Die Mutter schlug die Hände zusammen. »Und davon hat er uns kein Wort gesagt? Also, das haben wir nicht verdient. Nein, das haben wir wirklich nicht verdient. Bei seiner Eheschließung durften wir nicht dabei sein. Von Carlas Beerdigung hat er uns ausgeschlossen. Seine neue Braut verheimlicht er uns. Schämt er sich unser?«

»Unsinn!« widersprach der Vater. »Der Junge ist halt sehr eigen.« Er wandte sich an Gerd. »Was ich nicht verstehe, ist etwas anderes. Warum hast du ›quasi Braut‹ gesagt?«

»Weil die beiden sich offiziell noch nicht verloben können. Das wird auch der Grund sein, warum Robert euch nicht verständigt hat.«

Die Mutter reckte ihren Kopf. »Und warum können sie sich nicht verloben?«

»Weil Nicole mit einem anderen verlobt ist.«

Dem Vater stieg das Blut in den Kopf. »Ich hör' wohl nicht richtig.«

Gerd ärgerte sich über sich selbst und versuchte seine Aussage zu mildern. »Das klingt schlimmer, als es ist. Ganz verzwickte Umstände ... Nicole ist noch sehr jung. Ich glaube, sie ist fünfzehn Jahre jünger als Robert. Sie ist ungewöhnlich reizvoll. Man muß sie einfach gern haben. Ohne ihr Dazutun, gewinnt sie alle Herzen.«

»Papperlapapp!« wetterte der Vater. »Hier verlobt – dort quasi verlobt? Sodom und Gomorrha, kann ich da nur sagen.«

Gerd wurde unwillig. »Verrenn dich nicht wieder. Nicole ist blitzsauber und würde ihrem Verlobten längst geschrieben haben, wenn Robert nicht darauf bestanden hätte, sich seinem Freund mündlich zu erklären.«

»Und warum hat er das nicht getan?«

»Weil der Freund, ein junger Pilot, im Einsatz war.«

Der Vater war außer sich. »Einem Freund und Frontsoldaten fällt er in den Rücken und raubt ihm die Ehre?«

Gerd wurde es zuviel. Er schlug mit der Faust auf den Tisch. »Jetzt ist es genug. Wenn du Robert für einen Schweinehund hältst, bin ich hier fehl am Platze!«

Der Vater sah ihn fassungslos an. Seine Lippen bebten.

»Er ist mit den Nerven am Ende!« jammerte die Mutter. »Du hast ja keine Ahnung, was wir durchgemacht haben. Verlegung des Betriebes, Bombenangriffe, die ewige Sorge um euch und Conrad ...«

»In Ordnung«, sagte Gerd, um des lieben Friedens willen. »Es tut mir leid, daß ich Vater angefahren habe. Mein Temperament ist mit mir durchgegangen. Ein Aufrappler wird uns allen jetzt guttun.« Er öffnete seine Aktentasche und entnahm ihr eine Dose Kaffee. »Den habe ich vorsorglich mitgebracht. Darüber hinaus auch noch etwas ganz Spezielles.« Er reichte dem Vater einen kleinen Lederbeutel. »Darin befinden sich fünfzig ›Vreneli‹, Schweizer Goldstücke. Damit werdet ihr euch lange über Wasser halten können, wenn ihr mit eurem Bauern und Lebensmittelhändler Goldpreise ausmacht, also zahlt, was die Ware zu Großmutters Zeiten gekostet hat.«

Der Vater wurde verlegen. »Du beschämst uns.«

»Irrtum! Indem ich euch versorge, befreie ich mich von einem Druck, der auf mir lastet, wenn ich nicht weiß, wie es euch geht. Ich mach' mir das Leben also selber leichter. Dazu soll auch dieses Papier beitragen, das ich auf der Fahrt hierher von der hiesigen Militärregierung abstempeln ließ.« Er faltete ein Blatt auseinander, auf dem in dicken Lettern ›Off limits‹ gedruckt stand. »Das nagele ich euch an die Haustür. Ihr seid dann gewissermaßen tabu; alliierte Soldaten dürfen eure Wohnung nicht betreten. Und als letztes«, er entnahm seiner Tasche ein Kuvert, »übergebe ich euch diesen Brief von Nicole an Robert. Er wird glücklich sein, wenn er ihn vorfindet.«

29

Unmittelbar nach dem Inkrafttreten der Gesamtkapitulation Deutschlands hatten sich Robert Schroeder und Detlef Miller auf den Weg nach Detmold gemacht. Ihre Hoffnung, den Standort Jeff Brightons spätestens am nächsten Tag zu erreichen, ging nicht in Erfüllung. Auf den zum größten Teil nur einspurig befahrbaren Autobahnen hatten Militärfahrzeuge den Vorrang. Und fast sämtliche Brücken waren gesprengt. Immer wieder mußten langwierige Umleitungen in Kauf genommen werden. Hinzu kam, daß zivile Fahrzeuge, von denen es freilich nur wenige gab, sich nicht innerhalb einer Militärkolonne bewegen durften. Für Robert Schroeder bedeutete dies, daß er oft eine halbe Stunde und länger warten mußte. Es half ihm nichts, daß sein Wagen auf beiden Seiten die Beschriftung ›On Official Military Business‹ erhalten hatte. Dies nützte ihm nur insofern, als ihm manche Kontrolle erspart blieb, zu welcher der in Uniform im offenen Sportwagen sitzende Hauptmann Miller geradezu herausforderte. Unflätige Beschimpfungen mußten sie sich gefallen lassen, und mehrmals kam es auch vor, daß von Trucks und aus Jeeps Blechdosen und dergleichen nach ihnen geworfen wurden.

Weitaus schlimmer war das Durchfahren der Städte. Der Anblick der ausgebrannten und zusammengestürzten Häuser, der verschütteten Straßen, der verhärmten Aufräumungskommandos und der mit ihren letzten Habseligkeiten sich dahinschleppenden Menschen war niederschmetternd. Mancher von ihnen fluchte hinter Robert Schroeder her, den man für einen im Dienst der Alliierten stehenden Verräter hielt, der einen deutschen Offizier auslieferte.

Die vier Tage dauernde Fahrt wurde zeitweilig zu einem Spießrutenlaufen, bei dem bald der eine, bald der andere attackiert wurde. Aber das war leichter zu ertragen als das Elend, das überall zutage trat. Inmitten von Trümmern zimmerten sich Familien aus zusammengelesenen Brettern, Balken, Türen, Blechen und was sonst verwertbar erschien, notdürftige Unterkünfte. Auf einer Wohnfläche, die vor dem Krieg einer vierköpfigen Familie zur Verfügung gestanden hatte, mußten nun zehn Personen untergebracht werden. Der Lebensstandard hatte einen unvorstellbaren Tiefstand erreicht. Auf freigeschaufelten Plätzen standen Männer und Frauen, die irgend etwas zum Tausch gegen Lebensmittel anboten: eine Wanduhr, ein Bild, eine Kaffeemühle oder gar Kleidungsstücke. In jeder Straße gab es Anschlagtafeln mit Nachrichten und Adressen für Angehörige, von denen man hoffte, daß sie noch lebten und eines Tages zurückkommen würden. Verstohlen boten hier und da Mädchen und Frauen Zigaretten und Schokolade an. Sie schämten sich; jeder wußte, auf welche Weise sie ihre Tauschobjekte erworben hatten. ›Veronikas‹ wurden sie genannt. Unter ihnen befanden sich viele, die das Schlimmste auf sich nahmen, um Nahrung für einen irgendwo verstecktgehaltenen Freund, Verlobten oder Ehemann zu bekommen. Über anderthalb Millionen deutschen Soldaten war es gelungen, aus dem sowjetisch besetzten Raum zu flüchten. Wer konnte, hielt sich verborgen, seit bekannt geworden war, daß Amerikaner Kriegsgefangene an die Russen auslieferten.

»Es ist unfaßbar, wohin wir geraten sind«, sagte Detlef, als sie durch das Ruinenmeer von Frankfurt gefahren waren und den Weg zur Chaussee nach Wetzlar suchten. Die französische Zone wollten sie meiden. Sie wußten nicht, wie die Franzosen auf Detlefs Uniform reagieren würden. »Grenzen und Schlagbäume inmitten von Deutschland! Hätten wir diesen Krieg doch bloß gewonnen.«

»Dann ginge es uns ohne Frage besser«, gab Robert zu. »Wie aber würden wir uns nach einem Sieg verhalten haben, wenn es uns schon im Krieg nichts ausgemacht hat, Millionen zu erschießen und zu vergasen? Ich wage nicht zu behaupten, daß ich nach England gefahren wäre, um festzustellen, ob Jeff Brighton meine Hilfe benötigt. Und, um eine Parallele zu dir zu ziehen, einen britischen Offizier hätte das deutsche Militär bestimmt nicht auf freiem Fuß belassen.«

»Das mag stimmen. Dennoch fuchst es mich, daß wir den Krieg verloren haben.«

»Meinst du, ich wäre zufrieden? Wenn ich mir jedoch die hinter uns liegenden Stationen vergegenwärtige, bekomme ich kalte Füße. Jahrelang haben sich Begeisterung und Machtgelüste mit jedem Erfolg gesteigert. Hitler wurde immer rigoroser. Wie groß, so frage ich mich, würde seine Rücksichtslosigkeit erst geworden sein, wenn wir gesiegt hätten?«

»Für die anderen wäre es natürlich nicht gerade angenehm geworden. Ich bin aber überzeugt, daß wir nicht Rache geübt hätten. Dabei übersehe ich nicht, was geschehen ist. Ich bin nur der Auffassung, daß das deutsche Volk in Friedenszeiten niemals zulassen würde ...«

»Eben doch!« ereiferte sich Robert. »Haben wir etwa protestiert, als Konzentrationslager errichtet wurden? Im tiefsten Frieden geschah das! Damals habe ich geredet, wie du es jetzt tust. Ich hätte schwören mögen, daß nichts Unrechtes geschieht. Es geschah aber!«

Detlef nickte. »Vielleicht lasse ich mich zu sehr von persönlichen Überlegungen leiten. Ich denke eben immer an Nicole, die du heiraten könntest, wenn nicht alles so verworren wäre. Nun mußt du ... Stell dir vor: Kolonialflieger. Tropen. Hitze und Feuchtigkeit. Moskitos, Schlangen und Kakerlaken. Heimweh und Suff. In welcher Verfassung wirst du sein, wenn es soweit ist, daß ihr heiraten könnt? Eines sage ich dir aber gleich: In die Tropen entlasse ich Nicole nicht! Sie mag dich lieben, so viel sie will; das ist ihre Sache und mein Pech. Sie steht mir aber so nahe, daß du es mit mir zu tun bekommst, wenn du sie Belastungen aussetzt, die ihr nicht zugemutet werden dürfen.«

Robert steuerte durch eine Kurve. »Für wen hältst du mich?«

»Für einen Piloten, der immer in Flugzeuge verliebt sein wird. Menschen wie du sind gefährlich.« Er grinste. »Um fliegen zu können, opferst du glatt deine Großmutter.«

Die Freundschaft zwischen Detlef und Robert hatte nicht gelitten. Sie war eher tiefer geworden. In erster Linie war dies Detlef zu verdanken. Seine unbeschwerte Lebensart mochte ihm geholfen haben, über die Enttäuschung hinwegzukommen, entscheidend aber war die Größe, die er bewies. Er besaß die Kraft, zu verzichten, ohne viel Worte zu verlieren. Und er meinte es ernst, wenn er sich Sorgen um Roberts Zukunft machte.

So war es eine Erleichterung für ihn, als Jeff Brighton, der auch ihn wie einen guten Freund begrüßte, Robert gleich bei der Ankunft eröffnete, daß er ihn einem General vorstellen wolle, der nach Indien versetzt werde und sich nach einem erfahrenen Piloten umsehe.

»Ich kann natürlich nicht sagen, ob du für ihn der richtige Mann bist«, fügte der Brite hinzu. »Auf alle Fälle habe ich an dich gedacht und dem hohen Herrn von dir erzählt. Erst ist er grün angelaufen, dann wurde er umgänglicher. Nun ja, wenn ich General wäre, würde ich die Sache wahrscheinlich auch nicht von der kameradschaftlich-sportlichen Seite betrachten.«

Robert bedrückte diese Äußerung. »Hör zu, Jeff«, sagte er. »Ich möchte dir keinesfalls Schwierigkeiten bereiten.«

»Das tust du nicht. Ich habe mir halt in den Kopf gesetzt, dir zu helfen und ergreife nun jede Chance, die sich bietet. That's all. Übrigens brauche ich schnellstens eine Kurzfassung deines Lebenslaufes sowie alle fliegerischen Daten: Anzahl der Flüge und Flugstunden, Art der Qualifikationen und was es sonst noch gibt.« Er wandte sich an Detlef Miller. »Sie werden indessen von einem wenig freundlichen Sergeanten verarztet. Ich rate Ihnen dringend, bis zu Ihrer Entlassung die Arschbacken zusammenzukneifen.«

»Ai, ai, Sir! Arschbacken zusammenkneifen!«

Alle drei lachten.

Detlef wurde abgeführt, und Robert folgte seinem Freund in dessen Wohnung, die in einem sogenannten ›Offiziersbau‹ lag.

»Heute abend nehme ich dich nicht mit ins Kasino«, erklärte Jeff, nachdem er einen Whisky eingeschenkt hatte. »Du wirst sonst gleich zur Brust genommen, und das könnte nach der anstrengenden Fahrt über deine Kraft gehen.«

Diesem Hinweis entnahm Robert, daß das Gespräch mit dem General von entscheidender Bedeutung sein würde. Er war deshalb etwas nervös, als er am nächsten Mittag einem älteren Offizier vorgestellt wurde, dessen Aussehen sich merklich von dem eines deutschen Generals unterschied. Sein gewelltes, rotblondes Haar trug er in der Mitte gescheitelt; seine Oberlippe zierte ein rostroter gezwirbelter Bart, der Eigenbrötlerei verriet. Dementsprechend verlief auch die Begrüßung.

»So, so«, sagte er. »Sie sind also der Pilot, der während des Krieges das Hochzeitsgeschenk eines britischen Offiziers nach Deutschland befördert hat.«

»Yes, Sir.«

»Warum haben Sie das getan? Waren Sie gegen Hitler?«

»Nein, Sir, ich war für Captain Brighton. Seine Idee faszinierte mich.«

»Ich möchte konkret wissen, ob Sie für oder gegen Hitler waren!«

Robert wurde klar, daß er sich bereits auf dem Prüfstand befand. »Die Frage kann ich nicht einfach mit ›Für‹ oder ›Gegen‹ beantworten«, erwiderte er. »Anfangs war ich für Hitler. Mit der Zeit bröckelte meine Begeisterung ab. Am Schluß kam sogar Auflehnung hinzu. Es wäre jedoch eine Lüge, wenn ich behaupten würde, gegen Hitler gewesen zu sein.«

»Eine hypothetische Frage: Wenn Sie in der Zeit, da Sie sich gegen Hitler aufgelehnt haben, in der Lage gewesen wären, ihn zu töten: Hätten Sie es getan?«

»Nein«, antwortete Robert ohne zu zögern.

»Und warum nicht?«

»Da gibt es mehrere Gründe. Erstens fehlt mir alles, was einen Brutus ausmacht. Zweitens war meine Auflehnung nie groß genug, um einen Mord begehen zu können. Drittens würde mich der Gedanke an das, was sich für die Soldaten an der Front daraus hätte entwickeln können, selbst dann noch abgehalten haben, wenn meine Auflehnung übergroß geworden wäre. Womit ich auf den ersten Punkt zurückkomme: Mir fehlt alles, was einen Brutus ausmacht.«

Der General zwirbelte seinen Bart. »Wie ich hörte, hatten Sie führende Persönlichkeiten zu fliegen.«

»Ja, Sir.«

»Was waren das für Menschen?«

»Sie waren eigentlich genau so unterschiedlich wie Sie und ich.«
»Und worin unterscheiden wir uns?«
»Zumindest darin, daß Sie die Fragen stellen.«
Der General geruhte zu lachen. »Have a drink?«
Jeff blinzelte Robert zu.
Der atmete auf. »Thank you, Sir.«

Drei Tage dauerte es, bis Detlef Miller seine Entlassungspapiere erhielt. Während dieser Zeit wartete Robert sehnsüchtig darauf, daß ihn der General, mit dem er noch zweimal zusammentraf, auf die in Aussicht genommene Tätigkeit ansprechen würde. Aber nichts dergleichen geschah. Ihn würde das bedrückt haben, wenn sein britischer Freund ihm nicht nachdrücklich erklärt hätte, daß alles gut laufe und die Einstellungserlaubnis bereits beantragt worden sei.

»Bis zum Eintreffen des Bescheides werden natürlich Wochen vergehen«, hatte er erklärt und tröstend hinzugefügt: »Es eilt ja nicht. Der General tritt sein Kommando in Indien frühestens im November an.«

Auf der Fahrt nach Hamburg, zu der Robert und Detlef am nächsten Morgen starteten, kamen sie immer wieder auf Jeff Brighton und den General zu sprechen.

»Mir ist es unbegreiflich, wie gnädig man mit uns umgeht«, sagte Detlef, als sie durch die Lüneburger Heide fuhren. »Ich meine nicht mit uns persönlich, sondern ganz allgemein.«

»Darüber denke ich schon seit Tagen nach«, erwiderte Robert. »Und ich bin zu einem frappierenden Ergebnis gekommen. Mir scheint, daß wir das menschliche Verhalten unserer einstmaligen Gegner nur bestaunen, weil wir jahrelang von einer Propaganda berieselt wurden, die alles Nichtdeutsche in den Dreck zog.«

Detlef beugte sich vor, um sich eine Zigarette anzuzünden. »Möglich, daß uns das beeinflußt hat. Doch wie es auch sein mag: Es ist ein Segen, daß die Angelsachsen keine Rachegelüste zeigen. Um meine Eltern mache ich mir keine Sorgen mehr.«

»Ich denke, die waren nicht in der Partei.«

»Bewohnen aber ein neiderweckend schönes Haus, das direkt an der Alster liegt. Wenige Tage bevor wir uns trafen, führte ich mit ihnen ein letztes Telefongespräch. Da war das Haus noch unversehrt.«

»Dann wird es das auch geblieben sein«, sagte Robert. »Meines Erachtens wurde Hamburg nicht mehr bombardiert.«

Trotz der hieraus resultierenden Zuversicht raubte es beiden den Atem, als sie nach Überfahren der erstaunlicherweise unversehrt gebliebenen Elbbrücken einem endlos erscheinenden Ruinenmeer entgegenfuhren. Nur wenige Menschen waren zu sehen. Orientierungsmöglichkeiten gab es nicht. Sie wurden auch nicht benötigt, da lediglich ein paar geräumte Straßen in die Stadt führten. Erst in der Nähe des Hauptbahnhofes fand Robert sich wieder zurecht. Dort standen noch viele Gebäude.

Sie erreichten die Außenalster. Das Hotel Atlantic war unversehrt. Auch das Haus, in dem der Fliegerbund untergebracht gewesen war. Die Straßen rund um die Alster schienen weitgehend verschont geblieben zu sein. Das Gebäude, in dem Robert und Harald gewohnt hatten, war allerdings zerstört. Die Pension Prem, in der Carla einstmals abgestiegen war, existierte noch.

Dort werde ich versuchen zu übernachten, dachte Robert und sagte an den Freund gewandt: »Unsere Abschiedsstunde naht!«

Detlef sah ihn verständnislos an. »Was soll das heißen?«

»Daß ich dich daheim absetzen und verschwinden werde, sobald feststeht, daß deine Eltern nicht ausquartiert wurden.«

»Bist du übergeschnappt? Es ist doch selbstverständlich . . .«

»Eben nicht!« unterbrach ihn Robert. »Nicole hat mir einmal gesagt: ›Nicht Detlef ist mein Problem. Mit ihm werde ich mich immer verstehen. Was mich bedrückt, ist die Enttäuschung, die ich seinen Eltern bereiten muß. Sie leben in dem Gedanken, daß ich zu ihnen gehöre . . .‹ So, und nun denke nach. Solltest nicht auch du zu der Überzeugung kommen, daß deine Rückkehr keinesfalls der geeignete Augenblick ist, deinen Eltern den Zukünftigen der Frau vorzustellen, die sie wie eine Tochter aufgenommen haben und als deine Braut erachten?«

Detlef rieb sein Kinn. »Daran habe ich nicht gedacht.«

Robert reichte ihm einen Zettel. »Ich habe dir die Anschrift meiner Eltern notiert. Nicole habe ich gebeten, mir dorthin zu schreiben. Tu das gleiche, sobald die Post wieder funktioniert. Ich werde mich bemühen, dich auf dem laufenden zu halten. Sollte es mit Indien klappen, dann komme ich auf jeden Fall vorher noch mal zu dir.«

»Ist das ein Versprechen?«

Robert hielt Detlef die Hand hin.

Der ergriff sie. »Und ich erkläre mich bereit, dermaleinst den Trauzeugen zu spielen.«

»Du würdest wirklich . . .?«

»Schon wegen Nicole. Schreib's ihr. Es wird sie erleichtern.«

In der Frühe des nächsten Morgens verließ Robert Schroeder Hamburg, um über Schloß Rheinberg, wo er seinen Schwager anzutreffen hoffte, nach Berchtesgaden zu fahren. Benzin stand ihm in ausreichendem Maße zur Verfügung, da Jeff Brighton Weisung gegeben hatte, ihm den Tank und die vier mitgeführten Kanister aufzufüllen. Die Fahrt aber wurde zur Tortur. In erster Linie, weil Robert Schroeder sich von den ›Anhaltern‹, die er mitnahm, endlose Leidensgeschichten anhören mußte. Sie waren durchweg so scheußlich, daß er ihren Wahrheitsgehalt anzweifelte. Nicht zuletzt, weil fast alle behaupteten, eingefleischte Gegner Adolf Hitlers gewesen zu sein. Wo waren bloß die Menschen, die für Hitler gestimmt hatten?

Stärker noch deprimierte ihn der Anblick der zerstörten Städte. Münster, Düsseldorf und Köln erschütterten ihn. In ihren Zentren gab es Bezirke, die völlig dem Erdboden gleichgemacht waren. Überall irrten Menschen umher, die ihr letztes Hab und Gut fortschleppten. Sie strebten dem Wohnsitz von Verwandten oder Bekannten entgegen – Zielen, von denen sie hofften, daß sie noch existierten. Armselige Hoffnung trieb sie ins Ungewisse.

Am Nachmittag des zweiten Fahrtages erreichte Robert Schroeder Rheinberg. Als erstes suchte er Carlas Ruhestätte auf. Unterwegs hatte er einen kleinen Blumenstrauß erstanden. Der Waldfriedhof mutete ihn wie eine Oase des Friedens an. Die Gräber waren gepflegt. Sträucher und Bäume prangten in frischem Grün.

Da Robert keine Vase hatte, drückte er die Blumen in die Erde. Dann setzte er sich auf die Umfriedung der Grabstätte und hielt Zwiesprache mit Carla. Daß seine Gedanken dabei auch zu Nicole hinüberwanderten, empfand er weder als unpassend noch als störend.

Nachdem er wohl eine halbe Stunde an der Gruft gesessen hatte, erhob er sich, sagte Carla ein stilles Adieu und fuhr zur ehemaligen Besitzung ihres Vaters. Auf dem Weg dorthin erkannte er schon von weitem, daß er Harald nicht antreffen würde. Am Parktor war ein Schlagbaum errichtet, vor dem ein englischer Posten stand. Er fuhr an ihn heran und fragte: »Können Sie mir sagen, wo sich der Eigentümer dieses Hauses aufhält?«

Der Soldat schüttelte den Kopf. »Warum wollen Sie das wissen?«

»Das Anwesen gehört meinem Schwager.«

»Moment.« Der Posten griff nach dem Hörer eines Feldtelefons, das am Auflagepfosten des Schlagbaumes hing. »Ich werde den Wachhabenden fragen.«

Robert Schroeder bedankte sich.

Eine Weile kurbelte der Soldat vergeblich. Dann sagte er: »Der diensttuende Offizier wird Bescheid wissen. Melden Sie sich bei ihm.«

Bilder aus vergangenen Tagen drängten sich Robert Schroeder auf, als er durch den Park dem Haus entgegenfuhr, vor dem, säuberlich ausgerichtet, eine Kolonne von Militärfahrzeugen stand.

Der Offizier vom Dienst begrüßte ihn distanziert. Als er erfuhr, daß er einen Verwandten der Familie von der Heid vor sich hatte, sagte er wesentlich verbindlicher: »Wait a minute. Wahrscheinlich möchte der Kommandeur Sie sprechen.«

Seltsam, dachte Robert Schroeder. Er konnte sich nicht vorstellen, was man von ihm wollte.

Der Offizier begab sich in den Nebenraum und kehrte bald darauf zurück. »Ich vermutete richtig. Der Colonel erwartet Sie.«

Er folgte dem Briten durch das Kaminzimmer zur Terrasse.

Der Kommandeur blickte ihm mit undurchdringlicher Miene entgegen. »Sie sind ein Schwager von Mister Harald von der Heid?« fragte er nach flüchtiger Begrüßung.

»Yes, Sir.«

»Ihre Frau fiel einem Bombenangriff zum Opfer, nicht wahr?«

»Sie sind richtig informiert.«

»Mich würde interessieren, welche politische Einstellung in diesem Haus vorgeherrscht hat.«

Robert Schroeder war auf der Hut. »Im Gegensatz zu mir und meinem verstorbenen Schwiegervater, die wir glaubten, daß Hitler unser Land zu Größe und Wohlstand emporführen würde, waren meine Frau und mein Schwager ausgesprochene Nazigegner.«

»Welche Kriterien gab es dafür?«

»Mit meinem Schwager habe ich mich oft gestritten.«

»Über politische Dinge?«

»Ausschließlich. Wir sind sehr verschieden. Mein Schwager ist Verleger, ich bin Flugkapitän. Das waren zwei Welten. Hier die von Sehnsucht erfüllte Otto Lilienthals, dort jene kämpferische des Carl von Ossietzky.«

»Ossietzky? Wer ist das?«

Robert Schroeder genoß die Frage. Er, der einstmals in Paris in den Boden hätte versinken mögen, weil ihm Ossietzky ein Unbekannter gewesen war, konnte nun antworten: »Carl von Ossietzky war Herausgeber der ›Weltbühne‹. Auf Geheiß Hitlers durfte er den ihm verliehenen Nobelpreis nicht annehmen. Gestorben ist er im KZ.«

Die Lippen des Colonels spannten sich. »Ihr Schwager war politisch engagiert?«

»Das wäre zuviel gesagt.«

»Aber er hat der Partei nicht angehört.«

»Das entzieht sich meiner Kenntnis. Mit Gewißheit vermag ich nur zu sagen, daß er ein Gegner des Regimes war. Sollte er jedoch, was ich mir nicht vorstellen kann, in die Partei eingetreten sein, dann sicherlich aus taktischen Gründen.«

Der Kommandant preßte ein unwilliges »Thank you!« hervor und ließ seinen Gesprächspartner wie einen Domestiken stehen.

Meine Antworten haben ihm nicht gepaßt, registrierte Robert Schroeder mit Genugtuung und kehrte in das Kaminzimmer zurück, in dem er oft mit Carla gesessen hatte. Einen Moment blieb er stehen und prägte sich jeden Gegenstand nochmals intensiv ein. Dann begab er sich zum diensthabenden Offizier und fragte ihn wie beiläufig: »Bekomme ich von Ihnen die Adresse meines Schwagers?«

Der Brite reichte ihm einen Zettel. »Ich habe seine Anschrift bereits notiert. Bonn. Koblenzer Straße.«

»Herzlichen Dank«, sagte Robert Schroeder und beeilte sich fortzukommen.

Die Strecke nach Bonn war nicht weit. Es gelang ihm mühelos, noch vor Anbruch der Dunkelheit das Haus zu erreichen, in dem Harald untergekommen war. Typisch für den Schwager war, daß er nicht eine Etagenwohnung, sondern eine Villa bewohnte, von der er lediglich dem Direktor eines großen Unternehmens zwei Zimmer abgetreten hatte. Wie in Gönnerlaune hatte er ihm darüber hinaus gestattet, gelegentlich seinen Empfangssalon zu benutzen. Alle anderen Räume, zehn an der Zahl, beanspruchte er für sich, Mira und den Verlag, den er in Bonn weiterzuführen gedachte. Alte Geschäftsunterlagen fehlten ihm zwar, aber das wirkte sich vorteilhaft aus. Er konnte behaupten, was er wollte.

Robert brauchte lange, um sich zurechtzufinden. Harald lebte in Saus und Braus. Seine Verurteilung wegen Devisenvergehens, die er sich durch den Ankauf des finnischen Papiers eingehandelt hatte, war von ihm in eine Handlung wider das Naziregime umgemünzt worden, und als ›Verfolgter‹ hatte er sich konsequenterweise das Haus eines ehemaligen Parteibonzen zusprechen lassen. Er besaß auch schon eine von den Engländern erteilte Lizenz zur Führung eines Verlages und verfügte bei zwei angesehenen Banken über Konten und einen ›Personalkredit‹ in Höhe von zwei- beziehungsweise dreihunderttausend Mark. Wertvolle Bilder, die auf Schloß Rheinberg hingen, hatte er als Sicherheit angeboten. Ein renommiertes Delikatessengeschäft, dessen Schaufenster keinerlei Waren aufwies, belieferte ihn zu Schwarzmarktpreisen mit Pall Mall und Johnnie Walker, Lyons-Kaffee und Cadbury-Schokolade, Corned beef, Libby's Conserven, Robertson's-Marmeladen und was es sonst an Wünschenswertem aus britischen Heeresbeständen gab. Er selbst spielte den ›kultivierten‹ Morphinisten, der sich mit zwei Spritzen am Tage begnügt.

Außer Rand und Band geriet er, als Robert bei ihm erschien. Überschwenglich umarmte er den Schwager und riß ihn mit sich herum. »Du bist der erste, der hier aufkreuzt. Das müssen wir feiern. Ich habe glücklicherweise gerade einige Flaschen ›Cuvée 06‹ erhalten. Unser Jahrgang! Spitzenklasse! He, Mira! Bring schnell eine ›Null sechs‹!«

Robert begrüßte Haralds Geliebte, Haushälterin und was sie sonst sein mochte, und er wunderte sich über ihr gutes Aussehen. Sie war nicht mehr das bedauernswerte Mädchen der vergangenen Jahre. Fast damenhaft wirkte sie. Er machte ihr unwillkürlich ein Kompliment, was sie leider prompt verleitete, sich keß zu geben. Und dann dauerte es nicht lange, bis Lüsternheit durchschimmerte.

Schade, dachte Robert. Dennoch rebellierten seine Sinne. Ihm fehlte eine Frau.

Harald brachte ihn in die Gegenwart zurück. »Woher hast du meine Adresse?«

»Ich ließ sie mir in Rheinberg von dem Colonel geben.«

Die Augen des Schwagers traten hervor. »Du hast ihn gesprochen?«

»Sogar sehr lange. Wir haben uns gut unterhalten, obwohl du Thema Numero eins warst.«

Harald griff nach Roberts Arm. »Was hat er wissen wollen?«

»Ihn interessierte deine politische Vergangenheit.«

Der Schwager stöhnte. »Warum mußtest du ausgerechnet nach Rheinberg fahren! Ich habe behauptet, ein Gegner Hitlers gewesen zu sein. Zu Anfang war ich das ja auch.«

»Später hast du aber um hundertachtzig Grad kehrtgemacht.«

»Mensch, bring mich nicht in Teufels Küche! Das war eine Episode, die ich längst vergessen habe.«

»Ähnlich drückte ich mich dem Colonel gegenüber aus.«

»Du hast ihm gesagt . . .?«

». . . daß du ein Gegner warst!« Robert stieß Harald vor die Brust. »Du kannst völlig unbesorgt sein! Ich merkte gleich, was los war und habe dementsprechend reagiert.«

Harald schlug Robert auf die Schulter. »Wenn wir zusammenhalten, können die uns alle . . .«

»Und wodurch bekamst du Kontakt mit den Engländern?«

»Der kam von selbst. Als die Ardennenoffensive schiefgegangen war und die Tommy bei Nimwegen antraten, habe ich Mira gesagt: ›Koffer packen, solange die Züge noch gehen. Wir kehren nach Rheinberg zurück. Dann haben wir den Kladderadatsch hinter uns.‹ Und so war es. Die Brücke bei Remagen fiel den Amerikanern in die Hand. Später, nachdem die Briten bei Wesel den Übergang erzwungen hatten, erschienen sie auch bei uns. Unter ihnen der Colonel, dem ich Haus und Keller anbot. Natürlich habe ich ein bißchen angegeben. Flucht von Berlin an den Kochelsee. Dort untergetaucht, bis offensichtlich wurde, daß die Alliierten das linksrheinische Gebiet besetzen würden. Mich dorthin abgesetzt und – endlich befreit. Was sagst du dazu?«

»Lieber nichts.«

»Mensch, hab' dich nicht so! Durch mich wurde niemand geschädigt.

Und nun baue ich einen neuen Verlag auf, der sich speziell englischen und amerikanischen Autoren zuwenden wird. Ich unterstütze also die von den Alliierten gewünschte ›re-education‹ des deutschen Volkes. Beachtlicher Vorteil bei der Geschichte: Das Honorar der Autoren geht zu Lasten der Militärregierung!«

»Du brauchst kein Honorar zu zahlen?«

»Lediglich eine minimale Pauschale. Englische und amerikanische Schriftsteller werden gewissermaßen subventioniert.«

»Und was wird aus den deutschen Autoren?«

»Die werden ihre Blut-und-Boden-Romantik an den Nagel hängen und umdenken müssen. Re-education!«

Robert kotzte es plötzlich an. Seit Tagen hatte es ihm zugesetzt, daß er in einem auffälligen Sportwagen an Menschen vorbeifuhr, die sich wer weiß wie abrackerten, um ihre letzten Habseligkeiten in Sicherheit zu bringen. Nun schämte er sich in Grund und Boden. Bestimmt hatten alle, die ihn sahen, etwa das gedacht, was er seinem Schwager in diesem Moment am liebsten ins Gesicht geschrien hätte.

»Jetzt mußt du aber von dir erzählen«, fuhr Harald in bester Laune fort. »Wie hast du es bloß hingedreht, daß du in deinem Wagen herumkutschieren darfst?«

Robert war die Lust vergangen, von sich zu berichten. Er tat es nur widerwillig, kam jedoch in Schwung, als er von der Möglichkeit berichtete, eine Anstellung in Indien zu erhalten.

Harald war außer sich. »Ich glaube, du bist übergeschnappt. In Indien sind Seuchen und Katastrophen an der Tagesordnung! Mach endlich Schluß mit der Fliegerei und komm zu mir in den Verlag. Durch Carlas Einlage bist du ohnehin beteiligt.«

»Ich weiß. Aber solange ich fliegen kann, werde ich fliegen!«

Haralds Stimme wurde beschwörend. »Du machst den größten Fehler deines Lebens. Bei mir kannst du dir eine goldene Nase verdienen. Meine Tage sind gezählt. Ich spüre, daß es mit mir zu Ende geht. Du hast dann den Laden für dich und kannst ein prächtiges Leben führen!«

Im Geiste sah Robert Nicole vor sich. Wenn er Haralds Wunsch entsprach, würde er in absehbarer Zeit heiraten können. Er durfte das Angebot nicht einfach ausschlagen.

Harald hob sein Glas. »Überlege es dir gut. An dem Tag, da das Geld seinen Wert zurückerhält, bin ich wieder ein vermögender Mann.«

»Du rechnest damit, daß wir eine neue Währung bekommen?«

»Das ist so gewiß, wie das Amen in der Kirche. Nur über den Zeitpunkt läßt sich noch nichts sagen.«

»Und was wird aus unseren Ersparnissen?«

»Ich rechne mit einer Abwertung im Verhältnis von hundert auf zwanzig. Vielleicht auch auf zehn. Das klingt schlimmer als es ist; denn wir werden in jedem Falle besser dran sein als heute. Zur Zeit muß man für eine Schachtel Zigaretten hundert Mark zahlen. Wenn wir für hundert alte Mark aber zwanzig oder zehn neue erhalten, können wir damit, je nach Abwertung, zwanzig oder zehn Schachteln Zigaretten kaufen. Es wird uns also besser gehen.«

»Das ist doch eine Milchmädchenrechnung«, widersprach Robert. »Wenn ich für hunderttausend ersparte Mark zwanzig- oder gar nur zehntausend in neuer Währung erhalte, kann ich mir kein Haus bauen. Für hunderttausend hätte ich das gekonnt.«

»In Friedenszeiten! Heute gelten Schwarzmarktpreise. Du scheinst noch nicht umgeschaltet zu haben.«

»Und wieso wirst du an dem Tage, da das Geld seinen Wert zurückerhält, wieder ein vermögender Mann sein?«

Harald beugte sich vor. »Die Sache ist relativ einfach. Man muß nur jonglieren können. Damit ich das kann, habe ich aus meiner Kriegsproduktion vorsorglich einige hunderttausend Bücher – Boccaccio, Casanova und dergleichen – in Bayern eingelagert. Wenn ich meinem Kommissionär nun fünfundsechzig Prozent Rabatt einräume, wird er mir den Posten für rund vierhunderttausend Mark abnehmen. Für diesen Betrag kaufe ich dann mit einem von der Militärregierung ausgestellten Zuteilungsschein eine entsprechende Menge Papier, das ich mit den Romanen ausländischer Autoren bedrucken lasse. Diese Bücher verkaufe ich aber nicht. Ich stoße sie erst nach Verkündung der neuen Währung ab und erhalte auf diese Weise für das investierte alte Geld den gleichen Betrag in neuer Währung.«

In dubiosen Dingen entwickelt er geniale Züge, dachte Robert und sagte: »Eins ist mir bei der Geschichte nicht klar. Wovon lebst du bis dahin?«

Harald grinste. »Vom Verkauf diverser Wertgegenstände zu Schwarzmarktpreisen. Ich habe dieser Tage für das Gemälde eines relativ unbedeutenden holländischen Malers hunderttausend Mark kassiert. Bilder stehen auf Schloß Rheinberg ja reichlich zur Verfügung. Der Spleen des Alten Herrn fängt an sich auszuzahlen.«

Ich sollte versuchen, meine Ersparnisse bei ihm unterzubringen, schoß es Robert durch den Kopf. »Könntest du für mich ebenfalls Papier im Werte von hunderttausend Mark kaufen?«

Der Schwager lachte. »Dafür würde ich keinen Bezugsschein erhalten. Den bekommt man nur im Rahmen des nachgewiesenen Umsatzes eines lizensierten Unternehmens. Darum das Zwischengeschäft.«

»Schade. Ich hatte schon gehofft, etwas Geld retten zu können.«

Harald spitzte die Lippen. »Die Möglichkeit ist durchaus gegeben.

Wenn du mich nach Stuttgart zu meinem Kommissionär fährst, trete ich dir die gewünschte Menge Papier ab.«

»Und woher soll ich das Benzin für die Fahrt nehmen?«

»An der Ausfahrt nach Köln gibt es eine Garage, in der alles zu bekommen ist: Benzin, Öl, Reifen, Kaffee, Uhren – sogar Brillanten.«

»Und du würdest wirklich hunderttausend für mich anlegen?«

»Jederzeit. Vielleicht kann ich dich auf diese Weise doch noch für den Verlag gewinnen. Ich brauche dich!«

»Abgemacht«, sagte Robert. »Wenn sich meine Indienpläne zerschlagen sollten, komme ich auf dein Angebot zurück.«

Fast eine Woche hielt sich Robert in Bonn auf. Harald benötigte diese Zeit, um eine Reisegenehmigung nach Stuttgart zu erhalten. Bonn lag in der britischen Zone, Stuttgart in der amerikanischen. Es war nicht mehr leicht, durch Deutschland zu reisen.

Mira, für die Harald keine Reisegenehmigung beantragt hatte, wollte dies nicht wahrhaben. Sie war der Auffassung, Robert habe die Beschaffung des Passierscheines für sie hintertrieben, und sie hatte recht damit. Er wollte sie aus mancherlei Gründen nicht mitnehmen und hatte Harald gebeten, die Genehmigung nur für sich selbst einzuholen. Ihr wurde das zwar verschwiegen, aber sie machte sich ihren Reim und nahm sich vor, es Robert heimzuzahlen.

Vorerst fand sie keine Gelegenheit dazu; denn im Anschluß an die zweitägige Reise nach Stuttgart, die Harald den gewünschten geschäftlichen Erfolg brachte, hielt er sich nur noch einen Abend in Bonn auf und startete dann in Richtung Berchtesgaden.

»Überlege es dir dreimal, bevor du nach Indien gehst«, beschwor ihn der Schwager ein letztes Mal. »Gemeinsam können wir Großes auf die Beine stellen. Gerade jetzt . . .«

Robert hob abwehrend die Hände. »Fang nicht wieder von vorne an.«

Harald machte eine hilflose Geste. »Die Sache liegt mir halt sehr am Herzen.«

»Das weiß ich.«

»Vergiß nicht, das Geld mitzubringen, das ich für dich anlegen soll.«

»Darauf kannst du dich verlassen. Ich möchte nur den Bescheid von Detmold abwarten. Sobald der vorliegt, hebe ich den Betrag in Saalfeld ab.«

»Beeilen brauchst du dich nicht. Noch ist ja kein Papier zu bekommen. Bis alles anläuft, werden Monate vergehen.«

»Hoffentlich ist Mira dann weniger kratzbürstig.«

»Das gibt sich wieder. Ganz schuldlos bist du übrigens nicht. Du warst verdammt abweisend. Sie poussiert nun mal gerne ein bißchen. Mit der Zeit werdet ihr euch aber schon verstehen. Mit Dorkas hat's damals ja auch geklappt.«

»Hoffen wir das Beste.«

»Apropos Dorkas. Such sie baldmöglichst auf. Ich muß wissen, wie es ihr geht.«

»Mach dir keine falschen Hoffnungen«, warnte Robert. »Sankt Gilgen liegt in Österreich. Über die Grenze werde ich nicht fahren dürfen.«

»Versuch es dennoch.«

Robert war froh, als er die Autobahn erreichte. Abgesehen von den zerstörten Brücken, die überall umfahren werden mußten, bot die Strecke keine Schwierigkeiten. Bis München brauchte er durch keine Trümmerstadt zu fahren, und bis dahin würde ihn auch nicht das niederschmetternde Bild der Flüchtlinge belasten. Sie durften sich auf den Autobahnen nicht blicken lassen. Nur an den Einfahrten warteten sie gottergeben darauf, mitgenommen zu werden.

An diesem Tage nahm Robert Schroeder einen alten Mann mit, der ihm Glück brachte. Als er ihn nach einer Fahrt von einigen hundert Kilometern kurz hinter dem provisorischen Enzübergang bei Pforzheim absetzte, sah er wenige Meter voraus ein amerikanisches Benzindepot. Wenn ich jetzt umfülle, komme ich durch bis Berchtesgaden, sagte er sich und fuhr zur Tankstelle, um das Umfüllen nicht am Straßenrand vornehmen zu müssen. Vorsorglich zeigte er dem diensttuenden ›GI‹ die Bescheinigung, derzufolge er vier Kannen amerikanisches Benzin im Wagen mit sich führen durfte.

»Okay.« Der Soldat winkte ihn an die Zapfstelle heran.

Im ersten Moment wollte Robert Schroeder das Mißverständnis aufklären, doch dann schaltete er blitzschnell um.

Der Amerikaner steckte den Einfüllstutzen in den Tank des Wagens. »Das wäre der richtige Flitzer für mich.«

»Und dann mit 'ner Puppe ins Freie, wie?«

»Oah, Mann, ich werde schwach!«

Als Robert Schroeder aus dem Depot herausfuhr, pfiff er vergnügt vor sich hin. Kostenlos hatte er sich den Tank füllen lassen! Die Welt sah plötzlich rosig aus. Ob er auch anderswo Benzin bekommen würde? Versuchen sollte er es. Einfach vorfahren und die Bescheinigung zeigen. Klappte es, okay, dann konnte er wieder ein Liedchen pfeifen. Wenn nicht, dann füllte er eben einen seiner Kanister um.

Robert Schroeder fiel es auf der Weiterfahrt schwer, an amerikanischen Tankstellen nicht anzuhalten. Eine Art Spielerleidenschaft hatte ihn befallen. Es reizte ihn, das Glück zu versuchen. Er fuhr deshalb, als er München erreichte, wie selbstverständlich an eine Zapfsäule heran, stieg aus und sagte: »Bevor es in die Stadt geht, möchte ich den Tank noch füllen.«

Der Amerikaner, es war diesmal ein Neger, blickte auf die seitlich am Wagen angebrachte Beschriftung: ›On Official Military Business‹.

»Here is my permit«, sagte Robert Schroeder und übergab die vielleicht ein wenig mißverständlich formulierte Bescheinigung.

Der Neger reichte das Papier zurück. »Geht in Ordnung.«

Wieder wurde der Tank anstandslos gefüllt.

Das wird meine Masche, schwor sich Robert Schroeder, als er in die Stadt hineinfuhr. Seine gute Laune aber verlor er schon bald wieder. Noch bevor er das Zentrum erreichte, fand er sich nicht mehr zurecht. Das Ausmaß der Zerstörung überstieg alle Vorstellungen. Doch dann erkannte er den ›Stachus‹. Mit Carla war er über diesen Platz gegangen. Vom ›Leinfelder Hof‹ existierte nur noch der Unterbau. Er folgte der Straße zum Rathaus, in dem einst ihre Trauung stattgefunden hatte. Es war zum Teil beschädigt. Verheerend aber sah es ›Im Tal‹ aus. Dort waren Geleise gelegt, um die Trümmer mit einer Kleinbahn fortschaffen zu können. Zum ersten Mal sah er einen Bagger, der die Mauern ausgebrannter Häuser kurzerhand umstieß. Der Schutt wurde aber nicht einfach abtransportiert. Ganze Kolonnen waren damit beschäftigt, den Mörtel von den Steinen abzuklopfen und die so wieder verwendbar gemachten Ziegel zu stapeln.

Ein Jahrhundert wird vergehen, bis die Schäden beseitigt sind, dachte Robert Schroeder bedrückt. Über das ›geschnorrte‹ Benzin konnte er sich nicht mehr freuen. Was nützte ein gefüllter Tank in einer Welt, die voraussichtlich erst in Ordnung gebracht sein würde, wenn er nicht mehr unter den Lebenden weilte?

Nie aufgeben, hatte ihm sein Fluglehrer eingebleut. Es gibt immer ein Feld, in das man hineinlanden kann. Auch wenn es knapp wird. Dann scheppert es eben. Hauptsache, das Leben ist gerettet. Mit etwas Glück ist alles zu schaffen.

Robert Schroeder hatte keinen Grund zu verzagen. Das Glück stand auf seiner Seite. Er hatte es nie ganz leicht, aber auch nie besonders schwer gehabt. Wenn er die Eltern gesund antraf . . .

Im Grunde genommen machte er sich keine Sorge um sie. Auch nicht um Nicole, nach der er sich mit jedem Tage stärker sehnte. Wieviel Monate mochte es dauern, bis er die erste Nachricht von ihr erhalten würde? Wieviel Zeit würde vergehen, bis er sie wieder in die Arme schließen konnte? Es mußte ihm gelingen, den Job in Indien zu erhalten. Bestimmt würde er Nicole dann mitnehmen können.

Spät abends erreichte er Berchtesgaden. Seit vierzehn Stunden saß er hinter dem Steuer. Er war deshalb froh, als ein junger Einheimischer, den er nach dem Bauernhaus fragte, in dem seine Eltern untergekommen waren, temperamentvoll erklärte:

»Sie, i muaß auf Königssee. Wann S' mi mitnehmen taten, kunnt i 's Eahna zeigen.«

»Dann steigen S' ein, Herr Nachbar«, sagte Robert Schroeder aufgekratzt, und schon zehn Minuten später pochte er an die Tür des gesuchten Hauses. Er war allerdings nicht mehr davon überzeugt, die Eltern anzutreffen; denn an der Haustür prangte ein Schild mit dem Hinweis ›Off Limits‹. Ehemaligen Nazis wurde dieser Schutz gewiß nicht gewährt.

Er täuschte sich. Die Bäuerin, die ihm öffnete, wurde ganz aufgeregt, als er seinen Namen nannte. »Jessas!« rief sie und schrie zur oberen Etage hinauf: »Frau Schroeder! Frau Schroeder! Ihr Sohn ist da!«

Robert rannte die Stiege empor.

Was folgte, war ein nicht enden wollendes Umarmen, Stammeln, Schluchzen und Küssen. Und dann entspann sich ein Dialog, der in seiner Art typisch war.

»Wo kommst du zu so später Stunde her?« fragte die Mutter und schob ihren Sohn in den Wohnraum. »Ja, schau dich nur um«, fügte sie vielsagend hinzu, als sie sah, daß er die Einrichtung musterte. »Wir sind kleine Leute geworden.«

»Seid froh, daß ihr ein Dach über dem Kopf habt!«

Der Vater klopfte ihm auf die Schulter. »Ein Glück, daß du da bist.«

Mutter Schroeder wußte sich nicht zu beherrschen. »Stell dir vor, Gerd war hier! Mit einem großen amerikanischen Wagen und zwei Chauffeuren!«

Robert sah sie ungläubig an.

Der Vater lachte. »Da staunst du, was? Uns ging es im ersten Moment nicht anders. Es ist sagenhaft, was Gerd vollbracht hat. Die Amerikaner verhätscheln ihn. Ich kann das verstehen. Sie wissen, was sie an ihm haben.«

Robert schüttelte sich. »Ich verstehe nur noch Hosianna.«

»Wir waren zunächst auch total verwirrt. Erst als Gerd uns die Zusammenhänge geschildert hatte ... Hochinteressant, sage ich dir. Hochinteressant!«

»Vielleicht ist er im Augenblick schon in Japan«, sagte die Mutter. »Er war jedenfalls auf dem Sprung dorthin.«

»Jetzt übertreibst du«, widersprach der Vater. »Von ›auf dem Sprung sein‹ war nicht die Rede. Gerd sagte lediglich, es bestünde die Möglichkeit, daß er eventuell ...«

»Das ist doch dasselbe«, unterbrach Mutter Schroeder ihren Mann. »Entscheidend ist, daß Gerd Unglaubliches vollbracht hat.«

»In welcher Hinsicht?«

»Das ist schnell gesagt«, antwortete der Vater und forderte den Sohn auf, Platz zu nehmen. »Gerd hat dafür gesorgt, daß der Plan des Verbrechers Hitler, aus Oberitalien eine Trümmerstätte zu machen, nicht in die Tat umgesetzt werden konnte.«

Robert war verblüfft. »Des Verbrechers Hitler, hast du gesagt?«

Der Vater setzte sich in Positur. »Es ist doch unglaublich, wie er uns belogen und betrogen hat. Und als er nicht mehr weiter wußte, heiratete er ein Flittchen und schoß sich eine Kugel in den Kopf, anstatt das Vaterland zu verteidigen.«

»Es ist schlimm, wie Hitler uns hinters Licht geführt hat«, echote die Mutter. »Aber davon wollen wir jetzt nicht reden. Erzähle, wie es dir ergangen ist. Von Conrad haben wir leider noch nichts gehört. Ich bete jeden Morgen für den Jungen.«

»Du betest?«

»Das habe ich immer getan!« wies ihn die Mutter zurecht. »Immer! Auch wenn ich aus naheliegenden Gründen nie darüber gesprochen habe. Es war ja verpönt, gläubig zu sein und in die Kirche zu gehen. Doch nun berichte. Und wenn ich bitten darf, auch von Nicole.«

Robert stutzte. »Woher wißt ihr von ihr?«

»Gerd hat uns informiert.«

»Der mußte natürlich Zeitung spielen.«

»Gott sei Dank! Von dir erfährt man ja nichts.«

»Ich hätte euch schon eingeweiht. Vorher waren nur noch einige Dinge zu klären.«

Der Vater räusperte sich. »Nennt man es neuerdings ›einige Dinge klären‹, wenn man einem Freund und Frontsoldaten die Braut wegnimmt?«

Robert stieg das Blut in den Kopf. »Hast du schon wieder ein Urteil gefällt?«

»Über jemanden, dem die Braut eines Freundes nicht tabu ist, braucht man kein Urteil zu fällen. Der richtet sich selbst!«

»Und was sagst du, wenn jener Freund und Frontsoldat volles Verständnis für den Sinneswandel seiner Verlobten hat und sich sogar als Trauzeuge anbietet?«

»Dann ist er ein Trottel!«

»Hauptsache, du bleibst der liebe Gott und richtest im alten Stile.«

Die Mutter rang die Hände. »Ich flehe euch an! Kaum seid ihr zusammen, da streitet ihr schon wieder.«

»Ich habe nicht angefangen«, verteidigte sich Robert.

»Nun gut«, sagte der Vater. »Bleiben wir sachlich. Du hast also mit deinem Freund gesprochen?«

»Ja. Und danach habe ich ihn nach Hamburg gebracht.«

Nun war es an den Eltern, verblüfft zu sein. »Du hast noch dein Flugzeug?«

»Nein, aber meinen Wagen. Er steht unten vor der Tür. Ich komme heute von Bonn, wo ich acht Tage bei Harald gewohnt habe. Aber das muß ich euch im Zusammenhang erzählen.«

»Mama«, sagte der Vater, »ich glaube, wir kommen heute spät ins Bett. Eine Tasse Kaffee dürfte nicht schaden.«

Während die Mutter einen Tauchsieder einschaltete und der ein wenig versöhnte Vater sich genüßlich seine Pfeife anzündete, begann Robert zu berichten, wie er die Zeit seit dem Einmarsch der Amerikaner verbracht hatte.

Seine Schilderung übte eine höchst seltsame Wirkung auf die Mutter aus. In ihrer Phantasie verdrehte und überbewertete sie alles. Sie gelangte zu der Überzeugung, daß ihr und ihrem Mann nichts mehr passieren könne. Ihr Sohn Gerd hatte zum Wohle der Menschheit mit den Amerikanern zusammengearbeitet. Robert war mit ihm heimlich nach Lissabon geflogen, um sich dort mit einem englischen Piloten zu treffen. Conrad hatte sich so ungestüm gegen die Machenschaften der Naziregierung aufgelehnt, daß er in das KZ Oranienburg eingeliefert und später einem Strafbataillon zugeteilt worden war. Auch ihr Mann und sie selbst konnten ihre gegnerische Einstellung zum Dritten Reich dokumentieren. Oder besagte es nichts, daß sie einem Juden für die von ihm erworbene Fabrik unaufgefordert eine Nachzahlung von fünfzigtausend Mark zugeschanzt hatten? Diese Transaktion, so hörte Mutter Schroeder sich im Geiste schon plädieren, habe sie im vollen Einvernehmen mit ihrem Manne vorgenommen. Offiziell habe er freilich nichts davon wissen dürfen, weil er den Betrag sonst hätte verbuchen müssen. Dann wäre herausgekommen, daß sie einem Juden Unterstützung gewährten. Daß ihr Mann Parteirichter gewesen sei, dürfe nicht überbewertet werden. Er habe den Ehrenposten in erster Linie übernommen, um seinen konträr eingestellten Söhnen eine gewisse Rükkendeckung zu verschaffen. Im übrigen habe er für Zucht und Ordnung in den Reihen derer gesorgt, die ohne Tradition aufgestiegen seien und sich dementsprechend benommen hätten.

Als Robert mit seiner Erzählung fertig war, hatte Mutter Schroeder bereits handfeste Pläne. Sie hütete sich natürlich, darüber zu sprechen. Erst sollte ihr Sohn den Brief von Nicole lesen, dann sich gründlich ausschlafen und schließlich unter ihrem Einfluß den rechten Unternehmungsgeist entwickeln. Das mit Indien waren doch Hirngespinste. Als wenn die Briten keine eigenen Piloten hätten! Wenn nicht alles täuschte, hatte die Familie Schroeder das Schlimmste überstanden.

30

Die Freude, die Robert darüber empfand, daß Nicole in ihrem Brief unmißverständlich erklärte, so früh wie möglich nach Deutschland kommen zu wollen, schlug bald in Sorge um. Alles entwickelte sich plötzlich anders, als es den Anschein gehabt hatte.

Es begann damit, daß seine Eltern von der Bayerischen Hypotheken- und Wechselbank einen niederschmetternden Bescheid erhielten. Ihnen wurde mitgeteilt, daß der Geldbetrag, den Mutter Schroeder in letzter Minute noch nach Berchtesgaden hatte überweisen lassen, und für den bereits Gutschrift erteilt worden war, durch die Wirren des Krieges bedauerlicherweise nur korrespondenzmäßig und nicht tatsächlich eingegangen sei, weshalb die erteilte Gutschrift storniert werden müsse. Für die Eltern bedeutete dies, daß sie außer einer unbedeutenden Barschaft, dem Schmuck der Mutter und den von Gerd erhaltenen fünfzig ›Vreneli‹ praktisch nichts mehr besaßen.

»Das ist die Folge eures Komplottes gegen mich!« wetterte der Vater. »Ich wäre selbstverständlich zu meiner Bank gegangen, wenn ihr mir gesagt hättet, daß ich nicht mehr nach Berlin zurückkehren würde. Nun sitzen wir fest!«

»Wir dürfen den Mut nicht verlieren«, sagte die Mutter, obwohl ihr die Hiobsbotschaft nicht minder in die Glieder gefahren war. »Irgendwann werden die Züge ja wieder fahren. Dann reist du nach Berlin und hebst vom Konto ab, was verfügbar ist. Bis dahin werden wir schon über die Runden kommen. Meinst du nicht auch, Robert?«

»Natürlich.«

Die Mutter triumphierte. »Siehst du, Vater, unser Sohn hilft uns. Er hat ja eine beachtliche Summe gespart und sein Geld glücklicherweise nach Thüringen transferiert.«

Gerade dies aber sollte ihm zum Verhängnis werden. Die Russen besetzten über Nacht das Gebiet von Sachsen und Thüringen, das ihnen in Jalta zugesprochen worden war, und die Amerikaner räumten beide Länder binnen weniger Stunden. Robert suchte sogleich den ›Transportation Officer‹ des Military Government Berchtesgaden auf, um ihn zu fragen, ob er unter den gegebenen Umständen noch nach Thüringen fahren dürfe. Der Offizier verneinte und eröffnete ihm einen Tatbestand, von dem er sich so schnell nicht erholen sollte. Danach hatten die Sowjets in allen von ihnen bis dahin besetzten Gebieten als erstes die Bankinstitute geschlossen und die bestehenden Konten gesperrt.

Noch am gleichen Abend schrieb Robert einen langen Brief an Nicole, der er in allen Einzelheiten über seine Nachkriegserlebnisse berichtete. Er wußte zwar nicht, wie er den Brief befördern sollte, war aber entschlossen, notfalls an die Schweizer Grenze zu fahren und ihn dort aufzugeben. Um jeden Preis wollte er verhindern, daß Nicole Zürich verließ, ohne sich mit ihm abgestimmt zu haben. Nachdrücklich schrieb er ihr:

Wenn ich den erhofften Job als Pilot erhalte, wird es kein Problem für mich sein, Dich und die Eltern zu versorgen. Sollten sich meine Erwartungen aber nicht erfüllen, dann dürfte es schon schwer für mich werden, mich allein durchzuschlagen. Bitte, versprich mir, in diesem Falle so lange wie möglich in der Schweiz zu bleiben. Selbst wenn es Dich hundertmal stört, daß Maja für Dein Studium und Deinen Lebensunterhalt aufkommt. Sie ist vermögend und zählt zu jenen Menschen, denen Geben und Schenken echte Freude bereitet. Außerdem werde ich eines Tages einen Ausgleich schaffen können.

Mit diesem Brief begab er sich am nächsten Morgen erneut zum Military Government, wo er, um den Transportoffizier nicht nochmals zu belästigen, einen Sergeanten unter Vorlage seines Ausweises nach der Möglichkeit einer Postbeförderung in die Schweiz befragte.

Der Amerikaner sah ihn prüfend an. »Haben Sie das Schreiben bei sich?«

»Ja«, antwortete Robert Schroeder und zog es aus seiner Brusttasche.

»Geben Sie her«, sagte der Sergeant. »Das erledigen wir auf direktem Wege.«

Robert Schroeder bedankte sich und fragte, welche Gebühren er zu entrichten habe.

»Keine«, erwiderte der Amerikaner und legte den Brief auf seinen Schreibtisch. Dann schaute er ausdruckslos hinter Robert Schroeder her, bis dieser den Raum verlassen hatte. »Verdammter Krautfresser!« knurrte er verbissen und warf das Schreiben in den Papierkorb. »Soweit kommt es noch, daß wir den Postillion spielen.«

Die Entwicklung der Dinge raubte sogar Mutter Schroeder die Spannkraft. Der Plan, den sie schon wieder geschmiedet hatte, ließ sich ohne Geld nicht in die Tat umsetzen. Die fast kindische Versessenheit der Amerikaner auf Kuckucksuhren hatte sie auf die Idee gebracht, Robert zum Einkauf eines größeren Postens in den Schwarzwald zu schicken.

Gleichzeitig sollte er prüfen, ob die im Berchtesgadener Land ansässigen Holzschnitzer nicht in die Produktion einbezogen werden könnten.

Ihr Mann hatte den Plan für gut erachtet, doch Robert wollte nichts davon wissen. Die Mutter war darüber nicht enttäuscht gewesen. Sie kannte ihren Sohn und spekulierte darauf, daß er seine Meinung ändern würde, wenn sich seine Hoffnung auf Indien zerschlug. Seit aber feststand, daß auch er über kein Geld mehr verfügte, war sie am Ende mit ihrem Latein.

Robert erging es nicht anders. Fast einen Monat saß er untätig herum. Tag für Tag hoffte er auf eine Nachricht aus Detmold, die ihm über die Berchtesgadener Militärregierung zugeleitet werden sollte. Doch nichts rührte sich. Und die Entwicklung in Deutschland wurde immer bedrückender. In Potsdam fand eine Konferenz statt, auf der Stalin, Truman und Churchill festlegten, daß Königsberg und die Nordhälfte Ostpreußens an die UdSSR, das übrige Ostdeutschland bis zur Oder-Neiße-Linie an Polen abzutreten seien. Darüber hinaus wurde die Aussiedlung aller Deutschen aus der Tschechoslowakei, Ungarn und Polen gutgeheißen, so daß innerhalb der nächsten Monate mit einem Ansturm von zehn bis fünfzehn Millionen Vertriebenen gerechnet werden mußte.

Die sich hieraus ergebende Diskussion mit den Eltern, die zumeist in Haßtiraden des Vaters gegen Gott und die Welt endeten, vergiftete die Atmosphäre und ließ Robert den Entschluß fassen, den sehnlichst erwarteten Bescheid von Jeff Brighton nicht abzuwarten, sondern auf gut Glück nach Detmold zu fahren. Er mußte heraus aus der Untätigkeit und der quälenden Sehnsucht nach Nicole.

Mutter Schroeder lebte auf, als sie hörte, daß Robert nach Detmold fahren wollte. Der doppelte Geldverlust hatte sie krank gemacht. Nun schöpfte sie neue Hoffnung. »Fahr über Münster«, riet sie ihm. »Conrads Fabrik ist zwar ausgebombt, aber der Junge verfügt über ein beachtliches Vermögen, das er zum Teil in Wertpapieren angelegt hat. Vielleicht ist er schon zurück. Wenn nicht, dann sprich mit dem Direktor der Bank und sage ihm, wo wir uns aufhalten. Er soll Conrad sofort zu uns schicken, wenn er sich bei ihm meldet. Ach, wenn Conrad doch schon da wäre!« fügte sie mit einem schweren Seufzer hinzu. »Er würde nicht zögern, den Vertrieb von Kuckucksuhren in die Wege zu leiten. Mittel stehen ihm ja zur Verfügung. Wahrscheinlich würde er sogar Uhren herstellen. Die fehlen heute doch überall. Er ist ja so tüchtig! Ich erinnere nur daran, was er aus unserer Fabrik gemacht hat.«

»Ja, das muß man ihm lassen«, pflichtete ihr der Vater bei. »Seine Ideen sind ebenso unbezahlbar wie seine Initiative. Gefaulenzt hat er nie. Es war schon eine Freude, mit ihm zusammenzuarbeiten.«

»Und es war rührend, wie er für mich gesorgt hat, als es uns dreckig ging!«

Robert war nahe daran, den Eltern vorzuhalten, wie sie sich Conrad gegenüber benommen hatten. Er sagte sich jedoch: Eigentlich ist es großartig, daß man im Nachhinein immer nur die guten Seiten sieht. Ist das eine Schutzeinrichtung der Natur? Dann könnte sie allerdings auch gefährlich werden. Zum Beispiel, wenn wir die üblen Taten Adolf Hitlers eines Tages vergessen und uns nur noch daran erinnern sollten, daß er die Industrie angekurbelt, die Arbeitslosigkeit bewältigt, eine Luftflotte aus dem Boden gestampft und imponierende Autobahnen geschaffen hat.

Mit den größten Hoffnungen und Erwartungen begab sich Robert Schroeder auf den Weg nach Detmold. Aber schon bald hatte er ein Erlebnis, das ihn nachdenklich stimmte. Noch bevor er aus Berchtesgaden herausgefahren war, winkte ihm ein gepflegt aussehender Mann zu und bat um Mitnahme.

»Wohin wollen Sie?« fragte er, als der Fremde eingestiegen war.

»Nicht weit. Nur nach Winkl.«

»Etwa zum Gefangenenlager der SS?«

»Ja, ich bin SS-Oberinspektor und für die Verpflegung der Inhaftierten verantwortlich.«

»Und Sie dürfen Zivilkleidung tragen und sich frei bewegen?«

Der Oberinspektor grinste. »Offiziell natürlich nicht. Aber die Polen, die uns bewachen, und vor allen Dingen die amerikanischen Offiziere, denen das Lager untersteht, wünschen harte Getränke. Die Brüder haben alles im Überfluß, nur nichts zu saufen. Deshalb wurde ich beauftragt, entsprechenden Stoff zu besorgen, und damit ich das kann, räumte man mir gewisse Privilegien ein. Sollten Sie Schnaps haben und ein gutes Geschäft machen wollen, dann wenden Sie sich an mich. Für fünf Flaschen Weinbrand, Korn, Kirschwasser oder dergleichen, gebe ich Ihnen zwanzig Pfund Kaffee.«

»Bei dem Tauschverhältnis müßten Sie eigentlich im Alkohol schwimmen.«

Der Oberinspektor schüttelte den Kopf. »Das Verhältnis ist so günstig, weil es in dieser Gegend wenig Schnaps gibt. In Württemberg sähe die Sache anders aus. Wohin fahren Sie?«

»Nach Norddeutschland.«

»Hui! Dann sollten Sie mir ein paar Flaschen Steinhäger mitbringen.«

»Lieber nicht«, sagte Robert. »Der Transport könnte mich den Wagen kosten.«

Der SS-Oberinspektor zog aus der Tasche einen Zettel, der mit einem Gummistempel bedruckt war. »Ich gebe Ihnen vorsorglich meinen Namen und meine Telefonnummer. Sie können auch Kokosnußbutter haben. Oder Trockenmilch, Schokolade und Zigaretten. Wir liefern mit Militärwagen frei Haus. Nicht das geringste kann Ihnen passieren.«

Eine seltsame Welt, dachte Robert Schroeder, als er den Oberinspektor unter einem hölzernen Wachtturm abgesetzt hatte. Es wollte ihm nicht in den Kopf, daß Amerikaner und Polen sich eines SS-Angehörigen bedienten, um ihre Sonderwünsche zu befriedigen.

Nach einer Übernachtung in der Scheune eines hessischen Bauern erreichte Robert Schroeder am folgenden Nachmittag Detmold.

Jeff Brighton empfing ihn sofort, machte jedoch einen verkrampften Eindruck. »Hallo!« rief er. »Dich habe ich nicht erwartet.«

»Bitte, hab' Verständnis dafür, daß ich einfach hergekommen bin«, erwiderte Robert. »Die Ungewißheit hat mich so verrückt gemacht, daß ich es in Berchtesgaden nicht mehr aushalten konnte.«

»Have a drink?«

»Sag mir erst, wie die Aktien stehen.«

Jeff legte ihm die Hand auf die Schulter. »Schlecht. Der Antrag wurde abgelehnt und hat mir sogar einen Rüffel eingetragen. Wenn ich dir keine Mitteilung zukommen ließ, so einfach, weil ich bei einem Freund in Australien angefragt habe, ob er dir helfen kann. Er ist Minenbesitzer und verfügt über zwei oder drei Flugzeuge.«

»Für die er bestimmt auch Piloten hat.«

»Natürlich. Es könnte aber sein . . .«

»Streu mir keinen Sand in die Augen«, fiel Robert ein. »Ein Whisky hilft mir im Moment mehr. Schenk also ein.«

Dem Engländer war die Erleichterung darüber anzusehen, daß Robert die unerfreuliche Nachricht so gelassen aufnahm. »Ich hatte mir alles leichter vorgestellt, als es ist«, sagte er wie zu seiner Entschuldigung. »Euer Kredit ist verspielt. Man starrt mich entgeistert an, wenn ich mich für einen Deutschen einsetze. Ich verstehe das sogar. Wer hat sich im Krieg schon mit einem ›Feind‹ getroffen und mit ihm einen feuchtfröhlichen Abend verlebt? Man muß auch die begreifen, die da sagen: Was war das denn schon? Doch nur ein Zufall; eine unter Verkehrspiloten selbstverständliche Kameradschaft.«

»Ich denke genauso und bin, wenngleich mir im Augenblick ein Kloß im Halse steckt, nicht traurig. Natürlich enttäuscht. Aber die Tatsache, daß du versucht hast, mir zu helfen, ist so beglückend, daß alles andere dagegen verblaßt. Cheerio!«

Sie stießen miteinander an.

»Was wirst du jetzt machen?« fragte Jeff.

»Wahrscheinlich werde ich in den Verlag meines Schwagers eintreten.«

»Wenn dir die Möglichkeit geboten ist, solltest du nicht lange zögern. Ich habe einen Berliner Verleger kennengelernt. Prima Sache. Übrigens habe ich durch die Aufteilung der Hauptstadt in vier Sektoren neuerdings oft in Berlin zu tun. Morgen fliege ich wieder 'rüber.« Er lachte. »Mit einer alten ›de Haviland‹. Wenn du Lust hast, nehme ich dich mit. Übermorgen sind wir zurück.«

»Meinst du das im Ernst?«

»Natürlich.«

»Mensch, dann könnte ich meinen Eltern einen großen Dienst erweisen. Sie haben ein Haus in Schlachtensee und eine Fabrik in Charlottenburg.«

»Dann kannst du dich doch im Betrieb deines Vaters betätigen.«

»Uniformfabrik!«

»Au weh! Ja, dann wirst du besser Verleger. Übrigens kannst du die genannten Stadtteile aufsuchen. Die Russen sitzen im Osten.«

»Und wie sieht es mit Übernachtungsmöglichkeiten aus? Vermutlich wird das Haus meiner Eltern belegt sein.«

»Du kannst bei uns schlafen. Und für die Fahrt nach Schlachtensee und Charlottenburg stelle ich dir meinen Fahrer zur Verfügung.«

»Lieber nicht. Sonst bekommst du diesmal einen Rüffel, von dem du dich nicht erholen kannst.«

»Laß das meine Sorge sein«, sagte Jeff unbekümmert. »Ende des Monats hab' ich die Uniform ohnehin auszuziehen.«

Als Robert Schroeder mit Jeff Brighton von Berlin zurückkehrte, fiel es ihm schwer, sich nicht anmerken zu lassen, wie bedrückt er war. Er hatte Unangenehmes und Scheußliches erlebt und auch noch nicht überwunden, daß seine auf Indien gesetzte Hoffnung wie eine Seifenblase geplatzt war. Hauptgrund seiner Depression aber war das Bild, das die Stadt geboten hatte. Das Ausmaß der Zerstörung war unbeschreiblich, und der Anblick der über fünfzigtausend ›Trümmerfrauen‹, die in zerlumpten Kleidern, mit Tüchern vor den Gesichtern, von morgens bis abends in den Ruinen schufteten, hatte ihn bis tief in den Schlaf verfolgt.

Es gab jedoch noch Schlimmeres. Als Folge der Beschlüsse der Potsdamer Konferenz strömten täglich rund dreißigtausend Vertriebene in die zerbombte und von Geschützsalven zerfetzte Metropole. In neunundfünfzig Übergangslagern wurden die Unglücklichen kurz erfaßt und dann nach Westdeutschland weitergeleitet. Dreißigtausend Menschen kamen täglich in ein Land, dessen Städte vernichtet und nicht mehr aufnahmefähig waren.

Dagegen verblaßte, was Robert hinsichtlich Haus, Fabrik und Vermögen der Eltern festgestellt hatte. Nichts war ihnen verblieben. Alles war beschlagnahmt worden. Ihn wunderte dies nicht. Ihm graute aber davor, die Eltern mit der rauhen Wahrheit vertraut zu machen.

Nach einem mehr melancholisch als fröhlich gestimmten Abschiedsabend in Detmold fuhr Robert nach Münster, wo er über Conrads Verbleib nichts ermitteln, wohl aber feststellen konnte, daß auch sein Vermögen beschlagnahmt worden war. Vorsorglich gab er bei der Behörde zu Protokoll, daß sein Bruder, von dem er nicht wisse, ob er überhaupt noch lebe, vor Ausbruch des Krieges in das Konzentrationslager Oranienburg eingeliefert und später dem Strafbataillon Dirlewanger zugeteilt worden sei. Über die Gründe der Verhaftung und Abkommandierung schwieg er sich wohlweislich aus. Schließlich war Conrad, wenngleich Nutznießer des Dritten Reiches, kein Nationalsozialist gewesen.

Von Münster fuhr Robert weiter nach Bonn, wo er Harald völlig verändert antraf. Er sah ungewöhnlich blaß aus und war von einer Unruhe erfüllt, die ihn keine Minute still sitzen ließ. Dauernd griff er nach irgend etwas; nach einer Vase, einer Schale oder einem Aschenbecher. Er betrachtete den jeweiligen Gegenstand, als suche er etwas in ihm und stellte ihn dann abrupt zurück.

»Was ist bloß los mit dir?« fragte Robert irritiert.

Mira lachte hämisch. »Sehen Sie das nicht? Ihm fehlt die Spritze! Wir haben kein Geld . . .«

»Halt die Schnauze!« brüllte Harald sie an. »Ich habe genügend Moneten, stecke nur in einer momentanen Ebbe. Morgen sieht alles wieder anders aus. Dann habe ich mit den Direktoren meiner Banken gesprochen, und die Sache ist erledigt.«

Robert fragte sich, was geschehen wäre, wenn er dem Schwager hunderttausend Mark anvertraut hätte.

»Schuld ist dieser verdammte Colonel!« krakeelte Harald. »Kein Bild will er mehr herausrücken. Und weißt du, warum? Weil den feinen Herrn helle Flecken an den Wänden stören!«

»Schade, daß ich dir nicht helfen kann«, sagte Robert. »Durch den Einmarsch der Russen habe ich meine Ersparnisse verloren.«

»Ach, du lieber Gott«, stöhnte der Schwager. »Auch das noch.«

»Du hättest das Geld jetzt gewiß gut brauchen können.«

»Dafür sollte doch Papier gekauft werden.«

»Die Moneten hätten dir im Augenblick aber geholfen«, insistierte Robert, um Harald zu prüfen.

»Nicht im geringsten. Wenn man von Schwarzmarktartikeln lebt, sind hunderttausend schnell weg. Bevor ich dich hereinlege, müssen die Banken dran glauben.«

Mira nickte voller Stolz. »Ja, so ist er.«

Dumme Ziege, dachte Robert und nahm trotz Haralds positiver Erklärung insgeheim Abschied von dem Gedanken, in den Verlag des Schwagers einzutreten.

Der tätschelte Miras Wange. »Bring uns eine Flasche Feuerwasser.«

»Ich habe keine.«

»Dann kauf eine.«

»Ohne Geld?«

Harald sah Robert an. »Kannst du uns aushelfen? Ich gebe dir den Betrag morgen zurück.«

»Du bist völlig blank?«

»Dem Colonel hab' ich das zu verdanken.«

»Und was ist mit den Krediten, die dir von den Banken eingeräumt wurden?«

»Die habe ich für die Lieferung des Papiers sicherstellen müssen.«

»Du kannst nicht mehr über das Geld verfügen?«

»Darum sitz' ich ja in Druck.«

Robert war beruhigt. »Wieviel brauchst du?«

»Wenn du tausend gibst, könnten wir auch ein paar Ampullen kaufen. Ich wäre dann morgen groß in Form.«

Robert übergab den Betrag nur ungern. Er hatte in den letzten drei Monaten keine tausend Mark ausgegeben.

Haralds Augen flackerten. »Lauf los, Mira. Und bring was zu trinken mit.«

Sie warf Robert einen Handkuß zu und eilte davon.

Harald nahm eine unruhige Wanderung auf. »Ein Glück, daß du gerade heute gekommen bist. Ich war wie vor den Kopf gestoßen, als mir der Colonel den Abtransport weiterer Bilder verweigerte.«

Robert betrachtete den Schliff einer Karaffe, die auf dem Vertiko stand. »Weißt du, was ich auf der Fahrt hierher gedacht habe? Langsam erwachen wir alle aus einer Narkose, die uns das Ende des Krieges verpaßt hatte. Jetzt wird uns erst richtig klar, was auf uns zukommt.«

»Darf ich daraus schließen, daß du nicht nach Indien gehst?«

»Du darfst.«

»Mensch, Robert! Dann kommst du zu mir!«

»Du bist doch noch nicht über die Runden.«

»Mit dir würde alles anders werden. Dann brauchte ich keine Spritzen und . . .«

»Belüg dich nicht selber!« fiel Robert unwillig ein.

»Auf alle Fälle würde es besser werden.«

»Vielleicht.«

»Wenn du in den Verlag eintrittst, machen wir das Rennen unseres Lebens.«

»Bist du dessen so sicher?«

»Streng dein Köpfchen an! Für die fast fünfhunderttausend Reichsmark, die sichergestellt sind, erhalten wir in ein paar Monaten Papier, das wir bedrucken und liegenlassen, bis die neue Währung da ist. Das kann nur ein Raketenstart werden!«

Robert blieb skeptisch. Da es in seiner Lage aber falsch gewesen wäre, ein klares Nein zu sagen, erwiderte er: »Also gut, ich werde mich darauf einstellen, zu dir zu kommen, möchte jedoch warten, bis die Dinge so weit angelaufen sind, daß es Arbeit gibt.«

Harald ergriff die Hand des Freundes. »Du kannst kommen, wann du willst, solltest aber spätestens Anfang nächsten Jahres hier sein.«

Robert war in dieser Phase ehrlich gewillt, in den Verlag einzutreten. Es war eine echte Chance, die sich ihm bot. Was ihn noch zurückhielt, war Haralds bedauerliche Morbidität. Dann aber trat etwas ein, das ihm in erschreckendem Maße zeigte, auf welch schiefe Ebene der Schwager durch seine Drogensucht geraten war.

Es war gegen sechs Uhr abends, als Harald sich nach der Injektion einer Ampulle Morphiums in eindeutig euphorischer Stimmung unvermittelt erhob und erklärte, schnell eine Kleinigkeit erledigen zu müssen. Als er wenige Minuten später zurückkehrte, war er sichtlich erregt und forderte Robert auf, mit ihm spazierenzugehen.

Robert fand Haralds Nervosität ebenso merkwürdig, wie sein unerklärliches Drängen, das Haus umgehend zu verlassen. Es bot sich ihm aber eine plausible Erklärung an, als ihm der Schwager draußen eine ›Leica‹ zuschob und sagte: »Tu mir den Gefallen und verscherbele das Ding noch heute in der Garage, in der wir damals das Benzin beschafft haben. Für die Kamera bekommst du spielend vierzigtausend Mark. Was darüber ist, gehört dir. Du darfst Mira aber nichts von dem Verkauf sagen.«

»Und warum nicht?« fragte Robert mehr amüsiert als interessiert.

»Weil ich ein bißchen angeben möchte.«

»Das verstehe ich nicht.«

»Mira hat vorhin gehört, daß du in Thüringen viel Geld verloren hast. Sie hält dich jetzt für einen armen Schlucker, und das paßt mir nicht. Sie soll denken, du seiest vermögend.«

»Spinner!«

»Das ist wichtig für später, wenn du in den Verlag eintrittst. Das Wort eines wohlhabenden Schwagers wiegt nun einmal mehr, als das eines stellungslosen Flugkapitäns.«

»Und eine falsche Ahnengalerie ist besser als keine«, lästerte Robert.

Harald lachte. »Mach dich lustig, soviel du willst. Hauptsache, du verkaufst den Apparat. Und dann mußt du bei Tisch wie nebenbei sagen, du hättest Kassensturz gemacht und festgestellt, daß du vierzig Mille erübrigen kannst. Wenn ich die haben wolle, würdest du sie mir zur Verfügung stellen.«

Robert blickte unschlüssig vor sich hin. »Um ehrlich zu sein, mir geht das gegen den Strich.«

»Auch wenn ich dich sehr bitte, mir den Gefallen zu tun?«

»Na schön«, sagte Robert nach kurzem Zögern. »Wenn du solchen Wert darauf legst . . .! Ich finde es aber albern.«

Eine Stunde später dachte er anders. Da machte ihm die Sache Spaß. Er hatte für die Leica sechsundvierzigtausend Reichsmark erhalten und steckte den Mehrerlös dankbar ein. Bei Tisch spielte er dann die ihm zugedachte Rolle, und er registrierte mit Vergnügen, daß Mira tatsächlich überaus beeindruckt war.

So weit war alles gut. Es machte ihn auch nicht stutzig, daß Mira bald darauf forteilte und erst zu später Stunde zurückkehrte. Er vermutete, daß sie mindestens für einen Teil des Geldes Drogen besorgt hatte. Er war deshalb wie erstarrt, als zwei Tage später der Mitbewohner des Hauses aufgeregt erklärte, seine Leica, die er im Schrank des gemeinsam benutzten Empfangssalons aufbewahrt habe, sei spurlos verschwunden. Robert war ratlos. Was sollte er tun?

Harald sah ihn beschwörend an.

Der Mitbewohner ging mit Mira in den Salon, um den Schrank nochmals zu durchsuchen.

»So weit ist es also mit dir gekommen«, fuhr Robert den Schwager an, zog seine Brieftasche und knallte den einbehaltenen Mehrerlös auf den Tisch. »Ich kann und werde dich nicht verpfeifen, will aber nichts mehr mit dir zu tun haben.«

Harald packte ihn bei den Armen. »Geh zur Garage und laß dir bestätigen, daß ich gestern vormittag, gleich nachdem ich mit meinen Banken klargekommen war und Geld abheben konnte, versucht habe, die Kamera zurückzukaufen. Sie war leider schon weg. Ich habe daraufhin den Auftrag erteilt, eine andere zu beschaffen.«

»Und warum hast du die von deinem Untermieter geklaut und mich in die Geschichte verstrickt?«

Der Schwager rang die Hände. »Ich sah keine andere Möglichkeit. Als Mira mit dem Tausender, den du mir geliehen hattest, Morphium besorgte, wurde ihr ein größerer Posten für dreißig Mille angeboten. Mir fehlte das Geld. Da habe ich in der Annahme, die Leica am nächsten Morgen zurückkaufen zu können . . .« Er schluchzte. »Ich bringe die Sache wieder in Ordnung, Robert!«

Der dachte: Armes Schwein. »Und wie willst du das machen?«

»Ich werde erklären, daß ich für den Verlust aufkomme, weil der Apparat aus meinem Raum verschwunden ist.«

»Gut«, sagte Robert und wies auf das Geld, das er auf den Tisch geworfen hatte. »Steck die Scheine ein und halte Wort.«

»Das versichere ich dir.«

»In Ordnung.«

Haralds Mundwinkel zuckten. »Wirst du in meinen Verlag eintreten?«

»Nur sofern du Schluß mit der Spritzerei machst.«

»Kannst du mir verraten, wie ich das fertigbringen soll?«

»Indem du nochmals das Sanatorium bei Freiburg aufsuchst.«

»Jetzt nach dem Zusammenbruch ist das unmöglich. Freiburg liegt in der französischen Zone.«

Robert zuckte die Achseln. »Es wird auch anderswo entsprechende Häuser geben.«

Auf der Rückfahrt nach Berchtesgaden hatte Robert Schroeder Zeit und Muße, über seine und die Zukunft seiner Eltern nachzudenken. Zusammengelegt mochten ihre Geldmittel ausreichen, um über den Winter zu kommen. Dann stand ihnen nur noch der Schmuck der Mutter zur Verfügung, und der war nicht viel wert, weil der Vater für ›Flitterkram‹ nicht das Geringste übrig gehabt hatte. Es mußte also etwas geschehen, und wenn er sich vergegenwärtigte, welchen Preis er für die Leica erzielt hatte, schien es ihm töricht zu sein, die ungewöhnliche Chance nicht auszunutzen, die der Schwarzmarkt bot. Mit einer Summe, wie Harald sie für ein paar Ampullen Morphium verschleudert hatte, konnte er sich und die Eltern zwei bis drei Jahre über Wasser halten. Er hatte nur das Pech, keinen Wertgegenstand mehr zu besitzen. Alles hatte er verloren; die Wohnung, das Flugzeug, seine Ersparnisse und den Beruf. Nur der Wagen war ihm verblieben. Diesen Vorteil mußte er ausnutzen.

Es war beinahe zwangsläufig, daß Robert Schroeder sich an den SS-Oberinspektor erinnerte, der ihm erklärt hatte, für fünf Flaschen Alkohol zwanzig Pfund Kaffee liefern zu können. Das war ein Tauschverhältnis, an dem sich verdienen ließ. Alle Skrupel beiseite schiebend, entschloß er sich, den Versuch zu machen, in Württemberg einige Flaschen Schnaps unter der Hand zu kaufen.

Das war leichter gedacht, als getan. Ein Versuch aber war es ihm wert, notfalls ein oder zwei Tage zu verlieren, und so übernachtete er in der Nähe von Wendlingen, wo er die Autobahn wegen der zerstörten Brücke über den Neckar ohnehin verlassen mußte. Und hier fand er bei einem Obstbauern ein offenes Ohr.

Nach einem Abendbrot, das aus Wurst, Speck und selbstgebackenem

Brot bestand, zu dem ein vorzüglicher Most kredenzt wurde, kaufte Robert Schroeder für zweitausend Mark, die er à fonds perdu riskierte, zehn Einliterflaschen sechzigprozentigen Apfelschnaps. Und als er später neben seinem Wagen im Heuschuppen des Bauern schlief, verfolgte ihn im Traum noch die Rechnung, die er inzwischen aufgestellt hatte. Danach konnte er aus zehn Flaschen sechzehn bis achtzehn machen, wenn er den Alkoholgehalt durch Hinzufügung von destilliertem Wasser auf etwa fünfunddreißig Prozent reduzierte und die so erhaltene Menge auf handelsübliche 0,7-Liter-Flaschen abfüllte. Im Geiste sah er schon sechzig Pfund Kaffee vor sich, für die er mindestens vierundzwanzigtausend Mark erzielen würde. Damit konnten seine Eltern und er zwei Jahre lang leben.

Das Verstauen der Flaschen hatte zunächst Schwierigkeiten bereitet, da der Kofferraum des Sportwagens durch die mitgeführten Benzinkanister fast ganz ausgenutzt war. Nach mehrmaligem Umpacken war es Robert Schroeder aber gelungen, die Flaschen so hinter die Behälter zu packen, daß sie weder beschädigt noch gesehen werden konnten, falls eine Streifenkontrolle einen Blick in den Kofferraum werfen sollte.

Trotz der schlechten Nachrichten, die er seinen Eltern zu überbringen hatte, legte er die letzte Strecke nach Berchtesgaden in denkbar guter Laune zurück. Und das Glück stand auf seiner Seite. Als er durch Bad Reichenhall fuhr, lief ihm plötzlich Dorkas über den Weg. Sie kam aus einem Juweliergeschäft und wollte eben die Straße überqueren, als er sie entdeckte und scharf bremste. »Einen schönen guten Tag«, sagte er wie selbstverständlich und stieg aus dem Auto.

Dorkas' Augen weiteten sich.

Er blickte zu dem Geschäft hinüber. »Alle Achtung! Die gnädige Frau kauft schon wieder edles Geschmeide?«

»Robert!« Dorkas warf sich in seine Arme. »Wo kommst du her? Und du hast deinen Wagen?«

Er gab sich lässig und stützte sich auf die Motorhaube. »Man tut, was man kann. Ich komme gerade aus Württemberg. Gestern war ich noch in Bonn. Bei Harald! Es geht ihm ausgezeichnet.«

Dorkas umarmte Robert zum zweiten Mal. »Mein Gott, wie mich das freut.«

»Und wo steckst du?«

»In Berchtesgaden. Carolin und ich wurden aus Österreich ausgewiesen. Jahrelang waren wir dort geschätzte Gäste, dann aber wollte man plötzlich nichts mehr von uns wissen.«

»Und wo wohnst du in Berchtesgaden?«

»In einer Pension in der Strub. Das ist gleich am Anfang . . .«

»Ich kenne mich aus«, sagte Robert und gab Dorkas einen Kuß. »Du siehst gut aus. Sogar verführerisch!«

»Holla! Ich kenne den Herrn nicht wieder.«

»Nehmen Sie Platz, gnädige Frau. Sie können mit mir fahren. Ich wohne oberhalb der Landstraße nach Königssee.«

»Das gibt es nicht!«

»Doch, mein Schatz. Ich wohne dort bei meinen Eltern, die sich rechtzeitig zwei Zimmer gesichert hatten.«

»Und wieso konntest du deinen Wagen behalten?«

»Das ist eine lange Geschichte.«

»Erstaunlich, daß du ihn fahren darfst.«

»Das gehört ebenfalls zu der Geschichte.«

»Und was treibst du?«

»Ich bin gerade dabei, einen Kaffee- und Spirituosenhandel aufzuziehen.«

»Mach mich nicht schwach.«

»Das hör' ich gar nicht gerne.«

Sie lachte girrend.

»Dorkas, Dorkas! So war es nicht gemeint. Ich hatte gehofft, du würdest dich beteiligen wollen.«

Ihr Gesicht glich mit einem Mal einer Maske. »Du meinst mit Geld? Da muß ich dich enttäuschen. Ich besitze nichts mehr und habe eben versucht, einen Ring zu verkaufen. Die paar Mark für die Fahrt nach Reichenhall mußte ich mir leihen. Trotzdem habe ich den Solitär nicht hergegeben. Sechstausend wurden mir geboten. Das ist angesichts der Schwarzmarktpreise keine Relation. Vor dreizehn Jahren hat Harald fast viertausend für den Ring bezahlt.«

»Mir scheint, ein gütiges Geschick hat uns zusammengeführt«, sagte Robert und legte den Arm um Dorkas. »Jetzt nimm erst mal Platz. Dann reden wir weiter.«

Er ist nicht wiederzuerkennen, ging es ihr durch den Sinn.

Robert spürte selbst, daß er sich anders gab als sonst. Lag es daran, daß er sich auf die Frage, ob er eine großangelegte Kungelei starten solle, gesagt hatte: Scheiß auf das Urteil anderer! Du mußt leben und für deine Eltern sorgen. Warum nicht ›Konterbande‹ fahren, wenn Geld damit zu verdienen ist?

Wenn! Noch verdiente er es nicht. Noch hatte er nur vor, ein fragwürdiges Geschäft einzuleiten. Dorkas gegenüber spielte er aber bereits den abenteuerlichen Gewinner. »Also, der Solitär wird nicht verkauft«, sagte er auf der Fahrt nach Berchtesgaden. »Nenne mal andere Sachen, die du noch besitzt und entbehren könntest.«

»Da wäre ein Persianermantel.«

»Den behältst du. Im Winter wird's kalt.«

»Zwei Silberfüchse.«

»Die sind nicht lebensnotwendig und werden verscherbelt.«

Dorkas schaute skeptisch zu ihm hinüber. »Der Verkauf wird mir nur kurzfristig weiterhelfen. Ich habe in der Pension siebenhundert Mark pro Monat zu zahlen. Das ist ein Irrsinnspreis. Mir blieb keine andere Wahl.«

»Ich werde mich erkundigen, was für Silberfüchse gezahlt wird«, verkündete Robert großspurig.

»Wo kannst du das?«

Er wies auf das Gefangenenlager, an dem sie gerade vorüberfuhren. »Bei dem SS-Oberinspektor dieses Camps. Ich habe seine Telefonnummer und muß ihn sowieso anrufen.«

Dorkas warf ihm einen bewundernden Blick zu. »Du scheinst dich zu einem Teufelskerl entwickelt zu haben.«

Er ging über dieses Kompliment hinweg, wiewohl es ihm guttat. »Die Pension hat Telefon?«

»Ich denke schon. Aber du hast noch nichts von Harald erzählt.«

»Und du nichts von Carolin.«

»Dazu werden wir noch genügend Zeit haben.«

»Eben. Bleiben wir also beim Wichtigsten.«

»Und das wäre?«

»Beim Kaffee- und Spirituosenhandel en gros. Du könntest mir wirklich behilflich sein.«

»Da bin ich aber gespannt.«

»Näheres erfährst du nach meinem Gespräch mit dem SS-Matador.«

Die Pension, in der Dorkas wohnte, gehörte einer alten Dame, die sich ›Madame‹ anreden ließ, ihres gestrengen Regimentes wegen jedoch allgemein ›Generalin‹ genannt wurde. Sie war klein, hatte ein Gesicht voller Runzeln und stützte sich auf einen Ebenholzstock, dessen Elfenbeinknauf erkennen ließ, daß sie bessere Tage erlebt hatte.

»Kommen Sie«, sagte sie zu Robert Schroeder, als er nach der Vorstellung darum bat, ein Ortsgespräch führen zu dürfen. »Der Apparat steht in meinem Arbeitsraum.«

Dorkas nickte ihm zu. »Ich gieße inzwischen Tee auf.«

»Aber in der Küche!« warnte die Generalin und führte ihren Gast in einen Raum, dessen Wände bis zur Decke mit prall gefüllten Bücherregalen ausgestattet waren.

»Donnerwetter!« entfuhr es Robert Schroeder. »Das ist eine Bibliothek, die sich sehen lassen kann.«

»Und da wissen Sie nichts Besseres zu tun, als zu fluchen?« fuhr ihn die Generalin an und wies mit ihrem Stock auf den Telefonapparat. »Dort steht der scheußliche Kasten.«

Bevor Robert Schroeder die Nummer wählte, zog er den Zettel zu Rate, den er von dem Oberinspektor erhalten hatte. Ein eigenartiges Gefühl beschlich ihn. Es war das erste Telefongespräch, das er seit Kriegsende führte. Ihm schien es ein Wunder zu sein, daß man überhaupt telefonieren konnte.

Die Pensionsinhaberin setzte sich in einen Sessel mit hoher Lehne.

Das Gefangenenlager meldete sich.

Robert Schroeder verlangte den Versorgungsbeamten.

»Am Apparat«, erscholl es militärisch.

Die Generalin fixierte ihren Gast.

Robert Schroeder wurde nervös. Wie sollte er in Gegenwart der Pensionsinhaberin offen sprechen? »Ich nahm Sie kürzlich in meinem Sportwagen mit«, sagte er.

»Ach, Sie sind es. Ja, ich erinnere mich. Konnten Sie ein paar Flaschen Steinhäger mitbringen?«

»Das nicht. Aber württembergische Ware. Sie steht mir allerdings erst morgen abend zur Verfügung. Bleibt es bei Ihrem Angebot?«

»Selbstverständlich. Um wieviel Flaschen handelt es sich?«

»Fünfzehn.«

»Im Ernst?«

»Würde ich es sonst sagen? Ich muß jedoch darum bitten, mir noch heute drei leere Benzinkanister zur Verfügung zu stellen.«

»Das ist kein Problem. Wohin sollen die gebracht werden?«

Robert Schroeder nannte Namen und Adresse der Pension.

Die Generalin straffte sich.

»Sie bekommen die Kanister zwischen sieben und acht.«

»Okay. Vielleicht können Sie sich bis dahin erkundigen, was zur Zeit für Silberfüchse gezahlt wird.«

»Ich bringe jemanden mit, der sich auskennt und Ihnen ein Angebot machen wird.«

»Dann bis nachher.«

Die Generalin erhob sich. »Wenn Geschäfte von diesem Apparat entriert und auf meinem Grund und Boden abgewickelt werden, erwarte ich eine gewisse Beteiligung.«

Er deutete einen Kratzfuß an. »Madame, es wird mir eine Ehre sein, Ihnen morgen ein Pfund Kaffee zu überreichen.«

»Das läßt sich hören.«

»Vorher brauche ich einige leere Flaschen.«

»Davon befinden sich im Keller leider viel zuviel.«

»Dürfte ich die benötigte Menge zu später Stunde in der Küche säubern?«

»Ich setze voraus, daß Sie lautlos hantieren.«

»Das versichere ich Ihnen. Im übrigen würde ich gerne für heute nacht«, er unterbrach sich, »sagen wir für zwei Nächte ein Zimmer bei Ihnen beziehen. Wird das gehen?«

»Sofern Sie den vollen Pensionspreis zahlen.«

»Damit habe ich gerechnet, Madame«, erwiderte Robert Schroeder und dachte: Ich fange an, leichtsinnig zu werden. Aber was hilft es. Ohne Investition geht es nicht. Die Eltern werden sich noch einige Zeit gedulden müssen. Dafür kann ich ihnen dann die Hiobsbotschaft ein wenig versüßen. »Noch eine Frage hätte ich, Madame. Wäre es möglich, daß der Hausbursche mir in einer Apotheke oder Drogerie ein paar Pfund Soda und fünf Liter destilliertes Wasser besorgt? Das sind ja keine bewirtschafteten Artikel.«

Die Generalin sah ihn durchdringend an. »Wieviel Kaffee wollten Sie mir dezidieren?«

Er gab sich nachdenklich. »Sagte ich nicht anderthalb Pfund?«

Die alte Dame nickte hoheitsvoll. »Ich werde das Notwendige veranlassen.«

Dorkas lachte herzlich, als Robert ihr sein Gespräch mit der Pensionsinhaberin schilderte. Er erwähnte jedoch nicht, daß er sich für zwei Nächte einquartiert hatte.

In ihrem Zimmer, das über eine hübsche Erkernische verfügte, hatte Dorkas den Tisch gedeckt. Es brannte eine Kerze, die eine intime Atmosphäre schuf, und beide kamen so ins Erzählen, daß sie verwundert aufblickten, als Carolin erschien und nach einer stummen Begrüßung meldete, das Abendbrot sei bereitet.

Sie sah reizend aus, war aber so scheu und unnahbar, daß Robert sich fragte, ob gewisse Dinge, die sie erlebt hatte, dafür verantwortlich zu machen seien. Carolin lebte ihr eigenes Leben, und obwohl sie ihre Schulaufgaben nur sehr flüchtig erledigte, erhielt sie stets erstklassige Noten. Darin hatte sie viel Ähnlichkeit mit Gerd, der auch eine Art ›Überflieger‹ gewesen war. Ihre Augen erinnerten ebenfalls an ihn. Nun ja . . .

Während des Abendbrotes erschien der SS-Oberinspektor und ließ Robert Schroeder nach draußen bitten. Er brachte ihm die versprochenen Kanister und machte ihn mit einem Polen bekannt, der sich als ›Experte für Rauchwaren‹ bezeichnete und offensichtlich wirklich etwas von Fellen verstand. Denn seine Augen bekamen einen unverkennbaren Glanz, als er die Silberfüchse erblickte, die Dorkas in ihrem Zimmer bereitgelegt hatte. Liebevoll strich er über das weiche Haar, blies dagegen und tat dergleichen mehr.

»Dreißig«, sagte er nach eingehender Prüfung.

Robert Schroeder war verblüfft. Nie hätte er einen so hohen Preis für möglich gehalten. Dennoch, oder gerade darum, entgegnete er: »Sie meinen dreißig für jeden?«

Der Pole sah ihn entrüstet an. »Natürlich für beide.«

»Dann werden wir nicht einig«, erwiderte Robert Schroeder kaltschnäuzig und steckte die Felle in den Seidenbeutel zurück, in dem Harald sie vor vielen Jahren aus Leipzig mitgebracht hatte.

»Fünfunddreißig!« bot der Pole.

»Mindestens fünfundvierzig!« erklärte Robert.

»Vierzig!«

»Plus zwei für den Oberinspektor!«

»Na schön.« Der Pole blickte unzufrieden drein und zählte zweiundvierzigtausend Mark auf den Tisch. »Ein Geschäft ist das nicht. Aber so ist es immer, wenn man sieht ein gutes Stück. Dann einfach man will es haben und macht Verlust.«

»Mir kommen die Tränen.«

Das Gesicht des Polens erhellte sich. »Wenn Sie mal wieder . . .«

Robert konnte nicht schnell genug zu Dorkas zurückkehren.

Sie sah ihn erwartungsvoll an.

Er blinzelte ihr zu. »Du wirst zufrieden sein.«

»Hast du die Füchse verkauft?«

»Für vierzig plus Vermittlungsprovision.«

Ihre Wangen röteten sich. »Das kann nicht wahr sein.«

»Du wirst es sehen, wenn ich dir die Scheine hinblättere.«

»Dann bin ich ja ’raus aus meinen Sorgen!« Sie griff nach Roberts Hand. »Der Herrgott hat dich mir geschickt.«

Carolin erhob sich und verließ den Tisch, ohne ein Wort zu sagen.

Dorkas wollte sich entrüsten.

Robert hielt sie zurück.

Sie seufzte. »Das Mädchen ist furchtbar schwierig.«

»Weil es wahrscheinlich auch etwas von dir hat. Doch nun übergebe ich dir erst mal das Geld, das ich unter deine Bettmatratze geschoben habe. Und wenn das Personal verschwunden ist, gehen wir in die Küche, um mit einer geheimnisvollen Arbeit zu beginnen.«

Dorkas war froh, abgelenkt zu werden. In der Tätigkeit aber, der sie sich später mit Robert in der Küche widmete, konnte sie nichts Geheimnisvolles erblicken. Sie säuberten Flaschen und gossen mehrfach heiße Sodalauge in die drei Benzinkanister, um sie dann kräftig zu schütteln, zu entleeren, mit klarem Wasser nachzuspülen und erneut mit heißer Lauge zu bearbeiten.

»Wenn du mir wenigstens sagen würdest, was das Ganze soll«, erboste sie sich, als Robert ihr nach einer Stunde intensiver Arbeit den Sinn des nächtlichen Treibens immer noch nicht erklärt hatte.

Er lachte. »Nun, da die Flaschen wohlpräpariert und die Kanister so weit gesäubert sind, daß wir sie zum Trocknen auf die Herdplatte legen können, will ich dir mein Geheimnis verraten. Wir verteilen jetzt zehn

Liter hochprozentigen Apfelschnaps gleichmäßig auf achtzehn Flaschen und füllen sie anschließend mit Aqua destillata auf. Und damit ist – simsalabim – der Grundstock zu meinem Spirituosenhandel en gros gelegt. Morgen abend tauschen wir dann fünfzehn Flaschen gegen sechzig Pfund Kaffee ein, die wir in die erstklassig gesäuberten Kanister umfüllen. Und damit ist – simsalabim – der Grundstock zu meinem Kaffeehandel en gros gelegt. Mit den drei Kanistern rausche ich ab nach Bonn, wo ich den Kaffee mit einem Mordsgewinn verscherbeln werde. Dann bin auch ich aus meinen Sorgen heraus und kann der weiteren Entwicklung in Ruhe entgegensehen.«

»Du bist ein Zauberer«, begeisterte sich Dorkas.

»Darum: Simsalabim!«

»Und was wird aus den letzten drei Flaschen?«

»Mein Vater würde jetzt sagen: Nachtigall ick hör' dir trapsen!«

»Stiftest du eine? Wir müssen unser Wiedersehen doch feiern.«

»All right. Die beiden anderen brauche ich aber zur Stillung des Eigenbedarfes an Zigaretten und so weiter. D'accord?«

»Ich könnte mich in dich verlieben.«

»Hab' ich dir immer noch nicht genug von Nicole erzählt?«

»Liebst du sie wirklich, wie du Carla geliebt hast?«

»Welch taktvolle Frage!« antwortete er und verließ die Küche, um die Flaschen mit dem hochprozentigen Alkohol aus dem Wagen zu holen.

Das Tauschgeschäft mit dem SS-Oberinspektor wurde zur beiderseitigen Zufriedenheit abgewickelt, und Robert konstatierte mit Genugtuung, daß seine Schätzung richtig gewesen war. In jedem der drei Kanister ließen sich zwanzig Pfund Kaffee unterbringen. Mit Dorkas erledigte er das Füllen der Behälter. Danach verstaute er sie im Wagen und fügte eine kleine Pfunddose hinzu, die er der Frau jenes Bauern schenken wollte, von dem er den Obstschnaps erhalten hatte. Den Entschluß, ein weiteres Geschäft zu tätigen, hatte er gefaßt, als ihn der Oberinspektor fragte, ob er nicht nochmals fünfzehn Flaschen liefern könne. Die Verlockung war zu groß gewesen. Er hatte sich vorgenommen, den Württemberger gleich auf dem Hinweg nach Bonn aufzusuchen und durch ein Kaffeepräsent günstig zu stimmen.

Während er schon davon träumte, für die nächste Zeit weitgehend abgesichert zu sein, grübelte Dorkas darüber nach, warum Robert ihr gegenüber plötzlich auf Distanz gegangen war. Ihre leichthin gestellte Frage über seine Liebe zu Nicole konnte nicht der Grund für sein verändertes Wesen sein. Er hatte sie später noch auf ihr Zimmer begleitet und einige Schnäpse mit ihr getrunken, war dann allerdings unvermittelt aufgestanden und hatte gesagt: »Schluß jetzt. Ich habe genug.«

»Du brauchst nicht zu deinen Eltern zu fahren«, hatte sie erwidert. »Wenn du willst, kannst du bei mir auf der Couch schlafen.«

Er hatte sich die Nasenspitze hochgedrückt. »Ich scheine einen tollen Riecher zu haben. Sonst hätte ich die Generalin nicht längst um ein Zimmer gebeten.« Dann hatte er sich sehr förmlich verabschiedet und war gegangen. Seit jenem Augenblick behandelte er Dorkas, als sei sie ein Neutrum. Sie ärgerte sich darüber, hoffte aber, ihn am nächsten Abend auftauen zu können.

»Tut mir leid«, erklärte er, als sie ihn zu einem Gläschen einlud. »Den ganzen Tag waren wir zusammen und haben über Gott und die Welt geredet. Jetzt kann ich nicht mehr. Ich bin todmüde und habe, wie du weißt, morgen eine lange Fahrt anzutreten.«

»Einen Schluck noch«, bat sie verführerisch.

»Nein«, sagte er grob und begab sich auf sein Zimmer.

Unverschämter Kerl, dachte sie verstimmt. Ich werde ihn aber schon noch weich kriegen. Es ist doch Wahnsinn, am Leben vorbeizulaufen.

Robert wußte, warum er Dorkas aus dem Wege ging. Er war sich klar darüber, daß er ihr nicht lange würde widerstehen können. Seine Wünsche hätten sich mit den ihren auch gedeckt, wenn nicht eine Hürde gewesen wäre, über die er nicht springen wollte: Dorkas' Liaison mit Gerd. Für ihn war Carolin ein Kind seines Bruders, und es schien ihm geschmacklos zu sein, sich mit der Mutter zu liieren.

Nicole war in dieser Phase nicht der Hauptgrund seiner Zurückhaltung. Der Verlust der Fliegerei hatte ihn in gewissem Sinne entwurzelt. Obendrein hatte er sein Geld verloren; er war gezwungen, sich wohl oder übel durchzuschlagen. Zwangsläufig drängte sich ihm der Wunsch auf, sich zu betäuben und eine Frau in die Arme zu schließen. Aber wenn, dann wollte er nicht gleich die erste sich ihm bietende Gelegenheit wahrnehmen.

Vielleicht schraubte er seine Ansprüche auch nur hoch, um eine Barriere vor der Versuchung zu errichten, der er sich ausgesetzt sah. Darüber hinaus erschien es ihm zu billig, Nicole aus primitiven Gründen zu betrügen. Er liebte sie und wurde nur schwer damit fertig, so absolut von ihr getrennt zu sein. Voller Sehnsucht wartete er auf den Tag, da der Postverkehr mit der Schweiz wieder aufgenommen werden würde; denn ein zweiter Brief, den er Nicole geschrieben und erneut durch das Military Government hatte befördern lassen wollen, war ihm nicht abgenommen worden. Er mußte sich also gedulden und warten.

Überraschend, ja fast beängstigend reibungslos, verlief die Abwicklung seines ersten Schnaps-Kaffee-Geschäftes. Sein Wagen wurde auf der Strecke wieder anstandslos betankt, und in Bonn erhielt er ohne zu feilschen den Preis, den er forderte. Danach fuhr er frohgestimmt, allerdings auch mit gemischten Gefühlen, in die Koblenzer Straße, um Harald über Dorkas zu berichten.

Der Schwager war erstaunt, als er Robert, der ihn erst vor wenigen Tagen verlassen hatte, in seinen Arbeitsraum eintreten sah. »Ist etwas geschehen?« fragte er besorgt.

»Wie kommst du darauf?«

»Weil du so unerwartet aufkreuzt. Um ehrlich zu sein: Ich hatte befürchtet, daß du mich so schnell nicht wieder aufsuchen würdest.«

»Ich wäre vorerst auch nicht gekommen, wenn es nicht einen besonderen Grund dafür gäbe.« Es erleichterte Robert, daß Mira gerade nicht zu Hause war. »Ich soll dir Grüße von Dorkas ausrichten. Sie ist in Berchtesgaden und wohnt mit Carolin in einer Pension. Ich traf sie zufällig.«

Der Schwager umarmte Robert. »Wie mich das erlöst! Warum hast du sie nicht mitgebracht?«

»Weil ich zur Zeit Konterbande fahre.«

»Was für welche?«

»Kaffee. Ich habe eben sechzig Pfund verscherbelt.«

»Bist du wahnsinnig?« ereiferte sich Harald. »Wenn man dich erwischt, locht man dich ein.«

»Dich etwa nicht, wenn die Tommy herausbekommen, was du ihnen vorgeschwindelt hast? Man muß sich durchschlagen, so gut es geht.«

Der Schwager gab ihm recht. »Weißt du, was Kardinal Frings zu der weitverbreiteten Kohlenklauerei gesagt hat? Das ist kein Diebstahl. Wenn Not am Mann ist, bleibt einem nichts anderes übrig, als sich zu versorgen. Seitdem werden die Kohlen nicht mehr ›geklaut‹, sondern ›gefringst‹.«

Robert lachte. »Mich wird das nicht entschuldigen, da ich keine Not leide. Wie schnell die aber da sein kann, habe ich bei Dorkas gesehen. Keinen roten Heller besaß sie mehr.«

Harald war bestürzt. »Es geht ihr schlecht?«

Robert beruhigte ihn und erzählte, in welch prekärer Lage Dorkas gewesen war und was sie seitdem gemeinsam unternommen hatten. Er beendete eben seine Schilderung, als Mira zurückkehrte.

»Stell dir vor: Dorkas ist in Berchtesgaden!« rief Harald. »Sie lebt mit Carolin in einer Pension.«

»Ach, deshalb sind Sie gekommen«, sagte Mira, ohne Robert zu begrüßen.

»Wieso deshalb?«

»Nun«, antwortete sie gelassen, »als ich Ihren Wagen vor der Tür stehen sah, fragte ich mich: Warum mag er schon wieder hier sein? Jetzt ist natürlich alles klar. Für die gnädige Frau sollen Sie abkassieren.«

Harald wollte aufbrausen, doch Robert hielt ihn zurück. »Ich habe meinem Schwager gerade erzählt, daß seine erste Frau mit Geldmitteln versorgt ist und keiner Unterstützung bedarf!«

»Diesen Denkzettel wirst du dir hoffentlich hinter den Spiegel stekken«, triumphierte Harald.

Mira verließ den Raum.

Der Schwager zog seine Brieftasche. »Dorkas darf keinesfalls noch einmal etwas verkaufen. Laut Scheidungsvertrag stehen ihr monatlich zweitausend zur Verfügung. »Hier«, er übergab ein mit einer Banderole versehenes Geldbündel. »Das ist für fünf Monate.«

Robert schob die Scheine zurück. »Dorkas braucht im Moment kein Geld. Dir könnte es aber fehlen.«

»Denkste!« Harald lachte. »Ich hatte in der Hinterhand noch ein Bild, das ich nicht verkaufen wollte. Aber schließlich habe ich es doch weggegeben und bin nun fürs erste meine Sorgen los.«

»Fragt sich nur, für wie lange.«

»Für mindestens ein Jahr!«

»Bei deiner Lebensweise?«

»Ich habe den van Dyck verkauft.«

Robert war entsetzt. »Das Bild war das wertvollste Stück deines Vaters!«

»Gleich nach dem Tiepolo, den er euch schenkte und den du nicht in Sicherheit gebracht hast. Wer handelte nun vernünftiger: Du oder ich?«

Obwohl Robert wußte, daß er seinen Eltern eröffnen mußte, wie es in finanzieller Hinsicht um sie bestellt war, fuhr er nicht bedrückt auf das Bauernhaus zu, in dem sie wohnten. Er fühlte sich wie von einer Zentnerlast befreit. Alles war gutgegangen. Unangefochten hatte er den Kaffee nach Bonn und den schier unglaublichen Erlös nach Berchtesgaden gebracht. Und im Kofferraum des Wagens wartete wiederum hochprozentiger Alkohol darauf, mit destilliertem Wasser verdünnt und, auf achtzehn Flaschen verteilt, gegen sechzig Pfund Kaffee eingetauscht zu werden. Sollte auf der nächsten Fahrt etwas schiefgehen, dann brauchte er sich wenigstens um die Eltern, denen er seine Barschaft anvertrauen wollte, keine Sorge mehr zu machen.

An der Pension, in der Dorkas wohnte, war er aus gutem Grund vorbeigefahren. Das wichtigste war jetzt, die Eltern zu informieren. Im Verlauf der nächsten Stunde war ihm dies aber nicht möglich. Gleich bei der Begrüßung übertrumpften sich die Eltern in einem Wortschwall, dem er zunächst nur wenig entnehmen konnte. Von Gerd war die Rede. Und von der ›Saturday Evening Post‹, in der, wie sie sagten, eine Landkarte veranschauliche, wo sich ihr Sohn während des Krieges mit führenden amerikanischen Persönlichkeiten getroffen habe.

»Du mußt uns alles übersetzen«, bedrängte ihn die Mutter. »Wir sind ja so gespannt. Zwei Fortsetzungen sind es! Wer hätte gedacht, daß Gerd einmal so berühmt werden würde.«

Der Vater reichte Robert eine Illustrierte. »Seinen Namen habe ich überall rot angestrichen.«

»Auf jeder Seite ist er mindestens zwanzigmal genannt!« begeisterte sich die Mutter.

»Eine Passage haben wir übersetzen können, obwohl wir nicht englisch sprechen. Hier!« Der Vater wies auf die erste Seite der Titelgeschichte. ›Gerd Schroeder, a good Catholic who, loving his wife . . .‹ – ›Gerd Schroeder, ein guter Katholik, der seine Frau liebt . . .‹ Stimmt's?«

»Genau.«

»Na, bitte. Die Amerikaner sind begeistert von Gerd.«

»Wer sagt das?«

»Hätten sie sonst über ihn geschrieben?«

»Ach so. Und woher habt ihr die Zeitung?«

»Sie wurde uns von einem Soldaten der Militärregierung gebracht.«

Mutter Schroeder strahlte. »Ja, mein Junge, man hofiert uns!«

»Dieser Zettel lag bei. ›By Order of Mister Gerd Schroeder‹.«

»Nimm Platz, mein Junge«, forderte die Mutter Robert auf. »Wir sind ja so froh, daß du zurück bist. Jeden Tag dachten wir: Heute wird er kommen.«

»Und uns den Artikel übersetzen.«

»Ja. Wir wurden schon ganz nervös.«

Conrads Ausbleiben hat das nie bewirken können, dachte Robert bitter. Er war nahe daran, seiner Auflehnung Ausdruck zu geben, sagte sich jedoch: Die Eltern sind alt und haben alles verloren. Sei froh, daß du ihnen die Wahrheit nicht unvermittelt präsentieren mußt.

Die Mutter setzte sich neben ihn.

Der Vater stopfte seine Pfeife.

Robert las eine Weile. Er sprach ganz gut englisch, war aber nicht in der Lage, einen Artikel ohne Vorbereitung Satz für Satz ins Deutsche zu übertragen.

»Was ist?« ermunterte ihn die Mutter.

»So schnell, wie du dir das vorstellst, kann ich zig Seiten nicht einfach übersetzen.«

»Auf Kleinigkeiten kommt es nicht an.«

»Hast du eine Ahnung. Hier, zum Beispiel, heißt es wörtlich übersetzt: ›Gerd Schroeder sah die Hand an der Kirchhofsmauer‹.«

»Wessen Hand?« fragte der Vater frappiert.

»Das ist nicht erwähnt.«

»Unglaublich!«

Die Mutter blickte ängstlich drein. »Wieso hat Gerd eine Hand an der Kirchhofsmauer gesehen?«

»Das hat er doch gar nicht.«

»Aber du hast gesagt . . .«

»Ja, so lautet es, wenn ich Wort für Wort übersetze! Die Amerikaner scheinen diese Formulierung zu gebrauchen, wenn sie sagen wollen: Er sah die Dinge kommen. Oder: Er erkannte, daß es schiefgehen würde.«

Vater Schroeder schüttelte unwillig den Kopf.

Die Mutter tat einen Seufzer. »Jetzt möchte ich endlich erfahren, was die Zeitung über Gerd schreibt. Bestimmt ist die ›Saturday Evening Post‹ die größte Illustrierte Amerikas.«

»Bestimmt«, pflichtete Robert ihr gottergeben bei und begann, so gut ihm dies möglich war, mit der Übersetzung des Artikels, der viele Details brachte, jedoch nicht mehr berichtete als das, was Gerd den Eltern bereits erzählt hatte.

Dennoch waren sie ergriffen. Sie sahen sich jedesmal voller Stolz an, wenn der Name ihres Sohnes fiel. Und eine Stelle, an der von dem ›gläubigen Katholiken und bescheidenen Schöpfer des großangelegten Unternehmens‹ die Rede war, mußte Robert mehrere Male vorlesen.

Bedenklich wollte es Vater Schroeder allerdings scheinen, daß sein Sohn sich eines Funkgerätes und eines tschechischen Telegrafisten bedient hatte. Das roch nach Spionage. Alles in allem hatte er an Gerds Vorgehen jedoch nichts auszusetzen, und er hoffte insgeheim, daß ihm noch ein hoher Orden verliehen werde.

»Ist es nicht wunderbar, daß wir einen so gläubigen und bescheidenen Sohn haben«, sagte die Mutter, als Robert die letzten Sätze übersetzt hatte.

Er hätte am liebsten den gemeinsamen Besuch des Freudenhauses in Spanien zum besten gegeben. Aber vor ihm lag die unerfreuliche Aufgabe, die Eltern über seine Ermittlungen in Berlin zu informieren, und er entgegnete deshalb bedächtig: »Tja, es ist schade, daß wir damals nicht auf Gerd gehört haben.« Bewußt schloß er sich mit ein, um seinen Worten jegliche Härte zu nehmen. »Dann wären wir vorsichtiger gewesen und brauchten heute nicht zu bedauern, uns so exponiert zu haben.«

»Worauf willst du hinaus?« fragte der Vater ahnungsvoll.

»Ich war in Berlin.«

Die Eltern nahmen fast eine Abwehrstellung ein.

»Es ist bitter, was ich euch sagen muß«, fuhr Robert zögernd fort. »Auch in Münster sah es nicht gut aus. Conrad wird es schwer haben, wenn er zurückkommt. Seine Bankkonten wurden gesperrt.«

Der Vater straffte sich, als wollte er seine Brust einer Salve darbieten. »Und was hast du in Berlin erfahren?«

»Das gleiche.«

»Man verwehrt uns unser Geld?« schrie die Mutter.

»Und das Haus!«

Sie sank in sich zusammen.

Die Lippen des Vaters wurden zu einem Strich.

»Ihr braucht nicht zu verzagen«, fuhr Robert schnell fort und entnahm seinem kleinen Reisekoffer das Geld, das er eingenommen hatte. »Hier sind zwanzigtausend Mark. Die sichern uns für lange Zeit ab. In der nächsten Woche kassiere ich nochmals die gleiche Summe. Und in der darauffolgenden wieder. Was mir in Thüringen genommen wurde, hol' ich mir wieder. Das hab' ich mir geschworen.«

In die Wangen der Mutter kehrte Farbe zurück.

Das Gesicht des Vaters verfinsterte sich. »Darf ich fragen, woher du das Geld hast?«

Robert berichtete in aller Offenheit, was er unternommen hatte.

Die Mutter hörte ihm mit Bangen zu. Sie freute sich über seine Initiative, wußte aber, daß ihr Mann sich empören würde.

Und so war es. Voller Entrüstung forderte Vater Schroeder seinen Sohn auf, nicht nochmals ein ›schmutziges Geschäft‹ zu tätigen. Als die Mutter daraufhin die Leidende spielte und gequält fragte, wovon sie in Zukunft leben sollten, erklärte er mit unerwarteter und übertriebener Selbstsicherheit: »Von unserem ehrlich verdienten Geld! Sobald als möglich werde ich nach Berlin fahren und dort einiges richtigstellen.« Er wies auf die ›Saturday Evening Post‹. »Wir haben es jetzt ja schwarz auf weiß! Diese Zeitschrift werde ich den Herren unter die Nase reiben! Wollen doch mal sehen, ob man mit uns umgehen kann, als wären wir Krethi und Plethi.«

»Aber Vater!« sagte Robert betroffen. »Nicht Gerds, sondern euer Vermögen wurde beschlagnahmt.«

»Na und? Wir sind doch seine Eltern! Und hat man Conrad nicht ins KZ und in ein berüchtigtes Strafbataillon gesteckt? Das wird man berücksichtigen müssen!«

»Du hast vollkommen recht«, pflichtete ihm die Mutter bei, noch bevor Robert etwas erwidern konnte. Vor Überraschung darüber, daß ihr Mann mit Überzeugung vortrug, was sie ihm tagtäglich vorgebetet hatte, war sie sekundenlang sprachlos gewesen. »Alles muß berücksichtigt werden! Und du wirst den Herren klarmachen, daß wir uns im Dritten Reich nicht aus Spaß exponiert haben. Es ging darum, Gerd abzusichern! Die Herren sollen die ›Saturday Evening Post‹ gefälligst genau lesen. Guter Katholik, heißt es da! Wäre Gerd das etwa geworden, wenn wir ihn nicht entsprechend erzogen hätten?«

Robert wußte nicht, was er angesichts dieser Arroganz sagen sollte. »Habt ihr wirklich vor, mit solchen Waffen zu kämpfen?« fragte er außer sich.

Der Vater antwortete trutzig: »Bleibt uns etwas anderes übrig? Die Beschlagnahme des Vermögens einzelner Bürger stellt eine Fortsetzung des Krieges mit unerlaubten Mitteln dar. Wir befinden uns in der Verteidigung und können nicht wählerisch auf diese oder jene Waffe verzichten.«

»Und mich forderst du auf, keine ›schmutzigen Geschäfte‹ zu machen?«

»Vermenge nicht Dinge, die nichts miteinander zu tun haben! Als ehrlicher Kaufmann . . .«

Die Entwicklung des Gespräches kam Robert plötzlich gelegen. »Geschenkt!« fiel er ein. Ihm war klargeworden, daß sich seine und die Auffassung der Eltern nicht auf einen Nenner bringen ließen. »Einigen wir uns auf folgender Basis: Ich spreche nicht gegen das, was ihr tut, und euch bitte ich, mich zu nehmen, wie ich bin. Einschließlich meiner Kungeltour, zu der mich letztlich Selbsterhaltungswille treibt.«

»Bedaure, das geht nicht«, erkärte der Vater. »Um keinen Preis kann und darf ich zulassen, daß wir durch dich gefährdet werden. ›Off limits‹, heißt es an unserer Haustür! Wir dürfen uns die Sympathien der Amerikaner nicht verscherzen.«

Nun denn, dachte Robert. Es ist leichter, für die Eltern zu sorgen, als unter einem Dach mit ihnen zu leben. Ihr abstruses Denken, das von einer Art Altersschizophrenie diktiert zu sein scheint, macht eine Trennung notwendig. »Ich verstehe und akzeptiere deinen Standpunkt«, sagte er so behutsam wie möglich, »und ich möchte deshalb vorschlagen, daß ich mich anderswo einquartiere.«

»Des Menschen Wille ist sein Himmelreich«, schnarrte der Vater.

»Das wirst du uns doch nicht antun«, flehte die Mutter.

»Es ist besser so, Mama. Ich bleibe natürlich in Berchtesgaden, bin somit nicht aus der Welt. Auch möchte ich mein Geld bei euch deponieren.«

»Das liegt bei uns wie in Abrahams Schoß«, versicherte die Mutter, nunmehr schon um etliche Grade munterer.

»Ihr könnt nach Gutdünken darüber verfügen. Es soll ja unsere Existenz sichern.«

Der Vater räusperte sich. »Ich hoffe sehr, daß das nicht notwendig wird.«

Die Mutter gab sich besorgt. »Und wo wirst du in Zukunft essen?«

»Ich werde in eine Pension ziehen.«

»Du weißt schon, wo du wohnen wirst?«

»Ja«, sagte er rundheraus. »Ich habe Dorkas getroffen. Sie wohnt in der Strub in einer sehr guten Pension.«

»Ach, daher pfeift der Wind!« entrüstete sich der Vater.

»Du hast es erfaßt«, bestätigte Robert lachend. Nur so konnte er einer sinn- und zwecklosen Debatte aus dem Wege gehen.

31

Deutschland war in vier Zonen geteilt und blutete aus Wunden, die sich nicht schließen konnten. Die Nahrungsmittelknappheit wurde größer statt kleiner. Aus der Tschechoslowakei, aus Ungarn und aus Polen strömten täglich Zehntausende Deutsche, die von der Aussiedlung betroffen waren, über die Grenzen in das darniederliegende Reich. Bis zum Oktober, in knapp drei Monaten also, hatten allein 1,3 Millionen Vertriebene die Übergangslager der Stadt Berlin passiert, und mit jedem Tag wurde deutlicher, daß die nachfolgenden Flüchtlinge in den Wintermonaten in unvorstellbarer Höhe dezimiert werden würden. Man rechnete mit einem Verlust von zwei Millionen Menschen. Und das nach dem Ende des Krieges! Niemand war in der Lage, helfend einzugreifen. Die Austreibung der deutschen Bevölkerung war eine auf der Potsdamer Konferenz beschlossene Sache, und mit ihrer Billigung verzichteten die Westmächte auf jede Einwirkung in den Verlauf der Vertreibung von über zwölf Millionen Menschen. Eine deutsche Regierung gab es nicht; der in Potsdam angeregte deutsche Verwaltungsapparat wurde nicht gebildet. Frankreich forderte die Internationalisierung des Ruhrgebietes oder die völlige Zerstörung seines Wirtschaftspotentials. Die Amerikaner wünschten eine Reagrarisierung Deutschlands. England schlug die Besetzung des Landes auf fünfundzwanzig Jahre vor. Rußland sprach sich gegen Reagrarisierung und Föderalismus aus und bestand auf einer Viermächtekontrolle an der Ruhr und Erhöhung des Industrieniveaus. Auffassungen und Meinungen prallten gegeneinander. Einig war man sich nur über den Einsatz der deutschen Kriegsgefangenen. Abgesehen von dem unüberschaubaren Heer der in Rußland verbliebenen deutschen Soldaten, wurden dreißigtausend Gefangene in belgische Kohlengruben eingewiesen und 1,75 Millionen aus amerikanischen Lagern für unbestimmte Zeit zur Arbeit nach Frankreich abtransportiert.

In dieser Zeit des Durcheinanders und der Führungslosigkeit legte Robert mit einer Präzision, die seiner früheren Tätigkeit als Flugkapitän entsprach, wöchentlich zweimal die Strecke Berchtesgaden–Bonn zurück. Seinen Wagen hatte er kaltschnäuzig mit einem doppelten Boden versehen. Er beförderte nicht mehr Schnaps und Kaffee, sondern jeweils hundert Stangen Zigaretten, für die er im Ausländerlager von Bad Reichenhall fast dreißigtausend Reichsmark weniger zahlte, als er in Bonn kassierte. Er nannte es: Ausnutzung des ›Potentialgefälles‹. Die Summe, die er durch den Einmarsch der Russen in Thüringen verloren hatte, besaß er längst wieder, und er würde seinen ›Schwarzmarkthandel en gros‹ vielleicht aufgegeben haben, wenn der mit den Fahrten verbundene Nervenkitzel nicht gewesen wäre oder sich ihm eine echte Aufgabe geboten hätte. Gewiß, bei seinem Schwager Harald, den er nur noch gelegentlich aufsuchte, weil ihn seine wieder gesteigerte Drogensucht empfindlich störte, hätte er sich betätigen und Einblicke in das Verlagswesen gewinnen können. Sein Widerstreben vor einem Leben an Haralds und Miras Seite war jedoch größer.

Es lag allerdings auch an Dorkas, daß Robert weiterhin seine nicht ganz risikolosen Fahrten durchführte. Er floh vor ihr. Die verführerische Untätigkeit an ihrer Seite war zu verlockend. Dorkas spürte, daß er ihr auswich. Sie hatte sich aber damit abgefunden, ihn nicht für sich gewinnen zu können. Dafür genoß sie das ›größere‹ Leben, das er ihr bot. Kaffee-, Zigaretten-, Alkohol- und Buttersorgen kannte sie nicht mehr. Er brachte unaufgefordert, was sie benötigte.

Unverständlich war ihr nur die glückliche Stimmung, in der Robert sich neuerdings befand. Er hatte in Stuttgart erfahren, daß der Postverkehr auf fast allen Strecken wiederaufgenommen worden war und auch ins Ausland durchgeführt wurde. Sofort hatte er den Brief an Nicole, den er vor Monaten beim Military Government nicht losgeworden war, in Stuttgart aufgegeben. Auf die Rückseite des Kuverts hatte er schnell noch geschrieben:

Wie Dir das Datum des Briefes zeigt, trage ich ihn schon lange mit mir herum. Ich wollte ihn, wie den ersten, über die Amerikaner befördern, aber das klappte nicht. Nun, da die Post wieder geht, kann ich ihn losschicken. Ich fahre gleich weiter nach Berchtesgaden und werde Dir morgen ausführlich schreiben. Soviel jedoch schon jetzt: Das Geschäft floriert! Den erwähnten Verlust meiner Ersparnisse habe ich inzwischen ausgeglichen. Innige Küsse, Dein Bert.

In Berchtesgaden besuchte er als erstes seine Eltern, um sie zu bitten, ihn sofort zu verständigen, wenn ein Brief von Nicole eingehen sollte.

»Vom Bäcker aus könnt ihr die Pension anrufen«, sagte er und schrieb ihnen die Telefonnummer auf.

»Unternimmst du immer noch deine unzulässigen Fahrten?« fragte der Vater vorwurfsvoll.

»Natürlich«, antwortete Robert. »Nötig hätte ich es nicht mehr. Aber was soll ich tun? Ich kann unmöglich den ganzen Tag herumsitzen.«

»Dann mach dich nützlich und hack unser Holz.«

»Habt ihr welches bekommen?«

»Drei Ster!«

»Damit kommt ihr über den Winter. Ich werde übermorgen mit der Arbeit beginnen. Morgen muß ich Nicole schreiben.«

Die Mutter wurde lebhaft. »Ach, bestelle ihr herzliche Grüße von uns und sage ihr, daß ich es nicht erwarten kann, sie in die Arme zu schließen. Ich denke so oft an sie. Manchmal träume ich sogar von ihr.«

O je, dachte Robert.

Der Vater räusperte sich unmißverständlich. »Ich will mich nicht in deine Angelegenheiten mischen, möchte dir aber den Rat erteilen, dein Quartier zu wechseln.«

»Und weshalb?« fragte Robert amüsiert. »Nimmst du etwa Anstoß daran, daß ich im gleichen Haus wie Dorkas wohne?«

»Schicklich ist das nun wirklich nicht. Sie ist eine Frau mit Vergangenheit!«

»Und ich gehöre, wie du weißt, zu Nicole.«

»Eben deshalb meine ich, daß du ausziehen solltest. Takt, Anstand und Herzensbildung gebieten das einfach.«

Robert unterdrückte einen Seufzer. »Wirst du denn nie lernen, daß die Zeit nicht stehengeblieben ist? Zwei Weltkriege haben gewisse Dinge verändert. Zum Teil sogar vom Tisch gefegt.«

»Ach, Junge«, fiel die Mutter ein. »Ich bin bestimmt nicht kleinlich. Aber daß du mit dieser Dorkas . . .«

»Ich hab' doch nichts mit ihr!« empörte er sich.

Die Eltern machten Gesichter, als wollten sie sagen: Uns kannst du nichts vormachen.

Robert wandte sich zur Tür. »Bis übermorgen. Ich werde mir dann beim Holzhacken die Wut aus dem Bauch schlagen.«

Der in Eile in Stuttgart aufgegebene Brief hatte eine Wirkung, die nicht vorauszusehen war. Als Nicole das Schreiben entgegengenommen hatte, war sie überglücklich gewesen, und ihre Freude hatte sich noch gesteigert, als sie die auf der Rückseite des Kuverts gemachte Mitteilung über Roberts erfolgreiche Tätigkeit las. Besonders froh machte es sie natürlich, daß er in seiner Nachschrift erwähnte, ihr zuvor mit Hilfe der Amerikaner einen Brief gesandt zu haben. Wenn sie den auch nicht erhalten hatte, so zeigte ihr der Hinweis doch, daß Robert alles mögliche unternommen hatte, um mit ihr in Verbindung zu treten. Bald darauf aber wurde sie ratlos. Ganze Passagen seines Briefes waren ihr unverständlich. Was wollte Robert damit sagen, daß seine Hoffnungen auf Indien dahin seien, er den Kopf jedoch nicht hängen lasse. Schließlich habe er durch Jeff Brighton seinen Wagen behalten und Detlef entscheidend helfen können.

Den Sinn dieser Worte verstand Nicole nicht. Sie schloß aus dem Gesagten freilich, daß Robert und Detlef sich unter günstigen Aspekten getroffen hatten. Wie aber sollte sie es deuten, daß Robert den Verlust seiner gesamten Ersparnisse, den er im Brief bitter beklagte, inzwischen offenbar verschmerzt hatte. Sie kannte den Betrag, den er auf die Thüringische Staatsbank hatte überweisen lassen. Eine solche Summe konnte allenfalls im Laufe von Jahren, niemals jedoch in zwei Monaten verdient werden.

Ihr Herz klopfte schneller. Die Schweizer Zeitungen berichteten über den deutschen Schwarzmarkthandel und seine korrupten Hintermänner. War Robert eine jener Gestalten, die nur an ihren Vorteil dachten und die Not des Volkes rücksichtslos ausnutzten?

Nicole, die vor Schwierigkeiten nicht kapitulierte, würde viel dafür gegeben haben, wenn sie in dieser Stunde mit Maja hätte sprechen können. Gerds Frau hatte die Schweiz schon vor Monaten verlassen und war ihrem Mann in die Vereinigten Staaten gefolgt, wo er eine interessante und lukrative neue Aufgabe übernommen hatte.

Aufgewühlt unternahm sie einen Spaziergang am Züricher See, und dabei gelang es ihr, ihre Gedanken zu ordnen und den Entschluß zu fassen, so schnell wie möglich nach Berchtesgaden zu fahren. Und wenn es in einem Güterwagen sein sollte! Sie wußte, daß sie das begonnene Semester dann verlieren und nicht die Genehmigung erhalten würde, in die Schweiz zurückzukehren. Aber das machte ihr nichts aus. Wichtig war jetzt das andere. Im Grunde genommen erleichterte es sie sogar, das Paradies verlassen zu können, in dem sie wie ein Vogel im goldenen Käfig gesessen hatte. Umsorgt und versorgt mit allem, was sie sich wünschte, jedoch mit der unstillbaren Sehnsucht im Herzen, an der Seite des geliebten Menschen zu sein. Mochte kommen, was da wollte: Gerade jetzt, wo in Deutschland das Leben hart erkämpft werden mußte, gehörte sie zu Robert.

Drei Tage später erreichte Nicole München. Das Bild der Stadt entsetzte sie. Ihr traten Tränen in die Augen, als sie sich auf den beschwerlichen Weg zur Georgenstraße machte, wo ein Bekannter von Gerd wohnte, ein angesehener, während des Dritten Reiches kaltgestellter Diplomat, der Maja wiederholt in Zürich aufgesucht und Nicole nachdrücklich aufgefordert hatte, sich unverzüglich bei ihm zu melden, falls sie nach Deutschland zurückkehren sollte. Er und seine Frau empfingen Nicole überaus herzlich und quartierten sie bei sich ein, und binnen eines einzigen Tages brachte der väterliche Freund es fertig, ihr eine Aufenthaltsgenehmigung für die Stadt München zu besorgen. Damit war eine wichtige Voraussetzung für ihr weiteres Studium geschaffen.

Die Konsequenz, mit der Nicole ihren in einsamer Stunde gefaßten Entschluß in die Tat umsetzte, war zu bewundern, auch wenn man berücksichtigte, daß sie mit der ihr in München zuteil gewordenen Unterstützung hatte rechnen können. Ihr unkompliziertes und aufrichtiges Wesen hatte etwas Bestechendes, und Gerd hatte recht, als er seinen Eltern gesagt hatte, daß man Nicole einfach gern haben müsse. Er würde aber aus dem Staunen nicht herausgekommen sein, wenn er Zeuge der überschwenglichen Begrüßung gewesen wäre, die Nicole in Berchtesgaden erlebte.

Im ersten Moment waren Roberts Eltern wie erstarrt. Dann aber stürzte die Mutter auf den ihr durch Fotos bekannten Gast los.

»Nicole!« Sie umarmte die zukünftige Schwiegertochter und küßte sie. »Ich darf dich doch duzen, nicht wahr, mein Kind? Mein Gott, wenn du wüßtest, wie sehr ich diese Stunde herbeigesehnt habe. Eben dachte ich noch: Wie lange mag es dauern, bis ich meine kleine Nicole kennenlerne? Und nun bist du plötzlich da!«

»Schroeder«, sagte der Vater in strammer Haltung. Gleich darauf warf er die Arme um Nicole und tat einen mächtigen Schluchzer. »Mein Kind!« Seine Lippen zuckten. »Nein, ist das eine Freude. Einfach unbeschreiblich.« Er wandte sich jäh ab, um sich zu schneuzen.

Für seine Frau war dies die Gelegenheit, voll und ganz von Nicole Besitz zu ergreifen. »Ich muß dich noch einmal in die Arme schließen«, rief sie mit schwingendem Timbre. »Du bist ja noch hübscher, als ich dachte.« Sie hielt Nicole etwas von sich, um sie besser betrachten zu können. »Fesch siehst du aus! Und diese Kappe! Passend zum Wildledermantel. Der ist überhaupt bezaubernd. Mir ist er gleich aufgefallen. Da sieht man wieder, daß es nur im Ausland gute Sachen zu kaufen gibt. Na ja, die Schweiz. Da dominiert schon französischer Schick.«

Diese Feststellung erleichterte es Nicole, etwas Unverbindliches zu sagen, und sie tat es mit einem befreiten Lachen. »Du wirst dich wundern: Kappe und Mantel habe ich vor Jahren in Berlin erstanden.«

»Dürfen wir wirklich einfach Nicole sagen?« fragte der Vater.

»Ach, bin ich glücklich«, frohlockte die Mutter dazwischen. »Mir ist zumute, als wäre Weihnachten. Endlich habe ich die ersehnte Tochter bekommen.«

Nicole mußte an Carla denken, sagte aber nichts und ließ alles mit sich geschehen. Sie war nicht unvorbereitet, da Robert ihr schon mehrfach erzählt hatte, wie überschwenglich seine Mutter werden konnte. Es beunruhigte sie jedoch, daß der Mann ihres Herzens mit keinem Wort erwähnt wurde. Sie fragte deshalb: »Und wo steckt Robert?«

Die Eltern sahen sich an.

»Ja, weißt du, der wohnt nicht hier.«

»Er ist in eine Pension gezogen.«

»Unten in der Strub.«

»Für drei Personen war es hier auf die Dauer zu eng.«

Nicole klopfte das Herz in der Kehle. Irgend etwas stimmte nicht. Hing die unbegreifliche Reaktion der Eltern mit Roberts Geschäften zusammen oder war noch etwas anderes im Spiel? »Ihr habt euch hoffentlich nicht überworfen«, sagte sie.

»Wo denkst du hin«, wehrte die Mutter ab. »Alt und jung sind natürlich nicht immer einer Meinung. Wir haben uns aber stets gut verstanden.«

Nicole spürte, daß ihr etwas verheimlicht wurde. Auf gut Glück fragte sie: »Nehmt ihr Anstoß an Roberts Geschäften?«

»Du weißt davon?«

»Bitte, sagt mir, ob es das ist, was euch ein wenig – wie soll ich mich ausdrücken – verklemmt reagieren läßt?«

»Ja«, antwortete der Vater so schnell, daß sein Wunsch, der Mutter zuvorzukommen, offensichtlich wurde.

»Dann nehmt es mir nicht übel, wenn ich Robert gleich aufsuche«, erklärte Nicole nunmehr bestimmt. »Wir würden zwangsläufig auf Dinge zu sprechen kommen, die ich aus Gründen der Fairneß zuerst von Robert hören möchte.«

»Da hast du recht«, pflichtete ihr der Vater bei. »Ich bringe dich hinunter zum Bäcker. Von dort können wir Robert anrufen, der sofort kommen und dich abholen wird. Ich weiß, daß er heute da ist.«

»Jetzt verstehe ich nichts mehr!« beklagte sich die Mutter. »Warum soll Robert nicht zu uns heraufkommen?«

»Das soll er ja«, sagte Nicole beschwichtigend. »Und ich werde ihn dann begleiten. Nach der langen Zeit, die wir uns nicht gesehen haben, gibt es jedoch Dinge, die ich mit ihm allein besprechen muß.«

»Da bin ich aber sehr erstaunt«, entgegnete die Mutter pikiert.

Nicole neigte sich zu ihr hinüber. »Du hast mich falsch verstanden, Mama.«

Mama! Das versöhnte die Mutter. Wenn es nur mit Dorkas keinen Ärger gab. Nicht ohne Grund hatte sie Robert heraufkommen lassen wollen. »Nun gut«, sagte sie. »Ich hoffe, ihr laßt uns nicht zu lange warten.«

Vater Schroeder erwies sich an diesem Tage als überaus verständnisvoll. Nachdem er Robert vom Bäcker aus telefonisch verständigt hatte, ging er mit Nicole in Richtung Berchtesgaden und erzählte ihr von den Sagen des Landes. Sie war ihm dankbar dafür, daß er auf diese Weise jedes Gespräch über private Dinge ausschloß, und sie war gerührt, als er in dem Augenblick, da Roberts Sportwagen sichtbar wurde, heiter, wenngleich mit einem bedeutsamen Unterton sagte: »Den Vogel erkennt man an seinem Gefieder. Ich streiche die Segel. Tue du das nicht!« Damit machte er kehrt und eilte zurück.

Robert stieg wie gebannt aus dem Wagen und umarmte Nicole. Beide brachten kein Wort über die Lippen. Eine ganze Weile blieben sie so stehen und sahen sich in die Augen.

Die Dämmerung brach an. Schnee lag in der Luft.

Robert hob Nicole auf die Arme und setzte sie in den Wagen, ohne die Tür zu öffnen. »Ich kann es noch gar nicht fassen, daß du gekommen bist.«

»Freust du dich?«

»Und wie!« Er klemmte sich hinter das Steuerrad. »Die Generalin läßt mein Zimmer bereits umräumen. Wenn wir langsam fahren, wird es bei unserer Ankunft empfangsbereit sein.«

»Wer ist die Generalin?«

»Madame, die Inhaberin der Pension, in die ich mich einquartiert habe. Eine Type, die dir gefallen wird.«

»Seit wann wohnst du bei ihr?«

»Seit ich Dorkas getroffen habe.«

»Die Frau, mit der dein Schwager verheiratet war?«

»Genau. Sie hat eine reizende Tochter, die Gerd wie aus dem Gesicht geschnitten ist. Er war, wie du weißt, der Scheidungsgrund.«

»Ja, ich erinnere mich«, sagte Nicole und dachte: Wegen dieser Dorkas werden Roberts Eltern so merkwürdig gewesen sein. Sie spürte das Klopfen ihres Herzens und fragte: »Wie stehst du zu ihr?«

Er betätigte den Anlasser. »Was soll ich da sagen? Sie ist nach wie vor hübsch und verführerisch, und nicht zuletzt diesem Umstand habe ich es zu verdanken, daß ich finanziell wieder auf die Beine gekommen bin.«

Nicole sah ihn entgeistert an. »Das begreife ich nicht.«

Robert legte den Gang ein. »Ich bin vor ihr in die Arbeit geflüchtet. Seitdem hat mein Verstand wieder die Oberhand. Ich schwelge nun in brüderlich-väterlichen Gefühlen.«

Nicole spürte, daß Robert die Wahrheit sagte und drängte sich an ihn.

Er legte den Arm um sie. »Ich weiß zwar nicht, warum du schon jetzt gekommen bist . . .«

»Weil ich mir Sorge gemacht habe«, fiel Nicole ein. »Im Brief beklagst du den Verlust deiner Ersparnisse, und auf dem Kuvert hast du vermeldet, als wäre das nichts: ›Den Verlust habe ich inzwischen ausgeglichen‹. Das bedeutet, daß du in kurzer Zeit eine Summe . . .«

»Psst!« machte Robert. »Ich hatte meinen Satz noch nicht beendet und beginne von vorne: Ich weiß zwar nicht, warum du schon jetzt gekommen bist, bin aber überglücklich, dich bei mir zu haben. Und ich gebe mich der freudigen Hoffnung hin, daß dieses paradiesische Glück auch über dich kommen möge. Betrachte das als meinen Herzenswunsch und sei brav und lieb zu dem Mann, der dich auf Händen tragen und in die Nächte hineinküssen wird, auf daß du gar wundermild schläfst und das Schönste vom Allerschönsten träumst.«

Nicole gelang es beim besten Willen nicht, ernst zu bleiben. »Du bist ja nicht wiederzuerkennen.«

Er lachte. »Ich wundere mich gerade über mich selbst. Deine Nähe scheint wie Sekt zu wirken. Da ich inzwischen aber weiß, was dir Kopfzerbrechen bereitet, schlage ich folgendes vor: Wir machen es uns daheim gemütlich und begackern alles so lange, bis die Zeit der Trennung wie ein offenes Buch vor uns liegt. Mein Gott, habe ich das schön gesagt. Und dann können wir, sofern du dazu noch Lust hast, über deinen Sorgenpunkt debattieren. Einverstanden?«

»Mir bleibt kaum etwas anderes übrig.«

»Dann habe ich nur noch eine Frage. Freust du dich, bei mir zu sein?«

Nicole schob den Arm zurück, den Robert um sie gelegt hatte. »Zumindest in der Stadt solltest du mit beiden Händen steuern. Und deine Frage möchte ich erst beantworten, wenn wir allein sind. Der Wagen ist offen. Man könnte Anstoß an meiner Antwort nehmen.«

Robert fühlte sich erleichtert. Als der Vater ihm am Telefon gesagt hatte, daß Nicole nach Berchtesgaden gekommen war, wußte er, daß ein besonderer Grund sie veranlaßt haben mußte, der Schweiz den Rücken zu kehren. Sein erster Gedanke war gewesen: Sollte Mama sich eingeschaltet und ihr geschrieben haben, daß Dorkas und ich ›unter einem Dach‹ leben? Wenn er diese Möglichkeit auch nicht ernstlich in Betracht zog, so hatte sie ihn doch bewogen, gleich in aller Offenheit über sich und Dorkas zu sprechen.

In der Pension wurde Nicole mit großer Neugier empfangen. Die Generalin hielt ihre Hand fest, musterte sie aufmerksam und sagte anstelle der üblichen Begrüßungsfloskel: »Sie gefallen mir. Der Kerl da hat sie überhaupt nicht verdient.«

»Offensichtlich doch«, erwiderte Nicole schlagfertig. »Sonst hätten Sie Ihre Feststellung für sich behalten.«

Die alte Dame nickte anerkennend. »Es kommt leider selten vor, daß Schönheit sich mit Klugheit paart.«

Dorkas wollte Nicole umarmen, doch diese hielt sie davon ab, ohne ablehnend zu sein.

Robert störte die plötzlich aufkommende Verlegenheit. Um sie mit einem Scherz zu überbrücken, sagte er schnell: »Und sollte die Welt darüber zugrunde gehen, ich muß Madame widersprechen. Wie der Augenschein zeigt, paaren Schönheit und Klugheit sich gar nicht so selten.«

»O sancta simplicitas!« höhnte die Generalin und rauschte davon.

Robert warf Dorkas einen wie um Verzeihung bittenden Blick zu und führte Nicole auf ihr gemeinsames Zimmer, das direkt unter dem Dach lag, schräge Holzwände hatte und einen Balkon besaß, über den das Dach weit hinausragte. Zwei im Winkel stehende breite Couches, über die Kelimdecken gelegt waren, bildeten eine einladende Sitzecke, vor der ein niedriger Kacheltisch stand. Abends konnten die Couches in Nachtlager verwandelt werden.

»Donnerwetter, das hat die Generalin aber nett gemacht«, begeisterte sich Robert. »Ich hatte bisher ein einfaches Bett und erwartete, daß nun zwei hier stehen würden.«

Nicole legte ihre Arme um ihn. »Und nun kann uns niemand mehr stören?«

Er küßte sie leidenschaftlich.

Später, als sie ihre Mäntel abgelegt hatten, war Robert von Nicoles hübscher Figur, die ein hellgraues Wollkleid dezent betonte, so begeistert, daß er sie übermütig auf die Arme hob.

Sie schloß vor Glück die Augen.

Er legte sie auf eine der beiden Couches und küßte sie erneut.

Nicole drängte ihn zurück. »Wenn wir so weitermachen wird mein Gesicht von deinen Bartstoppeln noch vor dem Abendbrot zerschunden sein.«

»Na und . . .?« entgegnete er frech. »Dann essen wir eben auf dem Zimmer.«

»So siehst du aus.« Sie entwand sich ihm und lief zur Balkontür. »Eine himmlische Aussicht!«

»Die Berge vor uns sind der Göll und das Brett.«

»Deine Eltern haben den Blick auf den Watzmann.«

»Ja. Wie bist du mit ihnen zurechtgekommen?«

»Dein Vater war sehr rücksichtsvoll und deine Mutter genauso, wie du sie mir geschildert hattest.«

»Wurde es sehr schlimm?«

Nicole lächelte. »Ich bin doch keine Puppe.«

»Sogar eine besonders nette, die ich gut versorgen möchte«, widersprach Robert. »Wie wäre es mit einem Kaffee? Dazu ein Schnäpschen?«

»Da sage ich nicht nein.«

»Und dann berichtest du von dir.«

Nicole kehrte zur Couch zurück und machte es sich bequem. »Von mir gibt's nicht viel zu erzählen. Ich habe von morgens bis abends gebüffelt, um wieder in den Stoff hineinzukommen. Es ist unglaublich, wie schnell man vergißt. Belegt hatte ich übrigens Zeitungswissenschaft. Sehr interessant. Und nun bist du an der Reihe.«

Robert lachte. »So schnell kommst du mir nicht davon. Aber ich werde uns erst mal Kaffee bestellen.«

»Ich pack' inzwischen meine Sachen aus.«

»Tu das, mein Spatz.«

Eine Viertelstunde später genossen sie es, nebeneinander sitzend herrlich duftenden Kaffee zu trinken. Dazu hatte Robert eine Tafel Schokolade, Zigaretten und einen echten Cognac aufgetischt, und es dauerte nicht lange, bis er mitten in der Erzählung war. Nicole kam aus dem Staunen nicht heraus, als sie hörte, daß er Detlef auf dem Flughafen Berlin-Gatow getroffen und mit nach Thüringen genommen hatte. Als er aber von Jeff Brightons Auftauchen und Hilfestellung berichtete, erschien ihr alles so unwahrscheinlich, daß ihr Zweifel gekommen wären, wenn sie nicht gewußt hätte, daß er keine Veranlassung hatte, ihr einen Bären aufzubinden. Es beglückte sie natürlich, daß Detlef sich angeboten hatte, ihr Trauzeuge zu sein. Alles andere aber, angefangen von Roberts erstem Besuch bei seinem Schwager in Bonn, bis zu seinen Schnaps-, Kaffee- und Zigarettengeschäften, bedrückte sie so sehr, daß sie besorgt auf den Moment wartete, da sie Stellung nehmen mußte. Sie hatte allerdings auch Verständnis für Roberts Verhalten gewonnen, und sie zögerte nicht, dies unumwunden zum Ausdruck zu bringen.

»Ich bin sehr erleichtert«, sagte sie. »Was du getan hast, ist nicht das, was ich befürchtete. Und ich kann nicht umhin zu gestehen, daß mir dein Vorgehen sogar imponiert. So schnell macht dir das keiner nach, im Handumdrehen gleich wieder etwas aufzureißen. Ich beurteile jetzt alles wesentlich anders. Aber es gefällt mir nicht, daß du dich nach wie vor als Schwarzmarkthändler betätigst.«

»Schwarzmarkthändler en gros, wenn ich bitten darf!« warf Robert ein.

»Ob en gros oder en detail: solche Tätigkeit ist deiner nicht würdig.«

»Soll dem schmeichelhaften Lob etwa eine Moralpredigt folgen?«

»Keineswegs«, antwortete Nicole. »Ich möchte dir nur vor Augen führen, wo du stehst. Allem Anschein nach hast du vergessen, daß es Grenzen gibt. Solange du die nackte Not von dir und deinen Eltern abwenden wolltest, ist deine Kungelei verständlich und akzeptabel. Dann aber hört der Spaß auf.«

»Hätte ich beten sollen: Lieber Iwan, gib mir meine Moneten zurück!«

»Mit Witzen ist es nicht getan«, entgegnete Nicole unbeirrt. »Fest steht, daß du weitergemacht hast, als dein Verlust längst ausgeglichen war. Du nanntest es Sicherstellung der Beschaffung von Butter, Speck, Zigaretten, Schokolade, Kaffee und dergleichen – eines Lebensstiles also, der dich, wie ich deutlich heraushören konnte, an deinem Schwager gestört hat.«

»Du hast es leicht, so zu reden«, ereiferte sich Robert. »Aber das ist verständlich. Du kommst aus einem Land, in dem Milch und Honig fließen. Wie könntest du eine Vorstellung davon haben, was es heißt, mit dem auszukommen, was uns hier auf Lebensmittelmarken zugebilligt wird. Das ist zur Zeit weniger als die zur Lebenserhaltung dringend erforderliche Kalorienmenge!«

Nicole stand auf. »Dagegen läßt sich schwer etwas sagen.«

»Na also!«

»Und trotzdem möchte ich dich bitten, deine bisherigen Fahrten einzustellen.«

»Ich sehe nicht ein, warum ich das soll.«

»Weil ich nicht die Frau eines Schwarzmarkthändlers werden will. Wenn du dich nicht schnellstens entschließt, einen ordentlichen Beruf zu ergreifen, wirst du das eines Tages bitter bereuen. Dies um so mehr, als dir dein Schwager eine phantastische Chance bietet. Wenn du sie ergreifst, können wir uns sogar großartig ergänzen.«

»Wieso?«

»Indem ich als Lektorin tätig werde.«

»Und ich mich mit Harald herumschlage?«

»Den beurteilst du wahrscheinlich im Augenblick viel zu negativ. Er war, wie ich aus deinen Erzählungen weiß, schon immer labil. Und er ist nicht erst seit gestern süchtig. Seinen Verlag hat er dennoch stets gut geführt.«

Robert war nahe daran, die Geschichte mit der Leica aufzutischen, die er wohlweislich verschwiegen und auch Dorkas nicht erzählt hatte. »Möglich, daß du recht hast«, erwiderte er einlenkend. »Doch was nützt das? Es geht mir einfach gegen den Strich, mit Harald zusammenzuarbeiten.«

»Dann denke an das Geld, das Carla im Verlag investiert hat. Es gehört heute dir. Mir ist es peinlich, darauf hinweisen zu müssen. Aber du weißt ja, daß es mir nicht darum geht, Nutznießerin zu werden. Ich will nur, daß du alles bedenkst. Schließlich hast du neben vielen anderen Dingen auch deinen Beruf verloren.«

»Nun gut«, sagte Robert. »Ich will dir gerne versprechen, nach Bonn zu gehen, wenn es soweit ist, daß es im Verlag etwas zu tun gibt. Bis dahin jedoch . . . Oder hältst du es etwa für vernünftig, wenn ich in der Zwischenzeit hier herumsitze, anstatt Geschäfte zu machen?«

»Begreifst du denn nicht!« beschwor ihn Nicole. »Was haben wir von Kaffee, Butter und Zigaretten, wenn du eines Tages eingelocht wirst? Auch solltest du bedenken, daß es kein Recht ohne Verpflichtung gibt. Carlas Rechte, die auf dich übergegangen sind, verpflichten dich ebenso wie die Rechte, die ich dir eingeräumt habe, als ich zustimmte, deine Frau zu werden.«

Robert holte tief Luft. »Ein ganz schöner Brocken, den du mir da vor die Füße knallst.«

»Ich sehe mich dazu gezwungen, weil ich nicht zwischen Tür und Angel stehen will. Ich liebe dich, und eine Frau, die liebt, will den Mann ihres Herzens achten können.«

Robert schloß Nicole in die Arme. »Ich beuge mich deiner Vernunft. Und ich beuge mich, weil ein altes Sprichwort besagt: Solange die Frau wäscht, bekommt der Mann kein freundliches Wort zu hören.«

Robert Schroeder hätte seine Hand nicht dafür ins Feuer legen mögen, daß er keine Zigaretten mehr nach Bonn bringen würde. Es reizte ihn viel zu sehr, wegzufahren und wiederzukommen und mit der Welt in Kontakt zu sein. Das entsprach seinem früheren Metier. Er brauchte das Risiko. Außerdem sah er nicht ein, daß er das, was er an Schwarzmarktware zum Leben benötigte, mit bereits kassiertem Geld bezahlen sollte. Wenn er nur eine einzige Fahrt im Monat durchführte, konnte er sich und die Seinen voll versorgen, ohne seine Reserve anzugreifen. Ihm saß die Zeit, da er als junger Pilot arbeitslos geworden war, noch so in den Knochen, daß ihn allein der Gedanke, von der Substanz leben zu müssen, nervös machte.

Dennoch war es ihm nicht schwergefallen, auf Nicoles Kurs einzuschwenken. Er war glücklich, sie wieder bei sich zu haben, und er war bereit, ihr jeden Wunsch zu erfüllen. Zudem hätte er in den Wintermonaten ohnehin nicht regelmäßig fahren können. Er hatte sich zwar schon gefütterte Fliegerstiefel und einen Fellmantel besorgt, war sich aber darüber klar, daß es zu riskant sein würde, sich mit einem Gefährt, in dem hundert Stangen Zigaretten versteckt lagen, bei Schnee und Eis auf die Straße zu wagen.

Seine schnelle Bereitschaft nachzugeben, machte Nicole glücklich, und sie war nicht wiederzuerkennen, als Robert am nächsten Morgen mit ihr durch eine tief verschneite Landschaft nach Bad Reichenhall fuhr, um ihr im Ausländerlager die gleichen Stiefel zu kaufen, die er sich besorgt hatte. Modische Gesichtspunkte hatten keine Gültigkeit mehr. Es kam nur noch darauf an, daß das, womit man sich kleidete, seinen Zweck erfüllte.

Am Nachmittag stapften sie zu den Eltern hinauf, die sie sehnsüchtig erwarteten. Erstaunlicherweise war die Mutter nicht so überschwenglich wie sonst. Sie gewann dadurch sehr.

Gesprächsstoff wurde bald der inzwischen angelaufene Nürnberger Kriegsverbrecherprozeß, der in der Meinung der deutschen Bevölkerung einen von Tag zu Tag deutlicher werdenden Wandel herbeiführte. War die Stimmung seit Kriegsende allgemein gegen die ehemalige Führung gewesen, so schlug sie nun merklich um. Viele verstanden nicht, daß Offiziere wie Keitel, Jodl, Raeder und Dönitz vor Gericht gestellt wurden. Auch fiel es schwer zu begreifen, daß Nationen, die selbst Krieg geführt und zur Erreichung ihres Zieles die Atombombe eingesetzt hatten, sich das Recht anmaßten, über andere zu Gericht zu sitzen. Wahrscheinlich hätte man hierfür mehr Verständnis gehabt, wenn gewisse Fakten nicht gewesen wären. So fragte man sich: Nach welchem Recht wird hier eigentlich geurteilt? Verbrechen gegen den Frieden war bis dato kein im Völkerrecht definiertes Delikt gewesen. Es existierte auch kein Strafgesetz, nach dem die zum Vorwurf gemachten Taten hätten bestraft werden können. Dieses Gesetz mußte erst geschaffen werden, um eine Verurteilung möglich zu machen; ein äußerst fragwürdiger Vorgang.

Aber wie im ganzen Lande, so wurde die Diskussion über den Nürnberger Prozeß auch in der Familie Schroeder ohne großes Engagement geführt. Angesichts der bekanntgewordenen Vernichtung von 5,7 Millionen Juden konnte und wollte sich niemand für die Führung des Dritten Reiches einsetzen. Man nahm lediglich Anstoß an dem, was als Willkür erschien; eine im Grunde genommen positive Entwicklung.

Trotz dieser Debatte verlief der Nachmittag bei Roberts Eltern harmonisch. Zum guten Teil war dies Nicole zu verdanken, die es verstand, sogar divergierende Meinungen auf einen Nenner zu bringen. Ihr Intellekt dominierte, und wahrscheinlich veranlaßte dies Mutter Schroeder, zurückhaltender als sonst zu sein. Nicole lag ihr nicht so wie

Carla. Bei der hatten sie nur die roten Haare gestört. Und die waren leichter zu ertragen gewesen als ein Gedankenfluß, der in ihrem Hirn tausend kleine Bläschen aufsteigen ließ.

Nicole hätte nicht sagen können, wie sie, auf die Dauer gesehen, mit Roberts Mutter zurechtkommen würde. Sie mochte sie gerne, spürte aber, daß es zwischen ihnen eine Barriere gab.

Um so mehr genoß sie die Stunden, in denen Robert ihr allein gehörte. Leider gab es immer wieder Störungen. Die Pension glich einem Taubenschlag. Mal kam dieser, mal jener. Und die Mahlzeiten mußten sie gemeinsam mit Dorkas und Carolin einnehmen, denen Robert bis dahin Gesellschaft geleistet hatte. Eine Änderung ließ sich schlecht motivieren. Robert wollte dies auch nicht. Nicole hingegen hätte es gerne gesehen. Allerdings nur in den ersten Tagen. Dann fand sie Gefallen an Carolin, die ihre Nähe zu suchen schien, und wie von selbst stellte sich auch zu Dorkas ein angenehmes Verhältnis her.

Das Schönste in dieser Zeit waren die Spaziergänge im Schnee, der eine ungewöhnliche Höhe erreicht hatte. Wenn Nicole und Robert nach stundenlangem Marsch über unberührte und in der Sonne glitzernde weiße Flächen mit roten Wangen nach Hause kamen, war es ihr höchster Genuß, in ihrem Zimmer, das von einem Kachelofen gewärmt wurde, eine Tasse heißen Tees zu trinken, Spekulatius zu knabbern und eine Zigarette zu rauchen.

In diesen Tagen des süßen Nichtstuns warteten sie gespannt auf Nachrichten von Harald und Detlef, denen sie geschrieben hatten. Nicole, um ihrem Jugendfreund mitzuteilen, daß sie wieder im Lande sei. Robert, um Harald zur Kenntnis zu bringen, was er Nicole zugesichert hatte. Nicole brannte darauf zu erfahren, wie Detlefs Eltern ihren Sinneswandel aufgenommen hatten. Und Robert hoffte, daß der Schwager ihn vorerst nicht brauchen konnte. Angesichts der herrlichen Natur, in der er lebte, graute ihm vor der Stadt und dem Zusammensein mit Harald und Mira.

Nicole war die erste, die Antwort auf ihren Brief erhielt. Allerdings in ungewöhnlicher Form. Es war gerade zwei Tage vor Weihnachten, als kurz vor dem Abendessen das Zimmermädchen meldete: »Ein Herr möchte Sie sprechen.«

Noch bevor Nicole etwas erwidern konnte, wurde das Mädchen zur Seite geschubst. Dann flog ein Koffer in den Raum und ertönte ein wilder Schrei. »Nicölchen!«

»Detlef!« rief sie verwirrt.

Er umarmte und küßte sie. »Hm! Du schmeckst immer noch gut.«

»Wo kommst du her?«

»Von draußen. Vier Jahre, neun Monate und zwölf Tage haben wir uns nicht gesehen, wie ich vorhin ausgerechnet habe. Damals wolltest du mich noch heiraten. Dann kam leider dieser Schuft und machte mir den Laden dicht. Aber wer weiß, vielleicht ist das letzte Wort noch nicht gesprochen. Robert ist ja abgehalftert. Ich komme an den Drükker!« Er wandte sich an den Freund. »Na, stellt sich schon Fracksausen ein?«

Robert stieß Detlef vor die Brust. »Mit dir nehme ich es jederzeit auf.«

Sie drückten sich die Hand.

»Wie lange hat die Fahrt nach hier gedauert?«

»Zwei volle Tage.« Detlef blinzelte zu Nicole hinüber. »Vierundzwanzig Stunden nach Erhalt deines Schreibens saß ich auf der Bahn. Was sagst du dazu? Bist du nicht beeindruckt von meiner Liebe zu dir?«

Sie legte ihre Arme um beide Männer. »Ich könnte heulen vor Glück.«

Detlef lachte. »Wie wird das erst werden, wenn ich meinen Koffer auspacke. Mich trieb nämlich auch Sorge hierher. Ein Flugkapitän findet sich nur in der Luft zurecht, sagte ich mir. Und da aus Indien nichts geworden zu sein scheint – sonst hätte besagter Herr sich ja gemeldet –, kriecht selbiger jetzt höchstwahrscheinlich unbeholfen auf der Erde herum. Bringe den beiden also ein bißchen Butter, Kaffee und so. Sonst wird's ein mieses Weihnachtsfest.«

Robert schmunzelte. »Es tut mir leid, bekennen zu müssen, daß ich das Zehn- bis Zwanzigfache von dem, was du im Koffer haben wirst, auf den Tisch legen könnte.«

Detlef sah ihn überrascht an. »Bist du etwa unter die Straßenräuber gegangen.«

»Sogar en gros!«

»Laß ihn doch erst mal ablegen«, sagte Nicole unwillig.

»Zweimal in der Woche fahre ich mit hundert Stangen Zigaretten von hier nach Bonn!« fuhr Robert prahlerisch fort.

»Mensch, Klasse!« Detlef schlüpfte aus seinem Mantel. »Dann werdet ihr mich so schnell nicht wieder los. Es geht doch nichts über ein Leben bei wohlversorgten Freunden.«

Nicole nahm ihm den Mantel ab. »Erzähl mir lieber, wie die Eltern es aufgenommen haben, daß ich . . .«

»Da ist alles in bester Ordnung«, beruhigte Detlef sie. »Alles! Die Sache ließ sich spielend leicht lösen. Ich habe den Alten Herrschaften einfach nichts gesagt. Aus.«

»Du hast verschwiegen . . .?«

»Kommt Zeit, kommt Rat, Nicölchen. Warum die Eltern mit Dingen belasten, die sich irgendwann von selbst erledigen. Beispielsweise, wenn ich eine Jemandin kennenlerne, die glücklich ist, einen Windhund wie mich zum Mann zu bekommen. Dann müssen Vater und Mutter dich und nicht ich sie trösten.«

»Ist das jetzt Dummrederei oder hast du wirklich verschwiegen, daß wir unsere Pläne geändert haben?«

Detlef hob die Hand zum Schwur. »Wirklich verschwiegen.«

Nicole ließ sich auf die Couch sinken. »Und was hast du gesagt, wohin du fährst?«

Als leiere er eine Litanei herunter, antwortete Detlef: »Ich habe gar nichts gesagt, weil ich nichts sagen konnte. Die Eltern sind nämlich verreist.«

»Jetzt, zu Weihnachten?«

»So wahr mir Gott helfe.«

»Wohin denn?«

»Nach England.«

Nicole rang die Hände. »Kann man denn nicht eine Minute vernünftig mit dir reden?«

»Das tust du doch schon die ganze Zeit!«

Sie wandte sich an Robert. »Keine weiteren Fragen. Ich überlasse Ihnen den Delinquenten.«

Detlef grinste. »Ist sie nicht süß?«

Robert insistierte: »Angeklagter! Berichten Sie ausführlich über die Reise Ihrer Eltern.«

Der Freund tat einen Hechtsprung und warf sich auf Nicole.

»He, he!« protestierte Robert, während Nicole sich von Detlef befreite.

Der rieb sich die Hände. »Kinder, ich freue mich, bei euch zu sein. Und welche Erleichterung, daß es euch gutgeht! Ich habe mich übrigens bereits einquartiert. Madame war sehr gnädig, als sie hörte, daß auch ich schon mal mit Nicole verlobt war. Ein Zimmer läßt sie bereits richten. Leider liegt es nicht in eurer Nähe. Davon wollte Madame partout nichts wissen. Nun, man muß das verstehen. Sie möchte keinen Ärger bekommen. Dafür hab' ich unten 'ne tolle Frau gesichtet. Sie erinnert mich an Nofretete.«

»Und heißt Dorkas!« fiel Robert belustigt ein.

»Toller Name. Wer ist besagtes Wesen?«

»Sie ist die ehemalige Frau meines Schwagers.«

Detlef fuhr sich mit der Zunge über die Lippen. »Nun noch ein Vaterunser, und ich stürze mich ins Abenteuer.«

Nicole schlug auf die Couch. »Bitte, Detlef, sei fünf Minuten vernünftig und erzähl von den Eltern.«

»Wie du willst«, sagte er mit einem Blick auf seine Armbanduhr. »Ich fasse zusammen. Vater und Mutter sind unlädiert über die Runden gekommen. Seit Kriegsende geht es ihnen besser als in den Jahren zuvor, weil unser Herr Vater, und jetzt wirst du staunen, seine Auslandsverbindungen benutzt hat, um Juden aus Deutschland herauszubringen. Über hundert hat er via Ostfriesland und Holland nach England geschleust. In London läßt er sich von ihnen nun weihnachtlich aufpolieren.«

»Das ist ja großartig«, begeisterte sich Nicole. »Hat Mutter von seinen Unternehmungen gewußt?«

»Kein Sterbenswörtchen hat er ihr gesagt. Sie sollte unbelastet sein, falls etwas schiefgehen würde.«

»Fabelhaft!«

»Da kann man nur gratulieren«, stimmte Robert zu. »In meiner Familie sehen die Dinge leider anders aus.«

»Wieso leider? Wir waren doch alle Nazis.«

»Man konnte es aber auf verschiedene Art sein.«

»Da hast du recht.«

Draußen ertönte ein Gong.

Nicole erhob sich. »Es wird zum Abendbrot gebeten.«

32

Durch Detlef änderte sich alles. Es gab keine besinnlichen Stunden mehr, nur noch ein turbulentes Beisammensein. Dorkas fand Detlef ›hinreißend‹. Aber das war nicht anders zu erwarten gewesen. Sein Temperament und sein Witz bestachen jeden. In seiner Nähe wurde das Leben leicht. Er fegte Probleme einfach vom Tisch oder verdrehte sie ins Umgekehrte, so daß man lachen mußte und nicht dazu kam, sich über irgend etwas ernsthafte Gedanken zu machen.

Typisch für Detlef war sein Verhalten in der Weihnachtsnacht, in der er mit Dorkas, Carolin, Nicole und Robert durch tiefen Schnee zur Dorfkirche von Unterstein stapfte. Ihnen war gesagt worden, daß die Christmette dort einen ganz besonderen Charakter habe. Eigentlich war es das Ende des Nachtgottesdienstes, das ungewöhnlich gestaltet wurde und vielleicht gerade in diesem Jahr außerordentlich beeindrukkend verlief. Während die Gläubigen nach dem Weihnachtslied ins Freie traten und die Glocken in der eisigen Kälte feierlicher als sonst erklangen, wurden ringsum Fackeln angezündet. Und in das stimmungsvolle Bild der mehr und mehr erleuchteten Schneelandschaft krachten von den Bergen die Böller der ›Weihnachtsschützen‹, bis ein

Bläserchor von einem hohen Felsen anstelle des üblichen ›Ehre sei Gott in der Höhe‹ das Lied vom guten Kameraden spielte.

Ergriffenheit erfaßte die Menschen. Man war dem Heulen nahe. Detlef nicht ausgeschlossen. Um sich und die anderen aus der Beklemmung zu befreien, wandte er sich an Carolin und sagte in die Stille hinein: »Jetzt kommt der große Augenblick, wo wir uns küssen müssen.«

Alle sahen ihn entgeistert an.

»Das ist in Rußland so üblich«, fuhr er unbeirrt fort.

»Er verwechselt Weihnachten mit Ostern«, sagte Robert.

»Und da Ostern gleich nach Weihnachten kommt«, Detlef beugte sich zu Carolin hinab und gab ihr einen Kuß, »gibt man sich in Rußland auch schon nach der Christmette ein Bussi. Und nun«, er reichte das Mädchen an Robert weiter und legte seine Arme um Dorkas, »erfülle ich weiterhin meine Pflicht, wobei ich Ihnen, gnädige Frau, von ganzem Herzen das wünsche, was ich mir erhoffe: eine gesegnete Weihnachts*nacht*!«

Dorkas strahlte, Carolin lachte, und Robert und Nicole kamen sich bei so viel Unbekümmertheit wie um Jahre gealtert vor.

Das gleiche Gefühl beschlich sie, als Detlef, der nach zwei Monaten immer noch in Berchtesgaden weilte und keinerlei Anstalten traf, nach Hamburg zurückzukehren, angesichts eines vielseitigen Fragebogens, den Robert wegen der neuerdings geforderten ›Entnazifizierung‹ auszufüllen hatte, in ein schallendes Gelächter ausbrach. »Das ist doch ein Witz«, sagte er. »Kein Mensch kann über hundert Fragen ehrlich beantworten. Da weiß man bei der letzten ja nicht mehr, was man bei der ersten gelogen hat.«

»Du hast gut lachen«, erwiderte Robert. »Wenn du in der Partei gewesen wärst . . .«

»Ich war Pimpfenführer im Jungvolk!«

»Das wird man dir nicht ankreiden. Meinen frühzeitigen Eintritt in die Partei und speziell in die SS wird man bestimmt nicht kommentarlos hinnehmen. Ich war damals immerhin schon vierundzwanzig Jahre!«

Detlef tippte sich an die Stirn. »Du wirst doch nicht angeben, daß du eine Frühgeburt bist.«

»Ich werde nichts verschleiern.«

»Dann bist du genauso stur wie dein Vater, von dem du mir ja einiges erzählt hast. Aber, bitte, wenn du schon nichts verschweigen willst, dann nenn wenigstens ein um einige Jahre späteres Datum. In der SS warst du selbstverständlich nie!«

Robert zuckte die Achseln. »Niemand kann über seinen Schatten springen. Ich werde alles haargenau angeben.«

»Aber warum denn?«

»Weil ich freiwerden und mich nicht selbst einsperren will. Ich habe mitgemacht und muß meine Vergangenheit bewältigen. Oder soll ich mich verleugnen?«

»Re-education!« höhnte Detlef. »Geh mir doch los. Wir waren schon ganz in Ordnung und hatten nur das Pech, unter die Fuchtel eines Mannes zu geraten, bei dem Genie und Wahnsinn ineinander übergingen. Nach den gemachten Erfahrungen ist uns heute natürlich klar, daß wir ein demokratisches Regierungssystem benötigen. Wir aber brauchen uns nicht zu ändern. Wir sind in Ordnung. Wie sehr, das wird sich erweisen, wenn der nationale Wust, den man vor uns aufgetürmt hatte, abgebaut ist und wir im demokratischen Sinne regiert werden.«

»Da gebe ich Detlef recht«, sagte Nicole. »Ich muß aber auch Robert zustimmen. Es ist zweifellos erforderlich, daß sich jeder klar darüber wird, wo er gestanden hat, wie alles gewesen und was daraus geworden ist. Nur so können wir aus der Vergangenheit lernen. Und das müssen wir, wenn wir verhindern wollen, daß die Welt nochmals so grausam heimgesucht wird.«

»Dazu brauchen wir keine Fragebogen.«

»Die halte ich sogar für gefährlich«, bekräftigte Robert. »Siehe deine Empfehlung, etwas anderes als die Wahrheit anzugeben. Die meisten von denen, die ihren Wohnsitz wechseln mußten, werden zumindest Schönheitskorrekturen anbringen. Der Reinigungsgedanke, der mit dem Fragebogen verbunden sein mag, kann dadurch zum Bumerang werden. Wer schwarz auf weiß bestätigt bekommt, nur ein ›Mitläufer‹ oder ›Unbelasteter‹ gewesen zu sein, wird sich zwangsläufig auch dann als Mitläufer oder Unbelasteter fühlen, wenn er falsche Angaben gemacht hat.«

»Schluß mit dem theoretischen Gequatsche«, wehrte Detlef ab. »Vielleicht müssen wir eines Tages noch Auskunft über unseren Stuhlgang geben.«

Robert legte den Fragebogen beiseite. »Ich werde einen vollen Tag brauchen, um das Ding auszufüllen.«

Detlef schnippte mit dem Finger. »Ich hab' eine Idee! Während du die Fragen beantwortest, sprich: dein Gewissen erleichterst, fahr' ich mit Nicole nach München, um festzustellen, wie es an der ›Uni‹ und an der ›TH‹ aussieht. Vielleicht rattert der Betrieb da schon wieder auf vollen Touren.«

»Du hast ernstlich vor, dein Studium in München zu beenden?«

»Denkst du, ich lasse Nicölchen allein?«

Robert blickte zu ihr hinüber.

Sie lächelte. »Du brauchst dir keine Gedanken zu machen.«

Er schnitt eine Grimasse. »Gefallen tut's mir dennoch nicht.«

Detlef war schockiert. »Das ist doch nicht dein Ernst.«

Robert lachte. »Es freut mich, daß man auch dich hereinlegen kann! Ich bin selbstverständlich froh, wenn ich Nicole nicht allein in München weiß. Und was deinen Vorschlag anbelangt: ihr solltet gleich morgen fahren. Ich kann den blöden Fragebogen dann in Ruhe ausfüllen.«

Robert erhielt die Ruhe, die er sich wünschte, und er war mit der unerfreulichen Arbeit noch nicht lange fertig, als Nicole und Detlef am Abend in die Pension zurückkehrten. Beide waren in guter Stimmung, da sie sich für das kommende Herbstsemester hatten immatrikulieren können.

»Und wie soll es weitergehen?« fragte Robert.

Detlef kraulte sich die Haare. »Die Frage hat sich mir auch schon aufgedrängt. Ich kann ja schließlich nicht ewig hierbleiben und habe mich deshalb entschlossen, in der nächsten Woche nach Hamburg zurückzukehren.«

»Und wie wirst du daheim deinen langen Aufenthalt in Berchtesgaden begründen?« fragte Nicole.

Detlef zuckte die Achseln. »Jetzt muß ich leider Wermut in den Becher der Freude kippen; denn bei meiner Ankunft habe ich geflunkert. Die Eltern wissen, daß du umgeschaltet hast und heute dem Herrn Überflieger gehörst. Ihnen ist auch bekannt, daß ich bei euch bin.«

»Bist du womöglich aus Protest hierhergefahren?« fragte Nicole betroffen.

»So kann man es nennen.«

»Die Eltern haben sich also von mir abgewandt?«

»Geben dir aber keine Schuld, weil sie genau wissen, wie bei mir der Hase läuft. Sie halten meine Flexibilität, wie ich es einmal nennen möchte, für die Ursache unserer Trennung, sind verrückterweise jedoch der Auffassung, du hättest mir verzeihen und nicht gleich zu meinem Lehrherrn laufen dürfen. Du kennst ja die Alten Herrschaften. Wenn es nicht so läuft, wie sie es sich wünschen, spielen sie verrückt und sind nicht mehr zu sprechen.«

Jetzt ist doch eingetreten, was Nicole befürchtet hat, dachte Robert und bemühte sich, ihren Kummer vergessen zu machen.

Beinahe mehr noch half ihr Detlefs Haltung. Sie erkannte, daß das von ihm geplante gemeinsame Studium seinen Eltern deutlich machen sollte, wie bedingungslos er über die Unlösbarkeit einer Freundschaft dachte. Dies beglückte sie so sehr, daß es ihr relativ leicht fiel, ihre Traurigkeit zu verbannen.

Doch dann kam ein Tag, an dem sie gefordert wurde. Es war kurz nachdem Detlef sich auf den Weg nach Hamburg gemacht hatte. Robert war zum Military Government befohlen worden, wo ihm binnen weniger Minuten vor Augen geführt wurde, daß die Folgen des verlorenen Krieges, die er bis dahin nur am Rande zu spüren bekommen hatte, sich nunmehr auch für ihn bemerkbar machen würden. Nach einem kurzen und eisigen Gespräch über seinen Fragebogen war ihm der Sonderausweis, der ihn berechtigte, sich frei in ganz Deutschland zu bewegen, abgenommen worden. Er hatte auch die Bescheinigung abgeben müssen, die es ihm erlaubte, in seinem Wagen Benzin aus US-Beständen mitzunehmen. Und schließlich war der geliebte BMW, weil mit der Aufschrift ›On official military business‹ versehen, konfisziert worden. Der Vorteil von einst wirkte sich nun zum Nachteil aus und ließ Robert wie gerädert in die Pension zurückkehren.

Nicole erkannte gleich, daß etwas Ungewöhnliches geschehen sein mußte.

Er ließ sich auf die Couch fallen. »Ich bin den Wagen los.«

»Man hat ihn dir genommen?«

»Einschließlich meiner Sondergenehmigung.«

Ein Glück, daß Detlef abgereist ist, schoß es Nicole durch den Kopf. Er würde den Rückschlag überspielen und das Positive, das in der Sache steckt, ohne es zu wollen, auf ein Minimum reduzieren. Nun bleibt Robert nichts anderes übrig, als umzudenken. Und das ist gut so. Er wird begreifen, daß er etwas unternehmen muß. »Ich bin nicht traurig«, sagte sie mutig.

Robert, der sich ermattet zurückgelegt hatte, richtete sich auf. »Und warum nicht?«

»Weil dir der Wagen, der dir zweifellos entscheidend geholfen hat, in letzter Zeit im Wege stand.«

»Bist du unter die Pfarrerstöchter gegangen?«

»Denk darüber nach!« entgegnete Nicole. »Du hast seit Kriegsende nie zielstrebig vorausgeblickt, sondern immer nur überlegt, wie du den Wagen und deinen Sonderausweis in deine Zukunft einbauen könntest. Wer denkt schon so? Menschen wie Detlef und ich jedenfalls nicht. Wir wollen unser Studium beenden und werden unser Ziel in zwei Jahren erreicht haben. Ohne Wagen und ohne Sondergenehmigung! Und wo wirst du stehen, wenn du nicht ebenfalls energisch loslegst? Dabei bietet sich dir die unschätzbare Chance, in den Verlag deines Schwagers einzutreten. Wenn du willst, sogar als Kompagnon.«

Sie hat recht, dachte Robert. Wenn ich weiterhin hier herumhocke, haben Detlef und Nicole noch vor mir Boden unter den Füßen. Dahin darf es nicht kommen. Ich werde bei Harald anfangen. Und wenn Nicole ihr Studium abgeschlossen hat, werden wir sie als Lektorin übernehmen. Dann arbeiten wir zusammen und bauen uns ein neues Leben auf.

Nicole sah Roberts veränderten Gesichtsausdruck und erinnerte sich eines Wortes in *Wilhelm Meisters Wanderjahre.* ›Die Vorsehung hat tausend Mittel, die Gefallenen zu erheben und die Niedergebeugten aufzurichten.‹

Wie einst eine Trotzreaktion Robert Schroeder veranlaßt hatte, das Abzeichen der NSDAP offen zur Schau zu stellen, so war es auch diesmal ein Aufbäumen, das ihn trieb, Brücken hinter sich abzubrechen und neuen Kurs einzuschlagen. Der Gedanke, daß Detlef sich vor ihm eine Existenzgrundlage geschaffen haben könnte, ließ ihn nicht mehr zur Ruhe kommen. Er hatte plötzlich den unbändigen Willen zu beweisen, daß er sich auch in einem anderen Beruf zurechtfinden und nicht nur Flugzeuge steuern konnte. Und er hatte das Verlangen, etwas für Nicole zu schaffen.

Schon zwei Wochen nach Verlust des Wagens reiste er nach Bonn, ohne sich bei seinem Schwager angemeldet zu haben. Nicole begleitete ihn bis München, wo sie einige Tage bei dem Ehepaar bleiben wollte, das ihr bei der Rückkehr aus der Schweiz behilflich gewesen war und sie mehrfach gebeten hatte, sich zu melden, sobald es soweit sei, daß sie ihr Studium aufnehmen könne. Schon jetzt wollte sie sich nach einer geeigneten Unterkunft für Detlef und für sich umsehen und eruieren, wieweit die für das Studium benötigten Unterlagen bei der Bayerischen Staatsbibliothek wieder zur Verfügung standen.

Seit Ende des Krieges war ein Jahr vergangen, und manche Dinge fingen an, sich zu normalisieren. Auf dem Ernährungs- und Wohnungssektor sah es freilich nach wie vor katastrophal aus. In der US-Zone waren die Länder Groß-Hessen, Württemberg-Baden und Bayern aber wenigstens schon mit Exekutive und Legislative ausgestattet. Man hatte ihnen auch eine eigene Gerichtsbarkeit zugestanden und allen Ländern Verwaltungsrechte gegeben. Darüber hinaus war für das von den Amerikanern besetzte Gebiet in Stuttgart ein Länderrat gebildet worden. Es ging also, wenngleich in bescheidenem Maße, langsam bergauf.

Roberts Eltern hatten sich in dieser Zeit sehr verändert. Ganz besonders, seit sie wußten, daß Detlef Miller mit Robert und Nicole in ein und derselben Pension wohnte. Es hatte sie schon peinlich berührt, daß ihr Sohn sein Zimmer mit Nicole teilte. Sie kamen aber nicht darüber hinweg, daß der frühere Verlobte ihrer zukünftigen Schwiegertochter unter dem gleichen Dach Quartier bezogen hatte.

»Das ist eine Schweinerei, wie sie mir noch nicht vorgekommen ist«, hatte sich der Vater entrüstet.

»Noch dazu in einem kleinen Ort, wo sich alles schnell herumspricht«, stimmte die Mutter ihrem Mann zu. Sie hatte sich innerlich von Nicole abgewandt. Sie war zutiefst davon überzeugt, daß zwischen den dreien nicht alles in Ordnung war, und rückblickend glaubte sie auch zu wissen, warum Robert keine Bedenken gehabt hatte, mit dieser Dorkas zusammenzuziehen. Im Dritten Reich hätte es so etwas nicht gegeben, meinte sie.

Aber auch andere Gründe schienen Roberts Eltern zu veranlassen, reservierter denn je zu sein. Jedenfalls sprachen sie in Gegenwart von Robert und Nicole nicht mehr über Politik. Sie wichen sogar jeder Frage nach der alle Welt bewegenden Entnazifizierung aus. Es war, als würden sie von den erlassenen Verordnungen und Bestimmungen nicht im geringsten betroffen.

»Der Zeitungsartikel über Gerd muß ihnen in den Kopf gestiegen sein«, sagte Robert, als er, gemeinsam mit Nicole, den Eltern vor seiner Abreise nach Bonn einen letzten Besuch abgestattet hatte. »Ich fresse einen Besen, wenn Mama nicht schon wieder an irgendeinem Ding dreht.«

Nicole hatte besorgt erwidert: »Hoffentlich gibt es kein furchtbares Erwachen für sie.«

Robert hatte ihr beigepflichtet, dann jedoch nachdenklich hinzugefügt: »Wenn ich sehe, daß im Wohnzimmer neuerdings eine Madonna steht, sage ich mir allerdings: Bis zur Grotte von Lourdes ist es nicht mehr weit. Mama wird sich durchsetzen.«

Da Nicole bis zum Beginn des Semesters in der Berchtesgadener Pension bleiben sollte, empfahl ihr Robert beim Abschied, die Eltern nicht allzu oft zu besuchen. »Es würde dich nur Nerven kosten«, sagte er. »Und die haben wir jetzt für andere Dinge nötig.«

Sie umfaßte das Revers seines Mantels. »Es erleichtert mich, daß dich unsere Trennung nicht bedrückt und du es nicht erwarten kannst, dich in die Arbeit zu stürzen.«

Er gab ihr einen Kuß. »Ich weiß ja, wofür ich es tue. Und das verspreche ich dir: Spätestens in zwei Jahren wird geheiratet!«

»Ich werde dann sehr, sehr glücklich sein«, flüsterte sie verliebt.

Robert sah und hörte Nicole noch, als der Zug schon am Rhein entlangfuhr. Das Bild des Stromes und seiner größtenteils unversehrten Ortschaften stimmte ihn zuversichtlich und ließ ihn denken: Es gibt viele kleine Städte, in denen das Leben bald wieder pulsieren wird. Man muß sie an erster Stelle ins Kalkül einbeziehen, wenn man ein Unternehmen wieder auf die Beine bringen will.

Er war noch nicht in Bonn angelangt, hatte vom Verlagswesen nicht die geringste Ahnung und stellte bereits Überlegungen an, die ihm nicht zustanden, sich aber mit den Vorbereitungen zu einem Flug in unbekannte Regionen vergleichen ließen. Dort war vieles vorauszudenken und zu erahnen, dort regten Landkarten die Phantasie an, wie ihn nun jene kleinen Orte beflügelten, über Umsatzmöglichkeiten nachzudenken. Er hatte den Willen, neue Wege zu gehen, wiewohl er die alten nicht einmal kannte. Er wollte eine Dynamik entwickeln, wie sie Harald nicht zu eigen war. Er dachte daran, das Heft an sich zu reißen und den Freund und Schwager einem Gesundungsprozeß zuzuführen. Wenn er schon in einen Verlag eintrat, dann um ihn größer zu machen, als er jemals war. Er platzte schier vor Eifer und Ehrgeiz, und dies spürte Harald, als Robert am Abend unangemeldet erschien und gelassen erklärte: »So, mein Lieber, ich bin gekommen, um mich in deinen Saftladen einzuarbeiten. Ich hoffe, ihr habt ein Zimmer für mich frei«, fügte er klugerweise an Mira gewandt hinzu.

»Aber selbstverständlich«, erklärte sie erstaunlich hilfsbereit. »Ich werde es Ihnen gleich herrichten und bin froh, daß Sie gekommen sind. Er«, sie wies auf Harald, »macht mir in letzter Zeit nämlich Schwierigkeiten. Er trinkt und verlangt außerdem Drogen. Das halte ich auf die Dauer nicht aus.«

»Was soll ich denn machen?« verteidigte sich der Schwager. »Pro Tag stehen mir nur drei Ampullen zur Verfügung. Ich saufe schließlich nicht aus Spaß, sondern um über die Runden zu kommen.«

Robert sah ihn skeptisch an. »Und wie sieht es mit dem Sanatorium aus?«

»Sense! Das bei Freiburg dient den Franzosen als Hospital, und ein Kölner Institut, das ausgebombt wurde, ist noch nicht wieder aufgebaut. Andere kenne ich nicht.«

»Dann bring mir schnellstens bei, was ich vom Verlagsgewerbe wissen muß, um dich vertreten zu können. Denn ich werde ein Sanatorium ausfindig machen!«

Harald wies auf seinen leeren Schreibtisch. »Vertreten kannst du mich schon jetzt. Es gibt immer noch nichts zu tun. So gesehen kommst du viel zu früh. Das Papier wird nicht vor Ende des Jahres geliefert.«

»Und was machen deine Angestellten?«

Harald lachte hellauf. »Bis jetzt beschäftige ich nur eine Schreibkraft, die zweimal in der Woche für drei Stunden kommt. Und das ist noch zuviel. Die Korrespondenz ist gleich Null.«

»Dann werden wir sie ankurbeln.«

»Wozu?«

»Um Kontakt mit den Kunden zu bekommen. Wer zuerst mahlt, mahlt am besten.«

»Und woher nimmst du die Adressen? Sämtliche Unterlagen sind in Berlin verschüttgegangen.«

»Es muß doch ein Buchhändler-Verzeichnis geben.«

»Natürlich. Aber ich habe keins.«

Robert verschlug es die Sprache. Offensichtlich hatte Harald nichts anderes getan, als sich eine Lizenz geben zu lassen, mit Banken zu konferieren und einen Posten ausgelagerter Bücher abzustoßen, um die Lieferung einer entsprechenden Menge Papier beantragen zu können. War er vom Regen in die Traufe geraten? Es sah ganz danach aus. Betrachtete er die Sache jedoch von einer anderen Seite, dann tat sich ihm ein Arbeitsfeld auf, das weniger verlegerische Kenntnisse als organisatorische Fähigkeiten verlangte und nicht fachliches Können, sondern eisernen Fleiß voraussetzte. Und den wollte er aufbringen. Wenn er sinnvoll zu Werke ging, boten sich ihm ungeahnte Möglichkeiten. »Ich mach' dir einen Vorschlag«, sagte er kurz entschlossen. »Ich zieh' dir einen Geschäftsbetrieb mit den Adressen aller Kunden auf, mit Karteikarten und was sonst dazu gehört, und du bringst mir bei, was ich vom Verlags- und Buchhändlergewerbe wissen muß. Als Gegenleistung für meine Tätigkeit stellst du mir bis auf weiteres Wohnung und Verpflegung zur Verfügung.«

»Bei dir piept's wohl«, entrüstete sich Harald. »Wenn du dich schon nützlich machst, bekommst du auch Gehalt. Da das Geld nicht mehr viel wert ist, würde ich sagen: zweitausend Reichsmark für den Anfang.«

»Die ich Mira als Haushaltsbeitrag in die Hand drücken werde.«

»Mensch, das ist eine gute Idee. Dann freut sie sich dusselig. Ich werde dir also viertausend geben.«

Robert schüttelte den Kopf. »Zweitausend für Mira und keinen Heller mehr! Ich beanspruche erst Gehalt, wenn ich es mir selber genehmigen kann, das heißt, wenn ich den Laden so weit in Schwung gebracht habe, daß er Geld einbringt. Einverstanden?«

Harald grinste. »Einverstanden? Das sagt doch kein Mensch mehr.«

»Was denn?«

»Okay!«

Mit Vehemenz stürzte sich Robert Schroeder in die Arbeit, die ihm von Tag zu Tag mehr Freude bereitete. Er sah, daß sein Wirken nicht ohne Erfolg blieb und staunte darüber, wie leicht es im Grunde genommen ist, einem brachliegenden Unternehmen neue Impulse zu geben. Zunächst hatte er nichts anderes getan, als sich bei einem Bonner Buchhändler ein Adressenverzeichnis der ›Sortimenter‹ auszuleihen. Dann hatte er die stundenweise beschäftigte Schreibkraft voll eingestellt und ihr den Entwurf eines Briefes in die Hand gedrückt, der an alle Buchhändler geschickt werden sollte. Sie wurden darin aufgefordert, auf einem beigefügten Formular Auskunft über sich selbst zu geben; über möglicherweise eingetretene Veränderungen und dergleichen. Ein freigemachter Briefumschlag machte die Rücksendung leicht. Als Anreiz wurde die Zusendung des neuen Verlagsprogrammes nach Eingang der erbetenen Unterlagen zugesichert.

Die Antwortschreiben ließen nicht lange auf sich warten und versetzten Robert Schroeder in die Lage, eine erstklassige Kundenkartei anzulegen. Während er diese erstellte, tippte die Schreibkraft kurze Inhaltsangaben der Romane jener britischen Autoren, die publiziert werden sollten. Täglich gingen nun fünfzig und mehr Briefe mit Vorabinformationen an die Buchhändler hinaus.

Harald, der körperlich immer stärker verfiel, gebärdete sich fast kindisch. »Das ist eine tolle Idee«, begeisterte er sich. »Wirklich, das ist mal was Neues.«

Robert wunderte sich. Er hatte geglaubt, daß derartige Informationen gang und gäbe seien. Doch ihn bewegte etwas ganz anderes. Zu deutlich trat zutage, daß sein Schwager am Ende seiner Kraft war und unter ärztliche Aufsicht gestellt werden mußte. Es war unerträglich, immer wieder erleben zu müssen, wie ein Mensch, der zunächst blühend aussieht, von Stunde zu Stunde grauer wird, plötzlich zusehends verfällt und schließlich einem zuckenden Nervenbündel gleicht.

Um dem Schwager zu helfen, suchte Robert einen Arzt auf, der ihm ein Entziehungssanatorium im Taunus nannte. Da die Reisemöglichkeit durch die inzwischen angeordnete gemeinsame Verwaltung der britischen und amerikanischen Zone erleichtert worden war, fuhr Robert mit der Begründung, bei einer hessischen Papierfabrik vorsprechen zu wollen, noch am gleichen Tage in den Taunus, wo es ihm gelang, für die Zeit vom 20. Dezember bis zum 15. Februar ein Bett reserviert zu bekommen.

Nach seiner Rückkehr sprach er in aller Offenheit mit Harald, der im ersten Moment wütend wurde, bald darauf aber einsah, daß es mit ihm so nicht weiterging.

»Die Sache hat nur einen Haken«, sagte er. »Mira wird alle Hebel in Bewegung setzen, um zu verhindern, daß ich Weihnachten nicht hier bin.«

»Dann fahren wir eben heimlich weg«, konstatierte Robert. »Deine Gesundheit ist wichtiger als alles andere. Ich schaffe unsere Koffer vorher aus dem Haus, und du hinterläßt einen Brief, in dem du Mira mitteilst, daß ich dich zu einer sofortigen Kur überredet habe. Aus. Keine Angabe, wohin du gefahren bist.«

»Und wie soll es für dich weitergehen?«

»Ich begleite dich ins Sanatorium und fahr' von dort nach Berchtesgaden, wo ich mit Nicole die Festtage verbringen möchte. Gleich nach

Neujahr kehre ich nach Bonn zurück und spiele den Blitzableiter. Bis du wieder aufkreuzt, hat Mira sich zehnmal beruhigt.«

Robert wußte, wie Harald genommen werden mußte. Er war aber froh, als er den Schwager am Nachmittag des 20. Dezember in der Heilanstalt abgeliefert hatte und die Fahrt allein fortsetzen konnte. Nicole erwartete ihn in München und hatte ihm geschrieben, daß Detlef die diesjährigen Festtage daheim bleiben werde, sie also allein sein würden.

Das Weihnachtsfest verlief jedoch nicht so geruhsam, wie sie es sich gewünscht hatten. Gleich nach ihrem Eintreffen in der Berchtesgadener Pension, in der es wie in früheren Zeiten nach Weihnachtsgebäck roch und ihr Zimmer mit frischem Tannengrün geschmückt war, wurden sie von Dorkas überfallen. In einem bezaubernden Abendkleid stand sie plötzlich im Raum und rief überschwenglich: »Stellt euch vor, mir ist der liebe Gott begegnet!«

»In Gestalt eines Mannes?« fragte Robert prompt.

Dorkas ließ sich nicht beirren. »Er sieht blendend aus, ist Württemberger und Inhaber eines großen Maschinenfabrikles, wie er es nennt.«

»Heilig's Blechle!« hänselte Robert.

»Und er will mich heiraten!«

»Dann ist er wirklich der liebe Gott. Dorkas,« Robert umarmte sie, »ich gratuliere dir von ganzem Herzen.«

Was folgte, waren völlig uninteressante und umständlich vorgetragene Interna, von denen Nicole und Robert nur im Gedächtnis blieb, daß besagter Herr siebzig Jahre alt war, seine Frau schon vor geraumer Zeit und den einzigen Sohn im Krieg verloren hatte. Daß er in Carolin vernarrt war, verstand sich beinahe von selbst.

Im Gegensatz zum turbulenten Wiedersehen mit Dorkas, die gleich Sekt kredenzte, verlief das Treffen mit den Eltern höchst unerfreulich. Sie verhielten sich so frostig, daß Robert angesichts der deutlich zutage tretenden Absicht erklärte: »Wenn wir euch etwas getan haben, müßt ihr das sagen.«

Der Vater deutete auf die Sessel. »Wenn ihr Platz nehmen wollt . . .«

Diese Formulierung war eine weitere Herausforderung.

Die Mutter warf den Kopf in den Nacken, wie sie es tat, wenn sie ihren Stolz zum Ausdruck bringen wollte.

Robert wurde ratlos. Was war geschehen?

Nachdem alle saßen, sagte der Vater mit einer gewissen Feierlichkeit in der Stimme: »Ich werde offen darlegen, um was es geht.«

Die Mutter blickte ins Leere. »Vergiß dabei nicht, Gerd zu erwähnen.«

»Ja, richtig. Ich möchte mich da aber kurz fassen. Gerd hat uns geschrieben. Es geht ihm ausgezeichnet. Er ist neuerdings viel in Südamerika. Ich habe den Eindruck, daß er in geheimer Mission tätig ist. Jedenfalls erwähnt er seinen Aufgabenkreis mit keinem Wort, was gewisse Rückschlüsse zuläßt. Doch das nur nebenbei. Gerds Brief, und damit komme ich zu dem, was uns mit größter Besorgnis erfüllt, wurde uns vom Kommandeur der hiesigen Militärregierung *persönlich* übergeben. Er legte Wert darauf, uns kennenzulernen. Im Hinblick auf diese Tatsache, und unter Berücksichtigung des Umstandes, daß wir demnächst einige delikate Verhandlungen zu führen haben, über die ich mich hier nicht auslassen möchte, müssen wir euch dringend ersuchen, euer Privatleben in geordnete Bahnen zu lenken. Von uns aus mögt ihr tun, was ihr wollt. Aber wenn über euch geredet wird, laufen wir Gefahr, in Teufels Küche zu geraten.«

»Mir bleibt die Spucke weg«, sagte Robert verblüfft. »Nicole studiert in München, ich arbeite in Bonn. Wie kann unser Privatleben da in ungeordneten Bahnen verlaufen?«

Der Vater räusperte sich. »Wir haben durch Zufall erfahren, daß Nicole in München mit ihrem früheren Verlobten zusammenlebt.«

Robert lachte. »So ausgedrückt, klingt das natürlich schlimm. In Wirklichkeit studieren sie nur zusammen.«

»Wohnen aber in einem Haus und auf derselben Etage.«

»Sogar gemeinsam mit zehn anderen Menschen.«

»Unter denen sich jedoch niemand befindet, der sich wie ein Trottel benimmt.«

Roberts Backenknochen traten hervor. »Was willst du damit sagen?«

»Daß du, gleichgültig ob Nicole dir nun Hörner aufsetzt oder nicht, den Harlekin abgibst.«

»Komm«, sagte Robert zu Nicole. »Wir wollen lieber gehen, bevor ich mich vergesse.«

Sie erhob sich und stellte sich vor die Mutter. »Nimmst du an, daß ich Robert betrüge?«

»Nein, das nehmen wir nicht an«, beeilte sich der Vater zu versichern.

»Und dann wagt ihr es, euren Sohn so zu beleidigen?«

Robert zog Nicole mit sich fort. »Laßt es uns wissen, wenn ihr eure Meinung geändert haben solltet. Bis dahin . . .«

Wie schmerzlich die Begegnung mit den Eltern auch war, Nicole und Robert konnten die Bitterkeit, die sie überfiel, schnell überwinden, weil das Rencontre mehr groteske als ernste Züge aufwies. Irgendwann würden die Eltern schon erkennen, daß sie sich verrannt hatten. Wieso und warum sie sich verstiegen hatten, blieb allerdings schleierhaft.

Allem Anschein nach hatten die ›delikaten Verhandlungen‹ etwas damit zu tun. Robert fragte sich vergeblich, was damit gemeint gewesen sein könnte. Er kam zu keinem plausiblen Ergebnis, schwor sich aber, Nicole vergessen zu lassen, was ihr angetan worden war. Und Nicole nahm sich vor, Robert für die Beleidigung zu entschädigen, die er hatte hinnehmen müssen. Die Zeichen standen somit gut für ein besonders inniges Zusammensein.

Und es wurden Tage voller Freude. Eingehüllt in dicke Mäntel, marschierten sie stundenlang durch knirschenden Schnee und besprachen all das, was sie versucht hatten, in ihren regelmäßig gewechselten Briefen zum Ausdruck zu bringen. Von Liebe und immer wieder von Liebe war die Rede, von Träumen, Wünschen und deren Erfüllung. Wenn Robert manchmal stehenblieb, um hochflatternde Krähen, einen dahinhopsenden Hasen oder ein witterndes Reh zu beobachten, dann lehnte Nicole ihren Kopf an seine Schulter und genoß neben der Herrlichkeit der Natur die Stärke und Sicherheit, die Robert ausstrahlte. Seit er sich im Verlag betätigte, wurde ein Wille spürbar, der an Tage erinnerte, da er als Pilot seinen ganzen Stolz darein gesetzt hatte, bei jeder Wetterlage starten und landen zu können.

Nicole spürte, daß Robert seinen Weg gehen und sein Ziel erreichen würde. Sie war deshalb glücklich wie nie zuvor, als sie sich am Tage nach Neujahr auf dem zugigen Münchener Bahnhof von ihm verabschiedete. »Ich glaube, ich weiß endlich, was Glück ist«, sagte sie, stellte sich auf die Zehenspitzen und gab ihm einen Kuß. »Mit einem geliebten Menschen in Harmonie zu sein.«

An diesen Satz erinnerte sich Robert, als er in Bonn mit Mira zusammentraf. Er hatte angenommen, sie werde ihm eine heftige Szene machen, doch er täuschte sich. Mira erkundigte sich vielmehr angelegentlich nach Nicoles Ergehen und dankte ihm dafür, daß er ein Machtwort gesprochen und Harald in ein Sanatorium gebracht habe.

»Sie hätten es nur nicht hinter meinem Rücken tun sollen«, fügte sie mit gefährlich weicher Stimme hinzu. »Vielleicht war es aber ganz gut, daß mir vor Augen geführt wurde, zu welch einsamen Entschlüssen Sie fähig sind. Ich werde dem Rechnung tragen, und Sie werden eines Tages wissen: Jetzt habe ich die Antwort erhalten, die Antwort nämlich auf die Frage: Warum hat Mira die Störung des Weihnachtsfestes so wortlos hingenommen?«

Die Atmosphäre, die eben noch versöhnlich gewesen war, glich plötzlich einer geballten Ladung, zu der eine unsichtbare Zündschnur führt. Jeden Augenblick konnte es krachen.

Robert unterschätzte die Drohung nicht. Er gab sich auch keinen Illusionen hin, als Mira sich in den nächsten sechs Wochen, die Harald im Sanatorium verbrachte, sehr verträglich zeigte. Sie führte den Haushalt mit viel Geschick, kochte gut und hielt sich so sehr zurück, daß Robert schon anstandshalber gezwungen war, sie hin und wieder zu bitten, ihm Gesellschaft zu leisten. Nur ihre Augen verrieten, daß ein Feuer in ihr glomm, aus dem jeden Moment Flammen herausschlagen konnten.

Mit Unbehagen sah Robert deshalb Haralds Rückkehr entgegen. Sollte ihm dann die angekündigte Antwort erteilt werden? Ob es ihm paßte oder nicht, Mira hatte ihn mit ihrer Drohnung in ein Spannungsfeld gesetzt, das ihn nervös machte. Er wurde schließlich sogar so unruhig, daß er die Ankunft des Schwagers nicht abwartete, sondern in den Taunus fuhr, um ihn abzuholen.

Harald machte einen ausgeruhten Eindruck. Im Gegensatz zu früheren ›Kuren‹ hatte er jedoch viel an Gewicht verloren. Er schien aber Arbeitslust zu verspüren und lebte sichtlich auf, als Robert ihm erzählte, daß die langersehnte Papierlieferung endlich für Ende April/Anfang Mai avisiert sei und er, in Anbetracht des inzwischen in Kraft getretenen Doppelzonenabkommens, auch von Druckereien Angebote angefordert habe, die in der US-Zone liegen.

»Dann geht's ja schwer bergauf«, sagte Harald in der Euphorie, die mit der Entlassung aus der Anstalt über ihn gekommen war.

Daheim empfing Mira ihn mit dem Knall eines Sektpropfens.

Robert hätte sie umbringen mögen. War das ihre Antwort? Wenn er Harald jetzt den Rat erteilte, keinen Alkohol zu trinken, konnte er die Lage nur verschlimmern. Nolens volens machte er gute Miene zum teuflischen Spiel. »Auf deine Rückkehr und auf die Arbeit, die dich erwartet«, sagte er, wobei er den zweiten Teil des Satzes betonte.

Harald lachte. »Wie ich dich kenne, hast du alles bestens erledigt.«

»Keineswegs!« widersprach Robert. »Es gibt zuviel Dinge, in denen ich mich nicht auskenne. Du mußt mich in den nächsten Wochen und Monaten unbedingt mit allem vertraut machen.«

Robert erreichte, was er wollte. Harald fühlte sich beim Portepee genommen und verzichtete auf das zweite Glas Sekt, das Mira ihm anbot. »Bereite uns ein leckeres Abendessen«, sagte er. »Ich will mir jetzt die Korrespondenz ansehen.«

Von diesem Augenblick an ging wochen- und monatelang alles gut. Robert war ein so eifriger und wißbegieriger Schüler, daß Harald aus seinem Arbeitsraum nur noch zu den Mahlzeiten herauskam und des Abends wie ermattet ins Bett fiel. Und dann wurde endlich das Papier geliefert. Es war an dem Tage, da der amerikanische Außenminister George Marshall in einer vielbeachteten Rede eine gewaltige finanzielle Kraftanstrengung der Vereinigten Staaten für den wirtschaftlichen Wiederaufbau Europas ankündigte. Schon sein Vorgänger hatte zu verstehen gegeben, daß es notwendig sei, Deutschland zu einer aktiven

Mitarbeit heranzuziehen. Das Blatt hatte sich gewendet. Daran konnten die Franzosen und die Sowjets, die negativ reagierten und sich weigerten, an der von Großbritannien und Amerika vorgenommenen Fusion ihrer Zonen teilzunehmen, nichts mehr ändern. Im Gegenteil, es kam ohne sie zur Bildung eines Wirtschaftsrates, aus dem sich zwangsläufig eine Zusammenarbeit der Angloamerikaner mit den Deutschen entwickelte, die auf die Dauer auch politische Wünsche nicht unbeachtet lassen konnte.

Ein Jahr später trat ein weiterer entscheidender Wandel ein. Der Osten hatte die angebotene Teilnahme am Marshallplan brüsk zurückgewiesen und damit die ohnehin zwischen Ost und West entstandene Spannung so zugespitzt, daß Frankreich es nun doch vorzog, sich an die Seite Amerikas und Englands zu stellen. Die Bildung einer ›Trizone‹, die erstmalig alle Gebiete westlich des sogenannten ›Eisernen Vorhanges‹ umfassen sollte, war damit in greifbare Nähe gerückt. Diese Aussicht animierte die Mächte des Westens, an die Errichtung eines freien, föderalistischen Staatswesens zu denken. Die Geburtsstunde der ›Bundesrepublik Deutschland‹ kündete sich an.

Bevor der neue Staat jedoch aus der Taufe gehoben werden konnte, ereignete sich noch manches. Und das nicht nur auf dem Forum der Politik. So erlebte Robert Schroeder eine Enttäuschung, über die er so schnell nicht hinwegkam.

Aus Sorge, daß Harald wieder in sein altes Leiden zurückfallen könnte, war er das ganze Jahr über in Bonn geblieben. Sogar auf Ferien hatte er verzichtet, was ihm insofern leichtgefallen war, als Nicole ihm geschrieben hatte, daß sie die Semesterpause dazu benutzen wolle, sich auf die anstehenden Klausurarbeiten vorzubereiten. Erst als das Weihnachtsfest heranrückte, fuhr er nach München und von dort mit Nicole nach Berchtesgaden. Nur wenige Tage gönnten sie sich. Sie genügten aber, um Harald erneut drogensüchtig werden zu lassen und in ein Abhängigkeitsverhältnis zu bringen, aus dem er nicht wieder herauskommen sollte. Wie das möglich geworden war, erfuhr Robert erst später. Zunächst wurde er mit harten Fakten konfrontiert.

So erklärte ihm Mira bei seiner Rückkehr mit kalter Miene: »Ich möchte Sie bitten, keinen Lärm zu machen. Harald schläft. Er hatte so furchtbar getrunken, daß ich ihm eine SEE-Injektion geben mußte.«

»Haben Sie den Verstand verloren?« brauste Robert auf. »SEE oder Morphium, das bleibt sich gleich. Er wird wieder süchtig werden.«

»Ihre Mundwinkel bogen sich spöttisch herab. »Das ist er bereits seit Weihnachtsabend.«

»Dann werde ich Sie zur Anzeige bringen. Sie haben kein Recht . . .«

»Welche Rechte und Pflichten ich als Ehefrau des Verlegers von der Heid habe, brauchen Sie mir nicht zu erzählen«, unterbrach Mira ihn scharf.

Robert war wie vom Donner gerührt. »Sie haben geheiratet?«

»Ich hoffe, Sie nehmen keinen Anstoß daran. Sonst müßte ich Sie aus dem Hause weisen.«

Das ist die seinerzeit angekündigte Antwort, dachte Robert. Auf den Tag genau vor einem Jahr stellte Mira sie mir in Aussicht. »Ich werde mich bemühen, schnellstens anderweitig ein Zimmer zu finden.«

Sie lächelte maliziös. »Ich bin Ihnen dankbar dafür, daß Sie es mir ersparen, Ihnen die Wohnung kündigen zu müssen.«

»Werde ich die Verlagsräume noch betreten dürfen?«

»Das Recht und die Pflicht ergibt sich aus Ihrem Angestelltenverhältnis.«

Robert ließ Mira stehen und verließ das Haus. Was sollte er tun? Schluß machen? Er hatte keine Lust mehr, für Harald tätig zu sein. Aber durfte er den Schwager im Stich lassen? Gerade jetzt, wo er in ein auswegloses Abhängigkeitsverhältnis geraten war?

Ihm fiel die Bruchlandung ein, die er als junger Pilot fabriziert hatte. War ihm damals der Gedanke gekommen, zu kapitulieren? Nicht eine Sekunde, obwohl er sich in jener Minute ebenso elend gefühlt hatte wie in diesem Augenblick. Warum also stellte er nun idiotische Überlegungen an? War er alt geworden? Hatte er keinen Elan mehr?

Robert Schroeder bewies sich selber, daß er noch genügend Kampfkraft besaß. Nach drei Tagen hatte er in Godesberg ein möbliertes Zimmer gefunden. Dann suchte er Harald auf, der ihn schmunzelnd empfing.

»Na, was sagst du zu unserer Eheschließung?«

»Wenn du nicht wieder süchtig geworden wärst, würde ich sie begrüßen.«

»Du bist also nicht einverstanden?«

»Nein.«

»Gut, daß ich dich nicht zu fragen brauchte.«

»Ein Gespräch über Verlagsdinge wäre mir lieber.«

»Bitte.«

»Wir haben jetzt vier Angestellte, nehmen keinen Pfennig ein, ertrinken in Büchern und liefern nicht aus.«

»Der Grund ist dir bekannt. Ich verkaufe erst nach der Umstellung auf eine neue Währung. Lange kann es nicht mehr dauern. Wie ich vertraulich erfahren habe, steht die Gründung der ›Bank Deutscher Länder‹ kurz bevor.«

»Gib wenigstens einen Roman frei.«

»Ich bin doch nicht blöd.«

»Die Buchhändler werden es dir lohnen.«
Harald lachte verächtlich.
»Und dem Renommee des Verlages würde es zuträglich sein.«
»Ich will Zaster in neuer Währung. Weiter nichts.«
»Das Leben ist mehr als eine Privatangelegenheit!« brauste Robert auf. »Wie sollen Geschäftsleute über die Runden kommen, wenn ihnen keine Ware geliefert wird?«
»Kein Fabrikant denkt in der augenblicklichen Situation daran, sich von seiner Produktion zu trennen.«
»Eben darum sind ja alle Geschäfte leer.«
»Mach mich nicht dafür verantwortlich.«
»Du gibst also keinen Titel frei?«
»Eher fress' ich 'ne Kröte.«
Robert war enttäuscht. Nicht so sehr, weil er es gerne gesehen hätte, daß wenigstens ein Buch zur Auslieferung gelangt wäre. Die harte und völlig unfreundschaftliche Unterredung hatte ihm vor Augen geführt, daß sein Einfluß auf Harald dahin war. Hatte es unter diesen Umständen noch Sinn, an seiner Seite zu bleiben? Er war nahe daran, seinen Posten zu verlassen, und er würde wohl auch die Konsequenzen gezogen haben, wenn dann nicht anderthalb Jahre für nichts und wieder nichts dahin gewesen wären. Er mußte Fuß fassen, und alles sprach dafür, daß die nüchternen und kaufmännisch-rücksichtslosen Überlegungen des Schwagers zum gewünschten Erfolg führen würden. Seine Zukunft war an den Verlag gebunden. Wenn er jetzt nicht ausharrte und in Kauf nahm, was ihm gegen den Strich ging, stand er erneut auf der Straße.
Es wurden harte Monate. Dann aber, am 20. Juni 1948, trat endlich ein, worauf alle gewartet hatten. Die Militärregierungen der Westmächte ordneten eine Währungsreform an, bei der die bis dahin gültige, jedoch wertlos gewordene ›Reichsmark‹ im Verhältnis 10:1 gegen neue ›Deutsche Mark‹ eingetauscht wurde.
Harald geriet außer Rand und Band. Er jubelte über das, was andere verzweifeln ließ. »Zehn zu eins!« rief er immer wieder. »Mein Warenbestand aber behält seinen Wert!«
Haralds Rechnung war aufgegangen. Erstmals zeigte er wieder echte menschliche Wärme. Ohne lange zu reden, erhöhte er die Gehälter der Angestellten um rund zwanzig Prozent. Und Robert drückte er einen Vertrag in die Hand, der ihn zum Geschäftsführer machte und ihm ein Gehalt zusicherte, das fast der Summe entsprach, die er als Flugkapitän erhalten hatte.
»Dann kann ich ja heiraten!« rief er außer sich vor Freude.
Der Schwager klopfte ihm auf den Rücken. »Darum geht's mir doch. Und damit du Nicole schnellstens informieren kannst, schick' ich dich

gleich nach Stuttgart und München. Du mußt aus den Kommissionären herausholen, was herauszuholen ist.«

»Und wovon zahle ich die Fahrt? Etwa von den vierzig Mark Handgeld, die jedem Bürger zugestanden wurden?«

Harald lachte. »Ich habe vorhin mit dem Direktor der Commerzbank telefoniert. Bis zu zwanzigtausend dürfen wir überziehen. Das ist natürlich nur ein Tropfen auf den heißen Stein, und eben darum mußt du die Kommissionäre gründlich anzapfen. Die sollen ruhig mal spüren, wofür sie da sind.«

Für Robert war es unbegreiflich, daß Harald angesichts der eben erst bekanntgegebenen Währungsreform schon wieder mit Summen jonglierte, die in der gegenwärtigen Situation jedem Normalbürger unrealistisch erscheinen mußten. Aber der Schwager behielt recht. In Stuttgart, wohin Robert am nächsten Morgen fuhr, sahen die Geschäftsfreunde ein, daß auf die eingelagerten Bücher, die nun zur Auslieferung gelangten, eine Vorschußzahlung zu leisten war. Das dazu erforderliche Geld mußte jedoch bei der Hausbank erkämpft werden, und das ließ sich nicht in einem Tage bewerkstelligen. Robert fuhr deshalb weiter nach München, wo er ebenfalls nicht gleich zu Rande kam und warten mußte. Das gab ihm Gelegenheit, mit Nicole und Detlef ein kleines Fest zu veranstalten, bei dem auch mancher Schluck auf Harald getrunken wurde.

Robert ahnte nicht, welch fürchterliche Nachricht ihn erwartete, als er nach Bonn zurückkehrte. Harald war tot. Er war schon vor Tagen gestorben. Seine Frau hatte Weisung gegeben, ihn, den Freund und Schwager, nicht zu verständigen.

Robert war wie betäubt, als ihm der Buchhalter, den er als ersten im Verlagsraum antraf, verstört berichtete, was geschehen war.

»Erzählen Sie mir alles«, forderte er ihn auf, da er spürte, daß der biedere und zuverlässige Mann mehr wußte, als er sagte.

Der Buchhalter wurde verlegen. »Der Doktor starb am Tage Ihrer Abreise. Am Mittag hörten wir ihn . . . Sie wissen schon. Er hatte zuviel getrunken. Später wurde es ruhig. Wie Frau von der Heid sagte, hatte sie ihrem Mann ein Beruhigungsmittel injiziert. Gegen vier Uhr rief sie dann plötzlich um Hilfe. Wir eilten nach oben und sahen den Doktor in seinem Arbeitszimmer neben der Couch am Boden liegen. Seine Augen waren starr zur Decke gerichtet. Er war tot. Der herbeigerufene Arzt stellte Versagen des Herzens fest.«

Das konnte nicht ausbleiben, ging es Robert durch den Sinn.

»Vorgestern wurde er beerdigt. Er ist in der Familiengruft beigesetzt. Wir haben ihm das letzte Geleit gegeben.«

»Und Frau von der Heid hat ausdrücklich die Weisung erteilt, mich nicht zu verständigen?«

»Ja.« Der Buchhalter dämpfte seine Stimme. »Ich ahne, warum. Die Führung des Verlages soll Ihnen genommen werden.«

»Wie kommen Sie darauf?«

»Frau von der Heid ließ sich gestern in Gegenwart eines Herrn, den ich zufällig aus meiner früheren Tätigkeit kenne, über Produktionsziffern, vorliegende Aufträge, Bankverbindlichkeiten und dergleichen informieren.«

Robert Schroeder kniff die Augen zusammen. »Der Betreffende gehört einem anderen Verlag an?«

»Er ist dort Prokurist.«

»Dann wird unser Verlag nicht mehr lange ...«

Mira trat in den Raum. »Was wird *mein* Verlag nicht mehr lange?«

Robert erkannte sie kaum wieder. Sie trug ein schwarzes Chiffonkleid, hatte ihr Haar aufgesteckt und war ungewöhnlich blaß geschminkt. Anstatt die gestellte Frage zu beantworten, sagte er: »Wenn dies auch ein denkbar unglücklicher Augenblick ist, so muß ich doch die Frage stellen, warum Sie Weisung gegeben haben, mich über den Tod meines Schwagers nicht zu informieren?«

Der Buchhalter wollte sich entfernen.

Mira hielt ihn zurück. »Es ist mir sehr lieb, daß Sie anwesend sind. Sie sollen hören, was ich zu sagen habe.« Sie wandte sich an Robert Schroeder und sah ihn verächtlich an. »Ich kündige hiermit den zwischen Ihnen und meinem verstorbenen Mann abgeschlossenen Geschäftsführervertrag zum frühestmöglichen Termin und suspendiere Sie ab sofort von Ihren Obliegenheiten. Das vereinbarte Gehalt können Sie sich jeweils am Ersten des Monats holen. Über die Rückzahlung der Einlage Ihrer verstorbenen Frau werden wir verhandeln müssen. Ich persönlich bin der Meinung, daß der Betrag durch die Währungsreform abgewertet wurde und somit nur noch mit zehntausend D-Mark zu Buche steht. Man kann jedoch, wie ich belehrt wurde, auch anderer Auffassung sein. Ich biete Ihnen deshalb fünfzigtausend D-Mark als Abfindung, sofern Sie akzeptieren, daß die Ansprüche aus Ihrem Geschäftsführervertrag damit abgegolten sind. Mein Angebot gilt für eine Woche. Wenn Sie mehr fordern, müssen Sie den Rechtsweg beschreiten.«

»Gedenken Sie auch Haralds Tochter Carolin abzufinden?«

»Deren Rechte werden vom Vormundschaftsgericht wahrgenommen.«

Robert Schroeder ballte die Fäuste. Er mußte sich beherrschen, nicht hinauszuschreien, was ihm auf der Zunge lag. Nicht Mira, sondern jener Prokurist hatte formuliert, was ihm eröffnet worden war. Und die Überlegungen der Gegenseite waren durchtrieben. Lehnte er das ihm gemachte Angebot ab, dann fehlten ihm die Mittel, um einen Prozeß führen zu können, dessen Streitwert sich zwangsläufig auf hunderttausend Mark belaufen würde. Es half alles nichts: er mußte zu Kreuze kriechen, wollte dies jedoch nicht tun, ohne zuvor einen Anwalt befragt zu haben.

Der empfahl ihm dringend, keinesfalls vor einem Prozeß zurückzuschrecken. »Der ist so gut wie gewonnen«, sagte er, bat eine Prozeßvollmacht zu unterzeichnen und einen Vorschuß von tausend Mark zu zahlen.

»Und was kostet die mir erteilte Beratung, wenn ich keinen Prozeß führe?« fragte Robert Schroeder.

»Hundert Mark plus Gebührensatz.«

»Die zahle ich.«

Ein Traum war ausgeträumt. Fünfzigtausend D-Mark aber war eine Summe, mit der sich etwas anfangen ließ. Robert Schroeder konnte inzwischen ja mehr als nur Flugzeuge steuern. Er hatte in ein Metier hineingerochen, das ihm Freude bereitete. Gemeinsam mit Nicole . . . Das Herz schlug ihm plötzlich schneller. ›Viribus unitis!‹ – ›Mit vereinten Kräften!‹

33

Die Währungsreform hatte überraschende Wirkungen. Während die Schaufenster über Nacht wieder mit den schönsten Waren dekoriert wurden, verschlechterte sich die Atmosphäre zwischen den Alliierten so sehr, daß düstere Wolken über Deutschland aufstiegen.

Begonnen hatte es mit der Unterbrechung der Kontrollratsarbeiten für eine gesamtdeutsche Währungsreform. Da die vier Siegermächte sich nicht einig werden konnten, hatten die Weststaaten zu erkennen gegeben, daß sie die dringend erforderliche Geldreform gegebenenfalls auch ohne die UdSSR durchführen würden. Als Antwort hierauf erließen die Russen für den Interzonenverkehr so einschneidend veränderte Vorschriften, daß die Angloamerikaner sich gezwungen sahen, einen großzügigen Luftverkehr nach Berlin einzurichten. Die Verhältnisse spitzten sich zu, und als die Westmächte die neue ›Deutsche Mark‹ in Umlauf brachten, ordneten die Sowjets eine gleiche Reform für die Ostzone und Berlin an. Sie gaben eine ›D-Mark Ost‹ heraus und reagierten, als die Kommandanten von West-Berlin für ihren Verwaltungsbereich die ›D-Mark West‹ zum gesetzlichen Zahlungsmittel erklärten, mit einer Stromsperre für West-Berlin und mit der Stillegung des gesamten Interzonenverkehrs. Die Briten und Amerikaner gaben sich nicht geschlagen. Sie bauten den bereits aufgenommenen Luftverkehr so gewaltig aus, daß eine ›Luftbrücke‹ entstand, über die Berlin mit allem versorgt wurde, was es brauchte. Sogar Hausbrandkohlen wurden eingeflogen.

Robert Schroeder war tief beeindruckt von der fliegerischen und organisatorischen Leistung der Westmächte. Der unausgesprochen dahinterstehende Gedanke: Nun erst recht!, feuerte auch ihn an, aus dem Rückschlag, den er wieder einmal erlitten hatte, einen Sieg zu machen. Ihn erfüllte ein solcher Kampfgeist, daß er sich fast schon als Sieger wähnte, als er acht Tage nach dem Hinauswurf aus dem Verlag in München eintraf und Nicole und Detlef beim Abendbrot überraschte.

»Servus«, sagte er, als käme er eben von der Arbeit zurück. »Herrgott, hab' ich Hunger!«

Nicole sprang auf. »Du bist schon wieder in München?«

Robert hob sie auf die Arme. »Ich bleibe jetzt sogar ganz hier!«

Nicole strampelte sich los.

Detlef stellte sich breitbeinig vor Robert. »Darf ich den Herrn Geschäftsführer bitten, uns die unheimlich anmutende Formulierung: ›Ich bleibe jetzt sogar ganz hier!‹, ein wenig zu interpretieren?«

»Darfst du«, sagte Robert. »Ich wurde gefeuert und bin nicht mehr Geschäftsführer.«

»Du scheinst heute deinen witzigen Tag zu haben.«

»Möglich. Auf alle Fälle habe ich Hunger. Und ich bin in der glücklichen Lage, fünfzigtausend Piepen auf den Tisch zu legen.«

Detlef griff nach Roberts Puls. »Du gestattest?«

»Bitte . . .« Er schaute zu Nicole hinüber. »Der Grund ist leider ein sehr trauriger. Harald ist gestorben.«

Sie griff sich erschrocken an den Hals.

Detlef ließ Roberts Hand los.

»Wie ist das so plötzlich gekommen? Hatte er einen Unfall?«

Robert erzählte, was sich ereignet hatte und endete mit der drastischen Feststellung: »Na ja, dann habe ich diesem Miststück den Gefallen getan und die fünfzig Mille genommen.« Er zog seine Brieftasche und hielt Nicole einen Scheck unter die Nase.

Detlef trompetete den Badenweiler Marsch.

»Sei nicht so taktlos«, fuhr ihn Nicole an.

Er faltete die Hände. »O Herr, sei dem verstorbenen Sünder gnädig.«

Nicole sah Robert fragend an. »Was willst du jetzt tun?«

»Mit dir einen Verlag gründen.«

»Bert!« Sie umarmte ihn. »Du glaubst, daß wir mit dem Geld . . .?«

»Vergiß unser Guthaben nicht! Wenn der Betrag durch die Abwertung auch schwer zusammengeschmolzen ist, so dürfte er doch reichen, um zahlen zu können, was bei einer Verlagsgründung an Gebühren und Anschaffungen anfallen wird.«

»So viel kann das nicht ausmachen«, sagte Nicole. Sie wußte, welcher Betrag ihnen zur Verfügung stand, da Robert ihr schon vor Jahr und Tag die Verwaltung des Kontos übertragen hatte.

»Auch nicht, wenn wir einen ›Opel-Olympia‹ kaufen müssen, der fast viertausend Mark kostet!«

»Einen Wagen will er haben«, rief Detlef und tänzelte wie ein Harlekin. »O bitte gleich, o bitte sehr. Der Herr soll seinen Wagen haben.« Plötzlich aber blieb er stehen. »Was hast du gesagt? Viertausend?«

»Ja.«

»Zu Reichsmarks Zeiten stand der ›Olympia‹ mit rund dreitausend im Angebot.«

»Da konnte man ihn auch nur auf Bezugsschein, sprich: nie und nimmer bekommen. Jetzt gilt die freie Marktwirtschaft, in der Angebot und Nachfrage die Preise regeln.«

Detlef grinste. »Er ist eine Wirtschaftskanone geworden.«

Nicole sah Robert verliebt an. »Ich gönne dir den Wagen.«

»Und ich brauche ihn dringend«, versicherte er. »Was meinst du, wieviel Reisen jetzt zu machen sind. Die Herstellung und den Verkauf übernehme ich. Das Lektorat und die Geschäftskorrespondenz überlasse ich dir.«

»Mensch, prima!«

»Und was ist mit Nicoles Studium?« quengelte Detlef.

»Zunächst ist bürotechnisch nicht viel zu tun, da ja erst einmal Bücher hergestellt werden müssen.«

Detlef setzte sich. »Wie wär's, wenn wir zunächst mal weiteressen würden?«

Nicole legte schnell ein Gedeck auf. »Wir schwelgen gerade in Brot und Aufschnitt.«

»Und genießen dazu köstliches Leitungswasser«, bekräftigte Detlef. »Wir konnten ja nicht ahnen, daß heute noch ein halber Millionär vorbeikommen würde.«

»Keine Sorge. Ich lade euch schon noch zu einem Bier ein.«

Nicole versorgte Robert mit Wurst und Brot. Sie bewunderte seinen Mut, ein Unternehmen zu gründen. »Hast du dir schon Gedanken über das Verlagsprogramm gemacht?«

»Wir werden ausschließlich Belletristik publizieren. Aber mit einem gewissen Pfiff. Zwei Bücher kenne ich, die mir gefallen würden. Darum auch die schnelle Anschaffung des Wagens. Der eine Autor sitzt in der Nähe von Kassel, der andere in Regensburg.«

»Handelt es sich um Romane?«

»Nicht direkt. Beide Bücher sind eine Mischung von Roman und Geschichte. Das eine trägt den unmöglichen Titel: ›Von Petrus bis Eugenio Pacelli‹. Wenn ich die Rechte bekomme, wird es ›Das Leben der Päpste‹ heißen. Das interessiert, kommt an und wird gekauft.«

Detlef lachte schallend. »Wenn mir in Namur jemand geflüstert hätte, der Verrückte, der da mit der Ju 88 Loopings dreht, wird eines Tages aus dem Leben der Päpste Kapital schlagen . . .«

»Hör endlich auf, den Komiker zu spielen«, unterbrach ihn Nicole.

»Laß ihn doch«, sagte Robert. »Er glaubt halt nicht, daß ich mich als Verleger durchsetzen werde.«

»Davon bin ich sogar überzeugt«, widersprach Detlef, nun mit ernster Miene. »Vielleicht beruhigt es dich, geliebtes Nicölchen, wenn ich dir sage, daß mein Lachen ein unkontrollierter Ausdruck meiner Bewunderung war.«

Sie warf ihm einen Handkuß zu und wandte sich an Robert. »Wovon handelt das andere Buch?«

»Von Fälschungen aller Art, die historisch belegt, aber nicht bekannt geworden sind.«

»Ein interessanter Stoff!« begeisterte sich Nicole.

»Mit einem Titel, den wir ebenfalls ändern müssen, wenn wir die Rechte erhalten. ›Wie sie fälschten‹, nennt der Autor sein Buch. Das ist doch kalter Kaffee. ›So wird gefälscht!‹ muß der Titel lauten. Das ist direkter. Da überlegt man unwillkürlich, ob man noch was dazulernen kann. Und damit ist das Buch schon halb verkauft.«

Detlef hob sein Wasserglas. »Nase scheinst du zu haben.«

»Mir fehlt leider eine dritte Schwarte. Zwei sind für den Start zuwenig. Mindestens drei müssen her.«

»Woher kennst du die in Aussicht genommenen Bücher?«

»Mein Schwager hatte sie abgelehnt. Im Moment sind ausländische Autoren en vogue.«

Detlef erhob sich. »Dann sollten wir die Geburtsstunde eures Verlages wirklich mit einem Bierchen begießen. Dazu könnten wir sogar eine Bockwurst knacken. Die gibt's schon wieder auf der Straße zu kaufen!«

Robert legte seinen Arm um Nicole. »Am Tage nach deinem Examen wird geheiratet.«

Robert Schroeder wußte sehr genau, daß das, was ihm vorschwebte, bei weitem nicht so spielend zu bewältigen sein würde, wie er es dargestellt hatte. Von dem Geld, das ihm zur Verfügung stand, mußten Nicole und er unter anderem fast achtzehn Monate leben. Die Produktion im Frühjahr zu starten, erschien ihm aus verkaufstechnischen Gründen zu riskant. Er kam nicht daran vorbei, die Bücher erst im dritten Quartal des folgenden Jahres auf den Markt zu bringen, und das bedeutete, daß er frühestens gegen Weihnachten mit dem Eingang von Geldern rechnen konnte. Er machte sich deswegen aber keine Sorge. Wenn sie sich einschränkten wie bisher, war der Lebensunterhalt der kleinste von allen Posten, die berücksichtigt werden mußten. Allein die erforderlich werdenden Reisen würden das Mehrfache verschlingen; von den Druck- und Bindekosten ganz zu schweigen. Den Löwenanteil erforderte das Papier, und Robert Schroeder war sich darüber klar, daß er diese Hürde nicht im direkten Anlauf würde nehmen können.

Zunächst war jedoch der Verlag zu etablieren, und mit Hilfe des väterlichen Freundes, der Nicole schon mehrfach unterstützt hatte, fanden sie nach drei Tagen genau das, was sie benötigten: einen hübsch eingerichteten Arbeits- und Wohnraum, ein Zimmer für Nicole und Robert und eine Schlafkammer für Detlef. Im Arbeitsraum stand sogar ein Telefon, das die Vermieterin, eine gebrechliche alte Dame, gerne abtrat, wenn sie nur gelegentlich telefonieren durfte.

Als nächstes erledigte Robert die handelsgerichtliche Eintragung des Verlages. Dann kaufte er eine gebrauchte Schreibmaschine, Leitz-Ordner, Karteikästen und sonstiges Büromaterial, und schon wenige Tage später erhielt er den Bescheid, daß der in Auftrag gegebene Wagen eingetroffen sei.

Bevor er die erste Geschäftsreise antrat, wollte er seine Eltern aufsuchen. Er machte sich Sorgen um sie, da er vermutete, sie könnten durch die Währungsreform in finanzielle Schwierigkeiten geraten sein. »Fährst du mit?« fragte er Nicole.

Sie sah ihn bittend an. »Wenn es nicht unbedingt sein muß, möchte ich hierbleiben. Das soll nicht heißen, daß ich deine Eltern meiden will. Nur in der jetzigen Phase . . .«

»Du brauchst dich nicht zu entschuldigen«, sagte Robert. »Ich würde bestimmt nicht zu ihnen fahren, wenn ich mich nicht fragen müßte, wovon sie im Augenblick leben.«

Er ahnte nicht, daß sein Entschluß, den Eltern beizustehen, bedeutungsvoll für die weitere Entwicklung des eben von ihm gegründeten Verlages werden würde.

Die Eltern waren glücklich über den Besuch ihres Sohnes und atmeten erleichtert auf, als sie hörten, daß er die Währungsreform gut überstanden und sogar einen neuen Wagen gekauft hatte.

»Wir haben uns viel Gedanken um dich gemacht«, sagte der Vater, der erstaunlich frisch aussah.

»Und ich war in Sorge um euch«, erwiderte Robert. »Deshalb bin ich hergefahren. Ich werde euch selbstverständlich unterstützen.«

Die Eltern sahen sich an, als fragten sie sich, ob sie über eine Sache, die sie bewegte, sprechen sollten.

Der Vater gab sich merklich einen Ruck. »Daß du uns Unterstützung gewähren willst, spricht für dich, mein Junge. Ganz besonders, weil wir nicht gerade im besten auseinandergegangen sind.«

Robert wehrte ab.

»Es ist schon erhebend, wie wir uns auf unsere Söhne verlassen können«, seufzte die Mutter. »Stell dir vor: Gerd hat uns am Tage nach der Währungsreform über die hiesige Militärregierung telegraphisch tausend Dollar angewiesen.«

»Alle Achtung!« sagte Robert.

Die Mutter lehnte sich zurück. »Wir haben uns auch riesig darüber gefreut. Es ist schon etwas wert, wenn eine Familie zusammenhält.«

»Das ist doch selbstverständlich.«

Sie gab sich gerührt. »Ich muß in letzter Zeit oft an Conrad denken. Mein Gott, hat der mich verwöhnt, als es uns damals dreckig ging. Wenn er jetzt hier wäre . . . Er war ein so guter Sohn. Warum müssen nur immer gerade die Besten daran glauben? Meinen Vorschlag, einen Handel mit Kuckucksuhren zu betreiben, hätte er bestimmt aufgegriffen. Ich bin sogar überzeugt, daß er im Handumdrehen eine Uhrenfabrik aus dem Boden gestampft hätte.«

Robert lachte. »Daß du von den Kuckucksuhren nicht loskommst.«

»Ich weiß eben, welches Geschäft damit zu machen wäre.«

»Möglich. Ich gehe aber einen anderen Weg und werde mein Geld künftig als selbständiger Verleger verdienen.«

»Du bist nicht mehr bei Harald?«

Robert berichtete vom Tod des Schwagers und was sich danach ereignet hatte.

»Auf die Abfindung würde ich mich niemals eingelassen haben«, ereiferte sich der Vater. »Den Prozeß hättest du gewonnen. Nach Paragraph . . .«

». . . sowieso würde ich nach einem Jahr vielleicht, vielleicht, mehr bekommen. Und was hätte ich davon? Nichts. Auf der Stelle loslegen zu können ist wichtiger, als zu einem späteren Zeitpunkt etwas zu erstreiten.«

Die Mutter rümpfte die Nase. »Wer liest denn schon Bücher?«

»Mehr Menschen als du denkst.«

Der Vater war der gleichen Meinung und erkundigte sich nach dem Verlagsprogramm.

Robert schilderte seine Pläne.

Mutter Schroeder schüttelte den Kopf. »Ich kann mir nicht vorstellen, daß solche Bücher große Auflagen erreichen.«

»Auch Kleinvieh macht Mist«, sagte Robert. »Wir werden schon leben können.«

»Ich rate dir gut«, beschwor ihn die Mutter. »Steige mit deinem Geld in das Uhrengeschäft ein! Das ist ein Artikel, den man braucht!«

Robert amüsierte die Beharrlichkeit der Mutter. »Gibt dir keine Mühe. Ich bleibe bei dem, was ich jetzt angefangen habe.«

»Dann solltest du wenigstens Bücher herausbringen, die aktuell sind. Wen interessiert schon das Leben der Päpste und wie man Bilder fälscht? Uns brennt etwas ganz anderes unter den Nägeln: die hinter uns liegende Zeit! Ich wüßte sogar einen Titel, auf den alle anspringen würden.«

»Und wie würde der lauten?«

»Alte Nazis sterben nicht! Das Buch würde dir aus der Hand gerissen!«

Robert war so verblüfft, daß es ihm die Sprache verschlug.

»Jeder ehemalige Parteigenosse würde es kaufen«, fuhr die Mutter, von der eigenen Idee begeistert, mit roten Wangen fort.

»Und was soll zwischen den Buchdeckeln stehen?«

»Am besten nichts«, sagte der Vater trocken.

Mutter Schroeder lachte. »Dann sparst du auch noch die Druckkosten!«

Mamas Phantasie kennt keine Grenzen, dachte Robert und entgegnete: »Ob mit oder ohne Druckkosten, ich freue mich, daß ihr frisch und gesund seid. Bei meinem letzten Besuch wart ihr sehr bedrückt. Vater sprach von ›delikaten Verhandlungen‹. Um was ging es da?«

Die Eltern sahen sich an, wie zuvor schon einmal.

»Nun«, der Vater schien noch mit sich zu ringen, »jene von mir als ›delikat‹ bezeichneten Verhandlungen betrafen unsere Entnazifizierung.«

»Deshalb waren wir auch so nervös«, betonte die Mutter. »Es war ja schließlich nicht leicht, den Herren von der Spruchkammer klarzumachen, daß wir wegen Gerd . . .«

»Ihr habt euch wirklich getraut, die Mär aufzutischen?«

»Siehst du, das ist es, was wir befürchtet haben«, ereiferte sich Mutter Schroeder. »Du springst einen immer gleich an. Da haben wir lieber geschwiegen. Sonst wären wir noch unsicher geworden.«

»Und man hat euch die Geschichte abgenommen?«

»Vater war inzwischen in Berlin«, antwortete die Mutter ausweichend. »Unsere Bankkonten wurden freigegeben, und das Haus steht nicht mehr unter Beschlagnahme. Wenn alles klappt, kauft es ein alter Bekannter.«

»Wer?« fragte Robert neugierig.

»Baruch, dem es vorher gehört hat. Er möchte es gerne wiederhaben. Wir haben Verständnis dafür. Und da wir ohnehin nicht nach Berlin zurückkehren wollen, konnte Vater ihm entgegenkommen. Wirklich, er hat sich sehr nobel gezeigt.«

Robert schauderte es, wenngleich er sich für die Eltern freute. Er war froh, als er wieder im Wagen saß und nach München zurückfuhr. Die Mutter hatte den Nagel auf den Kopf getroffen: Alte Nazis sterben nicht.

Noch während Robert über die Begegnung mit den Eltern nachdachte, brachte ihn eine seltsame Gedankenassoziation auf eine Idee, die ihn faszinierte und nicht schnell genug zu Nicole zurückkommen ließ. Mit dem Ruf: »Ich habe den dritten und noch viele weitere Titel!« stürzte er in den Wohnraum.

»Jetzt hat's ihn doch erwischt«, klagte Detlef. »Die Hitze ist heute auch wirklich zu groß.«

»Und wie es mich erwischt hat!« frohlockte Robert und schilderte das Gespräch, das er mit der Mutter geführt hatte.

Nicole sah ihn entgeistert an. »Du willst doch hoffentlich keine Nazibücher herausbringen?«

»Natürlich nicht. Mamas Rederei hat mich aber auf den Gedanken gebracht, daß es gar nicht falsch wäre, Bücher über die hinter uns liegende Zeit zu publizieren. Man muß nur alles fortrücken, was mit Politik zu tun hat, müßte gewissermaßen eine vergangene Traumwelt projizieren.«

Detlef feixte. »Bin gespannt, wie du das machen willst.«

»Indem ich Memoiren veröffentliche. Memoiren von bekannten Künstlern und Künstlerinnen.«

»Und woher nimmst du die?«

»Das habe ich mir schon überlegt. Und es ist gar nicht so schwierig. Denn was wird passieren, wenn ich ein auserkorenes Opfer anrufe und etwa sage: ›Hier ist der Verlag sowieso. Wir möchten uns erkundigen, ob wir Ihre Memoiren veröffentlichen dürfen?‹ Dann wird der göttliche Star mit Sicherheit erklären: ›Aber ich habe überhaupt keine Memoiren geschrieben.‹ Woraufhin ich zwitschern werde: ›Das ist auch nicht erforderlich. Es genügt, wenn Sie Ihre Lebensgeschichte unserem Herrn Schroeder erzählen, der alles auf Tondraht aufnehmen, zu Papier bringen und Ihnen zur Begutachtung vorlegen wird.‹«

»Klasse!« rief Detlef. »Du bist noch cleverer als deine Alte Dame.«

Nicole machte sich lustig. »Ihr glaubt doch nicht im Ernst, daß berühmte Schauspieler, Maler oder Musiker auf einen so billigen Trick hereinfallen.«

»Hast du eine Ahnung«, widersprach Detlef. »Solche Typen wollen dauernd im Rampenlicht stehen. Memoiren sind für die wie Zucker für die Armen. Ich gehe jede Wette ein, daß Roberts Vorschlag mit Kußhand aufgegriffen wird.«

Nicole wurde nachdenklich. »Vielleicht hast du recht. Aber auch dann hat die Geschichte noch einen Haken. Je bekannter der Star, um so größer wird seine Honorarforderung sein.«

Robert schüttelte den Kopf. »Nicht einen Pfennig werde ich zahlen.«

»Dann wirst du keinen namhaften Künstler gewinnen.«

»Gerade die werden meine Bedingungen akzeptieren. Es gibt heute doch kaum eine prominente Persönlichkeit, die nicht als ›belastet‹ dasteht. Dauernd werden sie attackiert, weil sie im Gefolge von Hitler, Göring, Goebbels und anderen Nazigrößen zu sehen waren. Welche Chance also für sie, nun in Memoiren publizieren zu können, daß sie in Wirklichkeit unter dem Glanz des Dritten Reiches ›gelitten‹ haben. Denn davon bin ich überzeugt: Wie Hinz und Kunz, so werden auch sie schon immer gegen Hitler gewesen sein. Und um das einmal schwarz auf weiß zu besitzen, werden sie gerne auf ein Honorar verzichten.«

»Also ein Geschäft mit der Dummheit der Menschen«, stellte Nicole nüchtern fest.

Detlef wischte ihre Bemerkung mit einer Handbewegung fort. »Jeder ist sich selbst der Nächste.«

»Richtig!« pflichtete ihm Robert bei. »Außerdem kann ich mir keine Seelenblähungen leisten. Da ein Pilot seinen einmal eingeschlagenen Kurs aber nicht ohne weiteres ändert, werde ich zunächst, wie geplant, nach Regensburg und nach Kassel fahren, um die Rechte an den besprochenen Manuskripten zu erwerben. Erst danach werde ich mich der Prominenz zuwenden.«

»Fang mit dem Dingsda an«, rief Detlef. »Du weißt schon, der vorige Woche gestorben ist. Die Witwe ist vermögend und wird dir dankbar sein, wenn sie ihrem Mann posthum ein schönes, in Ich-Form aufgebautes Persil-Denkmal errichten kann.«

Robert wurde vor Aufregung rot. »Mensch, das wäre eine Bombe.«

Nun begeisterte sich auch Nicole. »Jede Illustrierte würde den Vorabdruck übernehmen. Dafür wird klotzig gezahlt.«

Robert schwirrte der Schädel. »Redet bloß mit niemandem darüber. Sonst könnte uns noch jemand zuvorkommen. Ich werde meine Reise beschleunigen und hoffe, in spätestens vier Tagen zurück zu sein.« Er wandte sich an Detlef. »Könntest du dich inzwischen über Tonaufnahmegeräte informieren?«

»Stellst du mich dann als Tontechniker ein?«

Nicole lachte. »Ein Verlag ist doch kein Rundfunkunternehmen. Außerdem erwarten wir von dir, daß du dein Studium beendest und uns eine schicke Wohnung baust.«

»Und was machst *du* bis dahin?«

»Fertigstudieren und mich in die Arbeit stürzen. Oder glaubst du, Robert käme ohne Lektor aus?«

Der Glücksstern schien sich über Robert Schroeder gestellt zu haben. Was er auch anfaßte, seine Erwartungen und Wünsche erfüllten sich. So erhielt er die Rechte an den beiden Büchern, die er publizieren wollte, und die Witwe des verstorbenen Künstlers konnte es kaum erwarten, ihn zu empfangen, nachdem er ihr seinen Plan telefonisch vorgetragen hatte. Sie erwies sich als eine so brillante Erzählerin, daß es nicht schwerfiel, aus ihren Schilderungen ein überaus reizvolles und farbiges Lebensbild zu entwerfen. Um die Veröffentlichung der Memoiren ihres verstorbenen Mannes zu beschleunigen, quartierte sie Robert Schroeder sogar bei sich ein. Sie war überhaupt sehr resolut und arbeitete so intensiv mit ihm, daß schon nach drei Wochen nichts anderes mehr zu tun blieb, als sich die Tonaufnahmen nochmals anzuhören und hier und da Korrekturen anzubringen.

Was Robert Schroeder in seinen kühnsten Erwartungen nicht für möglich gehalten hätte, wurde Wirklichkeit. Nur wenige Monate nachdem ihm der Gedanke gekommen war, Memoiren von Künstlern als ›Ghostwriter‹ zu verfassen, lag das von Nicole in nächtelanger Arbeit redigierte und von einer eigens dazu angestellten Schreibkraft säuberlich getippte Typoskript mit mehreren Durchschlägen vor. Mit einer Kopie begab er sich zu einer Illustrierten, die in München ihren Sitz hatte. Hier wurde er gleich zum Chefredakteur geführt, als er sagte, über wessen Memoiren er verfügte.

»Das ist ein Knüller!« begeisterte sich der Zeitungsmann. »Wie sind Sie an die Rechte gekommen?«

»Ich bin ein Freund des Hauses«, flunkerte Robert Schroeder. Er dachte nicht daran, seine Karten aufzudecken.

Der Redakteur blätterte in der Kopie. »Was soll der Vorabdruck kosten?«

»Zwanzigtausend«, sagte Robert Schroeder frech.

»Das ist zuviel.«

»Dann nehme ich die Unterlagen am besten gleich wieder mit. Unter zwanzig ist in diesem Fall nichts zu machen. Ich kann Ihnen aber eine andere Sache anbieten. Die Geschichte aller großen Fälschungen. Sie ist mindestens ebenso interessant.«

»Das Buch erscheint in Ihrem Verlag?«

»Im nächsten Jahr.«

»Bringen Sie es mir.«

»In Ordnung.« Robert Schroeder griff nach dem Typoskript.

»Nun werden Sie nicht kindisch. Ich lese die Story noch heute nacht und sage Ihnen morgen Bescheid.«

»Fotos des Künstlers können Sie in jeder Menge haben.«

»Die sind im Preis inbegriffen?«

»Natürlich.«

»Dann sieht die Sache schon anders aus.«

Robert Schroeder mußte sich beherrschen, gleichgültig zu erscheinen. Er hätte einen Juchzer tun mögen, als er den Chefredakteur verließ. Keine Sekunde zweifelte er mehr daran, daß er den gewünschten Betrag erhalten würde. Darüber hinaus war er fast gewiß, auch den Vorabdruck des anderen Buches zu verkaufen.

Acht Tage später war es soweit. Beide Bücher wurden akzeptiert.

Wenn ich jetzt noch bei einer Buchgemeinschaft Glück habe, wird's ein Raketenstart, dachte Robert und eilte nach Hause, um Nicole mit der Siegesbotschaft zu überraschen.

Er war aber nicht der einzige, der Erfreuliches zu berichten hatte. Von seinem zielstrebigen Vorgehen beeindruckt, hatte Detlef es sich in den Kopf gesetzt, ebenfalls etwas Besonderes zu leisten. Als angehendem Architekten war es ihm gelungen, mit dem Eigentümer eines schwer bombengeschädigten Hauses eine Vereinbarung zu treffen, derzufolge er die Pläne zum Wiederaufbau erstellte und als Äquivalent dafür das Recht erhielt, eine Zwei- und eine Vierzimmerwohnung ohne Leistung eines ›verlorenen Baukostenzuschusses‹ zu mieten. Weder Nicole noch Robert hatte er von dieser Vereinbarung erzählt. Nun jedoch, da Robert von seinem Erfolg bei der Illustrierten berichtete, hielt er es nicht mehr aus.

»Na, dann könnt ihr ja bald heiraten«, sagte er.

Trotz des Glückes, das Nicole in dieser Stunde empfand, erklärte sie mit der ihr eigenen Festigkeit: »Geheiratet wird erst, wenn ich mein Studium beendet habe.«

»Und dann muß wahrscheinlich auch noch eine weitere Voraussetzung erfüllt sein«, frotzelte Detlef. »Oder solltest du ohne Wohnung heiraten wollen?«

Nicole seufzte. »Das wird noch ein großes Problem werden.«

»Eben nicht«, widersprach Detlef triumphierend. »Ich hab' es nämlich bereits gelöst.« Er rollte eine Zeichnung auf. »Vierte Etage.

Blick auf die Isar. Rechts vom Fahrstuhl eine Vierzimmerwohnung. Links vom Fahrstuhl ein Zwei-Zimmer-Apartment. Rechts wohnt ihr. Links ich. Abstandszahlung: keine. Gezeichnet: Detlef, der Bescheidene.«

Es wurde ein ausgelassener Abend mit einem Bummel durch Schwabing, das schon wieder erstaunlich viel Farbe bekommen hatte.

»Ach, Kinder, ist das Leben schön«, sagte Detlef in vorgerückter Stunde. »Schade nur, daß wir nicht nach Italien fahren können. Eurem ›Paradiso Carla‹ würde ich gerne den letzten Schliff geben.«

Robert wiegte bedächtig den Kopf. »Allmählich fange ich an zu glauben, daß wir San Giacomo doch wiedersehen werden. Das ›Paradiso‹ braucht allerdings keinen Schliff mehr zu bekommen. Den hat Nicole ihm vor Jahren schon gegeben. Und Giulio, unser zuverlässiger Italiener, hat bestimmt nichts verwildern lassen.«

»Ich sprach von dem Haus, du Dussel.«

»Hast aber ›Paradiso Carla‹ gesagt. Das Haus hat einen eigenen Namen.«

Nicole sah Robert verblüfft an. »Davon weiß ich ja nichts.«

»Es sollte eine Überraschung für dich werden. Aber dann war das Spiel plötzlich aus, und wir kamen nicht mehr an den Gardasee. Ich hatte Giulio den Auftrag gegeben, das Haus mit einer ähnlichen Tafel zu versehen, wie du sie seinerzeit angebracht hattest. Ich selbst hatte sie entworfen. Sie zeigt in stilisierter Form eine Wolke, auf der ein Pilot sich ausruht. Darunter der Name des Hauses: ›Casa Nicole‹.«

Sie küßte ihn. »Und davon hast du mir nichts gesagt?«

»Es erschien mir aussichtslos, jemals wieder nach Italien zu kommen.«

»Wenn es nun doch möglich werden sollte«, sagte Detlef, »dann wird es meine Aufgabe sein, die ›Casa Nicole‹ auf Hochglanz zu bringen. Und die Haustür erhält den Bronzeklopfer, den du Carla versprochen hattest. Ich weiß schon, wo ich den bekomme. Ein grimmiger Löwenkopf, der den Ungeist der vergangenen Zeit für immer verbannen wird.«

»Eine Idee, die gut honoriert werden muß. Du darfst dir in der oberen Etage eine Wohnung einrichten.«

Ein Handschlag besiegelte das Abkommen.

Jetzt schaukeln sich beide gegenseitig hoch, dachte Nicole zufrieden. Keiner will zurückstehen. Ich ebenfalls nicht. Meine Abschlußnote soll sie überraschen.

Bis dahin verging jedoch noch viel Zeit. Robert nutzte sie, um den Verlag auf sichere Füße zu stellen. Er reiste durch die Lande und besuchte Buchhändler, wo immer dies möglich war. Er brachte es auch fertig, die Vorabdruckrechte des Buches über das Leben der Päpste bei einer Zeitschrift zu plazieren. Wichtiger aber noch war, daß es ihm gelang, die Memoiren und das Werk über die Fälschungen bei einer angesehenen Buch-Gemeinschaft unterzubringen. Damit war er in der Lage, die Startauflagen zu erhöhen, wodurch sich seine Kalkulation wesentlich verbesserte. Das bedingte freilich eine größere Investition, und Robert Schroeder rechnete sich aus, daß er trotz der guten Einnahmen, die ihm die Illustrierten gebracht hatten, im kommenden Jahr für etwa vier bis sechs Monate illiquid werden würde. Auf der Suche nach einem Ausweg kam ihm zugute, daß er in seinem neuen Beruf noch nicht lange tätig war. Sonst wäre er wohl nicht auf den Gedanken gekommen, einen absolut ungewöhnlichen Weg zu beschreiten. Er besorgte sich eine Reisegenehmigung nach Österreich und fuhr nach Salzburg, wo er einen Verlag aufsuchte, der über eine eigene Druckerei verfügte.

»Ich glaube, ich kann Ihnen einen für uns beide interessanten Vorschlag machen«, sagte er dem Geschäftsführer des Unternehmens. »Ich suche einen Co-Produzenten für Bücher, die so gut ankommen, daß sie mich zwingen, Druckaufträge zu erteilen, für die meine Kapitaldecke zu klein ist. Wie wäre es, wenn ich Ihnen die Rechte an den Titeln für Österreich abtrete und Sie dafür die Herstellung der Bücher zu Konditionen übernehmen, die ich erfüllen kann?«

Allein die Tatsache, daß er zugab, über zuwenig Kapital zu verfügen, brachte ihm so viele Pluspunkte ein, daß er nach zweitägigen Verhandlungen aller Sorgen enthoben war. Und die ohnehin schon günstig gewesene Auflagenhöhe verbesserte sich durch den ›Mitdruck‹ des Salzburger Verlages weiterhin ganz erheblich.

»Man muß nur neue Wege gehen«, sagte er am Abend voller Stolz zu Nicole.

Ihre Augen strahlten. »Ich staune über deine Ideen und deinen Unternehmungsgeist. Wenn ich daran denke, wie ich in Zürich . . .«

»Zürich!« rief er emphatisch. »Das ist es, was mir noch fehlt. Dort gibt es eine Buchgemeinschaft . . .«

»Du kannst wohl nur noch an den Verlag denken«, spöttelte Nicole. »Dabei klingelt die Kasse doch schon den ganzen Tag.«

Er hob sie auf die Arme und drehte sich mit ihr im Kreise. »Rattern soll sie. Ratatata . . .! Am liebsten würde ich dich auf der Stelle heiraten.«

»Tu's doch.«

»Du hast keine Bedenken mehr von wegen Abschluß deines Studiums und Fertigstellung der Wohnung?«

Nicole machte sich frei und stampfte unwillig auf. »Warum tust du bloß immer so, als wäre ich aus dem vorigen Jahrhundert? Ich bin doch ein verdammt modernes Mädchen.«

»Ein emanzipierter Fratz bist du. Noch dazu mit nicht zu übersehenden Grundsätzen.«

»Möchtest du mich ohne haben?«

»Um Gottes willen, dann würde die Sache noch komplizierter.«

Sie sah ihn herausfordernd an. »Heiraten wir nun oder nicht?«

»Sagen wir: sobald ich in Zürich war. Ich werde es schon schaffen, Reisepapiere zu bekommen.«

»Wir werden danach wirklich heiraten?«

»Natürlich nur, wenn du bis dahin die erforderlichen Formalitäten erledigt hast. Ich . . .«

»O Bert!« Nicole nahm ihm die Möglichkeit, weiterzusprechen.

Auch in Zürich hatte Robert Schroeder Erfolg. Er verkaufte der Schweizer Buchgemeinschaft zwar keine allzu großen Stückzahlen, aber die Gesamtauflage aller drei Titel erhöhte sich wiederum und senkte die Druckkosten pro Buch erneut um ein Beträchtliches.

Das war im gegenwärtigen Zeitpunkt jedoch fast nebensächlich. Herausragendes Ereignis war die Eheschließung mit Nicole, wenngleich sie im kleinen Rahmen vollzogen wurde. Beide wollten davon kein Aufhebens machen. Sie verzichteten auch darauf, Roberts Eltern einzuladen. Mit dem Erscheinen von Detlefs Eltern war ohnehin nicht zu rechnen, und diese Gewißheit bot ihnen die Möglichkeit, sich herausreden zu können, wenn Roberts Eltern ihnen eines Tages Vorwürfe machen würden.

Unabhängig davon hatte es Robert enttäuscht, daß seine Eltern sich nach dem letzten, versöhnlich verlaufenen Besuch nicht aufgerafft hatten, einige Zeilen an Nicole zu richten. Er versuchte nun, Nicole durch eine Hochzeitsfeier zu entschädigen, zu der er ihre und Detlefs Kommilitonen eingeladen hatte.

Nicole war überglücklich. Das Haar ihres Pagenkopfes, das immer ein wenig zur Seite flog, wenn sie sich im lebhaften Gespräch von einem zum anderen wandte, besaß stärker als früher jenen kupfernen Unterton, den Robert so schätzte. Sie hatte ein olivgrünes, leicht changierendes Kleid angelegt, das von einer Agraffe gerafft wurde, die Robert ihr zur Hochzeit geschenkt hatte.

Über die Gäste hinwegblickend, dachte sie eben: ›Es gehen viele Freunde in ein kleines Haus‹, als Detlef an sein Glas klopfte und verhalten eine fast zu leise vorgetragene Rede begann, in der er seine gemeinsam mit Nicole verbrachte Jugend schilderte und offen zum Ausdruck brachte, daß er Nicole liebend gerne geheiratet, aber nicht die Gabe gehabt hätte, sie an sich zu fesseln. Das sei seinem Freund vorbehalten geblieben, und er preise sich glücklich, daß kein Unbekannter ihm den Tort angetan habe, Nicole zu entführen. Denn dann hätte er sie verloren, so jedoch für immer als Freundin gewonnen.

Seine Worte klangen noch in Nicole nach, als sie mit Robert nach Garmisch-Partenkirchen fuhr, wo sie ihre Hochzeitsnacht verbringen wollten.

Robert hingegen beschäftigte sich schon wieder mit verlegerischen Dingen. Eine international berühmte, attraktive Sängerin wohnte in der Nähe von Garmisch, und er überlegte, ob er die Gelegenheit nicht ausnutzen und bei ihr vorsprechen sollte. Ihm erschien der Zeitpunkt besonders günstig, da die Illustrierte gerade mit dem Vorabdruck der von ihm verfaßten Memoiren begonnen hatte, was sein Renommee in der Branche erheblich vergrößerte. Er mußte jetzt Nägel mit Köpfen machen. Jeden Tag konnte irgendwer auf den Gedanken kommen, sein Vorgehen zu kopieren und sich von anderen Publikumslieblingen deren Lebensgeschichte erzählen zu lassen. Er mußte schnell handeln und zumindest fünf bis sechs der bedeutendsten Stars unter Vertrag nehmen. Erst dann konnte ihm nichts mehr passieren.

Er wandte sich an Nicole, die verträumt aus dem Fenster schaute. »Was würdest du davon halten, wenn ich in Garmisch der berühmten Dingsda auf die Pelle zu rücke?«

»Im Prinzip sehr viel. Wie du dich aber ausdrückst, ausgesprochen wenig. Denn wenn schon, dann möchte ich mit von der Partie sein. Ich bin jetzt ja schließlich deine Frau.«

»Geliebte!« Robert gab sich zerknirscht. »Wie kannst du daran zweifeln . . .?«

»Das habe ich nicht getan«, fiel sie ihm ins Wort.

»Du hast also Verständnis, dafür, daß ich . . .«

»Daß *wir!* Und das auch nur, wenn der heutige Tag ausgeklammert bleibt.«

»Und wie sieht es mit der Nacht aus?«

»Da darfst du tun, was du willst.«

»Ich nehme dich beim Wort.«

»Ich bitte sogar darum.«

Sie schauten sich an und lachten.

Robert zog seine Brieftasche und reichte sie Nicole. »Im vorderen Fach steckt ein Zettel mit den Namen der Stars, die ich mir, pardon, die ich *uns* an Land ziehen möchte.«

Sie prüfte die Liste. »Wenn wir die gewinnen, werden andere Verlage uns beneiden.«

»Es wird dann aber auch eine schwere Zeit vor uns liegen. Denn wir werden schnell, sehr schnell arbeiten müssen.«

»Was meinst du, wie es meinen Kommilitonen ergeht. Die meisten von ihnen müssen sich ihr Studium durch Neben- und Nachtarbeiten erschuften.«

»Ich möchte dich aber nicht zu stark belasten und habe schon daran gedacht, einen Lektor anzustellen.«

Nicole gab die Brieftasche zurück. »Das kommt überhaupt nicht in Frage. Ich bin zu jeder Arbeit bereit.«

»Und ›Bereit sein ist alles‹, sagt Shakespeare.«

Nicole staunte. »Seit wann protzt du mit deiner Bildung?«

»Seit ich dich liebe und Angst habe, vor dir nicht bestehen zu können.«

»Ahhh . . .!« Sie lehnte ihren Kopf an seine Schulter. »Etwas Schöneres hättest du mir am heutigen Tag nicht sagen können.«

Robert Schroeder gelang es nach zum Teil mühseligen und sich lange hinziehenden Verhandlungen, mit fünf der bekanntesten Künstler Verträge abzuschließen, die ihn zu einem Glückskind ersten Ranges abstempelten, allerdings auch verpflichteten, die Memoiren binnen Jahresfrist zumindest in einer Illustrierten zu publizieren. Die Herausgabe in Buchform durfte zu einem späteren, nicht näher fixierten Termin erfolgen.

Die vertragliche Festlegung hatte zur Folge, daß Robert und Nicole bald nicht mehr wußten, wo ihnen der Kopf stand. Sie hatten noch keine entsprechende Wohnung und mußten im Wohnraum, der ihnen auch als Büro diente, zur gleichen Zeit die unterschiedlichsten Arbeiten verrichten. Während Robert die Tonaufnahmen abhörte und Satz für Satz niederschrieb, redigierte Nicole jene Partien, die schon zu Papier gebracht waren. Dazu ratterte fast täglich bis Mitternacht eine Schreibmaschine, so daß Nicole oftmals ins Schlafzimmer flüchtete, sich dort auf die Bettkante setzte und ihren Nachttisch als Schreibunterlage benutzte.

Am politischen Geschehen nahmen sie kaum Anteil. Dazu fehlte ihnen die Zeit. Dabei war gerade, vier Jahre nach Kriegsende, von den Landtagen ein vorläufiges Grundgesetz ratifiziert und die ›Bundesrepublik Deutschland‹ als parlamentarischer Parteienstaat geschaffen worden. Hauptorgane sollten der Bundestag und ein Bundesrat sein. Ein jeweils für fünf Jahre zu wählender Bundespräsident und ein für die Richtlinien der Politik verantwortlicher Bundeskanzler galten als die höchsten Repräsentanten. Der Bundestag war vom Volk zu wählen, und als es zum ersten Mal seine Stimme abgegeben hatte, lag die CDU mit 193 gewählten Abgeordneten an der Spitze. Ihr folgten die SPD mit 131, die FDP mit 52 und die Bayern- sowie die Deutsche Partei mit jeweils 17 Abgeordneten. Theodor Heuss wurde zum Bundespräsidenten gewählt, und Konrad Adenauer bildete aus den Vertretern der CDU, FDP und DP die erste Regierung. Die SPD und ihr ebenso ehrgeiziger wie fähiger Führer Kurt Schumacher waren überraschend an die Wand gedrängt worden.

Ob zum Guten oder zum Schlechten, fragte man sich in jenen Tagen nicht. Man hatte gewählt, um seine Pflicht zu tun und war froh, wieder Mitglied eines anerkannten Staates zu sein. Man fing an, neues Vertrauen zu gewinnen, und das drückte sich nicht, wie vormals, in Emotionen aus.

In jenen Tagen arbeitete Robert Schroeder intensiv mit den Stars, die sich verpflichtet hatten, ihm ihr Leben zu erzählen. Das war nicht immer ganz einfach. Sie steckten zumeist voller Allüren und gaben in erster Linie Anekdoten zum besten, mit denen kaum etwas anzufangen war; oder Bettgeschichten und Cochonnerien, die mit dem Hinweis eingestreut wurden: ›Aber das dürfen Sie nicht schreiben!‹

Auch für Nicole wurde es eine schwere Zeit. Ihre Aufgabe war es, Spreu vom Weizen zu trennen. Wie aber sollte sie das bewerkstelligen, wenn kein Weizen vorhanden war? »Hohle Fässer sind sie alle miteinander«, schimpfte sie, als sie mit Robert und Detlef in einem funkelnagelneuen Wagen zu Weihnachten nach Garmisch-Partenkirchen fuhr, wo sie ein reizendes kleines Hotel ausfindig gemacht hatten. In Ausnutzung eines umsatzfördernden Steuererlasses, der für das zurückliegende Jahr noch eine fünfzigprozentige Abschreibung ermöglichte, hatte Robert sich kurz entschlossen einen ›Porsche‹ gekauft und den ›Olympia‹ Detlef überlassen.

Der Hausfreund, wie Detlef nun genannt wurde, machte sich über Nicoles Behauptung lustig. »Du übertreibst«, sagte er. »Ich komme in Geiselgasteig, wo ich mich neuerdings als Filmarchitekt verdingt habe, vielfach mit Künstlern und Künstlerinnen zusammen, und ich habe unter ihnen nur interessante und nette Menschen kennengelernt.«

»Den Eindruck machen auch die Berühmtheiten, mit denen wir zu tun haben«, pflichtete ihm Robert bei. »Wehe aber, du schaust ihnen unter die Maske.«

Detlef zuckte die Achseln. »Mir scheint, ihr seid überarbeitet und verrennt euch ein bißchen.«

»Nicht die Spur!« protestierte Nicole. »Hör dir mal die Tonaufnahmen an.«

»Dann macht doch Schluß mit dem Zinnober.«

»Das haben wir uns längst geschworen. Bert wird keinen Vertrag mehr abschließen. Das dürfte einiges besagen.«

»Und wie gehen die Bücher?«

»Das Papstbuch hervorragend«, sagte Robert. »Ebenfalls die

Geschichte der Fälschungen. Der Absatz der Memoiren ist allerdings enttäuschend.«

»Du bist eben nie zufrieden.«

»Das stimmt nicht, wenngleich ich zugeben muß, auch eine unzufriedene Ecke in mir zu haben. Und die schätze ich besonders, weil sie mich vorwärts treibt.«

»Wohin vorwärts? Zu Reichtum?«

»Warum nicht?«

»Ich an eurer Stelle würde mal etwas kürzer treten und an den Gardasee fahren.«

»Meinst du, uns kribbelt es nicht in den Fingern, seit wir wissen, daß wir bald wieder Pässe bekommen und dann nach San Giacomo flitzen können«, ereiferte sich Nicole. »Wir wollen aber erst unsere Arbeit beenden.«

Robert blickte über die Schulter zu Detlef hinüber, der im Fond des Porsche mehr lag als saß. »Wenn es soweit ist, wirst du mitkommen und dem Haus den versprochenen letzten Schliff geben.«

Detlef rappelte sich hoch und stützte seine Arme auf die Rückenlehnen. »Welcher Etat wird mir zur Verfügung stehen?«

»Das hängt von den Bestimmungen ab.«

»Bei dir scheint der Holzwurm zu ticken. Wenn notwendig, nehmen wir die Kröten klammheimlich mit.«

»Dann will ich froh sein, daß vorerst an keine Fahrt zu denken ist.«

»Und wann schätzt du, wird es soweit sein?«

Robert sah Nicole fragend an. »Was würdest du sagen?«

Sie überlegte eine Weile. »Vor Juni keinesfalls.«

»Ein schlechter Zeitpunkt. Dann muß ich mich um die Herbstproduktion kümmern.« Er wandte sich an Detlef. »Manuskripte bekommen wir plötzlich haufenweise zugeschickt. Wir finden kaum Zeit, sie zu lesen.«

Der Freund lachte verächtlich. »Ihr rennt dem schnöden Mammon nach, als gäbe es nichts anderes in der Welt. Nicole hat jetzt sogar ein Semester verloren.«

»Mit Billigung meines hochverehrten Herrn Professors!« betonte sie.

»Ist doch egal. Verloren ist verloren.«

Robert ereiferte sich: »Und was ist mit dir? Hast du nicht ebenfalls . . .?«

»Das war notwendig, weil ich meine Nase in die Filmarchitektur stecken wollte!«

»Und weil du kein Geld zu verdienen brauchst! Deine Eltern haben's ja. Da kann man leicht vom schnöden Mammon reden.«

Nicole wies auf das ins Blickfeld rückende Garmisch-Partenkirchen. »Wie wäre es, wenn wir langsam die Weihnachtsplatte auflegen würden?«

Detlef strich ihr über den Kopf. »Du hast, wie immer, die besten Ideen.«

Im April 1950 siedelten Nicole und Robert in das Haus über, das Detlef wiederaufgebaut hatte. Sie bezogen aber nicht nur die für sie vorgesehene Vier-Zimmer-Wohnung. Wegen der zunehmenden Verlagsarbeit hatte Detlef ihnen auch das ursprünglich für sich selbst eingeplante Zwei-Zimmer-Apartment überlassen und sich im Dachstuhl ein attraktives Künstleratelier geschaffen.

Robert glaubte zu träumen, wenn er durch die Räume ging und sich vergegenwärtigte, daß er vor knapp zwei Jahren den Mut aufgebracht hatte, aus dem Nichts heraus einen Verlag zu gründen. Nun besaßen sie eine hübsch eingerichtete Wohnung, in der jeder seinen eigenen Arbeitsraum hatte. Eine moderne Telefonanlage verband sie mit den Angestellten, die in der Apartmentwohnung untergebracht waren. Die Arbeit, die sie in letzter Zeit als Fron empfunden hatten, bereitete ihnen plötzlich wieder Freude, und beide konnten die Fertigstellung der letzten Memoiren kaum erwarten. Nicole wollte dann gleich nach San Giacomo aufbrechen, und Robert brannte darauf, mit dem Porsche einmal so richtig über die Autobahn zu rasen. Ihn drängte es, nach Norddeutschland zu fahren, wo eine Buchgemeinschaft gegründet worden war, die viel von sich reden machte. Besonders wegen ihrer Werbemethoden. In Buchhändlerkreisen nahm man Anstoß daran, daß Studenten auf offener Straße Werbegespräche führten. Das mochte nicht sehr fein sein, wurde aber von Robert Schroeder, der ebenfalls unorthodoxe Wege ging, völlig anders beurteilt.

»Die Leute interessieren mich«, hatte er zu Nicole gesagt und ihr vorgeschlagen, nach Fertigstellung der letzten Serie mit Detlef an den Gardasee zu reisen. »Ich könnte dort im Augenblick nichts anderes tun, als herumstehen. Da ist es richtiger, ich besuche die Großhändler und spreche bei der umstrittenen Buchgemeinschaft vor.«

Im ersten Moment war Nicole enttäuscht gewesen, dann aber sagte sie sich, daß es für Robert wirklich besser sein würde, sich nach der langen Schreibarbeit in Kundengesprächen abzureagieren, als am Gardasee infolge aufgezwungener Untätigkeit nervös zu werden. Bestimmt würde sich alles ändern, wenn der Verlag erst richtig Wurzeln geschlagen hatte. Bis dahin konnte das Haus in San Giacomo fertiggestellt und zur idealen Ferienwohnung geworden sein.

Beide ahnten nicht, daß es bis zum Abschluß ihrer Arbeit einen noch gewichtigeren Grund geben würde, sich intensiver denn je um den Ausbau des Verlages zu kümmern. Die Welt wurde wieder einmal von Kriegsgeschrei aufgeschreckt. Völlig überraschend waren im Juni 1950 starke nordkoreanische Infanterieeinheiten in Richtung auf die südkoreanische Hauptstadt Seoul vorgestoßen. Der Weltsicherheitsrat schaltete sich vergeblich ein. US-Präsident Harry S. Truman befahl daraufhin den Einsatz amerikanischer Truppen. Ein neuer Krieg war entbrannt, und es konnte keinem Zweifel unterliegen, daß er auch die politische Entwicklung in Deutschland vorwärtstreiben würde. Wenn die Amerikaner gezwungen waren, in Korea zu kämpfen, kamen sie auf die Dauer nicht daran vorbei, einen Teil ihrer in Deutschland stationierten Truppen abzuziehen. Das mußte zu einer wie auch immer gearteten deutschen Aufrüstung führen.

»Bei mir geht die Stallaterne an«, sagte Detlef, der über das neue Kriegsgeschehen ebenso schockiert war wie alle anderen. »Darum also hat sich dieser Churchill, der uns doch weiß Gott nicht ausstehen kann, im März plötzlich vor dem Unterhaus für eine deutsche Wiederbewaffnung eingesetzt. Wir sollen den Herren Siegern die Kastanien aus dem Feuer holen. Aber das sage ich euch: Ohne mich! Ein zweites Mal ziehe ich die Uniform nicht an.«

»Das steht doch überhaupt nicht zur Debatte«, beruhigte ihn Robert.

»Vielleicht heute noch nicht. Was aber wird morgen sein?«

Robert lachte. »Ich werde mich hüten, in politischer Hinsicht ein zweites Mal Stellung zu beziehen. Eines wage ich jedoch vorauszusagen: Der Koreakrieg wird, wie seltsam das auch klingen mag, Deutschlands Position entscheidend verbessern. Wir werden noch und noch produzieren müssen und somit einem wirtschaftlichen Boom entgegengehen.«

So gesehen schmerzte es Robert Schroeder nicht, als er sich in den ersten Julitagen von Nicole verabschiedete. Er hatte schon wieder eine neue Idee und freute sich darauf, an ihr herumzubasteln. Insgeheim hoffte er, seine Frau mit einer guten Nachricht überraschen zu können, wenn sie aus Italien und er von seiner Geschäftsreise zurückkehrte, die er auf vierzehn Tage veranschlagt hatte.

»Rase aber nicht zu sehr!« bat ihn Nicole, als sie zu Detlef in den Wagen einstieg.

»So schnell wie ein Flugzeug kann der Porsche gar nicht sein.«

»Du bist ein Wahnsinniger.«

Er küßte sie. »Immer an heute in zwei Wochen denken! Da feiern wir unser Wiedersehen!«

Nicole zog ihn zu sich herab. »Vergiß mich nicht, du alter Schuft.«

Noch in der gleichen Stunde fuhr Robert Schroeder nach Ulm, wo er sich einen vollen Tag bei einer Zeitungsdruckerei aufhielt. Danach besuchte er einige Großhändler und schließlich die in Norddeutschland ansässige neue Buchgemeinschaft. Zu seiner Verwunderung brauchte er bei ihr nicht so lange zu warten, wie das bei großen Firmen zumeist der Fall war. Das Mädchen vom Empfang führte ihn ohne vorherige Anmeldung zu einem jungen Mann, der in einem schmalen Raum saß, dessen Wände bis zur Decke mit Büchern tapeziert waren. Er trug ein mit bunten Ornamenten bedrucktes Sporthemd, das allerdings nicht darüber hinwegtäuschen konnte, daß Bücher die Welt für ihn bedeuteten. Er unterbrach ein Diktat, als sei dies das Selbstverständlichste auf der Welt.

Robert Schroeder stellte sich vor.

Der junge Geschäftsführer gab sich mit einer Natürlichkeit, die vergessen ließ, daß er Aufträge zu vergeben hatte, die in der Branche ihresgleichen suchten. Er ging nicht sofort zur Sache über, sondern unterhielt sich zunächst über Allgemeines, wobei Robert Schroeder bald herausfand, daß die Stärke dieses Mannes in der Fähigkeit lag, zuzuhören und seinen Partner reden zu lassen; eine gewiß nicht grundlos angewandte Taktik.

Obwohl Robert Schroeder dies erkannte, schilderte er unbeschwert seinen Werdegang, welche Bücher er bisher auf den Markt gebracht hatte und welche Pläne er schmiedete. Er spürte, daß er nicht in den leeren Raum hineinredete und wollte eben seine neue Idee preisgeben, um deretwillen er sich einen Tag bei der Ulmer Druckerei aufgehalten hatte, als der Geschäftsführer fragte:

»Wie kommt ein Flugkapitän eigentlich dazu, sich plötzlich verlegerisch zu betätigen?«

Um nicht weit ausholen zu müssen, antwortete Robert Schroeder: »Ich bin gewissermaßen vorbelastet. Meine erste Frau, die das Opfer eines Bombenangriffes wurde, war die Tochter des bekannten Schriftstellers Eberhard von der Heid.«

»Ach, das ist aber ein merkwürdiges Zusammentreffen«, sagte der Leiter der Buchgemeinschaft. »Es ist noch keine zwei Stunden her, da saß auf Ihrem Platz Frau von der Heid.«

»Frau Mira von der Heid?«

»Ja. Ist sie Ihre Schwägerin?«

Robert Schroeder wurde zurückhaltend. »Nein. Diese Dame trat erst in das Leben meines Schwagers, als meine Frau gestorben war.«

Der Geschäftsführer spürte die Aversion, die hinter dieser Feststellung stand. »Entschuldigen Sie, wenn ich Ihnen zu nahegetreten bin.«

»Um Gottes willen, das sind Sie nicht. Um offen zu sein: Frau von der Heid hat mich nach dem Tod meines Schwagers und Jugendfreundes, den sie zum Morphinisten gemacht hatte, gefeuert und ist dann die bekannte Fusion mit dem anderen Verlag eingegangen.«

»Ein Schritt, der beiden Unternehmen gut bekommen ist.«

»Bei der gemeinsamen Kapitaldecke ist das kein Wunder. Ich bin nur erstaunt, daß Frau von der Heid sich geschäftlich betätigt.«

Der Leiter der Buchgemeinschaft schmunzelte. »Ich muß da eine Korrektur anbringen. Frau von der Heid hat zwar hier gesessen, verhandelt habe ich aber mit einem Prokuristen der Verlagsgruppe.«

»Ich verstehe.«

Nach diesem Intermezzo entwickelte sich eine fast freundschaftliche Unterhaltung. Dies nicht zuletzt, weil beide nahezu gleiche Ansichten hatten und weil ein Coproduktions-Vorschlag, den Robert Schroeder machte, auf denkbar günstigen Boden fiel. Dennoch wagte er nicht, seine neue Idee, über die er ausführlich hatte sprechen wollen, in dieser Stunde preiszugeben. Die Sorge, Mira von der Heid könnte davon hören und ihm zuvorkommen, hielt ihn zurück.

Als Robert Schroeder sich später verabschiedete, tat er dies im Bewußtsein, einen kongenialen Partner und vielleicht sogar einen Freund gefunden zu haben. Er war sich aber nicht mehr darüber klar, ob er seine Geschäftsreise, wie geplant, fortsetzen oder nach Ulm zurückfahren sollte, um das, was er dort besprochen hatte, so vorwärtszutreiben, daß er schon in wenigen Tagen eine klare Vorstellung über die Voraussetzungen gewann, unter denen sich seine ›Superidee‹, wie er sie insgeheim nannte, in die Tat umsetzen ließ. Er entschloß sich schließlich zur Reise nach Ulm, wo er sich diesmal drei Tage aufhielt. Dann kehrte er mit vielen Berechnungen und Vorauskalkulationen nach München zurück. Durch seine Umdisposition hatte er zwei Tage eingespart. Es war, als hätte das Schicksal dies gewollt; denn er hielt sich noch keine halbe Stunde in der Wohnung auf und sichtete eben die eingegangene Post, als das Telefon klingelte. Er hob den Hörer ab und nannte seinen Namen, ohne die Lektüre zu unterbrechen.

»Conrad«, sagte eine dünn und fremd klingende Stimme.

»Conrad?« schrie Robert und sprang auf, als hätte ihn eine Tarantel gestochen.

»Du hast richtig gehört.«

»Mensch, Conrad! Ich könnte heulen vor Freude. Wo steckst du?«

»Ich habe mich im Hotel Drei Löwen einquartiert.«

»Das kenne ich. In zehn Minuten bin ich bei dir.«

Als Robert wenig später in die nicht weit von seiner Wohnung gelegene Schillerstraße einbog, sah er schon von weitem, daß sein Bruder ihn vor dem Hotel erwartete. Er erkannte Conrad, obwohl der ihm den Rücken zukehrte. Nur er konnte so verrückt sein, seinen überdimensionalen Schädel mit einer steifen ›Melone‹ zu schmücken. Dazu trug er einen schwarzen Mantel mit Samtkragen; jeder Zoll ein Börsianer.

Der Bruder drehte sich um. Über seinem angewinkelten linken Arm hing ein eingerollter Schirm. Im Revers des Mantels steckte eine rote Blume. Aber er sah elend aus. Seine Wangen waren eingefallen und verstärkten den beängstigenden Ausdruck seiner von der dicken Brille unheimlich vergrößerten Augen.

Robert mußte sich zusammenreißen, als er aus dem Wagen stieg. Er umarmte Conrad und sagte bewegt und erschreckt zugleich: »Wie gut, daß du wieder da bist. Wo hast du bloß so lange gesteckt?«

»Dreimal darfst du raten«, antwortete der Bruder mit einer Stimme, die nicht aus ihm zu kommen schien. Sie klang, als habe er sie sich geliehen.

»Es war eine dumme Frage«, entschuldigte sich Robert und öffnete die Tür des Wagens. »Steig ein.«

Conrad schaute skeptisch auf den niedrigen Porsche. »Wird's ohne Schuhanzieher gehen?«

»Ich bin bekanntlich zwei Zentimeter größer als du.«

»Hast aber keinen Schädel wie ich.« Er nahm den Hut ab. »Entsetzliches Fahrzeug.«

»Früher haben Sportwagen dich begeistert.«

»Ja, früher.« Conrad stieg umständlich in den Wagen. »Heute würde ich einen Rolls-Royce vorziehen.«

»Dann wünsche ich dir, daß du ihn dir leisten kannst.«

»Das wird wohl einige Zeit dauern. Ich hatte mich ja auf Aktien kapriziert. Mit denen ist leider vorerst nichts anzufangen.«

»Dein Vermögen wurde freigegeben?«

»Dank deiner liebenswürdigen Vorarbeit konnte das Verfahren erstaunlich schnell vorangetrieben werden. Man hatte schon Erkundigungen eingezogen und stellte mir à conto einige Mittel zur Verfügung.«

Robert ließ den Motor an.

»Wohin fahren wir?« fragte Conrad.

»Da Nicole, das ist meine Frau . . .«

»Ich weiß. Komme eben von den Alten Herrschaften.«

»Du warst in Berchtesgaden?«

»Ja.«

»Na, dann wollen wir zunächst mal einen Aperitif trinken. Später werden wir gut zu Abend essen. Nicole ist leider verreist.«

Der Bruder strich über die ›Melone‹, die er auf seinen Schoß gelegt hatte. »Schade. Ich hätte sie gerne kennengelernt.«

»Sie ist im Augenblick in Italien, um festzustellen, was aus unserem Grundstück am Gardasee geworden ist.«

»Ah, Carlas Traumoase.«
»Erzähl von dir.«
»Später. Meine Odyssee kotzt mich langsam an. Die Alten Herrschaften haben mich ausgequetscht wie eine Zitrone.«
»Geht's ihnen gut?«
»Na, hör mal. Die haben doch den Krieg gewonnen.«
Robert lachte.
»Und sie haben einem Sohn das Leben geschenkt, der, ich benutze ihre Worte, ›zum Helden Amerikas aufgestiegen ist‹.«
»Wohin soll das bloß führen?«
»Erst mal zu einem Besuch der Vereinigten Staaten. Es drängt sie, sich an Gerds Brust zu werfen. Die Passage ist bereits gebucht.«
»Das gibt's doch nicht.«
»Vorher möchten sie noch den Kauf eines kleinen Häuschens am Chiemsee unter Dach und Fach bringen.«
»Haben sie das Berliner Haus verkauft?«
»An Baruch. Und eine Rentenversicherung, die ihnen bis zum Lebensende einige hundert Mark monatlich sichert, haben sie auch schon abgeschlossen. Das Nagetier Mama ist wieder auf dem Damm.«
Robert führte Conrad in eine Bar, die Ruhe und Gediegenheit ausstrahlte. Sie nahmen in ausladenden Fauteuils Platz. Robert bestellte Weinbrand und Kaffee und bat den Bruder, ihn nicht länger auf die Folter zu spannen und zu erzählen, wie es ihm ergangen sei.
»Ergangen?« Conrad blickte vor sich hin. »Ergangen ist es uns nicht. Es geschah mit uns. Französische Gefangenschaft. Wochenlang kaum was zu essen. Täglich starben ungezählte Kameraden. In unserer Not fraßen wir Gras. Und wenn wir aus lauter Verzweiflung aufmuckten, gab es Hiebe.«
Der Kellner brachte das Bestellte.
Conrad strich sich über die Stirn. »Ich hielt es eines Tages nicht mehr aus. Mit Hilfe von zwei eisernen Türbändern, die ich heimlich an einem Schuppen losgeschraubt und so zusammenmontiert hatte, daß sie eine Zange mit langen Hebelarmen bildeten, machte ich mich eines Nachts daran, den Draht unserer Umzäunung aufzuknacken. Es gelang. Ich kam aber nicht weit. Wurde geschnappt und fast bewußtlos geschlagen. Seitdem habe ich eine andere Stimme. Weißt du, mit der Zeit hat sich Ersatz gebildet.« Er trank einen Schluck Kaffee. »Dann wurde ich abtransportiert. Auf ein Schiff. Nach Korsika. Dort steckte man mich in eine Strafkompanie. Meine diesbezüglichen Erfahrungen nützten mir aber nicht. Wir hatten diesmal nicht zu kämpfen, sondern zu schuften. In einem Steinbruch. Mit der Peitsche wurden wir geweckt. Mit der Peitsche zum Arbeitsplatz getrieben. Mit der Peitsche zur Arbeit

angehalten. Mit der Peitsche ins Lager zurückgejagt.« Die Erinnerung schien Conrad zu übermannen. Er griff nach seinem Glas. »Prost!«

Robert stieß mit ihm an. Vor Erregung konnte er die Hand nicht ruhig halten. »Du mußt Furchtbares durchgemacht haben.«

Conrad nippte an dem Weinbrand. »Durchgemacht? Furchtbarer ist, was man aushalten kann! Warum verreckt man nicht einfach, wenn es zuviel wird? Dann hätte man Ruhe. Aber nein, man beißt die Zähne zusammen. Man kämpft. Man mobilisiert den Geist wider die Grausamkeit. Und wofür? Für eine Handvoll Leben!« Er leerte sein Glas in einem Zuge und stellte es zurück. »Fast drei Jahre habe ich durchgehalten. Viele starben. Waren erlöst. Nachschub kam. Und starb. Ich aber blieb. Dabei hatte ich nicht einmal mehr eine Brille. Weißt du, was das für einen Augengeschädigten bedeutest? Du wendest dich an einen Mithäftling und erhältst einen Schlag in die Fresse. Pech gehabt. Es war der Aufseher.«

Robert ballte die Fäuste.

»›Vae victis!‹ – ›Wehe den Besiegten‹!« fuhr Conrad fort. »Ich wollte nicht mehr zu ihnen zählen. Wie aber sich befreien, wenn man Himmel und Erde nur noch am Helligkeitsgrad unterscheiden kann? Ein verschwommener Horizont trennt gewissermaßen Diesseits und Jenseits. Und dieser Milchhorizont lag eines Tages tiefer als sonst. Viel tiefer. Da wußte ich, daß man mich, vielleicht aus Versehen, trotz meiner schlechten Augen nach oben in den Steinbruch gebracht hatte. Sekunden habe ich gezögert. Tot oder Krüppel, dachte ich. Auf jeden Fall kommst du jetzt hier heraus. Im Geiste sah ich den geborstenen Schädel einer Puppe. Ich tat einen Sprung ins Helle hinein. Jemand schrie. Ich spürte vorbeistreichenden Wind. Phantastisch, sage ich dir. Als ich wieder zu mir kam, lag ich in einem Bett. Ich fühlte, daß es ein Bett war! Unglaublich, wozu Knochenbrüche gut sein können.«

Robert berührte den Arm des Bruders. »Armer Conrad.«

»Armer? Ich kann von mir sagen, daß ich mehr durchgestanden habe, als ein Tier es jemals könnte. Das macht mich reich, auch wenn ich keinen Rolls-Royce besitze. Mir hat sich ein neuer Horizont aufgetan. Er ist nicht mehr verschwommen, wie der über den Steinbrüchen von Korsika. Zwischen Elend und Glück gähnt eine Kluft. Wenn man sie überschritten hat, gibt es nur noch ein ›Sursum corda!‹ – ›Empor die Herzen‹!«

Robert wußte in seiner Verwirrung nichts Besseres zu tun, als den Bruder zu fragen, ob er ihm noch einen Weinbrand bestellen solle.

Conrad wehrte ab. »Der eine war schon zuviel. Ich vertrage keinen Alkohol mehr.«

»Und was hast du für Pläne?«

»Morgen früh fahre ich nach Münster.«

»Das kommt nicht in Frage. Du bist mein Gast und bleibst zumindest so lange, bis Nicole zurück ist.«

Ein dünnes Lächeln glitt über Conrads eingefallenes Gesicht. »Ich würde deiner Einladung gerne Folge leisten, aber es geht nicht. Mit meiner früheren Buchhalterin, die sich übrigens fabelhaft verhalten und alle wichtigen Geschäftsunterlagen sichergestellt hat, habe ich wegen der endgültigen Freigabe meines Vermögens übermorgen einen Termin.«

»Du kommst danach aber gleich nach München zurück.«

»Das kann ich nicht versprechen.«

»Und warum nicht?«

Conrad trank einen Schluck Kaffee. »Weil es gut für mich sein wird, mich schnellstens zurückzuziehen.«

»Du möchtest allein sein?«

»Ja. Irgendwo im Schwarzwald.«

»Warum gerade dort?«

»Das Land hat etwas, das mich anzieht. Außerdem hat Mama . . .«

». . . dich mit ihrer Kuckucksuhrenidee belatschert?«

»Du sagst es. Die Sache läuft aber anders, als sie denkt. Ich will zuerst einmal zu mir selbst zurückfinden. Sofern das überhaupt möglich ist. Die Brille hat mir zwar die Fähigkeit zurückgegeben, die Welt zu sehen. Ich erfasse sie aber noch nicht ganz. Vielleicht bringt eine informatorische Beschäftigung mit der Uhrenindustrie das Räderwerk in meinem Schädel wieder richtig zum Ticken.«

Wie einst ein zufälliges Gespräch mit der Mutter die Entwicklung des Verlages indirekt beeinflußt hatte, so sollte Roberts und Nicoles Leben durch Conrad eines Tages in eine völlig neue Bahn gelenkt werden. Im Zusammenhang damit stand das neue Verlagswerk, das Robert plante. Er hatte vorgehabt, gleich nach Nicoles Rückkehr aus Italien mit ihr darüber zu sprechen, doch das Schicksal des Bruders bewegte ihn so sehr, daß er zunächst nur von ihm erzählte und die grauenhaften Attakken schilderte, denen Conrad ausgesetzt gewesen war. Die Stimmung wurde dadurch so gedrückt, daß es auch Nicole und Detlef nicht mehr gelang, unbeschwert über ihre Reise und das ›Paradiso Carla‹ zu berichten, das sie in herrlich gepflegtem Zustand angetroffen hatten. Erst im späteren Verlauf des Abends tauten sie wieder auf. Sie erzählten nun ausführlich von San Giacomo, dem getreuen Italiener Giulio und den Plänen, die Detlef entwickelt hatte und, wenn möglich, noch während seiner Semesterferien in die Tat umsetzen wollte.

»Alsdann«, sagte Robert kurz entschlossen. »Wenn du glaubst, den Transfer des Geldes bewerkstelligen zu können, erteile ich hiermit meinen Segen.«

Detlef rieb sich die Hände. »Dann bin ich übermorgen schon wieder auf der Achse. Und ich werde alles so einrichten, daß ihr im Alter ganz am Gardasee bleiben könnt.«

Robert mußte lachen. »Ich kann mir zwar nicht vorstellen, daß ich mich mal zur Ruhe setzen werde, will die Möglichkeit aber nicht von der Hand weisen. Vorerst möchte ich jedoch noch viele Bücher auf den Markt bringen.«

Nicole rutschte an ihn heran. »Ich sehe deiner Nasenspitze an, daß du während meiner Abwesenheit an einer neuen Sache gearbeitet hast.«

»Sogar an einer sehr großen!«

»Dann schieß los.«

»Wir werden ein Buch herausbringen, das Furore machen und darüber hinaus langlebig sein wird. Titel: ›Das große Tierlexikon‹!«

Nicole sah ihn ungläubig an.

»Aufgebaut auf der ersten Ausgabe von ›Brehms Tierleben‹, die heute ›gemeinfrei‹ ist und somit in bearbeiteter Form von jedem publiziert werden darf. Startauflage: Hundertfünfzigtausend!«

»Um Gottes willen, Robert«, entfuhr es Nicole. »Übernimmst du dich da nicht?«

»Sag mir lieber, was du von der Sache hältst.«

»Die Idee ist großartig. Aber läßt sich eine so hohe Auflage finanzieren? Und wie willst du ein solches Buch überhaupt schaffen?«

Robert kam in sein Element. Er legte dar, daß die Finanzierung durch ein großzügiges Entgegenkommen seitens der Druckerei und der Bank bereits gesichert sei und daß er vier Wissenschaftler gewonnen habe, die das Werk in der ihm vorschwebenden Form erstellen würden. »Wir werden freilich«, fügte er hinzu, »bis zum Erscheinen des Buches schuften und nochmals schuften müssen. Denn die Vorbereitung des Stoffes, die Beschaffung aller Unterlagen und Bilder, die Legenden, das Stichwortregister sowie die Niederschrift und Überarbeitung der Manuskripte ist unsere Sache. Dazu habe ich mich verpflichten müssen. Hinzu kommen die Herstellung, der Verkauf und was es sonst noch gibt. Zwei Jahre wird es dauern, bis das Werk fertiggestellt ist. Dann *muß* es aber auch vorliegen, weil die Finanzierung sonst ins Wanken gerät.«

Detlef nickte anerkennend. »Ich bewundere deinen Mut.«

»Und ich habe ein bißchen Angst«, sagte Nicole.

»Warum denn?«

»Weil ich mir nach allem, was du gesagt hast, ausrechnen kann, daß du in den nächsten zwei Jahren wieder keinen Urlaub nehmen wirst.«

»Na und . . .? Ich werde erst fünfundvierzig, stehe also in den besten Jahren. Da kann man gut eine Weile ohne Erholung auskommen.«

Robert Schroeder bewies in den folgenden Jahren, daß er sich keinen blauen Dunst vorgemacht hatte. Er arbeitete und arbeitete und fühlte sich zu keiner Zeit überanstrengt. Und Nicole stand ihm in nichts zurück. Sie hatte ihr Studium mit Auszeichnung abgeschlossen und sich voll in die Verlagsarbeit gestürzt. Das einzige, was sie und Robert sich während dieser Zeit nicht nehmen ließen, waren unbeschwerte Weihnachtstage, die sie in Garmisch-Partenkirchen verbrachten. Sie wären lieber nach Berchtesgaden gefahren, aber dort bestand die Gefahr, mit den Eltern zu kollidieren. Auf Roberts Mitteilung, Nicole in aller Stille geheiratet zu haben, hatten sie mit keiner Zeile reagiert. Durch Conrad wußten sie, daß die Eltern nichts mehr von ihnen wissen wollten. Er hatte des weiteren geschrieben, daß sie den Umzug an den Chiemsee noch nicht durchführen konnten, weil die Räumung des gekauften Häuschens auf irgendwelche Schwierigkeiten gestoßen war. Für sie war dies, wie Gerd inzwischen mitgeteilt hatte, ein willkommener Anlaß gewesen, ihm und Maja einen dreimonatigen Besuch abzustatten und dann wochenlang durch die Vereinigten Staaten zu reisen.

Robert dachte nur noch selten an die Eltern. Ihm fehlte die Zeit, sich mit privaten Dingen zu befassen. Nicht einmal nach San Giacomo war er gefahren, um sich das inzwischen von Detlef fertiggestellte und vollends eingerichtete Haus anzusehen. Von morgens bis abends saß er in seinem Büro, und sobald die Verlagsarbeit es zuließ, erledigte er notwendige Geschäftsreisen, die ihn wiederholt auch nach Norddeutschland führten; die Buchgemeinschaft hatte vom ›Tierlexikon‹ sechzigtausend Exemplare in Auftrag gegeben.

Mit Erstaunen stellte er auf seinen Reisen immer wieder fest, welche Fortschritte der Wiederaufbau in Deutschland machte. Überall wurde hart gearbeitet, und wahrscheinlich trug gerade der Fleiß der Deutschen mit dazu bei, daß die Westmächte zunehmend Vertrauen gewannen und den deutschen Politikern beständig neue Rechte einräumten. Dies geschah nicht zuletzt, weil man einen deutschen Truppenbeitrag wünschte. Für viele war es unfaßbar, daß sieben Jahre nach Ende des Krieges, der unendliches Leid über die Völker gebracht hatte und Deutschland mit Recht zur Last gelegt wurde, die Wehrpflicht, die im Dritten Reich der Anfang vom Ende gewesen war, wieder Gesetz werden sollte.

Die Ereignisse überstürzten sich aber nicht nur in der Politik. Auch in der Wirtschaft ging es steil bergauf, und Robert Schroeder, der in jenen Tagen fieberhaft auf die Auslieferung seines hart erarbeiteten Buches wartete, glaubte in einen Abgrund zu sinken, als sich von heute auf morgen Dinge ereigneten, die er anfänglich kaum zu begreifen vermochte. Es begann damit, daß ihn der Leiter der Buchgemeinschaft eines Morgens anrief und dringend ersuchte, unverzüglich zu ihm zu kommen, da er ihn in einer wichtigen Sache, die telefonisch nicht erledigt werden könne, so schnell wie möglich sprechen müsse. Das klang nicht gut. Was aber konnte Anlaß zur Sorge geben? Doch nichts. Mängelrügen waren nicht erteilt worden, und alle Titel des Verlages wurden von der Buchgemeinschaft so gut verkauft, daß bereits Nachbestellungen erfolgt waren.

Robert verheimlichte Nicole, daß er ein ungutes Gefühl hatte, und er raste mit seinem Porsche nach Norddeutschland, wo er den Geschäftsfreund zufällig noch am Abend im Lokal des Hotels antraf, in dem er abgestiegen war. »Sie haben mich ja ganz schön auf Trab gebracht«, begrüßte er ihn burschikos.

Der Leiter der Buchgemeinschaft reichte ihm die Hand. »Zu meinem Vergnügen habe ich es bestimmt nicht getan.«

»Das klingt ja, als würde es brennen.«

»Leider tut's das auch.«

»Und wo, wenn ich fragen darf?«

»Nun nehmen Sie erst mal Platz.«

Robert Schroeder setzte sich. Seine Nerven waren plötzlich zum Zerreißen gespannt.

»Was darf ich Ihnen bestellen?«

»Irgendeine Kleinigkeit zu essen. Und ein Bier.«

Der Geschäftsfreund empfahl eine Aufschnittplatte.

»Einverstanden.«

Nachdem die Bestellung aufgegeben war, sagte Robert Schroeder: »Und nun in die Vollen und nicht um den heißen Brei geredet. Wo brennt's?«

»Die Verlagsgruppe, zu der das Unternehmen Ihrer Schwägerin, entschuldigen Sie, Ihres verstorbenen Schwagers gehört, hat uns ›kollegialerweise‹ davon in Kenntnis gesetzt, daß Sie ›Das große Tierlexikon‹ aller Voraussicht nach nicht termingerecht werden ausliefern können. Wir, die Buchgemeinschaft, würden also einen großen Schaden erleiden, falls wir den Titel, wie beabsichtigt, im nächsten Programmheft ankündigen. Was sagen Sie dazu?«

»Das ist eine Unverschämtheit«, empörte sich Robert Schroeder. »Ich weiß nicht, wie man dazu kommt, solche Behauptungen aufzustellen. Wir werden morgen oder übermorgen ausliefern; da gibt es überhaupt keinen Zweifel.«

»Da bin ich nicht so sicher«, entgegnete der Geschäftsfreund. »Ich halte es nämlich für ausgeschlossen, daß eine namhafte Verlagsgruppe uns eine Mitteilung zukommen läßt, die aus der Luft gegriffen ist. Irgend etwas muß im Busch sein.«

»Aber was?«

»Ist mit den Rechten alles in Ordnung?«

»Selbstverständlich.«

»Ich habe schon überlegt, ob man Ihnen da einen Prozeß machen könnte.«

»Den würde ich haushoch gewinnen.«

»Möglich. Aber was nützt das, wenn die Lieferung bis zum Ausgang des Prozesses gestoppt würde? Zum Beispiel durch eine ›Einstweilige Verfügung‹!«

Robert Schroeder war der Appetit vergangen. Sollte er erst jetzt die Antwort bekommen, die Mira ihm vor Jahren zugesichert hatte? Ohne Zweifel steckte sie hinter der Geschichte.

Der Leiter der Buchgemeinschaft schien zu spüren, was sein Geschäftspartner dachte; denn er sagte: »Sie waren seinerzeit so offen, zu bekennen, daß Sie mit Frau von der Heid auf Kriegsfuß stehen, ja, daß Sie ihr die Schuld am Tod Ihres Schwagers geben. Ist es da nicht naheliegend . . .«

»Klar«, fiel Robert Schroeder ein. »Sie wird sich rächen wollen.«

»Eben. Und in Familienkämpfe können wir uns nicht hineinziehen lassen.«

»Ich wäre ein schlechter Geschäftspartner, wenn ich Ihnen das zumuten würde. Sie erhalten die Bücher termingerecht, darauf können Sie sich verlassen.«

»Sind Sie dessen immer noch sicher?«

»Absolut. Und wenn ich die Bücher bei Nacht und Nebel hierherschaffen müßte!«

»Gut, ich vertraue Ihnen, muß mir aber Rückendeckung verschaffen. Sie werden nicht daran vorbeikommen, ein Schriftstück zu unterzeichnen, in dem Sie sich bereit erklären, eine Konventionalstrafe von achtzigtausend Mark zu zahlen, falls die in Auftrag gegebenen Bücher nicht pünktlich und in voller Höhe bei uns angeliefert werden.«

»Das Schriftstück unterschreibe ich jederzeit«, sagte Robert Schroeder, ohne mit der Wimper zu zucken und dachte: Wenn wirklich etwas schiefgeht, besitze ich ohnehin keinen Pfennig mehr.

Der Geschäftsführer sah ihn prüfend an. »Könnten Sie die Summe auch zahlen?«

»Wohl kaum«, antwortete Robert Schroeder mit entwaffnender Offenheit.

Der Leiter der Buchgemeinschaft holte tief Luft. »Sollten Sie jemals in Druck kommen, dann wenden Sie sich an mich. Mit Ihren Ideen und Ihrem Unternehmungsgeist werden wir die achtzigtausend schon irgendwo herausholen.«

Es ging auf Mitternacht zu, als Robert Schroeder nach Hause zurückkehrte. Nicole stand am Fenster, da die Sekretärin der Buchgemeinschaft sie telefonisch über die voraussichtlich späte Rückkehr ihres Mannes informiert hatte. Stundenlang hatte sie Ausschau nach ihm gehalten. Als sie ihn endlich vorfahren sah, eilte sie zum Fahrstuhl, um ihn noch vor der Haustür zu empfangen.

Sie erreichte Robert, als er seinen Wagen gerade abgeschlossen hatte und sich dem Haus zuwandte. »Bert!« Bestürzt stellte sie fest, daß er mitgenommen aussah. »War es sehr anstrengend?«

Er gab ihr einen Kuß. »Es ging.«

Sie mußte sich zwingen, nicht daran zu denken, daß sie ihm eine böse Nachricht zu übermitteln hatte. Das Herz klopfte ihr in der Kehle. Um abzulenken, sagte sie: »Du bist natürlich wieder in einem Rutsch durchgefahren.«

»Mit dem Porsche ist das kein Problem.«

»Ich habe dir etwas zu essen vorbereitet.«

»Eigentlich hab' ich nur Durst.«

Nicole öffnete die Haustür und schloß den Fahrstuhl auf.

Er legte wie ermattet den Arm um sie.

Besorgt betrachtete sie sein Gesicht. »Hat es Ärger gegeben?«

»Ein bißchen. Die Sache ist aber erledigt. Ich erzähle dir oben alles.«

»Ja, erhol dich erst mal.«

Während Robert sich frisch machte, hantierte Nicole in der Küche. Sie belegte zwei Scheiben Brot mit kaltem Braten, frischem Salat und in Scheiben geschnittenen Radieschen, und gab schließlich noch Rührei darüber. Sie war gerade fertig, als Robert in der Küche erschien.

»Hm, das sieht aber gut aus.«

»Und die Schnitten werden dir bekommen.« Nicole entnahm dem Kühlschrank eine Flasche Bier und drückte sie Robert in die Hand. »Ich habe den kleinen Tisch im Wohnzimmer gedeckt.«

Er ging voraus. Auf dem Tisch brannte eine Kerze. Ihr Licht ließ das Silber feierlich und das bereitgestellte Glas kostbar erscheinen. Neben einem ›Stamperl‹ stand ein Fläschchen Underberg, dessen Papier schon geöffnet war. Ein Blumenarrangement machte die Tafel einladend. »Phantastisch, wie du aus alltäglichen Dingen immer wieder ein kleines Fest zu machen verstehst.«

Nicole zwang sich zu lächeln. Sie dachte an den Brief, den sie Robert vorlegen mußte.

Ihm entging ihre Verhaltenheit nicht. Er stellte die Flasche ab und sah sie prüfend an. »Komm mal her, Spatz.«

Sie schaute unsicher zu ihm hoch.

Er hob sie auf die Arme, als wiege sie nichts. »Wo drückt der Schuh?«

»Ich weiß nicht, was du meinst.«

»Das weißt du sehr genau. Und nach allem, was ich in Norddeutschland zu hören bekam, vermute ich, daß es etwas Unangenehmes ist. Haben wir eine Klageschrift erhalten?«

Nicole schüttelte den Kopf. »Bitte, Robert, du mußt essen. Das Rührei wird kalt.«

»Ich gebe dich nicht frei, bis du Farbe bekannt hast.«

Sie klammerte sich an ihn. »Die Bank hat geschrieben. Sie hat den Überziehungskredit gekündigt.«

Dann werden wir in drei Monaten festsitzen, schoß es ihm durch den Kopf.

»Laß mich los.«

Robert setzte Nicole ab, ohne sich dessen bewußt zu sein. Seine Gedanken kreisten. Sollte hinter der Kündigung . . .? Unmöglich. Eine Bank läßt sich von dritter Seite keine Vorschriften machen. Die Kündigung kann mit der Bonner Verlagsgruppe nichts zu tun haben. Oder war es doch kein Zufall . . .?

Nicole schenkte den Underberg ein.

Robert leerte das Glas. »Mir ist es schleierhaft, was die Bank veranlaßt haben mag, uns den Kredit plötzlich zu kündigen. Ich ahne aber, daß eine Schweinerei im Gange ist. Angezettelt von dieser Mira!«

Nicole war betroffen. »Wie kommst du darauf?«

Er erzählte, weshalb er nach Norddeutschland gerufen worden war.

»Und was willst du jetzt machen?«

Robert schnaubte: »Essen, trinken, schlafen! Und dann kämpfen! So schnell läßt sich ein alter Pilot den Knüppel nicht aus der Hand schlagen.«

»Bravo!« rief Nicole. »Und wenn es hart werden sollte, schnallen wir den Gürtel enger. Kapitulieren werden wir auf keinen Fall.«

Verblüfft betrachtete Robert die geröteten Wangen seiner Frau. Ihre Augen blitzten. »Nicole!« Er schloß sie in die Arme. »Du hast recht. Wir kapitulieren nicht. Und morgen früh rücke ich den Herren von der Bank auf die Pelle. Der Überziehungskredit wurde uns schließlich eingeräumt, damit wir den großen Auftrag erteilen konnten. Wollen doch mal sehen, ob man eine solche Abmachung einfach über den Haufen werfen kann.«

Man konnte es. Ja, man war sogar so frei zu erklären: »Uns ist die Sache selber peinlich. Wir wurden von unserer Zentralstelle angewiesen, den Kredit zu kündigen, weil andernfalls eine Verlagsgruppe, die etwa das Dreißigfache von Ihren Umsätzen tätigt, ihre Verbindung mit unserer Filiale lösen will.«

»Und was ist, wenn mein Verlag darüber zugrunde geht?« empörte sich Robert Schroeder.

Der Abteilungsleiter der Bank hob die Schultern. »Wir haben uns, wie Sie wissen, abgesichert.«

Mit einer unbändigen Wut und dem festen Willen, sich jetzt erst recht durchzusetzen, kehrte Robert in den Verlag zurück, wo ihm Nicole ernst entgegentrat.

»Das große Kesseltreiben scheint zu beginnen«, sagte sie und gab ihm zwei Schreiben. »Die Amtsgerichte München und Stuttgart beehren sich, uns mitzuteilen, daß die Bonner Verlagsgruppe Klage wegen unlauteren Wettbewerbs erhoben hat und den Erlaß einer ›Einstweiligen Verfügung‹ fordert, die uns untersagen soll, ›Das große Tierlexikon‹ auszuliefern. Begründung: Wir hätten nicht das Recht, den Titel zu führen, da das Buch, erstens, kein Lexikon und, zweitens, ein unzulässig verkürzter und verdünnter Abklatsch des Werkes ›Brehms Tierleben‹ sei.«

»So wird's gemacht«, sagte Robert und las die beigefügten Schriftsätze der gegnerischen Anwälte. Danach schüttelte er den Kopf. »Mit der ›Einstweiligen Verfügung‹ kommen die nicht durch. Kein Richter wird das damit verbundene Risiko auf sich nehmen wollen. Es handelt sich immerhin um Bücher im Herstellungswert von annähernd einer halben Million Mark. Auch dem Prozeß können wir mit Gelassenheit entgegenblicken. Rätselhaft ist mir nur, wieso in Stuttgart ein Verfahren angestrengt werden kann, wenn die streitenden Parteien in Bonn und München ansässig sind.«

Diese Frage beantwortete ihm ein Anwalt, den er gleich am Nachmittag aufsuchte. Der Jurist sprach von ›Popularklage‹ und Paragraphen, nach denen in solchen Fällen ein Prozeß überall dort angestrengt werden könne, wo das strittige Werk zum Verkauf gelangt. Also praktisch in jeder Stadt. »Ja, mein Herr«, erklärte er ungerührt, »Sie werden sich wohl oder übel auch in Stuttgart einen Rechtsbeistand nehmen müssen.« Dann bat er um Unterzeichnung der Prozeßvollmacht und um Überweisung eines Vorschusses in Höhe von zweitausend Mark.

»Zweitausend?« fragte Robert Schroeder entsetzt.

Der Anwalt belehrte ihn, daß sich das Honorar, insgesamt gesehen, wesentlich höher stellen werde, da zunächst nur die ›Einstweilige Verfügung‹ abgewehrt werden müsse und dann erst der eigentliche Prozeß an die Reihe komme. Und in beiden Fällen sei der Streitwert mit hunderttausend Mark beziffert. Mit konziliantem Gehabe fügte er hinzu: »Ich kann Ihnen übrigens einen Stuttgarter Kollegen nennen, mit dem ich schon mehrfach zusammengearbeitet habe und mich gleich abstimmen möchte. Sonst sagt der eine ›Hot‹ und der andere ›Hüh‹.«

Nochmals zweitausend, dachte Robert Schroeder. Am liebsten hätte er Mira von der Heid auf der Stelle erwürgt.

Diesen Wunsch sollte er noch des öfteren haben; denn dem Verlag wurden im Verlauf der nächsten vierzehn Tage aus zehn weiteren Städten Klageschriften übermittelt. Überall mußte ein Anwalt genommen werden, nach überallhin waren Vorschüsse zu überweisen. Hinzu kamen die Gerichtskosten.

Robert Schroeder wußte nicht mehr, wo ihm der Kopf stand. Er verpflichtete einen Kölner Verlagsanwalt, die Federführung in allen Prozessen zu übernehmen.

»Was mit Ihnen gemacht wird, ist die moderne Art, einen mißliebigen Konkurrenten auszuschalten«, sagte der Jurist, nachdem er sich einen kurzen Überblick verschafft hatte. »Die Gegenseite hält Sie offensichtlich für tüchtig, aber finanzschwach. Das nutzt man aus. Bitte, verstehen Sie deshalb, daß ich unter den gegebenen Umständen einen kräftigen Vorschuß nehmen muß.«

Innerhalb von drei Wochen zahlte Robert Schroeder Honorare, die den einkalkulierten Gewinn an der Gesamtauflage des strittigen Werkes völlig zunichte machten. Aber die ›Einstweilige Verfügung‹ konnte überall abgewehrt werden, und das sprach dafür, daß die Prozeßaussichten gut waren. Doch was nützt solches Wissen, wenn es der kapitalkräftigen gegnerischen Partei darum geht, den finanzschwachen Konkurrenten ausbluten zu lassen?

»Ja, das ist die moderne Art, einen mißliebigen Konkurrenten zu erledigen«, wiederholte der Kölner Anwalt, der sich entgegenkommenderweise erboten hatte, nach München zu fahren, um sich mit seinem dortigen Kollegen und Robert Schroeder zu beraten. »Daß ich es übrigens nicht vergesse: Ich bekomme einen Reisekostenzuschuß in Höhe von fünfhundert Mark. Das Honorar haben Sie ja wohl überwiesen, wie?«

»Gewiß«, sagte Robert Schroeder. Für diesen Anwalt hätte er Mira gerne zweimal umgebracht. Wie die Dinge lagen, konnte die Auslieferung des Buches, an dem er und Nicole zwei Jahre gearbeitet hatten, zu einer gewaltigen Schädigung der Druckerei führen, die ihm volles Vertrauen geschenkt hatte und ungewöhnlich entgegengekommen war.

»Die Bank wird den gekündigten Kredit von den eingehenden Geldern abkassieren«, sagte er zu Nicole. »An Anwalts- und Gerichtskosten sind bald fünfzigtausend angelaufen! Es fehlt uns somit das Geld, auf das die Druckerei wartet.«

»Schenk den Herren schnellstens reinen Wein ein«, empfahl ihm Nicole.

»Dann wird man Wechsel von mir verlangen. Natürlich mit zigmaligem Prolongationsrecht. Die Spesen werden aber zu unseren Lasten gehen. Das bedeutet, daß unsere Schulden von Monat zu Monat größer anstatt kleiner werden. Prozesse *und* Wechselreiterei, das kann niemand verkraften.«

»Willst du etwa aufgeben?«

»Ich weiß nicht!«

»Aber Robert! Du bist doch schon mit ganz anderen Dingen fertiggeworden.«

»Du glaubst an mich?«

»Mehr denn je. Was meinst du, warum die Bonner Verlagsgruppe Wert darauf legt, dich fertigzumachen? Das hat nichts mehr mit Mira von der Heid zu tun. Hier wird ein Konkurrent bekämpft, von dem man fürchtet, er könnte zu groß werden. Schon allein deshalb darfst du nicht aufgeben.«

Robert schloß Nicole in die Arme. »Weiß Gott, ein Kapitän verläßt sein Schiff nicht. Und sollte es nicht anders gehen, dann fangen wir eben wieder von vorne an. Solange wir zusammenhalten, kann uns nichts passieren.«

Die Ereignisse überstürzten sich. Noch bevor Robert Schroeder zur Sicherung des Verlages etwas unternehmen konnte, erhielt er einen Telefonanruf, der seine finanziellen Sorgen überschattete. Die Mutter war am Apparat und konnte vor Schluchzen kaum sprechen.

»Bist du es, mein Sohn?« fragte sie gequält.

»Ja, Mama. Ist mit Vater etwas nicht in Ordnung?«

Nicole, die gerade in Roberts Arbeitsraum war, eilte zu ihm hinüber.

»Nein, Conrad . . . Conrad ist tot.«

Robert mußte sich setzen. Ihm war es, als trete eine Leere in sein Gehirn.

»Er hat sich das Leben genommen!« jammerte die Mutter.

»Ach, du lieber Gott.«

Nicole legte ihre Hand auf Roberts Schulter.

»Wir sind verzweifelt.«

»Ich komme so schnell wie möglich. Wohnt ihr bereits am Chiemsee?«

»Ja«, antwortete die Mutter und beschrieb den Weg zu ihrem Haus so lebhaft, als gebe es keinen Sohn zu beklagen. »Wann dürfen wir dich erwarten?« fragte sie abschließend.

»Ich komme mit«, flüsterte Nicole.

»In gut einer Stunde sind wir da.«

»Nicole wird dich begleiten?«

»Ist das nicht recht?«

»Doch, doch. Ich habe nur gefragt, damit ich Bescheid weiß. Ich rufe nämlich vom Postamt an«, fügte sie unmotiviert hinzu.

Robert war wie benommen, als er den Hörer zurücklegte. Geistesabwesend starrte er vor sich hin.

Nicole flüsterte: »Der Tod ist für Conrad eine Erlösung.«

Er erhob sich. »Dennoch frage ich mich: Was muß der arme Kerl durchgestanden haben, daß er sich nun, wo er endlich Ruhe gefunden hatte, das Leben nimmt?«

»Wann das geschehen ist, hat deine Mutter nicht gesagt?«

»Nein. Sie war überhaupt, das fällt mir erst jetzt auf, nur zu Anfang aufgelöst und dann erstaunlich sachlich.«

Nicole nahm dazu nicht Stellung. Sie erinnerte sich an Roberts Schilderungen der Verstellungskünste seiner Mutter.

»Laß uns gleich fahren.«

»Und wie machst du es mit der Druckerei in Ulm?«

»Die muß warten. Teilen kann ich mich nicht.«

Auf der Fahrt zu den Eltern erzählte Robert von Conrad, der schon in früher Jugend ein Außenseiter gewesen war, aber niemandem, auch keinem Tier, etwas zuleide tun konnte. Das ging so weit, daß er einmal auf seine größeren Brüder losgegangen war, als sie eine Katze an einem selbstgebastelten Fallschirm aus einem hoch gelegenen Fenster hatten hinauswerfen wollen.

Das Häuschen der Eltern am Chiemsee war schnell gefunden. Der kleine Holzbau lag in der Nähe des Wassers inmitten eines verwilderten Gartens. Nur der Weg zum Haus war frei von Unkraut. Auf ihm gingen die Eltern Robert und Nicole entgegen. Der Vater trug einen hellgrauen Anzug mit modischer Krawatte, die Mutter ein leichtes Sommerkleid. Ihre Gesichter waren ernst, ihre Bewegungen fast feierlich.

»Ein trauriger Anlaß, der uns zusammengeführt«, sagte der Vater zur Begrüßung und reichte Nicole die Hand. »So gesehen verstehe ich, daß Mama euch angerufen hat. Unser Verhältnis zueinander war unhaltbar geworden. Allerdings nicht durch unsere Schuld, wie ich betonen möchte. Aber davon wollen wir jetzt nicht reden.«

»Das meine ich auch«, entgegnete Robert und begrüßte die Mutter. »Mein Beileid, Mama.«

Der Vater straffte sich. »Zur Kondolenz besteht kein Anlaß. Conrad ist es, der den Schoß der Familie verlassen hat. Und auf welche Weise! Wir haben wahrhaftig keinen Grund, ihm nachzutrauern. Ich, für meinen Teil, habe ihn aus Herz und Hirn verbannt.«

Robert wollte sich empören, doch zwei Dinge hielten ihn zurück: Das Alter des Vaters und der Wunsch, den Tod des Bruders nicht durch einen Streit zu verunglimpfen. »Wann ist Conrad gestorben?« fragte er, seinen Unwillen unterdrückend.

»Vor drei Tagen«, sagte die Mutter und bedeckte ihr Gesicht mit den Händen. »Wir erhielten die Nachricht vorgestern.«

»Und da habt ihr uns nicht gleich verständigt?«

»Da hast du's«, wandte sich der Vater an die Mutter. »Wenn es nach mir gegangen wäre, brauchten wir uns keinen inquisitorischen Fragen zu unterwerfen. Nun aber ... Als wenn es nicht genug wäre, daß die ganze Ortschaft Bescheid weiß.«

Robert sah den Vater fassungslos an. »Wovon redest du?«

Bevor er eine Antwort erhalten konnte, sagte Nicole: »Wäre es nicht besser, zuerst einmal ins Haus zu gehen?«

»Du hast recht«, pflichtete ihr die Mutter bei.

Vater Schroeder wandte sich um und ging auf die Haustür zu.

Die Familie folgte ihm schweigend.

Im Eingang, der eine Art Vorbau darstellte, befand sich gegenüber der Garderobe eine Heiligenfigur, unter der ein Ewiges Licht brannte.

Man sollte es nicht für möglich halten, durchfuhr es Robert.

Die Mutter wies auf die Figur. »Das ist die heilige Irmingardis, die Schutzpatronin des Chiemsees. Sie wirkte als Äbtissin auf der Fraueninsel.«

»Wie ergreifend«, sagte Robert.

»Mach dich nicht lustig«, wies ihn die Mutter zurecht. »Wir werden den ›Goodwill‹ unserer Umgebung noch sehr brauchen.«

Goodwill? Robert wurde es zuviel. »Sprechen wir über Conrad«, sagte er grob. Ihm war es gleichgültig, ob er stand oder saß, sich im oder vor dem Haus befand. Er wollte wissen, warum man ihn über den Tod des Bruders nicht sofort verständigt hatte und worauf die seltsamen Redereien der Eltern hinausliefen. Unmißverständlich stellte er diese Frage.

Der Vater straffte sich und schaute ihm in die Augen, als wollte er sagen: Ich bin trotz allem ein sauberer Schroeder und echter Deutscher. »Damit du es denn weißt: Conrad, dessen Namen ich heute zum letzten Mal aussprechen werde, hat sich nicht irgendwo das Leben genommen, sondern in einer Gefängniszelle erhängt! Als wir die Nachricht erhielten, stand uns nicht der Sinn danach, euch zu verständigen. Die Schande, die er uns in unserem hohen Alter noch bereitet hat, erdrückt uns förmlich. Ein Leben lang haben wir nichts als Kummer und Sorge mit ihm gehabt. Und nun dieser Abschluß! Selbstmord in einer Gefängniszelle!«

»Und was das Schlimmste ist«, fuhr die Mutter klagend fort, »alle hier wissen es!«

»Wieso?« fragte Robert. Er stellte diese Frage, die ihn im Grunde überhaupt nicht interessierte, in einer Art Reflexreaktion.

»Ich hatte Conrad geschrieben.«

»Ohne mein Wissen!« betonte der Vater. »Hinter meinem Rücken! Was dabei herausgekommen ist, werdet ihr jetzt hören.«

»Ich konnte nicht anders handeln«, verteidigte sich die Mutter. »Als Conrad uns mitgeteilt hatte, daß er im Gefängnis sitzt ...«

»Das wußtet ihr?«

»Vor drei Wochen hat er uns das geschrieben. Da habe ich ihm in der letzten Woche geantwortet. Er hat mir mit einem Mal so leid getan.«

»Weshalb hatte man ihn eingeliefert?«

»Das kannst du dir doch denken«, polterte der Vater unwillig. »Oder erwartest du von uns, daß wir das auch noch aussprechen? Hör dir lieber an, was mit dem Brief passiert ist! Er wurde mit dem Vermerk: ›Unzustellbar, da Empfänger Selbstmord verübte‹, an uns zurückgeleitet. Darunter der Stempel der Gefängnisverwaltung! So, nun weißt du, in welche Lage uns dieser Mensch gebracht hat. Kaum haben wir uns hier niedergelassen, da bekommt der Postbote einen Brief mit solchem Vermerk in die Hand. Adressat: Conrad Schroeder. Absender: Die soeben hierher gezogene Familie Schroeder. Unser Ansehen ist dahin!«

»Ich gehe seitdem jeden Morgen in die Kirche«, bekannte die Mutter und forderte mit einer Handbewegung auf, Platz zu nehmen. »Die Leute sehen dann wenigstens, daß wir anders sind.«

Robert preßte die Hände gegen die Schläfen. »Wenn ihr schon so viel Überlegungen anstellt, dann muß ich fragen: Habt ihr jemals darüber nachgedacht, wieweit der Verlauf von Conrads Leben durch euch diktiert sein könnte?«

»Aber erlaube mal!« empörte sich der Vater. »Wir ...«

»Nein, für heute ist es genug«, unterbrach ihn Robert. »Mal lobt ihr Conrad in den Himmel, dann verdammt ihr ihn in die Hölle. Mich tröstet nur, daß er diesmal schon bald rehabilitiert sein wird. Nämlich dann, wenn seine Aktien, die ihr ja erben werdet, ihren Wert zurückerhalten.«

»Das ist eine Infamie!« keuchte Vater Schroeder.

Nicole stand wie verloren da.

Du darfst dieses Haus nicht im Streit verlassen, beschwor sich Robert. Die Eltern wissen nicht, was sie reden und tun. Ihnen ist alles über den Kopf gewachsen. Er suchte nach einem Ausweg, einer Ausflucht. Sein Blick fiel auf ein Foto, das mit einem Sträußchen geschmückt war. Es zeigte seinen Bruder Gerd, dessen Frau und die beiden adoptierten Kinder. »Kennst du das Bild?« fragte er Nicole.

Sie trat an und das Foto heran und betrachtete es. Ihr war klar, daß Robert eine Brücke schlagen wollte.

Ein Gespräch kam nur mühsam in Fluß. Robert beobachtete dabei seine Eltern. Beide waren weißhaarig geworden und sehr gealtert, besaßen jedoch noch eine ungebrochene, vitale Kraft, die nicht ihrem Alter entsprach. Wahrscheinlich erklärte das ihr unerträgliches Wesen. Ihn bedrückte der Gedanke, daß sein Abschied diesmal endgültig sein würde. Aber es ging nicht anders. Er hatte genug Belastungen und mußte sich befreien.

»Lebt wohl!« sagte er, nachdem er und Nicole sich von den Eltern verabschiedet hatten.

Der Vater spürte, was Robert damit zum Ausdruck bringen wollte. »Lebt wohl!« wiederholte er, ohne ein Gefühl erkennen zu lassen.

Mutter Schroeder weinte. Echte Tränen . . .? Mit Bestimmtheit glaubte Robert nur zu wissen, daß sie den Vater in absehbarer Zeit in ein Gespräch über Aktien verwickeln würde.

Als sie die Autobahn erreicht hatten, sagte Nicole: »Ich bin froh, daß du nicht allein warst.«

Robert ergriff ihre Hand. »Weißt du, was ich vorhin gedacht habe? Auf Conrad bezogen: Das Leben hat ihn gehetzt, wir aber hetzen uns selbst durchs Leben. Und dann ist mir ein Licht aufgegangen. Ausgerechnet durch meinen armen Bruder Conrad! Wir dürfen uns nicht mehr so strapazieren, wie wir es bisher getan haben.«

»Und wie sollen wir das angesichts der vielen Prozesse anstellen?«

»Das wirst du schon sehen. Als erstes werden wir aber Conrads Grab aufsuchen. Und dann fahren wir weiter nach Norddeutschland.«

»Und was wird mit der Druckerei in Ulm?«

»Sie abzusichern, ist Sinn unserer Reise. Wenn mir gelingt, was ich mir vorhin in einem lichten Moment vorgenommen habe, werden wir ohne Belastung und Schulden sein. Und dann hört die hektische Hetzerei auf. Dann werden wir in erster Linie leben und nur soviel arbeiten wie erforderlich ist, um leben zu können.«

Robert und Nicole dachten in den folgenden Wochen noch oft an die Eltern und an die Fahrt zu Conrads Grab. Sie zählte zu den schrecklichsten Erinnerungen ihres Lebens. Auf dem Friedhof, wo Conrad in ›ungesegneter‹ Erde in der Nähe eines Komposthaufens mehr oder weniger verscharrt worden war, hatte man sie schmählichen Angriffen ausgesetzt, als sie die Errichtung eines ordnungsgemäßen Grabes in Auftrag geben wollten.

»Anstatt den Frieden in unserer Gemeinde zu stören, sollten Sie sich schämen, Verwandte eines solchen Unholdes zu sein«, hatte sich der Pfarrer empört. »Ein fünfzehnjähriges Mädchen zu verführen . . .«

»Was kostet es, wenn Sie zehn Messen für meinen Bruder lesen«, war Robert ihm ins Wort gefallen.

Der Priester hatte nicht gezögert, einen Preis zu nennen, den Betrag in Empfang zu nehmen und sich zu empfehlen.

Nicht so der Steinmetz und der Friedhofsgärtner, die sich hartnäckig weigerten, dem Verstorbenen eine bürgerliche Grabstätte zu bereiten. Erst als Robert ihnen einen Phantasiepreis angeboten hatte, rangen sie sich zu der Überzeugung durch, daß es Aufgabe des Allmächtigen sei, über Menschen zu richten. Mit einem »Vergelt's Gott!« waren sie schließlich ihrer Wege gegangen.

»Jetzt sind wir fast völlig abgebrannt und verfügen über keine Reserve mehr«, hatte Robert gesagt, als sie aus der Ortschaft herausfuhren.

Nicole war die Ruhe selbst geblieben. »Dafür werden uns im Schlaf keine Alpträume verfolgen.«

Zwei Tage darauf hatte Robert in Norddeutschland offene Türen eingerannt. Die Herren der Buchgemeinschaft, die empört über das schäbige Kesseltreiben der Bonner Verlagsgruppe waren und starkes Interesse daran hatten, speziell ›Das große Tierlexikon‹ weiterhin in ihrem Programm zu führen, machten ihm einen Vorschlag, der seine kühnsten Erwartungen übertraf. Sie erklärten sich bereit, den Verlag mit Aktiva und Passiva zu übernehmen und dem Ehepaar Schroeder für die erarbeiteten Rechte eine Abfindung in beachtlicher Höhe zu zahlen. Darüber hinaus boten sie Robert einen Beratervertrag und seiner Frau eine außerhalb der Firma mögliche Betätigung als Lektorin an.

Nicole war zu verwirrt gewesen, um das Angebot in seiner ganzen Tragweite zu erfassen. »Aber dann müssen Sie sich ja mit der Bonner Verlagsgruppe herumschlagen«, gab sie zu bedenken.

Die Herren lachten. »Haben Sie schon eine Mücke gesehen, die einen Elefanten frißt?«

»Robert!« rief Nicole wie von einer Zentnerlast befreit. »Dann können wir uns ja nach San Giacomo zurückziehen.«

Bereits einen Monat später waren sie in die ›Casa Nicole‹ des ›Paradiso Carla‹ umgesiedelt und fingen an jenes Leben zu führen, das Robert nach seinem letzten Besuch bei den Eltern als erstrebenswert erschienen war. Er las nun Bücher, die er zu beurteilen hatte, und Nicole korrigierte Manuskripte, die druckfertig gemacht werden mußten. Keine dunklen Wolken hingen mehr über ihnen. Frei von allen Belastungen und Sorgen lebten sie in den Tag hinein. Am Morgen nahmen sie als erstes ein erfrischendes Bad im See. Nach dem Frühstück spazierten sie eine Weile durch den Garten und freuten sich über die immer wieder neuen Düfte, die ihm entströmten. Unter der Pergola lag der herbe Geruch des Weinlaubes. Im taufrischen Rasen schienen sich Himmel und Erde vereint zu haben. Aus Büschen wehte das Aroma von Lavendel und Jasmin. Und überall lag eine Spur des feinen Duftes der Oleanderblüten in der Luft.

Im Laufe des Tages las Robert zumeist ein paar Stunden im Freien. Sein Lieblingsplatz war die hintere Ecke des Gartens, in der er mit Carla die ersten Büsche gepflanzt hatte. Zwanzig Jahre waren seitdem vergangen! Wenn er im Liegestuhl lag und seine Lektüre unterbrach, erfaßte er mit einem Blick die Rasenfläche, den Kiesweg mit der vom Wein bewachsenen Pergola, die ›Casa Nicole‹ und die in sie einbezogene Front der einstmaligen Zitronenlaube, den in seiner Färbung ständig wechselnden See, die am anderen Ufer gelegene kleine Ortschaft Marniga und die mächtigen Erhebungen des Monte Baldo.

Es war die beste Idee meines Lebens, der Hetze des Alltags und der Hektik der Geschäftemacherei zu entfliehen und dafür ein weniger luxuriöses Leben in Kauf zu nehmen, dachte Robert oftmals, wenn er über sein kleines Reich hinwegblickte. Nur um sich dieses und jenes leisten zu können, rennen und schuften die meisten bis tief in die Nächte hinein. Dabei läßt sich das Leben so leicht anders intensivieren. Man muß nur in die Zufriedenheit hineinsteigen, die uns die Natur entgegenbringt.

Wenn Robert über sein Leben nachdachte, drängte es ihn, an den Oleanderbüschen entlangzugehen. Auf ihn machten sie einen so genügsamen Eindruck. Sie blühen fast das ganze Jahr über und sind so ausschließlich für sich selbst da, daß es niemandem einfällt, sie zu pflükken.

Ein erschreckender Gedanke durchfuhr ihn. War der Oleander nicht giftig? Verführerisch und giftig, wie es das Dritte Reich gewesen war, das man als *groß* und *tausendjährig* deklariert hatte!

Er dachte dies gerade, als er oben auf der Straße den Motor des Porsches hörte, mit dem Nicole nach Gargnano gefahren war. Sogleich erhob er sich und ging ihr entgegen.

»Hallo!« rief sie, als sie auf der obersten Stufe erschien.

Er winkte zu ihr hinauf.

»Du hast es gut, den ganzen Tag in der Badehose herumzufaulenzen.«

Robert wies auf das Schild an der ›Casa Nicole‹. »Abgehalfterter Flugkapitän muß man sein!«

»Ich beglückwünsche dich.«

»Ist es heiß in Gargnano?«

»Fürchterlich.« Ein Paket und ein Blatt Papier schwenkend, stieg Nicole die Stufen hinab. Eine duftige Bluse und blue jeans gaben ihr eine sportliche Note. Ihr Pagenkopf wippte bei jedem Schritt. »Rate mal, was ich hier habe.«

»Ein Paket mit Arbeitsnachschub.«

»Stimmt. Und was ist dies?« Sie hob das Blatt.

»Keine Ahnung.«

»Ein Telegramm!«

»Von Detlef?«

»Ja.«

»Kommt er?«

»Morgen. Und er ist nicht allein!«

»Wird Jadscha ihn begleiten?«

»Ich vermute.«

»Mensch, das wäre 'ne Wucht.«

Nicole erreichte das Ende der Stufen. »Ich bin bereits in einer Stimmung, als hätte ich Sekt getrunken.«

Robert stemmte die Hände in die Taille. »Aber, aber, was sehe ich da? Du bist wieder ohne ›BH‹ in den Ort gefahren?«

Sie lachte. »Ich fühle mich so wohler.«

»Und die Italianos machen Stielaugen.«

»Solange sie dir nichts weg*stielen,* sollte es dich nicht stören«, entgegnete Nicole, ließ das Paket zu Boden fallen und umarmte Robert. »Hm, duftest du nach Mann und Sonne!«

Er nahm ihr das Telegramm ab und las es. »Damit kann nur Jadscha gemeint sein.«

»Wie schön, daß wir gleicher Meinung sind.«

»Richtest du seine Zimmer ein bißchen?«

»Erst brauche ich Abkühlung«, antwortete Nicole, knöpfte ihre Bluse auf und zerrte sie aus dem Hosenbund.

Robert betrachtete sie wohlgefällig. »Dein Formenreichtum begeistert mich immer aufs neue.«

»Bist ja auch ein alter Knabe«, rief sie und rannte zum Bootssteg. »Nicht einmal einholen kannst du mich.«

Das brachte Robert tatsächlich nicht fertig.

Nicole stürzte sich mit einem Hechtsprung ins Wasser.

Er setzte ihr nach.

Sie tauchte auf und prustete. »Ha, ist das herrlich.«

»Und deine Hose ist zum Teufel!«

»Davon verstehst du nichts. Die war zu weit geworden und wird wieder eng, wenn sie am Körper trocknet.«

»Dabei wirst du dir eine Erkältung holen.«

»Du vielleicht. Ich nicht. Ich bin ja noch jung.«

Es entstand eine Wasserschlacht, bei der Nicole bald den kürzeren zog. Aber auch Robert ließ sich später ermattet auf den Steg fallen.

Sie legte sich neben ihn auf den Bauch.

Er strich über ihre braune Haut, auf der die Wassertropfen silbern glänzten.

Nicole drehte den Kopf zur Seite. »Während ich Detlefs Zimmer richte, könntest du eigentlich zwei Fischchen angeln.«

»Mach' ich, mein Spatz.«

»Wenn's geht, laß für mich eine Lachsforelle anbeißen.«

»Sehr wohl. Ich werde der ›Trotta salmonata‹ Bescheid sagen.«

»Grillst du sie mir auch wieder?«

Robert küßte Nicoles Schulter. »Es wird mir ein Vergnügen sein.«

Sie setzte sich auf und schaute ihm in die Augen. »Wissen wir eigentlich, wie gut wir es haben?«

»Ich denke schon. Es schadet aber nichts, wenn man sich diese Frage immer wieder stellt. Mindestens einmal am Tag sollte man das tun.«

Sie strich ihm die nassen Haare aus der Stirn. »Wenn es so etwas wie eine Wiedergeburt geben würde – welchen Wunsch hättest du dann?«

Robert legte den Arm um Nicole. »Nochmals mit dir zu leben. Aber in einer *kleinen* Zeit.«

C. C. Bergius

erfahrener Flugkapitän mit über zwei Millionen Flugkilometern, hat, wie viele Autoren, das Leben gründlich kennengelernt, ehe er sich an den Schreibtisch setzte. Von Jugend auf gehörte seine Liebe der Fliegerei; das immer Neue, Gefahrvolle dieses Berufes zog ihn an. Schon als ABC-Schütze war er in jeder freien Minute auf dem kleinen Flugplatz seiner westfälischen Heimatstadt zu finden. Mit siebzehn Jahren machte er seinen ersten Flugzeugführerschein. Er wurde Fluglehrer, Kunstflieger, Wetterflieger und Streckenpilot. Er erprobte neuartige Geräte und Flugzeuge, unternahm riskante Flüge über den Atlantik und zu fernen Kontinenten.

Nach dem Krieg, als er zunächst nicht mehr im Cockpit einer Maschine sitzen durfte, begann er zu schreiben. Hier nun kam ihm sein Erfahrungsschatz sehr zustatten. Die in rascher Folge entstehenden Romane, Tatsachenberichte und Biographien zeugen von der umfassenden Sachkenntnis und dem vitalen Temperament des Verfassers. Ob Bergius von eigenen Erlebnissen und denen seiner Kameraden auf den Luftstraßen der Welt erzählt (»Treffpunkt Casablanca«) oder die abenteuerliche Geschichte der Luftfahrt bis zur Landung auf dem Mond schildert (»Die Straße der Piloten«), ob er in historischen Romanen vergangene Zeiten heraufbeschwört (»Dschingis-Chan«, »Der Fälscher«, »Der Agent« – Sand in Gottes Mühlen, Bd. 1, »Der Rebell« – Sand in Gottes Mühlen, Bd. 2, »Heißer Sand«, »Das Medaillon«) oder sich mit der Gegenwart auseinandersetzt (»Roter Lampion«, »Der Tag des Zorns«, »Nebel im Fjord der Lachse«) – immer bietet er hochinteressanten, anregenden Lesestoff voller Spannung und Information. Nicht ohne Grund; denn vor Beginn eines jeden Buches betreibt C. C. Bergius ein intensives Quellenstudium. Und wenn es notwendig ist, reist er nach China, Japan, Malaya, Korea (»Sand in Gottes Mühlen«), oder er begibt sich in den Vietnamkrieg (»Der Tag des Zorns«).

Für die Niederschrift des nun vorliegenden hochaktuellen Romans »Oleander, Oleander« benötigte C. C. Bergius über zwei Jahre. Diesmal brauchte er kein fremdes Land aufzusuchen. Er schildert die Zeit von 1930 bis 1955 in Deutschland. Wie das Leben so vieler Deutscher seiner Generation, ist seine Vergangenheit eine gefährliche Gratwanderung durch die wechselvolle Zeitgeschichte.